LES BIENVEILLANTES

JONATHAN LITTELL

LES
BIENVEILLANTES

roman

ÉDITIONS FRANCE LOISIRS

Édition du Club France Loisirs,
avec l'autorisation des Éditions Gallimard

Éditions France Loisirs,
123, boulevard de Grenelle, Paris
www.franceloisirs.com

© *Jonathan Littell, 2006.*
© *Éditions Gallimard pour la présente édition.*
ISBN : 978-2-298-00064-1

Pour les morts

TOCCATA

Frères humains, laissez-moi vous raconter comment ça s'est passé. On n'est pas votre frère, rétorquerez-vous, et on ne veut pas le savoir. Et c'est bien vrai qu'il s'agit d'une sombre histoire, mais édifiante aussi, un véritable conte moral, je vous l'assure. Ça risque d'être un peu long, après tout il s'est passé beaucoup de choses, mais si ça se trouve vous n'êtes pas trop pressés, avec un peu de chance vous avez le temps. Et puis ça vous concerne : vous verrez bien que ça vous concerne. Ne pensez pas que je cherche à vous convaincre de quoi que ce soit ; après tout, vos opinions vous regardent. Si je me suis résolu à écrire, après toutes ces années, c'est pour mettre les choses au point pour moi-même, pas pour vous. Longtemps, on rampe sur cette terre comme une chenille, dans l'attente du papillon splendide et diaphane que l'on porte en soi. Et puis le temps passe, la nymphose ne vient pas, on reste larve, constat affligeant, qu'en faire ? Le suicide, bien entendu, reste une option. Mais à vrai dire, le suicide me tente peu. J'y ai, cela va de soi, longuement songé ; et si je devais y avoir recours, voici comment je m'y prendrais : je placerais une grenade tout contre mon cœur et partirais dans un vif éclat de joie. Une petite grenade ronde que je dégoupillerais avec délicatesse avant de lâcher la cuiller, en souriant au petit bruit métallique du ressort, le dernier que j'entendrais, à part les battements de mon cœur dans mes oreilles. Et puis le bonheur enfin, ou en tout cas la paix, et les murs de mon bureau décorés de lambeaux. Aux femmes de ménage de nettoyer, elles sont payées pour ça, tant pis pour elles. Mais comme je l'ai dit le suicide ne me tente pas. Je ne sais pas pourquoi, d'ailleurs, un vieux fond de morale philosophique peut-être, qui me fait dire qu'après tout on n'est pas là pour s'amuser. Pour faire quoi, alors ?

Je n'en ai pas idée, pour durer, sans doute, pour tuer le temps avant qu'il ne vous tue. Et dans ce cas, comme occupation, aux heures perdues, écrire en vaut bien une autre. Non que j'aie tant d'heures que ça à perdre, je suis un homme occupé ; j'ai ce qu'on appelle une famille, un travail, des responsabilités donc, tout cela prend du temps, ça n'en laisse pas beaucoup pour raconter ses souvenirs. D'autant que des souvenirs, j'en ai, et une quantité considérable même. Je suis une véritable usine à souvenirs. J'aurai passé ma vie à me manufacturer des souvenirs, même si l'on me paye plutôt, maintenant, pour manufacturer de la dentelle. En fait, j'aurais tout aussi bien pu ne pas écrire. Après tout, ce n'est pas une obligation. Depuis la guerre, je suis resté un homme discret ; grâce à Dieu, je n'ai jamais eu besoin, comme certains de mes anciens collègues, d'écrire mes Mémoires à fin de justification, car je n'ai rien à justifier, ni dans un but lucratif, car je gagne assez bien ma vie comme ça. Une fois, j'étais en Allemagne, en voyage d'affaires, je discutais avec le directeur d'une grande maison de sous-vêtements, à qui je voulais vendre de la dentelle. Je lui avais été recommandé par d'anciens amis ; ainsi, sans poser de questions, nous savions tous les deux à quoi nous en tenir, l'un envers l'autre. Après notre entretien, qui s'était d'ailleurs déroulé de manière fort positive, il se leva pour tirer un volume de sa bibliothèque et me l'offrit. Il s'agissait des mémoires posthumes de Hans Frank, le General-Gouverneur de Pologne ; cela s'intitulait *Face à l'échafaud*. « J'ai reçu une lettre de sa veuve, m'expliqua mon interlocuteur. Elle a fait éditer le manuscrit, qu'il a rédigé après son procès, à ses propres frais, et elle vend le livre pour subvenir aux besoins de ses enfants. Vous vous imaginez, en arriver là ? La veuve du General-Gouverneur. Je lui en ai commandé vingt exemplaires, pour les offrir. J'ai aussi proposé à tous mes chefs de départements d'en acheter un. Elle m'a écrit une émouvante lettre de remerciements. Vous l'avez connu ? » Je lui assurai que non, mais que je lirais le livre avec intérêt. En fait si, je l'avais brièvement croisé, je vous le raconterai peut-être plus tard, si j'en ai le courage ou la patience. Mais là, ça n'aurait eu aucun sens d'en parler. Le livre, d'ailleurs, était fort mauvais, confus, geignard, baigné d'une curieuse hypocrisie religieuse. Ces notes-ci seront peut-être confuses et mauvaises aussi, mais je ferai de mon mieux pour rester clair ; je peux vous assurer qu'au moins elles demeureront libres de toute contrition. Je ne regrette rien : j'ai fait mon travail, voilà tout ; quant à mes histoires de famille, que je raconterai peut-être aussi, elles ne concernent que moi ; et pour le reste, vers la fin, j'ai sans doute forcé la limite, mais là je n'étais plus tout à fait moi-même, je vacillais et d'ailleurs autour de moi le monde entier basculait, je ne fus pas le seul à perdre la tête, reconnaissez-le. Et puis, je n'écris pas pour nourrir ma veuve et mes enfants, moi, je suis tout à fait capable de subvenir à leurs besoins. Non, si j'ai enfin décidé d'écrire, c'est bien sans doute pour passer le temps, et aussi, c'est possible, pour éclaircir un ou deux points obscurs, pour vous peut-être et pour moi-même. En outre je pense que cela me fera du bien. C'est vrai que mon humeur est plutôt terne. La constipation, sans doute. Problème navrant et douloureux, d'ailleurs nouveau pour moi ; autrefois, c'était bien le contraire. Longtemps, j'ai dû passer aux cabinets trois, quatre fois par jour ; maintenant, une fois par semaine serait un bonheur. J'en suis réduit à des lavements, procédure désagréable au possible, mais efficace. Pardonnez-moi de vous entretenir de détails aussi scabreux : j'ai bien le droit de me plaindre un peu. Et puis si vous ne supportez pas ça vous feriez mieux de vous arrêter ici. Je ne suis pas Hans Frank, moi, je n'aime pas les façons. Je veux être précis, dans la mesure de mes moyens. Malgré mes travers, et ils ont été nombreux, je suis resté de ceux qui pensent que les seules choses indispensables à la vie humaine sont l'air, le manger, le boire et l'excrétion, et la recherche de la vérité. Le reste est facultatif.

Il y a quelque temps, ma femme a ramené à la maison un chat noir, pensant sans doute me faire plaisir. Bien entendu elle ne m'avait pas demandé mon avis. Elle devait se douter que j'aurais refusé net, le fait accompli était plus sûr. Et une fois là, rien à faire, les petits-enfants pleureraient, etc. Pourtant ce chat était fort désagréable. Quand je tentais de le caresser, pour faire preuve de bonne volonté, il filait s'asseoir sur le rebord de la fenêtre et me fixait de ses yeux jaunes ; si je cherchais à le prendre dans mes bras, il me griffait. La nuit, au contraire, il venait se coucher en boule sur ma poitrine, une masse étouffante, et dans mon sommeil je rêvais que l'on m'asphyxiait sous un tas de pierres. Avec mes souvenirs, ç'a été un peu pareil. La première fois que je me décidai à les consigner par écrit, je pris un congé. Ce fut probablement une erreur. Les choses pourtant étaient en bonne voie : j'avais acheté et lu une quantité considérable de livres sur le sujet, afin de me rafraîchir la mémoire, j'avais tracé des tables d'organisation, établi des chronologies détaillées, et ainsi de suite. Mais avec ce congé j'avais tout à coup du temps et je me mis à penser. De plus c'était l'automne, une sale pluie grise dénudait les arbres, je sombrai lentement dans l'angoisse. Je m'aperçus que penser, ce n'est pas une bonne chose.

J'aurais pu m'en douter. Mes collègues me considèrent comme un homme calme, posé, réfléchi. Calme, certes ; mais très souvent dans la journée ma tête se met à rugir, sourdement comme un four crématoire. Je parle, je discute, je prends des décisions, comme tout le monde ; mais au comptoir, devant ma fine, je m'imagine qu'un homme entre avec un fusil de chasse et ouvre le feu ; au cinéma ou au théâtre, je me figure une grenade dégoupillée roulant sous les rangées de sièges ; sur la place publique, un jour de fête, je vois la déflagration d'un véhicule bourré d'explosifs, la liesse de l'après-midi transformée en carnage, le sang ruisselant entre les pavés, les paquets de chair collés aux murs ou proje- tés à travers les croisées pour atterrir dans la soupe dominicale, j'entends les cris, les gémissements des gens aux membres arrachés comme les pattes d'un insecte par un petit garçon curieux, l'hébétude des survivants, un silence étrange comme plaqué sur les tympans, le début de la longue peur. Calme ? Oui, je reste calme, quoi qu'il advienne, je ne donne rien à voir, je demeure tranquille, impassible, comme les façades muettes des villes sinistrées, comme les petits vieux sur les bancs des parcs avec leurs cannes et leurs médailles, comme les visages à fleur d'eau des noyés qu'on ne retrouve jamais. Rompre ce calme effroyable, j'en serais bien incapable, même si je le voulais. Je ne suis pas de ceux qui font un scandale pour un oui ou pour un non, je sais me tenir. Pourtant cela me pèse à moi aussi. Le pire n'est pas forcément ces images que je viens de décrire ; des fantaisies comme celles-ci m'habitent depuis longtemps, depuis mon enfance sans doute, en tout cas depuis bien avant que je ne me sois moi aussi retrouvé au cœur de l'équarrissoir. La guerre, en ce sens, n'a été qu'une confirmation, et je me suis habitué à ces petits scénarios, je les prends comme un com- mentaire pertinent sur la vanité des choses. Non, ce qui s'est révélé pénible, pesant, ç'a été de ne s'occuper qu'à penser. Songez-y : vous- même, à quoi pensez-vous, au cours d'une journée ? À très peu de choses, en fait. Établir une classification raisonnée de vos pensées cou- rantes serait chose aisée : pensées pratiques ou mécaniques, planifica- tions des gestes et du temps (exemple : mettre l'eau du café à bouillir avant de se brosser les dents, mais les tartines à griller après, parce qu'elles sont prêtes plus vite) ; préoccupations de travail ; soucis finan- ciers ; problèmes domestiques ; rêveries sexuelles. Je vous épargnerai les détails. Au dîner, vous contemplez le visage vieillissant de votre femme, tellement moins excitante que votre maîtresse, mais autrement bien sous tous rapports, que faire, c'est la vie, donc vous parlez de la dernière crise ministérielle. En fait vous vous contre-foutez de la dernière crise ministérielle, mais de quoi d'autre parler ? Éliminez ce type de pensées, et vous conviendrez avec moi qu'il ne reste plus grand-chose. Il y a bien entendu des moments autres. Inattendu entre deux réclames pour poudre à lessiver, un tango d'avant-guerre, *Violetta* disons, et voilà que resurgissent le clapotis nocturne du fleuve, les lampions de la buvette, la légère odeur de sueur sur la peau d'une femme joyeuse ; à l'entrée d'un parc, le visage souriant d'un enfant vous ramène celui de votre fils, juste avant qu'il ne se mette à marcher ; dans la rue, un rayon de soleil perce les nuages et illumine les grandes feuilles, le tronc blanchâtre d'un platane : et vous songez brusquement à votre enfance, à la cour de récréation de l'école où vous jouiez à la guerre en hurlant de terreur et de bonheur. Vous venez d'avoir une pensée humaine. Mais c'est bien rare.

Or si l'on suspend le travail, les activités banales, l'agitation de tous les jours, pour se donner avec sérieux à une pensée, il en va tout autrement. Bientôt les choses remontent, en vagues lourdes et noires. La nuit, les rêves se désarticulent, se déploient, prolifèrent, et au réveil laissent une fine couche âcre et humide dans la tête, qui met longtemps à se dissoudre. Pas de malentendu : ce n'est pas de culpabilité, de remords qu'il s'agit ici. Cela aussi existe, sans doute, je ne veux pas le nier, mais je pense que les choses sont autrement complexes. Même un homme qui n'a pas fait la guerre, qui n'a pas eu à tuer, subira ce dont je parle. Reviennent les petites méchancetés, la lâcheté, la fausseté, les mesquineries dont tout homme est affligé. Peu étonnant alors que les hommes aient inventé le travail, l'alcool, les bavardages stériles. Peu étonnant que la télévision ait tant de succès. Bref, je mis vite fin à mon malencontreux congé, cela valait mieux. J'avais bien assez de temps, à l'heure du déjeuner ou le soir après le départ des secrétaires, pour griffonner.

Une brève pause pour aller vomir, et je reprends. C'est une autre de mes nombreuses petites afflictions : de temps en temps, mes repas remontent, parfois tout de suite, parfois plus tard, sans raison, comme ça. C'est un vieux problème, ça date de la guerre, ça a commencé vers l'automne 1941 pour être précis, en Ukraine, à Kiev je pense, ou peut-être à Jitomir. J'en parlerai sans doute aussi. De toute façon, depuis le temps, j'ai l'habitude : je me brosse les dents, j'avale un petit verre d'alcool, et je reprends ce que je faisais. Revenons à mes souvenirs. Je me suis acheté plusieurs cahiers d'écolier, de grand format mais à petits carreaux, que je garde au bureau dans un tiroir fermé à clef. Avant, je crayonnais des notes sur des fiches en bristol, à petits carreaux aussi ; maintenant, j'ai décidé de reprendre tout ça d'une traite. Pour quoi faire, je ne le sais pas trop. Certainement pas pour l'édification de ma descendance. Si à l'instant même je décédais subitement, d'une crise cardiaque, disons, ou d'une embolie cérébrale, et que mes secrétaires

Les Bienveillantes

prenaient la clef et ouvraient ce tiroir, elles auraient un choc, les pauvres, et ma femme de même : les fiches bristol suffiront amplement. Il faudra vite brûler tout ça pour éviter le scandale. Moi, ça m'est égal, je serai mort. Et en fin de compte, même si je m'adresse à vous, ce n'est pas pour vous que j'écris.

Mon bureau est un endroit agréable pour écrire, grand, sobre, tranquille. Des murs blancs, presque sans décoration, un meuble vitré pour les échantillons; et au fond une grande baie qui donne en hauteur sur la salle des machines. Malgré un double vitrage, le cliquètement incessant des métiers Leavers emplit la pièce. Quand je veux penser, je quitte ma table de travail et vais me tenir devant la vitre, je contemple les métiers alignés à mes pieds, les mouvements sûrs et précis des tullistes, je me laisse bercer. Parfois, je descends flâner entre les machines. La salle est sombre, les vitres crasseuses sont teintes en bleu, car la dentelle est fragile, elle craint la lumière, et cette lueur bleuâtre me repose l'esprit. J'aime me perdre un peu dans le claquètement monotone et syncopé qui domine l'espace, ce battement métallique à deux temps, obsédant. Les métiers m'impressionnent toujours. Ils sont en fonte, on les a peints en vert, et chacun pèse dix tonnes. Certains sont très vieux, cela fait bien longtemps qu'on n'en produit plus; les pièces de rechange, je les fais faire sur commande; on est bien passé, après la guerre, de la vapeur à l'électricité, mais on n'a pas touché aux machines elles-mêmes. Je ne m'en approche pas, pour éviter de me salir : tant de pièces mobiles doivent être constamment lubrifiées, mais l'huile, évidemment, ruinerait la dentelle, aussi on se sert de graphite, une mine de plomb broyée dont le tulliste saupoudre les organes en mouvement à l'aide d'une chaussette, comme un encensoir. La dentelle en sort noire, et elle recouvre les murs, comme le plancher, les machines, et les hommes qui les surveillent. Même si je n'y mets pas souvent la main, je connais bien ces grands engins. Les premiers métiers à tulle anglais, secret jalousement gardé, sont passés en contrebande en France au lendemain des guerres napoléoniennes grâce à des ouvriers fuyant les taxes douanières; c'est un Lyonnais, Jacquard, qui les a modifiés pour produire de la dentelle, en y introduisant une série de cartons perforés qui déterminent le patron. Des rouleaux, en bas, alimentent l'ouvrage en fil; au cœur du métier, cinq mille bobines, l'*âme*, sont serrées dans un chariot; puis un *catch-bar* (nous gardons en français certains termes anglais) vient tenir et balancer ce chariot avec un grand clappement hypnotique, d'avant en arrière. Les fils, guidés latéralement, par des *combs* en cuivre scellés sur du plomb, selon une chorégraphie complexe encodée par cinq ou six cents cartons Jacquard, tissent des nœuds ; un *col de cygne* remonte le peigne ; enfin apparaît la dentelle, arachnéenne, troublante sous sa couche de graphite, et qui vient lentement s'enrouler sur un tambour, fixé au sommet du Leavers.

Le travail à l'usine connaît une stricte ségrégation sexuelle : les hommes créent les motifs, percent les cartons, montent les chaînes, surveillent les métiers et gèrent les similaires qui les desservent ; leurs femmes et leurs filles, elles, aujourd'hui encore, restent wheeleuses, dégraphiteuses, raccommodeuses, effileuses et plieuses. Les traditions sont fortes. Les tullistes, ici, forment un peu une aristocratie prolétarienne. L'apprentissage est long, le travail délicat ; au siècle passé, les tullistes de Calais arrivaient à l'usine en calèche et en haut-de-forme, ils tutoyaient le patron. Les temps ont changé. La guerre, malgré quelques métiers employés pour l'Allemagne, a ruiné l'industrie. Il a fallu tout recommencer de zéro ; aujourd'hui, dans le Nord, il ne reste plus que quelque trois cents métiers, là où il en fonctionnait quatre mille avant la guerre. Néanmoins, lors de la reprise économique, les tullistes se sont offert une automobile avant bien des bourgeois. Mais mes ouvriers ne me tutoient pas. Je ne crois pas que mes ouvriers m'aiment. Ce n'est pas grave, je ne leur demande pas de m'aimer. Et puis je ne les aime pas non plus. Nous travaillons ensemble, voilà tout. Lorsqu'un employé est consciencieux et appliqué, que la dentelle qui sort de son métier demande peu de reprises, je lui accorde une prime en fin d'année ; quant à celui qui arrive au travail en retard, ou ivre, je le sanctionne. Sur cette base-là, nous nous entendons bien.

Vous vous demandez peut-être comment j'ai fini dans la dentelle. Pourtant, j'étais loin d'être prédestiné au commerce. J'ai fait des études de droit et d'économie politique, je suis docteur en droit, en Allemagne les lettres *Dr. jur.* font légalement partie de mon nom. Mais il est vrai que les circonstances m'ont quelque peu empêché de faire valoir mon diplôme, après 1945. Si vraiment vous voulez tout savoir, j'étais aussi loin d'être prédestiné au droit : jeune homme, je souhaitais avant tout étudier la littérature et la philosophie. Mais on m'en a empêché ; encore un triste épisode de mon *roman familial*, j'y reviendrai peut-être. Je dois néanmoins reconnaître que pour la dentelle, le droit sert plus que la littérature. Voilà à peu près comment les choses se sont passées. Quand tout fut enfin fini, j'ai réussi à venir en France, à me faire passer pour un Français ; ce n'était pas trop difficile, vu le chaos à l'époque, je suis revenu avec les déportés, on ne posait pas beaucoup de questions. Vrai, je parlais un français impeccable ; c'est que j'ai eu une mère française ;

j'ai passé dix ans de mon enfance en France, j'ai fait le collège, le lycée, les classes préparatoires, et même deux années d'études supérieures, à l'ELSP, et comme j'ai grandi dans le Sud je pouvais même pousser une pointe d'accent méridional, de toute façon personne ne faisait attention, c'était vraiment le boxon, on m'a accueilli à Orsay avec une soupe, quelques insultes aussi, il faut dire que je n'avais pas essayé de me faire passer pour un déporté, mais pour un travailleur du STO, et ça ils n'aimaient pas trop, les gaullistes, alors ils m'ont un peu houspillé, les autres pauvres bougres aussi, puis ils nous ont relâchés, pas de *Lutetia* pour nous, mais la liberté. Je ne suis pas resté à Paris, j'y connaissais trop de monde, et de ceux qu'il ne fallait pas, je suis allé en province, j'ai vécu de petits boulots, çà et là. Et puis les choses se sont calmées. Ils ont vite arrêté de fusiller les gens, bientôt ils ne se fatiguaient même plus à les mettre en prison. Alors j'ai fait des recherches et j'ai fini par retrouver un homme que je connaissais. Il s'était bien débrouillé, il avait passé d'une administration à l'autre, sans heurts ; en homme prévoyant, il s'était soigneusement gardé d'afficher les services qu'il nous rendait. Au début, il ne voulait pas me recevoir, mais quand enfin il a compris qui j'étais, il a vu qu'il n'avait pas vraiment le choix. Je ne peux pas dire que ce fut un entretien plaisant : il y avait là un clair sentiment de gêne, de contrainte. Mais il comprenait bien que nous avions des intérêts en commun : moi, trouver un poste, lui, garder le sien. Il avait un cousin dans le Nord, un ancien commissionnaire qui essayait de remonter une petite entreprise avec trois Leavers récupérés auprès d'une veuve en faillite. Cet homme m'embaucha, je devais voyager, démarcher pour vendre sa dentelle. Ce travail m'horripilait ; je réussis enfin à le convaincre que je pourrais lui être plus utile sur le plan de l'organisation. Il est vrai que j'avais une expérience appréciable en ce domaine, même si je ne pouvais pas plus la faire valoir que mon doctorat. L'entreprise grandit, surtout à partir des années 50, lorsque je repris des contacts en République fédérale et parvins à nous ouvrir le marché allemand. J'aurais pu alors aisément retourner en Allemagne : nombre de mes anciens collègues y vivaient en toute tranquillité, certains avaient purgé une petite peine, d'autres n'avaient même pas été inquiétés. Avec mon cursus, j'aurais pu reprendre mon nom, mon doctorat, réclamer une pension d'ancien combattant et d'invalidité partielle, personne ne l'aurait remarqué. J'aurais vite trouvé du travail. Mais, me disais-je, quel intérêt ? Le droit, au fond, ne me motivait pas plus que le commerce, et puis j'avais fini par prendre goût à la dentelle, cette ravissante et harmonieuse création de l'homme. Lorsque nous eûmes racheté assez de métiers, mon patron décida d'ouvrir une seconde usine et m'en confia la direction. C'est ce poste que j'occupe depuis, en attendant la retraite. Entre-temps, je me suis marié, avec une certaine répugnance il est vrai, mais ici, dans le Nord, c'était plutôt nécessaire, une façon de consolider mes acquis. Je l'ai choisie de bonne famille, relativement belle, une femme comme il faut, et je lui ai tout de suite fait un enfant, histoire de l'occuper. Malheureusement elle a eu des jumeaux, ça doit courir dans la famille, la mienne, je veux dire, moi, un seul moutard m'aurait amplement suffi. Mon patron m'a avancé de l'argent, j'ai acheté une maison confortable, pas trop loin de la mer. Voilà comment je suis tombé en bourgeoisie. De toute façon cela valait mieux. Après tout ce qui s'était passé, j'avais surtout besoin de calme et de régularité. Mes rêves de jeunesse, le cours de ma vie leur avait brisé les os, et mes angoisses s'étaient lentement consumées, d'un bout de l'Europe allemande à l'autre. Je suis sorti de la guerre un homme vide, avec seulement de l'amertume et une longue honte, comme du sable qui crisse entre les dents. Ainsi, une vie conforme à toutes les conventions sociales me convenait : une gangue confortable, même si je la contemple souvent avec ironie, et parfois avec haine. À ce rythme, j'espère un jour parvenir à l'état de grâce de Jérôme Nadal, et de *n'incliner à rien, si ce n'est de n'incliner à rien.* Voilà que je deviens livresque ; c'est un de mes défauts. Hélas pour la sainteté, je ne suis pas encore libéré de mes besoins. Ma femme, je l'honore encore de temps à autre, consciencieusement, avec peu de plaisir mais sans dégoût excessif non plus, afin de garantir la paix de mon ménage. Et de loin en loin, lors de voyages d'affaires, je me donne la peine de renouer avec mes anciennes mœurs ; mais ce n'est plus, quasiment, que par souci d'hygiène. Tout cela a perdu beaucoup de son intérêt pour moi. Le corps d'un beau garçon, une sculpture de Michel-Ange, c'est pareil : le souffle ne vient plus à me manquer. C'est comme après une longue maladie, lorsque les aliments restent sans goût ; alors, manger du bœuf ou du poulet, quelle importance ? Il faut se nourrir, c'est tout. À vrai dire, il n'y a plus grand-chose qui garde un intérêt pour moi. La littérature, il se peut, et encore, je ne suis pas sûr que ce ne soit pas par habitude. Peut-être est-ce pour cela que je rédige ces souvenirs : pour me remuer le sang, voir si je peux encore ressentir quelque chose, si je sais encore souffrir un peu. Curieux exercice.

Pourtant, la souffrance, je devrais la connaître. Tous les Européens de ma génération en sont passés par là, mais je peux le dire sans fausse modestie, j'en ai vu plus que la plupart. Et puis les gens oublient vite, je le constate tous les jours. Même ceux qui y étaient ne se servent presque jamais, pour en parler, que de pensées et de phrases toutes faites. Il n'y a qu'à voir la prose lamentable des auteurs allemands qui traitent des combats à l'Est : un sentimentalisme putréfié, une langue morte, hideuse. La prose de Herr Paul Carrell, par exemple, un auteur à succès ces dernières années. Il se trouve que j'ai connu ce Herr Carrell, en Hongrie, à l'époque où il s'appelait encore Paul Carl Schmidt et écrivait, sous l'égide de son ministre von Ribbentrop, ce qu'il pensait vraiment, en une prose vigoureuse du plus bel effet : *La question juive n'est pas une question d'humanité, ce n'est pas une question de religion; c'est uniquement une question d'hygiène politique.* Maintenant, l'honorable Herr Carrell-Schmidt a réussi l'exploit considérable de publier quatre volumes insipides sur la guerre en Union soviétique sans une seule fois mentionner le mot *juif.* Je le sais, je les ai lus : c'était pénible, mais je suis têtu. Nos auteurs français, les Mabire et autres du genre, ne valent pas mieux. Quant aux communistes, c'est pareil, seulement du point de vue opposé. Où sont donc passés ceux qui chantaient *Enfants, aiguisez vos couteaux sur les bords des trottoirs*? Ils se taisent, ou ils sont morts. On bavarde, on minaude, on patauge dans une tourbe fade pétrie des mots *gloire, honneur, héroïsme,* c'est fatigant, personne ne parle. Je suis peut-être injuste, mais j'ose espérer que vous me comprenez. La télévision nous assène des chiffres, des chiffres impressionnants, en alignant les zéros; mais qui d'entre vous s'arrête parfois pour penser réellement à ces chiffres? Lequel d'entre vous a même jamais tenté de compter tous ceux qu'il connaît ou a connus dans sa vie, et de comparer ce chiffre risible aux chiffres qu'il entend à la télévision, ces fameux *six millions,* ou *vingt millions.* Faisons des mathématiques. Les mathématiques, c'est utile, ça donne des perspectives, ça rafraîchit l'esprit. C'est un exercice parfois fort instructif. Prenez donc un peu patience et accordez-moi votre attention. Je ne considérerai que les deux théâtres où j'ai pu jouer un rôle, si infime fût-il : la guerre contre l'Union soviétique, et le programme d'extermination officiellement désigné dans nos documents comme « Solution finale de la question juive », *Endlösung der Judenfrage,* pour citer ce si bel euphémisme. Pour les fronts à l'Ouest, de toute façon, les pertes sont restées relativement mineures. Mes chiffres de départ seront un peu arbitraires : je n'ai pas le choix, personne n'est d'accord. Pour l'ensemble des pertes soviétiques, je retiens le chiffre traditionnel, cité par Khrouchtchev en 1956, de vingt millions, tout en notant que Reitlinger, un auteur anglais réputé, n'en trouve que douze, et qu'Erickson, un auteur écossais tout aussi réputé sinon plus, parvient, lui, à un décompte minimal de vingt-six millions ; le chiffre soviétique officiel, ainsi, coupe assez nettement la poire en deux, au million près. Pour les pertes allemandes — en URSS uniquement, s'entend — on peut se baser sur l'encore plus officiel et germaniquement précis chiffre de 6 172 373 soldats perdus à l'Est du 22 juin 1941 au 31 mars 1945, chiffre comptabilisé dans un rapport interne de l'OKH (le haut commandement de l'armée) trouvé après la guerre, mais englobant les morts (plus d'un million), les blessés (presque quatre millions) et les disparus (soit des morts plus des prisonniers plus des prisonniers morts, 1 288 000 environ). Disons donc pour faire vite deux millions de morts, les blessés ne nous concernant pas ici, en comptant très approximativement les cinquante mille et quelque morts supplémentaires du 1ᵉʳ avril au 8 mai 1945, principalement à Berlin, ce à quoi doit venir s'ajouter encore le million de morts civils estimés lors de l'invasion de l'Est allemand et des déplacements de population subséquents, soit au total, disons, trois millions. Quant aux Juifs, on a le choix : le chiffre consacré, même si peu de gens savent d'où il provient, est de six millions (c'est Höttl qui a dit à Nuremberg qu'Eichmann le lui avait dit ; mais Wisliceny, lui, a affirmé qu'Eichmann avait dit à ses collègues cinq millions ; et Eichmann lui-même, lorsque les Juifs ont enfin pu lui poser la question en personne, a dit entre cinq et six millions, mais sans doute cinq). Le Dr. Korherr, qui compilait des statistiques pour le Reichsführer-SS Heinrich Himmler, en est arrivé à un peu moins de deux millions au 31 décembre 1942, mais reconnaissait, quand j'ai pu en discuter avec lui en 1943, que ses chiffres de départ étaient peu fiables. Enfin, le très respecté professeur Hilberg, spécialiste de la question et peu suspect de vues partisanes, proallemandes du moins, parvient au bout d'une démonstration serrée de dix-neuf pages au chiffre de 5 100 000, ce qui correspond en gros à l'opinion de feu l'Obersturmbannführer Eichmann. Va donc pour le chiffre du professeur Hilberg, ce qui nous fait, pour récapituler :

Morts soviétiques	20 millions
Morts allemands	3 millions
Sous-total (guerre à l'Est)	23 millions
Endlösung	5,1 millions
Total	26,6 millions, sachant que 1,5 million de Juifs ont aussi été comptabilisés comme morts soviétiques (« Citoyens soviétiques tués par l'envahisseur germano-fasciste » comme l'indique si discrètement l'extraordinaire monument de Kiev).

Maintenant les mathématiques. Le conflit avec l'URSS a duré du 22 juin 1941 à trois heures du matin jusqu'à, officiellement, le 8 mai 1945 à 23 h 01, ce qui fait trois ans, dix mois, seize jours, vingt heures et une minute, soit en arrondissant 46,5 mois, 202,42 semaines, 1 417 jours, 34 004 heures, ou 2 040 241 minutes (en comptant la minute supplémentaire). Pour le programme dit de la « Solution finale », nous retiendrons les mêmes dates ; avant, rien n'était encore décidé ni systématisé, les pertes juives sont fortuites. Ramenons maintenant un jeu de chiffres à l'autre : pour les Allemands, ceci fait 64 516 morts par mois, soit 14 821 morts par semaine, soit 2 117 morts par jour, soit 88 morts par heure, soit 1,47 mort par minute, cela en moyenne pour chaque minute de chaque heure de chaque jour de chaque semaine de chaque mois de chaque année durant trois ans, dix mois, seize jours, vingt heures et une minute. Pour les Juifs, soviétiques compris, nous avons environ 109 677 morts par mois soit 25 195 morts par semaine soit 3 599 morts par jour soit 150 morts par heure soit 2,5 morts par minute pour une période *idem*. Côté soviétique enfin, cela nous donne quelque 430 108 morts par mois, 98 804 morts par semaine, 14 114 morts par jour, 588 morts par heure, ou bien 9,8 morts par minute, période *idem*. Soit pour le total global dans mon champ d'activité des moyennes de 572 043 morts par mois, 131 410 morts par semaine, 18 772 morts par jour, 782 morts par heure, et 13,04 morts par minute, toutes les minutes de toutes les heures de tous les jours de toutes les semaines de tous les mois de chaque année de la période donnée soit pour mémoire trois ans, dix mois, seize jours, vingt heures et une minute. Que ceux qui se sont moqués de cette minute supplémentaire effectivement un peu pédantesque considèrent que cela fait quand même 13,04 morts en plus, en moyenne, et qu'ils s'imaginent treize personnes de leur entourage tuées en une minute, s'ils en sont capables. On peut aussi effectuer un calcul définissant l'intervalle de temps entre chaque mort : ceci nous donne en moyenne un mort allemand toutes les 40,8 secondes, un mort juif toutes les 24 secondes, et un mort bolchevique (en comptant les Juifs soviétiques) toutes les 6,12 secondes, soit sur l'ensemble un mort en moyenne toutes les 4,6 secondes, cela pour l'ensemble de la susdite période. Vous êtes maintenant à même d'effectuer, à partir de ces chiffres, des exercices d'imagination concrets. Prenez par exemple une montre en main et comptez un mort, deux morts, trois morts, etc., toutes les 4,6 secondes (ou toutes les 6,12 secondes, les 24 secondes, ou les 40,8 secondes, si vous avez une préférence marquée), en essayant de vous représenter, comme s'ils étaient là devant vous, alignés, ces un, deux, trois morts. Vous verrez, c'est un bon exercice de méditation. Ou prenez une autre catastrophe, plus récente, qui vous a fortement affecté, et faites la comparaison. Par exemple, si vous êtes français, considérez votre petite aventure algérienne, qui a tant traumatisé vos concitoyens. Vous y avez perdu 25 000 hommes en sept ans, en comptant les accidents : l'équivalent d'un peu moins d'un jour et treize heures de morts sur le front de l'Est ; ou bien alors de sept jours environ de morts juifs. Je ne comptabilise évidemment pas les morts algériens : comme vous n'en parlez pour ainsi dire jamais, dans vos livres et vos émissions, ils ne doivent pas compter beaucoup pour vous. Pourtant vous en avez tué dix pour chacun de vos propres morts, effort honorable même comparé au nôtre. Je m'arrête là, on pourrait continuer longtemps ; je vous invite à poursuivre seuls, jusqu'à ce que le sol se dérobe sous vos pieds. Pour moi, nul besoin : depuis bien longtemps déjà la pensée de la mort est *plus proche de moi que la veine de mon cou,* comme le dit cette si belle phrase du Coran. Si jamais vous arriviez à me faire pleurer, mes larmes vous vitrioleraient le visage.

La conclusion de tout cela, si vous me permettez une autre citation, la dernière, je vous le promets, c'est, comme le disait si bien Sophocle : *Ce que tu dois préférer à tout, c'est de ne pas être né.* Schopenhauer d'ailleurs écrivait sensiblement la même chose : *Ce serait mieux s'il n'y avait rien. Comme il y a plus de douleur que de plaisir sur terre, toute satisfaction n'est que transitoire, créant de nouveaux désirs et de nouvelles détresses, et l'agonie de l'animal dévoré est plus grande que le plaisir du dévoreur.* Oui, je sais, cela fait deux citations, mais c'est la même idée : en vérité, nous vivons dans le pire des mondes possible. Bien sûr, la guerre est finie. Et puis on a compris la leçon, ça n'arrivera plus. Mais êtes-vous bien sûrs qu'on ait compris la leçon ? Êtes-vous certains que ça n'arrivera plus ? Êtes-vous même certains que la guerre soit finie ? D'une certaine manière, la guerre n'est jamais finie, ou alors elle ne sera finie que lorsque le dernier enfant né le dernier jour des combats sera enterré sain et sauf, et même alors elle continuera, dans ses enfants puis dans les leurs, jusqu'à ce qu'enfin l'héritage se dilue un peu, les souvenirs s'effilochent et la douleur s'atténue, même si à ce moment-là tout le monde aura oublié depuis belle lurette, et tout cela sera depuis longtemps déjà renvoyé au compte des vieilles histoires, même pas bonnes à effrayer les enfants, et encore moins les enfants des morts et de ceux qui auraient souhaité l'être, morts je veux dire.

Je devine votre pensée : Voilà un bien méchant homme, vous dites-vous, un homme mauvais, bref, un sale type sous tous les rapports, qui devrait moisir en prison plutôt que de nous assener sa philosophie confuse d'ancien fasciste à demi repenti. Pour le fascisme, ne confondons pas tout, et pour la question de ma responsabilité pénale, ne préjugez pas, je n'ai pas encore raconté mon histoire ; quant à la question de ma responsabilité morale, permettez-moi quelques considérations. Les philosophes politiques ont souvent fait remarquer qu'en temps de guerre le citoyen, mâle du moins, perd un de ses droits les plus élémentaires, celui de vivre, et cela depuis la Révolution française et l'invention de la conscription, principe maintenant universellement admis ou presque. Mais ils ont rarement noté que ce citoyen perd en même temps un autre droit, tout aussi élémentaire et pour lui peut-être encore plus vital, en ce qui concerne l'idée qu'il se fait de lui-même en tant qu'homme civilisé : le droit de ne pas tuer. Personne ne vous demande votre avis. L'homme debout au-dessus de la fosse commune, dans la plupart des cas, n'a pas plus demandé à être là que celui qui est couché, mort ou mourant, au fond de cette même fosse. Vous m'objecterez que tuer un autre militaire au combat n'est pas la même chose que tuer un civil désarmé ; les lois de la guerre permettent l'une mais pas l'autre ; la morale commune de même. Un bon argument dans l'abstrait, certes, mais qui ne tient absolument pas compte des conditions du conflit en question. La distinction tout à fait arbitraire établie après la guerre entre d'un côté les « opérations militaires », équivalentes à celles de tout autre conflit, et de l'autre les « atrocités », conduites par une minorité de sadiques et de détraqués, est, comme j'espère le montrer, un fantasme consolateur des vainqueurs — des vainqueurs occidentaux, devrais-je préciser, les Soviétiques, malgré leur rhétorique, ayant toujours compris de quoi il retournait : Staline, après mai 1945, et passé les premières gesticulations pour la galerie, se moquait éperdument d'une illusoire « justice », il voulait du dur, du concret, des esclaves et du matériel pour relever et reconstruire, pas des remords ni des lamentations, car il savait aussi bien que nous que les défunts n'entendent pas les pleurs, et que les remords jamais n'ont mis de haricots dans la soupe. Je ne plaide pas la *Befehlnotstand*, la contrainte par les ordres si prisée par nos bons avocats allemands. Ce que j'ai fait, je l'ai fait en pleine connaissance de cause, pensant qu'il y allait de mon devoir et qu'il était nécessaire que ce soit fait, si désagréable et malheureux que ce fût. La guerre totale, c'est cela aussi : le civil, ça n'existe plus, et entre l'enfant juif gazé ou fusillé et l'enfant allemand mort sous les bombes incendiaires, il n'y a qu'une différence de moyens ; ces deux morts étaient également vaines, aucune des deux n'a abrégé la guerre même d'une seconde ; mais dans les deux cas, l'homme ou les hommes qui les ont tués croyaient que c'était juste et nécessaire ; s'ils se sont trompés, qui faut-il blâmer ? Ce que je dis reste vrai même si l'on distingue artificiellement de la guerre ce que l'avocat juif Lempkin a baptisé le génocide, en notant qu'en notre siècle du moins il n'y a jamais encore eu génocide sans guerre, que le génocide n'existe pas hors la guerre, et que comme la guerre, il s'agit d'un phénomène collectif : le génocide moderne est un processus infligé aux masses, par les masses, pour les masses. C'est aussi, dans le cas qui nous préoccupe, un processus segmenté par les exigences des méthodes industrielles. Tout comme, selon Marx, l'ouvrier est aliéné par rapport au produit de son travail, dans le génocide ou la guerre totale sous sa forme moderne l'exécutant est aliéné par rapport au produit de son action. Cela vaut même pour le cas où un homme place un fusil contre la tête d'un autre homme et actionne la détente. Car la victime a été amenée là par d'autres hommes, sa mort a été décidée par d'autres encore, et le tireur aussi sait qu'il n'est que le dernier maillon d'une très longue chaîne, et qu'il n'a pas à se poser plus de questions qu'un membre d'un peloton qui dans la vie civile exécute un homme dûment condamné par les lois. Le tireur sait que c'est un hasard qui fait que lui tire, que son camarade tient le cordon, et qu'un troisième conduit le camion. Tout au plus pourra-t-il tenter de changer de place avec le garde ou le chauffeur. Un autre exemple, tiré de l'abondante littérature historique plutôt que de mon expérience personnelle : celui du programme d'extermination des handicapés lourds et des malades mentaux allemands, dit programme « Euthanasie » ou « T-4 », mis en place deux ans avant le programme « Solution finale ». Ici, les malades sélectionnés dans le cadre d'un dispositif légal étaient accueillis dans un bâtiment par des infirmières professionnelles, qui les enregistraient et les déshabillaient ; des médecins les examinaient et les conduisaient à une chambre close ; un ouvrier administrait le gaz ; d'autres nettoyaient ; un policier établissait le certificat de décès. Interrogée après la guerre, chacune de ces personnes dit : Moi, coupable ? L'infirmière n'a tué personne, elle n'a fait que déshabiller et calmer des malades, gestes ordinaires de sa profession. Le médecin non plus n'a pas tué, il a simplement confirmé un diagnostic selon des critères établis par d'autres instances. Le manœuvre qui ouvre le robinet du gaz, celui donc qui est le plus proche du meurtre dans le temps et l'espace, effectue une fonction technique sous le contrôle de ses supérieurs et des médecins. Les ouvriers qui vident la chambre fournissent un travail nécessaire d'assainissement, fort répugnant, qui plus est. Le policier suit sa procédure, qui est de constater un décès et de noter qu'il a eu lieu sans violation des lois en vigueur. Qui donc est coupable ? Tous ou personne ? Pourquoi l'ouvrier affecté au gaz serait-il plus coupable que l'ouvrier affecté aux chaudières, au jardin, aux véhicules ? Il en va de même pour toutes les facettes de cette immense entreprise. L'aiguilleur des voies ferrées, par exemple, est-il coupable de la mort des Juifs aiguillés par lui vers un camp ? Cet ouvrier est un fonctionnaire, il fait le même travail depuis vingt ans, il aiguille des trains selon un plan, il n'a pas à savoir ce qu'il y a dedans. Ce n'est pas sa faute si ces Juifs sont transportés d'un point A, via son aiguillage, à un point B, où on les tue. Pourtant, cet aiguilleur joue un rôle crucial dans le travail d'extermination : sans lui, le train de Juifs ne peut pas arriver au point B. De même pour le fonctionnaire chargé de réquisitionner des appartements pour les sinistrés des bombardements, l'imprimeur qui prépare les avis de déportation, le fournisseur qui vend du béton ou du barbelé à la SS, le sous-officier de l'intendance qui délivre de l'essence à un Teilkommando de la SP, et Dieu là-haut qui permet tout ça. Bien entendu, on peut établir des niveaux de responsabilité pénale relativement précis, qui permettent d'en condamner certains et de laisser tous les autres à leur conscience, pour peu qu'ils en aient une ; c'est d'autant plus facile qu'on rédige les lois après les faits, comme à Nuremberg. Mais même là on a fait un peu n'importe quoi. Pourquoi avoir pendu Streicher, ce bouseux impuissant, mais pas le sinistre von dem Bach-Zelewski ? Pourquoi avoir pendu mon supérieur Rudolf Brandt, et pas le sien, Wolff ? Pourquoi avoir pendu le ministre Frick et pas son subordonné Stuckart, qui faisait tout le travail ? Un homme heureux, ce Stuckart, qui ne s'est jamais souillé les mains que d'encre, jamais de sang. Encore une fois, soyons clairs : je ne cherche pas à dire que je ne suis pas coupable de tel ou tel fait. Je suis coupable, vous ne l'êtes pas, c'est bien. Mais vous devriez quand même pouvoir vous dire que ce que j'ai fait, vous l'auriez fait aussi. Avec peut-être moins de zèle, mais peut-être aussi moins de désespoir, en tout cas d'une façon ou d'une autre. Je pense qu'il m'est permis de conclure comme un fait établi par l'histoire moderne que tout le monde, ou presque, dans un ensemble de circonstances donné, fait ce qu'on lui dit ; et, excusez-moi, il y a peu de chances pour que vous soyez l'exception, pas plus que moi. Si vous êtes né dans un pays ou à une époque où non seulement personne ne vient tuer votre femme, vos enfants, mais où personne ne vient vous demander de tuer les femmes et les enfants des autres, bénissez Dieu et allez en paix. Mais gardez toujours cette pensée à l'esprit : vous avez peut-être eu plus de chance que moi, mais vous n'êtes pas meilleur. Car si vous avez l'arrogance de penser l'être, là commence le danger. On se plaît à opposer l'État, totalitaire ou non, à l'homme ordinaire, punaise ou roseau. Mais on oublie alors que l'État est composé d'hommes, tous plus ou moins ordinaires, chacun avec sa vie, son histoire, la série de hasards qui ont fait qu'un jour il s'est retrouvé du bon côté du fusil ou de la feuille de papier alors que d'autres se retrouvaient du mauvais. Ce parcours fait très rarement l'objet d'un choix, voire d'une prédisposition. Les victimes, dans la vaste majorité des cas, n'ont pas plus été torturées ou tuées parce qu'elles étaient bonnes que leurs bourreaux ne les ont tourmentées parce qu'ils étaient méchants. Il serait un peu naïf de le croire, et il suffit de fréquenter n'importe quelle bureaucratie, même celle de la Croix-Rouge, pour s'en convaincre. Staline, d'ailleurs, a procédé à une démonstration éloquente de ce que j'avance, en transformant chaque génération de bourreaux en victimes de la génération suivante, sans pour autant que les bourreaux viennent à lui manquer. Or la machine de l'État est faite de la même agglomération de sable friable que ce qu'elle broie, grain par grain. Elle existe parce que tout le monde est d'accord pour qu'elle existe, même, et très souvent jusqu'à la dernière minute, ses victimes. Sans les Höss, les Eichmann, les Goglidze, les Vychinski, mais aussi sans les aiguilleurs de trains, les fabricants de béton et les comptables des ministères, un Staline ou un Hitler n'est qu'une outre gonflée de haine et de terreurs impuissantes. Dire que la vaste majorité des gestionnaires des processus d'extermination n'étaient pas des sadiques ou des anormaux tient maintenant du lieu commun. Des sadiques, des détraqués, il y en a eu, bien entendu, comme dans toutes les guerres, et ils ont commis des atrocités sans nom, c'est la vérité. C'est aussi la vérité que la SS aurait pu intensifier ses efforts pour contrôler ces gens, même si elle en a plus fait qu'on ne le pense couramment; et ce n'est pas évident : allez le demander aux généraux français, ils étaient bien ennuyés, eux, en Algérie, avec leurs alcooliques et leurs violeurs, leurs tueurs d'officiers. Mais le problème n'est pas là. Des détraqués, il y en a partout, tout le temps. Nos faubourgs tranquilles pullulent de pédophiles et de psychopathes, nos asiles de nuit d'enragés mégalomanes; certains deviennent effectivement un problème, ils tuent deux, trois, dix, voire cinquante personnes — puis ce même État qui se servirait d'eux sans sourciller lors d'une guerre les écrase comme des moustiques gorgés de sang. Ces hommes malades ne sont rien. Mais les hommes ordinaires dont est constitué l'État — surtout en des temps instables —, voilà le vrai danger. Le vrai danger pour l'homme c'est moi, c'est vous. Et si vous n'en êtes pas convaincu, inutile de lire plus loin. Vous ne comprendrez rien et vous vous fâcherez, sans profit ni pour vous ni pour moi.

Comme la plupart, je n'ai jamais demandé à devenir un assassin. Si je l'avais pu, je l'ai déjà dit, j'aurais fait de la littérature. Écrire, si j'en avais eu le talent, sinon peut-être enseigner, quoi qu'il en soit vivre au sein des choses belles et calmes, des meilleures créations du vouloir humain. Qui, de sa propre volonté, à part un fou, choisit le meurtre ? Et puis j'aurais voulu jouer du piano. Un jour, au concert, une dame d'un certain âge se pencha vers moi : « Vous êtes pianiste, je crois ? » — « Hélas, madame, non », dus-je répondre à regret. Aujourd'hui encore, que je ne joue pas du piano et n'en jouerai jamais, cela me suffoque, parfois même plus que les horreurs, la rivière noire de mon passé qui me porte par les années. Je n'en reviens littéralement pas. Quand j'étais encore petit, ma mère m'a acheté un piano. C'était pour mon neuvième anniversaire, je pense. Ou mon huitième. En tout cas avant que nous partions habiter en France avec ce Moreau. Cela faisait des mois et des mois que je la suppliais. Je rêvais d'être pianiste, un grand pianiste de concert : sous mes doigts, des cathédrales, légères comme des bulles. Mais nous n'avions pas d'argent. Mon père était parti depuis quelque temps, ses comptes (je l'ai appris bien plus tard) étaient bloqués, ma mère devait se débrouiller. Mais là, elle avait trouvé l'argent, je ne sais comment, elle avait dû économiser, ou elle avait emprunté ; peut-être même s'est-elle prostituée, je ne sais pas, ça n'a pas d'importance. Sans doute avait-elle formé des ambitions pour moi, elle voulait cultiver mes talents. Ainsi, le jour de mon anniversaire, on nous livra ce piano, un beau piano droit. Même d'occasion, il avait dû coûter cher. Au début, j'étais émerveillé. Je pris des leçons ; mais mon manque de progrès m'ennuya rapidement, et je laissai vite tomber. Faire des gammes, ce n'était pas ce que j'avais imaginé, j'étais comme tous les enfants. Ma mère n'osa jamais me reprocher ma légèreté et ma paresse ; mais je conçois bien que l'idée de tout cet argent gaspillé a dû la ronger. Le piano resta là à accumuler de la poussière ; ma sœur ne s'y intéressait pas plus que moi ; je n'y songeai plus, et remarquai à peine lorsque enfin ma mère le revendit, à perte certainement. Je n'ai jamais vraiment aimé ma mère, je l'ai même détestée, mais cet incident me rend triste pour elle. C'est aussi un peu sa faute. Si elle avait insisté, si elle avait su être sévère lorsqu'il le fallait, j'aurais pu apprendre à jouer du piano, et cela m'aurait été une grande joie, un refuge sûr. Jouer juste pour moi, à la maison, cela m'aurait comblé. Bien entendu, j'écoute souvent de la musique, et j'y prends un vif plaisir, mais ce n'est pas la même chose, c'est un substitut. Tout comme mes amours masculines : la réalité, je ne rougis pas de le dire, c'est que j'aurais sans doute préféré être une femme. Pas nécessairement une femme vivante et agissante dans ce monde, une épouse, une mère ; non, une femme nue, sur le dos, les jambes écartées, écrasée sous le poids d'un homme, agrippée à lui et percée par lui, noyée en lui en devenant la mer sans limites dans laquelle lui-même se noie, plaisir sans fin, et sans début aussi. Or il n'en a pas été ainsi. À la place, je me suis retrouvé juriste, fonctionnaire de la sécurité, officier SS, puis directeur d'une usine de dentelle. C'est triste, mais c'est comme ça.

Ce que je viens d'écrire est vrai, mais il est aussi vrai que j'ai aimé une femme. Une seule, mais plus que tout au monde. Or celle-là, justement, c'était celle qui m'était interdite. Il est fort concevable qu'en rêvant d'être une femme, en me rêvant un corps de femme, je la cherchais encore, je voulais me rapprocher d'elle, je voulais être comme elle, je voulais être elle. C'est tout à fait plausible, même si ça ne change rien. Les types avec qui j'ai couché, je n'en ai jamais aimé un seul, je me suis servi d'eux, de leurs corps, c'est tout. Elle, son amour aurait suffi à ma vie. Ne vous moquez pas : cet amour, c'est sans doute la seule chose bonne que j'ai faite. Tout cela, songez-vous sans doute, peut paraître un peu étrange pour un officier de la *Schutzstaffel*. Mais pourquoi un SS-Obersturmbannführer n'aurait-il pas pu avoir une vie intérieure, des désirs, des passions comme n'importe quel homme ? Ceux d'entre nous que vous jugez encore comme des criminels, il y en a eu des centaines de milliers : parmi eux, comme parmi tous les humains, il y avait des hommes banals, certes, mais aussi des hommes peu ordinaires, des artistes, des hommes de culture, des névrosés, des homosexuels, des hommes amoureux de leur mère, que sais-je encore, et pourquoi pas ? Aucun n'était plus typique que n'importe quel homme dans n'importe quelle profession. Il y a des hommes d'affaires qui aiment le bon vin et les cigares, des hommes d'affaires obsédés par l'argent, et aussi des hommes d'affaires qui se fichent un godemiché dans l'anus pour aller au bureau et cachent, sous leurs costumes trois pièces, des tatouages obscènes : cela nous semble une évidence, pourquoi n'en serait-il pas de même à la SS ou la Wehrmacht ? Nos médecins militaires trouvaient plus souvent qu'on ne le pense des sous-vêtements féminins lorsqu'ils découpaient les uniformes des blessés. Affirmer que je n'étais pas typique, cela ne veut rien dire. Je vivais, j'avais un passé, un passé lourd et onéreux, mais cela arrive, et je le gérais à ma manière. Puis la guerre est venue, je servais, et je me suis retrouvé au cœur de choses affreuses, d'atrocités. Je n'avais pas changé, j'étais toujours le même homme, mes problèmes n'étaient pas résolus, même si la guerre m'a posé de nouveaux problèmes, même si ces horreurs m'ont transformé. Il est des hommes pour qui la guerre, ou même le meurtre, sont une solution, mais moi je ne suis pas de ceux-là, pour moi, comme pour la plupart des gens, la guerre et le meurtre sont une question, une question sans réponse, car lorsqu'on crie dans la nuit, personne ne répond. Et une chose en entraîne une autre : j'ai commencé dans le cadre du service, puis, sous la pression des événements, j'ai fini par déborder ce cadre ; mais tout cela est lié, étroitement, intimement lié : dire que s'il n'y avait pas eu la guerre, j'en serais quand même venu à ces extrémités, c'est impossible. Ce serait peut-être arrivé, mais peut-être non, peut-être aurais-je trouvé une autre solution. On ne peut pas savoir. Eckhart a écrit : *Un ange en Enfer vole dans son propre petit nuage de Paradis.* J'ai toujours compris que l'inverse aussi devait être vrai, qu'un démon au Paradis volerait au sein de son propre petit nuage d'Enfer. Mais je ne pense pas être un démon. Pour ce que j'ai fait, il y avait toujours des raisons, bonnes ou mauvaises, je ne sais pas, en tout cas des raisons humaines. Ceux qui tuent sont des hommes, comme ceux qui sont tués, c'est cela qui est terrible. Vous ne pouvez jamais dire : Je ne tuerai point, c'est impossible, tout au plus pouvez-vous dire : J'espère ne point tuer. Moi aussi je l'espérais, moi aussi je voulais vivre une vie bonne et utile, être un homme parmi les hommes, égal aux autres, moi aussi je voulais apporter ma pierre à l'œuvre commune. Mais mon espérance a été déçue, et l'on s'est servi de ma sincérité pour accomplir une œuvre qui s'est révélée mauvaise et malsaine, et j'ai *passé les sombres bords*, et tout ce mal est entré dans ma propre vie, et rien de tout cela ne pourra être réparé, jamais. Les mots non plus ne servent à rien, ils disparaissent comme de l'eau dans le sable, et ce sable emplit ma bouche. Je vis, je fais ce qui est possible, il en est ainsi de tout le monde, je suis un homme comme les autres, je suis un homme comme vous. Allons, puisque je vous dis que je suis comme vous !

ALLEMANDES I ET II

À la frontière on avait jeté un pont flottant. Tout à côté, vautrées dans les eaux grises du Bug, émergeaient encore les travées gauchies du pont métallique dynamité par les Soviétiques. Nos sapeurs avaient monté le nouveau en une nuit, disait-on, et des Feldgendarmes impassibles, dont les plaques en demi-lune lançaient des éclats de soleil, réglaient la circulation avec aplomb, comme s'ils étaient encore chez eux. La Wehrmacht avait priorité ; on nous dit d'attendre. Je contemplai la grande rivière paresseuse, les petits bois tranquilles de l'autre côté, la cohue sur le pont. Puis ce fut notre tour de passer et tout de suite après commençait comme un boulevard de carcasses de matériel russe, des camions brûlés et affaissés, des chars éventrés telles des boîtes de conserve, des trains d'artillerie tordus comme des fétus, renversés, balayés, enchevêtrés en une interminable bande calcinée faite d'entassements irréguliers, longeant les bas-côtés. Au-delà les bois rutilaient sous la lumière splendide de l'été. La route de terre battue avait été dégagée mais on y voyait les traces des explosions, les grandes taches d'huile, des débris éparpillés. Puis venaient les premières maisons de Sokal. Au centre-ville, quelques incendies crépitaient encore doucement ; des cadavres poudreux, la plupart en vêtements civils, obstruaient une partie de la rue, mêlés aux décombres et aux gravats ; et en face, dans l'ombre d'un parc, des croix blanches surmontées de curieuses petites toitures s'alignaient proprement sous les arbres. Deux soldats allemands y peignaient des noms. Nous attendîmes là tandis que Blobel, accompagné de Strehlke, notre officier d'intendance, partait au QG. Une odeur douceâtre, vaguement écœurante, se mêlait à l'âcreté des fumées. Blobel revint bientôt : « C'est bon. Strehlke s'occupe des quartiers. Suivez-moi. »

L'AOK [1] nous avait mis dans une école. « Je suis désolé, s'excusa un petit intendant en feldgrau froissé. On est encore en train de s'organiser. Mais on vous enverra des rations. » Notre commandant en second, von Radetzky, un Balte élégant, agita une main gantée et sourit : « Ça ne fait rien. On ne va pas rester. » Il n'y avait pas de lits, mais nous avions apporté des couvertures ; les hommes s'asseyaient sur les petites chaises des écoliers. Nous devions être environ soixante-dix. Le soir, on touchait effectivement une soupe aux choux et aux patates, presque froide, des oignons crus, et des blocs d'un pain noir, gluant, qui séchait dès qu'on le coupait. J'avais faim, je le mangeai trempé dans la soupe et croquai à même les oignons. Von Radetzky organisa une garde. La nuit se passa paisiblement.

Le lendemain matin, le Standartenführer Blobel, notre commandant, réunit ses Leiter pour se rendre au QG. Le Leiter III, mon supérieur direct, voulait taper un rapport et m'envoya à sa place. L'état-major de la 6ᵉ armée, l'AOK 6, auquel nous étions rattachés, avait occupé une large bâtisse austro-hongroise, à la façade gaiement ravalée en orange, rehaussée de colonnes et de décorations en stuc, et criblée de petits éclats. Un Oberst, visiblement un familier de Blobel, nous reçut : « Le Generalfeldmarschall travaille dehors. Suivez-moi. » Il nous mena vers un vaste parc qui s'étendait du bâtiment jusqu'à un méandre du Bug, en contrebas. Près d'un arbre isolé, un homme en maillot de bain marchait à grands pas, entouré d'une nuée bourdonnante d'officiers aux uniformes trempés de sueur. Il se tourna vers nous : « Ah, Blobel ! Bonjour, meine Herren. » Nous le saluâmes : c'était le Generalfeldmarschall von Reichenau, le commandant en chef de l'armée. Sa poitrine bombée et velue rayonnait de vigueur ; fiché dans la graisse où, malgré sa carrure athlétique, achevait de se noyer la finesse prussienne de ses traits, son célèbre monocle luisait au soleil, incongru, presque ridicule. Tout en formulant des instructions précises et méticuleuses il continuait ses allées et venues saccadées ; il fallait le suivre, c'était un peu déconcertant ; je me cognai à un Major et ne saisis pas grand-chose. Puis il s'arrêta pour nous congédier. « Ah oui ! Autre chose. Pour les Juifs, cinq fusils, c'est trop, vous n'avez pas assez d'hommes. Deux fusils par condamné suffiront. Pour les bolcheviques, on verra combien il y en a. Si c'est des femmes vous pouvez utiliser un peloton complet. » Blobel

---

1. L'auteur négligeant souvent d'expliciter de nombreux termes du vocabulaire militaire et administratif allemand, peu connus en dehors des milieux spécialisés, nous avons jugé souhaitable d'ajouter un glossaire et une table des grades à la fin du volume, et invitons le lecteur à s'y reporter. (*N. d. É.*)

salua : « *Zu Befehl*, Herr Generalfeldmarschall. » Von Reichenau claqua ses talons nus et leva le bras : « Heil Hitler ! » — « Heil Hitler ! »
nous répondîmes tous en chœur avant de battre en retraite.

Le Sturmbannführer Dr. Kehrig, mon supérieur, accueillit mon rapport d'un air maussade. « C'est tout ? » — « Je n'ai pas tout entendu,
Herr Sturmbannführer. » Il fit une moue tout en jouant distraitement
avec ses papiers. « Je ne comprends pas. De qui devons-nous recevoir
nos ordres, à la fin ? De Reichenau ou de Jeckeln ? Et le Brigadeführer
Rasch, où est-il ? » — « Je ne sais pas, Herr Sturmbannführer. »
— « Vous ne savez pas grand-chose, Obersturmführer. Allez, rompez. »

Blobel convoqua tous ses officiers le lendemain. Tôt le matin, une
vingtaine d'hommes étaient partis avec Callsen. « Je l'ai envoyé à Lutsk
avec un Vorkommando. L'ensemble du Kommando suivra dans un jour
ou deux. C'est là que nous établirons notre état-major, pour le moment.
L'AOK va aussi être transféré à Lutsk. Nos divisions avancent vite, il
faut se mettre au travail. J'attends l'Obergruppenführer Jeckeln, qui va
nous donner des instructions. » Jeckeln, un vétéran du Parti âgé de quarante-six ans, était le Höhere SS- und Polizeiführer pour le sud de la
Russie ; à ce titre, toutes les formations SS de la zone, y compris la
nôtre, dépendaient de lui d'une manière ou d'une autre. Mais la question de la chaîne de commandement continuait à travailler Kehrig :
« Alors, nous sommes sous le contrôle de l'Obergruppenführer ? »
— « Administrativement, nous dépendons de la 6ᵉ armée. Mais tactiquement nous recevons nos ordres du RSHA, via le Gruppenstab, et
du HSSPF. C'est clair ? » Kehrig dodelina de la tête et soupira : « Pas
tout à fait, mais j'imagine que les détails s'éclairciront au fur et à
mesure. » Blobel s'empourpra : « Mais on vous a bien tout expliqué à
Pretzsch, bon sang ! » Kehrig garda son calme. « À Pretzsch, Herr Standartenführer, on ne nous a absolument rien expliqué. On nous a servi
des discours et on nous a fait faire du sport. C'est tout. Je vous rappelle
qu'à la réunion avec le Gruppenführer Heydrich, la semaine dernière,
les représentants du SD n'ont pas été conviés. Je suis certain qu'il y
avait de bonnes raisons, mais le fait est que je n'ai aucune idée de ce
que je dois faire, à part écrire des rapports sur le moral et le comportement de la Wehrmacht. » Il se tourna vers Vogt, le Leiter IV : « Vous y
étiez, vous, à cette réunion. Eh bien, lorsqu'on nous expliquera nos
tâches, nous les exécuterons. » Vogt tapotait sur la table avec un stylo,
l'air gêné. Blobel mâchonnait l'intérieur de ses joues, et fixait un point
du mur avec des yeux noirs. « Bon, aboya-t-il finalement. De toute
façon, l'Obergruppenführer arrive ce soir. On verra ça demain. »

Cette réunion peu concluante s'est sans doute tenue le 27 juin, car le lendemain on nous convoqua à un discours de l'Obergruppenführer Jeckeln et mes livres affirment que ce discours eut lieu le 28. Jeckeln et Blobel s'étaient probablement dit que les hommes du Sonderkommando avaient besoin d'un peu de direction et de motivation ; en fin de matinée, le Kommando entier vint se ranger dans la cour de l'école pour écouter le HSSPF. Jeckeln ne mâcha pas ses mots. Notre tâche, nous expliqua-t-il, était d'identifier et d'éliminer tout élément derrière nos lignes susceptible de menacer la sécurité de nos troupes. Tout bolchevique, tout commissaire du peuple, tout Juif et tout Tsigane pouvait à n'importe quel moment dynamiter nos quartiers, assassiner nos hommes, faire dérailler nos trains, ou transmettre à l'ennemi des renseignements vitaux. Notre devoir n'était pas d'attendre qu'il ait agi et de le punir mais de l'empêcher d'agir. Il n'était pas non plus question, vu la rapidité de notre avancée, de créer et de remplir des camps : tout suspect serait passé par les armes. Pour les juristes parmi nous, il rappelait que l'URSS avait refusé de signer les conventions de La Haye, et qu'ainsi le droit international régissant nos actions à l'Ouest ne s'appliquait pas ici. Il y aurait certainement des erreurs, certainement des victimes innocentes, mais cela, hélas, c'était la guerre ; lorsqu'on bombarde une ville, des civils meurent aussi. Que cela nous serait à l'occasion pénible, que notre sensibilité et notre délicatesse d'hommes et d'Allemands en souffriraient parfois, il le savait ; nous devrions triompher de nous-mêmes ; et il ne pouvait que nous rapporter une parole du Führer, qu'il avait entendue de sa propre bouche : *Les chefs doivent à l'Allemagne le sacrifice de leurs doutes.* Merci et Heil Hitler. Cela avait au moins le mérite de la franchise. À Pretzsch, les discours de Müller ou de Streckenbach redondaient de belles phrases sur le besoin d'être impitoyable et sans merci, mais sauf pour nous confirmer qu'effectivement nous allions en Russie, ils s'en étaient tenus à des généralités. Heydrich, à Düben, lors de la parade de départ, aurait peut-être été plus explicite ; mais à peine avait-il pris la parole qu'une pluie violente s'abattait : il avait annulé son discours et filé à Berlin. Notre confusion n'était donc pas surprenante, d'autant que peu d'entre nous avaient la moindre expérience opérationnelle ; moi-même, depuis mon embauche au SD, je ne faisais à peu près que compiler des dossiers juridiques, et j'étais loin d'être l'exception. Kehrig s'occupait de questions constitutionnelles ; même Vogt, le Leiter IV, venait du département des fichiers. Quant au Standartenführer Blobel, on l'avait tiré de la *Staatspolizei* de Düsseldorf, il n'avait sans doute jamais fait qu'arrêter des asociaux ou des homosexuels, avec peut-être un communiste de temps en temps. À Pretzsch, on racontait qu'il avait été architecte : il n'avait visiblement pas fait carrière. Ce n'était pas ce qu'on peut appeler un homme agréable. Il était agressif, presque brutal avec ses collègues. Son visage rond, au menton écrasé et aux oreilles décollées, semblait juché sur son col d'uniforme comme la tête nue d'un vautour, ressemblance encore accentuée par son nez en forme de bec. Chaque fois que je passais près de lui, il puait l'alcool ; Häfner affirmait qu'il tentait de soigner une dysenterie. J'étais heureux de ne pas avoir affaire à lui directement, et le Dr. Kehrig, qui y était obligé, paraissait en souffrir. Lui-même semblait peu à sa place ici. Thomas, à Pretzsch, m'expliquait qu'on avait pris la plupart des officiers dans les bureaux où ils n'étaient pas indispensables ; on leur avait distribué d'office des grades SS (c'est ainsi que je me suis retrouvé SS-Obersturmführer, l'équivalent d'un de vos lieutenants) ; Kehrig, Oberregierungsrat ou conseiller gouvernemental à peine un mois plus tôt, avait bénéficié de son rang dans le fonctionnariat pour être promu Sturmbannführer ; et il avait de toute évidence du mal à s'habituer à ses nouvelles épaulettes, comme à ses nouvelles fonctions. Quant aux sous-officiers et aux hommes de troupe, ils provenaient pour la plupart de la petite classe moyenne, des boutiquiers, des comptables, des commis, le type d'homme qui s'engageait à la SA pendant la crise dans l'espoir de trouver du travail, et n'en était jamais sorti. On comptait parmi eux un certain nombre de *Volksdeutschen* des pays Baltes ou de la Ruthénie, des hommes mornes, ternes, peu à l'aise dans leurs uniformes, dont l'unique qualification était leur connaissance du russe ; certains n'arrivaient même pas à se faire comprendre en allemand. Von Radetzky, il est vrai, tranchait sur le lot : il se vantait de connaître aussi bien l'argot des bordels de Moscou, où il était né, que celui de Berlin, et avait toujours l'air de savoir ce qu'il faisait, même quand il ne faisait rien. Il parlait aussi un peu l'ukrainien, il avait apparemment travaillé dans l'import-export ; comme moi, il venait du *Sicherheitsdienst*, le Service de sécurité de la SS. Son affectation au secteur Sud le désespérait ; il avait rêvé d'être au Centre, d'entrer en conquérant à Moscou, *de fouler de ses bottes les tapis du Kremlin*. Vogt le consolait en lui disant qu'on trouverait de quoi s'amuser à Kiev, mais von Radetzky faisait la moue : « C'est vrai que la *lavra* est magnifique. Mais à part ça, c'est un trou. » Le soir du discours de Jeckeln, nous reçûmes l'ordre de réunir nos affaires et de nous préparer à marcher le lendemain : Callsen était prêt à nous recevoir.

Lutsk brûlait encore à notre arrivée. Une estafette de la Wehrmacht nous prit en charge pour nous guider vers nos quartiers ; il fallait contourner la vieille ville et le fort, le chemin était compliqué. Kuno Callsen avait réquisitionné l'Académie de musique, près de la grande place, au pied du château : un bel édifice du XVIIᵉ siècle, simple, un ancien monastère qui avait aussi servi de prison, au siècle dernier. Callsen nous attendait sur le perron avec quelques hommes. « C'est un endroit pratique, m'expliqua-t-il tandis qu'on déchargeait le matériel et nos affaires. Il y a encore des cellules dans la cave, il y a juste à refaire les serrures, j'ai déjà commencé. » Aux geôles, je préférais pour ma part la bibliothèque, mais tous les volumes étaient en russe ou en ukrainien. Von Radetzky y promenait aussi son nez bulbeux et ses yeux vagues, préoccupé par les moulures décoratives ; lorsqu'il passa près de moi, je lui fis remarquer qu'il n'y avait aucun livre polonais. « C'est curieux, Herr Sturmbannführer. Il n'y a pas si longtemps, c'était la Pologne, ici. » Von Radetzky haussa les épaules : « Vous pensez bien que les staliniens auront tout purgé. » — « En deux ans ? » — « Deux années ça suffit. Surtout pour une Académie de musique. »

Le Vorkommando était déjà débordé. La Wehrmacht avait arrêté des centaines de Juifs et de pillards et voulait que nous nous en occupions. Les feux continuaient à brûler et il semblait que des saboteurs les entretenaient. Et puis il y avait le problème du vieux fort. Le Dr. Kehrig, en rangeant ses dossiers, avait retrouvé son Baedeker et me l'avait tendu par-dessus les caisses éventrées pour me montrer la notice : « Le château de Lubart. C'est un prince lituanien qui l'a construit, voyez. » La cour centrale regorgeait de cadavres, des prisonniers fusillés par le NKVD avant leur retraite, disait-on. Kehrig me demanda d'aller voir. Ce château présentait d'immenses murs de briques, bâtis sur des remparts de terre, et surmontés de trois tours ; des sentinelles de la Wehrmacht gardaient le portail, il fallut l'intervention d'un officier de l'Abwehr pour que je puisse entrer. « Excusez-nous. Le Generalfeldmarschall nous a ordonné de sécuriser le lieu. » — « Bien sûr, je comprends. » Une puanteur abominable me saisit le visage dès la porte franchie. Je n'avais pas de mouchoir et appuyai un de mes gants sur mon nez pour tenter de respirer. « Prenez ceci, me proposa le Hauptmann de l'Abwehr en me tendant un tissu mouillé, ça aide un peu. » En effet, ça aidait un peu, mais pas assez ; j'avais beau respirer entre les lèvres, l'odeur m'emplissait les narines, douce, lourde, écœurante. Je déglutis convulsivement pour me retenir de vomir. « La première fois ? » fit doucement le Hauptmann. Je baissai le menton. « Vous vous habituerez, continua-t-il, jamais tout à fait, peut-être. » Lui-même blêmissait, mais ne se couvrait pas la bouche. Nous avions passé un long couloir voûté, puis une petite cour. « C'est par là. »

Les cadavres s'entassaient dans une grande cour pavée, en monticules désordonnés, dispersés çà et là. Un immense bourdonnement, obsédant, occupait l'air : des milliers de lourdes mouches bleues voletaient sur les corps, les mares de sang, de matières fécales. Mes bottes collaient aux pavés. Les morts gonflaient déjà, je contemplai leur peau verte et jaunâtre, les visages informes, comme ceux d'un homme battu. L'odeur était immonde ; et cette odeur, je le savais, c'était le début et la fin de tout, la signification même de notre existence. Cette pensée me chavirait le cœur. De petits groupes de soldats de la Wehrmacht munis de masques à gaz tentaient de démêler les empilements pour aligner les corps ; l'un d'eux tirait sur un bras, il se détacha et lui resta à la main ; il le jeta d'un geste las sur un autre tas. « Il y en a plus de mille, me dit l'officier de l'Abwehr, presque en murmurant. Tous les Ukrainiens et les Polonais qu'ils gardaient en prison depuis leur invasion. On a trouvé des femmes, même des enfants. » Je voulais fermer les yeux, ou mettre la main sur mes yeux, et en même temps je voulais regarder, regarder tout mon saoul et essayer de comprendre par le regard cette chose incompréhensible, là, devant moi, ce vide pour la pensée humaine. Désemparé, je me tournai vers l'officier de l'Abwehr : « Avez-vous lu Platon ? » Il me regarda, interloqué : « Quoi ? » — « Non, ce n'est rien. » Je fis demi-tour et quittai la place. Au fond de la première courette, une porte s'ouvrait à gauche, je la poussai, elle donnait sur des marches. Dans les étages, j'errai au hasard par les couloirs vides, puis remarquai un escalier en colimaçon, dans une des tours ; en haut, on accédait à une passerelle en bois fixée aux murailles. De là, je sentais l'odeur des incendies de la ville ; c'était quand même mieux et je respirais profondément, puis je tirai une cigarette de mon étui et l'allumai. J'avais l'impression que l'odeur des cadavres putréfiés me collait encore à l'intérieur du nez, je tentai de la chasser en exhalant la fumée par les narines, mais ne réussis qu'à me faire tousser convulsivement. Je regardai la vue. Au fond du fort se découpaient des jardins, de petits potagers avec quelques arbres fruitiers ; par-delà le mur je voyais la ville et la boucle du Styr ; de ce côté-là il n'y avait pas de fumée, et le soleil brillait sur la campagne. Je fumai tranquillement. Puis je redescendis et retournai à la grande cour. L'officier de l'Abwehr se trouvait toujours là. Il me fixa avec un air curieux mais sans ironie : « Ça va mieux ? » — « Oui, merci. » Je m'efforçai de prendre un ton officiel : « Vous avez un décompte précis ? C'est pour mon rapport. » — « Pas encore. Demain, je pense. » — « Et les nationalités ? » — « Je vous l'ai dit, des Ukrainiens, des Polonais sans doute. C'est difficile à dire, la plupart n'ont pas de papiers. Ils ont été fusillés en groupes, on voit qu'ils ont fait ça rapidement. » — « Il y a des Juifs ? » Il me regarda avec étonnement : « Bien sûr que non. Ce sont les Juifs qui ont fait ça. » Je grimaçai : « Ah oui, bien sûr. » Il se retourna vers les cadavres et resta silencieux un moment. « Quelle merde », marmonna-t-il enfin. Je le saluai. Dehors, des gamins s'attroupaient ; l'un d'eux m'adressa une question, mais je ne comprenais pas sa langue, je passai sans rien dire et retournai à l'Académie de musique rendre compte à Kehrig.

Le lendemain, le Sonderkommando se mit au travail pour de bon. Un peloton, sous les ordres de Callsen et de Kurt Hans, fusilla trois cents Juifs et vingt pillards dans les jardins du château. En compagnie du Dr. Kehrig et du Sturmbannführer Vogt, j'occupai ma journée en réunions de planification avec le chargé du renseignement militaire de la 6ᵉ armée, le Ic/AO Niemeyer, ainsi que plusieurs de ses collègues, dont le Hauptmann Luley, que j'avais rencontré la veille au fort et qui s'occupait du contre-espionnage. Blobel trouvait qu'on manquait d'hommes et voulait que la Wehrmacht nous en prête ; mais Niemeyer restait formel, c'était au Generalfeldmarschall et à son chef d'état-major, l'Oberst Heim, de décider ce genre de questions. Au cours d'une autre réunion, l'après-midi, Luley nous annonça d'une voix tendue qu'on avait trouvé dix soldats allemands parmi les morts du château, affreusement mutilés. « Ils étaient ligotés et on leur a coupé le nez, les oreilles, la langue et les parties génitales. » Vogt monta avec lui au château et revint avec un visage cireux : « Oui, c'est vrai, c'est horrible, ce sont des monstres. » Cette nouvelle créa une vive excitation, Blobel éructait dans les couloirs puis retournait voir Heim. Le soir il nous annonça : « Le Generalfeldmarschall veut mener une action punitive. Frapper un coup fort, décourager ces salopards. » Callsen nous fit un rapport sur les exécutions du jour. Cela s'était passé sans heurts, mais la méthode imposée par von Reichenau, avec seulement deux fusils par condamné, avait des désavantages : elle obligeait, si l'on voulait être sûr du coup, à viser la tête plutôt que la poitrine, cela causait des projections, les hommes recevaient du sang et de la cervelle au visage, ils se plaignaient. Ceci entraîna une discussion houleuse. Häfner lança : « Vous verrez que ça va finir au *Genickschuss*, comme les bolcheviques. » Blobel rougit et frappa la table d'un coup mat : « Meine Herren ! Un tel langage est inadmissible ! Nous ne sommes pas des bolcheviques !... Nous sommes des soldats allemands. Au service de notre *Volk* et de notre Führer ! Merde ! » Il se tourna vers Callsen : « Si vos hommes sont trop sensibles, on leur fera servir du schnaps. » Puis à Häfner : « De toute façon il n'est pas question de balles dans la nuque. Je ne veux pas que les hommes aient un sentiment de responsabilité personnelle. Les exécutions se dérouleront selon la méthode militaire, un point, c'est tout. »

Je restai la matinée suivante à l'AOK : ils avaient saisi des caisses de documents lors de la prise de la ville, je devais avec un traducteur passer ces dossiers en revue, notamment ceux du NKVD, et décider lesquels faire livrer au Sonderkommando pour analyse prioritaire. Nous cherchions tout spécialement des listes de membres du Parti communiste, du NKVD ou d'autres organes : nombre de ces gens devaient être restés en ville, confondus avec la population civile, pour commettre des actes d'espionnage ou de sabotage, il était urgent de les identifier. Vers midi, je retournai à l'Académie pour consulter le Dr. Kehrig. Au rez-de-chaussée régnait une certaine agitation : des groupes d'hommes piéti-naient dans les coins, chuchotant violemment. J'attrapai un Scharführer par la manche : « Que se passe-t-il ? » — « Je ne sais pas, Herr Ober-sturmführer. Je crois qu'il y a un problème avec le Standartenführer. » — « Où sont les officiers ? » Il m'indiqua l'escalier qui menait vers nos quartiers. À l'étage, je croisai Kehrig, qui descendait en marmonnant : « N'importe quoi, c'est vraiment n'importe quoi. » — « Que se passe-t-il ? » lui demandai-je. Il me jeta un coup d'œil morne et lança : « Mais comment voulez-vous qu'on travaille dans des conditions pareilles ? » Il continua son chemin. Je montai encore quelques marches et entendis un coup de feu, un bruit de verre brisé, des cris. Sur le palier, devant la porte ouverte de la chambre de Blobel, deux officiers de la Wehrmacht trépignaient en compagnie de Kurt Hans. « Que se passe-t-il ? » deman-dai-je à Hans. Il m'indiqua la chambre avec un geste du menton, les mains croisées derrière le dos. J'entrai. Blobel, assis sur son lit, botté mais sans veste, agitait un pistolet ; Callsen se dressait à côté de lui et essayait sans lui saisir le bras d'orienter le pistolet vers le mur ; un car-reau de la fenêtre avait sauté ; au sol, je remarquai une bouteille de schnaps. Blobel était livide, il criait des mots incohérents en postillon-nant. Häfner entra derrière moi : « Qu'est-ce qui se passe ? » — « Je ne sais pas, on dirait que le Standartenführer fait une crise. » — « Il pète les plombs, oui. » Callsen se retourna : « Ah, Obersturmführer. Allez demander aux gens de la Wehrmacht de nous excuser et de revenir un peu plus tard, voulez-vous ? » Je reculai et me cognai à Hans, qui s'était décidé à entrer. « August, va chercher un médecin », dit Callsen à Häfner. Blobel continuait à brailler : « C'est pas possible, c'est pas possible, ils sont malades, je vais les tuer. » Les deux officiers de la Wehrmacht se tenaient en retrait dans le couloir, raides, blêmes. « Meine Herren... », commençai-je. Häfner me bouscula et dévala les escaliers. Le Hauptmann couinait : « Votre Kommandant est devenu fou ! Il voulait nous tirer dessus. » Je ne savais pas quoi dire. Hans sortit derrière moi : « Meine Herren, nous vous demandons de nous excuser. Le Standartenführer est en pleine crise et nous avons fait appeler un médecin. Nous serons obligés de reprendre cet entretien plus tard. » Dans la chambre, Blobel poussait un cri strident : « Je vais les tuer, ces ordures, laissez-moi. » Le Hauptmann haussa les épaules : « Si c'est ça, les officiers supérieurs de la SS... On se passera de votre coopération. » Il se tourna vers son collègue en écartant les bras : « Ce n'est pas possible, ils ont dû vider les asiles. » Kurt Hans pâlit : « Meine Herren ! L'honneur de la SS... » Lui aussi beuglait maintenant. J'intervins enfin et lui coupai la parole. « Écoutez, je ne sais pas encore ce qui se passe, mais visiblement nous avons un problème d'ordre médical. Hans, inutile de s'emporter. Meine Herren, comme vous le disait mon collègue, il vaudrait peut-être mieux que vous nous excusiez pour le moment. » Le Hauptmann me toisa : « Vous êtes le Dr. Aue, n'est-ce pas ? Bon, allons-y », lança-t-il à son collègue. Dans l'escalier ils croisèrent Sperath, le médecin du Sonderkommando, qui montait avec Häfner : « C'est vous, le docteur ? » — « Oui. » — « Faites attention. Il pourrait vous tirer dessus aussi. » Je m'écartai pour laisser passer Sperath et Häfner, puis les suivis dans la chambre. Blobel avait posé son pistolet sur la table de nuit et parlait d'une voix hachée à Callsen : « Mais vous comprenez bien que ce n'est pas possible de fusiller autant de Juifs. Il faudrait une charrue, une charrue, il faut les labourer dans le sol ! » Callsen se tourna vers nous. « August. Occupe-toi du Standartenführer une minute, tu veux bien ? » Il prit Sperath par le bras, le tira de côté et se mit à chuchoter avec animation. « Merde ! » cria Häfner. Je me retournai, il se débattait avec Blobel qui essayait de saisir son pistolet. « Herr Standartenführer, Herr Standartenführer, calmez-vous, je vous en prie », m'écriai-je. Callsen revint à ses côtés et se mit à lui parler calmement. Sperath s'approcha aussi et lui prit le pouls. Blobel refit un geste en direction de son pistolet mais Callsen l'en détourna. Sperath lui parlait à son tour : « Écoutez, Paul, vous faites du surmenage. Je vais devoir vous faire une piqûre. » — « Non ! Pas de piqûre ! » Le bras de Blobel, lancé en l'air, frappa Callsen au visage. Häfner avait ramassé la bouteille et me la montrait en haussant les épaules : elle était presque vide. Kurt Hans restait près de la porte et regardait sans rien dire. Blobel poussait des exclamations presque incohérentes : « C'est ces ordures de la Wehrmacht qu'il faut fusiller ! Tous ! » puis se remettait à marmotter. « August, Obersturm-führer, venez m'aider », ordonna Callsen. À trois nous prîmes Blobel par les pieds et sous les bras et le couchâmes sur le lit. Il ne se débattit pas. Callsen roula sa veste en boule et la glissa sous sa tête ; Sperath lui retroussait la manche et lui faisait une piqûre. Il paraissait déjà un peu calmé. Sperath entraîna Callsen et Häfner vers la porte pour un conci-liabule et je restai au côté de Blobel. Ses yeux exorbités fixaient le pla-fond, un peu de salive moussait aux commissures de ses lèvres, il marmonnait encore : « Labourer, labourer les Juifs. » Discrètement, je glissai le pistolet dans un tiroir : personne n'y avait songé. Blobel sem-blait s'être endormi. Callsen revint vers le lit : « On va l'emmener à Lublin. » — « Comment ça, Lublin ? » — « Il y a un hôpital là-bas, pour ce genre de cas », expliqua Sperath. — « Une maison de fous, quoi », poussa grossièrement Häfner. — « August, ta gueule », le rembarra Callsen. Von Radetzky apparut sur le pas de la porte : « Qu'est-ce que c'est que ce foutoir ? » Kurt Hans prit la parole : « Le Generalfeld-marschall a donné un ordre et le Standartenführer était malade, il n'a pas supporté. Il voulait tirer sur des officiers de la Wehrmacht. » — « Il avait déjà de la fièvre ce matin », ajouta Callsen. En quelques mots, il détailla la situation à von Radetzky, ainsi que la proposition de Sperath. « Bon, trancha von Radetzky, on va faire comme a dit le docteur. Je vais l'emmener moi-même. » Il semblait un peu pâle. « Pour l'ordre du Generalfeldmarschall, vous avez commencé à vous organiser ? » — « Non, on n'a rien fait », dit Kurt Hans. — « Bon. Callsen, occupez-vous donc des préparatifs. Häfner, vous viendrez avec moi. » — « Pourquoi moi ? » se rembrunit Häfner. — « Parce que, claqua von Radetzky avec agacement. Allez faire préparer l'Opel du Standartenführer. Prenez des bidons d'essence en plus, au cas où. » Häfner insistait : « Janssen, il ne peut pas y aller, lui ? » — « Non, Janssen va aider Callsen et Hans. Hauptsturmführer, dit-il à l'intention de Callsen, vous êtes d'accord ? » Callsen hocha la tête pensivement : « Ce serait peut-être mieux que vous restiez et que je l'accompagne, Herr Sturmbannführer. Vous avez le commandement, maintenant. » Von Radetzky secoua la tête : « Juste-ment, je crois que ce serait mieux que ce soit moi qui l'accompagne. » Callsen gardait un air dubitatif : « Vous êtes sûr que vous ne feriez pas mieux de rester ? » — « Oui, oui. De toute façon, ne vous en faites pas : l'Obergruppenführer Jeckeln arrive tout à l'heure avec son état-major. La plupart d'entre eux sont déjà là, j'en reviens. Il prendra les choses en main. » — « Bon. Parce que moi, vous savez, une *Aktion* de cette ampleur... » Un fin sourire tordit les lèvres de von Radetzky : « Ne vous inquiétez pas. Allez voir l'Obergruppenführer, et assurez vos préparatifs : tout se passera bien, je vous le garantis. »

Une heure plus tard, les officiers se réunissaient dans la grande salle. Von Radetzky et Häfner étaient partis avec Blobel ; il avait encore donné des coups de pied lorsqu'on le chargeait dans l'Opel, Sperath avait été obligé de lui refaire une piqûre tandis que Häfner le tenait à bras-le-corps. Callsen prit la parole : « Bon, je pense que vous êtes tous plus ou moins au courant de la situation. » Vogt l'interrompit : « On pourrait peut-être récapituler ? » — « Si vous voulez. Ce matin, le Generalfeldmarschall a donné l'ordre de mener une action de représailles pour les dix soldats allemands trouvés mutilés à la forteresse. Il a ordonné qu'on exécute un Juif pour chaque personne assassinée par les bolcheviques, soit plus de mille Juifs. Le Standartenführer a reçu l'ordre et cela semble avoir précipité une crise... » — « C'est un peu la faute de l'armée, aussi, intervint Kurt Hans. Ils auraient pu envoyer quelqu'un avec plus de tact que ce Hauptmann. D'ailleurs, faire transmettre un ordre de cette importance par un Hauptmann, c'est presque une insulte. » — « Il faut reconnaître que toute cette histoire se reflète mal sur l'honneur de la SS », commenta Vogt. — « Écoutez, dit Sperath d'une voix acerbe, la question n'est pas là. Je peux vous dire que le Standartenführer était déjà malade, ce matin, il avait une forte fièvre. Un début de typhoïde, je pense. C'est certainement ça qui a précipité la crise. » — « Oui, mais enfin, il buvait beaucoup », fit remarquer Kehrig. — « C'est vrai, osai-je, il y avait une bouteille vide dans sa chambre. » — « Il avait des problèmes intestinaux, rétorqua Sperath. Il pensait que ça pouvait l'aider. » — « Quoi qu'il en soit, conclut Vogt, nous voilà sans commandant. Et sans commandant en second, d'ailleurs. Ça ne va pas. Je propose qu'en attendant le retour du Sturmbannführer von Radetzky, le Hauptsturmführer Callsen prenne le commandement du Sonderkommando. » — « Mais je ne suis pas le plus haut gradé, objecta Callsen. C'est vous ou le Sturmbannführer Kehrig. » — « Oui, mais nous ne sommes pas des officiers d'opération. Parmi les chefs des Teilkommandos, c'est vous le plus ancien. » — « Je suis d'accord », dit Kehrig. Callsen, le visage tendu, dardait les yeux d'un homme à l'autre, puis regarda vers Janssen, qui se détourna avant de hocher la tête. « Moi aussi, renchérissait Kurt Hans. Hauptsturmführer, c'est à vous de commander. » Callsen resta silencieux puis haussa les épaules : « Bon. Comme vous voulez. » — « J'ai une question », fit posément Strehlke, notre Leiter II. Il se tourna vers Sperath : « Docteur, selon vous, dans quel état est le Standartenführer ? Est-ce qu'on pourra compter sur son retour prochain ou non ? » Sperath eut une moue : « Je ne sais pas. C'est difficile à dire. Une partie de son affliction est certainement d'origine nerveuse, mais il doit y avoir aussi des causes organiques. Il faudra voir comment il va quand la fièvre baisse. » — « Si je vous ai bien compris, toussa Vogt, il ne reviendra pas tout de suite. » — « C'est peu probable. Pas dans les jours qui suivent, en tout cas. » — « Si ça se trouve, il ne reviendra pas du tout », lâcha Kehrig. Un silence se fit dans la salle. De toute évidence une pensée commune nous réunissait, même si personne ne voulait lui donner voix : ce ne serait peut-être pas une si mauvaise chose si Blobel ne revenait pas. Aucun de nous ne le connaissait un mois auparavant, et cela faisait à peine une semaine que nous étions sous ses ordres ; néanmoins, nous avions compris que travailler avec lui pourrait se révéler difficile, pénible même. Callsen rompit le silence : « Écoutez, ce n'est pas tout, mais il faut commencer à planifier l'action. » — « Oui, mais justement, reprit Kehrig avec véhémence, c'est absolument grotesque, cette histoire, ça n'a pas de sens. » — « Qu'est-ce qui est grotesque ? » demanda Vogt. — « Ces représailles, voyons ! On se croirait pendant la guerre de Trente Ans ! Et puis d'abord, comment voulez-vous bien identifier un millier de Juifs ? En une nuit ? » Il se tapota le nez. « À vue d'œil ? En examinant les nez ? En les mesurant ? » — « C'est vrai, ça, reconnut Janssen, qui n'avait rien dit jusque-là. Ça ne va pas être facile. » — « Häfner avait une idée », proposa laconiquement Kurt Hans. « On n'a qu'à leur demander de baisser le pantalon. » Kehrig explosa d'un coup : « Mais c'est absolument ridicule ! Vous avez tous perdu le bon sens !... Callsen, dites-le-leur. » Callsen restait sombre mais ne s'émut pas : « Écoutez, Sturmbannführer. Calmez-vous. Il doit bien y avoir une solution, j'en discuterai tout à l'heure avec l'Obergruppenführer. Quant au principe de la chose, ça ne me plaît pas plus qu'à vous. Mais ce sont les ordres. » Kehrig le fixait en se mordillant la langue ; visiblement, il cherchait à se contenir. « Et le Brigadeführer Rasch, éructa-t-il enfin, qu'en dit-il ? C'est notre supérieur direct, après tout. » — « Justement, c'est un autre problème. J'ai déjà essayé de le contacter, mais il semblerait que le Gruppenstab soit encore en marche. Je voudrais envoyer un officier à Lemberg pour lui faire un rapport et demander ses instructions. » — « Vous pensiez envoyer qui ? » — « Je songeais à l'Obersturmführer Aue. Vous pouvez vous en passer un jour ou deux ? » Kehrig se tourna vers moi : « Vous en êtes où avec ces dossiers, Obersturmführer ? » — « J'en ai déjà trié

une bonne partie. J'en ai encore pour quelques heures, je pense. » Callsen regarda sa montre : « De toute façon ça fait déjà court pour arriver
avant la nuit. » — « Bon, se décida Kehrig. Dans ce cas, finissez ce soir
et partez à l'aube. » — « Très bien... Herr Hauptsturmführer, demandai-je à Callsen, que désirez-vous que je fasse ? » — « Rendez compte
au Brigadeführer de la situation et du problème du Kommandant.
Expliquez-lui quelles ont été nos décisions et dites-lui que nous attendons ses instructions. » — « Pendant que vous y êtes, ajouta Kehrig,
prenez des renseignements sur la situation locale. Il paraît que c'est
assez confus, là-bas, je voudrais bien savoir ce qui se passe. » — « *Zu
Befehl.* »

Le soir venu, il me fallut quatre hommes pour monter les archives
sélectionnées aux bureaux du SD. Kehrig était d'humeur exécrable.
« Dites donc, Obersturmführer, s'écria-t-il quand il vit mes caisses, je
vous avais demandé de trier tout ça, il me semble ! » — « Vous devriez
voir ce que j'ai laissé là-bas, Herr Sturmbannführer. » — « Peut-être.
On va être obligés d'emprunter des traducteurs en plus. Bon. Votre
véhicule est prêt, vous demanderez Höfler. Partez tôt. Maintenant allez
voir Callsen. » Dans le couloir, je croisai l'Untersturmführer Zorn, un
autre officier subalterne, qui secondait généralement Häfner. « Ah,
Doktor Aue. Vous avez bien de la chance. » — « Pourquoi dites-vous
cela ? » — « Eh bien, de partir. Sale affaire, demain. » Je hochai la tête :
« Sans doute. Tout est prêt, alors ? » — « Je ne sais pas. Moi, je dois
juste m'occuper du cordon. » — « Zorn ne fait que se plaindre », grogna
Janssen, qui nous avait rejoints. — « Vous avez résolu le problème ? »
demandai-je. — « Lequel ? » — « Le problème des Juifs. Pour les trouver. » Il rit sèchement : « Oh, ça ! En fait c'était tout simple. L'AOK
fait imprimer des affiches : tous les Juifs sont priés de se présenter
demain matin sur la grande place pour le travail obligatoire. On prendra
ceux qui viennent. » — « Et vous croyez qu'il y en aura assez ? »
— « L'Obergruppenführer dit que oui, que ça marche à tous les coups.
Sinon, on arrêtera les meneurs juifs et on menacera de les fusiller s'il n'y
a pas le compte. » — « Je vois. » — « Ah, c'est une belle saloperie, tout
ça, gémit Zorn. Heureusement que je dois seulement m'occuper du cordon. » — « Au moins vous êtes là, maugréa Janssen. Ce n'est pas
comme ce cochon de Häfner. » — « Ce n'est pas sa faute, objectai-je. Il
voulait rester. C'est le Sturmbannführer qui a insisté pour qu'il
l'accompagne. » — « Oui, justement. Pourquoi il n'est pas là, lui ? » Il
me regarda d'un air mauvais. « Moi aussi, j'aimerais bien aller me bala-
der à Lublin ou à Lemberg. » Je haussai les épaules et allai trouver Call-

sen. Il était penché sur un plan de la ville avec Vogt et Kurt Hans. « Oui, Obersturmführer ? » — « Vous vouliez me voir. » Callsen semblait bien plus maître de lui-même que l'après-midi, presque détendu. « Vous direz au Brigadeführer Dr. Rasch que l'Obergruppenführer Jeckeln confirme les ordres de l'armée et prend l'*Aktion* sous son contrôle personnel. » Il me fixait avec des yeux sereins ; visiblement, la décision de Jeckeln lui ôtait un poids des épaules. « Il confirme aussi ma position comme commandant par intérim jusqu'au retour du Sturmbannführer von Radetzky, continua-t-il, à moins que le Brigadeführer n'ait une autre préférence. Enfin, pour l'*Aktion*, il nous prête des auxiliaires ukrainiens et une compagnie du 9ᵉ bataillon de réserve de la police. Voilà. » Je saluai et sortis sans dire un mot. Cette nuit-là, je restai longtemps éveillé : je songeais aux Juifs qui viendraient le lendemain. Je trouvais la méthode adoptée bien injuste ; seraient punis les Juifs de bonne volonté, ceux qui auraient mis leur confiance en la parole du Reich allemand ; quant aux autres, les lâches, les traîtres, les bolcheviques, ils resteraient cachés et on ne les trouverait pas. Comme disait Zorn, c'était une belle saloperie. J'étais heureux de partir à Lemberg, ce serait un voyage intéressant ; mais je n'étais pas satisfait d'éviter ainsi l'action ; je pensais qu'une chose comme cela, c'était un problème grave, mais qu'il fallait s'y confronter et le résoudre, pour soi-même au moins, et non pas le fuir. Les autres, Callsen, Zorn, voulaient tous se défausser, en tout cas ne pas endosser la responsabilité : ce n'était pas correct, à mon sens. Si nous commettions une injustice, il fallait y réfléchir, et décider si elle était nécessaire et inévitable, ou si elle n'était que le résultat de la facilité, de la paresse, du manque de pensée. C'était là une question de rigueur. Je savais que ces décisions étaient prises à un niveau bien supérieur au nôtre ; néanmoins, nous n'étions pas des automates, il importait non seulement d'obéir aux ordres, mais d'y adhérer ; or j'avais des doutes, et cela me troublait. Finalement je lus un peu et dormis quelques heures.

À quatre heures je m'habillai. Höfler, le chauffeur, m'attendait déjà au mess avec du mauvais café. « Si vous voulez j'ai aussi du pain et du fromage, Herr Obersturmführer. » — « Non, ça va, je n'ai pas faim. » Je bus mon café en silence. Höfler somnolait. Dehors, il n'y avait pas un bruit. Popp, le soldat qui devait me servir d'escorte, nous rejoignit et se mit à manger bruyamment. Je me levai et sortis fumer dans la cour. Le ciel était clair, les étoiles étincelaient par-dessus les hautes façades de l'ancien monastère, fermées et impassibles sous la douce lumière blanche. Je ne voyais pas la lune. Höfler sortit à son tour et me salua :

« C'est prêt, Herr Obersturmführer. » — « Tu as pris des bidons d'essence ? » — « Oui. Trois. » Popp se tenait près de la portière avant de l'Admiral, l'air maladroit et satisfait avec son fusil. Je lui fis signe de monter à l'arrière. « D'habitude, Herr Obersturmführer, l'escorte s'assoit devant. » — « Oui, mais je préfère que tu montes derrière. »

Après le Styr, Höfler obliqua par la route du sud. Des panneaux balisaient le chemin ; au vu de la carte nous en avions pour quelques heures. C'était un beau lundi matin, calme, paisible. Les villages endormis semblaient peu affectés par la guerre, les postes de contrôle nous laissaient passer sans difficulté. À notre gauche, déjà, le ciel pâlissait. Un peu plus tard le soleil, rougeâtre encore, apparut à travers les arbres. De fines touffes de brume collaient au sol ; entre les villages, de grands champs plats s'étalaient à perte de vue, entrecoupés de bosquets, de collines touffues et trapues. Le ciel virait lentement au bleu. « La terre doit être bonne, ici », commenta Popp. Je ne répondis pas et il se tut. À Radziechow nous fîmes une pause pour manger. De nouveau, des carcasses de blindés jonchaient les bas-côtés et les fossés, des isbas brûlées défiguraient les villages. La circulation augmentait, on croisait de longues colonnes de camions chargés de soldats et de vivres. Un peu avant Lemberg, un barrage nous obligea à nous garer pour laisser passer des panzers. La route tremblait, des volutes de poussière obscurcissaient nos vitres et se glissaient par les joints. Höfler m'offrit une cigarette ainsi qu'à Popp. Il fit une tête en allumant la sienne : « C'est vraiment de la merde, ces Sportnixe. » — « Ça va encore, dis-je. Il ne faut pas être difficile. » Les chars passés, un Feldgendarme s'approcha et nous fit signe de ne pas démarrer : « Il y a une autre colonne qui suit », criait-il. Je terminai ma cigarette et jetai le mégot par la portière. « Popp a raison, dit subitement Höfler. C'est un beau pays. On pourrait s'installer ici, après la guerre. » — « Tu viendrais t'installer ici, toi ? » lui demandai-je avec un sourire. Il haussa les épaules : « Ça dépend. » — « De quoi ? » — « Des bureaucrates. Si c'est comme chez nous, c'est pas la peine. » — « Et tu ferais quoi ? » — « Si je pouvais, Herr Obersturmführer ? J'ouvrirais un commerce, comme chez moi. Un bon tabac, avec un comptoir aussi, et puis peut-être des fruits et des légumes, à voir. » — « Et tu préférerais avoir ça ici que chez toi ? » Il frappa un coup sec sur le volant : « Ah, mais chez moi j'ai dû fermer. En 38 déjà. » — « Pourquoi ? » — « Eh bien, ces salopards des cartels, de la Reemtsma. Ils ont décidé qu'il fallait faire rentrer au moins cinq mille reichsmarks par an, pour être fourni. Dans mon village, il y a peut-être soixante familles, alors, avant de vendre pour cinq mille reichsmarks de cigarettes... Rien à faire, il n'y a qu'eux qui fournissent. Moi, j'étais le seul tabac du village, notre Parteiführer me soutenait, il a écrit des lettres au Gauleiter pour moi, on a tout essayé, rien à faire. Ça a fini au tribunal économique et j'ai perdu, alors j'ai dû fermer. Les légumes, ça suffisait pas. Et puis j'ai été appelé. » — « Alors y'a plus de tabac dans ton village ? » fit Popp de sa voix sourde. — « Ben non, comme tu vois. » — « Chez nous y en a jamais eu. » La seconde colonne de panzers arrivait et tout se remit à trembler. Une des vitres de l'Admiral, mal fixée, tintait follement dans son cadre. Je l'indiquai à Höfler et il hocha la tête. La colonne défilait, interminable : le front devait encore avancer à toute allure. Enfin le Feldgendarme nous signala que la route était libre.

À Lemberg, c'était le chaos. Aucun des soldats interrogés aux postes de contrôle ne pouvait nous indiquer le PC de la *Sicherheitspolizei* et du SD ; bien que la ville eût été prise deux jours auparavant, personne ne semblait s'être donné la peine de monter les panneaux tactiques. Nous suivions une grande rue un peu au hasard ; elle débouchait sur un long boulevard séparé en deux par un parc, et bordé de façades aux teintes pastel, coquettement ornées de moulures blanches. Les rues grouillaient de monde. Entre les véhicules militaires allemands circulaient des voitures et des camions ouverts, décorés de banderoles et de drapeaux bleu et jaune, bondés d'hommes en civil ou parfois en éléments d'uniformes, et armés de fusils et de pistolets ; ils hurlaient, chantaient, déchargeaient leurs armes en l'air ; sur les trottoirs et dans le parc, d'autres hommes, armés ou non, les acclamaient, mêlés à des soldats allemands indifférents. Un Leutnant de la Luftwaffe put enfin m'indiquer un PC de division ; de là, on nous envoya à l'AOK 17. Des officiers galopaient dans les escaliers, entraient, sortaient des bureaux en claquant les portes ; des dossiers soviétiques renversés et piétinés encombraient les couloirs ; dans le hall se tenait un groupe d'hommes avec des brassards bleu et jaune sur leurs costumes civils et des fusils ; ils discutaient vivement en ukrainien ou en polonais, je ne sais pas, avec des soldats allemands arborant un écusson frappé d'un rossignol. Je mis enfin la main sur un jeune Major de l'Abwehr : « L'Einsatzgruppe B ? Ils sont arrivés hier. Ils ont occupé les bureaux du NKVD. » — « Qui se trouvent où ? » Il me fixa d'un air épuisé : « Je n'en ai aucune idée. » Il me dénicha finalement un subalterne qui y avait été et le mit à ma disposition.

Sur le boulevard, la circulation avançait au pas, puis un attroupement bloquait tout. Je sortis de l'Opel voir ce qui se passait. Les gens s'époumonaient, applaudissaient ; certains avaient sorti des chaises d'un café

ou des caisses et s'étaient hissés dessus pour mieux voir ; d'autres
tenaient des enfants sur leurs épaules. Je me frayai péniblement un chemin. Au centre de la foule, dans un grand cercle dégagé, se pavanaient
des hommes en costumes pillés à un théâtre ou un musée, des mises
extravagantes, une perruque Régence avec une veste de hussard de
1812, une toge de magistrat bordée d'hermine, des armures mongoles et
des tartans écossais, un vêtement d'opérette mi-Romain, mi-Renais-
sance, avec une fraise ; un homme portait un uniforme de la cavalerie
rouge de Budienny, mais avec un haut-de-forme et un col en fourrure,
et agitait un long pistolet Mauser ; tous étaient munis de gourdins ou de
fusils. À leurs pieds plusieurs hommes à genoux léchaient le pavé ; de
temps en temps, un des types en costume leur décochait un coup de
pied ou de crosse ; la plupart d'entre eux saignaient abondamment ; la
foule hurlait de plus belle. Derrière moi, quelqu'un attaqua un air
entraînant à l'accordéon ; aussitôt, des dizaines de voix entonnèrent les
paroles, tandis que l'homme en kilt faisait apparaître un violon dont,
par défaut d'archet, il grattait les cordes comme une guitare. Un spectateur me tira par la manche et me cria d'un air exorbité : « Yid, yid,
kaputt ! » Mais cela, je l'avais déjà compris. Je me dégageai d'un coup
sec et retraversai la foule ; Höfler, entre-temps, avait fait demi-tour. « Je
crois qu'on peut passer par là », fit l'homme de l'Abwehr, désignant une
rue transversale. Nous nous retrouvâmes vite perdus. Enfin, Höfler eut
l'idée d'interpeller un passant : « NKVD ? NKVD ? » — « NKVD
kaputt ! » hurla joyeusement le type. Avec des gestes, il nous indiqua le
chemin : c'était en fait à deux cents mètres de l'AOK, nous étions partis dans la mauvaise direction. Je renvoyai notre guide et montai me
présenter. Rasch, m'informa-t-on, se trouvait en réunion avec tous ses
Leiter et des officiers de l'armée ; personne ne savait quand il pourrait
me recevoir. Enfin un Hauptsturmführer vint à ma rescousse : « Vous
arrivez de Lutsk ? On est déjà au courant, le Brigadeführer a parlé au
téléphone avec l'Obergruppenführer Jeckeln. Mais je suis sûr que votre
rapport l'intéressera. » — « Bien. J'attendrai, alors. » — « Oh, pas la
peine, il en a au moins pour deux heures. Vous n'avez qu'à aller visiter
la ville. La vieille ville, surtout, ça vaut la peine. » — « Les gens m'ont
l'air excités », fis-je remarquer. — « Ah pour ça, oui. Le NKVD a mas-
sacré trois mille personnes dans les prisons, avant de déguerpir. Et puis
tous les nationalistes ukrainiens et galiciens sont sortis des forêts, enfin,
Dieu sait où ils se cachaient, et ils sont un peu énervés. Les Juifs vont
passer un sale quart d'heure. » — « Et la Wehrmacht ne fait rien ? » Il
cligna de l'œil : « Ordres *d'en haut*, Obersturmführer. La population

nettoie les traîtres et les collaborateurs, ce n'est pas notre affaire. C'est un conflit interne. Bon, à tout à l'heure. » Il disparut dans un bureau et je ressortis. Les fusillades venant du centre ressemblaient à des chapelets de pétards un jour de kermesse. Je laissai Höfler et Popp avec l'Opel et me dirigeai à pied vers le boulevard central. Sous la colonnade régnait une atmosphère de liesse ; on avait jeté les portes et les fenêtres des cafés grandes ouvertes, les gens buvaient, criaient ; on me serrait la main au passage ; un homme enjoué me tendit une coupe de champagne, que je vidai ; avant que je ne puisse la lui rendre, il avait disparu. Mêlés à la foule, comme au carnaval, paradaient encore des hommes affublés de costumes de scène, certains portaient même des masques, amusants, hideux, grotesques. Je traversai le parc ; de l'autre côté commençait la vieille ville, d'un aspect tout différent du boulevard austro-hongrois : là, c'était de hautes maisons étroites de la Renaissance tardive, couronnées de toitures en pointe, avec des façades aux couleurs variées mais bien défraîchies, rehaussées d'ornements baroques en pierre. Il y avait beaucoup moins de monde dans ces ruelles. Une affiche macabre remplissait la vitrine d'un magasin fermé : on y voyait un agrandissement d'une photo de cadavres, avec une inscription en cyrillique ; je réussis seulement à déchiffrer les mots « Ukraine » et « *Jidy* », les Juifs. Je longeai une belle et grande église, certainement catholique ; elle était close et personne ne répondit lorsque je frappai. Par une porte ouverte plus bas dans la rue venaient des bruits de verre brisé, de coups, de cris ; un peu plus loin, un cadavre de Juif gisait le nez dans la rigole. Des petits groupes d'hommes armés, aux brassards bleu et jaune, conversaient avec des civils ; de temps en temps, ils entraient dans une maison et alors on entendait encore du vacarme, parfois des coups de feu. Devant moi, à l'étage, un homme jaillit brusquement à travers une croisée fermée et vint s'écraser presque à mes pieds au milieu d'une pluie de débris de verre ; je dus me jeter en arrière pour éviter les éclats ; et j'entendis distinctement le claquement sec de sa nuque lorsqu'il heurta le pavé. Un homme en bras de chemise et en casquette se pencha par la fenêtre défoncée ; en me voyant, il me lança joyeusement dans un allemand écorché : « Excusez-moi, Herr deutschen Offizier ! Je ne vous avais pas vu. » Mon angoisse montait, je contournai le cadavre et continuai en silence. Un peu plus loin, un homme barbu en robe de prêtre surgit d'un portail, au pied d'un haut beffroi ancien ; lorsqu'il me vit, il obliqua vers moi : « Herr Offizier ! Herr Offizier ! Venez, venez, je vous en prie. » Son allemand était meilleur que celui du défenestreur, mais il avait un accent curieux. Il me tira presque de force vers le portail. J'entendais des cris, des hurlements sauvages ; dans la cour de l'église, un groupe d'hommes battaient cruellement des Juifs couchés au sol, avec des gourdins ou des barres en fer. Certains des corps ne bougeaient plus sous les coups ; d'autres tressautaient encore. « Herr Offizier ! criait le prêtre, faites quelque chose, je vous en prie ! C'est une église, ici. » Je restai près du portail, indécis ; le prêtre essayait de me tirer par le bras. Je ne sais pas à quoi je pensais. L'un des Ukrainiens m'aperçut et dit quelque chose à ses camarades en faisant un signe de tête dans ma direction ; ils hésitèrent, s'arrêtèrent de frapper ; le prêtre leur lança un torrent de paroles que je ne compris pas, puis se retourna vers moi : « Je leur ai dit que vous donniez l'ordre de cesser. Je leur ai dit que les églises sont sacrées et que c'étaient des cochons, et que les églises étaient sous la protection de la Wehrmacht et que s'ils ne partaient pas ils seraient arrêtés. » — « Je suis tout seul », dis-je. — « C'est sans importance », rétorqua le prêtre. Il vociféra encore quelques phrases en ukrainien. Lentement, les hommes baissaient leurs gourdins. L'un d'entre eux m'adressa une tirade passionnée : je ne compris que les mots « Staline », « Galicie » et « Juifs ». Un autre cracha sur les corps. Il y eut un long moment de flottement incertain ; le prêtre cria encore quelques mots ; alors les hommes abandonnèrent les Juifs et remontèrent en file, puis disparurent dans la rue, sans dire un mot. « Merci, me dit le prêtre, merci. » Il courut examiner les Juifs. La cour était légèrement inclinée : en contrebas, une belle colonnade ombrée toiturée de cuivre vert s'adossait à l'église. « Aidez-moi, dit le prêtre. Celui-ci est encore vivant. » Il le souleva par les aisselles et je pris les pieds ; je vis que c'était un homme jeune, à peine barbu. Sa tête retomba en arrière, un filet de sang coulait le long de ses papillotes et laissait une ligne de grosses gouttes brillantes sur les dalles. Mon cœur battait très fort : jamais je n'avais ainsi porté un mourant. Il fallait contourner l'église, le prêtre avançait à reculons, rouspétant en allemand : « D'abord les bolcheviques, maintenant les fous ukrainiens. Pourquoi votre armée ne fait-elle rien ? » Au fond, une grande arche s'ouvrait sur une cour puis sur la porte de l'église. J'aidai le prêtre à porter le Juif dans le vestibule et à le déposer sur un banc. Il appela ; deux autres hommes, sombres et barbus comme lui, mais en costume, émergèrent de la nef. Il leur adressa la parole dans une langue étrange, qui ne ressemblait en rien à de l'ukrainien, du russe ou du polonais. Les trois ressortirent ensemble dans la cour d'entrée ; l'un d'eux prit vers l'arrière par une allée tandis que les deux autres retournaient en direction des Juifs. « Je l'ai envoyé chercher un médecin », dit le prêtre.

— « Qu'est-ce que c'est, ici ? » lui demandai-je. Il s'arrêta et me fixa :
« C'est la cathédrale arménienne. » — « Il y a donc des Arméniens à
Lemberg ? » fis-je avec étonnement. Il haussa les épaules : « Depuis
bien plus longtemps que des Allemands ou des Autrichiens. » Lui et son
ami entreprirent de porter un autre Juif qui gémissait doucement. Le
sang des Juifs coulait lentement le long des dalles de la cour inclinée,
vers la colonnade. Sous les arches, j'apercevais des pierres tombales
maçonnées dans le mur ou au sol, couvertes d'inscriptions en glyphes
mystérieux, de l'arménien sans doute. Je me rapprochai : le sang emplissait les caractères taillés des pierres scellées à plat. Je me détournai
vivement. Je me sentais oppressé, désemparé ; j'allumai une cigarette. Il
faisait frais sous la colonnade. Dans la cour, le soleil brillait sur les
flaques de sang frais et les dalles en calcaire, sur les corps lourds des
Juifs, sur leurs costumes de drap grossier, noir ou brun, imbibé de sang.
Des mouches bourdonnaient autour de leurs têtes et se posaient sur les
blessures. Le prêtre revint se poster auprès d'eux. « Et les morts ? me
lança-t-il. On ne peut pas les laisser là. » Mais je n'avais aucune intention de l'aider ; l'idée de toucher un de ces corps inertes me répugnait.
Je me dirigeai vers le portail en les contournant et sortis dans la rue.
Elle était vide, je pris au hasard vers la gauche. Un peu plus loin, la rue
finissait en cul-de-sac ; mais sur la droite je débouchai sur une place
dominée par une imposante église baroque, aux ornements rococo,
dotée d'un haut portail à colonnes et coiffée d'un dôme de cuivre. Je
gravis les marches et entrai. La vaste voûte de la nef, là-haut, reposait
légèrement sur de fines colonnes torsadées, la lumière du jour tombait à
flots par les vitraux, chatoyait sur les sculptures en bois dorées à la
feuille ; les bancs sombres et polis s'alignaient jusqu'au fond, vides. Sur
le côté d'un petit hall passé à la chaux, je remarquai une porte basse, en
bois ancien serti de ferrures : je la poussai ; quelques marches de pierre
menaient à un couloir large et bas, éclairé par des croisées. Des étagères
vitrées occupaient le mur opposé, emplies d'objets de culte ; certains me
paraissaient anciens, merveilleusement ouvragés. À ma surprise une des
vitrines exhibait des objets juifs : des rouleaux en hébreu, des châles de
prière, de vieilles gravures montrant les Juifs à la synagogue. Des livres
en hébreu portaient des mentions d'imprimeur en allemand : *Lwow,
1884* ; *Lublin, 1853, bei Schmuel Berenstein.* J'entendis des pas et levai la
tête : un moine tonsuré se dirigeait vers moi. Il portait l'habit blanc des
Dominicains. Arrivé à ma hauteur il s'arrêta : « Bonjour, fit-il en allemand. Puis-je vous aider ? » — « Qu'est-ce que c'est, ici ? » — « Vous
êtes dans un monastère. » J'indiquai les étagères : « Non, je veux dire

tout ceci. » — « Là ? C'est notre musée des religions. Tous les objets proviennent de la région. Regardez, si vous voulez. Normalement, nous demandons une petite donation, mais aujourd'hui c'est gratuit. » Il continua son chemin et disparut silencieusement par la porte ferrée. Plus loin, là où il avait apparu, le couloir tournait à angle droit ; je me trouvais dans un cloître, ceint par un petit muret, et fermé par des fenêtres scellées entre les colonnes. Une longue vitrine basse attira mon attention. Un petit projecteur, accroché au mur, éclairait l'intérieur, je me penchai : deux squelettes gisaient enlacés, à moitié dégagés d'une couche de terre sèche. Le plus grand, l'homme sans doute, malgré de larges boucles d'oreilles en cuivre posées contre son crâne, était couché sur le dos ; l'autre, visiblement une femme, se recroquevillait sur le flanc, blottie dans ses bras, les deux jambes passées par-dessus une des siennes. C'était magnifique, je n'avais jamais rien vu de tel. Je tentai en vain de déchiffrer l'étiquette. Depuis combien de siècles reposaient-ils ainsi, enlacés l'un à l'autre ? Ces corps devaient être très anciens, ils remontaient sans doute aux temps les plus reculés ; certainement, la femme avait été sacrifiée et couchée dans la tombe avec son chef mort ; cela, je le savais, avait existé aux époques primitives. Mais un tel raisonnement n'y faisait rien ; malgré tout, c'était la position du repos après l'amour, éperdue, bouleversante de tendresse. Je songeai à ma sœur et ma gorge se serra : elle, elle aurait pleuré en voyant cela. Je ressortis du monastère sans rencontrer personne ; dehors, je pris tout droit, vers l'autre extrémité de la place. Au-delà s'ouvrait une autre vaste place, avec au centre une large bâtisse accolée à une tour, entourée de quelques arbres. Des maisons étroites se serraient autour de cette place, fabuleusement décorées, chacune dans un style différent. Derrière le bâtiment central grossissait une foule animée. Je l'évitai et pris sur la gauche, puis contournai une grande cathédrale, sous une croix de pierre amoureusement tenue dans les bras d'un ange, flanquée d'un Moïse langoureux avec ses Tables et d'un saint pensif, vêtu de loques, et dressée sur un crâne et des tibias croisés, presque le même emblème que celui cousu à mon calot. Derrière, dans une petite ruelle, on avait sorti quelques tables et des chaises. J'avais chaud, j'étais fatigué, le troquet paraissait vide, je m'assis. Une fille sortit et m'adressa la parole en ukrainien. « Avez-vous de la bière ? Bière ? » fis-je en allemand. Elle secoua la tête : « *Pivo nye tu.* » Ça, je comprenais. « Du café ? *Kava ?* » — « *Da.* » — « *Voda ?* » — « *Da.* » Elle rentra dans la salle puis revint avec un verre d'eau que je bus d'une traite. Puis elle m'apporta un café. Il était déjà sucré et je ne le bus pas. J'allumai une cigarette. La fille réapparut et vit le café : « Café ? Pas bon ? » demanda-t-elle en petit allemand. — « Sucre. *Niet.* » — « Ah. » Elle sourit, emporta le café puis m'en rapporta un autre. Il était fort, sans sucre, je le bus en fumant. À ma droite, au pied de la cathédrale, une chapelle couverte de bas-reliefs, arrangés en bandeaux noirs, me cachait la place principale. Un homme en uniforme allemand la contournait en détaillant l'enchevêtre-ment des sculptures. Il me remarqua et se dirigea vers moi ; j'aperçus ses épaulettes, me levai rapidement et le saluai. Il me rendit mon salut : « Bonjour ! Vous êtes donc allemand ? » — « Oui, Herr Hauptmann. » Il sortit un mouchoir et s'épongea le front. « Ah, tant mieux. Vous per-mettez que je m'assoie ? » — « Bien entendu, Herr Hauptmann. » La fille resurgit. « Vous préférez votre café avec ou sans sucre ? C'est tout ce qu'ils ont. » — « Avec, s'il vous plaît. » Je fis comprendre à la fille de nous apporter encore deux cafés avec le sucre à côté. Puis je me rassis avec le Hauptmann. Il me tendit la main : « Hans Koch. Je suis avec l'Abwehr. » Je me présentai à mon tour. « Ah, vous êtes du S D ? C'est vrai, je n'avais pas remarqué votre écusson. Tant mieux, tant mieux. » Ce Hauptmann présentait un aspect doucement sympathique : il devait avoir dépassé la cinquantaine, portait des lunettes rondes et bedonnait un peu. Il parlait avec un accent du Sud, pas tout à fait celui de Vienne. « Vous êtes autrichien, je pense, Herr Hauptmann ? » — « Oui, de Sty-rie. Et vous ? » — « Mon père est de Poméranie, à l'origine. Mais je suis né en Alsace. Puis on a habité ici et là. » — « Bien sûr, bien sûr. Vous vous promenez ? » — « En quelque sorte, oui. » Il hocha la tête : « Moi, je suis ici pour une réunion. Là-bas, à côté, tout à l'heure. » — « Une réunion, Herr Hauptmann ? » — « Voyez-vous, quand ils nous ont invi-tés, ils nous ont expliqué que ce serait une réunion culturelle, mais moi je pense que ça va être une réunion politique. » Il se pencha vers moi comme pour me faire une confidence : « On m'a désigné parce que je suis censé être un expert des questions nationales ukrainiennes. » — « Et vous l'êtes ? » Il se rejeta en arrière : « Pas du tout ! Je suis profes-seur de théologie. Je connais un peu la question uniate, mais c'est tout. Ils m'ont sans doute nommé parce que j'ai servi dans l'armée impériale, j'étais Leutnant durant la Grande Guerre, voyez-vous, ils ont dû se dire que je connaissais la question nationale ; mais j'étais sur le front italien, à l'époque, et en plus dans l'intendance. C'est vrai que j'avais des collègues croates... » — « Vous parlez l'ukrainien ? » — « Pas un fichu mot. Mais j'ai un traducteur avec moi. Il est en train de boire avec les types de l'O U N, sur la place. » — « L'O U N ? » — « Oui. Vous ne savez pas qu'ils ont pris le pouvoir, ce matin ? Enfin, ils ont pris la radio.

Et puis ils ont fait une proclamation, sur le renouveau de l'État ukrainien si j'ai bien compris. C'est pour ça que je dois aller à cette réunion tout à l'heure. Le métropolite, j'ai entendu, aurait béni le nouvel État. Il paraît que c'est nous qui le lui aurions demandé, mais je ne suis pas au courant. » — « Quel métropolite ? » — « L'uniate, bien sûr. Les orthodoxes nous haïssent. Ils haïssent Staline aussi, mais ils nous haïssent encore plus. » J'allais poser une autre question mais fus rudement interrompu : une femme un peu grasse, presque nue, les bas déchirés, déboulait avec un hurlement de derrière la cathédrale ; elle se rua dans les tables, trébucha, en renversa une, et s'étala à nos pieds en piaillant. Sa peau blanche était marbrée de contusions, mais elle ne saignait pas beaucoup. Deux grands gaillards à brassards la suivaient tranquillement. L'un d'eux nous adressa la parole en mauvais allemand : « Excusez, Offizieren. *Kein Problem.* » L'autre souleva la femme par les cheveux et lui assena un coup de poing dans le ventre. Elle hoqueta et se tut, la bave aux lèvres. Le premier lui flanqua son pied dans les fesses et elle se remit à courir. Ils trottèrent après elle en riant et disparurent derrière la chapelle. Koch ôta son calot et s'épongea à nouveau le front tandis que je redressais la table renversée. « Ce sont vraiment des sauvages, ici », fis-je remarquer. — « Oh oui, là je suis d'accord avec vous. Mais je croyais que vous les encouragiez ? » — « Ça m'étonnerait, Herr Hauptmann. Mais j'arrive juste, je ne suis pas au courant. » Koch continuait : « À l'AOK, j'ai entendu dire que le *Sicherheitsdienst* avait fait imprimer des affiches et incitait ces gens. *Aktion Petlioura*, ils auraient baptisé ça. Vous savez, le leader ukrainien ? C'est un Juif qui l'a assassiné, je crois. En 26 ou en 27. » — « Vous voyez que vous êtes quand même un spécialiste. » — « Oh, j'ai juste lu quelques rapports. » La fille était sortie du troquet. Elle sourit et me signala que le café était offert. De toute façon je n'avais pas d'argent local. Je regardai ma montre : « Vous m'excuserez, Herr Hauptmann. Je dois y aller. » — « Oh, je vous en prie. » Il me serra la main : « Bon courage. »

Je quittai la vieille ville par le chemin le plus court et me frayai avec difficulté un chemin à travers la foule en liesse. Au Gruppenstab, il y avait beaucoup d'animation. Le même officier m'accueillit : « Ah, c'est encore vous. » Enfin, le Brigadeführer Dr. Rasch me reçut. Il me serra la main cordialement, mais son visage massif restait sévère. « Asseyez-vous. Qu'est-ce qui s'est passé avec le Standartenführer Blobel ? » Il ne portait pas de casquette et son haut front bombé brillait sous l'ampoule. Je lui résumai l'effondrement de Blobel : « D'après le médecin, ce serait dû à la fièvre et à l'épuisement. » Ses lèvres épaisses dessinèrent une

moue. Il fouilla parmi les papiers sur son bureau et en retira une feuille.
« Le Ic de l'AOK 6 m'a écrit pour se plaindre de ses propos. Il aurait
menacé des officiers de la Wehrmacht ? » — « C'est une exagération,
Herr Brigadeführer. Il est vrai qu'il délirait, il tenait des propos incohérents. Mais cela ne visait personne en particulier, c'était un effet de la
maladie. » — « Bien. » Il me questionna sur quelques autres points, puis
me signala que l'entretien était terminé. « Le Sturmbannführer von
Radetzky est déjà de retour à Lutsk, il prendra la place du Standartenführer jusqu'à ce qu'il se remette. On va préparer les ordres et d'autres
papiers. Pour ce soir, voyez Hartl, à l'administration, il s'occupera de
vous caser quelque part. » Je sortis et allai trouver le bureau du Leiter
I ; un de ses adjoints me remit les bons. Puis je redescendis trouver
Höfler et Popp. Dans le hall, je croisai Thomas. « Max ! » Il me tapa sur
l'épaule et une bouffée de plaisir m'envahit. « Je suis content de te voir
ici. Qu'est-ce que tu fais ? » Je le lui expliquai. « Et tu restes jusqu'à
demain ? C'est magnifique. Je vais dîner avec des gens de l'Abwehr,
dans un petit restaurant, très bon il paraît. Tu vas venir avec nous. On
t'a trouvé une couchette ? Ce n'est pas du luxe, mais au moins tu auras
des draps propres. Heureusement que tu n'es pas venu hier : c'était un
vrai foutoir. Les Rouges ont tout mis à sac avant de partir, et les Ukrainiens sont passés avant qu'on arrive. On a pris des Juifs pour nettoyer
mais ça a mis des heures, on n'a pas pu se coucher avant le matin. » Je
convins de le retrouver dans le jardin derrière l'immeuble et me séparai
de lui. Popp ronflait dans l'Opel, Höfler jouait aux cartes avec des policiers ; je lui expliquai les arrangements et allai fumer dans le jardin en
attendant Thomas.

Thomas était un bon camarade, j'étais vraiment heureux de le revoir.
Notre amitié remontait à plusieurs années ; à Berlin, nous dînions
souvent ensemble ; parfois, il m'amenait avec lui dans des boîtes, ou des
salles de concert réputées. C'était un bon vivant et un garçon qui savait
bien se débrouiller. D'ailleurs, c'est en grande partie à cause de lui que
je me suis retrouvé en Russie ; du moins la suggestion venait-elle de lui.
Mais en fait l'histoire remonte un peu plus haut. Au printemps 1939, je
venais juste de passer mon doctorat de droit et de rejoindre le SD, on
parlait beaucoup de guerre. Après la Bohème et la Moravie, le Führer
dirigeait son attention vers Danzig ; tout le problème était d'anticiper la
réaction de la France et de la Grande-Bretagne. La plupart pensaient
qu'elles ne risqueraient pas plus la guerre pour Danzig que pour
Prague ; mais elles avaient garanti la frontière occidentale de la
Pologne, et réarmaient aussi vite que possible. J'en discutai longuement

avec le Dr. Best, mon supérieur et aussi un peu mon mentor au SD. En théorie, affirmait-il, nous ne devrions pas avoir peur de la guerre ; la guerre était l'aboutissement logique de la *Weltanschauung*. Citant Hegel et Jünger, il argumentait que l'État ne pouvait atteindre son point d'unité idéal que dans et par la guerre : « Si l'individu est la négation de l'État, alors la guerre est la négation de cette négation. La guerre est le moment de la socialisation absolue de l'existence collective du peuple, du *Volk*. » Mais en haut lieu on avait des soucis plus prosaïques. Au sein du ministère de von Ribbentrop, à l'Abwehr, dans notre propre département extérieur, chacun évaluait la situation à sa manière. Un jour, je fus convoqué chez *der Chef*, Reinhard Heydrich. C'était la première fois et l'excitation se mêlait à l'angoisse lorsque j'entrai dans son bureau. Rigidement concentré, il travaillait sur une pile de rapports, et je restai plusieurs minutes au garde-à-vous avant qu'il ne me fasse signe de m'asseoir. J'eus le temps de l'observer de près. Je l'avais bien entendu aperçu à plusieurs reprises, lors de conférences de cadres ou dans les couloirs du Prinz-Albrecht-Palais ; mais alors qu'à distance il présentait l'incarnation même de l'*Übermensch* nordique, de près il donnait une impression curieuse, légèrement floue. Je décidai enfin que ce devait être une question de proportions : sous son front anormalement haut et bombé, sa bouche était trop large, ses lèvres trop épaisses pour son visage étroit ; ses mains paraissaient trop longues, comme des algues nerveuses attachées à ses bras. Lorsqu'il leva sur moi ses petits yeux trop rapprochés, ceux-ci ne restaient pas en place ; et lorsque enfin il m'adressa la parole, sa voix semblait bien trop aiguë pour un homme au corps aussi puissant. Il me faisait une impression perturbante de féminité, cela ne le rendait que plus sinistre. Ses phrases tombaient rapidement, brèves, tendues ; il ne les finissait presque jamais ; mais le sens en restait toujours net et clair. « J'ai une mission pour vous, Doktor Aue. » Le Reichsführer était insatisfait des rapports qu'il recevait sur les intentions des puissances occidentales. Il souhaitait une autre évaluation, indépendante de celle du département extérieur. Tout le monde savait que dans ces pays il y avait un fort courant pacifiste, surtout au sein des milieux nationalistes ou fascisants ; mais ce qui restait malaisé à juger, c'était leur influence auprès des gouvernements. « Vous connaissez bien Paris, il me semble. D'après votre dossier vous étiez lié à des milieux proches de l'Action française. Ces gens-là ont acquis une certaine importance depuis. » J'essayai de placer une parole mais Heydrich m'interrompit : « Ça ne fait rien. » Il voulait que je me rende à Paris et que je renoue avec mes anciennes connais-

sances, pour étudier le poids politique réel des cercles pacifistes. Je
devais prétexter des vacances de fin d'études. Naturellement, je devais
répéter à qui voudrait bien l'entendre les intentions pacifiques, envers
la France, de l'Allemagne nationale-socialiste. « Le Dr. Hauser ira avec
vous. Mais vous remettrez des rapports séparés. Le Standartenführer
Taubert vous fournira les devises et les documents nécessaires. Tout est
clair ? » En fait, je me sentais tout à fait perdu, mais il m'avait pris de
court. « *Zu Befehl*, Herr Gruppenführer », voilà tout ce que je pus dire.
— « Bien. Soyez de retour fin juillet. Rompez. »

J'allai voir Thomas. J'étais content qu'il parte avec moi : étudiant, il
avait passé plusieurs années en France, son français était excellent. « Eh
bien ! Tu en fais une tête, me lança-t-il lorsqu'il me vit. Tu devrais être
heureux. Une mission, on t'a confié une mission, ce n'est pas rien. » Je
me rendis subitement compte qu'en effet c'était une aubaine. « Tu vas
voir. Si on réussit, ça va nous ouvrir pas mal de portes. Les choses vont
bouger, bientôt, et il y aura de la place pour ceux qui savent saisir le
moment. » Il était allé voir Schellenberg, qui passait pour le principal
conseiller de Heydrich pour les affaires étrangères ; Schellenberg lui
avait détaillé ce qu'on attendait de nous. « Il suffit de lire les journaux
pour savoir qui veut la guerre et qui ne la veut pas. Ce qui est plus délicat, c'est de jauger l'influence réelle des uns et des autres. Et puis surtout l'influence réelle des Juifs. Le Führer, paraît-il, est convaincu qu'ils
veulent entraîner l'Allemagne dans une autre guerre ; mais est-ce que
les Français le supporteront ? Voilà la question. » Il rit franchement :
« Et puis à Paris on mange bien ! Et les filles sont belles. » La mission se
déroula sans heurts. Je retrouvai mes amis, Robert Brasillach, qui préparait un tour d'Espagne en roulotte avec sa sœur Suzanne et Bardèche,
son beau-frère, Blond, Rebatet, d'autres moins connus, tous mes vieux
camarades de l'époque de mes classes préparatoires et de mes années à
l'ELSP. La nuit, Rebatet, à moitié ivre, me traînait à travers le quartier
Latin pour me commenter doctement les graffitis fraîchement badi-
geonnés, MANE, THECEL, PHARÈS, sur les murs de la Sorbonne ; le jour, il
me menait parfois chez Céline, maintenant extraordinairement célèbre,
et qui venait de publier un second pamphlet rédigé au vitriol ; dans le
métro, Poulain, un ami de Brasillach, m'en déclamait des passages
entiers : *Il n'existe aucune haine fondamentale, irrémédiable entre Français et Allemands. Ce qui existe c'est une machination permanente,
implacable, judéo-britannique pour empêcher à toute force que l'Europe
se reforme d'un seul bloc, d'un seul tenant franco-allemand comme avant
843. Tout le génie de la Judéo-Britannie consiste à nous mener d'un*

conflit vers un autre, d'un carnage dans un autre, étripades dont nous sortons régulièrement, toujours, en effroyable condition, Français et Allemands, saignés à blanc, entièrement à la merci des Juifs de la Cité. Quant à Gaxotte et à Robert lui-même, que *L'Humanité* disait emprisonnés, ils expliquaient à qui voulait l'entendre que toute la politique française était guidée par les livres d'astrologie de Trarieux d'Egmont, qui avait eu l'heur de prédire avec précision la date de Munich. Le gouvernement français, mauvais signe, venait d'expulser Abetz et d'autres envoyés allemands. Mon avis intéressait tout le monde : « Depuis que Versailles est passé à la poubelle de l'histoire, il n'y a plus de question française, pour nous. Personne en Allemagne n'a de prétentions sur l'Alsace ou la Lorraine. Mais avec la Pologne, tout n'est pas réglé. Nous ne comprenons pas ce qui pousse la France à s'en mêler. » Or c'était un fait, le gouvernement français voulait s'en mêler. Ceux qui n'accréditaient pas la thèse juive blâmaient l'Angleterre : « Ils veulent protéger leur Empire. Depuis Napoléon, c'est leur politique : pas de puissance continentale unique. » D'autres pensaient qu'au contraire l'Angleterre restait plutôt réticente à intervenir, que c'était l'état-major français qui, rêvant de l'alliance russe, voulait abattre l'Allemagne *avant qu'il ne soit trop tard.* Malgré leur enthousiasme, mes amis se montraient pessimistes : « La droite française pisse dans le vent, me dit Rebatet un soir. Pour l'honneur. » Tout le monde semblait maussadement accepter que la guerre viendrait, tôt ou tard. La droite blâmait la gauche et les Juifs ; la gauche et les Juifs, bien entendu, blâmaient l'Allemagne. Thomas, je le voyais peu. Une fois, je l'amenai au bistro où je retrouvai l'équipe de *Je Suis Partout*, le présentant comme un camarade d'université. « C'est ton Pylade ? » m'envoya acerbement Brasillach en grec. « Précisément, rétorqua Thomas dans la même langue, modulée par son doux accent viennois. Et il est mon Oreste. Gare au pouvoir de l'amitié armée. » Lui-même avait plutôt développé des contacts dans les milieux d'affaires ; alors que je me contentais de vin et de pâtes dans des mansardes bondées de jeunes excités, lui dégustait du foie gras dans les meilleures brasseries de la ville. « Taubert payera la note, riait-il. Pourquoi se priver ? »

De retour à Berlin, je tapai mon rapport. Mes conclusions étaient pessimistes, mais lucides : la droite française était fondamentalement contre la guerre, mais n'avait politiquement que peu de poids. Le gouvernement, influencé par les Juifs et les ploutocrates britanniques, avait décidé que l'expansion allemande, même dans les limites de son *Grossraum* naturel, constituait une menace pour les intérêts vitaux de la

France; il irait à la guerre, non pas au nom de la Pologne elle-même, mais au nom de ses garanties à la Pologne. Je transmis le rapport à Heydrich; à sa demande, j'en remis aussi une copie à Werner Best. « Vous avez certainement raison, je pense, me dit celui-ci. Mais ce n'est pas ce qu'ils veulent entendre. » Je n'avais pas discuté de mon rapport avec Thomas; lorsque je lui en décrivis la teneur, il fit une moue de dégoût. « Tu ne comprends vraiment rien à rien. On croirait que tu débarques du fin fond de la Franconie. » Il avait écrit exactement le contraire : que les industriels français s'opposaient à la guerre au nom de leurs exportations, et donc l'armée française aussi, et qu'une fois de plus le gouvernement s'inclinerait devant le fait accompli. « Mais tu sais bien que ça ne va pas se passer comme ça », objectai-je. — « Qu'est-ce qu'on s'en fout de ce qui se passera ? En quoi est-ce que ça nous concerne, toi et moi ? Le Reichsführer ne veut qu'une chose : pouvoir rassurer le Führer qu'il peut s'occuper de la Pologne comme il l'entend. Ce qui arrivera après, on s'en occupera après. » Il hocha la tête : « Le Reichsführer ne verra même pas ton rapport. »

Bien entendu il avait raison. Heydrich ne réagit jamais à ce que je lui avais envoyé. Lorsque la Wehrmacht envahit la Pologne, un mois plus tard, et que la France et la Grande-Bretagne nous déclarèrent la guerre, Thomas fut affecté à un des nouveaux Einsatzgruppen d'élite de Heydrich, et l'on me laissa végéter à Berlin. Je compris bientôt que dans les interminables *jeux du cirque nationaux-socialistes*, je m'étais gravement fourvoyé, j'avais mal interprété les signes ambigus d'en haut, je n'avais pas correctement anticipé la volonté du Führer. Mes analyses étaient exactes, celles de Thomas erronées; il avait été récompensé par une affectation enviable doublée de chances de promotion, et j'étais mis au rancart : cela valait la peine d'y réfléchir. Au cours des mois suivants, je détectai par des indices sûrs que, au sein du RSHA nouvellement formé à partir de la fusion officieuse de la SP et du SD, l'influence de Best s'étiolait, malgré le fait qu'il ait été nommé à la tête de deux départements; l'étoile de Schellenberg, par contre, montait de jour en jour. Or, comme par hasard, Thomas s'était mis vers le début de l'année à fréquenter Schellenberg; mon ami avait un génie étrange et infaillible pour se trouver au bon endroit non pas au bon moment, mais juste avant; ainsi, il semblait à chaque fois qu'il avait toujours été là, et que les revirements de la préséance bureaucratique ne faisaient que le rattraper. J'aurais pu le comprendre plus tôt si j'avais fait attention. Maintenant, je soupçonnais que mon nom restait associé à celui de Best, et ainsi accolé aux termes de *bureaucrate*, *juriste étroit*, pas assez *actif*, pas assez *dur*. Je pourrais continuer à rédiger des opinions juridiques, il fallait bien des gens pour ça, mais ce serait tout. Et en effet, en juin de l'année suivante, Werner Best démissionna du RSHA qu'il avait pourtant plus que quiconque contribué à créer. Je me portai volontaire à cette époque-là pour une affectation en France ; on me répondit que mes services seraient plus utiles au département légal. Best était malin, il avait des amis et des protecteurs ailleurs ; depuis plusieurs années déjà, ses publications évoluaient du droit pénal et constitutionnel vers le droit international et la théorie du *Grossraum*, des « grands espaces », qu'il développait contre Carl Schmitt en compagnie de mon ancien professeur Reinhard Höhn et de quelques autres intellectuels ; jouant habilement de ces cartes, il obtint un poste haut placé au sein de l'administration militaire en France. Moi, on ne me laissait même pas publier.

Thomas, en permission, me confirma ce diagnostic : « Je t'ai dit que tu avais fait une connerie. Tous ceux qui comptent sont en Pologne. » Pour le moment, ajouta-t-il, il ne pouvait pas grand-chose pour moi. Schellenberg était la star du jour, le protégé de Heydrich, et Schellenberg ne m'aimait pas, il me trouvait coincé. Quant à Ohlendorf, mon autre appui, il avait assez de mal avec sa propre position pour pouvoir songer à moi. Peut-être devrais-je aller voir les anciens directeurs de mon père. Mais tout le monde était un peu occupé.

En fin de compte, ce fut Thomas qui fit redémarrer les choses pour moi. Après la Pologne, il était parti pour la Yougoslavie et la Grèce, d'où il revint Hauptsturmführer, plusieurs fois décoré. Il ne portait plus que l'uniforme, aussi élégamment taillé qu'autrefois ses costumes. En mai 1941, il m'invita à dîner chez *Horcher*, un restaurant fameux dans la Lutherstrasse. « C'est moi qui régale », déclara-t-il en riant à pleines dents. Il commanda du champagne et nous bûmes à la victoire : « Sieg Heil ! » Victoires passées, et à venir, ajouta-t-il ; est-ce que j'étais au courant pour la Russie ? « J'ai entendu des rumeurs, reconnus-je, mais c'est tout. » Il sourit : « On attaque. Le mois prochain. » Il fit une pause pour donner tout son effet à la nouvelle. « Mon Dieu », laissai-je enfin échapper. — « Il n'y a pas de Dieu. Il n'y a qu'Adolf Hitler, notre Führer, et la puissance invincible du Reich allemand. Nous sommes en train d'amasser la plus vaste armée de l'histoire de l'humanité. Nous les écraserons en quelques semaines. » Nous bûmes. « Écoute, dit-il enfin. *Der Chef* est en train de former plusieurs Einsatzgruppen pour accompagner les troupes d'assaut de la Wehrmacht. Des unités spéciales, comme en Pologne. J'ai des raisons de croire qu'il accueillerait positivement tout jeune officier SS de talent qui se porterait volontaire pour cette Ein-satz. » — « J'ai déjà essayé de me porter volontaire. Pour la France. On m'a refusé. » — « On ne te refusera pas cette fois. » — « Et toi, tu y vas ? » Il fit osciller légèrement le champagne dans sa coupe. « Bien sûr. J'ai été affecté à un des Gruppenstäbe. Chaque groupe dirigera plu-sieurs Kommandos. Je suis certain qu'on pourra te caser dans un des Kommandostäbe. » — « Et ces groupes serviront à quoi, au juste ? » Il sourit : « Je te l'ai dit : des actions spéciales. Du travail de SP et de SD, la sécurité des troupes à l'arrière des lignes, du renseignement, des choses comme ça. Garder un œil sur les militaires, aussi. Ils ont été un peu difficiles, en Pologne, un peu vieux jeu, on ne voudrait pas que ça se reproduise. Tu veux y réfléchir ? » Que je n'aie même pas hésité, cela peut-il vous étonner ? Ce que Thomas me proposait ne pouvait que me sembler raisonnable, voire excitant. Mettez-vous à ma place. Quel homme sain d'esprit aurait jamais pu s'imaginer qu'on sélectionnerait des juristes pour assassiner des gens sans procès ? Mes idées étaient claires et franches et je réfléchis à peine avant de répondre : « Pas la peine. Je m'ennuie à mourir, à Berlin. Si tu peux me faire entrer, je pars. » Il souriait à nouveau : « J'ai toujours dit que tu étais un type bien, qu'on pouvait compter sur toi. Tu verras, on va s'amuser. » Je ris de plaisir et nous bûmes encore du vin de Champagne. C'est ainsi que le Diable élargit son domaine, pas autrement.

Cela, ce n'est pas encore à Lemberg que je pouvais le savoir. Le soir tombait lorsque Thomas vint me tirer de ma rêverie. On entendait encore des coups de feu isolés, du côté du boulevard, mais ça s'était lar-gement calmé. « Tu viens ? Ou tu restes là à bayer aux corneilles ? » — « C'est quoi, l'*Aktion Petlioura* ? » lui demandai-je. — « C'est ce que tu as vu dans la rue. Où est-ce que tu as entendu parler de ça ? » Je ne fis pas attention à sa question : « C'est vraiment vous qui avez lancé ce pogrome ? » — « On n'a pas cherché à l'empêcher, disons. On a fait quelques placards. Mais je ne pense pas que les Ukrainiens avaient besoin de nous pour commencer. Tu n'as pas vu les affiches de l'OUN ? *Vous avez accueilli Staline avec des fleurs, nous offrirons vos têtes à Hitler en guise de bienvenue.* Ça, ils l'ont trouvé tout seuls. » — « Je vois. On y va à pied ? » — « C'est tout près. » Le restaurant se trouvait dans une ruelle, derrière le grand boulevard. La porte était fermée ; lorsque Tho-mas frappa, elle s'entrebâilla, puis s'ouvrit toute grande sur un intérieur sombre, éclairé à la bougie. « Pour Allemands uniquement », sourit Thomas. « Ah, professeur, bonsoir. » Les officiers de l'Abwehr étaient déjà là ; à part eux, il n'y avait personne. Je reconnus tout de suite le

plus large des deux, celui que Thomas avait salué, un homme distingué
et encore jeune dont les petits yeux bruns pétillaient au milieu d'un
grand visage ovale, dégagé, lunaire. Il portait ses cheveux clairs un peu
trop longs et remontés sur le côté en une huppe pomponnée fort peu
militaire. Je lui serrai la main à mon tour : « Professeur Oberländer.
C'est un plaisir de vous revoir. » Il me dévisagea : « Nous nous connaissons ? » — « Nous avons été présentés il y a quelques années, après une
de vos conférences à l'université de Berlin. Par le Dr. Reinhard Höhn,
mon professeur. » — « Ah, vous étiez un étudiant de Höhn ! Merveilleux. » — « Mon ami le Dr. Aue est une des étoiles montantes du SD »,
glissa malicieusement Thomas. — « Si c'est un élève de Höhn, ça ne
m'étonne pas. On dirait parfois que tout le SD est passé entre ses
mains. » Il se tourna vers son collègue : « Mais je ne vous ai pas encore
présenté le Hauptmann Weber, mon adjoint. » Les deux, je notai, arboraient cet écusson frappé d'un rossignol que j'avais remarqué l'après-
midi au bras de certains soldats. « Excusez mon ignorance, demandai-je
tandis que nous nous installions, mais quel est cet insigne ? » — « C'est
l'emblème du "Nachtigall", répondit Weber, un bataillon spécial de
l'Abwehr, recruté parmi les nationalistes ukrainiens de la Galicie occidentale. » — « Le professeur Oberländer commande le "Nachtigall".
Nous sommes donc concurrents », intervint Thomas. — « Vous exagérez, Hauptsturmführer. » — « Pas tant que ça. Vous avez amené Bandera dans vos bagages, nous Melnyk et le comité de Berlin. » La
discussion se fit tout de suite vive. On nous servit du vin. « Bandera
peut nous être utile », affirmait Oberländer. — « En quoi ? rétorqua
Thomas. Ses types sont déchaînés, ils lancent des proclamations dans
tous les sens, sans consulter personne. » Il leva les bras : « *L'indépen-
dance* ! C'est du joli. » — « Vous pensez que Melnyk ferait mieux ? » —
« Melnyk est un homme raisonnable. Il cherche une aide européenne,
pas la terreur. C'est un homme politique, il est prêt à travailler avec
nous sur le long terme, et cela nous laisse plus d'options. » — « Peut-
être, mais la rue ne l'écoute pas. » — « Des enragés ! S'ils ne se calment
pas, on les matera. » Nous buvions. Le vin était bon, un peu râpeux mais
riche. « D'où vient-il ? » demanda Weber en donnant de l'ongle contre
son verre. — « Ça ? Transcarpathie, je pense », répondit Thomas. —
« Vous savez, reprit Oberländer sans en démordre, l'OUN résiste aux
Soviétiques depuis deux ans, avec succès. Ce ne serait pas si facile de les
éliminer. Il vaut mieux essayer de les récupérer et de canaliser leur
énergie. Bandera, au moins, ils l'écouteront. Il a vu Stetsko aujourd'hui
et ça s'est très bien passé. » — « Qui est Stetsko ? » demandai-je. Tho-

mas répondit, d'un ton ironique : « Jaroslav Stetsko est le nouveau Premier ministre d'une prétendue Ukraine indépendante que nous n'avons pas autorisée. » — « Si nous jouons correctement nos cartes, continuait Oberländer, ils rabattront vite leurs prétentions. » Thomas réagit vivement : « Qui ? Bandera ? Terroriste il est et terroriste il restera. Il a l'âme d'un terroriste. C'est bien pour ça que tous ces excités l'adorent, d'ailleurs. » Il se tourna vers moi : « Tu sais où l'Abwehr est allé le pêcher, Bandera ? En prison ! » — « À Varsovie, précisa en souriant Oberländer. Il y purgeait en effet une peine pour avoir assassiné un ministre polonais, en 1934. Mais je ne vois pas de mal à ça. » Thomas se retourna vers lui : « Je dis simplement qu'il est incontrôlable. Vous verrez. C'est un fanatique, il rêve d'une Grande Ukraine des Carpates au Don. Il se prend pour la réincarnation de Dimitri Donskoï. Melnyk au moins est un réaliste. Et il a aussi beaucoup de soutien. Tous les militants historiques se réclament de lui. » — « Oui, mais justement, pas les jeunes. Et puis reconnaissez que sur la question juive il n'est pas très motivé. » Thomas haussa les épaules : « Ça, on peut s'en occuper sans lui. De toute façon, historiquement, l'OUN n'a jamais été antisémite. Ce n'est que grâce à Staline qu'ils ont un peu évolué dans ce sens-là. » — « C'est peut-être vrai, reconnut doucement Weber. Mais il y a quand même un fond, dans le lien intime entre les Juifs et les propriétaires polonais. » Les plats arrivaient : du canard rôti fourré aux pommes, avec de la purée et des betteraves braisées. Thomas nous servit. « C'est fameux », commenta Weber. — « Oui, excellent », approuva Oberländer. « C'est une spécialité de la région ? » — « Oui, expliqua Thomas entre deux bouchées. Le canard est préparé avec de la marjolaine et de l'ail. Normalement, c'est servi avec une soupe au sang de canard en entrée, mais aujourd'hui ils n'ont pas pu. » — « Excusez-moi, intervins-je. Vos "Nachtigall", dans tout ça, ils se positionnent comment ? » Oberländer acheva de mâcher et s'essuya les lèvres avant de répondre : « Eux, c'est encore autre chose. C'est l'esprit ruthène, si vous voulez. Idéologiquement — et même personnellement pour les plus vieux d'entre eux — ils descendent d'une formation nationale de la vieille armée impériale qui s'appelait les "Ukrainski Sichovi Striltsi", Les Fusiliers ukrainiens du Sich, on pourrait traduire, une référence cosaque. Après la guerre, ils sont restés ici et beaucoup d'entre eux se sont battus sous Petlioura contre les Rouges, et un peu contre nous, aussi, en 1918. Les OUN ne les aiment pas trop. Ce sont d'une certaine manière plutôt des autonomistes que des indépendantistes. » — « Comme les Boulbovitsi, d'ailleurs », ajouta Weber. Il me regarda : « Ils n'ont pas encore pointé leur nez, à Lutsk ? » — « Pas à ma connaissance. Ce sont encore des Ukrainiens ? » — « Des Volhyniens, précisa Oberländer. Un groupe d'autodéfense qui a débuté contre les Polonais. Depuis 39 ils se battent contre les Soviétiques, et ça pourrait être intéressant pour nous de nous entendre avec eux. Mais je crois qu'ils se tiennent plutôt du côté de Rovno, et puis au-dessus, dans les marécages du Pripet. » Tout le monde s'était remis à manger. « Ce que je ne comprends pas, reprit enfin Oberländer en dirigeant sa fourchette vers nous, c'est pourquoi les bolcheviques ont réprimé les Polonais mais pas les Juifs. Comme le disait Weber, ils ont quand même toujours été associés. » — « Je pense que la réponse est évidente, dit Thomas. Le pouvoir stalinien est de toute manière dominé par les Juifs. Quand les bolcheviques ont occupé la région, ils ont pris la place des *pan* polonais, mais en maintenant la même configuration, c'est-à-dire en continuant à s'appuyer sur les Juifs pour exploiter la paysannerie ukrainienne. D'où la légitime colère du peuple, comme nous avons pu le constater aujourd'hui. » Weber hoqueta dans son verre ; Oberländer gloussa sèchement. « La *légitime colère du peuple*. Comme vous y allez, Hauptsturmführer. » Il s'était renfoncé dans sa chaise et tapotait le bord de la table avec son couteau. « C'est bon pour les badauds, ça. Pour nos alliés, pour les Américains peut-être. Mais vous savez aussi bien que moi comment cette juste colère s'organise. » Thomas souriait aimablement : « Au moins, professeur, cela a le mérite d'impliquer la population psychologiquement. Après, ils ne pourront qu'applaudir l'introduction de nos mesures. » — « C'est vrai, il faut le reconnaître. » La serveuse débarrassait. « Café ? » s'enquit Thomas. — « Volontiers. Mais rapidement, nous avons encore du travail ce soir. » Thomas offrit des cigarettes tandis qu'on apportait le café. « Quoi qu'il en soit, commenta Oberländer en se penchant vers le briquet tendu de Thomas, je serais très curieux de passer le Sbrutch. » — « Et pourquoi cela ? » demanda Thomas en allumant la cigarette de Weber. — « Vous avez lu mon livre ? Sur la sur-population rurale en Pologne. » — « Malheureusement, non, je suis désolé. » Oberländer se tourna vers moi : « Mais vous, avec Höhn, j'imagine que oui. » — « Bien entendu. » — « Bon. Eh bien, si mes théories sont correctes, je crois qu'une fois que nous serons arrivés en Ukraine proprement dite nous y trouverons une paysannerie riche. » — « Comment cela ? » demanda Thomas. — « Grâce précisément à la politique de Staline. En une douzaine d'années, vingt-cinq millions de fermes familiales sont devenues deux cent cinquante mille exploitations agricoles à grande échelle. La dékoulakisation, d'après moi, et surtout la famine planifiéc de 1932, représentaient des tentatives de trouver le point d'équilibre entre l'espace disponible pour l'extraction des ressources comestibles et la population consommatrice. J'ai des raisons de croire qu'ils ont réussi. » — « Et s'ils ont échoué ? » — « Alors ce sera à nous de réussir. » Weber lui fit un signe et il termina son café. « Meine Herren, dit-il en se levant et en claquant les talons, merci pour la soirée. Combien doit-on ? » — « Laissez, fit Thomas en se levant à son tour, c'est un plaisir. » — « À charge de revanche, alors. » — « Volontiers. À Kiev ou à Moscou ? » Tout le monde rit et se serra la main. « Mes salutations au Dr. Rasch, dit Oberländer. Nous nous voyions souvent, à Königsberg. J'espère qu'il aura le temps de se joindre à nous, un de ces soirs. » Les deux hommes sortirent et Thomas se rassit : « Tu prends un cognac ? C'est le groupe qui régale. » — « Avec plaisir. » Thomas commanda. « Tu parles bien l'ukrainien, dis-moi », lui fis-je remarquer. — « Oh. En Pologne, j'avais appris un peu de polonais, c'est presque la même chose. » Les cognacs arrivaient et nous trinquâmes. « Qu'est-ce qu'il insinuait, dis-moi, au sujet du pogrome ? » Thomas mit un moment avant de répondre. Enfin il se décida : « Mais, précisa-t-il, tu gardes ça pour toi. Tu sais qu'en Pologne on a eu pas mal de problèmes avec les militaires. Notamment au sujet de nos méthodes spéciales. Ces messieurs avaient des objections d'ordre moral. Ils s'imaginaient qu'on peut faire une omelette sans casser d'œufs. Cette fois, on a pris des mesures pour éviter les malentendus : *der Chef* et Schellenberg ont négocié des accords précis avec la Wehrmacht, on vous a expliqué ça, à Pretzsch. » Je fis signe que oui et il continua : « Mais quand même, on voudrait éviter qu'ils ne changent d'avis. Et pour ça, les pogromes ont un grand avantage : ça montre à la Wehrmacht que si la SS et la *Sicherheitspolizei* ont les mains liées, ça va être le chaos dans leur zone arrière. Et s'il y a bien une chose qui répugne encore plus à un militaire que le *déshonneur*, comme ils disent, c'est bien le désordre. Encore trois jours comme ça et ils viendront nous supplier de faire notre travail : propre, discret, efficace, pas de fracas. » — « Et Oberländer se doute de tout ça. » — « Oh, lui, ça ne le dérange pas du tout. Il veut simplement être certain qu'on le laissera mener ses petites intrigues politiques. Mais, ajouta-t-il en souriant, lui aussi on le contrôlera en temps voulu. »

Un garçon étrange, quand même, songeai-je en me couchant. Son cynisme parfois me heurtait, même si je le trouvais souvent rafraîchissant ; en même temps, je savais que je ne pouvais pas juger son comportement d'après ses paroles. Je lui faisais entièrement confiance : au SD, il m'avait toujours loyalement aidé, sans que je le lui demande et même alors que je ne pouvais visiblement lui être d'aucune utilité en retour. Je lui avais une fois posé la question ouvertement et il avait éclaté de rire : « Qu'est-ce que tu veux que je te dise ? Que je te garde en réserve pour un plan à long terme ? Je t'aime bien, c'est tout. » Ces paroles m'avaient touché au fond du cœur et il s'était empressé d'ajouter : « De toute façon, dégourdi comme tu l'es, je suis au moins certain que tu ne pourras jamais me menacer. C'est déjà ça. » Il avait joué un rôle dans mon entrée au SD, c'est d'ailleurs comme ça que je l'avais rencontré ; il est vrai que cela s'est passé dans des circonstances assez particulières, mais on n'a pas toujours le choix. Je faisais depuis quelques années déjà partie du réseau des *Vertrauensmänner* du SD, ces agents confidentiels employés dans toutes les sphères de la vie allemande, l'industrie, l'agriculture, la bureaucratie, l'Université. En arrivant à Kiel, en 1934, j'avais des ressources limitées, et sur le conseil d'un des anciens directeurs de mon père, le Dr. Mandelbrod, j'avais postulé à la SS, ce qui me permettait d'éviter les frais d'inscription à l'Université ; avec son soutien, j'avais été rapidement accepté. Deux ans plus tard, j'avais assisté à une extraordinaire conférence d'Otto Ohlendorf sur les déviations du national-socialisme ; après, je lui avais été présenté par le Dr. Jessen, mon professeur d'économie, qui avait aussi été le sien quelques années plus tôt. Ohlendorf, il s'avéra, avait déjà entendu parler de moi par le Dr. Mandelbrod, avec qui il était en relation ; il me vanta assez ouvertement le *Sicherheitsdienst*, et me recruta sur place comme *V-Mann*. Le travail était simple : je devais envoyer des rapports, sur ce qui se disait, sur les rumeurs, les blagues, les réactions des gens aux avancées du national-socialisme. À Berlin, m'avait expliqué Ohlendorf, les rapports des milliers de *V-Männer* étaient compilés, puis le SD distribuait une synthèse aux différentes instances du Parti, afin de leur permettre de juger des sentiments du *Volk* et de formuler leur politique en fonction. Cela remplaçait en quelque sorte les élections ; Ohlendorf était un des créateurs de ce système, dont il se montrait visiblement fier. Au début, je trouvais cela excitant, le discours d'Ohlendorf m'avait fortement impressionné et j'étais heureux de pouvoir ainsi participer de manière concrète à l'édification du national-socialisme. Mais à Berlin, Höhn, mon professeur, me découragea subtilement. Au SD, il avait été le parrain d'Ohlendorf comme de tant d'autres ; mais depuis il s'était brouillé avec le Reichsführer et avait quitté le service. Il réussit rapidement à me convaincre que travailler pour un service de renseignement ou d'espionnage relevait du pur romantisme, et que j'avais des services bien plus utiles à rendre à la Nation. Je restai en contact avec Ohlendorf, mais il ne me parlait plus beaucoup du SD ; lui aussi, je l'appris plus tard, avait ses difficultés avec le Reichsführer. Je continuai à payer mes cotisations à la SS et à me rendre à l'exercice, mais je n'envoyais plus de rapports, et bientôt je n'y songeai plus du tout. Je me concentrais surtout sur ma thèse, assez rébarbative ; en outre, je m'étais pris de passion pour Kant et bûchais consciencieusement Hegel et la philosophie idéaliste ; encouragé par Höhn, je comptais solliciter un poste dans un ministère. Mais je dois dire qu'autre chose aussi me retenait, des motifs privés. Dans mon Plutarque, j'avais un soir souligné ces phrases sur Alcibiade : *Si l'on jugeait de lui par l'extérieur, on pouvait dire : « Non, tu n'es pas son fils, mais Achille en personne », un homme comme Lycurgue en a formé. Mais, si l'on observait ses véritables sentiments et ses actions, on pouvait s'écrier : « Mais c'est bien la même femme aujourd'hui qu'autrefois ! »* Cela vous fera peut-être sourire, ou grimacer de dégoût ; maintenant, ça m'est égal. À Berlin, malgré la Gestapo, on pouvait encore à cette époque-là trouver tout ce qu'on souhaitait en ce genre. Des bouges réputés, tels que le *Kleist-Kasino* ou *Silhouette*, restaient ouverts, et les descentes y étaient rares, ils devaient payer quelqu'un. Sinon, il y avait aussi certains endroits du Tiergarten, près du Neuer See devant le Zoo, où les Schupo s'aventuraient rarement de nuit ; derrière les arbres attendaient alors les *Strichjungen* ou de jeunes ouvriers musclés de Wedding la Rouge. À l'Université, j'avais eu une ou deux relations, discrètes par force et de toute façon brèves ; mais je préférais les amants prolétaires, je n'aimais pas causer.

Malgré toute ma discrétion, je finis par avoir des ennuis. J'aurais pu faire plus attention ; après tout, les avertissements ne manquaient pas. Höhn m'avait demandé — en toute innocence — de faire la recension d'un livre de l'avocat Rudolf Klare, *L'homosexualité et la loi criminelle*. Cet homme remarquablement informé avait établi une typologie des pratiques d'une précision surprenante, puis, à partir d'elle, une classification des délits, en partant du *coït abstrait ou contemplation* (niveau 1), en passant par la *pression du pénis dénudé sur une partie du corps du partenaire* (niveau 5) et le *frottement rythmique entre genoux ou jambes ou dans l'aisselle* (niveau 6), pour finir au *toucher du pénis par la langue, pénis dans la bouche*, et *pénis dans l'anus* (niveaux 7, 8 et 9 respectivement). À chaque niveau de délit correspondait une peine à la sévérité accrue. Klare, ça se voyait, avait dû passer par le pensionnat ; mais Höhn affirmait que le ministère de l'Intérieur et la *Sicherheitspolizei* prenaient ses idées au sérieux. Moi, je trouvais ça comique. Un soir de printemps — c'était en 1937 — je retournai me promener derrière le Neuer See.

J'observai les ombres des arbres jusqu'à ce que mon regard croise celui d'un jeune homme; je pris une cigarette, lui demandai du feu, et lorsqu'il leva son briquet, plutôt que de me pencher vers sa main, je l'écartai et jetai la cigarette, je le pris par la nuque, et je lui embrassai les lèvres, goûtant doucement son haleine. Je le suivis sous les arbres, nous nous éloignions des chemins, mon cœur, comme chaque fois, battait follement dans ma gorge et dans mes tempes, un voile sec était descendu sur ma respiration, je dégrafai son pantalon, enfouis mon visage dans son odeur âcre faite de sueur, de peau mâle, d'urine et d'eau de Cologne, je frottai mon visage contre sa peau, son sexe et là où les poils s'épaississent, je le léchai, le pris dans ma bouche, puis lorsque je n'y tins plus je le poussai contre un arbre, me retournai sans le lâcher et l'enfonçai en moi, jusqu'à ce que le temps et la peine aient disparu. Quand ce fut fini il s'éloigna rapidement, sans un mot. Exalté, je m'appuyai à l'arbre, me rajustai, allumai une cigarette et tentai de maîtriser le tremblement de mes jambes. Lorsque je pus marcher, je pris la direction du Landwehr Canal, pour le traverser avant de reprendre vers le S-Bahn du Zoo. Une allégresse sans limites portait chacun de mes pas. Sur le pont du Lichtenstein, un homme se tenait appuyé à la rambarde : je le connaissais, nous avions des relations en commun, il se nommait Hans P. Il paraissait très pâle, défait, il ne portait pas de cravate; une fine sueur faisait luire son visage presque verdâtre sous la lumière morne des réverbères. Mon sentiment d'euphorie retomba d'un coup. « Que faites-vous ici ? » l'interpellai-je sur un ton péremptoire, peu amical. « Ah, Aue, c'est vous. » Son ricanement portait une pointe d'hystérie. « Vous voulez le savoir ? » Cette rencontre prenait un tour de plus en plus insolite; je restais comme pétrifié. Je hochai la tête. « Je voulais sauter, expliqua-t-il en se mordillant la lèvre supérieure. Mais je n'ose pas. J'ai même, continua-t-il, écartant sa veste pour révéler la crosse d'un pistolet, j'ai même apporté ceci. » — « Où diable l'avez-vous trouvé ? » demandai-je d'une voix assourdie. — « Mon père est officier. Je le lui ai piqué. Il est chargé. » Il me fixa d'un air inquiet. « Vous ne voudriez pas m'aider ? » Je regardai aux alentours : le long du canal, personne, aussi loin que je puisse voir. Lentement je tendis le bras et tirai le pistolet de sa ceinture. Il me fixait d'un regard fasciné, pétrifié. J'examinai le chargeur : il semblait plein et je le renfonçai dans la crosse avec un claquement sec. Alors de la main gauche je lui empoignai brutalement le cou, le repoussai contre la rambarde, et forçai le canon du pistolet entre ses lèvres. « Ouvre ! aboyai-je. Ouvre la bouche ! » Mon cœur battait la chamade, il me semblait crier alors que je faisais un effort pour garder la voix basse. « Ouvre ! » J'enfonçai le canon entre ses dents. « C'est ça que tu veux ? Suce ! » Hans P. fondait de terreur, je sentis soudain une âpre odeur d'urine, je baissai les yeux : il avait mouillé son pantalon. Ma rage s'évanouit sur-le-champ, aussi mystérieusement qu'elle avait surgi. Je lui replaçai le pistolet dans la ceinture et lui tapotai la joue. « Ça ira. Rentre chez toi. » Je le laissai là, traversai le pont et pris à droite le long du canal. Quelques mètres plus loin trois Schupo surgirent de nulle part. « Eh, toi, là ! Qu'est-ce que tu fais ici ? Papiers. » — « Je suis étudiant. Je me promène. » — « Oui, on connaît ce genre de promenade. Et lui, là, sur le pont ? C'est ta copine ? » Je haussai les épaules : « Je ne le connais pas. Il avait un air bizarre, il a essayé de me menacer. » Ils échangèrent un regard et deux d'entre eux se dirigèrent au trot vers le pont ; j'essayai de m'éloigner, mais le troisième me prit par le bras. Sur le pont, il y eut un tumulte, des cris, puis des coups de feu. Les deux Schupo revinrent, l'un d'eux, livide, tenait son épaule, du sang coulait entre ses doigts. « Ah, le salaud. Il m'a tiré dessus. Mais on l'a eu. » Son camarade me jeta un regard méchant : « Toi, tu viens avec nous. »

Ils me conduisirent au *Polizeirevier* de la Derfflingerstrasse, à l'angle de la Kurfürstenstrasse ; là, un policier à moitié endormi me prit mes papiers, me posa quelques questions et rédigea les réponses sur un formulaire ; puis on m'envoya m'asseoir sur un banc. Deux heures plus tard on me mena en face, à l'*Abschnittskommando* du Tiergarten, le commissariat central du quartier. On m'introduisit dans une pièce où un homme mal rasé, mais au costume méticuleusement repassé, se tenait tassé derrière une table. Il était de la Kripo. « Vous êtes dans la merde, jeune homme. Un homme a tiré sur un agent de la police et a été tué. Qui était-il ? Vous le connaissiez ? On vous a vu sur le pont, avec lui. Que faisiez-vous là ? » Sur mon banc, j'avais eu le temps de réfléchir, et je m'en tins à une version simple : étudiant en doctorat, j'aimais me promener, la nuit, pour méditer ma thèse ; j'étais parti de chez moi, à Prenzlauer Berg, flâner sur Unter den Linden puis à travers le Tiergarten, je voulais rejoindre le S-Bahn pour rentrer à la maison ; je traversais le pont et cet homme m'avait accosté, il disait quelque chose que je n'avais pu saisir, son air étrange m'avait fait peur, j'avais cru qu'il me menaçait et j'avais continué mon chemin, puis j'avais rencontré les Schupo et c'était tout. Il me posa la même question que les policiers : « Cet endroit est un lieu de rencontre connu. Vous êtes sûr que ce n'était pas plutôt votre ami ? Une querelle d'amants ? Les Schupo affirment que vous lui avez parlé. » Je niai et répétai mon histoire : étudiant en doctorat, etc. Cela dura un certain temps : il avançait ses questions d'un ton brutal, dur ; plusieurs fois il essaya de me provoquer, mais je ne me laissai pas intimider, je savais que le mieux était de garder mon calme. Je commençais à être incommodé par une forte envie et enfin je demandai à aller aux W-C. Il ricana : « Non. Après », et continua. Enfin il balaya l'air de sa main. « D'accord, monsieur l'avocat. Allez vous asseoir dans le couloir. On reprendra plus tard. » Je sortis du bureau et m'installai dans l'entrée. À part deux Schupo et un ivrogne endormi sur un banc, j'étais seul. Une ampoule clignotait de temps en temps. Tout était propre, net, calme. J'attendais.

Quelques heures passèrent, je dus m'assoupir, la lumière de l'aube commençait à pâlir les carreaux de l'entrée, un homme entra. Il était vêtu avec goût, d'un costume rayé à la coupe élégante, avec un col amidonné et une cravate en tricot gris perle ; au revers il arborait un insigne du Parti, et il serrait sous le bras une serviette de cuir noir ; ses cheveux jais, épais, luisants de brillantine, étaient peignés droit en arrière, et bien que son visage demeurât fermé, ses yeux semblaient rire en me regardant. Il murmura quelques mots aux Schupo de garde ; l'un d'eux le précéda dans le couloir et ils disparurent. Quelques minutes plus tard le Schupo revint et me fit signe de son gros doigt : « Toi, là. Par ici. » Je me levai, m'étirai, et le suivis, réprimant fortement mon envie. Le Schupo me ramena à la pièce où j'avais été interrogé. L'inspecteur de la Kripo avait disparu ; assis à sa place se trouvait le jeune homme bien mis, un bras à la manche amidonnée posé sur la table, l'autre rejeté négligemment derrière le dossier de la chaise. La serviette noire reposait près de son coude. « Entrez », fit-il poliment, mais fermement. Il m'indiqua la chaise devant la table : « Asseyez-vous, je vous en prie. » Le Schupo referma la porte sur moi et je vins m'asseoir. J'entendais les bottes cloutées de l'homme cliqueter dans le couloir tandis qu'il s'éloignait. Le jeune homme élégant et poli avait une voix douce, mais qui cachait à peine son tranchant. « Mon confrère de la police criminelle, Halbey, vous prend pour un paragraphe 175. Êtes-vous un paragraphe 175 ? » Cela me semblait une vraie question et je répondis franchement : « Non. » — « C'est ce que je crois aussi », dit-il. Il me regarda et me tendit la main par-dessus le bureau : « Je m'appelle Thomas Hauser. Enchanté. » Je me penchai pour la serrer. Sa poignée était ferme, la peau était sèche et lisse, il avait les ongles parfaitement taillés. « Aue. Maximilien Aue. » — « Oui, je sais. Vous avez de la chance, Herr Aue. Le Kriminalkommissar Halbey a déjà expédié un rapport préliminaire sur ce malheureux incident à la *Staatspolizei*, mentionnant votre implication présumée. Il était adressé en copie au Kriminalrat Meisinger. Savez-vous qui est le Kriminalrat Meisinger ? » — « Non, je ne le sais pas. » — « Le Kriminalrat Meisinger dirige le Bureau central du Reich pour le combat contre l'homosexualité et l'avortement. Il s'occupe donc des 175. C'est un homme fort désagréable. Un Bavarois. » Il fit une pause. « Heureusement pour vous, le rapport du Kriminalkommissar Halbey est d'abord passé par mon bureau. J'étais de garde, ce soir. J'ai pu pour le moment bloquer la copie adressée au Kriminalrat Meisinger. » — « C'est fort aimable de votre part. » — « Oui, effectivement. Voyez-vous, notre ami le Kriminalkommissar Halbey a formé des soupçons vous concernant. Mais le Kriminalrat Meisinger ne s'occupe pas de soupçons, il s'occupe de faits. Et il a des méthodes pour obtenir ces faits qui ne font pas l'unanimité à la *Staatspolizei*, mais qui s'avèrent généralement efficaces. » Je secouai la tête : « Écoutez... Je ne comprends pas très bien de quoi vous parlez. Il doit s'agir d'un malentendu. » Thomas fit claquer ses lèvres : « Pour le moment, vous avez raison. Il semblerait s'agir d'un malentendu. Ou peut-être plutôt d'une coïncidence malheureuse, si vous préférez, hâtivement interprétée par le zélé Kriminalkommissar Halbey. » Je me penchai en avant en écartant les mains : « Voyons, tout ceci est idiot. Je suis étudiant, membre du Parti, de la SS... » Il me coupa la parole : « Je sais que vous êtes un membre du Parti et de la SS. Je connais très bien le professeur Höhn. Je sais parfaitement qui vous êtes. » Je compris alors : « Ah. Vous êtes du SD. » Thomas souriait amicalement : « C'est un peu ça, oui. En temps normal je travaille avec le Dr. Six, le remplaçant de votre professeur le Dr. Höhn. Mais en ce moment je suis détaché à la *Staatspolizei* comme assistant du Dr. Best, qui seconde *der Chef* dans l'élaboration du cadre juridique de la SP. » Même alors je notai l'emphase marquée avec laquelle il prononçait les mots *der Chef*. « Vous êtes donc tous des docteurs, au *Sicherheitsdienst* ? » lançai-je. Il sourit de nouveau, un sourire large et franc : « Presque. » — « Alors vous êtes aussi docteur ? » Il inclina la tête : « En droit. » — « Je vois. » — « *Der Chef*, par contre, n'est pas docteur. Mais il est beaucoup plus intelligent que nous autres. Il se sert de nos talents pour atteindre ses fins. » — « Et quelles sont ces fins ? » Thomas fronça les sourcils : « Qu'est-ce que vous étudiez, avec Höhn ? La protection de l'État, bien entendu. » Il se tut. Je restai silencieux, nous nous regardions. Il semblait attendre quelque chose. Il se pencha et appuya son menton sur une main, tapotant les ongles manucurés de l'autre sur la surface de la table. Enfin il demanda d'un air ennuyé : « La protection de l'État ne vous intéresse pas, Herr Aue ? »

J'hésitai : « Je ne suis pas docteur, moi... » — « Mais vous le serez bientôt. » Quelques secondes de silence s'écoulèrent encore. « Je ne comprends pas ce que vous cherchez », dis-je enfin. — « Je ne cherche rien du tout, si ce n'est à vous éviter des ennuis inutiles. Vous savez, les rapports que vous avez rédigés pour le SD, à une époque, ont tout de suite été remarqués. Très bien écrits, synthétiques, nourris par une *Weltanschauung* dont la rigueur ne fait aucun doute. C'est dommage que vous n'ayez pas poursuivi, mais bon, cela vous concerne. Quand même, lorsque j'ai vu le rapport du Kriminalkommissar Halbey, je me suis dit que ce serait une perte pour le national-socialisme. J'ai téléphoné au Dr. Best, je l'ai réveillé d'ailleurs, il était d'accord avec moi et m'a autorisé à passer ici, pour suggérer au Kriminalkommissar Halbey de limiter ses initiatives fâcheuses. Vous comprenez, on va ouvrir une enquête criminelle, comme il se doit quand il y a mort d'homme. De plus, un policier a été blessé. À tout le moins vous devriez en principe être cité à comparaître comme témoin. Étant donné l'emplacement du crime, un lieu de rendez-vous homosexuel notoire, l'affaire, même si je peux convaincre le Kriminalkommissar Halbey de modérer son zèle, sera automatiquement référée pour avis, tôt ou tard, aux services du Kriminalrat Meisinger. À ce moment-là, le Kriminalrat Meisinger s'intéressera à vous. Il se mettra à fouiller, comme l'animal grossier qu'il est. Quels que soient les résultats, cela laissera des traces indélébiles dans votre dossier personnel. Or il se trouve que le Reichsführer-SS nourrit une obsession particulière envers l'homosexualité. Les homosexuels lui font peur, il les hait. Il croit qu'un homosexuel héréditaire peut contaminer des dizaines de jeunes hommes avec sa maladie, et que tous ces jeunes gens seront alors perdus pour la race. Il croit aussi que les invertis sont des menteurs congénitaux, qui croient en leurs propres mensonges, d'où il résulte une irresponsabilité mentale qui les rend incapables de loyauté, les fait bavarder à tort et à travers, et peut mener à la trahison. Ainsi, cette menace potentielle que représente l'homosexuel signifie que la question, pour le Reichsführer, n'est pas une question médicale, du ressort de la thérapie, mais une question politique, à traiter par les méthodes de la SP. Il s'est même récemment enthousiasmé pour la proposition d'un de nos meilleurs historiens du droit, le professeur et SS-Untersturmführer Eckhardt, que vous devez connaître, de revenir à l'ancien usage germanique consistant à noyer les efféminés dans une tourbière. Ceci, je serais le premier à le reconnaître, est un point de vue plutôt extrême et, bien que sa logique soit indéniable, tout le monde ne voit pas les choses de manière aussi tranchée.

Le Führer lui-même, semblerait-il, reste plutôt indifférent à cette question. Mais justement, le peu d'intérêt qu'il exprime à ce sujet laisse le champ libre au Reichsführer, avec ses idées disproportionnées, pour définir la politique actuelle. Ainsi, si le Kriminalrat Meisinger venait à former sur vous une opinion défavorable, même s'il ne parvenait pas à obtenir une condamnation en application des paragraphes 175 ou 175a du Code pénal, vous pourriez avoir toutes sortes d'ennuis. Il pourrait même advenir, si le Kriminalrat Meisinger insistait, qu'un ordre de détention préventive soit émis contre vous. J'en serais navré, le Dr. Best aussi. » Je ne l'écoutais qu'à moitié car mon envie me reprenait, plus violemment que jamais, mais je réagis enfin : « Je ne comprends pas où vous voulez en venir. Êtes-vous en train de me faire une proposition ? » — « Une proposition ? » Thomas haussa les sourcils. « Mais pour qui donc nous prenez-vous ? Pensez-vous réellement que le SD ait besoin de recourir au *chantage* pour son recrutement ? Vous n'y songez pas. Non, continua-t-il avec un grand sourire amical, je suis simplement venu vous aider dans un esprit de camaraderie, comme un national-socialiste envers un autre. Bien sûr, ajouta-t-il avec un regard narquois, nous nous doutons que le professeur Höhn met ses étudiants en garde contre le SD, qu'il a dû vous décourager un peu, et c'est dommage. Saviez-vous que c'est lui qui m'a recruté ? Il est devenu ingrat. Si jamais vous changiez d'avis sur nous, tant mieux. Je pense que si notre travail venait à vous apparaître sous un jour plus favorable, le Dr. Best serait heureux d'en discuter avec vous. Je vous invite à y songer. Mais cela n'a rien à voir avec ma démarche de ce soir. » Je dois le dire, cette attitude si franche et directe m'a plu. J'étais très impressionné par la droiture, l'énergie, la tranquille conviction rayonnant de Thomas. Cela ne correspondait pas du tout à l'idée que je m'étais formée du SD. Mais déjà il se levait. « Vous allez sortir avec moi. Il n'y aura pas d'objections. Je vais informer le Kriminalkommissar Halbey que vous vous trouviez à cet endroit dans le cadre du service, et les choses en resteront là. Au moment voulu vous ferez une déposition en ce sens. Comme ça, tout sera parfaitement civilisé. » Moi, je ne pouvais m'empêcher de songer aux cabinets ; l'entretien achevé, Thomas patienta dans le couloir tandis que je me soulageais enfin. J'eus ainsi le loisir de réfléchir un peu : lorsque je sortis, je devais déjà avoir pris ma décision. Dehors, il faisait jour. Thomas me laissa dans la Kurfürstenstrasse en me serrant vigoureusement la main. « Je suis sûr qu'on se reverra bientôt. *Tchüss !* » Et c'est ainsi, le cul encore plein de sperme, que je me résolus à entrer au *Sicherheitsdienst*.

Le lendemain du dîner avec Oberländer, dès mon réveil, j'allai voir Hennicke, le chef d'état-major du groupe. « Ah, Obersturmführer Aue. Les dépêches pour Lutsk sont presque prêtes. Allez voir le Brigadeführer. Il est à la prison Brygidki. L'Untersturmführer Beck vous y conduira. » Ce Beck était encore très jeune ; il avait de la prestance, mais semblait comme assombri, couvant une colère secrète. Après m'avoir salué il m'adressa à peine la parole. Dans la rue, les gens paraissaient encore plus excités que la veille, des groupes de nationalistes armés patrouillaient, la circulation était difficile. On voyait aussi beaucoup plus de soldats allemands. « Je dois passer à la gare prendre un colis, dit Beck. Ça ne vous dérange pas ? » Son chauffeur connaissait déjà bien son chemin ; pour éviter la foule, il coupa par une rue transversale ; plus loin, elle serpentait par le flanc d'une petite colline, longée d'immeubles bourgeois, tranquilles et cossus. « C'est une belle ville », fis-je remarquer. — « C'est normal. C'est une ville allemande, au fond », rétorqua Beck. Je me tus. À la gare, il me laissa à la voiture et disparut dans la foule. Des tramways déchargeaient leurs passagers, en prenaient d'autres, repartaient. Dans un petit parc, sur la gauche, indifférents à la cohue, se prélassaient sous les arbres plusieurs familles de Tsiganes, sales, à la peau basanée, vêtus de haillons bariolés. D'autres se tenaient près de la gare, sans mendier ; même les enfants ne jouaient pas. Beck revenait avec un petit paquet. Il suivit mon regard et remarqua les Tsiganes. « Plutôt que de perdre notre temps avec les Juifs, on ferait mieux de s'occuper de ceux-là, cracha-t-il sur un ton vicieux. Ils sont bien plus dangereux. Ils opèrent pour les Rouges, vous ne le savez pas ? Mais on leur réglera leur compte. » Dans la longue rue qui remontait de la gare, il parla de nouveau : « La synagogue se trouve ici, à côté. Je voudrais la voir. Après on ira à la prison. » La synagogue était bâtie en retrait dans une ruelle, sur la gauche de l'avenue menant au centre. Deux soldats allemands montaient la garde devant le portail. La façade vétuste ne payait pas de mine ; seule une étoile de David au fronton permettait d'identifier la nature du lieu ; on ne voyait aucun Juif. Je suivis Beck par la petite porte. La grande salle centrale s'élevait sur deux étages, ceinte en haut par une galerie, sans doute pour les femmes ; de belles peintures aux couleurs vives décoraient les murs, d'un style naïf mais vigoureux, représentant un grand Lion de Juda entouré d'étoiles juives, de perroquets et d'hirondelles, et criblé par endroits d'impacts de balles. À la place de bancs il y avait de petites chaises fixées à des tables d'écoliers. Beck contempla longuement les peintures, puis ressortit. La rue devant la prison grouillait de monde, une cohue monstrueuse. Les gens s'égosillaient, des femmes, hystériques, déchiraient leurs vêtements et se roulaient par terre; des Juifs agenouillés, gardés par des Feldgendarmes, frottaient le trottoir; de temps à autre un passant leur décochait un coup de pied, un Feldwebel rubicond aboyait : « *Juden, kaputt!* », des Ukrainiens, admiratifs, applaudissaient. Au portail de la prison, je dus céder la place à une colonne de Juifs, en chemise ou torse nu, pour la plupart ensanglantés, qui, encadrés de soldats allemands, portaient des cadavres putréfiés et les chargeaient dans des charrettes. De vieilles femmes en noir se jetaient alors sur les corps en ululant, puis se ruaient sur les Juifs et les griffaient jusqu'à ce qu'un soldat tente de les repousser. J'avais perdu Beck de vue, j'entrai dans la cour de la prison, et là c'était encore le même spectacle, des Juifs terrifiés qui triaient des cadavres, d'autres qui frottaient les pavés sous les huées des soldats; ceux-ci se lançaient en avant, frappaient les Juifs, à mains nues ou à coups de crosse, les Juifs hurlaient, s'effondraient, se débattaient pour se relever et reprendre le travail, d'autres soldats photographiaient la scène, d'autres encore, hilares, criaient des injures ou des encouragements, parfois aussi un Juif ne se relevait plus, alors plusieurs hommes y allaient de leurs bottes, puis un ou deux Juifs venaient traîner le corps par les pieds sur le côté, d'autres devaient de nouveau frotter. Je trouvai enfin un SS : « Savez-vous où se trouve le Brigadeführer Rasch? » — « Je crois qu'il est dans les bureaux de la prison, par là, je l'ai vu monter tout à l'heure. » Dans le long couloir, des soldats allaient et venaient, c'était plus calme, mais les murs verts, brillants et crasseux, étaient éclaboussés de taches de sang, plus ou moins fraîches, avec collés dessus des lambeaux de cervelle mêlés de cheveux et de fragments d'os, il y avait aussi de grandes traînées au sol où l'on avait tiré les corps, on pataugeait dedans. Au fond, Rasch descendait un escalier en compagnie d'un grand Oberführer au visage poupin et de plusieurs autres officiers du groupe. Je les saluai. « Ah, c'est vous. Bien. J'ai reçu un rapport de von Radetzky; demandez-lui de venir ici, dès qu'il en aura l'occasion. Et vous rendrez compte en personne à l'Obergruppenführer Jeckeln de l'*Aktion* ici. Insistez sur le fait que ce sont les nationalistes et le peuple qui ont pris l'initiative. Le NKVD et les Juifs, à Lemberg, ont assassiné trois mille personnes. Alors le peuple se venge, c'est normal. Nous avons demandé à l'AOK de leur laisser quelques jours. » — « *Zu Befehl*, Herr Brigadeführer. » Je ressortis à leur suite. Rasch et l'Oberführer dis-

cutaient avec animation. Dans la cour, distincte de la puanteur des
cadavres, s'élevait l'odeur lourde et écœurante du sang frais. En sortant,
je croisai deux Juifs qui remontaient sous escorte de la rue ; l'un d'eux,
un très jeune homme, sanglotait violemment, mais en silence. Je retrouvai Beck près de la voiture et nous retournâmes au Gruppenstab.
J'ordonnai à Höfler de préparer l'Opel et de retrouver Popp, puis passai
prendre les dépêches et le courrier chez le Leiter III. Je demandai aussi
où se trouvait Thomas, je voulais le saluer avant de partir : « Vous le
trouverez du côté du boulevard, m'indiqua-t-on. Allez voir au café
Métropole, dans la Sykstuska. » En bas, Popp et Höfler étaient prêts.
« On y va, Herr Obersturmführer ? » — « Oui, mais on s'arrête en chemin. Prends par le boulevard. » Je trouvai facilement le *Métropole*. À
l'intérieur, des grappes d'hommes discutaient bruyamment, certains,
déjà ivres, braillaient ; près du bar, des officiers de la *Rollbahn* buvaient
de la bière en commentant les événements. Je trouvai Thomas au fond
avec un jeune homme blond, en civil, au visage bouffi et maussade. Ils
buvaient du café. « Max, salut ! Tiens, je te présente Oleg. Un homme
très instruit, très intelligent. » Oleg se leva et me serra avec empressement la main ; il semblait en fait parfaitement idiot. « Écoute, je m'en
vais. » Thomas me répondit en français : « C'est très bien. De toute
façon on se retrouve bientôt : d'après le plan, ton Kommandostab sera
stationné à Jitomir, avec nous. » — « Excellent. » Il reprit en allemand :
« Bon courage ! Garde le moral. » Je saluai Oleg et ressortis. Nos
troupes se trouvaient encore loin de Jitomir, mais Thomas paraissait
confiant, il devait avoir de bonnes informations. Sur la route, je retrouvai avec plaisir la douceur de la campagne galicienne ; nous avancions
lentement, dans la poussière des colonnes de camions et de matériel qui
montaient au front ; de loin en loin le soleil perçait les longues rangées
de nuages blancs qui défilaient dans le ciel, vaste plafond d'ombres, gai
et tranquille.

J'arrivai à Lutsk dans l'après-midi. Blobel, d'après von Radetzky, ne
reviendrait pas tout de suite ; Häfner nous indiqua confidentiellement
qu'on l'avait en fin de compte déposé dans un asile d'aliénés de la
Wehrmacht. L'action de représailles avait été menée à bien, mais personne ne semblait trop disposé à en parler : « Vous pouvez vous estimer
heureux de ne pas avoir été là », me glissa Zorn. Le 6 juillet, le Sonderkommando, se collant toujours à l'avancée de la 6ᵉ armée, déménagea à

Rovno, puis rapidement à Tsviahel ou Swjagel, que les Soviétiques nomment Novograd-Volynskii. À chaque étape, on détachait des Teil-kommandos pour identifier, arrêter et exécuter les opposants potentiels. La plupart, il faut le dire, étaient des Juifs. Mais nous fusillions aussi des commissaires ou des fonctionnaires du Parti bolchevique, quand nous en trouvions, des voleurs, des pillards, des paysans qui cachaient leur grain, des Tsiganes aussi, Beck devait être content. Von Radetzky nous avait expliqué qu'il fallait raisonner en termes de *menace objective* : démasquer chaque coupable individuel étant une impossibilité maté-rielle, il fallait identifier les catégories socio-politiques les plus suscep-tibles de nous nuire et agir en fonction. À Lemberg, le nouvel Ortskommandant, le général Rentz, avait petit à petit réussi à rétablir l'ordre et à calmer les excès ; néanmoins, l'Einsatzkommando 6, puis le 5 venu le remplacer, avaient continué à exécuter des centaines de per-sonnes en dehors de la ville. Nous commencions aussi à avoir des ennuis avec les Ukrainiens. Le 9 juillet, la brève expérience indépendantiste prit abruptement fin : la SP arrêtait Bandera et Stetsko et les envoyait sous escorte à Cracovie, tandis que leurs hommes étaient désarmés. Mais ailleurs, l'OUN-B entrait en révolte ; à Drohobycz, ils ouvrirent le feu sur nos troupes, plusieurs Allemands furent tués. À partir de ce moment-là on commença aussi à traiter en *menace objective* les parti-sans de Bandera ; les melnykistes, ravis, nous aidaient à les identifier, et prenaient le contrôle des administrations locales. Le 11 juillet, le Grup-penstab auquel nous étions subordonnés échangea sa désignation avec celui rattaché au groupe d'armées Centre : dorénavant, notre Einsatz-gruppe s'appelait le « C » ; le même jour, nos trois Opel Admiral entraient à Jitomir avec les chars de la 6ᵉ armée. Quelques jours plus tard, je fus envoyé renforcer ce Vorkommando, en attendant que le gros de l'état-major nous rejoigne.

Dès Tsviahel le paysage changeait complètement. C'était maintenant la steppe ukrainienne, une immense prairie ondulante, intensivement cultivée. Dans les champs de blé, les coquelicots achevaient de mourir, mais le seigle et l'orge mûrissaient, et sur des kilomètres sans fin, les tournesols, dressés vers le ciel, suivaient de leurs couronnes dorées la trajectoire du soleil. Çà et là, comme jetées au hasard, une rangée d'isbas à l'ombre des robiniers ou des petits bois de chênes, d'érables et de frênes brisaient les perspectives étourdissantes. Les chemins de campagne étaient bordés de tilleuls, les rivières de trembles et de saules; dans les villes, on avait planté des châtaigniers le long des boulevards. Nos cartes se révélaient entièrement inadéquates : les routes signalées n'existaient pas ou disparaissaient; au contraire, là où se trouvait indiquée une steppe vide, nos patrouilles découvraient des kolkhozes et de vastes champs de coton, de melons, de betteraves; les minuscules municipalités étaient devenues des centres industriels développés. Par contre, alors que la Galicie était tombée presque intacte entre nos mains, ici, l'Armée rouge avait pratiqué sur sa retraite une politique de destruction systématique. Les villages, les champs flambaient, nous trouvions les puits dynamités ou comblés, les routes minées, les bâtiments piégés; dans les kolkhozes, il restait du bétail, de la volaille et les femmes, mais hommes et chevaux étaient partis; à Jitomir, ils avaient incendié ce qu'ils pouvaient : heureusement, de nombreuses demeures se dressaient encore parmi les ruines fumantes. La ville se trouvait toujours sous contrôle hongrois et Callsen enrageait : « Leurs officiers traitent les Juifs amicalement, ils dînent chez les Juifs ! » Bohr, un autre officier, compléta : « Il paraît que certains des officiers sont eux-mêmes juifs. Vous vous rendez compte ? Des alliés de l'Allemagne ! Je n'ose plus leur serrer la main. » Les habitants nous avaient bien reçus, mais se plaignaient de l'avancée Honvéd en territoire ukrainien : « Les Allemands sont nos amis historiques, disaient-ils. Les Magyars veulent juste nous annexer. » Ces tensions éclataient quotidiennement en menus incidents. Une compagnie de pionniers avait tué deux Hongrois; un de nos généraux dut aller présenter des excuses. D'autre part, la Honvéd bloquait le travail de nos policiers locaux, et le Vorkommando fut obligé de se plaindre, via le Gruppenstab, au QG du groupe d'armées, l'OKHG Sud. Enfin, le 15 juillet, les Hongrois furent relevés et l'AOK 6 vint s'installer à Jitomir, suivi de près par notre Kommando ainsi que le Gruppenstab C. Entre-temps, on m'avait renvoyé à Tsviahel assurer la liaison. Les Teilkommandos sous Callsen, Hans et Janssen s'étaient vu assigner chacun un secteur, irradiant en faisceau presque jusqu'au front, immobilisé devant Kiev; au sud, notre zone rencontrait celle de l'Ek 5, il fallait coordonner les opérations, car chaque Teilkommando fonctionnait de manière autonome. C'est ainsi que je me retrouvai avec Janssen, dans la région entre Tsviahel et Rovno, à la frontière de la Galicie. Les brefs orages d'été tournaient de plus en plus souvent à l'averse, transformant la poussière de lœss, fine comme de la farine, en une boue gluante, épaisse et noire, que les soldats appelaient *buna*. D'interminables étendues marécageuses se formaient alors, où se décomposaient doucement les cadavres et les carcasses de chevaux semés par les combats. Les hommes succombaient à des diarrhées continuelles, les poux faisaient leur apparition ; même les camions s'embourbaient et il devenait de plus en plus difficile de se déplacer. Pour assister les Kommandos, on recrutait de nombreux auxiliaires ukrainiens, baptisés Askaris par les anciens d'Afrique ; on les faisait financer par les municipalités locales et avec des fonds juifs confisqués. Beaucoup d'entre eux étaient des Boulbovitsi, ces extrémistes volhyniens dont parlait Oberländer (ils prenaient leur nom de Tarass Boulba) : après la liquidation de l'OUN-B, on leur avait donné le choix entre l'uniforme allemand ou les camps ; la plupart s'étaient fondus dans la population, mais un certain nombre étaient venus s'engager. Plus au nord, en revanche, entre Pinsk, Mozyr et Olevsk, la Wehrmacht avait laissé s'installer une « République ukrainienne de Polésie », dirigée par un certain Tarass Borovets, ci-devant propriétaire d'une carrière à Kostopol nationalisée par les bolcheviques ; il pourchassait les unités isolées de l'Armée rouge et les partisans polonais, cela nous dégageait des troupes, en échange nous le tolérions ; mais l'Einsatzgruppe s'inquiétait qu'il protège des éléments hostiles de l'OUN-B, ceux qu'en plaisantant on appelait les « OUN (bolcheviques) » par opposition aux « mencheviques » de Melnyk. Nous recrutions aussi les *Volksdeutschen* que nous trouvions dans les communautés, pour servir de maires ou de policiers. Les Juifs, un peu partout, avaient été mis au travail forcé ; et l'on commençait à fusiller systématiquement ceux qui ne travaillaient pas. Mais du côté ukrainien du Sbrutch, nos actions se trouvaient souvent frustrées par l'apathie de la population locale, qui ne dénonçait pas les mouvements des Juifs : ceux-ci en profitaient pour se déplacer illégalement, se cacher dans les forêts du Nord. Le Brigadeführer Rasch donna alors l'ordre de faire défiler les Juifs en public, avant les exécutions, afin de détruire aux yeux des paysans ukrainiens le mythe du pouvoir politique juif. Mais de telles mesures ne semblaient pas avoir beaucoup d'effet.

Un matin, Janssen me proposa de venir assister à une action. Tôt ou tard, cela devait advenir, je le savais et j'y avais pensé. Dire que j'avais des doutes sur nos méthodes, je le puis en toute sincérité : j'en saisissais mal la logique. J'avais discuté avec des prisonniers juifs ; ceux-ci m'affirmaient que pour eux, depuis toujours, les mauvaises choses venaient de l'est, les bonnes, de l'ouest ; en 1918, ils avaient accueilli nos troupes comme des libérateurs, des sauveurs ; celles-ci s'étaient comportées très humainement ; après leur départ, les Ukrainiens de Petlioura étaient revenus les massacrer. Quant au pouvoir bolchevique, il affamait le peuple. Maintenant, nous les tuions. Et indéniablement, nous tuions beaucoup de gens. Cela me semblait un malheur, même si c'était inévitable et nécessaire. Mais le malheur, il faut s'y confronter ; l'inévitable et la nécessité, il faut toujours être prêt à les regarder en face, et accepter de voir les conséquences qui en découlent ; fermer les yeux, ce n'est jamais une réponse. J'acceptai l'offre de Janssen. L'action était commandée par l'Untersturmführer Nagel, son adjoint ; je partis de Tsviahel avec lui. Il avait plu la veille mais la route restait bonne, nous voyagions doucement entre deux hautes murailles de verdure ruisselant de lumière, qui nous cachaient les champs. Le village, je ne me souviens plus de son nom, se trouvait au bord d'une large rivière, quelques kilomètres au-delà de l'ancienne frontière soviétique ; c'était un bourg mixte, les paysans galiciens vivaient d'un côté, les Juifs, de l'autre. À notre arrivée je trouvai les cordons déjà déployés. Nagel m'avait indiqué un bois derrière le bourg : « C'est là que ça se passe. » Il paraissait nerveux, hésitant, lui non plus n'avait sans doute encore tué personne. Sur la place centrale, nos Askaris réunissaient les Juifs, des hommes d'âge mûr, des adolescents ; ils les ramenaient par petits groupes des ruelles juives, parfois ils les frappaient, puis ils les forçaient à s'accroupir, gardés par des Orpo. Quelques Allemands les accompagnaient aussi, l'un d'eux, Gnauk, fouettait les Juifs avec une cravache pour les faire avancer. Mais à part les cris tout semblait relativement calme, ordonné. Il n'y avait pas de badauds ; de temps à autre, un enfant apparaissait au coin de la place, regardait les Juifs accroupis, et filait. « Il y en a encore pour une demi-heure, je pense », dit Nagel. — « Je peux visiter ? » lui demandai-je. — « Oui, bien sûr. Mais prenez quand même votre ordonnance. » C'est ainsi qu'il désignait Popp, qui ne me quittait plus depuis Lemberg et me préparait mes quartiers et le café, me cirait les bottes, et faisait laver mes uniformes ; je ne lui avais pourtant rien demandé. Je me dirigeai du côté des petites fermes galiciennes, vers la rivière, Popp me suivait à quelques pas, fusil à l'épaule. Les maisons étaient longues et basses, les portes restaient obstinément fermées, je ne voyais personne aux croisées. Devant un portail en bois enduit d'un bleu pâle grossier, une trentaine d'oies cacardaient bruyamment, attendant de rentrer. Je dépassai les dernières maisons et descendis vers la rivière, mais les bords devenaient marécageux, je remontai un peu ; plus loin, j'apercevais le bois. L'air résonnait du coassement lancinant, obsédant des grenouilles en chaleur. Plus haut, entre des champs détrempés où les plaques d'eau reflétaient le soleil, une douzaine d'oies blanches marchaient en file, grasses et fières, suivies d'un veau apeuré. J'avais eu l'occasion de voir quelques villages en Ukraine : ils me paraissaient bien plus pauvres et miséreux que celui-ci, j'avais peur qu'Oberländer ne voie ses théories battues en brèche. Je rebroussai chemin. Devant le portail bleu, les oies patientaient toujours, épiant une vache qui pleurait, les yeux grouillant de mouches agglutinées. Sur la place, les Askaris faisaient monter les Juifs dans les camions avec des cris et des coups de schlague ; pourtant, ces Juifs ne résistaient pas. Deux Ukrainiens, devant moi, traînaient un vieux avec une jambe de bois, sa prothèse se détacha et ils le jetèrent sans ménagement dans le camion. Nagel s'était éloigné, j'attrapai un des Askaris et lui indiquai la jambe en bois : « Mets ça avec lui dans le camion. » L'Ukrainien haussa les épaules, ramassa la jambe, et la lança après le vieux. Dans chaque camion, on entassait environ trente Juifs ; il devait y en avoir cent cinquante en tout, mais nous ne disposions que de trois camions, il faudrait faire un second voyage. Lorsque les camions furent chargés, Nagel me fit signe de monter dans l'Opel et prit le chemin du bois, suivi des camions. À la lisière, le cordon était déjà en place. On fit décharger les camions, puis Nagel donna l'ordre de choisir les Juifs qui iraient creuser ; les autres attendraient là. Un Hauptscharführer fit la sélection, on distribua les pelles ; Nagel forma une escorte et le groupe s'enfonça dans le bois. Les camions étaient repartis. Je regardai les Juifs : les plus proches de moi paraissaient pâles, mais calmes. Nagel s'approcha et m'apostropha vivement, désignant les Juifs : « C'est nécessaire, vous comprenez ? Dans tout ça, la souffrance humaine ne doit compter pour rien. » — « Oui, mais tout de même elle compte pour quelque chose. » C'était cela que je ne parvenais pas à saisir : la béance, l'inadéquation absolue entre la facilité avec laquelle on peut tuer et la grande difficulté qu'il doit y avoir à mourir. Pour nous, c'était une autre sale journée de travail ; pour eux, la fin de tout.

Des cris émanaient du bois. « Qu'y a-t-il ? » demanda Nagel. — « Je ne sais pas, Herr Untersturmführer, répondit un sous-officier, je vais voir. » Il entra à son tour dans le bois. Certains Juifs allaient et venaient en traînant les pieds, les yeux fixés au sol, dans un silence maussade d'hommes bornés attendant la mort. Un adolescent, accroupi sur les talons, fredonnait une comptine en me regardant avec curiosité ; il approcha deux doigts de ses lèvres ; je lui donnai une cigarette et des allumettes : il me remercia avec un sourire. Le sous-officier réapparut à l'orée du bois et appela : « Ils ont trouvé une fosse commune, Herr Untersturmführer. » — « Comment ça, une fosse commune ? » Nagel se dirigea vers le bois et je le suivis. Sous les arbres, le Hauptscharführer giflait un des Juifs en criant : « Tu le savais, hein ! Salope. Pourquoi tu nous l'as pas dit ? » — « Que se passe-t-il ? » demanda Nagel. Le Hauptscharführer cessa de gifler le Juif et répondit : « Regardez, Herr Untersturmführer. On est tombés sur une fosse des bolcheviques. » Je m'approchai de la tranchée dégagée par les Juifs ; au fond, on discernait des corps moisis, rabougris, presque momifiés. « Ils ont dû être fusillés en hiver, commentai-je. C'est pour cela qu'ils ne sont pas décomposés. » Un soldat au fond de la tranchée se redressa. « On dirait qu'ils ont été tués d'une balle dans la nuque, Herr Untersturmführer. Ça doit être un coup du NKVD. » Nagel appela le *Dolmetscher* : « Demande-lui ce qui s'est passé. » L'interprète traduisit et le Juif parla à son tour. « Il dit que les bolcheviques ont arrêté beaucoup d'hommes dans le village. Mais il dit qu'ils ne savaient pas qu'on les avait enterrés ici. » — « Ces pourritures ne savaient pas ! explosa le Hauptscharführer. Ils les ont tués eux-mêmes, oui ! » — « Hauptscharführer, calmez-vous. Faites refermer cette tombe et allez creuser ailleurs. Mais marquez l'endroit, au cas où il s'agirait de revenir pour une investigation. » Nous retournâmes auprès du cordon ; les camions revenaient avec le reste des Juifs. Vingt minutes plus tard le Hauptscharführer, rouge, nous rejoignit. « On est encore tombés sur des corps, Herr Untersturmführer. Ce n'est pas possible, ils ont rempli la forêt. » Nagel convoqua un petit conciliabule. « Il n'y a pas beaucoup de clairières dans ce bois, suggéra un sous-officier, c'est pour ça que nous creusons aux mêmes endroits qu'eux. » Tandis qu'ils discutaient ainsi, je remarquai progressivement de longues échardes de bois très fines plantées dans mes doigts, juste sous les ongles ; en tâtant, je découvris qu'elles descendaient jusqu'à la deuxième phalange, juste en dessous de la peau. C'était surprenant. Comment étaient-elles arrivées là ? Je n'avais pourtant rien senti. Je commençai à les retirer délicatement, une par une, essayant d'éviter de tirer du sang. Heureusement, elles glissaient assez facilement. Nagel semblait être parvenu à une décision : « Il y a une autre partie du bois, par là, qui est plus basse. Nous allons essayer de ce côté-là. » — « Je vous attendrai ici », dis-je. — « Très bien, Herr Obersturmführer. J'enverrai quelqu'un vous chercher. » Absorbé, je fléchis mes doigts à plusieurs reprises : tout semblait en ordre. Je m'éloignai du cordon le long d'une légère pente, dans les herbes sauvages et les fleurs déjà presque sèches. Plus bas commençait un champ de blé, gardé par un corbeau crucifié par les pieds, les ailes déployées. Je me couchai dans l'herbe et regardai le ciel. Je fermai les yeux.

Popp vint me chercher. « Ils sont presque prêts, Herr Obersturm-führer. » Le cordon avec les Juifs s'était déplacé vers le bas du bois. Les condamnés patientaient sous les arbres, par petits groupes, certains s'étaient adossés aux troncs. Plus loin, dans le bois, Nagel attendait avec ses Ukrainiens. Quelques Juifs, au fond d'une tranchée de plusieurs mètres de long, envoyaient encore des pelletées de boue par-dessus le remblai. Je me penchai : l'eau emplissait la fosse, les Juifs creusaient avec de l'eau boueuse jusqu'aux genoux. « Ce n'est pas une fosse, c'est une piscine », fis-je remarquer assez sèchement à Nagel. Celui-ci ne prit pas très bien la réflexion : « Que voulez-vous que je fasse, Herr Ober-sturmführer ? On est tombés sur un aquifère, et ça monte au fur et à mesure qu'ils creusent. Nous sommes trop près de la rivière. Je ne vais quand même pas passer la journée à faire creuser des trous dans cette forêt. » Il se tourna vers le Hauptscharführer. « Bon, ça suffit. Faites-les sortir. » Il était livide. « Vos tireurs sont prêts ? » demandait-il. Je compris qu'on allait faire tirer les Ukrainiens. « Oui, Herr Untersturm-führer », répondit le Hauptscharführer. Il se tourna vers le *Dolmetscher* et expliqua la procédure. Le *Dolmetscher* traduisit aux Ukrainiens. Vingt d'entre eux vinrent se placer en rang devant la fosse ; les cinq autres prirent les Juifs qui avaient creusé, et qui étaient couverts de boue, et les firent s'agenouiller le long du rebord, dos aux tireurs. Sur un ordre du Hauptscharführer, les Askaris épaulèrent leurs carabines et les dirigèrent vers les nuques des Juifs. Mais le compte n'y était pas, il devait y avoir deux tireurs par Juif, or on en avait pris quinze pour creu-ser. Le Hauptscharführer recompta, puis donna l'ordre aux Ukrainiens de baisser leurs fusils et fit se relever cinq des Juifs, qui allèrent attendre sur le côté. Plusieurs d'entre eux récitaient quelque chose à voix basse, des prières sans doute, mais à part cela ils ne disaient rien. « On ferait mieux de rajouter des Askaris, suggéra un autre sous-officier. Ça irait plus vite. » Une petite discussion s'ensuivit ; les Ukrainiens n'étaient que vingt-cinq en tout ; le sous-officier proposait d'ajouter cinq Orpo ; le Hauptscharführer soutenait qu'on ne pouvait pas dégarnir le cor-don. Nagel, exaspéré, trancha : « Continuez comme ça. » Le Haupt-scharführer aboya un ordre et les Askaris relevèrent leurs fusils. Nagel s'avança d'un pas. « À mon commandement... » Sa voix était blanche, il faisait un effort pour la maîtriser. « Feu ! » La rafale crépita et je vis comme une éclaboussure rouge, masquée par la fumée des fusils. La plupart des tués volèrent en avant, le nez dans l'eau ; deux d'entre eux restèrent couchés, recroquevillés sur eux-mêmes, au bord de la fosse. « Nettoyez-moi ça et amenez les suivants », ordonna Nagel. Quelques

Ukrainiens prirent les deux Juifs morts par les bras et les pieds et les balancèrent dans la fosse ; ils atterrirent avec un grand bruit d'eau, le sang coulait à flots de leurs têtes fracassées et avait giclé sur les bottes et les uniformes verts des Ukrainiens. Deux hommes s'avancèrent avec des pelles et entreprirent de nettoyer le bord de la fosse, envoyant les paquets de terre ensanglantée et des fragments blanchâtres de cervelle rejoindre les morts. J'allai regarder : les cadavres flottaient dans l'eau boueuse, les uns sur le ventre, d'autres sur le dos avec leurs nez et leurs barbes hors de l'eau ; le sang s'étalait à partir de leurs têtes sur la surface, comme une fine couche d'huile mais rouge vif, leurs chemises blanches étaient rouges aussi et de petits filets rouges coulaient sur leur peau et dans les poils des barbes. On amenait le deuxième groupe, les cinq qui avaient creusé et cinq autres du bord du bois, et on les plaça à genoux face à la fosse, aux corps flottants de leurs voisins ; l'un d'entre eux se retourna face aux tireurs, la tête levée, et les regarda en silence. Je songeai à ces Ukrainiens : comment en étaient-ils arrivés là ? La plupart d'entre eux s'étaient battus contre les Polonais, puis contre les Soviétiques, ils devaient avoir rêvé d'un avenir meilleur, pour eux et pour leurs enfants, et voilà que maintenant ils se retrouvaient dans une forêt, portant un uniforme étranger et tuant des gens qui ne leur avaient rien fait, sans raison qu'ils puissent comprendre. Que pouvaient-ils penser de cela ? Pourtant, lorsqu'on leur en donnait l'ordre, ils tiraient, ils poussaient les corps dans la fosse et en amenaient d'autres, ils ne protestaient pas. Que penseraient-ils de tout cela plus tard ? De nouveau, ils avaient tiré. On entendait maintenant des plaintes venant de la fosse. « Ah merde, ils ne sont pas tous morts », grogna le Hauptscharführer. — « Eh bien, achevez-les », cria Nagel. Sur un ordre du Hauptscharführer deux Askaris s'avancèrent et tirèrent de nouveau dans la fosse. Les cris continuaient. Ils tirèrent une troisième fois. À côté d'eux on nettoyait le rebord. De nouveau, plus loin, on en amenait dix. Je remarquai Popp : il avait pris une pleine poignée de terre dans le grand tas près de la fosse et la contemplait, il la malaxait entre ses gros doigts, la humait, en mit même un peu dans sa bouche. « Qu'y a-t-il, Popp ? » Il s'approcha de moi : « Regardez cette terre, Herr Obersturmführer. C'est de la bonne terre. Un homme pourrait faire pire que de vivre ici. » Les Juifs s'agenouillaient. « Jette ça, Popp », lui dis-je. — « On nous a dit qu'après on pourrait venir s'installer, construire des fermes. C'est une bonne région, c'est tout ce que je dis. » — « Tais-toi, Popp. » Les Askaris avaient tiré une autre salve. Encore une fois, des cris perçants montaient de la fosse, des gémissements. « S'il vous plaît, messieurs les

Allemands ! S'il vous plaît ! » Le Hauptscharführer fit donner le coup de grâce ; mais les cris ne cessaient pas, on entendait des hommes se débattre dans l'eau, Nagel criait aussi : « Ils tirent comme des manches, vos hommes ! Faites-les descendre dans le trou. » — « Mais, Herr Untersturmführer... » — « Faites-les descendre ! » Le Hauptscharführer fit traduire l'ordre. Les Ukrainiens se mirent à parler avec agitation. « Qu'est-ce qu'ils disent ? » demanda Nagel. — « Ils ne veulent pas descendre, Herr Untersturmführer, expliqua le *Dolmetscher*. Ils disent que ce n'est pas la peine, qu'ils peuvent tirer du bord. » Nagel était rouge. « Qu'ils descendent ! » Le Hauptscharführer en saisit un par le bras et le tira vers la fosse ; l'Ukrainien résista. Tout le monde criait maintenant, en ukrainien et en allemand. Un peu plus loin, le prochain groupe attendait. Rageusement, l'Askari désigné jeta son fusil à terre et sauta dans la fosse, glissa, s'affala au milieu des cadavres et des agonisants. Son camarade descendit après lui en se retenant au bord et l'aida à se relever. L'Ukrainien jurait, il crachait, couvert de boue et de sang. Le Hauptscharführer lui tendit son fusil. Sur la gauche on entendit plusieurs coups de feu, des cris ; les hommes du cordon tiraient dans les bois : un des Juifs avait profité du tumulte pour détaler. « Vous l'avez eu ? » appela Nagel. — « Je ne sais pas, Herr Untersturmführer », répondit de loin un des policiers. — « Eh bien allez voir ! » Deux autres Juifs filèrent subitement de l'autre côté et les Orpo se remirent à tirer : l'un s'effondra tout de suite, l'autre disparut au fond du bois. Nagel avait sorti son pistolet et l'agitait dans tous les sens, criant des ordres contradictoires. Dans la fosse, l'Askari tentait d'appuyer son fusil contre le front d'un Juif blessé, mais celui-ci roulait dans l'eau, sa tête disparaissait sous la surface. L'Ukrainien tira enfin au jugé, le coup emporta la mâchoire du Juif, mais ne le tua pas encore, il se débattait, attrapait les jambes de l'Ukrainien. « Nagel », dis-je. — « Quoi ? » Son visage était hagard, le pistolet pendait au bout de son bras. — « Je vais aller attendre à la voiture. » Dans le bois, on entendait des coups de feu, les Orpo tiraient sur les fuyards ; je jetai un regard fugace à mes doigts, pour m'assurer que j'avais bien retiré toutes les échardes. Près de la fosse, l'un des Juifs se mit à pleurer.

Un tel amateurisme devint vite l'exception. Au fil des semaines, les officiers acquéraient de l'expérience, les soldats s'habituaient aux procédures ; en même temps, on voyait bien que tous cherchaient leur place dans tout ça, réfléchissaient à ce qui se passait, chacun à sa manière. À table, le soir, les hommes discutaient des actions, se racontaient des anecdotes, comparaient leurs expériences, certains sur un ton triste, d'autres, joyeux. D'autres encore se taisaient, c'était ceux-là qu'il fallait surveiller. Nous avions déjà eu deux suicides ; et une nuit, un homme s'était réveillé en vidant son fusil dans le plafond, on avait dû le ceinturer de force, un sous-officier avait presque été tué. Certains réagissaient par la brutalité, parfois le sadisme, ils frappaient les condamnés, les tourmentaient avant de les faire mourir ; les officiers essayaient de contrôler ces débordements, mais c'était difficile, il y avait des excès. Nos hommes, très souvent, photographiaient les exécutions ; dans leurs quartiers, ils s'échangeaient leurs photos contre du tabac, ils les accrochaient au mur, n'importe qui pouvait en commander des tirages. Nous savions, par la censure militaire, que beaucoup envoyaient ces photos à leurs familles en Allemagne, certains en faisaient même de petits albums ornés de légendes ; ce phénomène inquiétait la hiérarchie, mais semblait impossible à maîtriser. Les officiers eux-mêmes se laissaient aller. Une fois, tandis que les Juifs creusaient, je surpris Bohr en train de chantonner : « La terre est froide, la terre est douce, creuse, petit Juif, creuse. » Le *Dolmetscher* traduisait, cela me choqua profondément. Je connaissais Bohr depuis quelque temps maintenant, c'était un homme normal, il ne nourrissait aucune animosité particulière contre les Juifs, il faisait son devoir comme on le lui demandait ; mais visiblement, cela le travaillait, il réagissait mal. De vrais antisémites, bien entendu, il y en avait au Kommando ; Lübbe, par exemple, un autre Untersturmführer, saisissait la moindre occasion pour se mettre à maudire Israël avec une virulence extrême, comme si le Judaïsme mondial n'était qu'un vaste complot dirigé contre lui, Lübbe. Il en fatiguait tout le monde. Mais son attitude face aux actions était étrange : parfois, il se comportait brutalement, mais parfois aussi, le matin, il était pris de diarrhées violentes, il se faisait subitement porter malade et devait être remplacé. « Dieu, que je hais cette vermine, disait-il en les regardant mourir, mais quelle tâche hideuse. » Et lorsque je lui demandai si ses convictions ne l'aidaient pas à supporter cela, il rétorqua : « Écoutez, ce n'est pas parce que je mange de la viande que j'aimerais travailler dans un abattoir. » Il fut d'ailleurs renvoyé quelques mois plus tard, lorsque le Dr. Thomas, le remplaçant du Brigadeführer Rasch, épura les Kommandos. Mais de plus en plus les officiers comme les hommes devenaient malaisés à contrôler, ils se croyaient permis des choses qui ne l'étaient pas, des choses inouïes, et c'est sans doute normal, avec ce genre de travail les limites se brouillent, deviennent floues. Et puis encore certains volaient les Juifs, ils gardaient les montres en or, les bagues, l'argent, alors que tout devait être remis au Kommandostab pour être expédié en Allemagne. Lors des actions les officiers étaient obligés de surveiller les Orpo, les Waffen-SS, les Askaris, pour s'assurer qu'ils ne détournaient rien. Mais des officiers aussi gardaient des choses. Et puis ils buvaient, le sens de la discipline s'effilochait. Un soir, nous étions cantonnés dans un village, Bohr ramena deux filles, des paysannes ukrainiennes, et de la vodka. Lui et Zorn et Müller se mirent à boire avec les filles et à les tripoter, à leur passer la main sous la jupe. J'étais assis sur mon lit, j'essayais de lire. Bohr m'appela : « Venez en profiter aussi. » — « Non, merci. » Une des filles était dégrafée, à moitié nue, ses seins gélatineux pendaient un peu. Ce désir aigre, ces chairs grasses me dégoûtaient, mais je n'avais nulle part où aller. « Vous n'êtes pas très drôle, docteur », me lançait Bohr. Moi, je les regardais, comme si mes yeux étaient un appareil de Rœntgen : sous la chair, je percevais distinctement les squelettes, lorsque Zorn enlaçait une des filles c'était comme si les os, séparés par une mince gaze, s'entrechoquaient, lorsqu'ils riaient le son grinçant jaillissait d'entre les mâchoires des crânes ; demain, ils seraient déjà vieux, les filles deviendraient obèses ou au contraire leur peau fripée pendrait sur leurs os, leurs mamelles sèches et vides retomberaient comme de petites outres drainées, et puis Bohr et Zorn et ces filles aussi mourraient et seraient couchés sous la terre froide, la terre douce, tout comme les Juifs fauchés dans la fleur de l'âge, leurs bouches emplies de terre ne riraient plus, alors à quoi bon cette triste débauche ? Si je posais la question à Zorn, je savais qu'il me répondrait : « Justement, pour en profiter avant de crever, pour prendre un peu de plaisir », mais ce n'était pas au plaisir que j'en avais, moi aussi, je savais prendre mon plaisir lorsque je le voulais, non, c'était sans doute à leur manque effrayant de conscience de soi, cette façon étonnante de ne jamais penser aux choses, les bonnes comme les mauvaises, de se laisser emporter par le courant, de tuer sans comprendre pourquoi et sans souci non plus, de tripoter des femmes parce qu'elles le voulaient bien, de boire sans même chercher à s'absoudre de son corps. Voilà ce que moi je ne comprenais pas, moi, mais on ne me demandait pas de le comprendre.

Début août, le Sonderkommando procéda à un premier nettoyage de Jitomir. D'après nos statistiques, trente mille Juifs vivaient là avant la guerre ; mais la plupart avaient fui avec l'Armée rouge, il n'en restait plus que cinq mille, neuf pour cent de la population actuelle. Rasch avait décidé que c'était encore trop. Le général Reinhardt, qui commandait la 99ᵉ division, nous prêta des soldats pour le *Durchkämmung*, beau terme allemand que je ne saurais traduire, et qui désigne un passage au crible. Tout le monde était un peu sur les nerfs : le 1ᵉʳ août, la Galicie avait été rattachée au General-Gouvernement et les régiments du « Nachtigall » s'étaient mutinés jusqu'à Vinnitsa et Tiraspol. Il avait fallu identifier tous les officiers et sous-officiers de l'OUN-B parmi nos auxiliaires, les arrêter, et les envoyer avec les officiers du « Nachtigall » rejoindre Bandera à Sachsenhausen. Depuis, on devait garder un œil sur ceux qui restaient, ils n'étaient pas tous sûrs. À Jitomir même, les bandéristes avaient assassiné deux fonctionnaires melnykistes que nous avions mis en place ; on avait d'abord soupçonné les communistes ; puis on avait fusillé tous les partisans de l'OUN-B qu'on avait pu trouver. Heureusement, nos relations avec la Wehrmacht se révélaient excellentes. Les vétérans de Pologne s'en disaient surpris ; ils s'attendaient au mieux à un consentement hostile, or là nos relations avec les états-majors devenaient franchement cordiales. Très souvent, c'était l'armée qui prenait l'initiative des actions, ils nous demandaient de liquider les Juifs des villages où avaient eu lieu des sabotages, en tant que partisans, ou à titre de représailles, et ils nous livraient des Juifs et des Tsiganes à exécuter. Von Roques, le commandant de la zone arrière Sud, avait ordonné qu'au cas où les auteurs d'un acte de sabotage ne pouvaient être identifiés avec certitude, il fallait procéder aux représailles sur des Juifs ou des Russes, car il ne fallait pas arbitrairement blâmer les Ukrainiens : *Nous devons communiquer l'impression que nous sommes justes.* Bien entendu, tous les officiers de la Wehrmacht n'approuvaient pas ces mesures, les officiers plus âgés en particulier manquaient encore, selon Rasch, de compréhension. Le groupe avait aussi des problèmes avec certains commandants de Dulag, qui rechignaient à nous livrer les commissaires et les prisonniers de guerre juifs. Mais von Reichenau, on le savait, défendait la SP avec vigueur. Et parfois, au contraire, il arrivait même que la Wehrmacht nous devance. Le PC d'une division voulait s'installer dans un village, mais la place manquait : « Il y a encore les Juifs », nous suggéra leur chef d'état-major ; et l'AOK appuya sa requête, il nous fallut fusiller tous les Juifs mâles du village, puis regrouper les femmes et les enfants dans quelques maisons afin de libérer des quartiers pour les officiers. Dans le rapport ce fut noté comme une action de représailles. Une autre division alla jusqu'à nous demander de liquider les patients d'un asile d'aliénés qu'ils voulaient occuper ; le Gruppenstab répondit avec indignation que *les hommes de la Staats-polizei ne sont pas des bourreaux pour la Wehrmacht* : « Aucun intérêt de la SP ne rend cette action nécessaire. Faites-le vous-mêmes. » (Mais une autre fois Rasch avait fait fusiller des fous parce que tous les gardes et les infirmières de l'hôpital étaient partis, et il estimait que si les malades en profitaient pour fuir, ils constitueraient un risque pour la sécurité.) Il semblait en outre que les choses allaient bientôt s'intensi-fier. De la Galicie nous parvenaient des rumeurs de *nouvelles méthodes* ; Jeckeln, apparemment, avait reçu des renforts considérables et procé-dait à des ratissages bien plus extensifs que tout ce qui avait été entre-pris jusque-là. Callsen, de retour d'une mission à Tarnopol, nous avait vaguement fait mention d'une nouvelle *Ölsardinenmanier*, mais il refu-sait d'élaborer et personne ne savait trop de quoi il parlait. Et puis Blo-bel était revenu. Il était guéri et en effet paraissait moins boire, mais il restait toujours aussi hargneux. Je passais maintenant la plupart de mon temps à Jitomir. Thomas se trouvait là aussi et je le voyais presque tous les jours. Il faisait très chaud. Dans les vergers, les arbres ployaient sous le poids des prunes violettes et des abricots ; dans les lopins individuels, aux abords de la ville, on apercevait les lourdes masses des potirons, quelques épis de maïs déjà desséchés, des rangées isolées de tournesols qui penchaient la tête vers le sol. Lorsque nous avions du temps libre Thomas et moi sortions de la ville faire de la barque sur le Teterev et nager ; ensuite, couchés sous les pommiers, nous buvions du mauvais vin blanc de Bessarabie en croquant un fruit mûr, toujours à portée de main dans l'herbe. À cette époque il n'y avait pas encore de partisans dans la région, c'était tranquille. Parfois on se lisait à voix haute des passages curieux ou amusants, comme des étudiants. Thomas avait déniché une brochure française de l'Institut d'études des questions juives. « Écoute cette prose étonnante. Article "Biologie et collaboration", d'un certain Charles Laville. Voilà. *Une politique doit être biologique ou ne pas être.* Écoute, écoute : *Voulons-nous demeurer un vulgaire polypier ? Voulons-nous au contraire nous diriger vers un stade supérieur d'organisation ?* » Il lisait en français avec un accent presque chantant. « Réponse : *Les associations cellulaires d'éléments à tendances complémentaires sont celles qui ont permis la formation des animaux supérieurs, jusqu'à l'homme. Refuser celle qui s'offre à nous serait, en quelque sorte, un crime contre l'humanité, tout autant que contre la biologie.* » Pour ma part, je lisais la correspondance de Stendhal. Un jour, des pionniers nous invitèrent dans leur canot à moteur ; Thomas, déjà un peu ivre, avait calé une caisse de grenades entre ses cuisses et, confortablement allongé à la proue, il les pêchait une à une dans la caisse, les dégoupillait, et les envoyait paresseusement par-dessus sa tête ; les gerbes d'eau projetées par les détonations sous-marines nous éclaboussaient, des pionniers munis de filets cherchaient à attraper les dizaines de poissons morts qui barbotaient dans le sillage du canot, ils riaient et moi j'admirais leurs peaux bronzées et leur jeunesse insouciante. Le soir, Thomas passait parfois à nos quartiers écouter de la musique. Bohr avait trouvé un jeune orphelin juif et l'avait adopté comme mascotte : le garçon lavait les voitures, cirait les bottes et nettoyait les pistolets des officiers, mais surtout il jouait du piano comme un jeune dieu, léger, preste, allègre. « Un toucher comme ça, ça pardonne tout, même d'être juif », disait Bohr. Il lui faisait jouer du Beethoven ou du Haydn, mais le garçon, Yakov, préférait Bach. Il semblait connaître toutes les *Suites* par cœur, c'était merveilleux. Même Blobel le tolérait. Quand Yakov ne jouait pas, je me distrayais parfois en narguant plaisamment mes collègues, je leur lisais des passages de Stendhal sur la retraite de Russie. Certains s'en offusquaient : « Oui, les Français, peut-être, c'est un peuple nul. Mais nous sommes des Allemands. » — « Certes. Mais les Russes, eux, sont toujours russes. » — « Justement non ! éructait Blobel. Soixante-dix ou quatre-vingts pour cent des peuples d'URSS sont d'origine mongole. C'est prouvé. Et les bolcheviques ont mené une politique délibérée de mélange racial. Pendant la Grande Guerre, oui, on se battait contre d'authentiques moujiks russes, et c'est vrai qu'ils étaient costauds, les bougres, mais les bolcheviques les ont exterminés ! Il ne reste presque plus de vrais Russes, de vrais Slaves. De toute façon, enchaînait-il sans aucune logique, les Slaves sont par définition une race de métèques, d'esclaves. Des bâtards. Pas un seul de leurs princes qui fût vraiment russe, c'était toujours du sang normand, mongol, puis allemand. Même leur poète national était un *Mischlinge* nègre, et ils tolèrent ça, c'est bien une preuve... » — « De toute façon, ajoutait sentencieusement Vogt, Dieu est avec la Nation et le *Volk* allemands. Nous ne pouvons pas perdre cette guerre. » — « Dieu ? crachait Blobel. Dieu est un communiste. Et si je le rencontre, il finira comme ses commissaires. »

Il savait de quoi il parlait. À Tchernyakov, la SP avait arrêté le président de la *Troïka* régionale du NKVD, avec un de ses collègues, et les avait envoyés à Jitomir. Interrogé par Vogt et ses collègues, ce juge, Wolf Kieper, reconnut avoir fait exécuter plus de mille trois cent cinquante personnes. C'était un Juif d'environ soixante ans, communiste depuis 1905 et juge du peuple depuis 1918; l'autre, Moïse Kogan, était plus jeune, mais c'était aussi un tchékiste et un Juif. Blobel avait discuté du cas avec Rasch et l'Oberst Heim et ils s'étaient mis d'accord pour une exécution publique. Kieper et Kogan furent jugés devant une cour militaire et condamnés à mort. Le 7 août, tôt le matin, des officiers du Sonderkommando, appuyés par des Orpo et nos Askaris, procédèrent à des arrestations de Juifs et les réunirent sur la place du marché. La 6e armée avait mis à disposition une voiture de la compagnie de propagande qui, avec un haut-parleur, sillonnait les rues de la ville en annonçant l'exécution en allemand et en ukrainien. J'arrivai sur la place vers la fin de la matinée, en compagnie de Thomas. Plus de quatre cents Juifs avaient été rassemblés et forcés à s'asseoir, les mains sur la nuque, près de la haute potence dressée la veille par les chauffeurs du Sonderkommando. Au-delà du cordon de Waffen-SS affluaient des centaines de badauds, des militaires surtout mais aussi des hommes de l'Organisation Todt et du NKKK, ainsi que de nombreux civils ukrainiens. Ces spectateurs emplissaient la place de tous les côtés, il était difficile de se frayer un chemin; une trentaine de soldats s'étaient même juchés sur le toit en tôle d'une bâtisse avoisinante. Les hommes riaient, blaguaient; beaucoup photographiaient la scène. Blobel se tenait au pied de la potence avec Häfner, qui revenait de Bielaïa Tserkov. Du côté des rangées de Juifs, von Radetzky haranguait la foule en ukrainien : « Quelqu'un a-t-il un compte à régler avec un de ces Juifs ? » demandait-il. Alors un homme sortait de la foule et décochait un coup de pied à un des hommes assis, puis s'en retournait; d'autres leur lançaient des fruits et des tomates pourris. Je regardai les Juifs : ils avaient le visage gris, ils dardaient des yeux angoissés, se demandant ce qui allait suivre. Il y avait parmi eux beaucoup de vieillards, aux barbes blanches fournies et vêtus de caftans crasseux, mais aussi des hommes assez jeunes. Je remarquais que dans le cordon de garde se tenaient plusieurs Landser de la Wehrmacht. « Que font-ils ici ? » demandai-je à Häfner. — « Ce sont des volontaires. Ils ont demandé à aider. » Je fis une moue. On voyait de nombreux officiers, mais je n'en reconnaissais aucun de l'AOK. Je me dirigeai vers le cordon et interpellai un des soldats : « Qu'est-ce que tu fais ici ? Qui t'a demandé de monter la garde ? » Il prit un air gêné. « Où est ton supérieur ? » — « Je ne sais pas, Herr Offizier », répondit-il enfin en se grattant le front sous son calot. — « Qu'est-ce que tu fais ici ? » répétai-je. — « Je suis allé au ghetto ce matin, avec mes camarades, Herr Offizier. Et puis voilà, on s'est proposés pour aider, vos collègues ont dit oui. J'avais commandé une paire de bottes en cuir à un Juif et je voulais essayer de le trouver avant... avant... » Il n'osait même pas dire le mot. « Avant qu'on le fusille, c'est ça ? » lançai-je avec aigreur. — « Oui, Herr Offizier. » — « Et tu l'as trouvé ? » — « Il est là-bas. Mais je n'ai pas pu lui parler. » Je retournai auprès de Blobel. « Herr Standartenführer, il faudrait renvoyer les hommes de la Wehrmacht. Ce n'est pas normal qu'ils participent à l'*Aktion* sans ordres. » — « Laissez, laissez, Obersturmführer. C'est bien qu'ils montrent de l'enthousiasme. Ce sont de bons nationaux-socialistes, ils veulent aussi faire leur part. » Je haussai les épaules et rejoignis Thomas. Il désigna la foule d'un geste du menton : « On aurait pu vendre les places, on serait riches. » Il ricana. « À l'AOK, ils appellent ça *Exekution-Tourismus*. » Le camion était arrivé et manœuvrait sous la potence. Deux Waffen-SS en firent sortir Kieper et Kogan. Ils étaient en chemise paysanne et avaient les mains liées derrière le dos. La barbe de Kieper avait blanchi depuis son arrestation. Nos chauffeurs posèrent une planche en travers de la benne du camion, l'escaladèrent et se mirent en devoir de fixer les cordes. Je remarquai que Höfler restait à l'écart, il fumait avec un air maussade ; Bauer, lui, le chauffeur personnel de Blobel, testait les nœuds. Puis Zorn monta aussi et les Waffen-SS hissèrent les deux condamnés. On les plaça debout sous la potence et Zorn fit un discours ; il parlait en ukrainien, il devait expliquer la sentence. Les spectateurs vociféraient, sifflaient, et il avait du mal à se faire entendre ; il fit plusieurs fois des gestes pour les faire taire, mais personne n'y prêtait attention. Des soldats prenaient des clichés, ils désignaient les condamnés en riant. Alors Zorn et un des Waffen-SS leur passa le nœud coulant autour du cou. Les deux condamnés restaient silencieux, renfermés en eux-mêmes. Zorn et les autres descendirent de la planche et Bauer fit démarrer le camion. « Plus lentement, plus lentement », criaient les Landser qui photographiaient. Le camion s'avança, les deux hommes essayaient de garder leur équilibre, puis ils basculèrent l'un après l'autre et balancèrent plusieurs fois d'avant en arrière. Le pantalon de Kieper lui était tombé autour des chevilles ; sous sa chemise, il était nu, je voyais avec horreur sa verge engorgée, il éjaculait encore. « *Nix Kultura !* » brailla un Landser, d'autres reprirent le cri. Sur les montants de la potence, Zorn clouait des panneaux expliquant la condamnation ; on pouvait y lire que les mille trois cent cinquante victimes de Kiefer étaient *tous des Volksdeutschen et des Ukrainiens.*

Ensuite, les soldats du cordon ordonnèrent aux Juifs de se lever et de marcher. Blobel monta dans sa voiture avec Häfner et Zorn; von Radetzky m'invita à venir avec lui et prit aussi Thomas. La foule suivait les Juifs, il y avait un immense brouhaha. Tout le monde se dirigeait hors de la ville vers ce qu'on appelait le *Pferdefriedhof*, le cimetière des chevaux : là, une tranchée avait déjà été creusée, avec une pile de traverses derrière pour arrêter les balles perdues. L'Obersturmführer Grafhorst, qui commandait notre compagnie de Waffen-SS, patientait avec une vingtaine de ses hommes. Blobel et Häfner inspectèrent la tranchée, puis on attendit. Je réfléchissais. Je pensais à ma vie, au rapport qu'il pouvait bien y avoir entre cette vie que j'avais vécue — une vie tout à fait ordinaire, la vie de n'importe qui, mais aussi par certains côtés une vie extraordinaire, inhabituelle, bien que l'inhabituel, ce soit aussi très ordinaire — et ce qui se passait ici. De rapport, il devait bien y en avoir un, et c'était un fait, il y en avait un. Certes, je ne participais pas aux exécutions, je ne commandais pas les pelotons; mais cela ne changeait pas grand-chose, car j'y assistais régulièrement, j'aidais à les préparer et ensuite je rédigeais des rapports; en outre, c'était un peu par hasard que j'avais été affecté au Stab plutôt qu'aux Teilkommandos. Et si l'on m'avait donné un Teilkommando, aurais-je pu, moi aussi, comme Nagel ou Häfner, organiser des rafles, faire creuser des fosses, aligner des condamnés, et crier « Feu ! »? Oui, sans doute. Depuis mon enfance, j'étais hanté par la passion de l'absolu et du dépassement des limites; maintenant, cette passion m'avait mené au bord des fosses communes de l'Ukraine. Ma pensée, je l'avais toujours voulue radicale; or l'État, la Nation avaient aussi choisi le radical et l'absolu; comment donc, juste à ce moment-là, tourner le dos, dire non, et préférer en fin de compte le confort des lois bourgeoises, l'assurance médiocre du contrat social? C'était évidemment impossible. Et si la radicalité, c'était la radicalité de l'abîme, et si l'absolu se révélait être le mauvais absolu, il fallait néanmoins, de cela au moins j'étais intimement persuadé, les suivre jusqu'au bout, les yeux grands ouverts. La foule arrivait et emplissait le cimetière; je remarquai des soldats en maillot de bain, il y avait aussi des femmes, des enfants. On buvait de la bière et on se passait des cigarettes. Je regardai un groupe d'officiers de l'état-major : il y avait là l'Oberst von Schuler, le IIa, avec plusieurs autres officiers. Grafhorst, le Kompanieführer, positionnait ses hommes. On tirait maintenant à un fusil par Juif, un coup dans la poitrine au niveau du cœur. Souvent cela ne suffisait pas à tuer et un homme devait descendre dans la fosse les achever; les cris retentissaient parmi les bavardages et les clameurs de la foule. Häfner, qui commandait plus ou moins

officiellement l'action, rugissait. Entre les salves, des hommes sortaient
de la foule et demandaient aux Waffen-SS de leur céder la place; Grafhorst n'objectait rien et ses hommes passaient leurs carabines à ces
Landser qui tiraient un coup ou deux avant de rejoindre leurs camarades. Les Waffen-SS de Grafhorst étaient assez jeunes et depuis le
début de l'exécution manifestaient une certaine agitation. Häfner se mit
à engueuler l'un d'eux, qui à chaque salve tendait sa carabine à un soldat volontaire et se tenait sur le côté, tout blanc. De plus il y avait trop
de coups qui ne portaient pas et c'était effectivement un problème. Häfner fit arrêter les exécutions et entama un conciliabule avec Blobel et
deux officiers de la Wehrmacht. Je ne les connaissais pas, mais d'après
la couleur de leurs pattes de col il s'agissait d'un juge militaire et d'un
médecin. Puis Häfner alla discuter avec Grafhorst. Je voyais que Grafhorst objectait à ce que disait Häfner, mais je n'entendais pas leurs
paroles. Enfin Grafhorst fit amener une nouvelle fournée de Juifs.
Ceux-ci furent placés face à la fosse, mais les tireurs de la Waffen-SS
visèrent la tête plutôt que la poitrine; le résultat fut effroyable: le haut
des crânes volait en l'air, les tireurs recevaient des éclaboussures de cervelle dans le visage. Un des tireurs volontaires de la Wehrmacht vomissait et ses camarades se moquaient de lui. Grafhorst était devenu tout
rouge et invectivait Häfner, puis il se retourna vers Blobel et le débat
reprit. On changea encore une fois de méthode: Blobel fit ajouter des
tireurs et ils tiraient à deux dans la nuque, comme en juillet; Häfner
administrait lui-même le coup de grâce lorsqu'il le fallait.

Le soir de cette exécution j'accompagnai Thomas au casino. Les officiers de l'AOK discutaient avec animation de la journée; ils nous
saluèrent avec courtoisie, mais paraissaient gênés, mal à l'aise. Thomas
entama une conversation; j'allai me retirer dans une alcôve pour fumer,
seul. Après le repas les discussions reprirent. Je remarquai le juge militaire que j'avais vu parler avec Blobel; il semblait particulièrement
agité. Je m'approchai et me joignis au groupe. Les officiers, je compris,
n'avaient pas d'objection à l'action elle-même, mais à la présence de
nombreux soldats de la Wehrmacht et à leur participation aux exécutions. « Si on leur en donne l'ordre, c'est une chose, soutenait le juge,
mais comme ça c'est inadmissible. C'est une honte pour la Wehrmacht. » — « Quoi, lança Thomas, la SS peut bien fusiller, mais la
Wehrmacht ne peut même pas regarder? » — « Ce n'est pas ça, ce n'est
pas cela du tout. C'est une question d'ordre. Des tâches comme celle-ci
sont désagréables pour tout le monde. Mais seuls ceux qui en ont reçu
l'ordre doivent y participer. Sinon, c'est toute la discipline militaire qui

s'effondre. » — « Je suis d'accord avec le Dr. Neumann, intervint Niemeyer, l'Abwehroffizier. Ce n'est pas un événement sportif. Les hommes se comportaient comme s'ils étaient aux courses. » — « Pourtant, Herr Oberstleutnant, lui rappelai-je, l'AOK était d'accord pour qu'on annonce la chose publiquement. Vous nous avez même prêté votre PK. » — « Je ne critique pas du tout la SS, qui effectue un travail très difficile, répondit Niemeyer un peu sur la défensive. Nous en avons en effet discuté au préalable et nous sommes tombés d'accord que ce serait un bon exemple pour la population civile, qu'il était utile qu'ils voient de leurs yeux comment nous brisons le pouvoir des Juifs et des bolcheviques. Mais là, c'est allé un peu loin. Vos hommes n'avaient pas à passer leurs armes aux nôtres. » — « Vos hommes, rétorqua acerbement Thomas, n'avaient pas à les solliciter. » — « À tout le moins, glapit Neumann, le juge, il faudra soulever la question avec le Generalfeldmarschall. »

Il résulta de tout cela un ordre typique de von Reichenau : se référant à nos *exécutions nécessaires de criminels, de bolcheviques et d'éléments essentiellement juifs*, il interdisait aux soldats de la 6ᵉ armée, *sans ordre d'un officier supérieur*, d'assister, de photographier ou de participer aux actions. En soi cela n'aurait sans doute pas changé grand-chose, mais Rasch nous ordonna de mener les actions hors des villes, et de placer un cordon au périmètre pour interdire la présence de spectateurs. La discrétion, semblait-il, serait dorénavant de rigueur. Pourtant, le désir de voir ces choses était humain, aussi. En feuilletant mon Platon, j'avais retrouvé le passage de *La République* auquel m'avait fait songer ma réaction devant les cadavres de la forteresse de Lutsk : *Léonte, fils d'Aglaion, remontait du Pirée par le côté extérieur du mur Nord, lorsqu'il vit des corps morts couchés près du bourreau; et il conçut un désir de les regarder, et en même temps ressentit du dégoût à cette pensée, et voulut se détourner. Il lutta ainsi avec lui-même et plaça sa main sur les yeux, mais à la fin il succomba à son désir et, s'écarquillant les yeux avec les doigts, il courut vers les corps, disant : « Voilà, soyez maudits, repaissez-vous de ce joli spectacle ! »* À vrai dire les soldats semblaient rarement éprouver l'angoisse de Léonte, seulement son désir, et ce devait être cela qui dérangeait la hiérarchie, l'idée que les hommes pussent prendre du plaisir à ces actions. Pourtant, tous ceux qui y participaient y prenaient un plaisir, cela me paraissait évident. Certains, visiblement, jouissaient de l'acte en lui-même, mais ceux-là, on pouvait les considérer comme des malades, et il était juste de les faire rechercher et de leur confier d'autres tâches, voire de les condamner s'ils outrepassaient la limite. Quant aux autres, que la chose leur répugnât ou les laissât indifférents, ils s'en acquittaient par sens du devoir et de l'obligation, et ainsi tiraient du plaisir de leur dévouement, de leur capacité à mener à bien malgré leur dégoût et leur appréhension une tâche si difficile : « Mais je ne prends aucun plaisir à tuer », disaient-ils souvent, trouvant alors leur plaisir dans leur rigueur et leur vertu. La hiérarchie, évidemment, devait considérer ces problèmes dans leur ensemble, les réponses apportées ne pouvaient forcément qu'être approximatives ou grossières. Les *Einzelaktionen*, bien entendu, les actions individuelles, étaient à juste titre considérées comme des meurtres et condamnées. Le Berück von Roques avait promulgué une interprétation de l'ordre de l'OKW sur la discipline, infligeant soixante jours d'arrêts, pour *insubordination*, aux soldats qui tiraient sur des Juifs de leur propre initiative ; à Lemberg, disait-on, un sous-officier avait écopé de six mois de prison pour le meurtre d'une vieille Juive. Mais plus les actions prenaient de l'ampleur, plus il devenait malaisé d'en contrôler toutes les retombées. Les 11 et 12 août, le Brigadeführer Rasch réunit à Jitomir tous ses chefs de Sonderkommando et d'Einsatzkommando : en plus de Blobel, Hermann du 4b, Schulz du 5 et Kroeger du 6. Jeckeln vint aussi. L'anniversaire de Blobel tombait le 13, et les officiers avaient décidé de lui offrir une fête. Pendant la journée il se montra d'une humeur encore plus exécrable qu'à l'habitude, et passa de longues heures seul, enfermé dans son bureau. J'étais moi-même passablement occupé : nous venions de recevoir un ordre du Gruppenführer Müller, le chef de la *Geheime Staatspolizei*, de collectionner des matériaux visuels sur nos activités — des photographies, des films, des affiches, des placards — pour transmission au Führer. J'étais allé négocier un petit budget avec Hartl, l'administrateur du Gruppenstab, afin d'acheter aux hommes des tirages de leurs photos ; il avait commencé par refuser, alléguant un ordre du Reichsführer interdisant aux membres des Einsatzgruppen de profiter des exécutions de quelque manière que ce soit ; or, pour lui, la vente de photographies constituait un profit. Je parvins enfin à lui faire valoir qu'on ne pouvait pas demander aux hommes de financer le travail du groupe de leur poche, et qu'il fallait les défrayer des frais de tirage des images que nous voulions archiver. Il accepta, mais à condition qu'on ne paye que les photos des sous-officiers et des soldats ; les officiers devraient reproduire leurs photos à leurs frais, s'ils en prenaient. Muni de cet accord, je passai le reste de la journée dans les baraquements à examiner les collections des hommes et à leur commander des tirages. Certains d'entre eux étaient d'ailleurs des photographes remarquablement accomplis ; mais leur travail me laissait un arrière-goût désagréable, et en même temps je ne pouvais en détourner les yeux, je restais médusé. Le soir, les officiers se réunirent au mess, décoré pour l'occasion par Strehlke et ses adjoints. Blobel, lorsqu'il nous rejoignit, avait déjà bu, ses yeux étaient injectés de sang, mais il se maîtrisait et parlait peu. Vogt, qui était l'officier le plus âgé, lui présenta nos vœux et porta le toast à sa santé ; puis on lui demanda de parler. Il hésita, puis posa son verre et s'adressa à nous, les mains croisées dans le dos. « Meine Herren ! Je vous remercie pour vos vœux. Sachez que votre confiance me tient à cœur. J'ai à vous faire part d'une nouvelle pénible. Hier, le HSSPF Russland-Süd, l'Obergruppenführer Jeckeln, nous a transmis un nouvel ordre. Cet ordre provenait directement du Reichsführer-SS et émane, je le souligne pour vous comme lui l'a souligné pour nous, du Führer en personne. » En parlant, il tressaillait ; entre les phrases, il mâchonnait l'intérieur de ses joues. « Nos actions contre les Juifs devront dorénavant inclure l'ensemble de la population. Il n'y aura pas d'exceptions. » Les officiers présents réagirent avec consternation ; plusieurs se mirent à parler en même temps. La voix de Callsen s'éleva, incrédule : « Tous ? » — « Tous », confirma Blobel. — « Mais c'est impossible, voyons », dit Callsen. Il semblait supplier. Moi, je me taisais, je ressentais comme un grand froid, Oh Seigneur, je me disais, cela aussi maintenant il va falloir le faire, cela a été dit, et il faudra en passer par là. Je me sentais envahi par une horreur sans bornes, mais je restais calme, rien ne se voyait, ma respiration demeurait égale. Callsen continuait ses objections : « Mais, Herr Standartenführer, la plupart d'entre nous sont mariés, nous avons des enfants. On ne peut pas nous demander ça. » — « Meine Herren, coupa Blobel d'une voix tranchante mais également blanche, il s'agit d'un ordre direct de notre Führer, Adolf Hitler. Nous sommes des nationaux-socialistes et des SS, et nous obéirons. Comprenez ceci : en Allemagne, la question juive a pu être résolue, dans son ensemble, sans excès et de manière conforme aux exigences de l'humanité. Mais lorsque nous avons conquis la Pologne nous avons hérité de trois millions de Juifs supplémentaires. Personne ne sait quoi en faire ni où les mettre. Ici, dans ce pays immense, où nous menons une guerre de destruction impitoyable contre les hordes staliniennes, nous avons dû dès le départ prendre des mesures radicales pour assurer la sécurité de nos arrières. Je crois que vous en avez tous compris la nécessité et l'efficacité. Nos forces ne sont pas suffisantes pour patrouiller chaque village et en même temps mener le combat ; et nous ne pouvons pas nous permettre de laisser des ennemis potentiels aussi rusés, aussi fourbes, derrière nous. Au *Reichssicherheitshauptamt*, on discute de la possibilité, une fois la guerre gagnée, de réunir tous les Juifs dans une grande réserve en Sibérie ou dans le Nord. Là, ils seront tranquilles et nous aussi. Mais d'abord il faut gagner la guerre. Nous avons déjà exécuté des milliers de Juifs et il en reste encore des dizaines de milliers ; plus nos forces avancent, plus il y en aura. Or, si nous exécutons les hommes, il ne reste personne pour nourrir les femmes et leurs enfants. La Wehrmacht n'a pas les ressources pour nourrir des dizaines de milliers d'inutiles femelles juives avec leurs gamins. On ne peut pas non plus les laisser mourir de faim : ce sont des méthodes bolcheviques. Les inclure dans nos actions, avec leurs maris et leurs fils, est en fait la solution la plus humaine au vu des circonstances. En outre, l'expérience nous a démontré que les Juifs de l'Est, plus procréateurs, sont le vivier originel où se renouvellent constamment les forces du Judéo-bolchevisme comme des ploutocrates capitalistes. Si nous en laissons survivre certains, ces produits de la sélection naturelle seront à l'origine d'un renouveau encore plus dangereux pour nous que le péril actuel. Les enfants juifs d'aujourd'hui sont les saboteurs, les partisans, les terroristes de demain. » Les officiers se taisaient, mornes ; Kehrig, je remarquai, buvait coup sur coup. Les yeux injectés de sang de Blobel luisaient à travers le voile de l'alcool. « Nous sommes tous des nationaux-socialistes, continua-t-il, des SS au service de notre *Volk* et de notre Führer. Je vous rappelle que *Führerworte haben Gesetzeskraft*, la parole du Führer a force de Loi. Vous devez résister à la tentation d'être humains. » Blobel n'était pas un homme très intelligent ; ces formules si fortes ne provenaient certainement pas de lui. Pourtant, il y croyait ; plus important encore, il voulait y croire, et il les offrait à son tour à ceux qui en avaient besoin, ceux à qui elles pouvaient servir. Pour moi, elles n'étaient pas d'une grande utilité, mes raisonnements, je devais les élaborer moi-même. Mais j'avais du mal à penser, ma tête bourdonnait, une pression intolérable, je voulais aller dormir. Callsen jouait avec son alliance, j'étais certain qu'il ne s'en rendait pas compte ; il voulait dire quelque chose, mais se ravisa. « *Schweinerei*, c'est une *grosse Schweinerei* », marmonnait Häfner, et personne ne le contredisait. Blobel semblait vidé, à court d'idées, mais tous sentaient que sa volonté nous tenait et ne nous lâcherait pas, tout comme d'autres volontés le tenaient, lui. Dans un État comme le nôtre, les rôles étaient assignés à tous : Toi, la victime, et Toi, le bourreau, et personne n'avait le choix, on ne demandait le consentement de personne, car tous étaient interchangeables, les victimes comme les bourreaux. Hier nous avions tué des hommes juifs, demain ce serait des femmes et des enfants, après-demain d'autres encore ; et nous, lorsque nous aurions rempli notre rôle, nous serions remplacés. L'Allemagne, au moins, ne liquidait pas ses bourreaux, au contraire, elle en prenait soin, à la différence de Staline avec sa manie des purges ; mais cela aussi c'était dans la logique des choses. Pour les Russes, comme pour nous, l'homme ne comptait pour rien, la Nation, l'État étaient tout, et dans ce sens nous nous renvoyions notre image l'un à l'autre. Les Juifs aussi avaient ce sentiment fort de la communauté, du *Volk* : ils pleuraient leurs morts, les enterraient s'ils le pouvaient et récitaient le Kaddish ; mais tant qu'un seul restait en vie, Israël vivait. C'était sans doute pour ça qu'ils étaient nos ennemis privilégiés, ils nous ressemblaient trop.

Il ne s'agissait pas d'un problème d'humanité. Certains, bien entendu, pouvaient critiquer nos actions au nom de valeurs religieuses, mais je n'étais pas de ceux-là, et à la SS, il ne devait pas y en avoir beaucoup ; ou au nom de valeurs démocratiques, mais ce qui s'appelle démocratie, nous l'avions dépassé, en Allemagne, voilà un certain temps. Les raisonnements de Blobel, en fait, n'étaient pas entièrement idiots : si la valeur suprême, c'est le *Volk*, le peuple auquel on appartient, et si la volonté de ce *Volk* s'incarne bien dans un chef, alors, en effet, *Führerworte haben Gesetzeskraft*. Mais il était quand même vital de comprendre *en soi-même* la nécessité des ordres du Führer : si l'on s'y pliait par simple esprit prussien d'obéissance, par esprit de *Knecht*, sans les comprendre et sans les accepter, c'est-à-dire sans s'y *soumettre*, alors on n'était qu'un veau, un esclave et pas un homme. Le Juif, lui, lorsqu'il se soumettait à la Loi, sentait que cette Loi vivait en lui, et plus elle était terrible, dure, exigeante, plus il l'adorait. Le national-socialisme devait être cela aussi : une Loi vivante. Tuer était une chose terrible ; la réaction des officiers le montrait bien, même si tous ne tiraient pas les conséquences de leur propre réaction ; et celui pour qui tuer n'était pas une chose terrible, tuer un homme armé comme un homme désarmé, et un homme désarmé comme une femme et son enfant, celui-là n'était qu'un animal, indigne d'appartenir à une communauté d'hommes. Mais il était possible que cette chose terrible soit aussi une chose nécessaire ; et dans ce cas il fallait se soumettre à cette nécessité. Notre propagande répétait sans cesse que les Russes étaient des *Untermenschen*, des sous-hommes ; mais cela, je refusais de le croire. J'avais interrogé des officiers capturés, des commissaires, et je voyais bien qu'eux aussi étaient des hommes comme nous, des hommes qui ne souhaitaient que le bien, qui aimaient leur famille et leur patrie. Pourtant, ces commissaires et ces officiers avaient fait mourir des millions de leurs propres concitoyens, ils avaient déporté les koulaks, affamé la paysannerie ukrainienne, réprimé et fusillé les bourgeois et les déviationnistes. Parmi eux, il y avait des sadiques et des détraqués, bien sûr, mais il y avait aussi des hommes bons, honnêtes et intègres, qui voulaient sincèrement le bien de leur peuple et de la classe ouvrière ; et s'ils se fourvoyaient, ils restaient de bonne foi. Eux aussi étaient pour la plupart convaincus de la nécessité de ce qu'ils faisaient, ce n'étaient pas tous des fous, des opportunistes et des criminels comme ce Kieper ; chez nos ennemis aussi, un homme bon et honnête pouvait se convaincre de faire des choses terribles. Ce qu'on nous demandait maintenant nous posait le même problème.

Le lendemain je me réveillai désemparé, avec comme une haine triste collée dans la tête. J'allai voir Kehrig et fermai la porte du bureau : « Je voudrais vous parler, Herr Sturmbannführer. » — « De quoi, Obersturmführer ? » — « Du *Führervernichtungsbefehl.* » Il redressa sa tête d'oiseau et me fixa à travers ses lunettes à monture fine : « Il n'y a rien à discuter, Obersturmführer. De toute façon, moi, je m'en vais. » Il me fit un signe et je m'assis. « Vous partez ? Comment cela ? » — « J'ai réglé ça avec le Brigadeführer Streckenbach par l'intermédiaire d'un ami. Je rentre à Berlin. » — « Quand ? » — « Bientôt, dans quelques jours. » — « Et votre remplaçant ? » Il haussa les épaules : « Il arrivera quand il arrivera. Entre-temps, c'est vous qui tiendrez la boutique. » Il me fixa de nouveau : « Si vous voulez aussi partir, vous savez, ça peut s'arranger. Je peux aller voir Streckenbach pour vous à Berlin, si vous le souhaitez. » — « Merci, Herr Sturmbannführer. Mais je reste. » — « Pour quoi faire ? demanda-t-il vivement. Pour finir comme Häfner ou Hans ? Pour vous vautrer dans cette fange ? » — « Vous êtes bien resté jusqu'ici », dis-je doucement. Il eut un rire sec : « J'ai demandé mon transfert début juillet. À Lutsk. Mais vous savez comment c'est, ça prend du temps. » — « Je serais désolé de vous voir partir, Herr Sturmbannführer. » — « Moi, non. Ce qu'ils veulent faire est insensé. Je ne suis pas le seul à le penser. Schulz, du Kommando 5, s'est effondré lorsqu'il a appris le *Führerbefehl.* Il a demandé à partir tout de suite, et l'Obergruppenführer a donné son accord. » — « Vous avez peut-être raison. Mais si vous partez, si l'Oberführer Schulz part, si tous les hommes honorables partent, il ne restera plus ici que les bouchers, la lie. On ne peut pas l'accepter. » Il fit une grimace de dégoût : « Parce que vous pensez qu'en restant vous changerez quelque chose ? Vous ? » Il secoua la tête. « Non, docteur, suivez mon conseil, partez. Laissez les bouchers s'occuper de la boucherie. » — « Merci, Herr Sturmbannführer. » Je lui serrai la main et sortis. Je me dirigeai vers le Gruppenstab et allai trouver Thomas. « Kehrig est une femmelette, lança-t-il d'un ton péremptoire lorsque je lui eus rapporté la conversation. Schulz aussi. Schulz, ça fait un moment qu'on l'a à l'œil. À Lemberg, il a relâché des condamnés, sans permission. Tant mieux s'il part, on n'a pas besoin de types comme ça. » Il me regarda pensivement. « Bien sûr, c'est atroce, ce qu'on nous demande. Mais tu verras, on s'en sortira. » Son air devint tout à fait sérieux. « Je ne pense pas, moi, que ce soit la bonne solution. C'est une réponse improvisée dans l'urgence, à cause de la guerre. Cette guerre, il faut la gagner vite ; après, on pourra discuter plus calmement et prendre des décisions planifiées. Les avis plus nuancés pourront aussi se faire entendre. Avec la guerre, c'est impossible. » — « Crois-tu qu'elle va durer encore longtemps ? On devait être à Moscou en cinq semaines. Ça fait deux mois et on n'a même pas encore pris Kiev ni Leningrad. » — « C'est difficile à dire. Il est évident qu'on a sous-estimé leur potentiel industriel. Chaque fois qu'on pense que leurs réserves sont épuisées, ils nous balancent des divisions fraîches. Mais ils doivent arriver au bout maintenant. Et puis, la décision du Führer de nous envoyer Guderian va vite débloquer le front, ici. Quant au Centre, depuis le début du mois, ils ont fait quatre cent mille prisonniers. Et à Uman on est encore en train d'encercler deux armées. »

Je retournai au Kommando. Au mess, seul, Yakov, le petit Juif de Bohr, jouait du piano. Je m'assis sur un banc pour l'écouter. Il jouait du Mozart, l'*andante* d'une des sonates, et cela me serrait le cœur, épaississait encore ma tristesse. Quand il eut fini je lui demandai : « Yakov, tu connais Rameau ? Couperin ? » — « Non, Herr Offizier. Qu'est-ce que c'est ? » — « C'est de la musique française. Tu devrais apprendre. J'essayerai de te trouver des partitions. » — « C'est beau ? » — « C'est peut-être ce qu'il y a de plus beau. » — « Plus beau que Bach ? » Je considérai la question : « Presque aussi beau que Bach », reconnus-je. Ce Yakov devait avoir douze ans ; il aurait pu jouer dans n'importe quelle salle de concert d'Europe. Il venait de la région de Czernowitz et

avait grandi dans une famille germanophone ; avec l'occupation de la
Bucovine, en 1940, il s'était retrouvé en URSS ; son père avait été
déporté par les Soviétiques, et sa mère était morte sous un de nos bombardements. C'était vraiment un beau garçon : un long visage étroit, des
lèvres riches, les cheveux noirs en épis sauvages, de longs doigts aux
veines bleuâtres. Tout le monde ici l'aimait bien ; même Lübbe ne le
maltraitait pas. « Herr Offizier ? » demanda Yakov. Il gardait les yeux
sur son piano. « Je peux vous poser une question ? » — « Bien sûr. »
— « C'est vrai que vous allez tuer tous les Juifs ? » Je me redressai :
« Qui t'a dit ça ? » — « Hier soir, j'ai entendu Herr Bohr qui parlait avec
les autres officiers. Ils criaient très fort. » — « Ils avaient bu. Tu n'aurais
pas dû écouter. » Il insistait, les yeux toujours baissés : « Moi aussi, vous
allez me tuer, alors ? » — « Mais non. » Mes mains picotaient, je me forçais à garder un ton normal, enjoué presque : « Pourquoi voudrais-tu
qu'on te tue ? » — « Moi aussi je suis juif. » — « Ça n'est pas grave, tu
travailles pour nous. Tu es un Hiwi maintenant. » Il se mit à taper doucement sur une touche, une note aiguë : « Les Russes nous disaient toujours que les Allemands étaient méchants. Mais je ne crois pas. Je vous
aime bien, moi. » Je ne dis rien. « Vous voulez que je joue ? »
— « Joue. » — « Qu'est ce que vous voulez que je joue ? » — « Joue ce
que tu veux. »

L'ambiance au sein du Kommando devenait exécrable ; les officiers
étaient nerveux, ils criaient pour un rien. Callsen et les autres repartirent dans leurs Teilkommandos ; chacun gardait son opinion pour soi,
mais on voyait bien que les nouvelles tâches leur pesaient. Kehrig s'en
alla rapidement, presque sans dire au revoir. Lübbe était souvent
malade. Du terrain, les Teilkommandoführer envoyaient des rapports
très négatifs sur le moral de leurs troupes : il y avait des dépressions
nerveuses, les hommes pleuraient ; d'après Sperath, beaucoup souffraient d'impuissance sexuelle. Il y eut une série d'incidents avec la
Wehrmacht : près de Korosten, un Hauptscharführer avait forcé des
femmes juives à se déshabiller et les avait fait courir nues devant une
mitrailleuse ; il avait pris des photos, et ces photos avaient été inter-
ceptées par l'AOK. À Bielaïa Tserkov, Häfner eut une confrontation
avec un officier de l'état-major d'une division, qui était intervenu pour
bloquer une exécution d'orphelins juifs ; Blobel se rendit sur place, et
l'affaire monta jusqu'à von Reichenau, qui confirma l'exécution et
réprimanda l'officier ; mais cela créa pas mal de remous, et Häfner en
outre refusa d'infliger cela à ses hommes, et se défaussa sur ses Askaris.
D'autres officiers procédaient de la même façon ; mais comme les diffi-

cultés avec l'OUN-B continuaient, cette pratique engendrait à son tour de nouveaux problèmes, les Ukrainiens, dégoûtés, désertaient ou même trahissaient. D'autres au contraire procédaient sans rechigner aux exécutions, mais ils volaient les Juifs sans vergogne, ils violaient les femmes avant de les tuer ; on devait parfois fusiller nos propres soldats. Le remplaçant de Kehrig n'arrivait pas et j'étais débordé. À la fin du mois, Blobel m'envoya à Korosten. La « République de Polésie », au nord-est de la ville, nous restait interdite sur ordre de la Wehrmacht, mais il y avait quand même beaucoup de travail dans la région. Le responsable était Kurt Hans. Je n'aimais pas beaucoup Hans, un homme mauvais, lunatique ; lui non plus ne m'aimait pas. Néanmoins, il nous fallait travailler ensemble. Les méthodes avaient changé, on les avait rationalisées, systématisées en fonction des nouvelles exigences. Ces changements toutefois ne facilitaient pas toujours le travail des hommes. Les condamnés, dorénavant, devaient se déshabiller avant l'exécution, car on récupérait leurs vêtements pour le Secours d'hiver et les rapatriés. À Jitomir, Blobel nous avait exposé la nouvelle pratique du *Sardinenpackung* développée par Jeckeln, la méthode « en sardine » que Callsen connaissait déjà. Avec l'augmentation considérable des volumes, en Galicie dès juillet, Jeckeln avait jugé que les fosses se remplissaient trop vite ; les corps tombaient n'importe comment, s'entremêlaient, beaucoup de place se gaspillait, et l'on perdait donc trop de temps à creuser ; là, les condamnés déshabillés se couchaient à plat ventre au fond de la fosse, et quelques tireurs leur administraient un coup dans la nuque à bout portant. « J'ai toujours été contre le *Genickschuss*, nous rappela Blobel, mais maintenant nous n'avons plus le choix. » Après chaque rangée, un officier devait inspecter et s'assurer que tous les condamnés étaient bien morts ; puis on les recouvrait d'une fine couche de terre et le groupe suivant venait se coucher sur eux, tête-bêche ; quand on avait ainsi accumulé cinq ou six couches, on fermait la fosse. Les Teilkommandoführer pensaient que les hommes trouveraient cela trop difficile, mais Blobel ne voulait pas entendre d'objections : « Dans mon Kommando, nous ferons comme dit l'Obergruppenführer. » Kurt Hans, de toute façon, cela ne le gênait pas trop ; il semblait indifférent à tout. J'assistai avec lui à plusieurs exécutions. Je pouvais maintenant distinguer trois tempéraments parmi mes collègues. Il y avait d'abord ceux qui, même s'ils cherchaient à le cacher, tuaient avec volupté ; j'ai déjà parlé de ceux-ci, c'étaient des criminels, qui s'étaient découverts grâce à la guerre. Puis il y avait ceux que cela dégoûtait et qui tuaient par devoir, en surmontant leur répugnance, par amour de l'ordre. Enfin, il y avait ceux qui considéraient les Juifs comme des bêtes et les tuaient comme un boucher égorge une vache, besogne joyeuse ou ardue, selon les humeurs ou la disposition. Kurt Hans appartenait clairement à cette dernière catégorie : pour lui, seule comptait la précision du geste, l'efficacité, le rendement. Tous les soirs, il récapitulait méticuleusement ses totaux. Et moi, alors ? Moi, je ne m'identifiais à aucun de ces trois types, mais je n'en savais guère plus, et si l'on m'avait poussé un peu, j'aurais eu du mal à articuler une réponse de bonne foi. Cette réponse, je la cherchais encore. La passion de l'absolu y participait, comme y participait, je m'en rendis compte un jour avec effroi, la curiosité : ici comme pour tant d'autres choses de ma vie, j'étais curieux, je cherchais à voir quel effet tout cela aurait sur moi. Je m'observais en permanence : c'était comme si une caméra se trouvait fixée au-dessus de moi, et j'étais à la fois cette caméra, l'homme qu'elle filmait, et l'homme qui ensuite étudiait le film. Cela parfois me renversait, et souvent, la nuit, je ne dormais pas, je fixais le plafond, l'objectif ne me laissait pas en paix. Mais la réponse à ma question continuait à me filer entre les doigts.

Avec les femmes, les enfants surtout, notre travail devenait parfois très difficile, cela retournait le cœur. Les hommes se plaignaient sans cesse, surtout les plus âgés, ceux qui avaient une famille. Devant ces gens sans défense, ces mères qui devaient regarder tuer leurs enfants sans pouvoir les protéger, qui ne pouvaient que mourir avec eux, nos hommes souffraient d'un sentiment extrême d'impuissance, eux aussi se sentaient sans défense. « Je veux juste rester entier », me dit un jour un jeune Sturmmann de la Waffen-SS, et ce désir, je le comprenais bien, mais je ne pouvais pas l'aider. L'attitude des Juifs ne facilitait pas les choses. Blobel dut renvoyer en Allemagne un Rottenführer de trente ans qui avait parlé avec un condamné ; le Juif, qui avait l'âge du Rottenführer, tenait dans ses bras un enfant d'environ deux ans et demi, sa femme, à côté de lui, portait un nouveau-né aux yeux bleus ; et l'homme avait regardé le Rottenführer droit dans les yeux et lui avait calmement dit dans un allemand sans accent : « S'il vous plaît, mein Herr, fusillez les enfants proprement. » — « Il venait de Hambourg, expliqua plus tard le Rottenführer à Sperath, qui nous avait ensuite conté l'histoire, c'était presque mon voisin, ses enfants avaient l'âge des miens. » Moi-même je perdais pied. Lors d'une exécution, je regardais un jeune garçon mourant dans la tranchée : le tireur avait dû hésiter, le coup était parti trop bas, dans le dos. Le garçon pantelait, les yeux ouverts, vitreux, et à cette scène affreuse venait se superposer une scène de mon enfance : avec un ami, je jouais aux cow-boys et aux Indiens, avec des pistolets en fer-blanc. C'était peu après la Grande Guerre, mon père était revenu, je devais avoir cinq, six ans, comme le garçon dans la tranchée. Je m'étais caché derrière un arbre ; lorsque mon ami s'approcha, je bondis et lui vidai mon pistolet dans le ventre, en criant : « Pan ! Pan ! » Il lâcha son arme, saisit son estomac à deux mains, et s'écroula en pivotant sur lui-même. Je ramassai son pistolet et voulus le lui rendre : « Allez, prends. Viens, on continue à jouer. » — « Je ne peux pas. Je suis un cadavre. » Je fermai les yeux, devant moi l'enfant haletait toujours. Après l'action, je visitai le *shtetl*, maintenant vide, désert, j'entrai dans les isbas, des maisons basses de pauvres, avec aux murs des calendriers soviétiques et des images découpées dans les magazines, quelques objets religieux, des meubles grossiers. Cela avait certainement peu à voir avec la *internationales Finanzjudentum*. Dans une maison, je trouvai un grand seau d'eau sur le four, encore en train de bouillir ; par terre, il y avait des pots d'eau froide et un bac. Je fermai la porte, me déshabillai et me lavai avec cette eau et un morceau de savon dur. Je coupai à peine l'eau chaude : cela brûlait, ma peau devint écarlate. Puis je me rhabillai et ressortis ; à l'entrée du village, les maisons flambaient déjà. Mais ma question ne me lâchait pas, je retournai encore et encore, et c'est ainsi qu'une autre fois, au bord de la fosse, une fillette d'environ quatre ans vint doucement me prendre la main. Je tentai de me dégager, mais elle s'agrippait. Devant nous, on fusillait les Juifs. « *Gdje mama ?* » je demandai à la fille en ukrainien. Elle pointa le doigt vers la tranchée. Je lui caressai les cheveux. Nous restâmes ainsi plusieurs minutes. J'avais le vertige, je voulais pleurer. « Viens avec moi, lui dis-je en allemand, n'aie pas peur, viens. » Je me dirigeai vers l'entrée de la fosse ; elle resta sur place, me retenant par la main, puis elle me suivit. Je la soulevai et la tendis à un Waffen-SS : « Sois gentil avec elle », lui dis-je assez stupidement. Je ressentais une colère folle, mais ne voulais pas m'en prendre à la petite, ni au soldat. Celui-ci descendit dans la fosse avec la fillette dans les bras et je me détournai abruptement, je m'enfonçai dans la forêt. C'était une grande et claire forêt de pins, bien dégagée et emplie d'une douce lumière. Derrière moi les salves crépitaient. Quand j'étais petit, je jouais souvent dans de telles forêts, autour de Kiel, où j'habitais après la guerre : des jeux curieux en vérité. Pour mon anniversaire, mon père m'avait offert un coffret avec plusieurs volumes des *Tarzan* de l'écrivain américain E.R. Burroughs, que je lisais et relisais avec passion, à table, aux cabinets, la nuit avec une lampe de poche, et dans la forêt, comme mon héros, je me mettais tout nu et me glissais parmi les arbres, entre les grandes fougères, je me couchais sur les lits d'aiguilles de pin séchées, jouissant des petites piqûres sur ma peau, je m'accroupissais derrière un buisson ou bien un arbre tombé sur une hauteur, au-dessus d'un chemin, pour épier ceux qui venaient se promener par là, les *autres*, les humains. Ce n'étaient pas des jeux explicitement érotiques, j'étais trop jeune pour cela, je ne bandais sans doute même pas ; mais pour moi, la forêt entière était devenue un terrain érogène, une vaste peau aussi sensible que ma peau nue d'enfant hérissée par le froid. Plus tard, je devrais ajouter, ces jeux prirent un tour encore plus étrange, c'était encore à Kiel, mais sans doute après le départ de mon père, je devais avoir neuf, dix ans au plus : nu, je me pendais avec ma ceinture à une branche d'arbre, par le cou, et je me laissais aller de tout mon poids, le sang, paniqué, me gonflait le visage, mes tempes battaient à s'en rompre, mon souffle venait en sifflant, enfin je me redressais, je reprenais ma respiration, puis recommençais. De tels jeux, un vif plaisir, une liberté sans bornes, voilà, auparavant, ce que les forêts signifiaient pour moi ; maintenant, les bois me faisaient peur.

Je retournai à Jitomir. Une agitation intense régnait au Kommandostab : Bohr était aux arrêts et Lübbe à l'hôpital. Bohr l'avait agressé en plein mess, devant les autres officiers, à coups de chaise d'abord puis au couteau. Ils avaient dû se mettre à six pour le maîtriser, Strehlke, le Verwaltungsführer, avait reçu une entaille à la main, peu profonde mais douloureuse. « Il est devenu fou », me dit-il en me montrant les points de suture. — « Mais que s'est-il donc passé ? » — « C'est à cause de son petit Juif. Celui qui jouait du piano. » Yakov avait eu un accident en réparant une voiture avec Bauer : le cric, mal placé, avait lâché, il avait eu la main écrasée. Sperath l'avait examiné et avait déclaré qu'il faudrait amputer. « Alors il ne sert plus à rien », décida Blobel, et il avait donné l'ordre de le liquider. « C'est Vogt qui s'en est occupé, dit Strehlke qui me racontait l'histoire. Bohr n'a rien dit. Mais à dîner Lübbe a commencé à le chercher. Vous savez comment il est. "Fini le piano", il disait à voix haute. C'est là que Bohr l'a attaqué. Si vous voulez mon avis, ajouta-t-il, Lübbe n'a eu que ce qu'il méritait. Mais c'est dommage pour Bohr : un bon officier, et il ruine sa carrière pour un petit Juif. Ce n'est pas comme si les Juifs manquaient, par ici. » — « Que va-t-il arriver à Bohr ? » — « Ça dépendra du rapport du Standartenführer. Au pire, il pourrait aller en prison. Sinon, il sera dégradé et envoyé à la Waffen-SS se racheter. » Je le quittai et montai m'enfermer dans ma chambre, recru de dégoût. Je comprenais tout à fait Bohr ; il avait eu tort, bien entendu, mais je le comprenais. Lübbe n'avait pas à se moquer, c'était indigne. Moi aussi, je m'étais un peu attaché au petit Yakov ; j'avais discrètement écrit à un ami de Berlin, pour qu'il m'envoie des partitions de Rameau et de Couperin, je voulais que Yakov puisse les étudier, qu'il découvre *Le Rappel des oiseaux, Les Trois Mains, Les Barricades mystérieuses* et toutes ces autres merveilles. Maintenant, ces partitions ne serviraient à personne : moi, je ne joue pas de piano. Cette nuit-là, je fis un rêve étrange. Je me levais et me dirigeais vers la porte, mais une femme m'en barrait l'accès. Elle avait les cheveux blancs et portait des lunettes : « Non, me dit-elle. Tu ne peux pas sortir. Assieds-toi et écris. » Je me tournai vers mon bureau : un homme occupait ma chaise, martelant ma machine à écrire. « Excusez-moi », risquai-je. Les touches émettaient un cliquetis assourdissant, il ne m'entendait pas. Timidement, je lui tapai sur l'épaule. Il se retourna et secoua la tête : « Non », dit-il, m'indiquant la porte. J'allai à ma bibliothèque mais là aussi il y avait quelqu'un, qui arrachait tranquillement les pages de mes livres et en jetait les reliures dans un coin. Bien, me dis-je, dans ce cas je vais dormir. Une jeune femme était couchée dans mon lit, nue sous le drap. Lorsqu'elle me vit, elle me tira à elle, couvrant mon visage de baisers, prenant mes jambes dans les siennes, et tentant de défaire ma ceinture. Je ne parvins à la repousser qu'avec la plus grande difficulté ; l'effort me laissa pantois. J'envisageai de me jeter par la fenêtre ; elle restait bloquée, prise dans la peinture. Les W-C, heureusement, étaient libres, et je m'y enfermai hâtivement.

La Wehrmacht avait enfin repris son avancée, et nous préparait de nouvelles tâches. Guderian achevait sa percée, prenant à revers les armées soviétiques de Kiev, or celles-ci, comme paralysées, ne réagissaient pas. La 6e armée se remettait en branle, le Dniepr était franchi ; plus au sud, la 17e armée passait aussi le Dniepr. Il faisait chaud et sec et les troupes en mouvement soulevaient des colonnes de poussière hautes comme des immeubles ; quand venait la pluie, les soldats se réjouissaient, puis maudissaient la boue. Personne n'avait le temps de se laver et les hommes étaient gris de poussière et de fange. Les régiments avançaient comme de petits navires isolés sur l'océan de maïs et de blé mûr ; ils ne voyaient personne des jours d'affilée, les seules nouvelles leur venaient des chauffeurs de la *Rollbahn* qui remontaient la ligne ; tout autour d'eux, plate et vide, s'étalait la vaste terre : *Y a-t-il homme qui vive en cette plaine ?* chante le preux du conte russe. On croisait parfois une de ces unités lorsqu'on partait en mission, les officiers nous invitaient à manger, ils étaient heureux de nous voir. Le 16 septembre, Guderian opéra sa jonction avec les panzers de von Kleist à Lokhvitsa, cent cinquante kilomètres derrière Kiev, encerclant d'après l'Abwehr quatre armées soviétiques ; au nord et au sud, l'aviation et l'infanterie se mirent à les écraser. Kiev était grande ouverte. À Jitomir, depuis la fin août, on avait cessé de tuer les Juifs, et les survivants avaient été regroupés dans un ghetto ; le 17 septembre, Blobel quittait la ville avec ses officiers, deux unités du régiment de police Sud et nos Askaris, ne laissant derrière lui que les ordonnances, la cuisine et le matériel de réparation des véhicules. Le Kommandostab devait s'installer le plus vite possible à Kiev. Mais le lendemain, Blobel changea d'avis, ou reçut un contrordre : il retournait à Jitomir liquider le ghetto. « Leur attitude insolente n'a pas changé, malgré tous nos avertissements et nos mesures spéciales. On ne peut pas les laisser derrière nous. » Il forma un Vorkommando sous la direction de Häfner et de Janssen pour entrer à Kiev avec la 6ᵉ armée. Je me portai volontaire et Blobel accepta.

Cette nuit-là le Vorkommando campa dans un petit village déserté près de la ville. Dehors, les craillements obsédants des corneilles faisaient songer à des cris de nourrissons. Alors que je me couchais sur une paillasse dans une isba que je partageais avec les autres officiers, un petit oiseau, un moineau peut-être, entra dans la pièce et fonça contre les murs et les fenêtres fermées. À moitié assommé, il resta couché quelques secondes, essoufflé, ses ailes de travers, puis de nouveau se déchaîna en une brève et futile frénésie. Il devait être mourant. Les autres dormaient déjà ou ne réagissaient pas. Enfin, je réussis à le coincer sous un casque et je le relâchai dehors : il fila dans la nuit comme s'il se réveillait d'un cauchemar. L'aube nous trouva déjà en route. La guerre maintenant était juste devant nous, nous avancions très lentement. Au bord des routes s'éparpillaient les morts insomniaques, aux yeux ouverts, vides. L'alliance d'un soldat allemand brillait au soleil du petit matin ; son visage était rouge, gonflé, sa bouche et ses yeux pleins de mouches. Les chevaux crevés s'entremêlaient aux hommes, certains, blessés par les balles ou les éclats, achevaient de mourir, ils hennissaient, se débattaient, roulaient avec fureur sur les autres carcasses ou les corps de leurs cavaliers. Près d'un pont de fortune, devant nous, le courant emporta trois soldats, et de la berge on distinguait un long moment les uniformes trempés, les visages pâles des noyés qui s'éloignaient lentement. Dans les villages vides, abandonnés par leurs habitants, les vaches aux pis gonflés beuglaient de douleur, les oies, prises de folie, cacardaient dans les petits jardins des isbas au milieu des lapins et des poulets et des chiens condamnés à mourir de faim à la chaîne ; les maisons restaient ouvertes aux quatre vents, les gens, pris de panique, avaient laissé leurs livres, leurs reproductions, leur radio, leurs édredons. Et puis venaient les faubourgs extérieurs de Kiev, ravagés par les destructions, et puis juste après, le centre, presque intact. Le long du boulevard Chevtchenko, sous le beau soleil d'automne, les tilleuls luxuriants et les châtaigniers viraient au jaune ; sur la Khrechtchatik, la grande rue principale, il fallait naviguer entre les barricades et les croisillons antichars, que peinaient à dégager des soldats allemands harassés. Häfner fit la liaison avec le QG du XXIXᵉ corps d'armée, d'où l'on nous dirigea vers les locaux du NKVD, sur une colline au-dessus de la Khrechtchatik, dominant le centre. Ç'avait été un fort beau palais du début du xixᵉ siècle, avec une longue façade jaune ornée de moulures et des hautes colonnes peintes en blanc flanquant la porte principale, sous un fronton triangulaire ; mais il avait été bombardé, puis, pour faire bonne mesure, incendié par le NKVD. D'après nos informateurs il servait autrefois de pension pour jeunes vierges pauvres ; en 1918, les *institutions soviétiques* s'y étaient installées ; depuis, sa réputation sinistre effrayait, on y fusillait des gens dans le jardin, derrière le second *korpus*. Häfner dépêcha une section rafler des Juifs pour nettoyer et réparer ce qui pouvait l'être ; on installait nos bureaux et notre matériel là où c'était possible, certains se mettaient déjà au travail. Je descendis au quartier général demander des sapeurs : il fallait inspecter le bâtiment, s'assurer qu'il n'était pas miné, on me les promit pour le lendemain. Au palais des jeunes vierges, les premiers Juifs arrivaient sous escorte et commençaient à déblayer ; Häfner avait aussi fait confisquer des matelas et des édredons, pour qu'on ne dorme pas à la dure. Le lendemain matin, un samedi, je n'avais même pas encore eu le temps d'aller m'enquérir de nos sapeurs, une formidable explosion se répercuta à travers le centre-ville, soufflant les quelques carreaux qui nous restaient. Rapidement la nouvelle se répandit que la citadelle de Novo-Petcherskaïa avait sauté, tuant, entre autres, le commandant de la division d'artillerie et son chef d'état-major. Tout le monde parlait de sabotage, de détonateurs à retardement ; la Wehrmacht restait prudente, et n'écartait pas la possibilité d'un accident causé par des munitions mal stockées. Häfner et Janssen commencèrent à arrêter des Juifs, tandis que je tentais de recruter des informateurs ukrainiens. C'était difficile, on ne savait rien sur eux : ces hommes qui se présentaient pouvaient tout aussi facilement être des agents des Russes. Les Juifs arrêtés

furent enfermés dans un cinéma sur la Khrechtchatik ; je croisais à la
hâte les renseignements qui affluaient de toute part : tout paraissait
indiquer que les Soviétiques avaient soigneusement miné la ville ; nos
sapeurs n'arrivaient toujours pas. Enfin, après une protestation vigoureuse, on nous envoya trois types du génie ; ils repartirent après deux
heures, sans avoir rien trouvé. La nuit, l'inquiétude déteignait sur mon
sommeil et infectait mes rêves : j'étais saisi d'une intense envie de déféquer et je courais aux cabinets, la merde jaillissait liquide et épaisse, un
flot continu qui remplissait rapidement la cuvette, cela montait, je chiais
toujours, la merde atteignait le dessous de mes cuisses, recouvrait mes
fesses et mes bourses, mon anus continuait à dégorger. Je me demandais frénétiquement comment nettoyer toute cette merde, mais je ne
pouvais pas l'arrêter, son goût âcre, vil, nauséabond emplissait ma
bouche, me révulsant. Je m'éveillai en suffoquant, la bouche assoiffée,
pâteuse et amère. L'aube pointait et je montai sur les falaises regarder
le soleil se lever sur le fleuve, les ponts disloqués, la ville et la plaine au-
delà. Le Dniepr s'étalait sous mes pieds, large, lent, ses eaux couvertes
de spirales d'écume verte ; au milieu, sous le pont dynamité de la voie
ferrée, s'étiraient quelques petits îlots entourés de roseaux et de nénu-
phars, avec quelques barques de pêche abandonnées ; une barge de la
Wehrmacht traversait ; plus haut, de l'autre côté, un bateau achevait de
rouiller sur la plage, à moitié échoué, couché sur le flanc. Les arbres
cachaient la *lavra* et je n'apercevais que le dôme doré du clocher, qui
reflétait sourdement la lumière cuivrée du soleil montant. Je retournai
au palais : dimanche ou pas, nous étions débordés de travail ; de plus, le
Vorkommando du Gruppenstab arrivait. Ils se présentèrent au milieu
de la matinée, dirigés par l'Obersturmführer Dr. Krieger, le Leiter V ;
avec lui se trouvaient l'Obersturmführer Breun, un certain Braun, et le
Hauptmann der Schutzpolizei Krumme, qui commandait nos Orpo ;
Thomas était resté à Jitomir, il arriverait quelques jours plus tard avec
le Dr. Rasch. Krieger et ses collègues occupèrent une autre aile du
palais, où nous avions déjà mis un peu d'ordre ; nos Juifs travaillaient
d'arrache-pied ; la nuit, nous les avions gardés dans une cave, près des
anciennes cellules du NKVD. Blobel nous rendit visite après le déjeuner et nous félicita pour nos progrès, puis repartit pour Jitomir. Il ne
comptait pas y rester car la ville était *judenrein* ; le Kommando avait
vidé le ghetto le jour de notre arrivée à Kiev et liquidé les trois mille
cent quarante-cinq Juifs restants. Un chiffre de plus pour nos rapports,
il y en aurait bientôt d'autres. Qui, me demandais-je, pleurera tous ces
Juifs tués, tous ces enfants juifs enterrés les yeux ouverts sous la riche

terre noire de l'Ukraine, si on tue aussi leurs sœurs et leurs mères ? Si on les tuait tous, il ne resterait personne pour les pleurer, et c'était peut-être ça, aussi, l'idée. Mon travail progressait : on m'avait envoyé des melnykistes de confiance, ils avaient trié mes informateurs et même identifié trois bolcheviques, dont une femme, qu'on avait fusillés sur-le-champ ; grâce à eux, je recrutais des *dvorniki*, ces espèces de concierges soviétiques qui avant informaient le NKVD mais n'hésitaient pas, en échange de menus privilèges ou pour de l'argent, à faire de même pour nous. Ils nous dénoncèrent bientôt des officiers de l'Armée rouge déguisés en civil, des commissaires, des bandéristes, des intellectuels juifs, que je transférais à Häfner ou à Janssen après un interrogatoire rapide. Eux, de leur côté, continuaient à remplir de Juifs arrêtés le *Goskino 5*. Depuis l'explosion de la citadelle, la ville était calme, la Wehrmacht s'organisait, le ravitaillement s'améliorait. Mais les perquisitions avaient été un peu hâtives. Le mercredi matin, le 24 donc, une nouvelle explosion éventra la Feldkommandantur installée dans l'hôtel *Continental*, au coin de la Khrechtchatik et de la Proreznaya. Je descendis voir. La rue fourmillait de badauds et de soldats désœuvrés qui regardaient brûler le bâtiment. Des Feldgendarmes commençaient à regrouper des civils pour leur faire déblayer les décombres ; des officiers évacuaient l'aile intacte de l'hôtel en portant des valises, des couvertures, des gramophones. Le verre crissait sous les pas : à plusieurs rues à la ronde, les vitres avaient éclaté sous la force du souffle. De nombreux officiers devaient avoir été tués, mais personne ne savait combien au juste. Tout à coup retentit une autre détonation, plus bas, vers la place Tolstoï ; puis une autre grosse bombe éclata dans un immeuble en face de l'hôtel, projetant sur nous des gravats et un nuage de poussière. Les gens, pris de panique, couraient à droite et à gauche, les mères criaient après leurs enfants ; des motards allemands remontaient la Khrechtchatik entre les obstacles antichars, tirant au hasard des rafales de mitraillette. Une fumée noire enveloppait rapidement la rue, plusieurs incendies s'étaient déclarés, j'étouffais. Des officiers de la Wehrmacht vociféraient des ordres contradictoires ; personne ne semblait savoir qui commandait. La Khrechtchatik était maintenant obstruée de décombres et de véhicules renversés, les fils électriques des trolleybus, sectionnés, pendaient dans les rues ; à deux mètres de moi, le réservoir d'une Opel sauta et la voiture prit feu. Je retournai au palais ; d'en haut, toute la rue paraissait brûler, on entendait encore des explosions. Blobel venait d'arriver et je lui rendis compte de la situation. Häfner arriva à son tour et expliqua que les Juifs détenus au cinéma, près de l'hôtel *Continental*, s'étaient pour la plupart sauvés à la faveur de la confusion. Blobel ordonna de les retrouver; je suggérai qu'il serait peut-être plus urgent de faire à nouveau visiter de fond en comble nos quartiers. Janssen alors divisa les Orpo et les Waffen-SS en petits groupes de trois et les envoya dans toutes les entrées, avec ordre de défoncer toute porte fermée à clef, et de surtout fouiller les caves et les greniers. Moins d'une heure plus tard, un des hommes découvrit des explosifs au sous-sol. Un Scharführer de la Waffen-SS, qui avait fait le génie militaire, alla voir : il s'agissait d'une soixantaine de bouteilles remplies d'essence, ce que les Finlandais appelaient des « cocktails Molotov » depuis leur guerre d'Hiver, apparemment stockées, mais on ne savait jamais, il fallait faire venir un expert. Ce fut la panique. Janssen criait et distribuait des coups de cravache à nos *Arbeitsjuden*; Häfner, toujours avec son air d'efficacité, lançait des ordres inutiles pour se donner une contenance. Blobel conféra rapidement avec le Dr. Krieger et ordonna l'évacuation du bâtiment. Aucune position de repli n'avait été prévue, et personne ne savait où aller; tandis qu'on chargeait à la hâte les véhicules, je fis une liaison rapide avec le QG du corps d'armée; mais les officiers étaient débordés, on me dit de me débrouiller. Je rejoignis le palais à travers les incendies et la confusion. Des sapeurs de la Wehrmacht essayaient de déployer des lances d'incendie, mais les flammes gagnaient du terrain. Je songeai alors au grand stade Dynamo; il se situait loin des incendies, près de la *lavra* sur les hauteurs de Petchersk, et il y avait peu de chances que l'Armée rouge ait pris la peine de le miner. Blobel approuva mon idée et y dirigea les autos et les camions chargés; les officiers s'installèrent dans les bureaux abandonnés et des vestiaires qui puaient encore la sueur et le désinfectant, tandis que les hommes occupaient les tribunes et qu'on faisait asseoir nos Juifs, amenés sous bonne garde, sur le gazon. Pendant qu'on déchargeait et rangeait nos dossiers, nos coffres et nos machines à écrire, et que les spécialistes déployaient le matériel de communication, Blobel se rendit à son tour au corps d'armée; à son retour, il nous ordonna de tout démonter et ranger à nouveau : la Wehrmacht nous attribuait des quartiers dans une ancienne résidence du tsar, un peu plus bas. Il fallut tout recharger; la journée entière se perdait dans ces déménagements. Seul von Radetzky semblait joyeux du remue-ménage : « *Krieg ist Krieg und Schnaps ist Schnaps* », lançait-il avec hauteur à ceux qui se plaignaient. Le soir, je pus enfin aller aux renseignements avec mes collaborateurs melnykistes : il s'agissait d'en apprendre le plus possible sur le plan des Rouges; visiblement, les explosions étaient coordonnées, il fallait arrêter les saboteurs et identifier leur Rostoptchine. L'Abwehr disposait d'informations sur un certain Friedmann, un agent du NKVD réputé chef d'un réseau d'espionnage et de sabotage monté avant le retrait de l'Armée rouge ; les sapeurs soutenaient qu'il s'agissait simplement de mines posées en avance, avec des détonateurs à retardement. Le centre était devenu un enfer. Il y avait encore eu des explosions, les incendies ravageaient maintenant toute la Khrechtchatik, de la place de la Douma à la place Tolstoï ; des cocktails Molotov, rangés dans les greniers, se brisaient sous l'effet de la chaleur, l'essence gélifiée coulait dans les escaliers des immeubles et venait nourrir les conflagrations, qui se communiquaient petit à petit aux rues parallèles, la rue Pouchkine d'un côté, puis la Mering, la rue Karl-Marx, la rue Engels et jusqu'à la rue de la Révolution-d'Octobre au pied de notre palais. Les deux TsOuM, les grands magasins, avaient été pris d'assaut par la population affolée ; la Feldgendarmerie arrêtait beaucoup de pillards et voulait nous les livrer, d'autres étaient morts dans les flammes. Toute la population du centre-ville fuyait, ployée sous les ballots et poussant des landaus chargés de radios, de tapis et d'affaires ménagères, tandis que les bébés s'égosillaient dans les bras de leurs mères. De nombreux soldats allemands s'étaient mêlés à eux et fuyaient aussi, sans aucun ordre. De temps en temps une toiture s'effondrait à l'intérieur d'un immeuble en un immense vacarme de poutres. À certains endroits je ne pouvais respirer qu'avec un mouchoir mouillé sur la bouche, je toussais convulsivement, en crachant des glaires épaisses.

Le lendemain matin le Gruppenstab arriva, avec le gros de notre Kommando dirigé par Kuno Callsen. Des sapeurs avaient enfin inspecté notre palais et retiré les caisses de bouteilles explosives, et nous avions pu regagner nos locaux à temps pour les accueillir. Un Vorkommando du HSSPF arrivait aussi et occupa la résidence du tsar que nous venions de quitter ; ils amenaient avec eux deux bataillons Orpo, ce qui nous faisait des renforts considérables. La Wehrmacht commençait à dynamiter les immeubles du centre-ville pour maîtriser les incendies. On avait trouvé quatre tonnes d'explosifs au musée Lénine, prêts à détoner, mais les sapeurs avaient réussi à les désamorcer et les entassaient devant l'entrée. Le nouveau Kommandant de la ville, le Generalmajor Kurt Eberhard, tenait des réunions presque permanentes auxquelles devaient assister des représentants du groupe et du Kommando. Comme Kehrig n'avait toujours pas été remplacé, je me trouvais de fait Leiter III *ad interim* du Kommando, et Blobel me demandait souvent de l'accompagner ou me déléguait à sa place lorsqu'il était trop occupé ; le Gruppenstab conférait aussi d'heure en heure avec les hommes du HSSPF, et Jeckeln lui-même était attendu pour le soir ou le lendemain. Le matin, la Wehrmacht pensait encore à des saboteurs civils et nous avait demandé de les aider à les rechercher et à les réprimer ; puis, au cours de la journée, l'Abwehr trouva un plan de démolition de l'Armée rouge, détaillant près de soixante objectifs préparés à la destruction avant leur départ. On envoya des ingénieurs en inspection et l'information semblait se confirmer. Plus de quarante objectifs attendaient encore de sauter, équipés parfois de détonateurs sans fil, commandés à distance ; les sapeurs déminaient furieusement, le plus vite possible. La Wehrmacht voulait prendre des mesures radicales ; au groupe aussi, on parlait de mesures.

Le vendredi la *Sicherheitspolizei* débuta ses activités. Avec l'aide des informations que je recueillais, mille six cents Juifs et communistes furent arrêtés dans la journée. Vogt avait mis en place sept commandos pour les interrogatoires, dans les Dulag, le camp pour les Juifs, le camp civil et en ville, afin de filtrer les masses de prisonniers et d'en extraire les éléments dangereux. J'en rendis compte lors d'une des réunions d'Eberhard ; il hocha la tête, mais l'armée voulait plus. Les sabotages continuaient : un jeune Juif avait tenté de couper un des tuyaux posés dans le Dniepr par les sapeurs, pour alimenter leurs lances d'incendie ; le Sonderkommando le fusilla ainsi qu'une bande de Tsiganes pris à fureter dans un quartier excentré, près d'une église orthodoxe. Sur ordre de Blobel, une de nos sections liquida les malades mentaux de l'hôpital Pavlov, de peur qu'ils ne s'enfuient et ajoutent au désordre. Jeckeln était là ; l'après-midi, il présida à une grande réunion à l'Ortskommandantur, à laquelle assistaient le général Eberhard et des officiers d'état-major de la 6ᵉ armée, des officiers du groupe, dont le Dr. Rasch, et des officiers du Sonderkommando. Rasch n'avait pas l'air dans son assiette : il ne parlait pas, il tapotait la table avec un stylo, son regard un peu vacant se promenait distraitement sur les visages autour de lui. Jeckeln, par contraste, débordait d'énergie. Il prononça un bref discours sur les sabotages, le péril occasionné par les masses de Juifs dans la ville, et la nécessité d'avoir recours à des mesures de rétorsion, mais aussi de prévention, des plus énergiques. Le Sturmbannführer Hennicke, le Leiter III de l'Einsatzgruppe, fit une présentation statistique : d'après ses données il ressortait que Kiev devait actuellement héberger environ cent cinquante mille Juifs, résidents permanents ou réfugiés de l'ouest de l'Ukraine. Jeckeln proposa, dans un premier temps, d'en fusiller cinquante mille ; Eberhard approuva chaudement et

promit l'appui logistique de la 6ᵉ armée. Jeckeln se tourna vers nous :
« Meine Herren, déclara-t-il, je vous donne vingt-quatre heures pour me
préparer un plan. » Blobel bondit : « Herr Obergruppenführer, ça sera
fait ! » Rasch prit la parole pour la première fois : « Avec le Standartenführer Blobel, vous pouvez y compter. » Son ton contenait une ironie
assez appuyée, mais Blobel le prit comme un compliment : « Absolument, absolument. » — « Il faut marquer un coup fort », conclut Eberhard en levant la séance.

Je travaillais déjà la nuit comme le jour, je prenais deux heures de
sommeil quand je le pouvais ; mais à vrai dire je ne contribuai pas vraiment à la planification : les officiers des Teilkommandos, qui n'étaient
pas encore tout à fait débordés (on fusillait des *politrouki* démasqués
par les interrogateurs de Vogt et quelques suspects ramassés un peu au
hasard, mais rien de plus), s'en chargèrent. Les réunions avec la 6ᵉ armée
et le HSSPF reprirent le lendemain. Le Sonderkommando proposait
un site : à l'ouest de la ville, dans le quartier de Syrets, près du cimetière
juif mais néanmoins en dehors des zones habitées, s'ouvraient plusieurs
grands ravins qui feraient l'affaire. « Il y a aussi une gare de marchandises, ajouta Blobel. Cela permettra de faire croire aux Juifs qu'on les
envoie se réinstaller ailleurs. » La Wehrmacht envoya des géomètres
prendre des relevés : sur la base de leur rapport, Jeckeln et Blobel se
fixèrent sur le ravin dit de la Grand-Mère ou de la Vieille, au fond
duquel courait un petit ruisseau. Blobel convoqua tous ses officiers :
« Les Juifs à exécuter sont des asociaux, sans valeur, intolérables pour
l'Allemagne. Nous inclurons aussi les patients des asiles, les Tsiganes, et
tout autre mangeur inutile. Mais on commencera par les Juifs. » On étudia attentivement les cartes, il fallait positionner les cordons, prévoir les
acheminements et planifier les transports ; une réduction du nombre de
camions et de la distance permettrait d'économiser de l'essence ; il était
aussi nécessaire de songer aux munitions et au ravitaillement des
troupes ; tout devait être calculé. Pour cela il fallait aussi fixer la
méthode d'exécution : Blobel se décida enfin pour une variante du *Sardinenpackung*. Comme tireurs et escortes des groupes de condamnés,
Jeckeln insistait pour que l'on utilise ses deux bataillons Orpo, ce qui
visiblement énervait Blobel. Il y avait aussi les Waffen-SS de Grafhorst
et les Orpo du Hauptmann Krumme. Pour les cordons la 6ᵉ armée mettait à notre disposition plusieurs compagnies, et ils fourniraient les
camions. Häfner monta une place de triage pour les objets de valeur,
entre le cimetière de Lukyanovskoe et le cimetière juif, à cent cinquante
mètres du ravin : Eberhard tenait à ce qu'on récupère les clefs des

appartements, étiquetées, car les sinistres avaient jeté vingt-cinq mille civils à la rue, et la Wehrmacht voulait les reloger au plus vite. La 6ᵉ armée nous livra cent mille cartouches et imprima les affiches, en langues allemande, russe et ukrainienne, sur du mauvais papier d'emballage gris. Blobel, lorsqu'il n'était pas plongé dans les cartes, se démenait et trouvait aussi le temps pour d'autres activités ; l'après-midi, avec l'assistance des sapeurs militaires, il fit dynamiter la cathédrale de la Dormition, une superbe petite église orthodoxe du xıᵉ siècle située au milieu de la *lavra* : « Il faut que les Ukrainiens payent aussi un peu », nous expliqua-t-il plus tard avec satisfaction. J'en discutai en passant avec Vogt, car je ne comprenais pas du tout le sens de cette action ; selon lui, ce n'était certainement pas une initiative de Blobel, mais il n'avait aucune idée de qui pouvait avoir autorisé ou ordonné ça. « L'Obergruppenführer, sans doute. C'est plutôt son style. » En tout cas ce n'était pas le Dr. Rasch, qu'on ne voyait presque plus. Lorsque je croisai Thomas dans un couloir je lui demandai furtivement : « Qu'est-ce qui se passe avec le Brigadeführer ? Ça n'a pas l'air d'aller. » — « Il s'est disputé avec Jeckeln. Avec Koch aussi. » Hans Koch, le Gauleiter de Prusse orientale, avait été nommé Reichskommissar de l'Ukraine un mois auparavant. « À quel sujet ? » demandai-je. — « Je te raconterai plus tard. De toute façon il n'en a plus pour longtemps. Au fait, une question : les Juifs dans le Dniepr, c'est vous ? » La veille au soir, tous les Juifs qui s'étaient rendus à la synagogue pour le shabbat avaient disparu ; on avait retrouvé leurs corps ce matin-là, flottant dans la rivière. « L'armée s'est plainte, continuait-il. Ils disent que des actions comme ça, ça inquiète la population civile. Ça n'est pas *gemütlich*. » — « Et ce qu'on prépare, c'est *gemütlich* ? Je pense que la population civile va bientôt avoir autrement de quoi s'inquiéter. » — « Ce n'est pas pareil. Au contraire, ils seront ravis d'être débarrassés de leurs Juifs. » Je haussai les épaules : « Non, ce n'est pas nous. À ma connaissance. On est un peu occupés, en ce moment, on a autre chose à faire. Et puis ce n'est pas tellement dans nos méthodes. »

Le dimanche on colla les affiches, dans toute la ville. Les Juifs étaient invités à se réunir le lendemain matin devant leur cimetière sur la Melnikova, avec chacun cinquante kilogrammes de bagages, pour être réinstallés comme colons dans diverses régions d'Ukraine. J'avais des doutes quant au succès de cette manœuvre : on n'était plus à Lutsk, et je savais que des rumeurs avaient filtré à travers les lignes de front sur le sort qui attendait les Juifs ; plus on avançait à l'Est, moins on en trouvait, ils fuyaient maintenant devant nous avec l'Armée rouge, alors qu'au début ils nous attendaient avec confiance. D'un autre côté, comme me le fit remarquer Hennicke, les bolcheviques gardaient un silence remarquable sur nos exécutions : dans leurs émissions radio, ils nous accusaient d'atrocités monstrueuses, exagérées, mais sans jamais mentionner les Juifs ; peut-être, d'après nos experts, craignaient-ils d'ébranler *l'unité sacrée du peuple soviétique*. Nous savions, par nos informateurs, que de nombreux Juifs se voyaient désignés pour les évacuations vers l'arrière, mais ils semblaient être sélectionnés selon les mêmes critères que les Ukrainiens et les Russes, en tant qu'ingénieurs, médecins, membres du Parti, ouvriers spécialisés ; la plupart des Juifs qui fuyaient partaient par leurs propres moyens. « C'est difficile à comprendre, ajouta Hennicke. Si vraiment les Juifs dominent le Parti communiste, ils devraient faire plus d'efforts pour sauver leurs coreligionnaires. » — « Ils sont malins, suggéra le Dr. von Scheven, un autre officier du groupe. Ils ne veulent pas prêter le flanc à notre propagande en favorisant trop ouvertement les leurs. Staline doit aussi compter avec le nationalisme grand-russe. Pour garder le pouvoir, ils sacrifient leurs cousins pauvres. » — « Vous avez sans doute raison », approuva Hennicke. Je souriais intérieurement, mais avec amertume : comme au Moyen Âge, nous raisonnions par syllogismes, qui se prouvaient les uns les autres. Et ces preuves nous conduisaient sur un chemin sans retour.

La *Grosse Aktion* débuta le lundi 29 septembre, le matin du Yom Kippour, le jour juif de l'Expiation. Blobel nous l'avait fait savoir la veille : « Ils vont expier, expier. » J'étais resté dans mes bureaux, au palais, à rédiger un rapport. Callsen apparut sur le pas de la porte : « Vous ne venez pas ? Vous savez bien que le Brigadeführer a donné l'ordre que tous les officiers soient présents. » — « Je sais. Je finis ceci et je viens. » — « Comme vous l'entendez. » Il disparut et je continuai à travailler. Une heure plus tard je me levai, pris mon calot et mes gants, et allai trouver mon chauffeur. Dehors, il faisait froid, je songeai à retourner chercher un pull-over, puis y renonçai. Le ciel était couvert, l'automne avançait, bientôt ce serait l'hiver. Je passai par les ruines encore fumantes de la Khrechtchatik, puis remontai le boulevard Chevtchenko. Les Juifs marchaient vers l'ouest en longues colonnes, en famille, calmement, portant des ballots ou des sacs à dos. La plupart paraissaient très pauvres, sans doute des réfugiés ; les hommes et les garçons portaient tous la casquette des prolétaires soviétiques, mais çà et là on apercevait aussi un chapeau mou. Certains venaient en charrettes, tirées par des chevaux efflanqués et chargées de vieillards et de valises. Je fis faire un détour à mon chauffeur, je voulais en voir plus ; il prit à gauche et descendit au-delà de l'université, puis obliqua vers la gare par la Saksaganskaïa. Des Juifs sortaient avec leurs affaires de toutes les maisons et se mêlaient au flot qui s'écoulait avec une rumeur paisible. On ne voyait presque aucun soldat allemand. Aux coins des rues ces ruisseaux humains se rejoignaient, grossissaient et continuaient, il n'y avait pas d'agitation. Je remontai la colline dos à la gare, et retrouvai le boulevard à l'angle du grand jardin botanique. Un groupe de soldats se tenaient là, avec quelques auxiliaires ukrainiens, et faisaient rôtir un cochon entier sur une énorme broche. Ça sentait très bon, les Juifs en passant contemplaient le cochon avec envie, et les soldats riaient, se moquaient d'eux. Je m'arrêtai et descendis de la voiture. Les gens affluaient de toutes les rues transversales et venaient rejoindre le flot central, des rivières se jetant dans un fleuve. Périodiquement, la colonne interminable s'arrêtait, puis repartait avec un heurt. Devant moi, des vieilles avec des guirlandes d'oignons au cou tenaient par la main des gamins morveux, je remarquai une petite fille debout entre plusieurs bocaux de conserves plus grands qu'elle. Il me semblait y avoir principalement des vieux et des enfants, mais c'était difficile à juger : les hommes valides avaient dû rejoindre l'Armée rouge, ou alors fuir. Sur la droite, devant le jardin botanique, un cadavre gisait dans le caniveau, un bras replié sous le visage ; les gens défilaient à côté sans le regarder. Je m'approchai des soldats attroupés autour du cochon : « Que s'est-il passé ? » Un Feldwebel me salua et répondit : « Un agitateur, Herr Obersturmführer. Il criait, il excitait la foule en racontant des calomnies sur la Wehrmacht. On lui a dit de se taire, mais il continuait à crier. » Je regardai de nouveau la foule : les gens paraissaient calmes, un peu inquiets peut-être, mais passifs. Par mon réseau d'indicateurs, j'avais contribué à répandre des rumeurs : les Juifs partaient en Palestine, ils partaient au ghetto, en Allemagne pour travailler. Les autorités locales mises en place par la Wehrmacht s'étaient de leur côté activées pour éviter la panique. Je savais que des bruits de massacre couraient aussi, mais toutes ces rumeurs s'annulaient, les gens ne devaient plus savoir que croire, et alors on pouvait compter sur leurs souvenirs de l'occupation allemande de 1918, sur leur confiance en l'Allemagne, et sur l'espoir aussi, *le vil espoir*.

Je repartis. Je n'avais rien indiqué à mon chauffeur mais il suivait le flot des Juifs, vers la Melnikova. On ne voyait toujours presque aucun soldat allemand ; il y avait juste quelques points de contrôle à des carrefours, comme à l'angle du jardin botanique ou un autre là où l'Artyoma rejoint la Melnikova. Là, j'assistai à mon premier incident de la journée :

des Feldgendarmes battaient plusieurs Juifs barbus, aux longues papillotes frisées devant les oreilles, des rabbins peut-être, vêtus uniquement
de chemises. Ils étaient rouges de sang, leurs chemises en étaient trempées, des femmes criaient, il y avait de grands remous dans la foule. Puis
les Feldgendarmes se saisirent de ces rabbins et les emmenèrent. J'étudiai les gens : ils savaient que ces hommes allaient mourir, cela se voyait
à leurs regards angoissés ; mais ils espéraient encore que ce ne serait que
les rabbins, les pieux.

Au bout de la Melnikova, devant le cimetière juif, des obstacles antichars et des barbelés rétrécissaient la chaussée, gardés par des soldats
de la Wehrmacht et des Polizei ukrainiens. Le cordon commençait là ;
passé ce goulot, les Juifs ne pouvaient plus faire demi-tour. La zone de
triage se situait un peu plus loin, sur la gauche, au terrain vague devant
l'immense cimetière chrétien de Lukyanovskoe. Un long mur de
briques rouges, assez bas, bordait la nécropole ; derrière, de grands
arbres barraient le ciel, à moitié dénudés ou bien encore rouge et jaune.
De l'autre côté de la rue Degtiarovska, on avait installé une rangée de
tables devant lesquelles on faisait défiler les Juifs. Je retrouvai là plusieurs de nos officiers : « Ça a déjà commencé ? » Häfner fit un signe de
la tête vers le nord : « Oui, ça fait plusieurs heures déjà. Vous étiez où ?
Le Standartenführer est furieux. » Derrière chaque table se tenait un
sous-officier du Kommando, flanqué d'un traducteur et de plusieurs soldats ; à la première, les Juifs devaient remettre leurs papiers, à la
seconde leur argent, leurs valeurs et leurs bijoux, ensuite les clefs de
leurs appartements, étiquetées de manière lisible, et enfin leurs vêtements et leurs chaussures. Ils devaient se douter de quelque chose, mais
ils ne disaient rien ; de toute façon, la zone était scellée derrière le cordon. Certains Juifs tentaient de discuter avec les Polizei, mais les Ukrainiens criaient, les frappaient, les renvoyaient dans la queue. Un vent
pinçant soufflait, j'avais froid, je regrettais de ne pas avoir pris mon
pull-over ; de temps en temps, quand le vent se levait, on pouvait distinguer une faible pétarade ; la plupart des Juifs ne semblaient pas le
remarquer. Derrière la rangée des tables, nos Askaris entassaient par
ballots entiers les vêtements confisqués dans des camions ; les véhicules
repartaient vers la ville, où nous avions installé un centre de tri. J'allai
examiner la pile des papiers, jetés en vrac au milieu du terrain pour être
brûlés plus tard. Il y avait là des passeports déchirés, des livrets de travail, des cartes de syndicats ou de rationnement, des photos de famille ;
le vent emportait les feuillets les plus légers, la place en était couverte.
Je contemplai quelques photographies : des clichés, des portraits de stu-

dio, d'hommes, de femmes et d'enfants, de grands-parents et de bébés joufflus ; parfois, une prise de vue de vacances, du bonheur et de la normalité de leur vie d'avant tout ça. Cela me rappelait une photographie que je gardais dans mon tiroir, à côté de mon lit, au collège. C'était le portrait d'une famille prussienne d'avant la Grande Guerre, trois jeunes junkers en uniforme de cadets et sans doute leur sœur. Je ne me souviens plus où je l'avais trouvée, peut-être lors d'une de nos rares sorties, chez un brocanteur ou un marchand de cartes postales. À cette époque, j'étais très malheureux, j'avais été placé de force dans cet affreux pensionnat à la suite d'une grande transgression (ceci se passait en France, où nous étions partis quelques années après la disparition de mon père). La nuit, je détaillais cette photo des heures durant, à la lumière de la lune ou sous les couvertures avec une petite lampe de poche. Pourquoi, me demandais-je, ne pouvais-je pas avoir grandi dans une famille parfaite comme celle-là, plutôt que dans cet enfer corrompu ? Les familles juives des photos éparpillées semblaient elles aussi heureuses ; l'enfer, pour eux, c'était ici, maintenant, et le passé disparu, ils ne pouvaient que le regretter. Au-delà des tables, les Juifs en sous-vêtements tremblaient de froid ; des Polizei ukrainiens séparaient les hommes et les garçons des femmes et des petits enfants ; les femmes, les enfants et les vieillards, on les chargeait dans des camions de la Wehrmacht pour les transporter au ravin ; les autres devaient s'y rendre à pied. Häfner m'avait rejoint. « Le Standartenführer vous cherche. Faites attention, il est vraiment en rogne. » — « Pourquoi ? » — « Il en veut à l'Obergruppenführer de lui avoir imposé ses deux bataillons de police. Il pense que l'Obergruppenführer veut prendre tout le crédit pour l'*Aktion*. » — « Mais c'est idiot. » Blobel arrivait, il avait bu et son visage luisait. Dès qu'il me vit il se mit à m'insulter de manière grossière : « Qu'est-ce que vous foutez ? Ça fait des heures qu'on vous attend. » Je le saluai : « Herr Standartenführer ! Le SD a ses propres tâches. J'examinais le dispositif, pour prévenir tout incident. » Il se calma un peu : « Et alors ? » grommela-t-il. — « Tout semble en ordre, Herr Standartenführer. » — « Bon. Allez là-haut. Le Brigadeführer veut voir tous les officiers. »

Je repris mon véhicule et suivis les camions ; à l'arrivée, les Polizei faisaient descendre les femmes et les enfants, qui rejoignaient les hommes arrivant à pied. De nombreux Juifs, en marchant, chantaient des chants religieux ; peu tentaient de s'enfuir, ceux-là étaient vite arrêtés par le cordon ou abattus. De la crête, on entendait nettement les rafales, et les femmes surtout commençaient à paniquer. Mais elles ne pouvaient rien faire. On les divisait en petits groupes et un sous-officier assis à une table les comptait ; puis nos Askaris les prenaient et les menaient par-dessus la lèvre du ravin. Après chaque série de coups de feu, un autre groupe partait, cela allait très rapidement. Je contournai le ravin par l'ouest pour rejoindre les autres officiers, qui s'étaient postés en haut du versant nord. De là, le ravin s'étendait devant moi : il devait avoir une cinquantaine de mètres de large et peut-être une trentaine de profon-deur, et courait sur plusieurs kilomètres ; le petit ruisseau, au fond, rejoignait là-bas le Syrets, qui donnait son nom au quartier. On avait posé des planches sur ce ruisseau pour que Juifs et tireurs puissent tra-verser facilement ; au-delà, dispersées un peu partout sur les flancs nus du ravin, se multipliaient de petites grappes blanches. Les « embal-leurs » ukrainiens entraînaient leurs charges vers ces tas et les forçaient à s'allonger dessus ou à côté ; les hommes du peloton s'avançaient alors et passaient le long des files de gens couchés presque nus, leur tirant à chacun une balle de mitraillette dans la nuque ; il y avait trois pelotons en tout. Entre les exécutions quelques officiers inspectaient les corps et administraient des coups de grâce au pistolet. Sur une hauteur, domi-nant la scène, se tenaient des groupes d'officiers SS et de la Wehr-macht. Jeckeln était là avec son entourage, flanqué du Dr. Rasch ; je reconnus aussi plusieurs haut gradés de la 6e armée. Je vis Thomas, qui me remarqua, mais ne me rendit pas mon salut. En face, les petits groupes dévalaient les flancs du ravin et rejoignaient les grappes de corps qui s'étendaient de plus en plus. Le froid devenait mordant, mais on faisait circuler du rhum, j'en bus un peu. Blobel déboula en voiture directement de notre côté du ravin, il avait dû faire le grand tour ; il buvait à une petite flasque et vitupérait, il criait que les choses n'allaient pas assez vite. Pourtant les cadences avaient été poussées au maximum. Les tireurs étaient relevés toutes les heures et ceux qui ne tiraient pas les approvisionnaient en rhum et remplissaient les chargeurs. Les offi-ciers parlaient peu, certains tentaient de cacher leur trouble. L'Orts-kommandantur avait fait venir une batterie de cuisine de campagne et un pasteur militaire préparait du thé pour réchauffer les Orpo et les membres du Sonderkommando. À l'heure du déjeuner, les officiers supérieurs retournèrent en ville, mais les officiers subalternes restèrent manger avec les hommes. Comme les exécutions devaient continuer sans pause on installa la cantine plus bas, dans une dépression d'où l'on ne voyait pas le ravin. Le groupe était responsable du ravitaillement ; quand on déballa les conserves, les hommes, apercevant des rations de boudin noir, se mirent à tempêter et à crier violemment. Häfner, qui venait de passer une heure à administrer des coups de grâce, hurlait en jetant les boîtes ouvertes à terre : « Mais qu'est-ce que c'est que ce bordel ? » ; derrière moi, un Waffen-SS vomissait bruyamment. Moi-même j'étais livide, la vue du boudin me renversait le cœur. Je me tournai vers Hartl, le Verwaltungsführer du groupe, et lui demandai comment il avait pu faire cela. Mais Hartl, planté dans sa culotte de cheval ridiculement large, restait indifférent. Alors je lui criai que c'était une honte : « Dans cette situation, on peut se passer d'une telle nourriture ! » Hartl me tourna le dos et s'éloigna ; Häfner rejetait les conserves dans un carton tandis qu'un autre officier, le jeune Nagel, essayait de me calmer : « Voyons, Herr Obersturmführer... » — « Non, ce n'est pas normal, on doit penser à des questions comme ça. C'est cela, sa responsabilité. » — « Absolument, grimaçait Häfner. Je vais aller chercher autre chose. » Quelqu'un me versa un gobelet de rhum que j'avalai d'une traite ; cela brûlait, cela faisait du bien. Hartl était revenu et braquait un doigt épais dans ma direction : « Obersturmführer, vous n'avez pas à me parler comme ça. » — « Et vous n'aviez pas à... à... à... », bégayai-je en indiquant les caisses renversées. — « Meine Herren ! aboya Vogt. Pas de scandale, je vous en prie. » Tout le monde était visiblement à bout de nerfs. Je m'éloignai et mangeai un peu de pain et un oignon cru ; derrière moi, les officiers discutaient avec animation. Un peu plus tard, les officiers supérieurs étaient revenus et Hartl avait dû faire un rapport, car Blobel vint me voir et me réprimanda au nom du Dr. Rasch : « Dans ces circonstances, on doit se comporter en officier. » Il me donna l'ordre, lorsque Janssen serait relevé dans le ravin, de le remplacer. « Vous avez votre arme ? Oui ? Pas de fillettes dans mon Kommando, vous comprenez ? » Il postillonnait, il était complètement ivre et ne se contrôlait presque plus. Un peu plus tard je vis remonter Janssen. Il me regardait d'un air mauvais : « À vous. » La paroi du ravin, là où je me tenais, était trop abrupte pour que je puisse descendre, je dus refaire le tour et entrer par le fond. Autour des corps, la terre sablonneuse s'imprégnait d'un sang noirâtre, le ruisseau aussi était noir de sang. Une odeur épouvantable d'excréments dominait celle du sang, beaucoup de gens déféquaient au moment de mourir ; heureusement, le vent soufflait fortement et chassait un peu ces effluves. Vu de près, les choses se passaient bien moins calmement : les Juifs qui arrivaient en haut du ravin, chassés par les Askaris et les Orpo, hurlaient de terreur en découvrant la scène, ils se débattaient, les « emballeurs » les frappaient à coups de schlague ou de câble métallique pour les obliger à descendre et à se coucher, même au sol ils criaient encore et tentaient de se redresser, et les enfants s'accrochaient à la vie autant que les adultes, ils se relevaient d'un bond et filaient jusqu'à ce qu'un « emballeur » les rattrape et les assomme, souvent les coups partaient à côté et les gens n'étaient que blessés, mais les tireurs n'y prêtaient pas attention et passaient déjà à la victime suivante, les blessés roulaient, se tordaient, gémissaient de douleur, d'autres, au contraire, sous le choc, se taisaient et restaient paralysés, les yeux écarquillés. Les hommes allaient et venaient, ils tiraient coup sur coup, presque sans relâche. Moi, j'étais pétrifié, je ne savais pas ce qu'il fallait faire. Grafhorst arriva et me secoua par le bras : « Obersturmführer ! » Il pointa son pistolet vers les corps. « Essayez d'achever les blessés. » Je sortis mon pistolet et me dirigeai vers un groupe : un très jeune homme beuglait de douleur, je dirigeai mon pistolet vers sa tête et appuyai sur la détente, mais le coup ne partit pas, j'avais oublié de relever la sûreté, je l'ôtai et lui tirai une balle dans le front, il sursauta et se tut subitement. Pour atteindre certains blessés, il fallait marcher sur les corps, cela glissait affreusement, les chairs blanches et molles roulaient sous mes bottes, les os se brisaient traîtreusement et me faisaient trébucher, je m'enfonçais jusqu'aux chevilles dans la boue et le sang. C'était horrible et cela m'emplissait d'un sentiment grinçant de dégoût, comme ce soir en Espagne, dans la latrine avec les cafards, j'étais encore jeune, mon beau-père nous avait offert des vacances en Catalogne, nous dormions dans un village, et une nuit j'avais été pris de coliques, je courus à la latrine au fond du jardin, m'éclairant avec une lampe de poche, et le trou, propre la journée, grouillait d'énormes cafards bruns, cela m'épouvanta, je tentai de me retenir et revins me coucher, mais les crampes étaient trop fortes, il n'y avait pas de pot de chambre, je chaussai mes grosses bottes de pluie et retournai à la latrine, me disant que je pourrais chasser les cafards à coups de pied et faire vite, je passai la tête par la porte en éclairant le sol, puis je remarquai un reflet sur le mur, j'y dirigeai le faisceau de ma lampe, le mur aussi grouillait de cafards, tous les murs, le plafond aussi, et la planche au-dessus de la porte, je tournai lentement ma tête passée par la porte et ils étaient là aussi, une masse noire, grouillante, et alors je retirai lentement ma tête, très lentement, et je rentrai à ma chambre et me retins jusqu'au matin. Marcher sur les corps des Juifs me donnait le même sentiment, je tirais presque au hasard, sur tout ce que je voyais gigoter, puis je me ressaisis et essayai de faire attention, il fallait quand même que les gens souffrent lc moins possible, mais de toute façon je ne pouvais achever que les derniers, en dessous déjà il y avait d'autres blessés, pas encore morts, mais qui le seraient bientôt. Je n'étais pas le seul à perdre contenance, certains des tireurs aussi tremblaient et buvaient entre les fournées. Je remarquai un jeune Waffen-SS, je ne connaissais pas son nom : il commençait à tirer n'importe comment, sa mitraillette à la hanche, il riait affreusement et vidait son chargeur au hasard, un coup à gauche, puis à droite, puis deux coups puis trois, comme un enfant qui suit le tracé du pavé selon une mystérieuse topographie interne. Je m'approchai de lui et le secouai, mais il continuait à rire et à tirer juste devant moi, je lui arrachai la mitraillette et le giflai, puis l'envoyai vers les hommes qui rechargeaient les magasins ; Grafhorst m'expédia un autre homme à la place et je lui lançai la mitraillette en criant : « Et fais ça proprement, compris ?!! » Près de moi, on amenait un autre groupe : mon regard croisa celui d'une belle jeune fille, presque nue mais très élégante, calme, les yeux emplis d'une immense tristesse. Je m'éloignai. Lorsque je revins elle était encore vivante, à moitié retournée sur le dos, une balle lui était sortie sous le sein et elle haletait, pétrifiée, ses jolies lèvres tremblaient et semblaient vouloir former un mot, elle me fixait avec ses grands yeux surpris, incrédules, des yeux d'oiseau blessé, et ce regard se planta en moi, me fendit le ventre et laissa s'écouler un flot de sciure de bois, j'étais une vulgaire poupée et ne ressentais rien, et en même temps je voulais de tout mon cœur me pencher et lui essuyer la terre et la sueur mêlées sur son front, lui caresser la joue et lui dire que ça allait, que tout irait pour le mieux, mais à la place je lui tirai convulsivement une balle dans la tête, ce qui après tout revenait au même, pour elle en tout cas si ce n'était pour moi, car moi à la pensée de ce gâchis humain insensé j'étais envahi d'une rage immense, démesurée, je continuais à lui tirer dessus et sa tête avait éclaté comme un fruit, alors mon bras se détacha de moi et partit tout seul dans le ravin, tirant de part et d'autre, je lui courais après, lui faisant signe de m'attendre de mon autre bras, mais il ne voulait pas, il me narguait et tirait sur les blessés tout seul, sans moi, enfin, à bout de souffle, je m'arrêtai et me mis à pleurer. Maintenant, pensais-je, c'est fini, mon bras ne reviendra jamais, mais à ma grande surprise il se trouvait de nouveau là, à sa place, solidement attaché à mon épaule, et Häfner s'approchait de moi et me disait : « C'est bon, Obersturmführer. Je vous remplace. »

Je remontai et l'on me donna du thé ; la chaleur du liquide me réconforta un peu. La lune, aux trois quarts pleine, s'était levée et pendait dans le ciel gris, pâle et à peine visible. On avait érigé une petite cahute pour les officiers. J'entrai et allai m'asseoir sur un banc au fond, fumer et boire mon thé. Il y avait trois autres hommes dans cette cahute mais personne ne parlait. En bas, les salves continuaient à crépiter :

inlassable, méthodique, le gigantesque dispositif que nous avions mis en place continuait à détruire ces gens. Il semblait que cela ne s'arrêterait jamais. Depuis les débuts de l'histoire humaine, la guerre a toujours été perçue comme le plus grand mal. Or nous, nous avions inventé quelque chose à côté de quoi la guerre en venait à sembler propre et pure, quelque chose à quoi beaucoup déjà cherchaient à échapper en se réfugiant dans les certitudes élémentaires de la guerre et du front. Même les boucheries démentielles de la Grande Guerre, qu'avaient vécues nos pères ou certains de nos officiers plus âgés, paraissaient presque propres et justes à côté de ce que nous avions amené au monde. Je trouvais cela extraordinaire. Il me semblait qu'il y avait là quelque chose de crucial, et que si je pouvais le comprendre alors je comprendrais tout et pourrais enfin me reposer. Mais je n'arrivais pas à penser, mes pensées s'entrechoquaient, se réverbéraient dans ma tête comme le fracas de rames de métro passant les stations l'une derrière l'autre, dans toutes les directions et à tous les niveaux. De toute façon personne n'avait cure de ce que je pouvais penser. Notre système, notre État se moquait profondément des pensées de ses serviteurs. Cela lui était indifférent que l'on tue les Juifs parce qu'on les haïssait ou parce qu'on voulait faire avancer sa carrière ou même, dans certaines limites, parce qu'on y prenait du plaisir. Tout comme cela lui était indifférent que l'on ne haïsse pas les Juifs et les Tsiganes et les Russes qu'on tuait, et que l'on ne prenne absolument aucun plaisir à les éliminer, aucun plaisir du tout. Cela lui était même indifférent, au fond, que l'on refuse de les tuer, aucune sanction ne serait prise, car il savait bien que le réservoir des tueurs disponibles était sans fond, il pouvait y puiser des hommes à volonté, et l'on pourrait tout aussi bien être assigné à d'autres tâches, plus en rapport avec ses talents. Schulz, par exemple, le Kommandant de l'Ek 5 qui avait demandé son remplacement après avoir reçu le *Führerbefehl*, venait enfin d'être relevé, et on disait qu'il avait obtenu un bon poste à Berlin, à la *Staatspolizei*. Moi aussi, j'aurais pu demander à partir, j'aurais sans doute même reçu une recommandation positive de Blobel ou du Dr. Rasch. Pourquoi donc ne le faisais-je pas ? Sans doute n'avais-je pas encore compris ce que je voulais comprendre. Le comprendrais-je jamais ? Rien n'était moins sûr. Une phrase de Chesterton me trottait par la tête : *Je n'ai jamais dit que l'on avait toujours tort d'entrer au pays des fées. J'ai seulement dit que c'était toujours dangereux.* C'était donc cela, la guerre, un pays des fées perverti, le terrain de jeux d'un enfant dément qui casse ses jouets en hurlant de rire, qui jette gaiement la vaisselle par les fenêtres ?

Un peu avant six heures, le soleil se coucha et Blobel ordonna un arrêt pour la nuit : les tireurs, de toute façon, n'y voyaient plus. Il tint une conférence rapide, debout derrière le ravin avec ses officiers, pour discuter des problèmes. Des milliers de Juifs attendaient encore sur la place et dans la Melnikova ; on en avait déjà fusillé, d'après les comptes, près de vingt mille. Plusieurs officiers se plaignaient du fait qu'on envoyait les condamnés par-dessus le bord du ravin : lorsqu'ils voyaient la scène à leurs pieds, ils paniquaient et devenaient difficiles à contrôler. Après discussion, Blobel décida de faire creuser, par les sapeurs de l'Ortskommandantur, des entrées dans les ravines qui menaient au ravin principal, et de faire venir les Juifs par là ; ainsi, ils ne verraient les corps qu'au dernier moment. Il ordonna aussi de faire recouvrir les morts de chaux. Nous regagnâmes nos quartiers. Sur la place devant Lukyanovskoe, des centaines de familles attendaient, assises sur leurs valises ou par terre. Certains avaient fait du feu et préparaient à manger. Dans la rue, c'était pareil : la queue remontait jusqu'à la ville, gardée par un mince cordon. Le lendemain matin, à l'aube, cela reprit. Mais je ne pense pas qu'il soit utile de poursuivre la description.

Le 1er octobre, tout était fini. Blobel fit dynamiter les flancs du ravin pour recouvrir les corps ; on attendait une visite du Reichsführer, il voulait que tout soit propre. En même temps les exécutions continuaient : des Juifs, encore, mais aussi des communistes, des officiers de l'Armée rouge, des marins de la flotte du Dniepr, des pillards, des saboteurs, des fonctionnaires, des bandéristes, des Tsiganes, des Tatars. Puis l'Einsatzkommando 5, dirigé maintenant, à la place de Schulz, par un Sturmbannführer Meier, arrivait à Kiev pour prendre en charge les exécutions et les tâches administratives ; notre propre Sonderkommando continuerait à avancer dans le sillage de la 6e armée, vers Poltava et Kharkov ; les jours suivant la Grande Action, je fus donc très occupé, car je devais transférer tous mes réseaux et mes contacts à mon successeur, le Leiter III de l'Ek 5. Il fallait aussi gérer les suites de l'action : nous avions collecté cent trente-sept camions de vêtements, destinés aux *Volksdeutschen* nécessiteux de l'Ukraine ; les couvertures iraient à la Waffen-SS pour un hôpital de campagne. Et puis il y avait les rapports à établir : Blobel m'avait rappelé l'ordre de Müller, et m'avait chargé de préparer une présentation visuelle de l'action. Himmler arriva enfin, en compagnie de Jeckeln, et nous gratifia le jour même d'un discours. Après nous avoir expliqué la nécessité d'éradiquer la population juive, afin *d'extirper le Bolchevisme à la racine*, il nota gravement qu'il était *conscient de la difficulté de la tâche* ; puis presque sans transition il nous exposa sa conception de l'avenir de l'Est allemand. Les Russes, au terme de la guerre, rejetés au-delà des Ourals, pourraient former une *Slavland* croupion ; bien entendu, ils chercheraient régulièrement à revenir ; pour les en empêcher, l'Allemagne établirait aux montagnes une ligne de villes-garnisons et de fortins, confiés à la Waffen-SS. Tous les jeunes Allemands seraient astreints à un service de deux ans dans la SS et seraient envoyés là-bas ; certes, il y aurait des pertes, mais ces petits conflits de basse intensité permanents permettraient à la Nation allemande de ne pas *sombrer dans la mollesse des vainqueurs*, et de préserver toute *la vigueur du guerrier*, vigilant et fort. Protégée par cette ligne, la terre russe et ukrainienne serait ouverte à la colonisation allemande, pour être développée par nos vétérans : chacun, *soldat-cultivateur comme ses fils*, gérerait une grande et riche propriété ; le travail des champs serait assuré par les hilotes slaves, et l'Allemand se bornerait à administrer. Ces fermes seraient disposées en constellation autour de petites villes de garnison et de marché ; quant aux affreuses villes industrielles russes, elles seraient à terme rasées ; Kiev, une très ancienne ville allemande nommée à l'origine *Kiroffo*, pourrait toutefois être épargnée. Toutes ces villes se verraient reliées au Reich par un réseau d'autostrades et de trains express à deux étages, avec des cabines-couchettes individuelles, pour lesquels on construirait des voies spéciales de plusieurs mètres de large ; ces vastes travaux seraient assurés par les Juifs restants et les prisonniers de guerre. Enfin la Crimée, autrefois terre gothe, tout comme les régions allemandes de la Volga et le centre pétrolier de Bakou, serait annexée au Reich pour devenir une terre de vacances et de loisirs, reliée directement à l'Allemagne, via Brest-Litovsk, par un express ; le Führer, après l'accomplissement de ses grands travaux, y viendrait prendre sa retraite. Ce discours frappa les esprits : clairement, même si pour moi la vision esquissée évoquait les fantastiques utopies d'un Jules Verne ou d'un Edgar Rice Burroughs, il y avait, élaboré dans des sphères raréfiées loin au-dessus de la nôtre, un *plan*, un *objectif final*.

Le Reichsführer profita aussi de l'occasion pour nous présenter le SS-Brigadeführer et Generalmajor der Polizei Dr. Thomas, venu avec lui pour remplacer le Dr. Rasch à la tête de l'Einsatzgruppe. Rasch, en effet, avait quitté Kiev le deuxième jour de l'action, sans même faire ses adieux : Thomas, comme toujours, avait anticipé les événements avec justesse. Les rumeurs allaient bon train ; on spéculait sur son conflit avec Koch, on racontait qu'il se serait effondré durant l'action. Le Dr. Thomas, qui avait la Croix de Fer et parlait le français, l'anglais, le

grec et le latin, était un homme d'une autre trempe ; médecin spécialisé
en psychiatrie, il avait quitté sa pratique pour le SD en 1934, par idéalisme et par conviction nationale-socialiste. J'eus rapidement l'occasion
de mieux le connaître car dès son arrivée il se mit à visiter tous les
bureaux du groupe et des Kommandos et à discuter individuellement
avec les officiers. Il semblait particulièrement préoccupé par les
troubles psychologiques des hommes et des officiers : comme il nous
l'expliqua, en présence du Leiter de l'Ek 5 qui reprenait mes dossiers et
de plusieurs autres officiers SD, il était impossible pour un homme sain
d'esprit d'être exposé à de telles situations durant des mois sans souffrir
de séquelles, parfois graves. En Lettonie, dans l'Einsatzgruppe A, un
Untersturmführer était devenu fou et avait tué plusieurs autres officiers
avant d'être abattu à son tour ; ce cas préoccupait profondément Himmler et la hiérarchie, et le Reichsführer avait demandé au Dr. Thomas, à
qui son ancienne spécialité conférait une sensibilité particulière au problème, de recommander des mesures. Le Brigadeführer promulgua
rapidement un ordre inédit : tous ceux qui ne pouvaient plus s'obliger à
tuer des Juifs, soit par conscience, soit par faiblesse, devaient se présenter au Gruppenstab pour se voir affecter à d'autres tâches ou même renvoyer en Allemagne. Cet ordre donna lieu à de vives discussions parmi
les officiers ; certains pensaient que reconnaître ainsi officiellement sa
faiblesse laisserait des traces dommageables dans son dossier personnel,
et grèverait toute chance de promotion ; d'autres au contraire se déclarèrent prêts à prendre le Dr. Thomas au mot, et demandèrent à partir.
D'autres encore, comme Lübbe, furent mutés sans avoir rien demandé,
sur l'avis des médecins des Kommandos. Les choses se calmaient un
peu. Pour mon rapport j'avais décidé, plutôt que de livrer des images en
vrac, de faire faire un album de présentation. Cela se révéla tout un travail. Un de nos Orpo, photographe amateur, avait pris plusieurs pellicules en couleurs durant les exécutions, et disposait aussi des produits
pour les développer ; je lui fis réquisitionner du matériel dans une
échoppe pour qu'il me prépare des tirages de ses meilleurs clichés. Je
collectai aussi des photographies en noir et blanc, et fis copier tous nos
rapports traitant de l'action sur beau papier, fourni par l'intendance du
XXIXᵉ corps. Un commis du Stab, de sa belle écriture officielle, calli-
graphia les légendes et une page de titre, portant la mention *La Grande
Action de Kiev*, et, en plus petit, *Rapports et documents* et les dates.
Parmi les *Arbeitjuden* spécialisés gardés au nouveau Lager de Syrets, je
dénichai un vieux cordonnier qui avait restauré des livres pour des
bureaux du Parti et même préparé des albums pour un congrès ; von

Radomski, le commandant du camp, me le prêta pour quelques jours, et, avec une peau de cuir noir prélevée sur les biens confisqués, il me relia les rapports et les planches de photographies, sous une couverture frappée de l'insigne Sk 4a en repoussé. Puis je présentai le livre à Blobel. Il était ravi; il le feuilletait, s'extasiait sur la reliure et la calligraphie : « Ah, comme je voudrais en avoir un pareil, en souvenir. » Il me félicita et m'assura qu'il serait transmis au Reichsführer, voire au Führer lui-même; le Kommando entier pourrait en tirer une grande fierté. Je ne pense pas qu'il considérait cet album comme moi : pour lui, c'était un trophée; pour moi, plutôt une remémoration amère, un rappel solennel. J'en discutai le soir avec une nouvelle connaissance, un ingénieur de la Wehrmacht nommé Osnabrugge. Je l'avais rencontré au casino des officiers, lorsqu'il m'avait offert à boire; il s'était révélé intéressant, et je prenais plaisir à discuter avec lui. Je lui parlai de l'album et il eut cette réflexion curieuse : « Chaque homme doit faire son travail avec amour. » Osnabrugge était diplômé d'une université polytechnique de Rhénanie, spécialisé en travaux de pontage; sa vocation le passionnait, il en parlait avec éloquence : « Vous comprenez, j'ai été formé avec un sentiment de mission culturelle. Un pont, c'est une contribution littérale et matérielle à la communauté, cela crée de nouvelles routes, de nouveaux liens. Et puis, c'est d'une beauté. Pas seulement à regarder : si vous pouviez comprendre les calculs, les tensions et les forces, les arches et les câbles, comment tout cela s'équilibre par le jeu des mathématiques ! » Or lui-même n'avait jamais construit de pont : il avait dessiné des projets, mais aucun n'avait été réalisé. Puis la Wehrmacht l'avait envoyé ici pour expertiser les destructions de ponts par les Soviétiques. « C'est fascinant, voyez-vous. De même qu'aucun pont n'est jamais construit de la même façon, aucun pont ne saute de la même façon. Il y a toujours des surprises, c'est très instructif. Mais quand même, ça me désole de voir ça. Ce sont de si beaux ouvrages. Si vous voulez bien, je vous montrerai. » J'acceptai avec plaisir, j'étais un peu plus libre, maintenant. Il me fixa rendez-vous au pied du plus grand des ponts détruits du Dniepr et je l'y retrouvai un matin. « C'est vraiment impressionnant », commenta-t-il en scrutant les débris, poings sur les hanches, immobile. Cet immense pont métallique à arches, érigé juste sous les falaises de Petchersk, reposait sur cinq piliers massifs en pierre de taille; trois travées entières étaient à l'eau, coupées net par les charges; en face, deux sections tenaient encore. Les sapeurs du génie construisaient un ponton juste à côté, avec des poutrelles et des éléments en bois jetés sur de gros canots gonflables; ils avaient déjà traversé presque la moitié du fleuve. En attendant, le trafic s'effectuait par barges, et une foule attendait sur la grève, militaires et civils. Osnabrugge disposait d'un canot à moteur. Nous contournâmes le ponton en cours de construction et il accosta lentement aux poutrelles tordues du pont effondré. « Vous voyez, m'indiquait-il en désignant les piliers, là, ils ont même fait tomber l'arche de soutènement, mais là-bas, non. En fait ce n'était pas la peine, il suffisait de sectionner les éléments porteurs et tout le reste partait. Ils ont fait du zèle. » — « Et les piliers ? » — « Tous bons, sauf peut-être celui du milieu. On est en train de voir ça. De toute façon on le reconstruira certainement, mais pas tout de suite. » Je regardai autour de moi tandis qu'Osnabrugge me signalait encore des détails. Au sommet des falaises boisées, transformées par l'automne en flambée orange et jaune, avec des touches de rouge vif comme semées au hasard, les coupoles dorées de la *lavra* étincelaient au soleil. La ville se cachait derrière et l'on ne voyait aucune habitation de ce côté-là. Plus bas, en aval, deux autres ponts démolis barraient le fleuve. La rivière coulait paresseusement entre les poutrelles à moitié immergées ; devant nous, une barge chargée de paysannes en foulards bariolés et de soldats encore assoupis avançait posément. En contemplant les longues algues ondoyant sous la surface je fus pris comme d'un dédoublement de la vision : je distinguais nettement les algues et en même temps je croyais voir de grands corps de hussards napoléoniens, en uniforme vert pomme, vert bouteille ou jaune, avec cocardes et plumes d'autruches ondulées, dérivant avec le courant. Ce fut très intense et je dus prononcer le nom de l'empereur car Osnabrugge reprit soudainement : « Napoléon ? Justement, j'ai trouvé un livre sur Eblé avant de partir, vous savez, le chef des ingénieurs ? Un type admirable. Presque le seul, à part Ney, qui se soit mouillé, c'est le cas de le dire, le seul des officiers supérieurs de Napoléon qui soit mort, aussi. À Königsberg, à la fin de l'année, des suites de ses travaux de pontage sur la Berezina. » — « Oui, la Berezina, c'est connu. » — « Nous, on l'a dépassée en moins d'une semaine. Vous saviez qu'Eblé y avait fait construire deux ponts ? Un pour les hommes et un pour le matériel roulant, dont les officiers en carriole, bien sûr. » Nous repartions vers la berge. « Vous devriez lire Hérodote, lui dis-je. Il a de belles histoires de ponts aussi. » — « Oh, je connais ça, je connais. » Il désigna le ponton du génie : « Les Perses construisaient déjà sur des bateaux, comme cela. » Il fit une moue. « Mieux, sans doute. » Il me laissa sur la grève et je lui serrai amicalement la main. « Merci pour l'expédition. Ça m'a fait un grand bien. À bientôt, alors ! » — « Oh, je ne sais pas. Je dois partir demain pour

Dniepropetrovsk. J'ai vingt-trois ponts à voir en tout, figurez-vous !
Mais on se recroisera certainement un jour. »

Mon anniversaire tombe le 10 octobre et cette année-là Thomas
m'avait invité à dîner. À la fin de l'après-midi, plusieurs officiers vinrent
avec une bouteille de cognac me présenter leurs félicitations et nous
bûmes quelques verres. Thomas nous rejoignit de très bonne humeur,
leva un toast à ma santé, puis me tira de côté en me serrant la main :
« Mon cher, je t'apporte une bonne nouvelle en guise de cadeau : tu vas
être promu. C'est encore un secret, mais j'ai vu les papiers chez Hartl.
Le Reichsführer, après l'*Aktion*, a demandé au Gruppenchef de lui soumettre une liste des hommes et des officiers méritants. Ton album a fait
très bonne impression et ton nom a été mis sur la liste. Je sais que Hartl
a essayé de s'y opposer, il ne t'a toujours pas pardonné tes mots durant
l'*Aktion*, mais Blobel t'a soutenu. Tu ferais bien d'ailleurs d'aller
t'excuser auprès de Hartl un de ces jours. » — « C'est hors de question.
C'est bien plutôt à lui de venir s'excuser. » Il rit et haussa les épaules :
« Comme tu veux, Hauptsturmführer. Mais ton attitude ne te facilite
pas la vie. » Je m'assombris : « Mon attitude est celle d'un officier SS et
d'un national-socialiste. Que ceux qui peuvent en dire autant viennent
me faire des reproches. » Je changeai de sujet : « Et toi ? » — « Quoi,
moi ? » — « Tu ne vas pas être promu, toi ? » Il sourit largement : « Je
ne sais pas. Tu verras bien. » — « Attention ! Je te rattrape. » Il rit et je
ris avec lui. « Ça m'étonnerait », dit-il.

La ville reprenait lentement vie. Après avoir rebaptisé les rues principales — la Khrechtchatik était devenue l'Eichhornstrasse, en honneur
du général allemand entré à Kiev en 1918, le boulevard Chevtchenko la
Rovnoverstrasse, l'Artyoma la Lembergstrasse, et ma préférée, la Tche-
kistova, une vulgaire Gotenstrasse —, l'Ortskommandantur avait autorisé quelques restaurants privés à ouvrir ; le meilleur d'entre eux,
disait-on, était tenu par un *Volksdeutscher* d'Odessa qui avait repris
à son compte la cantine pour hauts fonctionnaires du Parti où il travaillait comme cuisinier. Thomas y avait fait réserver une table. Tous les
clients étaient des officiers allemands, à part deux cadres ukrainiens qui
discutaient avec des officiers de l'AOK : je reconnus Bahazy, le
« maire » de Kiev mis en place par Eberhard ; le SD le soupçonnait de
corruption massive, mais il soutenait Melnyk et von Reichenau avait
donné son accord, et nous avions fini par retirer nos objections. D'épais
rideaux en faux velours masquaient les fenêtres, une bougie éclairait
chaque alcôve ; on nous plaça dans un coin, un peu en retrait, et on nous
apporta des zakouski ukrainiens — cornichons, ail mariné et lard

fumé — avec de la vodka au miel et au poivre, glacée. Nous bûmes des toasts en grignotant les zakouski et en bavardant. « Alors, rigolait Thomas, t'es-tu laissé tenter par l'offre du Reichsführer, comptes-tu t'installer comme gentleman-farmer ? » — « Je ne pense pas ! Je ne suis pas très doué pour les travaux des champs. » Déjà Thomas passait à la Grande Action : « C'était vraiment très dur, très désagréable, commentait-t-il. Mais c'était nécessaire. » Je ne voulais pas poursuivre : « Qu'est-ce qui est arrivé à Rasch, alors ? » demandai-je. — « Oh, lui ! J'étais sûr que tu allais me le demander. » Il tira une petite liasse de feuilles pliées de la poche de sa tunique : « Tiens, lis ça. Mais motus, hein ? » C'était un rapport sur papier à en-tête du groupe, signé par Rasch, et daté de quelques jours avant la *Grosse Aktion*. Je le parcourus rapidement ; à la fin, Rasch exprimait le doute que tous les Juifs puissent être éliminés, et soulignait qu'ils n'étaient pas le seul danger : *L'appareil bolchevique est loin d'être identique à la population juive. Dans de telles conditions nous manquerons l'objectif de la sécurité politique si nous remplaçons la tâche principale, qui est de détruire la machine communiste, par celle, relativement plus aisée, d'éliminer les Juifs.* Il insistait aussi sur l'impact négatif, pour la reconstruction de l'industrie ukrainienne, de la destruction des Juifs, et proposait de manière argumentée la mise en œuvre à grande échelle de la force de travail juive. Je rendis le rapport à Thomas, qui le replia soigneusement et le rempocha. « Je vois », dis-je en pinçant les lèvres. « Mais tu reconnaîtras qu'il n'a pas tout à fait tort. » — « Bien entendu ! Mais ça ne sert à rien de piquer des coups de gueule. Ça ne fait rien avancer. Souviens-toi de ton rapport de 39. Le Brigadeführer Thomas, lui, a fait dynamiter des synagogues parisiennes par des extrémistes français. La Wehrmacht l'a viré de France, mais le Reichsführer était ravi. » La vodka était finie et on débarrassait ; puis on nous apporta du vin français, du bordeaux. « Mais où ont-ils déniché ça ? » m'étonnai-je. — « Une petite surprise : je me les suis fait envoyer de France par un ami. Imagine-toi, elles sont arrivées indemnes. Il y en a deux. » J'étais très touché ; dans les circonstances présentes, c'était vraiment un beau geste. Je goûtai le vin avec volupté. « Je l'ai bien laissé reposer, nota Thomas. Ça change de la piquette moldave, n'est-ce pas ? » Il leva son verre : « Tu n'es pas le seul à fêter ton anniversaire, je crois. » — « C'est vrai. » Thomas était un de mes rares collègues à savoir que j'avais une sœur jumelle ; d'ordinaire, je n'en parlais pas, mais il l'avait remarqué à l'époque dans mon dossier, et je lui avais tout expliqué. « Cela fait combien de temps que tu ne l'as pas vue ? » — « Bientôt sept ans. »

— « Et tu as des nouvelles ? » — « De temps à autre. Rarement en fait. » — « Elle vit toujours en Poméranie ? » — « Oui. Ils vont régulièrement en Suisse. Son mari passe pas mal de temps dans les sanatoriums. » — « Elle a eu des enfants ? » — « Je ne pense pas. Ça m'étonnerait. Je ne sais pas si son mari en est même capable. Pourquoi ? » Il leva de nouveau son verre : « À sa santé, alors ? » — « À sa santé. » Nous bûmes en silence, on nous apportait les plats, nous mangeâmes en bavardant agréablement. Après le repas Thomas fit ouvrir la seconde bouteille et tira deux cigares de sa vareuse. « Maintenant ou avec le cognac ? » Je rosis de plaisir, mais en même temps je me sentais vaguement gêné : « Tu es un vrai magicien, dis. Fumons-les avec le cognac, mais finissons d'abord le vin. » La discussion se porta sur la situation militaire. Thomas était très optimiste : « Ici, en Ukraine, ça avance bien. Von Kleist fonce sur Melitopol et Kharkov va tomber dans une semaine ou deux. Quant à Odessa, c'est du jour au lendemain. Mais surtout, l'offensive sur Moscou est en train de tout enfoncer. Depuis la jonction de Hoth et de Hoepner, à Vyazma, on a encore fait un demi-million de prisonniers ! L'Abwehr parle de trente-neuf divisions anéanties. Les Russes ne pourront jamais supporter ce niveau de pertes. Et puis, Guderian est déjà presque à Mtsensk et rejoindra bientôt les autres. C'était un vrai coup de génie du Führer, d'envoyer Guderian ici finir Kiev, puis de le renvoyer sur Moscou. Les Rouges n'y ont rien compris. À Moscou, ça doit être la panique. Dans un mois on y est et après, la guerre est finie. » — « Oui, mais si on ne prend pas Moscou ? » — « On va prendre Moscou. » J'insistai : « Oui, mais si on ne la prend pas ? Qu'est-ce qui se passe ? Comment est-ce que la Wehrmacht passe l'hiver ? Tu as parlé aux gens de l'intendance ? Ils n'ont rien prévu pour l'hiver, rien. Nos soldats sont toujours en uniforme d'été. Même s'ils commencent dès maintenant à livrer des vêtements chauds, ils ne pourront jamais équiper les troupes proprement. C'est criminel ! Même si on prend Moscou, on va perdre des dizaines de milliers de types, juste de froid et de maladie. » — « Tu es un pessimiste. Je suis certain que le Führer a tout prévu. » — « Non. L'hiver n'est pas prévu. J'en ai discuté, à l'AOK, ils n'ont rien, ils n'arrêtent pas d'envoyer des messages à Berlin, ils sont catastrophés. » Thomas haussa les épaules : « On s'en sortira. À Moscou, on trouvera tout ce qu'il faut. » — « Tu peux être sûr que les Russes détruiront tout avant de se retirer. Et puis si on ne prend pas Moscou ? » — « Pourquoi veux-tu qu'on ne prenne pas Moscou ? Les Rouges sont incapables de résister à nos panzers. Ils ont mis tout ce qu'ils avaient à Vyazma et on les a écrasés. » — « Oui, parce que le beau temps tient. Mais d'un jour à l'autre les pluies vont commencer. À Uman, il a même déjà neigé ! » Je m'échauffais, je sentais le sang me monter au visage. « Tu as vu cet été ce qui se passe quand il pleut un jour, deux jours ? Là, ça va durer deux ou trois semaines. Chaque année, en cette saison, le pays entier s'arrête, depuis toujours. Alors les armées devront s'arrêter aussi. Et après, ça sera le froid. » Thomas me fixait d'un air narquois ; mes joues brûlaient, je devais être rouge. « Tu es devenu un vrai expert militaire, ma parole », commenta-t-il. — « Pas du tout. Mais à force de passer ses journées avec des soldats on apprend des choses. Et puis je lis. Par exemple, j'ai lu un livre sur Charles XII. » Je gesticulais maintenant. « Tu vois Romny ? Dans la région où Guderian a fait sa jonction avec von Kleist ? Eh bien, c'est là que Charles XII avait son QG, en décembre 1708, un peu avant Poltava. Lui et Pierre manœuvraient avec des troupes chères, qu'il fallait économiser, ils dansaient l'un autour de l'autre depuis des mois. Puis à Poltava Pierre égratigne les Suédois et tout de suite ils se retirent. Mais ça, c'est encore la guerre féodale, la guerre de seigneurs soucieux d'honneur et surtout égaux entre eux, et donc leur guerre reste au fond courtoise, une sorte de jeu cérémonial ou une parade, presque du théâtre, en tout cas pas trop meurtrière. Alors qu'après, quand le sujet du roi, manant ou bourgeois, devient un citoyen, c'est-à-dire quand l'État se démocratise, là, la guerre, tout à coup, devient totale et terrible, elle devient sérieuse. C'est pour ça que Napoléon a écrasé toute l'Europe : pas parce que ses armées étaient plus nombreuses ou parce qu'il était plus fin stratège que ses adversaires, mais parce que les vieilles monarchies lui faisaient encore la guerre à l'ancienne, de manière limitée. Alors que lui ne faisait déjà plus une guerre limitée. La France de Napoléon est *ouverte aux talents*, comme on disait, les citoyens participent à l'administration, et l'État régule mais c'est le peuple qui est souverain ; ainsi cette France-là fait naturellement une guerre totale, avec toutes ses forces mises en jeu. Et ce n'est que lorsque ses ennemis l'ont compris et ont commencé à faire la même chose, que Rostoptchine brûle Moscou et qu'Alexandre soulève les Cosaques et les paysans pour harceler la Grande Armée durant la retraite, que la chance a tourné. Dans la guerre de Pierre Ier et de Charles XII, on ne risque qu'une petite mise : si on la perd, on arrête de jouer. Mais quand c'est la Nation entière qui fait la guerre, elle joue tout et doit miser encore et encore jusqu'à la banqueroute totale. Et c'est ça le problème. Si on ne prend pas Moscou, on ne pourra pas arrêter et négocier une paix raisonnable. Donc on devra continuer. Mais veux-tu que je te dise le fond de ma pensée ? Pour nous, cette guerre, c'est un pari. Un pari gigantesque, qui engage toute la Nation, tout le *Volk*, mais un pari quand même. Et un pari, tu le gagnes ou tu le perds. Les Russes, eux, ne peuvent pas s'offrir ce luxe. Pour eux ce n'est pas un pari, c'est une catastrophe qui s'est abattue sur leur pays, un fléau. Et tu peux perdre un pari, mais tu ne peux pas perdre devant un fléau, tu es obligé de le surmonter, tu n'as pas le choix. » J'avais débité tout cela d'une traite, rapidement, reprenant à peine mon souffle. Thomas se taisait, il buvait son vin. « Et encore une chose, ajoutai-je vivement. Je te le dis à toi, à toi seulement. Le meurtre des Juifs, au fond, ne sert à rien. Rasch a absolument raison. Ça n'a aucune utilité économique ou politique, ça n'a aucune finalité d'ordre pratique. Au contraire c'est une rupture d'avec le monde de l'économie et de la politique. C'est le gaspillage, la perte pure. C'est tout. Et donc ça ne peut avoir qu'un sens : celui d'un sacrifice définitif, qui nous lie définitivement, nous empêche une fois pour toutes de revenir en arrière. Tu comprends ? Avec ça, on sort du monde du pari, plus de marche arrière possible. L'*Endsieg* ou la mort. Toi et moi, nous tous, nous sommes liés maintenant, liés à l'issue de cette guerre par des actes commis en commun. Et si on s'est trompés dans nos calculs, si on a sous-estimé le nombre d'usines que les Rouges ont montées ou déplacées derrière l'Oural, alors on est foutus. » Thomas finissait son vin. « Max, dit-il enfin, tu penses trop. C'est mauvais pour toi. Cognac ? » Je commençais à tousser et fis signe que oui de la tête. La toux continuait, par quintes, j'avais comme quelque chose de lourd bloqué au niveau du diaphragme, quelque chose qui ne voulait pas sortir, et j'eus un renvoi assez violent. Je me levai rapidement en m'excusant et filai vers l'arrière du restaurant. Je trouvai une porte, l'ouvris, elle donnait sur une cour intérieure. J'étais pris de haut-le-cœur terribles : enfin je vomis un peu. Cela me soulagea mais me laissa épuisé, je me sentais vidé, je dus m'appuyer quelques minutes contre une charrette rangée là, brancards en l'air. Puis je rentrai. J'allai trouver la serveuse et lui demandai de l'eau : elle m'apporta un seau, je bus un peu et me rinçai le visage. Puis je retournai m'asseoir. « Pardonnemoi. » — « Ça ne va pas ? Tu es malade ? » — « Non, ce n'est rien, juste un malaise. » Ce n'était pas la première fois. Mais je ne sais pas au juste quand ça avait commencé. À Jitomir, peut-être. Je n'avais vomi qu'une seule fois ou deux, mais, régulièrement, après les repas, j'étais pris de ces haut-le-cœur désagréables et fatigants, toujours précédés d'une toux sèche. « Tu devrais voir un médecin », dit Thomas. On avait servi les cognacs et je bus un peu. Je me sentais mieux. De nouveau, Thomas m'offrit un cigare ; je le pris, mais ne l'allumai pas tout de suite. Thomas avait l'air inquiet. « Max... Ce genre d'idées, garde-les pour toi. Tu pourrais t'attirer des ennuis. » — « Oui, je sais. Je t'en parle juste à toi, parce que tu es mon ami. » Je changeai abruptement de sujet : « Alors, as-tu déjà jeté ton dévolu ? » Il rit : « Pas eu le temps. Mais ça ne doit pas être trop compliqué. La serveuse n'est pas mal, tu avais remarqué ? » Je n'avais même pas regardé la serveuse. Mais je dis oui. « Et toi ? » demanda-t-il. — « Moi ? Tu as vu le travail qu'on a ? J'ai de la chance si je peux dormir, je n'ai pas d'heures de sommeil à perdre, moi. » — « Et en Allemagne ? Avant de venir ici ? On ne s'est pas beaucoup vus, depuis la Pologne. Et tu es un type discret. Tu n'as pas une gentille *Fräulein* cachée quelque part, qui t'écrit de longues lettres d'amour éplorées, "Max, Max, mon chéri, reviens vite, ah quelle misère la guerre" ? » Je ris avec lui et allumai mon cigare. Thomas fumait déjà le sien. J'avais certainement beaucoup bu et j'eus soudain envie de parler : « Non. Pas de *Fräulein*. Mais bien avant de te rencontrer, j'avais une fiancée. Mon amour d'enfance. » Je voyais qu'il était curieux : « Ah oui ? Raconte. » — « Il n'y a pas grand-chose à raconter. On s'aimait depuis qu'on était tout petits. Mais ses parents étaient contre. Son père, son beau-père plutôt, était un gros bourgeois français, un monsieur à principes. On a été séparés de force, mis dans des internats, loin l'un de l'autre. Elle m'écrivait des lettres désespérées en cachette, moi aussi. Et puis on m'a envoyé faire mes études à Paris. » — « Et tu ne l'as plus revue ? » — « Quelquefois, pendant les vacances, vers dix-sept ans. Et puis je l'ai revue une dernière fois, des années plus tard, juste avant de venir en Allemagne. Je lui ai dit que notre union serait indestructible. » — « Pourquoi tu ne l'as pas épousée ? » — « C'était impossible. » — « Et maintenant ? Tu as une bonne situation. » — « Maintenant c'est trop tard : elle est mariée. Tu vois, on ne peut pas faire confiance aux femmes. Ça finit toujours comme ça. C'est dégoûtant. » J'étais triste, amer, je n'aurais pas dû parler de ces choses. « Tu as raison, dit Thomas. Moi, c'est bien pour ça que je ne tombe jamais amoureux. D'ailleurs je préfère les femmes mariées, c'est plus sûr. Comment elle s'appelait, ta douce ? » Je fis un geste sec de la main : « C'est sans importance. » Nous restâmes en silence à fumer, en buvant nos cognacs. Thomas attendit que j'achève mon cigare pour se lever. « Allez, ne sois pas nostalgique. C'est ton anniversaire après tout. » Nous étions les derniers, la serveuse somnolait au fond de la salle. Dehors, notre chauffeur ronflait dans l'Opel. Le ciel de nuit luisait, la lune décroissante, nette et tranquille, jetait sa lueur blanche sur la ville détruite, silencieuse.

Je ne devais pas être le seul à me poser des questions. Une incertitude sourde mais profonde courait dans les rangs de la Wehrmacht. La coopération avec la SS restait excellente, mais la Grande Action avait provoqué des remous inquiets. Un nouvel ordre du jour de von Reichenau commençait à circuler, un texte cru et dur, démenti brutal aux conclusions de Rasch. Les doutes des hommes y étaient décrits comme *des idées vagues sur le système bolchevique. Le soldat dans les territoires de l'Est est non seulement un combattant selon les règles de l'art de la guerre*, écrivait-il, *mais aussi le porteur d'une idéologie nationale impitoyable et le vengeur des bestialités infligées à la Nation allemande et celles qui lui sont proches par la race. Ainsi, le soldat doit avoir une pleine compréhension pour la nécessité d'une vengeance sévère mais juste contre la Juiverie sous-humaine.* La pitié humaine devait être bannie : offrir à manger à un Slave de passage, peut-être un agent bolchevique, était de la pure irréflexion, *un acte humanitaire mal entendu.* Les villes seraient détruites, les partisans anéantis, les hésitants aussi. Ces idées, bien entendu, ne venaient pas toutes de von Reichenau, le Reichsführer devait lui avoir soufflé quelques passages, mais l'essentiel restait que cet ordre *travaillait en direction du Führer selon sa ligne et vers son but*, pour reprendre la si belle expression d'un obscur fonctionnaire du ministère de l'Agriculture prussien, et il était donc peu étonnant que le Führer en ait été ravi, qu'il l'ait fait distribuer à titre d'exemple à toutes les armées de l'Est. Mais je doutais que cela suffise à rasséréner les esprits. Le national-socialisme était une philosophie entière, totale, une *Weltanschauung*, comme nous disions ; chacun devait pouvoir s'y retrouver, il devait y avoir place pour tous. Or là, c'était comme si l'on avait forcé une ouverture dans ce tout et y avait engagé toutes les destinées du national-socialisme, par une voie unique et sans retour, et que tous devaient suivre, jusqu'au bout.

La fatalité des choses, à Kiev, ne faisait qu'accroître mon malaise. Dans le couloir du palais des jeunes vierges, je croisai une connaissance de Berlin : « Herr Sturmbannführer Eichmann ! Vous avez été promu. Mes félicitations ! » — « Ah, Doktor Aue. Justement je vous cherchais. J'ai un paquet pour vous. On me l'a remis au Prinz-Albrecht-Palais. » J'avais connu cet officier à l'époque où il montait les Bureaux centraux de l'émigration juive, pour Heydrich ; il passait souvent à mon département nous consulter sur des questions juridiques. Il était alors Obersturmführer ; maintenant, il arborait ses nouveaux galons au col d'un uniforme de ville noir qui tranchait sur notre feldgrau de campagne. Il se pavanait, on aurait dit un petit coq ; c'était curieux, il m'avait laissé le souvenir d'un fonctionnaire empressé et besogneux, je ne le reconnaissais pas. « Et qu'est-ce qui vous amène ici ? » lui demandai-je en l'introduisant dans mon bureau. — « Votre paquet, et j'en ai un autre pour un de vos collègues. » — « Non, je veux dire à Kiev. » Nous nous étions assis et il se pencha en avant avec un air de conspirateur : « Je suis venu voir le Reichsführer. » Il rayonnait visiblement de fierté et semblait avide de parler : « Avec mon Amtchef. Sur invitation spéciale. » Il se pencha à nouveau : il ressemblait ainsi à un oiseau de proie, petit, mais furtif. « J'ai dû présenter un rapport. Un rapport statistique. Établi par mes services. Vous savez que je dirige un *Referat*, maintenant ? » — « Non, je ne le savais pas. Je vous en félicite. » — « Le IV B 4. Pour les questions juives. » Il avait posé sa casquette sur mon bureau et tenait une serviette de cuir noir serrée sur ses genoux ; il tira un étui de la poche de sa tunique, en sortit de grosses lunettes, les chaussa, et ouvrit la serviette pour en extraire une large enveloppe, assez épaisse, qu'il me remit. « Voilà la bête. Bien entendu, je ne vous demande pas ce que c'est. » — « Oh, mais je peux vous le dire. Ce sont des partitions. » — « Vous êtes musicien ? Moi aussi, figurez-vous, un peu. Je joue du violon. » — « En fait non. C'était pour quelqu'un d'autre, mais entretemps il est mort. » Il ôta ses lunettes : « Ah. Je suis bien désolé. Cette guerre est vraiment terrible. Au fait, enchaîna-t-il, votre ami le Dr. Lulley m'a aussi confié une petite note, en me priant de percevoir pour lui des frais de port. » — « Aucun problème. Je vous enverrai ça d'ici à ce soir. Où logez-vous ? » — « Avec l'état-major du Reichsführer. » — « Très bien. Merci beaucoup pour la commission. C'était très aimable de votre part. » — « Oh, c'était un plaisir. Entre *SS-Männer* il faut s'aider mutuellement. Je suis seulement navré que ce soit arrivé trop tard. » Je haussai les épaules : « C'est comme ça. Je peux vous offrir un verre ? » — « Oh, je ne devrais pas. Le service, vous savez. Mais... » Il semblait désolé et je lui tendis une perche : « Ici, on dit *Krieg ist Krieg...* » Il acheva la phrase avec moi : « *...und Schnaps ist Schnaps.* Oui, je sais. Un tout petit, alors. » Je tirai de mon coffre deux gobelets et la bouteille que je gardais pour mes invités. Eichmann se leva pour proposer le toast, cérémonieux : « À la santé de notre Führer ! » Nous trinquâmes. Je voyais qu'il avait encore envie de parler. « En quoi consistait votre rapport, alors ? Si ce n'est pas un secret. » — « Eh bien, tout ça est très *hush-hush*, comme disent les Anglais. Mais à vous je peux le dire. Le Gruppenführer et moi-même avons été envoyés ici par *der Chef*» — il parlait de Heydrich, maintenant installé à Prague en tant que Reichsprotektor adjoint — « pour discuter avec le Reichsführer du plan d'évacuation des Juifs du Reich. » — « Évacuation ? » — « Précisément. Vers l'Est. D'ici à la fin de l'année. » — « Tous ? » — « Tous. » — « Et où vont-ils être envoyés ? » — « La plupart dans l'Ostland, sans doute. Et dans le Sud aussi pour la construction de la Durchgangstrasse IV. Ce n'est pas encore fixé. » — « Je vois. Et votre rapport ? » — « Un résumé statistique. Je l'ai présenté en personne au Reichsführer. Sur la situation globale par rapport à l'émigration juive. » Il leva un doigt. « Vous savez combien il y en a ? » — « De quoi ? » — « De Juifs. En Europe. » Je secouai la tête : « Je n'en ai aucune idée. » — « Onze millions ! Onze millions, vous vous rendez compte ? Bien entendu, pour les pays que nous ne contrôlons pas encore, comme l'Angleterre, les chiffres sont approximatifs. Comme ils n'ont pas de lois raciales, on a dû se baser sur des critères religieux. Mais quand même ça donne un ordre de grandeur. Rien qu'ici en Ukraine vous en avez presque trois millions. » Il prit un ton encore plus pédant : « Deux millions neuf cent quatre-vingt-quatorze mille six cent quatre-vingt-quatre, pour être précis. » — « En effet, c'est précis. Mais dites-moi, ce n'est pas avec un Einsatzgruppe qu'on va pouvoir faire grand-chose. » — « Justement. D'autres méthodes sont à l'étude. » Il regarda sa montre et se leva. « Maintenant vous m'excuserez, je dois retourner retrouver l'Amtchef. Merci pour le verre. » — « Merci pour le paquet ! Je vous fais parvenir l'argent pour Lulley tout à l'heure. » Ensemble, nous dressâmes le bras pour tonner : « Heil Hitler ! »

Eichmann parti, je me rassis et contemplai le paquet posé sur mon bureau. Il contenait les partitions de Rameau et de Couperin que j'avais commandées pour le petit Juif de Jitomir. Cela avait été une bêtise, une naïveté sentimentale ; néanmoins cela m'emplissait d'une grande mélancolie. Je croyais maintenant mieux comprendre les réactions des hommes et des officiers pendant les exécutions. S'ils souffraient, comme j'avais souffert durant la Grande Action, ce n'était pas seulement à cause des odeurs et de la vue du sang, mais à cause de la terreur et de la douleur morale des condamnés ; et de même, ceux que l'on fusillait souffraient souvent plus de la douleur et de la mort, devant leurs yeux, de ceux qu'ils aimaient, femmes, parents, enfants chéris, que de leur propre mort, qui leur venait à la fin comme une délivrance. Dans beaucoup de cas, en venais-je à me dire, ce que j'avais pris pour du sadisme gratuit, la brutalité inouïe avec laquelle certains hommes traitaient les condamnés avant de les exécuter, n'était qu'une conséquence de la pitié monstrueuse qu'ils ressentaient et qui, incapable de s'exprimer autrement, se muait en rage, mais une rage impuissante, sans objet, et qui devait donc presque inévitablement se retourner contre ceux qui en étaient la cause première. Si les terribles massacres de l'Est prouvent une chose, c'est bien, paradoxalement, l'affreuse, l'inaltérable solidarité de l'humanité. Si brutalisés et accoutumés fussent-ils, aucun de nos hommes ne pouvait tuer une femme juive sans songer à sa femme, sa sœur ou sa mère, ne pouvait tuer un enfant juif sans voir ses propres enfants devant lui dans la fosse. Leurs réactions, leur violence, leur alcoolisme, les dépressions nerveuses, les suicides, ma propre tristesse, tout cela démontrait que l'*autre* existe, existe en tant qu'autre, en tant qu'humain, et qu'aucune volonté, aucune idéologie, aucune quantité de bêtise et d'alcool ne peut rompre ce lien, ténu mais indestructible. Cela est un fait, et non une opinion.

La hiérarchie commençait à percevoir ce fait et à le faire entrer en ligne de compte. Comme me l'avait expliqué Eichmann, on étudiait de nouvelles méthodes. Quelques jours après sa visite arriva à Kiev un certain Dr. Widmann, venu nous livrer un camion d'un nouveau genre. Ce camion, de marque Saurer, était conduit par Findeisen, le chauffeur personnel de Heydrich, un homme taciturne qui refusa obstinément, malgré de nombreuses sollicitations, de nous expliquer pourquoi il avait été choisi pour ce voyage. Le Dr. Widmann, qui dirigeait lui la section chimie de l'Institut de criminologie technique, rattaché à la Kripo, fit une longue présentation pour les officiers : « Le gaz, déclara-t-il, est un moyen plus élégant. » Le camion, hermétiquement clos, se servait de ses propres gaz d'échappement pour asphyxier les gens enfermés dedans ; cette solution, en effet, ne manquait ni d'élégance, ni d'économie. Comme nous l'expliqua Widmann, on avait essayé autre chose avant d'en venir là ; lui-même avait conduit des expériences à Minsk, sur les patients d'un asile, en compagnie de son Amtchef, le Gruppenführer Nebe ; un test aux explosifs avait donné des résultats désastreux. « Indescriptible. Une catastrophe. » Blobel se montrait enthousiaste : ce nouveau jouet lui plaisait, il avait hâte de l'étrenner. Häfner objecta que le camion ne contenait pas grand-monde — le Dr. Widmann nous avait dit cinquante, soixante personnes au plus —, ne fonctionnait pas très vite, et paraissait donc peu efficace. Mais Blobel balaya ces réserves : « On gardera ça pour les femmes et les enfants, ça sera très bien pour le moral des troupes. » Le Dr. Widmann dîna avec nous ; après, devant le billard, il nous raconta comment la chose avait été inventée : « En fait c'est le Gruppenführer Nebe qui a eu l'idée. Un soir, à Berlin, il avait un peu trop bu, et il s'est endormi dans sa voiture, dans son garage, le moteur tournait et il a failli mourir. Nous, on planchait déjà sur un modèle de camion, mais on comptait utiliser du monoxyde de carbone en bouteilles, ce qui n'est pas du tout praticable dans les conditions de l'Est. C'est le Gruppenführer, après son accident, qui a songé à utiliser le gaz du camion lui-même. Une idée brillante. » Il tenait l'anecdote de son supérieur, le Dr. Heess, qui la lui avait racontée dans le métro. « Entre Wittemberg-Platz et Thiel-Platz, précisément. J'étais très impressionné. »

Depuis plusieurs jours déjà, Blobel dépêchait des Teilkommandos hors de Kiev pour nettoyer les petites villes, Péréïaslav, Iagotine, Koselets, Tchernigov, il y en avait beaucoup. Mais les Teilkommandoführer désespéraient : après une action, s'ils repassaient dans une ville, ils y retrouvaient encore plus de Juifs ; ceux qui s'étaient cachés revenaient après leur départ. Ils se plaignaient que cela bouleversait toutes leurs statistiques. Le Kommando, d'après les totaux cumulés de Blobel, avait liquidé cinquante et un mille personnes, *dont quatorze mille sans aide extérieure* (c'est-à-dire sans les bataillons Orpos de Jeckeln). On formait un Vorkommando pour entrer à Kharkov et je devais en être ; entretemps, comme je n'avais plus rien à faire à Kiev (l'Ek 5 avait repris toutes nos fonctions), Blobel me demanda d'aller appuyer les Teilkommandos par des inspections. Les pluies commençaient et dès qu'on passait le Dniepr gonflé, on sombrait dans la boue. Les camions, les voitures dégoulinaient d'une boue noire et grasse, pétrie de brins de paille car les soldats pillaient les meules en bord de route pour étaler le foin devant les véhicules, inutilement. Il me fallut deux jours pour rejoindre Häfner à Péréïaslav, tracté la plupart du temps par des engins à chenilles de la Wehrmacht, et crotté jusqu'aux yeux à force de patauger pour pousser l'Admiral. Je passai la nuit dans un petit village avec quelques officiers d'une division d'infanterie qui montait au front depuis Jitomir, des hommes épuisés, qui voyaient venir l'hiver avec angoisse et se demandaient quel était l'objectif ultime. Je me gardai bien de leur parler de l'Oural ; on ne pouvait même plus avancer jusqu'à Kharkov. Ils se plaignaient des nouvelles recrues, envoyées d'Allemagne pour remplacer les pertes, mais mal entraînées et au feu vite prises de panique, du moins plus facilement qu'avant. Le matériel tombait en

morceaux : les charrettes allemandes modernes, avec pneus en caoutchouc et roulements à billes, se disloquaient sur les pistes, ils les rem-
plaçaient par des *panje* pris aux paysans, presque indestructibles.
Les beaux chevaux allemands, hongrois ou irlandais avec lesquels ils
avaient commencé la campagne mouraient en masse ; seuls survivaient
les petits poneys russes, qui mangeaient n'importe quoi, des pousses de
bouleau, la paille du toit des isbas ; mais ils étaient trop légers pour les
gros travaux de portage, et les unités abandonnaient des tonnes de
munitions et d'équipement. « Chaque soir, les hommes se font la guerre
pour trouver un toit ou un trou à moitié sec. Tout le monde a les uniformes en loques, pleins de poux, on ne reçoit plus rien, et même
presque plus de pain. » Les officiers eux-mêmes manquaient de tout :
plus de rasoirs, de savon, de dentifrice, plus de cuir pour réparer les
bottes, plus d'aiguilles, plus de fil. Il pleuvait jour et nuit et ils perdaient
bien plus d'hommes du fait des maladies — dysenterie, jaunisse, diphtérie — qu'au feu. Les malades devaient marcher jusqu'à trente-cinq
kilomètres par jour, car il n'y avait pas de moyens de les transporter et
si on les laissait seuls dans les villages, les partisans venaient les tuer.
Les partisans, maintenant, proliféraient comme les poux ; il semblait y
en avoir partout, et les estafettes ou les liaisons isolées disparaissaient
dans les bois. Pourtant j'avais aussi remarqué parmi les soldats de nombreux Russes en uniforme allemand, avec le brassard blanc des *Hilfswillige*. « Les Hiwi ? répondit un officier à qui je fis la remarque. Non,
on n'a pas réellement le droit. Mais on le prend, on n'a pas le choix. Les
types, c'est des civils volontaires ou des prisonniers. Ils font tout le travail des bagages et de l'échelon B ; ça ne se passe pas trop mal, ils ont
plus l'habitude de ces conditions que nous. Et puis l'état-major s'en
fout, ils ferment les yeux. De toute façon ils ont dû nous oublier. On va
arriver à Poltava et ils ne sauront même plus qui on est. » — « Mais
vous n'avez pas peur que des partisans en profitent pour vous infiltrer et
informer les Rouges sur vos mouvements ? » Il haussa les épaules avec
un air las et dégoûté. « Si ça les amuse... De toute façon, il n'y a pas un
Russe à cent kilomètres à la ronde. Pas un Allemand non plus. Personne. La pluie et la boue, c'est tout. » Cet officier paraissait entièrement découragé ; mais il me montrait aussi comment nettoyer la boue
de mon uniforme, c'était utile et je ne voulais pas le contredire. « Vous
devez d'abord faire sécher la boue près du poêle, puis vous la grattez
avec un couteau, voyez, puis avec une brosse métallique ; alors seulement vous pouvez laver l'uniforme. Pour les sous-vêtements, vous devez
impérativement les faire bouillir. » J'assistai à l'opération : c'était

hideux, les poux se détachaient dans l'eau bouillante par grappes entières, épais, gonflés. Je compris mieux la colère rentrée de Häfner lorsque j'arrivai enfin à Péréïaslav. Il avait avec lui trois Untersturm-führer, Ott, Ries et Dammann, qui n'accomplissaient pas grand-chose car ils ne pouvaient presque pas quitter la ville tant les routes étaient impossibles. « Il nous faudrait des blindés ! s'exclama Häfner en me voyant. Bientôt on ne pourra même plus rejoindre Kiev. Tenez, ajouta-t-il avant de se détourner sèchement, c'est pour vous. Toutes mes félici-tations. » C'était un télétype de Blobel, confirmant ma promotion ; j'avais aussi reçu la Croix du service de guerre, 2ᵉ classe. Je suivis Häf-ner dans l'école qu'occupait le Teilkommando et cherchai un endroit où poser mes affaires. Tout le monde, soldats et officiers, dormait dans le gymnase ; les salles de classe servaient de bureaux. Je me changeai et allai retrouver Häfner, qui me fit un rapport sur les déboires de ses adjoints : « Vous voyez ce village, Zolotonocha ? Il y aurait apparem-ment plus de quatre cents Juifs, là. Dammann a essayé par trois fois de s'y rendre ; trois fois il a dû faire demi-tour, et encore, la dernière fois, il a même failli ne pas pouvoir rentrer. Les hommes deviennent mau-vais. » Le soir, il y avait de la soupe et le mauvais *Kommissbrot* noir de la Wehrmacht, et on se couchait tôt. Je dormis mal. Un des Waf-fen-SS, à quelques mètres de ma paillasse, grinçait des dents, un bruit atroce qui hérissait les nerfs ; à chaque fois que je m'assoupissais, il me réveillait ; cela me mettait hors de moi. Je n'étais pas le seul : des hommes lui criaient dessus, j'entendis des coups et vis qu'on le battait, mais ça n'y faisait rien, le son horripilant continuait, ou bien cessait pour reprendre quelques instants plus tard. « C'est comme ça toutes les nuits, grogna Ries qui dormait à côté de moi. Je deviens fou. Je vais l'étrangler un de ces jours. » Enfin je m'assoupis et je fis alors un rêve étrange, frappant. J'étais un grand Dieu-calmar et je régnais sur une très belle ville murée faite d'eau et de pierre blanche. Le centre, sur-tout, était entièrement d'eau, et de hauts immeubles s'élevaient autour. Ma ville était peuplée d'humains, qui me vénéraient ; et j'avais délégué une partie de mon pouvoir et de mon autorité à l'un d'entre eux, mon Serviteur. Mais un jour je décidai que je voulais tous ces humains hors de ma ville, au moins pour un temps. Le mot d'ordre fusa, propagé par mon Serviteur, et immédiatement des foules se mirent à fuir par les portes de la ville, pour aller attendre dans des taudis et des cahutes entassées dans le désert au-delà des murs. Mais ils n'allaient pas assez vite à mon goût et je commençai à me débattre violemment, faisant bouillonner l'eau du centre avec mes tentacules, avant de les replier et de me ruer sur des essaims d'humains terrifiés, fouaillant et rugissant de ma voix terrible : « Dehors ! Dehors ! Dehors ! » Mon Serviteur courait furieusement de tous les côtés, commandait, guidait, instruisait les retardataires, et de cette manière la ville se vidait. Mais dans les demeures les plus proches des murs, et les plus éloignées des eaux où je déchargeais ma rage divine, des groupes d'humains ne tenaient pas compte de mes commandements. C'étaient des étrangers, pas réellement conscients de mon existence, de mon pouvoir sur cette cité. Ils avaient entendu les ordres d'évacuation, mais les trouvaient ridicules et n'y prêtaient pas attention. Mon Serviteur dut aller voir ces groupes un par un, pour les convaincre diplomatiquement de partir : telle cette conférence d'officiers finlandais, qui protestaient parce qu'ils avaient loué l'hôtel et la salle de conférence et payé d'avance, et n'allaient pas partir comme ça. Avec ceux-ci, mon Serviteur devait mentir avec finesse, leur dire par exemple qu'il y avait une alerte, un grave danger extérieur, et qu'ils devaient évacuer pour leur propre sécurité. Je trouvais cela grandement humiliant, car la vraie raison était ma Volonté, ils devaient partir parce que je le désirais, et non pas parce qu'on les enjôlait. Ma rage croissait, je me débattais, je rugissais de plus belle, envoyant d'énormes vagues s'abattre à travers la ville. Lorsque je me réveillai la pluie continuait à ruisseler derrière les vitres. Au petit déjeuner on nous servit du *Kommissbrot*, de la margarine à base de charbon de la Ruhr, assez goûteuse, du miel synthétique fait avec de la résine de pin, et l'affreux ersatz de thé Schlüter, dont les paquets identiques ne contenaient jamais deux fois les même ingrédients. Les hommes mangeaient en silence. Ries, maussade, m'indiqua un jeune soldat penché sur son thé : « C'est lui. » — « Quoi, lui ? » Ries imita un grincement de la mâchoire. Je regardai de nouveau : c'était presque un adolescent, il avait le visage creux, tacheté d'acné, et les yeux perdus dans des cernes immenses. Ses camarades le rudoyaient, ils l'expédiaient aux corvées en l'injuriant, lui donnaient des taloches s'il n'allait pas assez vite. Le garçon ne disait rien. « Tout le monde rêve qu'il se fasse tuer par les partisans, me confia Ries. On a tout essayé, tout, on l'a même bâillonné. Rien à faire. »

Häfner était un homme borné mais méthodique. Il m'expliqua son plan d'action devant une carte, et me dressa une liste de tout ce qu'il lui manquait, pour que je puisse appuyer ses requêtes. J'étais censé inspecter tous les Teilkommandos ; c'était manifestement impossible, et je me résignai à rester quelques jours à Péréïaslav en attendant la suite des événements. De toute façon, le Vorkommando se trouvait déjà à Poltava avec Blobel : vu l'état des routes, je ne pouvais pas espérer les

rejoindre avant la chute de Kharkov. Häfner se montrait pessimiste :
« Le secteur pullule de partisans. La Wehrmacht mène des battues mais
n'arrive pas à grand-chose. Ils veulent qu'on les appuie. Mais les
hommes sont épuisés, finis. Vous avez vu la merde qu'on mange. »
— « C'est l'ordinaire de l'armée. Et eux peinent beaucoup plus que
nous. » — « Physiquement, oui, sans doute. Mais c'est moralement que
nos hommes sont à bout. » Häfner avait raison et j'allais bientôt pouvoir
en juger par moi-même. Ott partait avec une section de vingt hommes
fouiller un village proche où l'on avait signalé des partisans ; je décidai
de l'accompagner. Le départ se fit à l'aube, avec un camion et un *Kübel-
wagen*, un véhicule tout-terrain, prêté pour l'occasion par la division stationnée à Péréïaslav. La pluie tombait, drue, interminable, nous étions
trempés avant même de partir. L'odeur de laine mouillée emplissait le
véhicule. Harpe, le chauffeur d'Ott, manœuvrait adroitement pour éviter les pires fondrières ; régulièrement, les roues arrière partaient de
côté dans la glaise, parfois il parvenait à contrôler le dérapage, mais
souvent le véhicule se mettait complètement de travers et alors il fallait
sortir le redresser ; là, on s'enfonçait dans la gadoue jusqu'aux chevilles,
certains y laissaient même leurs bottes. Tout le monde jurait, criait, pes-
tait. Ott avait fait charger des planches dans le camion qu'on calait sous
les roues embourbées ; parfois, cela aidait ; mais il suffisait que le véhicule soit mal équilibré pour qu'une des roues motrices, sans appui,
tourne à vide, projetant de grandes gerbes de boue liquide. Bientôt ma
capote, ma culotte furent entièrement recouvertes de boue. Certains des
hommes en avaient plein le visage, on voyait juste luire leurs yeux exté-
nués ; le véhicule désembourbé, ils se rinçaient rapidement les mains et
le visage dans une flaque et remontaient. Le village se trouvait à sept
kilomètres de Péréïaslav ; le trajet nous prit trois heures. À l'arrivée Ott
dépêcha un groupe en position de blocage au-delà des dernières maisons tandis qu'il déployait les autres des deux côtés de la rue principale.
Les isbas misérables s'alignaient sous la pluie, leurs toits de chaume
ruisselant dans les jardinets inondés ; quelques poulets détrempés
s'égaillaient çà et là, on ne voyait personne. Ott dépêcha un sous-
officier et le *Dolmetscher* pour chercher le staroste. Ils revinrent au bout
d'une dizaine de minutes, accompagnés d'un petit vieux enveloppé dans
une touloupe et coiffé d'un bonnet en lapin miteux. Ott l'interrogea
debout sous l'averse ; le vieux geignait, niait qu'il y eût des partisans.
Ott se fâchait. « Il dit qu'il n'y a que des vieux ici et des femmes, traduisait le *Dolmetscher*. Tous les hommes sont morts ou partis. » — « Dis-lui
que si on trouve quelque chose on le pendra en premier ! » cria Ott. Puis

il envoya ses hommes fouiller les maisons. « Vérifiez le sol ! Des fois ils creusent des bunkers. » Je suivis un des groupes. La boue engluait autant dans l'unique ruelle du village que sur la route ; on entrait dans les isbas avec des paquets de boue aux pieds, on en étalait partout. Dedans en effet on ne trouvait que des vieillards, des femmes crasseuses, des enfants pouilleux couchés sur les gros poêles en terre cuite repassés à la chaux. On ne voyait pas grand-chose à fouiller : le sol était en terre battue, sans plancher ; il n'y avait presque pas de mobilier, et pas de greniers non plus, les toits reposaient à même les murs. Cela puait la crasse, le renfermé, l'urine. Derrière les maisons rangées à gauche de la ruelle commençait un petit bois de bouleaux, légèrement en surplomb. Je passai entre deux isbas et allai étudier la lisière. L'eau crépitait sur les branches et les feuilles, gonflait les feuilles mortes et pourrissantes qui tapissaient le sol ; le talus glissait, il était difficile de monter. Le bois paraissait vide mais avec la pluie on ne voyait pas bien loin. Un tas de branchages curieusement animé attira mon regard : les feuilles brunâtres fourmillaient de centaines de petits scarabées noirs ; dessous, il y avait des restes humains décomposés, encore revêtus de lambeaux d'uniformes bruns. Je tentai de les recouvrir, par horreur des bestioles, mais elles ne cessaient de déborder, de courir partout. Excédé, je donnai un coup de botte dans la masse. Un crâne se détacha et roula en bas du talus, semant des scarabées dans la boue. Je redescendis. Le crâne gisait contre une pierre, bien propre, nettoyé, ses orbites vides grouillaient de scarabées, les lèvres rongées laissaient à nu des dents jaunes, lavées par la pluie : et la mâchoire s'était ouverte, révélant les chairs intactes de la bouche, une grosse langue presque frétillante, rose, obscène. Je rejoignis Ott, qui se trouvait maintenant au centre du village avec le staroste et le *Dolmetscher*. « Demande-lui d'où viennent les cadavres dans le bois », dis-je au *Dolmetscher*. La chapka du vieux dégoulinait dans sa barbe, il marmottait, à moitié édenté. « Ce sont des soldats de l'Armée rouge. Il y a eu des combats dans le bois, le mois dernier. Beaucoup de soldats ont été tués. Les villageois ont enterré ceux qu'ils ont trouvés, mais ils n'ont pas fouillé partout. » — « Et leurs armes ? » De nouveau le *Dolmetscher* dut traduire. « Ils les ont données aux Allemands, il dit. » Un Scharführer s'approchait et salua Ott. « Herr Untersturmführer, il n'y a rien ici. » Ott était très énervé. « Fouillez encore ! Je suis sûr qu'ils cachent quelque chose. » D'autres soldats et des Orpo revenaient. « Herr Untersturmführer, on a regardé, il n'y a rien. » — « Fouillez, j'ai dit ! » À ce moment-là on entendit un cri aigu un peu plus loin. Une forme indistincte courait dans la ruelle. « Là ! » cria Ott. Le Scharführer épaula et tira à travers le rideau de la pluie. La forme s'effondra dans la boue. Les hommes se déployèrent pour avancer, à l'affût. « Connard, c'était une femme », fit une voix. — « C'est qui que tu traites de connard ! » aboya le Scharführer. Un homme retourna le corps dans la boue : c'était une jeune paysanne, avec un foulard coloré sur la tête, et enceinte. « Elle a juste paniqué, dit un des hommes. C'était pas la peine de tirer comme ça. » — « Elle n'est pas encore morte », dit l'homme qui l'examinait. L'infirmier de la section s'approcha : « Emmenez-la dans la maison. » Plusieurs hommes la soulevèrent ; sa tête pendait en arrière, sa robe boueuse collait à son ventre énorme, la pluie martelait son corps. Ils la portèrent dans la maison et la déposèrent sur une table. Une vieille sanglotait dans un coin, autrement l'isba était vide. La fille râlait. L'infirmier lui déchira sa robe et l'examina. « Elle est foutue. Mais elle est à terme, on peut encore sauver le bébé, avec un peu de chance. » Il commença à donner des instructions aux deux soldats qui se tenaient là. « Faites chauffer de l'eau. » Je ressortis sous la pluie et allai retrouver Ott, qui était retourné aux véhicules. « Qu'est-ce qui se passe, alors ? » — « La fille va mourir. Votre infirmier essaye de lui faire une césarienne. » — « Une césarienne ? ! Il est devenu fou, ma parole ! » Il se mit à remonter la ruelle en pataugeant, jusqu'à la maison. Je le suivis. Il entra d'un coup : « C'est quoi ce bordel, Greve ? » L'infirmier tenait un petit paquet sanglant, emmailloté dans un drap, et achevait de nouer le cordon ombilical. La fille, morte, gisait les yeux grands ouverts sur la table, nue, couverte de sang, éventrée du nombril au sexe. « Ça a marché, Herr Untersturmführer, dit Greve. Il devrait vivre. Mais il faudrait trouver une nourrice. » — « Tu es fou ! cria Ott. Donne-moi ça ! » — « Pourquoi ? » — « Donne-moi ça ! » Ott était blême, il tremblait. Il arracha le nouveau-né des mains de Greve et, le tenant par les pieds, lui fracassa le crâne contre le coin du poêle. Puis il le jeta à terre. Greve écumait : « Pourquoi avez-vous fait ça ? ! » Ott hurlait aussi : « Tu aurais mieux fait de le laisser crever dans le ventre de sa mère, pauvre con ! Tu aurais dû le laisser tranquille ! Pourquoi tu l'as fait sortir ? Il n'y était pas suffisamment au chaud ? » Il pivota sur ses talons et sortit. Greve sanglotait : « Vous auriez pas dû faire ça, vous auriez pas dû faire ça. » Je suivis Ott qui tempêtait dans la boue et la pluie devant le Scharführer et quelques hommes attroupés. « Ott... », appelai-je. Derrière moi retentit un appel : « Untersturmführer ! » Je me retournai : Greve, les mains encore rouges de sang, sortait de l'isba avec son fusil épaulé. Je reculai et il se dirigea droit sur Ott. « Untersturmführer ! » Ott se retourna, vit le fusil et se remit à crier : « Quoi, enculé, qu'est-ce que tu veux encore ? Tu veux tirer, c'est ça, vas-y ! » Le Scharführer hurlait aussi : « Greve, nom de Dieu, baisse ce fusil ! » — « Vous auriez pas dû faire ça », criait Greve en continuant à s'avancer vers Ott. — « Eh bien vas-y, connard, tire ! » — « Greve, arrête tout de suite ! » vociférait le Scharführer. Greve tira ; Ott, frappé à la tête, vola en arrière et s'effondra dans une flaque avec un grand bruit d'eau. Greve gardait son fusil levé ; tout le monde s'était tu. On n'entendait plus que le battement de la pluie sur les flaques, la boue, les casques des hommes, le chaume des toits. Greve tremblait comme une feuille, le fusil à l'épaule. « Il aurait pas dû faire ça », répétait-il stupidement. — « Greve », dis-je doucement. L'air hagard, Greve braqua son fusil sur moi. J'écartai très lentement les mains sans rien dire. Greve redirigea son fusil vers le Scharführer. Deux des hommes braquaient à leur tour leurs fusils sur Greve. Greve gardait son fusil pointé sur le Scharführer. Les hommes pouvaient l'abattre mais il tuerait sans doute aussi le Scharführer. « Greve, dit calmement le Scharführer, t'as vraiment fait une connerie. Ott était une ordure, d'accord. Mais là t'es vraiment dans la merde. » — « Greve, dis-je. Posez votre arme. Sinon on va être obligés de vous tuer. Si vous vous rendez je témoignerai en votre faveur. » — « De toute façon je suis foutu », dit Greve. Il visait toujours le Scharführer. « Si vous tirez je mourrai pas seul. » Il braqua de nouveau son fusil sur moi, à bout portant. La pluie dégoulinait du canon, juste devant mes yeux, elle ruisselait sur mon visage. « Herr Hauptsturmführer ! appela le Scharführer. Vous êtes d'accord pour que je règle ça à ma manière ? Pour éviter plus de casse. » Je fis signe que oui. Le Scharführer se tourna vers Greve. « Greve. Je te donne cinq minutes d'avance. Après ça on vient te chercher. » Greve hésita. Puis il baissa son fusil et détala vers la forêt. Nous attendîmes. Je regardai Ott. Il avait la tête dans l'eau, son visage dépassait juste, avec un trou noir au centre du front. Le sang formait des volutes noirâtres dans l'eau tourbeuse. La pluie lui avait lavé le visage, tambourinait sur ses yeux ouverts et étonnés, lui remplissait lentement la bouche, coulait aux commissures. « Andersen, dit le Scharführer. Prends trois hommes et va le chercher. » — « On va pas le trouver, Herr Scharführer. » — « Va le trouver. » Il se tourna vers moi : « Vous avez des objections, Herr Hauptsturmführer ? » Je secouai la tête : « Aucune. » D'autres hommes nous avaient rejoints. Quatre d'entre eux se dirigeaient vers le bois, leurs fusils sous l'épaule. Quatre autres se chargèrent du cadavre d'Ott et le portèrent par la capote vers le camion. Je les suivais avec le Scharführer. Ils chargèrent le corps par une ridelle; le Scharführer envoya des hommes donner le signal du regroupement. Je voulais fumer mais c'était impossible, même sous la capote. Les hommes, par groupes, rejoignaient les véhicules. Nous attendîmes ceux que le Scharführer avait envoyés à la recherche de Greve, guettant le coup de feu. Je notai que le staroste avait prudemment disparu, mais ne dis rien. Enfin Andersen et les autres réapparurent, des ombres grises émergeant à travers la pluie. « On a cherché dans le bois, Herr Scharführer. Mais on n'a rien trouvé. Il doit se cacher. » — « C'est bon. Montez. » Le Scharführer me regarda : « De toute façon les partisans auront sa peau, à ce salaud. » — « Je vous l'ai dit, Scharführer, je n'ai aucune objection à votre décision. Vous avez évité de nouvelles effusions de sang, je vous félicite. » — « Merci, Herr Hauptsturmführer. » Nous reprîmes la route, emportant le corps d'Ott. Le retour à Péréïaslav prit encore plus de temps que l'aller. À l'arrivée, sans même me changer, j'allai expliquer l'incident à Häfner. Il réfléchit longuement. « Vous pensez qu'il va rejoindre les partisans ? » demanda-t-il enfin. — « Je pense que s'il y a des partisans par là et qu'ils le trouvent, ils le tueront. Sinon de toute façon il ne passera pas l'hiver. » — « Et s'il essaye de vivre au village ? » — « Ils ont bien trop peur, ils le dénonceront. Soit à nous, soit aux partisans. » — « Bon. » Il réfléchit encore. « Je vais le déclarer déserteur, armé et dangereux, et puis voilà. » Il fit encore une pause. « Pauvre Ott. C'était un bon officier. » — « Si vous voulez mon avis, fis-je sèchement, on aurait dû l'envoyer se reposer il y a longtemps. Ça aurait peut-être évité cette histoire. » — « Vous avez sans doute raison. » Une grande flaque allait en s'élargissant sous ma chaise. Häfner étira le cou et fit saillir son large menton carré : « Quelle merde, quand même. Vous voulez vous charger du rapport pour le Standartenführer ? » — « Non, c'est votre Kommando après tout. Faites-le et puis je le contresignerai, comme témoin. Vous m'en ferez aussi des doubles, pour l'Amt III. » — « Entendu. » J'allai enfin me changer et fumer une cigarette. Dehors, la pluie battait encore, on pouvait croire qu'elle ne finirait jamais.

De nouveau, je dormis mal; à Péréïaslav il ne semblait pas pouvoir en être autrement. Les hommes grognaient, ronflaient; dès que je m'assoupissais, les grincements de dents du petit Waffen-SS venaient couper mon sommeil et m'en tiraient abruptement. Dans cette somnolence pâteuse, le visage d'Ott dans l'eau et le crâne du soldat russe se confondaient : Ott, couché dans la flaque, ouvrait grande la bouche et me tirait la langue, une langue épaisse et rose et fraîche, comme s'il m'invitait à l'embrasser. Je me réveillai angoissé, fatigué. Au petit déjeuner, je fus de nouveau pris de toux, puis de haut-le-cœur violents ; je me réfugiai dans un couloir vide, mais rien ne vint. Lorsque je regagnai le mess Häfner m'attendait avec un télétype : « Kharkov vient de tomber, Herr Hauptsturmführer. Le Standartenführer vous attend à Poltava. » — « À Poltava ? » J'indiquai d'un geste les fenêtres trempées. « Il exagère. Comment compte-t-il que je m'y rende ? » — « Les trains circulent encore, de Kiev à Poltava. Quand les partisans ne les font pas dérailler. Il y a un convoi de la *Rollbahn* qui part pour Iagotine ; j'ai téléphoné à la division, ils veulent bien vous prendre. Iagotine est sur la voie et de là vous pourrez vous débrouiller pour trouver un train. » Häfner était vraiment un officier tout à fait efficace. « Bien, je vais prévenir mon chauffeur. » — « Non, votre chauffeur restera ici. L'Admiral ne passera jamais jusqu'à Iagotine. Vous partirez dans les camions de la *Rollbahn*. J'enverrai le chauffeur avec la voiture à Kiev quand ça sera possible. » — « Bien. » — « Le convoi part à midi. Je vous remettrai des dépêches pour le Standartenführer, y compris le rapport sur la mort d'Ott. » — « Bien. » J'allai faire mon paquetage. Puis je m'assis à une table et rédigeai une lettre pour Thomas, décrivant sans détours l'incident de la veille : *Tu en discuteras avec le Brigadeführer, car je sais que Blobel ne fera rien, à part se couvrir. Il faut en tirer les conclusions, sinon cela risque de se reproduire.* La lettre terminée, je la scellai dans une enveloppe et la mis de côté. Puis j'allai trouver Ries. « Dites-moi, Ries, votre petit *Kindersoldat*, là, celui qui grince des dents. Comment s'appelle-t-il ? » — « Vous voulez dire Hanika ? Franz Hanika. Celui que je vous ai montré ? » — « Oui, c'est lui. Vous pouvez me le donner ? » Il haussa les sourcils, interloqué. « Vous le donner ? Pour quoi faire ? » — « J'abandonne mon chauffeur ici ; j'ai laissé mon ordonnance à Kiev, il m'en faut une autre. Et puis à Kharkov il y aura moyen de le caser à part, comme ça il n'embêtera plus personne. » Ries avait l'air ravi : « Écoutez, Herr Hauptsturmführer, si vous êtes sérieux... Pour ma part, c'est bien volontiers. Je vais demander à l'Obersturmführer ; je ne pense pas qu'il aura d'objections. » — « Bien. Moi j'irai prévenir ce Hanika. » Je le trouvai au mess, où il récurait des casseroles. « Hanika ! » Il se mit au garde-à-vous et je vis qu'il avait un bleu sur une pommette. « Oui ? » — « Je pars tout à l'heure pour Poltava puis Kharkov. J'ai besoin d'une ordonnance. Tu veux venir ? » Son visage meurtri s'illumina : « Avec vous ? » — « Oui. Ton travail ne chan-

gera pas beaucoup mais au moins tu n'auras pas les autres sur le dos. »
Il avait un air radieux, un enfant à qui on a fait un cadeau inespéré. « Va
préparer tes affaires », lui dis-je.

Le voyage en camion jusqu'à Iagotine reste pour moi une longue
divagation, un sombrement sans fin. Les hommes passaient plus de
temps hors des camions à pousser que dans les cabines. Mais si terrible
que fût la boue, l'idée de ce qui viendrait après les terrifiait encore plus.
« On n'a rien, Herr Hauptsturmführer, vous comprenez, rien, m'expliqua un Feldwebel. Pas de sous-vêtements chauds, pas de pull-overs, pas
de pelisses, pas d'antigel, rien. Les Rouges, eux, seront prêts pour
l'hiver. » — « Ce sont des hommes comme nous. Eux aussi auront
froid. » — « C'est pas ça. Le froid, ça se gère. Il faut du matériel, et eux,
ils l'auront. Et même s'ils ne l'ont pas ils sauront improviser. Eux ça fait
toute leur vie qu'ils vivent avec ça. » Il me cita un exemple frappant
qu'il tenait d'un de ses Hiwi : dans l'Armée rouge, les hommes touchaient des bottes deux tailles au-dessus de leur pointure. « Avec le gel,
les pieds gonflent, et puis ça laisse encore de la place pour les fourrer de
paille et de papier journal. Nous, on a des bottes à notre pointure. La
moitié des hommes va se retrouver au *Revier* avec les doigts de pieds
amputés. »

Arrivé à Iagotine, j'étais tellement crotté que le sous-officier responsable de la gare ne reconnut pas mon grade et m'accueillit par une bordée d'injures parce que je traînais de la boue dans sa salle d'attente. Je
posai mon paquetage sur un banc et rétorquai durement : « Je suis officier et vous n'avez pas à me parler comme ça. » Je ressortis rejoindre
Hanika, qui m'aida à me rincer un peu à une pompe à main. Le sous-
officier se confondit en excuses lorsqu'il vit mes pattes de col, qui
étaient toujours celles d'un Obersturmführer ; il m'invita à prendre un
bain et à dîner. Je lui remis la lettre pour Thomas, qui partirait avec le
courrier. Il me logea dans une chambrette pour officiers ; Hanika dormit
sur un banc dans la salle d'attente, avec des permissionnaires qui attendaient le train de Kiev. Le chef de station me réveilla en pleine nuit :
« Il y a un train dans vingt minutes. Venez. » Je m'habillai à la hâte et
sortis. La pluie avait cessé mais tout dégouttait encore, les rails brillaient sous les tristes lampadaires de la gare. Hanika m'avait rejoint
avec les paquets. Puis le train arriva, ses freins grinçant longuement, par
à-coups, avant l'arrêt. Comme tous les trains se rapprochant du front, il
était à moitié vide, on avait le choix des compartiments. Je me recouchai et me rendormis. Si Hanika grinça des dents, je ne l'entendis pas.

Lorsque je me réveillai nous n'avions même pas dépassé Lubny. Le train s'arrêtait souvent, à cause d'alertes, ou pour laisser passer des convois prioritaires. Près des toilettes, je fis la connaissance d'un Major de la Luftwaffe, qui rentrait de permission pour rejoindre son escadrille à Poltava. Cela faisait cinq jours qu'il avait quitté l'Allemagne. Il me parla du moral des civils du Reich, qui restaient confiants bien que la victoire se fît attendre, et très aimablement nous offrit un peu de pain et de saucisson. Aux gares aussi on trouvait parfois de quoi grignoter. Le train avait son propre temps, je ne me sentais pas pressé. À l'arrêt je contemplais longuement la tristesse des gares russes. Les équipements à peine installés paraissaient déjà vétustes ; les ronces et les herbes folles envahissaient les voies ; çà et là, même en cette saison, on apercevait l'éclat de couleur d'une fleur tenace, perdue parmi le gravier imbibé d'huile noire. Les vaches qui traversaient placidement semblaient chaque fois surprises lorsque la sirène mugissante d'un train venait déranger leur méditation. Un gris terne de boue et de poussière recouvrait tout. Sur les chemins longeant les rails, un gamin crasseux poussait un vélo rafistolé, ou bien une vieille paysanne clopinait vers la gare pour tenter d'y vendre quelques légumes moisis. Je me laissai envahir par les ramifications sans fin du système des voies, des aiguillages contrôlés par des manœuvres abrutis et alcooliques. Aux gares de triage, on voyait attendre des files interminables de wagons sales, graisseux, boueux, chargés de blé, de charbon, de fer, de pétrole, de bétail, toutes les richesses de l'Ukraine occupée saisies pour être envoyées en Allemagne, toutes ces choses dont les hommes ont besoin, déplacées d'un endroit à un autre selon un plan de circulation grandiose et mystérieux. C'était donc pour cela qu'on faisait la guerre, pour cela que les hommes mouraient ? Or même dans la vie de tous les jours il en est ainsi. Quelque part, un homme perd son existence, couvert de poussière de charbon, dans les profondeurs étouffantes d'une mine ; ailleurs, plus loin, un autre se repose au chaud, revêtu d'alpaga, enfoncé avec un bon livre dans un fauteuil, sans jamais songer d'où et comment lui viennent ce fauteuil, ce livre, cet alpaga, cette chaleur. Le national-socialisme avait voulu faire en sorte que chaque Allemand, à l'avenir, puisse avoir sa part modeste des bonnes choses de la vie ; or, dans les limites du Reich, cela s'était révélé impossible ; ces choses, maintenant, nous les prenions aux autres. Cela était-il juste ? Tant que nous en avions la force et le pouvoir, oui, car en ce qui concerne la justice, il n'y a pas d'instance absolue, et chaque peuple définit sa vérité et sa justice. Mais si jamais notre force faiblissait, si notre pouvoir flanchait, alors il faudrait subir la justice des autres, aussi terrible soit-elle. Et cela aussi serait juste.

À Poltava, Blobel m'envoya à l'épouillage dès qu'il me vit. Puis il me renseigna sur la situation. « Le Vorkommando a pu entrer à Kharkov le 24, avec le LVe corps d'armée. Ils ont déjà établi un bureau. » Mais Callsen manquait absolument d'hommes et demandait d'urgence des renforts. Pour le moment, toutefois, les routes étaient bloquées par les pluies et la boue. Le train n'allait pas plus loin car les voies devaient être remises en état et élargies, et cela, aussi, ne pourrait se faire que lorsque les déplacements redeviendraient possibles. « Dès qu'il gèlera vous vous rendrez à Kharkov avec quelques autres officiers et des troupes ; le Kommandostab vous rejoindra un peu plus tard. Le Kommando entier prendra ses quartiers d'hiver à Kharkov. »

Hanika se révéla vite une bien meilleure ordonnance que Popp. Tous les matins, je trouvais mes bottes cirées et un uniforme nettoyé, séché et repassé ; au petit déjeuner, il produisait souvent quelque chose pour améliorer l'ordinaire. Il était très jeune ; il avait été versé de la Hitlerjugend dans la Waffen-SS, et de là s'était retrouvé affecté au Sonderkommando ; mais il ne manquait pas de qualités. Je le formai au classement des dossiers, pour qu'il puisse me ranger ou me trouver des documents. Ries était passé à côté d'une perle : le garçon était aimable, serviable, il suffisait de savoir le prendre. La nuit, pour un peu, il aurait dormi en travers de ma porte, comme un chien ou un domestique de roman russe. Mieux nourri, reposé, son visage s'arrondissait, c'était en fait un beau garçon malgré l'acné juvénile.

Blobel, lui, devenait de plus en plus lunatique ; il buvait, piquait des crises de rage folles, sans aucun prétexte. Il se choisissait parmi les officiers une tête de Turc, et il le poursuivait des jours durant, sans relâche, le harcelant sur chaque aspect de son travail. En même temps c'était un bon organisateur, il avait un sens développé des priorités et des contraintes pratiques. Heureusement, il n'avait pas encore eu l'occasion de tester son nouveau Saurer ; le camion était resté bloqué à Kiev, et il en attendait la livraison avec impatience. L'idée même de la chose me faisait froid dans le dos, et j'espérais bien être parti avant qu'il ne le reçoive. Je continuais à souffrir de haut-le-cœur brutaux, accompagnés parfois de remontées de gaz douloureuses et exténuantes ; mais je gardais cela pour moi. Mes rêves aussi, je n'en parlais à personne. Presque chaque nuit maintenant, je montais dans un métro, chaque fois différent mais toujours comme excentré, décalé, imprévisible, et qui m'habitait d'une circulation permanente de trains qui vont et viennent, d'escaliers mécaniques ou d'ascenseurs qui montent et descendent d'un niveau à l'autre, de portes qui s'ouvrent et se ferment à contre-temps, de signaux passant du vert au rouge sans que les trains s'arrêtent, de lignes se croisant sans aiguillage, et de terminus où les passagers attendent en vain, un réseau détraqué, bruyant, immense, interminable, traversé par un trafic incessant et insensé. Dans ma jeunesse j'adorais le métro ; je l'avais découvert à dix-sept ans lorsque j'étais monté à Paris, et à la moindre occasion je le prenais simplement pour le plaisir du mouvement, de regarder les gens, les stations qui défilent. La CMP venait, l'année précédente, de reprendre le nord-sud, et pour le prix d'un ticket je pouvais traverser la ville de part en part. Bientôt je connaissais mieux la géographie souterraine de Paris que sa surface. Avec d'autres internes de ma prépa, je sortais la nuit grâce à un double de clef que les étudiants se passaient de génération à génération et, armés de petites lampes de poche, nous attendions sur un quai la dernière rame pour ensuite nous glisser dans les tunnels et marcher sur les voies de station à station. Nous avions vite découvert de nombreuses galeries et puits d'accès fermés au public, ce qui ne laissait pas d'être utile lorsque des cheminots, dérangés dans leur travail nocturne, tentaient de nous pourchasser. Cette activité souterraine laisse toujours dans mon souvenir la trace d'une forte émotion, faite d'un sentiment amical de sécurité et de chaleur, avec sans doute une lointaine couleur érotique, aussi. À cette époque déjà, les métros peuplaient mes rêves, mais maintenant, ils véhiculaient une angoisse translucide et acidulée, je ne pouvais jamais arriver là où je devais, je manquais mes correspondances, les portes des wagons me claquaient au nez, je voyageais sans billet, dans la peur des contrôleurs, et je me réveillais souvent envahi d'une panique froide, abrupte, qui me laissait comme débordé.

Enfin les premières gelées saisirent les routes et je pus partir. Le froid était tombé d'un coup, en une nuit ; au matin, joyeuses, la vapeur des haleines, les fenêtres blanches de givre. Avant le départ, j'enfilai tous mes pull-overs ; Hanika avait réussi à me dénicher une chapka en loutre pour quelques reichsmarks ; à Kharkov, il faudrait vite trouver des vêtements chauds. Sur la route, le ciel était pur, bleu, des nuées de passereaux tournoyaient devant les bois ; près des villages, les paysans fauchaient les joncs des étangs gelés pour recouvrir leurs isbas. La route elle-même restait périlleuse : le gel, par endroits, avait figé les crêtes chaotiques de la fange, soulevées par le passage des blindés et des camions, et ces arêtes durcies faisaient déraper les véhicules, déchiraient les pneus, parfois même causaient des renversements lorsqu'un chauffeur avait mal pris l'angle et perdait le contrôle de sa machine. Ailleurs, en dessous d'une fine croûte qui se brisait sous les roues, la boue restait visqueuse, traître. Tout autour s'étalaient la steppe vide, les champs moissonnés, quelques forêts. Il y a environ cent vingt kilomètres de Poltava à Kharkov : le voyage demanda une journée. On entrait dans la ville par des faubourgs dévastés aux murs calcinés, chamboulés, renversés, parmi lesquels, hâtivement déblayées, s'entassaient en de petites meules les carcasses tordues et brûlées du matériel de guerre gaspillé pour la vaine défense de la ville. Le Vorkommando s'était installé dans l'hôtel *International*, qui bordait une immense place centrale dominée, au fond, par l'entassement constructiviste du *Dom Gosprom*, des bâtiments cubiques, disposés en arc de cercle, avec deux hautes arches carrées et une paire de gratte-ciel, étonnante construction pour cette large ville paresseuse avec ses maisons en bois et ses vieilles églises tsaristes. La Maison du Plan, incendiée au cours des combats, dressait ses façades massives et ses étagements de fenêtres éventrées juste à côté, sur la gauche ; au centre de la place, un imposant Lénine en bronze tournait le dos aux deux blocs, et, indifférent aux véhicules et aux blindés allemands rangés à ses pieds, invitait d'un geste large les passants à lui. Dans l'hôtel la confusion régnait ; la plupart des chambres avaient les vitres brisées, il s'y engouffrait un froid amer. Je réquisitionnai une petite suite à peu près habitable, laissai Hanika se débrouiller avec les fenêtres et le chauffage, et redescendis trouver Callsen. « Les combats pour la ville ont été intenses, me résuma-t-il, il y a eu beaucoup de destructions, vous l'avez bien vu ; il sera difficile de trouver à loger le Sonderkommando en entier. » Le Vorkommando avait néanmoins commencé son travail de SP et interrogeait des suspects ; on avait en outre, sur demande de la 6ᵉ armée, arrêté de nombreux otages afin de prévenir des sabotages comme à Kiev. Callsen avait développé son analyse politique : « La population de la ville est en majorité russe, les problèmes délicats liés aux relations avec les Ukrainiens se poseront moins ici. Il y a aussi une importante population juive, bien que beaucoup aient fui avec les bolcheviques. » Blobel lui avait donné l'ordre de convoquer les meneurs juifs et de les fusiller : « Pour les autres, on verra plus tard. »

Dans la chambre, Hanika avait réussi à boucher les fenêtres avec du carton et des bâches, et il avait trouvé quelques bougies pour l'éclairage ; mais les pièces restaient glaciales. Durant un long moment, assis sur le divan tandis qu'il faisait chauffer du thé, je me laissai occuper par une fantaisie : prétextant le froid, je l'invitais à dormir avec moi, pour la chaleur mutuelle, puis lentement, au cours de la nuit, je lui passais la main sous la tunique, embrassais ses jeunes lèvres, et fouillais dans son pantalon pour en extraire sa verge raidie. Séduire un subordonné, même consentant, voilà qui était hors de question ; mais cela faisait bien longtemps que je n'avais plus songé à de telles choses, et je ne cherchai pas à résister à la douceur de ces images. Je regardais sa nuque et me demandais s'il avait jamais connu une fille. Il était vraiment très jeune, mais même avant son âge, au pensionnat, nous faisions déjà, entre garçons, tout ce qu'on peut faire, et les garçons plus âgés, qui devaient alors avoir eu l'âge que Hanika avait maintenant, savaient se trouver des filles, au village voisin, ravies d'être culbutées. Ma pensée maintenant glissait : à la place de sa frêle nuque venaient se dessiner des nuques autrement puissantes, celles d'hommes que j'avais connus ou même simplement aperçus, et je considérais ces nuques avec le regard d'une femme, comprenant soudainement avec une netteté effrayante que les hommes ne contrôlent rien, ne dominent rien, qu'ils sont tous des enfants et même des jouets, mis là pour le plaisir des femmes, un plaisir insatiable et d'autant plus souverain que les hommes croient contrôler les choses, croient dominer les femmes, alors qu'en réalité les femmes les absorbent, ruinent leur domination et dissolvent leur contrôle, pour en fin de compte prendre d'eux bien plus qu'ils ne veulent donner. Les hommes croient en toute honnêteté que les femmes sont vulnérables, et que cette vulnérabilité, il faut soit en profiter, soit la protéger, tandis que les femmes se rient, avec tolérance et amour ou bien avec mépris, de la vulnérabilité infantile et infinie des hommes, de leur fragilité, cette friabilité si proche de la perte de contrôle permanente, cet effondrement perpétuellement menaçant, cette vacuité incarnée dans une si forte chair. C'est bien pour cela, sans aucun doute, que les femmes tuent si rarement. Elles souffrent bien plus, mais elles auront toujours le dernier mot. Je buvais mon thé. Hanika avait fait mon lit avec toutes les couvertures qu'il avait pu trouver ; j'en pris deux et les lui laissai sur le divan de la première pièce, où il dormirait. Je fermai la porte et me masturbai rapidement, puis m'endormis sur-le-champ, les mains et le ventre maculés de sperme.

Pour une raison ou une autre, peut-être pour rester proche de von Reichenau, qui y avait son QG, Blobel choisit de demeurer à Poltava, et nous attendîmes le Kommandostab plus d'un mois. Le Vorkommando ne restait pas inactif. Comme à Kiev, j'entrepris de monter des réseaux d'informateurs ; c'était d'autant plus nécessaire vu la population bigarrée, pleine d'immigrés de toute l'URSS, parmi lesquels se cachaient certainement de nombreux espions et saboteurs; en outre, nous n'avions pu trouver aucune liste, aucun fichier du NKVD : avant de se replier ils avaient effectué un nettoyage méthodique de leurs archives, rien ne nous était resté pour nous faciliter la tâche. Travailler dans l'hôtel devenait assez pénible : tandis qu'on cherchait à taper un rapport ou discuter avec un collaborateur local, de la chambre voisine s'élevaient les cris d'un homme que l'on interrogeait, cela m'accablait. Un soir on nous servit du vin rouge à dîner : le repas à peine fini, tout remontait déjà. Cela ne m'était jamais encore arrivé avec une telle violence, et je commençais à m'inquiéter : avant la guerre, je ne vomissais jamais, depuis mon enfance je n'avais presque jamais vomi, et je me demandais à quoi cela pouvait bien correspondre. Hanika, qui avait entendu mes renvois à travers la porte de la salle de bains, avança que peut-être la nourriture était mauvaise, ou bien que je souffrais d'une grippe intestinale : je secouai la tête, ce n'était pas ça, j'en étais certain, car cela avait commencé exactement comme les haut-le-cœur, par une toux et un sentiment de lourdeur ou bien de quelque chose de bloqué, seulement c'était allé plus loin et tout était revenu d'un coup, la nourriture à peine digérée mêlée au vin, une bouillie rouge, effrayante.

Enfin Kuno Callsen obtint de l'Ortskommandantur la permission d'installer le Sonderkommando dans les locaux du NKVD, sur la Sovnarkomovskaïa, la rue des commissariats du peuple soviétiques. Ce grand immeuble en forme de L date du début du siècle, et l'entrée principale se trouve dans une petite rue perpendiculaire, bordée d'arbres dénudés par l'hiver; une plaque en russe à l'angle indique que lors de la guerre civile, en mai et juin 1920, le célèbre Dzerjinski y avait son siège. Les officiers logeaient toujours à l'hôtel; Hanika nous avait déniché un poêle; malheureusement, il l'avait installé dans le petit salon où il dormait et, si je laissais la porte ouverte, ses atroces grincements de dents venaient ruiner mon sommeil. Je lui demandai de bien chauffer les deux pièces durant la journée, pour que je puisse en me couchant fermer la porte; mais à l'aube le froid me réveillait, et je finissais par dormir habillé, avec un bonnet en laine, jusqu'à ce que Hanika me trouvât des couettes que j'entassais pour dormir nu, comme j'en avais l'habitude. Je continuais de vomir presque tous les soirs ou au moins un soir sur deux, tout de suite à la fin des repas, et une fois même avant d'avoir fini, je venais de boire une bière froide avec ma côtelette de porc, et cela remonta si vite que le liquide était encore frais, une sensation hideuse. Je parvenais toujours à vomir proprement, dans un W-C ou un lavabo,

sans trop me faire remarquer, mais ça restait épuisant : les immenses
haut-le-cœur qui précédaient la remontée des aliments me laissaient
vidé, drainé de toute énergie pour de longs moments. Au moins la nourriture revenait-elle si rapidement qu'elle n'était pas encore acide, la
digestion avait à peine débuté et cela n'avait aucun goût, il me suffisait
de me rincer la bouche pour me sentir mieux.

Les spécialistes de la Wehrmacht avaient méticuleusement fouillé
tous les bâtiments publics, à la recherche d'explosifs et de mines, et
avaient désamorcé quelques engins ; malgré cela, quelques jours après la
première chute de neige, la Maison de l'Armée rouge explosa, tuant le
commandant de la 60ᵉ division, son chef d'état-major, son Ia, et trois
commis, que l'on retrouva horriblement mutilés. Le même jour il y eut
quatre autres explosions ; les militaires étaient furieux. L'ingénieur en
chef de la 6ᵉ armée, l'Oberst Selle, donna l'ordre de placer des Juifs
dans tous les grands bâtiments pour prévenir de nouvelles explosions.
Von Reichenau, lui, voulait des représailles. Le Vorkommando ne fut
pas mêlé à cela : la Wehrmacht s'en chargea. L'Ortskommandant fit
pendre des otages à tous les balcons de la ville. Derrière nos bureaux,
deux rues, la Tchernychevski et la Girchman, s'entremêlaient pour former une étendue irrégulière, comme une vague place entre des petits
immeubles semés là sans aucun plan. Plusieurs de ces demeures, de
périodes et de couleurs différentes, s'ouvraient à la rue par un angle
tronqué, leur élégante porte d'entrée coiffée d'un petit balcon ; bientôt,
à chaque rambarde, un ou plusieurs hommes pendaient comme des sacs.
Sur une maison de maître d'avant la dernière guerre, vert pâle et à trois
étages, deux atlantes musclés, flanquant la porte, soutenaient le balcon
de leurs bras blancs, repliés derrière leurs têtes : lorsque je passai, un
corps tressaillait encore entre ces cariatides impassibles. Chaque pendu
arborait autour du cou une pancarte en russe. Pour me rendre au
bureau, j'aimais marcher, soit sous les tilleuls et les peupliers nus de la
longue rue Karl-Liebknecht, soit en coupant par le vaste jardin des Syndicats avec son monument à Chevtchenko ; il ne s'agissait que de quelques centaines de mètres, et le jour les rues étaient sûres. Dans la rue
Liebknecht aussi on pendait des gens. Sous un balcon, une foule s'était
attroupée. Plusieurs Feldgendarmes étaient sortis par la porte-fenêtre et
attachaient solidement six cordes avec des nœuds coulants. Puis ils ren-
trèrent dans la pièce sombre. Au bout d'un moment ils réapparurent,
portant un homme aux bras et aux jambes liés, la tête couverte d'une
cagoule. Un Feldgendarme lui passa un nœud coulant autour du cou,
puis l'écriteau, puis lui retira la cagoule. Un instant, je vis les yeux exor-

bités de l'homme, des yeux de cheval emballé; puis, comme saisi de fatigue, il les ferma. Deux des Feldgendarmes le soulevèrent et le firent lentement glisser du balcon. Ses muscles ligotés furent pris de grands soubresauts, puis se calmèrent, il balançait tranquillement, la nuque brisée net, tandis que les Feldgendarmes pendaient le suivant. Les gens regardèrent jusqu'au bout, je regardai aussi, empli d'une fascination mauvaise. Je scrutais avidement les visages des pendus, des condamnés avant qu'on ne les passe par-dessus la rambarde : ces visages, ces yeux effrayés ou effroyablement résignés, ne me disaient rien. Plusieurs des morts avaient la langue qui dépassait, grotesque, des flots de salive coulaient de leur bouche sur le trottoir, certains des spectateurs riaient. L'angoisse m'envahissait comme une vaste marée, le bruit des gouttes de salive m'horripilait. Jeune encore, j'avais vu un pendu. Cela c'était passé dans l'affreux pensionnat où l'on m'avait enfermé; j'y souffrais, mais je n'étais pas le seul. Un soir, après le dîner, il y avait une prière spéciale, je ne me souviens plus pour quoi, et je m'étais fait dispenser, prétextant mes origines luthériennes (c'était un collège catholique); ainsi, je pus retourner à ma chambre. Chaque dortoir était organisé par classes et comptait environ quinze lits superposés. En montant, je passai par la chambre voisine, où couchaient les premières (j'étais en seconde, je devais avoir quinze ans); il y avait là deux garçons, qui avaient eux aussi échappé à la messe : Albert, avec qui j'étais plus ou moins lié, et Jean R., un garçon étrange, peu aimé, mais qui faisait peur aux autres élèves avec ses crises violentes et désordonnées. Je bavardai avec eux quelques minutes avant de regagner ma chambre où je me couchai pour lire, un roman de E.R. Burroughs, lecture évidemment interdite comme tout dans cette prison. J'achevais un second chapitre lorsque soudain j'entendis la voix d'Albert, un hurlement dément : « Au secours ! Au secours ! À moi ! » Je bondis de mon lit, le cœur battant, puis une pensée me retint : et si Jean R. était en train de tuer Albert ? Albert criait toujours. Alors je me forçai à aller voir; terrifié, prêt à m'enfuir, j'avançai vers la porte et la poussai. Jean R. pendait à une poutre, un ruban rouge autour du cou, le visage déjà bleu; Albert, hurlant, le tenait par les jambes et tentait de le soulever. Je filai de la chambrée et dévalai les escaliers, criant à mon tour, à travers le préau, vers la chapelle. Plusieurs professeurs sortirent, hésitèrent, puis se mirent à courir vers moi, suivis d'une foule d'élèves. Je les menai à la chambre où tout le monde voulut entrer; dès qu'ils comprirent, deux professeurs bloquèrent la porte, faisant reculer les élèves dans le couloir, mais j'étais déjà entré, je vis tout. Deux ou trois des professeurs soutenaient

Jean R. tandis qu'un autre s'escrimait furieusement pour couper le gros ruban avec un canif ou une clef. Enfin Jean R. tomba comme un arbre abattu, entraînant les professeurs au sol avec lui. Albert, recroquevillé dans un coin, sanglotait, les mains crispées devant son visage. Le père Labourie, mon professeur de grec, tentait d'ouvrir la mâchoire de Jean R., il s'y prenait à deux mains pour écarter les dents, de toutes ses forces, mais sans succès. Je me souviens distinctement du bleu profond et luisant du visage de Jean R., et de ses lèvres violettes, couvertes d'écume blanche. Puis l'on me fit sortir. Cette nuit-là, je la passai à l'infirmerie, on voulait m'isoler des autres garçons, je suppose ; je ne sais pas où ils mirent Albert. Un peu plus tard, on m'envoya le père Labourie, un homme doux et patient, qualités rares dans cet établissement. Il n'était pas comme les autres prêtres et j'aimais discuter avec lui. Le lendemain matin, tous les élèves furent réunis à la chapelle pour un long sermon sur l'abomination du suicide. Jean R., nous informa-t-on, avait survécu ; et il fallut prier pour le salut de son âme de pécheur. Nous ne le revîmes jamais. Comme tous les élèves étaient assez secoués, les bons pères décidèrent d'organiser une longue randonnée dans les bois. « C'est idiot », dis-je à Albert lorsque je le rencontrai dans la cour. Il semblait fermé, tendu. Le père Labourie s'approcha de moi et dit doucement : « Viens, viens avec nous. Même si ça t'est égal, ça fera du bien aux autres. » Je haussai les épaules et rejoignis le groupe. Ils nous firent marcher plusieurs heures ; et il est vrai que le soir, tout le monde était calme. On me laissa retourner à ma chambrée, où je fus assailli par les autres garçons. Durant la marche, Albert m'avait raconté que Jean R. était monté sur son lit, et, après avoir placé le nœud coulant autour de son cou, avait appelé : « Dis, Albert, regarde », puis s'était lancé. Au-dessus du trottoir de Kharkov, les pendus oscillaient lentement. Il y avait là, je le savais, des Juifs, des Russes, des Tsiganes. Tous ces pendus mornes et empaquetés me faisaient songer à des chrysalides somnolentes, attendant patiemment la métamorphose. Mais il y avait toujours quelque chose que je ne saisissais pas. Je commençais enfin à entrevoir que, quel que soit le nombre de morts que je verrais, ou bien de gens à l'instant de leur mort, je ne parviendrais jamais à saisir la mort, ce moment-là, précisément en lui-même. C'était de deux choses l'une : ou l'on est mort, et alors il n'y a de toute façon plus rien à comprendre, ou l'on ne l'est pas encore, et dans ce cas, même le fusil sur la nuque ou la corde au cou, cela reste incompréhensible, une pure abstraction, cette idée absurde que moi, seul vivant au monde, je puisse disparaître. Mourants, nous sommes peut-être déjà morts, mais nous ne mourons jamais, ce moment-là n'arrive jamais, ou plutôt il n'en finit jamais d'arriver, le voilà, il arrive, et puis il arrive encore, et puis il est déjà passé, sans être jamais arrivé. Voilà comment je raisonnais à Kharkov, très mal sans doute, mais je n'allais pas bien.

C'était la fin novembre ; sur la vaste place circulaire, rebaptisée Adolf-Hitler-Platz, une neige grise et pâle comme des bouchées de lumière tombait doucement du ciel de midi. Une femme pendait par une longue corde de la main tendue de Lénine, des enfants jouaient dessous, et levaient la tête pour regarder sous sa jupe. Les pendus proliféraient, l'Ortskommandant avait ordonné qu'ils restent accrochés, *pour donner l'exemple*. Les passants russes filaient rapidement devant eux, tête baissée ; les soldats allemands et les enfants les détaillaient avec curiosité, et les soldats les photographiaient souvent. Depuis plusieurs jours je ne vomissais plus, j'espérais que cela allait mieux ; mais ce n'était qu'un répit ; lorsque cela me reprit, je vomis ma saucisse, mon chou et ma bière, une heure après le repas, dans la rue, à moitié caché dans une allée. Un peu plus loin, à l'angle du jardin des Syndicats, on avait dressé une potence, et ce jour-là on y menait deux très jeunes hommes et une femme, les mains liées dans le dos, entourés d'une foule composée essentiellement de soldats et d'officiers allemands. La femme portait au cou une grande pancarte, expliquant qu'on les punissait en représailles pour une tentative de meurtre sur un officier. Alors on les pendit. L'un des jeunes hommes avait un air éberlué, étonné de se retrouver là, l'autre était simplement triste ; la femme, elle, grimaça affreusement lorsqu'on retira le support de sous ses pieds, mais ce fut tout. Dieu seul sait s'ils avaient effectivement été mêlés à l'attentat ; on pendait quasiment n'importe qui, des Juifs mais aussi des soldats russes, des gens sans papiers, des paysans rôdant à la recherche de nourriture. L'idée n'était pas de punir des coupables mais de prévenir de nouveaux attentats par la terreur. À Kharkov même, cela semblait marcher ; il n'y avait plus eu d'explosions depuis les pendaisons. Mais hors de la ville la situation empirait. L'Oberst von Hornbogen, le Ic de l'Ortskommandantur chez qui je me rendais régulièrement, gardait au mur une grande carte des alentours de Kharkov piquée d'épingles rouges, chacune figurant une attaque de partisans ou un attentat. « Ça devient un vrai problème, m'expliquait-il. On ne peut sortir de la ville qu'en force ; les hommes isolés se font tirer comme des lapins. On rase tous les villages où on trouve des partisans, mais ça n'aide pas beaucoup. Le ravitaillement devient difficile, même pour les troupes ; quant à nourrir la population, cet hiver, il ne faudra pas y songer. » La ville comptait quelque six cent mille habitants ; il n'y avait aucun stock public, et on parlait déjà de vieillards mourant de faim. « Parlez-moi de vos problèmes de discipline, si vous le voulez bien », demandai-je à l'Oberst, avec qui j'avais depuis quelque temps développé de bonnes relations. — « C'est vrai, on a des difficultés. Surtout des cas de pillage. Des soldats ont vidé l'appartement du maire russe pendant qu'il se trouvait chez nous. Beaucoup de soldats prennent des manteaux ou des bonnets de fourrure à la population. Il y a aussi des cas de viol. Une femme russe a été enfermée dans une cave et violée par six soldats l'un après l'autre. » — « Vous attribuez cela à quoi ? » — « Question de moral, j'imagine. Les troupes sont épuisées, sales, couvertes de vermine, on ne leur fournit même pas de sous-vêtements propres, et puis l'hiver arrive, ils sentent que ça va être pire. » Il se pencha en avant avec un léger sourire : « Entre nous, je peux vous dire qu'on a même peint des inscriptions sur les bâtiments de l'A O K, à Poltava. Des choses comme *On veut rentrer en Allemagne* ou bien *On est sales et on a des poux et on veut rentrer*. Le Generalfeldmarschall était fou de rage, il a pris ça comme une insulte personnelle. Bien sûr, il reconnaît qu'il y a des tensions et des privations, mais il pense que les officiers pourraient faire plus pour l'éducation politique des hommes. Enfin, le plus inquiétant, c'est quand même le ravitaillement. »

Dehors, une fine couche de neige recouvrait la place, saupoudrait les épaules et les cheveux des pendus. À côté de moi, un jeune Russe entrait à toute volée dans l'Ortskommandantur, retenant au passage du pied la lourde porte battante, avec une grande délicatesse, pour éviter qu'elle ne claque. Je reniflais ; une goutte d'eau me coula du nez et me barra les lèvres d'un trait froid. Von Hornbogen m'avait laissé bien pessimiste. Pourtant la vie reprenait. Des commerces, tenus par des *Volksdeutschen*, s'ouvraient, des restaurants arméniens aussi, et même deux boîtes de nuit. La Wehrmacht avait rouvert le Théâtre dramatique ukrainien Chevtchenko, après avoir repeint en jaune ocre et un lourd rouge bourgogne son élégante façade du xixe siècle, aux colonnes et aux moulures blanches mutilées par les éclats ; on en avait fait un cabaret baptisé le *Panzersprenggranate*, la « Grenade antichar », et une pancarte criarde en proclamait le nom au-dessus des portes ouvragées. J'y emmenai Hanika un soir à une revue satirique. C'était plutôt mauvais, mais les hommes, ravis, riaient, applaudissaient furieusement ; certains numéros pouvaient être assez drôles. Dans une scène parodique, un chœur vêtu du châle de prière rayé des rabbins chantait, avec un ensemble convenable, un air de *La Passion selon saint Jean* :

Wir haben ein Gesetz
und nach dem Gesetz
soll er sterben.

Bach, me dis-je, un homme pieux, n'aurait pas apprécié ce badinage. Mais je devais reconnaître que c'était comique. Le visage de Hanika brillait, il applaudissait tous les numéros ; il semblait heureux. Ce soir-là, je me sentais à l'aise, je n'avais pas vomi et j'appréciais la chaleur et la bonne ambiance du théâtre. À l'entracte, je me rendis au buffet et offris un verre de vodka glacée à Hanika ; il devint rouge, il n'avait pas l'habitude. Ajustant mon uniforme devant une glace, je remarquai une tache. « Hanika, demandai-je, c'est quoi, ça ? » — « Quoi, Herr Hauptsturmführer ? » — « La tache, là. » Il regarda : « Je ne vois rien, Herr Hauptsturmführer. » — « Si, si, insistai-je, il y a une tache, là, c'est un peu foncé. Frotte mieux quand tu laves. » — « Oui, Herr Hauptsturmführer. » Cette tache me troublait ; je tentai de l'oublier en buvant un autre verre, puis retournai dans la salle pour la seconde partie du spectacle. Après, en compagnie de Hanika, je remontai à pied l'ancienne rue Liebknecht, rebaptisée Horst-Wesselstrasse ou quelque chose du genre. Plus haut, en face du parc, surveillées par des soldats, des vieilles femmes décrochaient un pendu. Au moins, pensai-je en voyant cela, ces Russes que nous pendons ont des mères pour leur essuyer la sueur du front, leur fermer les yeux, leur replier les bras et les enterrer avec tendresse. Je songeais à tous les Juifs aux yeux encore ouverts sous la terre du ravin de Kiev : nous les avions privés de la vie mais aussi de cette tendresse, car avec eux nous avions tué leurs mères et leurs femmes et leurs sœurs, et n'avions laissé personne pour porter leur deuil. Leur sort, ç'avait été l'amertume d'une fosse commune, leur festin de funérailles, la riche terre d'Ukraine emplissant leur bouches, leur seul Kaddish, le sifflement du vent sur la steppe. Et le même sort se tramait pour leurs coreligionnaires de Kharkov. Blobel était enfin arrivé avec le Hauptkommando, et découvrait avec fureur qu'aucune mesure n'avait encore été prise, sauf imposer le port de l'étoile jaune. « Mais qu'est-ce qu'ils foutent, à la Wehrmacht ? ! ! Ils veulent passer l'hiver avec trente mille saboteurs et terroristes parmi eux ? » Il amenait le remplaçant du Dr. Kehrig, tout juste arrivé d'Allemagne ; ainsi, je me trouvais relégué à mes anciennes fonctions subalternes, ce qui, vu mon état de fatigue, n'était pas pour me déplaire. Le Sturmbannführer Dr. Woytinek était un petit homme sec, maussade, qui nourrissait un vif ressentiment d'avoir *raté le début de la campagne* et qui espérait que *l'occasion se pré-*

senterait rapidement de se rattraper. L'occasion, en effet, allait se présenter; mais pas immédiatement. Dès leur arrivée, Blobel et Vogt avaient entamé des négociations avec les représentants de l'AOK en vue d'une nouvelle *Grosse Aktion.* Mais entre-temps, von Rundstedt avait été limogé à cause de la retraite de Rostov et le Führer avait désigné von Reichenau pour le remplacer à la tête du groupe d'armées Sud. Aucun remplaçant n'avait encore été nommé pour prendre le commandement de la 6ᵉ armée; pour le moment, l'AOK était dirigé par l'Oberst Heim, le chef d'état-major; et ce dernier, en matière de coopération avec la SP et le SD, se montrait moins complaisant que son ancien général en chef. Il n'émettait aucune objection de principe, mais il soulevait chaque jour dans sa correspondance de nouvelles difficultés pratiques, et les discussions traînaient. Blobel écumait et se passait les nerfs sur les officiers du Kommando. Le Dr. Woytinek, lui, se familiarisait avec les dossiers et me harcelait de questions à longueur de journée. Le Dr. Sperath, lorsqu'il m'avait vu, avait remarqué : « Vous n'avez pas bonne mine, vous. » — « Ce n'est rien. Je suis juste un peu fatigué. » — « Vous devriez prendre du repos. » Je ricanai : « Oui, après la guerre sans doute. » Mais j'étais aussi distrait par les traces de boue sur mon pantalon que Hanika, qui semblait devenir un peu négligent, avait mal nettoyé.

Blobel était venu à Kharkov avec le camion Saurer, et il comptait bien s'en servir pour l'action planifiée. Il avait enfin pu l'étrenner à Poltava. Häfner, qui avait été présent — les Teilkommandos s'étaient regroupés à Poltava avant de marcher ensemble jusqu'à Kharkov —, me narra la scène, un soir, au casino : « En fait, ce n'est pas du tout une amélioration. Le Standartenführer a fait charger des femmes et des enfants, puis il a lancé le moteur. Les Juifs, quand ils ont compris, se sont mis à tambouriner et à hurler "Chers Allemands! Chers Allemands! Laissez-nous sortir!". Moi, je suis resté assis dans la voiture, avec le Standartenführer qui buvait du schnaps. Après, pendant le déchargement, je peux vous dire qu'il n'était pas à l'aise. Les corps étaient couverts de merde et de vomi, les hommes étaient dégoûtés. Findeisen, qui conduisait le camion, a aussi reçu du gaz et vomissait partout. Une horreur. Si c'est tout ce qu'ils ont trouvé pour nous simplifier la vie, ils pourront repasser. On voit bien que c'est une idée de bureaucrate. » — « Mais le Standartenführer veut encore s'en servir? » — « Oh oui! Mais je vous assure, ça sera sans moi. »

Enfin, les négociations avec l'AOK aboutissaient. Blobel, soutenu en cela par le Ic Niemeyer, avait fait valoir que l'élimination de la population juive, ainsi que des autres indésirables et suspects politiques, voire des non-résidents, contribuerait à soulager le problème du ravitaillement, qui devenait de plus en plus pressant. La Wehrmacht, en coopération avec le bureau du logement de la ville, accepta de placer un site à la disposition du Sonderkommando pour l'évacuation, la KhTZ, une usine de tracteurs, avec des baraques pour ouvriers. Elle se situait hors de la ville, à douze kilomètres du centre, au-delà de la rivière sur la vieille route de Moscou. Le 14 décembre, on afficha un ordre donnant à tous les Juifs de la ville deux jours pour se reloger là-bas. Comme à Kiev, les Juifs s'y rendirent d'eux-mêmes, sans escorte ; et dans un premier temps ils furent réellement logés dans les baraquements. Le jour de l'évacuation, il neigeait, il faisait très froid, les enfants pleuraient. Je pris une voiture pour me rendre au KhTZ. Le site n'avait pas été fermé et il y avait énormément d'allées et venues. Comme dans ces baraques il n'y avait ni eau, ni nourriture, ni chauffage, les gens repartaient trouver le nécessaire, et l'on ne faisait rien pour les en empêcher ; simplement, des informateurs désignaient ceux qui propageaient des rumeurs négatives et inquiétaient les autres ; on les arrêtait discrètement et on les liquidait dans les caves des bureaux du Sonderkommando. Dans le camp régnait le plus grand chaos, les baraques tombaient en ruine, les enfants hurlaient, des vieux, déjà, mouraient, et, comme leurs familles ne pouvaient pas les enterrer, elles les couchaient dehors, où ils restaient figés par le gel. Enfin on ferma le camp et posta une garde allemande. Mais des gens continuaient à affluer, des Juifs qui voulaient rejoindre leurs familles, ou bien des conjoints russes et ukrainiens, qui apportaient à manger à leurs maris, femmes ou enfants ; eux, nous les laissions encore entrer et sortir, Blobel voulait éviter la panique et réduire le camp petit à petit, discrètement. La Wehrmacht avait objecté qu'une vaste action unique, comme à Kiev, créerait trop de remous, et Blobel avait accepté cet argument. La veille de Noël, l'Ortskommandantur invita les officiers du Sonderkommando à une réception dans une grande salle de congrès du Parti communiste d'Ukraine, redécorée pour l'occasion ; devant un buffet richement garni, nous bûmes force schnaps et cognacs avec les officiers de la Wehrmacht, qui levaient leurs verres au Führer, à l'*Endsieg*, et à notre grande œuvre commune. Blobel et le Kommandant de la ville, le général Reiner, échangèrent des étrennes ; puis les officiers pourvus d'une belle voix chantèrent des chœurs. À partir du surlendemain — la Wehrmacht avait tenu à repousser la date après Noël, pour éviter de gâcher les festivités — on invita les Juifs à se porter volontaires pour aller travailler à Poltava, à Lubny, à Romny. Il gelait à pierre fendre, la neige recouvrait tout, les Juifs transis se pressaient au point de sélection dans l'espoir de quitter au plus vite le camp. On les chargeait dans des camions, conduits par des chauffeurs ukrainiens ; leurs biens étaient entassés à part dans d'autres véhicules. Puis on les convoyait à Rogan, un faubourg éloigné de la ville, et on les fusillait dans des *balki*, des ravines choisies par nos géomètres. Les effets étaient acheminés dans des entrepôts pour être triés et ensuite distribués aux *Volksdeutschen* par le NSV et le Vomi. Ainsi, on vidait le camp par petits groupes, un peu chaque jour. Juste avant le Nouvel An, j'allai assister à une exécution. Les tireurs étaient tous des jeunes volontaires du 314ᵉ bataillon de police, ils n'avaient pas encore l'habitude, ils tiraient de travers et il y avait beaucoup de blessés. Les officiers les engueulaient et leur faisaient servir de l'alcool, mais cela n'améliorait pas leur performance. Le sang frais éclaboussait la neige, coulait au fond du ravin, se répandait en flaques sur la terre durcie par le froid ; il ne gelait pas, il stagnait, visqueux. Autour, les cannes grises et mortes des tournesols se dressaient encore dans les champs blancs. Tous les sons, même les cris et les coups de feu, étaient comme feutrés ; sous les pas, la neige crissait. On utilisait aussi le camion Saurer, mais cela je n'allai pas le voir. Je vomissais souvent maintenant et sentais que je tombais un peu malade ; j'avais de la fièvre, pas assez pour me retenir au lit, mais plutôt de longs frissons et une sensation de fragilité, comme si ma peau devenait de cristal. À la *balka*, entre les rafales, les poussées amères de cette fièvre parcouraient mon corps. Tout était blanc, effroyablement blanc, sauf le sang qui tachait tout, la neige, les hommes, mon manteau. Dans le ciel, de grandes formations de canards sauvages volaient tranquillement vers le sud.

Le froid s'installait et prenait ses aises, presque comme un organisme vivant qui s'étend sur la terre et s'infiltre partout, aux endroits les plus inattendus. Sperath m'informa que les engelures décimaient la Wehrmacht, et souvent entraînaient des amputations : les semelles cloutées des *Kommisstiefel* réglementaires s'étaient révélées un conducteur efficace. Chaque matin, on retrouvait des sentinelles mortes, la cervelle gelée par leur casque posé à même la tête, sans bonnet de laine. Les conducteurs des panzers devaient faire brûler des pneus sous leurs moteurs pour pouvoir démarrer. Une partie des troupes avait enfin reçu des vêtements civils chauds, collectés en Allemagne par le *Winterhilfe*, mais il y avait là de tout, et certains soldats se promenaient en manteaux de fourrure de femme, en boas, ou avec des manchons. Le pillage des civils empirait : les soldats leur prenaient de force leurs touloupes et leurs chapkas, et les rejetaient presque nus au froid, où beaucoup succombaient. Devant Moscou, racontait-on, c'était pire ; depuis la contre-offensive soviétique du début du mois, nos hommes, passés sur la défensive, mouraient comme des mouches dans leurs positions sans même apercevoir l'ennemi. Politiquement aussi la situation devenait confuse. Personne, à Kharkov, ne comprenait vraiment pourquoi nous avions déclaré la guerre aux Américains : « On en a déjà assez sur les bras, maugréait Häfner, secondé par Kurt Hans, les Japonais n'ont qu'à s'en occuper tout seuls. » D'autres, plus clairvoyants, voyaient dans une victoire japonaise un danger pour l'Allemagne. La purge du haut commandement de l'armée suscitait aussi des interrogations. À la SS, la plupart pensaient que le fait que le Führer ait personnellement pris la tête de l'OKH était une bonne chose : maintenant, disaient-ils, ces vieux Prussiens réactionnaires ne pourront plus subtilement l'entraver ; au printemps, les Russes seraient anéantis. À la Wehrmacht, ils paraissaient plus sceptiques. Von Hornbogen, le Ic, parlait de rumeurs d'offensive vers le sud, avec comme objectif le pétrole du Caucase. « Je ne comprends plus, me confiait-il après un verre ou deux au casino. Nos objectifs sont-ils politiques ou économiques ? » Les deux, sans doute, suggérai-je ; mais pour lui la grande question était celle de nos moyens. « Les Américains vont mettre un moment à augmenter leur production et accumuler un matériel suffisant. Ça nous laisse du temps. Mais si d'ici là on n'en a pas fini avec les Rouges, on est foutus. » Malgré tout, ces paroles me choquèrent ; jamais je n'avais entendu une opinion pessimiste exprimée si crûment. J'avais déjà envisagé la possibilité d'une victoire plus limitée que prévue, une paix de compromis, par exemple, où nous laisserions à Staline la Russie mais garderions l'Ostland et l'Ukraine, ainsi que la Crimée. Mais la défaite ? Cela me paraissait impensable. J'aurais bien aimé en discuter avec Thomas, mais il était loin, à Kiev, et je n'avais plus eu de ses nouvelles depuis sa promotion comme Sturmbannführer, qu'il m'avait annoncée en réponse à ma lettre de Péréïaslav. À Kharkov, il n'y avait pas grand monde avec qui discuter. Le soir, Blobel buvait et se répandait en injures contre les Juifs, les communistes, voire la Wehrmacht ; les officiers l'écoutaient, jouaient au billard, ou se retiraient dans leurs chambres. Je faisais souvent de même. Je lisais à cette époque le journal de Stendhal, il y avait là des passages cryptiques qui correspondaient étonnamment à mon sentiment : *Refus aux Juifs... L'étouffé du temps m'accable... La peine me rend machine...* Par contrecoup, certainement, d'un sentiment de saleté produit par les vomissements, je commençais aussi à prêter une atten-

tion presque obsessionnelle à mon hygiène ; plusieurs fois, déjà, Woytinek m'avait surpris en train de détailler mon uniforme, à la recherche
de traces de boue ou d'autres matières, et m'avait intimé l'ordre de cesser de *bayer aux corneilles*. Tout de suite après ma première inspection
de l'*Aktion* j'avais donné mon uniforme souillé à laver à Hanika ; mais
chaque fois qu'il me le rendait je trouvais de nouvelles taches, et à la fin
je le pris violemment à partie, lui reprochant en termes brutaux sa
paresse et son incompétence avant de lui flanquer ma vareuse au visage.
Sperath était venu me demander si je dormais bien ; lorsque je lui
répondis que oui, il eut l'air satisfait, et c'était vrai, la nuit je tombais
comme une pierre dès que je m'étendais, mais mon sommeil était alors
traversé de rêves lourds, pénibles, pas précisément des cauchemars,
mais comme de longs courants sous-marins qui remuaient la vase des
profondeurs tandis que la surface restait lisse, étale. Je dois noter que je
retournais régulièrement assister aux exécutions, personne ne l'exigeait,
j'y allais de mon propre chef. Je ne tirais pas, mais j'étudiais les hommes
qui tiraient, les officiers surtout comme Häfner ou Janssen, qui étaient
là depuis le début et semblaient maintenant devenus parfaitement
insensibles à leur travail de bourreau. Je devais être comme eux. En
m'infligeant ce lamentable spectacle, pressentais-je, je ne visais pas à en
user le scandale, le sentiment insurmontable d'une transgression, d'une
violation monstrueuse du Bien et du Beau, mais il advenait plutôt que
ce sentiment de scandale s'usait de lui-même, et on en prenait en effet
l'habitude, on ne sentait, à la longue, plus grand-chose ; ainsi, ce que je
cherchais, désespérément mais en vain, à recouvrer, c'était bien ce choc
initial, cette sensation d'une rupture, d'un ébranlement infini de tout
mon être ; à la place, je ne ressentais plus qu'une excitation morne et
angoissante, toujours plus brève, acide, confondue à la fièvre et à mes
symptômes physiques, et ainsi, lentement, sans bien m'en rendre
compte, je m'enfonçais dans la boue tandis que je cherchais la lumière.
Un incident mineur jeta un éclairage cru sur ces fissures qui allaient
s'élargissant. Dans le grand parc enneigé, derrière la statue de Chevtchenko, on menait une jeune partisane à la potence. Une foule d'Allemands se rassemblait : des Landser de la Wehrmacht et des Orpo, mais
aussi des hommes de l'organisation Todt, des *Goldfasanen* de l'*Ostministerium*, des pilotes de la Luftwaffe. C'était une jeune fille assez
maigre, au visage touché par l'hystérie, encadré de lourds cheveux noirs
coupés court, très grossièrement, comme au sécateur. Un officier lui lia
les mains, la plaça sous la potence et lui mit la corde au cou. Alors les
soldats et les officiers présents défilèrent devant elle et l'embrassèrent

l'un après l'autre sur la bouche. Elle restait muette et gardait les yeux ouverts. Certains l'embrassaient tendrement, presque chastement, comme des écoliers ; d'autres lui prenaient la tête à deux mains pour lui forcer les lèvres. Lorsque vint mon tour, elle me regarda, un regard clair et lumineux, lavé de tout, et je vis qu'elle, elle comprenait tout, savait tout, et devant ce savoir si pur j'éclatai en flammes. Mes vêtements crépitaient, la peau de mon ventre se fendait, la graisse grésillait, le feu rugissait dans mes orbites et ma bouche et nettoyait l'intérieur de mon crâne. L'embrasement était si intense qu'elle dut détourner la tête. Je me calcinai, mes restes se transformaient en statue de sel ; vite refroidis, des morceaux se détachaient, d'abord une épaule, puis une main, puis la moitié de la tête. Enfin je m'effondrai entièrement à ses pieds et le vent balaya ce tas de sel et le dispersa. Déjà l'officier suivant s'avançait, et quand tous furent passés, on la pendit. Des jours durant je réfléchis à cette scène étrange ; mais ma réflexion se dressait devant moi comme un miroir, et ne me renvoyait jamais que ma propre image, inversée certes, mais fidèle. Le corps de cette fille aussi était pour moi un miroir. La corde s'était cassée ou on l'avait coupée, et elle gisait dans la neige du jardin des Syndicats, la nuque brisée, les lèvres gonflées, un sein dénudé rongé par les chiens. Ses cheveux rêches formaient une crête de méduse autour de sa tête et elle me semblait fabuleusement belle, habitant la mort comme une idole, Notre-Dame-des-Neiges. Quel que fût le cnemin que je prenais pour me rendre de l'hôtel à nos bureaux, je la trouvais toujours couchée sur mon passage, une question têtue, bornée, qui me projetait dans un labyrinthe de vaines spéculations et me faisait perdre pied. Cela dura des semaines.

Blobel mit fin à l'*Aktion* quelques jours après le Nouvel An. On avait gardé plusieurs milliers de Juifs au KhTZ pour des travaux de force dans la ville ; ils seraient fusillés plus tard. Nous venions d'apprendre que Blobel allait être remplacé. Lui-même le savait depuis des semaines, mais n'en avait rien dit. Il était d'ailleurs grand temps qu'il parte. Depuis son arrivé à Kharkov, il était devenu une loque nerveuse, en aussi mauvais état, presque, qu'à Lutsk : un moment, il nous réunissait pour s'extasier sur les derniers totaux cumulés du Sonderkommando, le suivant, il s'époumonait de rage, incohérent, pour une bêtise, une remarque de travers. Un jour, début janvier, j'entrai dans son bureau pour lui porter un rapport de Woytinek. Sans me saluer, il me lança une feuille de papier : « Regardez-moi cette merde. » Il était ivre, blanc de colère. Je pris la feuille : c'était un ordre du General von Manstein, le commandant de la 11ᵉ armée, en Crimée. « C'est votre patron Ohlendorf qui m'a transmis ça. Lisez, lisez. Vous voyez, là, en bas ? *Il est déshonorant que les officiers soient présents aux exécutions des Juifs.* Déshonorant ! Les enculés. Comme si ce qu'ils faisaient était honorable... comme s'ils traitaient leurs prisonniers avec *honneur* !... J'ai fait la Grande Guerre, moi. Pendant la Grande Guerre on s'occupait des prisonniers, on les nourrissait, on ne les laissait pas crever de faim comme du bétail. » Une bouteille de schnaps traînait sur la table ; il s'en versa une rasade, qu'il avala d'une traite. J'étais toujours debout face à son bureau, je ne disais rien. « Comme si tous on ne prenait pas nos ordres à la même source... Les salopards. Ils veulent garder les mains propres, ces petites merdes de la Wehrmacht. Ils veulent nous laisser le sale boulot. » Il se montait la tête, son visage s'empourprait. « Les chiens. Ils veulent pouvoir dire, après : "Ah non, les horreurs, c'était pas nous. C'était eux, les autres, là, les assassins de la SS. Nous n'avions rien à voir avec tout ça. Nous nous sommes battus comme des soldats, avec honneur." Mais qui c'est qui a pris toutes ces villes qu'on nettoie ? Hein ! Qui est-ce qu'on protège, nous, quand on élimine les partisans et les Juifs et toute la racaille ? Vous croyez qu'ils se plaignent ? Ils nous le demandent ! » Il criait tellement qu'il postillonnait. « Cette ordure de Manstein, cet hypocrite, ce demi-youtre qui apprend à son chien à lever la patte quand il entend "Heil Hitler", et qui fait accrocher derrière son bureau, c'est Ohlendorf qui me l'a dit, un panneau imprimé où c'est écrit : *Mais qu'est-ce que le Führer dirait de cela ?* Eh bien justement, qu'est-ce qu'il en dirait, notre Führer ? Qu'est-ce qu'il dirait, quand l'AOK 11 demande à son Einsatzgruppe de liquider tous les Juifs de Simferopol avant la Noël, pour que les officiers puissent passer des fêtes *judenfrei* ? Et puis qu'ils promulguent des torchons sur l'honneur de la Wehrmacht ? Les porcs. Qui c'est qui a signé le *Kommissarbefehl* ? Qui c'est qui a signé l'ordre sur les juridictions ? Qui c'est ? Le Reichsführer peut-être ? » Il s'arrêta pour reprendre sa respiration et boire un autre verre ; il avala de travers, s'étouffa, toussa. « Et si ça tourne mal, ils vont tout nous mettre sur le dos. Tout. Ils vont s'en sortir tout propres, tout élégants, en agitant du papier à chiottes comme ça » — il m'avait arraché le feuillet des mains et le secouait en l'air — « et en disant : "Non, ce n'est pas nous qui avons tué les Juifs, les commissaires, les Tsiganes, on peut le prouver, vous voyez, on n'était pas d'accord, c'est tout de la faute du Führer et des SS"... » Sa voix devenait geignarde. « Bordel, même si on gagne ils nous enculeront. Parce que, écoutez-moi, Aue, écoutez-moi bien » — il chuchotait presque, maintenant, sa voix était rauque — « un jour tout ça va ressortir. Tout. Il y a trop de gens qui savent, trop de témoins. Et quand ça ressortira, qu'on ait gagné ou perdu la guerre, ça va faire du bruit, ça va être le scandale. Il faudra des têtes. Et ça sera nos têtes qu'on servira à la foule tandis que tous les Prusso-youtres comme von Manstein, tous les von Rundstedt et les von Brauchitsch et les von Kluge retourneront à leurs *von* manoirs confortables et écriront leurs *von* mémoires, en se donnant des claques dans le dos les uns les autres pour avoir été des *von* soldats si décents et honorables. Et nous on finira au rebut. Ils nous referont un 30 juin, sauf que cette fois les pigeons ça sera la SS. Les salauds. » Il crachait partout sur ses papiers. « Les salauds, les salauds. Nos têtes sur un plateau, et eux avec leurs petites mains blanches toutes propres et élégantes, bien manucurées, pas une goutte de sang. Comme si pas un seul d'entre eux n'avait jamais signé un ordre d'exécution. Comme si pas un seul d'entre eux n'avait jamais tendu le bras en criant "Heil Hitler!" quand on leur parlait de tuer les Juifs. » Il bondit de sa chaise et se mit au garde-à-vous, le torse bombé, le bras dressé presque à la verticale, et rugit : « Heil Hitler! Heil Hitler! Sieg Heil! » Il se rassit d'un coup et se mit à marmonner. « Les salauds. Les honorables petits salopards. Si seulement on pouvait les fusiller aussi. Pas Reichenau, lui c'est un moujik, mais les autres, tous les autres. » Il devenait de plus en plus incohérent. Enfin il se tut. J'en profitai pour lui tendre rapidement le rapport de Woytinek et m'excuser. Il se remit à crier dès que j'eus franchi la porte mais je ne m'arrêtai pas.

Enfin son remplaçant arriva. Blobel ne s'éternisa pas : il nous fit un bref discours d'adieu et prit le premier train pour Kiev. Personne, je crois, ne le regrettait, d'autant que notre nouveau commandant, le Standartenführer Dr. Erwin Weinmann, contrastait positivement avec son prédécesseur. C'était un homme jeune, il avait à peine quelques années de plus que moi, d'une grande retenue, au visage préoccupé, presque triste, et un authentique national-socialiste de conviction. Tout comme le Dr. Thomas, il était médecin de profession, mais il travaillait depuis plusieurs années à la *Staatspolizei*. Il fit tout de suite bonne impression. « J'ai passé plusieurs jours à Kiev avec le Brigadeführer Thomas », nous informa-t-il d'emblée, « et il m'a expliqué les immenses difficultés auxquelles les officiers et les hommes de ce Kommando ont dû faire face. Sachez que ce ne fut pas en vain et que l'Allemagne est fière de vous. Je vais passer les jours qui suivent à me familiariser avec le travail du Kommando; à cet effet, je souhaiterais avoir une discussion franche et libre avec chacun d'entre vous, individuellement. »

Weinmann nous apportait une nouvelle d'importance. Von Reiche-

nau avait enfin été remplacé à la tête de l'AOK 6, au début de l'année,
par un nouveau venu au théâtre des opérations, le General der Panzertruppe Friedrich Paulus, un de ses anciens chefs d'état-major qui
depuis 1940 était chargé de la planification à l'OKW, et qu'il avait
recommandé. Or Paulus avait déjà perdu son protecteur. La veille de
l'arrivée de Weinmann à Kharkov, après sa course à pied matinale par
– 20 °, von Reichenau s'était effondré, terrassé par une crise cardiaque
selon les uns, une embolie cérébrale selon les autres ; Weinmann avait
appris la chose dans le train, par un officier de l'AOK. Comme von
Reichenau vivait encore, le Führer avait donné l'ordre de le ramener en
Allemagne ; son avion s'écrasa près de Lemberg, et on le trouva encore
sanglé à son siège, son bâton de Feldmarschall à la main, triste fin pour
un héros allemand. Après des hésitations, on désigna le Generalfeldmarschall von Bock à sa place ; le jour même de sa nomination, les
Soviétiques, cherchant à capitaliser leurs succès de Moscou, lançaient
une offensive à partir d'Izyoum, au sud de Kharkov, en direction de
Poltava. Il faisait maintenant – 30 °, presque plus un seul véhicule ne circulait, le ravitaillement devait se faire en wagon *panje* et la *Rollbahn*
perdait plus d'hommes que les divisions au front. Les Russes, eux, alignaient en masse un redoutable nouveau char, le T-34, invulnérable au
froid et qui terrifiait les Landser ; heureusement, il ne résistait pas à
nos .88. Paulus transféra l'AOK 6 de Poltava à Kharkov, ce qui mit de
l'animation dans notre ville. Les Rouges visaient certainement à encercler Kharkov, mais leur pincette nord ne démarra jamais ; la pincette
sud, elle, enfonça nos lignes et fut contenue avec difficulté vers la fin du
mois, devant Krasnograd et Paulograd, ce qui laissa une énorme saillante de plus de soixante-dix kilomètres encastrée dans notre front, une
dangereuse tête de pont au-delà du Donets. Les partisans, à l'arrière de
nos lignes, intensifiaient leurs opérations ; même Kharkov devenait peu
sûre : les attentats, malgré une répression féroce, se multipliaient ; sans
doute la famine ouverte qui sévissait en ville y contribuait-elle. Le Sonderkommando ne fut pas épargné. Un jour tout au début de février,
j'avais rendez-vous dans un bureau de la Wehrmacht, sur le Maïdan
Tereleva, dans le centre. Hanika m'accompagnait pour essayer de trouver de quoi améliorer nos rations et je le laissai à ses courses. L'entretien fut bref, je ressortis rapidement. En haut des marches, je fis une
pause pour humer l'air froid, aigu, puis allumai une cigarette. Je
contemplai la place en tirant les premières bouffées. Le ciel était lumineux, de ce bleu si pur des hivers russes qu'on ne voit nulle part ailleurs.
Sur le côté, trois vieilles kolkhoziennes, assises sur des caisses, atten-

daient de vendre quelques pauvres légumes fripés; sur la place, au pied du monument bolchevique à la libération de Kharkov (celle de 1919), une demi-douzaine d'enfants jouaient malgré le froid avec une balle en chiffons. Quelques-uns de nos Orpo traînaient un peu plus bas. Hanika se tenait à l'angle, près de l'Opel dont le chauffeur laissait tourner le moteur. Hanika semblait pâle, renfermé; mes éclats récents l'avaient ébranlé; moi aussi, il me tapait sur les nerfs. Un autre enfant débula d'une ruelle et galopa vers la place. Il tenait quelque chose à la main. Arrivé à la hauteur de Hanika il explosa. La détonation souffla les vitres de l'Opel, j'entendis distinctement tinter le verre sur le pavé. Les Orpo, pris de panique, se mirent à tirer en rafales sur les enfants qui jouaient. Les vieilles hurlaient, la balle de chiffons se désagrégea dans le sang. Je courus vers Hanika : il était agenouillé dans la neige et se tenait le ventre. La peau de son visage, piquée d'acné, était d'une pâleur effroyable, avant que je ne l'atteigne sa tête bascula en arrière et ses yeux bleus, je le vis nettement, se confondirent avec le bleu du ciel. Le ciel effaça ses yeux. Puis il s'effondra de côté. Le gamin était mort, le bras arraché; sur la place, les policiers, choqués, s'approchaient des enfants morts que les kolkhoziennes secouaient en poussant des cris stridents. Weinmann se montra plus concerné par la bavure de nos Orpo que par la mort de Hanika : « C'est inadmissible. On essaye d'améliorer nos relations avec la population locale et on tue leurs enfants. Il faudrait les juger. » Je me montrai sceptique : « Cela va être difficile, Herr Standartenführer. Leur réaction a été malheureuse, mais compréhensible. En outre, ça fait des mois qu'on leur fait fusiller des enfants; il serait malaisé de les punir pour la même chose. » — « Ce n'est pas la même chose! Les enfants que nous exécutons sont des condamnés! Ceux-là étaient des enfants innocents. » — « Si vous me le permettez, Herr Standartenführer, la base sur laquelle les condamnations sont décidées rend une telle distinction assez arbitraire. » Il ouvrit grands les yeux et ses narines frémirent de colère; puis il se ravisa et se calma d'un coup. « Changeons de sujet, Hauptsturmführer. Je voulais de toute façon discuter avec vous depuis plusieurs jours. Je crois que vous êtes très fatigué. Le Dr. Sperath pense que vous frisez l'épuisement nerveux. » — « Excusez-moi, Herr Standartenführer, mais permettez-moi de nier cette opinion. Je me sens très bien. » Il m'offrit une cigarette et en alluma une lui-même. « Hauptsturmführer, je suis médecin de formation. Moi aussi, je sais reconnaître certains symptômes. Vous êtes, comme on dit vulgairement, complètement cramé. Vous n'êtes pas le seul, d'ailleurs : presque tous les officiers du Kommando

sont à bout. De toute façon, à cause de l'hiver nous connaissons déjà
une forte baisse d'activité et pouvons nous permettre de fonctionner
pendant un mois ou deux avec des effectifs réduits. Un certain nombre
d'officiers vont être soit relevés, soit envoyés en permission médicale
prolongée. Ceux qui ont de la famille rentreront en Allemagne. Les
autres, comme vous, iront en Crimée, dans un des sanatoriums de la
Wehrmacht. Il paraît que c'est très beau, là-bas. Vous pourrez même
vous baigner, d'ici quelques semaines. » Un petit sourire passa sur son
visage étroit et il me tendit une enveloppe. « Voici vos autorisations de
voyage et vos attestations. Tout est en ordre. Vous avez deux mois,
après on verra. Reposez-vous bien. »

La décision de Weinmann avait provoqué en moi une poussée irrai-
sonnée de haine et de ressentiment ; mais en arrivant en Crimée, je
compris tout de suite qu'il avait eu raison. Durant le long voyage en
train, j'avais peu réfléchi, je laissais mes pensées divaguer sur les vastes
étendues blanches. Je regrettais Hanika. La chambre vide, lorsque j'y
étais retourné faire mon paquetage, m'avait serré le cœur ; j'avais
l'impression d'être recouvert de la tête aux pieds du sang de Hanika et
je me changeai rageusement ; tous mes uniformes me paraissaient d'une
propreté douteuse, cela me mettait hors de moi. De nouveau, j'eus une
crise de vomissement ; mais pleurer, je n'y songeais même pas. Je partis
dès que possible, par Dniepropetrovsk jusqu'à Simferopol. La plupart
des hommes à bord du train étaient des convalescents ou des permissionnaires, qu'on envoyait se requinquer après les horreurs du front. Un
médecin militaire m'expliqua que, rien qu'au mois de janvier, nous
avions perdu l'équivalent de douze divisions à cause du gel et des maladies. Déjà, la température s'adoucissait un peu, et l'on se prenait à espérer que le plus dur était passé ; mais ç'avait été un des pires hivers de
mémoire d'homme, et pas seulement en Russie, si froid que partout en
Europe on brûlait les livres, les meubles et les pianos, même les plus
anciens, comme de part et d'autre du continent brûlait tout ce qui avait
fait la fierté de notre civilisation. Les Nègres dans leur jungle, me
disais-je amèrement, s'ils sont au courant, doivent bien se marrer. Nos
folles ambitions, pour le moment, n'apportaient pas le résultat
escompté, et partout la souffrance croissait, s'étendait. Même le Reich
n'était plus à l'abri : les Britanniques lançaient de grands raids aériens,
surtout sur la Ruhr et le Rhin ; les officiers qui avaient leurs familles

dans ces régions en étaient très affectés. Rien que dans mon compartiment, un Hauptmann de l'artillerie, blessé à la jambe devant Izyoum,
avait perdu ses deux enfants dans un bombardement à Wuppertal ; on
lui avait proposé de rentrer, mais il avait demandé à aller en Crimée,
car il ne voulait pas voir sa femme. « Je ne pourrais pas », lâcha-t-il
laconiquement avant de se renfermer dans son mutisme.

Le médecin militaire, un Viennois un peu rondouillard, presque
chauve et nommé Hohenegg, se révéla un fort agréable compagnon de
voyage. C'était un professeur, titulaire d'une importante chaire à
Vienne, qui remplissait les fonctions d'anatomo-pathologiste en chef de
la 6ᵉ armée. Même lorsqu'il avançait les opinions les plus sérieuses, sa
voix douce, presque grasse, semblait trahir une pointe d'ironie. La
médecine lui avait donné des vues philosophiques : nous en discutâmes
assez longuement tandis que le train traversait la steppe au-delà de
Zaporogue, aussi vide de toute vie que la haute mer. « L'avantage de
l'anatomo-pathologie, m'expliquait-il, c'est qu'à force d'ouvrir des
cadavres de tous les âges et de tous les sexes, on a l'impression que la
mort perd de son épouvante, se réduit à un phénomène physique aussi
ordinaire et banal que les fonctions naturelles du corps. J'en arrive très
calmement à m'imaginer moi-même sur une table de dissection, sous les
mains de mon successeur, qui ferait une légère moue en observant l'état
de mon foie. » — « Ah, mais c'est que vous avez la chance de les recevoir déjà morts. C'est tout autre chose lorsque, comme il arrive souvent
ici, surtout quand on travaille au SD, on assiste au *pas au-delà* lui-
même. » — « Voire qu'on y contribue. » — « Précisément. Quelle que
soit son attitude ou son idéologie, le spectateur ne peut jamais pleinement saisir l'expérience du trépassé. » Hohenegg réfléchit : « Je vois ce
que vous voulez dire. Mais ce fossé n'existe que pour celui qui regarde.
Car lui seul peut en discerner les deux côtés. Le mourant, lui, ne fait
que subir quelque chose de confus, plus ou moins bref, plus ou moins
brutal, mais qui de toute façon échappera toujours à sa conscience.
Connaissez-vous Bossuet ? » — « En français, même », répondis-je en
souriant dans cette langue. — « Excellent. Je constate que votre éducation a été un peu plus large que celle du juriste moyen. » Il déclama les
périodes en un français assez épais, haché : « *Ce dernier moment, qui
effacera d'un seul trait toute votre vie, s'ira perdre lui-même, avec tout le
reste, dans ce grand gouffre du néant. Il n'y aura plus sur la terre aucun
vestige de ce que nous sommes : la chair changera de nature ; le corps
prendra un autre nom ; même celui de cadavre ne demeurera pas longtemps. "Il deviendra, dit Tertullien, un je-ne-sais-quoi qui n'a plus de*

nom dans aucune langue." » — « Cela, dis-je, est très bien pour le mort, je l'ai souvent pensé. Le problème n'en est un que pour les vivants. » — « Jusqu'à leur propre mort », rétorqua-t-il en clignant de l'œil. Je ris doucement et lui aussi ; les autres passagers du compartiment, qui discutaient saucisses ou femelles, nous contemplaient avec surprise.

À Simferopol, terminus du train, on nous chargea dans des camions ou des ambulances pour nous convoyer à Yalta. Hohenegg, venu rendre visite aux médecins de l'AOK 11, restait à Simferopol ; je me séparai de lui avec regret. Le convoi prenait une route de montagne, à l'est, par Alouchta, car Bakhtchi-Saraï se trouvait toujours dans la zone des opérations du siège de Sébastopol. On me casa dans un sanatorium à l'ouest de Yalta, au-dessus de la route de Livadia, le dos aux abruptes montagnes enneigées qui surplombent la ville, un ancien palais princier converti en *Kurort* pour ouvriers soviétiques, un peu endommagé par les combats, mais rapidement rafistolé et repeint. Je disposais d'une agréable petite chambre au second étage, avec salle de bains et petit balcon : le mobilier laissait un peu à désirer, mais à mes pieds, au-delà des cyprès, s'étalait la mer Noire, lisse, grise, calme. Je ne me lassais pas de la regarder. S'il faisait encore un peu froid, l'air était bien plus doux qu'en Ukraine, et je pouvais sortir fumer à la balustrade ; sinon, couché sur le divan face à la porte-fenêtre, je coulais de longues heures tranquilles à lire. Je ne manquais pas de lecture : j'avais mes propres volumes et en outre le sanatorium disposait d'une bibliothèque, composée surtout d'ouvrages abandonnés par les patients précédents, fort éclectique et comportant même, à côté de l'illisible *Mythe du XXᵉ siècle*, des traductions allemandes de Tchekhov que je découvris avec un grand plaisir. Je n'avais aucune obligation médicale. À mon arrivée un médecin m'avait examiné et fait décrire mes symptômes. « Ce n'est rien, conclut-il après avoir lu la note du Dr. Sperath. Fatigue nerveuse. Repos, bains, pas d'excitation, le moins d'alcool possible, et gare aux Ukrainiennes. Ça passera tout seul. Bon séjour. »

Il régnait dans ce sanatorium une atmosphère joyeuse : la plupart des patients et convalescents étaient de jeunes officiers subalternes, de toutes les armes, dont l'humeur égrillarde se trouvait fort aiguisée, le soir, par le vin de Crimée servi aux repas et la rareté des femelles. Cela contribuait peut-être à la surprenante liberté de ton des discussions : les blagues les plus mordantes circulaient sur la Wehrmacht et les dignitaires du Parti ; un officier, m'indiquant sa médaille pour la campagne d'hiver, me demanda, narquois : « Et vous, à la SS, vous n'avez pas encore reçu l'Ordre de la viande congelée ? » Le fait de se trouver devant un officier du SD ne gênait en rien ces jeunes gars ; ils semblaient considérer comme allant de soi que je partageais leurs opinions les plus osées. Les plus critiques étaient les officiers du groupe d'armées Centre ; alors qu'en Ukraine on estimait volontiers que l'envoi, début août, de la 2ᵉ armée blindée de Guderian avait été un coup de génie qui, prenant les Russes à revers, avait permis le déblocage du front Sud enlisé, la prise de Kiev, et, à terme, l'avancée jusqu'au Donets, ceux du Centre jugeaient cela une lubie du Führer, une erreur que certains qualifiaient même de criminelle. Sans cela, soutenaient-ils avec véhémence, plutôt que de piétiner deux mois autour de Smolensk, nous aurions pris Moscou en octobre, la guerre serait finie ou presque, et on aurait pu épargner aux hommes un hiver dans des trous de neige, détail dont bien sûr ces messieurs de l'OKH n'avaient cure, car qui a déjà vu un général se geler les pieds ? L'histoire, depuis, leur a sans doute donné raison, la plupart des spécialistes s'accordent là-dessus ; mais les perspectives à cette époque n'étaient pas les mêmes, de telles paroles frisaient le défaitisme, voire l'indiscipline. Mais nous étions en vacances, cela ne faisait rien, je ne m'en offusquais pas. En outre, tant de vivacité, tant de jeunes hommes beaux et gais faisaient refluer des sentiments et des désirs que je n'avais pas connus depuis de longs mois. Et il ne me paraissait pas impossible d'y satisfaire : le tout était de bien choisir. Je prenais souvent mes repas en compagnie d'un jeune Leutnant de la Waffen-SS nommé Willi Partenau. Mince, d'un beau port, les cheveux presque noirs, il se remettait d'une blessure à la poitrine reçue devant Rostov. Le soir, alors que les autres jouaient aux cartes et au billard, chantaient, ou buvaient au bar, nous restions parfois à discuter, attablés devant une des baies vitrées du salon. Partenau venait d'une famille catholique et petite-bourgeoise du Rhin. Il avait eu une enfance difficile. Même avant la crise de 1929, sa famille oscillait au bord de la prolétarisation ; son père, un militaire petit de taille mais tyrannique, était obsédé par la question de son statut social, et engloutissait leurs maigres ressources pour maintenir les apparences : on mangerait des patates et du chou tous les jours, mais à l'école les garçons porteraient un costume, un col amidonné et des souliers cirés. Partenau avait été élevé dans une religiosité stricte ; à la moindre faute, son père le forçait à s'agenouiller sur le carrelage froid et à réciter des prières ; il avait perdu la foi de bonne heure, ou plutôt l'avait remplacée par le national-socialisme. Les Hitlerjugend, puis la SS, lui avaient enfin permis de fuir ce milieu asphyxiant. Il était encore à l'entraînement lors des campagnes de Grèce et de Yougoslavie, et se désolait de les avoir man-

quées; sa joie n'avait pas connu de bornes lorsqu'il s'était vu affecter à
la « Leibstandarte Adolf Hitler » pour l'invasion de la Russie. Un soir, il
m'avoua avoir été horrifié par sa première expérience des méthodes
radicales employées par la Wehrmacht et la SS pour combattre les partisans; mais sa conviction profonde que seul un adversaire barbare et
entièrement inhumain pouvait susciter des mesures si extrêmes n'en
avait été que renforcée. « Au SD, vous avez dû voir des choses
atroces », ajouta-t-il; je l'assurai que oui, mais que je préférais ne pas
m'étendre sur le sujet. À la place je lui parlai un peu de ma vie, et surtout de ma petite enfance. J'avais été un enfant fragile. Ma sœur et moi
n'avions qu'un an lorsque notre père partit pour la guerre. Le lait, la
nourriture se firent rares, je grandis maigre, pâle, nerveux. J'adorais
alors jouer dans la forêt près de notre maison; nous habitions en
Alsace, il y a là de grands bois, j'allais observer les insectes ou tremper
mes pieds dans les ruisseaux. Un incident me restait clairement en
mémoire : dans un pré ou un champ, je trouvai un chiot abandonné, à
l'air malheureux, et mon cœur s'emplit de pitié pour lui, je voulais le
ramener à la maison; mais quand je m'approchais pour le prendre, le
petit chien, effrayé, me fuyait. J'essayai de lui parler doucement, de
l'amadouer pour qu'il me suive, mais sans succès. Il ne s'enfuyait pas, il
se tenait toujours à quelques mètres de moi, mais il ne me laissait pas
approcher. Enfin, je m'assis dans l'herbe et éclatai en sanglots, brisé de
pitié pour ce chiot qui ne voulait pas me permettre de l'aider. Je le suppliais : « S'il te plaît, le chien, viens avec moi ! » Enfin il se laissa faire.
Ma mère fut horrifiée lorsqu'elle le vit en train de japper dans notre jardin, attaché à la palissade, et à force d'arguments elle me convainquit de
l'amener à la Société protectrice des animaux où, j'ai depuis toujours
songé, on dut l'abattre dès que j'eus le dos tourné. Mais peut-être cet
incident a-t-il eu lieu après la guerre et le retour définitif de mon père, à
Kiel où nous étions partis lorsque les Français reprirent l'Alsace. Mon
père, enfin revenu auprès de nous, parlait peu, il paraissait sombre,
plein d'amertume. Avec ses diplômes, il n'avait pas tardé à se refaire
une situation au sein d'une grande firme; à la maison, il restait souvent
seul dans sa bibliothèque, où, lorsqu'il n'était pas là, je me glissais en
cachette pour jouer avec ses papillons épinglés, certains grands comme
une main d'adulte, que je sortais de leurs boîtes et faisais tournoyer sur
leur longue aiguille comme une roue coloriée en carton, jusqu'à ce
qu'un jour il me surprenne et me punisse. Vers cette époque, je me mis
à chaparder chez nos voisins, très certainement, je le compris plus tard,
pour attirer son attention : je volais des pistolets en fer-blanc, des

lampes de poche, d'autres jouets, que j'enterrais dans une cachette au fond de notre jardin ; même ma sœur n'était pas au courant ; enfin on découvrit tout. Ma mère pensait que je volais *pour le pur plaisir de faire le mal* ; mon père m'expliqua patiemment la Loi, puis me flanqua une fessée. Ceci se passait non pas à Kiel mais sur l'île de Sylt, où nous passions nos vacances d'été. Pour y arriver, on prenait le train qui court le long du barrage Hindenburg : à marée haute, la voie est entourée d'eau, et depuis le train on avait l'impression de rouler sur la mer, les vagues montaient jusqu'aux roues, battaient les moyeux ! La nuit, au-dessus de mon lit, des trains électriques fusaient à travers le ciel étoilé de mes rêves.

Très tôt, il me semble, je recherchais avidement l'amour de tous ceux que je rencontrais. Cet instinct, de la part des adultes, du moins, se voyait généralement payé de retour, car j'étais un garçon à la fois beau et très intelligent. Mais à l'école, je me trouvai confronté à des enfants cruels et agressifs, dont beaucoup avaient perdu leur père à la guerre, ou étaient battus et négligés par des pères revenus brutalisés et à moitié fous des tranchées. Ils se vengeaient, à l'école, de ce manque d'amour à la maison en se retournant vicieusement contre d'autres enfants plus frêles et plus fragiles. On me frappait, j'avais peu d'amis ; au sport, lorsqu'on formait les équipes, personne ne voulait de moi. Alors, au lieu de quémander leur affection, je sollicitais leur attention. J'essayais aussi d'impressionner les enseignants, plus justes que les garçons de mon âge ; comme j'étais intelligent, c'était facile : mais alors les autres me traitaient de *chouchou* et ne m'en battaient que de plus belle. Bien entendu, je ne parlais pas de cela à mon père.

À la défaite, après nous avoir installés à Kiel, il avait dû repartir, on ne savait trop où ni pourquoi ; de temps en temps il repassait nous voir, puis il disparaissait à nouveau ; il ne s'installa définitivement avec nous qu'à la fin 1919. En 1921, il tomba gravement malade et dut s'arrêter de travailler. Sa convalescence s'éternisa, et l'atmosphère à la maison devint tendue et maussade. Vers le début de l'été, encore gris et froid comme je m'en souviens, son frère vint nous rendre visite. Ce frère cadet, gai et drôle, racontait des histoires fabuleuses de la guerre et de ses voyages qui me faisaient rugir d'admiration. Ma sœur, elle, l'appréciait moins. Quelques jours plus tard, mon père partit en voyage avec lui, pour rendre visite à notre grand-père, que je n'avais vu qu'une fois ou deux et dont je me souvenais à peine (les parents de ma mère, je crois, étaient déjà morts). Je me rappelle aujourd'hui encore ce départ : ma mère, ma sœur et moi étions alignés devant le portail de la maison, mon père chargeait sa valise dans le coffre de la voiture qui devait l'amener à la gare : « Au revoir, les petits, dit-il avec un sourire, ne vous inquiétez pas, je reviens bientôt. » Je ne le revis jamais. Ma sœur jumelle et moi avions à cette époque presque huit ans. J'appris bien plus tard que ma mère avait reçu après quelque temps une lettre de mon oncle : après la visite à leur père, semblait-il, ils s'étaient querellés, et mon père, apparemment, était parti en train vers la Turquie et le Moyen-Orient ; de sa disparition, mon oncle ne savait rien de plus ; ses employeurs, contactés par ma mère, non plus. Je n'ai jamais vu cette lettre de mon oncle ; c'est ma mère, un jour, qui m'a expliqué cela, et je n'ai jamais pu confirmer ses dires, ni retrouver ce frère qui pourtant a bien existé. Je ne racontai pas tout cela à Partenau : mais à vous, je le raconte.

Je fréquentai Partenau régulièrement, maintenant. Sexuellement, il me faisait une impression incertaine. Sa rigueur et son enthousiasme national-socialiste et SS pouvaient se révéler un obstacle ; mais au fond, je le pressentais, son désir ne devait pas être plus orienté que celui d'un autre. Au collège, je l'avais vite compris, l'inversion en tant que telle n'existait pas, les garçons faisaient avec ce qu'il y avait, et à l'armée, comme dans les prisons, il en était certainement de même. Certes, depuis 1937, date de ma brève arrestation pour l'affaire du Tiergarten, l'attitude officielle s'était encore considérablement durcie. La SS semblait particulièrement visée. L'automne précédent, à l'époque de mon arrivée à Kharkov, le Führer avait signé un décret, « Le Maintien de la Pureté au sein de la SS et de la Police », condamnant à mort tout *SS-Mann* ou fonctionnaire de la police qui se permettrait *un comportement indécent* avec un autre homme ou même se *laissait abuser*. Ce décret, *de peur qu'il puisse soulever des malentendus,* n'avait pas été publié, mais au SD nous en avions été informés. Pour ma part, je considérais qu'il s'agissait surtout d'une rhétorique de façade ; dans les faits, si l'on savait rester discret, il y avait rarement des problèmes. Le tout était de ne pas se compromettre auprès d'un ennemi personnel ; mais je n'avais pas d'ennemis personnels. Partenau, toutefois, devait être influencé par la rhétorique survoltée du *Schwarzes Korps* et des autres publications SS. Mais mon intuition me disait que si on pouvait lui fournir le cadre idéologique nécessaire, le reste viendrait.

Ce n'était pas la peine d'être subtil : il fallait juste se montrer méthodique. Les après-midi, parfois, si le temps était dégagé, nous descendions nous promener en ville, flâner dans les petites rues ou le long des quais bordés de palmiers, puis nous allions nous asseoir dans un café boire un verre de muscat de Crimée, un peu doux à mon goût, mais agréable. Sur la berge, on croisait surtout des Allemands, parfois accompagnés de filles ; quant aux hommes de la région, à part quelques Tatars ou Ukrainiens portant le brassard blanc des Hiwi, on n'en voyait aucun ; en janvier, en effet, la Wehrmacht avait fait évacuer toute la population mâle, d'abord vers des camps de transit, puis jusqu'au Generalkommissariat de Nikolaïev : solution certes radicale au problème des partisans, mais il faut reconnaître qu'avec tous ces soldats blessés ou convalescents, on ne pouvait pas prendre de risques. Avant le printemps, il n'y avait pas grand-chose comme distraction, à part le théâtre ou un cinéma organisé par la Wehrmacht. *Même les bacilles s'endorment à Yalta*, écrivait Tchekhov, mais moi, ce lent ennui me convenait. Parfois, plusieurs autres jeunes officiers nous rejoignaient, et nous allions nous asseoir à une terrasse sur le front de mer. Si l'on en trouvait — l'approvisionnement à partir des stocks réquisitionnés était régi par des lois mystérieuses — nous commandions une bouteille ; en plus du muscat, il y avait un *Portwein* rouge, également doux mais qui convenait au climat. Les commentaires fusaient sur les femmes du cru tristement privées de maris ; et Partenau n'y semblait pas indifférent. Au milieu des éclats de rire, un des officiers, plus hardi, accostait des jeunes filles et en baragouinant les invitait à nous rejoindre ; parfois, elles rougissaient et continuaient leur chemin, parfois elles venaient s'asseoir ; Partenau, alors, se joignait allègrement à une conversation faite principalement de gestes, d'onomatopées, et de mots isolés. Il fallait y mettre un terme. « Meine Herren, je ne veux pas être un rabat-joie, commençai-je à une de ces occasions. Mais je dois vous avertir des risques que vous courez. » Je frappai quelques petits coups secs sur la table. « Au S D, nous recevons et synthétisons tous les rapports d'incidents sur les zones arrière de la Wehrmacht. Cela nous donne une vue d'ensemble des problèmes que vous ne pouvez pas avoir. Je dois vous dire qu'avoir des relations avec des femmes soviétiques, ukrainiennes ou russes, est non seulement indigne d'un soldat allemand, mais dangereux. Je n'exagère rien. Beaucoup de ces femelles sont des Juives, dont on ne peut pas deviner l'origine ; rien que cela, c'est déjà risquer la *Rassenschande*, la souillure raciale. Mais il y a autre chose. Non seulement les Juivesses mais aussi les femelles slaves sont de mèche avec les partisans ; nous savons qu'elles se servent sans scrupules de leurs avantages physiques, et de la confiance de nos soldats, pour se livrer à de l'espionnage au service de l'ennemi. Vous pensez peut-être que vous saurez tenir votre langue ; mais je vous affirme, moi, qu'un détail anodin n'existe pas, et que le travail d'un service de renseignement consiste à élaborer de gigantesques mosaïques à partir d'éléments infimes, insignifiants s'ils sont pris individuellement, mais qui mis en rapport avec des milliers d'autres font sens. Les bolcheviques ne procèdent pas autrement. » Mes propos semblaient mettre mes camarades mal à l'aise. Je continuai. « À Kharkov, à Kiev, nous avons eu de nombreux cas d'hommes et d'officiers qui disparaissaient pendant des rendez-vous galants, et qu'on retrouvait horriblement mutilés. Et puis bien entendu il y a les maladies. Nos services de santé estiment d'après des statistiques soviétiques que 90 % des femelles russes sont atteintes de gonorrhée, et 50 % de la syphilis. Beaucoup de nos soldats sont déjà infectés ; et ces hommes, lorsqu'ils rentrent en permission, contaminent à leur tour leurs femmes ou leurs petites amies ; les services médicaux du Reich en sont épouvantés, et parlent d'épidémie. Une telle profanation de la race, si elle n'est pas violemment combattue, ne pourra à long terme qu'entraîner une forme d'*Entdeutschung*, une dégermanisation de notre race et de notre sang. »

Mon discours avait visiblement affecté Partenau. Je n'ajoutai rien, c'était suffisant pour le travailler un peu. Le lendemain, alors que je lisais dans le beau parc de cyprès et d'arbres fruitiers du sanatorium, il vint me retrouver : « Dites-moi, vous croyez vraiment ce que vous affirmiez hier ? » — « Bien entendu ! C'est la plus stricte vérité. » — « Mais alors comment pensez-vous qu'on puisse faire ? Vous comprenez... » Il rougissait, il était gêné mais voulait parler. « Vous comprenez, reprit-il, ça fera bientôt un an qu'on est ici, sans rentrer en Allemagne, c'est très dur. Un homme, ça a des envies. » — « Je le conçois fort bien, répondis-je d'un ton docte. D'autant plus que la masturbation, d'après tous les médecins spécialisés, comporte aussi de graves risques. Bien sûr, certains affirment que ce n'est qu'un symptôme de maladie mentale, et jamais la cause ; d'autres au contraire, comme le grand Sachs, sont convaincus qu'il s'agit d'une habitude pernicieuse qui mène à la dégénérescence. » — « Vous vous y connaissez, en médecine », constata Partenau, impressionné. — « Je ne suis pas un professionnel, c'est évident. Mais je m'y suis intéressé, j'ai lu des livres. » — « Et que lisez-vous en ce moment ? » Je lui montrai la couverture : « *Le Banquet*. Vous l'avez lu ? » — « Je dois avouer que non. » Je le refermai et le lui tendis : « Prenez-le. Je le connais par cœur. »

Le temps s'adoucissait; bientôt, on pourrait se baigner, mais la mer restait froide. On devinait le printemps dans l'air et tous attendaient son arrivée avec impatience. J'emmenai Partenau visiter le palais d'été de Nicolas II à Livadia, incendié lors des combats, mais encore imposant avec ses façades régulières et asymétriques et ses belles cours de style florentin et arabe. De là nous avons gravi le Chemin ensoleillé qui mène, au milieu des arbres, à un promontoire surplombant Oreanda; on y a une vue magnifique sur la côte, les hautes montagnes encore enneigées dominant la route de Sébastopol, et, derrière, tout en bas, l'élégant édifice en granite blanc de Crimée d'où nous étions partis, encore noirci de fumée mais éclatant au soleil. La journée s'annonçait magnifique, la marche jusqu'au promontoire nous mit en nage et j'ôtai ma vareuse. Plus loin, vers l'ouest, on distinguait une construction juchée sur les hautes falaises d'un cap, le Nid de l'hirondelle, une fantaisie moyenâgeuse jetée là par un baron allemand, magnat du pétrole, peu avant la Révolution. Je proposai à Partenau de pousser jusqu'à cette tour; il accepta. Je m'engageai sur un chemin qui longeait les falaises. En bas, la mer battait tranquillement les rochers; au-dessus de nos têtes, le soleil étincelait sur la neige des pics abrupts. Une belle odeur de pin et de bruyère embaumait l'air. « Tu sais, dit-il soudainement, j'ai fini le livre que tu m'avais prêté. » Depuis quelques jours nous étions convenus de nous tutoyer. « C'était très intéressant. Bien sûr, je savais que les Grecs étaient des invertis, mais je ne me rendais pas compte à quel point ils en avaient fait une idéologie. » — « C'est une chose à laquelle ils ont énormément réfléchi, durant des siècles. Cela va beaucoup plus loin que la simple activité sexuelle. Pour eux, c'était un mode de vie et d'organisation total, qui touchait à l'amitié, l'éducation, la philosophie, la politique, même le métier des armes. » Je me tus; nous continuions en silence, nos vareuses rejetées sur l'épaule. Puis Partenau reprit : « Quand j'étais petit, au catéchisme, on m'apprenait que c'était une abomination, une horreur. Mon père en parlait aussi, il disait que les homosexuels allaient en enfer. Je me souviens encore du texte de saint Paul qu'il citait : *Pareillement les hommes, délaissant l'usage naturel de la femme, sont brûlés de désir les uns pour les autres, perpétrant l'infamie d'homme à homme... C'est pourquoi ils ont été abandonnés par Dieu.* Je l'ai relu l'autre soir dans la Bible. » — « Oui, mais souviens-toi de ce que dit Platon : *En cette matière rien d'absolu; la chose n'est, toute seule et en elle-même, ni belle ni laide.* Je vais te dire ce que je pense : le préjugé chrétien, l'interdiction chrétienne, c'est une superstition juive. Paul, qui s'appelait Saul, était un rabbin juif, et cet interdit-là, il n'a pas pu le surmonter comme tant d'autres. Il a une origine concrète : les Juifs vivaient entourés de tribus païennes, et chez nombre d'entre elles, les prêtres pratiquaient une homosexualité rituelle lors de certaines cérémonies religieuses. C'était très courant. Hérodote rapporte des choses semblables au sujet des Scythes, qui peuplaient cette région et puis toute la steppe de l'Ukraine. Il parle d'Énarées, des descendants des Scythes qui auraient pillé le temple d'Ascalon et que la déesse avait frappés d'une maladie féminine. C'étaient d'après lui des devins qui se comportaient comme des femmes; il les appelle aussi les *androginoï*, des hommes-femmes qui avaient leurs règles chaque mois. Il s'agit évidemment là de pratiques chamaniques qu'Hérodote a mal comprises. J'ai entendu dire qu'on peut encore voir des choses semblables à Naples, qu'au cours de cérémonies païennes on fait accoucher un jeune homme d'une poupée. Note aussi que les Scythes sont les ancêtres des Goths, qui vivaient ici, en Crimée, avant de migrer vers l'ouest. N'en déplaise au Reichsführer, il y a de fortes raisons de croire qu'eux aussi connaissaient des pratiques homosexuelles avant d'être corrompus par les curés judaïsés. » — « Je ne le savais pas. Mais quand même, notre *Weltanschauung* condamne l'homosexualité. À la Hitlerjugend on nous faisait des discours à ce sujet, et à la SS on nous enseigne que c'est un crime contre la *Volksgemeinschaft*, la communauté du peuple. » — « Je crois, moi, que ce dont tu parles est un exemple de national-socialisme mal assimilé, ou qui sert à cacher d'autres intérêts. Je connais très bien les vues du Reichsführer sur le sujet; mais le Reichsführer, comme toi, vient d'un milieu catholique très répressif; et malgré toute la force de son idéologie nationale-socialiste, il n'a pas su se défaire de certains préjugés catholiques, et ainsi, il confond des choses qui ne devraient pas l'être. Et quand je dis catholiques tu comprends bien que je veux dire juifs, idéologie juive. Il n'y a rien dans notre *Weltanschauung*, bien comprise, qui puisse s'opposer à un éros masculin. Au contraire, et je peux te le démontrer. Tu remarqueras d'ailleurs que le Führer lui-même ne s'est jamais vraiment prononcé sur la question. » — « Pourtant, après le 30 juin, il a violemment condamné Röhm et les autres pour leurs pratiques perverses. » — « Pour nos bons bourgeois allemands que tout effraie, c'était un argument de poids, et le Führer le savait bien. Mais ce que tu ne sais peut-être pas, c'est qu'avant le 30 juin le Führer avait toujours défendu les comportements de Röhm; au sein du Parti, il y avait beaucoup de critiques, mais le Führer refusait de les écouter, il répondait aux mauvaises langues que *la SA n'est pas un institut pour l'éducation morale des jeunes filles de bonne famille, mais une formation pour combattants éprouvés.* » Partenau éclata de rire. « Après le 30 juin, continuai-je, quand il s'est avéré que beaucoup des complices de Röhm, comme Heines, étaient aussi ses amants, le Führer a eu peur que les homosexuels puissent former un État dans l'État, une organisation secrète, comme les Juifs, qui poursuit ses propres intérêts et non pas ceux du *Volk*, un "Ordre du troisième sexe" comme il y a un Ordre noir. C'est ce qui motive les dénonciations. Mais c'est un problème de nature politique et non idéologique. D'un point de vue réellement national-socialiste, on pourrait au contraire considérer l'amour fraternel comme le vrai ciment d'une *Volksgemeinschaft* guerrière et créatrice. Platon pensait, à sa façon, la même chose. Tu te souviens du discours de Pausanias, où il critique les autres nations qui, tels les Juifs, rejettent l'éros masculin : *Chez les barbares, cela est jugé honteux, ainsi du reste que l'amour du savoir et de l'exercice physique... Ainsi, là où l'on tient pour honteux de céder à un amant, la coutume se fonde sur le défaut moral de ses auteurs : désir de domination chez les maîtres, et lâcheté chez les sujets.* J'ai d'ailleurs un ami français qui tient Platon pour le premier auteur authentiquement fasciste. » — « Oui mais tout de même ! Les homosexuels sont des efféminés, des hommes-femmes comme tu disais. Comment veux-tu qu'un État puisse tolérer des hommes inaptes à être des soldats ? » — « Tu te trompes. C'est une fausse conception qui oppose le soldat viril à l'inverti efféminé. Ce genre d'homme existe, bien entendu, mais c'est un produit moderne de la corruption et de la dégénérescence de nos villes, des Juifs ou des enjuivés, mal tirés des griffes des curés ou des pasteurs. Historiquement, les meilleurs soldats, les soldats d'élite, ont toujours aimé d'autres hommes. Ils gardaient des femmes, pour tenir leur maison et leur faire des enfants, mais réservaient tous leurs sentiments pour leurs camarades. Regarde Alexandre ! Et Frédéric le Grand, même si on ne veut pas le reconnaître, c'est pareil. Les Grecs en ont même tiré un principe militaire : à Thèbes, ils ont créé la Bande sacrée, une armée de trois cents hommes qui était la plus réputée de son temps. Chaque homme se battait en couple, avec son ami ; quand l'amant vieillissait et prenait sa retraite, son aimé devenait l'amant d'un plus jeune. Ainsi, mutuellement, ils stimulaient leur courage jusqu'à être invincibles ; aucun d'eux n'aurait osé tourner le dos et fuir devant son ami ; au combat, ils se poussaient à exceller. Ils se sont fait tuer jusqu'au dernier à Chéronée, par les Macédoniens de Philippe : exemple sublime pour notre Waffen-SS. On retrouve un phénomène semblable au sein de nos Freikorps ; tous les vétérans un peu honnêtes le reconnaîtront. Tu vois, il faut considérer cela d'un point de vue intellectuel. Il est évident que seul l'homme est réellement créatif : la femme donne la vie, elle élève et nourrit, mais elle ne *crée* rien de neuf. Blüher, un philosophe très proche en son temps des hommes des Freikorps, et qui est allé jusqu'à se battre avec eux, a montré que l'éros intramasculin, en stimulant les hommes à rivaliser de courage, de vertu et de moralité, contribue et à la guerre et à la formation des États, qui ne sont qu'une version étendue des sociétés masculines comme l'armée. Il s'agit ainsi d'une forme supérieure de développement, pour des hommes intellectuellement évolués. Les bras des femmes, c'est bon pour les masses, le troupeau, mais pas pour les chefs. Tu te souviens du discours de Phèdre : *L'aimé, nous le voyons bien, c'est devant ses amants qu'il a le plus de honte, quand il est surpris à faire quelque chose de honteux. S'il existait un moyen de former une armée, ou une cité avec des amants et leurs bien-aimés, il ne pourrait y avoir pour eux de meilleur gouvernement que s'ils rejetaient tout ce qui est laid, et rivalaient dans la voie de l'honneur. Et si de tels amants combattaient au coude à coude, fussent-ils une poignée, ils pourraient vaincre pour ainsi dire le monde entier.* C'est certainement ce texte qui a inspiré les Thébains. » — « Ce Blüher dont tu parlais, qu'est-il devenu ? » — « Il est encore vivant, je crois. Durant le *Kampfzeit*, le "temps du combat", il était très lu en Allemagne, et, malgré ses convictions monarchistes, fort apprécié par certains cercles de droite, y compris nationaux-socialistes. Après je crois qu'il a été trop identifié à Röhm et depuis 1934 il est interdit de publication. Mais un jour on lèvera cet interdit. Il y a encore une autre chose que je voudrais te dire : aujourd'hui encore, le national-socialisme fait beaucoup trop de concessions aux Églises. Tout le monde en est conscient, et le Führer en souffre, mais en temps de guerre il ne peut pas se permettre de les combattre ouvertement. Les deux Églises ont encore trop d'emprise sur les esprits des bourgeois, et nous sommes obligés de les tolérer. Cela ne durera pas toujours : après la guerre, nous pourrons de nouveau nous tourner vers l'ennemi intérieur et briser cet étranglement, cette asphyxie morale. Quand l'Allemagne sera purifiée de ses Juifs, il faudra qu'elle soit aussi purifiée de leurs idées pernicieuses. Alors tu verras que beaucoup de choses apparaîtront sous un jour nouveau. » Je cessai de parler ; Partenau ne disait rien. Le chemin plongeait le long des roches vers la mer ; puis nous longions en silence une étroite plage vide. « Veux-tu aller nager ? » suggérai-je. — « Elle doit être glacée. » — « Elle est froide ; mais les Russes vont bien nager en hiver. Sur la Baltique on fait ça aussi. Ça fouette le sang. » Nous nous mîmes nus et j'entrai dans la mer en courant ; Partenau me suivait avec des cris ; pendant quelques instants le froid de l'eau me mordit la peau, nous hurlions et riions et nous nous débattîmes en trébuchant dans les vagues avant de ressortir tout aussi vite. Je me couchai sur ma vareuse, à plat ventre ; Partenau s'allongea à côté de moi. J'étais encore mouillé mais mon corps avait chaud, je sentais les gouttes et le soleil pâle sur ma peau. Je résistai un long moment, voluptueusement, au désir de regarder Partenau, puis me tournai vers lui : son corps blanc luisait d'eau de mer, mais son visage était rouge, moucheté sous la peau. Il gardait les yeux fermés. En nous rhabillant, il remarqua mon sexe : « Tu es circoncis ? s'exclama-t-il avec surprise en rougissant davantage. Excuse-moi. » — « Oh, ce n'est rien. Une infection d'adolescence, ça arrive assez fréquemment. » Le Nid de l'hirondelle se trouvait encore à deux kilomètres, il fallait remonter les falaises ; en haut, sur le balcon derrière la tour crénelée, il y avait un petit troquet, vide de clients, perché au-dessus de la mer ; l'édifice était fermé, mais ils avaient du *Portwein* et une immense vue sur la côte et les montagnes et Yalta nichée au fond de la baie, blanche et vague. Nous bûmes quelques verres, parlant peu. Partenau était pâle maintenant, il soufflait encore après l'escalade et semblait plongé en lui-même. Puis un camion de la Wehrmacht nous ramena à Yalta. Ce petit jeu dura encore quelques jours ; mais enfin cela se conclut comme je le souhaitais. Finalement ce n'avait pas été si compliqué. Le corps solide de Partenau recelait peu de surprises ; il jouissait la bouche ouverte en rond, un trou noir ; et sa peau avait une odeur douceâtre, vaguement écœurante, qui m'excitait à la folie. Comment décrire ces sensations à qui ne les a pas connues ? Au début, lorsque ça entre, c'est parfois difficile, surtout si c'est un peu sec. Mais une fois dedans, ah, c'est bon, vous ne pouvez pas imaginer. Le dos se creuse et c'est comme une coulée bleue et lumineuse de plomb fondu qui vous emplit le bassin et remonte lentement la moelle pour vous saisir la tête et l'effacer. Cet effet remarquable serait dû, paraît-il, au contact de l'organe pénétrant avec la prostate, ce clitoris du pauvre, qui, chez le pénétré, se trouve tout contre le grand côlon, alors que chez la femme, si mes notions d'anatomie sont exactes, elle s'en trouve séparée par une partie de l'appareil reproducteur, ce qui expliquerait pourquoi les femmes, en général, semblent si peu goûter la sodomie, ou alors seulement comme un plaisir de tête. Pour les hommes, c'est autre chose ; et je me suis souvent dit que la prostate et la guerre sont les deux dons de Dieu à l'homme pour le dédommager de ne pas être femme.

Pourtant je n'avais pas toujours aimé les garçons. Jeune, enfant

encore, comme je l'avais raconté à Thomas, j'avais aimé une fille. Mais
je n'avais pas tout dit à Thomas. Tels Tristan et Yseut, cela avait
commencé sur un bateau. Quelques mois auparavant, à Kiel, ma mère
avait rencontré un Français nommé Moreau. Mon père devait être parti
depuis trois ans, je pense. Ce Moreau possédait une petite entreprise
dans le sud de la France et voyageait en Allemagne pour ses affaires. Ce
qui se passa entre eux, je ne le sais pas, mais quelque temps après il
revint et demanda à ma mère de venir habiter avec lui. Elle accepta.
Lorsqu'elle nous en parla, elle présenta la chose d'une manière adroite,
nous vantant le beau temps, la mer, la nourriture copieuse. Ce dernier
point était particulièrement attirant : l'Allemagne sortait alors tout juste
de la grande inflation, et même si nous étions trop petits pour y avoir
compris grand-chose, nous en avions souffert. Ainsi ma sœur et moi
répondîmes : Très bien, mais que ferons-nous lorsque Père reviendra ?
« Eh bien, il nous écrira et nous reviendrons. » — « Promis ? » — « C'est
promis. »

Moreau vivait dans une grande maison de famille, un peu vieillotte et
pleine de recoins, à Antibes près de la mer. La riche nourriture baignant
dans l'huile d'olive, le beau soleil chaud d'avril, qu'on ne voit à Kiel
qu'en juillet, nous ravirent tout de suite. Moreau, qui, malgré sa grossièreté, était loin d'être un homme stupide, fit des efforts particuliers pour
gagner, si ce n'est notre affection, au moins notre complaisance. Ce
même été il loua à une connaissance un grand voilier, et il nous emmenait en croisière aux îles de Lérins et même plus loin, jusqu'à Fréjus. Au
début j'avais le mal de mer, mais cela passa vite ; elle, celle dont je parle,
elle n'avait pas le mal de mer. Nous nous installions ensemble, à l'avant
du bateau, et nous regardions moutonner les vagues, puis nous nous
regardions l'un l'autre, et à travers ce regard, par l'amertume de notre
enfance et le grondement souverain de la mer, il se passa quelque chose,
quelque chose d'irrémédiable : l'amour, doux-amer, jusqu'à la mort.
Mais ce n'était alors encore qu'un regard.

Cela ne le resta pas longtemps. Ce ne fut pas tout de suite, mais peut-
être un an plus tard que nous découvrîmes ces choses ; alors, un plaisir
sans limites emplit notre enfance. Et puis un jour, comme je l'ai dit, on
nous surprit. Il y eut des scènes sans fin, ma mère me traitait de *cochon*
et de *dégénéré*, Moreau pleurait, et ce fut la fin de tout ce qui est beau.
Quelques semaines plus tard, à la rentrée des classes, on nous envoya
dans un pensionnat catholique, à des centaines de kilomètres l'un de
l'autre, et ainsi, *vom Himmel durch die Welt zur Hölle*, débuta un cauchemar de plusieurs années et qui, d'une certaine manière, dure encore.

Des prêtres frustrés, aigres, informés de mes péchés, me forçaient à passer des heures à genoux sur les dalles glacées de la chapelle, et ne me permettaient que des douches froides. Pauvre Partenau ! Moi aussi, j'ai connu l'Église, et pire encore. Or mon père était protestant, et les catholiques, je les méprisais déjà ; sous ce traitement, les quelques restes de ma naïve foi d'enfant se désagrégèrent, et plutôt que le repentir, j'appris la haine.

Tout, dans cette école, était déformé et perverti. La nuit, des garçons plus âgés venaient s'asseoir au bord de mon lit et me mettaient la main entre les jambes jusqu'à ce que je les gifle ; alors ils riaient, se levaient tranquillement, et repartaient ; mais dans les douches, après le sport, ils se coulaient contre moi en frottant rapidement leur machin sur mon derrière. Les prêtres aussi invitaient parfois des garçons dans leurs bureaux pour les confesser, puis, par des promesses de cadeaux ou par intimidation, leur faisaient commettre des gestes criminels. Peu étonnant que le malheureux Jean R. ait tenté de se suicider. J'étais dégoûté, je me sentais couvert de fange. Je n'avais personne à qui faire appel : mon père n'aurait jamais permis cela, mais mon père, je ne savais pas où le trouver.

Parce que je refusais de me soumettre à leurs désirs odieux, les grands me traitaient aussi vicieusement que les révérends pères. Ils me battaient au moindre prétexte, m'obligeaient à les servir, à cirer leurs chaussures, à brosser leurs costumes. Une nuit, j'ouvris les yeux : trois d'entre eux se tenaient debout à côté de mon lit, se frottant par-dessus mon visage ; avant que je puisse réagir, leurs choses affreuses m'aveuglaient. Ce genre de situation, il n'y avait qu'un moyen d'y échapper, un moyen classique, se choisir un protecteur. Pour cela le collège avait élaboré un rituel précis. Le garçon le plus jeune était appelé le *descendu* ; le garçon plus âgé devait faire les avances, qui pouvaient être repoussées sur place ; sinon, il avait le droit d'exposer ses arguments. Mais je n'étais pas encore prêt : je préférais souffrir, et rêver à mon amour perdu. Puis un incident étrange me fit changer d'avis. Mon voisin de lit, Pierre S., avait mon âge. Sa voix, une nuit, me réveilla. Il ne geignait pas : au contraire, il parlait haut et distinctement, mais de toute évidence il dormait. Moi-même je n'étais qu'à moitié éveillé, mais si je ne me souviens pas précisément de ses paroles, l'horreur dont elles m'ont empli reste aiguë. C'était à peu près : « Non, pas encore, c'est assez », ou bien : « S'il te plaît, c'est trop, seulement la moitié. » À y réfléchir, le sens de ces paroles est équivoque ; mais dans le cœur de la nuit mon interprétation ne me semblait faire aucun doute. Et j'étais glacé, moi-même

gagné par cette grande peur, je me recroquevillai au fond de mon lit,
essayant de ne pas entendre. Même alors, la violence de mon effroi, la
rapidité avec laquelle il m'avait envahi me surprenaient. Ces paroles, je
le compris dans les journées suivantes, qui disaient comme en trans-
parence des choses enfouies, innommables, devaient trouver leurs sœurs
cachées au fond de moi, et celles-ci, réveillées, dressaient leurs têtes
sinistres et ouvraient leurs yeux brillants. Petit à petit, j'en venais à me
dire ceci : Si je ne peux l'avoir, elle, alors quelle différence tout cela
peut-il me faire ? Un jour un garçon m'accosta dans les escaliers :
« Je t'ai vu au sport, me dit-il, j'étais sous toi, sur l'obstacle, tes shorts
étaient grands ouverts. » C'était un garçon athlétique d'environ dix-sept
ans, aux cheveux ébouriffés, assez fort pour intimider les autres.
« D'accord », répondis-je avant de dévaler les marches. Après cela je
n'eus plus trop de problèmes. Ce garçon, qui se nommait André N., me
donnait des petits cadeaux et de temps à autre m'entraînait aux toilettes. Une poignante odeur de peau fraîche et de sueur émanait de son
corps, parfois mêlée à de légers relents de merde, comme s'il s'était mal
torché. Les toilettes, elles, puaient l'urine et le désinfectant, elles étaient
toujours sales, et aujourd'hui encore pour moi l'odeur des hommes et
du sperme évoque l'odeur du phénol et de l'urine, ainsi que la porcelaine sale, la peinture écaillée, la rouille et les loquets brisés. Au début,
il ne faisait que me toucher, ou bien je le prenais dans ma bouche. Puis
il voulut autre chose. Cela, je le connaissais, je l'avais déjà fait avec elle,
après l'apparition de ses règles ; et ça lui avait donné du plaisir, pourquoi ça ne m'en donnerait-il pas à moi aussi ? Et puis, raisonnai-je, cela
me rapprocherait encore d'elle ; d'une certaine manière, je pourrais
ainsi ressentir presque tout ce qu'elle ressentait, lorsqu'elle me touchait,
m'embrassait, me léchait, puis m'offrait ses fesses maigres et étroites.
Cela me fit mal, elle aussi cela avait dû lui faire mal, et puis j'attendis, et
lorsque je jouis, j'imaginai que c'était elle qui jouissait ainsi, une jouissance fulgurante, déchirante, j'en arrivais presque à oublier à quel point
ma jouissance était une chose pauvre et bornée à côté de la sienne, sa
jouissance océanique de femme déjà.

Après, sans doute, c'est devenu une habitude. Lorsque je regardais
des filles, essayais de m'imaginer prenant leurs seins laiteux dans ma
bouche puis frottant ma verge dans leurs muqueuses, je me disais : À
quoi bon, ce n'est pas elle et ce ne le sera jamais. Mieux vaut donc que
moi-même je sois elle et tous les autres, moi. Ces autres, je ne les aimais
pas, je vous l'ai expliqué du premier abord. Ma bouche, mes mains, ma
verge, mon cul les désiraient, parfois intensément, à en perdre le

souffle, mais d'eux je ne voulais que leurs mains, leur verge et leur bouche. Cela ne veut pas dire que je ne ressentais rien. Lorsque je contemplais le beau corps nu de Partenau, déjà si cruellement blessé, une angoisse sourde m'envahissait : si je passais mes doigts sur son sein, effleurant la pointe puis sa cicatrice, j'imaginais ce sein de nouveau écrasé par le métal; lorsque j'embrassais ses lèvres, je voyais sa mâchoire arrachée par un éclat brûlant de shrapnel; et quand je descendais entre ses jambes, me plongeais dans ses organes luxuriants, je savais que quelque part une mine attendait, prête à les déchiqueter. Ses bras puissants, ses cuisses agiles étaient également vulnérables, aucune partie de son corps chéri n'était à l'abri. Le mois prochain, dans une semaine, demain même, toute cette si belle et douce chair pouvait en un instant se transformer en viande, en une masse sanguinolente et carbonisée, et ses yeux si verts s'éteindre pour toujours. Parfois, je manquais d'en pleurer. Mais lorsque, guéri, il repartit enfin, je ne ressentis aucune tristesse. Il fut d'ailleurs tué l'année suivante, à Koursk.

Seul, je lisais, je me promenais. Dans le jardin du sanatorium, les pommiers étaient en fleur, les bougainvillées, les glycines, les lilas, les faux ébéniers éclosaient et assaillaient l'air d'une débauche d'odeurs violentes, lourdes, contrastées. J'allais aussi tous les jours flâner dans les jardins botaniques, à l'est de Yalta. Les différentes sections s'étageaient au-dessus de la mer, avec de grandes perspectives jusqu'au bleu puis au gris de l'horizon, et toujours dans le dos le surplomb enneigé, omniprésent, des montagnes de Yaila. Dans l'Arboretum, des pancartes dirigeaient le visiteur vers un pistachier de plus de mille ans et un if qui en avait cinq cents; plus haut, au Vierkhny Park, la roseraie accumulait deux mille espèces qui s'ouvraient tout juste mais déjà bourdonnaient d'abeilles, comme la lavande de mon enfance; au Primorskii Park, il y avait des plantes subtropicales sous serre, à peine endommagées, et je pouvais m'asseoir face à la mer pour lire, tranquillisé. Un jour, retournant par la ville, je visitai la maison de Tchekhov, une petite datcha blanche, confortable, et transformée en maison-musée par les Soviétiques; la direction, à en juger par les écriteaux, semblait particulièrement fière du piano du salon, sur lequel avaient joué Rachmaninov et Chaliapine; mais pour ma part, je fus bouleversé par la gardienne des lieux, Macha, la propre sœur maintenant octogénaire de Tchekhov, qui se tenait assise sur une simple chaise en bois dans l'entrée, immobile, muette, les mains à plat sur les cuisses. Sa vie, je le savais, avait été tout comme la mienne brisée par l'impossible. Rêvait-elle toujours, là devant moi, à celui qui aurait dû se tenir à ses côtés, Pharaon, son défunt frère et époux?

Un soir, vers le terme de ma permission, je passai au casino de Yalta, installé dans une sorte de palais rococo un peu suranné, assez agréable. Dans le grand escalier qui montait à la salle, je croisai un Oberführer de la SS que je connaissais bien. Je me rangeai de côté et me mis au garde-à-vous pour le saluer, et il me rendit mon salut distraitement ; mais deux marches plus bas il s'arrêta, se retourna brusquement, et son visage s'éclaira : « Doktor Aue ! Je ne vous avais pas reconnu. » C'était Otto Ohlendorf, mon Amtchef à Berlin, qui commandait maintenant l'Einsatzgruppe D. Il remonta lestement les marches et me serra la main, tout en me félicitant pour ma promotion. « Quelle surprise ! Que faites-vous ici ? » Je lui expliquai en peu de mots mon histoire. « Ah, vous étiez avec Blobel ! Je vous plains. Je ne comprends pas qu'on puisse garder des malades mentaux comme ça à la SS, et encore moins leur confier un commandement. » — « Quoi qu'il en soit, répondis-je, le Standartenführer Weinmann m'a fait l'effet d'un homme sérieux. » — « Je ne le connais pas très bien. C'est un employé de la *Staatspolizei*, n'est-ce pas ? » Il me contempla un instant et puis me lança : « Pourquoi ne resteriez-vous pas avec moi ? J'ai besoin d'un adjoint pour mon Leiter III, au Gruppenstab. L'ancien a attrapé le typhus et a été rapatrié. Je connais bien le Dr. Thomas, il ne me refusera pas votre transfert. » L'offre me prit de court : « Je dois vous donner une réponse tout de suite ? » — « Non. Ou plutôt si ! » — « Alors, si le Brigadeführer Thomas donne son accord, j'accepte. » Il sourit et de nouveau me serra la main. « Excellent, excellent. Maintenant je dois filer. Venez me voir demain à Simferopol, nous arrangerons ça et je vous expliquerai les détails. Vous n'aurez pas de mal à trouver, nous sommes à côté de l'AOK, vous demanderez. Bonsoir ! » Il dévala les marches en agitant la main et disparut. Je me dirigeai vers le bar et commandai un cognac. J'appréciais énormément Ohlendorf, et prenais toujours un vif plaisir à nos discussions ; travailler de nouveau avec lui était une chance inespérée. C'était un homme d'une intelligence remarquable, perçante, certainement un des meilleurs esprits du national-socialisme, et un des plus intransigeants ; son attitude lui attirait beaucoup d'ennemis, mais pour moi c'était une inspiration. La conférence qu'il avait prononcée à Kiel, la première fois que je l'avais rencontré, m'avait ébloui. Parlant avec éloquence à partir de quelques notes éparses, d'une voix claire, bien modulée, qui marquait avec force et précision chaque point, il avait débuté par une critique vigoureuse du fascisme italien, coupable, selon lui, de déifier l'État sans reconnaître les communautés humaines, alors que le national-socialisme, lui, se fonde sur la communauté, la *Volks-*

gemeinschaft. Pis, Mussolini avait systématiquement supprimé toutes les contraintes institutionnelles bridant les hommes au pouvoir. Cela menait directement à une version totalitaire de l'étatisme, où ni le pouvoir ni ses abus ne connaissent la moindre limite. En principe, le national-socialisme était fondé sur la réalité de la valeur de la vie de l'humain individuel et du *Volk* en son ensemble ; ainsi, l'État était subordonné aux exigences du *Volk*. Sous le fascisme, les gens n'avaient aucune valeur en eux-mêmes, ils étaient des objets de l'État, et la seule réalité dominante était l'État lui-même. Néanmoins, certains éléments au sein du Parti voulaient introduire le fascisme dans le national-socialisme. Dès la Prise du Pouvoir, le national-socialisme, dans certains secteurs, avait dévié, et se rabattait sur de vieilles méthodes pour surmonter des problèmes temporaires. Ces tendances étrangères étaient particulièrement fortes dans l'économie alimentaire, et aussi dans la grande industrie, qui n'avait de national-socialiste que le nom et qui profitait des dépenses déficitaires incontrôlées de l'État pour croître au-delà de toute mesure. L'arrogance et la mégalomanie qui régnaient dans certains secteurs du Parti ne faisaient qu'aggraver la situation. L'autre danger mortel pour le national-socialisme était ce qu'Ohlendorf nommait sa déviation bolcheviste, principalement les tendances collectivistes du DAF, le Front du travail. Ley dénigrait constamment les classes moyennes, il voulait détruire les petites et moyennes entreprises, qui formaient l'authentique base sociale de l'économie allemande. L'objet fondamental et décisif des mesures d'économie politique devait être l'homme ; l'économie, et en cela on pouvait tout à fait suivre les analyses de Marx, était le facteur le plus important pour le destin de l'homme. Il était vrai qu'un ordre économique national-socialiste n'existait pas encore. Mais la politique nationale-socialiste dans tous ses secteurs, économique, social ou constitutionnel, devait toujours garder à l'esprit que son objet était l'homme et le *Volk*. Les tendances collectivistes dans la politique économique et sociale, comme les tendances absolutistes dans la politique constitutionnelle, déviaient de cette ligne. En tant que forces d'avenir du national-socialisme, nous, les étudiants, futures élites du Parti, devions toujours rester fidèles à son esprit essentiel, et laisser cet esprit guider chacun de nos actes et de nos décisions.

C'était la critique la plus incisive de l'état des choses dans l'Allemagne moderne que j'eusse jamais entendue. Ohlendorf, un homme à peine plus âgé que moi, avait de toute évidence longuement médité ces questions et basait ses conclusions sur des analyses profondes et rigoureuses. J'appris d'ailleurs plus tard que, du temps où il était étudiant à

Kiel, en 1934, il avait été arrêté et interrogé par la Gestapo pour ses dénonciations virulentes de la prostitution du national-socialisme ; cette expérience avait sans doute contribué à le pousser vers les services de sécurité. Il se faisait une haute idée de son travail, il le voyait comme une pièce essentielle de la mise en œuvre du national-socialisme. Après la conférence, lorsqu'il m'avait proposé de collaborer avec lui en tant que *V-mann*, j'avais eu le malheur, à sa description des tâches, de lâcher stupidement : « Mais c'est un travail d'indic ! » Ohlendorf avait réagi sèchement : « Non, Herr Aue, ce n'est pas un travail d'*indicateur*. Nous ne vous demandons pas de *cafarder*, nous nous moquons bien de savoir si votre femme de ménage raconte une blague anti-Parti. Mais la blague, elle, nous intéresse, car elle trahit l'humeur du *Volk*. La Gestapo dispose de services parfaitement compétents pour s'occuper des ennemis de l'État, mais ce n'est pas du ressort du *Sicherheitsdienst*, qui est essentiellement un organe d'information. » À Berlin, après mon arrivée, je m'étais peu à peu lié avec lui, grâce notamment à l'entremise de mon professeur, Höhn, avec qui il était resté en relation après que ce dernier eut quitté le SD. Nous nous voyions de temps en temps pour boire du café, il m'invitait même chez lui pour m'expliquer les dernières tendances malsaines du Parti, et ses idées pour les corriger et les combattre. À cette époque il ne travaillait pas à plein temps au SD, car il menait des recherches à l'université de Kiel et plus tard devint une figure importante au sein du Reichsgruppe Handel, l'Organisation du commerce allemand. Lorsque j'entrai enfin au SD, il agit, comme le Dr. Best, un peu comme mon protecteur. Mais son conflit constamment exacerbé avec Heydrich, et ses relations difficiles avec le Reichsführer, avaient dégradé sa position, ce qui ne l'empêcha pas d'être nommé Amtchef III — patron du *Sicherheitsdienst* — lors de la formation du RSHA. À Pretzsch, de nombreuses rumeurs couraient sur les raisons de son départ pour la Russie ; on racontait qu'il avait refusé le poste plusieurs fois, avant que Heydrich, appuyé par le Reichsführer, ne le force à accepter *pour lui pousser le nez dans la vase*.

Le lendemain matin, je pris une navette militaire et montai à Simferopol. Ohlendorf me reçut avec sa politesse habituelle, sans chaleur peut-être, mais suave et agréable. « J'ai oublié de vous demander hier comment se porte Frau Ohlendorf ? » — « Käthe ? Très bien, merci. Bien entendu je lui manque, mais *Krieg ist Krieg*. » Une ordonnance nous servit un excellent café et Ohlendorf se lança dans une présentation rapide. « Le travail, vous verrez, sera très intéressant pour vous. Vous n'aurez pas à vous occuper des mesures exécutives, je laisse tout ça aux Kommandos; de toute façon, la Crimée est déjà quasiment *judenrein*, et on en a presque fini avec les Tsiganes aussi. » — « Tous les Tsiganes ? » interrompis-je, étonné. « En Ukraine, nous ne sommes pas aussi systématiques. » — « Pour moi, répondit-il, ils sont aussi dangereux, si ce n'est plus, que les Juifs. Dans toutes les guerres, les Tsiganes servent d'espions, ou d'agents pour communiquer à travers les lignes. Vous n'avez qu'à voir les récits de Ricarda Huch ou de Schiller sur la guerre de Trente Ans. » Il marqua une pause. « Dans un premier temps, vous aurez surtout à vous occuper de recherches. Nous allons au printemps avancer dans le Caucase — c'est un secret que je vous recommande de garder pour vous — et, comme c'est une région encore mal connue, je voudrais constituer un recueil d'informations pour le Gruppenstab et les Kommandos, en particulier en ce qui concerne les différentes minorités ethniques et leurs relations entre elles et au pouvoir soviétique. En principe, le même système d'occupation qu'en Ukraine sera appliqué, on va former un nouveau Reichskommissariat, mais bien entendu la SP et le SD doivent avoir leur mot à dire, et plus ce mot sera argumenté, plus il sera écouté. Votre supérieur direct sera le Sturmbannführer Dr. Seibert, qui est aussi le chef d'état-major du groupe. Venez avec moi, je vais vous présenter, ainsi qu'au Hauptsturmführer Ulrich, qui s'occupera de votre transfert. »

Je connaissais Seibert de loin ; à Berlin, il dirigeait le département D (Économie) du SD. C'était un homme sérieux, franc, cordial, un excellent économiste issu de l'université de Göttingen, qui semblait aussi peu à sa place ici qu'Ohlendorf. La chute prématurée de ses cheveux s'était encore accélérée depuis son départ ; mais ni ce haut front dégarni, ni son air préoccupé, ni la vieille cicatrice de duel lui tailladant le menton, ne parvenaient à lui faire perdre un certain côté adolescent, perpétuellement rêveur. Il m'accueillit avec bienveillance, me présenta à ses autres collaborateurs, puis, Ohlendorf nous ayant laissés, il me mena au bureau d'Ulrich, qui m'apparut, lui, un petit bureaucrate tatillon. « L'Oberführer a une vision un peu leste des procédures d'affectation, m'informa-t-il avec aigreur. Normalement, il faut faire une demande à Berlin, puis attendre la réponse. On ne peut pas prendre des gens dans la rue comme ça. » — « L'Oberführer ne m'a pas trouvé dans la rue, il m'a trouvé dans un casino », lui fis-je remarquer. Il ôta ses lunettes et me regarda en plissant les yeux : « Dites-moi, Hauptsturmführer, vous faites de l'esprit ? » — « Pas du tout. Si vraiment vous pensez que ce n'est pas possible, je le dirai à l'Oberführer et retournerai à mon Kommando. » — « Non, non, non, fit-il en se frottant l'arête du nez. C'est compliqué, voilà tout. Ça me fera encore de la paperasse. Quoi qu'il en soit, l'Oberführer a déjà envoyé un courrier à votre sujet au Brigadeführer Thomas. Quand il recevra une réponse, si elle est positive, j'en référerai à Berlin. Ça va prendre du temps. Retournez donc à Yalta, puis revenez me voir à la fin de votre congé. »

Le Dr. Thomas donna rapidement son accord. En attendant que Berlin avalise le transfert, je fus « temporairement détaché » du Sonderkommando 4a à l'Einsatzgruppe D. Je n'eus même pas à retourner à Kharkov, Strehlke me fit suivre le peu d'affaires que j'y avais laissé. Je pris mes quartiers à Simferopol dans une agréable maison bourgeoise prérévolutionnaire, vidée de ses occupants, rue Tchekhov, à quelques centaines de mètres du Gruppenstab. Je me plongeai avec plaisir dans mes études caucasiennes, commençant par une série d'ouvrages, études historiques, récits de voyageurs, traités d'anthropologie, la plupart datant malheureusement d'avant la Révolution. Ce n'est pas ici le lieu de m'étendre sur les particularités de cette région fascinante : que le lecteur intéressé se reporte aux bibliothèques ou bien, s'il le souhaite, aux archives de la République fédérale où il pourra peut-être retrouver, avec de la persistance et un peu de chance, mes rapports originaux, signés par Ohlendorf ou Seibert, mais identifiables grâce au signe de dictée *M.A.* Nous savions peu de chose des conditions régnant dans le Caucase soviétique. Quelques voyageurs occidentaux avaient pu encore s'y rendre dans les années vingt ; depuis, même les renseignements fournis par l'*Auswärtiges Amt*, notre ministère des Affaires étrangères, restaient plutôt maigres. Pour trouver des informations, il fallait creuser. Le Gruppenstab possédait quelques exemplaires d'une revue scientifique allemande intitulée *Caucasica* : la plupart des articles traitaient de linguistique, de manière extrêmement technique, mais on pouvait y glaner pas mal de choses ; l'Amt VII, à Berlin, avait commandé la collection complète. Il y avait aussi une copieuse littérature scientifique soviétique, mais jamais traduite et inégalement accessible ; je demandai à un *Dolmetscher* pas trop idiot de lire les ouvrages disponibles et de m'en faire des extraits et des synthèses. En termes de renseignement, nous disposions d'informations abondantes sur l'industrie pétrolière, les infrastructures, les communications et l'industrie ; sur le sujet des relations ethniques ou politiques, par contre, nos dossiers restaient presque vides. Un certain Sturmbannführer Kurreck, de l'Amt VI, avait rejoint le groupe pour monter des « Sonderkommando Zeppelin », un projet de Schellenberg : il recrutait des « activistes antibolcheviques » dans les Stalag et les Oflag, provenant souvent de minorités ethniques, pour les envoyer derrière les lignes russes à des fins d'espionnage ou de sabotage. Mais le programme démarrait tout juste et n'avait encore rien donné. Ohlendorf m'envoya consulter l'Abwehr. Ses relations avec l'AOK, très tendues au début de la campagne, s'étaient nettement améliorées depuis l'arrivée de von Manstein en remplacement du général von Schobert, tué en septembre dans un accident d'avion. Il n'arrivait toujours pas à s'entendre avec le chef d'état-major, l'Oberst Wöhler, qui tendait à vouloir traiter les Kommandos comme des unités de la police militaire secrète, et refusait d'appeler Ohlendorf par son grade, une insulte sérieuse. Mais les relations de travail avec le Ic/AO, le Major Eisler, étaient bonnes, et celles avec l'officier du contre-renseignement, le Major Riesen, excellentes, surtout depuis que l'Einsatzgruppe participait activement à la lutte antipartisans. J'allai donc voir Eisler qui me renvoya vers un de ses spécialistes, le Leutnant Dr. Voss. Voss, un homme affable d'environ mon âge, n'était pas réellement un officier, mais plutôt un chercheur universitaire détaché à l'Abwehr pour la durée de la campagne. Il sortait comme moi de l'université de Berlin ; ce n'était ni un anthropologue ni un ethnologue, mais un linguiste, profession qui, comme j'allais bientôt en juger, pouvait rapidement déborder les problèmes étroits de la phonétique, de la morphologie ou de la syntaxe pour générer sa propre *Weltanschauung*. Voss me reçut dans un petit bureau où il lisait, les pieds sur une table couverte d'ouvrages empilés et de feuillets épars. Lorsqu'il me vit frapper à sa porte ouverte, sans même me saluer (j'étais son supérieur hiérarchique et il aurait au moins dû se lever), il me demanda : « Voulez-vous du thé ? J'ai du vrai thé. » Sans attendre une réponse il appela : « Hans ! Hans ! » Puis il grogna : « Oh, où est-il donc passé ? », posa son livre, se leva, passa devant moi et disparut dans le couloir. Il réapparut un instant plus tard : « C'est bon. L'eau chauffe. » Puis il me lança : « Mais ne restez pas planté là ! Entrez. » Voss avait un étroit visage fin et des yeux animés ; avec ses cheveux blonds en bataille, rasés sur le côté, il ressemblait à un adolescent sortant du collège. Mais la coupe de son uniforme était d'un bon tailleur, et il le portait avec élégance et assurance. « Bonjour ! Qu'est-ce qui vous amène ici ? » Je lui expliquai l'objet de ma démarche. « Ainsi le SD s'intéresse au Caucase. Pourquoi ? Prévoyons-nous d'envahir le Caucase ? » Devant ma mine déconfite, il éclata de rire. « Mais ne faites pas cette tête-là ! Croyez bien que je suis au courant. De toute façon, je ne suis là que pour ça. Je suis spécialisé en langues indo-germaniques et indo-iraniennes, avec aussi une sous-spécialisation en langues caucasiques. Donc tout ce qui m'intéresse se trouve là-bas ; ici, je piétine. J'ai appris le tatar, mais ça n'est pas d'un intérêt majeur. Heureusement, j'ai trouvé de bons ouvrages scientifiques à la bibliothèque. Au fur et à mesure de notre avancée je dois constituer une collection scientifique complète et l'envoyer à Berlin. » Il éclata de rire. « Si on était resté en paix avec Staline, on aurait pu les commander. Ç'aurait coûté assez cher, mais certainement moins qu'une invasion. » Une ordonnance apporta de l'eau chaude et Voss tira du thé d'un tiroir. « Sucre ? Je ne peux pas vous offrir de lait, malheureusement. » — « Non, merci. » Il prépara deux tasses, m'en tendit une, et se rabattit sur sa chaise, une jambe levée contre sa poitrine. La pile de livres masquait en partie son visage et je me décalai. « Qu'est-ce que vous voulez que je vous raconte, alors ? » — « Tout. » — « Tout ! Vous avez du temps, alors. » Je souris : « Oui. J'ai du temps. » — « Excellent. Commençons donc par les langues, puisque je suis linguiste. Vous savez certainement que les Arabes, dès le xe siècle, appelaient le Caucase *la Montagne des Langues*. C'est tout à fait ça. Un phénomène unique. Personne n'est vraiment d'accord sur le nombre exact, parce qu'on se dispute encore au sujet de certains dialectes, notamment du Daghestan, mais ça tourne autour de la cinquantaine. Si on raisonne en termes de groupes ou de familles de langues, on a tout d'abord les langues indo-iraniennes : l'arménien, bien sûr, une langue magnifique, l'ossète, qui m'intéresse particulièrement, et le tat. Je ne compte bien entendu pas le russe. Ensuite il y a les langues turques, qui sont toutes échelonnées sur le pourtour des montagnes : le turc karatchaï, balkar, nogaï et koumyk au nord, puis l'azéri et le dialecte meskhète au sud. L'azéri est la langue qui ressemble le plus à celle qu'on parle en Turquie, mais elle conserve les anciens apports persans dont Kemal Atatürk a purifié le turc dit moderne. Tous ces peuples, bien entendu, sont les débris des hordes turco-mongoles qui ont envahi la région au xiiie siècle, ou bien des restes de migrations postérieures. Les Khans nogaï ont d'ailleurs régné pendant très longtemps sur la Crimée. Vous avez vu leur palais à Bakhtchi-Saraï ? » — « Malheureusement non. C'est la zone du front. » — « C'est vrai. Moi j'ai eu un permis. Les complexes troglodytes sont extraordinaires, aussi. » Il but un peu de thé. « Où en était-on ? Ah, oui. Vous avez ensuite la famille la plus intéressante de loin, qui est la famille caucasique ou ibéro-caucasique. Je vous arrête tout de suite : le kartvélien ou géorgien n'a aucun rapport avec le basque. C'est une idée émise par Humboldt, paix à sa grande âme, et reprise depuis, mais à tort. Le terme *ibéro-* se réfère simplement au groupe caucasique sud. D'ailleurs, on n'est même pas certains que ces langues aient un rapport entre elles. On le pense — c'est le postulat de base des linguistes soviétiques — mais c'est indémontrable génétiquement. Tout au plus peut-on dessiner des sous-familles qui, elles, présentent une unité génétique. Pour le sud-caucasique, c'est-à-dire le kartvélien, le svane, le mingrèle et le laz, c'est à peu près certain. De même pour le caucasique du Nord-Ouest : malgré les » — il émit une sorte de sifflement chuintant assez particulier — « un peu déroutants des dialectes abkhazes, il s'agit essentiellement, avec l'abaza, l'adyghé et le kabarde-tcherkesse, ainsi qu'avec l'oubykh qui est presque en voie d'extinction et qu'on ne trouve plus que chez quelques locuteurs en Anatolie, d'une seule langue avec de fortes variantes dialectales. Idem pour le vaïnakh, qui connaît plusieurs formes dont les principales sont le tchétchène et l'ingouche. Par contre, au Daghestan, c'est encore très confus. On a dégagé quelques ensembles comme l'avar et les langues andi, dido ou tsez, lak et lesghiennes, mais certains chercheurs pensent que les langues vaïnakh leur sont apparentées, d'autres non ; et à l'intérieur des sous-groupes il y a de grosses controverses. Par exemple sur la relation entre le kubachi et le dargva ; ou alors sur l'affiliation génétique du khynalug, que certains préfèrent voir comme une langue isolée, ainsi que l'archi. » Je ne comprenais pas grand-chose, mais l'écoutai avec émerveillement distiller sa matière. Son thé aussi était très bon. Enfin je demandai : « Excusez-moi, mais vous connaissez toutes ces langues ? » Il éclata de rire : « Vous plaisantez ! Vous avez vu mon âge ? Et puis, sans travail de terrain, on ne peut rien faire. Non, j'ai une connaissance théorique convenable du kartvélien, et j'ai étudié des éléments des autres langues, en particulier de la famille caucasique du Nord-Ouest. » — « Et vous connaissez combien de langues, en tout ? » Il riait encore. « Parler une langue n'est pas la même chose que savoir la lire et l'écrire ; et avoir une connaissance précise de sa phonologie ou de sa morphologie en est une autre encore. Pour revenir aux langues caucasiques du Nord-Ouest ou langues adyghées, j'ai travaillé les systèmes consonantiques — mais beaucoup moins les voyelles — , et j'ai une idée générale de la grammaire. Mais je serais incapable de parler avec un locuteur. Maintenant, si vous considérez que dans le langage de tous les jours on utilise rarement plus de cinq cents mots et une grammaire assez rudimentaire, je peux sans doute assimiler à peu près n'importe quelle langue en dix ou quinze jours. Après ça, chaque langue a ses difficultés et ses problèmes propres qu'il faut travailler si on veut la maîtriser. On peut dire si vous voulez que la langue comme objet scientifique est une chose assez différente, dans son approche, de la langue comme outil de communication. Un gamin abkhaze, à quatre ans, sera capable d'articulations d'une complexité phénoménale que je ne pourrais jamais reproduire correctement, mais que moi, en revanche, je peux décomposer et décrire, comme, par exemple, des séries alvéolo-palatales simples ou labialisées, ce qui ne voudra strictement rien dire pour ce garçon qui possède toute sa langue dans sa tête mais ne saura jamais l'analyser. » Il réfléchit un instant. « Par exemple, j'ai regardé une fois le système consonantique d'une langue sud-tchadienne, mais c'était juste pour le comparer à celui de l'oubykh. L'oubykh est une langue fascinante. C'est une tribu adyghée, ou circassienne comme on dit en Europe, qui a été entièrement chassée du Caucase par les Russes, en 1864. Les survivants se sont installés dans l'Empire ottoman, mais ont pour la plupart perdu leur langue au profit du turc ou d'autres dialectes circassiens. La première description partielle en a été faite par un Allemand, Adolf Dirr. C'était un grand pionnier de la description des langues caucasiques : il en étudiait une par an, pendant ses vacances. Malheureusement, pendant la Grande Guerre, il est resté bloqué à Tiflis, d'où il a enfin pu s'échapper, mais en perdant la plupart de ses notes, dont celles sur l'oubykh qu'il avait recueillies en 1913, en Turquie. Il a publié ce qui lui restait en 1927 et c'était quand même admirable. Après ça, un Français, Dumézil, s'y est mis aussi et a publié une description complète en 1931. Or l'oubykh a la particularité de comporter entre quatre-vingts et quatre-vingt-trois consonnes, selon la façon dont on compte. Pendant plusieurs années on a pensé que c'était le record du monde. Puis on a avancé que quelques langues du sud du Tchad, comme le margi, en auraient plus. Mais on n'a toujours pas conclu. »

J'avais reposé ma tasse de thé : « Tout cela est fascinant, Leutnant. Mais je suis obligé de m'intéresser à des questions plus concrètes. » — « Oh, pardon, bien entendu ! Ce qui vous concerne, au fond, c'est la politique des nationalités des Soviétiques. Mais vous verrez que mes digressions n'étaient pas inutiles : car cette politique est justement fondée sur la langue. À l'époque tsariste, tout était beaucoup plus simple : les autochtones conquis pouvaient faire à peu près ce qu'ils voulaient, du moment qu'ils se tenaient tranquilles et payaient leurs impôts. Les élites pouvaient être éduquées en russe et même se voir russifiées — d'ailleurs, un certain nombre de familles princières russes étaient d'origine caucasienne, surtout depuis le mariage d'Ivan IV avec une princesse kabarde, Maria Temrukovna. À la fin du siècle dernier, les chercheurs russes ont commencé à étudier ces peuples, surtout du point de vue de l'ethnologie, et ils ont alors produit des travaux remarquables, comme ceux de Vsevolod Miller, qui était aussi un excellent linguiste. La plupart de ces ouvrages sont disponibles en Allemagne et certains ont même été traduits ; mais il y a aussi une quantité de monographies obscures ou à petit tirage que j'espère trouver dans les bibliothèques des Républiques autonomes. Après la Révolution et la guerre civile, le pouvoir bolchevique, inspiré au départ par un écrit de Lénine, a petit à petit défini une politique des nationalités absolument originale : Staline, qui à cette époque était commissaire du peuple aux nationalités, a joué un rôle de premier plan. Cette politique est une synthèse étonnante entre d'une part des travaux scientifiques tout à fait objectifs, comme ceux des grands caucasologues Yakovlev ou Troubetskoï ; d'autre part, une idéologie communiste internationaliste, au départ incapable de prendre en compte le fait ethnique ; et, enfin, la réalité des relations et des aspirations ethniques sur le terrain. La solution soviétique peut se résumer ainsi : un peuple, ou une nationalité comme ils disent, égale une langue plus un territoire. C'est pour obéir à ce principe qu'ils ont essayé de doter les Juifs, qui avaient une langue, le yiddish, mais pas de territoire, d'une région autonome dans l'Extrême-Orient, le Birobidjan ; mais il semble que l'expérience a échoué, et que les Juifs n'ont pas voulu y vivre. Ensuite, selon le poids démographique de chaque nationalité, les Soviétiques ont créé une échelle complexe de niveaux de souveraineté administrative, avec pour chaque niveau des droits et des limitations précis. Les nationalités les plus importantes, comme les Arméniens, les Géorgiens et les soi-disant Azéris, tout comme les Ukrainiens et les Biélorusses, ont droit à une SSR, une République socialiste soviétique. En Géorgie, même l'enseignement universitaire peut se faire, jusqu'au bout, en kartvélien, et on publie des travaux scientifiques de grande valeur dans cette langue. Il en va de même pour l'arménien. Il faut dire que ce sont deux très vieilles langues littéraires, avec une tradition très riche, et qui ont été écrites bien avant le russe et même le slavon, d'abord noté par Cyrille et Méthode. D'ailleurs, si vous me permettez une parenthèse, Mesrop, qui a créé au début du vᵉ siècle les alphabets géorgien et arménien — alors que ces deux langues n'ont pas la moindre relation entre elles —, devait être un linguiste de génie. Son alphabet géorgien est entièrement phonémique. On ne peut pas en dire autant des alphabets caucasiens créés par les linguistes soviétiques. On dit aussi d'ailleurs que Mesrop aurait inventé un alphabet pour l'albanais du Caucase ; mais il n'en reste malheureusement aucune trace. Pour continuer, vous avez ensuite les Républiques autonomes, comme la Kabardino-Balkarie, la Tchétchénie-Ingouchie ou le Daghestan. Les Allemands de la Volga avaient ce statut-là, mais comme vous le savez on les a tous déportés et leur République a été dissoute. Et puis ça continue avec les Territoires autonomes et ainsi de suite. Un point clef est la notion de langue littéraire. Pour avoir sa propre République, un peuple doit impérativement avoir une langue littéraire, c'est-à-dire écrite. Or, à part le kartvélien, comme je viens de vous l'expliquer, aucune langue caucasique ne remplissait cette condition à l'époque de la Révolution. Il y a bien eu quelques tentatives au XIXᵉ siècle, mais uniquement à usage scientifique, et il existe des inscriptions avares en caractères arabes, qui remontent au Xᵉ ou XIᵉ siècle, mais c'est tout. C'est là que les linguistes soviétiques ont accompli un travail formidable, colossal : ils ont créé des alphabets, sur la base des caractères latins d'abord puis du cyrillique, pour onze langues caucasiques ainsi que pour un grand nombre de langues turques, dont des sibériennes. Ces alphabets sont certes très critiquables d'un point de vue technique. Le cyrillique est peu adapté à ces langues : des caractères latins modifiés, comme on en a tenté dans les années vingt, ou même l'alphabet arabe auraient bien mieux convenu. Ils ont d'ailleurs fait une exception curieuse pour l'abkhaze, qu'on écrit maintenant avec un alphabet géorgien modifié ; mais les raisons ne sont certainement pas techniques. Le passage obligatoire au cyrillique a généré des contorsions assez grotesques, comme l'utilisation de signes diacritiques et de digraphes, de trigraphes, et même, en kabarde, pour représenter la plosive muette aspirée labialisée uvulaire, d'un tétragraphe. » Il saisit une feuille de papier et griffonna quelques signes au dos, puis me la tendit pour me montrer une inscription КХЪУ. « Ça, c'est une lettre. C'est aussi ridicule que chez nous quand on note Щ » — il griffonnait à nouveau — « *shch*, ou pire encore, comme les Français, *chtch*. Ensuite, certaines des nouvelles orthographes sont fort incertaines. En abkhaze, la notation des aspirées et des éjectives est horriblement inconsistante. Mesrop aurait été scandalisé. Enfin, pire que tout, ils ont insisté pour que chaque langue ait un alphabet différent. Linguistiquement, ça donne des situations absurdes, comme le Щ qui en kabarde représente le *ch* et en adyghé le *tch*, alors qu'il s'agit de la même langue ; en adyghé, le *ch* s'écrit ЩЪ et en kabarde le *tch* s'écrit Ш. C'est la même chose pour les langues turques, où par exemple le *g* mouillé est noté d'une manière différente dans presque chaque langue. Bien sûr, ils l'ont fait exprès : c'était une décision politique, pas linguistique, qui visait de toute évidence à séparer le plus possible les peuples voisins. Voilà d'ailleurs pour vous une clef : les peuples proches devaient cesser de fonctionner en réseau, de manière horizontale, pour tous se référer de manière verticale et parallèle au pouvoir central, qui prend la position d'ultime arbitre de conflits qu'il ne cesse lui-même de susciter. Mais pour revenir à ces alphabets, malgré toutes mes critiques, c'est quand même une réalisation immense, d'autant plus que tout un mécanisme d'éducation a suivi. En quinze, parfois dix ans, des peuples illettrés entiers ont été dotés, dans leur langue, de journaux, de livres, de magazines. Les enfants apprennent à lire dans leur langue maternelle avant le russe. C'est extraordinaire. »

Voss continuait ; je notais aussi vite que possible. Mais plus encore que par les détails, j'étais séduit par son rapport à son savoir. Les intellectuels que j'avais fréquentés, comme Ohlendorf ou Höhn, développaient perpétuellement leurs connaissances et leurs théories ; quand ils parlaient, c'était soit pour exposer leurs idées, soit pour les pousser encore plus loin. Le savoir de Voss, en revanche, semblait vivre en lui presque comme un organisme, et Voss jouissait de ce savoir comme d'une amante, sensuellement, il se baignait en lui, en découvrait constamment de nouveaux aspects, déjà présents en lui mais dont il n'avait pas encore conscience et il y prenait le pur plaisir d'un enfant qui apprend à ouvrir et à fermer une porte ou à remplir un seau de sable et à le vider ; ce plaisir, celui qui l'écoutait le partageait, car son discours n'était que méandres capricieux et surprises perpétuelles ; on pouvait en rire, mais uniquement avec le rire de plaisir du père qui regarde son enfant ouvrir et refermer une porte, dix fois de suite en riant. Je retournai le voir à plusieurs reprises, et il me reçut chaque fois avec la même amabilité et le même enthousiasme. Nous nous liâmes bientôt de cette franche et rapide amitié que favorisent la guerre et les situations exceptionnelles. Nous déambulions dans les rues bruyantes de Simferopol, profitant du soleil, au milieu d'une foule bigarrée de soldats allemands, roumains et hongrois, de Hiwi harassés, de Tatars basanés et enturbannés, et de paysannes ukrainiennes aux joues roses. Voss connaissait toutes les *tchaï khona* de la ville et discutait familièrement, en des dialectes variés, avec les tenanciers obséquieux ou enjoués qui nous servaient en s'excusant un mauvais thé vert. Il m'amena un jour à Bakhtchi-Saraï visiter le superbe petit palais des khans de Crimée, construit au xvie siècle par des architectes italiens, persans et ottomans et des esclaves russes et ukrainiens ; et le Chufut-Kale, le fort des Juifs, une cité de cavernes creusées à partir du vɪᵉ siècle dans les falaises de calcaire et occupées par des peuples divers, dont les derniers, qui avaient donné au lieu son nom persan, étaient en fait des Karaïtes, une secte juive dissidente qui, comme je l'expliquai à Voss, avaient été exemptés en 1937, sur décision du ministère de l'Intérieur, des lois raciales allemandes, et avaient en conséquence ici en Crimée aussi été épargnés par les mesures spéciales de la SP. « Apparemment, les Karaïtes d'Allemagne ont présenté des documents tsaristes, y compris un oukase de la Grande Catherine, qui affirmaient qu'ils n'étaient pas d'origine juive, mais s'étaient convertis au judaïsme assez tardivement. Les spécialistes du Ministère ont accepté l'authenticité de ces documents. » — « Oui, j'ai entendu parler de cela, dit Voss avec un petit sourire. C'étaient des malins. » J'aurais souhaité lui demander ce qu'il entendait par là, mais il avait déjà changé de sujet. La journée était radieuse. Il ne faisait pas encore trop chaud, le ciel restait pâle et clair ; au loin, du haut des falaises, on apercevait la mer, une étendue un peu plus grise sous le ciel. Du sud-ouest nous parvenait très vaguement le roulement monotone des batteries pilonnant Sébastopol, qui résonnait doucement le long des montagnes. Des petits Tatars crasseux, en haillons, jouaient parmi les ruines ou gardaient leurs chèvres ; plusieurs nous observaient avec curiosité, mais détalèrent lorsque Voss les héla dans leur langue.

Le dimanche, lorsque je n'avais pas trop de travail, je prenais une Opel et nous descendions à la plage, à Eupatorie. Souvent je conduisais moi-même. La chaleur montait de jour en jour, nous étions au cœur du printemps, et je devais veiller aux grappes de garçons nus qui, couchés à plat ventre sur le bitume brûlant de la route, s'éparpillaient comme des moineaux devant chaque véhicule, en une vive pagaille de petits corps maigres et bronzés. Eupatorie possédait une belle mosquée, la plus grande de Crimée, dessinée au xvɪᵉ siècle par le célèbre architecte ottoman Sinan, et quelques ruines curieuses ; mais on n'y trouvait pas de *Portwein*, ni même à vrai dire de thé ; et les eaux du lac stagnaient, boueuses. Nous délaissions donc la ville pour les plages, où l'on croisait parfois des groupes de soldats remontant de Sébastopol se reposer des combats. La plupart du temps nus, presque toujours entièrement blancs, à part le visage, le cou et les avant-bras, ils chahutaient comme des enfants en se ruant dans l'eau, puis se vautraient encore mouillés à même le sable, aspirant sa chaleur comme une prière, pour chasser le froid de l'hiver. Souvent les plages étaient vides. J'aimais l'aspect désuet des plages soviétiques : les parasols bariolés mais sans toile, les bancs tachetés de chiures d'oiseaux, les cabines en métal rouillé et à la peinture écaillée, qui révèlent pieds et têtes aux gamins embusqués derrière les barrières. Nous avions notre coin préféré, une plage au sud de la ville. Le jour où nous la découvrîmes, une demi-douzaine de vaches, dispersées autour d'un chalutier aux couleurs vives couché sur le sable, broutaient l'herbe nouvelle de la steppe envahissant les dunes, indifférentes à l'enfant blond qui, sur un vélo rafistolé, louvoyait entre elles. De l'autre côté d'une baie étroite, une petite musique russe triste montait d'une cahute bleue, posée sur un quai branlant, devant lequel clapotaient, amarrées par des cordes usées, trois pauvres barques de pêche. L'endroit baignait dans un tranquille abandon. Nous avions apporté du pain frais et des pommes rouges de l'année précédente, que nous croquions en buvant de la vodka ; l'eau était froide, vivifiante. Sur notre droite se dressaient deux vieilles buvettes cadenassées et la tour du maître-nageur, en voie d'effondrement. Les heures passaient sans que nous disions grand-chose. Voss lisait ; j'achevais lentement la vodka et me replongeai dans l'eau ; une des vaches, sans raison, piqua un galop sur la plage. Au retour, en passant par un petit village de pêcheurs pour retrouver notre voiture garée plus haut, je croisai un troupeau d'oies qui se glissaient les unes après les autres sous un portail en bois ; la dernière, une petite pomme verte coincée dans le bec, courait pour rattraper ses sœurs.

Je voyais souvent Ohlendorf aussi. Pour le travail, je traitais surtout avec Seibert ; mais en fin d'après-midi, si Ohlendorf n'était pas trop occupé, je passais dans son bureau pour prendre un café. Il en buvait constamment, les mauvaises langues affirmaient qu'il s'en nourrissait. Il semblait toujours employé à une multitude de tâches qui avaient parfois peu à voir avec celles du groupe. Seibert, de fait, gérait le travail quotidien ; c'était lui qui supervisait les autres officiers du Gruppenstab, lui aussi qui menait les réunions régulières avec le chef d'état-major ou le Ic de la 11ᵉ armée. Pour soumettre une question officielle à Ohlendorf, il fallait passer par son aide de camp, l'Obersturmführer Heinz Schubert, un descendant du grand compositeur et un homme consciencieux, quoique un peu limité. Ainsi, lorsque Ohlendorf me recevait, un peu comme un professeur reçoit un étudiant en dehors des cours, je ne lui parlais jamais de travail ; nous traitions plutôt de problèmes théoriques ou d'idéologie. Un jour, je soulevai avec lui la question juive. « *Les Juifs !* s'exclama-t-il. *Maudits soient-ils ! Ils sont bien pires que les hégéliens !* » Il eut un de ses rares sourires avant de continuer, de sa voix précise, musicale, un peu aiguë. « On pourrait d'ailleurs dire que Schopenhauer a vu d'autant plus juste que le marxisme, au fond, est une perversion juive de Hegel. N'est-ce pas ? » — « Je souhaitais surtout vous demander votre avis sur notre action », risquai-je. — « Vous voulez parler de la destruction du peuple juif, je suppose ? » — « Oui. Je dois vous avouer que cela me pose des problèmes. » — « Cela pose des problèmes à tout le monde, répondit-il catégoriquement. À moi aussi cela pose des problèmes. » — « Quelle est votre opinion, alors ? » — « Mon opinion ? » Il s'étira et joignit ses mains devant ses lèvres ; ses yeux, d'habitude perçants, étaient devenus comme vides. Je ne m'habituais pas à le voir en uniforme ; Ohlendorf, pour moi, restait un civil, et j'avais du mal à l'imaginer autrement que dans ses costumes discrets, parfaitement coupés. « C'est une erreur, dit-il enfin. Mais une erreur nécessaire. » Il se repencha en avant et appuya ses coudes sur son bureau. « Je dois vous expliquer ça. Prenez du café. C'est une erreur, parce que c'est le résultat de notre incapacité à gérer le problème d'une façon plus rationnelle. Mais c'est une erreur nécessaire parce que, dans la situation actuelle, les Juifs présentent pour nous un danger phénoménal, urgent. Si le Führer a fini par imposer la solution la plus radicale, c'est qu'il y a été poussé par l'indécision et l'incompétence des hommes chargés du problème. » — « Qu'entendez-vous par *notre incapacité à gérer le problème* ? » — « Je vais vous expliquer ça. Vous vous souvenez certainement comment, après la Prise du Pouvoir, tous les irresponsables et les psychopathes du Parti se sont mis à brailler pour réclamer des *mesures radicales*, et comment toutes sortes d'actions illégales ou dommageables ont été lancées, comme les initiatives imbéciles de Streicher. Le Führer, très sagement, a freiné ces actions incontrôlées et a engagé la résolution du problème dans une voie légale, qui a abouti aux lois raciales, dans l'ensemble satisfaisantes, de 1935. Mais même après cela, entre les bureaucrates tatillons qui noyaient toute avancée sous une pluie de papier, et les excités qui encourageaient des *Einzelaktionen*, souvent pour leurs intérêts personnels, une solution d'ensemble du problème juif restait loin d'être acquise. Les pogromes de 1938, qui ont fait tant de tort à l'Allemagne, ont été une conséquence logique de ce manque de coordination. Ce n'est que lorsque le S D a commencé à se pencher sérieusement sur le problème qu'une alternative aux initiatives *ad hoc* a pu se dégager. Après de longues études et discussions nous avons pu élaborer et proposer une politique globale cohérente : l'émigration accélérée. Je pense aujourd'hui encore que cette solution aurait pu satisfaire tout le monde, et qu'elle était parfaitement réalisable, même après l'Anschluss. Les structures qui ont été créées pour favoriser l'émi-

gration, notamment pour utiliser les fonds juifs mal acquis afin de financer l'émigration des Juifs pauvres, se sont révélées très efficaces. Vous
vous souvenez peut-être de ce petit demi-Autrichien assez obséquieux,
qui travaillait sous Knochen, puis Behrends...? » — « Vous voulez dire
le Sturmbannführer Eichmann ? Justement, je l'ai revu l'année dernière,
à Kiev. » — « Oui, c'est ça. Eh bien lui, à Vienne, il avait mis en place
une organisation remarquable. Ça marchait très bien. » — « Oui, mais
après il y a eu la Pologne. Et aucun pays au monde n'était prêt à accepter trois millions de Juifs. » — « Précisément. » Il s'était de nouveau
redressé et balançait une jambe croisée sur l'autre. « Mais même à ce
moment-là on aurait pu résoudre les difficultés étape par étape. La
ghettoïsation, bien entendu, a été une catastrophe ; mais l'attitude de
Frank y a beaucoup contribué, à mon avis. Le vrai problème, c'est
qu'on a voulu tout faire en même temps : rapatrier les *Volksdeutschen*
et résoudre le problème juif ainsi que le problème polonais. Alors bien
sûr ç'a été le chaos. » — « Oui, mais, d'un autre côté, le rapatriement
des *Volksdeutschen* était une urgence : personne ne pouvait savoir
combien de temps Staline allait continuer à coopérer. Il aurait pu fermer les portes du jour au lendemain. D'ailleurs, on n'a jamais réussi à
sauver les Allemands de la Volga. » — « On aurait pu, je pense. Mais
eux ne voulaient pas venir. Ils ont commis l'erreur de faire confiance à
Staline. Ils se sentaient protégés par leur statut, n'est-ce pas ? De toute
façon, vous avez raison : il fallait absolument commencer par les *Volksdeutschen*. Mais cela ne concernait que les Territoires incorporés, pas le
General-Gouvernement. Si tout le monde avait voulu coopérer, il y
aurait eu moyen de déplacer les Juifs et les Polonais du Warthegau et
de Danzig-Westpreussen vers le General-Gouvernement, pour faire
place aux rapatriés. Mais ici on touche aux limites de notre État national-
socialiste tel qu'il existe actuellement. C'est un fait que l'organisation de
l'administration nationale-socialiste n'est pas encore en adéquation avec
les besoins politiques et sociaux de notre mode de société. Le Parti reste
gangrené par trop d'éléments corrompus, qui défendent leurs intérêts
privés. Ainsi, chaque différend tourne immédiatement au conflit exacerbé. Dans le cas du rapatriement, les Gauleiter des Territoires incorporés se sont comportés avec une arrogance phénoménale, et le
General-Gouvernement a réagi de même. Chacun accusait l'autre de le
traiter de dépotoir. Et la SS, qui avait été chargée du problème, n'avait
pas assez de pouvoir pour imposer une régulation ordonnée. À chaque
étape, quelqu'un prenait une initiative sauvage, ou bien contestait les
décisions du Reichsführer en jouant sur son accès au Führer. Notre État

n'est encore un *Führerstaat* absolu, national et socialiste qu'en théorie ;
en pratique, et cela ne fait qu'empirer, c'est une forme d'anarchie pluraliste. Le Führer peut tenter d'arbitrer, mais il ne peut pas être partout,
et nos Gauleiter savent très bien interpréter ses ordres, les déformer, et
puis proclamer qu'ils suivent sa *volonté* pour en fait faire ce qu'ils
veulent. »

Tout cela nous avait un peu éloignés des Juifs. « Ah oui, le Peuple
choisi. Même avec tous ces obstacles, il y avait des solutions équitables
possibles. Par exemple, après notre victoire sur la France, le SD, en
conjonction avec l'*Auswärtiges Amt*, a commencé à réfléchir sérieusement à une option Madagascar. Avant ça, on avait envisagé de regrouper tous les Juifs autour de Lublin, dans une sorte de grande réserve où
ils auraient pu vivre tranquillement sans plus constituer de risques pour
l'Allemagne ; mais le General-Gouvernement a catégoriquement refusé
et Frank, en usant de ses relations, a réussi à faire capoter le projet.
Madagascar, c'était sérieux. On a fait des études, il y avait de la place
pour tous les Juifs dans notre sphère de contrôle. On est allés très loin
dans la planification, on a même fait vacciner des employés de la *Staatspolizei* contre la malaria, en prévision de leur départ. C'est surtout
l'Amt IV qui pilotait le projet, mais le SD a fourni des informations et
des idées, et j'ai lu tous les rapports. » — « Pourquoi est-ce que cela n'a
pas abouti ? » — « Tout simplement parce que les Britanniques, très
déraisonnablement, ont refusé d'accepter notre supériorité écrasante et
de signer un traité de paix avec nous ! Tout dépendait de ça. D'abord
parce qu'il fallait que la France nous cède Madagascar, ce qui aurait
figuré au traité, et aussi parce qu'il aurait fallu que l'Angleterre mette
sa flotte à contribution, n'est-ce pas ? »

Ohlendorf s'interrompit pour aller demander un autre pot de café à
son ordonnance. « Ici aussi, en Russie, l'idée initiale était beaucoup plus
limitée. Tout le monde pensait que la campagne serait courte et on a
voulu faire comme en Pologne, c'est-à-dire décapiter les meneurs,
l'intelligentsia, les chefs bolcheviques, tous les hommes dangereux. Une
tâche affreuse en elle-même, mais vitale et logique, vu la nature démesurée du Bolchevisme, son manque absolu de scrupules. Après la victoire, on aurait de nouveau pu remettre à l'étude une solution globale et
définitive, en créant par exemple une réserve juive dans le Nord ou en
Sibérie, ou en les envoyant au Birobidjan, pourquoi pas ? » — « C'est
une tâche affreuse quoi qu'il en soit, dis-je. Puis-je vous demander pourquoi vous l'avez acceptée ? Avec votre grade et vos capacités, vous
auriez été bien plus utile à Berlin. » — « Certainement, repartit-il vive-

ment. Je ne suis ni un militaire, ni un policier, et ce travail de sbire ne me convient pas. Mais c'était un ordre direct et j'ai dû accepter. Et puis, comme je vous l'ai dit, nous pensions tous que cela durerait un mois ou deux, pas plus. » J'étais étonné qu'il m'eût répondu avec autant de franchise ; jamais nous n'avions eu une conversation aussi ouverte. « Et depuis le *Führervernichtungsbefehl* ? » poursuivis-je. Ohlendorf ne répondit pas tout de suite. L'ordonnance apporta le café ; Ohlendorf m'en proposa de nouveau : « J'en ai bu assez, merci. » Il restait plongé dans ses pensées. Enfin il répondit, lentement, en choisissant ses mots avec soin. « Le *Führervernichtungsbefehl* est une chose terrible. Paradoxalement, c'est presque comme un ordre du Dieu de la Bible des Juifs, n'est-ce pas ? *Maintenant va, frappe Amalek ! Voue-le à l'anathème avec tout ce qu'il possède, sois sans pitié pour lui, tue hommes et femmes, enfants et nourrissons, bœufs et brebis, chameaux et ânes.* Vous connaissez ça, c'est dans le premier livre de Samuel. Lorsque j'ai reçu l'ordre, c'est à ça que j'ai songé. Et comme je vous l'ai dit, je pense que c'est une erreur, que nous aurions dû avoir l'intelligence et la capacité de trouver une solution plus... humaine, disons, mieux en accord avec notre conscience d'Allemands et de nationaux-socialistes. En ce sens, c'est un échec. Mais il faut aussi voir les réalités de la guerre. La guerre dure, et chaque jour que cette force ennemie demeure à l'arrière de nos lignes renforce notre adversaire et nous affaiblit. C'est une guerre totale, toutes les forces de la Nation sont engagées, et nous ne devons rien négliger pour vaincre, rien. C'est ce que le Führer a clairement compris : il a tranché le nœud gordien des doutes, des hésitations, des intérêts divergents. Il l'a fait, comme il fait tout, pour sauver l'Allemagne, conscient que s'il peut envoyer à la mort des centaines de milliers d'Allemands, il peut et doit aussi y envoyer les Juifs et tous nos autres ennemis. Les Juifs prient et œuvrent pour notre défaite, et tant que nous n'aurons pas vaincu nous ne pouvons pas nourrir un tel ennemi en notre sein. Et pour nous autres, qui avons reçu la lourde charge de mener à bien cette tâche, notre devoir envers notre peuple, notre devoir de vrais nationaux-socialistes, est d'obéir. Même si *l'obéissance est le couteau qui égorge la volonté de l'homme*, comme disait saint Joseph de Cupertino. Nous devons accepter notre devoir de la même manière qu'Abraham accepte le sacrifice inimaginable de son fils Isaac exigé par Dieu. Vous avez lu Kierkegaard ? Il appelle Abraham *le chevalier de la foi*, qui doit sacrifier non seulement son fils, mais aussi et surtout ses idées éthiques. Pour nous c'est pareil, n'est-ce pas ? Nous devons consommer le sacrifice d'Abraham. »

Ohlendorf, je le perçus à ses propos, aurait préféré ne pas être mis dans cette position; mais qui, de nos jours, pouvait avoir la chance de faire ce qu'il préférait? Cela, il l'avait compris et accepté avec lucidité. En tant que Kommandant, il était strict et consciencieux; à la différence de mon ancien Einsatzgruppe, qui avait rapidement abandonné cette méthode peu pratique, il insistait pour que les exécutions soient menées selon la méthode militaire, en peloton, et il envoyait fréquemment ses officiers, tels Seibert et Schubert, en inspection pour vérifier si les Kommandos respectaient ses directives. Il tenait aussi à contrôler le plus possible les menus vols ou détournements auxquels se livraient les soldats chargés des exécutions. Enfin, il avait strictement interdit que l'on frappe ou tourmente les condamnés; d'après Schubert, ces consignes étaient suivies *aussi bien qu'elles pouvaient l'être*. Outre cela, il cherchait toujours à prendre des initiatives positives. L'automne précédent, en collaboration avec la Wehrmacht, il avait organisé une brigade d'artisans et de fermiers juifs pour faire rentrer la moisson, près de Nikolaev; il avait dû mettre fin à cette expérience sur ordre direct du Reichsführer, mais je savais qu'il le regrettait, et en privé il considérait l'ordre comme une erreur. En Crimée, il s'était surtout investi dans le développement des relations avec la population tatare, avec des succès considérables. En janvier, lorsque l'offensive surprise des Soviétiques et la prise de Kertch avaient mis toute notre position en Crimée en péril, les Tatars, spontanément, placèrent un dixième de leur population mâle à la disposition d'Ohlendorf pour aider à défendre nos lignes; ils fournissaient aussi une aide considérable à la SP et au SD dans la lutte antipartisans, nous livrant ceux qu'ils capturaient ou les liquidant eux-mêmes. L'armée appréciait cette assistance, et les efforts d'Ohlendorf sur ce plan avaient beaucoup contribué à améliorer ses relations avec l'AOK, après le conflit avec Wöhler. Néanmoins, il restait peu à son aise dans son rôle; et je ne fus pas surpris outre mesure lorsque, à la mort de Heydrich, il se mit à négocier son retour en Allemagne. Heydrich fut blessé à Prague le 29 mai et mourut le 4 juin; le lendemain, Ohlendorf s'envolait vers Berlin pour assister à ses funérailles; il revint dans la seconde quinzaine du mois, promu SS-Brigadeführer et muni d'une promesse de remplacement rapide; dès son retour, il se mit à faire ses tournées d'adieu. Un soir, il me raconta brièvement comment cela c'était passé : quatre jours après la mort de Heydrich, le Reichs-

führer l'avait convoqué à une réunion avec la plupart des autres Amtchefs, Müller, Streckenbach et Schellenberg, pour discuter de l'avenir
du RSHA, et de la capacité même du RSHA à continuer sans Heydrich comme organisation indépendante. Le Reichsführer avait choisi
de ne pas remplacer Heydrich immédiatement; il assurerait lui-même
l'intérim, mais à distance; et cette décision exigeait la présence de tous
les Amtchefs à Berlin, pour superviser directement leurs *Ämter* au nom
de Himmler. Le soulagement d'Ohlendorf était flagrant; sans se départir de sa réserve, il semblait presque joyeux. Mais cela se remarquait à
peine au milieu de l'excitation générale : nous étions sur le point de lancer notre grande campagne d'été vers le Caucase. L'opération Bleue
démarra le 28 juin avec l'offensive de von Bock sur Voronej; deux jours
plus tard, le remplaçant d'Ohlendorf, l'Oberführer Dr. Walter Bierkamp, arrivait à Simferopol. Ohlendorf ne partait pas seul : Bierkamp
avait amené avec lui son propre aide de camp, le Sturmbannführer
Thielecke, et il était prévu que la plupart des officiers vétérans du
Gruppenstab, ainsi que les chefs des Kommandos, seraient remplacés
dans le courant de l'été, selon la disponibilité de leurs remplaçants.
Début juillet, dans l'enthousiasme provoqué par la chute de Sébastopol,
Ohlendorf nous fit un discours de départ éloquent, invoquant, avec sa
dignité naturelle, toute la grandeur et la difficulté de notre lutte mortelle contre le Bolchevisme. Bierkamp, qui nous venait de Belgique et
de France, mais qui auparavant avait dirigé la Kripo de Hambourg, sa
ville natale, puis servi comme IdS à Düsseldorf, nous adressa aussi quelques mots. Il semblait très satisfait de sa nouvelle position : « Le travail
à l'Est, surtout en temps de guerre, est ce qu'il y a de plus stimulant
pour un homme », nous déclara-t-il. De profession, il était juriste et avocat; ses propos, lors de son discours et de la réception qui suivit, laissaient percer la mentalité du policier. Il devait avoir une quarantaine
d'années et était plutôt trapu, un peu court sur pattes, avec une mine
chafouine; malgré son doctorat, ce n'était certainement pas un intellectuel, et son parler mêlait l'argot hambourgeois au jargon de la SP; mais
il paraissait décidé et capable. Je ne revis Ohlendorf qu'une seule fois
après cette soirée, lors du banquet offert par l'AOK pour célébrer la
prise de Sébastopol : il était occupé avec les officiers de l'armée, et
passa un long moment à discuter avec von Manstein; mais il me souhaita bonne chance, et m'invita à venir le voir lorsque je serais de passage à Berlin.
Voss était parti aussi, abruptement transféré à l'AOK du Generaloberst von Kleist, dont les panzers avaient déjà passé la frontière de
l'Ukraine et fonçaient sur Millerovo. Je me sentais un peu seul. Bier-

kamp était absorbé par la réorganisation des Kommandos, dont certains devaient être dissous afin de former en Crimée des structures permanentes de la SP et du SD ; Seibert préparait son départ à son tour. Avec l'été, l'intérieur de la Crimée était devenu étouffant, et je continuais à profiter des plages tant que possible. J'allai visiter Sébastopol, où l'un de nos Kommandos s'était mis à l'œuvre : autour du long port de la baie sud s'étendait un amas de ruines encore fumantes, hantées par des civils épuisés et choqués qu'on évacuait déjà. Des gamins hâves, crasseux, filaient entre les pattes des soldats en mendiant du pain ; les Roumains surtout leur répondaient avec des taloches ou des coups de bottes aux fesses. Je descendis visiter les casemates souterraines du port, où l'Armée rouge avait monté des usines de production d'armes et de munitions ; la plupart avaient été pillées ou brûlées par les lance-flammes ; parfois aussi, lors de la bataille finale, des commissaires, retranchés là ou bien dans les caves sous les falaises, s'étaient fait sauter avec leurs hommes et les civils qu'ils abritaient, ainsi qu'avec des soldats allemands trop avancés. Mais tous les officiers et fonctionnaires soviétiques de haut rang avaient été évacués par sous-marin avant la chute de la ville, nous n'avions capturé que les soldats et des sous-fifres. Les hauteurs pelées surplombant l'immense baie du nord, autour de la ville, étaient couvertes de fortifications ruinées ; les coupelles en acier des batteries de 30,5 cm avaient été écrasées par nos projectiles de 80, tirés à partir d'obusiers géants montés sur rail ; leurs longs canons tordus gisaient de travers ou bien se dressaient vers le ciel. À Simferopol, l'AOK 11 pliait bagage ; von Manstein, promu Generalfeldmarschall, partait avec son armée réduire Leningrad. De Stalingrad, bien entendu, personne ne parlait à cette époque : c'était encore un objectif secondaire.

Début août, l'Einsatzgruppe se mit en marche. Nos forces, réorganisées en deux groupes d'armées B et A, venaient de reprendre Rostov après d'âpres combats de rues, et les panzers, ayant passé le Don, avançaient dans la steppe du Kouban. Bierkamp m'affecta au Vorkommando du Gruppenstab et nous envoya, par Melitopol puis Rostov, rattraper la 1re armée blindée. Notre petit convoi passa rapidement l'isthme et l'immense Tranchée des Tatars, transformée par les Soviétiques en fossé antichar, puis obliqua après Perekop pour entamer la traversée de la steppe des Nogaï. La chaleur était épouvantable, je suais abondamment, la poussière collait à mon visage comme un masque gris ; mais à l'aube, peu de temps après le départ, des couleurs subtiles et magnifiques avaient longtemps altéré le ciel, bleuissant lentement, et je n'étais pas malheureux. Notre guide, un Tatar, faisait régulièrement arrêter les véhicules pour aller prier ; je laissais alors maugréer les autres officiers et sortais étirer mes jambes en fumant. De part et d'autre de la route, les rivières et les ruisseaux étaient à sec, et traçaient un réseau de *balki* ravinés qui entaillaient profondément la steppe. Autour, on ne voyait ni arbres ni collines ; seuls les poteaux régulièrement espacés du télégraphe anglo-iranien, construit au début du siècle par Siemens, balisaient cette morne étendue. L'eau des puits était salée, le café avait un goût salé, la soupe semblait pleine de sel ; plusieurs officiers, qui s'étaient gorgés de melons, furent pris de diarrhées, ce qui ralentit encore notre marche. Après Mariupol on suivait une mauvaise route côtière jusqu'à Taganrog puis Rostov. Le Hauptsturmführer Remmer, un officier de la *Staatspolizei* qui commandait le Vorkommando, donna deux fois l'ordre d'arrêter le convoi, près d'immenses plages de galets et d'herbe jaunie, pour que les hommes puissent se ruer à l'eau ; assis sur les galets brûlants, nous séchions en quelques minutes ; puis il fallait se rhabiller et repartir. À Rostov, notre colonne fut accueillie par le Sturmbannführer Dr. Christmann, qui remplaçait Seetzen à la tête du Sonderkommando 10a. Il venait d'achever l'exécution de la population juive, dans un ravin dit des Serpents de l'autre côté du Don ; il avait aussi envoyé un Vorkommando à Krasnodar, tombée l'avant-veille, où le Ve corps d'armée avait saisi une montagne de documents soviétiques. Je lui demandai de les faire analyser au plus vite et de me transmettre toutes les informations concernant les fonctionnaires et les membres du Parti, pour compléter le petit livret confidentiel que Seibert, à Simferopol, m'avait confié pour son remplaçant ; il contenait, imprimés en petits caractères sur papier bible, les noms, adresses et souvent les numéros de téléphone des communistes actifs ou de l'intelligentsia sans parti, des savants, professeurs, écrivains, et journalistes notoires, des fonctionnaires, des directeurs d'entreprises d'État et de kolkhozes ou de sovkhozes, pour toute la région du Kouban-Caucase ; il y avait même des listes d'amis et de relations de famille, des descriptions physiques, et quelques photos. Christmann nous informa aussi de l'avancée des Kommandos : le Sk 11, encore sous le commandement du Dr. Braune, un intime d'Ohlendorf, venait d'entrer à Maïkop avec la 13e division blindée ; Persterer, avec son Sk 10b, attendait toujours à Taman, mais un Vorkommando de l'Ek 12 se trouvait

déjà à Vorochilovsk, où devait s'établir le Gruppenstab jusqu'à la prise
de Groznyi; Christmann lui-même se préparait, selon notre plan préétabli, à déménager son Hauptkommando à Krasnodar. Je ne vis
presque rien de Rostov; Remmer voulait avancer, et donna l'ordre du
départ dès la fin du repas. Après le Don, immense, traversé par un pont
flottant du génie, s'étendaient des kilomètres de champs de maïs mûr,
qui venaient petit à petit s'éparpiller dans la vaste steppe désertique du
Kouban; plus loin, à l'est, courait la longue ligne irrégulière des lacs et
des marais du Manytch, entrecoupée de réservoirs maintenus par des
barrages colossaux, et qui pour certains géographes trace la frontière
entre l'Europe et l'Asie. Les colonnes de tête de la 1re armée blindée,
qui avançaient en carrés motorisés avec les panzers entourant les
camions et l'artillerie, se voyaient à cinquante kilomètres : d'immenses
piliers de poussière dans le ciel bleu, suivis du paresseux rideau de
fumée noire des villages incendiés. Dans leur sillage, nous ne croisions
que les rares convois de la *Rollbahn* ou des renforts. À Rostov, Christmann nous avait montré une copie de la dépêche de von Kleist, désor-
mais célèbre : *Devant moi, pas d'ennemis, derrière moi, pas de réserves.*
Et le vide de cette steppe sans fin avait bien de quoi effrayer. On y progressait avec difficulté : les chars avaient transformé les routes en mers
de sable fin; nos véhicules venaient souvent s'y enfoncer et, lorsqu'on
mettait le pied dehors, on pouvait y sombrer jusqu'au genou, comme
dans de la boue. Enfin, avant Tikhoretsk, apparaissaient les premiers
champs de tournesols, des étendues jaunes tournées vers le ciel, présa-
geant l'eau. Puis commençait le paradis des Cosaques du Kouban. La
route traversait maintenant des champs de maïs, de blé, de millet,
d'orge, de tabac, de melons; il y avait aussi des étendues de chardons
hauts comme des chevaux, couronnés de rose et de violet; et par-dessus
tout ça un vaste ciel doux et pâle, sans nuages. Les villages cosaques
étaient riches, chaque isba avait ses pruniers, ses abricotiers, ses pommiers, ses poiriers, des tomates, des melons, des raisins, toute une basse-
cour, quelques cochons. Lorsque nous nous arrêtions pour manger nous
étions chaleureusement accueillis, on nous apportait du pain frais, des
omelettes, des côtes de porc grillées, des oignons verts et de l'eau froide
des puits. Puis surgit Krasnodar, où nous retrouvâmes Lothar Heim-
bach, le Vorkommandoführer. Remmer ordonna une halte de trois
jours, pour discuter et passer rapidement en revue les documents saisis,
que Christmann ferait traduire à son arrivée. Le Dr. Braune monta
aussi de Maïkop pour des réunions. Après cela notre Vorkommando se
dirigea vers Vorochilovsk.

La ville nous apparut de loin, étalée sur un haut plateau entouré de champs et de vergers. La route ici était bordée de véhicules renversés, d'armes lourdes ou de chars détruits ; sur les voies ferrées, au loin, des centaines de wagons de marchandises brûlaient encore, allègrement. Autrefois cette ville s'appelait Stavropol, ce qui en grec veut dire « la ville de la Croix » ou plutôt « la ville du Carrefour » ; elle avait été fondée à la jonction des vieilles routes du Nord, et à une époque, au XIXe siècle, lors de la campagne de pacification des tribus montagnardes, elle avait servi de base militaire aux forces russes. Aujourd'hui c'était une petite ville de province paisible et endormie, qui n'avait pas grandi assez vite pour être défigurée, comme tant d'autres, par une hideuse banlieue soviétique. Un long double boulevard encadrant un parc de platanes monte de la gare ; vers le bas, je remarquai une belle pharmacie de style Art nouveau, avec une entrée et des baies vitrées en forme de cercles, aux carreaux soufflés par les détonations. Le Kommandostab de l'Ek 12 arrivait aussi, et l'on nous logea provisoirement à l'hôtel *Kavkaz*. Le Sturmbannführer Dr. Müller, le chef de l'Einsatzkommando, était censé avoir préparé l'arrivée du Gruppenstab, mais aucun arrangement n'avait encore été décidé ; tout était encore très fluctuant, car on attendait aussi l'état-major du groupe d'armées A, et l'Oberst Hartung, de la Feldkommandantur, traînait à assigner les quartiers : l'Einsatzkommando avait déjà ses bureaux dans la Maison de l'Armée rouge, en face du NKVD, mais on parlait d'installer le Gruppenstab avec l'OKHG. Le Vorkommando cependant n'avait pas chômé. Ils avaient tout de suite gazé, dans un camion Saurer, plus de six cents patients d'un hôpital psychiatrique susceptibles de causer des troubles ; on avait essayé d'en fusiller certains, mais cela avait donné lieu à un incident : l'un des fous s'était mis à courir en rond, et le Hauptscharführer qui cherchait à l'abattre avait enfin tiré alors qu'un de ses collègues se trouvait dans la ligne de mire ; la balle, traversant la tête du fou, avait blessé le sous-officier au bras. Des meneurs juifs, convoqués aux anciens bureaux du NKVD, avaient aussi été gazés. Enfin, le Vorkommando avait fusillé de nombreux prisonniers soviétiques, hors de la ville près d'un dépôt caché de carburant d'aviation ; les corps avaient été jetés dans les réservoirs souterrains.

L'Einsatzkommando 12 ne devait pas rester à Vorochilovsk, car on lui avait assigné la zone que les Russes appellent le KMV, le *Kavkazkie Mineralnye Vodi* ou « eaux minérales du Caucase », un chapelet de petites villes réputées pour leurs sources aux vertus curatives et leurs établissements de bain, dispersées entre des volcans ; et il déménagerait à Piatigorsk dès que la région serait occupée. Le Dr. Bierkamp et le Gruppenstab arrivèrent une semaine après nous; la Wehrmacht nous avait enfin affecté des quartiers et des bureaux, dans une aile séparée du grand complexe de bâtiments abritant l'OKHG : on avait construit un mur pour nous séparer d'eux, mais la cantine restait commune, ce qui nous permit de fêter avec les militaires l'ascension, par une PK de la 1re division alpine, du sommet de l'Elbrous, le plus haut de la chaîne du Caucase. Le Dr. Müller et son Kommando étaient partis, laissant un Teilkommando sous l'autorité de Werner Kleber pour achever le nettoyage de Vorochilovsk. Bierkamp attendait encore l'arrivée du Brigadeführer Gerret Korsemann, le nouveau HSSPF pour le Kouban-Caucase. Quant au remplaçant de Seibert, il n'arrivait toujours pas, et le Hauptsturmführer Prill assurait l'intérim. Prill me dépêcha en mission à Maïkop.

Une perpétuelle brume estivale empêchait de voir les monts du Caucase avant d'être à leur pied. Je traversai les contreforts accidentés par Armavir et Labinskaïa; dès que l'on quittait les territoires cosaques, des drapeaux turcs, verts à croissant blanc, fleurissaient sur les maisons, hissés par les musulmans pour nous souhaiter la bienvenue. La ville de Maïkop, un des grands centres pétroliers du Caucase, se nichait tout contre les montagnes, barrée par la Biélaïa, une profonde rivière que la vieille ville domine du haut de falaises crayeuses. Avant les faubourgs, la route longeait une voie ferrée encombrée de milliers de wagons, bondés du butin que les Soviétiques n'avaient pas eu le temps d'évacuer. Puis on traversait un pont indemne et entrait dans la ville, quadrillée de longues rues rectilignes, toutes identiques, tracées de part et d'autre d'un parc de la Culture où achevaient de s'effriter les statues en plâtre de héros du travail. Braune, un homme d'aspect un peu chevalin, au grand visage lunaire surmonté d'un front bulbeux, me reçut avec empressement : je sentais qu'il était rassuré de revoir un des derniers « hommes d'Ohlendorf » restant au groupe, même si lui-même attendait son remplaçant d'une semaine à l'autre. Braune se faisait du souci pour les installations pétrolières de Neftegorsk : l'Abwehr, juste avant la prise de la ville, avait réussi à infiltrer une unité spéciale, la « Chamil », composée de montagnards du Caucase et déguisée en bataillon spécial du NKVD, pour tenter de saisir les puits intacts; mais la mission avait échoué et les Russes avaient dynamité les installations sous le nez des panzers. Déjà, toutefois, nos spécialistes travaillaient à les remettre en état, et les premiers vautours de la Kontinental-Öl faisaient leur apparition. Ces bureaucrates, tous liés au Plan quadriennal de Göring, bénéficiaient du soutien d'Arno Schickedanz, le Reichskommissar désigné du Kouban-Caucase. « Vous savez certainement que Schickedanz doit sa nomination au ministre Rosenberg, avec qui il a fait ses classes au lycée de Riga. Mais il s'est brouillé avec son ancien condisciple. On dit que c'est Herr Körner, le *Staatssekretär* du Reichsmarschall Göring, qui est derrière leur rapprochement; et Schickedanz a été nommé au conseil d'administration de la KonÖl, la société montée par le Reichsmarschall pour exploiter les champs de pétrole du Caucase et de Bakou. » De l'opinion de Braune, lorsque le Caucase passerait sous contrôle civil, on pourrait s'attendre à une situation encore plus chaotique et ingérable qu'en Ukraine, où le Gauleiter Koch régnait selon son bon plaisir, refusant autant de coopérer avec la Wehrmacht et la SS qu'avec son propre ministère. « Le seul point positif pour la SS, c'est que Schickedanz a nommé des officiers SS comme Generalkommissare pour Vladikavkaz et l'Azerbaïdjan : dans ces districts-là, au moins, ça facilitera les relations. »

Je passai trois jours à travailler avec Braune, l'aidant à préparer des documents, des rapports de passation. Ma seule distraction consistait à aller boire du mauvais vin local dans la cour d'une cantine tenue par un vieux montagnard ridé. Je fis néanmoins la connaissance, pas tout à fait par hasard, d'un officier belge, le Kommandeur de la légion « Wallonie », Lucien Lippert. Je voulais en fait rencontrer Léon Degrelle, le chef du mouvement rexiste, qui se battait dans les parages; Brasillach, à Paris, m'en avait parlé avec un lyrisme débordant. Mais le Hauptmann de l'Abwehr à qui je m'adressai me rit au nez : « Degrelle? Tout le monde veut le voir. C'est sans doute le sous-officier le plus célèbre de notre armée. Mais il est au front, vous savez, et ça chauffe là-haut. Le général Rupp a failli être tué la semaine dernière dans une attaque surprise. Les Belges ont perdu beaucoup de monde. » À la place il me présenta Lippert, un jeune officier efflanqué et plutôt souriant, vêtu d'un feldgrau chiffonné, raccommodé, un peu trop grand pour lui. Je l'emmenai parler de politique belge sous le pommier de mon troquet. Lippert était un militaire de carrière, un artilleur; il avait accepté de s'engager dans la Légion par antibolchevisme, mais il restait un vrai patriote, et se plaignait que malgré les promesses on ait obligé les légionnaires à revêtir l'uniforme allemand. « Les hommes étaient furieux. Degrelle a eu du mal à calmer le jeu. » Degrelle, lorsqu'il s'était engagé, avait pensé que son rôle politique lui vaudrait ses galons d'officier, mais la Wehrmacht avait refusé net : pas d'expérience. Lippert en riait encore. « Bon, il est parti quand même, comme simple mitrailleur.

Il faut dire qu'il n'avait pas trop le choix, ça ne marchait pas fort, pour lui, en Belgique. » Depuis, malgré un cafouillage initial à Gromovo-Balka, il se battait courageusement et avait été promu au feu. « L'ennuyeux, c'est qu'il se prend pour une sorte de commissaire politique, vous voyez ? Il veut aller lui-même discuter de l'engagement de la Légion, ça ne va pas. Ce n'est qu'un sous-officier, après tout. » Maintenant, il rêvait de faire verser la Légion dans la Waffen-SS. « Il a rencontré votre général Steiner, l'automne dernier, et ça lui a complètement tourné la tête. Mais moi, je dis non. S'il fait ça, je demande mon remplacement. » Son visage était devenu très sérieux. « Ne le prenez pas mal, je n'ai rien contre la SS. Mais je suis un militaire, et en Belgique les militaires ne font pas de politique. Ça n'est pas notre rôle. Je suis royaliste, je suis patriote, je suis anticommuniste, mais je ne suis pas national-socialiste. Quand je me suis engagé, on m'a assuré, au Palais, que cette démarche était compatible avec mon serment de fidélité au roi, dont je ne me considère toujours pas délié, quoi qu'on en dise. Le reste, les jeux politiques avec les Flamands, tout ça, ce n'est pas mon problème. Mais la Waffen-SS, ce n'est pas une arme régulière, c'est une formation du Parti. Degrelle dit que seuls ceux qui se seront battus aux côtés de l'Allemagne auront droit à la parole, après la guerre, auront une place dans le nouvel ordre européen. Je suis d'accord. Mais il ne faut pas exagérer. » Je souriais : malgré sa véhémence, ce Lippert me plaisait, c'était un homme droit, intègre. Je lui resservis du vin et détournai la conversation : « Vous devez bien être les premiers Belges à vous battre dans le Caucase. » — « Détrompez-vous ! » s'esclaffa-t-il, et il me narra rapidement les aventures rocambolesques de Don Juan van Halen, héros de la révolution belge de 1830, un noble moitié flamand, moitié espagnol, ancien officier napoléonien, qui avait atterri pour cause de convictions libérales dans les geôles de l'Inquisition de Madrid, sous Ferdinand VII. Il s'était enfui et avait échoué, Dieu sait comment, à Tiflis, où le général Ermolov, le chef de l'armée russe du Caucase, lui avait offert un commandement. « Il s'est battu contre les Tchétchènes, riait Lippert, figurez-vous ça. » Je riais avec lui, je le trouvais très sympathique. Mais il devait partir ; l'AOK 17 préparait l'offensive sur Touapse, pour prendre le contrôle du débouché du pipeline, et la Légion, rattachée à la 97ᵉ division de chasseurs alpins, aurait son rôle à jouer. En le quittant je lui souhaitai bonne chance. Mais si Lippert, comme son compatriote van Halen, quitta le Caucase vivant, la chance hélas finit par lui manquer un peu plus loin : vers la fin de la guerre, j'appris qu'il avait été tué en février 1944, lors de la percée

de Tcherkassy. La légion « Wallonie » avait été transférée à la Waffen-SS en juin 1943, mais Lippert n'avait pas voulu abandonner ses
hommes sans Kommandeur, et attendait toujours un remplaçant huit
mois plus tard. Degrelle, lui, passa à travers tout ; lors de la débâcle
finale, il abandonna ses hommes du côté de Lübeck, et s'enfuit en
Espagne dans l'avion personnel du ministre Speer. Malgré une condamnation à mort par contumace, il ne fut jamais sérieusement inquiété. Le
pauvre Lippert aurait eu honte d'une telle attitude.

Je retournai à Vorochilovsk alors que nos forces prenaient Mozdok,
un important centre militaire russe ; le front suivait maintenant le cours
des rivières Terek et Baksan, et la 111ᵉ division d'infanterie se préparait
à franchir le Terek en direction de Groznyi. Nos Kommandos s'activaient : à Krasnodar, le Sk 10a avait liquidé les trois cents patients de
l'hôpital psychiatrique régional ainsi que ceux d'un hôpital psychiatrique pour enfants ; au KMV, le Dr. Müller préparait une *Aktion*
d'envergure, et avait déjà formé des Conseils juifs dans chaque ville ; les
Juifs de Kislovodsk, dirigés par un dentiste, s'étaient montrés tellement
empressés qu'ils étaient venus nous livrer leurs tapis, leurs bijoux et
leurs vêtements chauds avant même d'en avoir reçu l'ordre. Le
HSSPF, Korsemann, arrivait juste à Vorochilovsk avec son état-major
et nous invita, le soir de mon retour, à son discours de présentation.
J'avais déjà entendu parler de Korsemann, en Ukraine : c'était un
ancien des Freikorps et de la SA, qui avait surtout travaillé au Hauptamt Orpo et n'était entré à la SS que sur le tard, juste avant la guerre.
Heydrich, disait-on, n'en voulait pas et le traitait d'*agitateur SA* ; mais il
était soutenu par Daluege et von dem Bach, et le Reichsführer avait
décidé d'en faire un HSSPF, en l'amenant à monter petit à petit les
échelons. En Ukraine, il servait déjà comme HSSPF z.b.V., c'est-à-dire
« à affectation spéciale », mais il était resté largement dans l'ombre de
Prützmann, qui avait succédé à Jeckeln comme HSSPF Russland-Süd
en novembre 1941. Korsemann n'avait donc toujours pas fait ses
preuves ; l'offensive dans le Caucase lui offrait la chance de démontrer
ses capacités. Cela semblait avoir stimulé en lui un enthousiasme qui
débordait de son discours. La SS, martelait-il, devait mener non seulement des tâches négatives, de sécurité et de répression, mais aussi des
tâches positives, auxquelles l'Einsatzgruppe pouvait et devait contribuer : propagande positive auprès des autochtones ; combat contre les

maladies infectieuses ; remise en état de sanatoriums pour les blessés de la Waffen-SS ; et production économique, notamment dans l'industrie pétrolière, mais aussi en ce qui concernait d'autres richesses minières non encore attribuées, et dont la SS pouvait prendre le contrôle pour ses entreprises. Il insista aussi fortement sur le chapitre des relations avec la Wehrmacht : « Vous êtes certainement tous au courant des problèmes qui, à ce niveau, ont fortement affecté le travail de l'Einsatzgruppe au début de la campagne. Dorénavant, pour éviter tout incident, les relations de la SS avec l'OKHG et les AOK seront centralisées par mon bureau. Au-delà des liaisons et des relations de travail habituelles, aucun officier SS sous mon commandement n'est habilité à négocier directement des questions d'importance avec la Wehrmacht. En cas d'initiative intempestive en ce domaine, je sévirai impitoyablement, comptez-y. » Mais malgré cette raideur inhabituelle, qui semblait surtout dériver du manque d'assurance du nouveau venu, encore peu à l'aise dans ses fonctions, Korsemann parlait avec éloquence, et dégageait un grand charme personnel ; l'impression générale fut plutôt positive. Plus tard dans la soirée, lors d'une petite réunion informelle d'officiers subalternes, Remmer avança une explication à l'attitude si procédurière de Korsemann : ce qui l'inquiétait, c'était de n'avoir encore presque aucune autorité effective. Selon le principe de la double subordination, l'Einsatzgruppe rendait compte directement au RSHA, et Bierkamp pouvait donc par ce biais contrer tout ordre de Korsemann qui ne lui conviendrait pas ; il en allait de même pour les économistes SS du WVHA, et bien entendu pour la Waffen-SS, de toute façon subordonnée à la Wehrmacht. D'habitude, pour asseoir son autorité et bénéficier d'une force en propre, un HSSPF disposait de quelques bataillons Orpo ; or Korsemann n'avait pas encore reçu de telles forces, et restait donc de fait un HSSPF « sans affectation concrète » : il pouvait émettre des suggestions, mais Bierkamp, si elles ne lui convenaient pas, n'était pas obligé de les suivre.

Au KMV, le Dr. Müller lançait son action et Prill me demanda d'aller l'inspecter. Je commençai à trouver cela curieux : je n'avais rien contre les inspections, mais Prill semblait tout faire pour m'éloigner de Vorochilovsk. Nous attendions l'arrivée imminente du remplaçant de Seibert, le Dr. Leetsch ; peut-être Prill, qui avait le même grade que moi, s'inquiétait-il de ce que, jouant de mes rapports avec Ohlendorf, je puisse intriguer avec Leetsch pour être nommé substitut à sa place. Si tel était le cas, c'était idiot : je n'avais aucune ambition dans ce sens, et Prill n'avait rien à craindre de moi. Mais peut-être me faisais-je des idées pour rien ? C'était difficile à dire. Je n'avais jamais maîtrisé les rituels de préséance baroques de la SS, et il était facile d'errer, dans un sens comme dans l'autre ; l'instinct et les conseils de Thomas, ici, m'auraient été précieux. Mais Thomas se trouvait loin, et je n'avais aucun ami intime au sein du groupe. À vrai dire, il ne s'agissait pas du genre de personnes avec qui je me lie facilement. On était allés les chercher au fin fond des bureaux du RSHA, et la plupart étaient très ambitieux, ils ne voyaient le travail de l'Einsatzgruppe que comme un tremplin ; presque tous, dès leur arrivée, semblaient considérer le travail d'extermination comme allant de soi, et ils ne se posaient même pas les questions qui avaient tant travaillé les hommes de la première année. Au milieu de ces hommes-là, je faisais figure d'intellectuel un peu compliqué, et je restais assez isolé. Cela ne me dérangeait pas : l'amitié de gens grossiers, je m'en étais toujours passé. Mais il fallait rester sur ses gardes.

J'arrivai à Piatigorsk tôt le matin. C'était le début de septembre et le bleu-gris du ciel restait encore lourd de brume et de la poussière de l'été. La route de Vorochilovsk croise la voie ferrée juste avant Mineral-nye Vody, puis, la longeant, serpente entre les cinq pics volcaniques qui donnent son nom à Piatigorsk. On entre dans la ville par le nord, en contournant le massif du Matchouk sur le flanc ; la route grimpe à cet endroit-là, et le bourg apparut soudainement à mes pieds, avec au-delà le terrain accidenté des contreforts, planté de volcans, leurs coupoles renversées semées au hasard. L'Einsatzkommando occupait un des sanatoriums du début du siècle échelonnés au pied du Matchouk, dans la partie est de la ville ; l'AOK de von Kleist avait réquisitionné l'immense sanatorium *Lermontov*, mais la SS avait pu obtenir le *Voen-naïa Sanatoria*, qui devait servir de lazaret à la Waffen-SS. La « Leib-standarte AH » d'ailleurs se battait dans la région, et je songeais avec un vague pincement à Partenau ; mais il n'est pas bon de chercher à raviver de vieilles histoires, et je savais que je ne ferais aucun effort pour le revoir. Piatigorsk demeurait quasiment intacte ; après une brève échauffourée avec une milice d'autodéfense d'usine, la ville avait été prise sans combats ; et les rues grouillaient comme celles d'une bour-gade minière américaine durant la ruée vers l'or. Un peu partout, des chariots et même des chameaux se mettaient en travers des véhicules militaires pour créer des embouteillages que les Feldgendarmes démêlaient en distribuant libéralement injures et coups de trique. En face du grand jardin Tsvetnik, devant l'hôtel *Bristol*, des voitures et des moto-cyclettes impeccablement rangées marquaient l'emplacement de la Feldkommandantur ; les bureaux de l'Einsatzkommando se situaient plus bas, sur le boulevard Kirov, dans un ancien institut à deux étages. Les arbres du boulevard cachaient sa jolie façade ; et je détaillai les motifs floraux en céramique, encastrés sous des moulures de stuc repré-sentant un chérubin avec un panier de fleurs sur la tête, assis au-dessus de deux pigeons ; tout en haut, on voyait un perroquet perché dans un anneau, et une tête de fillette triste aux narines pincées. À droite se trouvait une arche menant à une cour intérieure. Mon chauffeur s'y gara à côté du camion Saurer tandis que je montrais mes papiers aux gardes. Le Dr. Müller était occupé et je fus reçu par l'Obersturmführer Dr. Bolte, un officier de la *Staatspolizei*. Le personnel occupait de grandes salles aux plafonds élevés, bien éclairées par de hautes croisées en bois ; le Dr. Bolte, lui, avait son bureau dans une jolie petite pièce ronde, tout à fait au sommet d'une des deux tours accolées aux angles du bâtiment. Il me détailla sèchement les procédures de l'action : chaque jour, selon un calendrier préétabli à partir des chiffres fournis par les Conseils juifs, on évacuait par chemin de fer une partie ou l'ensemble des Juifs d'une des villes du KMV ; les affiches les invitant à venir « se réinstaller en Ukraine » avaient été imprimées par la Wehrmacht, qui mettait aussi à disposition le train et les troupes d'escorte ; on les envoyait à Mineral-nye Vody, où ils étaient placés dans une fabrique de verre avant d'être amenés un peu plus loin, à un fossé antichar soviétique. Les chiffres s'étaient révélés plus importants que prévus : on avait trouvé beaucoup de Juifs évacués d'Ukraine ou de Biélorussie, ainsi que le corps ensei-gnant et des étudiants de l'université de Leningrad, envoyés au KMV l'année précédente pour y être mis en sûreté, et dont beaucoup étaient soit des Juifs, soit des membres du Parti, soit considérés comme dange-reux en tant qu'intellectuels. L'Einsatzkommando profitait de l'occasion pour liquider les communistes arrêtés, les komsomols, des Tsiganes, des criminels de droit commun trouvés en prison, et le personnel et les patients de plusieurs sanatoriums. « Vous comprenez, m'expliqua Bolte, l'infrastructure ici est idéale pour notre administration. Les envoyés du Reichskommissar, par exemple, nous ont demandé de libérer le sanato-rium du commissariat du peuple pour l'Industrie pétrolière, à Kislo-vodsk. » L'*Aktion* était déjà bien engagée : on en avait fini dès le premier jour avec les Juifs de Minvody, puis ceux d'Essentouki et de Jeleznovodsk ; le lendemain, on devait commencer avec ceux de Piatigorsk, puis l'action se terminerait par ceux de Kislovodsk. Dans chaque cas, l'ordre d'évacuation était posté deux jours avant l'opération. « Comme ils ne peuvent pas circuler d'une ville à l'autre, ils ne se doutent de rien. » Il m'invita à venir avec lui inspecter l'action en cours ; je répondis que je préférais d'abord visiter les autres villes du KMV. « Alors, je ne pourrai pas vous accompagner : le Sturmbannführer Müller m'attend. » — « Ce n'est pas grave. Vous n'avez qu'à me prêter un homme qui connaît les bureaux de vos Teilkommandos. »

La route quittait la ville par l'ouest, contournant le Beshtau, le plus grand des cinq volcans ; en contrebas, elle laissait apercevoir à certains endroits les boucles de la Podkoumok, aux eaux grises et boueuses. Je n'avais à vrai dire pas grand-chose à faire dans les autres villes, mais j'étais curieux de les visiter, et je ne brûlais pas d'envie de me rendre à l'action. Essentouki, sous les soviets, s'était transformée en ville industrielle sans grand intérêt ; j'y rencontrai les officiers du Teilkommando, discutai de leurs arrangements, et ne m'attardai pas. Kislovodsk, par contre, se révéla très plaisante, une vieille ville d'eaux au charme suranné, plus verte et plus jolie que Piatigorsk. Les bains principaux se trouvaient logés dans une curieuse imitation de temple indien, construite vers le début du siècle ; j'y goûtai l'eau qu'on appelle Narzan, et la trouvai agréablement pétillante, mais un peu trop âcre. Après mes discussions j'allai flâner dans le grand parc, puis retournai à Piatigorsk.

Les officiers dînaient en commun dans la salle à manger du sanatorium. La discussion tournait surtout autour des événements militaires et la plupart des convives affichaient un optimisme bienséant. « Maintenant que les panzers de Schweppenburg ont traversé le Terek, soutenait Wiens, l'adjoint de Müller, un *Volksdeutscher* amer qui n'avait quitté l'Ukraine qu'à vingt-quatre ans, nos forces seront bientôt à Groznyi. Après ça, Bakou n'est qu'une question de temps. La plupart d'entre nous pourront fêter Noël à la maison. » — « Les panzers du général Schweppenburg piétinent, Hauptsturmführer, fis-je poliment remarquer. Ils arrivent à peine à établir une tête de pont. La résistance soviétique en Tchétchénie-Ingouchie est bien plus vigoureuse qu'on ne s'y attendait. » — « Bah, éructa Pfeiffer, un Untersturmführer gras et rouge, c'est leur dernier sursaut. Leurs divisions sont exsangues. Ils laissent juste un mince écran devant nous pour nous en faire accroire ; mais à la première poussée sérieuse, ils s'effondreront ou détaleront comme des lapins. » — « Comment le savez-vous ? » demandai-je avec curiosité. — « C'est ce qui se dit à l'AOK, répondit Wiens à sa place. Depuis le début de l'été, ils font très peu de prisonniers dans les encerclements, comme à Millerovo. Ils en déduisent que les bolcheviques ont épuisé leurs réserves, comme l'avait prévu le haut commandement. » — « Nous avons aussi beaucoup discuté de cet aspect des choses au Gruppenstab et avec l'OKHG, dis-je. Tout le monde n'est pas de votre avis. Certains soutiennent que les Soviétiques ont tiré la leçon de leurs pertes effroyables de l'année dernière, et ont changé de stratégie : ils se replient devant nous en bon ordre, pour monter une contre-offensive lorsque nos lignes de communication seront trop étendues et vulnérables. » — « Je vous trouve bien pessimiste, Hauptsturmführer », grogna Müller, le chef du Kommando, la bouche pleine de poulet. — « Je ne suis pas pessimiste, Herr Sturmbannführer, répondis-je. Je note que les avis divergent, voilà tout. » — « Pensez-vous que nos lignes soient trop étendues ? » demanda avec curiosité Bolte. — « Cela dépend de ce qu'il y a réellement en face. Le front du groupe d'armées B suit tout le cours du Don, où subsistent encore des têtes de pont soviétiques que nous n'avons pas pu réduire, de Voronej, que les Russes tiennent encore malgré tous nos efforts, jusqu'à Stalingrad. » — « Stalingrad n'en a plus pour longtemps, martela Wiens, qui venait de vider une chope. Notre Luftwaffe a écrasé les défenseurs le mois dernier, la 6e armée n'aura qu'à nettoyer. » — « Peut-être. Mais justement, comme toutes nos troupes sont concentrées sur Stalingrad, les flancs du groupe d'armées B ne sont tenus que par nos alliés, sur le Don et dans la steppe. Vous savez aussi bien que moi que la qualité des troupes roumaines ou italiennes n'approche pas celle des forces allemandes ; et les Hongrois sont peut-être de bons soldats, mais ils manquent de tout. Ici, au Caucase, c'est pareil, nous n'avons pas assez d'hommes pour former un front continu sur les crêtes. Et entre les deux groupes d'armées, le front s'éparpille dans la steppe kalmouke ; on n'y envoie que des patrouilles et on n'est pas à l'abri de mauvaises surprises. » — « Sur ce point-là, intervint le Dr. Strohschneider, un homme immensément long, dont les lèvres saillaient sous une moustache broussailleuse, et qui commandait un Teilkommando détaché à Budionnovsk, le Hauptsturmführer Aue n'a pas tout à fait tort. La steppe est grande ouverte. Une attaque audacieuse pourrait fragiliser notre position. » — « Oh, fit Wiens en reprenant de la bière, ce ne sera jamais que des piqûres de moustique. Et s'ils se risquent contre nos alliés, le "corsetage" allemand suffira amplement à maîtriser la situation. » — « J'espère que vous avez raison », fis-je. — « De toute façon, conclut sentencieusement le Dr. Müller, le Führer saura toujours imposer les bonnes décisions à tous ces généraux réactionnaires. » C'était en effet une manière de voir les

choses. Mais déjà la conversation roulait sur l'*Aktion* du jour. J'écoutais
en silence. Comme toujours, c'était les inévitables anecdotes sur le
comportement des condamnés, qui priaient, pleuraient, chantaient
L'Internationale ou se taisaient, et des commentaires sur les problèmes
d'organisation et sur les réactions de nos hommes. Je supportais cela
avec lassitude ; même les anciens ne faisaient que répéter ce qu'on
entendait depuis un an, il n'y avait pas une réaction authentique dans ces
fanfaronnades et ces platitudes. Un officier, toutefois, se distinguait par
ses invectives particulièrement nourries et grossières à l'encontre des
Juifs. C'était le Leiter IV du Kommando, le Hauptsturmführer Turek,
un homme désagréable que j'avais déjà croisé au Gruppenstab. Ce
Turek était un des rares antisémites viscéraux, obscènes, dans le style
Streicher, que j'avais rencontrés au sein des Einsatzgruppen ; à la SP et
au SD, traditionnellement, on cultivait un antisémitisme de tête, et ce
genre de propos émotionnels étaient mal vus. Mais Turek était affligé
d'un physique remarquablement juif : il avait les cheveux noirs et frisés,
un nez proéminent, des lèvres sensuelles ; dans son dos, certains l'appelaient cruellement « le Juif Süss », tandis que d'autres insinuaient qu'il
avait du sang tsigane. Il devait en souffrir depuis l'enfance ; et à la
moindre occasion, il vantait ses ascendances aryennes : « Je sais bien que
ça ne se voit pas », commençait-il avant d'expliquer que pour son récent
mariage il avait fait faire des recherches généalogiques exhaustives et
avait pu remonter jusqu'au XVIIᵉ siècle ; il allait même jusqu'à produire
son certificat du RuSHA, attestant qu'il était *de race pure* et *apte à procréer des enfants allemands*. Tout cela, je le comprenais bien, et j'aurais
pu avoir pitié de lui ; mais ses outrances et ses obscénités dépassaient les
bornes : aux exécutions, j'avais entendu dire, il se gaussait des verges cir-
concises des condamnés, et faisait mettre des femmes nues pour leur dire
que *jamais plus leurs vagins juifs ne produiraient d'enfants*. Ohlendorf
n'aurait pas toléré un tel comportement, mais Bierkamp fermait les
yeux ; quant à Müller, qui aurait dû le rappeler à l'ordre, il ne disait rien.
Turek discutait maintenant avec Pfeiffer, qui était chargé durant l'action
de diriger les pelotons ; Pfeiffer riait de ses sorties et l'encourageait.
Écœuré, je m'excusai avant le dessert et montai dans ma chambre. Mes
nausées me reprenaient ; depuis Vorochilovsk, ou peut-être plus tôt, je
souffrais de nouveau de ces haut-le-cœur épuisants qui m'avaient tant
fatigué en Ukraine. Je n'avais vomi qu'une fois, à Vorochilovsk après un
repas un peu lourd, mais je devais faire parfois des efforts pour maîtriser
la nausée : je toussais beaucoup, je devenais rouge, je trouvais cela
inconvenant et préférais me retirer.

Le lendemain matin, je me rendis à Minvody avec les autres officiers pour inspecter l'*Aktion*. J'assistai à l'arrivée et au déchargement du train : les Juifs semblaient étonnés de redescendre si tôt, alors qu'ils pensaient être transférés en Ukraine, mais ils restaient calmes. Pour éviter toute agitation, les communistes reconnus étaient gardés séparément. Dans le grand hall encombré et poussiéreux de la fabrique de verre, les Juifs devaient remettre leurs vêtements, leurs bagages, leurs effets personnels et les clefs de leurs appartements. Cela provoquait des remous, d'autant plus que le sol de la fabrique était jonché de verre cassé, et que les gens, en chaussettes, se coupaient les pieds. Je fis remarquer cela au Dr. Bolte, mais il haussa les épaules. Des Orpo frappaient à tour de bras, les Juifs, terrifiés, filaient s'asseoir dans leurs sous-vêtements, les femmes essayaient de calmer les enfants. Dehors, il y avait un petit vent frais ; mais le soleil frappait la verrière, il régnait à l'intérieur une chaleur étouffante, comme dans une serre. Un homme d'un certain âge, à la mise distinguée, avec des lunettes et une petite moustache, s'approcha de moi. Il tenait un très jeune garçon dans ses bras. Il ôta son chapeau et s'adressa à moi dans un allemand parfait : « Herr Offizier, je peux vous dire quelque mots ? » — « Vous parlez très bien l'allemand », répondis-je. — « J'ai fait mes études en Allemagne, dit-il avec une dignité un peu raide. C'était autrefois un grand pays. » Ce devait être un des professeurs de Leningrad. « Que voulez-vous me dire ? » fis-je sèchement. Le petit garçon, qui tenait l'homme par le cou, me regardait avec de grands yeux bleus. Il avait peut-être deux ans. « Je sais ce que vous faites ici, dit posément l'homme. C'est une abomination. Je voulais simplement vous souhaiter de survivre à cette guerre pour vous réveiller dans vingt ans, toutes les nuits, en hurlant. J'espère que vous serez incapable de regarder vos enfants sans voir les nôtres que vous avez assassinés. » Il me tourna le dos et s'éloigna avant que je puisse répondre. Le garçon continuait à me fixer par-dessus son épaule. Bolte s'approcha de moi : « Quelle insolence ! Comment ose-t-il ? Vous auriez dû réagir. » Je haussai les épaules. Quelle importance cela avait-il ? Bolte savait parfaitement ce qu'on allait faire à cet homme et à son enfant. Il était naturel qu'il veuille nous insulter. Je m'éloignai et me dirigeai vers la sortie. Des Orpo encadraient un groupe de gens en sous-vêtements et les dirigeaient vers la tranchée antichar, à un kilomètre de là. Je les regardai s'éloigner. La fosse était trop éloignée pour qu'on entende les coups de feu ; mais ces gens devaient bien se douter du sort qui les attendait. Bolte me héla : « Vous venez ? » Notre voiture dépassa le groupe que j'avais vu partir ; ils tressaillaient de froid, les femmes serraient leurs enfants par la main. Puis devant nous ce fut la fosse. Des soldats et des Orpo se tenaient au repos, goguenards ; j'entendis un tumulte, des cris. Je passai à travers le groupe de soldats et vis Turek, une pelle à la main, en train de frapper un homme presque nu au sol. Deux autres corps ensanglantés gisaient devant lui ; plus loin, des Juifs terrorisés se tenaient debout, sous garde. « Vermine ! beuglait Turek, les yeux exorbités. Rampe, Juif ! » Il le frappa à la tête avec le tranchant de la pelle ; le crâne de l'homme céda, aspergeant de sang et de cervelle les bottes de Turek ; je vis clairement un œil, projeté par le coup, voltiger à quelques pas. Les hommes riaient. Je rejoignis Turek en deux enjambées et le saisis rudement par le bras : « Vous êtes devenu fou ! Cessez cela tout de suite. » J'étais livide, je tremblais. Turek se retourna sur moi avec rage et fit mine de relever sa pelle ; puis il la rabaissa et dégagea son bras d'un coup sec. Il tremblait aussi. « Mêlez-vous de ce qui vous regarde », cracha-t-il. Son visage était écarlate, il suait et roulait des yeux. Il jeta la pelle et s'éloigna. Bolte m'avait rejoint ; en quelques mots secs, il ordonna à Pfeiffer, qui se tenait là en respirant lourdement, de faire ramasser les corps et de continuer l'exécution. « Ce n'était pas à vous d'intervenir », me reprocha-t-il. — « Mais ce genre de choses est inacceptable, voyons ! » — « Peut-être, mais le Sturmbannführer Müller dirige ce Kommando. Vous n'êtes ici qu'à titre d'observateur. » — « Eh bien, où est le Sturmbannführer Müller, justement ? » Je tremblais encore. Je retournai à la voiture et ordonnai au chauffeur de me ramener à Piatigorsk. Je voulais allumer une cigarette ; mes mains tremblaient toujours, je n'arrivais pas à les maîtriser et avais du mal avec mon briquet. Enfin j'y parvins et je tirai quelques bouffées avant de jeter la cigarette par la vitre. Nous recroisions, dans l'autre sens, la colonne qui avançait au pas ; du coin de l'œil, je vis un adolescent sortir du rang et courir ramasser mon mégot avant de reprendre sa place.

À Piatigorsk, je ne pus trouver Müller. Le soldat de garde pensait qu'il avait dû se rendre à l'AOK, mais n'en était pas certain ; j'hésitai à l'attendre, puis décidai de partir : autant rendre compte de l'incident directement à Bierkamp. Je passai au sanatorium prendre mes affaires et envoyai mon chauffeur chercher de l'essence à l'AOK. Il n'était pas très correct de partir sans dire au revoir ; mais je n'avais pas envie de leur dire au revoir. À Mineralnye Vody, la route passait non loin de la fabrique, située derrière la voie ferrée, sous la montagne ; je ne m'arrêtai pas. De retour à Vorochilovsk, je rédigeai mon rapport, m'en tenant pour l'essentiel aux aspects techniques et organisationnels de l'action. Mais j'insérai aussi une phrase sur « certains excès à déplorer de la part d'officiers censés montrer l'exemple ». Je savais que cela suffirait. Le lendemain, en effet, Thielecke passa dans mon bureau pour me faire savoir que Bierkamp souhaitait me voir. Prill, après avoir lu mon rapport, m'avait déjà posé des questions : j'avais refusé de lui répondre, en lui disant que cela ne concernait que le Kommandant. Bierkamp me reçut poliment, me fit asseoir, et me demanda ce qui s'était passé ; Thielecke aussi assistait à l'entretien. Je leur narrai l'incident de manière aussi neutre que possible. « Et que pensez-vous qu'il faille faire ? » demanda Thielecke lorsque j'eus fini. — « Je pense, Herr Sturmbannführer, que c'est un cas qui relève de la *SS-Gericht*, une cour de la SS et de la police, répondis-je. Ou tout au moins de la psychiatrie. » — « Vous exagérez, dit Bierkamp. Le Hauptsturmführer Turek est un excellent officier, très capable. Son indignation et sa colère légitime contre les Juifs, porteurs du système stalinien, sont compréhensibles. Et puis vous reconnaissez vous-même n'être arrivé qu'à la fin de l'incident. Sans doute y a-t-il eu provocation. » — « Même si ces Juifs ont été insolents ou ont tenté de fuir, sa réaction était indigne d'un officier SS. Surtout devant les hommes. » — « Sur ce point vous avez sans doute raison. » Thielecke et lui se regardèrent un instant, puis il se retourna vers moi : « Je compte aller à Piatigorsk dans quelques jours. Je discuterai moi-même de l'incident avec le Hauptsturmführer Turek. Je vous remercie de m'avoir signalé ces faits. »

Le Sturmbannführer Dr. Leetsch, le remplaçant du Dr. Seibert, arrivait ce même jour, en compagnie d'un Obersturmbannführer, Paul Schultz, qui devait relever le Dr. Braune à Maïkop ; mais avant même que je puisse le voir, Prill me demandait de repartir pour Mozdok inspecter le Sk 10b qui venait d'y arriver. « Comme ça vous aurez vu tous les Kommandos, me dit-il. Vous en rendrez compte au Sturmbannführer à votre retour. » Pour Mozdok, il fallait compter environ six heures de route, en repassant par Minvody puis Prokhladny ; je fixai donc le départ au lendemain matin, mais ne vis pas Leetsch. Mon chauffeur me réveilla un peu avant l'aube. Nous avions déjà quitté le plateau de Vorochilovsk lorsque le soleil se leva, illuminant doucement les champs et les vergers et découpant au loin les premiers volcans du KMV. Après Mineralnye Vody, la route, bordée de tilleuls, longeait les contreforts de la chaîne du Caucase, toujours à peine visibles ; seul l'Elbrous, aux formes arrondies recouvertes de neige, apparaissait dans la grisaille du ciel. Au nord de la route commençaient des champs, avec çà et là de pauvres villages musulmans. Nous roulions derrière de longs convois de camions de la *Rollbahn*, difficiles à dépasser. À Mozdok régnait une agitation intense, le trafic militaire embouteillait les rues poussiéreuses ; je garai mon Opel et partis à pied chercher le QG du LII\u1d49 corps. Je fus reçu par un officier de l'Abwehr, très excité : « Vous n'avez pas entendu ? Le Generalfeldmarschall List a été limogé ce matin. » — « Pourquoi donc ? ! » m'exclamai-je. List, un nouveau venu sur le front de l'Est, n'avait même pas duré deux mois. L'AO haussa les épaules : « Nous avons été obligés de passer à la défensive après l'échec de notre percée sur la rive droite du Terek. Cela n'a pas dû être apprécié en haut lieu. » — « Pourquoi n'avez-vous pas pu avancer ? » Il leva les bras : « Nous manquons de forces, voilà tout ! La division du groupe d'armées Sud en deux était une erreur fatale. Maintenant nous n'avons les forces nécessaires ni pour un objectif ni pour l'autre. À Stalingrad, ils piétinent encore dans les faubourgs. » — « Et qui a été nommé à la place du Feldmarschall ? » Il s'esclaffa amèrement : « Vous n'allez pas me croire : le Führer a pris le poste lui-même ! » C'était en effet inouï : « Le Führer a personnellement pris le commandement du groupe d'armées A ? » — « Précisément. Je ne sais pas comment il compte faire ; l'OKHG reste à Vorochilovsk, et le Führer est à Vinnitsa. Mais comme c'est un génie, il doit avoir une solution. » Son ton devenait de plus en plus acerbe. « Il commande déjà le Reich, la Wehrmacht, et l'armée de terre. Maintenant un groupe d'armées. Pensez-vous qu'il va continuer ainsi ? Il pourrait prendre le commandement d'une armée, puis d'un corps, puis d'une division. À la fin, qui sait, il se retrouverait peut-être caporal au front, comme au départ. » — « Je vous trouve bien insolent », dis-je froidement. — « Et vous, mon vieux, répondit-il, vous pouvez aller vous faire foutre. Vous êtes dans un secteur du front, ici, la SS n'a pas juridiction. » Une ordonnance entra. « Voilà votre guide, indiqua l'officier. Bonne journée. » Je sortis sans rien dire. J'étais choqué, mais aussi inquiet : si notre offensive dans le Caucase, sur laquelle nous avions tout misé, s'enlisait, c'était mauvais signe. Le temps ne jouait pas en notre faveur. L'hiver approchait, et l'*Endsieg* continuait à reculer, tels les pics magiques du Caucase. Enfin, me rassurai-je, Stalingrad va bientôt tomber ; cela libérera des forces pour reprendre l'avancée ici.

Le Sonderkommando était installé dans une aile partiellement en ruine d'une base russe ; certaines salles restaient utilisables, les autres avaient été fermées avec des planches. Je fus reçu par le chef du Kommando, un Autrichien fluet avec une moustache taillée comme celle du Führer, le Sturmbannführer Alois Persterer. C'était un homme du SD, qui avait été Leiter à Hambourg à l'époque où Bierkamp y dirigeait la

Kripo; mais il ne semblait pas avoir gardé avec lui des relations particulièrement proches. Il me fit un exposé concis de la situation : à Prokhladny, un Teilkommando avait fusillé des Kabardes et des Balkars
associés aux autorités bolcheviques, des Juifs et des partisans; à Mozdok, mis à part quelques cas suspects livrés par le LIIᵉ corps, ils
n'avaient pas vraiment débuté. On lui avait parlé d'un kolkhoze juif
dans la région; il ferait des recherches, et s'en occuperait. Quoi qu'il en
soit il n'y avait pas trop de partisans, et dans la zone du front les autochtones paraissaient hostiles aux Rouges. Je lui demandai quelles
étaient ses relations avec la Wehrmacht. « Je ne peux même pas dire
médiocres, répondit-il enfin. Ils semblent plutôt nous ignorer. » — « Oui,
l'échec de l'offensive les préoccupe. » Je passai la nuit à Mozdok, sur un
lit de camp monté dans un des bureaux, et repartis le lendemain matin;
Persterer m'avait proposé d'assister à une exécution à Prokhladny, avec
leur camion à gaz, mais je l'avais poliment remercié. À Vorochilovsk, je
me présentai au Dr. Leetsch, un officier plutôt âgé, au visage étroit et
rectangulaire, avec des cheveux grisonnants et des lèvres maussades.
Après avoir lu mon rapport, il voulut discuter. Je lui parlai de mes
impressions sur le moral de la Wehrmacht. « Oui, dit-il enfin, vous avez
tout à fait raison. C'est pourquoi je pense qu'il est important de resser-
rer nos liens avec eux. Je m'occuperai moi-même des relations avec
l'OKHG, mais je souhaite détacher un bon officier de liaison à Piatigorsk, auprès du Ic de l'AOK. Je voulais vous demander de prendre ce
poste. » J'hésitai un moment; je me demandais si l'idée venait vraiment
de lui, ou lui avait été suggérée par Prill durant mon absence. Enfin je
répondis : « C'est que mes relations avec l'Einsatzkommando 12 ne sont
pas des meilleures. J'ai eu une altercation avec un de leurs officiers, et
j'ai peur que cela ne crée des complications. » — « Ne vous en faites
pas. Vous n'aurez pas grand-chose à voir avec eux. Vous prendrez vos
quartiers à l'AOK et vous me rendrez compte directement. »

Ainsi je retournai à Piatigorsk et l'on m'attribua un logement un peu
à l'écart du centre, au pied du Matchouk dans un sanatorium (c'est la
partie la plus haute de la ville). J'avais une porte-fenêtre et un petit balcon d'où je voyais la longue crête pelée de la Goriatchaïa Gora avec son
pavillon chinois et quelques arbres, et puis la plaine et les volcans derrière, étagés dans la brume. En me retournant et en me penchant en
arrière, je pouvais apercevoir par-dessus le toit un coin du Matchouk,

barré par un nuage qui semblait avancer presque à ma hauteur. Il avait
plu durant la nuit et l'air sentait bon et frais. Après être passé à l'AOK
me présenter au Ic, l'Oberst von Gilsa, et à ses collègues, je sortis me
promener. Une longue allée pavée monte du centre et suit le flanc du
massif; il faut gravir, derrière le monument de Lénine, quelques larges
marches escarpées, puis, après des bassins, entre des rangées de jeunes
chênes et des sapins odorants, la pente devient plus douce. Je laissai sur
ma gauche le sanatorium *Lermontov*, où logeait von Kleist et son état-
major; mes quartiers se situaient un peu en retrait, dans une aile séparée, tout contre la montagne maintenant presque entièrement cachée
par les nuages. Plus haut, l'allée s'élargit en une route qui contourne le
Matchouk pour relier un chapelet de sanatoriums; là, je bifurquai vers
le petit pavillon qu'on appelle la Harpe éolienne, d'où l'on a une vue
étendue de la plaine du sud, parsemée de bosses irréelles, un volcan
puis un autre et puis un autre encore, éteints, paisibles. Vers la droite, le
soleil faisait reluire les toits de tôle de maisons dispersées dans une
épaisse verdure; et plus loin, au fond, les nuages se reformaient, masquant les massifs du Caucase. Une voix enjouée s'éleva dans mon dos :
« Aue! Vous êtes ici depuis longtemps? » Je me retournai : Voss avançait en souriant sous les arbres. Je lui serrai chaleureusement la main.
« Je viens d'arriver. Je suis détaché comme officier de liaison à
l'AOK. » — « Ah, excellent! Moi aussi, je suis à l'AOK. Vous avez
mangé? » — « Pas encore. » — « Alors venez. Il y a un bon troquet
juste en bas. » Il prit par un étroit chemin de pierre taillé dans le roc et
je le suivis. En dessous, barrant la pointe de la longue ravine qui sépare
le Matchouk de la Goriatchaïa Gora, s'élevait une longue galerie à
colonnes, d'un style italien à la fois lourd et frivole, en granite rose.
« C'est la galerie Académique », m'indiqua Voss. — « Ah! m'exclamai-je, fort excité, mais c'est l'ancienne galerie Élisabeth! C'est ici que
Petchorine a aperçu la princesse Marie pour la première fois. » Voss
éclata de rire : « Vous connaissez Lermontov, alors? Tout le monde ici
le lit. » — « Bien sûr! *Un héros de notre temps* était mon livre de chevet,
à une époque. » Le chemin nous avait amenés au niveau de la galerie,
construite pour abriter une source sulfureuse. Des soldats estropiés,
pâles et lents, se promenaient ou restaient assis sur des bancs, face au
long creux qui s'ouvre vers la ville; un jardinier russe sarclait les parterres de tulipes et d'œillets rouges disposés le long du grand escalier
qui descend rejoindre la rue Kirov, au fond de la dépression. Les toits
en cuivre des bains blottis contre la Goriatchaïa Gora, dépassant entre
les arbres, étincelaient au soleil. Au-delà de la crête on ne distinguait

qu'un des volcans. « Vous venez ? » dit Voss. — « Un instant. » J'entrai
dans la galerie pour regarder la source, mais je fus déçu : la salle était
nue et vide et l'eau coulait d'un vulgaire robinet. « Le café se trouve
derrière », dit Voss. Il passa sous l'arche qui sépare l'aile gauche de la
galerie du corps central ; derrière, le mur formait avec la roche une large
alcôve, où l'on avait disposé quelques tables et des tabourets. Nous
prîmes place et une jolie jeune fille apparut par une porte. Voss échangea quelques mots avec elle en russe. « Aujourd'hui, il n'y a pas de chachliks. Mais ils ont des côtelettes de Kiev. » — « C'est parfait. » —
« Vous voulez de l'eau de la source ou une bière ? » — « Je crois que je
préfère la bière. Elle est fraîche ? » — « À peu près. Mais je vous préviens, ce n'est pas de la bière allemande. » J'allumai une cigarette et
m'adossai au mur de la galerie. Il faisait agréablement frais ; de l'eau
coulait sur la roche, deux petits oiseaux aux couleurs vives picoraient au
sol. « Piatigorsk vous plaît, alors ? » me demanda Voss. Je souriais,
j'étais heureux de le voir ici. « Je n'ai pas encore vu grand-chose »,
dis-je. — « Si vous aimez Lermontov, la ville est un véritable pèlerinage.
Les Soviétiques ont créé un joli petit musée dans sa maison. Lorsque
vous aurez un après-midi de libre, nous irons le voir. » — « Volontiers.
Savez-vous où se trouve le lieu du duel ? » — « Celui de Petchorine ou
celui de Lermontov ? » — « Celui de Lermontov. » — « Derrière le
Matchouk. Il y a un affreux monument, bien sûr. Et figurez-vous que
nous avons même retrouvé une de ses descendantes. » Je ris : « Pas possible. » — « Si, si. Une madame Evguenia Akimovna Chan-Gireï. Elle
est très vieille. Le général lui a fait attribuer une pension, plus importante que celle des Soviétiques. » — « Elle l'a connu ? » — « Vous n'y
songez pas. Les Russes se préparaient juste à fêter le centenaire de sa
mort le jour de notre invasion. Frau Chan-Gireï est née dix ou quinze
ans plus tard, dans les années cinquante, je crois. » La serveuse revenait
avec deux assiettes et les couverts. Les « côtelettes » étaient en fait des
rouleaux de poulet, fourrés au beurre fondu et panés, et accompagnés
d'une fricassée de champignons sauvages à l'ail. « C'est fameux. Et
même la bière n'est pas infâme. » — « Je vous l'avais dit, n'est-ce pas ?
Je viens ici chaque fois que j'en ai l'occasion. Il n'y a jamais grand
monde. » Je mangeai sans parler, profondément content. « Vous avez
beaucoup de travail ? » lui demandai-je enfin. — « Disons que j'ai du
temps libre pour mes recherches. Le mois dernier j'ai pillé la bibliothèque Pouchkine à Krasnodar et j'ai trouvé des choses très intéressantes. Ils avaient surtout des travaux sur les Cosaques, mais j'ai aussi
déniché des grammaires caucasiennes et des opuscules assez rares de

Troubetskoï. Je dois encore aller à Tcherkessk, je suis certain que là ils auront des travaux sur les Circassiens et les Karatchaï. Mon rêve, c'est de trouver un Oubykh qui connaisse encore sa langue. Mais pour le moment, pas de chance. Sinon, je rédige des tracts pour l'AOK. » — « Quel genre de tracts ? » — « Des tracts de propagande. Ils les larguent sur les montagnes par avion. J'en ai fait un en karatchaï, kabarde et balkar, en consultant des locaux, bien sûr, qui était très drôle : *Montagnards — Avant, vous aviez tout, mais le pouvoir soviétique vous a tout pris ! Accueillez vos frères allemands qui ont volé comme des aigles par-dessus les montagnes pour vous libérer !* Etc. » Je pouffai avec lui. « J'ai aussi fait des laissez-passer qu'on envoie aux partisans pour les encourager à retourner leur veste. Il y est écrit qu'on les accueillera comme des *soïouzniki* dans le combat général contre le Judéo-bolchevisme. Les Juifs parmi eux doivent bien rire. Ces *propouska* sont valables *jusqu'à la fin de la guerre.* » La fille débarrassait et nous apporta deux cafés turcs. « Ils ont de tout, ici ! » m'exclamai-je. — « Oh, oui. Les marchés sont ouverts, on vend même à manger dans les magasins. » — « Ce n'est pas comme en Ukraine. » — « Non. Et avec un peu de chance, ça ne le sera pas. » — « Que voulez-vous dire ? » — « Oh, certaines choses vont peut-être changer. » Nous réglâmes et repassâmes l'arche. Les éclopés déambulaient toujours devant la galerie, buvant leur eau à petites gorgées. « Ça fait vraiment du bien ? » demandai-je à Voss en désignant un verre. — « La région a une réputation. Vous savez qu'on venait prendre les eaux ici déjà bien avant les Russes. Vous connaissez Ibn Battuta ? » — « Le voyageur arabe ? J'en ai entendu parler. » — « Il est passé par ici, vers 1375. Il était en Crimée, chez les Tatars où il s'était marié au passage. Les Tatars vivaient encore dans de grands campements nomades, des cités sur roues faites de tentes sur d'énormes chariots, avec des mosquées et des boutiques. Chaque année, l'été, quand il commençait à faire trop chaud en Crimée, le khan Nogaï avec toute sa ville en marche passait l'isthme de Perekop et venait jusqu'ici. Ibn Battuta décrit le lieu avec précision, et loue les vertus médicinales des eaux sulfureuses. Il nomme le site *Bish* ou *Besh Dagh*, ce qui, comme *Piatigorsk* en russe, veut dire "les cinq montagnes". » Je ris d'étonnement : « Et qu'est devenu Ibn Battuta ? » — « Après ? Il a continué, il est passé par le Daghestan et l'Afghanistan, pour arriver en Inde. Il a longtemps été cadi à Delhi, et il a servi durant sept ans Mohammed Tughluq, le sultan paranoïaque, avant de tomber en disgrâce. Ensuite il a été cadi aux Maldives, et il a même poussé jusqu'à Ceylan, l'Indonésie et la Chine. Et puis il est rentré chez lui, au Maroc, pour écrire son livre avant de mourir. »

Le soir, au mess, je dus convenir que Piatigorsk était vraiment un lieu de rencontre : assis à une table avec d'autres officiers, j'aperçus le Dr. Hohenegg, ce médecin débonnaire et cynique dont j'avais fait la connaissance dans le train entre Kharkov et Simferopol. Je m'approchai pour le saluer : « Je constate, Herr Oberst, que le général von Kleist ne s'entoure que de gens bien. » Il se leva pour me serrer la main : « Ah, mais je ne suis pas avec le Generaloberst von Kleist : je suis toujours attaché à la 6ᵉ armée, avec le General Paulus. » — « Que faites-vous ici, alors ? » — « L'OKH a décidé de profiter des infrastructures du KMV pour organiser une conférence médicale interarmées. Un échange d'informations fort utiles. C'est à qui pourra décrire le cas le plus atroce. » — « Je suis sûr que cet honneur vous reviendra. » — « Écoutez, je dîne avec mes confrères ; mais si vous voulez, passez après, boire un cognac dans ma chambre. » J'allai dîner avec les officiers de l'Abwehr. C'étaient des hommes réalistes et sympathiques, mais presque aussi critiques que l'officier de Mozdok. Certains affirmaient ouvertement que si l'on ne prenait pas bientôt Stalingrad, la guerre était perdue ; von Gilsa buvait du vin français et ne les contredisait pas. Après, je ressortis me promener seul dans le parc Tsvetnik, derrière la galerie Lermontov, un curieux pavillon de bois bleu pâle, de style médiéval avec des tourelles pointues et des croisées Art déco teintées en rose, rouge et blanc : effet parfaitement hétéroclite, mais tout à fait à sa place ici. Je fumai, contemplant distraitement les tulipes fanées, puis remontai la colline jusqu'au sanatorium et allai frapper à la porte de Hohenegg. Il me reçut couché sur son divan, pieds nus, les mains croisées sur son gros ventre rond. « Excusez-moi de ne pas me lever. » Il fit un signe de la tête vers un guéridon. « Le cognac est là. Servez-m'en un aussi, voulez-vous ? » Je versai deux mesures dans les gobelets et lui en tendis un ; puis je m'installai sur une chaise et croisai les jambes. « Alors quelle est la chose la plus atroce que vous ayez vue ? » Il agita la main : « L'homme, bien sûr ! » — « Je voulais dire médicalement. » — « Médicalement, les choses atroces n'ont aucun intérêt. Par contre on voit des curiosités extraordinaires, qui bouleversent complètement nos notions de ce que peuvent subir nos pauvres corps. » — « Quoi par exemple ? » — « Eh bien, un homme recevra un petit éclat dans le mollet qui lui sectionnera l'artère péronière et mourra en deux minutes, toujours debout, son sang vidé dans sa botte sans qu'il s'en aperçoive. Un autre au contraire aura les tempes traversées de part en part par une balle et se relèvera pour venir lui-même au poste de secours. » — « Nous sommes peu de chose », commentai-je. — « Précisément. » Je goûtai le cognac de Hohenegg : c'était un alcool arménien, un peu sucré mais buvable. « Vous m'excuserez pour le cognac, fit-il sans tourner la tête, mais je n'ai pas pu trouver de Rémy-Martin dans cette ville de sauvages. Pour revenir à ce que je disais, presque tous mes confrères connaissent des histoires de ce genre. D'ailleurs, ce n'est pas nouveau : j'ai lu les mémoires d'un médecin militaire de la Grande Armée, et il raconte la même chose. Bien sûr, on perd encore bien trop de types. La médecine militaire a fait des progrès, depuis 1812, mais les moyens de la boucherie aussi. Nous sommes toujours à la traîne. Mais, petit à petit, nous nous perfectionnons, tant il est vrai que Gatling a plus fait pour la chirurgie moderne que Dupuytren. » — « Vous réalisez quand même de véritables prodiges. » Il soupira : « Peut-être. Toujours est-il que je ne supporte plus de voir une femme enceinte. Cela me déprime trop de penser à ce qui attend son fœtus. » — « *Rien ne meurt jamais que ce qui naît*, récitai-je. *La naissance a une dette envers la mort.* » Il poussa un cri bref, se releva brusquement et avala son cognac d'une traite. « Voilà ce que j'apprécie chez vous, Hauptsturmführer. Un membre de la *Sicherheitsdienst* qui cite Tertullien plutôt que Rosenberg ou Hans Frank, c'est toujours agréable. Mais je pourrais critiquer votre traduction : *Mutuum debitum est nativitati cum mortalitate*, je dirais plutôt : "La naissance a une dette mutuelle avec la mort", ou "La naissance et la mort sont redevables l'une à l'autre". » — « Vous avez sans doute raison. J'ai toujours été meilleur en grec. J'ai un ami linguiste ici, je lui demanderai. » Il me tendit son verre pour que je le resserve. « En parlant de mortalité, demanda-t-il plaisamment, vous continuez à assassiner de pauvres gens sans défense ? » Je lui rendis son verre sans me démonter. « Venant de vous, docteur, je ne le prendrai pas mal. Mais de toute façon, je ne suis plus qu'un officier de liaison, ce qui me convient. J'observe et je ne fais rien, c'est ma posture préférée. » — « Vous auriez fait un piètre médecin, alors. L'observation sans la pratique ne vaut pas grand-chose. » — « C'est bien pour cela que je suis juriste. » Je me levai et allai ouvrir la porte-fenêtre. Dehors, l'air était doux, mais on ne voyait pas les étoiles et je sentais venir la pluie. Un léger vent faisait bruire les arbres. Je retournai près du divan où Hohenegg s'était de nouveau allongé après avoir dégrafé sa tunique. « Ce que je peux vous dire, fis-je en me tenant devant lui, c'est que certains de mes chers collègues, ici, sont de parfait salauds. » — « Je n'en doute pas un instant. C'est un défaut commun à ceux qui pratiquent sans observer. On trouve ça même chez les médecins. » Je fis tourner mon gobelet entre mes doigts. Je me sentais tout à coup vain, lourd. J'achevai mon verre et lui

demandai : « Vous êtes ici pour longtemps ? » — « Il y a deux sessions :
là, nous passons en revue les blessures, puis nous revenons à la fin du
mois pour les maladies. Une journée pour les infections vénériennes, et
deux jours entiers consacrés aux poux et à la gale. » — « Nous nous
reverrons, alors. Bonsoir, docteur. » Il me tendit la main et je la serrai.
« Vous m'excuserez si je reste couché », dit-il.

Le cognac de Hohenegg s'avéra un mauvais digestif : de retour dans
ma chambre, je vomis mon dîner. Les haut-le-cœur me surprirent si
rapidement que je n'eus que le temps d'atteindre la baignoire. Comme
j'avais déjà digéré, ce fut facile à rincer ; mais cela avait un goût âcre,
acide, infâme ; je préférais encore vomir les repas tout de suite, ça
remontait plus difficilement et douloureusement, mais au moins ça
n'avait aucun goût, ou alors celui de la nourriture. Je songeai à aller
reprendre un verre avec Hohenegg pour lui demander son avis ; finalement, je me rinçai la bouche à l'eau, fumai une cigarette et me couchai.
Le lendemain, je devais impérativement passer au Kommando faire une
visite de courtoisie ; on attendait l'Oberführer Bierkamp. Je m'y rendis
vers onze heures. De la ville basse, sur le boulevard, on distinguait nettement, au loin, les crêtes déchiquetées du Beshtau, dressé comme une
idole tutélaire ; il n'avait pas plu, mais l'air restait frais. Au Kommando,
on m'informa que Müller était occupé avec Bierkamp. J'attendis sur le
perron de la petite cour, regardant un des chauffeurs laver la boue des
pare-chocs et des roues du camion Saurer. La porte arrière était
ouverte : par curiosité, je m'approchai pour regarder à l'intérieur, car je
n'avais pas encore vu à quoi cela ressemblait ; j'eus un mouvement de
recul et me mis tout de suite à tousser ; c'était une infection, une mare
puante de vomi, d'excréments, d'urine. Le chauffeur remarqua mon
malaise et me lança quelques mots en russe : je saisis « *Griaznyi, kajdi
raz* », mais ne comprenais pas son propos. Un Orpo, sans doute un
Volksdeutscher, s'approcha et traduisit : « Il dit que c'est toujours
comme ça, Herr Hauptsturmführer, très sale, mais qu'on va modifier
l'intérieur, en inclinant le plancher et en plaçant une petite trappe au
milieu. Ça sera plus facile à nettoyer. » — « C'est un Russe ? » — « Qui,
Zaitsev ? C'est un Cosaque, Herr Hauptsturmführer, on en a plusieurs. » Je retournai au perron et allumai une cigarette ; juste à ce
moment-là on m'appela, et je dus la jeter. Müller me reçut avec Bierkamp. Je le saluai et lui présentai ma mission à Piatigorsk. « Oui, oui, fit

Müller, l'Oberführer m'a expliqué. » Ils me posèrent quelques questions et je parlai du sentiment de pessimisme qui semblait régner chez les officiers de l'armée. Bierkamp haussa les épaules : « Les soldats ont toujours été pessimistes. Déjà, pour la Rhénanie et les Sudètes, ils piaillaient comme des femmelettes. Ils n'ont jamais compris la force de la volonté du Führer et du national-socialisme. — Dites-moi autre chose, avez-vous entendu parler de cette histoire de gouvernement militaire ? » — « Non, Herr Oberführer. De quoi s'agit-il ? » — « Une rumeur circule selon laquelle le Führer aurait approuvé un régime d'administration militaire pour le Caucase, au lieu d'une administration civile. Mais nous n'arrivons pas à obtenir de confirmation officielle. À l'OKHG ils sont très évasifs. » — « J'essaierai de me renseigner à l'AOK, Herr Oberführer. » Nous échangeâmes encore quelques propos et je pris congé. Dans le couloir, je croisai Turek. Il me toisa d'un air sardonique et mauvais et me lança avec une grossièreté inouïe : « Ah, *Papiersoldat*. Toi, tu ne perds rien pour attendre. » Bierkamp avait dû lui parler. Je lui répondis aimablement, avec un petit sourire : « Hauptsturmführer, je reste à votre disposition. » Il me fixa encore un moment avec un regard furieux, puis disparut dans un bureau. Voilà, me disais-je, tu t'es fait un ennemi ; ce n'est pas si difficile.

À l'AOK, je sollicitai un entretien avec von Gilsa et lui posai la question de Bierkamp. « En effet, me répondit-il, on en parle. Mais les détails ne sont pas encore clairs pour moi. » — « Et qu'adviendra-t-il du Reichskommissariat, alors ? » — « L'établissement du Reichskommissariat sera différé un certain temps. » — « Et pourquoi les représentants de la SP et du SD n'ont-ils pas été informés ? » — « Je ne saurais vous le dire. J'attends encore des compléments d'information. Mais vous savez, cette question est du ressort de l'OKHG. L'Oberführer Bierkamp devrait s'adresser directement à eux. » Je ressortis du bureau de von Gilsa avec l'impression qu'il en savait plus qu'il ne le disait. Je rédigeai un bref rapport et l'adressai à Leetsch et à Bierkamp. En général, c'était en cela que consistait maintenant mon travail : l'Abwehr me transmettait en copie les rapports qu'ils voulaient bien, touchant généralement à l'évolution du problème des partisans ; j'y ajoutai des informations glanées oralement, la plupart du temps aux repas, et faisais suivre le tout à Vorochilovsk ; en échange, je recevais d'autres rapports que je communiquais à von Gilsa ou à un de ses collègues. Ainsi, les rapports d'activité de l'Ek 12, dont les bureaux se trouvaient à cinq cents mètres de l'AOK, devaient d'abord être envoyés à Vorochilovsk, puis, collationnés avec ceux du Sk 10b (les autres Kommandos

œuvraient dans la zone d'opérations ou la zone arrière de la 17ᵉ armée),
ils redescendaient partiellement jusqu'à moi qui les remettais au Ic ; en
même temps, bien entendu, l'Einsatzkommando maintenait des relations directes avec l'AOK. Je n'avais pas énormément de travail. J'en
profitai : Piatigorsk était une ville agréable, il y avait beaucoup de
choses à voir. En compagnie de Voss, toujours curieux, j'allai visiter le
Musée régional, situé un peu en dessous de l'hôtel *Bristol*, en face de la
poste et du parc Tsvetnik. Il y avait là de belles collections, accumulées
au cours des décennies par le *Kavkazkoe Gornoe Obchtchestvo*, une
association de naturalistes amateurs mais enthousiastes : ils avaient rapporté de leurs expéditions des ballots d'animaux empaillés, de minerais,
de crânes, de plantes, de fleurs séchées ; des vieilles tombes et des idoles
païennes en pierre ; de touchantes photographies en noir et blanc,
représentant pour la plupart des messieurs élégants, en cravates, faux-
cols et canotiers, perchés sur le flanc abrupt d'un pic ; et, me rappelant
avec ravissement le bureau de mon père, un mur entier de grandes
boîtes à papillons contenant des centaines de spécimens, chacun éti-
queté avec la date et le lieu de sa capture, le nom du collecteur, le sexe
et le nom scientifique du papillon. Il en venait de Kislovodsk, de
l'Adyghée, de la Tchétchénie, et jusque du Daghestan et de l'Adjarie ;
les dates étaient 1923, 1915, 1909. Le soir, nous nous rendions parfois au
Teatr Operetty, un autre bâtiment fantaisiste, décoré de carreaux de
céramique rouge frappés de livres, d'instruments et de guirlandes, et
récemment réouvert par la Wehrmacht ; ensuite, nous dînions soit au
mess, soit dans un café, soit au casino, qui n'était autre que l'ancien
hôtel-restaurant *Restoratsiya* où Petchorine rencontra Marie et où,
comme l'indiquait une plaque en russe que Voss me traduisit, Léon
Tolstoï fêta son vingt-cinquième anniversaire. Les Soviétiques en
avaient fait un Institut central gouvernemental de balnéologie ; la Wehrmacht avait laissé cette inscription impressionnante au fronton, en
lettres d'or au-dessus des colonnes massives, mais avait rendu le bâtiment à son usage original, et on pouvait y boire du vin sec de Kakhétie
et y manger des chachliks, et parfois de la venaison. J'y présentai Voss à
Hohenegg et ils passèrent la soirée à commenter les origines des noms
de maladies, en cinq langues.

Vers le milieu du mois, une dépêche du groupe vint éclaircir un peu la
situation. Le Führer avait en effet approuvé la mise sur pied, pour le
Kouban-Caucase, d'une administration militaire, sous l'OKHG A, dirigée par le General der Kavallerie Ernst Köstring. L'*Ostministerium*
détachait un haut fonctionnaire auprès de cette administration, mais la

création du Reichskommissariat était reportée indéfiniment. Plus surprenant encore, l'OKH avait ordonné à l'OKHG A de former des
entités territoriales autonomes pour les Cosaques et les différents
peuples montagnards; les kolkhozes seraient dissous, le travail forcé,
interdit : le contre-pied systématique de notre politique en Ukraine.
Cela me semblait trop intelligent pour être vrai. Je dus remonter
d'urgence à Vorochilovsk pour assister à une réunion : le HSSPF voulait discuter des nouveaux décrets. Tous les chefs des Kommandos
étaient présents, avec la plupart de leurs adjoints. Korsemann paraissait
inquiet. « Ce qui est troublant, c'est que le Führer a pris cette décision
début août; mais moi-même je n'en ai été informé qu'hier. C'est
incompréhensible. » — « L'OKH doit s'inquiéter d'une ingérence SS »,
prononça Bierkamp. — « Mais pourquoi donc? fit plaintivement Korsemann. Notre collaboration est excellente. » — « La SS a passé beaucoup de temps à cultiver de bonnes relations avec le Reichskommissar
désigné. Pour le moment, tout ce travail est à l'eau. » — « À Maïkop,
intervint Schultz, le remplaçant de Braune que l'on surnommait Eis-
bein-Paule en raison de sa graisse, on dit que la Wehrmacht gardera le
contrôle des installations pétrolières. » — « Je vous ferai aussi remarquer, Herr Brigadeführer, ajouta Bierkamp à l'adresse de Korsemann,
que si ces "autogouvernements locaux" sont promulgués, ils contrôle-
ront eux-mêmes les fonctions de police dans leur district. De notre point
de vue, c'est inacceptable. » La discussion continua sur ce ton un certain
temps; le consensus général semblait que la SS avait été proprement
flouée. On nous renvoya enfin en nous demandant de recueillir le plus
d'informations possible.

À Piatigorsk, je commençais à nouer des relations passables avec certains officiers du Kommando. Hohenegg était parti, et, hormis les officiers de l'Abwehr, je ne voyais presque plus que Voss. Le soir, je
rencontrai parfois des officiers SS au casino. Turek bien entendu ne
m'adressait pas la parole; quant au Dr. Müller, depuis que je l'avais
entendu expliquer en public qu'il n'aimait pas le camion à gaz, mais
trouvait l'exécution par pelotons beaucoup plus *gemütlich*, j'avais
décidé que nous ne devions pas avoir grand-chose à nous dire. Mais
parmi les officiers subalternes se trouvaient des hommes convenables,
même s'ils étaient souvent ennuyeux. Un soir, alors que je buvais un
cognac avec Voss, l'Obersturmführer Dr. Kern s'approcha et je l'invitai
à nous rejoindre. Je le présentai à Voss : « Ah, c'est vous le linguiste de
l'AOK », fit Kern. — « Sans doute », répondit Voss avec amusement. —
« Ça tombe bien, dit Kern, je voulais justement vous soumettre un cas.

On m'a dit que vous connaissiez bien les peuples du Caucase. » — « Un peu », reconnut Voss. — « Le professeur Kern enseigne à Munich, interrompis-je. Il est spécialiste de l'histoire musulmane. » — « C'est un sujet extrêmement intéressant », approuva Voss. — « Oui, j'ai passé sept ans en Turquie et je m'y connais un peu », avança Kern. — « Comment avez-vous atterri ici, alors ? » — « Comme tout le monde, j'ai été mobilisé. J'étais déjà membre de la SS et correspondant du SD, et j'ai fini dans l'Einsatz. » — « Je vois. Et votre cas ? » — « C'est une jeune femme qu'on m'a amenée. Rousse, très belle, charmante. Ses voisines l'ont dénoncée comme juive. Elle m'a montré un passeport soviétique interne, établi à Derbent, où sa nationalité est inscrite comme *tatka*. J'ai vérifié dans nos fichiers : d'après nos experts, les Tats sont assimilés aux *Bergjuden*, les Juifs des montagnes. Mais la fille m'a affirmé que je me trompais et que les Tats étaient un peuple turc. Je l'ai fait parler : elle avait un dialecte curieux, un peu difficile à comprendre, mais c'était effectivement du turc. Alors je l'ai laissée partir. » — « Vous vous souvenez de termes ou de tournures qu'elle employait ? » Il s'ensuivit toute une conversation en turc : « Ça ne peut pas être tout à fait ça, disait Voss, vous êtes sûr ? » et ils reprenaient. Enfin Voss déclara : « D'après ce que vous me dites, ça ressemble en effet plus ou moins au turc véhiculaire parlé au Caucase avant que les bolcheviques n'imposent l'enseignement du russe. J'ai lu qu'on s'en servait encore au Daghestan, notamment à Derbent. Mais tous les peuples là-bas le parlent. Vous avez noté son nom ? » Kern tira un carnet de sa poche et le feuilleta : « Voilà. Tsokota, Nina Chaulovna. » — « Tsokota ? fit Voss en fronçant les sourcils. C'est curieux, ça. » — « C'est le nom de son mari », expliqua Kern. — « Ah, je vois. Et dites-moi, si elle est juive, qu'est-ce que vous en ferez ? » Kern eut l'air étonné : « Eh bien, nous... nous... » Il hésitait visiblement. Je vins à sa rescousse : « Elle sera transférée ailleurs. » — « Je vois », dit Voss. Il réfléchit un moment puis dit à Kern : « À ma connaissance, les Tats ont leur propre langue qui est un dialecte iranien et n'a rien à voir avec les langues caucasiques ou le turc. Il existerait des Tats musulmans ; à Derbent, je ne sais pas, mais je me renseignerai. » — « Merci, dit Kern. Vous croyez que j'aurais dû la garder ? » — « Mais non. Je suis sûr que vous avez eu raison. » Kern eut l'air rassuré ; il n'avait visiblement pas saisi l'ironie des dernières paroles de Voss. Nous bavardâmes encore un moment et il prit congé. Voss le regarda partir avec un air interloqué. « Ils sont un peu curieux, vos collègues », dit-il enfin. — « Comment cela ? » — « Ils posent parfois des questions déconcertantes. » Je haussai les épaules : « Ils font leur travail. » Voss secoua la tête : « Vos méthodes me paraissent un peu arbitraires. Enfin, ce n'est pas mes affaires. » Il semblait mécontent. « Quand est-ce que nous irons au musée Lermontov ? » demandai-je pour changer le sujet. — « Quand vous voudrez. Dimanche ? » — « S'il fait beau, vous m'emmènerez voir le lieu du duel. »

Les informations les plus diverses, et parfois les plus contradictoires, affluaient au sujet de la nouvelle administration militaire. Le General Köstring installait ses bureaux à Vorochilovsk. C'était un officier déjà âgé, rappelé de la retraite, mais mes interlocuteurs à l'Abwehr affirmaient qu'il restait vigoureux, et l'appelaient le Sage Marabout. Il était né à Moscou, avait mené la mission militaire allemande à Kiev, auprès du Hetman Skoropadsky en 1918, et avait servi deux fois comme attaché militaire à notre ambassade à Moscou : il passait donc pour un des meilleurs experts allemands sur la Russie. L'Oberst von Gilsa m'arrangea un entretien avec le nouveau représentant de l'*Ostministerium* auprès de Köstring, un ancien consul à Tiflis, le Dr. Otto Bräutigam. Avec ses lunettes rondes cerclées, son col amidonné, et son uniforme marron arborant le Badge d'or du Parti, je le trouvais un peu raide ; il restait distant, presque froid, mais me fit une meilleure impression que la plupart des *Goldfasanen*. Von Gilsa m'avait expliqué qu'il détenait un poste important au département politique du ministère. « Je suis heureux de vous rencontrer, lui dis-je en lui serrant la main. Peut-être pourrez-vous enfin nous apporter quelques éclaircissements. » — « J'ai rencontré le Brigadeführer Korsemann à Vorochilovsk et j'ai eu une longue conversation avec lui. L'Einsatzgruppe a bien été informé ? » — « Oh, certainement ! Mais si vous avez quelques minutes, je serai ravi de vous parler, car ces questions m'intéressent beaucoup. » Je menai Bräutigam à mon bureau et lui offris à boire ; il refusa poliment. « L'*Ostministerium* a dû être déçu par la décision de suspendre l'établissement du Reichskommissariat, j'imagine ? » commençai-je. — « Pas du tout. Au contraire, nous estimons que la décision du Führer est une occasion unique de corriger la politique désastreuse que nous menons dans ce pays. » — « Comment cela ? » — « Vous devez voir que les deux Reichskommissare actuellement en place ont été nommés sans que le ministre Rosenberg soit consulté, et que l'*Ostministerium* n'exerce sur eux pour ainsi dire aucun contrôle. Ce n'est donc pas notre faute si les Gauleiter Koch et Lohse n'en font qu'à leur tête ; la responsabilité en incombe à ceux qui les soutiennent. C'est leur politique inconsidérée et aberrante qui vaut au ministère sa réputation de *Chaostministerium*. » Je souris ; mais lui restait sérieux. « En effet, dis-je, j'ai passé un an en Ukraine, et

la politique du Reichskommissar Koch nous a posé pas mal de problèmes. On peut dire qu'il a été un très bon recruteur pour le compte
des partisans. » — « Tout comme le Gauleiter Sauckel et ses chasseurs
d'esclaves. C'est ce que nous voulons éviter ici. Voyez-vous, si l'on
traite les tribus caucasiennes comme on a traité les Ukrainiens, elle se
soulèveront et rejoindront les montagnes. Alors, nous n'en finirons
jamais. Les Russes, au siècle dernier, ont mis trente ans à soumettre
l'imam Chamil. Pourtant les rebelles n'étaient que quelques milliers ;
pour les mater, les Russes ont dû déployer jusqu'à trois cent cinquante
mille soldats ! » Il marqua une pause et poursuivit : « Le ministre
Rosenberg, ainsi que le département politique du ministère, prêche
depuis le début de la campagne une ligne politique claire : seule une
alliance avec les peuples de l'Est opprimés par les bolcheviques permetta à l'Allemagne d'écraser définitivement le système Staline. Jusqu'ici,
cette stratégie, cette *Ostpolitik* si vous voulez, n'a pas reçu d'échos ; le
Führer a toujours soutenu ceux qui pensent que l'Allemagne peut
accomplir cette tâche seule, en réprimant les peuples qu'elle devait libérer. Le Reichskommissar désigné Schickedanz, malgré sa vieille amitié
avec le ministre, semble aussi abonder dans ce sens. Mais des têtes
froides au sein de la Wehrmacht, notamment le Generalquartiermeister
Wagner, ont voulu éviter au Caucase une répétition du désastre ukrainien. Leur solution, garder la région sous contrôle militaire, nous
semble bonne, d'autant plus que le général Wagner a expressément
tenu à impliquer les éléments les plus clairvoyants du ministère, comme
le prouve ma présence ici. Pour nous comme pour la Wehrmacht, c'est
une chance unique de démontrer que l'*Ostpolitik* est la seule valable ; si
nous réussissons ici, nous aurons peut-être la possibilité de réparer les
dégâts accomplis en Ukraine et dans l'Ostland. » — « Les enjeux sont
donc considérables », commentai-je. — « Oui. » — « Et le Reichskommissar désigné Schickedanz n'a pas été trop vexé de se retrouver
ainsi à l'écart ? Lui aussi bénéficie d'appuis. » Bräutigam eut un geste
méprisant de la main ; ses yeux luisaient derrière les verres de ses
lunettes : « Personne ne lui a demandé son avis. De toute façon, le
Reichskommissar désigné Schickedanz est bien trop occupé à étudier
les esquisses de son futur palais de Tiflis, et à discuter avec ses adjoints
du nombre de portails nécessaires, pour se pencher comme nous autres
sur des détails de gestion. » — « Je vois. » Je réfléchis un instant :
« Encore une question. Comment dans cet arrangement voyez-vous le
rôle de la SS et de la SP ? » — « La *Sicherheitspolizei* a bien entendu
des tâches importantes à mener. Mais elles devront être coordonnées

avec le groupe d'armées et l'administration militaire afin de ne pas
interférer avec les initiatives positives. En clair, comme je l'ai suggéré
au Brigadeführer Korsemann, il faudra montrer une certaine délicatesse
dans les relations avec les minorités montagnardes et cosaques. Il y a
parmi eux, en effet, des éléments qui ont collaboré avec les communistes, mais par nationalisme plutôt que par conviction bolchevique,
pour défendre les intérêts de leur peuple. Il ne s'agit pas de les traiter
d'office comme des commissaires ou des fonctionnaires staliniens. » —
« Et que pensez-vous du problème juif ? » Il leva la main : « Ça, c'est
autre chose. Il est clair que la population juive reste l'un des soutiens
principaux du système bolchevique. » Il se leva pour prendre congé. « Je
vous remercie d'avoir pris le temps de discuter avec moi », dis-je en lui
serrant la main sur le perron. — « Je vous en prie. Je crois qu'il est très
important que nous gardions de bonnes relations avec la SS autant
qu'avec la Wehrmacht. Mieux vous comprendrez ce que nous voulons
faire ici, mieux les choses se passeront. » — « Vous pouvez être certain
que je ferai un rapport dans ce sens à mes supérieurs. » — « Très bien !
Voici ma carte. Heil Hitler ! »

Voss jugea cette conversation fort comique lorsque je la lui rapportai.
« Il était temps ! Rien de tel que l'insuccès pour aiguiser les esprits. »
Nous nous étions retrouvés comme convenu, le dimanche, en fin de
matinée, devant la Feldkommandantur. Une troupe de gamins s'aggluti-
naient aux barricades, fascinés par les motocyclettes et un *Schwimmwagen* amphibie garé là. « Partisans ! » beuglait un territorial qui
essayait en vain de les disperser à coups de badine ; à peine chassés d'un
côté, ils affluaient de l'autre, et le réserviste s'essoufflait déjà. Nous gra-
vissions la côte raide de la rue Karl-Marx, vers le musée, et je finissais
de résumer les propos de Bräutigam. « Mieux vaut tard que jamais,
commenta Voss, mais à mon avis ça ne marchera pas. Nous avons pris
trop de mauvaises habitudes. Cette histoire d'administration militaire
n'est qu'un délai de grâce. Dans six ou dix mois ils seront bien obligés
de passer la main, et alors tous les chacals qu'on tient encore en laisse
vont affluer, les Schickedanz, les Körner, la Sauckel-Einsatz, et ça va de
nouveau être le bordel. Le problème, voyez-vous, c'est que nous
n'avons aucune tradition coloniale. Déjà, avant la Grande Guerre, nous
gérions très mal nos possessions africaines. Et puis après, nous n'avions
plus de possessions du tout, et le peu d'expérience accumulé au sein des
administrations coloniales a été perdu. Vous n'avez qu'à comparer avec
les Anglais : regardez la finesse, le doigté avec lesquels ils gouvernent et
exploitent leur Empire. Ils savent très bien manier le bâton, quand il le

faut, mais ils proposent toujours d'abord des carottes, et reviennent tout de suite aux carottes après le coup de bâton. Même les Soviétiques, au fond, ont fait mieux que nous : malgré leur brutalité, ils ont su créer un sentiment d'identité commune, et leur Empire tient. Les troupes qui nous ont mis en échec sur le Terek étaient surtout composées de Géorgiens et d'Arméniens. J'ai parlé avec des prisonniers arméniens : ils se sentent soviétiques et se battent pour l'URSS, sans complexes. Nous n'avons rien su leur proposer de mieux. » Nous étions arrivés devant la porte verte du musée et je frappai. Après quelques minutes le portail à véhicules, un peu plus haut, s'entrouvrit, laissant apercevoir un vieux paysan ridé à casquette, la barbe et les doigts calleux jaunis par la *makhorka*. Il échangea quelques paroles avec Voss, puis tira un peu plus le portail. « Il dit que le musée est fermé, mais que si on veut, on peut regarder. Quelques officiers allemands vivent ici, dans la bibliothèque. » Le portail s'ouvrait sur une petite cour pavée, entourée de coquettes bâtisses passées à la chaux ; à droite, il y avait un second étage érigé sur une remise, avec un escalier extérieur, la bibliothèque se trouvait là. Derrière se dressait le Matchouk, omniprésent, massif, des lambeaux de nuages accrochés au flanc est. Sur la gauche, plus bas, on apercevait un petit jardin, avec des vignes sur une treille, puis d'autres bâtisses aux toits couverts de chaume. Voss montait les marches de la bibliothèque. Dedans, les rayons en bois verni prenaient tellement de place que l'on pouvait à peine se faufiler. Le vieux nous avait suivis ; je lui tendis trois cigarettes ; son visage s'éclaira, mais il resta près de la porte à nous surveiller. Voss examinait les livres à travers les vitrines mais ne touchait à rien. Mon regard se fixa sur un petit portrait à l'huile de Lermontov, d'une facture assez fine : il était représenté en dolman rouge chamarré d'épaulettes et de passements dorés, les lèvres humides, les yeux étonnamment inquiets, hésitant tout juste entre la rage, la peur, ou une moquerie sauvage. Dans un autre angle pendait un portrait gravé, sous lequel je déchiffrai péniblement une inscription en cyrillique : c'était Martynov, le meurtrier de Lermontov. Voss tentait d'ouvrir une des étagères, mais elle était fermée. Le vieux lui dit quelque chose et ils discutèrent un peu. « Le conservateur s'est enfui, traduisit Voss à mon intention. Une des employées a les clefs, mais elle n'est pas là aujourd'hui. Dommage, ils ont de belles choses. » — « Vous reviendrez. » — « Certainement. Venez, il va nous ouvrir la maison de Lermontov. » Nous traversâmes la cour et le petit jardin pour gagner une des maisons basses. Le vieux repoussa la porte ; dedans, il faisait sombre, mais la lumière versée par l'ouverture permettait d'y voir. Les murs avaient été blanchis à la chaux, le mobilier était simple; il y avait de beaux tapis orientaux et des sabres caucasiens accrochés à des clous. Un divan étroit paraissait très inconfortable. Voss s'était arrêté devant un bureau qu'il caressait des doigts. Le vieux lui expliqua encore quelque chose. « Il a écrit *Un héros de notre temps* à cette table », traduisit pensivement Voss. — « Ici même? » — « Non, à Saint-Pétersbourg. Quand le musée a été créé, le gouvernement a fait envoyer la table ici. » Il n'y avait rien d'autre à voir. À l'extérieur, des nuages voilaient le soleil. Voss remercia le vieux à qui je donnai encore quelques cigarettes. « Il faudra revenir quand il y aura quelqu'un qui puisse tout expliquer, dit Voss. Au fait, ajouta-t-il au portail, j'ai oublié de vous dire : le professeur Oberländer est ici. » — « Oberländer? Mais je le connais. Je l'ai rencontré à Lemberg, au début de la campagne. » — « Tant mieux. J'allais vous proposer de dîner avec lui. » Dans la rue, Voss prit à gauche, vers la grande allée dallée qui partait de la statue de Lénine. Le chemin montait toujours, j'avais déjà le souffle court. Au lieu de quitter l'allée vers la Harpe éolienne et la galerie Académique, Voss continua tout droit, le long du Matchouk, sur une route pavée que je n'avais jamais encore empruntée. Le ciel s'assombrissait rapidement et je craignais qu'il ne pleuve. Nous dépassâmes quelques sanatoriums, puis ce fut la fin du bitume et nous continuâmes sur un large chemin de terre battue. Cet endroit était peu fréquenté : un paysan assis sur un chariot nous croisa dans un tintement de harnais, entrecoupé des meuglements de son bœuf et du grincement des roues mal ajustées; après, la route restait déserte. Un peu plus loin, sur la gauche, une arche en briques s'ouvrait dans le flanc de la montagne. Nous nous approchâmes en plissant des yeux pour percer l'obscurité; une grille en fer forgé, cadenassée, barrait l'accès au boyau. « C'est le Proval, indiqua Voss. Au fond, il y a une grotte à ciel ouvert, avec une source sulfureuse. » — « Ce n'est pas ici que Petchorine rencontre Véra? » — « Je ne suis pas sûr. Ce n'est pas plutôt dans la grotte, en dessous de la Harpe éolienne? » — « Il faudra vérifier. » Les nuages passaient juste au-dessus de nos têtes : j'avais l'impression qu'en levant le bras je pourrais caresser les volutes de vapeur. On ne voyait plus du tout le ciel et l'atmosphère était devenue feutrée, silencieuse. Nos pas crissaient sur la terre sablonneuse; le chemin montait légèrement; et bientôt les nuages nous entourèrent. Nous distinguions à peine les grands arbres qui bordaient le chemin; l'air semblait étouffé, le monde avait disparu. Au loin, le cri d'un coucou résonna dans les bois, un appel inquiet et désolé. Nous marchions en silence. Cela dura longtemps. Çà et là, j'entrapercevais de grandes masses sombres et indistinctes, des bâtiments sans doute ; puis c'était de nouveau la forêt. Les nuages se dissipaient, la grisaille brillait d'une lueur trouble et tout à coup ils s'effilochèrent et se dispersèrent et nous nous retrouvâmes au soleil. Il n'avait pas plu. À notre droite, au-delà des arbres, se profilaient les formes déchirées du Beshtau ; une autre vingtaine de minutes de marche nous menèrent jusqu'au monument. « Nous avons fait le grand tour, dit Voss. Par l'autre côté c'est plus rapide. » — « Oui, mais ça en valait la peine. » Le monument, un obélisque blanc dressé au milieu de pelouses mal entretenues, présentait peu d'intérêt : difficile, devant ce décor soigneusement aménagé par la piété bourgeoise, d'imaginer les coups de feu, le sang, les cris rauques, la rage du poète abattu. Des véhicules allemands étaient garés sur l'aire ; en contrebas, devant la forêt, on avait disposé des tables et des bancs, où mangeaient des soldats. Par acquit de conscience j'allai examiner le médaillon en bronze et l'inscription sur le monument. « J'ai vu la photo d'un monument temporaire qu'ils ont construit en 1901, m'informa Voss. Une espèce de demi-rotonde fantaisiste en bois et en plâtre, avec un buste au sommet, très haut perché. C'était beaucoup plus drôle. » — « Ils ont dû avoir des problèmes de fonds. Si on allait manger ? » — « Oui, ils font de bons chachliks ici. » Nous traversâmes l'aire et descendîmes vers les tables. Deux des véhicules portaient les marques tactiques de l'Einsatzkommando ; je reconnus plusieurs officiers à une des tables. Kern nous fit un signe de la main et je le lui rendis, mais je n'allai pas dire bonjour. Il y avait aussi Turek, Bolte, Pfeiffer. Je choisis une table un peu en retrait, près du bois, avec des tabourets grossiers. Un montagnard en calotte, les joues mal rasées autour de sa moustache fournie, s'approcha : « Pas de porc, traduisit Voss. Seulement du mouton. Mais il y a de la vodka et de la *kompot*. » — « C'est parfait. » Des éclats de voix nous parvenaient des autres tables. Il y avait aussi des officiers subalternes de la Wehrmacht et quelques civils. Turek nous regardait, puis je le vis discuter de manière animée avec Pfeiffer. Des enfants tsiganes couraient entre les tables. L'un d'eux vint vers nous : « *Khleb, khleb* », il chantonnait en tendant une main noire de crasse. Le montagnard nous avait apporté plusieurs tranches de pain et je lui en tendis une, qu'il enfourna tout de suite dans sa bouche. Puis il indiqua le bois : « *Sestra, sestra, dyev. Krasivaïa.* » Il esquissa un geste obscène. Voss explosa de rire et lui jeta une phrase qui le fit fuir. Il se dirigea vers les officiers SS et recommença sa mimique. « Vous pensez qu'ils vont y aller ? » demanda Voss. — « Pas devant tout le monde », affirmai-je. Effectivement, Turek décocha au petit une taloche qui l'envoya bouler sur l'herbe. Je le vis faire mine de sortir son arme; le gamin détala entre les arbres. Le montagnard, qui officiait derrière une longue caisse en métal sur pieds, revint vers nous avec deux brochettes qu'il déposa sur le pain; puis il nous apporta les boissons et les gobelets. La vodka allait merveilleusement avec la viande dégoulinant de jus et nous en bûmes chacun plusieurs mesures, rinçant le tout avec la *kompot*, un jus de baies marinées. Le soleil brillait sur l'herbe, les pins élancés, le monument et la pente du Matchouk derrière tout ça; les nuages avaient définitivement disparu de l'autre côté de la montagne. Je songeai de nouveau à Lermontov agonisant sur l'herbe à quelques pas de là, la poitrine crevée, pour une remarque en l'air sur les vêtements de Martynov. À la différence de son héros Petchorine, Lermontov avait tiré en l'air; son adversaire, non. À quoi Martynov pouvait-il songer en regardant le cadavre de son ennemi? Lui-même se voulait poète, et il avait certainement lu *Un héros de notre temps*; ainsi, il pouvait savourer les échos amers et les lentes vagues de la légende naissante, il savait aussi que son nom ne resterait que comme celui de l'assassin de Lermontov, un second d'Anthès encombrant la littérature russe. Pourtant, il devait avoir eu d'autres ambitions en se lançant dans la vie; lui aussi, il aurait voulu faire, et bien faire. Peut-être était-il simplement jaloux du talent de Lermontov? Peut-être aussi préférait-il qu'on se souvienne de lui pour le mal qu'il avait fait, plutôt que pas du tout? J'essayai de me remémorer son portrait mais n'y arrivais déjà plus. Et Lermontov? Sa dernière pensée, lorsqu'il eut vidé son pistolet en l'air et vit que Martynov, lui, le visait, avait-elle été amère, désespérée, furieuse, ironique? Ou avait-il simplement haussé les épaules et regardé la lumière du soleil sur les pins? Comme pour Pouchkine, on racontait que sa mort avait été un coup monté, un assassinat commandité; si c'était le cas, il s'y était rendu les yeux ouverts, avec complaisance, montrant bien là sa différence avec Petchorine. Ce que Blok a écrit de Pouchkine était sans doute encore plus vrai pour lui: *Ce n'est pas la balle de Dantès qui l'a tué, c'est le manque d'air.* Moi aussi, je manquais d'air, mais le soleil et les chachliks, et la bonté heureuse de Voss, permettaient de souffler un instant. Nous réglâmes le montagnard en *carbovanets* d'occupation et reprîmes le chemin du Matchouk. « Je vous propose de passer au vieux cimetière, suggéra Voss. Il y a une stèle là où Lermontov a été enterré. » Après le duel, ses amis avaient inhumé le poète sur place; une année plus tard, cent ans avant notre arrivée à Piatigorsk, sa grand-mère maternelle était venue chercher ses restes et les avait rapportés chez elle, près de Penza, pour les enterrer aux côtés de sa mère. J'acceptai volontiers la proposition de Voss. Deux voitures nous dépassèrent dans une trombe de poussière : les officiers du Kommando rentraient. Turek conduisait lui-même le premier véhicule; son regard haineux, que j'aperçus par la vitre, lui donnait vraiment un air tout à fait juif. Le petit convoi continua tout droit mais nous prîmes sur la gauche, entamant un long chemin de traverse qui remontait la côte du Matchouk. Avec le repas, la vodka, le soleil, je me sentais lourd; puis j'eus des hoquets et quittai le chemin pour m'enfoncer dans le bois. « Ça va ? » demanda Voss lorsque je revins. Je fis un geste vague et allumai une cigarette. « Ce n'est rien. Un reste de maladie que j'ai attrapée en Ukraine. Ça revient de temps en temps. » — « Vous devriez consulter un médecin. » — « Peut-être. Le Dr. Hohenegg doit bientôt revenir, je verrai. » Voss patienta le temps que je finisse ma cigarette, puis m'emboîta le pas. J'avais chaud et j'ôtai mon calot et ma vareuse. Au sommet de la butte, le chemin décrivait une grande boucle d'où l'on avait une belle vue sur la ville et la plaine au-delà. « Si on continue tout droit, on retombe sur les sanatoriums, dit Voss. Pour le cimetière, on peut prendre par ces vergers. » La côte raide, à l'herbe fanée, était plantée d'arbres fruitiers; un mulet, attaché par une longe, fouillait le sol à la recherche de pommes tombées. Nous descendîmes en glissant un peu, puis coupâmes par un bois assez touffu où nous perdîmes vite le chemin. Je remis ma vareuse car les branches et les ronces me griffaient les bras. Enfin, à la suite de Voss, je débouchai sur un petit creux terreux qui longeait un mur en pierre cimentée. « Ça doit être ça, dit Voss. On va faire le tour. » Depuis que les voitures nous avaient dépassés nous n'avions vu personne, j'avais l'impression de marcher en rase campagne; mais quelques pas plus loin un jeune garçon, pieds nus et menant un âne, nous croisa sans un mot. En suivant le mur, on arrivait enfin sur une petite place, devant une église orthodoxe. Une vieille femme vêtue de noir, assise sur une caisse, vendait quelques fleurs; d'autres sortaient de l'église. Au-delà de la grille, les tombes s'éparpillaient sous de hauts arbres qui plongeaient le cimetière pentu dans l'ombre. Nous suivîmes un chemin montant, pavé de pierres grossières enfoncées dans le sol, entre des vieilles tombes perdues dans les herbes sèches, les fougères, les buissons épineux. Des plaques de lumière tombaient par endroits entre les arbres et dans ces îlots de soleil de petits papillons noirs et blancs dansaient autour des fleurs fanées. Puis le chemin tournait et les arbres s'entrouvraient pour révéler la plaine du sud-ouest. Dans un enclos, deux petits arbres avaient été plantés pour donner de l'ombre à la stèle qui marque l'emplacement de la première tombe de Lermontov. Les seuls sons étaient le crissement des cigales et le petit vent bruissant dans les feuilles. Près de la stèle se trouvaient les tombes des relations de Lermontov, les Chan-Gireï. Je me retournai : au loin, les longues *balki* vertes ravinaient la plaine jusqu'aux premiers contreforts rocheux. Les bosses des volcans ressemblaient à des mottes tombées du ciel; au loin, je devinais les neiges de l'Elbrous. Je m'assis sur les marches menant à la stèle, tandis que Voss allait fouiner un peu plus loin, songeant encore une fois à Lermontov : comme tous les poètes, d'abord ils le tuent, ensuite ils le vénèrent.

Nous redescendîmes en ville par le *Verkhnii rynok* où les paysans achevaient de remballer leurs poules, leurs fruits et leurs légumes invendus sur des charrettes ou des mulets. Autour se dispersait la foule des vendeurs de graines de tournesol et des cireurs de bottes; des garçons assis sur de petits chariots bricolés avec des planches et des roues de poussettes attendaient encore qu'un soldat attardé leur demande de porter ses paquets. Au pied de la colline, sur le boulevard Kirov, des rangées de croix fraîches s'alignaient sur un tertre entouré d'un muret : le joli petit parc où se trouve le monument à Lermontov avait été transformé en cimetière pour soldats allemands. Le boulevard, en direction du parc Tsvetnik, passait devant les ruines de l'ancienne cathédrale orthodoxe, dynamitée en 1936 par le NKVD. « Avez-vous remarqué, nota Voss en désignant les moignons de pierre, ils n'ont pas touché à l'église allemande. Nos hommes s'y rendent encore pour prier. » — « Oui, mais ils ont vidé les trois villages de *Volksdeutschen* des alentours. Le tsar les avait invités à s'installer ici en 1830. On les a tous envoyés en Sibérie l'année dernière. » Mais Voss songeait encore à son église luthérienne. « Vous saviez qu'elle a été construite par un soldat? Un certain Kempfer, qui s'est battu contre les Tcherkesses sous Evdokimov, et qui s'est installé ici. » Au parc, juste après la grille d'entrée, se dressait une galerie en bois à deux étages, avec des tourelles aux coupoles futuristes et une loggia qui faisait le tour de l'étage supérieur. Il y avait là quelques tables où l'on servait, pour ceux qui pouvaient payer, du café turc et des sucreries. Voss choisit une place du côté de l'allée principale du parc, au-dessus des groupes de vieillards mal rasés, acariâtres, ronchons, qui venaient le soir occuper les bancs pour jouer aux échecs. Je commandai du café et du cognac; on nous apporta aussi des petits gâteaux au citron; le cognac provenait du Daghestan et semblait encore plus sucré que l'arménien, mais cela allait bien avec les gâteaux et ma bonne humeur. « Comment vont vos travaux? » demandai-je à Voss. Il rit : « Je n'ai toujours pas trouvé de locuteur oubykh; mais je fais des progrès considérables en kabarde. Ce que j'attends vraiment, c'est qu'on prenne Ordjonikidze. » — « Pourquoi cela ? » — « Ah, je vous ai déjà expliqué que les langues caucasiques ne sont que ma sous-spécialité. Ce qui m'intéresse vraiment, ce sont les langues dites indo-germaniques, et plus particulièrement les langues d'origine iranienne. Or l'ossète est une langue iranienne particulièrement fascinante. » — « En quoi ? » — « Vous voyez la situation géographique de l'Ossétie : alors que tous les autres locuteurs non caucasiques occupent le pourtour ou les contreforts du Caucase, eux coupent le massif en deux, juste au niveau de la passe la plus accessible, celle du Darial où les Russes ont construit leur *Voennaïa doroga* de Tiflis à Ordjonikidze, l'ancienne Vladikavkaz. Bien que ces gens aient adopté les vêtements et les coutumes de leurs voisins montagnards, c'est évidemment un mouvement d'invasion tardif. On est fondé à penser que ces Ossètes ou Osses descendent des Alains et donc des Scythes ; si c'est exact, leur langue constituerait une trace archéologique vivante de la langue scythe. Il y a autre chose encore : Dumézil a édité en 1930 un recueil de légendes ossètes portant sur un peuple fabuleux, demi-divin, qu'ils nomment les Nartes. Or Dumézil postule aussi une connexion entre ces légendes et la religion scythe telle qu'elle est rapportée par Hérodote. Les chercheurs russes travaillent sur ce sujet depuis la fin du siècle dernier ; la bibliothèque et les instituts d'Ordjonikidze doivent être pleins à craquer de matériaux extraordinaires, inaccessibles en Europe. J'espère simplement qu'on ne brûlera pas tout durant l'assaut. » — « En somme, si je vous ai bien compris, ces Ossètes seraient un *Urvolk*, un des peuples aryens originels. » — « Originel, c'est un mot dont on use et mésuse beaucoup. Disons que leur langue a un caractère archaïque très intéressant du point de vue de la science. » — « Que voulez-vous dire au sujet de la notion d'originel ? » Il haussa les épaules : « Originel, c'est plus un phantasme, une prétention psychologique ou politique qu'un concept scientifique. Prenez l'allemand, par exemple : durant des siècles, avant même Martin Luther, on a prétendu que c'était une langue originelle sous prétexte qu'elle n'avait pas recours à des radicaux d'origine étrangère, à la différence des langues latines, auxquelles on la comparait. Certains théologiens, dans leur délire, sont même allés jusqu'à prétendre que l'allemand aurait été la langue d'Adam et Ève, et que l'hébreu en aurait dérivé plus tard. Mais c'est une prétention complètement illusoire puisque même si les radicaux sont "autochtones" — en fait, tous dérivés directement des langues des nomades indo-européens — notre grammaire, elle, est entièrement structurée par le latin.

Notre imaginaire culturel, néanmoins, a été très fortement marqué par ces idées, par cette particularité qu'a l'allemand par rapport aux autres langues européennes d'autogénérer en quelque sorte son vocabulaire. C'est un fait que n'importe quel enfant allemand de huit ans connaît tous les radicaux de notre langue et peut décomposer et comprendre n'importe quel mot, même les plus savants, ce qui n'est pas le cas d'un enfant français, par exemple, qui va mettre très longtemps à apprendre les mots "difficiles" dérivés du grec ou du latin. Cela mène d'ailleurs très loin dans l'idée que nous nous faisons de nous-mêmes : le *Deutschland* est le seul pays d'Europe qui ne se désigne pas géographiquement, qui ne porte pas le nom d'un lieu ou d'un peuple comme les Angles ou les Francs, c'est le pays du "peuple en soi" ; *deutsch* est une forme adjectivale du vieil allemand *Tuits*, "peuple". C'est bien pour ça qu'aucun de nos voisins ne nous appelle de la même façon : *Allemands*, *Germans*, *Duits*, *Tedeschi* en italien qui dérive aussi de *Tuits*, ou *Niemtsy* ici en Russie, ce qui justement veut dire "les Muets", ceux qui ne savent pas parler, tout comme *Barbaros* en grec. Et toute notre idéologie raciale et *völkisch* actuelle, d'une certaine manière, s'est érigée sur ces très anciennes prétentions allemandes. Qui, j'ajoute, ne nous sont pas uniques : Goropius Becanus, un auteur flamand, soutenait en 1569 la même chose à propos du néerlandais, qu'il comparait à ce qu'il appelait *les langues originelles du Caucase, vagin des peuples.* » Il rit gaiement. J'aurais souhaité poursuivre la discussion, notamment au sujet des théories raciales, mais déjà il se levait : « Je dois y aller. Voulez-vous dîner avec Oberländer, s'il est libre ? » — « Volontiers. » — « On se retrouve au casino ? Vers huit heures. » Il dévala les marches. Je me rassis et contemplai les vieux qui jouaient aux échecs. L'automne avançait : le soleil passait déjà derrière le Matchouk, teintant la crête de rose et amenant, plus bas sur le boulevard, des reflets orangés entre les arbres, jusque sur les vitres et le crépi gris des façades.

Vers sept heures et demie je descendis au casino. Voss n'était pas encore arrivé et je commandai un cognac, que je portai dans une alcôve un peu en retrait. Quelques minutes plus tard Kern entra, examina la salle, et se dirigea vers moi. « Herr Hauptsturmführer ! Je vous cherchais. » Il ôta son calot et s'assit en regardant autour de lui ; il avait l'air embarrassé, nerveux. « Herr Hauptsturmführer. Je voulais vous faire part de quelque chose qui vous concerne, je pense. » — « Oui ? » Il hésita : « On... Vous êtes souvent en compagnie de ce Leutnant de la Wehrmacht. Cela... comment dire ? Cela donne lieu à des rumeurs. » — « Quel genre de rumeurs ? » — « Des rumeurs... disons des rumeurs dangereuses. Le genre de rumeur qui mène droit au camp de concentration. » — « Je vois. » Je restai de marbre. « Et ce genre de rumeur serait-il par hasard propagé par un certain genre de personne ? » Il pâlit : « Je ne veux pas en dire plus. Je trouve ça bas, honteux. Je voulais juste vous prévenir afin que vous puissiez... puissiez faire en sorte que cela n'aille pas plus loin. » Je me levai et lui tendis la main : « Merci pour cette information, Obersturmführer. Mais ceux qui font lâchement courir des bruits sordides plutôt que de s'adresser à quelqu'un en face, je les méprise et je les ignore. » Il me serra la main : « Je comprends tout à fait votre réaction. Mais faites attention quand même. » Je me rassis, saisi de rage : voilà à quel jeu ils voulaient jouer ! De surcroît, ils se trompaient entièrement. Je l'ai déjà dit : je ne me lie jamais avec mes amants ; l'amitié, c'est autre chose, entièrement. J'aimais en ce monde une seule personne, et même si je ne la voyais jamais, cela me suffisait. Or cela, des ordures bornées comme ce Turek et ses amis ne pourraient jamais le comprendre. Je résolus de me venger ; je ne savais pas encore comment, mais l'occasion se présenterait. Kern était un homme honnête, il avait bien fait de me prévenir : cela me donnerait le temps de réfléchir.

Voss arriva peu après en compagnie d'Oberländer. J'étais toujours plongé dans mes pensées. « Bonsoir, professeur, fis-je en serrant la main d'Oberländer. Cela fait longtemps. » — « Oui, oui, il s'en est passé des choses, depuis Lemberg. Et cet autre jeune officier, qui vous accompagnait ? » — « Le Hauptsturmführer Hauser ? Il doit toujours être avec le groupe C. Je n'ai pas eu de nouvelles depuis un moment. » Je les suivis au restaurant et laissai Voss commander. On nous apporta du vin de Kakhétie. Oberländer paraissait fatigué. « J'ai entendu dire que vous commandez une nouvelle unité spéciale ? » lui demandai-je. — « Oui, le Kommando "Bergmann". Tous mes hommes sont des montagnards caucasiens. » — « De quelle nationalité ? » demanda Voss avec curiosité. — « Oh, il y a de tout. Des Karatchaïs et des Circassiens, bien sûr, mais on a aussi des Ingouches, des Avars, des Laks qu'on a recrutés dans les Stalag. J'ai même un Svan. » — « Magnifique ! J'aimerais bien lui parler. » — « Vous devrez aller à Mozdok, alors. Ils sont engagés là-bas dans des opérations antipartisans. » — « Vous n'avez pas d'Oubykhs, par hasard ? » lui demandai-je malicieusement. Voss fut pris de rire. « Des Oubykhs ? Non, je ne pense pas. Qu'est-ce que c'est ? » Voss s'étouffait pour retenir son rire et Oberländer le regardait, perplexe. Je fis un effort pour maintenir mon sérieux et répondis : « C'est une marotte du Dr. Voss. Il pense que la Wehrmacht devrait absolument mener une politique pro-oubykh, pour rétablir l'équilibre naturel du pouvoir entre les peuples du Caucase. » Voss, qui essayait de boire du vin, faillit recracher ce qu'il avait avalé. J'avais aussi du mal à me retenir. Oberländer ne comprenait toujours pas et commençait à s'énerver : « Je ne vois pas de quoi vous parlez », fit-il sèchement. Je tentai une explication : « C'est un peuple caucasien déporté par les Russes. En Turquie. Autrefois, ils dominaient toute une partie de cette région. » — « C'étaient des musulmans ? » — « Oui, bien sûr. » — « Dans ce cas, un soutien à ces Oubykhs entrerait tout à fait dans le cadre de notre *Ostpolitik*. » Voss, rouge, se leva, marmonna une excuse et fila vers les toilettes. Oberländer était interloqué : « Qu'est-ce qu'il a ? » Je tapotai mon ventre. « Ah, je vois, dit-il. C'est fréquent ici. Où en étais-je ? » — « Notre politique promusulmane. » — « Oui. Bien entendu, c'est une politique allemande traditionnelle. Ce que nous voulons accomplir ici n'est en sorte qu'une continuation de la politique panislamique de Ludendorff. En respectant les réalisations culturelles et sociales de l'islam, nous nous faisons des alliés utiles. De plus, nous ménageons ainsi la Turquie, qui reste quand même importante, surtout si nous voulons contourner le Caucase pour prendre les Anglais à revers en Syrie et en Égypte. » Voss revenait ; il semblait calmé. « Si je vous comprends bien, dis-je, l'idée serait d'unir les peuples du Caucase et en particulier les peuples turcophones en un gigantesque mouvement islamique antibolchevique. » — « C'est une option, mais elle n'est pas encore acceptée en haut lieu. Certains s'inquiètent d'un renouveau pantouranien qui pourrait donner trop de puissance à la Turquie, au niveau régional, et empiéter sur nos conquêtes. Le ministre Rosenberg, lui, penche pour un axe Berlin-Tiflis. Mais ça c'est l'influence de ce Nikouradze. » — « Et vous, qu'en pensez-vous ? » — « Pour le moment, je rédige un article sur l'Allemagne et le Caucase. Vous savez peut-être qu'après la dissolution du "Nachtigall", j'ai travaillé comme Abwehroffizier auprès du Reichskommissar Koch, qui est un vieil ami de Königsberg. Mais il n'est presque jamais en Ukraine et ses subordonnés, notamment Dargel, ont mené une politique irresponsable. C'est pour ça que je suis parti. Dans mon article, j'essaye de démontrer que dans les territoires conquis nous avons besoin de la coopération des populations locales pour éviter des pertes trop lourdes durant l'invasion et l'occupation. Une politique promusulmane ou protouranienne devrait entrer dans ce cadre. Bien entendu, une puissance et une seule doit avoir le dernier mot. » — « Je pensais qu'un des objectifs de notre avancée dans le Caucase était de convaincre la Turquie d'entrer en guerre à nos côtés? » — « Bien sûr. Et si nous parvenons en Iraq ou en Iran, elle le fera certainement. Saracoglu est prudent, mais il ne voudra pas laisser passer cette chance de récupérer d'anciens territoires ottomans. » — « Mais cela n'empiéterait-il pas sur notre *Grossraum*? » demandai-je. — « Pas du tout. Nous visons un Empire continental; nous n'avons ni l'intérêt ni les moyens de nous encombrer de possessions lointaines. Nous garderons les régions productrices de pétrole du Golfe persique, bien évidemment, mais nous pourrons donner tout le reste du Proche-Orient britannique à la Turquie. » — « Et que ferait la Turquie pour nous, en échange? » demanda Voss. — « Elle pourrait nous être très utile. Stratégiquement, elle détient une position clef. Elle peut procurer des bases navales et terrestres qui nous permettraient d'achever la réduction de la présence britannique au Moyen-Orient. Elle pourrait aussi fournir des troupes pour le front antibolchevique. » — « Oui, fis-je, elle pourrait nous envoyer un régiment oubykh, par exemple. » Voss fut repris d'un fou rire incontrôlable. Oberländer se fâchait : « Mais qu'est-ce que c'est que ces histoires d'Oubykhs, à la fin? Je ne comprends pas. » — « Je vous l'ai dit, c'est une obsession du Dr. Voss. Il est désespéré parce qu'il rédige rapport sur rapport mais que personne au commandement ne veut croire à l'importance stratégique des Oubykhs. Ici, ils n'en tiennent que pour les Karatchaïs, les Kabardes et les Balkars. » — « Mais pourquoi rit-il, alors? » — « Oui, Doktor Voss, pourquoi riez-vous? lui lançai-je très sérieusement. C'est nerveux, je pense, fis-je à Oberländer. Tenez, Doktor Voss, reprenez du vin. » Voss but un peu et tenta de se maîtriser. « Moi, prononça Oberländer, je ne connais pas assez cette question pour en juger. » Il se tourna vers Voss : « Si vous avez des rapports sur ces Oubykhs, je serai ravi de les lire. » Voss hocha nerveusement la tête : « Doktor Aue, dit-il, je vous saurais gré de changer de sujet. » — « Comme vous le souhaitez. De toute façon, le repas arrive. » On nous servit. Oberländer semblait énervé; Voss était très rouge. Pour relancer la discussion, je demandai à Oberländer : « Vos *Bergmänner* sont-ils efficaces dans la lutte contre les partisans? » — « Dans les montagnes, ils sont redoutables. Certains nous rapportent des têtes ou des oreilles tous les jours. Dans les plaines, ils ne valent guère mieux que nos propres troupes. Ils ont brûlé plusieurs villages autour de Mozdok. J'essaie de leur expliquer que c'est une mauvaise idée de le faire systématiquement, mais c'est comme un atavisme. Et puis on a eu des problèmes de discipline assez sérieux : désertion, surtout. Il semble que beaucoup d'entre eux ne se soient engagés que pour rentrer à la maison; depuis que nous sommes au Caucase, ils n'arrêtent pas de filer. Mais j'ai fait fusiller devant les autres tous ceux qu'on a rattrapés : je crois que ça les a un peu calmés. Et puis j'ai beaucoup de Tchétchènes et de Daghestanais, chez eux, c'est encore aux mains des bolcheviques. Au fait, avez-vous entendu parler d'un soulèvement en Tchétchénie ? Dans les montagnes. » — « Il y a des rumeurs, répondis-je. Une unité spéciale attachée à l'Einsatzgruppe va essayer de parachuter des agents pour prendre contact avec les rebelles. » — « Ah, c'est très intéressant, fit Oberländer. Il paraît qu'il y a des combats et que la répression est féroce. Cela pourrait créer des possibilités pour nos forces. Comment pourrais-je en savoir plus ? » — « Je vous conseille de vous adresser à l'Oberführer Bierkamp, à Vorochilovsk. » — « Très bien. Et ici ? Vous avez beaucoup de problèmes, avec les partisans ? » — « Pas trop. Il y a une unité qui sévit près de Kislovodsk. Le détachement "Lermontov". C'est un peu la mode, ici, de tout nommer Lermontov. » Voss riait, de bon cœur maintenant : « Ils sont actifs ? » — « Pas réellement. Ils collent aux montagnes, ils ont peur de descendre. Ils font surtout du renseignement pour l'Armée rouge. Ils envoient des gamins compter les motos et les camions devant la Feldkommandantur, par exemple. » Nous finissions de manger ; Oberländer parlait encore de l'*Ostpolitik* de la nouvelle administration militaire : « Le General Köstring est un très bon choix. Je pense qu'avec lui l'expérience a des chances de réussir. » — « Vous connaissez le Dr. Bräutigam ? » demandai-je. — « Herr Bräutigam ? Bien sûr. Nous échangeons fréquemment des idées. C'est un homme très motivé, très intelligent. » Oberländer achevait son café et s'excusa. Nous nous saluâmes et Voss le raccompagna. Je l'attendis en fumant une cigarette. « Vous avez été odieux », me dit-il en se rasseyant. — « Pourquoi donc ? » — « Vous le savez très bien. » Je haussai les épaules : « Ce n'était pas bien méchant. » — « Oberländer a dû penser qu'on se moquait de lui. » — « Mais effectivement, on se moquait de lui. Seulement voilà : il n'osera jamais l'avouer. Vous connaissez aussi bien que moi les professeurs. S'il reconnaissait son ignorance de la question oubykhe, cela pourrait nuire à sa réputation de "Lawrence du Caucase". » Nous sortîmes à notre tour du casino. Il tombait une pluie fine et légère. « Ça y est, dis-je comme à moi-même. C'est l'automne. » Un cheval attaché devant la Feldkommandantur hennit et s'ébroua. Les sentinelles avaient enfilé leurs capotes cirées. Dans la rue Karl-Marx, l'eau coulait en petits ruisseaux le long de la pente. La pluie s'intensifiait. Nous nous séparâmes devant nos quartiers en nous souhaitant bonne nuit. Dans ma chambre, j'ouvris la porte-fenêtre et restai un long moment à écouter le ruissellement de l'eau sur les feuilles des arbres, sur les carreaux du balcon, sur le toit en tôle, sur l'herbe et la terre humide.

Il plut trois jours d'affilée. Les sanatoriums se remplissaient de blessés, transportés depuis Malgobek et Sagopchi, où notre nouvelle offensive sur Groznyi achevait de se briser les reins sur une résistance acharnée. Korsemann vint distribuer des médailles aux volontaires finlandais de la « Wiking », de beaux gars blonds un peu égarés, décimés par les tirs croisés dans le vallon de la Juruk, sous Nijny Kurp. La nouvelle administration militaire du Caucase se mettait en place. Début octobre, par décret du Generalquartiermeister Wagner, six *raion* cosaques, avec 160 000 habitants, reçurent le nouveau statut d'« autogouvernement » ; on devait officiellement annoncer l'autonomie karatchaï lors d'une grande fête à Kislovodsk. Avec les autres principaux officiers SS de la région je fus de nouveau convoqué à Vorochilovsk par Korsemann et Bierkamp. Korsemann s'inquiétait de la limitation des pouvoirs policiers SS dans les districts autogouvernés, mais souhaitait poursuivre une politique renforcée de coopération avec la Wehrmacht. Bierkamp, lui, se montrait furieux ; il traitait les *Ostpolitiker* de *tsaristes* et de *barons baltes* : « Cette fameuse *Ostpolitik* n'est qu'une résurrection de l'esprit de Tauroggen », clamait-il. En privé, Leetsch me fit comprendre à mots couverts que Bierkamp se rongeait les sangs à cause des chiffres d'exécutions des Kommandos, qui ne dépassaient plus les quelques dizaines par semaine : les Juifs des régions occupées avaient tous été liquidés, à part quelques artisans réservés par la Wehrmacht pour servir de cordonniers et de tailleurs ; des partisans et des communistes, on en attrapait peu ; quant aux minorités nationales et aux Cosaques, la majorité de la population, ils se trouvaient maintenant quasi intouchables. Je considérai cet état d'esprit bien étroit de la part de Bierkamp, mais je pouvais le comprendre : à Berlin, on jugeait de l'efficacité des Einsatzgruppen sur leurs chiffres, et une baisse d'activité pouvait être interprétée comme un manque d'énergie de la part du Kommandant. Pourtant, le groupe ne restait pas inactif. À Elista, aux confins de la steppe kalmouke, on formait un Sk « Astrachan » en vue de la prise de cette ville ; dans la région de Krasnodar, ayant accompli toutes les autres tâches prioritaires, le Sk 10a liquidait les asiles pour débiles, hydrocéphales et dégénérés, en se servant surtout d'un camion à gaz. À Maïkop, la 17e armée relançait son offensive vers Touapsé, et le Sk 11 devait contribuer à réprimer une intense guérilla dans les montagnes, en terrain très accidenté et rendu encore plus difficile par la pluie persistante. Le 10 octobre, je fêtai mon anniversaire au restaurant avec Voss, mais sans l'en informer; le lendemain, nous accompagnions une bonne partie de l'AOK à Kislovodsk pour célébrer l'Uraza Baïram, la rupture du jeûne qui clôt le mois de ramadan. Ce fut une espèce de triomphe. Dans un grand champ en dehors de la ville, l'imam des Karatchaïs, un vieillard ridé à la voix ferme et claire, menait une longue prière collective; face aux collines proches, des centaines de casquettes, de calottes, de chapeaux ou de bonnets en fourrure, en rangs serrés, s'abaissaient au sol et se relevaient au rythme de sa mélopée. Après, sur une estrade décorée de drapeaux allemands et musulmans, Köstring et Bräutigam, leurs voix amplifiées par un haut-parleur de PK, proclamèrent l'établissement du District autonome karatchaï. Des acclamations et des coups de fusil ponctuaient chaque phrase. Voss, les mains dans le dos, traduisait le discours de Bräutigam; Köstring lut le sien directement en russe, et se vit ensuite lancé en l'air, à plusieurs reprises, par des jeunes gens enthousiastes. Bräutigam avait présenté le cadi Baïramukov, un paysan antisoviétique, comme nouveau chef du district: le vieillard, vêtu d'une *tcherkesska* et d'un *bechmet* et coiffé d'une énorme *papakh* en mouton blanc, remercia solennellement l'Allemagne d'avoir délivré les Karatchaïs du joug russe. Un jeune enfant mena devant l'estrade un superbe cheval blanc de Kabardie, le dos recouvert d'un sumak daghestanais aux couleurs chatoyantes. Le cheval s'ébroua, l'ancien expliqua qu'il s'agissait d'un présent du peuple karatchaï au chef des Allemands, Adolf Hitler; Köstring le remercia et l'assura que le cheval serait convoyé au Führer, à Vinnitsa en Ukraine. Alors des jeunes montagnards en costume traditionnel portèrent Köstring et Bräutigam sur leurs épaules sous les vivats des hommes, les hululements des femmes, et les salves redoublées des pétoires. Voss, rouge de plaisir, regardait cela avec ravissement. Nous suivîmes la foule: au fond du champ, une petite armée de femmes chargeaient de victuailles des longues tables dressées sous des auvents. Des quantités invraisemblables de viande de mouton, qu'on servait avec le bouillon, mijotaient dans de grands chaudrons en fonte; il y avait aussi du poulet bouilli, de l'ail sauvage, du caviar et des *manti*, sortes de raviolis caucasiens; les femmes karatchaïs, certaines ravissantes et rieuses, ne cessaient de pousser de nouveaux plats devant les convives; les jeunes gars restaient agglutinés sur le côté, chuchotant furieusement, tandis que leurs aînés, assis, mangeaient. Köstring et Bräutigam siégeaient sous un dais avec les anciens, devant le cheval de Kabardie qu'on semblait avoir oublié et qui, traînant sa longe, allait renifler les plats sous les rires des spectateurs. Des musiciens montagnards chantaient de longues complaintes accompagnés de petits instruments à cordes assez aigus ; plus tard, ils furent rejoints par des percussionnistes et la musique devint furieuse, endiablée, on forma un grand cercle et les hommes jeunes, dirigés par un maître de cérémonie, dansèrent la *lesghinka*, nobles, splendides, virils, puis d'autres danses encore, avec des couteaux, d'une virtuosité stupéfiante. On ne servait pas d'alcool, mais la plupart des convives allemands, échauffés par les viandes et les danses, étaient comme ivres, écarlates, suants, surexcités. Les Karatchaïs saluaient les mouvements de danse les mieux réussis par des fusillades et cela forçait l'excitation au paroxysme. Mon cœur battait à tout rompre ; avec Voss, je tapais des pieds et des mains, je criais comme un fou dans le cercle des spectateurs. La nuit venue, on apporta des flambeaux et cela continua ; lorsqu'on se sentait trop fatigué, on retournait aux tables boire du thé et manger un peu. « Les *Ostpolitiker* ont bien réussi leur coup ! m'écriai-je à l'adresse de Voss. Cela convaincrait n'importe qui. »

Mais les nouvelles du front n'étaient pas bonnes. À Stalingrad, en dépit des bulletins militaires qui annonçaient quotidiennement une percée décisive, la 6e armée, d'après l'Abwehr, s'était complètement enlisée au centre-ville. Les officiers qui revenaient de Vinnitsa affirmaient qu'il régnait au GQG une atmosphère déplorable, et que le Führer ne parlait presque plus aux généraux Keitel et Jodl, qu'il avait bannis de sa table. De sinistres rumeurs couraient dans les cercles militaires, que Voss me rapportait parfois : le Führer était nerveusement à bout, il piquait de folles crises de rage et prenait des décisions contradictoires, incohérentes ; les généraux commençaient à perdre confiance. C'était certainement exagéré, mais je trouvais le fait que de tels bruits se répandent dans l'armée inquiétant, et j'en faisais état au chapitre *Moral de la Wehrmacht*. Hohenegg était de retour, mais sa conférence se tenait à Kislovodsk, et je ne l'avais pas encore vu ; au bout de quelques jours il m'envoya un billet pour m'inviter à dîner. Voss, lui, était allé rejoindre le IIIe corps blindé à Prokhladny ; von Kleist préparait une nouvelle offensive en direction de Naltchik et d'Ordjonikidze, et il voulait la suivre de près pour sécuriser les bibliothèques et les instituts.

Ce même matin, le Leutnant Reuter, un adjoint de von Gilsa, passa dans mon bureau : « On a un cas curieux que vous devriez voir. Un vieux, qui s'est présenté ici tout seul. Il raconte des choses étranges et dit qu'il est juif. L'Oberst a proposé que vous l'interrogiez. » — « Si c'est un Juif, il faudrait l'envoyer au Kommando. » — « Peut-être. Mais vous ne voulez pas le voir ? Je vous assure qu'il est étonnant. » Une ordonnance m'amena l'homme. C'était un vieillard de grande stature, avec une longue barbe blanche, encore visiblement vigoureux ; il portait une *tcherkesska* noire, des bottines en cuir souple avec des galoches de paysan caucasien, et une belle calotte brodée, violet, bleu et or. Je lui fis signe de s'asseoir et, un peu mécontent, demandai à l'ordonnance : « Il ne parle que le russe, j'imagine ? Où est le *Dolmetscher* ? » Le vieux me regarda avec des yeux perçants et me dit dans un grec classique bizarrement accentué mais compréhensible : « Tu es un homme éduqué, je vois. Tu dois savoir le grec. » Interloqué, je congédiai l'ordonnance et répondit : « Oui, je connais le grec. Et toi, comment se fait-il que tu parles cette langue ? » Il ne prêta pas attention à ma question. « Mon nom est Nahum ben Ibrahim, de Magaramkend dans la *goubernatoria* de Derbent. Pour les Russes, j'ai pris le nom de Chamiliev, en honneur du grand Chamil avec qui mon père s'est battu. Et toi, quel est ton nom ? » — « Je m'appelle Maximilien. Je viens d'Allemagne. » — « Et qui était ton père ? » Je souris : « En quoi est-ce que mon père t'intéresse, vieillard ? » — « Comment veux-tu que je sache à qui je m'adresse si je ne connais pas ton père ? » Son grec, je l'entendais maintenant, comportait des tournures tout à fait inhabituelles ; mais j'arrivais à le comprendre. Je lui dis le nom de mon père et il eut l'air satisfait. Puis je lui demandai : « Si ton père s'est battu avec Chamil, tu dois être bien vieux. » — « Mon père est mort glorieusement à Dargo après avoir tué des dizaines de Russes. C'était un homme très pieux, et Chamil respectait sa religion. Il disait que nous, les *Dagh-Chufuti*, croyions mieux en Dieu que les musulmans. Je me souviens du jour où il l'a déclaré devant ses *murid*, à la mosquée de Vedeno. » — « C'est impossible ! Tu n'as pas pu connaître Chamil toi-même. Montre-moi ton passeport. » Il me tendit un document et je le feuilletai rapidement. « Regarde toi-même ! C'est écrit ici que tu es né en 1866. À cette époque, Chamil était déjà aux mains des Russes, à Kalouga. » Il me reprit calmement le passeport des mains et le serra dans une poche intérieure. Ses yeux semblaient pétiller d'humour et de malice. « Comment veux-tu qu'un pauvre *tchinovnik* » — il employa le terme russe — « de Derbent, un homme qui n'a même pas fini l'école primaire, sache quand je suis né ? Il a compté soixante-dix ans à la date où il a établi ce papier, sans rien me demander. Mais je suis bien plus vieux. Je suis né avant que Chamil ne soulève les tribus. J'étais déjà un homme lorsque mon père est mort à

Dargo, tué par ces chiens russes. J'aurais pris sa place auprès de Chamil, mais j'étudiais déjà la Loi, et Chamil m'a dit qu'il avait suffisamment de guerriers, mais qu'il lui fallait aussi des hommes savants. » Je ne savais absolument pas quoi penser ; il semblait convaincu de ses dires, mais c'était assez extraordinaire : il aurait eu au moins cent vingt ans. « Et le grec ? demandai-je à nouveau. Où l'as-tu appris ? » — « Le Daghestan, ce n'est pas la Russie, jeune officier. Avant que les Russes ne les tuent sans pitié, les hommes les plus savants du monde vivaient au Daghestan, des musulmans et des Juifs. On venait de l'Arabie, du Turkestan, et même de la Chine pour les consulter. Et les *Dagh-Chufuti* ne sont pas les Juifs pouilleux de la Russie. La langue de ma mère, c'est le farsi, et tout le monde parle turc. J'ai appris le russe pour faire du commerce, car comme disait le Rabbi Eliezer la pensée de Dieu ne remplit pas le ventre. L'arabe, je l'ai étudié avec les imams des medressehs du Daghestan, et le grec, comme l'hébreu, dans les livres. Je n'ai jamais appris cette langue des Juifs de Pologne qui n'est que de l'allemand, une langue de *niemtsy.* » — « Ainsi, tu es vraiment un homme savant. » — « Ne te moque pas de moi, *meirakion.* Moi aussi, j'ai lu votre Platon et votre Aristote. Mais je les ai lus avec Moïse de León, ce qui fait une grande différence. » Depuis un moment, je fixais sa barbe, taillée au carré, et surtout sa lèvre supérieure rasée. Quelque chose m'intriguait : sous son nez, sa lèvre était lisse, sans le creux habituel au centre. « Comment se fait-il que ta lèvre soit comme cela ? Je n'ai jamais vu ça. » Il se frotta la lèvre : « Ça ? Quand je suis né, l'ange ne m'a pas scellé les lèvres. Ainsi, je me souviens de tout ce qui s'est passé avant. » — « Je ne comprends pas. » — « Pourtant tu es instruit. Tout cela est écrit dans le Livre de la création de l'enfant des Petits Midraschim. Au début, les parents de l'homme s'accouplent. Cela crée une goutte dans laquelle Dieu introduit l'esprit de l'homme. Ensuite, l'ange conduit la goutte le matin, au Paradis, et le soir, en Enfer, puis il lui montre où elle vivra sur terre et où elle sera enterrée lorsque Dieu rappellera l'esprit qu'il y a mis. Ensuite, il est écrit ceci. Excuse-moi si je récite mal, mais je dois traduire de l'hébreu que tu ne connais pas : *Mais l'ange ramène toujours la goutte dans le corps de sa mère et le saint, loué soit-il, ferme derrière les portes et les verrous. Et le saint, loué soit-il, lui dit : Tu iras jusque-là, et pas plus loin. Et l'enfant reste dans les flancs de la mère pendant neuf mois.* Ensuite il est écrit : *L'enfant mange de tout ce que mange sa mère, boit de tout ce que boit sa mère et n'élimine pas d'excréments, car s'il le faisait, il ferait mourir sa mère.* Et ensuite il est écrit : *Et lorsque vient le moment où il doit venir au monde, l'ange se présente devant lui et lui dit :*

Sors, car le moment est venu de ton apparition au monde. Et l'esprit de l'enfant répond : J'ai déjà dit devant celui qui fut là que je suis satisfait du monde dans lequel j'ai vécu. Et l'ange lui répond : Le monde dans lequel je t'amène est beau. Et ensuite : Malgré toi, tu as été formé dans le corps de ta mère, et malgré toi, tu es né pour venir au monde. Aussitôt l'enfant se met à pleurer. Et pourquoi pleure-t-il ? À cause du monde dans lequel il avait vécu et qu'il est obligé de quitter. Et dès qu'il est sorti, l'ange lui donne un coup sur le nez et éteint la lumière au-dessus de sa tête, il fait sortir l'enfant malgré lui et l'enfant oublie tout ce qu'il a vu. Et dès qu'il sort, il commence à pleurer. Ce coup sur le nez dont parle le livre, c'est cela : l'ange scelle les lèvres de l'enfant et ce sceau laisse une marque. Mais l'enfant n'oublie pas tout de suite. Quand mon fils avait trois ans, il y a longtemps, je l'ai surpris la nuit près du berceau de sa petite sœur : "Parle-moi de Dieu", lui disait-il. "Je suis en train d'oublier." C'est pour cela que l'homme doit tout réapprendre sur Dieu par l'étude, et c'est pour cela que les hommes deviennent méchants et se tuent les uns les autres. Mais moi, l'ange m'a fait sortir sans me sceller les lèvres, comme tu le vois, et je me souviens de tout. » — « Alors, tu te souviens de l'endroit où tu vas être enterré ? » lui demandai-je. Il eut un grand sourire : « C'est bien pour cela que je suis venu ici te voir. » — « Et c'est loin d'ici ? » — « Non. Je peux te le montrer, si tu veux. » Je me levai et pris mon calot : « Allons-y. »

En sortant, je demandai un Feldgendarme à Reuter ; il m'envoya à son chef de compagnie qui désigna un Rottwachtmeister : « Hanning ! Tu accompagnes le Hauptsturmführer et tu fais ce qu'il te dit. » Hanning prenait son casque et épaulait son fusil ; il devait approcher la quarantaine ; sa grande demi-lune de métal rebondissait sur sa poitrine étroite. « Il nous faudrait une pelle, aussi », ajoutai-je. Dehors, je me tournai vers le vieux : « Par où ? » Il leva le doigt vers le Matchouk dont le sommet, pris dans quelques nuages, semblait cracher de la fumée : « Par là. » Suivi de Hanning, nous gravîmes les rues jusqu'à la dernière, celle qui ceinture le mont ; là, le vieux indiqua la droite, en direction du Proval. Des pins bordaient la route et à un endroit un petit chemin partait dans les arbres. « C'est par là », dit le vieux. — « Tu es sûr que tu n'es jamais venu ici ? » lui demandai-je. Il haussa les épaules. Le chemin montait en serpentant et la côte était raide. Le vieux marchait devant d'un pas leste et assuré ; derrière, la pelle sur l'épaule, Hanning soufflait comme un bœuf. Lorsque nous sortîmes des arbres, je vis que le vent avait chassé les nuages du sommet. Un peu plus loin je me retournai. Le Caucase barrait l'horizon. Il avait plu durant la nuit, et la pluie avait enfin balayé la nuée omniprésente de l'été, révélant les montagnes, nettes, majestueuses. « Arrête de rêvasser », me lança le vieux. Je me remis en marche. Nous grimpâmes environ une demi-heure. Mon cœur battait la chamade, j'étais essoufflé, Hanning aussi ; le vieux, lui, semblait aussi frais qu'un jeune arbre. Enfin nous atteignîmes une sorte de terrasse herbeuse, à une petite centaine de mètres du sommet. Le vieux s'avança et contempla la vue. C'était la première fois que je voyais réellement le Caucase. Souveraine, la chaîne se déroulait comme une immense muraille inclinée, jusqu'aux fonds de l'horizon, on pouvait croire qu'en plissant les yeux on verrait les derniers monts plonger dans la mer Noire, loin sur la droite, et à main gauche dans la Caspienne. Les côtes étaient bleues, surplombées de crêtes aux teintes jaune pâle, blanchâtres ; l'Elbrous blanc, un bol de lait retourné, couronnait les pics ; un peu plus loin, le Kazbek se hissait au-dessus de l'Ossétie. C'était beau comme une phrase de Bach. Je regardais, je ne disais rien. Le vieux tendit la main vers l'est : « Là, après le Kazbek, c'est déjà la Tchétchénie, et après, là, c'est le Daghestan. » — « Et ta tombe, elle est où ? » Il examina la terrasse plane et fit quelques pas. « Là », dit-il enfin en frappant le sol du pied. Je regardai de nouveau les montagnes : « C'est un bel endroit pour être enterré, tu ne penses pas ? » fis-je. Le vieux avait un sourire immense, ravi : « N'est-ce pas ? » Je commençais à me demander s'il ne s'était pas moqué de moi. « Tu l'as vraiment vu ? » — « Bien sûr ! » fit-il avec indignation. Mais j'avais l'impression qu'il riait dans sa barbe. « Alors, creuse », dis-je. — « Comment ça, creuse ? Tu n'as pas honte, *meirakiske* ? Sais-tu quel âge j'ai ? Je pourrais être le grand-père de ton grand-père ! Je te maudirais plutôt que creuser. » Je haussai les épaules et me tournai vers Hanning qui attendait toujours avec la pelle. « Hanning. Creusez. » — « Creuser, Herr Hauptsturmführer ? Creuser quoi ? » — « Une tombe, Rottwachtmeister. Là. » Il fit un signe de la tête : « Et le vieux ? Il ne peut pas creuser, lui ? » — « Non. Allez, commencez. » Hanning posa son fusil et son casque dans l'herbe et se dirigea vers l'endroit indiqué. Il cracha dans ses mains et commença à creuser. Le vieux regardait les montagnes. J'écoutai le bruissement du vent, la vague rumeur de la ville à nos pieds, j'entendais aussi le son de la pelle heurtant la terre, la chute des mottes rejetées, les ahanements de Hanning. Je regardai le vieux : il se tenait face aux montagnes et au soleil, et murmurait quelque chose. Je regardai de nouveau les montagnes. Les variations subtiles et infinies du bleu qui teintait les flancs devaient pouvoir se lire comme une longue ligne de musique, rythmée par les crêtes. Hanning, qui avait ôté sa plaque de col et sa veste, creusait assez méthodiquement et en était maintenant au niveau des genoux. Le vieux se tourna vers moi avec un air enjoué : « Ça avance ? » Hanning s'était arrêté de creuser et soufflait, appuyé sur la pelle. « Ça ne suffit pas, Herr Hauptsturmführer ? » demanda-t-il. Le trou semblait maintenant de la bonne longueur mais ne faisait qu'un demi-mètre de profondeur. Je me tournai vers le vieux : « Ça te suffit ? » — « Tu plaisantes ! Tu ne vas pas me faire une tombe de pauvre, à moi, Nahum ben Ibrahim ! Quand même, tu n'es pas un *nêpios*. » — « Désolé, Hanning. Il faut creuser encore. » — « Dites, Herr Hauptsturmführer, me questionna-t-il avant de se remettre au travail, vous lui parlez en quelle langue ? C'est pas du russe, ça. » — « Non, c'est du grec. » — « C'est un Grec ? ! Je croyais que c'était un Juif ? » — « Allez, creusez. » Il se remit à l'œuvre avec un juron. Au bout d'une vingtaine de minutes il s'arrêta de nouveau en soufflant très fort. « Vous savez, Herr Hauptsturmführer, normalement on est deux pour faire ça. Je ne suis plus tout jeune. » — « Passez-moi la pelle et sortez de là. » À mon tour, j'ôtai mon calot et ma vareuse et je pris la place de Hanning dans la fosse. Creuser, ce n'était pas quelque chose dont j'avais l'expérience. Il me fallut plusieurs minutes pour trouver mon rythme. Le vieux s'était penché sur moi : « Tu t'y prends très mal. On voit que tu as passé ta vie dans les livres. Chez nous, même les rabbins savent construire une maison. Mais tu es un bon garçon. J'ai bien fait de m'adresser à toi. » Je creusai, il fallait rejeter la terre assez haut maintenant, une bonne partie retombait dans le trou. « Ça va comme ça ? » demandai-je enfin. — « Encore un peu. Je veux une tombe aussi confortable que le ventre de ma mère. » — « Hanning, appelai-je, venez me relayer. » La fosse était maintenant à hauteur de poitrine et il dut m'aider à sortir. Je me rhabillai et fumai tandis que Hanning se remettait à creuser. Je regardai encore les montagnes, je ne m'en lassais pas. Le vieux regardait aussi. « Tu sais, j'étais déçu de ne pas être enterré dans ma vallée, auprès du Samur, dit-il. Mais maintenant je comprends que l'ange est sage. Ici, c'est un bel endroit. » — « Oui », dis-je. Je jetai un regard de côté : le fusil de Hanning gisait sur l'herbe près de son casque, comme abandonné. Lorsque la tête de Hanning dépassa juste du sol, le vieux se déclara satisfait. J'aidai Hanning à ressortir. « Et maintenant ? » demandai-je. — « Maintenant, tu dois me mettre dedans. Eh, quoi ? Tu ne crois pas que Dieu va m'envoyer la foudre ? » Je me tournai vers Hanning : « Rottwachtmeister. Remettez votre uniforme et fusillez cet homme. » Hanning rougit, cracha au sol et jura. « Qu'y a-t-il ? » — « Sauf votre respect, Herr Hauptsturmführer, pour les tâches spéciales, je dois avoir un ordre de

mon supérieur. » — « Le Leutnant Reuter vous a mis à ma disposition. »
Il hésita : « Bon, d'accord », dit-il enfin. Il remit sa veste, sa grande
plaque et son casque après s'être brossé le pantalon, et empoigna son
fusil. Le vieux s'était placé au bout de la tombe, face aux montagnes, et
souriait toujours. Hanning épaula son fusil et le dirigea vers la nuque du
vieux. Je me sentis soudain pris d'angoisse. « Attendez ! » Hanning
baissa son fusil et le vieux tourna la tête vers moi. « Et ma tombe à moi,
lui demandai-je, tu l'as vue aussi ? » Il sourit : « Oui. » Ma respiration sifflait, je devais être blême, une vaine angoisse m'envahissait : « Elle se
trouve où ? » Il continuait à sourire : « Ça, je ne te le dirai pas. »
— « Tirez ! » criai-je à Hanning. Hanning leva le fusil et tira. Le vieux
tomba comme une marionnette dont on a sectionné les fils, d'un coup. Je
m'approchai de la fosse et me penchai : il gisait au fond comme un sac, la
tête tournée de côté, souriant toujours un peu dans sa barbe éclaboussée
de sang ; ses yeux ouverts, dirigés vers la paroi de terre, riaient aussi. Je
tremblais. « Refermez ça », ordonnai-je sèchement à Hanning.

Au pied du Matchouk, je renvoyai Hanning à l'AOK et me rendis
par la galerie Académique aux bains Pouchkine, que la Wehrmacht
avait partiellement réouverts pour ses convalescents. Là, je me mis nu
et plongeai mon corps dans l'eau brûlante, brunâtre et sulfureuse. Je
restai un long moment puis me rinçai sous une douche froide. Ce traitement me revigora le corps et l'âme : ma peau était marbrée de rouge et
de blanc, je me sentais éveillé, presque léger. Je retournai à mes quartiers et m'allongeai une heure, les pieds croisés sur le divan, face à la
porte-fenêtre ouverte. Puis je me changeai et descendis à l'AOK chercher la voiture que j'avais demandée le matin. En route, je fumai et
contemplai les volcans, les montagnes douces et bleues du Caucase. Le
soir tombait déjà, c'était l'automne. À l'entrée de Kislovodsk la route
passait le Podkoumok ; en bas, des charrettes de paysans traversaient la
rivière à gué ; la dernière, une planche posée sur roues, était tirée par un
chameau aux longs poils et au cou épais. Hohenegg m'attendait au
casino. « Vous avez l'air en pleine forme », me lança-t-il en me voyant.
— « Je renais. Mais j'ai eu une journée curieuse. » — « Vous me
raconterez ça. » Deux bouteilles de vin blanc du Palatinat attendaient à
côté de la table dans des seaux à glace : « Je me suis fait envoyer ça par
ma femme. » — « Docteur, vous êtes un diable d'homme. » Il déboucha
la première : le vin était frais et mordait la langue, laissant derrière lui la
caresse du fruit. « Comment va votre conférence ? » lui demandai-je. —
« Très bien. Nous avons passé en revue le choléra, le typhus et la dysenterie, et en venons maintenant au douloureux sujet des engelures. »

— « Ce n'est pas encore la saison. » — « Ça va bientôt l'être. Et vous ? »
Je lui narrai l'histoire du vieux *Bergjude*. « Un sage, ce Nahum ben
Ibrahim, commenta-t-il lorsque j'eus fini. Nous pouvons l'envier. »
— « Vous avez sans doute raison. » Notre table était placée tout contre
une cloison ; derrière se trouvait une cabine privée, d'où émanaient
des rires et des éclats de voix indistincts. Je bus encore un peu de
vin. « Néanmoins, ajoutai-je, je vous avoue que j'ai du mal à le
comprendre. » — « Moi, pas du tout, affirma Hohenegg. Voyez-vous, il
y a à mon sens trois attitudes possibles devant cette vie absurde.
D'abord l'attitude de la masse, *hoï polloï*, qui refuse simplement de voir
que la vie est une blague. Ceux-là n'en rient pas, mais travaillent,
accumulent, mastiquent, défèquent, forniquent, se reproduisent, vieil-
lissent et meurent comme des bœufs attelés à la charrue, idiots comme
ils ont vécu. C'est la grande majorité. Ensuite, il y a ceux, comme moi,
qui savent que la vie est une blague et qui ont le courage d'en rire, à la
manière des taoïstes ou de votre Juif. Enfin, il y a ceux, et c'est si mon
diagnostic est exact votre cas, qui savent que la vie est une blague, mais
qui en souffrent. C'est comme votre Lermontov, que j'ai enfin lu : *Jizn
takaïa poustaïa i gloupaïa choutka*, écrit-il. » Je connaissais maintenant
assez de russe pour comprendre et compléter : « Il aurait dû ajouter : *i
groubaïa*, "une blague vide, idiote et sale". » — « Il l'a certainement
pensé. Mais ç'aurait ruiné la scansion. » — « Ceux qui ont cette attitude
savent pourtant que la précédente existe », dis-je. — « Oui, mais ils ne
parviennent pas à l'assumer. » Les voix de l'autre côté de la cloison
étaient devenues plus nettes : une serveuse avait laissé ouvert le rideau
de la cabine en ressortant. Je reconnus les intonations grossières de
Turek et de son comparse Pfeiffer. « Des femmes comme ça, ça devrait
être interdit à la SS ! » criaillait Turek. — « Ça l'est. Il devrait être dans
un camp de concentration, pas dans un uniforme », répondit Pfeiffer.
— « Oui, fit une autre voix, mais il faut des preuves. » — « On les a vus,
dit Turek. L'autre jour, derrière le Matchouk. Ils ont quitté la route
pour aller faire leurs choses dans les bois. » — « Vous en êtes sûr ? » —
« Je vous en donne ma parole d'officier. » — « Et vous l'avez bien
reconnu ? » — « Aue ? Il était aussi près de moi que vous l'êtes maintenant. » Les hommes se turent subitement. Turek se retourna lentement
et me vit debout dans l'entrée de la cabine. Son visage cramoisi se vida
de son sang. Pfeiffer, au bout de la table, jaunissait. « Il est bien regret-
table que vous usiez aussi légèrement de votre parole d'officier, Hauptsturmführer, dis-je distinctement, d'une voix égale et neutre. Cela la
dévalue. Toutefois, il est encore temps de retirer vos paroles infâmes. Je

vous préviens : si vous ne le faites pas, nous nous battrons. » Turek s'était levé en repoussant brutalement sa chaise. Un tic absurde lui déformait les lèvres, lui donnant un air encore plus veule et désemparé que d'habitude. Il cherchait les yeux de Pfeiffer : celui-ci l'encouragea d'un signe de tête. « Je n'ai rien à retirer », grinça-t-il d'une voix blanche. Il hésitait encore à aller jusqu'au bout. J'étais empli d'une forte exaltation ; mais ma voix restait calme, précise. « En êtes-vous bien sûr ? » Je voulais le pousser, l'enflammer et refermer toutes les portes derrière lui. « Je ne serai pas aussi facile à tuer qu'un Juif désarmé, soyez-en certain. » Ces paroles provoquèrent un tumulte. « On insulte la SS ! » braillait Pfeiffer. Turek était blême, il me regardait comme un taureau enragé, sans rien dire. « Très bien, alors, dis-je. Je vous enverrai quelqu'un tout à l'heure aux bureaux du Teilkommando. » Je tournai les talons et sortis du restaurant. Hohenegg me rattrapa sur les marches : « Ce n'est pas bien malin, ce que vous avez fait là. Lermontov vous est décidément monté à la tête. » Je haussai les épaules. « Docteur, je vous crois un homme d'honneur. Serez-vous mon second ? » Ce fut son tour de hausser les épaules. « Si vous le souhaitez. Mais c'est idiot. » Je lui tapai amicalement sur l'épaule. « Ne vous en faites pas ! Tout se passera bien. Mais n'oubliez pas votre vin, nous en aurons besoin. » Il me mena à sa chambre et nous achevâmes la première bouteille. Je lui parlai un peu de ma vie et de mon amitié pour Voss : « Je l'apprécie beaucoup. C'est un type étonnant. Mais cela n'a rien à voir avec ce que s'imaginent ces porcs. » Puis je l'envoyai aux bureaux du Teilkommando et entamai la seconde bouteille en l'attendant, fumant et regardant le soleil d'automne jouer sur le grand parc et les flancs du Maloe Sedlo. Il revint de sa course au bout d'une heure. « Je vous préviens, dit-il de but en blanc, ils trament un sale coup. » — « Comment cela ? » — « Je suis entré au Kommando et je les ai entendus beugler. J'ai raté le début de la conversation, mais j'ai entendu le gros dire : "Comme ça nous ne prendrons pas de risques. De toute façon il ne mérite rien d'autre." Puis votre adversaire, celui qui a une tête de Juif, c'est ça ?, a répondu : "Et son témoin ?" L'autre criait : "Tant pis pour lui aussi." Après ça je suis entré et ils se sont tus. À mon avis ils s'apprêtent tout bonnement à nous massacrer. Vous parlez d'un honneur SS. » — « Ne vous inquiétez pas, docteur. Je prendrai mes précautions. Vous vous êtes mis d'accord pour les arrangements ? » — « Oui. Nous les rejoindrons demain soir à six heures à la sortie de Jeleznovodsk et nous irons trouver une *balka* isolée. Le mort, on le mettra sur le compte des partisans qui rôdent par là-bas. » — « Oui, la bande à Poustov. C'est une bonne idée. Si nous allions manger ? »

Je rentrai à Piatigorsk après avoir mangé et bu de bon cœur. Hohenegg, durant le dîner, avait été maussade : je voyais qu'il désapprouvait mon action et toute cette histoire. Moi, j'étais toujours étrangement exalté ; c'était comme si un grand poids avait été ôté de mes épaules. Turek, j'allais l'abattre avec plaisir ; mais il fallait que je songe à déjouer le piège que lui et Pfeiffer voulaient me tendre. Une heure après mon retour, on frappa à ma porte. C'était une ordonnance du Kommando, qui me tendait un papier. « Désolé de vous déranger si tard, Herr Hauptsturmführer. C'est un ordre urgent du Gruppenstab. » Je déchirai le pli : Bierkamp me convoquait à huit heures, avec Turek. Quelqu'un avait vendu la mèche. Je renvoyai l'ordonnance et m'effondrai sur le divan. J'avais l'impression d'être poursuivi par une malédiction : ainsi, quoi que je fasse, toute action pure me serait interdite ! Je croyais voir le vieux Juif, dans sa tombe sur le Matchouk, qui se riait de moi. Vidé, je fondis en larmes et m'endormis en pleurant, tout habillé.

Le lendemain matin je me présentai à l'heure dite à Vorochilovsk. Turek était venu séparément. Nous nous tînmes au garde-à-vous devant le bureau de Bierkamp, côte à côte, sans autre témoin. Bierkamp en vint droit au fait : « Meine Herren. Il est parvenu jusqu'à moi que vous vous seriez adressé en public des paroles indignes d'officiers SS, et que, pour résoudre votre querelle, vous prévoyiez de vous livrer à une action formellement interdite par le règlement, qui aurait en outre privé le groupe de deux éléments valables et difficiles à remplacer ; car vous pouvez être certains que le survivant se serait immédiatement vu traduire devant une cour de la SS et de la police, et aurait été condamné à la peine capitale ou à un camp de concentration. Je vous rappelle que vous êtes ici pour servir votre Führer et votre *Volk*, et non pour assouvir vos passions personnelles : si vous déposez vos vies, vous le ferez pour le Reich. En conséquence je vous ai convoqués ici tous les deux afin que vous vous fassiez des excuses et vous réconciliiez. J'ajoute que c'est un ordre. » Ni Turek ni moi ne répondîmes. Bierkamp regarda Turek : « Hauptsturmführer ? » Turek restait muet. Bierkamp se tourna vers moi : « Et vous, Hauptsturmführer Aue ? » — « Avec tout le respect que je vous dois, Herr Oberführer, les paroles insultantes que j'ai prononcées l'ont été en réponse à celles du Hauptsturmführer Turek. J'estime donc que c'est à lui de présenter ses excuses en premier, sans quoi je me verrai dans l'obligation de défendre mon honneur quelles qu'en soient les conséquences. » Bierkamp se retourna vers Turek : « Hauptsturmführer, est-il vrai que les premières paroles offensantes prononcées l'ont été par vous ? » Turek serrait si fort la mâchoire que ses muscles tressaillaient : « Oui, Herr Oberführer, dit-il enfin, c'est exact. » — « Dans ce cas, je vous donne l'ordre de présenter vos excuses au Hauptsturmführer Dr. Aue. » Turek pivota d'un quart de tour en claquant le talon et me fit face, toujours au garde-à-vous ; je l'imitai. « Hauptsturmführer Aue, prononça-t-il lentement, d'une voix rauque, je vous prie d'accepter mes excuses pour les propos insultants que j'ai pu tenir à votre égard. J'étais pris de boisson, et me suis laissé emporter. » — « Hauptsturmführer Turek, répondis-je, le cœur battant, j'accepte vos excuses, et vous présente les miennes dans le même esprit pour ma réaction blessante. » — « Très bien, dit sèchement Bierkamp. Maintenant serrez-vous la main. » Je pris la main de Turek et la trouvai moite. Puis nous fîmes de nouveau face à Bierkamp. « Meine Herren, je ne sais pas ce que vous vous êtes dit et je ne veux pas le savoir. Je suis heureux que vous vous soyez réconciliés. Si un tel incident devait se reproduire, je vous ferais tous les deux envoyer dans un bataillon disciplinaire de la Waffen-SS. C'est clair ? Rompez. »

En sortant de son bureau, encore bouleversé, je me dirigeai vers celui du Dr. Leetsch. Von Gilsa m'avait informé qu'un avion de reconnaissance de la Wehrmacht avait survolé la région de Chatoï et avait photographié de nombreux villages bombardés ; or, le IVe corps aérien insistait sur le fait que ses appareils n'avaient mené aucune attaque sur la Tchétchénie, et l'on attribuait les destructions à l'aviation soviétique, ce qui semblait confirmer les rumeurs d'une insurrection assez étendue. « Kurreck a déjà parachuté plusieurs hommes dans les montagnes, m'apprit Leetsch. Mais depuis nous n'avons eu aucun contact avec eux. Ou ils ont tout de suite déserté, ou ils ont été tués ou capturés. » — « La Wehrmacht pense qu'une rébellion sur les arrières soviétiques pourrait faciliter l'offensive sur Ordjonikidze. » — « Peut-être. Mais à mon avis ils l'ont déjà matée, si jamais elle a eu lieu. Staline ne prendrait pas un tel risque. » — « Sans doute. Si jamais le Sturmbannführer Kurreck apprend quelque chose, vous pourrez m'en informer ? » En ressortant, je surpris Turek, appuyé contre le montant d'une porte, en train de parler à Prill. Ils s'interrompirent et me fixèrent tandis que je les croisais. Je saluai poliment Prill, et regagnai Piatigorsk.

Hohenegg, que je retrouvai le soir même, n'avait pas l'air trop déçu. « C'est le principe de réalité, mon cher ami, me déclara-t-il. Cela vous apprendra à vouloir jouer au héros romantique. Allons donc boire un verre. » Mais l'histoire me travaillait. Qui donc avait pu nous dénoncer à Bierkamp ? C'était certainement un des camarades de Turek, qui avait eu peur de l'esclandre. Ou peut-être l'un d'eux, au courant du piège qui se préparait, aurait voulu l'empêcher ? Il était à peine concevable que Turek lui-même ait eu des remords. Je me demandais ce qu'il tramait avec Prill : rien de bon, certainement.

Une nouvelle poussée d'activité fit passer cette affaire au second plan. Le IIIᵉ corps blindé de von Mackensen, soutenu par la Luftwaffe, lançait son offensive vers Ordjonikidze ; la défense soviétique devant Naltchik s'effondra en deux jours et à la fin octobre nos forces prenaient la ville tandis que les panzers continuaient leur poussée vers l'est. Je demandai une voiture et me rendis d'abord à Prokhladny où je rencontrai Persterer, puis à Naltchik. Il pleuvait mais cela ne gênait pas trop la circulation ; après Prokhladny, des colonnes de la *Rollbahn* faisaient monter le ravitaillement. Persterer se préparait à transférer son Kommandostab à Naltchik et avait déjà dépêché un Vorkommando sur place pour préparer les quartiers. La ville était tombée si rapidement que l'on avait pu arrêter beaucoup de fonctionnaires bolcheviques et d'autres suspects ; il y avait aussi de nombreux Juifs, des bureaucrates venus de Russie ainsi qu'une importante communauté autochtone. Je rappelai à Persterer les consignes de la Wehrmacht concernant l'attitude envers les populations locales : on prévoyait de former rapidement un district autonome kabardo-balkar, et il ne fallait en aucun cas nuire aux bonnes relations. À Naltchik, je gagnai l'Ortskommandantur, toujours en cours d'installation. La Luftwaffe avait bombardé la ville et beaucoup de maisons ou de bâtiments éventrés fumaient encore sous la pluie. J'y retrouvai Voss, qui triait des piles de livres dans une pièce vide ; il semblait ravi de ses trouvailles. « Regardez ça », dit-il en me tendant un vieux livre en français. J'examinai la page de titre : *Des peuples du Caucase et des pays au nord de la mer Noire et la mer Caspienne dans le xᵉ siècle, ou Voyage d'Abou-el-Cassim*, édité à Paris en 1828 par un certain Constantin Mouradgea d'Ohsson. Je le lui rendis avec une moue approbatrice : « Vous en avez trouvé beaucoup ? » — « Pas mal. Une bombe a frappé la bibliothèque, mais il n'y a pas eu trop de dégâts. En revanche, vos collègues voulaient saisir une partie des collections pour la SS. Je leur ai demandé ce qui les intéressait, mais comme ils n'ont pas d'expert ils ne savaient pas trop. Je leur ai proposé le rayon d'économie politique marxiste. Ils m'ont répondu qu'ils devaient consulter Berlin. D'ici là j'aurai fini. » Je ris : « Mon devoir devrait être de vous mettre des bâtons dans les roues. » — « Peut-être. Mais vous ne le ferez pas. » Je lui racontai l'algarade avec Turek qu'il trouva fort comique : « Vous vouliez vous battre en duel à cause de moi ? Doktor Aue, vous êtes incorrigible. C'est absurde. » — « Je n'allais pas me battre à cause de vous : c'était moi qu'ils insultaient. » — « Et vous dites que le Dr. Hohenegg était prêt à vous servir de témoin ? » — « Un peu à contrecœur. » — « Cela me surprend. Je le croyais un homme intelligent. » Je trouvais l'attitude de Voss un peu vexante ; il dut remarquer mon air dépité car il éclata de rire : « Ne faites pas cette tête-là ! Dites-vous que les hommes grossiers et ignorants se punissent eux-mêmes. »

Je ne pouvais pas passer la soirée à Naltchik ; je devais remonter à Piatigorsk faire mon rapport. Le lendemain, je fus convoqué par von Gilsa. « Hauptsturmführer, nous avons un petit problème à Naltchik qui concerne aussi la *Sicherheitspolizei*. » Le Sonderkommando, m'expliqua-t-il, avait déjà commencé à fusiller des Juifs, près de l'hippodrome : des Juifs russes, pour la plupart membres du Parti ou fonctionnaires, mais aussi quelques Juifs locaux, qui semblaient être ces fameux « Juifs des montagnes » ou Juifs du Caucase. Un de leurs anciens était allé trouver Selim Chadov, l'avocat kabarde désigné par l'administration militaire pour diriger le futur district autonome ; celui-ci à son tour avait eu, à Kislovodsk, une audience avec le Generaloberst von Kleist, à qui il avait expliqué que les *Gorski Evreï* n'étaient pas racialement juifs, mais un peuple montagnard converti au judaïsme tout comme les Kabardes avaient été convertis à l'Islam. « D'après lui, ces *Bergjuden* mangent comme les autres montagnards, s'habillent comme eux, se marient comme eux, et ne parlent ni l'hébreu, ni le yiddish. Ils habitent depuis plus de cent cinquante ans à Naltchik et parlent tous, en plus de leur propre langue, le kabarde et le turc balkar. Herr Chadov a dit au Generaloberst que les Kabardes n'accepteraient pas que l'on tue leurs frères montagnards, et qu'ils doivent être épargnés par les mesures répressives et même dispensés du port de l'étoile jaune. » — « Et qu'en dit le Generaloberst ? » — « Comme vous le savez, la Wehrmacht mène ici une politique qui vise à créer de bonnes relations avec les minorités antibolcheviques. Ces bonnes relations ne doivent pas être mises en péril à la légère. Bien sûr, la sécurité des troupes est aussi une considération vitale. Mais si ces gens ne sont pas juifs racialement, il se peut qu'ils ne présentent aucun risque. La question est délicate et doit être étudiée. La Wehrmacht va donc réunir une commission de spécialistes et procéder à des expertises. En attendant, le Generaloberst demande que la *Sicherheitspolizei* ne prenne aucune mesure contre ce groupe. Bien entendu, la *Sicherheitspolizei* est tout à fait libre de soumettre son propre avis sur la question, que le groupe d'armées prendra en considération. Je pense que l'OKHG déléguera l'affaire au General Köstring. Après tout, cela concerne une zone prévue pour l'autogouvernance. »

— « Très bien, Herr Oberst. J'ai pris note et je transmettrai un rapport. » — « Je vous remercie. Je vous saurais aussi gré de demander à l'Oberführer Bierkamp de nous confirmer par écrit que la *Sicherheits-polizei* n'entreprendra aucune action sans une décision de la Wehrmacht. » — « *Zu Befehl*, Herr Oberst. »

J'appelai l'Obersturmbannführer Hermann, le remplaçant du Dr. Müller qui était parti la semaine précédente, et lui expliquai l'affaire : Bierkamp, justement, arrivait dans l'heure, me répondit-il en m'invitant à descendre au Kommando. Bierkamp était déjà au courant : « C'est absolument inadmissible ! martelait-il. La Wehrmacht dépasse vraiment les bornes. Protéger des Juifs, c'est une atteinte directe à la volonté du Führer. » — « Si vous me permettez, Herr Oberführer, j'ai cru comprendre que la Wehrmacht n'était pas convaincue que ces gens devaient être considérés comme des Juifs. S'il est démontré qu'ils le sont, l'OKHG ne devrait pas avoir d'objections à ce que la SP procède aux mesures nécessaires. » Bierkamp haussa les épaules : « Vous êtes naïf, Hauptsturmführer. La Wehrmacht démontrera ce qu'elle veut démontrer. Ce n'est rien d'autre qu'un prétexte de plus pour s'opposer au travail de la *Sicherheitspolizei*. » — « Excusez-moi, intervint Hermann, un homme aux traits fins, à l'aspect sévère mais aussi un peu rêveur, a-t-on déjà eu des cas semblables ? » — « À ma connaissance, répondis-je, que des cas individuels. Il faudrait vérifier. » — « Ce n'est pas tout, ajouta Bierkamp. L'OKHG m'a écrit que d'après Chadov nous aurions liquidé un village entier de ces *Bergjuden* près de Mozdok. Ils me demandent de leur envoyer un rapport justificatif. » Hermann semblait avoir du mal à suivre. « Est-ce que c'est vrai ? » demandai-je. — « Écoutez, si vous croyez que je connais par cœur la liste de nos actions... Je demanderai au Sturmbannführer Persterer, ça doit être son secteur. » — « De toute façon, opina Hermann, si c'étaient des Juifs, on ne peut rien lui reprocher. » — « Vous ne connaissez pas encore la Wehrmacht ici, Obersturmbannführer. Toutes les occasions leur sont bonnes pour nous chercher des poux. » — « Qu'en pense le Brigadeführer Korsemann ? » risquai-je. Bierkamp haussa de nouveau les épaules. « Le Brigadeführer dit qu'il ne faut pas susciter de frictions inutiles avec la Wehrmacht. C'est son obsession, maintenant. » — « Nous pourrions lancer une contre-expertise », suggéra Hermann. — « C'est une bonne idée, ça, approuva Bierkamp. Hauptsturmführer, qu'en pensez-vous ? » — « La SS dispose d'une documentation fournie sur le sujet, répondis-je. Et bien entendu, s'il le faut, nous pouvons faire venir nos propres experts. » Bierkamp hocha la tête. « Si je ne me trompe pas, Hauptsturmführer, vous avez mené des recherches sur le Caucase pour mon prédécesseur ? » — « C'est exact, Herr Oberführer. Mais cela ne concernait pas précisément ces *Bergjuden*. » — « Oui, mais au moins vous connaissez déjà bien la documentation. Et puis cela se voit à vos rapports que vous maîtrisez les questions nationales. Vous pourriez vous charger de cette question, pour nous ? Centraliser toutes les informations et préparer nos réponses à la Wehrmacht. Je vous ferai un ordre de mission à leur intention. Bien entendu, vous me consulterez, ou le Dr. Leetsch, à chaque étape. » — « *Zu Befehl*, Herr Oberführer. Je ferai de mon mieux. » — « Bien. Et, Hauptsturmführer ? » — « Oui, Herr Oberführer ? » — « Dans vos recherches, pas trop de théorie, hein ? Tâchez de ne pas perdre de vue les intérêts de la SP. » — « *Zu Befehl*, Herr Oberführer. »

Le Gruppenstab conservait tous nos matériaux de recherche à Vorochilovsk. Je compilai un bref rapport pour Bierkamp et Leetsch avec ce que j'y trouvai : les résultats étaient maigres. Selon une brochure de 1941 de l'Institut pour l'étude des pays étrangers, intitulée *Liste des nationalités vivant en URSS*, les *Bergjuden* étaient effectivement des Juifs. Une brochure SS plus récente donnait quelques précisions supplémentaires : *Des peuples orientaux mélangés, de descendance indienne ou autre mais d'origine juive, sont arrivés au Caucase au VIIIe siècle*. Enfin, je trouvai une expertise plus détaillée, commandée par la SS à l'Institut de Wannsee : *Les Juifs du Caucase ne sont pas assimilés*, affirmait le texte en se référant tant aux Juifs russes qu'aux *Bergjuden*. D'après l'auteur, les Juifs des montagnes ou Juifs du Daghestan (*Dagh-Chufuti*), tout comme les Juifs de Géorgie (*Kartveli Ebraelebi*), seraient arrivés, vers l'époque de la naissance de Jésus, de Médie, de Palestine ou de Babylonie. Sans citer de sources, il concluait : *Indépendamment de la justesse de telle ou telle opinion, les Juifs dans leur ensemble, tant nouveaux arrivants que Bergjuden, sont des Fremdkörper, des corps étrangers dans la région du Caucase*. Une note de couverture de l'Amt IV précisait que cette expertise devait suffire à donner à l'Einsatzgruppe les lumières nécessaires pour identifier les *Weltanschauungsgegner*, les « adversaires idéologiques », dans sa zone d'opérations. Le lendemain, au retour de Bierkamp, je lui présentai mon rapport qu'il parcourut rapidement. « Très bien, très bien. Voici votre ordre de mission pour la Wehrmacht. » — « Que dit le Sturmbannführer Persterer, au sujet du village mentionné par Chadov ? » — « Il dit qu'en effet ils ont liquidé un kolkhoze juif dans cette région, le 20 septembre. Mais il ne savait pas si c'était des *Bergjuden* ou non. Entre-temps, un des anciens de ces Juifs est venu au Kommando, à Naltchik. Je vous ai fait faire un compte rendu de la discussion. » J'examinai le document qu'il me tendit : l'ancien, un certain Markel Chabaev, s'était présenté revêtu d'une *tcherkesska* et d'un haut bonnet en astrakan ; parlant russe, il avait expliqué qu'à Naltchik vivaient quelques milliers de Tats, un peuple iranien que les Russes désignaient par erreur comme *Gorski Evreï*. « D'après Persterer, ajouta Bierkamp, visiblement ennuyé, ce serait ce même Chabaev qui serait intervenu auprès de Chadov. Vous devriez le voir, je suppose. »

Von Gilsa, lorsqu'il m'appela dans son bureau deux jours plus tard, avait l'air très préoccupé. « Que se passe-t-il, Herr Oberst ? » lui demandai-je. Il me montra une ligne sur sa grande carte murale : « Les panzers du Generaloberst von Mackensen n'avancent plus. La résistance soviétique s'est accrochée devant Ordjonikidze, et il neige déjà, là-bas. Pourtant ils ne sont plus qu'à sept kilomètres de la ville. » Ses yeux suivaient la longue ligne bleue qui serpentait puis montait se perdre dans les sables de la steppe kalmouke. « À Stalingrad aussi ils piétinent. Nos troupes sont à bout de forces. Si l'OKH n'envoie pas rapidement des renforts nous allons passer l'hiver ici. » Je ne disais rien et il changea le sujet. « Vous avez pu regarder le problème de ces *Bergjuden* ? » Je lui expliquai que d'après notre documentation il fallait les considérer comme des Juifs. « Nos experts semblent penser le contraire, répliquat-il. Et le Dr. Bräutigam aussi. Le General Köstring propose de convoquer une réunion à ce sujet demain, à Vorochilovsk ; il tient à ce que la SS et la SP soient représentées. » — « Très bien. J'en informerai l'Oberführer. » Je téléphonai à Bierkamp qui me demanda de venir ; lui aussi assisterait à la réunion. Je montai à Vorochilovsk avec von Gilsa. Le ciel était couvert, gris mais sec, les sommets des volcans disparaissaient dans des volutes nuageuses tourmentées, endiablées, capricieuses. Von Gilsa était d'humeur morne et ruminait son pessimisme de la veille. Une attaque venait encore d'échouer. « Le front ne bougera plus, je pense. » Il se montrait aussi très inquiet pour Stalingrad : « Nos flancs sont très vulnérables. Les troupes alliées sont vraiment de seconde catégorie, et le corsetage n'aide pas beaucoup. Si les Soviétiques tentent un gros coup, ils seront enfoncés. Dans ce cas, la position de la 6ᵉ armée pourrait rapidement se fragiliser. » — « Vous ne croyez quand même pas que les Russes ont encore les réserves nécessaires pour une offensive ? Leurs pertes à Stalingrad sont énormes, et ils jettent là tout ce qu'ils ont juste pour tenir la ville. » — « Personne ne sait vraiment quel est l'état des réserves soviétiques, répondit-il. Depuis le début de la guerre, nous les sous-estimons. Pourquoi ne les aurions-nous pas encore sous-estimés ici ? »

La réunion se tenait dans une salle de conférence de l'OKHG. Köstring était venu avec son aide de camp, Hans von Bittenfeld, et deux officiers de l'état-major du Berück von Roques. Il y avait aussi Bräutigam et un officier de l'Abwehr attaché à l'OKHG. Bierkamp avait amené Leetsch et un adjoint de Korsemann. Köstring ouvrit la séance en rappelant les principes du régime d'administration militaire au Caucase et de l'autogouvernance. « Les peuples qui nous ont accueillis en libérateurs et acceptent notre tutelle bienveillante connaissent parfaitement leurs ennemis, conclut-il sur un ton lent et rusé. Ainsi, nous devons savoir les écouter. » — « Du point de vue de l'Abwehr, expliqua von Gilsa, c'est une question purement objective de sécurité des zones arrière. Si ces *Bergjuden* provoquent des troubles, cachent des saboteurs ou aident les partisans, alors il faut les traiter comme n'importe quel groupe ennemi. Mais s'ils se tiennent tranquilles, il n'y a pas de raison de provoquer les autres tribus par des mesures répressives d'ensemble. » — « Pour ma part, fit Bräutigam de sa voix un peu nasillarde, je pense qu'il faut considérer les relations internes des peuples caucasiens dans leur globalité. Les tribus montagnardes considèrent-elles ces *Bergjuden* comme étant des leurs, ou les rejettent-elles comme des *Fremdkörper* ? Le fait que Herr Chadov soit intervenu si vigoureusement plaide en soi-même en leur faveur. » — « Herr Chadov a peut-être des raisons, disons, politiciennes, que nous ne comprenons pas, proposa Bierkamp. Je suis d'accord avec les prémisses du Dr. Bräutigam, même si je ne peux accepter la conclusion qu'il en tire. » Il lut des extraits de mon rapport, se concentrant sur l'opinion de l'Institut de Wannsee. « Ceci, ajouta-t-il, semble confirmé par tous les rapports de nos Kommandos dans la zone d'opérations du groupe d'armées A. Ces rapports nous indiquent que la haine des Juifs est généralisée. Toutes les actions que nous avons entreprises à leur encontre, du port de l'étoile à des mesures plus sévères, ont rencontré une pleine compréhension auprès de la population et sont même applaudies. Certaines voix importantes trouvent d'ailleurs nos actions contre les Juifs encore insuffisantes et demandent des mesures plus vigoureuses. » — « Vous avez pleinement raison en ce qui concerne les Juifs russes récemment implantés, rétorqua Bräutigam. Mais nous n'avons pas l'impression que cette attitude s'étende aux soi-disant *Bergjuden* dont la présence remonte à plusieurs siècles au moins. » Il se tourna vers Köstring : « J'ai ici une copie d'une communication à l'*Auswärtiges Amt* du professeur

Eiler. D'après lui, les *Bergjuden* sont d'ascendance caucasienne, iranienne et afghane et ne sont pas des Juifs, même s'ils ont adopté la religion mosaïque. » — « Excusez-moi, intervint Noeth, l'officier Abwehr de l'OKHG, mais d'où auraient-ils reçu la religion juive, alors ? » — « Ce n'est pas clair, répondit Bräutigam en tapotant sur la table avec le bout de son crayon. Peut-être chez ces fameux Khazars qui se sont convertis au judaïsme au VIIIe siècle. » — « Ce ne seraient pas plutôt les *Bergjuden* qui auraient converti les Khazars ? » hasarda Eckhardt, l'homme de Korsemann. Bräutigam leva les mains : « C'est ce que nous devons rechercher. » La voix paresseuse, intelligente, profonde de Köstring s'élevait à nouveau : « Excusez-moi, mais n'avons-nous pas déjà eu affaire à un cas semblable en Crimée ? » — « Affirmatif, Herr General, répondit Bierkamp d'un ton sec. C'était à l'époque de mon prédécesseur. Je crois que le Hauptsturmführer Aue peut vous expliquer les détails. » — « Certainement, Herr Oberführer. Outre le cas des Karaïtes, reconnus comme non-Juifs racialement en 1937 par le ministère de l'Intérieur, une controverse s'est élevée en Crimée concernant les Krimtchaks, qui se présentaient comme un peuple turc tardivement converti au judaïsme. Nos spécialistes ont mené une investigation et ont conclu qu'il s'agissait en fait de Juifs italiens, venus en Crimée vers le XVe ou le XVIe siècle et ensuite turquisés. » — « Et qu'est-ce qu'on en a fait ? » demanda Köstring. — « Ils ont été considérés comme Juifs et traités en tant que tels, Herr General. » — « Je vois », fit-il suavement. — « Si vous me le permettez, intervint Bierkamp, nous avons aussi eu affaire à des *Bergjuden* en Crimée. Il s'agissait d'un kolkhoze juif, dans le district de Freidorf près d'Eupatorie. Il était peuplé de *Bergjuden* du Daghestan relocalisés là-bas dans les années trente avec l'assistance du Joint, l'organisation juive internationale bien connue. Après enquête, ils ont été fusillés en mars de cette année. » — « C'était peut-être une action un peu prématurée, suggéra Bräutigam. Comme le kolkhoze de *Bergjuden* que vous avez liquidé près de Mozdok. » — « Ah oui, au fait, fit Köstring avec l'air d'un homme qui se souvient d'un détail, vous avez pu vous renseigner à ce sujet, Oberführer ? » Bierkamp répondit à Köstring sans prêter attention à la remarque de Bräutigam : « Oui, Herr General. Malheureusement nos dossiers apportent peu d'éclaircissements, car dans le feu de l'action lors de l'offensive, alors que le Sonderkommando venait d'arriver à Mozdok, une partie des actions n'a pas été comptabilisée avec toute la précision voulue. D'après le Sturmbannführer Persterer, le Kommando "Bergmann" du professeur Oberländer était aussi très actif dans cette région-là. C'est peut-être eux. » — « Ce bataillon est sous notre contrôle, rétorqua Noeth, l'AO. Nous serions au courant. » — « Comment s'appelait le village ? » demanda Köstring. — « Bogdanovka, répondit Bräutigam qui consultait ses notes. D'après Herr Chadov, quatre cent vingt villageois auraient été tués et jetés dans des puits. C'étaient tous des relations de clan des *Bergjuden* de Naltchik avec des noms comme Michiev, Abramov, Chamiliev ; leur mort a créé de gros remous à Naltchik, non seulement chez les *Bergjuden* mais aussi chez les Kabardes et les Balkars qui en ont été très affligés. » — « Malheureusement, dit Köstring d'un air distant, Oberländer est parti. On ne pourra donc pas le lui demander. » — « Bien entendu, reprenait Bierkamp, il est aussi tout à fait possible que ce soit mon Kommando. Après tout, leurs ordres sont clairs. Mais je n'en suis pas sûr. » — « Bon, fit Köstring. De toute façon ce n'est pas important. Ce qui compte maintenant, c'est de prendre une décision en ce qui concerne les *Bergjuden* de Naltchik, qui sont... » Il se tourna vers Bräutigam. « De six à sept mille », compléta celui-ci. — « Précisément, continua Köstring. Une décision, donc, qui soit équitable, scientifiquement fondée, et qui enfin prenne en compte et la sécurité de notre zone arrière » — il inclina la tête vers Bierkamp — « et notre volonté de suivre une politique de collaboration maximale avec les peuples locaux. L'avis de notre commission scientifique sera donc très important. » Von Bittenfeld feuilletait une liasse de papiers : « Nous avons déjà sur place le Leutnant Dr. Voss, qui malgré son jeune âge fait figure d'autorité réputée dans les milieux scientifiques en Allemagne. Nous faisons en outre venir un anthropologue ou un ethnologue. » — « Pour ma part, intervint Bräutigam, j'ai déjà contacté mon ministère. Ils vont envoyer un spécialiste de Francfort, de l'Institut pour les questions juives. Ils vont aussi essayer d'avoir quelqu'un de l'institut du Dr. Walter Frank à Munich. » — « J'ai déjà sollicité l'opinion du département scientifique du RSHA, dit Bierkamp. Je pense aussi demander un expert. En attendant, j'ai confié nos investigations au Hauptsturmführer Dr. Aue ici présent, qui est notre spécialiste en ce qui concerne les populations caucasiennes. » J'inclinai poliment la tête. « Très bien, très bien, approuvait Köstring. Dans ce cas, nous nous retrouverons lorsque les différentes investigations auront apporté des résultats ? Cela nous permettra je l'espère de conclure cette affaire. Meine Herren, merci d'être venus. » L'assemblée se dispersa dans un remous de chaises. Bräutigam avait pris Köstring de côté par le bras et discutait avec lui. Les officiers sortaient un par un, mais Bierkamp restait là avec Leetsch et Eckhardt, sa casquette à la main : « Ils sortent la grosse artillerie. Il faut qu'on trouve un bon spécialiste aussi, sinon nous allons être mis hors jeu tout de suite. » — « Je demanderai au Brigadeführer, dit Eckhardt. Peut-être dans l'entourage du Reichsführer à Vinnitsa nous pourrons trouver quelqu'un. Sinon, il faudra le faire venir d'Allemagne. »

Voss, d'après von Gilsa, se trouvait encore à Naltchik ; il fallait que je le voie et je m'y rendis à la première occasion. Dès Malka, une fine couche de neige recouvrait les champs ; avant Baksan, des bourrasques assombrirent le ciel, projetant de grandes volutes de flocons dans la lumière des phares. Les montagnes, les champs, les arbres, tout avait disparu ; les véhicules venant en sens inverse apparaissaient comme des monstres mugissants, surgis de coulisses voilées par la tempête. Je n'avais qu'un manteau en laine de l'année précédente, encore suffisant, mais plus pour longtemps. Il faudrait, me dis-je, que je songe à me procurer des vêtements chauds. À Naltchik, je retrouvai Voss au milieu de ses livres à l'Ortskommandantur, où il avait établi son bureau ; il me mena boire de l'ersatz au mess, à une petite table couverte de formica rayé avec un vase de fleurs en plastique. Le café était infect et je tentai de le noyer dans du lait ; Voss ne semblait pas y prêter attention. « Vous n'êtes pas trop déçu par l'échec de l'offensive ? lui demandai-je. Pour vos recherches, je veux dire. » — « Un peu, bien sûr. Mais j'ai de quoi m'occuper ici. » Il me paraissait distant, un peu perdu. « Le General Köstring vous a demandé de participer à la commission d'enquête sur les *Bergjuden*, alors ? » — « Oui. Et j'ai entendu dire que vous alliez représenter la SS. » Je ris sèchement : « Plus ou moins. L'Oberführer Bierkamp m'a promu d'office spécialiste en affaires caucasiennes. C'est votre faute, je crois. » Il rit et but du café. Des soldats et des officiers, parfois encore couverts de neige, allaient et venaient ou conversaient à voix basse aux autres tables. « Et que pensez-vous du problème ? » repris-je. — « Ce que j'en pense ? Posé comme il l'a été, il est absurde. La seule chose qu'on puisse dire de ces gens, c'est qu'ils parlent une langue iranienne, pratiquent la religion mosaïque, et vivent selon les coutumes des montagnards caucasiens. C'est tout. » — « Oui, mais ils ont bien une origine. » Il haussa les épaules : « Tout le monde a une origine, la plupart du temps rêvée. Nous en avons discuté. Pour les Tats, elle est perdue dans le temps et les légendes. Même si c'étaient vraiment des Juifs venus de Babylonie — disons même une des tribus perdues — ils se seront entre-temps tellement mélangés avec les peuples d'ici que cela ne voudrait plus rien dire. En Azerbaïdjan, il y aurait des Tats musulmans. Est-ce que ce sont des Juifs qui ont reçu l'islam ? Ou est-ce que ces Juifs hypothétiques venus d'ailleurs ont échangé des femmes avec une tribu iranienne, païenne, dont les descendants se seraient plus tard convertis à l'une ou l'autre religion du Livre ? C'est impossible à dire. » — « Pourtant, insistai-je, il doit bien y avoir des indices scientifiques qui permettraient de trancher ? » — « Il y en a beaucoup et l'on peut tout leur faire dire. Prenez leur langue. J'ai déjà discuté avec eux et je peux assez bien la situer. D'autant plus que j'ai trouvé un livre de Vsevolod Miller sur le sujet. C'est essentiellement un dialecte ouest-iranien, avec un apport hébreu et turc. L'apport hébreu concerne surtout le vocabulaire religieux, et encore, pas systématiquement : ils appellent la synagogue *nimaz*, la Pâque juive *Nisanu*, et Pourim *Homonu* ; ce sont tous des noms persans. Avant le pouvoir soviétique, ils écrivaient leur langue persane avec des caractères hébreux, mais d'après eux, ces livres n'ont pas survécu aux réformes. Maintenant, le tat s'écrit en caractères latins : au Daghestan, ils publient des journaux et éduquent leurs enfants dans cette langue. Or si c'étaient vraiment des Chaldéens ou des Juifs venus de Babylone après la destruction du Premier Temple, comme le voudraient certains, ils devraient en toute logique parler un dialecte dérivé du moyen iranien, proche de la langue pahlavie de l'époque sassanide. Mais cette langue tate est un dialecte nouvel iranien, donc postérieur au Xᵉ siècle et proche du dari, du baloutche ou du kurde. On pourrait sans forcer les faits en conclure à une immigration relativement récente, qui aurait été suivie d'une conversion. Mais si on veut prouver le contraire, on le peut aussi. Ce que je ne comprends pas, c'est quel rapport tout cela peut avoir avec la sécurité de nos troupes. On devrait quand même être capables de juger objectivement, sur la base des faits, de leur attitude envers nous ? » — « C'est tout simplement un problème racial, répondis-je. Nous savons qu'il existe des groupes racialement inférieurs, dont les Juifs, qui présentent des caractéristiques marquées qui à leur tour les prédisposent à la corruption bolcheviste, au vol, au meurtre, et à toutes sortes d'autres manifestations néfastes. Évidemment, cela n'est pas le cas de tous les membres du groupe. Mais en temps de guerre, dans une situation d'occupation et avec nos ressources limitées, il nous est impossible de procéder à des enquêtes individuelles. Nous sommes donc obligés de considérer les groupes porteurs de risque dans leur ensemble, et de réagir globalement. Cela crée de grandes injustices, mais c'est dû à la situation exceptionnelle. » Voss regardait son café d'un air amer et triste. « Doktor Aue. Je vous ai toujours pris pour un homme intelligent et sensé. Même si tout ce que vous me dites est vrai, expliquez-moi, s'il vous plaît, ce que vous entendez par race. Parce que pour moi, c'est un

concept scientifiquement indéfinissable et donc sans valeur théorique. »
— « Pourtant, la race existe, c'est une vérité, nos meilleurs chercheurs
l'étudient et écrivent à son sujet. Vous le savez bien. Nos anthropo-
logues raciaux sont les meilleurs du monde. » Voss explosa subitement :
« Ce sont des fumistes. Ils n'ont aucune concurrence dans les pays
sérieux car leur discipline n'y existe pas et n'y est pas enseignée. Aucun
d'entre eux n'aurait un emploi et ne serait publié si ce n'était pour des
considérations politiques ! » — « Doktor Voss, je respecte beaucoup vos
opinions, mais vous y allez un peu fort, non ? » dis-je doucement. Voss
frappa du plat de la main sur la table, ce qui fit rebondir les tasses et le
vase de fausses fleurs ; le bruit et ses éclats de voix firent se tourner
quelques têtes : « Cette *philosophie de vétérinaires*, comme disait Her-
der, a volé tous ses concepts à la linguistique, la seule des sciences de
l'homme jusqu'à ce jour qui ait une base théorique scientifiquement
validée. Comprenez-vous » — il avait baissé le ton et parlait vite et
furieusement — « comprenez-vous même ce que c'est qu'une théorie
scientifique ? Une théorie n'est pas un fait : c'est un outil qui permet
d'émettre des prédictions et de générer de nouvelles hypothèses. On dit
d'une théorie qu'elle est bonne, d'abord, si elle est relativement simple,
et ensuite, si elle permet de faire des prédictions vérifiables. La physique newtonienne permet de calculer des orbites : si on observe la position de la Terre ou de Mars à plusieurs mois d'intervalle, elles se
trouvent toujours précisément là où la théorie prédit qu'elles doivent se
trouver. Par contre, on a constaté que l'orbite de Mercure comporte de
légères irrégularités qui dévient de l'orbite prédite par la théorie newtonienne. La théorie de la relativité d'Einstein prédit ces déviations
avec précision : elle est donc meilleure que la théorie de Newton. Or en
Allemagne, autrefois le plus grand pays scientifique du monde, la théorie d'Einstein est dénoncée comme *science juive* et récusée sans aucune
autre explication. C'est tout simplement absurde, c'est ce que l'on
reproche aux bolcheviques, avec leurs propres pseudo-sciences au service du Parti. C'est la même chose pour la linguistique et la prétendue
anthropologie raciale. En linguistique, par exemple, la grammaire indo-
germanique comparée a permis de dégager une théorie des mutations
phonologiques qui a une excellente valeur prédictive. Déjà Bopp, en
1820, dérivait le grec et le latin du sanscrit. En partant du moyen iranien
et en suivant les mêmes règles fixes, on retrouve des mots en gaélique.
Ça marche et c'est démontrable. C'est donc une bonne théorie, bien
qu'elle soit constamment en cours d'élaboration, de correction et de
perfectionnement. L'anthropologie raciale, en comparaison, n'a aucune

théorie. Elle postule des races, sans pouvoir les définir, puis avère des hiérarchies, sans les moindres critères. Toutes les tentatives pour définir les races biologiquement ont échoué. L'anthropologie crânienne a été un four total : après des décennies de mesures et de compilations de tables, basées sur les indices ou les angles les plus farfelus, on ne sait toujours pas reconnaître un crâne juif d'un crâne allemand avec le moindre degré de certitude. Quant à la génétique mendélienne, elle donne de bons résultats pour les organismes simples, mais à part le menton Habsbourg on est encore loin de savoir l'appliquer à l'homme. Tout cela est tellement vrai que pour rédiger nos fameuses lois raciales, on a été obligés de se fonder sur la religion des grands-parents ! On a postulé que les Juifs du siècle dernier étaient racialement purs, mais c'est absolument arbitraire. Même vous devez le voir. Quant à ce qui constitue un Allemand racialement pur, personne ne le sait, n'en déplaise à votre Reichsführer-SS. Ainsi, l'anthropologie raciale, incapable de définir quoi que ce soit, s'est simplement rabattue sur les catégories tellement plus démontrables des linguistes. Schlegel, qui était fasciné par les travaux de Humboldt et de Bopp, a déduit de l'existence d'une langue indo-iranienne supposée originale l'idée d'un peuple également original qu'il a baptisé aryen en prenant le terme à Hérodote. De même pour les Juifs : une fois que les linguistes avaient démontré l'existence d'un groupe de langues dites sémitiques, les racialistes ont sauté sur l'idée, qu'on applique de manière complètement illogique puisque l'Allemagne cherche à cultiver les Arabes et que le Führer reçoit officiellement le Grand Mufti de Jérusalem ! La langue, en tant que véhicule de la culture, peut avoir une influence sur la pensée et le comportement. Humboldt l'avait déjà compris il y a longtemps. Mais la langue peut être transmise et la culture, bien que plus lentement, aussi. Au Turkestan chinois, les turcophones musulmans d'Urumchi ou de Kashgar ont une apparence physique disons iranienne : on pourrait les prendre pour des Siciliens. Certainement, ce sont les descendants de peuples qui ont dû migrer de l'ouest et parlaient autrefois une langue indo-iranienne. Puis ils ont été envahis et assimilés par un peuple turc, les Ouïghours, à qui ils ont pris leur langue et une partie de leurs coutumes. Ils forment maintenant un groupe culturel distinct, par exemple, des peuples turcs comme les Kazakhs et les Kirghizes, et aussi des Chinois islamisés qu'on appelle les Hui ou des musulmans indo-iraniens comme les Tadjiks. Mais essayer de les définir autrement que par leur langue, leur religion, leurs coutumes, leur habitat, leurs habitudes économiques ou leur propre sentiment de leur identité n'aurait aucun sens. Et tout cela est de l'acquis, pas de l'inné. Le sang transmet une propension aux maladies cardiaques ; s'il transmet aussi une propension à la trahison, personne n'a jamais pu le prouver. En Allemagne, des idiots étudient les chats à queue coupée pour essayer de prouver que leurs chatons naîtront sans queue ; et parce qu'ils portent un bouton en or on leur donne une chaire d'Université ! En URSS, par contre, malgré toutes les pressions politiques, les travaux linguistiques de Marr et de ses collègues, au niveau théorique au moins, restent excellents et objectifs, parce que » — il donna quelques coups secs sur la table avec ses phalanges — « comme cette table, cela existe. Moi, les gens comme Hans Günther ou comme ce Montandon, en France, qui fait aussi parler de lui, je leur dis merde. Et si c'est des critères comme les leurs qui vous servent à décider de la vie et de la mort des gens, vous feriez mieux d'aller tirer au hasard dans la foule, le résultat serait le même. » Je n'avais rien dit durant toute la longue tirade de Voss. Enfin je répondis, assez lentement : « Doktor Voss, je ne vous savais pas aussi passionné. Vos thèses sont provocantes, et je ne saurais vous suivre sur tous les points. Je crois que vous sous-estimez certaines des notions idéalistes qui forment notre *Weltanschauung* et qui sont loin d'une *philosophie de vétérinaires*, comme vous dites. Néanmoins, cela demande réflexion et je ne voudrais pas répondre à la légère. J'espère donc que vous serez d'accord pour reprendre cette conversation dans quelques jours, quand j'aurai eu le loisir d'y réfléchir. » — « Bien volontiers, dit Voss qui s'était subitement calmé. Je suis désolé de m'être emporté. Simplement, quand on entend autant de bêtises et d'inepties autour de soi, il devient difficile à un moment de se taire. Je ne parle pas de vous, bien sûr, mais de certains de mes confrères. Mon seul désir et mon seul espoir seraient que la science allemande, lorsque les passions seront retombées, retrouve la place qu'elle a si péniblement acquise grâce aux travaux d'hommes fins, subtils, attentifs et humbles devant les choses de ce monde. »

J'étais sensible à certains des arguments de Voss : si les *Bergjuden* en effet se considéraient, et étaient considérés par leurs voisins, comme d'authentiques montagnards caucasiens, leur attitude envers nous, dans l'ensemble, pourrait fort bien rester loyale, quelle que soit l'origine de leur sang. Les facteurs culturels et sociaux pouvaient aussi compter ; il fallait considérer, par exemple, les relations que ce peuple entretenait avec le pouvoir bolchevique. Les paroles du vieux Tat, à Piatigorsk, m'avaient suggéré que les *Bergjuden* ne portaient pas dans leur cœur les Juifs de Russie, et peut-être en allait-il de même pour tout le système stalinien. L'attitude des autres tribus envers eux était également importante, on ne pouvait pas dépendre de la parole du seul Chadov : ici aussi, peut-être, les Juifs vivaient-ils en parasites. En rentrant à Piatigorsk, je songeais aux autres arguments de Voss. Nier ainsi en bloc l'anthropologie raciale, cela me paraissait exagéré; certainement, les méthodes pouvaient être affinées, et je ne doutais pas que des gens de peu de talent aient pu profiter de leurs connexions au Parti pour se construire une carrière imméritée : en Allemagne, ce genre de parasite pullulait (et combattre cela, c'était aussi une des tâches du SD, dans l'esprit de certains du moins). Mais Voss, malgré tout son talent, avait les opinions tranchées d'un jeune homme. Les choses étaient certainement plus complexes qu'il ne le pensait. Je n'avais pas les connaissances pour le critiquer, mais il me semblait que si l'on croyait en une certaine idée de l'Allemagne et du *Volk* allemand, le reste devait suivre naturellement. Certaines choses pouvaient être démontrées, mais d'autres devaient simplement être comprises; c'était aussi sans doute une question de foi.

À Piatigorsk, une première réponse de Berlin m'attendait, envoyée par télex. L'Amt VII avait sollicité l'avis d'un professeur Kittel, qui déclarait : *Question difficile, à étudier localement.* C'était peu encourageant. Le département VII B 1, en revanche, avait préparé de la documentation qui devait arriver prochainement par courrier aérien. Le spécialiste de la Wehrmacht, m'informa von Gilsa, était en route, celui de Rosenberg le suivrait de peu. En attendant le nôtre, je réglai le problème des vêtements d'hiver. Reuter me mit aimablement à disposition un des artisans juifs de la Wehrmacht : ce vieillard à longue barbe, assez maigre, vint prendre mes mesures, et je lui commandai un long manteau gris à col d'astrakan, doublé de mouton, que les Russes appellent une *chouba*, et une paire de bottes fourrées; pour la chapka (celle de l'année précédente avait depuis longtemps disparu), j'allai moi-même en trouver une au *Verkhnii rynok*, en renard argenté. De nombreux officiers de la Waffen-SS avaient pris l'habitude de faire coudre un insigne à tête de mort sur leurs chapkas non réglementaires; je trouvais cela un peu affecté; mais j'ôtai par contre les épaulettes et un insigne SD d'une de mes vareuses pour les faire recoudre sur le manteau.

Mes nausées et mes vomissements me reprenaient irrégulièrement; et des rêves angoissants commençaient à épaissir mon malaise. Cela restait souvent noir et opaque, le matin effaçait toute image et n'en laissait que le poids. Mais il arrivait aussi que cette obscurité se déchire d'un trait, révélant des visions fulgurantes de netteté et d'horreur. Deux ou trois nuits après mon retour de Naltchik, j'ouvris ainsi malencontreusement une porte : Voss, dans une pièce sombre et vide, se tenait à quatre pattes, le derrière dénudé ; et de la merde liquide lui coulait de l'anus. Inquiet, je saisissais du papier, des pages des *Izvestia*, et tentais d'éponger ce liquide brun qui devenait de plus en plus foncé et de plus en plus épais. J'essayais de garder les mains propres, mais c'était impossible, la poisse presque noire recouvrait les feuilles et mes doigts, puis ma main entière. Malade de dégoût, je courais me rincer les mains dans une baignoire proche ; mais pendant ce temps cela coulait toujours. En me réveillant, je cherchai à comprendre ces images affreuses ; mais je ne devais pas être tout à fait éveillé, car mes pensées, qui me semblaient alors parfaitement lucides, restaient aussi brouillées que le sens de l'image elle-même : il m'apparaissait en effet à certains indices que ces personnages en figuraient d'autres, que l'homme à quatre pattes, ce devait être moi, et celui qui l'essuyait, mon père. Et de quoi pouvaient bien traiter les articles des *Izvestia* ? N'y aurait-il pas eu là un écrit, définitif peut-être, sur la question tate ? La réception du courrier du VII B 1, expédié par un certain Oberkriegsverwaltungsrat Dr. Füsslein, ne fit rien pour résoudre mon pessimisme ; le zélé Oberkriegsverwaltungsrat, en effet, s'était simplement contenté de réunir des extraits de *L'Encyclopédie juive*. Il y avait là des choses fort érudites, mais les opinions contradictoires, hélas, n'y recevaient aucune conclusion. J'appris ainsi que les Juifs du Caucase se voyaient mentionnés pour la première fois par Benjamin de Tudela, qui avait voyagé dans ces contrées vers 1170, et Pethahiah de Ratisbonne, qui affirmait qu'ils étaient d'origine perse et étaient arrivés au Caucase au XIIᵉ siècle. Guillaume de Ruysbroek, en 1254, avait trouvé une large population juive à l'est du massif, avant Astrakhan. Mais un texte géorgien de 314, lui, mentionnait des Juifs parlant l'hébreu, qui auraient adopté la vieille langue iranienne (« parsee » ou « tat ») après l'occupation de la Transcaucasie par les Perses, la mâtinant d'hébreu et de langues locales. Or les Juifs de Géorgie, appelés selon Koch *Huria* (peut-être dérivé de *Iberia*), parlent non pas le tat mais un dialecte kartvélien. Quant au Daghestan, d'après le *Derbent-Nameh*, les Arabes y auraient déjà trouvé des Juifs lors de leur conquête, au VIIIᵉ siècle. Les chercheurs contemporains, eux, ne faisaient que compliquer l'affaire. Il y avait de quoi désespérer ; je me résolus à envoyer le tout à Bierkamp et à Leetsch sans commentaire, en insistant pour qu'un spécialiste soit convoqué le plus vite possible.

La neige s'arrêta quelques jours, puis reprit. Au mess, les officiers parlaient à voix basse, inquiets : Rommel avait été battu par les Anglais à El-Alamein, puis, quelques jours plus tard, les Anglo-Américains débarquaient en Afrique du Nord ; nos forces, en représailles, venaient d'occuper la Zone libre en France ; mais cela avait poussé les troupes de Vichy en Afrique à rejoindre les Alliés. « Si seulement ça allait mieux ici », commentait von Gilsa. Mais devant Ordjonikidze nos divisions étaient passées à la défensive ; la ligne courait du sud de Tcheguem et de Naltchik vers Tchikola et Gizel, puis remontait le long du Terek jusqu'au nord de Malgobek ; rapidement, une contre-attaque soviétique reprenait Gizel. Puis vint le coup de théâtre. Je ne l'appris pas tout de suite, car les officiers de l'Abwehr me bloquèrent l'accès à la salle des cartes et refusèrent de me donner des détails. « Je suis désolé, s'excusa Reuter. Votre Kommandant devra en discuter avec l'OKHG. » À la fin de la journée je réussissais à apprendre que les Soviétiques avaient lancé une contre-offensive sur le front de Stalingrad ; mais à quel endroit, et de quelle ampleur, je ne parvenais pas à le savoir : les officiers de l'AOK, aux visages sombres et tendus, refusaient obstinément de me parler. Leetsch, au téléphone, m'affirma que l'OKHG réagissait de la même façon ; le Gruppenstab n'en savait pas plus que moi, et me demandait de transmettre d'urgence toute information nouvelle. Cette attitude persista le lendemain, et je me fâchai avec Reuter, qui me rétorqua sèchement que l'AOK n'avait aucune obligation d'informer la SS sur les opérations en cours en dehors de sa propre zone. Mais déjà les rumeurs fusaient, les officiers ne contrôlaient plus les *Latrinenparolen* ; je me rabattis sur les chauffeurs, les estafettes et les sous-officiers, et en quelques heures, par recoupements, pus me faire une idée de l'ampleur du danger. Je rappelai Leetsch, qui semblait disposer des mêmes informations ; mais quant à ce que serait la riposte de la Wehrmacht, personne ne pouvait le dire. Les deux fronts roumains, à l'ouest de Stalingrad sur le Don et au sud dans la steppe kalmouke, s'effondraient, et les Rouges visaient de toute évidence à prendre la 6ᵉ armée à revers. Où donc avaient-ils trouvé les forces nécessaires ? Je n'arrivais pas à savoir où ils en étaient, la situation évoluait trop vite même pour les cuisiniers, mais il paraissait urgent que la 6ᵉ armée amorce un mouvement de retraite pour prévenir l'encerclement ; or la 6ᵉ armée ne bougeait pas. Le 21 novembre, le Generaloberst von Kleist fut promu Generalfeldmarschall et nommé commandant en chef du groupe d'armées A : le Führer devait se sentir débordé. Le Generaloberst von Mackensen prenait la place de von Kleist à la tête de la 1ʳᵉ armée blindée. Von Gilsa me transmit officiellement cette nouvelle ; il paraissait désespéré, et me laissa entendre à demi-mot que la situation devenait catastrophique. Le jour suivant, un dimanche, les deux pincettes soviétiques effectuaient leur jonction à Kalatch-sur-le-Don, et la 6ᵉ armée ainsi qu'une partie de la 4ᵉ armée blindée se trouvèrent encerclées. Les rumeurs parlaient de débâcle, de pertes massives, de chaos; mais chaque information un peu précise contredisait la précédente. En fin de journée, enfin, Reuter m'introduisit auprès de von Gilsa qui me fit un rapide exposé sur cartes. « La décision de ne pas chercher à évacuer la 6ᵉ armée a été prise par le Führer lui-même », me fit-il savoir. Les divisions encerclées formaient maintenant un gigantesque *Kessel*, un « chaudron » comme on disait, coupé de nos lignes certes, mais s'étendant de Stalingrad à travers la steppe presque jusqu'au Don. La situation était inquiétante, mais les rumeurs exagéraient terriblement : les forces allemandes avaient perdu peu d'hommes et de matériel et gardaient leur cohésion; de plus, l'expérience de Demiansk, l'année précédente, montrait qu'un *Kessel*, ravitaillé par la voie aérienne, pouvait tenir indéfiniment. « Une opération de déblocage sera bientôt lancée », conclut-il. Une conférence convoquée le lendemain par Bierkamp confirma cette interprétation optimiste : le Reichsmarschall Göring, annonça Korsemann, avait donné sa parole au Führer que la Luftwaffe était en mesure de ravitailler la 6ᵉ armée; le General Paulus avait rejoint son état-major à Goumrak pour diriger les opérations de l'intérieur du *Kessel*; et on rappelait le Generalfeldmarschall von Manstein de Vitebsk pour former un nouveau groupe d'armées Don et lancer une percée en direction des forces encerclées. Cette dernière nouvelle surtout créa un grand soulagement : depuis la prise de Sébastopol, von Manstein était considéré comme le meilleur stratège de la Wehrmacht; si quelqu'un pouvait dénouer la situation, c'était bien lui.

Entre-temps, l'expert dont nous avions besoin arrivait. Comme le Reichsführer avait quitté Vinnitsa avec le Führer fin octobre pour retourner en Prusse orientale, Korsemann s'était adressé directement à Berlin et le RuSHA avait accepté d'envoyer une femme, le Dr. Weseloh, spécialisée en langues iraniennes. Bierkamp se montra extrêmement mécontent en apprenant la nouvelle : il voulait un expert racial de l'Amt IV, mais aucun n'était disponible. Je le rassurai en lui expliquant qu'une approche linguistique devait se révéler fructueuse. Le Dr. Weseloh avait pu emprunter un avion courrier jusqu'à Rostov en passant par Kiev, mais de là avait été obligée de continuer en train. J'allai l'accueillir à la gare de Vorochilovsk où je la trouvai en compagnie du célèbre écrivain Ernst Jünger, avec qui elle poursuivait une conversation animée. Jünger, un peu fatigué mais encore pimpant, portait un uniforme de campagne de Hauptmann de la Wehrmacht; Weseloh était en civil, avec une veste et une longue jupe en grosse laine grise. Elle me présenta Jünger, visiblement enorgueillie de sa nouvelle connaissance : elle s'était retrouvée par hasard dans son compartiment à Krapotkine, et l'avait tout de suite reconnu. Je lui serrai la main et cherchai à lui dire quelques mots sur l'importance que ses livres, notamment *Le travailleur*, avaient eue pour moi, mais déjà des officiers de l'OKHG l'entouraient et l'entraînaient. Weseloh le regarda partir avec un air ému, en agitant la main. C'était une femme plutôt maigre, aux seins à peine visibles, mais avec des hanches exagérément larges; elle avait un long visage chevalin, des cheveux blonds tirés dans un chignon crêpé, et des lunettes qui révélaient des yeux un peu effarés, mais aussi avides. « Je suis désolée de ne pas être en uniforme, dit-elle après que nous eûmes échangé un salut allemand. On m'a demandé de partir si vite que je n'ai pas eu le temps de m'en faire faire un. » — « Ce n'est pas grave, répondis-je aimablement. En revanche, vous allez avoir froid. Je vais vous trouver un manteau. » Il pleuvait et les rues étaient pleines de boue; en chemin, elle s'épancha sur Jünger, venu de France en mission d'inspection; ils avaient parlé d'épigraphes persanes et Jünger l'avait félicitée sur son érudition. Au groupe, je la présentai au Dr. Leetsch, qui lui expliqua l'objet de sa mission; après le déjeuner, il me la confia et me demanda de la loger à Piatigorsk, de l'assister dans son travail et de m'occuper d'elle. Sur la route, elle me reparla de Jünger, puis m'interrogea sur la situation à Stalingrad : « J'ai entendu beaucoup de rumeurs. Que se passe-t-il au juste? » Je lui expliquai le peu que je savais. Elle écouta attentivement et dit enfin avec conviction : « Je suis certaine que c'est un plan brillant de notre Führer pour attirer les forces de l'ennemi dans un piège et les détruire une fois pour toutes. » — « Vous avez certainement raison. » À Piatigorsk, je la fis installer dans un des sanatoriums, puis lui montrai ma documentation et mes rapports. « Nous avons aussi beaucoup de sources russes », lui expliquai-je. — « Malheureusement, répondit-elle d'une voix sèche, je ne lis pas le russe. Mais ce que vous avez là devrait suffire. » — « Très bien, alors. Quand vous aurez fini, nous irons ensemble à Naltchik. »

Le Dr. Weseloh ne portait pas d'anneau de mariage, mais ne semblait prêter aucune attention aux beaux militaires qui l'entouraient. Pourtant, malgré son physique peu avenant et ses grands gestes maladroits, je reçus dans les deux jours qui suivirent bien plus de visites que de coutume : des officiers non seulement de l'Abwehr, mais même des Opérations, qui normalement dédaignaient de me parler, trouvaient subitement des raisons pressantes de venir me voir. Pas un ne manquait de saluer notre spécialiste, qui s'était installée à un bureau et restait plongée dans ses papiers, leur rendant à peine leurs bonjours d'une parole distraite ou d'un signe de tête, sauf s'il s'agissait d'un officier supérieur qu'il fallait saluer. Elle ne réagit vraiment qu'une fois, lorsque le jeune Leutnant von Open vint claquer des talons devant sa table et s'adressa à elle en ces termes : « Permettez-moi, Fräulein Weseloh, de vous souhaiter la bienvenue dans notre Caucase... » Elle leva la tête et l'interrompit : « Fräulein Doktor Weseloh, je vous prie. » Von Open, décontenancé, rougit et bredouilla des excuses ; mais la Fräulein Doktor était retournée à sa lecture. J'avais du mal à retenir mon rire devant cette vieille fille guindée et puritaine, mais pas inintelligente ni sans ses côtés humains. J'eus l'occasion à mon tour de subir son caractère tranchant lorsque je voulus discuter avec elle du résultat de ses lectures. « Je ne vois pas pourquoi on m'a fait venir jusqu'ici, renifla-t-elle d'un air sourcilleux. La question me semble claire. » Je l'encourageai à continuer. « La question de la langue n'a aucune importance. Celle des coutumes un peu plus, mais pas beaucoup. Si ce sont des Juifs, ils le seront restés malgré toutes leurs tentatives d'assimilation, précisément comme les Juifs en Allemagne qui parlaient allemand et se vêtaient comme des bourgeois occidentaux, mais restaient juifs sous leur plastron amidonné, et ne donnaient le change à personne. Ouvrez le pantalon à rayures d'un industriel juif, continua-t-elle crûment, vous trouverez un circoncis. Ici, ce sera la même chose. Je ne vois pas pourquoi on se casse la tête. » Je ne relevai pas l'écart de langage, qui me donna à soupçonner, chez cette doctoresse d'apparence si glaciale, des profondeurs troubles et agitées de remous boueux, mais je me permis de lui faire remarquer que, vu les pratiques des musulmans, cet indice-là, au moins, me paraissait peu probant. Elle me considéra avec encore plus de mépris : « Je parlais métaphoriquement, Hauptsturmführer. Pour qui me prenez-vous ? Ce que je veux dire, c'est que des *Fremdkörper* le restent quel que soit le contexte. Je vous montrerai ce que je veux dire sur place. »

La température chutait à vue d'œil, et ma pelisse n'était toujours pas prête. Weseloh, elle, avait un manteau un peu grand, mais doublé, que lui avait trouvé Reuter ; au moins, pour les visites de terrain, j'avais ma chapka. Mais même cela lui déplaisait : « Cette tenue n'est pourtant pas réglementaire, Hauptsturmführer ? » dit-elle en me voyant coiffer mon bonnet. — « Le règlement a été rédigé avant que nous ne venions en Russie, lui expliquai-je poliment. Il n'a pas encore été mis à jour. Je vous signale que votre manteau de la Wehrmacht n'est pas réglementaire non plus. » Elle haussa les épaules. Pendant qu'elle étudiait la documentation, j'avais cherché à remonter à Vorochilovsk, espérant y trouver une occasion de rencontrer Jünger ; mais cela n'avait pas été possible, et il me fallait me contenter des commentaires de Weseloh, le soir au mess. Maintenant je devais la conduire à Naltchik. En route, je mentionnai la présence de Voss et son implication dans la commission de la Wehrmacht. « Le Dr. Voss ? dit-elle pensivement. C'est un spécialiste assez connu, en effet. Mais ses travaux sont très critiqués, en Allemagne. Enfin, il sera intéressant de le rencontrer. » Je tenais moi aussi beaucoup à revoir Voss, mais en tête à tête, en tout cas pas en présence de cette mégère nordique ; je voulais poursuivre l'entretien de l'autre jour ; et puis mon rêve, je devais le reconnaître, m'avait troublé, et je pensais qu'une discussion avec Voss, sans mention de ces images affreuses bien sûr, m'aiderait à clarifier certaines choses. À Naltchik, je me rendis d'abord aux bureaux du Sonderkommando. Persterer était absent, mais je présentai Weseloh à Wolfgang Reinholz, un officier du Kommando qui s'occupait aussi de la question des *Bergjuden*. Reinholz nous expliqua que les experts de la Wehrmacht et de l'*Ostministerium* étaient déjà passés. « Ils ont rencontré Chabaev, le vieux qui représente plus ou moins les *Bergjuden*, il leur a tenu de grands discours et leur a fait visiter la *kolonka*. » — « La *kolonka* ? demanda Weseloh. Qu'est-ce que c'est ? » — « Le quartier juif. Il se trouve un peu au sud du centre, entre la gare et la rivière. On va vous y amener. D'après mes informateurs, ajouta-t-il en se tournant vers moi, Chabaev a fait vider tous les tapis, les lits, les fauteuils des maisons, pour cacher leur richesse, et a fait servir des chachliks aux experts. Ils n'y ont vu que du feu. » — « Pourquoi n'êtes-vous pas intervenu ? » demanda Weseloh. — « C'est un peu compliqué, Fräulein Doktor, répondit Reinholz. Il y a des questions de juridiction. Pour le moment, on nous a interdit de nous mêler des affaires de ces Juifs. » — « Quoi qu'il en soit, rétorqua-t-elle d'un air pincé, je peux vous assurer que je ne me laisserai pas prendre par de telles manipulations. »

Reinholz envoya deux Orpo convoquer Chabaev et servit du thé à Weseloh ; je téléphonai à l'Ortskommandantur pour me mettre d'accord avec Voss, mais il était sorti ; on me promit qu'il me rappellerait à son retour. Reinholz, qui comme tout le monde avait entendu parler de l'arrivée de Jünger, interrogeait Weseloh sur les convictions nationalessocialistes de l'écrivain ; Weseloh, visiblement, n'en savait rien, mais croyait avoir entendu dire qu'il n'était pas membre du Parti. Un peu plus tard, Chabaev fit son apparition : « Markel Avgadulovich », se présenta-t-il. Il arborait une tenue montagnarde traditionnelle et une barbe imposante, et se tenait d'un air ferme et assuré. Il parlait russe avec un accent prononcé, mais le *Dolmetscher* ne semblait avoir aucun problème à traduire. Weseloh le fit asseoir et engagea la discussion dans une langue qu'aucun de nous ne comprenait. « Je connais des dialectes plus ou moins proches du tat, déclara-t-elle. Je vais lui parler comme ça et je vous expliquerai plus tard. » Je les laissai et allai prendre un thé avec Reinholz dans une autre pièce. Il me parla de la situation locale ; les succès soviétiques autour de Stalingrad avaient provoqué de gros remous chez les Kabardes et les Balkars, et les activités des partisans, dans les montagnes, reprenaient de la vigueur. L'OKHG planifiait de bientôt proclamer le district autonome et comptait sur la suppression des kolkhozes et des sovkhozes en zone montagnarde (ceux des plaines du Baksan et du Terek, considérés comme russes, n'allaient pas être dissous) et la distribution des terres aux autochtones pour calmer les esprits. Au bout d'une heure et demie, Weseloh réapparut : « Le vieux veut nous montrer leur quartier et sa maison. Vous venez ? » — « Volontiers. Et vous ? » fis-je à l'intention de Reinholz. — « J'y suis déjà allé. Mais on y mange toujours bien. » Il prit une escorte de trois Orpo et nous conduisit en voiture chez Chabaev. La maison, en briques avec une large cour intérieure, était faite de grandes pièces nues, sans couloirs. Après nous avoir demandé d'ôter nos bottes, on nous invita à nous asseoir sur de mauvais coussins et deux femmes étendirent une grande toile cirée au sol devant nous. Plusieurs enfants s'étaient faufilés dans la pièce et se tenaient blottis dans un coin, à nous regarder avec de grands yeux et à chuchoter et à rire entre eux. Chabaev s'assit sur un coussin en face de nous tandis qu'une femme de son âge, la tête serrée dans un foulard coloré, nous servait du thé. Il faisait froid dans la pièce et je gardai mon manteau. Chabaev prononça quelques mots dans sa langue. « Il s'excuse pour le mauvais accueil, traduisit Weseloh, mais ils ne nous attendaient pas. Sa femme va nous préparer le thé. Il a aussi invité quelques voisins pour que nous puissions discuter. » — « Le thé, précisa Reinholz, cela veut dire manger à s'en faire craquer la panse. J'espère que vous avez faim. » Un gamin entra et lança quelques phrases rapides à Chabaev avant de ressortir en courant. « Ça, je n'ai pas compris », s'énerva Weseloh. Elle échangea quelques mots avec Chabaev. « Il dit que c'est le fils d'un voisin, ils parlaient en kabarde. » De la cuisine, une très jolie jeune fille en froc et en foulard apporta plusieurs grands pains ronds et plats, qu'elle disposa sur la nappe. Puis la femme de Chabaev et elle déposèrent des bols avec du fromage blanc, des fruits secs, des bonbons dans du papier argenté. Chabaev déchira un des pains et nous en distribua les morceaux : il était encore chaud, croustillant, délicieux. Un autre vieil homme en *papakh* et en bottines souples entra et s'assit à côté de Chabaev, puis un autre encore. Chabaev les présenta. « Il dit que celui à sa gauche est un Tat musulman, expliqua Weseloh. Depuis le début, il essaye de me dire que seuls certains Tats sont de religion juive. Je vais le questionner. » Elle se lança dans un long échange avec le deuxième vieillard. Vaguement pris d'ennui, je grignotais et étudiais la pièce. Les murs, vierges de toute décoration, semblaient fraîchement blanchis à la chaux. Les enfants écoutaient et nous examinaient en silence. La femme de Chabaev et la jeune fille nous apportèrent des plats de viande de mouton bouillie, avec une sauce à l'ail et des boulettes de farine cuites à l'eau. Je me mis à manger ; Weseloh continuait à discuter. Puis on servit des chachliks de poulet haché qu'on déposa en tas sur un des pains ; Chabaev déchira les autres et distribua les tranches en guise d'assiettes, puis avec un long couteau caucasien, un *kindjal*, nous servit à chacun des boulettes coupées à même la broche. On apporta aussi des feuilles de vigne fourrées au riz et à la viande. Je préférais cela à la viande bouillie, et me mis à manger avec entrain ; Reinholz m'imitait, tandis que Chabaev semblait fustiger Weseloh, qui, elle, ne mangeait rien. La femme de Chabaev vint aussi s'asseoir à côté de nous pour critiquer avec de grands gestes le manque d'appétit de Weseloh. « Fräulein Doktor, lui dis-je entre deux bouchées, vous pouvez leur demander où ils dorment ? » Weseloh discuta avec la femme de Chabaev : « Selon elle, répondit-elle enfin, ici même, par terre, sur le bois. » — « À mon avis, dit Reinholz, elle ment. » — « Elle dit qu'avant ils avaient des matelas, mais que les bolcheviques leur ont tout pris avant la retraite. » — « C'est peut-être vrai », dis-je à l'intention de Reinholz ; il mordait dans son chachlik et se contenta de hausser les épaules. La jeune fille nous resservait du thé chaud au fur et à mesure que nous buvions, selon une technique curieuse : elle versait d'abord un brouet noir d'une petite théière, puis ajoutait de l'eau chaude par-dessus. Lorsque nous eûmes fini de manger les femmes enlevèrent les restes et débarrassèrent la nappe ; puis Chabaev sortit et revint avec quelques hommes portant des instruments, qu'il fit asseoir le long du mur, en face du coin des enfants. « Il dit que maintenant nous allons écouter de la musique traditionnelle tate, et voir leurs danses, pour constater que ce sont les mêmes que celles des autres peuples montagnards », expliqua Weseloh. Les instruments comptaient des sortes de banjos à très longs manches, nommés *tar*, de longues flûtes appelées *saz*

— un mot turc, précisa Weseloh par acquit de conscience professionnel —, un pot de terre dans lequel on souffle avec un roseau, et des tambours à main. Ils jouèrent plusieurs morceaux et la jeune fille qui nous avait servis dansa devant nous, assez modestement, mais avec une grâce et une souplesse extrêmes. Les hommes qui ne jouaient pas marquaient la cadence avec les percussionnistes. D'autres personnes entraient et s'asseyaient ou se tenaient debout contre les murs, des femmes à longues jupes avec des enfants entre les jambes, des hommes en habits montagnards, en vieux costumes élimés, ou encore en blouses et en casquettes de travailleurs soviétiques. Une des femmes assises allaitait un bébé, sans réellement se cacher. Un jeune homme ôta sa veste et vint aussi danser. Il était beau, racé, élégant, fier. Musique et danses ressemblaient bien à celles des Karatchaïs, que j'avais vues à Kislovodsk ; la plupart des morceaux, aux rythmes syncopés très curieux pour mes oreilles, étaient enjoués et excitants. Un des vieux musiciens chanta une longue complainte, accompagné seulement d'un banjo à deux cordes qu'il frappait avec un plectre. La nourriture et le thé m'avaient plongé dans un état paisible, presque somnolent, je me laissais porter par la musique et trouvais toute cette scène pittoresque et ces gens bien chaleureux, bien sympathiques. Quand la musique s'arrêta, Chabaev prononça une sorte de discours que Weseloh ne traduisit pas ; puis l'on nous présenta des cadeaux : un grand tapis oriental tissé à la main pour Weseloh, que deux hommes déployèrent devant nous avant de le replier, et de beaux *kindjali* ouvragés, dans des étuis en bois noir et en argent, pour Reinholz et moi. Weseloh reçut aussi des boucles d'oreilles en argent et une bague de la part de la femme de Chabaev. Toute la foule nous escorta dans la rue, et Chabaev nous serra solennellement la main : « Il nous remercie de lui avoir donné la chance de pouvoir nous montrer l'hospitalité tate, traduisit sèchement Weseloh. Il s'excuse pour la pauvreté de l'accueil, mais dit qu'il faut blâmer les bolcheviques, qui leur ont tout volé. »

« Quel cirque ! » s'exclama-t-elle dans le véhicule. — « Ce n'est rien à côté de ce qu'ils ont fait pour la commission de la Wehrmacht », commenta Reinholz. — « Et ces cadeaux ! continua-t-elle. Que s'imaginent-ils ? Pouvoir acheter des officiers SS ? Voilà vraiment une tactique de Juifs. » Je ne disais rien : Weseloh m'agaçait, elle semblait partir d'une idée préconçue ; je ne pensais pas, moi, qu'il faille procéder ainsi. Aux bureaux du Sonderkommando, elle nous expliqua que le vieillard avec qui elle avait discuté connaissait bien le Coran, les prières et les coutumes musulmanes ; mais selon elle, cela ne prouvait rien. Une ordon-

nance entra et s'adressa à Reinholz : « Il y a un coup de fil de l'Ortskommandantur. Ils disent que quelqu'un demandait un Leutnant
Voss. » — « Ah, c'est moi », fis-je. Je suivis l'ordonnance dans la salle
des communications et pris le combiné. Une voix inconnue m'adressa la
parole : « C'est vous qui avez laissé un message pour le Leutnant
Voss ? » — « Oui », répondis-je, perplexe. — « Je suis désolé de vous
dire qu'il a été blessé et ne pourra pas vous rappeler », dit l'homme. Ma
gorge se serra abruptement : « C'est sérieux ? » — « Assez, oui. »
— « Où est-il ? » — « Ici, au point médical. » — « Je viens. » Je raccrochai et repassai dans la pièce où se trouvaient Weseloh et Reinholz. « Je
dois passer à l'Ortskommandantur », dis-je en prenant mon manteau. —
« Qu'y a-t-il ? » demanda Reinholz. Mon visage devait être blanc, je me
détournai rapidement. « Je reviens tout à l'heure », dis-je en sortant.

Dehors, le soir tombait, il faisait très froid. J'étais parti à pied, dans
ma hâte j'avais oublié ma chapka, je grelottai vite. Je marchais rapidement et manquai de glisser sur une plaque de verglas ; je réussis à me
rattraper à un poteau, mais me fis mal au bras. Le froid enserrait ma
tête nue, mes doigts, au fond de mes poches, s'engourdissaient. Je sentis
de grands frissons traverser mon corps. J'avais sous-estimé la distance
jusqu'à l'Ortskommandantur : lorsque j'arrivai, il faisait nuit noire, je
tremblais comme une feuille. Je demandai un officier des opérations.
« C'est à vous que j'ai parlé ? » me lança-t-il lorsqu'il arriva dans
l'entrée où je tentais vainement de me réchauffer. — « Oui. Que s'est-il
passé ? » — « On n'en est pas encore très sûrs. Ce sont des montagnards
qui l'ont ramené dans un chariot à bœufs. Il était dans un *aoul* kabarde,
au sud. D'après les témoins, il entrait dans les maisons et interrogeait
les gens sur leur langue. Un des voisins pense qu'il a dû s'isoler avec une
jeune fille et que le père les a surpris. Ils ont entendu des coups de feu :
quand ils sont arrivés, ils ont trouvé le Leutnant blessé et la fille morte.
Le père avait disparu. Alors ils l'ont amené ici. Bien sûr, c'est ce qu'ils
nous ont raconté. Il faudra ouvrir une enquête. » — « Comment va-
t-il ? » — « Mal, je crains. Il s'est pris une décharge dans le ventre. »
— « Je peux le voir ? » L'officier hésita, il scrutait mon visage avec une
curiosité non déguisée. « Cette affaire ne concerne pas la SS », dit-il
enfin. — « C'est un ami. » Il balança encore un instant, puis dit brusquement : « Dans ce cas, venez. Mais je vous préviens, il est dans un sale
état. »

Il me mena à travers les couloirs fraîchement repeints en gris et en
vert pâle jusqu'à une grande salle où quelques malades et blessés légers
gisaient sur une rangée de lits. Je ne voyais pas Voss. Un médecin, en

blouse blanche un peu tachée par-dessus son uniforme, vint vers nous :
« Oui ? » — « Il voudrait voir le Leutnant Voss, expliqua l'officier des
opérations en me désignant. Je vous laisse, me dit-il. J'ai à faire. » —
« Merci », lui dis-je. — « Venez, fit le médecin. On l'a isolé. » Il
m'entraîna vers une porte au fond de la salle. « Je peux lui parler ? »
demandai-je. — « Il ne vous entendra pas », répondit le médecin. Il
ouvrit la porte et me fit passer devant lui. Voss gisait sous un drap, le
visage moite, un peu vert. Il avait les yeux fermés et gémissait doucement. Je m'approchai. « Voss », dis-je. Il n'eut aucune réaction. Seuls
les sons continuaient à sortir de sa bouche, pas vraiment des gémissements, plutôt des sons articulés mais incompréhensibles, comme un
babillage d'enfant, la traduction, dans une langue privée et mystérieuse,
de ce qui se passait au-dedans de lui. Je me tournai vers le médecin : « Il
va s'en sortir ? » Le médecin secoua la tête : « Je ne comprends même
pas comment il a tenu jusque-là. On n'a pas pu opérer, ça ne servirait à
rien. » Je me retournai vers Voss. Les sons continuaient d'une manière
ininterrompue, une description de son agonie en deçà de la langue. Cela
me glaçait, je peinais à respirer, comme dans un rêve où quelqu'un parle
et où l'on ne comprend pas. Mais ici il n'y avait rien à comprendre. Je
repoussai une mèche qui lui était tombée sur la paupière. Il ouvrit les
yeux et me fixa, mais ses yeux étaient vides de toute reconnaissance. Il
était arrivé dans cet endroit privé, fermé, d'où l'on ne remonte jamais à
la surface, mais d'où il n'avait pas encore sombré non plus. Comme une
bête, son corps se débattait avec ce qui lui arrivait, et les sons, c'était
cela aussi, des sons de bête. De temps en temps ces sons s'inter-
rompaient pour qu'il puisse panteler, aspirant de l'air entre les dents
avec un bruit presque liquide. Puis cela reprenait. Je regardai le médecin : « Il souffre. Vous pouvez lui donner de la morphine ? » Le médecin
avait l'air gêné : « On lui en a déjà donné. » — « Oui, mais il lui en faudrait encore. » Je le fixais droit dans les yeux ; il hésitait, se tapotait les
dents d'un ongle. « Je n'en ai presque plus, dit-il enfin. Nous avons dû
envoyer tous nos stocks à Millerovo pour la 6ᵉ armée. Je dois garder ce
que j'ai pour les cas opérables. De toute façon, il va bientôt mourir. »
Je continuai à le regarder fixement. « Vous n'avez pas d'ordres à me
donner », ajouta-t-il. — « Je ne vous donne pas un ordre, je vous
demande », dis-je froidement. Il blêmit. « Bien, Hauptsturmführer.
Vous avez raison... je lui en donnerai. » Je ne bougeai pas, je ne souris
pas. « Faisons-le maintenant. Je regarderai. » Un bref tic déforma les
lèvres du médecin. Il sortit. Je regardai Voss : les sons étranges,
effrayants, comme autoformés, continuaient à émaner de sa bouche qui

travaillait convulsivement. Une voix ancienne, venue du fond des âges ; mais si c'était bien un langage, il ne disait rien, et n'exprimait que sa propre disparition. Le médecin revint avec une seringue, découvrit le bras de Voss, tapota pour faire ressortir la veine, et injecta. Petit à petit les sons s'espacèrent, sa respiration se calma. Ses yeux s'étaient refermés. De temps à autre venait encore un bloc de sons, comme une ultime bouée jetée par-dessus bord. Le médecin était ressorti. Je touchai doucement la joue de Voss, du dos des doigts, et je sortis aussi. Le médecin s'affairait avec un air qui exprimait à la fois la gêne et le ressentiment. Je le remerciai sèchement, puis claquai des talons en levant le bras. Le médecin ne me rendit pas le salut et je sortis sans un mot.

Une voiture de la Wehrmacht me ramena au Sonderkommando. J'y trouvai Weseloh et Reinholz toujours en pleine conversation, Reinholz avançant des arguments en faveur d'une origine turque des *Bergjuden*. Il s'interrompit lorsqu'il me vit : « Ah, Herr Hauptsturmführer. On se demandait ce que vous faisiez. Je vous ai fait préparer des quartiers. Il est trop tard pour que vous rentriez. » — « De toute façon, dit Weseloh, je devrai rester ici quelques jours, pour continuer mes investigations. » — « Je rentre ce soir à Piatigorsk, fis-je d'une voix sans tonalité. J'ai à y faire. Il n'y a pas de partisans par ici et je peux rouler de nuit. » Reinholz haussa les épaules : « C'est contre les instructions du groupe, Herr Hauptsturm-führer, mais faites comme vous voulez. » — « Je vous confie le docteur Weseloh. Contactez-moi si vous avez besoin de quoi que ce soit. » Wese-loh, les jambes croisées sur sa chaise en bois, paraissait parfaitement à l'aise et heureuse de son aventure ; mon départ la laissait indifférente. « Merci pour votre assistance, Hauptsturmführer, dit-elle. Au fait, est-ce que je pourrais voir ce Dr. Voss ? » J'étais déjà sur le pas de la porte, chapka en main. « Non. » Je n'attendis pas sa réaction et sortis. Mon chauffeur semblait peu heureux à l'idée de rouler de nuit, mais il n'insista pas lorsque je répétai mon ordre d'un ton presque cassant. Le voyage dura longtemps : Lemper, ce chauffeur, roulait très lentement à cause des plaques de verglas. En dehors de l'étroit halo des phares, partiellement masqués à cause des avions, on ne voyait rien ; de temps en temps, un poste de contrôle militaire surgissait de l'obscurité devant nous. Je tripo-tais distraitement le *kindjal* que m'avait offert Chabaev, je fumais ciga-rette sur cigarette, je regardais sans penser la nuit vaste et vide.

L'enquête confirma les dires des villageois sur la mort du Leutnant Dr. Voss. Dans la maison où avait eu lieu le drame, on retrouva son carnet, maculé de sang et rempli de consonnes kabardes et de notations grammaticales. La mère de la fille, hystérique, jurait qu'elle n'avait pas revu son mari depuis l'incident; d'après ses voisins, il était sans doute parti pour les montagnes avec l'arme du crime, une vieille pétoire de chasse, faire l'*abrek*, comme on dit au Caucase, ou rejoindre une bande de partisans. Quelques jours plus tard, une délégation d'anciens du village vint voir le général von Mackensen : ils présentèrent solennellement leurs excuses au nom de l'*aoul*, réaffirmèrent leur profonde amitié pour l'armée allemande, et déposèrent une pile de tapis, de peaux de moutons, et de bijoux, qu'ils offraient à la famille du défunt. Ils jurèrent de retrouver eux-mêmes le meurtrier et de le tuer ou de le livrer; les quelques hommes valides qui restaient à l'*aoul*, affirmèrent-ils, étaient partis fouiller les montagnes. Ils craignaient les représailles : von Mackensen les rassura, promettant qu'il n'y aurait aucune punition collective. Je savais que Chadov en avait discuté avec Köstring. L'armée fit brûler la maison du coupable, promulgua un nouvel ordre du jour réitérant les interdictions concernant la fraternisation avec les femmes montagnardes, et classa promptement l'affaire.

La commission de la Wehrmacht achevait son étude sur les *Bergjuden* et Köstring souhaitait tenir une conférence à Naltchik à ce sujet. Cela devenait d'autant plus pressant que le Conseil national kabardo-balkar était en cours de formation et que l'OKHG voulait régler l'affaire avant la formation du district autonome, prévue pour le 18 décembre lors du Kurman Baïram. Weseloh avait achevé son travail et rédigeait son rapport; Bierkamp nous convoqua à Vorochilovsk pour examiner notre position. Après quelques jours relativement doux, où il avait de nouveau neigé, la température était redescendue jusqu'à environ − 20 °; j'avais enfin reçu ma *chouba* et mes bottes; c'était très encombrant, mais ça tenait chaud. Je fis la route avec Weseloh; de Vorochilovsk, elle repartirait directement pour Berlin. Au Gruppenstab, je retrouvai Persterer et Reinholz, que Bierkamp avait aussi convoqués; en outre, Leetsch, Prill et le Sturmbannführer Holste, le Leiter IV/V du groupe, assistaient à la réunion. « D'après mes informations, commença Bierkamp, la Wehrmacht et ce Dr. Bräutigam veulent exempter les *Bergjuden* des mesures antijuives pour ne pas nuire aux bonnes relations avec les Kabardes et les Balkars. Ils vont donc chercher à prétendre que ce ne sont pas vraiment des Juifs, de manière à se mettre à l'abri de critiques de Berlin. Pour nous, ce serait une grave erreur. En tant que Juifs et *Fremdkörper* parmi les peuples environnants, cette population restera une source de danger permanent pour nos forces : un nid d'espionnage et de sabotage et un vivier pour les partisans. La nécessité de mesures radicales ne fait aucun doute. Mais nous devons avoir des preuves solides pour faire face aux arguties de la Wehrmacht. » — « Je pense, Herr Oberführer, que ce ne sera pas difficile de démontrer la justesse de notre position, affirma Weseloh de sa petite voix grêle. Je serai désolée de ne pas pouvoir le faire moi-même, mais je laisserai avant de partir un rapport complet avec tous les points importants. Cela vous permettra de répondre à toutes les objections de la Wehrmacht ou de l'*Ostministerium*. » — « Parfait. Pour les arguments scientifiques, vous reverrez cela avec le Hauptsturmführer Aue, qui présentera cette partie-là. Je présenterai moi-même la position concrète de la *Sicherheitspolizei* du point de vue de la sécurité. » Tandis qu'il parlait, je parcourais rapidement la liste de citations établie par Weseloh tendant à établir une origine purement juive et très ancienne des *Bergjuden*. « Si vous le permettez, Herr Oberführer, je voudrais faire une remarque sur le dossier établi par le docteur Weseloh. C'est un travail excellent, mais elle a purement omis de citer tous les textes qui contredisent notre point de vue. Les experts de la Wehrmacht et de l'*Ostministerium*, eux, ne se priveront pas de nous les opposer. Je crois qu'ainsi la base scientifique de notre position reste assez faible. » — « Hauptsturmführer Aue, intervint Prill, vous avez dû passer trop de temps à discuter avec votre ami le Leutnant Voss. On dirait qu'il a influencé votre jugement. » Je lui lançai un regard exaspéré : ainsi, voilà ce qu'il tramait avec Turek. « Vous vous trompez, Hauptsturmführer. Je cherchais simplement à faire remarquer que la documentation scientifique existante n'est pas concluante, et que baser notre position dessus serait une erreur. » — « Ce Voss a été tué, je crois ? » intervint Leetsch. — « Oui, répondit Bierkamp. Par des partisans, peut-être même par ces Juifs-là. C'est bien entendu dommage. Mais j'ai des raisons de croire qu'il travaillait activement contre nous. Hauptsturmführer Aue, je comprends vos doutes ; mais vous devez vous en tenir à l'essentiel et non aux détails. Les intérêts de la SP et de la SS, ici, sont clairs, voilà ce qui compte. » — « De toute manière, dit Weseloh, leur caractère juif crève les yeux. Leurs manières sont insinuantes, et ils ont même essayé de nous corrompre. » — « Absolument, confirma Persterer. Ils sont revenus plusieurs fois au Kommando nous apporter des manteaux fourrés, des couvertures, des batteries de cuisine. Ils disent que c'est pour aider nos troupes, mais ils nous ont aussi donné des

tapis, des beaux couteaux et des bijoux. » — « Il ne faut pas être dupe »,
avança Holste qui avait l'air de s'ennuyer. — « Oui, dit Prill, mais songez qu'ils font la même chose avec la Wehrmacht. » La discussion dura
un certain temps. Bierkamp conclut : « Le Brigadeführer Korsemann
viendra en personne à la conférence de Naltchik. Je ne pense pas, si
nous présentons bien la chose, que le groupe d'armées osera nous
contredire ouvertement. Après tout, c'est leur sécurité aussi qui est en
jeu. Sturmbannführer Persterer, je compte sur vous pour mettre en
place tous les préparatifs pour une *Aktion* rapide et efficace. Une fois
que nous aurons le feu vert, nous devrons aller vite. Je veux que tout
soit fini pour la Noël, afin que je puisse inclure les chiffres dans mon
rapport récapitulatif de fin d'année. »

Après la réunion, j'allai dire au revoir à Weseloh. Elle me serra la
main avec chaleur. « Hauptsturmführer Aue, vous ne pouvez pas savoir
comme j'ai été heureuse de pouvoir effectuer cette mission. Pour vous,
ici, à l'Est, la guerre est une affaire de tous les jours ; mais à Berlin, dans
les bureaux, on oublie vite le péril mortel dans lequel se trouve la *Heimat*, et les difficultés et les souffrances du front. Venir ici m'a permis de
comprendre tout cela au fond de moi-même. Je rapporterai le souvenir
de vous tous comme une chose précieuse. Bonne chance, bonne chance.
Heil Hitler ! » Son visage brillait, elle était en proie à une exaltation
étonnante. Je lui rendis son salut et la quittai.

Jünger se trouvait encore à Vorochilovsk, et j'avais entendu dire qu'il
recevait les admirateurs qui le sollicitaient ; il devait bientôt partir inspecter les divisions de Ruoff devant Touapsé. Mais j'avais perdu toute
envie de rencontrer Jünger. Je rentrai à Piatigorsk en songeant à Prill.
Visiblement, il tentait de me nuire ; je ne comprenais pas bien pourquoi :
je ne lui avais jamais cherché noise ; mais il avait choisi de prendre le
parti de Turek. Il était en contact permanent avec Bierkamp et Leetsch,
et ce ne devait pas être chose difficile, à force de petites insinuations,
que de les monter contre moi. Cette affaire des *Bergjuden* risquait de
me mettre en mauvaise posture : je n'avais aucun à priori, je souhaitais
simplement respecter une certaine honnêteté intellectuelle, et je
comprenais mal l'insistance de Bierkamp à vouloir à tout prix les liquider ; était-il sincèrement convaincu de leur appartenance raciale juive ?
Pour moi, cela ne ressortait pas de manière nette de la documentation ;
quant à leur apparence ou à leur comportement, ils ne ressemblaient en
rien aux Juifs que nous connaissions ; à les voir chez eux, ils paraissaient
en tous points pareils aux Kabardes, aux Balkars ou aux Karatchaïs. Ceux-là aussi nous offraient des cadeaux somptueux, c'était une

tradition, on n'était pas obligé d'y voir de la corruption. Mais je devais faire attention : une indécision pouvait être interprétée comme de la faiblesse, et Prill et Turek profiteraient du moindre faux pas.

À Piatigorsk, je trouvai de nouveau la salle des cartes fermée : l'armée Hoth, formée à partir des restes renforcés de la 4ᵉ armée blindée, lançait sa percée à partir de Kotelnikovo en direction du *Kessel*. Mais les officiers affichaient un air optimiste, et leurs commentaires me servirent à compléter les communiqués officiels et les rumeurs; tout portait à croire qu'une fois encore, comme devant Moscou l'année précédente, le Führer avait eu raison de tenir bon. De toute façon je devais préparer la conférence sur les *Bergjuden* et avais peu de temps pour autre chose. En relisant les rapports et mes notes, je songeais aux paroles de Voss, lors de notre dernière conversation; et en examinant les différentes preuves accumulées, je me demandais : Qu'en aurait-il pensé, qu'aurait-il accepté ou rejeté ? Le dossier, en fin de compte, était bien mince. Il me semblait sincèrement que l'hypothèse khazare n'était pas tenable, que seule l'origine perse faisait sens; quant à ce que cela voulait dire, j'en étais moins sûr que jamais. Je regrettais énormément la disparition de Voss; il était bien, ici, la seule personne avec qui j'aurais pu en discuter sérieusement; les autres, ceux de la Wehrmacht comme ceux de la SS, peu leur importait, au fond, la vérité et la rigueur scientifique : ce n'était pour eux qu'une question politique.

La conférence se tint vers le milieu du mois, quelques jours avant le Grand Baïram. Il y avait beaucoup de monde, la Wehrmacht avait fait replâtrer à la hâte une large salle de réunion à l'ancien siège du Parti communiste, avec une immense table ovale encore marquée par les éclats des shrapnels qui avaient crevé le toit. Il y eut une brève discussion animée sur une question de préséance : Köstring souhaitait regrouper les différentes délégations, administration militaire, Abwehr, AOK, *Ostministerium* et SS, et cela paraissait logique, mais Korsemann insistait pour que tout le monde soit placé selon son grade; Köstring finit par céder, ce qui fit que Korsemann s'assit à sa droite, Bierkamp un peu plus bas, et que je me retrouvai presque en bout de table, en face de Bräutigam qui n'était qu'un Hauptmann de la réserve, et à côté de l'expert civil de l'institut du ministre Rosenberg. Köstring ouvrit la séance puis fit introduire Selim Chadov, le chef du Conseil national kabardo-balkar, qui prononça un long discours sur les très vieilles relations de bon voisinage, d'entraide, d'amitié, et même parfois de mariage entre les peuples kabarde, balkar et tat. C'était un homme un peu gras, vêtu d'un costume croisé en tissu brillant, son visage un peu flasque raffermi par une moustache fournie, et qui parlait un russe lent et emphatique ; Köstring traduisait lui-même ses paroles. Lorsque Chadov eut fini, Köstring se leva et lui assura, en russe (cette fois-ci, un *Dolmetscher* traduisait pour nous), que l'avis du Conseil national serait pris en compte, et qu'il espérait que la question serait résolue à la satisfaction de tout le monde. Je regardai Bierkamp, assis de l'autre côté de la table, à quatre sièges de Korsemann : il avait posé sa casquette sur la table à côté de ses papiers, et écoutait Köstring en pianotant des doigts ; Korsemann, lui, grattait un impact de shrapnel avec son stylo. Après la réponse de Köstring, on fit ressortir Chadov, et le général se rassit sans commenter l'échange. « Je propose que nous commencions par les rapports des experts, fit-il. Doktor Bräutigam ? » Bräutigam indiqua l'homme assis à ma gauche, un civil à la peau jaunâtre, avec une petite moustache tombante et des cheveux graisseux, soigneusement peignés et saupoudrés, comme ses épaules qu'il brossait nerveusement, d'une nuée de pellicules. « Permettez-moi de vous présenter le Dr. Rehrl, un spécialiste du judaïsme oriental à l'Institut pour les questions juives de Francfort. » Rehrl décolla légèrement les fesses de son siège en une petite courbette et se lança d'une voix monocorde et nasillarde : « Je pense que nous avons affaire ici à un restant de peuplade turque, qui aurait pris la religion mosaïque lors de la conversion de la noblesse khazare, et qui se serait plus tard réfugié à l'est du Caucase, vers les xe ou xie siècles, lors de la destruction de l'Empire khazar. Là, ils se seraient confondus par mariage avec une tribu montagnarde iranophone, les Tats, et une partie du groupe se serait converti ou reconverti à l'islam tandis que les autres maintenaient un judaïsme qui s'est peu à peu corrompu. » Il commença à égrener des preuves : d'abord, les mots en langue tate pour la nourriture, les gens et les animaux, soit le substrat fondamental de la langue, étaient principalement d'origine turque. Puis il passa en revue le peu qui soit connu de l'histoire de la conversion des Khazars. Il y avait là des points dignes d'intérêt, mais son exposé tendait à présenter les choses en vrac, et était un peu difficile à suivre. Je fus toutefois impressionné par son argument sur les noms propres : on trouvait, chez les *Bergjuden*, des noms de fêtes juives tels Hanoukah ou Pessah utilisés comme noms propres, par exemple dans le nom russifié Khanoukaïev, usage qui n'existe ni chez les Juifs ashkénazes, ni chez les séfarades, mais qui est attesté chez les Khazars : le nom propre Hanukkah, par exemple, apparaît deux fois dans la *Lettre de Kiev*, une lettre de recommandation écrite en hébreu par la communauté khazare de cette ville au début du xe siècle ; une fois sur une pierre tombale en Crimée ; et une fois dans la liste des rois khazars. Pour Rehrl, ainsi, les *Bergjuden*, malgré leur langue, étaient assimilables du point de vue racial aux Nogaïs, aux Koumyks et aux Balkars plutôt qu'aux Juifs. Le chef de la commission d'enquête de la Wehrmacht, un officier rubicond nommé Weintrop, prit la parole à son tour : « Mon opinion ne saurait être aussi tranchée que celle de mon respecté collègue. À mon avis, les traces d'une influence juive caucasienne sur ces fameux Khazars — au sujet desquels on sait en fait peu de chose — sont aussi nombreuses que les preuves d'une influence contraire. Par exemple, dans le document connu sous le nom de *Lettre anonyme de Cambridge*, et qui doit aussi dater du Xe siècle, il est écrit que *des Juifs d'Arménie se sont entremariés avec les habitants de cette terre* — il veut dire les Khazars —, *se sont mélangés aux Gentils, ont appris leurs pratiques, et sortaient continuellement faire la guerre avec eux ; et ils sont devenus un seul peuple.* L'auteur parle là des Juifs du Moyen-Orient et des Khazars : quand il mentionne l'Arménie, ce n'est pas l'Arménie moderne que nous connaissons, mais la Grande Arménie ancienne, c'est-à-dire presque toute la Transcaucasie et une bonne partie de l'Anatolie... » Weintrop continua dans cette veine ; chaque élément de preuve qu'il avançait semblait s'opposer au précédent. « Si l'on en vient maintenant à l'observation ethnologique, on constate peu de différences avec leurs voisins convertis à l'islam, voire devenus chrétiens comme les Osses. L'influence païenne reste très forte : les *Bergjuden* pratiquent la démonologie, portent des talismans pour se protéger des mauvais esprits, et ainsi de suite. Cela ressemble aux pratiques soi-disant soufies des montagnards musulmans, comme le culte des tombes ou les danses rituelles, qui sont aussi des survivances païennes. Le niveau de vie des *Bergjuden* est identique à celui des autres montagnards, que ce soit en ville ou dans les *aoul* que nous avons visités : il est exclu de dire que les *Bergjuden* auraient profité du Judéo-bolchevisme pour faire avancer leur position. Au contraire, ils semblent en général presque plus pauvres que les Kabardes. Au repas du Shabbat, les femmes et les enfants sont assis à l'écart des hommes : c'est contraire à la tradition juive, mais c'est la tradition montagnarde. À l'inverse, lors des mariages comme celui auquel nous avons pu assister, avec des centaines d'invités kabardes et balkars, les hommes et les femmes des *Bergjuden* dansaient ensemble, ce qui est strictement prohibé par le judaïsme orthodoxe. » — « Vos conclusions, donc ? » demanda von Bittenfeld, l'aide de camp de Köstring. Weintrop gratta ses cheveux blancs, coupés presque ras : « Quant à l'origine, difficile à dire : les informations sont contradictoires. Mais il nous semble évident qu'ils sont complètement assimilés et intégrés et si on veut *vermischlingt*, "mischlingisés". Les traces de sang juif qui restent doivent être négligeables. » — « Pourtant, intervint Bierkamp, ils s'accrochent avec obstination à leur religion juive, qu'ils ont préservée intacte durant des siècles. » — « Oh, pas intacte, Herr Oberführer, pas intacte, fit Weintrop avec bonhomie. Bien corrompue, je trouve au contraire. Ils ont entièrement perdu tout savoir talmudique, si tant est qu'ils l'ont jamais eu. Avec leur démonologie, cela en fait quasiment des hérétiques, comme les Karaïtes. D'ailleurs, les Juifs ashkénazes les méprisent et les nomment *Byky*, les "Taureaux", un terme péjoratif. » — « À ce sujet, fit suavement Köstring en se tournant vers Korsemann, quelle est donc l'opinion de la SS ? » — « C'est certainement une question importante, opina Korsemann. Je vais passer la parole à l'Oberführer Bierkamp. » Bierkamp réunissait déjà ses feuillets : « Malheureusement, notre propre spécialiste, le Dr. Weseloh, a dû rentrer en Allemagne. Mais elle a préparé un rapport complet, que je vous ai fait suivre, Herr General, et qui soutient fortement notre opinion : ces *Bergjuden* sont des *Fremdkörper* extrêmement dangereux qui représentent une menace pour la sécurité des troupes, menace à laquelle nous devons réagir avec vigueur et énergie. Ce point de vue, qui, à la différence de celui des chercheurs, prend en compte la question vitale de la sécurité, s'étaye aussi sur une étude des documents scientifiques menée par le Dr. Weseloh, dont les conclusions diffèrent de celles des autres spécialistes ici présents. Je vais laisser au Hauptsturmführer Dr. Aue le soin de les présenter. » J'inclinai la tête : « Merci, Herr Oberführer. Je crois que, pour être clair, il est préférable de différencier les niveaux de preuves. Il y a d'abord les documents historiques, puis ce document vivant qu'est la langue ; il y a ensuite les résultats de l'anthropologie physique et culturelle ; et finalement les recherches ethnologiques de terrain comme celles menées par le Dr. Weintrop ou le Dr. Weseloh. Si l'on considère les documents historiques, il semble établi que des Juifs vivaient au Caucase bien avant la conversion des Khazars. » Je citai Benjamin de Tudela et quelques autres sources anciennes comme le *Derbent-Nameh*. « Au IXe siècle, Eldad ha-Dani a visité le Caucase et a noté que les Juifs des montagnes avaient une excellente connaissance du Talmud... » — « Ils l'ont bien perdue ! » interrompit Weintrop. — « Absolument, mais le fait reste qu'à une époque les talmudistes de Derbent et de Chemakha, en Azerbaïdjan, étaient fort réputés. Ce qui est peut-être d'ailleurs un phénomène un peu tardif : en effet, un voyageur juif des années 80 du siècle dernier, un certain Judas Tchorny, pensait que les Juifs étaient arrivés au Caucase non pas après mais avant la destruction du Premier Temple, et avaient vécu coupés de tout, sous protection perse, jusqu'au IVe siècle. Plus tard seulement, lorsque les Tatars envahirent la Perse, les *Bergjuden* rencontrèrent des Juifs de Babylone qui leur enseignèrent le Talmud. Ce ne serait qu'à cette époque-là qu'ils auraient donc adopté la tradition et les enseignements rabbiniques. Mais cela n'est pas prouvé. Pour des preuves de leur ancienneté, il faudrait plutôt se tourner vers les traces archéologiques, comme ces ruines désertes en Azerbaïdjan qu'on nomme *Chifut Tebe*, la "colline des Juifs", ou *Chifut Kabur*, la "tombe des Juifs". Elles sont très anciennes. Quant à la langue, les observations du Dr. Weseloh corroborent celles de feu le Dr. Voss : c'est un dialecte iranien occidental moderne — je veux dire pas plus vieux que le VIIIe ou le IXe siècle, voire le Xe —, ce qui semble contredire une ascendance chaldéenne directe, telle que la propose Pantyoukov d'après Quatrefages. Quatrefages d'ailleurs pensait que les Lesghines, certains Svans et les Khevsours avaient aussi des origines juives ; en géorgien, *Khevis Uria* veut dire "le Juif de la vallée". Le baron Peter Uslar, plus raisonnablement, suggère une immigration juive fréquente et régulière au Caucase durant deux mille ans, chaque vague s'intégrant plus ou moins aux tribus locales. Une explication du problème de la langue serait que les Juifs ont échangé des femmes avec une tribu iranienne, les Tats, arrivée plus tardivement ; eux-mêmes seraient venus au temps des Achéménides comme colons militaires pour défendre le pas de Derbent contre les nomades des plaines du Nord. » — « Les Juifs, des colons militaires ? lança un Oberst de l'AOK. Cela me semble ridicule. » — « Pas tant que ça, rétorqua Bräutigam. Les Juifs d'avant la Diaspora ont une longue tradition guerrière. Il n'y a qu'à voir la Bible. Et souvenez-vous comment ils ont tenu tête aux Romains. » — « Ah, oui, c'est dans Flavius Josèphe, ça », ajouta Korsemann. — « En effet, Herr Brigadeführer », approuva Bräutigam. — « Bref, repris-je, cet ensemble de faits semble contredire une origine khazare. Au contraire, l'hypothèse de Vsevolod Miller, que ce seraient les *Bergjuden* qui auraient apporté le judaïsme aux Khazars, semble plus plausible. » — « C'est tout à fait ce que je disais, intervint Weintrop. Mais vous-même avec votre argument linguistique ne niez pas la possibilité de la "mischlingisation". » — « C'est vraiment dommage que le Dr. Voss ne soit plus parmi nous, fit Köstring. Il nous aurait certainement éclairci ce point. » — « Oui, dit tristement von Gilsa. Nous le regrettons beaucoup. C'est une grande perte. » — « La science allemande, prononça sentencieusement Rehrl, paye aussi un lourd tribut au Judéo-bolchevisme. »

— « Oui, mais enfin, dans le cas de ce pauvre Voss, il s'agirait plutôt d'un malentendu, disons, culturel », avança Bräutigam. — « Meine Herren, Meine Herren, coupa Köstring. Nous nous éloignons du sujet. Hauptsturmführer ? » — « Merci, Herr General. Malheureusement, l'anthropologie physique nous permet difficilement de trancher entre les diverses hypothèses. Permettez-moi de vous citer les données recueillies par le grand savant Erckert dans *Der Kaukasus und Seine Völker*, publié en 1887. Pour l'index céphalique, il donne 79,4 (mésocéphale) pour les Tatars d'Azerbaïdjan, 83,5 (brachycéphale) pour les Géorgiens, 85,6 (hyperbrachycéphale) pour les Arméniens, et 86,7 (hyperbrachycéphale) pour les *Bergjuden*. » — « Ha ! s'exclama Weintrop. Comme les Mecklembourgeois ! » — « Chut..., fit Köstring. Laissez parler le Hauptsturmführer. » Je repris : « Hauteur de tête : Kalmouks, 62 ; Géorgiens, 67,9 ; *Bergjuden*, 67,9 ; Arméniens, 71,1. Index facial : Géorgiens, 86,5 ; Kalmouks, 87 ; Arméniens, 87,7 ; et *Bergjuden*, 89. Enfin, index nasal : les *Bergjuden* sont au bas de l'échelle avec 62,4, et les Kalmouks en haut avec 75,3, un écart significatif. Les Géorgiens et les Arméniens sont entre les deux. » — « Qu'est-ce que tout cela veut dire ? demanda l'Oberst de l'AOK. Je ne comprends pas. » — « Cela veut dire, expliqua Bräutigam qui avait griffonné les chiffres et effectuait à la hâte un calcul mental, que si l'on considère la forme de la tête comme un indicateur d'une race plus ou moins élevée, les *Bergjuden* forment le plus beau type des peuples caucasiens. » — « C'est précisément ce que dit Erckert, continuai-je. Mais bien sûr, cette approche, si elle n'a pas été entièrement réfutée, est peu usitée de nos jours. La science a fait quelques progrès. » Je levai brièvement les yeux vers Bierkamp : il me contemplait d'un air sévère, en tapotant la table avec son crayon. Il me fit signe de continuer, du bout des doigts. Je me replongeai dans mes documents : « L'anthropologie culturelle, elle, fournit une grande moisson de données. Il me faudrait trop de temps pour les passer toutes en revue. En général, elles tendent à présenter les *Bergjuden* comme ayant entièrement adopté les coutumes des montagnards, y compris celles concernant le *kanly* ou *ichkil*, la vengeance du sang. Nous savons que de grands guerriers tats se sont battus aux côtés de l'imam Chamil contre les Russes. Aussi, avant la colonisation russe, les *Bergjuden* s'occupaient surtout d'agriculture, et cultivaient le raisin, le riz, le tabac, et des graines diverses. » — « Ce n'est pas un comportement juif, ça, nota Bräutigam. Les Juifs ont horreur des travaux pénibles comme l'agriculture. » — « Certes, Herr Doktor. Plus tard, sous l'Empire russe, les circonstances économiques en ont toutefois fait des artisans, spécialisés en tannerie et en bijouterie ; des facteurs d'armes et de tapis ; et aussi des marchands. Mais c'est une évolution récente, et certains *Bergjuden* restent des fermiers. » — « Comme ceux qui ont été tués près de Mozdok, non ? rappela Köstring. Nous n'avons jamais éclairci cette histoire. » Le regard de Bierkamp noircissait. Je continuai : « En revanche, un fait assez probant est que, mis à part les quelques rebelles qui ont rejoint Chamil, la plupart des *Bergjuden* du Daghestan, peut-être à cause des persécutions musulmanes, ont choisi le parti russe lors des guerres du Caucase. Après la victoire, les autorités tsaristes les ont récompensés par une égalité de droit avec les autres tribus caucasiennes, et un accès à des postes dans l'administration. Cela, bien entendu, ressemble aux méthodes de parasitage juives que nous connaissons. Mais il faut noter que la plupart de ces droits ont été abrogés sous le régime bolchevique. À Naltchik, comme il s'agissait d'une république autonome kabardo-balkare, tous les postes non attribués à des Russes ou des Juifs soviétiques étaient distribués aux deux peuples titulaires ; les *Bergjuden*, ici, ne participaient quasiment pas à l'administration, à part quelques archivistes et fonctionnaires mineurs. Il serait intéressant de voir la situation au Daghestan. » Je terminai en citant les observations ethnologiques de Weseloh. « Elles ne semblent pas contredire les nôtres », grommela Weintrop. — « Non, Herr Major. Elles sont complémentaires. » — « Par contre, marmonnait pensivement Rehrl, une bonne partie de vos informations est peu compatible avec la thèse d'une origine khazare ou turque. Pourtant, je la pense solide. Même votre Miller... » Köstring l'interrompit en toussotant : « Nous sommes tous très impressionnés par l'érudition déployée par les spécialistes de la SS, dit-il onctueusement en s'adressant à Bierkamp, mais vos conclusions ne me semblent pas très différentes de celles de la Wehrmacht, non ? » Bierkamp paraissait maintenant furieux et inquiet ; il se mordillait la langue : « Comme nous l'avons constaté, Herr General, les observations purement scientifiques restent très abstraites. Il faut les croiser avec les observations fournies par le travail de la *Sicherheitspolizei*. C'est ce qui nous permet de conclure qu'il s'agit là d'un ennemi racialement dangereux. » — « Permettez, Herr Oberführer, intervint Bräutigam. Je n'en suis pas convaincu. » — « C'est parce que vous êtes un civil et avez un point de vue de civil, Herr Doktor, rétorqua sèchement Bierkamp. Ce n'est pas un hasard si le Führer a jugé bon de confier les fonctions de sécurité du Reich à la SS. Il y a aussi là une question de *Weltanschauung*. » — « Personne ici ne met en doute les compétences de la *Sicherheitspolizei* ou de la SS, Oberführer, reprit Köstring avec sa voix lente et paternelle. « Vos forces sont des auxiliaires précieux pour la Wehrmacht. Néanmoins, l'administration militaire, qui est aussi issue d'une décision du Führer, doit considérer tous les aspects de la question. Politiquement, une action non entièrement justifiée contre les *Bergjuden* nous ferait ici du tort. Il faudrait donc qu'il y ait des considérations pressantes pour contrebalancer cela. Oberst von Gilsa, quel est l'avis de l'Abwehr sur le niveau de risque posé par cette population ? » — « La question a déjà été évoquée lors de notre première conférence sur le sujet, Herr General, à Vorochilovsk. Depuis, l'Abwehr observe attentivement les *Bergjuden*. Jusqu'à ce jour, nous n'avons pu noter la moindre trace d'activité subversive. Pas de contacts avec les partisans, pas de sabotage, pas d'espionnage, rien. Si seulement tous les autres peuples se tenaient aussi tranquilles, notre tâche ici en serait grandement facilitée. » — « La SP justement considère qu'il ne faut pas attendre le crime pour le prévenir », objecta furieusement Bierkamp. — « Certes, fit von Bittenfeld, mais dans une intervention préventive, il faut peser les bénéfices et les risques. » — « Bref, continuait Köstring, s'il y a risque de la part des *Bergjuden*, il n'est pas immédiat ? » — « Non, Herr General, confirma von Gilsa. Pas de l'avis de l'Abwehr. » — « Reste donc la question raciale, fit Köstring. Nous avons entendu beaucoup d'arguments. Mais je crois que vous conviendrez tous qu'aucun n'était pleinement concluant, ni dans un sens ni dans l'autre. » Il marqua une pause et se frotta la joue. « Il me semble que nous manquons de données. Il est vrai que Naltchik n'est pas l'habitat naturel de ces *Bergjuden*, ce qui déforme certainement la perspective. Je propose donc que nous repoussions la question jusqu'à notre occupation du Daghestan. Sur place, dans leur habitat d'origine, nos chercheurs devraient être capables de trouver des éléments plus probants. Nous réunirons une nouvelle commission à ce moment-là. » Il se tourna vers Korsemann. « Qu'en pensez-vous, Brigadeführer ? » Korsemann hésita, regarda Bierkamp de biais, hésita de nouveau et dit : « Je n'y vois pas d'objection, Herr General. Cela me semblerait satisfaire les intérêts de toutes les parties, la SS comprise. N'est-ce pas, Oberführer ? » Bierkamp mit un instant à répondre : « Si vous le pensez, Herr Brigadeführer. » — « Bien entendu, ajouta Köstring de son air bonhomme, en attendant, nous les surveillerons de près. Oberführer, je compte aussi sur la vigilance de votre Sonderkommando. S'ils deviennent insolents ou prennent contact avec les partisans, clac. Doktor Bräutigam ? » La voix de Bräutigam était plus nasillarde que jamais : « L'*Ostministerium* n'a aucune objection à votre proposition tout à fait raisonnable, Herr General. Je pense que nous devrions aussi remercier les spécialistes, dont certains se sont déplacés depuis le Reich, pour leur travail remarquable. » — « Absolument, absolument, approuva Köstring. Doktor Rehrl, Major Weintrop, Hauptsturmführer Aue, nos félicitations, ainsi qu'à vos collègues. » Toute l'assistance applaudit. Les gens se levaient dans un grand bruit de chaises et de papiers. Bräutigam contourna la table et vint me serrer la main : « Très bon travail, Hauptsturmführer. » Il se tourna vers Rehrl : « Bien sûr, la thèse khazare peut encore se défendre. » — « Oh, fit celui-ci, nous verrons au Daghestan. Je suis certain que là-bas nous trouverons de nouvelles preuves, comme l'a dit le général. À Derbent, surtout, il y aura des documents, des traces archéologiques. » Je regardai Bierkamp qui avait filé rejoindre Korsemann et qui lui parlait rapidement à voix basse avec des gestes de la main. Köstring discutait debout avec von Gilsa et l'Oberst de l'AOK. J'échangeai encore quelques phrases avec Bräutigam puis réunis mes dossiers et me dirigeai vers l'antichambre où étaient déjà passés Bierkamp et Korsemann. Bierkamp me toisa avec colère : « Je pensais que les intérêts de la SS vous tenaient plus à cœur, Hauptsturmführer. » Je ne me laissai pas démonter : « Herr Oberführer, je n'ai pas omis une seule preuve de leur judéité. » — « Vous auriez pu les présenter plus clairement. Avec moins d'ambiguïté. » Korsemann intervint de sa voix saccadée : « Je ne vois pas ce que vous lui reprochez, Oberführer. Il s'est très bien débrouillé. D'ailleurs le général l'a félicité, deux fois. » Bierkamp haussa les épaules : « Je me demande si Prill n'avait pas raison, après tout. » Je ne répondis pas. Derrière nous, les autres participants sortaient. « Avez-vous d'autres instructions pour moi, Herr Oberführer ? » demandai-je enfin. Il fit un geste vague de la main : « Non. Pas maintenant. » Je le saluai et sortis derrière von Gilsa.

Dehors, l'air était sec, vif, mordant. J'inspirai profondément et sentis le froid me brûler l'intérieur des poumons. Tout paraissait glacé, muet. Von Gilsa monta dans sa voiture avec l'Oberst de l'AOK en m'offrant le siège avant. Nous échangeâmes encore quelques paroles puis petit à petit tout le monde se tut. Je songeais à la conférence : la colère de Bierkamp était compréhensible. Köstring nous avait joué un sale tour. Tout le monde, dans la salle, savait pertinemment qu'il n'y avait aucune chance que la Wehrmacht arrive au Daghestan. Certains se doutaient même — mais peut-être pas Korsemann ou Bierkamp — qu'au contraire le groupe d'armées A devrait bientôt évacuer le Caucase. Même si Hoth parvenait à faire sa jonction avec Paulus, ce ne serait que pour replier la 6e armée sur le Tchir, voire le bas Don. Il suffisait de

regarder une carte pour comprendre que la position du groupe
d'armées A devenait alors intenable. Köstring devait avoir quelques
certitudes là-dessus. Ainsi, il était exclu de se mettre à dos les peuples
montagnards pour une question aussi peu importante que celle des
Bergjuden : déjà, lorsqu'ils comprendraient que l'Armée rouge revenait,
il y aurait des troubles — ne serait-ce que pour prouver, un peu tardivement certes, leur loyauté et leur patriotisme — et il fallait à tout prix
éviter que cela dégénère. Une retraite à travers un milieu entièrement
hostile, propice à la guérilla, pouvait tourner à la catastrophe. Il fallait
donc donner des gages aux populations amies. Cela, je ne pensais pas
que Bierkamp pouvait le comprendre ; sa mentalité policière, exacerbée
par son obsession des chiffres et des rapports, lui rendait la vue courte.
Récemment, un des Einsatzkommandos avait liquidé un sanatorium
pour enfants tuberculeux, dans une zone reculée de la région de Krasnodar. La plupart des enfants étaient des montagnards, les conseils
nationaux avaient vigoureusement protesté, il y avait eu des échauffou-
rées qui avaient coûté la vie à plusieurs soldats. Baïramukov, le chef
karatchaï, avait menacé von Kleist d'une insurrection générale si cela se
reproduisait ; et von Kleist avait envoyé une lettre furieuse à Bierkamp,
mais celui-ci, d'après ce que j'avais entendu, l'avait reçu avec une
étrange indifférence : il ne voyait pas où était le problème. Korsemann,
plus sensible à l'influence des militaires, avait dû intervenir et l'avait
obligé à envoyer de nouvelles instructions aux Kommandos. Ainsi, Köstring n'avait pas eu le choix. En arrivant à la conférence, Bierkamp pensait que les jeux n'étaient pas encore faits ; mais Köstring, avec
Bräutigam sans doute, avait déjà pipé les dés, et l'échange de vues
n'avait été que du théâtre, une représentation au bénéfice des non-
initiés. Weseloh aurait-elle pu y assister, ou m'en serais-je tenu à une
argumentation entièrement tendancieuse, que cela n'aurait rien changé.
Le coup du Daghestan était brillant, imparable : il découlait naturellement de ce qui avait été dit, et Bierkamp ne pouvait y opposer aucune
objection raisonnable ; quant à dire la vérité, qu'il n'y aurait pas
d'occupation du Daghestan, c'était tout bonnement impensable ; Köstring aurait eu beau jeu alors de faire démettre Bierkamp pour défaitisme. Ce n'était pas pour rien que les militaires appelaient aussi
Köstring « le vieux renard » : ç'avait été, me dis-je avec un plaisir amer,
un coup de maître. Je savais que cela allait me créer des ennuis : Bierkamp chercherait à rejeter le blâme pour sa défaite sur quelqu'un, et
j'étais la personne la plus indiquée. Pourtant, j'avais mené mon travail
avec énergie et rigueur ; or, c'était comme lors de ma mission à Paris, je

n'avais pas compris les règles du jeu, j'avais cherché la vérité là où l'on voulait non pas la vérité mais un avantage politique. Prill et Turek auraient maintenant la partie aisée pour me calomnier. Au moins, Voss n'aurait pas désapprouvé ma présentation. Hélas, Voss était mort, et j'étais de nouveau seul.

Le soir tombait. Un givre épais recouvrait tout : les branches tordues des arbres, les fils et les poteaux des clôtures, l'herbe drue, la terre des champs presque nus. C'était comme un monde d'horribles formes blanches, angoissantes, féeriques, un univers cristallin d'où la vie semblait bannie. Je regardai les montagnes : le vaste mur bleu barrait l'horizon, gardien d'un autre monde, caché celui-là. Le soleil, du côté de l'Abkhazie sans doute, tombait derrière les crêtes, mais sa lumière venait encore effleurer les sommets, posant sur la neige de somptueuses et délicates lueurs roses, jaunes, orange, fuschia, qui couraient délicatement d'un pic à l'autre. C'était d'une beauté cruelle, à vous ravir le souffle, presque humaine mais en même temps au-delà de tout souci humain. Petit à petit, là-bas derrière, la mer engloutissait le soleil, et les couleurs s'éteignaient une à une, laissant la neige bleue, puis d'un gris-blanc qui luisait tranquillement dans la nuit. Les arbres incrustés de givre apparaissaient dans les cônes de nos phares comme des créatures en plein mouvement. J'aurais pu me croire passé de l'autre côté, dans ce pays que connaissent bien les enfants, d'où l'on ne revient pas.

Je ne m'étais pas trompé sur Bierkamp : le couperet tomba encore plus vite que je ne m'y attendais. Quatre jours après la conférence, il me convoqua à Vorochilovsk. L'avant-veille, on avait proclamé le District autonome kabardo-balkar lors de la célébration du Kurman Baïram, à Naltchik, mais je n'avais pas assisté à la cérémonie ; Bräutigam, paraissait-il, avait fait un grand discours, et les montagnards avaient couvert les officiers de cadeaux, *kindjali*, tapis, des Coran recopiés à la main. Quant au front de Stalingrad, d'après les rumeurs, les panzers de Hoth peinaient à avancer, et venaient de buter sur la Mychkova, à soixante kilomètres du *Kessel* ; entre-temps les Soviétiques, plus au nord sur le Don, lançaient une nouvelle offensive contre le front italien ; on parlait de débandade, et les chars russes menaçaient maintenant les aérodromes à partir desquels la Luftwaffe ravitaillait tant bien que mal le *Kessel* ! Les officiers de l'Abwehr refusaient toujours de donner des informations précises, et il était difficile de se faire une idée exacte de l'état critique de la situation, même en recoupant les diverses rumeurs. Je rendais compte au Gruppenstab de ce que je parvenais à comprendre ou à corroborer, mais j'avais l'impression qu'on ne prenait pas très au sérieux mes rapports : dernièrement, j'avais reçu de l'état-major de Korsemann une liste des SSPF et autres responsables SS nommés pour les différents districts du Caucase, y compris Groznyi, l'Azerbaïdjan et la Géorgie, et une étude sur la plante kok-sagyz, que l'on trouve autour de Maïkop, et dont le Reichsführer souhaitait entreprendre la culture à large échelle pour produire un substitut au caoutchouc. Je me demandais si Bierkamp pensait de manière aussi irréaliste ; en tout cas, sa convocation m'inquiétait. En route je tentais de rassembler des arguments en ma défense, de mettre au point une stratégie, mais comme je ne savais pas ce qu'il allait me dire, je m'embrouillais.

L'entretien fut bref. Bierkamp ne m'invita pas à m'asseoir et je restai au garde-à-vous tandis qu'il me tendait une feuille. Je la regardai sans trop comprendre : « Qu'est-ce que c'est ? » demandai-je. — « Votre transfert. Le chargé des structures de police à Stalingrad a demandé un officier SD d'urgence. Le sien a été tué il y a deux semaines. J'ai informé Berlin que le Gruppenstab pouvait supporter une réduction de personnel, et ils ont approuvé votre mutation. Félicitations, Hauptsturmführer. C'est une chance pour vous. » Je restai rigide : « Puis-je vous demander pourquoi vous m'avez proposé, Herr Oberführer ? » Bierkamp gardait un air déplaisant mais il sourit légèrement : « Dans mon état-major, je souhaite avoir des officiers qui comprennent ce que l'on attend d'eux sans qu'on ait à leur expliquer les détails ; sinon, on ferait aussi bien de faire le travail soi-même. J'espère que le travail SD à Stalingrad sera pour vous un apprentissage utile. En outre, permettez-moi de vous signaler que votre conduite personnelle a été assez équivoque pour donner lieu à des rumeurs désagréables au sein du groupe. Certains ont même été jusqu'à évoquer une intervention de la *SS-Gericht*. Je refuse par principe de croire de tels bruits, surtout concernant un officier aussi politiquement formé que vous, mais je n'accepterai pas qu'un scandale vienne ternir la réputation de mon groupe. À l'avenir, je vous conseille de veiller à ce que votre comportement ne puisse pas donner prise à ce genre de racontars. Vous pouvez disposer. » Nous échangeâmes un salut allemand et je me retirai. Dans le couloir, je passai devant le bureau de Prill ; la porte était ouverte, et je vis qu'il me regardait avec un léger sourire. Je m'arrêtai sur le seuil et le fixai à mon tour, tandis qu'un sourire radieux, un sourire d'enfant grandissait sur mon visage. Petit à petit son sourire s'éteignit et il me contempla avec un air morne, perplexe. Je ne dis rien, je continuais à sourire. Je tenais toujours mon ordre de mission à la main. Enfin je sortis.

Il faisait toujours aussi froid, mais ma pelisse me protégeait et je fis quelques pas. La neige, mal déblayée, était gelée et glissante. Au coin de la rue, près de l'hôtel *Kavkaz*, j'assistai à un spectacle étrange : des soldats allemands sortaient d'un bâtiment en portant des mannequins vêtus d'uniformes napoléoniens. Il y avait là des hussards en shakos et en dolmans ponceau, pistache ou jonquille, des dragons en vert aux passe-poils amarante, des grognards en manteaux bleus à boutons dorés, des hanovriens en rouge écrevisse, un lancier croate tout en blanc avec une cravate rouge. Les soldats chargeaient ces mannequins, debout, dans des camions bâchés, tandis que d'autres les fixaient avec des cordes. Je m'approchai du Feldwebel qui supervisait l'opération : « Que se passe-t-il ? » Il me salua et répondit : « C'est le Musée régional, Herr Hauptsturmführer. On évacue la collection en Allemagne. Ordre de l'OKHG. » Je les regardai un moment puis retournai à ma voiture, ma feuille de route toujours à la main. *Finita la commedia.*

COURANTE

Alors je pris le train à Minvody et je m'acheminai péniblement vers le nord. Le trafic était très perturbé, je dus changer plusieurs fois de convoi. Dans les salles d'attente crasseuses, des centaines de soldats attendaient, debout ou affalés sur leur paquetage, qu'on leur serve de la soupe ou un peu d'ersatz avant de les embarquer pour l'inconnu. On me cédait un coin de banc et j'y restais, végétatif, jusqu'à ce qu'un chef de gare harassé vienne me secouer. À Salsk, enfin, on me mit dans un train qui montait de Rostov avec des hommes et du matériel pour l'armée Hoth. Ces unités hétéroclites avaient été formées à la hâte, un peu n'importe comment, avec des permissionnaires interceptés tout le long du chemin du Reich, jusqu'à Lublin et même Posen, puis réexpédiés en Russie, des appelés hors d'âge à l'entraînement accéléré puis écourté, des convalescents ramassés dans les lazarets, des isolés de la 6e armée retrouvés hors du *Kessel* après la débâcle. Peu d'entre eux semblaient se faire une idée de la gravité de la situation ; et ce n'était pas étonnant, les communiqués militaires restaient obstinément muets à ce sujet, faisant tout au plus état d'*activité dans le secteur de Stalingrad.* Je ne parlai pas avec ces hommes, je rangeai mon paquetage et me calai dans l'angle d'un compartiment, replié en moi-même, étudiant distraitement les grandes formes végétales, ramifiées et précises, déposées sur la vitre par le givre. Je ne voulais pas penser, mais des pensées affluaient, amères, pleines de pitié pour moi-même. Bierkamp, rageait en moi une petite voix intérieure, aurait mieux fait de me placer d'office devant un peloton, ç'aurait été plus humain, plutôt que de me tenir des discours hypocrites sur la valeur éducative d'un encerclement en plein hiver russe. Grâce à Dieu, en geignait une autre, j'ai au moins ma pelisse et mes bottes. J'avais très sincèrement du mal à concevoir la valeur éducative de morceaux de métal brûlants projetés à travers ma chair. Quand on fusillait un Juif ou un bolchevique, ça n'avait aucune valeur éducative, ça les tuait, c'est tout, bien que nous eussions beaucoup de jolis euphémismes pour cela aussi. Les Soviétiques, eux, lorsqu'ils voulaient punir quelqu'un, l'envoyaient à un *Chtrafbat* où l'espérance de vie dépassait rarement quelques semaines : méthode brutale, mais franche, comme en général tout ce qu'ils faisaient. C'était là d'ailleurs, je trouvais, un de leurs grands avantages sur nous (à part leurs divisions et leurs chars en apparence innombrables) : au moins, chez eux, on savait sur quel pied danser.

Les rails étaient encombrés, nous passions des heures à attendre sur des voies de dégagement, selon d'indéchiffrables règles de priorité fixées par des instances mystérieuses et distantes. Parfois, je me forçais à sortir respirer l'air mordant et secouer mes jambes : au-delà du train, il n'y avait rien, une vaste étendue blanche, vide, balayée par le vent, nettoyée de toute vie. Sous mes pas, la neige, dure et sèche, craquait comme une croûte ; le vent, lorsque je lui faisais face, me gerçait les joues ; alors je lui tournais le dos et regardais la steppe, le train aux vitres blanches de givre, les rares autres hommes poussés dehors comme moi par leur ennui ou leurs diarrhées. Des envies insensées me prenaient : me coucher sur la neige, roulé en boule dans ma pelisse, et rester là lorsque le train repartirait, caché déjà sous une fine couche blanche, un cocon que je m'imaginais doux, tiède, tendre, comme ce ventre d'où j'avais été un jour si cruellement expulsé. Ces montées de spleen m'effrayaient ; lorsque je parvenais à me ressaisir, je me demandais d'où cela pouvait bien venir. Ce n'était pourtant pas dans mes habitudes. La peur, peut-être, me disais-je enfin. Très bien, la peur, mais alors la peur de quoi ? La mort, je pensais l'avoir apprivoisée en moi, et pas seulement depuis les hécatombes de l'Ukraine, mais depuis longtemps déjà. Peut-être était-ce là une illusion, un rideau tiré par mon esprit sur le sale instinct animal qui, lui, restait tapi ? C'était possible, certes. Mais peut-être aussi était-ce l'idée de l'enfermement : rentrer vivant dans cette vaste prison à ciel ouvert, comme dans un exil sans retour. J'avais voulu servir, j'avais accompli, pour ma Nation et mon peuple et au nom de ce service, des choses pénibles, affreuses, contraires à moi-même ; et voilà que l'on m'exilait de moi-même et de la vie commune pour m'envoyer rejoindre ceux déjà morts, les abandonnés. L'offensive de Hoth ? Stalingrad n'était pas Demiansk, et déjà avant le 19 novembre nous étions à bout, de souffle et de forces, nous avions atteint les limites les plus reculées, nous, si puissants, qui ne croyions que commencer. Staline, cet Ossète rusé, avait usé avec nous des tactiques de ses ancêtres scythes : la retraite sans fin, toujours plus loin à l'intérieur des terres, *le petit jeu* comme l'appelait Hérodote, *l'infernale poursuite*; jouant, usant du vide. *Quand les Perses donnèrent les premiers signes d'épuisement et d'abattement, les Scythes imaginèrent un moyen de leur redonner quelque courage et de leur faire boire ainsi la coupe jusqu'à la lie. Ils sacrifiaient volontairement quelques troupeaux qu'ils laissaient errer en évidence et sur lesquels les Perses se jetaient avec avidité. Ils retrouvaient ainsi un peu d'optimisme. Darius tomba plusieurs fois dans ce piège, mais se trouva finalement acculé à la famine.* C'est alors (raconte Hérodote) que les Scythes envoient à Darius leur mystérieux message sous forme d'offrande : un oiseau, un rat, une grenouille, et cinq flèches. Or, pour nous, pas d'offrande, pas de message, mais : la mort, la destruction, la fin de l'espoir. Tout cela, se peut-il que je l'aie alors pensé ? De telles idées ne me seraient-elles pas plutôt venues bien plus tard, lorsque la fin approchait, ou quand tout était déjà fini ? C'est possible, mais il est aussi possible que je l'aie déjà pensé entre Salsk et Kotelnikovo, car les preuves étaient là, il suffisait d'ouvrir les yeux pour les voir, et ma tristesse avait peut-être déjà commencé à m'ouvrir les yeux. C'est difficile à juger, comme d'un rêve qui ne laisse le matin que des traces vagues et aigres, comme des dessins cryptiques que, tel un enfant, je traçais de l'ongle dans le givre des vitres du train.

À Kotelnikovo, aire de départ de l'offensive de Hoth, on déchargeait un train devant le nôtre, il fallut attendre plusieurs heures pour débarquer. C'était une petite gare de campagne en briques rongées, avec quelques quais en mauvais béton entre les voies; de part et d'autre, les wagons, frappés de l'emblème allemand, portaient des marquages tchèques, français, belges, danois, norvégiens : pour accumuler le matériel comme les hommes, on raclait maintenant les confins de l'Europe. Je me tenais appuyé à la portière ouverte de mon wagon, je fumais et contemplais l'agitation confuse de la gare. Il y avait là des militaires allemands de toutes les armes, des Polizei russes ou ukrainiens portant des brassards à croix gammée et des vieux fusils, des Hiwi aux traits creusés, des paysannes rouges de froid venues vendre ou échanger quelques pauvres légumes marinés ou une poule étique. Les Allemands portaient manteaux ou pelisses; les Russes, des vestes molletonnées, la plupart en lambeaux, d'où s'échappaient des touffes de paille ou des feuilles de journaux; et cette foule bigarrée conversait, chahutait, se bousculait au niveau de mes bottes, en de grands remous saccadés. Juste sous moi, deux grands soldats tristes se tenaient par le bras ; un peu plus bas, un Russe hâve, sale, tremblant, vêtu seulement d'une mince veste en tissu, avançait le long du quai avec un accordéon entre les mains : il approchait des groupes de soldats ou de Polizei, qui l'envoyaient promener d'un mot brutal ou d'une chiquenaude, ou au mieux lui tournaient le dos. Lorsqu'il arriva à ma hauteur je tirai un petit billet de ma poche et le lui tendis. Je pensais qu'il continuerait son chemin, mais il resta là et me demanda, dans un mélange de russe et de mauvais allemand : « Tu veux quoi ? Une populaire, une traditionnelle, ou une cosaque ? » Je ne comprenais pas de quoi il parlait et haussai les épaules : « Comme tu voudras. » Il considéra cela un instant et entonna une chanson cosaque que je connaissais pour l'avoir souvent entendue en Ukraine, celle dont le refrain va si gaiement *O, i ty Galia, Galia molodaïa*... et qui narre l'atroce histoire d'une jeune fille ravie par les Cosaques, ligotée par ses longues tresses blondes à un sapin, et brûlée vive. Et c'était magnifique. L'homme chantait, le visage levé vers moi : ses yeux, d'un bleu évanoui, brillaient doucement à travers l'alcool et la crasse ; ses joues, mangées par une barbe roussâtre, tremblotaient ; et sa voix de basse éraillée par le mauvais tabac et la boisson montait claire et pure et ferme et il chantait couplet après couplet, comme s'il ne devait jamais s'arrêter. Sous ses doigts les touches de son accordéon cliquetaient. Sur le quai, l'agitation avait cessé, les gens le regardaient et écoutaient, un peu étonnés, même ceux qui quelques instants plus tôt l'avaient traité avec dureté, saisis par la beauté simple et incongrue de cette chanson. De l'autre côté, trois grosses kolkhoziennes venaient à la queue-leu-leu, comme trois oies grasses sur un chemin de village, avec un grand triangle blanc levé devant le visage, un châle en laine tricoté. L'accordéoniste bloquait leur chemin et elles se coulèrent autour de lui comme un remous de mer contourne un rocher, tandis qu'il pivotait légèrement dans l'autre sens sans interrompre sa chanson, puis elles continuaient le long du train et la foule brassait et écoutait le musicien ; derrière moi, dans le tambour, plusieurs soldats étaient sortis des compartiments pour l'écouter. Cela semblait ne pas finir, après chaque couplet il en attaquait un autre, et l'on ne voulait pas que cela finisse. Enfin cela finit et sans même attendre qu'on lui offre encore de l'argent il continua son chemin vers le wagon suivant, et sous mes bottes les gens se dispersaient ou reprenaient leurs activités ou leur attente.

Enfin vint notre tour de descendre. Sur le quai, des Feldgendarmes examinaient les documents et aiguillaient les hommes vers les différents points de rassemblement. On m'envoya à un bureau de la gare où un commis harassé me regarda d'un air éteint : « Stalingrad ? Je n'en ai aucune idée. Ici, c'est l'armée Hoth. » — « On m'a dit de venir ici et que je serais transféré à l'un des aérodromes. » — « Les aérodromes, c'est de l'autre côté du Don. Allez voir au QG. » Un autre Feldgendarme me fit monter dans un camion à destination de l'AOK. Là, je trouvai enfin un officier des opérations quelque peu renseigné : « Les vols pour Stalingrad partent de Tatsinskaïa. Mais normalement, les officiers qui doivent rejoindre la 6e armée y vont de Novotcherkassk, où se trouve le QG du groupe d'armées Don. Nous, on a une liaison avec Tatsinskaïa tous les trois jours peut-être. Je ne comprends pas pourquoi on vous a envoyé ici. Enfin, on va essayer de vous trouver quelque chose. » Il m'installa dans une chambrée avec plusieurs lits doubles. Il réapparut quelques heures plus tard. « C'est bon. Tatsinskaïa vous envoie un Storch. Venez. » Un chauffeur me conduisit hors du bourg jusqu'à une piste improvisée dans la neige. J'attendis encore dans une hutte chauffée par un poêle, à boire de l'ersatz avec quelques sous-officiers de la Luftwaffe. L'idée du pont aérien avec Stalingrad les déprimait profondément : « On perd cinq à dix appareils par jour, et à Stalingrad, il paraît, ils crèvent de faim. Si le général Hoth n'arrive pas à percer, ils sont foutus. » — « Si j'étais vous, ajouta amicalement un autre, je serais pas si pressé de les rejoindre. » — « Vous pourriez pas vous perdre un peu ? » renchérit le premier. Puis le petit Fieseler Storch atterrit en tanguant. Le pilote ne prit même pas la peine de couper le moteur, il exécuta un demi-tour en bout de piste et vint se placer en position de départ. Un des hommes de la Luftwaffe m'aida à porter mon paquetage. « Au moins, vous êtes chaudement habillé », me cria-t-il pardessus le vrombissement de l'hélice. Je me hissai à bord et m'installai derrière le pilote. « Merci d'être venu ! » lui criai-je. — « Pas de quoi, répondit-il en hurlant pour être entendu. On a l'habitude de faire le taxi. » Il décolla avant même que j'aie réussi à me sangler et obliqua vers le nord. Le soir tombait mais le ciel était dégagé et pour la première fois je voyais la terre depuis les airs. Une surface plane, blanche, uniforme montait jusqu'à l'horizon ; de loin en loin, une piste striait pathétiquement l'étendue, tirée au cordeau. Les *balki* apparaissaient comme de longs trous d'ombre nichés sous la lumière couchante qui rasait la steppe. Aux carrefours des pistes surgissaient des traces de villages, déjà à moitié engloutis, les maisons sans toits emplies de neige. Puis ce fut le Don, un énorme serpent blanc lové dans la blancheur de la steppe, rendu visible par ses bords bleutés et l'ombre des collines surplombant la rive droite. Le soleil, au fond, se posait sur l'horizon comme une boule rouge et gonflée, mais ce rouge ne colorait rien, la neige restait blanche et bleue. Depuis le décollage, le Storch volait droit, assez bas, posément, un bourdon tranquille ; brusquement il bascula vers la gauche et piqua et sous moi c'étaient des rangées de gros porteurs de part et d'autre et déjà les roues touchaient le sol et le Storch rebondissait sur la neige durcie et roulait se ranger vers le fond de l'aérodrome. Le pilote coupa le moteur et m'indiqua un bâtiment long et bas : « C'est là-bas. On vous attend. » Je le remerciai et marchai rapidement avec mon paquetage vers une porte illuminée par une ampoule suspendue. Sur la piste, un Junker venait atterrir lourdement. Avec la tombée du jour la température chutait vite, le froid me frappait au visage comme une gifle et me brûlait les poumons. À l'intérieur, un sous-officier m'invita à poser mon paquetage et me mena à une salle d'opérations bourdonnante comme une ruche. Un Oberleutnant de la Luftwaffe me salua et vérifia mes papiers. « Malheureusement, dit-il enfin, les vols pour ce soir sont déjà chargés. Je peux vous placer sur un vol du matin. Il y a un autre passager qui attend aussi. » — « Vous volez de nuit ? » Il me regarda d'un air interloqué : « Bien entendu. Pourquoi ? » Je secouai la tête. Il me fit mener avec mes affaires à un dortoir installé dans un autre bâtiment : « Essayez de dormir », me dit-il en prenant congé. Le dortoir était vide, mais un autre paquetage reposait sur un lit. « C'est l'officier qui part avec vous, indiqua le Spiess qui m'accompagnait. Il doit être au mess. Vous voulez manger, Herr Hauptsturmführer ? » Je le suivis dans une autre salle, avec quelques tables et des bancs éclairés par une ampoule jaunâtre, où mangeaient en parlant à voix basse des pilotes et du personnel de sol. Hohenegg était assis seul au coin d'une table ; il partit d'un grand rire en me voyant : « Mon cher Hauptsturmführer ! Qu'est-ce que vous avez encore pu faire comme bêtise ? » Je rosis de plaisir, et allai chercher une assiette de grosse soupe aux pois, du pain et une tasse d'ersatz avant de m'asseoir en face de lui. « Ça n'est quand même pas votre duel manqué qui me vaut le plaisir de votre compagnie ? demanda-t-il encore de sa voix enjouée et agréable. Je ne me le pardonnerais pas. » — « Pourquoi dites-vous cela ? » Il prit un air à la fois gêné et amusé : « Je dois vous avouer que c'est moi qui ai dénoncé votre plan. » — « Vous ! » Je ne savais pas si je devais éclater de colère ou de rire. Hohenegg avait l'air d'un gamin pris en faute. « Oui. D'abord, laissez-moi vous dire que c'était vraiment une idée idiote, du romantisme allemand déplacé. Et puis, rappelez-vous, ils voulaient nous tendre une embuscade. Je n'avais aucune intention d'aller me faire massacrer avec vous. » — « Docteur, vous êtes un homme de peu de foi. Ensemble, nous aurions déjoué leur piège. » Je lui expliquai brièvement mes démêlés avec Bierkamp, Prill et Turek. « Vous ne devriez pas vous plaindre, en conclut-il. Je suis sûr que ce sera une expérience très intéressante. » — « C'est ce que m'a fait valoir mon Oberführer. Mais je ne suis pas convaincu. » — « C'est donc que vous manquez encore de philosophie. Je vous croyais fait autrement. » — « J'ai peut-être changé. Et vous, docteur ? Qu'est-ce qui vous amène ici ? » — « Un bureaucrate médical en Allemagne a décidé qu'on devait profiter de l'occasion pour étudier les effets de la malnutrition sur nos soldats. L'A O K 6 pensait que ce n'est pas la peine, mais l'O K H a insisté. On m'a donc demandé de me charger de cette fascinante étude. J'avoue que malgré les circonstances cela excite ma curiosité. » Je braquai ma cuiller vers son ventre rond : « Espérons que vous ne deviendrez pas un sujet d'étude pour vous-même. » — « Hauptsturmführer, vous devenez grossier. Attendez d'avoir mon âge pour rire. Au fait, comment va notre jeune ami linguiste ? » Je le regardai posément : « Il est mort. » Son visage s'assombrit : « Ah. J'en suis bien désolé. » — « Moi aussi. » J'achevai ma soupe et bus le thé. C'était infect et amer, mais cela désaltérait. J'allumai une cigarette. « Je regrette votre riesling, docteur », dis-je en souriant. — « J'ai encore une bouteille de cognac, répondit-il. Mais gardons-la. Nous la boirons ensemble dans le *Kessel*. » — « Ne dites jamais, docteur : Demain je ferai ceci ou cela, sans ajouter : Si Dieu le veut. » Il secoua la tête : « Vous avez raté votre vocation, Hauptsturmführer. Allons nous coucher. »

Un sous-officier me tira de mon mauvais sommeil vers six heures. Le mess était froid et presque vide, je ne goûtai pas l'amertume du thé, mais me concentrai pour absorber sa chaleur, les deux mains autour de la tasse en fer-blanc. Ensuite, on nous guida avec nos affaires jusqu'à un hangar glacial où l'on nous fit attendre longtemps, à battre la semelle au milieu de machines graisseuses et de caisses de pièces de rechange. Mon haleine formait une lourde buée devant mon visage, suspendue dans l'air moite. Enfin le pilote vint se présenter : « On achève le plein et on y va, expliqua-t-il. Malheureusement, je n'ai pas de parachutes pour vous. » — « Ça sert à quelque chose ? » demandai-je. Il rit : « Théoriquement, si on se fait abattre par la chasse soviétique, on pourrait avoir le temps de sauter. En pratique, ça n'arrive jamais. » Il nous mena à un petit camion qui nous conduisit à un Junker-52 parqué en bout de piste. Durant la nuit le ciel s'était couvert ; à l'est, la masse cotonneuse s'éclaircissait. Quelques hommes finissaient de charger des petites caisses dans l'appareil, le pilote nous fit monter et nous montra comment nous attacher sur une étroite banquette. Un mécanicien trapu vint s'asseoir en face de nous ; il nous décocha un sourire ironique, puis ne fit plus attention à nous. Des éclats de friture et de voix provenaient de la radio. Le pilote repassa dans la carlingue pour aller vérifier quelque chose au fond, grimpant par-dessus la pile de caisses et de sacs amarrés par un solide filet. « Vous faites bien de partir aujourd'hui, nous lança-t-il en repassant. Les Rouges sont presque à Skassirskaïa, juste au nord. On va bientôt fermer boutique. » — « Vous allez évacuer l'aérodrome ? » demandai-je. Il fit une moue et retourna à son poste. « Vous connaissez nos traditions, Hauptsturmführer, commenta Hohenegg. Nous n'évacuons que lorsque tout le monde s'est fait tuer. » Un par un, les moteurs toussaient et démarraient. Un vrombissement aigu emplit la carlingue ; tout vibrait, la banquette sous moi, la paroi derrière mon dos ; une clef à molette oubliée sur le plancher tressaillait. Lentement, l'avion se mit à rouler vers la piste, tourna, prit de la vitesse ; la queue se souleva ; puis toute la masse s'arracha du sol. Nos sacs, qui n'avaient pas été fixés, glissèrent vers l'arrière ; Hohenegg se rabattit sur moi. Je regardai par le hublot : nous étions perdus dans le brouillard et les nuages, j'apercevais à peine le moteur. Les vibrations pénétraient mon corps de manière désagréable. Puis l'avion sortit de la couche de nuages et le ciel était d'un bleu métallique et le soleil naissant étendait sa lumière froide sur l'immense paysage de nuages, vallonné de *balki* comme la steppe. L'air était mordant, la paroi de la carlingue glacée, je m'enveloppai dans ma pelisse et me recroquevillai. Hohenegg semblait dormir, les mains dans les poches, la tête penchée en avant ; les vibrations et les tressautements de l'avion me dérangeaient, je ne pouvais l'imiter. Enfin l'avion se mit à descendre ; il glissa sur le sommet des nuages, plongea, et de nouveau tout fut gris et sombre. À travers le bourdonnement monotone des hélices je crus entendre une détonation sourde, mais je ne pouvais pas en être sûr. Quelques minutes plus tard, le pilote hurla depuis la cabine : « Pitomnik ! » Je secouai Hohenegg qui se réveilla sans surprise, et essuyai la buée sur le hublot. Nous venions de passer sous les nuages et la steppe blanche, presque informe, s'étalait sous l'aile. Devant, tout était bouleversé : des cratères bruns maculaient la neige en de grandes taches sales ; des amas de ferraille gisaient enchevêtrés, saupoudrés de blanc. L'avion descendait rapidement mais je ne voyais toujours pas de piste. Puis il toucha brutalement le sol, rebondit, se posa. Le mécanicien défaisait déjà son harnais : « Vite, vite ! »

criait-il. J'entendis une explosion et une gerbe de neige vint frapper le hublot et la paroi de la carlingue. Fébrile, je me détachai. L'avion s'était arrêté un peu de travers et le mécanicien ouvrait la porte et jetait l'échelle. Le pilote n'avait pas coupé les moteurs. Le mécanicien prit nos sacs, les lança sans façon par l'ouverture, puis nous fit vigoureusement signe de descendre. Un vent sifflant, chargé d'une neige fine et dure, me frappa au visage. Des hommes emmitouflés s'affairaient autour de l'avion, posaient des cales, ouvraient la soute. Je glissai le long de l'échelle et récupérai mon paquetage. Un Feldgendarme armé d'un pistolet-mitrailleur me salua et me fit signe de le suivre ; je lui criai : « Attendez, attendez ! » Hohenegg descendait à son tour. Un obus éclata dans la neige à quelques dizaines de mètres, mais personne ne semblait y faire attention. Au bord de la piste s'élevait un talus de neige déblayée ; un groupe d'hommes y attendait, gardé par plusieurs Feldgendarmes armés, leurs sinistres plaques métalliques suspendues pardessus leur manteaux. Hohenegg et moi, derrière notre escorte, approchions ; de plus près, je voyais que la plupart de ces hommes étaient bandés ou tenaient des béquilles de fortune ; deux d'entre eux reposaient sur des brancards ; tous avaient le carton des blessés épinglé bien visiblement à leurs capotes. Sur un signal ils se ruèrent vers l'avion. Derrière, c'était la cohue : des Feldgendarmes bloquaient une ouverture dans des barbelés, au-delà desquels se poussait une masse d'hommes hagards qui hurlaient, suppliaient, agitaient des membres bandés, se pressaient contre les Feldgendarmes qui eux aussi hurlaient et braquaient leurs pistolets-mitrailleurs. Une nouvelle détonation, plus proche, fit pleuvoir de la neige ; des blessés s'étaient jetés au sol, mais les Feldgendarmes restaient impavides ; derrière nous, on criait, quelques-uns des hommes qui déchargeaient l'avion semblaient avoir été frappés, ils gisaient au sol et d'autres les tiraient de côté, les blessés admis se bousculaient pour monter l'échelle, d'autres hommes encore achevaient de décharger l'avion en jetant sacs et caisses au sol. Le Feldgendarme qui nous accompagnait tira une brève rafale en l'air puis plongea dans la foule hystérique et implorante en frappant avec ses coudes ; je le suivis tant bien que mal, entraînant Hohenegg derrière moi. Au-delà se trouvaient des rangées de tentes couvertes de givre, les ouvertures brunes de bunkers ; plus loin, des camions radio étaient garés en groupe serré, au milieu d'une forêt de mâts, d'antennes, de fils ; au bout de la piste commençait un vaste dépotoir de carcasses, des avions éventrés ou saucissonnés, des camions brûlés, des chars, des machines fracassées entassées les unes sur les autres, à moitié cachées sous la neige. Plusieurs officiers s'avançaient vers nous; nous échangeâmes des saluts. Deux médecins militaires accueillaient Hohenegg; mon interlocuteur était un jeune Leutnant de l'Abwehr qui se présenta et me souhaita la bienvenue : « Je dois m'occuper de vous et vous trouver un véhicule pour vous emmener en ville. » Hohenegg s'éloignait : « Docteur ! » Je lui serrai la main. « Nous nous reverrons certainement, me dit-il gentiment. Le *Kessel* n'est pas si grand. Quand vous serez triste, venez me trouver et nous boirons mon cognac. » Je fis un geste large de la main : « À mon avis, docteur, votre cognac ne va pas durer longtemps. » Je suivis le Leutnant. Près des tentes je remarquai une série de grands tas saupoudrés de neige. De loin en loin, à travers l'aire de l'aérodrome, retentissait une détonation sourde. Déjà le Junker qui nous avait amenés repartait lentement vers le bout de la piste. Je m'arrêtai pour le regarder décoller et le Leutnant regarda avec moi. Le vent soufflait assez fort, il fallait cligner des yeux pour ne pas être aveuglé par la neige fine soulevée de la surface du sol. Arrivé en position, l'avion pivota et sans marquer la moindre pause accéléra. Il fit une embardée, une autre, dangereusement proche du talus neigeux; puis les roues quittèrent le sol et il monta en gémissant, oscillant par grands à-coups, avant de disparaître dans la masse opaque des nuages. Je regardai de nouveau le tas enneigé à côté de moi et vis qu'il était formé de cadavres, entassés comme des cordeaux de bois, leurs visages gelés d'une couleur de bronze un peu verdi, piqueté de barbes drues, avec des cristaux de neige aux commissures des lèvres, dans les narines, les orbites. Il devait y en avoir des centaines. Je demandai au Leutnant : « Vous ne les enterrez pas ? » Il frappa du pied : « Comment voulez-vous les enterrer ? Le sol est comme du fer. On n'a pas d'explosifs à gaspiller. On ne peut même pas creuser de tranchées. » Nous marchions; là où le trafic avait formé des chemins, le sol était poli, glissant, il valait mieux marcher à côté, dans les congères. Le Leutnant me menait vers une longue ligne basse, couverte de neige. Je pensais qu'il s'agissait de bunkers mais lorsque je me rapprochai je constatai que c'était en fait des wagons à moitié enterrés, aux parois et aux toits recouverts de sacs de sable, avec des marches creusées à même le sol menant aux portières. Le Leutnant me fit entrer; à l'intérieur, des officiers s'affairaient dans le couloir, les compartiments avaient été transformés en bureaux; des ampoules faibles répandaient une lumière sale et jaunâtre, et on devait entretenir un poêle quelque part, car il ne faisait pas si froid. Le Leutnant m'invita à m'asseoir dans un compartiment après avoir débarrassé la banquette des papiers qui l'encombraient. Je remarquai des décorations de Noël, grossièrement découpées dans du papier colorié, et suspendues à la vitre derrière laquelle s'entassaient la terre et la neige et les sacs de sable gelés. « Voulez-vous du thé ? demanda le Leutnant. Je ne peux rien vous offrir d'autre. » J'acceptai et il ressortit. J'ôtai ma chapka et défis ma pelisse, puis me rabattis sur la banquette. Le Leutnant revint avec deux tasses d'ersatz et m'en tendit une ; il but la sienne debout dans l'entrée du compartiment. « Vous n'avez pas de chance, fit-il timidement, d'être envoyé ici comme ça juste avant Noël. » Je haussai les épaules et soufflai sur mon thé brûlant : « Moi, vous savez, la Noël, ça m'est un peu égal. » — « Pour nous, ici, c'est très important. » Il fit un geste de la main vers les décorations. « Les hommes y tiennent beaucoup. J'espère que les Rouges nous laisseront en paix. Mais il ne faut pas y compter. » Je trouvais cela curieux : Hoth, en principe, avançait pour faire sa jonction ; il me semblait que les officiers auraient dû être en train de préparer leur retraite plutôt que la Noël. Le Leutnant regardait sa montre : « Les déplacements sont strictement limités et on ne peut pas vous amener en ville tout de suite. Il y aura une liaison cet après-midi. » — « Très bien. Vous savez où je dois aller ? » Il eut l'air surpris : « À la Kommandantur de la ville, j'imagine. Tous les officiers de la SP sont là-bas. » — « Je dois me présenter au Feldpolizeikommissar Möritz. » — « Oui, c'est ça. » Il hésita : « Reposez-vous. Je viendrai vous chercher. » Il me quitta. Un peu plus tard, un autre officier entra, me salua distraitement et se mit à taper avec vigueur sur une machine à écrire. Je sortis dans le couloir mais il y avait trop de passage. Je commençais à avoir faim, on ne m'avait rien proposé, et je ne voulais pas demander. Je sortis fumer une cigarette à l'extérieur, là on entendait le ronflement des avions, les détonations plus ou moins espacées, puis je retournai attendre dans le cliquètement monotone de la machine à écrire.

Le Leutnant réapparut au milieu de l'après-midi. J'étais affamé. Il indiqua mon paquetage et dit : « La liaison va partir. » Je le suivis jusqu'à une Opel munie de chaînes et conduite, étrangement, par un officier. « Bonne chance », fit le Leutnant en me saluant. — « Joyeux Noël », répondis-je. Il fallut s'entasser à cinq dans cette voiture ; avec nos manteaux, il y avait à peine la place et j'avais le sentiment d'étouffer. Je posai ma tête contre la vitre froide et soufflai dessus pour la désembuer. La voiture démarra et partit en cahotant. La piste, balisée par des panneaux tactiques cloués à des pieux, des planches et même des jambes de cheval congelées, plantées sabot en l'air, glissait, et malgré les chaînes l'Opel dérapait souvent dans les virages ; la plupart du temps, l'officier la redressait adroitement, mais il arrivait qu'elle s'enfonce dans les congères et alors il fallait sortir et pousser pour la dégager. Pitomnik, je le savais, se trouvait vers le centre du *Kessel*, mais la liaison ne se rendait pas directement à Stalingrad, elle suivait une route capricieuse, s'arrêtant à divers PC ; chaque fois, des officiers quittaient la voiture, d'autres prenaient leur place ; le vent s'était encore levé et cela devenait une tempête de neige : nous avancions lentement, comme à tâtons. Enfin apparurent les premières ruines, des cheminées en brique, des moignons de murs dressés le long de la route. Entre deux bourrasques j'aperçus un panneau : STALINGRAD — ENTRÉE INTERDITE — DANGER DE MORT. Je me tournai vers mon voisin : « C'est une blague ? » Il me regarda d'un air éteint : « Non. Pourquoi ? » La route descendait, en serpentant, une sorte de falaise ; en bas commençaient les ruines de la ville : de grands immeubles crevés, brûlés, aux fenêtres béantes et aveugles. La chaussée était jonchée de débris, parfois hâtivement déblayés pour que des véhicules puissent se faufiler. Les trous d'obus cachés par la neige infligeaient des chocs brutaux aux amortisseurs. De part et d'autre défilait un chaos de carcasses de voitures, de camions, de chars, allemands et russes mêlés, parfois même encastrés les uns dans les autres. Çà et là on croisait une patrouille, ou, à ma surprise, des civils en haillons, surtout des femmes, portant des seaux ou des sacs. L'Opel passait dans un tintement de chaînes un long pont, réparé avec des éléments préfabriqués du génie, au-dessus d'une voie ferrée : en dessous s'étendaient des centaines de wagons immobiles, couverts de neige, intacts ou bien écrasés par les explosions. Après le silence de la steppe, seulement traversé par le bruit du moteur, des chaînes et du vent, régnait ici un vacarme constant, des détonations plus ou moins étouffées, le jappement sec des PAK, le crépitement des mitrailleuses. Après le pont, la voiture tourna à gauche, longeant la voie ferrée et les trains de marchandises abandonnés. À notre droite se profilait un long parc nu, sans un arbre ; au-delà, encore des immeubles en ruine, noirs, muets, leurs façades effondrées dans la rue, ou bien dressées contre le ciel comme un décor. La route contournait la gare, une grande bâtisse d'époque tsariste, autrefois sans doute jaune et blanche ; sur la place, devant, s'amoncelait une confusion de véhicules brûlés, déchiquetés par des impacts directs, formes tordues à peine adoucies par la neige. La voiture s'engagea dans une longue avenue diagonale : le bruit des tirs s'intensifiait, devant, j'apercevais des bouffées de fumée noire, mais je n'avais pas la moindre idée de l'endroit où pouvait se trouver la ligne de front. L'avenue débouchait sur une immense place vide, encombrée de débris, entourant une sorte de parc délimité par des lampadaires. L'officier gara la voiture devant un grand immeuble avec, à l'angle, un péristyle en demi-cercle aux colonnes fracassées par les tirs, surmonté de grandes baies carrées vides et noires et tout en haut un drapeau à croix gammée, pendant mollement à une perche. « Vous êtes arrivé », me dit-il en allumant une cigarette. Je m'extirpai du véhicule, ouvris le coffre et en tirai mon paquetage. Quelques soldats armés de pistolets-mitrailleurs se tenaient sous le péristyle mais n'avançaient pas. Dès que j'eus refermé le coffre, l'Opel redémarra, exécuta un rapide demi-tour et remonta l'avenue en direction de la gare, dans un tintement bruyant de chaînes. Je regardai la place désolée : au centre, une ronde d'enfants en pierre ou en plâtre, sans doute les restes d'une fontaine, semblait narguer les ruines tout autour. Lorsque j'avançai vers le péristyle les soldats me saluèrent mais me barrèrent le chemin ; je vis avec étonnement qu'ils portaient tous le brassard blanc des Hiwi. L'un d'entre eux me demanda en mauvais allemand mes papiers et je lui tendis mon livret de paie. Il l'examina, me le rendit avec un salut, et donna un ordre bref, en ukrainien, à l'un de ses camarades. Celui-ci me fit signe de le suivre. Je gravis les marches entre les colonnes, le verre et le stuc brisés crissant sous mes bottes, et pénétrai dans l'immeuble sombre par une large ouverture sans portes. Juste au-delà s'alignaient une rangée de mannequins en plastique rose vêtus de vêtements les plus divers : des robes de femme, des bleus de travail, des costumes croisés ; les figures, certaines au crâne fracassé par des balles, souriaient encore niaisement, les mains levées ou braquées en une gestuelle juvénile et désordonnée. Derrière, dans l'obscurité, se dressaient des rayons encore pleins d'objets ménagers, des vitrines fracassées ou renversées, des comptoirs couverts de plâtre et de débris, des présentoirs de robes à pois ou de soutiens-gorge. Je suivis le jeune Ukrainien à travers les allées de ce magasin fantôme jusqu'à un escalier gardé par deux autres Hiwi ; sur ordre de mon escorte, ils s'écartèrent pour me laisser passer. Il me guida jusqu'à un sous-sol éclairé par la lumière jaune et diffuse d'ampoules sous-alimentées : des couloirs, des pièces grouillant d'officiers et de soldats de la Wehrmacht, revêtus d'uniformes les plus disparates, manteaux réglementaires, vestes grises molletonnées, capotes russes avec des insignes allemands. Plus on avançait, plus l'air devenait chaud, moite, lourd, je transpirais abondamment sous ma pelisse. Nous descendîmes encore, puis traversâmes une grande et haute salle d'opérations illuminée par un lustre surchargé de verrerie, avec des meubles de style Louis XVI et des verres en cristal éparpillés entre les cartes et les dossiers ; une aria de Mozart émanait en grésillant d'un gramophone remontable posé sur deux caisses de vin français. Les officiers travaillaient en pantalons de sport, en pantoufles et même en shorts ; personne ne faisait attention à moi. Au-delà de la salle s'ouvrait un autre couloir et je vis enfin un uniforme SS : l'Ukrainien me laissa là et un Untersturmführer me mena à Möritz.

Le Feldpolizeikommissar, un bouledogue trapu à lunettes cerclées, portant pour tout uniforme un pantalon à bretelles et un maillot de corps taché, m'accueillit assez sèchement : « Ce n'est pas trop tôt. Ça va faire trois semaines que je demande quelqu'un. Enfin, Heil Hitler. » Une lourde bague en argent brillait à sa main tendue presque au niveau de l'ampoule suspendue au-dessus de sa tête massive. Je le reconnaissais vaguement : à Kiev, le Kommando coopérait avec la Feldpolizei secrète, j'avais dû le croiser dans un couloir. « J'ai reçu l'ordre d'affectation il y a seulement quatre jours, Herr Kommissar. C'était impossible de venir plus vite. » — « Je ne vous blâme pas. C'est ces foutus bureaucrates. Asseyez-vous. » J'ôtai ma pelisse et ma chapka, les posai sur mon paquetage, et cherchai une place dans le bureau encombré. « Comme vous le savez, je ne suis pas un officier SS, et mon groupe de la *Geheime Feldpolizei* est sous contrôle de l'AOK. Mais en tant que Kriminalrat de la Kripo, j'ai sous ma responsabilité toutes les structures de police du *Kessel*. C'est un arrangement un peu délicat, mais on s'entend bien. Le travail exécutif, c'est les Feldgendarmes qui s'en occupent, ou bien mes Ukrainiens. J'en avais huit cents en tout, mais bon, il y a eu des pertes. Ils sont répartis entre les deux Kommandanturen, celle-ci et une autre au sud de la Tsaritsa. Vous êtes le seul officier SD du *Kessel*, donc vos tâches seront assez variées. Mon Leiter IV vous expliquera ça en détail. Il s'occupera aussi de vos problèmes d'intendance. C'est un SS-Sturmbannführer, donc, à moins d'une urgence, vous lui rendrez compte de tout et il me fera un résumé. Bon courage. »

Pelisse et paquetage sous le bras, je ressortis dans le couloir et retrouvai l'Untersturmführer : « Le Leiter IV, s'il vous plaît ? » — « Par ici. » Je le suivis jusqu'à une petite pièce encombrée de bureaux, de papiers, de caisses, de dossiers, avec des bougies plantées sur toutes les surfaces libres. Un officier releva la tête : c'était Thomas. « Eh bien, lança-t-il gaiement, ce n'est pas trop tôt. » Il se leva, contourna la table et me serra chaleureusement la main. Je le regardais, je ne disais rien. Puis je dis : « Mais qu'est-ce que tu fais là ? » Il écarta les bras ; comme à son habitude, il était impeccablement mis, rasé de frais, les cheveux peignés avec de la brillantine, la tunique fermée jusqu'au cou, avec toutes ses décorations. « Je me suis porté volontaire, mon cher. Qu'est-ce que tu nous apportes à manger ? » J'écarquillai les yeux : « À manger ? Rien, pourquoi ? » Son visage eut une expression d'horreur : « Tu viens de l'extérieur de Stalingrad et tu n'apportes rien à manger ? Tu devrais avoir honte. On ne t'a pas expliqué la situation, ici ? » Je me mordillais la lèvre, je ne parvenais pas à voir s'il plaisantait : « À vrai dire, je n'y ai pas pensé. Je me suis dit que la SS aurait ce qu'il faut. » Il se rassit brusquement et sa voix se fit railleuse : « Trouve-toi une caisse de libre. La SS, tu devrais le comprendre, ne contrôle ni les avions, ni ce qu'ils apportent. On reçoit tout de l'AOK, et ils nous distribuent nos rations au tarif syndical, c'est-à-dire en ce moment... » — il fouilla sur son bureau et en tira un papier — « ... deux cents grammes de viande, généralement de cheval, par homme et par jour, deux cents grammes de pain, et vingt grammes de margarine ou de matière grasse. Inutile de te dire, continua-t-il en posant la feuille, que ça ne nourrit pas son homme. » — « Tu n'as pas l'air de t'en porter trop mal », lui fis-je remarquer. — « Oui, heureusement, certains sont plus prévoyants que toi. Et puis nos petits Ukrainiens sont assez débrouillards, surtout si on ne leur pose pas trop de questions. » Je tirai des cigarettes de la poche de ma vareuse et en allumai une. « Au moins, fis-je, j'ai apporté de quoi fumer. » — « Ah ! Tu vois que tu n'es pas si benêt. Alors, il paraît que tu as eu des ennuis avec Bierkamp ? » — « En quelque sorte, oui. Un malentendu. » Thomas se pencha un peu en avant et agita un doigt : « Max, cela fait déjà des années que je te dis de soigner tes relations. Un jour, ça finira mal. » Je fis un geste vague en direction de la porte : « On dirait que ça a déjà mal fini. Et puis je te ferai remarquer que toi aussi, tu es ici. » — « Ici ? C'est très bien, ici, à part le rata. Après, ça sera promotions, décorations, *e tutti quanti*. Nous serons de véritables héros et pourrons parader dans les meilleurs salons avec nos médailles. On en oubliera même tes petites histoires. » — « Tu sembles omettre un détail : entre toi et tes salons, il y a quelques armées soviétiques. *Der Manstein kommt*, mais il n'est pas encore arrivé. » Thomas fit une moue méprisante : « Tu es comme toujours défaitiste. En plus, tu es mal informé : *der Manstein* ne vient plus ; il a donné l'ordre à Hoth de se replier il y a déjà plusieurs heures. Avec le front italien qui s'effondre, on a besoin de lui ailleurs. Sinon c'est Rostov qu'on va perdre. De toute façon, même s'il était arrivé jusqu'à nous, il n'y aurait pas eu d'ordre d'évacuation. Et sans ordres, Paulus n'aurait jamais bougé. Toute cette histoire de Hoth, si tu veux mon avis, c'était pour les chalands. Pour que Manstein puisse se donner bonne conscience. Et le Führer aussi d'ailleurs.

Tout ça pour te dire que je n'ai jamais compté sur Hoth. Donne-moi une cigarette. » Je lui en tendis une et la lui allumai. Il exhala longuement et se renversa sur sa chaise : « Les hommes indispensables, les spécialistes seront évacués juste avant la fin. Möritz est sur la liste, moi aussi, bien sûr. Bien entendu, certains devront rester jusqu'au bout pour tenir la boutique. Ça, ça s'appelle pas de chance. C'est comme pour nos Ukrainiens : ils sont foutus et ils le savent. Ça les rend méchants et ils se vengent par avance. » — « Tu peux te faire tuer avant. Ou même en partant : j'ai vu que pas mal d'avions y restent. » Il eut un sourire énorme : « Ça, mon cher, ce sont les risques du métier. On peut aussi se faire écraser par une voiture en traversant la Prinz-Albrechtstrasse. » — « Je suis heureux de voir que tu ne perds rien de ton cynisme. » — « Mon cher Max, je t'ai expliqué cent fois que le national-socialisme est une jungle, qui fonctionne selon des principes strictement darwiniens. C'est la survie du plus fort ou du plus rusé. Mais ça, tu ne veux jamais le comprendre. » — « Disons que j'ai une autre vision des choses. » — « Oui, et regarde le résultat : tu te retrouves à Stalingrad. » — « Et toi, tu as vraiment demandé à venir ? » — « C'était avant l'encerclement, bien sûr. Les choses ne semblaient pas aller trop mal au début. Et puis au groupe, ça stagnait. Je n'avais aucune envie de me retrouver KdS dans un trou paumé d'Ukraine. Stalingrad offrait des possibilités intéressantes. Et si je tire mon épingle du jeu, ça en aura valu la peine. Sinon... » — il riait à pleines dents — « *c'est la vie* », conclut-il en français. — « Ton optimisme est admirable. Et moi, quelles sont mes perspectives d'avenir ? » — « Toi ? Ça risque d'être un peu plus compliqué. Si on t'a envoyé ici, c'est qu'on ne te considère pas indispensable : tu en conviendras volontiers avec moi. Alors pour une place sur les listes d'évacuation, je verrai ce que je peux faire, mais je ne garantis rien. Sinon, tu peux toujours attraper une *Heimatschuss*. Là, on peut s'arranger pour te faire sortir en priorité. Mais attention ! Pas de blessure trop grave ; on ne rapatrie que ceux qui peuvent être retapés pour servir encore. À ce sujet, on commence à avoir une sacrée expérience des blessures auto-infligées. Tu devrais voir ce que les types inventent, c'est parfois très ingénieux. Depuis la fin novembre, on fusille plus des nôtres que de Russes. *Pour encourager les autres*, comme disait Voltaire de l'amiral Byng. » — « Tu ne serais quand même pas en train de me suggérer... » Thomas agita les mains : « Mais non, mais non ! Ne sois pas si susceptible. Je disais ça juste comme ça. As-tu mangé ? » Je n'y avais plus songé depuis mon arrivée en ville ; mon estomac grogna. Thomas rit. « À vrai dire, pas depuis ce matin. À Pitomnik, ils ne m'ont rien proposé. » — « Le sens de l'hospitalité se perd. Viens, on va ranger tes affaires. Je t'ai fait mettre dans ma chambre, pour te surveiller de près. »

Nourri, je me sentais mieux. Tandis que j'avalais une espèce de bouillon dans lequel flottaient de vagues lambeaux de viande, Thomas m'avait expliqué l'essentiel de mes fonctions : recueillir bruits, rumeurs et *Latrinenparolen* et rendre compte du moral des soldats ; lutter contre la propagande défaitiste russe ; et entretenir quelques informateurs, des civils, souvent des enfants, qui se glissaient d'une ligne à l'autre. « C'est un peu à double tranchant, disait-il, parce qu'ils fournissent autant d'informations aux Russes qu'ils nous en rapportent. Et puis souvent ils mentent. Mais parfois c'est utile. » Dans la chambre, une pièce étroite meublée d'un lit superposé en métal et d'une caisse à munitions vide avec une bassine en émail et un miroir fêlé pour se raser, il m'avait apporté un uniforme d'hiver réversible, produit typique du génie allemand, blanc d'un côté, feldgrau de l'autre. « Prends ça pour tes sorties, me dit-il. Ta pelisse, c'est bien pour la steppe ; en ville c'est beaucoup trop encombrant. » — « On peut se promener ? » — « Tu seras bien obligé. Mais je vais te donner un guide. » Il me mena à une salle de garde où des auxiliaires ukrainiens jouaient aux cartes en buvant du thé. « Ivan Vassilievitch ! » Trois d'entre eux levèrent la tête ; Thomas en désigna un, qui sortit nous rejoindre dans le couloir. « Voilà Ivan. C'est un de mes meilleurs. Il s'occupera de toi. » Il se tourna vers lui et lui expliqua quelque chose en russe. Ivan, un jeune gars blond un peu fluet, aux pommettes saillantes, l'écoutait attentivement. Thomas se retourna vers moi : « Ivan n'est pas un as de la discipline, mais il connaît la ville dans ses moindres recoins et il est très fiable. Ne sors jamais sans lui et dehors, fais tout ce qu'il te dit, même si tu ne vois pas pourquoi. Il parle un peu allemand, vous pourrez vous comprendre. *Capisce ?* Je lui ai dit qu'il était dorénavant ton garde du corps personnel et qu'il répondait de ta vie sur sa tête. » Ivan me salua et retourna dans la salle. Je me sentais épuisé. « Allez, va dormir, dit Thomas. Demain soir, on fête Noël. »

Ma première nuit à Stalingrad, je m'en souviens encore, je fis de nouveau un rêve de métro. C'était une station à plusieurs niveaux, mais qui communiquaient entre eux, un labyrinthe démesuré de poutres d'acier, de passerelles, d'abruptes échelles métalliques, d'escaliers en spirale. Les trains arrivaient aux plates-formes et les quittaient dans un fracas assourdissant. Je n'avais pas de ticket et j'étais angoissé à l'idée d'être contrôlé. Je descendis de quelques niveaux et me glissai dans un train qui sortit de la station puis bascula presque verticalement sur les rails, en piqué ; en bas, il freina, inversa sa direction et, repassant la plate-forme sans s'arrêter, plongea dans l'autre sens, dans un vaste abîme de lumière et de bruit féroce. Au réveil, je me sentais vidé, je dus faire un immense effort sur moi-même pour me rincer le visage et me raser. Ma peau me grattait ; j'espérais que je n'allais pas attraper des poux. Je passai quelques heures à étudier une carte de la ville et des dossiers ; Thomas m'aidait à m'orienter : « Les Russes tiennent encore une mince bande le long du fleuve. Ils étaient encerclés, surtout lorsque le fleuve charriait de la glace et n'était pas tout à fait gelé ; maintenant, ils ont beau avoir le dos à la rivière, ce sont eux qui nous encerclent. Ici, au-dessus, c'est la place Rouge ; le mois dernier, on a réussi, un peu plus bas, là, à couper leur front en deux, et donc on a un pied sur la Volga, ici au niveau de leur ancienne aire de débarquement. Si on avait des munitions on pourrait presque leur interdire le ravitaillement, mais on ne peut quasiment tirer qu'en cas d'attaque, et ils passent comme ils veulent, même le jour, sur des routes de glace. Toute leur logistique, leurs hôpitaux, leur artillerie sont de l'autre côté. De temps en temps on leur envoie quelques Stukas, mais c'est juste pour les taquiner. Près d'ici, ils se sont accrochés à quelques pâtés de maisons le long de la rivière, puis ils occupent toute la grande raffinerie, jusqu'au pied de la colline 102, qui est un ancien kourgane tatar qu'on a pris et reperdu des dizaines de fois. C'est la 100ᵉ Jägerdivision qui tient ce secteur, des Autrichiens, avec un régiment croate d'ailleurs. Derrière la raffinerie, il y a des falaises qui donnent sur le fleuve, et les Russes ont toute une infrastructure là-dedans, intouchable aussi puisque nos obus passent par-dessus. On a essayé de les liquider en faisant sauter des réservoirs à pétrole, mais ils ont tout reconstruit dès que les feux se sont éteints. Après, ils tiennent aussi une bonne partie de l'usine chimique Lazur, avec toute la zone qu'on appelle la « raquette de tennis », à cause de la forme des voies. Plus au nord, la plupart des usines sont à nous, sauf un secteur de la fonderie Octobre rouge. À partir de là on est sur la rivière, jusqu'à Spartakovka, à la limite nord du *Kessel*. La ville même est tenue par le LIᵉ corps du général Seydlitz ; mais le secteur des usines appartient au XIᵉ corps. Au sud, c'est la même chose : les Rouges tiennent juste une bande, une centaine de mètres de largeur. C'est cette centaine de mètres qu'on n'a jamais pu réduire. La ville est plus ou moins divisée en deux par le ravin de la Tsaritsa ; on y a hérité d'une belle infrastructure creusée dans les falaises, c'est devenu notre hôpital principal. Derrière la gare, il y a un Stalag, géré par la Wehrmacht ; nous, on a un petit KL au kolkhoze Vertiashii, pour les civils qu'on arrête et qu'on n'exécute pas tout de suite. Quoi d'autre ? Il y a des bordels dans les caves, mais tu les trouveras tout seul, si ça t'intéresse. Ivan les connaît bien. Cela dit, les filles sont plutôt pouilleuses. » — « En parlant de poux... » — « Ah ça, il faudra t'habituer. Regarde. » Il dégrafa sa tunique, passa sa main en dessous, fouilla, et la ramena : elle était remplie de petites bestioles grises qu'il jeta sur le poêle où elles se mirent à grésiller. Thomas continuait tranquillement : « On a d'énormes problèmes de carburant. Schmidt, le chef d'état-major, celui qui a remplacé Heim, tu te souviens ?, Schmidt contrôle toutes les réserves, même les nôtres, et il les dispense au compte-gouttes. De toute façon, tu verras : Schmidt contrôle tout, ici. Paulus n'est plus qu'une marionnette. Le résultat, c'est que les déplacements en véhicule sont *verboten*. Entre la colline 102 et la gare du Sud, on fait tout à pied ; pour aller plus loin, il faut faire du stop avec la Wehrmacht. Ils ont des liaisons plus ou moins régulières entre les secteurs. » Il y avait encore beaucoup à absorber, mais Thomas était patient. En milieu de matinée, on apprit que Tatsinskaïa était tombée à l'aube ; la Luftwaffe avait attendu que les chars russes soient en bord de piste pour évacuer, et avait perdu 72 appareils, presque dix pour cent de leur flotte de transport. Thomas m'avait montré les chiffres du ravitaillement : ils étaient catastrophiques. Le samedi précédent, le 19 décembre, 154 avions avaient pu se poser avec 289 tonnes ; mais il y avait aussi des journées à 15 ou 20 tonnes ; l'AOK 6, au début, avait exigé 700 tonnes par jour au minimum, et Göring en avait promis 500. « Celui-là, commenta sèchement Möritz lors de la conférence où il annonça la nouvelle de la perte de Tatsinskaïa à ses officiers, un régime de quelques semaines dans le *Kessel* lui ferait du bien. » La Luftwaffe prévoyait de se réinstaller à Salsk, à 300 kilomètres du *Kessel*, la limite d'autonomie des Ju-52. Cela promettait un Noël joyeux.

Vers la fin de la matinée, après une soupe et quelques biscuits secs, je me dis : Allons, il serait temps de commencer à travailler. Mais par quoi ? Le moral des troupes ? Pourquoi pas, le moral des troupes. Je concevais fort bien qu'il ne devait pas être bon, mais il m'incombait de vérifier mes opinions. Étudier le moral des soldats de la Wehrmacht, cela signifiait sortir ; je ne pensais pas que Möritz souhaitait un rapport sur le moral de nos Askaris ukrainiens, seuls soldats que j'eusse à portée de main. L'idée de quitter la sécurité toute provisoire du bunker m'angoissait, mais il le fallait bien. Et puis, je devais quand même voir cette ville. Peut-être aussi que je m'habituerais et que cela irait mieux. Au moment d'enfiler ma tenue, j'hésitai ; je me décidai pour le côté gris, mais vis à la moue d'Ivan que j'avais fait une erreur. « Aujourd'hui, il neige. Mets le blanc. » Je ne relevai pas le tutoiement incongru et retournai me changer. Je pris aussi, Thomas avait insisté là-dessus, un casque : « Tu verras, c'est très utile. » Ivan me tendit un pistolet-mitrailleur ; je contemplai dubitativement l'engin, peu sûr de savoir m'en servir, mais le passai quand même à mon épaule. Dehors, un vent violent continuait à souffler, charriant de grosses volutes de flocons : de l'entrée de l'Univermag, on ne voyait même pas la fontaine aux enfants. Après la moiteur étouffante du bunker, l'air froid et vif me revigorait. « *Kouda ?* » demanda Ivan. Je n'en avais aucune idée. « Chez les Croates », dis-je au hasard ; Thomas, le matin, m'avait en effet parlé de Croates. « C'est loin ? » Ivan poussa un grognement et prit sur la droite, par une longue rue qui semblait monter vers la gare. La ville paraissait relativement calme ; de temps en temps, une détonation assourdie résonnait à travers la neige, même cela me rendait nerveux ; je n'hésitai pas à imiter Ivan, qui marchait en longeant les immeubles, je me collai aux murs. Je me sentais effroyablement nu, vulnérable, comme un crabe sorti de sa carapace ; je me rendais compte d'une manière aiguë que, depuis dix-huit mois que j'étais en Russie, c'était la première fois que je me trouvais véritablement *au feu* ; et une angoisse pénible alourdissait mes membres et engourdissait mes pensées. J'ai parlé plus haut de la peur : ce que je ressentais là, je ne l'appellerai pas de la peur, en tout cas pas une peur franche et consciente, c'était une gêne presque physique, comme une démangeaison qu'on ne peut pas gratter, concentrée sur les parties aveugles du corps, la nuque, le dos, les fesses. Pour tenter de me distraire, je regardais les immeubles de l'autre côté de la rue. Plusieurs façades s'étaient effondrées, révélant l'intérieur des appartements, une série de dioramas de la vie ordinaire, saupoudrés de neige et parfois insolites : au troisième étage, un vélo suspendu au mur, au quatrième, du papier peint à fleurs, un miroir intact, et une reproduction encadrée de la hautaine *Inconnue* en bleu de Kramskoï, au cinquième, un divan vert avec un cadavre couché dessus, sa main féminine pendant dans le vide. Un obus, frappant le toit d'un immeuble, rompit cette illusion de paisibilité : je me recroquevillai et compris pourquoi Thomas avait insisté pour le casque : je reçus une pluie de débris, des fragments de tuiles et de briques. Lorsque je relevai la tête je vis qu'Ivan ne s'était même pas penché, il avait juste couvert ses yeux de la main. « Viens, dit-il, ce n'est rien. » Je calculai la direction de la rivière et du front et compris que les immeubles que nous longions nous protégeaient en partie : les obus, pour tomber dans cette rue, devaient passer par-dessus les toits, il y avait peu de chances pour qu'ils éclatent au sol. Mais cette pensée me rassurait médiocrement. La rue débouchait sur des entrepôts et des installations ferroviaires en ruine ; Ivan, devant moi, traversa au trot la longue place, et pénétra dans un des entrepôts par une porte en fer enroulée sur elle-même comme le couvercle d'une boîte de sardines. J'hésitai, puis le suivis. À l'intérieur, je me faufilai à travers des montagnes de caisses depuis longtemps pillées, contournai une partie du toit effondré, et ressortis à l'air libre par un trou ménagé dans un mur en briques, d'où partaient de nombreuses traces de pas dans la neige. La piste longeait les murs des entrepôts ; sur le talus, en surplomb, s'étendaient les rames de wagons de marchandises que j'avais aperçues la veille depuis le pont, leurs parois criblées d'impacts de balles et d'obus et couvertes de graffitis en russe et en allemand, allant du comique à l'obscène. Une excellente caricature en couleurs montrait Staline et Hitler forniquant tandis que Roosevelt et Churchill se branlaient autour d'eux : mais je n'arrivais pas à déterminer qui l'avait peinte, l'un des nôtres ou l'un des leurs, ce qui la rendait de peu d'utilité pour mon rapport. Un peu plus loin, une patrouille venant en sens inverse nous croisa sans un mot, sans un salut. Les hommes avaient le visage hâve, jaune, mangé par la barbe, ils gardaient leurs poings fourrés dans leurs poches, et traînaient des bottes emballées de haillons ou empaquetées dans d'énormes galoches en paille tressée, fort encombrantes. Ils s'évanouirent derrière nous dans la neige. Çà et là, dans un wagon ou sur la voie, se détachait un cadavre gelé, de nationalité indistincte. On n'entendait plus d'explosions et tout paraissait calme. Puis devant nous cela reprit : des détonations, des coups de feu ou de rafales de mitrailleuses. Nous avions dépassé les derniers entrepôts et traversé une autre zone d'habitation : le paysage s'ouvrait sur un terrain enneigé dominé, sur la gauche, par un énorme mamelon rond comme un petit volcan, son sommet crachotant à intervalles la fumée noire des explosions. « Mamaev Kourgan », indiqua Ivan avant de bifurquer sur la gauche et d'entrer dans un immeuble.

Quelques soldats se tenaient assis dans des pièces vides, adossés au mur, les genoux remontés contre la poitrine. Ils nous regardaient avec des yeux vides. Ivan me fit traverser plusieurs bâtiments, en passant par des cours intérieures ou des ruelles ; puis, nous nous étions sans doute un peu éloignés des lignes, il continua par une rue. Les immeubles ici étaient bas, deux étages tout au plus, peut-être des dortoirs ouvriers ; venaient ensuite des maisons écrasées, effondrées, chamboulées, néanmoins plus reconnaissables que celles que j'avais vues à l'entrée de la ville. De temps à autre un mouvement, un bruit indiquait que certaines de ces ruines étaient encore habitées. Le vent sifflait toujours ; j'entendais maintenant le fracas des détonations sur le kourgane qui se profilait à notre droite, derrière les maisons. Ivan m'entraînait dans des jardinets, reconnaissables sous la neige aux débris de palissades ou de clôtures. L'endroit avait l'air désert, mais le chemin que nous suivions était fréquenté, les pas des hommes avaient déblayé la neige. Puis il plongeait dans une *balka*, descendant par le flanc. Le kourgane disparut de ma vue ; au fond, le vent soufflait moins fort, la neige tombait doucement, et soudain les choses s'animèrent, deux Feldgendarmes nous barraient la route, derrière eux des soldats allaient et venaient. Je présentai mes papiers aux Feldgendarmes qui me saluèrent et s'écartèrent pour nous laisser passer ; et je vis alors que le flanc est de la *balka*, adossé au kourgane et au front, était criblé de bunkers, des boyaux noirs étayés par des poutres ou des planches d'où dépassaient de petites cheminées fumantes faites de boîtes de conserve collées les unes aux autres. Les hommes entraient et sortaient à genoux de cette cité troglodyte, souvent en marche arrière. Au fond du ravin, sur un billot de bois, deux soldats équarrissaient à coups de hache un cheval gelé ; les morceaux, tranchés au hasard, étaient jetés dans une marmite où chauffait de l'eau. Après une vingtaine de minutes le chemin s'embranchait à une autre *balka* qui abritait des bunkers semblables ; des tranchées rudimentaires, par intervalles, montaient vers le kourgane que nous contournions ; de loin en loin, un char enterré jusqu'à la tourelle servait de pièce d'artillerie fixe. Des obus russes tombaient parfois autour de ces ravines, projetant d'immenses gerbes de neige, je les entendais siffler, un son strident, lancinant qui me nouait les tripes ; je devais à chaque fois résister à l'impulsion de me jeter au sol, et je me forçai à prendre exemple sur Ivan, qui les ignorait souverainement. Au bout d'un certain temps je parvins à reprendre confiance : je me laissai envahir par le sentiment que tout ceci était un vaste jeu d'enfants, un terrain d'aventure formidable comme on en rêve à huit ans, avec des bruitages, des effets, des passages mystérieux, et j'en riais presque de plaisir, pris que j'étais dans cette idée qui me ramenait à mes jeux les plus anciens, lorsque Ivan plongea sur moi sans crier gare et me plaqua au sol. Une détonation assourdissante déchira le monde, c'était si proche que je sentis l'air claquer sur mes tympans, et une pluie de neige et de terre mêlées s'abattit sur nous.

Je tentai de me recroqueviller, mais déjà Ivan me tirait par l'épaule et me relevait : à une trentaine de mètres, une fumée noire s'élevait paresseusement du sol de la *balka*, la poussière soulevée venait lentement se déposer sur la neige ; une âcre odeur de cordite emplissait l'air. Mon cœur battait la chamade, je sentais une lourdeur si intense dans mes cuisses que cela en était douloureux, je voulais me rasseoir, comme une masse. Mais Ivan ne semblait pas prendre cela au sérieux ; il brossait son uniforme de la main avec un air appliqué. Puis il me fit tourner le dos et me brossa vigoureusement cette partie-là tandis que je frottais mes manches. Nous reprenions notre chemin. Je commençais à trouver cette escapade idiote : que venais-je faire là, après tout ? Je semblais avoir du mal à saisir que je n'étais plus à Piatigorsk. Notre route émergeait des *balki* : là commençait un long plateau vide, sauvage, dominé par l'arrière du kourgane. La fréquence des détonations au sommet, que je savais occupé par nos troupes, me fascinait : comment était-il possible que des hommes restent là, à subir cette pluie de feu et de métal ? J'en étais éloigné d'un ou deux kilomètres, et cela me faisait peur. Notre chemin serpentait entre des monticules de neige que le vent, çà et là, avait effrités pour révéler un canon dressé au ciel, la porte tordue d'un camion, les roues d'une voiture renversée. Devant nous on rejoignait la voie ferrée, vide cette fois, et qui disparaissait au loin dans la steppe. Elle venait de derrière le kourgane et je fus saisi de la peur irrationnelle de voir surgir le long des rails une colonne de T-34. Puis un autre ravin éventrait le plateau et je dévalai son flanc à la suite d'Ivan, comme si je plongeais dans la tiède sécurité d'une maison d'enfance. Là aussi il y avait des bunkers, des soldats transis et effrayés. J'aurais pu m'arrêter n'importe où, parler aux hommes et puis rentrer, mais je suivais docilement Ivan, comme s'il savait ce que je devais faire. Enfin nous émergeâmes de cette longue *balka* : de nouveau s'étendait une zone résidentielle ; mais les maisons étaient rasées, brûlées jusqu'au sol, même les cheminées s'étaient effondrées. Le matériel détruit encombrait les ruelles, des chars, des véhicules d'assaut, des pièces d'artillerie soviétiques, les nôtres aussi. Des carcasses de chevaux gisaient dans des positions absurdes, parfois empêtrées dans les attelages de charrettes volatilisées comme des fétus ; sous la neige, on distinguait encore les cadavres, eux aussi souvent surpris dans de curieuses contorsions, figés par le froid jusqu'au dégel prochain. De temps à autre une patrouille nous croisait ; il y avait aussi des points de contrôle, où des Feldgendarmes un peu mieux lotis que les soldats épluchaient nos papiers avant de nous laisser passer au secteur suivant. Ivan s'engagea dans une rue plus large ; une femme venait vers nous, engoncée dans deux manteaux et un foulard, un petit sac presque vide sur son épaule. Je regardai son visage : impossible de dire si elle avait vingt ans ou cinquante. Plus loin, un pont effondré jonchait le lit d'un profond ravin ; à l'est, vers la rivière, un autre pont, très haut, étonnamment intact, surplombait l'embouchure de ce même ravin. Il fallait descendre en s'accrochant aux débris puis, contournant ou escaladant les pans de béton fracassé, remonter de l'autre côté. Un poste de Feldgendarmes se tenait dans un abri formé par un coin du tablier écroulé. « *Khorvati ?* leur demanda Ivan. Les Croates ? » Le Feldgendarme nous renseigna ; ce n'était plus très loin. On entrait dans un autre quartier résidentiel : partout, on apercevait d'anciens emplacements de tir, il y avait des panneaux rouges : ACHTUNG ! MINEN, des restes de barbelés, des tranchées à moitié comblées par la neige entre les immeubles ; ç'avait été à une époque un secteur du front. Ivan me mena par une série de ruelles, se collant de nouveau aux murs ; à un angle, il me fit un signe de la main : « Tu veux voir qui ? » J'avais du mal à m'habituer à son tutoiement. « Je ne sais pas. Un officier. » — « Attends. » Il entra dans une bâtisse, un peu plus loin, d'où il ressortit avec un soldat qui lui indiqua quelque chose dans la rue. Il me fit signe et je le rejoignis. Ivan leva le bras en direction de la rivière, d'où venait le bruit ponctuel des mortiers et des mitrailleuses : « Là, *Krasnyi Oktiabr. Russki.* » Nous avions fait du chemin : nous nous trouvions près d'une des dernières usines en partie tenues par les Soviétiques, au-delà du kourgane et de la « raquette de tennis ». Les bâtiments devaient avoir été les logements collectifs des ouvriers. Arrivé à l'une de ces baraques, Ivan monta les trois marches du perron et échangea quelques mots avec un soldat de garde. Le soldat me salua, et j'entrai dans le couloir. Chaque pièce, sombre, aux fenêtres bouchées tant bien que mal par des planches, des briques empilées sans mortier et des couvertures, abritait un groupe de soldats. La plupart dormaient, serrés les uns contre les autres, parfois à plusieurs sous une couverture. Les haleines formaient des petits nuages de condensation. Il régnait une odeur épouvantable, une puanteur faite de toutes les sécrétions du corps humain, où dominaient l'urine et l'odeur douceâtre de la diarrhée. Dans une longue pièce, sans doute l'ancien réfectoire, plusieurs hommes se tassaient autour d'un poêle. Ivan m'indiqua un officier assis sur un petit banc ; comme les autres, il arborait, au bras de son feldgrau allemand, un damier rouge et blanc. Plusieurs de ces hommes connaissaient Ivan : ils engagèrent la conversation dans une sorte de sabir fait d'ukrainien et de croate, lardé des mots les plus grossiers (*pitchka*, *pizda*, *pizdets*, cela se dit dans toutes les langues slaves et on l'apprend très vite). Je me dirigeai vers l'officier qui se leva pour me saluer. « Vous parlez l'allemand ? » lui demandai-je après avoir claqué des talons et levé mon bras. — « Oui, oui. » Il me regardait avec curiosité ; il est vrai que mon nouvel uniforme ne portait aucun signe distinctif. Je me présentai. Derrière lui, au mur, on avait fixé de pauvres décorations de Noël : des guirlandes en papier journal autour d'un arbre dessiné au charbon à même le mur, des étoiles découpées dans du ferblanc, et d'autres produits de l'ingéniosité des soldats. Il y avait aussi un grand et beau dessin de la crèche : mais plutôt que dans une étable, la scène était représentée dans une maison détruite, au milieu de ruines calcinées. Je m'assis avec l'officier. C'était un jeune Oberleutnant, il commandait une des compagnies de cette unité croate, le 369e régiment d'infanterie : une partie de ses hommes montaient la garde sur un secteur du front, devant l'usine Octobre rouge ; les autres se reposaient ici. Les Russes, depuis quelques jours, restaient relativement calmes ; de temps à autre, ils tiraient des coups de mortier, mais les Croates sentaient bien que c'était pour les agacer. Ils avaient aussi installé des hautparleurs en face des tranchées et passaient à longueur de journée de la musique triste, ou bien gaie, entrecoupée de propagande encourageant les soldats à déserter ou à se rendre. « Les hommes ne font pas trop attention à la propagande, parce qu'ils l'ont fait enregistrer par un Serbe ; mais la musique les déprime profondément. » Je lui demandai ce qu'il en était des tentatives de désertion. Il répondit assez vaguement : « Ça arrive... mais on fait tout pour les empêcher. » Il fut beaucoup plus prolixe au sujet de la fête de Noël qu'ils préparaient ; le commandant de la division, un Autrichien, leur avait promis une ration supplémentaire ; lui-même avait réussi à préserver une bouteille de lozavitsa, distillée par son père, qu'il comptait partager avec ses hommes. Mais, plus que tout, il voulait des nouvelles de von Manstein. « Il arrive, alors ? » L'échec de l'offensive de Hoth n'avait bien entendu pas été annoncée aux troupes, et ce fut à mon tour d'être vague : « Tenez-vous prêt », répondis-je lamentablement. Ce jeune officier avait dû être un homme élégant et sympathique ; maintenant, il semblait aussi pathétique qu'un chien battu. Il parlait lentement, choisissant ses mots avec soin, comme s'il pensait au ralenti. Nous discutâmes encore un peu des problèmes de ravitaillement, puis je me levai pour partir. De nouveau, je me demandais ce que je foutais là : que pouvait m'apprendre cet officier isolé de tout que je n'eusse pas déjà lu dans un rapport ? Certes, je voyais par moi-même la misère des hommes, leur fatigue, leur désarroi, mais cela aussi, je le savais déjà. J'avais vaguement songé, en venant, à une discussion sur l'engagement politique des soldats croates aux côtés de l'Allemagne, sur l'idéologie oustachie : je comprenais maintenant que cela n'avait aucun sens; c'était pire que futile, et cet Oberleutnant n'aurait sans doute pas su quoi répondre, il n'y avait plus de place dans sa tête que pour la nourriture, sa maison, sa famille, la captivité ou sa mort prochaine. J'étais tout à coup fatigué et dégoûté, je me sentais hypocrite, idiot. « Joyeux Noël », me dit l'officier en me serrant la main avec un sourire. Quelques-uns de ses hommes me regardaient, sans la moindre lueur de curiosité. « Joyeux Noël à vous », me forçai-je à répondre. Je récupérai Ivan et ressortis, respirant avidement l'air froid. « Et maintenant ? » demanda Ivan. Je réfléchis : si j'étais venu jusqu'ici, me dis-je, je devrais au moins aller voir un des avant-postes. « On peut aller jusqu'au front ? » Ivan haussa les épaules : « Si tu veux, chef. Mais il faut demander à l'officier. » Je retournai dans la grande salle : l'officier n'avait pas bougé, il regardait toujours le poêle d'un air absent. « Oberleutnant ? Je pourrais inspecter une de vos positions avancées ? » — « Si vous voulez. » Il appela un de ses hommes et lui donna un ordre en croate. Puis il me dit : « C'est le Hauptfeldwebel Nišić. Il vous guidera. » J'eus soudain l'idée de lui offrir une cigarette : son visage s'illumina et il allongea lentement la main pour en prendre une. Je secouai le paquet : « Prenez-en plusieurs. » — « Merci, merci. Joyeux Noël encore. » J'en offris aussi une au Hauptfeldwebel qui me dit « *Hvala* » et la rangea avec précaution dans un étui. Je regardai encore une fois le jeune officier : il tenait toujours ses trois cigarettes à la main, le visage rayonnant comme celui d'un enfant. Dans combien de temps, me demandai-je, serai-je comme lui ? Cette pensée me donnait envie de pleurer. Je ressortis avec le Hauptfeldwebel qui nous mena d'abord par la rue, puis par des cours et à l'intérieur d'un entrepôt. Nous devions être sur le territoire de l'usine; je n'avais pas vu de mur, mais tout était si chamboulé, bouleversé, souvent on ne reconnaissait rien. Le sol de l'entrepôt était sillonné par une tranchée dans laquelle le Hauptfeldwebel nous fit descendre. Le mur, en face, était constellé de trous, la lumière et la neige se déversaient avec une clarté glauque dans ce grand espace vide; de petites tranchées auxiliaires partaient de la tranchée centrale pour rejoindre les angles de l'entrepôt; elle n'étaient pas droites et je n'y voyais personne. Nous passâmes en file sous le mur de l'entrepôt : la tranchée traversait une cour et disparaissait dans les ruines d'un bâtiment administratif en brique rouge. Nišić et Ivan marchaient baissés, pour rester sous le niveau de la tranchée, et je les imitai attentivement. Devant nous, tout était étrangement silencieux; plus loin, sur la droite, on entendait des rafales brèves, des coups de feu. L'intérieur du bâtiment administratif était sombre et puait encore plus que la maison où les soldats dormaient. « Voilà », dit calmement Nišić. Nous nous trouvions dans une cave, la seule lueur provenait de petits soupiraux ou de trous dans la brique. Un homme surgit de l'obscurité et parla à Nišić en croate. « Ils ont eu un accrochage. Des Russes voulaient s'infiltrer. Ils en ont tué quelques-uns », traduisit Nišić en un allemand assez épais. Il m'expliqua posément leur dispositif : où était le mortier, où était la Spandau, où se trouvaient les petites mitrailleuses, quel champ de tir cela couvrait, où étaient les angles morts. Cela ne m'intéressait pas mais je le laissai parler; de toute façon, je ne savais pas vraiment ce qui m'intéressait. « Et leur propagande ? » demandai-je. Nišić parla au soldat : « Après le combat ils ont arrêté. » Nous restâmes un moment silencieux. « Je peux voir leurs lignes ? » demandai-je enfin, sans doute pour me donner l'impression d'être venu pour quelque chose. — « Suivez-moi. » Je traversai le sous-sol et gravis un escalier jonché de plâtre et de fragments de brique. Ivan, pistolet-mitrailleur sous le bras, fermait la marche. À l'étage, un corridor nous mena jusqu'à une pièce, au fond. Toutes les fenêtres étaient obstruées par des briques et des planches, mais la lumière filtrait par des milliers de trous. Dans la dernière pièce, deux soldats se trouvaient adossés au mur avec une Spandau. Nišić me désigna un trou entouré de sacs de sable maintenus par des planches. « Vous pouvez regarder par là. Mais pas trop longtemps. Leurs snipers sont très forts. C'est des femmes, il paraît. » Je m'agenouillai près du trou puis tendis lentement la tête; la fente était étroite, je ne voyais qu'un paysage de ruines informes, presque abstrait. C'est alors que j'entendis le cri, sur la gauche : un long hurlement rauque, qui s'interrompit brusquement. Puis le cri reprit. Il n'y avait aucun autre bruit et je l'entendis très distinctement. Cela venait d'un homme jeune, et c'étaient de longs cris perçants, effroyablement creux; il devait, me dis-je, être blessé au ventre. Je me penchai et regardai de biais : j'apercevais sa tête et une partie de son torse. Il criait jusqu'à n'avoir plus de souffle, s'arrêtait pour inspirer, puis recommençait. Sans savoir le russe, je comprenais ce qu'il criait : « *Mama! Mama!* » C'était insupportable. « Qu'est-ce que c'est ? » demandai-je stupidement à Nišić. — « C'est un des types de tout à l'heure. » — « Vous ne pourriez pas l'achever ? » Nišić me fixait avec un regard dur, plein de mépris : « On n'a pas de munitions à gaspiller », lâcha-t-il enfin. Je m'assis contre le mur, comme les soldats. Ivan s'était appuyé au montant de la

porte. Personne ne parlait. Dehors, le gamin hurlait toujours : « *Mama!
Ia ne khatchu! Ia ne khatchu! Mama! Ia khatchu domoï!* » et d'autres
mots que je ne pouvais pas tous distinguer. Je relevai mes genoux et les
entourai de mes bras. Nišić, accroupi, continuait à me regarder. Je voulais me couvrir les oreilles, mais son regard de plomb me pétrifiait. Les
cris du gamin me vrillaient la cervelle, une truelle fouillant dans une
boue épaisse et gluante, pleine de vers et d'une vie immonde. Et moi,
me demandai-je, est-ce que j'implorerai ma mère, le moment venu?
Pourtant, l'idée de cette femme m'emplissait de haine et de dégoût.
Cela faisait des années que je ne l'avais pas vue, et je ne voulais pas la
voir; l'idée d'invoquer son nom, son aide, me semblait inconcevable.
Néanmoins, je devais me douter que derrière cette mère-là il y en avait
une autre, la mère de l'enfant que j'avais été avant que quelque chose
ne se soit irrémédiablement brisé. Moi aussi, sans doute, je me tordrai
et hurlerai pour cette mère-là. Et si ce n'était pas pour elle, ce serait
pour son ventre, celui d'avant la lumière, la malsaine, la sordide, la
malade lumière du jour. « Vous n'auriez pas dû venir ici, dit brutalement Nišić. Ça ne sert à rien. Et c'est dangereux. Il arrive souvent des
accidents. » Il me fixait avec un regard ouvertement mauvais. Il tenait
son pistolet-mitrailleur par la crosse, doigt sur la détente. Je regardai
Ivan : il tenait son arme de la même manière, pointée en direction de
Nišić et des deux soldats. Nišić suivit mon regard, examina l'arme
d'Ivan, son visage, et cracha par terre : « Vous feriez mieux de rentrer. »
Une détonation sèche me fit sursauter, une petite explosion, sans doute
une grenade. Les cris cessèrent un moment, puis reprirent, monotones,
lancinants. Je me relevai : « Oui. De toute façon je dois regagner le
centre. Il se fait tard. » Ivan s'écarta pour nous laisser passer et nous
emboîta le pas, sans quitter des yeux les deux soldats, jusqu'à ce qu'il
soit dans le corridor. Nous repartîmes par la même tranchée, sans un
mot; à la maison où logeait la compagnie, Nišić me quitta sans me
saluer. Il ne neigeait plus et le ciel se dégageait, je voyais la lune,
blanche et gonflée dans le ciel qui s'assombrissait rapidement. « On
peut rentrer de nuit? » demandai-je à Ivan. — « Oui. C'est même plus
court. Une heure et demie. » On devait pouvoir prendre des raccourcis.
Je me sentais vide, vieux, pas à ma place. Le Hauptfeldwebel, au fond,
avait eu raison.

En marchant, la pensée de ma mère me revint avec violence, se bous-
culant, se cognant dans ma tête comme une femme ivre. Depuis longtemps, je n'avais pas eu de telles pensées. Lorsque j'en avais parlé à
Partenau, en Crimée, j'en étais resté au niveau des faits, de ceux qui

comptent le moins. Là, c'était un autre ordre de pensées, amères, haineuses, teintées de honte. Quand cela avait-il commencé ? Dès ma naissance ? Se pouvait-il que je ne lui eusse jamais pardonné le fait de ma naissance, ce droit d'une arrogance insensée qu'elle s'était arrogé de me mettre au monde ? Fait étrange, je m'étais révélé mortellement allergique au lait de son sein ; comme elle-même me l'avait raconté bien plus tard, avec frivolité, je n'avais eu droit qu'à des biberons, et je voyais téter ma sœur jumelle avec un regard plein d'amertume. Pourtant, dans ma petite enfance, j'avais dû l'aimer, comme tous les enfants aiment leur mère. Je me souviens encore de l'odeur tendre et femelle de sa salle de bains, qui me plongeait dans un ravissement engourdi, comme un retour au ventre perdu : ce devait être, si j'y réfléchis, un mélange de la vapeur humide du bain, de parfums, de savons, peut-être aussi de l'odeur de son sexe et peut-être aussi de celle de sa merde ; même lorsqu'elle ne me laissait pas entrer dans le bain avec elle, je ne me lassais pas de rester assis sur la cuvette, près d'elle, avec béatitude. Puis tout avait changé. Mais quand, précisément, et pourquoi ? Je ne l'avais pas tout de suite blâmée pour la disparition de mon père : cette idée-là ne s'est imposée que plus tard, lorsqu'elle se prostitua à ce Moreau. Or même avant de le rencontrer, elle avait commencé à se comporter d'une manière qui me mettait hors de moi. Était-ce le départ de mon père ? C'est difficile à dire, mais la peine semblait parfois la rendre folle. Un soir, à Kiel, elle était entrée toute seule dans un café pour prolétaires, près des docks, et elle s'était enivrée, entourée d'étrangers, de dockers, de marins. Il est même possible qu'elle se soit assise sur une table et qu'elle ait remonté sa jupe, exposant son sexe. Quoi qu'il en soit, les choses dégénérèrent scandaleusement et la *bourgeoise* fut jetée à la rue, où elle tomba dans une flaque. Un policier la ramena à la maison, trempée, débraillée, sa robe souillée ; je crus que je mourrais de honte. Petit comme je l'étais — je devais avoir dix ans — je voulais la battre, et elle n'aurait même pas été en état de se défendre, mais ma sœur intervint : « Aie pitié d'elle. Elle est triste. Elle ne mérite pas ta colère. » Je mis longtemps à me calmer. Mais même à ce moment-là je ne devais pas la haïr, pas encore, j'étais seulement humilié. La haine dut venir plus tard, lorsqu'elle oublia son mari et sacrifia ses enfants pour se donner à un étranger. Cela ne se fit bien sûr pas en un jour, il y eut plusieurs étapes sur ce chemin. Moreau, comme je l'ai dit, n'était pas un homme mauvais, et au début il fit de grands efforts pour se faire accepter par nous ; mais c'était un type borné, prisonnier de ses grossières conceptions bourgeoises et libérales, esclave de son désir pour ma mère, qui se révéla vite plus mâle que lui ; ainsi, il se fit volontairement le complice de ses errements. Il y avait eu cette grande catastrophe, après laquelle j'avais été envoyé au collège ; il y eut aussi des conflits plus traditionnels, comme celui qui éclata alors que je finissais le lycée. J'allais passer mon bachot, il fallait prendre une décision pour la suite ; je voulais étudier la philosophie et la littérature, mais ma mère refusa net : « Il te faut une profession. Crois-tu que nous vivrons toujours de la bonté des autres ? Après, tu pourras faire ce que tu veux. » Et Moreau se moquait : « Quoi ? Instituteur dans une bourgade perdue pendant dix ans ? Écrivaillon à deux sous, crève-la-faim ? Tu n'es pas Rousseau, mon petit, reviens sur terre. » Dieu comme je les ai haïs. « Tu dois entrer dans la carrière, disait Moreau. Après, si tu veux écrire des poèmes à tes heures, c'est ton affaire. Mais au moins tu gagneras de quoi nourrir ta famille. » Cela dura plus d'une semaine ; m'enfuir n'aurait servi à rien, j'aurais été rattrapé, comme lorsque j'avais essayé de fuguer. Il fallut céder. Tous deux se décidèrent pour me faire entrer à l'École libre des sciences politiques, d'où j'aurais pu accéder à l'un des grands corps de l'État : le Conseil d'État, la Cour des comptes, l'Inspection générale des finances. Je serais un commis de l'État, un mandarin : un membre, espéraient-ils, de l'*élite*. « Ce sera difficile, m'expliquait Moreau, il te faudra plancher ferme » ; mais il avait des relations à Paris, il m'aiderait. Ah, les choses ne se sont pas passées comme ils le souhaitaient : les mandarins de France, maintenant, servaient mon pays ; et moi, j'avais échoué ici, dans les ruines glacées de Stalingrad, sans doute pour y finir. Ma sœur, elle, eut plus de chance : c'était une fille, et ce qu'elle faisait comptait moins ; ce ne serait que des touches de finition, pour l'agrément de son futur mari. On la laissa librement aller à Zurich étudier la psychologie avec un certain Dr. Karl Jung, assez connu depuis.

Le plus atroce avait déjà eu lieu. Autour du printemps 1929, j'étais encore au collège, je reçus une lettre de ma mère. Elle m'annonçait que, comme il n'y avait jamais eu aucune nouvelle de lui, et comme ses demandes répétées auprès de plusieurs consulats allemands n'avaient rien donné, elle avait déposé une requête pour que mon père soit légalement déclaré mort. Sept années s'étaient écoulées depuis sa disparition, la cour avait rendu le jugement qu'elle souhaitait ; maintenant, elle allait épouser Moreau, un homme bon et généreux, qui était comme un père pour nous. Cette lettre odieuse me précipita dans un paroxysme de rage. Je lui dépêchai une lettre pleine d'insultes violentes : Mon père, écrivais-je, n'était pas mort, et le profond désir qu'ils en avaient tous deux ne suffirait pas à le tuer. Si elle voulait se vendre à un infâme petit commerçant français, libre à elle ; quant à moi, je considérerais leur mariage comme illégitime et bigame. J'espérais au moins qu'il ne chercheraient pas à m'infliger un bâtard que je ne pourrais que détester. Ma mère, sagement, ne répondit pas à cette philippique. Cet été-là, je m'arrangeai pour me faire inviter par les parents d'un ami riche, et ne mis pas les pieds à Antibes. Ils se marièrent en août ; je déchirai le carton et le jetai aux W-C ; les vacances scolaires suivantes, je m'obstinai encore à ne pas rentrer ; enfin ils réussirent à me faire revenir, mais cela est déjà une autre histoire. En attendant, ma haine était là, entière, éclose, une chose pleine et presque savoureuse en moi, un bûcher attendant une allumette. Mais je ne savais me venger que de manière basse et honteuse : j'avais gardé une photo de ma mère ; je me branlais ou suçais mes amants devant elle et les faisais éjaculer dessus. Je faisais pire. Dans la grande maison de Moreau, je me livrais à des jeux érotiques baroques, fantastiquement élaborés. Inspirés par les romans martiens de Burroughs (l'auteur du *Tarzan* de mon enfance), que je dévorais avec la même passion que les classiques grecs, je m'enfermais dans la grande salle de bains du haut, faisant couler l'eau pour ne pas attirer l'attention, et créais des mises en scène extravagantes de mon monde imaginaire. Capturé par une armée d'hommes verts à quatre bras de Barsoom, j'étais mis à nu, lié et mené devant une superbe princesse martienne à la peau de cuivre, hautaine et impassible sur son trône. Là, me servant d'une ceinture pour les liens en cuir et avec un balai ou une bouteille fiché dans mon anus, je me tordais sur le carrelage froid tandis qu'une demi-douzaine de ses gardes du corps massifs et muets me violaient à tour de rôle devant elle. Mais les balais ou les bouteilles, cela pouvait faire mal : je cherchai quelque chose de plus adéquat. Moreau adorait les grosses saucisses allemandes ; la nuit, j'en prenais une dans le réfrigérateur, la roulais entre mes mains pour la réchauffer, la lubrifiais avec de l'huile d'olive ; après, je la lavais avec soin, la séchais et la remettais là où je l'avais trouvée. Le lendemain je regardais Moreau et ma mère la découper et la manger avec délice, et je refusais ma portion avec un sourire, prétextant le manque d'appétit, ravi de rester le ventre vide pour les regarder manger. Il est vrai que cela se passait avant leur mariage, quand je fréquentais encore régulièrement leur maison. Leur union n'était donc pas seule en cause. Mais ce n'était que de misérables, de tristes vengeances d'enfant impuissant. Plus tard, à ma majorité, je me détournai d'eux, partis pour l'Allemagne et cessai de répondre aux lettres de ma mère. Or l'histoire, sourdement, se poursuivait, et il suffisait d'un rien, du cri d'un agonisant, pour que tout resurgisse en bloc, car cela avait toujours été, cela venait d'ailleurs, d'un monde qui n'était pas celui des hommes et du travail de tous les jours, un monde habituellement clos mais dont la guerre, elle, pouvait subitement jeter ouvertes toutes les portes, libérant en un cri rauque et inarticulé de sauvage sa béance, un marécage pestilentiel, renversant l'ordre établi, les coutumes et les lois, forçant les hommes à se tuer les uns les autres, les replaçant sous le joug dont ils s'étaient si péniblement affranchis, le poids de ce qu'il y avait avant. Nous suivions de nouveau les rails le long des wagons abandonnés : perdu dans mes pensées, j'avais à peine noté le long contournement du kourgane. La neige dure, qui crissait sous mes bottes, prenait des teintes bleutées sous la lune blafarde qui avait éclairé notre chemin. Un autre quart d'heure nous suffit pour regagner l'Univermag ; je me sentais à peine fatigué, revigoré par la marche. Ivan me salua négligemment et partit rejoindre ses compatriotes, emportant mon pistolet-mitrailleur. Dans la grande salle des opérations, sous l'énorme lustre récupéré dans un théâtre, les officiers de la Stadtkommandantur buvaient et chantaient en chœur *O du fröhliche* et *Stille Nacht, heilige Nacht.* L'un d'eux me tendit un verre de vin rouge ; je le vidai d'une lampée, bien que ce fût du bon vin de France. Dans le couloir, je croisai Möritz, qui me regarda d'un air interloqué : « Vous êtes sorti ? » — « Oui, Herr Kommissar. Je suis allé reconnaître une partie de nos positions, pour me faire une idée de la ville. » Son visage s'assombrit : « N'allez pas vous risquer inutilement. J'ai eu un mal de chien à vous avoir, si vous vous faites tuer tout de suite, je ne pourrai jamais vous remplacer. » — « *Zu Befehl*, Herr Kommissar. » Je le saluai et allai me changer. Un peu plus tard, Möritz offrit un pot à ses officiers, avec deux bouteilles de cognac soigneusement tenues en réserve ; il m'y présenta à mes nouveaux collègues, Leibbrandt, Dreyer, Vopel, le chargé du renseignement, le Hauptsturmführer von Ahlfen, Herzog, Zumpe. Zumpe et Vopel, l'Untersturmführer que j'avais rencontré la veille, travaillaient avec Thomas. Il y avait aussi Weidner, le Gestapoleiter de la ville (Thomas, lui, était Leiter IV pour l'ensemble du *Kessel*, et donc le supérieur de Weidner). Nous bûmes au Führer et à l'*Endsieg* et nous nous souhaitâmes un joyeux Noël ; cela restait sobre et cordial, je préférais nettement cela aux effusions sentimentales ou religieuses des militaires. Thomas et moi, par curiosité, allâmes assister à la messe de minuit qui fut célébrée dans la grande salle. Le prêtre et le pasteur d'une des divisions officiaient à tour de rôle, dans un parfait esprit œcuménique, et les croyants des deux confessions priaient ensemble. Le général von Seydlitz-

Kurbach, qui commandait le LIe corps, se trouvait là avec plusieurs généraux de division et leurs chefs d'état-major ; Thomas me désigna Sanne, qui commandait la 100e Jägerdivision, Korfes, von Hartmann. Quelques-uns de nos Ukrainiens priaient aussi : c'étaient, m'expliqua Thomas, des uniates de Galicie, qui fêtent la Noël en même temps que nous, à la différence de leurs cousins orthodoxes. Je les examinai, mais ne reconnus pas Ivan parmi eux. Après la messe, nous retournâmes boire du cognac ; puis, subitement épuisé, j'allai me coucher. Je rêvai de nouveau de métros : cette fois, deux voies parallèles se côtoyaient entre des quais brillamment éclairés, puis se rejoignaient plus loin dans le tunnel, après une séparation marquée par de gros piliers ronds en béton ; mais cet aiguillage ne marchait pas et une équipe de femmes en uniforme orange, dont une négresse, travaillaient fiévreusement pour le réparer tandis que le train, bondé de voyageurs, quittait déjà la station.

Je me mis enfin à la tâche d'une manière plus structurée et rigoureuse. Le matin de Noël, un violent blizzard mit fin aux espoirs d'un ravitaillement spécial ; en même temps, les Russes lançaient un assaut sur le secteur Nord-Est et aussi en direction des usines, nous reprenant quelques kilomètres de terrain et tuant plus de mille deux cents des nôtres. Les Croates, notai-je dans un rapport, avaient été violemment éprouvés, et le Hauptfeldwebel Nišić figurait sur la liste des tués. *Carpe diem !* J'espérais qu'il avait au moins eu le temps de fumer sa cigarette. Moi, je digérais des rapports et en écrivais d'autres. La Noël ne semblait pas trop jouer sur le moral des hommes : la plupart, d'après les rapports ou les lettres ouvertes par les censeurs, gardaient intacte leur foi dans le Führer et la victoire ; néanmoins on exécutait tous les jours des déserteurs ou des hommes coupables d'automutilations. Certaines des divisions fusillaient leurs propres condamnés ; d'autres nous les livraient ; cela se passait dans une cour, derrière la Gestapostelle. On nous livrait aussi des civils pris par la Feldgendarmerie en train de piller, ou soupçonnés de passer des messages aux Russes. Quelques jours après Noël, je croisai dans un couloir deux gamins sales et morveux que les Ukrainiens emmenaient fusiller après interrogatoire : ils ciraient les bottes des officiers des divers PC et notaient mentalement des détails ; la nuit, ils se faufilaient par un égout pour aller informer les Soviétiques. Sur l'un d'eux, on avait trouvé une médaille russe cachée : il affirmait avoir été décoré, mais peut-être l'avait-il simplement volée ou prise à un mort. Ils devaient avoir douze ou treize ans, mais on leur en aurait donné moins de dix, et tandis que Zumpe, qui allait commander le peloton, m'expliquait l'affaire, ils me fixaient tous les deux avec de grands yeux, comme si j'allais les sauver. Cela me mit en rage : Que me voulez-vous ? avais-je envie de leur crier. Vous allez mourir, et alors ? Moi aussi, je vais sans doute mourir ici, tout le monde ici va mourir. C'est le tarif syndical. Je mis quelques minutes à me calmer ; plus tard, Zumpe me raconta qu'ils avaient pleuré mais quand même aussi crié : « Vive Staline ! » et « *Urra pobiéda !* » avant d'être abattus. « C'est censé être une histoire édifiante ? » lui lançai-je ; il s'en alla un peu déconfit.

Je commençais à rencontrer certains de mes soi-disant informateurs, que m'amenaient Ivan ou un autre Ukrainien, ou qui venaient tout seuls. Ces femmes et ces hommes étaient dans un état lamentable, puants, couverts de crasse et de poux ; des poux, j'en avais déjà, mais l'odeur de ces gens me donnait la nausée. Ils me paraissaient bien plus des mendiants que des agents : les informations qu'ils me fournissaient étaient invariablement inutiles ou invérifiables ; en échange, je devais leur donner un oignon ou une patate gelée que je gardais à cet effet dans un coffre, une véritable *caisse noire* en devise locale. Je n'avais aucune idée de la façon de traiter les rumeurs contradictoires qu'ils me rapportaient ; l'Abwehr, si je les avais transmises, se serait moquée de nous ; je finis par établir un format intitulé *Informations diverses, sans confirmation*, que je faisais passer tous les deux jours à Möritz.

Les informations concernant les problèmes de ravitaillement, qui affectaient le moral, m'intéressaient particulièrement. Tout le monde savait, sans en parler, que les prisonniers soviétiques de notre Stalag, qu'on ne nourrissait pour ainsi dire plus depuis un certain temps, avaient sombré dans le cannibalisme. « C'est leur vraie nature qui se révèle », m'avait jeté Thomas lorsque j'avais essayé d'en discuter avec lui. Il était entendu que le Landser allemand, lui, dans la détresse, savait se tenir. Le choc, causé par un rapport sur un cas de cannibalisme dans une compagnie postée à la lisière ouest du *Kessel*, en fut d'autant plus vif en haut lieu. Les circonstances rendaient l'affaire particulièrement atroce. Lorsque la famine les eut décidés à ce recours, les soldats de la compagnie, encore soucieux de la *Weltanschauung*, avaient débattu le point suivant : fallait-il manger un Russe ou un Allemand ? Le problème idéologique qui se posait était celui de la légitimité de manger un Slave, un *Untermensch* bolchevique. Cette viande ne risquait-elle pas de corrompre leurs estomacs allemands ? Mais manger un camarade mort serait déshonorant ; même si on ne pouvait plus les enterrer, on devait encore du respect à ceux qui étaient tombés pour la *Heimat*. Ils se mirent donc d'accord pour manger un de leurs Hiwi, compromis somme toute raisonnable, vu les termes du débat. Ils le tuèrent et un Obergefreite, ancien boucher à Mannheim, procéda au dépeçage. Les Hiwi survivants succombèrent à la panique : trois d'entre eux avaient été tués en tentant de déserter, mais un autre avait réussi à rejoindre le PC du régiment, où il avait dénoncé l'histoire à un officier. Personne ne l'avait cru ; après enquête, on avait été obligé de se rendre à l'évidence, car la compagnie n'avait pas su faire disparaître les restes de la victime, et on avait retrouvé toute sa cage thoracique et une partie des abats, jugés impropres à la consommation. Les soldats, arrêtés, avaient tout avoué ; la viande, selon eux, aurait un goût de porc, et valait amplement le cheval. On avait discrètement fusillé le boucher et quatre meneurs, puis étouffé l'affaire, mais cela avait créé des remous dans les états-majors. Möritz me demanda d'établir un rapport global sur la situation nutritionnelle des troupes depuis la fermeture du *Kessel* ; il avait les chiffres de l'AOK 6, mais les soupçonnait d'être en grande partie théoriques. Je songeai à aller trouver Hohenegg.

Cette fois-ci, je préparai un peu mieux mon déplacement. J'étais déjà sorti avec Thomas, pour rendre visite à des Ic/AO de division ; après mon escapade croate, Möritz m'avait donné l'ordre, si je voulais sortir seul, de remplir au préalable une feuille de mouvement. Je téléphonai à Pitomnik, au bureau du Generalstabsarzt Dr. Renoldi, le médecin-chef de l'AOK 6, où l'on m'apprit que Hohenegg était basé à l'hôpital de campagne central à Goumrak ; là, on m'informa qu'il se déplaçait dans le *Kessel*, pour procéder à des observations ; je le localisai enfin à Rakotino, une *stanitsa* au sud de la poche, dans le secteur de la 376e division. Il fallut ensuite téléphoner aux différents PC pour organiser les liaisons. Le déplacement prendrait une demi-journée, et je devrais certainement passer la nuit soit à Rakotino même, soit à Goumrak ; mais Möritz approuva l'expédition. Il restait encore quelques jours avant le Nouvel An, il faisait autour de – 25 ° depuis Noël, et je décidai de ressortir ma pelisse, malgré le risque que les poux viennent s'y nicher. De toute façon j'en étais déjà couvert, mes chasses attentives dans les coutures, le soir, n'y faisaient rien : mon ventre, mes aisselles, l'intérieur de mes jambes étaient rouges de piqûres, que je ne pouvais m'empêcher de gratter jusqu'au sang. Je souffrais en outre de diarrhées, sans doute à cause de la mauvaise eau et de l'alimentation irrégulière, un mélange selon les jours de jambon en boîte ou de pâté français et de *Wasser-suppe* au cheval. Au PC, cela allait encore, les latrines des officiers étaient infectes mais au moins accessibles, mais en déplacement, cela pourrait vite devenir problématique.

Je partis sans Ivan : je n'avais pas besoin de lui dans le *Kessel*; de toute façon les places dans les véhicules de liaison étaient strictement limitées. Une première voiture m'amena à Goumrak, une autre à Pitomnik; là, je dus attendre plusieurs heures une liaison pour Rako-tino. Il ne neigeait pas mais le ciel restait d'un gris laiteux, morne, et les avions, qui décollaient maintenant de Salsk, arrivaient irrégulièrement. Sur la piste régnait un chaos encore plus épouvantable que la semaine précédente; à chaque avion, c'était la ruée, des blessés tombaient et se faisaient écraser par les autres, les Feldgendarmes devaient tirer des rafales en l'air pour faire reculer la horde des désespérés. J'échangeai quelques mots avec un pilote de Heinkel 111 qui s'était éloigné de son appareil pour fumer; il était livide, il regardait la scène d'un air effaré, en murmurant : « Ce n'est pas possible, ce n'est pas possible... Vous savez, me lança-t-il enfin avant de s'éloigner, tous les soirs, quand j'arrive vivant à Salsk, je pleure comme un enfant. » Cette simple phrase me donna le vertige; tournant le dos au pilote et à la meute acharnée, je me mis à sangloter : les larmes givraient sur mon visage, je pleurais pour mon enfance, pour ce temps où la neige était un plaisir qui ne connais-sait pas de fin, où une ville était un espace merveilleux pour vivre et où une forêt n'était pas encore un endroit commode pour tuer des gens. Derrière moi, les blessés hurlaient comme des possédés, des chiens insanes, couvrant presque de leurs cris le vrombissement des moteurs. Ce Heinkel, au moins, décolla sans anicroche; ce ne fut pas le cas du Junker suivant. Des obus recommençaient à tomber, on avait dû bâcler le plein de kérosène, ou peut-être un des moteurs était-il défectueux, à cause du froid : quelques secondes après que les roues eurent quitté le sol, le moteur gauche cala; l'appareil, qui n'avait pas encore pris assez de vitesse, fit une embardée de côté; le pilote tenta de le redresser, mais l'avion était déjà trop déséquilibré et tout à coup il bascula sur l'aile et alla s'écraser quelques centaines de mètres au-delà de la piste, dans une gigantesque boule de feu qui illumina un instant la steppe. Je m'étais réfugié dans un bunker à cause du bombardement mais je vis tout depuis l'entrée, à nouveau mes yeux se gonflèrent de larmes, mais je parvins à me contrôler. Enfin on vint me chercher pour la liaison, mais pas avant qu'un obus d'artillerie ne soit tombé sur une des tentes de blessés près de la piste, projetant des membres et des lambeaux de chair sur toute l'aire de déchargement. Comme je me trouvais à proximité, je dus aider à déblayer les décombres sanguinolents, pour chercher des survivants ; me surprenant à étudier les entrailles, dévidées sur la neige rougie, d'un jeune soldat au ventre crevé, pour y trouver des traces de mon passé ou des indices sur mon avenir, je me dis que décidément tout ceci prenait l'aspect d'une farce pénible. J'en restai ébranlé, je fumais cigarette sur cigarette malgré mes réserves limitées, et tous les quarts d'heure je devais courir aux latrines laisser échapper un mince filet de merde liquide ; dix minutes après le départ de la voiture, je dus la faire arrêter pour me précipiter derrière une congère ; ma pelisse m'encombrait et je la souillai. Je tâchai de la nettoyer avec de la neige, mais ne réussis qu'à me geler les doigts ; de retour dans la voiture, je me blottis contre la portière et fermai les yeux pour tenter d'effacer tout ça. Je fouillais dans les images de mon passé comme dans un jeu de cartes usé, tentant d'en extraire une qui pourrait prendre vie devant moi quelques instants : mais elles fuyaient, se dissolvaient ou restaient mortes. Même l'image de ma sœur, mon dernier recours, semblait une figure de bois. Seule la présence des autres officiers m'empêcha de pleurer de nouveau.

Le temps d'arriver à destination, la neige avait repris, et les flocons dansaient dans l'air gris, joyeux et légers ; et pour un peu on aurait pu croire que l'immense steppe vide et blanche était en vérité un pays de fées cristallines, joyeuses et légères comme les flocons, dont le rire fusait doucement dans le bruissement du vent ; mais de la savoir ainsi souillée par les hommes et leur malheur et leur angoisse sordide ruinait l'illusion. À Rakotino, je trouvai enfin Hohenegg dans une petite isba misérable à moitié enfouie sous la neige, en train de taper sur une machine à écrire portable à la lumière d'une bougie fichée dans une douille de PAK. Il leva la tête mais ne manifesta aucune surprise : « Tiens. Le Hauptsturmführer. Quel bon vent vous amène ? » — « Vous. » Il se passa la main sur son crâne chauve : « Je ne me savais pas aussi désirable. Mais je vous préviens : si vous êtes malade, vous êtes venu en vain. Je ne m'occupe que de ceux pour qui il est trop tard. » Je fis un effort pour me ressaisir et trouver une repartie : « Docteur, je ne souffre que d'une maladie, sexuellement transmissible et irrémédiablement fatale : la vie. » Il fit une moue : « Non seulement je vous trouve un peu pâlot, mais vous sombrez dans le lieu commun. Je vous ai connu en meilleure forme. L'état de siège ne vous réussit pas. » J'ôtai ma pelisse, l'accrochai à un clou, puis sans y être invité m'assis sur un banc grossièrement taillé, le dos à la cloison. La pièce était à peine

chauffée, juste assez pour couper un peu le froid ; les doigts de Hohenegg paraissaient bleus. « Comment va votre travail, docteur ? » Il
haussa les épaules : « Ça va. Le général Renoldi ne m'a pas très aimablement reçu ; apparemment il trouvait toute cette mission inutile. Je ne
m'en suis pas offusqué mais j'aurais préféré qu'il exprime son opinion
lorsque j'étais encore à Novotcherkassk. Cela dit, il a tort : je n'ai pas
encore fini, mais mes résultats préliminaires sont déjà extraordinaires. » — « C'est justement ce dont je suis venu discuter. » — « Le SD
s'intéresse à la nutrition, maintenant ? » — « Le SD s'intéresse à tout,
docteur. » — « Alors laissez-moi achever mon rapport. Puis j'irai chercher une soi-disant soupe au soi-disant mess, et nous parlerons en faisant semblant de manger. » Il tapa de la main sur son ventre rond :
« Pour le moment, ça me fait une cure salutaire. Mais il ne faudrait pas
que ça dure. » — « Vous avez des réserves, au moins. » — « Ça ne veut
rien dire. Les maigres nerveux, comme vous, semblent tenir bien plus
longtemps que les gros et les forts. Laissez-moi travailler. Vous n'êtes
pas trop pressé ? » Je levai les mains : « Vous savez, docteur, vu l'importance critique de ce que je fais pour l'avenir de l'Allemagne et de la
6ᵉ armée... » — « C'est bien ce que je pensais. Dans ce cas, vous passe-
rez la nuit ici et nous retournerons ensemble à Goumrak demain
matin. »

Le village de Rakotino demeurait étrangement silencieux. Nous nous
trouvions à moins d'un kilomètre du front, mais depuis mon arrivée je
n'avais entendu que quelques coups de feu. Le cliquètement de la
machine à écrire résonnait dans ce silence et le rendait encore plus
angoissant. Mes coliques, au moins, s'étaient calmées. Enfin, Hohenegg
rangea ses feuillets dans une serviette, se leva et enfonça une chapka
dépenaillée sur son crâne rond. « Donnez-moi votre livret, dit-il, je vais
chercher la soupe. Vous trouverez un peu de bois à côté du poêle :
faites-le repartir, mais utilisez-en le moins possible. On doit tenir
jusqu'à demain avec ça. » Il sortit ; j'allai m'affairer près du poêle. La
réserve de bois était en effet maigre : quelques piquets de clôture
humides, avec des bouts de fils barbelés. Je réussis enfin à allumer un
morceau après l'avoir débité. Hohenegg revint avec une gamelle de
soupe et une grosse tranche de *Kommissbrot*. « Je suis désolé, me dit-il,
mais ils refusent de vous donner une ration sans ordre écrit du QG du
corps blindé. On partagera. » — « Ne vous en faites pas, répondis-je,
j'avais prévu ça. » J'allai à ma pelisse et tirai des poches un morceau
de pain, des biscuits secs et une conserve de viande. « Magnifique !
s'exclama-t-il. Gardez la conserve pour ce soir, j'ai un oignon : ce sera

un festin. Pour le déjeuner, j'ai ça. » Il tira de sa sacoche un morceau de lard emballé dans un journal soviétique. Avec un couteau de poche, il découpa le pain en plusieurs tranches et coupa aussi deux grosses tranches de lard ; il posa le tout à même le poêle, avec la gamelle de soupe. « Vous me pardonnerez, mais je n'ai pas de casserole. » Pendant que le lard grésillait il rangea sa petite machine à écrire et étendit le papier journal sur la table. Nous mangeâmes le lard sur les tranches de pain noir réchauffées : le gras un peu fondu imbibait le gros pain, c'était délicieux. Hohenegg m'offrit sa soupe ; je refusai en indiquant mon ventre. Il haussa les sourcils : « La *caquesangue* ? » Je hochai la tête. « Prenez garde à la dysenterie. En temps normal, on s'en remet, mais ici, ça emporte les hommes en quelques jours. Ils se vident et meurent. » Il m'expliqua les mesures d'hygiène à observer. « Ici, ça peut être un peu compliqué », lui fis-je remarquer. — « Oui, c'est vrai », reconnut-il tristement. Pendant que nous finissions nos tartines au lard, il me parla des poux et du typhus. « On a déjà des cas, qu'on isole le mieux possible, expliqua-t-il. Mais inévitablement, une épidémie va se déclarer. Et là, ce sera la catastrophe. Les hommes vont tomber comme des mouches. » — « À mon avis, ils meurent déjà assez rapidement. » — « Savez-vous ce que font nos *tovarichtchi*, maintenant, sur le front de la division ? Ils passent un enregistrement avec le *tic, toc, tic, toc* d'une horloge, très fort, puis une voix sépulcrale qui annonce en allemand : "Toutes les sept secondes, un Allemand meurt en Russie !" Puis le *tic, toc* qui reprend. Ils mettent ça durant des heures. C'est saisissant. » Pour les hommes pourrissant de froid et de faim, rongés par la vermine, terrés au fond de leurs bunkers de neige et de terre glacée, je pouvais concevoir que ce devait être terrifiant, même si le calcul, on l'aura vu d'après le mien tout au début de ce mémoire, était un peu exagéré. À mon tour, je narrai à Hohenegg l'histoire des cannibales salomoniques. Son seul commentaire fut : « Si j'en juge par les Hiwi que j'ai examinés, ils ne se sont pas rassasiés. » Cela nous amena à l'objet de ma mission. « Je n'ai pas achevé le tour de toutes les divisions, m'expliqua-t-il, et il y a des différences pour lesquelles je n'ai pas encore trouvé d'explication. Mais j'en suis déjà à quelque trente autopsies et les résultats sont irréfutables : plus de la moitié présentent des symptômes de malnutrition aiguë. En gros, presque plus de tissu adipeux sous la peau et autour des organes internes ; fluide gélatineux dans le mésentère ; foie congestionné, organes pâles et exsangues ; moelle osseuse rouge et jaune remplacée par une substance vitreuse ; muscle cardiaque atrophié, mais avec un élargissement du ventricule et de l'auricule droit. En langage ordinaire, leur corps, n'ayant plus de quoi sustenter ses fonctions vitales, se dévore lui-même pour trouver les calories nécessaires ; quand il n'y a plus rien, tout s'arrête, comme une voiture en panne sèche. C'est un phénomène connu : mais ce qui est curieux, ici, c'est que malgré la réduction drama- tique des rations, il est encore beaucoup trop tôt pour avoir autant de cas. Tous les officiers m'assurent que le ravitaillement est centralisé par l'AOK et que les soldats reçoivent bien la ration officielle. Celle-ci, pour le moment, est juste en dessous de 1 000 kilocalories par jour. C'est beaucoup trop peu, mais c'est encore quelque chose ; les hommes devraient être faibles, plus vulnérables aux maladies et aux infections opportunistes, mais ils ne devraient pas encore mourir de faim. C'est pour cela que mes collègues cherchent une autre explication : ils parlent d'*épuisement*, de *stress*, de *choc psychique*. Mais tout ça est vague et peu convaincant. Mes autopsies, elles, ne mentent pas. » — « Qu'en pensez- vous, alors ? » — « Je ne sais pas. Il doit y avoir un complexe de raisons, difficilement dissociables dans ces conditions. Je soupçonne que la capa- cité de certains organismes à décomposer proprement les aliments, à les digérer, si vous voulez, est altérée par d'autres facteurs comme la ten- sion ou le manque de sommeil. Il y a bien sûr des cas tout à fait évi- dents : des hommes avec des diarrhées si sévères que le peu qu'ils absorbent ne reste pas assez longtemps dans leur estomac et ressort quasiment tel quel ; c'est en particulier le cas de ceux qui ne mangent presque plus que cette *Wassersuppe*. Certains des aliments qu'on distri- bue aux troupes sont même nocifs ; par exemple, la viande en conserve comme la vôtre, très grasse, tue parfois des hommes qui n'ont mangé que du pain et de la soupe depuis des semaines ; leur organisme ne sup- porte pas le choc, le cœur pompe trop vite et lâche d'un coup. Il y a aussi le beurre, qui arrive encore : il est livré en blocs gelés, et, dans la steppe, les Landser n'ont rien pour faire du feu, alors ils le cassent à coups de hache et sucent les morceaux. Ça provoque des diarrhées épouvantables qui les achèvent rapidement. Si vous voulez tout savoir, une bonne partie des corps que je reçois ont le pantalon encore plein de merde, heureusement congelée : à la fin, ils sont trop faibles pour bais- ser culotte. Et notez que ce sont des corps pris sur les lignes, pas dans les hôpitaux. Bref, pour revenir à ma théorie, elle sera difficile à démon- trer, mais elle me semble plausible. Le métabolisme lui-même est atteint par le froid, la fatigue et ne fonctionne plus proprement. » — « Et la peur ? » — « La peur aussi, bien sûr. On l'a bien vu pendant la Grande Guerre : sous certains bombardements particulièrement intenses, le cœur flanche ; on retrouve des hommes jeunes, bien nourris, en bonne santé, morts sans la moindre blessure. Mais ici je dirai plutôt que c'est un facteur aggravant, pas une cause première. Encore une fois, il faut que je continue mes investigations. Ça ne sera sans doute pas d'une grande utilité pour la 6ᵉ armée, mais je me flatte que ça servira la science, et c'est ce qui m'aide à me lever le matin ; ça, et l'inévitable *saliout* de nos amis d'en face. Ce *Kessel*, en fait, est un gigantesque laboratoire. Un véritable paradis pour un chercheur. J'ai à ma disposition autant de corps que je pourrais souhaiter, parfaitement conservés, même si justement il est parfois un peu difficile de les dégeler. Je dois obliger mes pauvres assistants à passer la nuit avec eux près du poêle, pour les faire tourner régulièrement. L'autre jour, à Babourkine, l'un d'eux s'est endormi ; le lendemain matin, j'ai trouvé mon sujet gelé d'un côté et rôti de l'autre. Maintenant venez, il va être l'heure. » — « L'heure ? L'heure de quoi ? » — « Vous verrez. » Hohenegg réunissait sa serviette et sa machine à écrire et endossait son manteau ; avant de sortir, il souffla la bougie. Dehors, il faisait nuit. Je le suivis jusqu'à une *balka* derrière le village où il se faufila, les pieds en premier, dans un bunker presque invisible sous la neige. Trois officiers se trouvaient assis sur de petits escabeaux autour d'une bougie. « Meine Herren, bonsoir, dit Hohenegg. Je vous présente le Hauptsturmführer Dr. Aue, qui est très aimablement venu nous rendre visite. » Je serrai les mains des officiers et, comme il n'y avait plus d'escabeau, m'assis à même la terre gelée, tirant ma pelisse sous moi. Malgré la fourrure je sentais le froid. « Le commandant soviétique en face de nous est un homme d'une ponctualité remarquable, m'expliqua Hohenegg. Chaque jour, depuis le milieu du mois, il arrose ce secteur trois fois par jour, à cinq heures trente, onze heures, et seize heures trente pile. Entre-temps, rien, à part quelques coups de mortier. C'est très pratique pour travailler. » Effectivement, trois minutes plus tard, j'entendis le hurlement strident, suivi par une série rapprochée d'énormes déflagrations, d'une salve d'« orgues de Staline ». Le bunker entier trembla, de la neige vint à moitié recouvrir l'entrée, des mottes de terre pleuvaient du plafond. La frêle lumière de la bougie vacillait, projetant des ombres monstrueuses sur les visages épuisés, mal rasés des officiers. D'autres salves suivaient, ponctuées des détonations plus sèches des obus de tanks ou d'artillerie. Le bruit était devenu une chose folle, insensée, vivant sa propre vie, occupant l'air et se pressant contre l'entrée en partie obstruée du bunker. Je fus pris de terreur à l'idée d'être enterré vivant, pour un peu, j'aurais essayé de fuir, mais je me maîtrisai. Au bout de dix minutes le pilonnage cessa abruptement. Mais le bruit, sa présence et sa pression, fut plus long à se retirer et à se dissiper. L'odeur âcre de la cordite piquait le nez et les yeux. Un des officiers déblaya l'entrée du bunker à la main et nous sortîmes en rampant. Au-dessus de la *balka*, le village semblait avoir été écrasé, balayé comme par une tempête ; des isbas brûlaient, mais je discernai vite que seules quelques maisons avaient été frappées : la masse des obus devaient viser les positions. « Le seul problème, commenta Hohenegg en brossant la terre et la neige de ma pelisse, c'est qu'ils ne visent jamais tout à fait le même endroit. Ce serait encore plus pratique. Allons voir si notre humble refuge a survécu. » La hutte tenait toujours debout ; le poêle chauffait même encore un peu. « Vous ne voulez pas venir prendre un thé ? » proposa un des officiers qui nous avait accompagnés. Nous le suivîmes jusqu'à une autre isba, divisée en deux par une cloison ; la première pièce, où se trouvaient déjà assis les deux autres, était aussi équipée d'un poêle. « Ici, dans le village, ça va, fit remarquer l'officier. On trouve du bois après chaque bombardement. Mais les hommes sur la ligne n'ont rien. À la moindre petite blessure, ils meurent du choc et des engelures causées par la perte de sang. On a rarement le temps de les évacuer vers un hôpital. » Un autre préparait le « thé », du Schlüter ersatz. C'étaient tous les trois des Leutnant ou des Oberleutnant, très jeunes ; ils se mouvaient et parlaient avec lenteur, presque avec apathie. Celui qui faisait le thé portait la Croix de Fer. Je leur offris des cigarettes : cela produisit sur eux le même effet que sur l'officier croate. L'un d'eux sortit un jeu de cartes graisseux : « Vous jouez ? » Je fis signe que non, mais Hohenegg accepta, et il distribua les cartes pour une partie de skat. « Des cartes, des cigarettes, du thé..., ricana le troisième, qui n'avait encore rien dit. On pourrait se croire à la maison. » — « Avant, m'expliqua le premier, on jouait aux échecs. Mais on n'a plus la force. » L'officier à la Croix de Fer servait le thé dans des gobelets cabossés. « Je suis désolé, il n'y a pas de lait. Pas de sucre non plus. » Nous bûmes et ils commencèrent à jouer. Un sous-officier entra et se mit à parler à voix basse avec l'officier à la Croix de Fer. « Dans le village, annonça celui-ci d'un ton hargneux, quatre morts, treize blessés. La 2ᵉ et la 3ᵉ compagnie ont pris aussi. » Il se tourna vers moi avec un air à la fois enragé et désemparé : « Vous qui vous occupez de renseignement, Herr Hauptsturmführer, pouvez-vous m'expliquer quelque chose ? D'où tiennent-ils toutes ces armes, ces canons et ces obus ? Ça fait un an et demi qu'on les traque et qu'on les poursuit. On les a chassés du Bug à la Volga, on a détruit leurs villes, rasé leurs usines... Alors où est-ce qu'ils prennent tous ces putains de tanks et de canons ? » Il était presque au bord des larmes. « Je ne m'occupe pas de ce genre de renseignement-là, expliquai-je calmement. Le potentiel militaire ennemi, c'est l'affaire de l'Abwehr et du *Fremde Heere Ost*. À mon avis, il a été sous-estimé au départ. Et puis, ils ont réussi à évacuer beaucoup d'usines. Leur capacité de production, dans l'Oural, semble considérable. » L'officier paraissait vouloir continuer la conversation, mais était visiblement trop fatigué. Il se remit à jouer aux cartes en silence. Un peu plus tard, je leur demandai ce qu'il en était de la propagande défaitiste russe. Celui qui nous avait invités se leva, passa derrière la cloison, puis me rapporta deux feuillets. « Ils nous envoient ça. » L'un d'eux portait un simple poème rédigé en allemand, intitulé *Pense à ton enfant!* et signé par un certain Erich Weinert; l'autre finissait avec une citation : *Si des soldats ou des officiers allemands se rendent, l'Armée rouge doit les faire prisonniers et épargner leurs vies (ordre n° 55 du commissaire du peuple à la Défense J. Staline)*. Il s'agissait d'un travail assez sophistiqué; la langue et la typographie étaient excellentes. « Et ça marche? » demandai-je. Les officiers se regardèrent. « Malheureusement, oui », dit enfin le troisième. — « Impossible d'empêcher les hommes de les lire », fit celui à la Croix de Fer. — « Récemment, reprit le troisième, lors d'une attaque, une section entière s'est rendue sans tirer un coup de feu. Heureusement, une autre section a pu intervenir et bloquer l'assaut. Finalement on a repoussé les Rouges, qui n'ont pas pris leurs prisonniers avec eux. Plusieurs d'entre eux avaient été tués pendant le combat; on a fusillé les autres. » Le Leutnant à la Croix de Fer lui jetait un regard noir et il se tut. « Je peux garder ça? » demandai-je en indiquant les feuillets. — « Si vous voulez. Nous, on les conserve pour un certain usage. » Je les pliai et les rangeai dans la poche de ma vareuse. Hohenegg achevait la partie et se leva : « On y va? » Nous remerciâmes les trois officiers et retournâmes à l'isba de Hohenegg, où je préparai un petit repas avec ma conserve et des tranches d'oignon grillées. « Je suis désolé, Hauptsturmführer, mais j'ai laissé mon cognac à Goumrak. » — « Ah, ça sera pour une autre fois. » Nous parlâmes des officiers; Hohenegg me raconta les étranges obsessions qui en envahissaient certains, cet Oberstleutnant de la 44ᵉ division qui avait fait démolir une isba entière, où une dizaine de ses hommes s'abritaient, pour se faire chauffer de l'eau pour un bain, puis qui, après avoir longuement trempé et s'être rasé, avait remis son uniforme et s'était tiré une balle dans la bouche. « Mais docteur, lui fis-je remarquer, vous savez certainement qu'en latin *assiéger* se dit *obsidere*. Stalingrad est une ville obsédée. » — « Oui. Allons nous coucher. Le réveille-matin est un peu brutal. » Hohenegg disposait d'une paillasse et d'un sac de couchage ; il me trouva deux couvertures et je m'enroulai dans ma pelisse. « Vous devriez voir mes quartiers à Goumrak, dit-il en s'allongeant. J'ai un bunker avec des murs en bois, chauffé, et des draps propres. Du luxe. » Des draps propres : voilà, me dis-je, de quoi rêver. Un bain chaud et des draps propres. Se pouvait-il que je meure sans plus jamais avoir pris de bain ? Oui, cela se pouvait, et vu de l'isba de Hohenegg cela semblait même probable. De nouveau, une immense envie de pleurer me submergeait. Cela me prenait souvent maintenant.

De retour à Stalingrad, je rédigeai avec les chiffres que m'avait fourni Hohenegg un rapport qui, d'après Thomas, assomma Möritz : il l'avait lu d'une traite, me rapporta-t-il, puis l'avait renvoyé sans commentaires. Thomas voulait le transmettre directement à Berlin. « Tu peux faire ça sans l'autorisation de Möritz ? » lui demandai-je, étonné. Thomas haussa les épaules : « Je suis un officier de la *Staatspolizei*, moi, pas de la *Geheime Feldpolizei*. Je fais ce que je veux. » En effet, je m'en rendais compte, nous étions tous plus ou moins autonomes. Möritz ne me donnait que rarement des instructions précises, et j'étais en général livré à moi-même. Je me demandais bien pourquoi il m'avait fait venir. Thomas, lui, gardait des contacts directs avec Berlin, je ne savais pas trop par quel canal, et semblait toujours certain de l'étape suivante. Dans les premiers mois de l'occupation de la ville, la SP, avec la Feldgendarmerie, avait liquidé les Juifs et les communistes ; puis ils avaient procédé à l'évacuation de la plupart des civils et à l'envoi en Allemagne de ceux en âge de travailler, presque soixante-cinq mille en tout, pour l'*Aktion* Sauckel. Mais eux aussi trouvaient peu à faire maintenant. Thomas pourtant avait l'air occupé ; jour après jour, il cultivait ses Ic à coups de cigarettes et de boîtes de conserve. Je décidai, faute de mieux, de réorganiser le réseau d'informateurs civils dont j'avais hérité. Je coupai sommairement les vivres à ceux qui me semblaient inutiles, et déclarai aux autres que j'attendais plus d'eux. Sur une suggestion d'Ivan, j'allai visiter avec un *Dolmetscher* les caves des immeubles détruits du centre : il y avait là de vieilles femmes qui en savaient beaucoup, mais ne se déplaçaient pas. La plupart nous haïssaient, et attendaient avec impatience le retour de *nashi*, « les nôtres » ; mais quelques patates, et surtout le plaisir d'avoir quelqu'un à qui parler, leur déliaient la langue. Du point de vue militaire elles n'apportaient rien ; mais elles avaient vécu des mois juste derrière les lignes soviétiques, et parlaient avec éloquence du moral des soldats, de leur courage, de leur foi en la Russie, et aussi des immenses espoirs que la guerre avait soulevés parmi le peuple, et dont les hommes discutaient ouvertement, même avec les officiers : libéralisation du régime, abolition des sovkhozes et des kolkhozes, suppression du livret de travail qui empêchait la libre circulation. L'une de ces vieilles, Macha, me décrivit avec émoi leur général Tchouïkov, qu'elle appelait déjà « le héros de Stalingrad » : il n'avait pas quitté la rive droite depuis le début des combats; le soir où nous avions incendié les réservoirs de pétrole, il s'était réfugié de justesse sur un piton rocheux, et avait passé la nuit entre les rivières de feu, sans sourciller; les hommes ne juraient plus que par lui; moi, c'était la première fois que j'entendais ce nom. Avec ces femmes, j'en apprenais aussi beaucoup sur nos propres Landser : nombre d'entre eux venaient se réfugier quelques heures chez elles, pour manger un peu, parler, dormir. Cette zone du front était un chaos insensé d'immeubles effondrés, en permanence quadrillé par l'artillerie russe dont on pouvait parfois entendre les départs depuis l'autre rive de la Volga; guidé par Ivan, qui semblait en connaître les moindres recoins, je n'évoluais pratiquement que sous terre, d'une cave à l'autre, parfois même en circulant par des canalisations d'égouts. Ailleurs, au contraire, on passait par les étages, Ivan pour des raisons mystérieuses trouvait cela plus sûr, nous traversions des appartements aux lambeaux de rideaux brûlés, aux plafonds crevés et noircis, la brique nue visible derrière le papier peint et le plâtre déchiquetés, encore encombrés de carcasses nickelées de lits, de divans éventrés, de buffets et de jouets d'enfants; puis c'était des planches posées par-dessus des trous béants, des couloirs exposés où il fallait ramper, et partout la brique criblée comme une dentelle. Ivan paraissait indifférent à l'artillerie mais avait une peur superstitieuse des snipers; pour moi, c'était le contraire, les explosions me terrifiaient, je devais toujours faire un effort pour ne pas me recroqueviller; quant aux snipers, je n'y faisais pas attention, c'était par ignorance et Ivan devait souvent me tirer vivement d'un endroit sans doute plus exposé mais qui, pour moi, ressemblait à tous les autres. Lui aussi affirmait que la plupart de ces snipers étaient des femmes, lui aussi soutenait avoir vu de ses propres yeux le cadavre de la plus célèbre d'entre elles, une championne olympique des Jeux de 1936; et pourtant il n'avait jamais entendu parler des Sarmates de la basse Volga, issus d'après Hérodote de mariages entre Scythes et Amazones, qui envoyaient leurs femmes se battre avec les hommes, et érigeaient d'immenses kourganes comme celui des Mamaï. Dans ces paysages dévastés, désolés, je rencontrais aussi des soldats; certains me parlaient avec hostilité, d'autres aimablement, d'autres encore avec indifférence; ils racontaient la *Rattenkrieg*, la « guerre des rats » pour la prise de ces ruines, où un couloir, un plafond, un mur servait de ligne de front, où l'on se bombardait aveuglément à coups de grenades dans la poussière et la fumée, où les vivants étouffaient dans la chaleur des incendies, où les morts encombraient les escaliers, les paliers, les seuils des appartements, où l'on perdait toute notion du temps et de l'espace et où la guerre devenait presque un jeu d'échec abstrait, à trois dimensions. C'est ainsi que nos forces étaient arrivées parfois à trois, à deux rues de la Volga, et pas plus loin. Maintenant, c'était au tour des Russes : tous les jours, généralement à l'aube et au soir, ils lançaient des assauts féroces contre nos positions, surtout dans le secteur des usines, mais aussi au centre; les munitions des compagnies, strictement rationnées, s'épuisaient, et après l'attaque les survivants s'effondraient, accablés; le jour, les Russes se promenaient à découvert, sachant que nos hommes n'avaient pas le droit de tirer. Dans les caves, entassés, ils vivaient sous des tapis de rats qui, ayant perdu toute crainte, couraient sur les vivants comme sur les morts et, la nuit, venaient grignoter les oreilles, le nez ou les orteils des dormeurs affalés. Un jour, je me trouvais au second étage d'un immeuble, un petit obus de mortier éclata dans la rue; quelques instants après, j'entendis un véritable fou rire. Je regardai par la fenêtre et vis comme un torse humain posé au milieu des gravats : un soldat allemand, les deux jambes arrachées par l'explosion, riait à gorge déployée. Je regardais et il n'arrêtait pas de rire au milieu d'une flaque de sang qui allait s'élargissant parmi les débris. Ce spectacle me hérissa, me noua les entrailles; je fis sortir Ivan et baissai mon pantalon au milieu du salon. En expédition, lorsque les coliques me prenaient, je chiais n'importe où, dans des couloirs, des cuisines, des chambres à coucher, voire, au hasard des ruines, accroupi sur une cuvette de W-C, pas toujours raccordée à un tuyau, il est vrai. Ces grands immeubles détruits, où l'été dernier encore des milliers de familles vivaient la vie ordinaire, banale de toutes les familles, sans se douter que bientôt des hommes dormiraient à six dans leur lit conjugal, se torcheraient avec leurs rideaux ou leurs draps, se massacreraient à coups de pelle dans leurs cuisines, et entasseraient les cadavres des tués dans leurs baignoires, ces immeubles m'emplissaient d'une angoisse vaine et amère; et à travers cette angoisse des images du passé remontaient comme des noyés après un naufrage, une par une, de plus en plus fréquentes. C'étaient des souvenirs souvent pitoyables. Ainsi, deux mois après notre arrivée chez Moreau, un peu avant mes onze ans, ma mère, à la rentrée des classes, m'avait placé dans un internat à Nice, sous prétexte qu'il n'y avait pas de bon collège à Antibes. Ce n'était pas un établissement terrible, les enseignants étaient des gens ordinaires (plus tard, chez les curés, comme je regretterais cet endroit !) ; je rentrais à la maison tous les jeudis après-midi et en fin de semaine ; néanmoins, je le haïssais. J'étais déterminé à ne pas redevenir la cible privilégiée de l'envie et de la méchanceté des autres enfants, comme à Kiel ; le fait qu'au début je gardais un léger accent allemand me rendait encore plus inquiet ; depuis toujours, notre mère, à la maison, nous parlait en français, mais avant d'arriver à Antibes nous n'avions aucune autre pratique. En outre j'étais fluet et petit pour mon âge. Pour compenser, je cultivai sans trop m'en rendre compte une attitude vicieuse et sarcastique, certainement artificielle, que je dirigeais contre les professeurs. Je devins le clown de la classe ; j'interrompais les leçons avec des commentaires ou des questions pince-sans-rire qui faisaient hurler d'une joie mauvaise mes camarades ; je mettais en scène des farces travaillées, et parfois cruelles. Un professeur, en particulier, devint ma victime, un homme bon et un peu efféminé qui enseignait l'anglais, portait un nœud papillon, et à qui la rumeur prêtait des pratiques que, comme tous les autres, je considérais alors comme infâmes, sans toutefois en avoir la moindre idée. Pour ces raisons, et parce qu'il était de nature faible, j'en fis mon souffre-douleur, et je l'humiliais régulièrement devant la classe, jusqu'à ce qu'un jour, pris d'une rage folle et impuissante, il me giflât. Bien des années plus tard, ce souvenir me noue de honte, car j'ai depuis longtemps compris que j'en avais usé avec ce pauvre homme comme les brutes épaisses avec moi, sans vergogne, pour l'odieux plaisir de démontrer une supériorité illusoire. C'est là certainement l'immense avantage sur les faibles de ceux qu'on appelle les forts : les uns comme les autres sont minés par l'angoisse, la peur, le doute, mais ceux-là le savent et en pâtissent, tandis que ceux-ci ne le voient pas et, afin d'étayer encore le mur qui les protège de ce vide sans fond, se retournent contre les premiers, dont la fragilité trop visible menace leur fragile assurance. C'est ainsi que les faibles menacent les forts et invitent la violence et le meurtre qui les frappent sans pitié. Et ce n'est que lorsque la violence aveugle et irrésistible frappe à son tour les plus forts que le mur de leur certitude se lézarde : alors seulement ils aperçoivent ce qui les attend, et voient qu'ils sont finis. C'était ce qui arrivait à tous ces hommes de la 6ᵉ armée, si fiers, si arrogants lorsqu'ils écrasaient les divisions russes, spoliaient les civils, éliminaient les suspects comme on écrase des mouches : maintenant, autant que l'artillerie et les snipers soviétiques, le froid, les maladies et la faim, c'était la lente montée de la marée intérieure qui les tuait. En moi aussi elle montait, âcre et puante comme la merde à l'odeur douce qui coulait à flots de mes boyaux. Un curieux entretien que me ménagea Thomas me le démontra de manière flagrante. « Je voudrais que tu discutes avec quelqu'un », me demanda-t-il en passant la tête dans le réduit exigu qui me servait de bureau. Ceci s'est passé, j'en suis certain, le dernier jour de l'année 1942. « Qui donc ? » — « Un *politrouk* qu'on a pris hier près des usines. On en a déjà pressé tout ce qu'on a pu, l'Abwehr aussi, mais je me suis dit que ça serait intéressant que tu discutes avec lui, pour parler idéologie, voir un peu ce qu'ils ont dans la caboche, ces jours-ci, de l'autre côté. Tu es un esprit subtil, tu feras ça mieux que moi. Il parle très bien l'allemand. » — « Si tu penses que ça peut être utile. » — « Ne perds pas de temps avec les questions militaires : on s'en est déjà occupés. » — « Il a parlé ? » Thomas haussa les épaules en souriant doucement : « Pas vraiment. Il n'est plus tout jeune, mais c'est un costaud. On le reprendra peut-être après. » — « Ah, j'ai compris : tu veux que je l'adoucisse. » — « Exactement. Fais-lui la morale, parle-lui de l'avenir de ses enfants. »

Un des Ukrainiens m'amena l'homme menotté. Il portait une courte veste jaune de tankiste, graisseuse, la manche droite déchirée à la couture ; son visage était entièrement écorché d'un côté, comme râpé à vif ; de l'autre, une contusion bleuâtre fermait presque l'œil ; mais il avait dû être rasé de frais au moment de sa capture. L'Ukrainien le fit brutalement valser sur une petite chaise d'écolier devant mon bureau. « Enlève-lui les menottes, ordonnai-je. Et va attendre dans le couloir. » L'Ukrainien haussa les épaules, défit les menottes, et sortit. Le commissaire se massa les poignets. « Sympathiques, nos traîtres nationaux, n'est-ce pas ? » dit-il plaisamment. Malgré l'accent, son allemand était clair. « Vous pourrez les garder quand vous partirez. » — « Nous ne partirons pas », répliquai-je sèchement. — « Ah, tant mieux. Ça nous évitera de leur courir après pour les fusiller. » — « Je suis le Hauptsturmführer Dr. Aue, dis-je. Et vous ? » Il fit une légère courbette sur sa chaise : « Pravdine, Ilia Semionovich, pour vous servir. » Je sortis un de mes derniers paquets de cigarettes : « Vous fumez ? » Il sourit, révélant deux dents manquantes : « Pourquoi est-ce que les flics offrent toujours des cigarettes ? Chaque fois que j'ai été arrêté, on m'a offert des cigarettes. Cela dit, je ne refuse pas. » Je lui en tendis une et il se pencha pour que je l'allume. « Et votre grade ? » demandai-je. Il exhala une longue bouffée de fumée avec un soupir de contentement : « Vos soldats meurent de faim, mais je vois que les officiers ont encore de bonnes cigarettes. Je suis commissaire de régiment. Mais récemment on nous a donné des grades militaires et j'ai reçu celui de lieutenant-colonel. » — « Mais vous êtes membre du Parti, pas officier de l'Armée rouge. » — « C'est exact. Et vous ? Vous êtes aussi de la Gestapo ? » — « Du SD. Ce n'est pas tout à fait la même chose. » — « Je connais la différence. J'ai déjà interrogé suffisamment des vôtres. » — « Et comment un communiste comme vous a-t-il pu se laisser capturer ? » Son visage s'assombrit : « Lors d'un assaut, un obus a explosé près de moi et j'ai reçu des gravats à la tête. » Il désigna la partie écorchée de son visage. « J'ai été assommé. J'imagine que mes camarades m'ont laissé pour mort. Quand j'ai repris connaissance, j'étais aux mains des vôtres. Il n'y avait rien à faire », conclut-il tristement. — « Un *politrouk* de rang qui monte en première ligne, c'est plutôt rare, non ? » — « Le commandant avait été tué et j'ai dû rallier les hommes. Mais en général, je suis d'accord avec vous : les hommes ne voient pas assez les responsables du Parti au feu. Certains abusent de leurs privilèges. Mais ces abus seront corrigés. » Il tâtait délicatement, du bout des doigts, la chair violacée, meurtrie autour de son œil gonflé. « Ça aussi, demandai-je, c'est l'explosion ? » Il eut un autre sourire édenté : « Non, ça, ce sont vos collègues. Vous devez bien connaître ce genre de méthode. » — « Votre NKVD use des mêmes. » — « Absolument. Je ne me plains pas. » Je marquai une pause : « Quel âge avez-vous, si je puis me permettre ? » demandai-je enfin. — « Quarante-deux ans. Je suis né avec le siècle, comme votre Himmler. » — « Vous avez donc connu la Révolution ? » Il rit : « Bien sûr ! J'étais militant bolchevique à quinze ans. J'ai fait partie d'un soviet d'ouvriers à Petrograd. Vous ne pouvez pas vous imaginer quelle époque c'était ! Un grand vent de liberté. » — « Cela a bien changé, alors. » Il devint pensif : « Oui. C'est vrai. Sans doute le peuple russe n'était-il pas prêt pour une liberté si immense et si immédiate. Mais cela viendra, petit à petit. Il faut l'éduquer, d'abord. » — « Et l'allemand, où l'avez-vous appris ? » Il sourit de nouveau : « Tout seul, à seize ans, avec des prisonniers de guerre. Après, Lénine lui-même m'a envoyé auprès des communistes allemands. Figurez-vous que j'ai connu Liebknecht, Luxemburg ! Des gens extraordinaires. Et après la guerre civile, je suis retourné plusieurs fois en Allemagne, clandestinement, pour entretenir des contacts avec Thälmann et d'autres. Vous ne savez pas ce qu'a été ma vie. En 1929, j'ai servi d'interprète à vos officiers qui venaient s'entraîner en Russie soviétique, tester vos nouvelles armes et vos nouvelles tactiques. Nous avons beaucoup appris avec vous. » — « Oui, mais vous n'en avez pas profité. Staline a liquidé tous les officiers qui avaient adopté nos concepts, à commencer par Toukhatchev-ski. » — « Je regrette beaucoup Toukhatchevski. Personnellement, je veux dire. Politiquement, je ne peux pas juger Staline. Peut-être était-ce une erreur. Les bolcheviques aussi commettent des erreurs. Mais ce qui est important, c'est que nous avons la force de purger régulièrement nos propres rangs, d'éliminer ceux qui dévient, ceux qui se laissent cor-rompre. C'est une force qui vous manque : votre Parti pourrit de l'inté-rieur. » — « Chez nous aussi, il y a des problèmes. Au SD, nous le savons mieux que quiconque, et nous travaillons pour rendre le Parti et le *Volk* meilleurs. » Il sourit doucement : « Finalement, nos deux sys-tèmes ne sont pas si différents. Dans le principe du moins. » — « C'est là un propos curieux, pour un communiste. » — « Pas tant que ça, si vous y réfléchissez. Quelle différence, au fond, entre un national-socialisme et le socialisme dans un seul pays ? » — « Dans ce cas, pour-quoi sommes-nous engagés dans une telle lutte à mort ? » — « C'est vous qui l'avez voulu, pas nous. Nous étions prêts à des accommode-ments. Mais c'est comme autrefois, avec les chrétiens et les Juifs : au lieu de s'unir au Peuple de Dieu avec lequel ils avaient tout en commun, pour former un front commun contre les païens, les chrétiens ont pré-féré, sans doute par jalousie, se laisser paganiser et se retourner, pour leur malheur, contre les témoins de la vérité. Ç'a été un immense gâchis. » — « J'imagine que, dans votre comparaison, les Juifs, c'est vous ? » — « Bien entendu. Après tout, vous nous avez tout pris, même si ce n'était qu'en caricaturant. Et je ne parle pas que des symboles, comme le drapeau rouge et le 1ᵉʳ mai. Je parle des concepts les plus chers à votre *Weltanschauung.* » — « Dans quel sens l'entendez-vous ? » Il se mit à compter sur ses doigts, à la manière russe, les repliant un à un en partant du petit doigt : « Là où le Communisme vise une société sans classes, vous prêchez la *Volksgemeinschaft,* ce qui est au fond stric-tement la même chose, réduit à vos frontières. Là où Marx voyait le prolétaire comme le porteur de la vérité, vous avez décidé que la soi-disant race allemande est une race prolétaire, incarnation du Bien et de la moralité ; en conséquence, à la lutte des classes, vous avez substitué la guerre prolétarienne allemande contre les États capitalistes. En écono-mie aussi vos idées ne sont que des déformations de nos valeurs. Je connais bien votre économie politique, car avant la guerre je traduisais pour le Parti des articles de vos journaux spécialisés. Là où Marx a posé une théorie de la valeur fondée sur le travail, votre Hitler déclare : *Notre mark allemand, qui n'est pas soutenu par l'or, vaut plus que l'or.*

Cette phrase un peu obscure a été commentée par le bras droit de Goebbels, Dietrich, qui expliquait que le national-socialisme avait compris que la meilleure fondation d'une devise est la confiance dans les forces productives de la Nation et en la direction de l'État. Le résultat, c'est que l'argent, pour vous, est devenu un fétiche qui représente le pouvoir producteur de votre pays, donc une aberration totale. Vos relations avec vos grands capitalistes sont grossièrement hypocrites, surtout depuis les réformes du ministre Speer : vos responsables continuent à prôner la libre entreprise, mais vos industries sont toutes soumises à un plan et leurs profits sont limités à 6 %, l'État s'appropriant le reste en sus de la production. » Il se tut. « Le national-socialisme aussi a ses déviations », répondis-je enfin. Je lui expliquai brièvement les thèses d'Ohlendorf. « Oui, fit-il, je connais bien ses articles. Mais lui aussi se fourvoie. Parce que vous n'avez pas imité le Marxisme, vous l'avez perverti. La substitution de la race à la classe, qui mène à votre racisme prolétaire, est un non-sens absurde. » — « Pas plus que votre notion de la guerre des classes perpétuelle. Les classes sont une donnée historique ; elles sont apparues à un certain moment et disparaîtront de même, en se fondant harmonieusement dans la *Volksgemeinschaft* au lieu de s'étriper. Tandis que la race est une donnée biologique, naturelle, et donc incontournable. » Il leva la main : « Écoutez, je n'insisterai pas là-dessus, car c'est une question de foi et donc les démonstrations logiques, la raison, ne servent à rien. Mais vous pouvez au moins être d'accord avec moi sur un point : même si l'analyse des catégories qui jouent est différente, nos idéologies ont ceci de fondamental en commun, c'est qu'elles sont toutes deux essentiellement déterministes ; déterminisme racial pour vous, déterminisme économique pour nous, mais déterminisme quand même. Nous croyons tous deux que l'homme ne choisit pas librement son destin, mais qu'il lui est imposé par la nature ou l'histoire. Et nous en tirons tous les deux la conclusion qu'il existe des *ennemis objectifs*, que certaines catégories d'êtres humains peuvent et doivent légitimement être éliminées non pas pour ce qu'elles ont fait ou même pensé, mais pour ce qu'elles sont. En cela, nous ne différons que par la définition des catégories : pour vous, les Juifs, les Tsiganes, les Polonais, et même je crois savoir les malades mentaux ; pour nous, les koulaks, les bourgeois, les déviationnistes du Parti. Au fond, c'est la même chose ; nous récusons tous deux l'*homo economicus* des capitalistes, l'homme égoïste, individualiste, piégé dans son illusion de liberté, en faveur d'un *homo faber* : *Not a self-made man but a made man*, pourrait-on dire en anglais, un homme à faire plutôt car l'homme communiste reste à construire, à éduquer, tout comme votre parfait national-socialiste. Et cet homme à faire justifie la liquidation impitoyable de tout ce qui est inéducable, et justifie donc le NKVD et la Gestapo, jardiniers du corps social, qui arrachent les mauvaises herbes et forcent les bonnes à suivre leurs tuteurs. » Je lui tendis une autre cigarette et en allumai une pour moi : « Vous avez les idées larges, pour un *politrouk* bolchevique. » Il rit, un peu amèrement : « C'est que mes vieilles relations, allemandes et autres, se sont retrouvées en défaveur. Lorsqu'on est mis à l'écart, cela donne du temps et surtout une perspective pour réfléchir. » — « C'est ce qui explique qu'un homme avec votre passé ait un poste somme toute si modeste ? » — « Sans doute. À une époque, voyez-vous, j'étais proche de Radek — mais pas de Trotsky, ce qui me vaut d'être encore ici. Mais mon peu d'avancement ne me dérange pas, vous savez. Je n'ai aucune ambition personnelle. Je sers mon Parti et mon pays, et je suis heureux de mourir pour eux. Mais ça n'empêche pas de réfléchir. » — « Mais si vous croyez que nos deux systèmes sont identiques, pourquoi luttez-vous contre nous ? » — « Je n'ai jamais dit qu'ils étaient identiques ! Et vous êtes bien trop intelligent pour avoir compris ça. J'ai cherché à vous montrer que les modes de fonctionnement de nos idéologies se ressemblent. Le contenu, bien entendu, diffère : classe et race. Pour moi, votre national-socialisme est une hérésie du Marxisme. » — « En quoi, à votre avis, l'idéologie bolchevique est-elle supérieure à celle du national-socialisme ? » — « En ce qu'elle veut le bien de toute l'humanité, alors que la vôtre est égoïste, elle ne veut que le bien des Allemands. N'étant pas allemand, il m'est impossible d'y adhérer, même si je le voulais. » — « Oui, mais si vous étiez né bourgeois, comme moi, il vous serait impossible de devenir bolchevique : vous resteriez, quelles que soient vos convictions intimes, un *ennemi objectif.* » — « C'est vrai, mais c'est à cause de l'éducation. Un enfant de bourgeois, un petit-enfant de bourgeois, éduqué dès la naissance dans un pays socialiste, sera un vrai, un bon communiste, au-dessus de toute suspicion. Lorsque la société sans classes sera une réalité, toutes les classes seront dissoutes dans le Communisme. En théorie, cela peut être étendu au monde entier, ce qui n'est pas le cas du national-socialisme. » — « En théorie, peut-être. Mais vous ne pouvez pas le prouver, et en réalité vous commettez des crimes atroces au nom de cette utopie. » — « Je ne vous répondrai pas que vos crimes sont pires. Je vous dirai simplement que si nous ne pouvons pas prouver à quelqu'un qui refuse de croire en la vérité du Marxisme le bien-fondé de nos espoirs, nous pouvons et nous allons vous prouver concrètement l'inanité des vôtres. Votre racisme biologique postule que les races sont inégales entre elles, que certaines sont plus fortes et plus valables que d'autres, et que la plus forte et la plus valable de toutes est la race allemande. Mais lorsque Berlin ressemblera à cette ville-ci » — il braqua son doigt vers le plafond — « et lorsque nos braves soldats camperont sur votre Unter den Linden, vous serez au moins obligés, si vous voulez sauver votre foi raciste, de reconnaître que la race slave est plus forte que la race allemande. » Je ne me laissai pas démonter : « Vous croyez sincèrement, alors que vous avez à peine tenu Stalingrad, que vous allez prendre Berlin ? Vous voulez rire. » — « Je ne le crois pas, je le sais. Il n'y a qu'à regarder les potentiels militaires respectifs. Sans compter le deuxième front que nos alliés vont ouvrir en Europe, bientôt. Vous êtes foutus. » — « Nous nous battrons jusqu'à la dernière cartouche. » — « Sans doute, mais vous périrez quand même. Et Stalingrad restera comme le symbole de votre défaite. À tort, d'ailleurs. À mon avis, vous avez déjà perdu la guerre l'année dernière, quand on vous a arrêtés devant Moscou. Nous avons perdu du territoire, des villes, des hommes ; tout cela se remplace. Mais le Parti n'a pas craqué et ça, c'était votre seul espoir. Sans ça, vous auriez même pu prendre Stalingrad, cela n'aurait rien changé. Et vous auriez *pu* prendre Stalingrad, d'ailleurs, si vous n'aviez pas commis tant d'erreurs, si vous ne nous aviez pas tant sous-estimés. Il n'était pas inévitable que vous perdiez ici, que votre 6e armée soit entièrement détruite. Mais si vous aviez gagné à Stalingrad, alors quoi ? Nous aurions toujours été à Oulianovsk, à Kouibyshev, à Moscou, à Sverdlovsk. Et nous aurions fini par vous faire la même chose un peu plus loin. Bien sûr, le symbolisme n'aurait pas été le même, ce n'aurait pas été la ville de Staline. Mais qui est Staline au fond ? Et que nous font, à nous bolcheviques, sa démesure et sa gloire ? Pour nous, ici, qui mourons tous les jours, que nous font ses coups de téléphone quotidiens à Joukov ? Ce n'est pas Staline qui donne aux hommes le courage de se ruer devant vos mitrailleuses. Bien sûr, il faut un chef, il faut quelqu'un pour tout coordonner, mais ça aurait pu être n'importe quel autre homme de valeur. Staline n'est pas plus irremplaçable que Lénine, ou que moi. Notre stratégie ici a été une stratégie du bon sens. Et nos soldats, nos bolcheviques auraient montré autant de courage à Kouibyshev. Malgré toutes nos défaites militaires, notre Parti et notre peuple sont restés invaincus. Maintenant, les choses vont aller dans l'autre sens. Les vôtres commencent déjà à évacuer le Caucase. Notre victoire finale ne fait aucun doute. » — « Peut-être, rétorquai-je. Mais à quel prix pour votre Communisme ? Staline, depuis le début de la guerre, fait appel aux valeurs nationales, les seules qui inspirent réellement les hommes, pas aux valeurs communistes. Il a réintroduit les ordres tsaristes de Souvorov et de Koutouzov, ainsi que les épaulettes dorées pour les officiers, qu'en 17 vos camarades de Petrograd leur clouaient aux épaules. Dans les poches de vos morts, même des officiers supérieurs, nous trouvons des icônes cachées. Mieux encore, nous savons par nos interrogatoires que les valeurs raciales se montrent au grand jour dans les plus hautes sphères du Parti et de l'armée, un esprit grand-russien, antisémite, que Staline et les dirigeants du Parti cultivent. Vous aussi, vous commencez à vous méfier de vos Juifs ; pourtant, ce n'est pas une classe. » — « Ce que vous dites est certainement vrai, reconnut-il avec tristesse. Sous la pression de la guerre, les atavismes remontent à la surface. Mais il ne faut pas oublier ce qu'était le peuple russe avant 1917, son état d'ignorance, d'arriération. Nous n'avons même pas eu vingt ans pour l'éduquer et le corriger, c'est peu. Après la guerre nous reprendrons cette tâche, et petit à petit toutes ces erreurs seront corrigées. » — « Je crois que vous avez tort. Le problème n'est pas le peuple : ce sont vos dirigeants. Le Communisme est un masque plaqué sur le visage inchangé de la Russie. Votre Staline est un tsar, votre Politburo des boyards ou des nobles avides et égoïstes, vos cadres du Parti les mêmes *tchinovniki* que ceux de Pierre ou de Nicolas. C'est le même autocratisme russe, la même insécurité permanente, la même paranoïa de l'étranger, la même incapacité fondamentale de gouverner correctement, la même substitution de la terreur au consensus commun, et donc au vrai pouvoir, la même corruption effrénée, sous d'autres formes, la même incompétence, la même ivrognerie. Lisez la correspondance de Kourbsky et Ivan, lisez Karamzine, lisez Custine. La donnée centrale de votre histoire n'a jamais été modifiée : l'humiliation, de père en fils. Depuis le début, mais surtout depuis les Mongols, tout vous humilie, et toute la politique de vos gouvernants consiste non pas à corriger cette humiliation et ses causes, mais à la cacher au reste du monde. Le Pétersbourg de Pierre n'est rien qu'un autre village à la Potemkine : ce n'est pas une fenêtre ouverte sur l'Europe, mais un décor de théâtre monté pour masquer à l'Occident toute la misère et la crasse sans fin qui s'étalent derrière. Or on ne peut humilier que les humiliables ; et à leur tour, il n'y a que les humiliés qui humilient. Les humiliés de 1917, de Staline au moujik, ne font depuis qu'infliger à d'autres leur peur et leur humiliation. Car dans ce pays d'humiliés, le tsar, quelle que soit sa force, est impuissant, sa volonté se perd dans les marécages bourbeux de son administration, il en est vite réduit, comme Pierre, à ordonner qu'on obéisse à ses ordres; devant lui, on fait des courbettes, et dans son dos, on le vole ou on complote contre lui; tous flattent leurs supérieurs et oppriment leurs subordonnés, tous ont une mentalité d'esclaves, de *raby* comme vous dites, et cet esprit d'esclave monte jusqu'au sommet; le plus grand esclave de tous, c'est le tsar, qui ne peut rien contre la lâcheté et l'humiliation de son peuple d'esclaves, et qui donc, dans son impuissance, les tue, les terrorise et les humilie encore plus. Et chaque fois qu'il y a une réelle rupture dans votre histoire, une vraie chance de sortir de ce cycle infernal pour commencer une *nouvelle histoire*, vous la ratez: devant la liberté, cette liberté de 1917 dont vous parliez, tout le monde, le peuple comme les dirigeants, recule et se replie sur les vieux réflexes éprouvés. La fin de la NEP, la déclaration du socialisme dans un seul pays, ce n'est rien d'autre que ça. Et puis comme les espoirs n'étaient pas entièrement éteints, il a fallu les purges. Le grand-russisme actuel n'est que l'aboutissement logique de ce processus. Le Russe, humilié éternel, ne s'en tire jamais que d'une façon, en s'identifiant à la gloire abstraite de la Russie. Il peut travailler quinze heures par jour dans une usine glaciale, ne manger toute sa vie que du pain noir et du chou, et servir un patron grassouillet qui se dit marxiste-léniniste mais qui roule en limousine avec ses poules de luxe et son champagne français, peu lui importe, du moment que la Troisième Rome se fera. Et cette Troisième Rome peut s'appeler chrétienne ou communiste, ça n'a aucune importance. Quant au directeur de l'usine, il tremblera en permanence pour sa place, il flattera son supérieur et lui offrira des cadeaux somptueux, et, s'il est déchu, un autre, identique, sera nommé à sa place, tout aussi avide, ignare et humilié que lui, et méprisant pour ses ouvriers parce que après tout il sert un État prolétaire. Un jour, sans doute, la façade communiste disparaîtra, avec ou sans violence. Alors on découvrira cette même Russie, intacte. Si jamais vous la gagnez, vous sortirez de cette guerre plus nationaux-socialistes et plus impérialistes que nous, mais votre socialisme, à la différence du nôtre, ne sera qu'un nom vide, et il ne vous restera que le nationalisme auquel vous raccrocher. En Allemagne, et dans les pays capitalistes, on affirme que le Communisme a ruiné la Russie; moi, je crois le contraire: c'est la Russie qui a ruiné le Communisme. Ç'aurait pu être une belle idée, et qui peut dire ce qui serait advenu si la Révolution s'était faite en Allemagne plutôt qu'en Russie? Si elle avait été menée par des Allemands sûrs d'eux, comme vos amis Rosa Luxemburg et Karl Liebknecht? Pour ma part, je pense que cela aurait été un désastre, car cela aurait exacerbé nos conflits spécifiques, que le national-socialisme cherche à résoudre. Mais qui sait ? Ce qui est sûr, c'est qu'ayant été tentée ici, l'expérience communiste ne pouvait être qu'un échec. C'est comme une expérience médicale menée en milieu contaminé : les résultats sont bons à jeter. » — « Vous êtes un excellent dialecticien, et je vous félicite, on dirait que vous êtes passé par une formation communiste. Mais je suis fatigué et je ne vais pas me disputer avec vous. De toute façon, tout cela n'est que des mots. Ni vous ni moi ne verrons le futur que vous décrivez. » — « Qui sait ? Vous êtes un commissaire de haut rang. Peut-être allons-nous vous envoyer dans un camp pour vous interroger. » — « Ne vous moquez pas de moi, répliqua-t-il durement. Les places, dans vos avions, sont bien trop limitées pour que vous évacuiez un petit poisson. Je sais parfaitement que je serai fusillé, tout à l'heure ou demain. Cela ne me dérange pas. » Il reprit un ton enjoué : « Connaissez-vous l'écrivain français Stendhal ? Alors, vous aurez certainement lu cette phrase : *Je ne vois que la condamnation à mort qui distingue un homme. C'est la seule chose qui ne s'achète pas.* » Je fus pris d'un ricanement irrésistible ; lui aussi riait, mais plus doucement. « Mais où donc êtes-vous allé pêcher ça ? » articulai-je enfin. Il haussa les épaules : « Oh. Je n'ai pas lu que Marx, vous savez. » — « C'est dommage que je n'aie rien à boire, dis-je. Je vous aurais volontiers offert un verre. » Je redevins sérieux : « C'est dommage aussi que nous soyons ennemis. Dans d'autres circonstances, nous aurions pu nous entendre. » — « Peut-être, fit-il pensivement, mais peut-être que non. » Je me levai, allai à la porte, et appelai l'Ukrainien. Puis je retournai derrière mon bureau. Le commissaire s'était levé et tentait de redresser sa manche déchirée. Toujours debout, je lui offris le reste de mon paquet de cigarettes. « Ah, merci, dit-il. Vous avez des allumettes ? » Je lui donnai aussi la boîte d'allumettes. L'Ukrainien attendait sur le pas de la porte. « Permettez-moi de ne pas vous serrer la main », dit le commissaire avec un petit sourire ironique. — « Je vous en prie », répliquai-je. L'Ukrainien le prit par le bras et il sortit, enfonçant le paquet de cigarettes et la boîte d'allumettes dans la poche de sa veste. Je n'aurais pas dû lui donner tout le paquet, me dis-je ; il n'aura pas le temps de le finir, et les Ukrainiens fumeront le reste.

Je n'écrivis pas de rapport sur cet entretien ; qu'y aurait-il eu à rapporter ? Le soir, les officiers se réunirent pour se souhaiter la bonne année et achever les dernières bouteilles que gardaient encore les uns et les autres. Mais la célébration resta maussade : après les toasts d'usage, mes collègues parlèrent peu, chacun restait de son côté, à boire et à penser ; l'assemblée se dispersa rapidement. J'avais essayé de décrire à

Thomas mon entretien avec Pravdine, mais il me coupa : « Je comprends que ça t'intéresse ; mais moi, les élucubrations théoriques ne sont pas ma préoccupation majeure. » Par une pudeur curieuse je ne lui demandai pas ce qu'était devenu le commissaire. Le lendemain matin je me réveillai, bien avant une aube invisible ici, sous terre, parcouru de frissons de fièvre. En me rasant j'examinai attentivement mes yeux, mais ne vis pas de traces de rose ; au mess, je dus me forcer à avaler ma soupe et mon thé ; je ne pus toucher à mon pain. Rester assis, lire, rédiger des rapports me devint vite insupportable ; j'avais l'impression d'étouffer ; je décidai, quoique sans l'autorisation de Möritz, de sortir prendre l'air : Vopel, l'adjoint de Thomas, venait d'être blessé, et j'irais lui rendre visite. Ivan, à son habitude, mit son arme à l'épaule sans broncher. Dehors, il faisait singulièrement doux et humide, la neige, au sol, se transformait en gadoue, une épaisse couche de nuages cachait le soleil. Vopel devait se trouver à l'hôpital installé dans le théâtre municipal, un peu plus bas. Des obus avaient écrasé les marches et soufflé les lourdes portes en bois ; à l'intérieur du grand foyer, parmi les fragments de marbre et de piliers éclatés, s'entassaient des dizaines de cadavres, que des aides-soignants remontaient des caves et rangeaient là, en attendant de les brûler. Une puanteur épouvantable refluait des accès aux souterrains, emplissant le hall. « Moi, j'attends ici », déclara Ivan en se postant près des portes principales pour se rouler une cigarette. Je le contemplai et mon étonnement devant son flegme se mua en une tristesse subite et aiguë : moi, j'avais en effet toutes les chances d'y rester, mais lui, il n'avait aucune chance de s'en sortir. Il fumait tranquillement, indifférent. Je me dirigeai vers les sous-sols. « Ne vous approchez pas trop des corps », fit un infirmier près de moi. Il tendait le doigt et je regardai : un grouillement sombre et indistinct courait sur les cadavres empilés, se détachait d'eux, se mouvait parmi les débris. Je regardai de plus près et mon estomac se retourna ; les poux quittaient les corps refroidis, en masse, à la recherche de nouveaux hôtes. Je les contournai soigneusement et descendis ; derrière moi, l'infirmier ricanait. Dans la crypte, l'odeur m'enveloppa comme un drap mouillé, une chose vivante et polyforme qui se lovait dans les narines et la gorge, faite de sang, de gangrène, de blessures pourrissantes, de fumée de bois humide, de laine mouillée ou trempée d'urine, de diarrhée presque sucrée, de vomissures. Je respirais par la bouche en sifflant, m'efforçant de retenir mes haut-le-cœur. On avait aligné les blessés et les malades, sur des couvertures ou parfois à même le sol, parmi toutes les vastes caves bétonnées et froides du théâtre ; les gémissements et les cris résonnaient sur les voûtes ; une épaisse couche de boue recouvrait le sol. Quelques médecins ou infirmiers en blouse souillée évoluaient au ralenti entre les rangées de moribonds, cherchant précautionneusement où poser les pieds pour éviter d'écraser un membre. Je n'avais aucune idée de comment trouver Vopel dans ce chaos. Finalement je localisai ce qui semblait être une salle d'opération et entrai sans frapper. Le sol carrelé était maculé de boue et de sang ; à ma gauche, un homme avec un seul bras se tenait assis sur un banc, les yeux ouverts et vides. Sur la table gisait une femme blonde — sans doute une civile car on avait déjà évacué toutes nos infirmières —, nue, avec d'affreuses brûlures sur le ventre et le dessous de ses seins, et les deux jambes coupées au-dessus des genoux. Ce spectacle me foudroya ; je dus me forcer à détourner les yeux, à ne pas fixer son sexe gonflé exposé entre les moignons. Un médecin entra et je lui demandai de m'indiquer le blessé SS. Il me fit signe de le suivre et me mena à une petite pièce où Vopel, à moitié habillé, se tenait assis sur un lit pliant. Un éclat l'avait frappé au bras, il semblait très heureux car il savait que maintenant il pourrait partir. Pâle, envieux, je regardai son épaule bandée comme autrefois j'avais dû regarder ma sœur téter le sein de notre mère. Vopel fumait et bavardait, il avait sa *Heimatschuss* et sa chance le rendait euphorique comme un enfant, il avait du mal à le cacher, c'était insupportable. Il ne cessait de tripoter comme un fétiche l'étiquette VERWUNDETE fixée à la boutonnière de sa vareuse, jetée sur ses épaules. Je le quittai en promettant de discuter avec Thomas de son évacuation. Il avait une chance folle : vu son grade, il n'avait aucun espoir de figurer sur les listes d'évacuation des spécialistes indispensables ; et tous, nous savions que pour nous autres, SS, il n'y aurait même pas de camp de prisonniers, les Russes traiteraient les SS comme nous traitions les commissaires et les hommes du NKVD. En sortant, je songeai de nouveau à Pravdine et me demandai si j'aurais autant de flegme que lui ; le suicide me semblait encore préférable à ce qui m'attendait chez les bolcheviques. Mais je ne savais pas si j'en aurais le courage. Plus que jamais je me sentais coincé comme un rat ; et je ne pouvais accepter que cela finisse comme ça, dans cette crasse et cette misère. Les frissons de fièvre me reprenaient, je songeais avec horreur qu'il suffirait de peu pour que je me retrouve moi aussi allongé dans cette cave puante, pris au piège de mon propre corps jusqu'à ce qu'à mon tour on me monte à l'entrée, enfin débarrassé de mes poux. Arrivé au foyer, je ne sortis pas rejoindre Ivan mais montai le grand escalier vers la salle du théâtre. Ç'avait dû être une belle salle, avec des balcons et des fauteuils en velours ; maintenant, le plafond, défoncé par les obus, s'était presque entièrement effondré, le lustre était venu s'écraser au milieu des sièges, une épaisse couche de gravats et de neige les recouvrait. Pris de curiosité, mais aussi peut-être de la peur subite de ressortir, je montai explorer les étages. Ici aussi, on s'était battu : on avait percé les murs pour ménager des positions de tir, des douilles, des boîtes de munitions vides jonchaient les couloirs ; sur un balcon, deux cadavres russes, que personne ne s'était fatigué à descendre, restaient affalés sur des fauteuils, comme s'ils attendaient le début d'une pièce sans cesse remise. Par une porte défoncée au fond d'un couloir, j'accédai à une passerelle surplombant la scène : la plupart des lumignons et des machines à décor étaient tombés, mais certains demeuraient encore en place. Je parvins aux combles : là où plus bas s'ouvrait la salle, ce n'était qu'un vide béant, mais au-dessus de la scène le plancher restait intact, et le toit, percé de partout, reposait encore sur son enchevêtrement de poutres. Je risquai un œil par un des trous : je voyais des ruines noircies, de la fumée montait en plusieurs endroits ; un peu au nord, un assaut violent était en cours, et derrière, j'entendais le gémissement caractéristique de Sturmovik invisibles. Je cherchai la Volga, que j'aurais souhaité voir au moins une fois, mais elle restait cachée derrière les ruines ; ce théâtre n'était pas assez haut. Je me retournai et contemplai le grenier désolé : il me rappelait celui de la grande maison de Moreau, à Antibes. Chaque fois que je revenais de l'internat de Nice, avec ma sœur dont alors je ne me séparais pas, j'explorais les recoins de cette maison hétéroclite, pour finir invariablement au grenier. Nous y hissions un gramophone à manivelle pris dans le salon, et un jeu de marionnettes appartenant à ma sœur, qui représentaient différents animaux, un chat, une grenouille, un hérisson ; tendant un drap entre deux poutres, nous mettions en scène, juste pour nous, des pièces et des opéras. Notre spectacle préféré était *La flûte enchantée* de Mozart : la grenouille figurait alors Papageno, le hérisson Tamino, le chat Pamina, et une poupée à forme humaine, la Reine de la Nuit. Debout dans ces décombres, les yeux écarquillés, je croyais entendre la musique, saisir le jeu féerique des marionnettes. Une crampe lourde me saisit le ventre et je baissai mon pantalon et m'accroupis, et déjà tandis que la merde coulait, liquide, j'étais loin, je pensais aux flots, à la mer sous la quille du bateau, deux enfants assis à l'avant face à cette mer, moi-même et ma sœur jumelle Una, le regard et les deux mains qui se touchent sans que personne s'en aperçoive, et l'amour alors encore plus vaste et sans fin que cette mer bleue et que l'amertume et la douleur des années meurtries, une splendeur solaire, un abîme volontaire. Mes crampes, ma diarrhée, mes poussées de fièvre blanche, ma peur aussi, tout cela s'était effacé, s'était dissous dans ce retour inouï. Sans même prendre la peine de me reculotter je me couchai dans la poussière et les gravats et le passé se déploya comme une fleur au printemps. Ce que nous aimions, dans le grenier, c'est qu'à la différence des caves il y a toujours de la lumière. Même lorsque le toit n'est pas criblé de shrapnels, soit que le jour filtre par de petites fenêtres ou par des fentes entre les tuiles, soit qu'il monte par la trappe qui donne sur les étages, il n'y fait jamais entièrement sombre. Et c'était dans cette lumière diffuse, incertaine, fragmentée que nous jouions et apprenions les choses qu'il nous fallait apprendre. Qui sait comment cela vint? Peut-être avions-nous trouvé, cachés derrière d'autres dans la bibliothèque de Moreau, certains livres interdits, peut-être cela était-il venu naturellement, au gré des jeux et des découvertes. Cet été-là, nous restâmes à Antibes, mais le samedi et le dimanche nous allions dans une maison louée par Moreau, près de Saint-Jean-Cap-Ferrat, au bord de la mer. Là, nos jeux envahissaient les champs, les bois de pins noirs et le maquis tout proche, vibrant du crissement des grillons et du bourdonnement des abeilles dans la lavande, dont l'odeur venait recouvrir les senteurs du romarin, du thym et de la résine, mêlées aussi, vers la fin de l'été, à celle des figues que nous dévorions jusqu'à écœurement, et puis, plus loin, la mer et les rochers chaotiques qui formaient cette côte déchiquetée, jusqu'à un petit îlot en pente que nous atteignions à la nage ou en canot. Là, nus comme des sauvages, nous plongions avec une cuiller en fer pour détacher les gros oursins noirs agrippés aux parois sous-marines; quand nous en avions recueilli plusieurs, nous les ouvrions avec un couteau de poche et avalions la masse vif-orange de petits œufs agglutinés à même la coquille, avant de rejeter les débris à la mer et d'extraire patiemment les épines brisées de nos doigts, en ouvrant la peau de la pointe du canif puis en urinant dans la plaie. Parfois, surtout lorsque le mistral soufflait, les vagues grossissaient, venaient se fracasser contre les rochers; regagner la rive devenait un jeu périlleux, tout d'adresse et d'ardeur enfantines : une fois, tandis que je me hissais hors de l'eau, ayant attendu un reflux pour attraper la roche, une vague inattendue me balaya sur la pierre, ma peau s'écorcha sur les aspérités, le sang coulait par de multiples petits filets dilués par l'eau de mer; ma sœur se rua sur moi et m'allongea dans l'herbe, pour embrasser une à une les éraflures, lapant le sang et le sel comme un petit chat avide. Dans notre délire souverain, nous avions inventé un code qui nous permettait, devant notre mère et Moreau, de nous proposer ouvertement des gestes, des actes précis.

C'était l'âge de la pure innocence, faste, magnifique. La liberté possé-dait nos petits corps étroits, minces, bronzés, nous nagions comme des otaries, filions à travers les bois comme des renards, roulions, nous tor-dions ensemble dans la poussière, nos corps nus indissociables, ni l'un ni l'autre spécifiquement la fille ou le garçon, mais un couple de serpents entrelacés.

La nuit, la fièvre montait, je tremblais sur mon lit, au-dessus de celui de Thomas, blotti sous les couvertures, dévoré par les poux, dominé par ces images lointaines. Lorsque l'école reprit, après l'été, presque rien ne changea. Séparés, nous rêvions l'un de l'autre, nous attendions le moment qui nous réunirait. Nous avions notre vie publique, vécue ouvertement comme celle de tous les enfants, et notre vie privée, qui n'appartenait qu'à nous seuls, un espace plus vaste que le monde, limité seulement par les possibilités de nos esprits unis. Au fil du temps, les décors changeaient, mais la pavane de notre amour continuait à mar-quer son rythme, élégant ou furieux. Pour les vacances d'hiver, Moreau nous emmena à la montagne; c'était à l'époque bien plus rare que de nos jours. Il loua un chalet qui avait appartenu à un noble russe : ce Moscovite avait transformé une annexe en pièce à vapeur, ce qu'aucun de nous n'avait jamais vu, mais le propriétaire nous en montra le fonc-tionnement et Moreau, en particulier, se prit de passion pour cette invention. En fin d'après-midi, après que nous étions rentrés du ski ou de la luge ou de la marche à pied, il y passait une bonne heure à suer; il n'avait pas, toutefois, le courage de sortir et de se rouler dans la neige, comme nous le faisions vêtus, hélas, de la tête aux pieds d'un maillot de bain, que notre mère nous obligeait à porter. Elle, de son côté, n'aimait pas cette chambre à vapeur et l'évitait. Mais lorsque nous nous retrou-vions seuls à la maison, soit dans la journée, lorsqu'ils sortaient pour une promenade en ville, soit le soir, lorsqu'ils dormaient, nous réoc-cupions la pièce refroidie et quittions enfin nos vêtements, et nos petits corps devenaient un miroir l'un pour l'autre. Nous nous nichions aussi dans les longs placards vides construits sous le grand toit en pente du chalet, où nous ne pouvions nous tenir debout, mais où nous restions assis ou couchés, rampant, nous blottissant, peau contre peau, esclaves l'un de l'autre et maîtres de tout.

Le jour, je cherchais à retrouver mon assise fragile, au sein de cette ville dévastée; mais la fièvre et les diarrhées me minaient, me détachaient de la réalité pourtant lourde et riche de peine qui m'environnait. Je souffrais aussi de l'oreille gauche, une douleur sourde, pressante, juste sous la peau, à l'intérieur du pavillon. Je tentais en vain de la soulager en frottant cet endroit de mon petit doigt. Distrait, je passais ainsi de longues heures grises dans mon bureau, enveloppé dans ma pelisse souillée, à fredonner une petite mélodie mécanique et sans ton, et à essayer de retrouver les vieux sentiers perdus. L'ange ouvrait la porte de mon bureau et entrait, porteur du charbon ardent qui brûle tous les péchés; mais au lieu d'en toucher mes lèvres, il l'enfonçait entier dans ma bouche; et si alors je sortais dans la rue, au contact de l'air frais, je brûlais vif. Je restais debout, je ne souriais pas, mais mon regard, je le sais, demeurait tranquille, oui, alors même que les flammes me mordaient les paupières, me creusaient les narines, m'emplissaient la mâchoire et me voilaient les yeux. Ces conflagrations éteintes, je voyais des choses surprenantes, inouïes. Dans une rue légèrement en pente, bordée de voitures et de camions détruits, je remarquai un homme sur le trottoir, appuyé d'une main à un lampadaire. C'était un soldat, sale, mal rasé, vêtu de guenilles tenues par des ficelles et des épingles, la jambe droite sectionnée sous le genou, une blessure fraîche et ouverte d'où coulaient des flots de sang; l'homme tenait une boîte de conserve ou un gobelet en étain sous le moignon et essayait de recueillir ce sang et de le boire rapidement, pour éviter d'en perdre trop. Il accomplissait ces gestes méthodiquement, avec précision, et l'horreur me saisissait à la gorge. Je ne suis pas médecin, me disais-je, je ne peux pas intervenir. Heureusement nous nous trouvions près du théâtre, et je me ruai à travers les longues caves sombres et encombrées, faisant fuir les rats qui couraient sur les blessés : « Un docteur! Il me faut un docteur! » criai-je; les infirmiers me regardaient avec un air terne et éteint, personne ne répondait. Enfin je trouvai un médecin assis sur un tabouret près d'un poêle, buvant lentement du thé. Il mit un certain temps à répondre à mon agitation, il semblait fatigué, légèrement énervé par mon insistance; mais il finit par me suivre. Dans la rue, l'homme à la jambe coupée était tombé. Il restait calme et impassible, mais il faiblissait visiblement. Le moignon moussait maintenant d'une substance blanchâtre qui se mêlait au sang, peut-être du pus; l'autre jambe aussi saignait et semblait vouloir se détacher en partie. Le médecin s'agenouilla près de lui et commença à s'occuper de ses blessures atroces avec des gestes froids et professionnels; sa contenance m'ébahissait, non seulement sa capacité à toucher ces foyers d'horreur mais à y travailler sans émotion ni révulsion; quant à moi, cela me rendait malade.

Tout en travaillant, le médecin me regardait et je comprenais son regard : l'homme n'allait pas durer longtemps, il n'y avait rien à faire que paraître l'aider pour adoucir un peu son angoisse et les derniers moments de sa vie fuyante. Tout ceci est réel, croyez-le. Ailleurs, Ivan m'avait mené à un grand immeuble, pas très loin du front, sur la Prospekt Respublikanskii, où un déserteur russe était censé se cacher. Je ne le trouvai pas ; je visitais des pièces, regrettant d'être venu, lorsque le rire aigu d'un enfant fusa dans le couloir. Je sortis de l'appartement et ne vis rien ; mais quelques instants plus tard l'escalier fut envahi par une horde de fillettes sauvages et impudiques, qui me frôlaient et filaient entre mes jambes avant de relever leurs jupes pour me montrer leurs derrières crasseux et disparaître à l'étage en bondissant ; puis elles redégringolaient en tas, avec des éclats de rire. Elles ressemblaient à de petites rates avides, prises de frénésie sexuelle : l'une d'elles se campa sur une marche au niveau de ma tête et écarta les jambes, exhibant sa vulve nue et lisse ; une autre me mordit les doigts ; je la saisis par les cheveux et la tirai à moi pour la gifler, mais une troisième fillette me glissa la main entre les jambes par-derrière tandis que celle que je tenais se tordait, s'arrachait, et s'évanouissait dans un couloir. Je courus après elle mais le couloir était déjà vide. Je regardai un instant les portes fermées des appartements, bondis, en ouvris une : je dus me rejeter en arrière pour ne pas choir dans le vide, il n'y avait rien derrière cette porte, et je la refermai en la claquant, juste avant qu'une rafale de mitraillette russe vienne la cribler de trous. Je me jetai au sol : un obus antichar explosa sur la cloison, m'assourdissant et me recouvrant de plâtre et de fragments de bois et de vieux journaux. Je rampai furieusement et roulai dans un appartement, de l'autre côté du couloir, qui n'avait plus de porte d'entrée. Dans le salon, haletant pour reprendre mon souffle, j'entendis distinctement du piano ; pistolet-mitrailleur au poing, j'ouvris la porte de la chambre à coucher : à l'intérieur, un cadavre soviétique était couché sur le lit défait, et un Hauptmann en chapka, assis les jambes croisées sur un tabouret, écoutait un disque sur un gramophone posé au sol. Je ne reconnus pas l'air et lui demandai ce que c'était. Il attendit la fin du morceau, une pièce légère avec une petite ritournelle obsédante, et souleva le disque pour regarder l'étiquette : « Daquin. *Le coucou.* » Il remonta la manivelle du gramophone, sortit un autre disque d'une pochette en papier orangé, et posa l'aiguille. « Ça, vous allez reconnaître. » En effet, c'était le *Rondo à la turque* de Mozart, dans une interprétation rapide et allègre mais en même temps imbue de gravité romantique ; un pianiste slave, certainement. « Qui joue ? » demandai-je. — « Rachmaninov, le compositeur. Vous connaissez ? » — « Un peu. Je ne savais pas qu'il jouait aussi. » Il me tendit une pile de disques. « Ce devait être un sacré mélomane, notre ami, fit-il en indiquant le lit. Et il devait avoir de bons contacts au Parti, vu la provenance des disques. » J'examinai les étiquettes : elles étaient imprimées en anglais, ces disques provenaient des États-Unis ; Rachmaninov y interprétait Gluck, Scarlatti, Bach, Chopin, ainsi qu'une de ses propres pièces ; les enregistrements dataient de la première moitié des années 20, mais semblaient récemment édités. Il y avait aussi des disques russes. La pièce de Mozart prit fin et l'officier mit le Gluck, une transcription d'une mélodie d'*Orfeo ed Euridice*, délicate, lancinante, affreusement triste. Du menton je fis signe en direction du lit : « Pourquoi vous ne vous débarrassez pas de lui ? » — « Pour quoi faire ? Il est très bien là où il est. » J'attendis la fin du morceau pour lui demander : « Dites, vous n'avez pas vu une petite fille ? » — « Non, pourquoi, il vous en faut une ? La musique, c'est mieux. » Je lui tournai le dos et ressortis de l'appartement. J'ouvris la porte suivante : la fillette qui m'avait mordue pissait, accroupie sur un tapis. Lorsqu'elle me vit elle me regarda avec des yeux brillants, se frotta l'entrecuisse de la main, et plongea entre mes jambes avant que je ne puisse réagir, filant de nouveau dans l'escalier en riant. J'allai m'asseoir sur le canapé et contemplai la tache mouillée sur le tapis à fleurs ; j'étais encore sonné par l'explosion de l'obus, la musique du piano tintait dans mon oreille infectée qui me faisait souffrir. Je la touchai délicatement du doigt et le ramenai couvert d'un pus jaunâtre, que j'essuyai distraitement sur le tissu du canapé. Puis je me mouchai dans les rideaux et ressortis ; tant pis pour la fillette, quelqu'un d'autre devrait lui administrer la correction qu'elle méritait. Dans la cave de l'Univermag, j'allai consulter un médecin : il me confirma l'infection, la nettoya tant bien que mal et me posa un bandage sur l'oreille, mais ne put rien me donner de plus, car il n'avait plus rien. Je ne saurais dire quel jour c'était, je ne saurais même pas dire si la grande offensive russe à l'ouest du *Kessel* avait débuté ; j'avais perdu toute notion du temps et des détails techniques de notre agonie collective. Lorsqu'on me parlait, ces paroles me parvenaient comme de très loin, une voix sous l'eau, et je ne comprenais rien de ce qu'elles cherchaient à me dire. Thomas devait s'apercevoir que je perdais rapidement pied et il faisait des efforts pour me guider, pour me ramener sur des chemins moins ouvertement divagants. Mais lui aussi avait du mal à maintenir un sens de la continuité et de l'importance des choses. Pour m'occuper, il me sortait : certains des Ic qu'il fréquentait gardaient encore une bouteille de cognac arménien ou de schnaps, et tandis qu'il discutait avec eux je sirotais un verre et me renfonçais dans mon bourdonnement intérieur. En revenant d'une telle expédition, j'aperçus au coin d'une rue une bouche de métro : je ne savais pas que Stalingrad avait un métro. Pourquoi ne m'en avait-on jamais montré un plan ? Je pris Thomas par la manche en lui désignant les marches qui disparaissaient dans l'obscurité et lui dis : « Viens, Thomas, allons donc voir ce métro de plus près. » Il me répondit très gentiment mais fermement : « Non, Max, pas maintenant. Viens. » J'insistai : « S'il te plaît. Je veux le voir. » Ma voix se faisait plaintive, une angoisse sourde affluait en moi, cette bouche m'attirait irrésistiblement, mais Thomas refusait toujours. J'allais me mettre à pleurer comme un enfant à qui on refuse un jouet. À ce moment-là un obus d'artillerie explosa près de nous et le souffle me renversa. Lorsque la fumée se dégagea, je me rassis et secouai la tête ; Thomas, je le vis, restait couché dans la neige, son long manteau éclaboussé de sang mêlé à des débris de terre ; ses intestins se répandaient de son ventre en de longs serpents gluants, glissants, fumants. Tandis que je le regardais, stupéfait, il se redressa avec des mouvements saccadés, mal coordonnés, comme ceux d'un bébé qui apprend juste à marcher, et enfonça sa main gantée dans son ventre pour en retirer des morceaux de shrapnel acérés qu'il jetait dans la neige. Ces éclats étaient encore presque incandescents et, malgré le gant, lui brûlaient les doigts, qu'il suçait tristement après chaque morceau ; lorsqu'ils touchaient la neige, ils y disparaissaient en grésillant, dégageant un petit nuage de vapeur. Les quelques derniers éclats devaient être logés assez profondément, car Thomas dut enfoncer son poing entier pour les extraire. Tout en commençant à réunir ses entrailles, les tirant doucement à lui et les enroulant autour d'une main, il eut un sourire de travers : « Il reste encore quelques bouts, je crois. Mais ils sont trop petits. » Il enfonçait les boucles d'intestins et repoussait par-dessus les plis de chair de son ventre. « Est-ce que je pourrais emprunter ton écharpe ? » me demanda-t-il ; toujours dandy, il ne portait, lui, qu'un pull-over à col roulé. Livide, je lui tendis mon écharpe sans un mot. La passant sous les lambeaux de son uniforme, il l'enroula soigneusement autour de son ventre et en fit un nœud serré à l'avant. Puis, maintenant fermement son œuvre d'une main, il se hissa debout en titubant, s'appuyant sur mon épaule. « Merde, marmonnait-il, oscillant, ça fait mal, ça. » Il se dressa sur ses doigts de pieds et rebondit plusieurs fois, puis se risqua à sautiller. « Bon, on dirait que ça va tenir. » Avec toute la dignité dont il était capable, il ramena autour de lui les bribes de son uniforme et les tira sur son ventre. Le sang poisseux les collait et les tenait plus ou moins en place. « Tout ce dont j'avais besoin. Bien entendu, trouver un fil et une aiguille, ici, autant oublier. » Son petit rire éraillé se mua en grimace de douleur. « Quel bordel, soupira-t-il. Mon Dieu, ajouta-t-il en apercevant mon visage, tu as l'air un peu vert, toi. »

Je n'insistai plus pour prendre le métro, mais raccompagnai Thomas à l'Univermag, en attendant la fin. L'offensive russe, à l'ouest du *Kessel*, avait complètement enfoncé nos lignes. Quelques jours plus tard, on évacuait Pitomnik dans un chaos indescriptible qui laissa des milliers de blessés éparpillés à travers la steppe gelée ; troupes et PC refluaient vers la ville, même l'AOK, à Goumrak, préparait son repli, et la Wehrmacht nous expulsa du bunker de l'Univermag, pour nous reloger provisoirement dans les anciens locaux du NKVD, autrefois un bel immeuble, avec une grande coupole en verre maintenant fracassée et un sol en granite poli, mais dont les caves étaient déjà occupées par une unité médicale, ce qui nous força à nous rabattre sur des bureaux démolis au premier étage, qu'il nous fallut d'ailleurs contester à l'état-major de Seydlitz (comme dans un hôtel avec vue sur la mer, tout le monde voulait être d'un côté, pas de l'autre). Mais tous ces événements frénétiques me restaient indifférents, c'était à peine si je notai les derniers changements avec détachement, car j'avais fait une trouvaille merveilleuse, une édition de Sophocle. Le livre était déchiré en deux, quelqu'un avait dû vouloir le partager, et ce n'était hélas que des traductions, mais il restait *Électre*, ma préférée. Oubliant les frissons de fièvre qui secouaient mon corps, le pus qui suintait de sous mon bandage, je me perdais bienheureusement dans les vers. À l'internat où ma mère m'avait fait enfermer, pour fuir la brutalité ambiante je m'étais réfugié dans les études, et j'aimais particulièrement le grec, grâce à notre professeur, ce jeune prêtre dont j'ai déjà parlé. Je n'avais pas quinze ans mais je passais mes heures libres à la bibliothèque, à déchiffrer l'*Iliade* ligne par ligne, avec une passion et une patience sans bornes. À la fin de l'année scolaire, notre classe organisa la représentation d'une tragédie, *Électre* justement, dans le gymnase de l'école, aménagé pour l'occasion ; et je fus choisi pour le rôle principal. Je portais une longue robe blanche, des sandales, et une perruque dont les boucles noires dansaient sur mes épaules : lorsque je me regardai dans le miroir, je crus voir Una, et faillis m'évanouir. Nous étions séparés depuis presque un an. Lorsque j'entrai en scène j'étais à ce point possédé par la haine et l'amour et la sensation de mon corps de jeune vierge que je ne voyais rien, n'entendais rien ; et lorsque je gémis *Ô mon Oreste, ta mort me tue*, les larmes me coulaient des yeux. Oreste réapparu, possédée par l'Érinye, je criais, vociférais mes injonctions dans cette langue si belle et souveraine, *Va donc, encore un coup, si tu t'en sens la force*, hurlais-je, je l'encourageais, le poussais au meurtre, *Tue-le au plus vite, puis expose son corps : il aura de la sorte les fossoyeurs qui lui reviennent*. Et quand ce fut fini, je n'entendais pas les applaudissements, n'entendis pas les paroles du père Labourie qui me félicitait, je sanglotais, et la boucherie dans le palais des Atrides était le sang dans ma propre maison.

Thomas, qui semblait tout à fait remis de son accident, me grondait amicalement, mais je n'y prêtais aucune attention. Pour le taquiner, quand je sortais le nez de mon Sophocle, je lui citais Joseph de Maistre : *Qu'est-ce qu'une bataille perdue ? C'est une bataille qu'on croit avoir perdue*. Thomas, ravi, fit peindre une pancarte avec ces mots qui fut affichée dans notre couloir : il reçut, paraît-il, les félicitations de Möritz, et le nouveau slogan remonta jusqu'au général Schmidt qui voulut l'adopter comme devise pour l'armée ; mais Paulus, rapporta-t-on, s'y opposa. Ni Thomas ni moi, d'un commun accord, ne parlions plus d'évacuation ; pourtant, tout le monde savait que ce n'était qu'une question de jours, et les heureux élus de la Wehrmacht partaient déjà. Je sombrais dans une indifférence sordide ; seule la hantise du typhus me secouait de temps à autre et, non content de scruter mes yeux et mes lèvres, je me déshabillais pour chercher des taches noires sur mon torse. Les diarrhées, je n'y pensais même plus, au contraire, accroupi dans les latrines puantes, je retrouvais une certaine tranquillité, et j'aurais bien aimé, comme lorsque j'étais enfant, m'y enfermer des heures pour lire, mais il n'y avait pas de lumière, ni de porte, et je devais me contenter d'une cigarette, une de mes dernières. Ma fièvre, presque permanente maintenant, était devenue comme un cocon chaud dans lequel je pouvais me recroqueviller, et je jouissais follement de ma crasse, de ma sueur, de ma peau desséchée, de mes yeux rongés. Je ne me rasais plus depuis des jours et une fine barbe rousse contribuait à mon voluptueux sentiment de saleté et de négligence. Mon oreille malade suppurait, résonnait par moments comme une cloche ou une sirène assourdie ; parfois, je n'entendais rien du tout. La chute de Pitomnik avait été suivie d'une accalmie de quelques jours ; puis, vers le 20 janvier, l'écrasement méthodique du *Kessel* reprit (pour ces dates, je cite les livres, non pas mon souvenir, car le calendrier était devenu pour moi une notion abstraite, souvenir fugace d'un monde révolu). La température, après le bref réchauffement du début de l'année, avait catastrophiquement chuté, il devait faire $-25°$ ou $-30°$. Les maigres feux allumés dans des fûts de pétrole vides ne suffisaient pas pour réchauffer les blessés ; même en ville, les soldats devaient s'entourer la verge de tissu pour pisser, une loque puante, précieusement gardée en poche ; et d'autres profitaient de ces occasions pour tendre leurs mains gonflées d'engelures sous le jet tiède. Tous ces détails m'étaient rapportés par les mécanismes somnambuliques de l'armée ; tout aussi somnambuliquement, je lisais et classais ces rapports, après leur avoir attribué un numéro de dossier ; mais cela faisait un certain temps déjà que je n'en rédigeais plus moi-même. Lorsque Möritz voulait des informations, je raflais au hasard quelques rapports de l'Abwehr et les lui apportais ; peut-être Thomas lui avait-il expliqué que j'étais malade, il me regardait étrangement mais ne disait rien. Thomas, pour parler encore de lui, ne m'avait jamais rendu mon écharpe, et lorsque je sortais prendre l'air j'avais froid au cou : mais je sortais, la puanteur touffue des bâtiments devenait insupportable. La guérison rapide de Thomas m'intriguait : il avait déjà l'air tout à fait bien portant, et lorsque je lui demandais, en haussant les sourcils de manière significative et en regardant son ventre : « Alors, ça va ? », il prenait un air interloqué et répondait : « Oui, ça va très bien, pourquoi ça n'irait pas ? » Moi, mes plaies et mes fièvres ne guérissaient pas, j'aurais bien voulu connaître son secret. Un de ces jours-là, le 20 ou le 21 sans doute, je sortis fumer dans la rue et peu après Thomas me rejoignit. Le ciel était clair, dégagé, le froid coupant, le soleil, fusant de partout à travers les ouvertures béantes des façades, se reflétait sur la neige sèche, éclatait, éblouissait, et là où il ne pouvait passer projetait des ombres d'acier. « Tu entends ? » demanda Thomas, mais mon oreille folle sonnait, je n'entendais rien. « Viens. » Il me tira par la manche. Nous contournâmes le bâtiment et découvrîmes un spectacle insolite : deux ou trois *Landser*, emmitouflés dans des capotes ou des couvertures, se tenaient près d'un piano droit au milieu de la ruelle. Un soldat, perché sur une petite chaise, jouait, et les autres paraissaient l'écouter attentivement, mais moi, je n'entendais rien, c'était curieux, et cela m'attristait : moi aussi, j'aurais voulu écouter cette musique, je pensais y avoir droit autant que n'importe qui. Quelques Ukrainiens se dirigeaient vers nous ; je reconnus Ivan, qui me fit un petit signe de la main. Mon oreille me démangeait affreusement, je n'entendais plus rien : même les paroles de Thomas, juste à côté de moi, ne me parvenaient plus que comme un gargouillis indistinct. J'avais l'horrible et angoissante impression de vivre un film muet. Exaspéré, j'arrachai mon bandage et enfonçai mon petit doigt dans le conduit ; quelque chose céda, un flot de pus jaillit sur ma main et coula sur le col de ma pelisse. Cela me soulagea un peu mais je n'entendais toujours presque rien ; le piano, si je tournais mon oreille dans sa direction, semblait émettre un bruit d'eau ; l'autre oreille ne fonctionnait pas mieux ; déçu, je me détournai et m'éloignai lentement. La lumière du soleil était vraiment splendide, elle ciselait chaque détail des façades dentelées. Derrière moi, je crus percevoir de l'agitation : je me retournai, Thomas et Ivan me faisaient de grands signes, les autres me regardaient. Je ne savais pas ce qu'ils voulaient, mais j'avais honte de me faire remarquer ainsi, je leur fis un petit signe amical et continuai à marcher. Je leur jetai encore un coup d'œil : Ivan courait vers moi, mais je fus distrait par un léger heurt sur mon front : un morceau de gravier, peut-être, ou un insecte, car lorsque je me tâtai, une petite goutte de sang perlait sur mon doigt. Je l'essuyai et continuai mon chemin vers la Volga, qui devait se trouver de ce côté. C'était un secteur où je savais que nos forces tenaient la berge ; or je ne l'avais toujours pas vue, cette fameuse Volga, et je m'engageai résolument dans cette direction, pour la contempler au moins une fois avant de quitter cette ville. Les rues se devinaient entre un chamboulement de ruines tranquilles et désertes, illuminées par le soleil froid de janvier, c'était très calme et je trouvais cela extraordinairement agréable ; s'il y avait des tirs, je ne les entendais pas. L'air glacial me revigorait. Le pus ne coulait plus de mon oreille, ce qui me laissait espérer que le foyer d'infection était définitivement percé ; je me sentais dispos et plein de forces. Après les derniers immeubles, dressés au sommet des falaises qui surplombent la grande rivière, une voie ferrée passait, à l'abandon, les rails déjà mordus par la rouille. Au-delà s'étendait la surface blanche du fleuve pris dans la glace, puis au-delà encore l'autre rive, celle que nous n'avions jamais atteinte, entièrement plate et blanche aussi et comme vide de toute vie. Autour de moi, il n'y avait personne, je ne voyais pas de tranchées ni de positions, les lignes devaient se trouver plus haut. Enhardi, je dévalai l'abrupt talus sablonneux et me retrouvai au bord du fleuve. Avec hésitation d'abord, puis plus confiant, je posai un pied sur la glace saupoudrée de neige, puis un autre : je marchais sur la Volga, et cela me rendait heureux comme un enfant. Les flocons soulevés de la glace par un léger vent dansaient au soleil, un petit jeu follet autour de mes pieds. Devant moi, un trou sombre s'ouvrait dans la glace, assez large, sans doute percé par un obus de gros calibre tombé court ; au fond du trou, l'eau coulait rapidement, presque verte sous le soleil, fraîche, attirante ; je me penchai et y trempai la main, elle ne sem-

blait pas froide : la recueillant à deux mains, je me rinçai le visage,
l'oreille, la nuque, puis bus à plusieurs reprises. J'ôtai ma pelisse, la pliai
soigneusement, la posai avec ma casquette sur la glace, puis, inspirant
profondément, je plongeai. L'eau était claire et accueillante, d'une tié-
deur maternelle. Le courant rapide créait des tourbillons qui me dépor-
tèrent rapidement sous la glace. Toutes sortes de choses passaient près
de moi, que je distinguais nettement dans cette eau verte : des chevaux
dont le courant mouvait les pattes comme s'ils galopaient, de gros poissons presque plats mangeurs de déchets, des cadavres russes au visage
gonflé, enlacés dans leurs curieuses capes brunes, des morceaux de vêtements et d'uniformes, des étendards troués flottant sur leurs hampes,
une roue de chariot qui, sans doute trempée dans du pétrole, flambait
encore en tournoyant sous l'eau. Un corps me heurta, puis continua son
chemin ; celui-ci portait un uniforme allemand ; tandis qu'il s'éloignait
j'aperçus son visage et ses boucles blondes dansantes, c'était Voss, souriant. Je tentai de le rattraper mais un remous nous sépara davantage et,
lorsque j'eus rétabli ma position, il avait disparu. Au-dessus de moi, la
glace formait un écran opaque, mais l'air durait dans mes poumons, je
ne m'inquiétais pas et continuai à nager, passant des barges coulées
remplies de beaux jeunes hommes assis en rang, l'arme encore à la
main, de petits poissons se faufilant dans leurs chevelures agitées par le
courant. Puis lentement devant moi l'eau s'éclaira, des colonnes de
lumière verte plongeaient depuis des trous dans la glace, devenaient
une forêt puis se fondaient les unes dans les autres au fur et à mesure
que les blocs de glace s'espaçaient. Je remontai enfin reprendre mon
souffle. Un petit iceberg me heurta, je replongeai, me redressai en bras-
sant, remontai à nouveau. Ici, la rivière ne charriait presque pas de
glace. En amont, à ma gauche, une navette russe dérivait dans le courant, couchée sur le flanc, brûlant doucement. Malgré le soleil, il tombait quelques gros flocons de neige lumineux, qui s'évanouissaient dès
qu'ils touchaient l'eau. Pagayant des mains, je me retournai : la ville,
étendue tout le long de la berge, disparaissait derrière un épais rideau
de fumée noire. Au-dessus de ma tête, des goélands tournoyaient en
criaillant, me jetaient des coups d'œil intrigués, ou peut-être calcula-
teurs, puis partaient se poser sur un bloc de glace ; la mer pourtant était
encore loin ; seraient-ils remontés depuis Astrakhan ? Des moineaux
aussi virevoltaient et frôlaient la surface de l'eau. Je me mis à nager
posément vers la rive gauche. Enfin je pris pied et émergeai de l'eau. La
grève, sur cette rive-là, était faite d'un sable fin qui montait doucement,
formant des petites dunes ; au-delà, tout était plat. Logiquement j'aurais

dû me trouver au niveau de la Krasnaïa Sloboda, mais je ne voyais rien, pas d'artillerie rangée, pas de tranchées, pas de village, pas de soldats, personne. Quelques arbres mesquins décoraient le sommet des dunes ou s'inclinaient vers la Volga qui coulait derrière moi avec vigueur ; quelque part, une linotte chantait ; une couleuvre se faufila entre mes pieds et disparut dans le sable. J'escaladai les dunes et regardai : devant moi s'étalait une steppe presque nue, une terre couleur de cendre légèrement saupoudrée de neige, avec çà et là une herbe brune, rase, drue, et quelques touffes d'armoise ; au sud, une rangée de peupliers barrait l'horizon, bordant sans doute un canal d'irrigation ; il n'y avait rien d'autre à voir. Je fouillai dans la poche de ma vareuse et en tirai mon paquet de cigarettes, mais elles étaient trempées. Mes vêtements mouillés me collaient à la peau, mais je n'avais pas froid, l'air était doux et clément. Je ressentis alors un accès de fatigue, sans doute les effets de la nage : je tombai à genoux et piochai des doigts dans la terre sèche, encore prise par l'hiver. Je finis enfin par en dégager quelques mottes que j'enfonçai avidement dans ma bouche. Cela avait un goût un peu âcre, minéral, mais en se mêlant à ma salive cette terre dégageait des sensations presque végétales, une vie fibreuse, néanmoins décevante ; j'aurais voulu qu'elle soit molle, chaude et grasse, qu'elle fonde dans ma bouche, et que je puisse m'y enfoncer de mon corps entier, m'y couler comme dans une tombe. Au Caucase, les peuples montagnards ont une curieuse façon de creuser les tombes : ils pratiquent d'abord une fosse verticale, profonde de deux mètres ; ensuite, au fond, ils ouvrent sur tout un côté une niche au ciel oblique ; le mort, sans cercueil, enroulé dans un linceul blanc, est déposé sur le flanc dans ce renfoncement, le visage tourné vers La Mecque ; puis l'on mure l'alcôve avec des briques, ou des planches si la famille est pauvre, et ensuite on remplit la fosse, la terre excédentaire formant un monticule oblong ; or le mort ne repose pas sous ce monticule, mais juste à côté. Voilà, m'étais-je dit lorsqu'on m'avait décrit cette coutume, une tombe qui me conviendrait, au moins l'horreur froide de la chose est claire, et puis ça doit être plus confortable, plus intime peut-être. Mais ici il n'y avait personne pour m'aider à creuser et je n'avais aucun outil, pas même un couteau : alors je me mis à marcher, plus ou moins en direction du levant. C'était une vaste plaine où nul ne se trouvait, ni vivant sur la terre, ni mort sous la terre ; et je marchais longtemps sous un ciel sans teint, de manière que je ne pouvais pas juger de l'heure (ma montre, réglée comme toutes celles de la Wehrmacht sur l'heure de Berlin, n'avait pas résisté au bain et marquait un éternel midi moins treize). Ici et là poussait un coquelicot rouge vif, seules taches de couleur dans ce morne paysage ; mais lorsque j'essayai d'en cueillir un, il vira au gris et s'effrita en une légère bouffée de cendres. Enfin, au loin, j'aperçus des formes. En me rapprochant je constatai qu'il s'agissait d'un long dirigeable blanc, qui flottait au-dessus d'un grand kourgane. Plusieurs figures se promenaient sur les flancs du tumulus : trois d'entre elles se détachèrent du groupe et vinrent vers moi. Lorsqu'elles furent assez proches je vis qu'elles étaient vêtues de blouses blanches par-dessus des complets, avec de hauts faux cols un peu démodés et des cravates noires ; l'une d'entre elles portait de surcroît un chapeau melon. « *Guten Tag, meine Herren* », fis-je poliment lorsqu'elles furent devant moi. — « Bonjour, monsieur », répondit en français celui qui portait un chapeau. Il me demanda ce que je faisais là et, répondant dans la même langue, je le lui expliquai du mieux que je pus. Les deux autres hochaient la tête. Lorsque j'eus achevé mon récit, l'homme au chapeau dit : « Dans ce cas, vous devez venir avec nous ; le docteur voudra vous parler. » — « Si vous le souhaitez. Qui est ce docteur ? » — « Le Dr. Sardine, le chef de notre expédition. » Ils me menèrent au pied du kourgane ; trois gros câbles ancraient le dirigeable, un zeppelin qui oscillait lentement dans la brise à plus d'une cinquantaine de mètres au-dessus de nos têtes, sa longue masse ovale portant une nacelle métallique à deux étages. Un autre câble, plus fin, semblait fournir une liaison télé-phonique : un des hommes parla brièvement dans un combiné posé sur une table pliante. Sur le kourgane, les autres bonshommes creusaient, sondaient, mesuraient. Je levai de nouveau la tête : une sorte de panier descendait lentement de la nacelle, tanguant largement sous l'effet du vent. Lorsqu'il arriva près du sol deux hommes s'en saisirent et le gui-dèrent. Ce grand panier était fait de montants ronds et d'osier tressé ; l'homme au chapeau melon ouvrit une portière et me fit signe d'y prendre place ; puis il se joignit à moi et referma. Le câble commença à remonter et avec un lourd sursaut le panier s'arracha du sol ; lesté par notre poids, il tanguait moins, mais cela me donnait quand même un peu le mal de mer et je m'agrippai au rebord ; mon chaperon, lui, tenait la main posée sur son chapeau. Je regardai la steppe : aussi loin que je pouvais voir, pas un arbre, pas une maison, tout juste, à l'horizon, une sorte de bosse, sans doute un autre kourgane.

Le panier entrait par une trappe dans une salle de la nacelle ; de là, mon accompagnateur me fit monter par un escalier en spirale, puis des-cendre un long corridor. Tout, ici, était en aluminium, en étain, en lai-ton, en bois dur et bien poli : une fort belle machine, en vérité. Arrivé à une porte capitonnée, l'homme sonna à un petit bouton. La porte s'ouvrit, il me fit signe d'entrer, et ne me suivit pas.

C'était une grande pièce, bordée par une banquette et une longue baie vitrée, et meublée d'étagères, avec au centre une longue table recouverte d'un bric-à-brac invraisemblable : livres, cartes, globes, animaux empaillés, maquettes de véhicules fantastiques, instruments d'astronomie, d'optique, de navigation. Un chat blanc aux yeux vairons se faufilait silencieusement entre ces objets. Un petit homme, lui aussi en blouse blanche, se tenait recroquevillé sur une chaise à l'extrémité de la table ; à mon entrée il se retourna en faisant pivoter son siège. Ses cheveux, striés de gris et peignés en arrière, avaient un aspect sale et filandreux ; une paire de lunettes à grosse monture les retenait, posée sur le sommet du front. Son visage un peu affaissé était mal rasé et revêtait une expression hargneuse, désagréable. « Entrez ! Entrez... », grinça-t-il d'une voix éraillée. Il indiqua la longue banquette : « Asseyez-vous. » Je contournai la table et m'assis en croisant les jambes. Il postillonnait en parlant ; des restes de repas maculaient sa blouse. « Vous êtes bien jeune !... » s'exclamait-il. Je tournai légèrement la tête et contemplai la steppe nue par la baie, puis regardai de nouveau l'homme. « Je suis le Hauptsturmführer Dr. Maximilien Aue, à votre service », fis-je enfin en inclinant poliment la tête. — « Ah ! croassa-t-il, un docteur ! un docteur ! Docteur en quoi ? » — « En droit, monsieur. » — « Un avocat ! » Il bondit de sa chaise. « Un avocat ! Engeance hideuse... maudite ! Vous êtes pires que les Juifs ! Pires que les banksters ! Pires que les royalistes !... » — « Je ne suis pas avocat, monsieur. Je suis juriste, expert en droit constitutionnel, et officier de la *Schutzstaffel*. » Il se calma subitement et se rassit en un bond : ses jambes, trop courtes pour sa chaise, pendaient à quelques centimètres du sol. « C'est à peine mieux... » Il réfléchit. « Moi aussi je suis docteur. Mais... en choses utiles. Sardine, je suis Sardine, le Dr. Sardine. » — « Enchanté, docteur. » — « Moi pas encore. Que faites-vous ici ? » — « Dans votre aéronef ? Vos collègues m'ont invité à y monter. » — « Invité... invité... un grand mot. Je veux dire ici, dans cette région. » — « Eh bien, je marchais. » — « Vous marchiez... soit ! Mais dans quel but ? » — « Je marchais au hasard. À vrai dire je me suis un peu perdu. » Il se pencha avec un air méfiant, agrippant de ses deux mains les accoudoirs de sa chaise : « En êtes-vous bien sûr ?... N'aviez-vous pas un but précis ? ! » — « Je dois vous avouer que non. » Mais il marmonnait toujours : « Avouez, avouez... ne cherchez-vous pas quelque chose... n'êtes-vous pas justement... sur ma trace ! envoyé par mes concurrents jaloux !... » Il s'exci-

tait tout seul. « Comment donc justement nous avez-vous trouvés ? »
— « Votre appareil se voit de loin, dans cette plaine. » Mais il n'en
démordait pas : « N'êtes-vous pas un affidé de Finkelstein... ! de Kras-
schild ! Ces youtres envieux... gonflés de leur propre importance... des
outres ! des nains ! des cireurs de bottes ! des falsificateurs de diplômes
et de résultats... » — « Permettez-moi de vous faire remarquer, docteur,
que vous ne devez pas souvent lire les journaux. Sinon vous sauriez
qu'un Allemand, et à plus forte raison un officier SS, se met rarement
au service de Juifs. Je ne connais pas les messieurs dont vous parlez,
mais si je les rencontrais, il serait plutôt de mon devoir de les arrêter. »
— « Oui... oui..., fit-il en se frottant la lèvre inférieure, cela se peut, en
effet... » Il fouilla dans la poche de sa blouse et en tira une petite bourse
en cuir ; avec des doigts jaunis par la nicotine, il y pêcha une pincée de
tabac et se mit à rouler une cigarette. Comme il ne semblait pas disposé
à m'en offrir, je repris mon propre paquet : il avait séché, et en roulant
et en tassant un peu une de mes cigarettes, je pus en faire quelque chose
de convenable. Mes allumettes, par contre, étaient gâchées ; je regardai
la table, mais n'en vis pas d'autres au milieu du fouillis. « Avez-vous du
feu, docteur ? » demandai-je. — « Un instant, jeune homme, un instant... » Il acheva de rouler sa cigarette, prit sur la table un assez gros
cube en étain, introduisit sa cigarette dans un trou, et appuya sur un
petit bouton. Puis il attendit. Au bout de quelques minutes que je trouvai assez longues, un petit *ping* se fit entendre ; il retira la cigarette, dont
l'extrémité rougeoyait, et aspira de petites bouffées : « Ingénieux,
non ? » — « Très. Mais un peu lent, peut-être. » — « C'est la résistance
qui met du temps à chauffer. Donnez-moi votre cigarette. » Je la lui tendis et il répéta l'opération tout en crachotant de la fumée par petits
coups ; cette fois-ci, le *ping* résonna un peu plus vite. « C'est mon seul
vice..., marmottait-il, le seul ! Tout le reste... fini ! L'alcool... un poison...
Quant aux fornications... Toutes ces femelles avides ! peinturlurées !
syphilitiques ! prêtes à sucer le génie d'un homme... à lui circoncire
l'âme !... Sans parler du danger de la procréation... omniprésent... Quoi
qu'on fasse, on n'y échappe pas, elles se débrouillent toujours... une
abomination ! Hideurs entêtonnées ! frétillantes ! coquettes marranes,
qui attendent de porter le coup de grâce ! Le rut permanent ! Les
odeurs ! à longueur d'année ! Un homme de science doit savoir tourner
le dos à tout cela. Se bâtir une carapace d'indifférence... de volonté...
Noli me tangere. » En fumant, il laissait tomber ses cendres au sol ;
comme je ne voyais pas de cendrier, je faisais de même. Le chat blanc se
frottait la nuque contre un sextant. Brusquement, Sardine rabattit ses

lunettes devant ses yeux et se pencha pour me scruter : « Vous aussi, vous cherchez le bout du monde ? » — « Pardon ? » — « Le bout du monde ! Le bout du monde ! Ne faites pas l'innocent. Quoi d'autre aurait pu vous amener ici ? » — « Je ne sais pas de quoi vous voulez parler, docteur. » Il eut un rictus, bondit de sa chaise, contourna la table, saisit un objet et me le lança à la tête. Je l'attrapai de justesse. C'était un cône, monté sur un support, peint comme un globe avec les continents déroulés dessus ; la base plate était grise et portait la mention : TERRA INCOGNITA. « Ne me dites pas que vous n'avez jamais vu cela ? » Sardine avait regagné sa place et se roulait une autre cigarette. « Jamais, docteur, répondis-je. Qu'est-ce que c'est ? » — « C'est la Terre ! Abruti ! Hypocrite ! Faux-derche ! » — « Je suis vraiment désolé, docteur. À l'école, on m'a enseigné que la Terre était ronde. » Il émit un grognement féroce : « Sornettes ! Balivernes !... Théories médiévales... éculées... Superstition ! Voilà ! » hurla-t-il en désignant de sa cigarette le cône que je tenais toujours, « Voilà ! Voilà la vérité. Et je vais le prouver ! En ce moment, nous nous dirigeons vers le Bord. » En effet, je remarquais que la cabine vibrait doucement. Je regardai par la baie : le dirigeable avait levé l'ancre et prenait lentement de l'altitude. « Et quand nous y arriverons, demandai-je précautionneusement, votre appareil passera par-dessus ? » — « Ne faites pas l'imbécile ! L'ignare. Vous êtes un homme instruit, dites-vous... Réfléchissez ! Il va sans dire qu'au-delà du Bord, il n'y a pas de champ gravitationnel. Sinon, cela ferait longtemps que l'évidence aurait été prouvée ! » — « Mais alors comment comptez-vous faire ?... » — « C'est là tout mon génie, répliqua-t-il malicieusement. Cet appareil en cache un autre. » Il se leva et vint s'asseoir à mes côtés. « Je vais vous le dire. De toute façon vous allez rester avec nous. Vous, l'Incrédule, vous serez le Témoin. Au Bord du monde, nous nous poserons, nous dégonflerons le ballon, là, au-dessus, qui sera replié et rangé dans un compartiment prévu à cet effet. En dessous, il y a des pattes dépliables, articulées, huit en tout, qui se terminent par de fortes pinces. » En parlant, il mimait les pinces avec ses doigts. « Ces pinces peuvent s'agripper à n'importe quel sol. Ainsi, nous passerons le Grand Bord à la manière d'un insecte, d'une araignée. Mais nous le passerons ! Je ne suis pas peu fier... Vous imaginez-vous ?! Les difficultés... en temps de guerre... pour construire un engin pareil ?... Les tractations avec l'occupant ? Avec ces ânes bâtés de Vichy, saoulés à l'eau minérale ? Avec les factions... Toute cette soupe d'alphabet, peuplée de crétins, microcéphales, arrivistes ? Et même avec les Juifs ! Oui, monsieur l'officier allemand, les Juifs aussi ! Un homme de science ne peut pas avoir de scrupules... Il doit être prêt à pactiser avec le diable s'il le faut. » Une sirène résonna quelque part à l'intérieur du vaisseau, l'interrompant. Il se redressa : « Je dois y aller. Attendez-moi ici. » À la porte, il se retourna : « Ne touchez à rien ! » Seul, je me levai aussi et fis quelques pas. Je tendis les doigts pour caresser le chat aux yeux vairons, mais il se hérissa et siffla en découvrant les dents. Je regardai encore les objets entassés sur la longue table, en tripotai un ou deux, feuilletai un livre, puis allai m'agenouiller sur la banquette et contemplai la steppe. Une rivière la traversait, serpentant doucement, miroitant au soleil. Je crus distinguer un objet sur l'eau. Au fond de la salle, une longue-vue montée sur trépied se dressait devant la baie vitrée. J'y collai un œil, tournai la molette pour faire la mise au point, et cherchai la rivière ; lorsque je l'eus localisée, je suivis son cours pour trouver l'objet. C'était une barque avec des figures. J'ajustai encore la distance focale. Une jeune femme nue était assise au centre de la barque, des fleurs dans les cheveux ; devant et derrière elle, deux affreuses créatures, à forme humaine et nues elles aussi, pagayaient. La femme avait de longs cheveux noirs. Le cœur soudain battant, je tentai de discerner son visage, mais j'avais du mal à distinguer ses traits. Peu à peu, cette certitude se fit jour en moi : c'était Una, ma sœur. Où donc allait-elle ? D'autres canots suivaient le sien, couverts de fleurs, cela ressemblait à une procession nuptiale. Il fallait que je la rejoigne. Mais comment ? Je me ruai hors de la cabine, dévalai l'escalier en spirale : dans la pièce au panier, il y avait un homme. « Le docteur ? haletai-je. Où est-il ? Je dois le voir. » Il me fit signe de le suivre et me mena vers l'avant du vaisseau, m'introduisant dans la cabine de contrôle où, devant une vaste baie circulaire, des hommes en blouses blanches s'affairaient. Sardine trônait sur un fauteuil surélevé devant un tableau de commandes. « Que voulez-vous ? » demanda-t-il abruptement en me voyant. — « Docteur... je dois descendre. C'est une question de vie ou de mort. » — « Impossible ! cria-t-il d'une voix stridente. Impossible ! Je comprends tout. Vous êtes un espion ! Un affidé ! » Il se tourna vers celui qui m'avait amené là. « Arrêtez-le ! Mettez-le aux fers ! » L'homme me posa la main sur le bras ; sans réfléchir, je lui décochai un uppercut au menton et bondis vers la porte. Plusieurs hommes se ruèrent sur moi, mais la porte était trop étroite pour qu'ils puissent tous passer, cela les retarda. Je remontai l'escalier en spirale en prenant les marches trois par trois et me postai au sommet : lorsque la première tête apparut derrière moi, couronnée d'un chapeau melon, je lui assenai un coup de pied qui propulsa l'homme en arrière ; il dégringola les marches, entraînant ses collègues à sa suite dans un énorme fracas. J'entendais hurler Sardine. J'ouvrais des portes au hasard : c'étaient des cabines, une salle de cartes, un réfectoire. Au fond du couloir je tombai sur un cagibi avec une échelle qui montait ; la trappe à son sommet devait s'ouvrir sur l'intérieur de la coque, pour les réparations ; il y avait là des placards métalliques, je les ouvris, ils contenaient des parachutes. Mes poursuivants se rapprochaient ; j'en enfilai un et commençai à grimper. La trappe s'ouvrait facilement : au-dessus, une immense cage cylindrique en toile cirée tendue sur des arceaux s'élevait à travers le corps du dirigeable. Une lumière diffuse traversait le tissu, il y avait aussi des ampoules fixées à intervalles ; par des hublots en caoutchouc transparent, on distinguait les formes molles des ballonnets à hydrogène. J'entamai l'ascension. Le puits, maintenu en place par de solides armatures, faisait bien quelques douzaines de mètres, et je m'essoufflai vite. Je risquai un coup d'œil sous mes pieds : le premier chapeau melon apparaissait par la trappe, suivi du corps de l'homme. Je vis qu'il brandissait un pistolet et repris mon ascension. Il ne tira pas, sans doute craignait-il de percer les ballonnets. D'autres hommes le suivaient ; ils montaient aussi lentement que moi. Tous les quatre mètres un palier ouvert coupait le puits, pour permettre de se reposer, mais je ne pouvais pas m'arrêter, je continuai à monter, barreau après barreau, pantelant. Je ne levais pas les yeux et il me semblait que cette échelle démesurée ne finirait jamais. Enfin ma tête cogna contre la trappe au sommet. Sous moi résonnaient les bruits métalliques des hommes qui montaient. Je tournai la manivelle de l'écoutille, la repoussai, et sortis la tête : un vent froid me frappa au visage. J'étais au sommet de la carène du dirigeable, une grande surface courbe, assez rigide, semblait-il. Je me hissai dehors et me mis debout ; hélas, pas moyen de fermer la trappe de l'extérieur. Avec le vent et les vibrations de l'aéronef mon équilibre était assez instable. Je me dirigeai en titubant vers la queue tout en vérifiant les fixations du parachute. Une tête apparut à la trappe et je me mis à courir ; la surface de la coque était légèrement élastique et rebondissait sous mes pieds ; un coup de feu résonna et une balle siffla à côté de mon oreille ; je trébuchai, roulai, mais plutôt que d'essayer de me retenir je me laissai emporter. J'entendis un autre coup de feu. La pente devenait de plus en plus raide, je glissais rapidement, essayant de placer mes pieds en avant, puis cela devint presque vertical et je chutai dans le vide comme un pantin désarticulé, agitant mes bras et mes jambes dans le vent. La steppe brune et grise montait vers moi comme un mur. Je n'avais jamais sauté en parachute mais je savais qu'il fallait tirer sur une corde ; avec un effort, je ramenai mes bras près de mon corps, trouvai la manette, et tirai ; le choc fut si brusque que je me fis mal à la nuque. Je descendais maintenant bien plus lentement, pieds vers le bas ; j'attrapai les suspentes et levai la tête ; la corolle blanche du parachute emplissait le ciel, me masquant le dirigeable. Je cherchai des yeux la rivière : elle semblait se trouver à quelques kilomètres. Le cortège de barques brillait au soleil et je calculai mentalement le chemin à prendre pour pouvoir le rejoindre. Le sol approchait et je tendis mes jambes jointes, un peu inquiet. Puis je ressentis un choc violent qui me traversa tout le corps, je basculai, me fis traîner par le parachute emporté par le vent, enfin je parvins à me rétablir puis à me relever. Je défis les sangles et laissai là le parachute, qui bouffait au vent et roulait sur le sol terreux. Je regardai le ciel : le dirigeable s'éloignait impassiblement. Je pris mes repères et me mis à trotter vers la rivière.

Le dirigeable disparut. La steppe me paraissait monter imperceptiblement : je fatiguais, mais je me forçai à continuer. Mes pieds trébuchaient sur les mottes d'herbe sèche. Haletant, j'arrivai à la rivière ; mais je me trouvais, je le vis seulement alors, au sommet d'une haute falaise abrupte qui la dominait d'environ une vingtaine de mètres ; en bas, l'eau coulait avec des remous rapides ; impossible de sauter, impossible aussi d'escalader cette falaise. Il m'aurait fallu atterrir sur l'autre rive : là, la berge presque plate descendait doucement jusqu'à l'eau. À ma gauche, en amont, je voyais arriver la procession des barques. Des musiciens parés de guirlandes, qui suivaient la gondole sculptée portant ma sœur, jouaient une musique stridente et solennelle sur des flûtes, des instruments à cordes et des tambours. Je distinguais nettement ma sœur, hautaine entre les deux créatures qui ramaient ; elle se tenait assise en tailleur et ses longs cheveux noirs tombaient sur ses seins. Je mis mes mains en porte-voix et hurlai son nom, à plusieurs reprises. Elle leva la tête et me regarda, mais sans changer d'expression ni rien dire, son regard rivé au mien tandis que la barque passait lentement ; je criais son nom comme un fou, mais elle ne réagissait pas ; enfin elle se détourna. La procession s'éloignait lentement vers l'aval tandis que je restais là, effondré. Alors je voulus me lancer à sa poursuite ; mais à ce moment des crampes virulentes me saisirent à l'estomac ; fébrilement, je défis mon pantalon et m'accroupis ; or, plutôt que de la merde, ce furent des abeilles, des araignées et des scorpions vivants qui jaillirent de mon anus. Cela brûlait atrocement, mais il fallait bien les évacuer ; je poussais, les araignées et les scorpions se dispersaient en courant, les abeilles s'envolaient, je devais serrer la mâchoire pour ne pas hurler de douleur.

J'entendis quelque chose et tournai la tête : deux jeunes garçons, des jumeaux identiques, me regardaient en silence. D'où diable étaient-ils donc sortis ? Je me redressai et me reculottai ; mais déjà ils avaient fait demi-tour et s'en allaient. Je bondis derrière eux en les hélant. Mais je ne pouvais les rattraper. Je les poursuivis longtemps.

Dans la steppe, il y avait encore un kourgane. Les deux garçons l'escaladèrent puis descendirent de l'autre côté. Je fis le tour en courant, mais ils avaient disparu. « Où êtes-vous, garçons ? » criai-je. Je me rendis compte que, même du sommet du kourgane, j'avais perdu de vue la rivière ; la grisaille du ciel cachait le soleil, je ne savais comment m'orienter ; ainsi, je m'étais laissé distraire comme un idiot ! Il fallait retrouver ces garçons. Je refis le tour du kourgane et découvris une dépression : je la palpai et une porte apparut. Je frappai, elle s'ouvrit et j'entrai ; un long couloir s'étendait devant moi, avec, au fond, une autre porte. Je frappai encore et elle s'ouvrit de même. Il y avait là une vaste salle, très haute, éclairée par des lampes à huile : de l'extérieur, pourtant, le kourgane ne m'avait pas semblé si grand. À l'arrière de la salle se dressait comme un dais couvert de tapis et de coussins, avec un nain ventripotent qui jouait à un jeu ; debout à côté se tenait un homme long et maigre, avec un triangle noir sur un œil ; une vieille femme ratatinée, en foulard, touillait dans un immense chaudron décoré, suspendu au plafond dans un coin. Des deux enfants il n'y avait aucune trace. « Bonjour, fis-je avec politesse. Vous n'auriez pas vu deux garçons ? Des jumeaux », précisai-je. — « Ah ! s'écria le nain, un visiteur ! Sais-tu jouer au *nardi* ? » Je m'approchai du dais et vis qu'il jouait au trictrac, en faisant jouer sa main droite contre sa main gauche : chacune à tour de rôle roulait les dés puis avançait des pièces, rouges ou blanches. « En fait, dis-je, je cherche ma sœur. Une très belle jeune femme aux cheveux noirs. On l'emmenait dans une barque. » Le nain, sans cesser de jouer, regarda le borgne, puis se retourna vers moi : « Cette fille, on l'amène ici. Nous allons l'épouser, mon frère et moi. J'espère qu'elle est aussi belle qu'on le dit. » Il eut une grimace lubrique et enfonça prestement une main dans son pantalon. « Si tu es son frère, alors nous allons être beaux-frères. Assieds-toi et bois du thé. » Je pris place sur un coussin, jambes croisées, face au jeu ; la vieille m'apporta un bol de bon thé chaud, du vrai thé et non pas de l'ersatz, que je bus avec plaisir. « Je préférerais que vous ne l'épousiez pas », dis-je enfin. Le nain continuait à faire jouer une main contre l'autre. « Si tu ne veux pas que nous l'épousions, joue avec moi. Personne ne veut jouer avec moi. » — « Pourquoi cela ? » — « C'est à cause de mes conditions. » — « Et quelles sont vos conditions? demandai-je aimablement. Dites-les-moi, je ne les connais pas. » — « Si je gagne, je te tue, si je perds, je te tue. » — « Bon, ça ne fait rien, jouons. » Je regardais comment il jouait : cela ne ressemblait pas au trictrac que je connaissais. Au début de la partie, les pièces, au lieu d'être disposées par colonnes de deux, trois et cinq, étaient toutes placées aux extrémités de la planche; et au cours de la partie, elles ne pouvaient pas être mangées, mais bloquaient la place qu'elles occupaient. « Ce ne sont pas les règles du trictrac, ça », fis-je remarquer. — « Dis voir, garçon, tu n'es plus à Munich, ici. » — « Je ne suis pas de Munich. » — « Berlin, alors. Nous jouons au *nardi*. » Je regardais encore : le principe ne semblait pas difficile à saisir, mais il devait y avoir des subtilités. « Bon, jouons, alors. » En effet, c'était plus compliqué que cela en avait l'air, mais je compris vite et gagnai la partie. Le nain se leva, sortit un long couteau et dit : « Bon, je vais te tuer. » — « Calmez-vous. Si j'avais perdu, vous auriez pu me tuer, mais j'ai gagné, donc pourquoi me tueriez-vous? » Il réfléchit et se rassit : « Tu as raison. Rejouons. » Cette fois-ci, ce fut le nain qui gagna. « Que dis-tu maintenant? Je vais te tuer. » — « Bon, je ne dis plus rien, j'ai perdu, tuez-moi. Mais ne pensez-vous pas que nous devrions d'abord jouer une troisième partie pour nous départager? » — « Tu as raison. » Nous jouâmes encore une fois et je gagnai. « Maintenant, dis-je, vous devez me rendre ma sœur. » Le nain se leva d'un bond, me tourna le dos, se pencha et me lâcha un énorme pet au visage. « Ah, mais c'est immonde! » m'exclamai-je. Le nain faisait une série de bonds sur place et lâchait un pet à chaque saut en chantonnant : « Je suis un Dieu, fais ce que veux, je suis un Dieu, fais ce que veux. Maintenant, ajouta-t-il en s'interrompant, je vais te tuer. » — « Décidément, il n'y a rien à faire avec vous, vous êtes trop mal élevé. » Je me levai, fis demi-tour et sortis. Au loin, je voyais apparaître un grand nuage de poussière. Je montai sur le kourgane pour mieux voir : c'étaient des cavaliers. Ils s'approchèrent, se divisèrent en deux files et vinrent se ranger, face à face, de part et d'autre de l'entrée du kourgane pour former comme une longue allée. J'apercevais clairement les plus proches; les chevaux paraissaient comme montés sur roues. En regardant de plus près, je vis qu'on les avait empalés à l'avant et à l'arrière sur de grosses poutres qui reposaient sur un socle muni de roues; les pattes pendaient librement; et les cavaliers aussi étaient empalés, je voyais la pointe des pieux dépasser de leurs têtes ou de leurs bouches : du travail plutôt bâclé, à vrai dire. Chaque chariot ou assemblage était poussé par quelques esclaves nus qui lorsqu'ils l'eurent mis en position allèrent s'asseoir en groupe un peu plus loin. Je dévisageai les cavaliers et crus reconnaître les Ukrainiens de Möritz. Eux aussi étaient donc arrivés jusqu'ici, et avaient subi le sort qui les attendait ? Mais peut-être était-ce une fausse impression. Le grand borgne maigre m'avait rejoint. « Ce n'est pas convenable, le tançai-je, de dire que, perdant ou gagnant, vous tuerez tous ceux qui jouent avec vous. » — « Tu as raison. C'est que nous ne recevons pas beaucoup d'hôtes. Mais je ferai cesser cette pratique à mon frère. » Un léger vent s'était de nouveau levé et balayait la poussière soulevée par les chars. « Qu'est-ce que c'est ? » demandai-je en les indiquant. — « C'est la garde d'honneur. Pour notre mariage. » — « Oui, mais j'ai gagné deux parties sur trois. Vous allez donc me rendre ma sœur. » L'homme me dévisageait tristement de son œil unique : « Tu ne pourras jamais reprendre ta sœur. » Une angoisse mauvaise me montait à la gorge. « Pourquoi ? » m'écriai-je. — « Ce n'est pas convenable », répondit-il. Au loin, je voyais approcher des figures à pied qui soulevaient beaucoup de poussière, vite déportée par le vent. Ma sœur marchait au milieu, toujours nue, escortée par les deux affreuses créatures et les musiciens. « Est-il convenable qu'elle marche comme ça, nue, devant tous ? » demandai-je rageusement. Son œil unique ne me quittait pas : « Pourquoi pas ? Ce n'est plus une vierge, après tout. Pourtant, nous la prenons quand même. » Je voulus descendre du kourgane pour la rejoindre mais les deux jumeaux, qui avaient réapparu, me barraient le chemin. Je cherchai à les contourner mais ils se déplaçaient pour m'en empêcher. Pris de colère, je levai la main sur eux. « Ne les frappe pas ! » aboya le borgne. Je me retournai vers lui, hors de moi : « Que me sont-ils donc ? » lançai-je avec fureur. Il ne répondit rien. Au fond de l'allée, entre les rangs de cavaliers empalés sur leurs montures, ma sœur avançait d'un pas égal.

SARABANDE

Pourquoi tout était-il si blanc ? La steppe n'avait pas été si blanche. Je reposais dans une étendue de blancheur. Peut-être avait-il neigé, peut-être gisais-je comme un soldat abattu, un étendard couché dans la neige. En tout cas, je n'avais pas froid. À vrai dire, difficile d'en juger, je me sentais entièrement détaché de mon corps. De loin, j'essayai d'identifier une sensation concrète : dans ma bouche, un goût de boue. Mais cette bouche flottait là, sans même une mâchoire pour la soutenir. Quant à ma poitrine, elle semblait écrasée sous plusieurs tonnes de pierre ; je les cherchai des yeux, mais les apercevoir, impossible. Décidément, me dis-je, me voilà bien dispersé. Oh, mon pauvre corps. Je voulais me blottir dessus, comme on se blottit sur un enfant chéri, la nuit, dans le froid.

En ces contrées blanches, sans fin, une boule de feu tournoyait, me crevait le regard. Mais ses flammes étrangement ne donnaient aucune chaleur à la blancheur. Impossible de la fixer, impossible de s'en détourner aussi, elle me poursuivait de sa présence désagréable. La panique me dominait ; et si je ne retrouvais jamais mes pieds, comment alors la maîtriser ? Que tout cela était difficile. Combien de temps passai-je ainsi ? Je ne saurais le dire, une année gravidique au moins. Cela me donnait du temps pour observer les choses et c'est ainsi que lentement je constatai que tout ce blanc n'était pas uniforme ; il y avait des gradations, aucune sans doute n'aurait mérité l'appellation de gris pâle, mais des variations quand même ; pour les décrire, il aurait fallu un nouveau vocabulaire, aussi subtil et précis que celui des Inuits, pour décrire les états de la glace. Ce devait aussi être une question de texture ; mais ma vue, sur ce point, semblait aussi peu sensible que mes doigts inertes. De lointains grondements me parvenaient. Je résolus de m'accrocher à un détail, une discontinuité du blanc, jusqu'à ce qu'il se livre à moi. Je consacrai encore au moins un siècle ou deux à cet effort immense, mais enfin je compris de quoi il retournait : c'était un angle droit. Allez, encore un effort. En étendant cet angle, je finis par en découvrir un autre, puis un autre encore ; ainsi, eurêka, c'était d'un cadre qu'il s'agissait, maintenant cela allait plus vite, je découvrais d'autres cadres, mais tous ces cadres étaient blancs, et hors les cadres c'était blanc, et à l'intérieur des cadres aussi : peu d'espoir, désespérai-je, que j'en vienne à bout de sitôt. Sans doute fallait-il procéder par hypothèses. Serait-ce de l'art moderne ? Mais ces cadres réguliers étaient parfois brouillés par d'autres formes, blanches également mais floues, molles. Ah, quel labeur d'interprétation, quel travail sans fin. Mais mon obstination me livrait continuellement de nouveaux résultats : la surface blanche qui s'étendait au loin était en fait striée, vallonnée, une steppe peut-être vue d'avion (mais pas d'un dirigeable, cela n'avait pas le même aspect). Quel succès ! Je n'étais pas peu fier de moi. Encore un dernier effort, me semblait-il, et je viendrais à bout de ces mystères. Mais une catastrophe imprévue mit brutalement fin à mes recherches : la boule de feu mourut, et je fus plongé dans l'obscurité, une ténèbre épaisse, asphyxiante. Se débattre était vain ; je hurlais, mais aucun son ne sortait de mes poumons écrasés. Je savais que je n'étais pas mort, car la mort elle-même ne pouvait être aussi noire ; c'était bien pire que la mort, un cloaque, un marécage opaque ; et l'éternité ne semblait qu'un instant en regard du temps que j'y passais.

Enfin, la sentence fut levée : lentement, la noirceur sans fin du monde se défit. Et avec le retour magique de la lumière, je voyais les choses plus clairement ; alors, nouvel Adam, la capacité de nommer les choses me fut rendue (ou peut-être simplement donnée) : le mur, la croisée, le ciel laiteux derrière les vitres. Je contemplai ce spectacle extraordinaire avec émerveillement ; puis je détaillai tout ce que mon regard pouvait rencontrer : la porte, la poignée de la porte, la faible ampoule sous son abat-jour, le pied du lit, les draps, des mains veinées, sans doute les miennes. La porte s'ouvrit et une femme apparut, vêtue de blanc ; mais avec elle une couleur fit irruption dans ce monde, une forme rouge, vive comme le sang sur la neige, et cela m'affligea au-delà de toute mesure, et j'éclatai en sanglots. « Pourquoi pleurez-vous ? » dit-elle d'une voix mélodieuse, et ses doigts pâles et frais me caressèrent la joue. Peu à peu je me calmai. Elle dit encore quelque chose que je ne distinguai pas ; je la sentis manipuler mon corps; terrifié, je fermai les yeux, ce qui me donna enfin une mesure de pouvoir sur ce blanc aveuglant. Plus tard, un homme d'âge mûr apparut à son tour, ce devait être ce qu'on appelle entrer, donc, un homme d'âge mur, aux cheveux blancs, entra à son tour : « Ah, vous êtes donc réveillé ! » s'écria-t-il sur un ton enjoué. Pourquoi disait-il cela ? Cela faisait une éternité que je veillais; le sommeil, j'en avais oublié jusqu'au nom. Mais peut-être lui et moi ne pensions-nous pas à la même chose. Il s'assit près de moi, me retroussa sans ménagement la paupière, me ficha une lumière dans l'œil : « Très bien, très bien », répétait-il, satisfait de son tour cruel. Enfin il partit aussi.

Je mis quelque temps encore à relier ces impressions fragmentaires et à comprendre que j'étais tombé aux mains de représentants de la profession médicale. Je dus prendre patience et apprendre à me laisser triturer : non seulement les femmes, des infirmières, prenaient avec mon corps des libertés inouïes, mais les médecins, hommes graves et sérieux, aux voix paternelles, entraient à tout moment, entourés d'une nuée de jeunes gens, tous en blouses, et, me soulevant sans vergogne, ils me déplaçaient la tête et discouraient sur mon compte, comme s'il se fût agi d'un mannequin. Je trouvais cela fort peu aimable, mais ne pouvais protester : l'articulation des sons, à l'instar d'autres facultés, me faisait encore défaut. Mais le jour où je pus enfin traiter distinctement un de ces messieurs de *cochon*, il ne se fâcha pas; au contraire, il sourit et applaudit : « Bravo, bravo. » Encouragé, je m'enhardis et repris lors des visites suivantes : « Ordure, salope, puant, Juif, enculé. » Les médecins hochaient gravement la tête, les jeunes gens prenaient des notes sur des feuillets posés sur des planchettes; enfin, une infirmière me fit des remontrances : « Vous pourriez être plus poli, quand même ». — « Oui, c'est vrai, vous avez raison. Dois-je vous appeler *meine Dame* ? » Elle agita une jolie petite main nue devant mes yeux : « *Mein Fräulein* », répondit-elle légèrement, et elle s'éclipsa. Pour une jeune fille, cette infirmière avait une poigne ferme et habile : lorsque je devais me soulager, elle me retournait, m'assistait, puis me torchait avec une efficacité réfléchie, les gestes sûrs et plaisants, libres de tout dégoût, d'une mère qui nettoie son enfant; comme si, elle peut-être encore vierge, elle avait fait ça toute sa vie. J'y prenais sans doute du plaisir, et me complaisais à lui demander ce service. Elle ou d'autres me nourrissaient aussi, me glissant des cuillerées de bouillon entre les lèvres; j'aurais préféré un bifteck saignant, mais n'osais en demander, ce n'était pas après tout un hôtel, mais, je l'avais enfin compris, un hôpital : et être un patient, c'est cela aussi, le mot veut dire précisément ce qu'il veut dire.

Ainsi, sans doute, j'avais eu un accident de santé, dans des circonstances qui m'échappaient encore ; et à en croire la fraîcheur des draps et le calme, la propreté des lieux, je ne devais plus me trouver à Stalingrad ; ou alors les choses avaient bien changé. Effectivement, je me trouvais non plus à Stalingrad, mais, comme je l'appris enfin, à Hohenlychen, au nord de Berlin, à l'hôpital de la Croix-Rouge allemande. Comment j'étais arrivé là, nul ne pouvait me le dire ; j'avais été livré dans un fourgon, on leur avait dit de s'occuper de moi, ils ne posaient pas de questions, ils s'occupaient de moi, et moi, je n'avais pas à poser de questions non plus, je devais me remettre sur pied.

Un jour, il y eut un brouhaha : la porte s'ouvrit, ma petite chambre s'emplit de monde, la plupart, cette fois, non pas en blanc mais en noir. Le plus petit d'entre eux, je le reconnus après un effort, ma mémoire me revenait tout à fait : c'était le Reichsführer-SS, Heinrich Himmler. Il était entouré d'autres officiers SS ; à ses côtés se tenait un géant que je ne connaissais pas, au visage chevalin comme taillé à la serpe et barré de cicatrices. Himmler se planta auprès de moi et prononça une brève allocution de sa voix nasillarde et professorale ; de l'autre côté du lit, des hommes photographiaient et filmaient la scène. Je compris peu de choses aux propos du Reichsführer : des termes isolés barbotaient à la surface de ses paroles, *officier héroïque*, *honneur de la SS*, *rapports lucides*, *courageux*, mais cela ne formait certes pas une narration où j'aurais pu me reconnaître, j'avais du mal à m'appliquer ces mots ; et pourtant, le sens de la scène était clair, c'était bien de moi qu'on parlait, c'était à cause de moi que tous ces officiers et ces dignitaires rutilants se trouvaient réunis dans cette chambrette exiguë. Dans la foule, au fond, je reconnus Thomas ; il me fit un geste amical, mais je ne pouvais hélas pas lui parler. Son discours terminé, le Reichsführer se tourna vers un officier aux lunettes rondes, assez grandes, à montures noires, qui lui tendit quelque chose d'un air empressé ; puis il se pencha vers moi, et je vis avec une panique croissante se rapprocher son pince-nez, sa petite moustache grotesque, ses doigts gras et courts aux ongles sales ; il voulait me poser quelque chose sur la poitrine, j'aperçus une épingle, j'étais terrifié à l'idée qu'il me pique ; puis son visage descendit encore plus bas, il ne faisait absolument pas attention à mon angoisse, son haleine de verveine m'étouffait, et il me déposa un baiser humide sur le visage. Il se redressa et lança son bras en l'air en braillant ; toute l'audience l'imitait, et mon lit était entouré d'une forêt de bras dressés, noirs, blancs, bruns; timidement, pour ne pas me faire remarquer, je levai aussi mon bras; cela eut son effet, car tout le monde se retourna et se pressa vers la porte; la foule s'écoula rapidement, et je restai seul, épuisé, incapable d'ôter cette curieuse chose froide qui pesait sur ma poitrine.

Je pouvais maintenant faire quelques pas, si l'on me soutenait; c'était pratique, cela me permettait d'aller aux W-C. Mon corps, si je me concentrais, recommençait à obéir à mes ordres, d'abord rétif, puis avec plus de docilité; seule la main gauche continuait à se tenir à l'écart du concert général; je pouvais en agiter les doigts, mais en aucun cas ils n'acceptaient de se fermer, de former un poing. Dans un miroir, je regardai pour la première fois mon visage : à vrai dire, je n'y reconnaissais rien, je ne voyais pas comment cet assemblage de traits si divers tenait ensemble, et plus je les considérais, plus ils me devenaient étrangers. Les bandes blanches qui entouraient mon crâne l'empêchaient au moins d'éclater, c'était déjà quelque chose et même de considérable, mais cela ne faisait pas avancer mes spéculations, ce visage ressemblait à une collection de pièces bien ajustées, mais provenant de puzzles différents. Enfin, un médecin vint me dire que j'allais partir : j'étais guéri, m'expliqua-t-il, ils ne pouvaient plus rien faire pour moi, on allait m'envoyer ailleurs reprendre des forces. Guéri! Quel mot étonnant, je ne savais même pas que j'avais été blessé. En fait, j'avais eu la tête traversée par une balle. Par un hasard moins rare qu'on ne le pense, m'expliqua-t-on patiemment, j'avais non seulement survécu, mais n'en garderais aucune séquelle; la raideur de ma main gauche, un léger trouble neurologique, persisterait encore quelque temps, mais disparaîtrait aussi. Cette précise information scientifique m'emplit de stupeur : ainsi, ces sensations inhabituelles et mystérieuses avaient donc une cause, explicable et rationnelle; or, même avec un effort, je ne parvenais pas à les rapporter à cette explication, elle me semblait creuse, controuvée; si la raison c'était cela, moi aussi, tel Luther, j'aurais voulu la traiter de *Hure*, de putain; et en effet, obéissant aux ordres calmes et patients des médecins, la raison relevait pour moi sa jupe, révélant qu'en dessous il n'y avait rien. D'elle, j'aurais pu dire la même chose que de ma pauvre tête : un trou est un trou est un trou. L'idée qu'un trou puisse aussi être un tout ne me serait pas venue à l'esprit. Les bandages ôtés, je pus constater par moi-même qu'il n'y avait là presque rien à voir : sur mon front, une toute petite cicatrice ronde, juste au-dessus de l'œil droit; à l'arrière du crâne, à peine visible m'assurait-on, une bosse ; entre les deux, mes cheveux qui repoussaient cachaient déjà les traces de l'opération que j'avais subie. Mais, à en croire ces médecins si sûrs de leur science, un trou me traversait la tête, un étroit corridor circulaire, un puits fabuleux, fermé, inaccessible à la pensée, et si cela était vrai alors plus rien n'était pareil, comment aurait-ce pu l'être ? Ma pensée du monde devait maintenant se réorganiser autour de ce trou. Mais tout ce que je pouvais dire de concret était : Je me suis réveillé, et plus rien ne sera jamais pareil. Tandis que je réfléchissais à cette impressionnante question, on vint me chercher et on me déposa sur un brancard dans un véhicule hospitalier ; une des infirmières avait gentiment glissé dans ma poche l'écrin avec ma médaille, celle que m'avait donnée le Reichsführer. On m'amena en Poméranie, sur l'île d'Usedom près de Swinemünde ; là, au bord de la mer, il y avait une maison de repos de la SS, une belle et spacieuse demeure ; ma chambre, très claire, donnait sur la mer, et le jour, poussé en chaise roulante par une infirmière, je pouvais venir me placer devant une grande baie vitrée et contempler les eaux lourdes et grises de la Baltique, le jeu strident des mouettes, le sable froid, mouillé de la plage, tacheté de galets. Les couloirs et les salles communes étaient régulièrement lavés au phénol, et j'aimais cette odeur âcre et équivoque, qui me rappelait avec âpreté les déchéances si savoureuses de mon adolescence ; les longues mains, presque bleues à force d'être translucides, des infirmières, des filles du Nord blondes et délicates, sentaient aussi le phénol, et les convalescents, entre eux, les appelaient les *Karbol Maüschen*. Ces odeurs et ces sensations fortes me donnaient des érections, surprenantes tellement elles semblaient détachées de moi-même ; l'infirmière qui me lavait en souriait et les épongeait avec la même indifférence que le reste ; parfois, elles duraient, avec une patience résignée ; j'aurais été incapable de me soulager. Qu'il y ait le jour était devenu pour moi une chose inattendue, folle, impossible à déchiffrer ; un corps, c'était encore bien trop complexe pour moi, il fallait prendre les choses petit à petit.

J'aimais bien la vie réglée sur cette belle île froide et nue, toute de gris, de jaunes et de bleus pâles ; il y avait là juste assez d'aspérités à quoi se raccrocher, pour ne pas être emporté par le vent, mais pas trop, on ne risquait pas de s'y écorcher. Thomas vint me voir ; il m'apportait des cadeaux, une bouteille de cognac français et une belle édition reliée de Nietzsche ; or, je n'avais pas le droit de boire, et lire, j'en aurais été bien incapable, le sens fuyait, l'alphabet se moquait de moi ; je le remerciai et serrai ses cadeaux dans une commode. L'insigne de col de son bel uniforme noir portait maintenant, en sus des quatre losanges brodés en fil argenté, deux barres, et un chevron ornait le centre de ses épaulettes :

il avait été promu SS-Obersturmbannführer, et moi aussi, m'informa-
t-il, j'avais été promu, le Reichsführer me l'avait expliqué lors de la
remise de médaille, mais je n'avais pas retenu ce détail. J'étais maintenant un héros allemand, le *Schwarzes Korps* avait publié un article sur
moi ; ma décoration, que je n'avais jamais regardée, c'était la Croix de
Fer, 1re classe (du coup j'avais aussi reçu la 2e classe, rétroactivement).
Je n'avais aucune idée de ce que j'avais bien pu faire pour mériter cela,
mais Thomas, gai et volubile, se répandait déjà en informations et
commérages : Schellenberg avait enfin pris la place de Jost à la tête de
l'Amt VI, Best s'était fait virer de France par la Wehrmacht mais le
Führer l'avait nommé plénipotentiaire au Danemark ; et le Reichsführer
s'était finalement décidé à nommer un remplaçant à Heydrich, l'Obergruppenführer Kaltenbrunner, le grand ogre balafré que j'avais aperçu
à ses côtés dans ma chambre. Le nom ne me disait presque rien, je
savais qu'il avait été HSSPF-Danube et qu'on le considérait généralement comme un homme insignifiant ; Thomas, lui, se montrait ravi du
choix, Kaltenbrunner était presque son « pays », parlait le même dialecte que lui, et l'avait déjà invité à dîner. Lui-même s'était vu nommer
Gruppenleiter adjoint du IV A, sous Panzinger, le substitut de Müller.
Ces détails éveillaient à vrai dire fort peu d'intérêt en moi, mais j'avais
réappris à être poli, et je le félicitai, car il avait l'air très content, et de
son sort, et de sa personne. Il me narra avec beaucoup d'humour les
funérailles grandioses de la 6e armée ; officiellement, tout le monde, de
Paulus au dernier Gefreiter, avait *résisté jusqu'à la mort* ; en fait, seul un
général, Hartmann, avait été tué au feu, et un seul (Stempel) avait jugé
bon de se suicider ; les vingt-deux autres, dont Paulus, avaient fini aux
mains des Soviétiques. « Ils vont les retourner comme des gants, dit allègrement Thomas. Tu vas voir. » Pendant trois jours, toutes les radios du
Reich avaient suspendu leurs émissions pour passer de la musique
funèbre. « Le pire, c'était Bruckner. La septième. Sans arrêt. Impossible
d'y échapper. J'ai cru devenir fou. » Il me raconta encore, mais presque
en passant, comment j'étais arrivé là : j'écoutai son récit avec attention,
et je puis donc le rapporter, mais moins encore que le reste je ne pouvais le raccorder à rien, cela restait un récit, véridique à n'en pas douter,
mais un récit néanmoins, guère plus qu'une suite de phrases agencées
selon un ordre mystérieux et arbitraire, régies par une logique qui avait
peu à voir avec celle qui me permettait, à moi, de respirer l'air salé de la
Baltique, de sentir lorsqu'on me sortait le vent sur mon visage, d'amener des cuillerées de soupe du bol à ma bouche, puis d'ouvrir mon anus
lorsque le moment venait d'en évacuer les déchets. Selon ce récit,

auquel je ne modifie rien, je me serais éloigné du voisinage de Thomas et des autres, en direction des lignes russes, d'une zone exposée, sans prêter la moindre attention à leurs cris ; avant qu'ils puissent me rattraper, il y avait eu un coup de feu, un seul, et j'étais tombé comme une masse. Ivan s'était courageusement exposé pour tirer mon corps à l'abri, il avait aussi essuyé un coup de feu, mais la balle avait traversé sa manche sans le toucher. Moi — et en ceci la version de Thomas recoupait les explications du médecin de Hohenlychen —, le coup m'avait frappé à la tête ; mais, à la surprise de ceux qui se pressaient autour de moi, je respirais encore. On m'avait porté à un poste de secours ; là, le médecin déclara qu'il ne pouvait rien faire, mais puisque je m'obstinais à respirer, il me dirigea sur Goumrak, où se trouvait le meilleur bloc chirurgical du *Kessel*. Thomas avait réquisitionné un véhicule et m'y porta lui-même, puis, estimant avoir fait tout le possible, il me laissa. Le soir même il avait reçu ses ordres de départ. Mais le lendemain Goumrak, piste principale depuis la chute de Pitomnik, devait aussi évacuer devant l'avancée russe. Il monta donc à Stalingradski, d'où partaient encore quelques avions ; tandis qu'il attendait, par désœuvrement, il visita l'hôpital de fortune installé sous des tentes et me trouva là, inconscient, la tête bandée, mais respirant toujours comme un soufflet de forge. Un infirmier, pour une cigarette, lui raconta qu'on m'avait opéré à Goumrak, il ne savait pas trop, il y avait eu une altercation, et puis un peu plus tard le chirurgien avait été tué par un obus de mortier tombé sur le bloc, mais moi j'étais toujours vivant, et en tant qu'officier j'avais droit à des égards ; à l'évacuation, on m'avait placé dans un véhicule et amené ici. Thomas avait voulu me faire mettre dans son avion, mais les Feldgendarmes refusèrent, car les contours rouges de mon étiquette VERWUNDETE signifiaient « Intransportable ». « Je ne pouvais pas attendre, parce que mon avion partait. Et puis ça a recommencé à canarder. Alors j'ai trouvé un type bien esquinté mais avec une étiquette ordinaire et je l'ai échangée contre la tienne. De toute façon, il ne s'en serait pas sorti. Puis je t'ai laissé avec les blessés au bord de la piste et je suis parti. Ils t'ont chargé sur l'avion suivant, un des tout derniers. Tu aurais dû voir leurs visages, à Mélitopol, lorsque je suis arrivé. Personne ne voulait me serrer la main, ils avaient trop peur des poux. Sauf Manstein, lui il serrait la main à tout le monde. À part moi il n'y avait presque que des officiers des panzers. Ce n'est pas étonnant, vu que c'est Hube qui dressait les listes pour Milch. On ne peut faire confiance à personne. » Je me laissai aller sur les coussins et fermai les yeux. « À part nous, qui d'autre s'en est sorti ? » — « À part nous ? Seulement Weidner, tu te souviens ? de la *Gestapostelle*. Möritz a aussi reçu des ordres, mais on n'a jamais retrouvé sa trace. On n'est même pas sûrs qu'il ait pu partir. » — « Et le petit, là ? Ton collègue, celui qui s'était pris un éclat et qui était si content ? » — « Vopel ? Il a été évacué avant même que tu sois blessé, mais son Heinkel s'est fait descendre au décollage par un Sturmovik. » — « Et Ivan ? » Il produisit un porte-cigarette en argent : « Je peux fumer ? Oui ? Ivan ? Eh bien, il est resté, bien sûr. Tu ne crois quand même pas qu'on allait donner la place d'un Allemand à un Ukrainien ? » — « Je ne sais pas. Lui aussi, il se battait pour nous. » Il tira sur sa cigarette et dit en souriant : « Tu fais de l'idéalisme déplacé. Je vois que ton coup dans la tête ne t'a pas arrangé. Tu devrais t'estimer heureux d'être vivant. » Heureux d'être vivant ? Cela me semblait aussi incongru que d'être né.

Tous les jours, de nouveaux blessés affluaient : ils arrivaient de Koursk, de Rostov, de Kharkov, reprises une à une par les Soviétiques, de Kasserine aussi ; et quelques mots échangés avec les derniers venus en disaient bien plus long que les communiqués militaires. Ces communiqués, qu'on nous passait dans les salles communes sur de petits haut-parleurs, étaient introduits par l'ouverture de la cantate de Bach *Eine Feste Burg ist unser Gott* ; or la Wehrmacht se servait de l'arrangement de Wilhelm Friedmann, le fils dissolu de Johann Sebastian, qui avait ajouté trois trompettes et une timbale à l'orchestration épurée de son père ; prétexte amplement suffisant, selon moi, pour fuir la salle à chaque reprise, évitant ainsi de me saouler du flot d'euphémismes lénifiants, qui durait parfois vingt bonnes minutes. Je n'étais pas le seul à manifester une certaine aversion pour ces communiqués ; une infirmière que je retrouvais souvent, à ces moments-là, ostensiblement occupée sur une terrasse, m'expliqua un jour que la plupart des Allemands avaient appris l'encerclement de la 6e armée en même temps que sa destruction, ce qui avait peu fait pour tempérer le choc moral. Il n'avait pas été sans conséquences pour la vie de la *Volksgemeinschaft* ; les gens parlaient et critiquaient, ouvertement ; un semblant de révolte estudiantine s'était même déclaré à Munich. Cela, bien entendu, je ne l'avais appris ni à la radio, ni par les infirmières, ni par les patients, mais par Thomas, maintenant bien placé pour être informé de ce type d'événement. On avait distribué des tracts subversifs, peint des slogans défaitistes sur les murs ; la Gestapo avait dû intervenir vigoureusement, et l'on avait déjà condamné et exécuté les meneurs, pour la plupart de jeunes égarés. Parmi les conséquences annexes de la catastrophe pouvait également se compter, hélas, le retour fracassant sur le devant de la scène politique du Dr. Goebbels : sa déclaration de *guerre totale*, au Sportpalast, nous avait été intégralement retransmise à la radio, sans possibilité d'y échapper ; dans une maison de repos de la SS, on prenait malheureusement ce genre de chose au sérieux.

Les beaux Waffen-SS qui remplissaient les chambrées se trouvaient pour la plupart en piteux état : souvent, il leur manquait des morceaux de bras ou de jambes, voire une mâchoire, l'ambiance n'était pas toujours très gaie. Mais je notais avec intérêt que presque tous, en dépit de ce que pouvaient suggérer la plus banale considération des faits ou l'étude d'une carte, gardaient entière leur foi en l'*Endsieg* et leur vénération du Führer. Ce n'était pas le cas de tout le monde, certains, en Allemagne, commençaient lucidement, à partir des faits et des cartes, à tirer objectivement des conclusions ; j'en avais discuté avec Thomas ; et il m'avait même laissé entendre qu'il y en avait, comme Schellenberg, pour réfléchir aux conséquences logiques de leurs conclusions, et pour songer à agir sur ces bases. De tout cela, bien entendu, je ne discutais pas avec mes camarades de malheur : les démoraliser encore plus, leur ôter à la légère ce qui faisait le fond de leurs vies meurtries, cela n'aurait eu aucun sens. Je reprenais des forces : je pouvais maintenant m'habiller, marcher seul sur la plage, dans le vent et le cri rauque des mouettes ; ma main gauche commençait enfin à m'obéir. Vers la fin du mois (tout ceci se passait en février 1943), le médecin-chef de l'établissement, après m'avoir examiné, me demanda si je me sentais capable de partir : avec tout ce qui arrivait, ils manquaient de place, et je pourrais tout aussi bien achever ma convalescence en famille. Je lui expliquai aimablement que retourner dans ma famille n'était pas à l'ordre du jour, mais que s'il le souhaitait, je partirais, j'irais en ville, à l'hôtel. Les papiers qu'il me délivra me donnaient trois mois de congé. Ainsi, je pris le train et me transportai à Berlin. Là, je louai une chambre dans un bon hôtel, l'*Eden*, dans la Budapesterstrasse : une suite spacieuse, avec un salon, une chambre à coucher, et une belle salle de bain carrelée ; l'eau chaude, ici, n'était pas rationnée, et tous les jours je me coulais dans la baignoire, j'en ressortais une heure plus tard avec la peau rouge vif, et m'effondrais nu sur mon lit, le cœur battant la chamade. Il y avait aussi une porte-fenêtre et un étroit balcon donnant sur le Zoo : le matin, en me levant et en buvant mon thé, je regardais les gardiens faire leurs rondes et nourrir les bêtes, j'y prenais un grand plaisir. Bien sûr, tout cela coûtait assez cher ; mais j'avais touché d'un coup ma solde accumulée depuis vingt et un mois ; avec les primes, cela faisait une somme coquette, je pouvais bien m'amuser à dépenser un peu. Je commandai ainsi chez le tailleur de Thomas un magnifique uniforme noir, sur lequel je fis coudre mes nouveaux galons de Sturmbannführer et fixai mes médailles (en sus de la Croix de Fer et de ma Croix du Service de guerre, j'avais reçu des médailles mineures : pour ma blessure, pour la campagne d'hiver 41-42, avec un peu de retard, et une médaille du NSDAP qu'on donnait à peu près à n'importe qui) ; moi qui n'aime pas trop les uniformes, je devais reconnaître que j'avais fière allure, et c'était une joie d'aller ainsi flâner en ville, la casquette un peu de travers, les gants négligemment tenus à la main ; à me voir, qui aurait songé que je n'étais au fond qu'un bureaucrate ? La ville, depuis mon départ, avait quelque peu changé d'aspect. Partout les mesures prises contre les raids aériens des Anglais la défiguraient : une énorme tente de cirque, faite de filets camouflés avec des bouts de tissu et des branches de sapin, recouvrait la Charlottenburgstrasse depuis la porte de Brandebourg jusqu'au fond du Tiergarten, obscurcissant l'avenue même en plein jour ; la colonne de la Victoire avait perdu sa feuille d'or en faveur d'une affreuse peinture brune et de filets ; sur l'Adolf-Hitler Platz et encore ailleurs, on avait édifié des immeubles factices, vastes décors de théâtre sous lesquels circulaient les autos et les tramways ; et une construction fantastique dominait le Zoo près de mon hôtel, comme tirée d'un rêve d'angoisse, un immense fortin médiéval en béton, hérissé de canons censés protéger humains et animaux des *Luftmörder* britanniques : je n'étais pas peu curieux de voir cette monstruosité à l'œuvre. Mais il faut reconnaître que les attaques, qui, déjà à cette époque, terrifiaient la population, avaient néanmoins peu de chose à voir avec ce qui viendrait plus tard. Presque tous les bons restaurants avaient été fermés pour cause de *mobilisation totale* ; Göring avait bien tenté de protéger *Horcher*, son établissement favori, et avait fait poster une garde, mais Goebbels, en sa qualité de Gauleiter de Berlin, avait organisé une *manifestation spontanée de la colère du peuple*, au cours de laquelle on avait brisé toutes les fenêtres ; et Göring avait dû plier. Thomas et moi ne fûmes pas les seuls à ricaner de cet incident : à défaut d'un régime « Stalingrad », un peu d'abstinence ne ferait pas de mal au Reichsmarschall. Thomas, heureusement, connaissait des clubs privés, exemptés des nouvelles régulations : on pouvait s'y gaver de homard ou d'huîtres, qui coûtaient cher mais n'étaient pas rationnés, et y boire du vin de Champagne, strictement contrôlé en France même, mais pas en Allemagne ; le poisson, malheureusement, restait introuvable, tout comme la bière. Ces endroits faisaient parfois montre d'un esprit curieux, vu l'ambiance générale : au *Fer à Cheval Doré*, il y avait une hôtesse noire, et les clientes pouvaient monter à cheval sur une petite piste de cirque, pour exposer leurs jambes ; au *Jockey Club*, l'orchestre jouait de la musique américaine ; on ne pouvait pas danser, mais le bar restait décoré de portraits photographiques de stars de Hollywood, et même de Leslie Howard.

Je me rendis rapidement compte que la gaieté qui m'avait saisi en arrivant à Berlin restait plaquée en surface ; dessous, cela se fragilisait, effroyablement, je me sentais fait d'une substance friable, qui se désagrégeait au moindre souffle. Partout où je portais mon regard, le spectacle de la vie ordinaire, la foule dans les tramways ou le S-Bahn, le rire d'une femme élégante, le froissement satisfait d'un journal, me heurtaient comme le contact avec une lamelle de verre tranchante. J'avais le sentiment que le trou dans mon front s'était ouvert sur un troisième œil, un œil pinéal, non tourné vers le soleil, capable de contempler la lumière aveuglante du soleil, mais dirigé vers les ténèbres, doué du pouvoir de regarder le visage nu de la mort, et de le saisir, ce visage, derrière chaque visage de chair, sous les sourires, à travers les peaux les plus blanches et les plus saines, les yeux les plus rieurs. Le désastre était déjà là et ils ne s'en rendaient pas compte, car le désastre, c'est l'idée même du désastre à venir, qui ruine tout bien avant l'échéance. Au fond, me répétai-je avec une vaine amertume, il n'y a que les neuf premiers mois où l'on est tranquille, et après l'archange à l'épée de feu vous chasse à tout jamais par la porte marquée *Lasciate ogni speranza*, et l'on ne voudrait plus qu'une chose, revenir en arrière, alors que le temps continue à vous pousser impitoyablement en avant et qu'au bout il n'y a rien, strictement rien. Ces pensées, elles n'avaient rien d'original, elles étaient à la portée du moindre soldat perdu dans les neiges de l'Est, qui sait, lui, en écoutant le silence, que la mort est proche, et qui perçoit la valeur infinie de chaque inspiration, de chaque battement de cœur, de l'odeur froide et cassante de l'air, du miracle de la lumière du jour. Mais la distance depuis le front est comme une couche de graisse morale, et à regarder ces gens satisfaits j'en avais parfois le souffle court, je voulais crier. J'allai chez le coiffeur : là, soudain, devant le miroir, incongrue, la peur. C'était une pièce blanche, propre, stérile, moderne, un salon discrètement cher ; un ou deux clients occupaient les autres chaises. Le coiffeur m'avait affublé d'une longue blouse noire, et sous cette robe mon cœur battait la chamade, mes entrailles sombraient dans un froid humide, la panique noyait mon corps entier, le bout de mes doigts picotait. Je regardai mon visage : il était calme, mais derrière ce calme la peur avait tout effacé. Je fermai les yeux : *snip*, *snip*, faisaient dans mon oreille les petits ciseaux patients du coiffeur. En rentrant, j'eus cette pensée : Oui, continue à te répéter que tout ira bien, on ne sait jamais, tu finiras peut-être par te convaincre. Mais je n'arrivais pas à me convaincre, je vacillais. Pourtant, je n'avais aucun symptôme physique, comme ceux que j'avais connus en Ukraine ou à Stalingrad : je n'étais pas pris de nausées, je ne vomissais pas, ma digestion restait parfaitement réglée. Simplement, dans la rue, j'avais l'impression de marcher sur du verre prêt, à tout moment, à éclater sous mes pieds. Vivre demandait une attention soutenue aux choses, qui m'épuisait. Dans une des petites rues tranquilles près du Landwehrkanal, je trouvai, sur le rebord d'une fenêtre, au rez-de-chaussée, un long gant de femme en satin bleu. Sans réfléchir je le pris et continuai à marcher. Je voulus l'essayer ; bien sûr, il était trop petit, mais la texture du satin m'excitait. J'imaginai la main qui devait porter ce gant : cette pensée me troubla. Je n'allais pas le garder ; seulement voilà, pour m'en débarrasser, il me fallait une autre fenêtre, avec un petit rail en fer forgé autour du rebord, et de préférence dans un immeuble ancien ; or, dans cette rue, il n'y avait que des échoppes, aux devantures muettes et closes. Enfin, juste avant mon hôtel, je trouvai la fenêtre qui convenait. Les volets étaient tirés ; je déposai doucement le gant au milieu du rebord, telle une offrande. Deux jours plus tard les volets restaient toujours fermés, et le gant demeurait là, signe opaque, discret, qui cherchait certainement à me dire quelque chose, mais quoi ?

Thomas devait commencer à deviner mon état d'esprit, car passé les premiers jours je ne l'appelais plus, je ne sortais plus dîner avec lui ; à vrai dire, je préférais errer dans la ville, ou bien contempler de mon balcon les lions, les girafes et les éléphants du Zoo, ou encore flotter dans ma luxueuse baignoire, gaspillant l'eau chaude sans la moindre honte. Dans le louable souci de me distraire, Thomas me demanda de sortir avec une jeune femme, une secrétaire du Führer qui passait sa permission à Berlin et y connaissait peu de monde ; par politesse, je ne voulus pas refuser. Je l'emmenai dîner à l'hôtel *Kempinski* : même si les plats y étaient affublés de noms patriotiques idiots, la cuisine restait excellente, et à la vue de mes médailles on ne m'y tracassait pas trop avec les histoires de rationnement. La jeune fille, qui se nommait Grete V., se rua avec avidité sur les huîtres, les faisant glisser l'une après l'autre entre ses rangées de dents : à Rastenburg, apparemment, on mangeait médiocrement. « Et encore ! s'exclamait-elle. Heureusement, on n'est pas obligés de manger la même chose que le Führer. » Tandis que je lui resservais du vin, elle me raconta que Zeitzler, le nouveau chef d'état-major de l'OKH, scandalisé par les mensonges grossiers de Göring concernant le ravitaillement aérien du *Kessel*, avait ouvertement commencé en décembre à se faire servir, au casino, la même ration que les soldats de la 6ᵉ armée. Il avait rapidement perdu du poids et le Führer avait dû l'obliger à cesser *ces démonstrations maladives*; en revanche, on avait interdit le champagne et le cognac. Tandis qu'elle parlait, je l'observais : son apparence était peu ordinaire. Elle avait la mâchoire forte, très longue; son visage cherchait la normalité mais semblait masquer un désir lourd, secret, qui sourdait par la biffure sanglante de son rouge à lèvres. Ses mains étaient très animées, ses doigts rougis par une mauvaise circulation; elle avait des articulations d'oiseau, fines, osseuses, aiguës; des marques étranges lui coupaient le poignet gauche, comme une trace de bracelets ou de cordelettes. Je la trouvais élégante et animée, mais voilée par une fausseté muette. Comme le vin la rendait volubile, je la fis parler de l'intimité du Führer, qu'elle décrivit avec un manque surprenant de pudeur : chaque soir, il discourait durant des heures, et ses monologues étaient si répétitifs, si ennuyeux, si stériles, que les secrétaires, les assistants et les adjudants avaient établi un système de rotation pour l'écouter; ceux dont c'était le tour ne se couchaient qu'à l'aube. « Bien entendu, ajouta-t-elle, c'est un génie, le sauveur de l'Allemagne. Mais cette guerre l'épuise. » Le soir, vers cinq heures, après les conférences mais avant le dîner, les films et le thé nocturne, il y avait un café pour les secrétaires; là, entouré uniquement de femmes, il était bien plus cordial — avant Stalingrad du moins —, il plaisantait, taquinait les filles, et l'on ne parlait pas politique. « Est-ce qu'il flirte avec vous ? » demandai-je avec amusement. Elle prit un air sérieux : « Oh, non, jamais ! » Elle m'interrogea sur Stalingrad; je lui en donnai une description féroce et grinçante, qui la fit d'abord rire aux larmes, mais ensuite la mit si mal à l'aise qu'elle coupa court. Je la raccompagnai à son hôtel, près de la Anhalter Banhof; elle m'invita à monter prendre un verre, mais je refusai gracieusement; ma courtoisie avait des limites. Dès que je la quittai, je fus envahi par un sentiment fébrile, inquiet : à quoi cela me servait-il de perdre ainsi mon temps? Que pouvaient me faire, à moi, les commérages et les ragots de couloir sur notre Führer? Quel intérêt de me pavaner ainsi devant une greluche peinturlurée, qui n'attendait de moi, au fond, qu'une chose? Mieux valait être tranquille. Mais même à mon hôtel, pourtant de première classe, la tranquillité me fuyait : à l'étage du dessous se tenait une fête bruyante, et la musique, les cris, les rires montaient par le plancher et me prenaient à la gorge. Couché sur mon lit dans l'obscurité, je songeais aux hommes de la 6ᵉ armée : cette soirée dont je parle se déroulait début mars, cela faisait plus d'un mois que les dernières unités s'étaient rendues ; les survivants, pourris de vermine et de fièvre, devaient se trouver en route pour la Sibérie ou le Kazakhstan, là, en ce même moment où je respirais si péniblement l'air nocturne de Berlin, et pour eux, pas de musique, pas de rires, des cris d'un tout autre genre. Et il n'y avait pas qu'eux, c'était partout, le monde entier se tordait de douleur, et tout cela, ce n'était pas pour que les gens s'amusent, pas tout de suite en tout cas, il faudrait attendre un peu, un temps décent devait s'écouler. Une angoisse fétide, méchante, montait et m'étouffait. Je me levai, fouillai dans le tiroir du bureau, en tirai mon pistolet de service, vérifiai qu'il était chargé, le remis en place. Je regardai ma montre : deux heures du matin. J'enfilai ma veste d'uniforme (je ne m'étais pas déshabillé) et descendis sans la boutonner. À la réception, je demandai le téléphone et appelai Thomas à l'appartement qu'il louait : « Désolé de te déranger si tard. » — « Non, ce n'est rien. Qu'y a-t-il ? » Je lui expliquai mes poussées homicides. À ma surprise, il ne réagit pas ironiquement, mais me dit très sérieusement : « C'est normal. Ces gens sont des salauds, des profiteurs. Mais si tu tires dans le tas, tu auras quand même des ennuis. » — « Que suggères-tu, alors ? » — « Va leur parler. S'ils ne se calment pas, on avisera. J'appellerai des amis. » — « Bien, je vais y aller. » Je raccrochai et remontai à l'étage en dessous du mien ; je trouvai facilement la bonne porte et frappai. Une belle grande femme en tenue de soirée un peu négligée m'ouvrit, les yeux brillants. « Oui ? » Derrière elle, la musique rugissait, j'entendais des tintements de verres, des rires affolés. « C'est votre chambre ? » demandai-je, le cœur battant. — « Non. Attendez. » Elle se retourna : « Dicky ! Dicky ! Un officier te demande. » Un homme en veston, un peu ivre, vint vers la porte ; la femme nous regardait sans cacher sa curiosité. « Oui, Herr Sturmbannführer ? fit-il. Que puis-je pour vous ? » Sa voix affectée, cordiale, presque brouillée, traduisait l'aristocrate de vieille souche. Je m'inclinai légèrement et débitai d'un ton le plus neutre possible : « J'habite la chambre au-dessus de la vôtre. Je reviens de Stalingrad où j'ai été grièvement blessé et où presque tous mes camarades sont morts. Vos festivités me dérangent. J'ai voulu descendre vous tuer, mais j'ai téléphoné à un ami, qui m'a conseillé de venir vous parler d'abord. Alors, voilà, je suis venu vous parler. Il vaudrait mieux pour nous tous que je n'aie pas à redescendre. » L'homme avait blêmi : « Non, non... » Il se retourna : « Gofi ! Coupe la musique ! Coupe ! » Il me regarda : « Excusez-nous. Nous allons arrêter tout de suite. » — « Merci. » Alors que je remontais, vaguement satisfait, je l'entendis crier : « Tout le monde dehors ! C'est fini. Dégagez ! » J'avais touché un nerf, et ce n'était pas une question de peur : lui aussi, subitement, il avait compris, et il avait eu honte. Dans ma chambre, tout était tranquille maintenant ; les seuls bruits étaient le passage occasionnel d'une voiture, le barrissement d'un éléphant insomniaque. Pourtant, je ne me calmais pas : mon action m'apparaissait comme une mise en scène, mue par un sentiment vrai et obscur, mais ensuite faussée, déviée en une rage de parade, conventionnelle. Mais là justement se situait le problème : à m'observer ainsi, en permanence, avec ce regard extérieur, cette caméra critique, comment pouvais-je prononcer la moindre parole vraie, faire le moindre geste vrai ? Tout ce que je faisais devenait un spectacle pour moi-même ; ma réflexion elle-même n'était qu'une autre façon de me mirer, pauvre Narcisse qui faisais continuellement le beau pour moi-même, mais qui n'en étais pas dupe. L'impasse dans laquelle je m'étais enfoncé depuis la fin de mon enfance, c'était cela : il n'y avait eu qu'Una, avant, pour me tirer hors de moi-même, me faire m'oublier un peu, et depuis que je l'avais perdue, je ne cessais de me regarder avec un regard qui se confondait en pensée avec le sien mais restait, sans échappatoire aucune, le mien. Sans toi, je ne suis pas moi : et cela, c'était la terreur pure, mortelle, sans rapport aucun avec les terreurs délicieuses de l'enfance, un arrêt sans appel, sans jugement aussi.

Ce fut aussi durant ces premières journées de mars 1943 que le Dr. Mandelbrod m'invita à prendre le thé.

Je connaissais Mandelbrod et son associé, Herr Leland, depuis un certain temps. Autrefois, après la Grande Guerre — et peut-être même avant, mais je n'ai aucun moyen de le vérifier —, mon père avait travaillé pour eux (il semblerait que mon oncle leur ait aussi servi d'agent à l'occasion). Leurs rapports, d'après ce que j'avais peu à peu compris, dépassaient la simple relation d'employeur à employé : après la disparition de mon père, le Dr. Mandelbrod et Herr Leland avaient assisté ma mère dans ses recherches, et l'avaient peut-être aussi soutenue financièrement, mais c'est moins sûr. Et ils avaient continué à jouer un rôle dans ma vie ; en 1934, lorsque je préparais ma rupture avec ma mère, pour venir en Allemagne, je pris contact avec Mandelbrod, qui était depuis longtemps déjà une figure respectée au sein du Mouvement ; il m'encouragea, m'offrit son aide ; c'est lui aussi qui m'a poussé — mais pour l'Allemagne, maintenant, non plus pour la France — à poursuivre mes études, et qui organisa mon inscription à Kiel ainsi qu'à la SS. Malgré son nom à consonance juive, c'était, comme le ministre Rosenberg, un pur Allemand de vieille souche prussienne, avec peut-être une goutte de sang slave ; Herr Leland, lui, était d'origine britannique, mais ses convictions germanophiles l'avaient poussé à renier son pays natal bien avant ma naissance. C'étaient des industriels, mais leur position exacte serait malaisée à définir. Ils siégeaient dans plusieurs conseils d'administration, notamment celui d'IG Farben, et participaient financièrement à d'autres entreprises encore, sans que leurs noms restent associés à l'une d'elles en particulier ; on les disait très influents dans le secteur chimique (ils siégeaient tous deux au *Reichsgruppe* pour l'industrie chimique) et aussi dans le secteur des métaux. En outre, ils étaient proches du Parti depuis le *Kampfzeit*, et avaient contribué à le financer à ses débuts ; d'après Thomas, avec qui j'en avais une fois discuté avant la guerre, ils détenaient des postes à la chancellerie du Führer, mais sans être tout à fait subordonnés à Philipp Bouhler ; et ils avaient leurs entrées auprès des plus hautes sphères de la chancellerie du Parti. Enfin, le Reichsführer-SS en avait fait des SS-Gruppenführer honoraires, et des membres du *Freundeskreis Himmler* ; mais Thomas, mystérieusement, affirmait que cela ne donnait à la SS aucune influence sur eux, et que si influence il y avait, c'était plutôt dans l'autre sens. Il s'était montré très impressionné lorsque je lui appris mes relations avec eux, et visiblement il m'enviait même un peu d'avoir de tels protecteurs. Pourtant, leur intérêt pour ma carrière avait varié selon les époques : lorsque je m'étais pour ainsi dire retrouvé sur une voie de garage, après mon rapport de 1939, j'avais cherché à les voir ; mais c'était une période mouvementée, j'avais mis plusieurs mois à obtenir une réponse, et ce ne fut qu'au moment de l'invasion de la France qu'ils m'invitèrent à dîner : Herr Leland, à son habitude, était resté plutôt taciturne, et le Dr. Mandelbrod se préoccupait surtout de la situation politique ; mon travail n'avait pas été évoqué, et je n'avais pas osé aborder le sujet moi-même. Je ne les avais pas revus depuis. L'invitation de Mandelbrod me prit donc au dépourvu : que pouvait-il me vouloir ? Pour l'occasion je mis mon uniforme neuf et toutes mes décorations. Leurs bureaux particuliers occupaient les deux derniers étages d'un bel immeuble sur Unter den Linden, à côté de l'Académie des sciences et du siège du *Reichsvereinigung Kohle*, l'Association pour le charbon où ils jouaient d'ailleurs aussi un rôle. L'entrée ne portait aucune plaque. Dans le hall, mes papiers furent vérifiés par une jeune femme aux longs cheveux châtains tirés en arrière, qui portait des vêtements anthracite sans insignes, mais taillés comme un uniforme, avec une culotte d'homme et des bottes plutôt qu'une jupe. Satisfaite, elle m'escorta jusqu'à un ascenseur privé,

qu'elle actionna avec une clef suspendue à son cou par une longue chaî-
nette, et m'accompagna jusqu'au dernier étage, sans un mot. Je n'étais
jamais venu ici : dans les années 30, ils avaient une autre adresse, et de
toute façon je les rencontrais la plupart du temps au restaurant ou dans
l'un des grands hôtels. L'ascenseur s'ouvrit sur une large salle de réception meublée en bois et en cuir sombre, sertis d'éléments décoratifs en
étain poli et en verre opaque, élégants et discrets. La femme qui
m'escortait me laissa là ; une autre, vêtue à l'identique, me prit mon
manteau et alla l'accrocher dans une penderie. Elle me pria aussi de lui
remettre mon arme de service, et, la tenant avec un naturel étonnant
dans ses beaux doigts soigneusement manucurés, elle la rangea dans un
tiroir qu'elle ferma à clef. On ne me fit pas patienter et elle m'introduisit par une double porte capitonnée. Le Dr. Mandelbrod m'attendait au
fond d'une immense pièce, derrière un large bureau en acajou aux
reflets rougeâtres, dos à une longue baie vitrée elle aussi opaque, qui
laissait filtrer une lumière pâle, laiteuse. Il me paraissait encore plus
obèse qu'à notre dernière rencontre. Plusieurs chats flânaient sur les
tapis ou dormaient sur les meubles en cuir et sur son bureau. Il m'indiqua de ses doigts boudinés un canapé disposé sur la gauche devant une
table basse : « Bonjour, bonjour. Assieds-toi, j'arrive. » Je n'avais jamais
pu comprendre comment une voix si belle et si mélodieuse pouvait
émaner de tant de couches de graisse ; cela me surprenait toujours. Casquette sous le bras, je traversai la pièce et pris place sur le siège, dépla-
çant un chat mi-blanc, mi-tigré, qui ne m'en tint pas rigueur mais se
glissa sous la table pour aller se réinstaller ailleurs. J'examinai la pièce :
tous les murs étaient capitonnés de cuir, et à part des éléments stylis-
tiques comme ceux de l'antichambre il n'y avait aucune décoration, pas
de tableaux ni de photographies, pas même un portrait du Führer. La
surface de la table basse par contre était composée d'une superbe mar-
queterie, un labyrinthe complexe en bois précieux, protégé par une
épaisse plaque de verre. Seuls les poils de chats collés aux meubles et
aux tapis déparaient ce décor discret, feutré. Il régnait une odeur vaguement désagréable. Un des chats se frotta contre mes bottes en ronron-
nant, la queue dressée ; je tentai de le chasser du bout du pied, mais il
n'y prêtait pas attention. Mandelbrod, entre-temps, avait dû appuyer
sur un bouton caché : une porte presque invisible s'ouvrit dans le mur à
la droite de son bureau et une autre femme entra, vêtue comme les
deux premières, mais avec des cheveux tout à fait blonds. Elle passa
derrière Mandelbrod, le tira en arrière, le fit pivoter, et le poussa le long
de son bureau dans ma direction. Je me levai. Mandelbrod avait en effet

grossi; alors qu'auparavant il circulait dans une chaise roulante ordinaire, il était maintenant installé dans un vaste fauteuil circulaire monté sur une petite plate-forme, comme une énorme idole orientale, éléphantesque, impavide. La femme poussait cet appareil massif sans aucun effort visible, sans doute en actionnant et contrôlant un système électrique. Elle vint le placer devant la table basse que je contournai pour lui serrer la main ; il m'effleura à peine le bout des doigts tandis que la femme repartait par où elle était venue. « Assieds-toi, je t'en prie », murmura-t-il de sa belle voix. Il était vêtu d'un épais costume de laine brune ; sa cravate disparaissait sous un plastron de chair qui lui pendait du cou. Un bruit grossier se fit entendre sous lui et une odeur épouvantable monta jusqu'à moi ; je fis un effort pour rester impassible. En même temps un chat lui sautait sur les genoux et il éternua, puis se mit à le caresser, avant d'éternuer encore : chaque éternuement venait comme une petite explosion qui faisait sursauter le chat. « Je suis allergique à ces pauvres créatures, renifla-t-il, mais je les aime trop. » La femme réapparut avec un plateau : elle vint jusqu'à nous d'un pas égal et assuré, disposa un service à thé sur la table basse, fixa une tablette à l'accoudoir du fauteuil de Mandelbrod, nous versa deux tasses et disparut à nouveau, tout cela aussi discrètement, aussi silencieusement que les chats. « Il y a du sucre et du lait, dit Mandelbrod. Sers-toi. Moi, je n'en prends pas. » Il me scruta quelques instants : une lueur malicieuse pétillait dans ses petits yeux presque noyés au fond des plis de graisse. « Tu as changé, déclara-t-il. L'Est t'a fait du bien. Tu as mûri. Ton père aurait été fier. » Ces paroles me touchèrent au vif : « Vous croyez ? » — « Certainement. Tu as fait un travail remarquable : le Reichsführer lui-même a pris note de tes rapports. Il nous a montré l'album que tu as préparé à Kiev : ton chef a voulu s'en attribuer tout le crédit, mais nous savions que l'idée venait de toi. De toute façon c'était une bagatelle. Mais les rapports que tu as rédigés, surtout ces derniers mois, étaient excellents. À mon avis, tu as un avenir brillant devant toi. » Il se tut et me contempla : « Comment va ta blessure ? » demanda-t-il enfin. — « Bien, Herr Doktor. C'est guéri, il faut juste que je me repose encore un peu. » — « Et après ? » — « Je reprendrai le service, bien sûr. » — « Et que comptes-tu faire ? » — « Je ne sais pas, au juste. Cela dépendra de ce qu'on me propose. » — « Il ne dépend que de toi de te faire proposer ce que tu veux. Si tu fais le bon choix, les portes s'ouvriront, je te l'assure. » — « À quoi songez-vous, Herr Doktor ? » Lentement, il souleva sa tasse de thé, souffla dessus, et but bruyamment. Je bus aussi un peu. « En Russie, je crois savoir que tu t'es surtout occupé de la question juive, n'est-ce pas ? » — « Oui, Herr Doktor, fis-je, légèrement gêné. Mais pas seulement de ça. » Mandelbrod continuait déjà de sa voix égale et mélodieuse : « De la position où tu te trouvais, tu ne pouvais certainement pas apprécier l'ampleur ni du problème, ni de la solution qui y est apportée. Tu as sans doute entendu des rumeurs : elles sont vraies. Depuis la fin de 1941, cette solution a été étendue à tous les pays d'Europe, dans la mesure du possible. Le programme est opérationnel depuis le printemps de l'année dernière. On a déjà enregistré des succès considérables, mais il est loin d'être achevé. Il y a de la place, là, pour des hommes énergiques et dévoués comme toi. » Je me sentis rougir : « Je vous remercie pour votre confiance, Herr Doktor. Mais je dois vous le dire : cet aspect de mon travail, je l'ai trouvé extrêmement difficile, au-delà de mes forces. Je souhaiterais maintenant me concentrer sur quelque chose qui corresponde mieux à mes talents et à mes connaissances, comme le droit constitutionnel ou même les relations juridiques avec les autres pays européens. La construction de la nouvelle Europe est un champ qui m'attire beaucoup. » Durant ma tirade, Mandelbrod avait achevé son thé ; l'amazone blonde avait réapparu et traversé la pièce, lui avait versé une autre tasse, et était repartie. Mandelbrod but à nouveau. « Je comprends tes hésitations, dit-il enfin. Pourquoi se charger des tâches pénibles, s'il y en a d'autres pour le faire ? C'est l'esprit du temps. Durant l'autre guerre, c'était différent. Plus une tâche était difficile ou dangereuse, plus il y avait d'hommes à se presser pour l'accomplir. Ton père, par exemple, considérait que la difficulté en elle-même était une raison de faire une chose, et de la faire à la perfection. Ton grand-père était un homme de la même trempe. De nos jours, malgré tous les efforts du Führer, les Allemands sombrent dans la mollesse, l'indécision, le compromis. » Je ressentis l'insulte indirecte comme une gifle ; mais autre chose dans ce qu'il avait dit m'importait davantage : « Excusez-moi, Herr Doktor. J'ai cru comprendre que vous avez connu mon grand-père ? » Mandelbrod posa sa tasse : « Bien sûr. Lui aussi a travaillé avec nous, à nos débuts. Un homme étonnant. » Il tendit sa main gonflée vers son bureau. « Va voir, là. » J'obéis. « Tu vois le porte-document en maroquin ? Apporte-le-moi. » Je revins près de lui et le lui remis. Il le posa sur ses genoux, l'ouvrit, et en tira une photographie qu'il me tendit. « Regarde. » C'était une vieille photo sépia, un peu jaunie : trois figures côte à côte, sur un fond d'arbres tropicaux. La femme, au milieu, avait un petit visage poupin, encore marqué par les rondeurs de l'adolescence ; les deux hommes portaient des costumes clairs d'été : celui de gauche, aux traits étroits et un peu flous et au front barré par une mèche, portait aussi une cravate ; le col de l'homme de droite était ouvert sous un visage anguleux, comme gravé dans de la pierre précieuse ; même une paire de lunettes teintées ne parvenait pas à cacher l'intensité joyeuse et cruelle de ses yeux. « Lequel est mon grand-père ? » demandai-je, fasciné, angoissé aussi. Mandelbrod me désigna l'homme à la cravate. Je l'examinai à nouveau : au contraire de l'autre homme, il avait des yeux secrets, transparents presque. « Et la femme ? » demandai-je encore, devinant déjà. — « Ta grand-mère. Elle s'appelait Eva. Une femme superbe, magnifique. » Je ne connaissais en vérité ni l'un ni l'autre : ma grand-mère était morte bien avant ma naissance, et les rares visites à mon grand-père, lorsque j'étais tout petit, ne m'avaient laissé aucun souvenir. Il était mort peu de temps après la disparition de mon père. « Et qui donc est l'autre homme ? » Mandelbrod me regarda avec un sourire séraphique. « Tu ne devines pas ? » Je le regardai : « Ce n'est pas possible ! » m'exclamai-je. Il ne se départit pas de son sourire : « Pourquoi ? Tu ne penses tout de même pas que j'ai toujours eu cet aspect ? » Confus, je bafouillai : « Non, non, ce n'est pas ce que je voulais dire, Herr Doktor ! Mais votre âge... Sur la photo, on dirait que vous avez le même âge que mon grand-père. » Un autre chat, qui se promenait sur le tapis, sauta lestement sur le dos du fauteuil et monta sur son épaule, se frottant contre son énorme tête. Mandelbrod éternua encore. « En fait, dit-il entre deux éternuements, j'étais plus vieux que lui. Mais je me conserve bien. » Je détaillais toujours la photo, avidement : que de choses pouvait-elle donc m'apprendre ! Timidement, je demandai : « Puis-je la garder, Herr Doktor ? » — « Non. » Déçu, je la lui rendis ; il la rangea dans le portedocument et m'envoya le replacer sur son bureau. Je revins m'asseoir. « Ton père était un authentique national-socialiste, déclara Mandelbrod, et avant même que le Parti n'existe. Les hommes de cette époque-là vivaient sous l'emprise d'idées fausses : pour eux, le nationalisme voulait dire un patriotisme aveugle et étroit, un patriotisme de clocher, doublé d'une immense injustice interne ; le socialisme, pour leurs adversaires, signifiait une fausse égalité internationale de classe, et une lutte entre les classes au sein de chaque nation. En Allemagne, ton père fut parmi les premiers à comprendre qu'il fallait un rôle égal, avec un respect mutuel, pour tous les membres de la nation, mais seulement au sein de la nation. À leur manière, toutes les grandes sociétés de l'histoire ont été nationales et socialistes. Regarde Temüdjin, l'exclu : ce n'est que lorsqu'il a pu imposer cette idée-là, et unifier les tribus sur cette base, que les Mongols ont pu conquérir le monde, au nom de ce déclassé devenu Empereur Océanique, Gengis Khan. J'ai fait lire au Reichsführer un livre sur lui, il en a été très impressionné. Avec une immense et féroce sagesse, les Mongols ont tout rasé devant eux, pour reconstruire ensuite sur des bases saines. Toute l'infrastructure de l'Empire russe, toutes les fondations sur lesquelles les Allemands ont ensuite bâti, chez eux, sous des tsars de fait aussi allemands, ce sont les Mongols qui les leur ont apportées : les routes, l'argent, la poste, les douanes, l'administration. Ce n'est que lorsque les Mongols ont compromis leur pureté, en prenant génération après génération des femmes étrangères, souvent d'ailleurs parmi les nestoriens, c'est-à-dire les plus juifs des chrétiens, que leur empire s'est dissous et effondré. Les Chinois présentent un cas contraire mais également instructif : ils ne sortent pas de leur Empire du Milieu, mais absorbent et sinisent irrémédiablement tout peuple qui y entre, aussi puissant soit-il, ils le noient dans un océan sans bornes de sang chinois. Ils sont très forts. D'ailleurs, lorsque nous en aurons fini avec les Russes, nous aurons toujours les Chinois devant nous. Les Japonais ne leur résisteront jamais, même s'ils ont l'air de tenir le haut du pavé aujourd'hui. Si ce n'est pas tout de suite, de toute façon il faudra se confronter à eux un jour, dans cent, deux cents ans. Autant alors les garder faibles, les empêcher si possible de comprendre le national-socialisme et de l'appliquer à leur propre situation. Sais-tu, d'ailleurs, que le terme même de "national-socialisme" a été forgé par un Juif, un précurseur du sionisme, Moïse Hess ? Lis son livre, un jour, *Rome et Jérusalem*, tu verras. C'est très instructif. Et ce n'est pas un hasard : quoi de plus *völkisch* que le Sionisme ? Comme nous, ils ont reconnu qu'il ne peut y avoir de *Volk* et de *Blut* sans *Boden*, sans terre, et donc qu'il faut ramener les Juifs à la terre, *Eretz Israël* pure de toute autre race. Bien sûr, ce sont d'anciennes idées juives. Les Juifs sont les premiers vrais nationaux-socialistes, depuis près de trois mille cinq cents ans déjà, depuis que Moïse leur a donné une Loi pour les séparer à jamais des autres peuples. Toutes nos grandes idées viennent des Juifs, et nous devons avoir la lucidité de le reconnaître : la Terre comme promesse et comme accomplissement, la notion du peuple choisi entre tous, le concept de la pureté du sang. C'est pour cela que les Grecs, abâtardis, démocrates, voyageurs, cosmopolites, les haïssaient tant, et c'est pour cela qu'ils ont d'abord essayé de les détruire, puis, par le biais de Paul, de corrompre leur religion de l'intérieur, en la détachant du sol et du sang, en la rendant *catholique*, c'est-à-dire universelle, en supprimant toutes les lois qui servaient de barrière pour maintenir la pureté du sang juif : les interdits alimentaires, la circoncision. Et c'est donc pour cela que les Juifs sont, de tous nos ennemis, les pires de tous, les plus dangereux ; les seuls qui valent vraiment la peine d'être haïs. Ce sont nos seuls vrais concurrents, en fait. Nos seuls rivaux sérieux. Les Russes sont faibles, une horde privée de centre malgré les tentatives de ce Géorgien arrogant de leur imposer un "national-communisme". Et les insulaires, britanniques ou américains, sont pourris, gangrenés, corrompus. Mais les Juifs ! Qui donc, à l'époque scientifique, a redécouvert, en se fondant sur l'intuition millénaire de son peuple, humilié mais invaincu, la vérité de la race ? Disraeli, un Juif. Gobineau a tout appris chez lui. Tu ne me crois pas ? Va voir. » Il désigna les étagères à côté de son bureau : « Là, va voir. » Je me levai de nouveau et allai aux étagères : plusieurs livres de Disraeli y côtoyaient ceux de Gobineau, Vacher de Lapouge, Drumont, Chamberlain, Herzl, et d'autres encore. « Lequel, Herr Doktor ? Il y en a plusieurs. » — « N'importe, n'importe. Ils disent tous la même chose. Prends *Coningsby*, tiens. Tu lis l'anglais, n'est-ce pas ? Page 203. Commence avec *But Sidonia and his brethren...* Lis à haute voix. » Je trouvais le passage et lus : « *Mais Sidonia et ses frères pouvaient se réclamer d'une distinction que le Saxon et le Grec, et le reste des nations caucasiennes, avaient abandonnée. L'Hébreu est une race sans mélanges... Une race sans mélanges, d'une organisation de première classe, est l'aristocratie de la Nature.* » — « Très bien ! Page 231, maintenant. *The fact is, you cannot destroy...* Il parle des Juifs, bien sûr. » — « Oui. *Le fait est qu'on ne peut détruire une pure race d'organisation caucasienne. C'est un fait physiologique ; une simple loi de la nature, qui a mis en échec les rois égyptiens et assyriens, les empereurs romains, et les inquisiteurs chrétiens. Aucune loi pénale, aucune torture physique, ne peut faire qu'une race supérieure soit absorbée par une inférieure, ou détruite par elle. Les races persécutrices mélangées disparaissent ; la pure race persécutée demeure.* » — « Voilà ! Songe que cet homme, ce Juif a été Premier ministre de la reine Victoria ! Qu'il a fondé l'Empire britannique ! Lui qui, encore inconnu, avançait des thèses pareilles devant un Parlement chrétien ! Reviens ici. Sers-moi du thé, tiens. » Je revins près de lui et lui versai une autre tasse. « Par amour et par respect pour ton père, Max, je t'ai aidé, j'ai suivi ta carrière, je t'ai soutenu quand je l'ai pu. Tu te dois de lui faire honneur, et à sa race et à la tienne. Il n'y a de place sur cette terre que pour un seul peuple choisi, appelé à dominer les autres : ou ce sera eux, comme le veulent le Juif Disraeli et le Juif Herzl, ou ce sera nous. Et nous devons donc les abattre jusqu'au dernier, extirper leur souche. Car qu'il n'en reste que dix, un quorum intact, qu'il n'en reste que deux, un homme et une femme, dans cent ans nous aurons le même problème, et tout sera à refaire. » — « Puis-je vous poser une question, Herr Doktor ? » — « Fais, fais, mon petit. » — « Quel est votre rôle dans tout ceci, au juste ? » — « À Leland et moi, tu veux dire ? C'est un peu difficile à expliquer. Nous n'avons pas une position bureaucratique. Nous... nous nous tenons aux côtés du Führer. Vois-tu, le Führer a eu le courage et la lucidité de prendre cette décision historique, fatale ; mais, bien entendu, le côté pratique des choses ne le concerne pas. Or entre cette décision et sa réalisation, qui a été confiée au Reichsführer-SS, il y a un espace immense. Notre tâche à nous consiste à réduire cet espace. Dans ce sens, nous ne répondons même pas au Führer, mais plutôt à cet espace. » — « Je ne suis pas certain de tout à fait comprendre. Mais qu'attendez-vous donc de moi ? » — « Rien, si ce n'est que tu suives le chemin que tu t'es toi-même tracé, et jusqu'au bout. » — « Je ne suis pas vraiment sûr de ce qu'est mon chemin, Herr Doktor. Je dois réfléchir. » — « Oh, réfléchis ! Réfléchis. Et puis appelle-moi. Nous en rediscuterons. » Un autre chat essayait de monter sur mes genoux, laissant des poils blancs sur le tissu noir avant que je ne le chasse. Mandelbrod, sans même ciller, toujours aussi impassible, presque sommeillant, émit une autre énorme flatulence. L'odeur me prit à la gorge et je respirai à petits coups entre les lèvres. L'entrée principale s'ouvrit et la jeune femme qui tenait la réception entra, apparemment insensible à l'odeur. Je me levai : « Merci, Herr Doktor. Mes respects à Herr Leland. À bientôt, donc. » Mais Mandelbrod semblait déjà presque endormi ; seule une de ses énormes mains, qui caressait lentement un chat, montrait le contraire. J'attendis un instant, mais il ne paraissait plus vouloir rien dire, et je sortis, suivi de la fille qui referma les portes sans un bruit.

Lorsque j'avais parlé au Dr. Mandelbrod de mon intérêt pour les problèmes des relations européennes, je ne mentais pas, mais je n'avais pas tout dit non plus : en fait, j'avais une idée en tête, une idée précise de ce que je voulais. Je ne sais pas au juste comment cela m'était venu : pendant une nuit de semi-insomnie à l'hôtel *Eden*, sans doute. Moi aussi, m'étais-je dit, il est temps que je fasse quelque chose pour moi, que je songe à moi-même. Et ce que me proposait Mandelbrod ne correspondait pas à cette idée que j'avais eue. Mais je n'étais pas sûr de savoir m'y prendre pour la mettre en œuvre. Deux ou trois jours après mon entretien dans les bureaux de Unter den Linden, je téléphonai à Thomas qui m'invita à passer le voir. Plutôt que de me retrouver à son bureau, dans la Prinz-Albrechtstrasse, il me donna rendez-vous à la direction de la SP et du SD, dans la Wilhelmstrasse avoisinante. Situé un peu plus bas que le ministère de l'Aviation de Göring — une immense structure angulaire en béton, d'un néoclassicisme stérile et pompeux — le Prinz-Albrecht-Palais en était tout le contraire : un élégant petit *palazzo* classique du xviiie siècle, rénové au xixe par Schinkel, mais avec goût et délicatesse, et loué à la SS par l'État depuis 1934. Je le connaissais bien ; mon département, avant mon départ pour la Russie, s'y trouvait logé, et j'avais passé là bien des heures à flâner dans les jardins, un petit chef-d'œuvre de dissymétrie et de tranquille variété dû à Lenné. De la rue, une grande colonnade et des arbres cachaient la façade ; les gardes, dans leurs kiosques rouge et blanc, me saluèrent au passage, mais une autre équipe, plus discrète, vérifia mes papiers dans une petite officine à côté du parterre, avant de me faire escorter jusqu'à la réception. Thomas m'attendait : « Si on allait dans le parc ? Il fait doux. » Le jardin, auquel on accédait par quelques marches bordées de pots de fleurs en grès, s'étendait du palais jusqu'à l'Europahaus, un gros cube moderniste planté sur l'Askanischer Platz et contrastant singulièrement avec les volutes calmes et sinueuses des allées tracées entre les parterres retournés, les petits bassins ronds et les arbres encore nus sur lesquels pointaient les premiers bourgeons. Il n'y avait personne. « Kaltenbrunner ne vient jamais ici, commenta Thomas, alors c'est calme. » Heydrich, lui, aimait s'y promener ; mais alors personne d'autre ne pouvait y avoir accès, sauf ceux qu'il y conviait. Nous déambulâmes entre les arbres et je rapportai à Thomas l'essentiel de ma conversation avec Mandelbrod. « Il exagère, trancha-t-il lorsque j'eus fini. Les Juifs sont effectivement un problème et il faut s'en occuper, mais ce n'est pas une fin en soi. L'objectif n'est pas de tuer des gens, c'est de gérer une population ; l'élimination physique fait partie des outils de gestion. Il ne faut pas en faire une obsession, il y a d'autres problèmes également sérieux. Tu penses vraiment qu'il croit tout ce qu'il dit ? » — « C'est l'impression que cela m'a fait. Pourquoi ? » Thomas réfléchit un instant ; le gravier crissait sous nos bottes. « Vois-tu, reprit-il enfin, pour beaucoup, l'anti-sémitisme est un instrument. Comme c'est un sujet qui tient à cœur au Führer, c'est devenu un des meilleurs moyens de se rapprocher de lui : si tu arrives à jouer un rôle par rapport à la solution de la question juive, ta carrière avancera beaucoup plus vite que si tu t'occupes, disons, des Témoins de Jéhovah ou des homosexuels. Dans ce sens, on peut dire que l'antisémitisme est devenu la devise du pouvoir de l'État national-socialiste. Tu te souviens de ce que je te disais en novembre 38, après la *Reichskristallnacht* ? » Oui, je m'en souvenais. J'avais retrouvé Thomas le lendemain du déchaînement des SA, mû d'une rage froide. « Les cons ! avait-il aboyé en se glissant dans l'alcôve du bar où je l'attendais. Les pauvres cons. » — « Qui, les SA ? » — « Ne sois pas idiot. Les SA n'ont pas fait ça tout seuls. » — « Qui a donné les ordres, alors ? » — « Goebbels, cet infect petit boiteux. Ça fait des années qu'il bave d'envie de fourrer son nez dans la question juive. Mais là, il a merdé. » — « Quand même, tu ne penses pas qu'il était temps qu'on fasse quelque chose de concret ? Après tout... » Il avait eu un rire bref et amer : « Bien sûr qu'il faut faire quelque chose. Les Juifs boiront leur calice, et jusqu'à la lie. Mais pas comme ça. Ça, c'est sim-plement *idiot*. Est-ce que tu as la moindre idée de ce que ça va coû-ter ? » Mon regard vide avait dû l'encourager car il continua presque sans pause. « À ton avis, toutes ces vitrines fracassées, elles appar-tiennent à qui ? Aux Juifs ? Les Juifs louent leurs boutiques. Et c'est toujours le propriétaire qui est responsable en cas de dommages. Et puis il y a les compagnies d'assurances. Des compagnies allemandes, qui vont devoir rembourser des propriétaires d'immeubles allemands, et même les propriétaires juifs. Sinon, c'est la fin de l'assurance allemande. Et puis il y a le verre. Du vitrage comme ça, vois-tu, on n'en produit pas en Allemagne. Tout vient de Belgique. On est encore en train d'estimer les dégâts, mais ça fait déjà plus de la moitié de leur production annuelle totale. Et ça devra être payé en devises. Juste au moment où la nation tendait toutes ses forces vers l'autarcie et le réarmement. Oh, oui, il y a en vérité des crétins achevés dans ce pays. » Ses yeux bril-laient tandis qu'il crachait les mots : « Mais laisse-moi te dire. Tout ça, c'est *fini* maintenant. Le Führer vient officiellement de confier la ques-tion au Reichsmarschall. Mais en fait le gros va tout nous déléguer, à Heydrich et à nous. Et aucun de ces abrutis du Parti ne pourra plus s'en mêler. Dorénavant, les choses seront faites correctement. Ça fait des années qu'on pousse pour une solution globale. Maintenant, on pourra la mettre en œuvre. Proprement, efficacement. Rationnellement. On va enfin pouvoir faire les choses comme il faut. »

Thomas s'était assis sur un banc et, les jambes croisées, me tendait son étui en argent pour m'offrir une cigarette de luxe, à bout doré. J'en pris une et lui allumai aussi la sienne, mais je restai debout. « La *solu-tion globale* dont tu parlais, à l'époque, c'était l'émigration. Les choses ont bien évolué depuis. » Thomas rejeta une longue bouffée de fumée avant de répondre : « C'est vrai. Et c'est vrai aussi qu'il faut évoluer avec son temps. Ça ne veut pas dire qu'il faut devenir crétin. La rhéto-rique, elle est en grande partie pour les seconds couteaux, voire les troi-sièmes. » — « Ce n'est pas de ça que je parle. Ce que je veux dire, c'est qu'on n'est pas forcément obligés de s'en mêler. » — « Tu voudrais faire autre chose ? » — « Oui. Ça me fatigue. » Ce fut à mon tour de tirer longuement sur la cigarette. Elle était délicieuse, un tabac riche et fin. « J'ai toujours été impressionné par ton manque redoutable d'ambition, dit enfin Thomas. Je connais dix hommes qui égorgeraient père et mère pour obtenir un entretien privé avec un homme comme Mandelbrod. Songe qu'il déjeune avec le Führer ! Et toi tu fais le difficile. Tu sais ce que tu veux, au moins ? » — « Oui. Je voudrais retourner en France. » — « En France ! » Il réfléchit. « C'est vrai, avec tes contacts, ta connaissance de la langue, c'est pas bête. Mais ça ne sera pas évident. C'est Knochen qui est BdS, je le connais bien, mais les places chez lui sont limitées et fort prisées. » — « Je connais aussi Knochen. Mais je ne veux pas être chez le BdS. Je veux un poste où je puisse m'occuper de relations politiques. » — « Ça, ça veut dire un poste à l'ambassade ou chez le *Militärbefehlshaber*. Mais j'ai entendu dire que depuis le départ de Best la SS n'est plus très bien vue à la Wehrmacht, et chez Abetz non plus. On pourrait peut-être trouver quelque chose qui te conviendrait chez Oberg, le HSSPF. Mais pour ça, l'Amt I ne peut pas faire grand-chose : il faut passer directement par le *SS-Personal Hauptamt*, et là, je ne connais personne. » — « Si une proposition émanait de l'Amt I, ça pourrait marcher ? » — « Possible. » Il tira une dernière bouffée et jeta négligemment son mégot dans le parterre. « Si ç'avait encore été Streckenbach, aucun problème. Mais il est comme toi, il pense trop et il en a eu marre. » — « Où est-il, maintenant ? » — « À la Waffen-SS. Il commande une division lettone au front, la XIXᵉ. » — « Et qui l'a remplacé ? Je ne me suis même pas renseigné. » — « Schulz. » — « Schulz ? Lequel ? » — « Tu ne te souviens pas ? Le Schulz qui dirigeait un Kommando, au groupe C, et qui a demandé à partir, tout à fait au début. Le foireux, avec une petite moustache ridicule. » — « Ah, lui ! Mais je ne l'ai jamais rencontré. Il paraît que c'est un type correct. » — « Sans doute, mais je ne le connais pas personnellement, et entre le Gruppenstab et lui ça s'est mal passé. C'était un banquier, avant, tu vois le genre. Alors que Streckenbach, j'ai servi avec lui en Pologne. Et puis Schulz vient juste d'être nommé, alors il va faire du zèle. Surtout qu'il a un peu à se faire pardonner. Conclusion : si tu fais une demande officielle, on t'enverra n'importe où, sauf en France. » — « Qu'est-ce que tu me suggères, alors ? » Thomas s'était redressé et nous avions repris notre marche. « Écoute, je vais voir. Mais ça ne va pas être facile. De ton côté, tu ne peux pas voir aussi ? Tu connaissais bien Best : il passe régulièrement à Berlin, va lui demander son avis. Tu peux le contacter facilement par l'*Auswärtiges Amt*. Mais si j'étais toi, j'essayerais de penser à d'autres options. Et puis, c'est la guerre. On n'a pas toujours le choix. »

Avant de me quitter, Thomas m'avait demandé un service : « Je voudrais que tu voies quelqu'un. Un statisticien. » — « De la SS ? » — « Officiellement, il est inspecteur pour les statistiques auprès du Reichsführer-SS. Mais c'est un fonctionnaire, il n'est même pas membre de l'*Allgemeine*-SS » — « C'est curieux, non ? » — « Pas tant que ça. Le Reichsführer voulait certainement quelqu'un de l'extérieur. » — « Et qu'est-ce que tu voudrais que je lui raconte, à ton statisticien ? » — « Il prépare actuellement un nouveau rapport pour le Reichsführer. Une vue d'ensemble de la diminution de la population juive. Mais il conteste les chiffres des rapports des Einsatzgruppen. Je l'ai déjà vu, mais ça serait bien que tu discutes avec lui. Tu étais plus près du terrain que moi. » Il griffonna une adresse et un numéro de téléphone sur un calepin et arracha la page : « Son bureau se trouve juste à côté, à la SS-Haus, mais il est tout le temps fourré au IV B 4, chez Eichmann, tu vois qui c'est ? C'est là qu'on archive tout ce qui concerne cette question. Ils ont un immeuble entier, maintenant. » Je regardai l'adresse, c'était dans la Kurfürstenstrasse : « Ah, c'est près de mon hôtel. Très bien. » La conversation avec Thomas m'avait déprimé, j'avais l'impression de sombrer dans un marécage. Mais je ne voulais pas me laisser couler, il fallait que je me reprenne en main. Je fis l'effort de téléphoner à ce statisticien, le Dr. Korherr. Son assistant me fixa un rendez-vous. Le bâtiment où siégeait le IV B 4 était un bel immeuble de quatre étages, en pierre de taille, de la fin du siècle dernier : aucune autre section de la *Staatspolizei*, à ma connaissance, ne disposait de tels bureaux, leurs activités devaient être colossales. On accédait au hall principal, une salle caverneuse et mal éclairée, par un grand escalier en marbre ; Hofmann, l'assistant, m'attendait pour me conduire auprès de Korherr. « C'est énorme, ici », commentai-je en montant avec lui un autre escalier. — « Oui. C'est une ancienne loge judéo-maçonnique, confisquée bien sûr. » Il m'introduisit dans le bureau de Korherr, une pièce minuscule encombrée de caisses et de dossiers : « Excusez le désordre, Herr Sturmbannführer. C'est un bureau temporaire. » Le Dr. Korherr, un petit homme maussade, était vêtu en civil et me serra la main au lieu de saluer. « Asseyez-vous, je vous en prie », fit-il tandis que Hofmann se retirait. Il tenta de dégager une partie des papiers sur un bureau, puis se résigna et laissa les choses telles quelles. « L'Obersturmbannführer a été très généreux avec sa documentation, marmonna-t-il, mais il n'y a vraiment aucun ordre. » Il cessa de farfouiller, ôta ses lunettes et se frotta les yeux. « L'Obersturmbannführer Eichmann est ici ? » demandai-je. — « Non, il est en mission. Il reviendra dans quelques jours. L'Obersturmbannführer Hauser vous a expliqué ce que je fais ? » — « En gros. » — « De toute façon, vous venez un peu tard. J'ai presque achevé mon rapport, que je dois rendre dans quelques jours. » — « Que puis-je faire pour vous, alors ? » rétorquai-je avec une pointe d'agacement. — « Vous étiez dans l'Einsatz, c'est ça ? » — « Oui. D'abord dans un Kommando... » — « Lequel ? » interrompit-il. — « Le 4a. » — « Ah oui. Blobel. Beau score. » Je n'arrivais pas à discerner s'il parlait sérieusement ou ironiquement. « Ensuite, j'ai servi au Gruppenstab D, au Caucase. » Il fit une moue : « Oui, cela, ça m'intéresse moins. Les chiffres sont infimes. Parlez-moi du 4a. » — « Que voulez-vous savoir ? » Il se pencha derrière son bureau et resurgit avec une caisse en carton qu'il posa devant moi. « Voici les rapports du groupe C. Je les ai épluchés minutieusement, avec mon adjoint le Dr. Plate. Or, on constate des choses curieuses : parfois, il y a des chiffres extrêmement précis, 281, 1 472, ou 33 771, comme à Kiev ; d'autres fois, ce sont des chiffres ronds. Y compris pour un même Kommando. On trouve aussi des chiffres contradictoires. Par exemple, une ville où sont censés vivre 1 200 Juifs, mais où les rapports font état de 2 000 personnes convoyées aux mesures spéciales. Et ainsi de suite. Ce qui m'intéresse, donc, ce sont les méthodes de comptage. Je veux dire les méthodes pratiques, sur place. » — « Vous auriez dû vous adresser directement au Standartenführer Blobel. Je pense qu'il aurait été mieux placé pour vous renseigner que moi. » — « Malheureusement le Standartenführer Blobel est de nouveau dans l'Est et n'est pas joignable. Mais, vous savez, de toute façon j'ai mon idée. Votre témoignage ne fera que la confirmer, je pense. Parlez-moi de Kiev, par exemple. Un chiffre aussi énorme mais précis, c'est curieux. » — « Pas du tout. Au contraire, plus l'*Aktion* était grande et plus on disposait de moyens, plus il était facile d'obtenir un décompte précis. À Kiev, il y avait des cordons très serrés. Juste avant le site même de l'opération, les... les patients, enfin les condamnés, étaient divisés en groupes égaux, toujours un chiffre rond, vingt ou trente, je ne me souviens plus. Un sous-officier préposé comptait le nombre de groupes qui passaient devant sa table et les notait. Le premier jour, on s'est arrêtés à 20 000 pile. » — « Et tous ceux qui passaient devant la table étaient soumis au traitement spécial ? » — « En principe, oui. Bien sûr, quelques-uns ont pu, disons, faire semblant, puis s'enfuir à la faveur de la nuit. Mais ce serait tout au plus une poignée d'indivi-

dus. » — « Et les petites actions ? » — « Elles étaient sous la responsabilité d'un Teilkommandoführer qui était chargé de compter et de faire
remonter les chiffres au Kommandostab. Le Standartenführer Blobel
insistait toujours sur des comptages précis. Pour le cas dont vous avez
parlé, je veux dire celui où l'on enlevait plus de Juifs qu'il n'y en avait
au départ, je crois pouvoir vous fournir une explication : à notre arrivée,
beaucoup de Juifs fuyaient dans les bois ou la steppe. Le Teilkommando traitait de manière appropriée ceux qu'il trouvait sur place,
puis partait. Mais les Juifs ne pouvaient pas rester cachés : les Ukrainiens les chassaient des villages, les partisans, parfois, les tuaient. Alors,
petit à petit, poussés par la faim, ils revenaient dans leurs villes ou leurs
villages, souvent avec d'autres réfugiés. Quand on l'apprenait, on faisait
une seconde opération qui encore une fois en supprimait un certain
nombre. Mais de nouveau d'autres revenaient. Certains villages ont été
déclarés *judenfrei* trois, quatre, cinq fois, mais chaque fois, il en réappa-
raissait d'autres. » — « Je vois. C'est une explication intéressante. » —
« Si je comprends bien, lançai-je, un peu piqué, vous croyez que les
groupes ont gonflé leurs chiffres ? » — « Pour être franc avec vous, oui.
Pour plusieurs raisons, sans doute, l'avancement n'en étant qu'une. Il y
a aussi des automatismes bureaucratiques. En statistique, on a l'habitude de voir des organismes se fixer sur un chiffre, personne ne sait trop
comment, et ensuite ce chiffre est repris et retransmis comme un fait,
sans aucune critique ni modification dans le temps. On appelle ça un
chiffre maison. Mais ça diffère aussi de groupe à groupe et de Kommando à Kommando. Le pire cas est visiblement celui de l'Einsatzgruppe B. Il y a aussi de grosses irrégularités parmi certains
Kommandos du groupe D. » — « En 41 ou 42 ? » — « 1941 surtout. Au
début, puis en Crimée aussi. » — « J'ai été brièvement en Crimée, mais
je n'avais rien à voir avec les actions à ce moment-là. » — « Et dans
votre expérience du 4a ? » Je réfléchis un instant avant de répondre :
« Je pense que les officiers étaient tous honnêtes. Mais au début, les
choses étaient mal organisées, et certains chiffres sont peut-être un peu
arbitraires. » — « De toute façon ce n'est pas très grave, dit sentencieusement Korherr. Les Einsatzgruppen ne représentent qu'une fraction des chiffres globaux. Même une déviation de 10 % affecterait à
peine les résultats d'ensemble. » Je sentis quelque chose se serrer au
niveau de mon diaphragme. « Vous avez des chiffres pour toute
l'Europe, Herr Doktor ? » — « Oui, absolument. Jusqu'au 31 décembre
1942. » — « Vous pouvez me dire combien ça fait ? » Il me contempla à
travers ses petites lunettes : « Bien sûr que non. C'est un secret, Herr

Sturmbannführer. » Nous discutâmes encore un peu du travail du Kommando ; Korherr posait des questions précises, méticuleuses. À la fin, il me remercia. « Mon rapport ira directement chez le Reichsführer, m'expliqua-t-il. Si vos attributions l'exigent, vous en prendrez alors connaissance. » Il me raccompagna jusqu'à l'entrée de l'immeuble. « Bonne chance ! Et Heil Hitler. »

Pourquoi lui avais-je posé cette question, idiote et inutile ? En quoi est-ce que cela me concernait ? Ça n'avait été qu'une curiosité morbide, et je le regrettais. Je ne voulais plus m'intéresser qu'aux choses positives : le national-socialisme avait encore beaucoup à construire, voilà où je souhaitais porter mes efforts. Or les Juifs, *unser Unglück*, me poursuivaient comme un mauvais rêve en début de matinée, collé au fond de la tête. Pourtant, à Berlin, il n'en restait plus beaucoup : tous les travailleurs juifs soi-disant « protégés » dans les usines d'armements venaient d'être raflés. Mais il était dit que je devais les retrouver dans les endroits les plus incongrus.

Le 21 mars, jour du Souvenir des Héros, le Führer prononçait un discours. C'était sa première apparition en public depuis la défaite de Stalingrad et, comme tout le monde, j'attendais ses paroles avec impatience et angoisse : qu'allait-il dire, quel air aurait-il ? L'onde de choc de la catastrophe se faisait encore vivement ressentir, les rumeurs les plus diverses couraient bon train. Je voulais assister à ce discours. Je n'avais vu le Führer en personne qu'une seule fois, une dizaine d'années auparavant (je l'avais depuis bien souvent entendu à la radio et regardé aux actualités) ; ç'avait été lors de mon premier voyage de retour en Allemagne, à l'été 1930 avant la Prise du Pouvoir. J'avais extorqué ce voyage à ma mère et à Moreau, en échange de mon consentement à poursuivre les études qu'ils exigeaient. Mon baccalauréat passé (mais sans mention, ce qui m'obligeait à suivre une classe préparatoire pour passer le concours de l'ELSP), ils me laissèrent partir. Ce fut un voyage merveilleux dont je revins séduit, ébloui. J'étais parti en compagnie de deux camarades de lycée, Pierre et Fabrice ; et nous qui ne savions même pas ce qu'étaient les *Wandervögel*, nous suivîmes comme instinctivement leurs traces, nous dirigeant vers les forêts, marchant durant le jour, discutant, la nuit, autour de petits feux de camp, dormant à la dure sur les aiguilles de pins. Puis nous descendîmes visiter les villes du Rhin, pour finir à Munich, où je passai de longues heures à la Pinacothèque ou bien à errer par les ruelles. L'Allemagne, cet été-là, redevenait tumultueuse : le contrecoup du krach américain de l'année précédente se faisait durement ressentir ; des élections au Reichstag, prévues pour septembre, devaient décider de l'avenir de la Nation. Tous les partis politiques faisaient de l'agitation, avec des discours, des parades, parfois des coups de main ou des rixes assez violentes. À Munich, un parti se détachait nettement des autres : le NSDAP, dont j'entendais alors parler pour la première fois. J'avais déjà vu les fascistes italiens aux actualités, et ces nationaux-socialistes semblaient s'inspirer de leur style ; mais leur message était spécifiquement allemand, et leur chef, un soldat de ligne vétéran de la Grande Guerre, parlait d'un renouveau allemand, de la gloire allemande, d'un futur allemand riche et vibrant. C'était pour cela, me disais-je en les regardant défiler, que mon père s'était battu quatre longues années durant, pour être finalement trahi, lui et tous ses camarades, et pour perdre sa terre, sa maison, notre maison. C'était aussi tout ce que Moreau, ce bon *radical* et patriote français, qui chaque année, pour leurs anniversaires, buvait à la santé de Clemenceau, Foch et Pétain, exécrait. Le chef du NSDAP devait faire un discours dans un *Braukeller* : je laissai mes amis français à notre petit hôtel. Je me retrouvai au fond, derrière la foule, j'entendais à peine les intervenants ; quant au Führer, je me souviens seulement de ses gestes rendus frénétiques par l'émotion et de la façon dont sa mèche n'arrêtait pas de retomber sur son front. Mais il disait, je le savais avec une certitude absolue, les choses que mon père aurait dites, s'il avait été présent ; s'il avait encore été là, il se serait certainement trouvé sur l'estrade, un des proches de cet homme, un de ses premiers compagnons, il aurait même pu, si tel avait été son sort, qui sait, se trouver à sa place. Le Führer, d'ailleurs, lorsqu'il se tenait immobile, lui ressemblait. Je rentrai de ce voyage avec pour la première fois l'idée qu'autre chose était possible que le chemin étroit et mortifère tracé pour moi par ma mère et son mari, et que mon avenir se trouvait là, avec ce peuple malheureux, le peuple de mon père, mon peuple aussi.

Depuis, bien des choses avaient changé. Le Führer conservait toute la confiance du *Volk*, mais la certitude en la victoire finale, parmi les masses, commençait à s'éroder. Les gens blâmaient le Haut Commandement, les aristocrates prussiens, Göring et sa Luftwaffe ; mais je savais aussi qu'au sein de la Wehrmacht on blâmait les ingérences du Führer. À la SS, on chuchotait que, depuis Stalingrad, il faisait une dépression nerveuse, qu'il ne parlait plus à personne ; que lorsque Rommel, au début du mois, avait essayé de le convaincre d'évacuer l'Afrique du Nord, il l'avait écouté sans comprendre. Les rumeurs publiques, elles, dans les trains, les tramways, les files d'attente, devenaient franchement délirantes : d'après les rapports SD que recevait Thomas, on disait que la Wehrmacht avait assigné le Führer à résidence à Berchtesgaden, qu'il avait perdu la raison et se trouvait gardé, drogué, dans un hôpital SS, que le Führer qu'on voyait n'était qu'un double. Le discours devait être prononcé dans le Zeughaus, l'ancien arsenal au bout d'Unter den Linden, tout à côté du canal de la Spree. En tant que vétéran de Stalingrad, blessé et décoré, je n'eus aucune peine à obtenir une invitation ; je proposai à Thomas de venir, mais il me répondit en riant : « Je ne suis pas en congé, moi, j'ai du travail. » J'y allai donc seul. On avait déployé des précautions de sécurité considérables ; l'invitation précisait que les armes de service seraient interdites. La possibilité d'un raid britannique en effrayait certains : en janvier, les Anglais avaient pris un malin plaisir à lancer une attaque de Mosquito le jour anniversaire de la Prise du Pouvoir, faisant de nombreuses victimes ; pourtant on avait installé les chaises dans la cour du Zeughaus, sous la grande coupole en verre. Je me trouvai assis vers le milieu, entre un Oberstleutnant couvert de décorations et un **civil** arborant le Badge d'or du Parti sur son revers. Après les discours d'introduction, le Führer fit son apparition. J'écarquillai les yeux : sur la tête et les épaules, par-dessus son simple uniforme feldgrau, il me semblait apercevoir le grand châle rayé bleu et blanc des rabbins. Le Führer s'était tout de suite lancé, de sa voix rapide et monotone. Je scrutai la verrière : se pouvait-il que ce soit un jeu de la lumière ? Je voyais nettement sa casquette ; mais en dessous, je croyais distinguer de longues papillotes, déroulées le long de ses tempes par-dessus ses revers, et sur son front, les phylactères et le *tefillin*, la petite boîte en cuir contenant des versets de la Torah. Lorsqu'il leva le bras, je crus discerner à sa manche d'autres phylactères de cuir ; et sous son veston, n'étaient-ce pas les franges blanches de ce que les Juifs nomment le *petit talit* qui pointaient ? Je ne savais que penser. J'examinai mes voisins : ils écoutaient le discours avec une attention solennelle, le fonctionnaire hochait studieusement la tête. Ne remarquaient-ils donc rien ? Étais-je le seul à voir ce spectacle inouï ? Je détaillai la tribune officielle : derrière le Führer, je reconnaissais Göring, Goebbels, Ley, le Reichsführer, Kaltenbrunner, d'autres dirigeants connus, des hauts gradés de la Wehrmacht ; tous contemplaient le dos du Führer ou bien la salle, impassibles. Peut-être, me dis-je, affolé, que c'est l'histoire de *l'empereur nu* : tout le monde voit ce qu'il en est, mais le cache, comptant sur son voisin pour faire de même. Non, me raisonnai-je, sans doute suis-je en train d'halluciner, avec une blessure comme la mienne c'est tout à fait possible. Or je me sentais sain d'esprit. J'étais assez loin de l'estrade, et le Führer était éclairé de biais ; peut-être était-ce simplement une illusion d'optique ? Pourtant, je le voyais toujours. Peut-être mon « œil pinéal » me jouait-il un tour ? Mais cela n'avait rien de la qualité des rêves. Il se pouvait aussi que je sois devenu fou. Le discours fut bref et je me retrouvai debout au milieu de la foule en train de se presser vers la sortie, piétinant dans mes pensées. Le Führer devait maintenant se rendre dans les salles du Zeughaus pour visiter une exposition de trophées de guerre pris aux bolcheviques, avant d'aller inspecter une garde d'honneur et de poser une gerbe au Neue Wache ; j'aurais dû l'y suivre, mon carton m'y invitait, mais j'étais bien trop ébranlé et désorienté, je me dégageai au plus vite de la foule et remontai l'avenue en direction de la station de S-Bahn. Je traversai l'avenue et allai m'asseoir dans un café, sous l'arcade de la Kaiser Gallerie, où je commandai un schnaps que j'avalai d'une traite, puis un autre. Il fallait que je réfléchisse, mais le sens de la réflexion m'échappait, j'avais du mal à respirer, je dégrafai mon col et je bus encore. Il y avait un moyen d'en avoir le cœur net : le soir, au cinéma, les actualités montreraient des extraits du discours ; alors je pourrais être fixé. Je me fis apporter un journal avec la liste des séances : à dix-neuf heures, pas très loin, on donnait *Le président Krüger*. Je commandai un sandwich puis allai marcher dans le Tiergarten. Il faisait encore froid et peu de gens se promenaient sous les arbres nus. Les interprétations s'entrechoquaient dans ma tête, j'avais hâte que le film commence, même si la perspective de ne rien y voir n'était pas plus rassurante que le contraire. À dix-huit heures, je me dirigeai vers le cinéma et pris place dans la file pour acheter mon billet. Devant moi, un groupe discutait du discours, qu'ils avaient dû entendre à la radio ; je les écoutai avidement. « Il a encore tout mis sur le dos des Juifs, disait un monsieur assez maigre, avec un chapeau. Ce que je ne comprends pas, c'est qu'il n'y a plus de Juifs en Allemagne, alors comment est-ce que ça peut être leur faute ? » — « Mais non, *Dummkopf*, répondit une femme assez vulgaire, aux cheveux décolorés et arrangés en une permanente élaborée, c'est les Juifs internationaux. » — « Oui, rétorqua l'homme, mais si ces Juifs internationaux sont si puissants, pourquoi n'ont-ils pas pu sauver leurs frères de race, ici ? » — « Ils nous punissent en nous bombardant, dit une autre femme un peu grise, filandreuse. Vous avez vu ce qu'ils ont fait à Münster, l'autre jour ? C'est juste pour nous faire souffrir. Comme si on ne souffrait pas déjà assez avec tous nos hommes au front. » — « Moi, ce que j'ai trouvé scandaleux, affirma un homme rubicond, bedonnant, vêtu d'un complet gris à rayures, c'est qu'il ne mentionne même pas Stalingrad. C'est une honte. » — « Oh, ne me parlez pas de Stalingrad, dit la fausse blonde.

Ma pauvre sœur avait son fils Hans là-bas, dans la 76ᵉ division. Elle est comme folle, elle ne sait même pas s'il est vivant ou mort. » — « À la radio, dit la femme grisâtre, ils ont dit qu'ils étaient tous morts. Qu'ils se sont battus jusqu'à la dernière cartouche, ils ont dit. » — « Et tu crois tout ce qu'ils racontent à la radio, ma pauvre ?, lança l'homme au chapeau. Mon cousin, qui est Oberst, lui, dit qu'il y a eu beaucoup de prisonniers. Des milliers. Peut-être même une centaine de milliers. » — « Alors Hansi est peut-être prisonnier ? » demanda la blonde. — « C'est possible. » — « Pourquoi est-ce qu'ils n'écrivent pas, alors ? demanda le gros bourgeois. Nos prisonniers en Angleterre ou en Amérique écrivent, eux, ça passe même par la Croix-Rouge. » — « C'est vrai, ça », dit la femme au visage de souris. — « Comment voulez-vous qu'ils écrivent s'ils sont tous officiellement morts ? Ils écrivent, mais les nôtres ne transmettent pas les lettres. » — « Permettez, intervint un autre, mais ça, c'est vrai. Ma belle-sœur, la sœur de ma femme, elle a reçu une lettre du front, c'était juste signé : *Un patriote allemand*, qui lui disait que son mari, qui est Leutnant dans les panzers, est encore vivant. Les Russes ont lancé des feuillets sur nos lignes, près de Smolensk, avec des listes de noms et d'adresses, imprimés tout petit, et des messages aux familles. Alors les soldats qui les ramassent écrivent des lettres anonymes, ou envoient même le feuillet entier. » Un homme à la coupe de cheveux militaire se joignit à la conversation : « De toute façon, même s'il y a des prisonniers, ils ne survivront pas longtemps. Les bolcheviques les enverront en Sibérie et leur feront creuser des canaux jusqu'à ce qu'ils meurent. Il n'en reviendra pas un. Et puis, après ce qu'on leur a fait, ça ne sera que justice. » — « Qu'est-ce que vous voulez dire, après ce qu'on leur a fait ? » dit vivement le gros. La fausse blonde m'avait remarqué et examinait mon uniforme. L'homme au chapeau parla avant le militaire : « Le Führer a dit qu'on a eu 542 000 morts depuis le début de la guerre. Vous y croyez, à ça ? Moi je crois qu'il ment, simplement. » La blonde lui décocha un coup de coude et lança les yeux dans ma direction. L'homme suivit son regard, rougit et bredouilla : « Enfin, on ne lui donne peut-être pas tous les chiffres... » Les autres me regardaient aussi et se taisaient. Je gardais un regard neutre, absent. Puis le gros voulut relancer la conversation sur un autre sujet, mais la file s'était mise en branle en direction du guichet. Je pris un billet et allai m'asseoir. Bientôt les lumières s'éteignirent et on projeta les actualités, qui s'ouvraient par le discours du Führer. Le film était granuleux, il tressautait et se voilait par à-coups, on avait dû le développer et tirer les copies à la hâte. Il me semblait toujours voir le grand châle rayé sur la tête et les épaules du Führer, je ne distinguais rien d'autre, à part sa moustache, impossible d'être sûr de quoi que ce soit. Ma pensée fuyait dans tous les sens, comme un banc de poissons devant un plongeur, je remarquai à peine le film principal, une bêtise anglophobe, je songeais toujours à ce que j'avais vu, cela n'avait aucun sens. Que ce fût réel me paraissait impossible, mais je ne pouvais accepter de croire que j'hallucinais. Qu'avait donc fait cette balle à ma tête ? M'avait-elle irrémédiablement brouillé le monde, ou m'avait-elle réellement ouvert un troisième œil, celui qui voit à travers l'opacité des choses ? Dehors, à la sortie, il faisait nuit, il était l'heure du dîner, mais je ne voulais pas manger. Je rentrai à mon hôtel et m'enfermai dans ma chambre. Durant trois jours je ne sortis pas.

On frappa et j'ouvris la porte : un chasseur venait m'annoncer que l'Obersturmbannführer Hauser avait laissé un message. Je lui fis emporter les restes du repas que je m'étais fait livrer la veille, et pris le temps de me doucher et de me peigner avant de descendre à la réception pour rappeler Thomas. Werner Best était à Berlin, m'informait-il, il acceptait de me voir, le soir même au bar de l'hôtel *Adlon*. « Tu y seras ? » Je remontai me faire couler un bain, le plus chaud possible, et m'y plongeai jusqu'à ce que mes poumons me parussent s'écraser. Puis je demandai qu'un coiffeur monte me raser. À l'heure indiquée j'étais à l'*Adlon*, jouant nerveusement avec le pied d'un verre à Martini, contemplant les Gauleiter, les diplomates, les SS de haut rang, les aristocrates fortunés qui se retrouvaient là ou y logeaient lorsqu'ils étaient de passage à Berlin. Je songeai à Best. Comment un homme comme Werner Best réagirait-il si je lui disais que je croyais avoir vu le Führer drapé dans le châle des rabbins ? Sans doute m'indiquerait-il l'adresse d'un bon médecin. Mais peut-être aussi m'expliquerait-il froidement pourquoi il *fallait* qu'il en soit ainsi. Un type curieux. Je l'avais rencontré à l'été 1937, après qu'il m'eut aidé, par l'entremise de Thomas, lors de mon arrestation au Tiergarten ; il n'y avait jamais fait allusion par la suite. Après mon recrutement, alors que j'étais d'au moins dix ans son cadet, il parut s'intéresser à moi et m'invita plusieurs fois à dîner, généralement en compagnie de Thomas et d'un ou deux autres officiels du SD, une fois avec Ohlendorf, qui but beaucoup de café et parla peu, et parfois aussi seul à seul. C'était un homme extraordinairement précis, froid et objectif, et en même temps voué avec passion à ses idéaux.

Alors que je le connaissais à peine, il me semblait évident que Thomas Hauser imitait son style, et je vis plus tard que c'était le cas pour la plupart des jeunes officiers SD, qui l'admiraient certainement plus que Heydrich. Best, à cette époque-là, aimait encore prêcher ce qu'il appelait le *réalisme héroïque* : « Ce qui compte, affirmait-il en citant Jünger, qu'il lisait avidement, ce n'est pas ce pour quoi on se bat, mais comment on se bat. » Pour cet homme, le national-socialisme n'était pas une opinion politique, mais bien plutôt un mode de vie, dur et radical, qui mêlait une capacité d'analyse objective à une aptitude à agir. La plus haute moralité, nous expliquait-il, consiste à surmonter les inhibitions traditionnelles dans la recherche du bien du *Volk*. En cela, la *Kriegsjugendgeneration*, la « génération de la jeunesse de guerre », à laquelle il appartenait aussi bien qu'Ohlendorf, Six, Knochen et aussi Heydrich, se distinguait nettement de la génération précédente, la *junge Frontgeneration*, la « jeunesse du front » qui avait connu la guerre. La plupart des Gauleiter et des chefs du Parti, tels Himmler et Hans Frank et aussi Goebbels et Darré, appartenaient à cette génération, mais Best les jugeait trop idéalistes, trop sentimentaux, naïfs et peu réalistes. Les *Kriegsjungen*, trop jeunes pour avoir connu la guerre ou même les combats des Freikorps, avaient grandi durant les années troubles de Weimar, et contre ce chaos s'étaient forgé une approche *völkisch* et radicale des problèmes de la Nation. Ils avaient rejoint le NSDAP non pas parce que son idéologie différait de celle des autres partis *völkisch* des années 20, mais parce qu'au lieu de s'embourber dans les idées, les querelles d'élites, les débats stériles et sans fin, il s'était concentré sur l'organisation, la propagande de masse et l'activisme, et avait ainsi naturellement émergé pour prendre une position de guide. Le SD incarnait cette approche dure, objective, réaliste. Quant à notre génération — Best, dans ces discussions, voulait dire par là celle de Thomas et la mienne —, elle ne s'était pas encore pleinement définie : elle était arrivée à l'âge d'homme sous le national-socialisme, mais ne s'était pas encore confrontée à ses vrais défis. C'était pour cela que nous devions nous préparer, cultiver une discipline sévère, apprendre à nous battre pour notre *Volk* et si nécessaire détruire nos adversaires, sans haine et sans animosité, pas comme ces pontes teutoniques qui se croyaient encore vêtus de peaux de bêtes, mais d'une manière systématique, efficiente, raisonnée. Voilà tout à fait l'humeur du SD de cette époque, celle, par exemple, du Prof. Dr. Alfred Six, mon premier chef de département, qui dirigeait en même temps la faculté d'économie étrangère à l'Université : c'était un homme amer, plutôt désagréable, et qui parlait bien plus souvent de politique racialo-biologique que d'économie ; mais il préconisait les mêmes méthodes que Best, et il en était ainsi pour tous les jeunes gens recrutés au fil des années par Höhn, les *jeunes loups* du SD, Schellenberg, Knochen, Behrends, d'Alquen, Ohlendorf bien sûr, mais aussi des hommes moins connus maintenant comme Melhorn, Gürke qui fut tué au feu en 1943, Lemmel, Taubert. C'était une race à part, peu appréciée au sein du Parti, mais lucide, agissante, disciplinée, et après mon entrée au SD je n'avais aspiré à rien d'autre qu'à devenir l'un d'eux. Maintenant, je ne savais plus trop. J'avais l'impression, après mes expériences à l'Est, que les idéalistes du SD s'étaient fait déborder par les policiers, les fonctionnaires de la violence. Je me demandais ce que Best pensait de l'*Endlösung*. Mais je n'avais aucune intention de le lui demander, ni même d'aborder le sujet, et encore moins celui de mon étrange vision.

Best arriva avec une demi-heure de retard, vêtu d'un extraordinaire uniforme noir à double rangée de boutons dorés et avec d'immenses revers croisés en velours blanc. Après un échange formel de saluts, il me serra vigoureusement la main en s'excusant pour son retard : « J'étais chez le Führer. Je n'ai pas eu le temps de me changer. » Tandis que nous nous félicitions pour nos promotions respectives, un maître d'hôtel s'avança, salua Best, et nous mena à une alcôve réservée. Je commandai un second Martini et Best un verre de vin rouge. Puis il me questionna sur ma carrière en Russie : je répondis sans entrer dans les détails ; de toute façon, Best savait mieux que quiconque ce qu'était un Einsatzgruppe. « Et maintenant ? » Alors je lui exposai mon idée. Il m'écoutait patiemment, en hochant la tête ; son haut front bombé, luisant sous les lustres, portait encore la marque rouge de sa casquette qu'il avait posée sur la banquette. « Oui, je me souviens, fit-il enfin. Vous commenciez à vous intéresser au droit international. Pourquoi n'avez-vous rien publié ? » — « Je n'en ai jamais vraiment eu la possibilité. Au RSHA, après votre départ, on ne me confiait que des questions de droit constitutionnel et pénal, et après, sur le terrain, c'était impossible. En revanche, j'ai acquis une bonne expérience pratique de nos méthodes d'occupation. » — « Je ne suis pas sûr que l'Ukraine soit le meilleur exemple. » — « Certainement pas, fis-je. Personne au RSHA ne comprend comment on laisse Koch se déchaîner comme ça. C'est une catastrophe. » — « C'est un des dysfonctionnements du national-socialisme. Sur ce point-là, Staline est bien plus rigoureux que nous. Mais les hommes comme Koch, je l'espère, n'ont aucun avenir. Vous avez lu le *Festgabe* que nous avons fait éditer pour le quarantième anniversaire du Reichsführer ? » Je secouai la tête : « Malheureusement non. » — « Je vous en ferai parvenir un exemplaire. Ma contribution y développait une théorie du *Grossraum* fondée sur une base *völkisch* ; votre ancien professeur Höhn a écrit un article sur le même sujet, ainsi que Stuckart, du ministère de l'Intérieur. Lemmel, vous vous souvenez de lui, a aussi publié sur ces concepts, mais ailleurs. Il s'agissait à la fois d'achever notre lecture critique de Carl Schmitt et en même temps de mettre en avant la SS comme force motrice pour la construction du Nouvel Ordre européen. Le Reichsführer, entouré d'hommes comme nous, aurait pu en être l'architecte principal. Mais il a laissé filer sa chance. » — « Que s'est-il passé, alors ? » — « C'est difficile à dire. Je ne sais pas si le Reichsführer était obnubilé par ses plans pour la reconstruction de l'Est allemand, ou s'il a été débordé par des tâches trop nombreuses. Certainement l'implication de la SS dans les processus d'aménagement démographique, à l'Est, a joué un rôle. C'est un peu pour cela que j'ai choisi de quitter le RSHA. » Cette dernière assertion, je le savais, manquait de franchise. À l'époque où j'avais achevé ma thèse (elle portait sur la réconciliation du droit étatique positif avec la notion de *Volksgemeinschaft*) et entrais à plein temps au SD, pour l'aider à rédiger des opinions juridiques, Best commençait déjà à avoir des problèmes, notamment avec Schellenberg. Schellenberg, en privé et aussi par écrit, accusait Best d'être trop bureaucratique, trop coincé, un *avocat académique*, un *coupeur de cheveux en quatre*. Cela, d'après la rumeur, était aussi l'opinion de Heydrich ; du moins Heydrich avait-il lâché la bride à Schellenberg. Best, de son côté, critiquait la « désofficialisation » de la police : concrètement, il soutenait que tous les employés du SD détachés à la SP, comme Thomas et moi-même, devaient être soumis aux règles et aux procédures ordinaires de l'administration d'État ; les chefs de service devaient tous avoir une formation juridique. Mais Heydrich se moquait de ce *jardin d'enfants pour contrôleurs* et Schellenberg lançait bordée sur bordée. Best, à ce sujet, m'avait un jour fait une remarque frappante : « Vous savez, malgré toute ma haine pour 1793, je me sens parfois proche de Saint-Just, qui disait : *Je crains moins l'austérité ou le délire des uns que la souplesse des autres.* » Tout cela se passait au cours du dernier printemps avant la guerre ; j'ai déjà parlé de ce qui s'ensuivit à l'automne, le départ de Best, mes propres soucis : mais je comprenais bien que Best préférait voir le côté positif de ces développements. « En France et maintenant au Danemark, disait-il, j'ai essayé de travailler sur les aspects pratiques de ces théories. » — « Et comment cela se passe-t-il ? » — « En France, l'idée d'une administration supervisée était bonne. Mais il y avait trop d'interférences de la

Wehrmacht, qui poursuivait sa propre politique, et de Berlin, qui gâchait un peu les choses avec ces histoires d'otages. Et puis, bien sûr, le 11 novembre a mis fin à tout ça. C'était à mon avis une erreur grossière. Mais bon! J'ai par contre tout espoir de faire du Danemark un Protektorat modèle. » — « On ne dit que du bien de votre travail. » — « Oh, j'ai aussi mes critiques! Et puis, vous savez, je ne fais que commencer. Mais au-delà de ces enjeux précis, ce qui compte, c'est de s'atteler à développer une vision globale pour l'après-guerre. Pour le moment, toutes nos mesures sont *ad hoc* et incohérentes. Et le Führer émet des signaux contradictoires quant à ses intentions. Ainsi, c'est très difficile de faire des promesses concrètes. » — « Je vois tout à fait ce que vous voulez dire. » Je lui parlai brièvement de Lippert, des espoirs qu'il avait soulevés lors de notre conversation à Maïkop. « Oui, c'est un bon exemple, fit Best. Mais voyez-vous, d'autres personnes promettent les mêmes choses aux Flamands. Et puis maintenant le Reichsführer, poussé par l'Obergruppenführer Berger, est en train de lancer sa propre politique, avec la création de légions Waffen-SS nationales, ce qui est incompatible ou en tout cas pas coordonné avec la politique de l'*Auswärtiges Amt*. Tout le problème est là : tant que le Führer n'intervient pas en personne, chacun mène sa politique personnelle. Il n'y a aucune vue d'ensemble et donc aucune politique réellement *völkisch*. Les vrais nationaux-socialistes sont incapables de faire leur travail, qui est d'orienter et de guider le *Volk* ; à la place, ce sont les *Parteigenossen*, les hommes du Parti, qui se taillent des fiefs puis les gouvernent comme cela les amuse. » — « Vous ne pensez pas que les membres du Parti soient d'authentiques nationaux-socialistes ? » Best leva un doigt : « Attention. Ne confondez pas membre du Parti et homme du Parti. Tous les membres du Parti, comme vous et moi, ne sont pas forcément des "PG". Un national-socialiste doit croire à sa vision. Et forcément comme la vision est unique, tous les vrais nationaux-socialistes ne peuvent travailler que dans une seule direction, qui est celle du *Volk*. Mais croyez-vous que tous ces gens-là » — il fit un geste large en direction de la salle — « soient d'authentiques nationaux-socialistes ? Un homme du Parti, c'est quelqu'un qui doit sa carrière au Parti, qui a une position à défendre au sein du Parti, et qui donc défend les intérêts du Parti dans les controverses avec les autres hiérarchies, quels que soient les intérêts réels du *Volk*. Le Parti, au départ, était conçu comme un mouvement, un agent de mobilisation du *Volk* ; maintenant, c'est devenu une bureaucratie comme les autres. Pendant longtemps, certains d'entre nous espéraient que la SS pourrait prendre la relève. Et il n'est pas encore trop tard. Mais la SS aussi succombe à de dangereuses tentations. » Nous bûmes un peu ; je voulais revenir au sujet qui me préoccupait. « Que pensez-vous de mon idée ? demandai-je enfin. Il me semble qu'avec mon passé, ma connaissance du pays et des divers courants d'idées français, c'est en France que je pourrais être le plus utile. » — « Peut-être avez-vous raison. Le problème, comme vous le savez, c'est qu'à part le terrain strictement policier la SS est un peu hors jeu, en France. Et je ne pense pas que mon nom vous serait très utile chez le *Militärbefehlshaber*. Avec Abetz je ne peux rien non plus, il est très jaloux de sa boutique. Mais si vous y tenez vraiment, contactez Knochen. Il devrait se souvenir de vous. » — « Oui, c'est une idée », dis-je à contrecœur. Ce n'était pas cela que je voulais. Best continuait : « Vous pourrez lui dire que je vous ai recommandé. Et le Danemark ? Ça ne vous dirait rien ? Je pourrais sans doute vous y trouver un bon poste. » J'essayai de ne pas trop montrer ma gêne croissante : « Je vous remercie beaucoup pour cette proposition. Mais j'ai des idées précises concernant la France et je voudrais les creuser si c'est possible. » — « Je vous comprends. Mais si vous changez d'avis, recontactez-moi. » — « Bien entendu. » Il regarda sa montre. « Je dîne avec le ministre et il faut vraiment que je me change. Si je pense à autre chose, pour la France, ou si j'entends parler d'un poste intéressant, je vous le ferai savoir. » — « Je vous en serais reconnaissant. Je vous remercie encore d'avoir pris le temps de me voir. » Il acheva son verre et répliqua : « C'était un plaisir. Voilà ce qui me manque le plus, depuis que j'ai quitté le RSHA : la possibilité de discuter ouvertement d'idées avec des hommes de convictions. Au Danemark, je dois être tout le temps sur mes gardes. Allez, bonne soirée ! » Je le raccompagnai et le quittai dans la rue, devant l'ancienne ambassade de Grande-Bretagne. Je regardai sa voiture filer dans la Wilhelmstrasse puis me dirigeai vers la porte de Brandebourg et le Tiergarten, troublé par ses dernières paroles. Un homme de convictions ? Autrefois, sans doute, j'en avais été un, mais maintenant, où se tenait-elle, la clarté de mes convictions ? Ces convictions, je pouvais les apercevoir, elles voltigeaient doucement autour de moi : mais si je tentais d'en saisir une, elle me filait entre les doigts, comme une anguille nerveuse et musclée.

Thomas, lui, était certainement un homme de convictions ; convictions, visiblement, entièrement compatibles avec la poursuite de ses ambitions et du plaisir. De retour à l'hôtel, je trouvai un mot de lui m'invitant au ballet. Je lui téléphonai pour m'excuser ; sans m'en laisser le temps, il me lança : « Alors, comment ça s'est passé ? », puis il se mit à m'expliquer pourquoi de son côté il n'arrivait à rien. J'écoutai patiemment et à la première occasion tentai de refuser son invitation. Mais il ne voulut rien entendre : « Tu deviens sauvage. Ça te fera du bien de sortir. » L'idée à vrai dire m'ennuyait profondément, mais je finis par céder. Tous les Russes étant bien entendu proscrits, on donnait des divertissements de Mozart, les ballets d'*Idomeneo* suivis d'une *Gavotte* et des *Petits riens*. L'orchestre était dirigé par Karajan, alors jeune étoile montante dont la gloire n'éclipsait pas encore celle de Furtwängler. Je retrouvai Thomas près de l'entrée des artistes : un de ses amis lui avait procuré une loge privée. Tout était superbement organisé. Des ouvreuses empressées prirent nos manteaux et nos casquettes et nous conduisirent à un buffet, où l'on nous servit l'apéritif en compagnie de musiciens et de starlettes des studios de Goebbels aussitôt charmées par la verve et la belle allure de Thomas. Lorsqu'on nous mena à notre loge, située au pied de la scène, au-dessus de l'orchestre, je chuchotai : « Tu n'essayes pas d'en inviter une ? » Thomas haussa les épaules : « Tu plaisantes ! Pour passer après le bon docteur, il faut au moins être Gruppenführer. » Cette taquinerie, je l'avais lancée mécaniquement, sans conviction ; je restais renfermé en moi-même, clos, hostile à tout ; mais dès que le spectacle commença je fus ravi. Les danseurs se trouvaient juste à quelques mètres de moi, et en les regardant je me sentais pauvre et hâve et misérable, comme si je n'avais pas encore secoué de mon corps le froid et la peur du front. Eux, splendides, et comme pour marquer une infranchissable distance, bondissaient dans leurs costumes brillants, et leurs corps rutilants et somptueux me pétrifiaient et me rendaient fou d'excitation (mais c'était une excitation vaine, sans but, désemparée). L'or, le cristal des lustres, le tulle, la soie, les bijoux opulents, les dents étincelantes des artistes, leurs muscles resplendissants m'accablaient. Au premier entracte, suant sous mon uniforme, je me ruai au bar et bus plusieurs verres, puis je rapportai la bouteille avec moi dans la loge. Thomas me regardait avec amusement et buvait aussi, plus lentement. De l'autre côté du théâtre, assise dans une loge à l'étage, une femme me lorgnait à travers des jumelles de spectacle. Elle se trouvait trop loin, je n'arrivais pas à discerner ses traits et je n'avais pas moi-même de jumelles, mais visiblement elle me fixait, et ce petit jeu en vint à m'énerver prodigieusement ; au second entracte, je ne fis aucune tentative pour aller la trouver, je me réfugiai au buffet privé et continuai à boire avec Thomas ; mais dès que le ballet reprit, je fus comme un enfant. J'applaudissais, je songeais même à faire envoyer des fleurs à l'une des danseuses, mais je ne savais pas laquelle choisir, et puis je ne connaissais pas leurs noms, et je ne savais pas m'y prendre, et j'avais peur de me tromper. La femme continuait à me lorgner mais je m'en moquais. Je bus encore, je ris. « Tu avais raison, dis-je à Thomas, c'était une bonne idée. » Tout m'émerveillait et m'effrayait. Je ne parvenais pas à comprendre la beauté des corps des danseurs, une beauté presque abstraite, asexuée, sans distinction aucune entre les hommes et les femmes : cette beauté me scandalisait presque. Après le ballet, Thomas me conduisit dans une petite rue de Charlottenburg ; à mon horreur, en entrant, je vis qu'il s'agissait d'une maison close, mais il était trop tard pour faire marche arrière. Je bus encore et mangeai des sandwiches tandis que Thomas dansait avec les filles dévêtues, qui visiblement le connaissaient bien. Il y avait là d'autres officiers et quelques civils. Un gramophone jouait des disques américains, un jazz frénétique et crispant, que traversait le rire cassant et perdu des putes. La plupart ne portaient que des sous-vêtements de soie colorée, et leurs chairs molles, fades, endormies, que Thomas empoignait à pleine main, me dégoûtaient. Une fille tenta de s'asseoir sur mes genoux, je la repoussai doucement, ma main sur son ventre nu, mais elle insistait, et je l'envoyai promener brutalement, elle s'offusqua. J'étais blême, défait, tout brillait, cliquetait et me faisait mal. Thomas vint me verser un autre verre en riant : « Si elle ne te plaît pas, pas la peine de faire un scandale, il y en a d'autres. » Il agitait la main, le visage rouge. « Choisis, choisis, c'est moi qui invite. » Je n'en avais aucune envie, mais il insistait ; finalement, pour qu'il me laisse tranquille, je saisis par le col la bouteille que je buvais et montai avec une des filles, désignée au hasard. Dans sa chambre, c'était plus calme. Elle m'aida à ôter ma tunique ; mais lorsqu'elle voulut me déboutonner la chemise, je l'arrêtai et la fis asseoir. « Comment t'appelles-tu ? » lui demandai-je. — « Émilie », répondit-elle, utilisant la forme française du nom. — « Raconte-moi une histoire, Émilie. » — « Quel genre d'histoire, Herr Offizier ? » — « Raconte-moi ton enfance. » Ses premières paroles me glacèrent : « J'avais une sœur jumelle. Elle est morte à dix ans. On avait toutes les deux la même maladie, des rhumatismes articulaires aigus, et puis elle est morte d'urémie, l'eau qui montait, montait... Elle est morte étouffée. » Elle fouilla dans un tiroir et en tira deux photographies encadrées. La première montrait les deux jumelles, côte à côte, avec de grands yeux et des rubans dans les cheveux, vers l'âge de dix ans ; l'autre, la morte dans son cercueil, entourée de tulipes. « À la maison, on a accroché cette photo-là. À partir de ce jour ma mère n'a plus supporté les tulipes, l'odeur des tulipes. Elle disait : *J'ai perdu l'ange et gardé le diable.* Après ça, quand je me voyais par hasard dans une glace, je croyais voir ma sœur morte. Et si je revenais de l'école en courant, ma mère piquait des crises de nerfs folles, elle croyait voir ma sœur, alors je me forçais à toujours rentrer de l'école calmement. » — « Et comment as-tu fini ici ? » demandai-je. Mais la fille, prise de fatigue, s'était endormie sur le divan. Je m'accoudai à la table et la regardai, buvant de temps en temps. Elle se réveilla : « Oh, pardon, je me déshabille tout de suite. » Je souris et lui répondis : « Ce n'est pas la peine. » Je m'assis sur le canapé, pris sa tête sur mes genoux et lui caressai les cheveux. « Allez, dors encore un peu. »

Un nouveau message m'attendait à l'hôtel *Eden* : « Frau von Üxküll, m'expliqua le portier. Voici le numéro où vous pourrez la rappeler. » Je montai et m'assis sur mon divan sans même dégrafer ma tunique, effondré. Pourquoi me contacter comme cela, après toutes ces années ? Pourquoi maintenant ? J'aurais été incapable de dire si je souhaitais la revoir ; mais je savais que si elle le souhaitait, ne pas la revoir me serait aussi impossible que m'arrêter de respirer. Cette nuit-là, je ne dormis pas, ou peu. Les souvenirs affluaient brutalement ; à la différence de ceux qui se pressaient en grandes vagues, à Stalingrad, ce n'étaient plus les souvenirs solaires, éclatants, de la force du bonheur, mais des souvenirs déjà teintés de la froide lumière de la pleine lune, blanche et amère. Au printemps, de retour des sports d'hiver, nous avions repris nos jeux dans le grenier, nus, brillant dans la lumière chargée de poussière, parmi les poupées et les piles de malles et les portemanteaux surchargés de vieux vêtements derrière lesquels nous nous nichions. Après l'hiver, j'étais pâle, et encore sans un poil ; quant à elle, l'ombre d'une touffe apparaissait entre ses jambes, et des seins minuscules commençaient à déformer sa poitrine que j'aimais si plate et lisse. Mais il n'y avait aucun moyen de revenir en arrière. Il faisait encore froid, nos peaux étaient tendues et hérissées. Elle monta sur moi mais déjà un filet de sang lui coulait le long de l'intérieur des cuisses. Elle pleurait : « Ça commence, la déchéance commence. » Je la pris dans mes bras maigres et pleurai avec elle. Nous n'avions pas treize ans. Ce n'était pas juste, je voulais être comme elle ; pourquoi ne pouvais-je pas saigner aussi, partager cela avec elle ? Pourquoi ne pouvions-nous pas être pareils ? Je n'avais pas encore d'éjaculations, nos jeux continuaient ; mais peut-être maintenant nous observions-nous l'un l'autre, nous observions-nous nous-mêmes un peu plus, et cela introduisait une distance déjà, sans doute infime, mais qui nous obligeait peut-être à parfois forcer les choses. Puis ce fut l'iné-vitable : un jour, la crème blanchâtre sur ma main, mes cuisses. Je le dis à Una et lui montrai. Cela la fascinait, mais elle prit peur, on lui avait expliqué les lois de la mécanique. Et pour la première fois le grenier nous semblait morne, poussiéreux, encombré de toiles d'araignées. Je voulais lui embrasser le sein, rond maintenant, mais cela ne l'intéressait pas, et elle se mit à genoux, me présentant ses étroites fesses d'adoles-cente. Elle avait apporté de la cold-cream prise dans la salle de bains de notre mère : « Tiens, expliqua-t-elle. Là, il ne peut rien arriver. » Plus encore que de la sensation, je me souviens de l'odeur âcre et entêtante de la crème. Nous étions entre l'Âge d'Or et la Chute.

Lorsque je l'appelai, à la fin de la matinée, sa voix était parfaitement calme. « Nous sommes au *Kaiserhof.* » — « Tu es libre ? » — « Oui. On peut se voir ? » — « Je passe te prendre. » Elle m'attendait dans le hall d'entrée et se leva en me voyant. J'ôtai ma casquette et elle m'embrassa délicatement sur la joue. Puis elle fit un pas en arrière et me contempla. Elle tendit un doigt et tapota du bout de l'ongle un des boutons à croix gammée de ma tunique : « Ça te va plutôt bien, cet uniforme. » Je la regardai sans rien dire : elle n'avait pas changé, un peu mûri sans doute, mais elle était toujours aussi belle. « Que fais-tu ici ? » demandai-je. — « Berndt avait des affaires à régler avec son notaire. Je me suis dis que tu étais peut-être à Berlin, et j'ai eu envie de te voir. » — « Comment m'as-tu trouvé ? » — « Un ami de Berndt à l'OKW a téléphoné Prinz-Albrechtstrasse et ils lui ont dit où tu logeais. Qu'est-ce que tu veux faire ? » — « Tu as du temps ? » — « La journée entière. » — « Allons à Potsdam, alors. On mangera et on ira se promener dans le parc. »

C'était une des toutes premières belles journées de l'année. L'air tié-dissait, les arbres bourgeonnaient sous un soleil encore pâle. Dans le train nous échangeâmes peu de mots ; elle semblait distante, et pour tout dire j'étais terrifié. Le visage tourné vers la vitre, elle regardait passer les arbres encore nus de la forêt de Grunewald ; et moi, je regardais ce visage. Sous ses lourds cheveux de jais, il paraissait presque translu-cide, de longues veines bleues se dessinaient clairement sous la peau lai-teuse. L'une d'elles partait de la tempe, touchait le coin de l'œil, puis allait en une longue courbe traverser la joue comme une balafre. Je m'imaginais le sang pulsant lentement sous cette surface aussi épaisse et profonde que les huiles opalescentes d'un maître flamand. À la base du cou, un autre réseau de veines prenait naissance, se déployait par-dessus la délicate clavicule, et partait sous son tricot, je le savais, comme deux grandes mains ouvertes irriguer ses seins. Quant à ses yeux, je les voyais reflétés dans la vitre, sur le fond brun des troncs serrés, sans couleur, lointains, absents. À Potsdam, je connaissais un petit restaurant près de la Garnisonskirche. Les cloches du carillon sonnaient leur petit air mélancolique, sur une mélodie de Mozart. Le restaurant était ouvert : « Les idées fixes de Goebbels n'ont pas cours à Potsdam », commentai-je ; mais même à Berlin la plupart des restaurants rouvraient déjà. Je commandai du vin et demandai à ma sœur des nouvelles de la santé de son mari. « Ça va », répondit-elle laconiquement. Ils n'étaient à Berlin que pour quelques jours ; après cela, ils iraient dans un sanatorium en Suisse, où von Üxküll devait faire une cure. Hésitant, je voulus la faire parler de sa vie en Poméranie. « Je n'ai pas à me plaindre, affirma-t-elle en me regardant de ses grands yeux clairs. Les fermiers de Berndt nous apportent de quoi manger, nous avons tout ce qu'il nous faut. On arrive même à avoir du poisson. Je lis beaucoup, je me promène. La guerre me semble très loin. » — « Elle se rapproche », dis-je durement. — « Tu ne crois quand même pas qu'ils vont arriver jusqu'en Allemagne ? » Je haussai les épaules : « Tout est possible. » Nos paroles restaient froides, empruntées, je le voyais, mais je ne savais comment rompre cette froideur à laquelle elle paraissait indifférente. Nous bûmes et mangeâmes un peu. Enfin, plus doucement, elle hasarda : « J'ai entendu dire que tu as été blessé. Par des amis militaires de Berndt. Nous vivons une vie assez retirée, mais il garde des contacts. Je n'ai pas eu de détails et je me suis inquiétée. Mais à te voir, cela ne devait pas être trop sérieux. » Alors, posément, je lui racontai ce qui s'était passé et lui montrai le trou. Elle lâcha ses couverts et blêmit ; elle leva la main, puis la reposa. « Excuse-moi. Je ne savais pas. » Je tendis les doigts et touchai le dos de sa main ; elle la retira lentement. Je ne disais rien. De toute façon je ne savais pas quoi dire : tout ce que j'aurais voulu dire, tout ce qu'il aurait fallu que je dise, je ne pouvais pas le dire. Il n'y avait pas de café ; nous achevâmes notre repas et je payai. Les rues de Potsdam étaient tranquilles : des militaires, des femmes avec des landaus, peu de véhicules. Nous nous dirigeâmes vers le parc, sans parler. Le Marlygarten, par où on entrait, prolongeait en l'épaississant encore le calme des rues ; de loin en loin, on apercevait un couple ou quelques blessés convalescents, avec des béquilles, des chaises roulantes. « C'est terrible, murmura Una. Quel gâchis. » — « C'est nécessaire », dis-je. Elle ne répliqua pas : nous parlions toujours l'un à côté de l'autre. Des écureuils peu farouches filaient sur l'herbe ; à notre droite, l'un d'eux courait prendre des morceaux de pain dans la main d'une petite fille, reculait, revenait grignoter, et la fillette partait d'un rire joyeux. Sur les pièces d'eau, des colverts et d'autres canards nageaient ou venaient se poser : juste avant l'impact, ils battaient rapidement des ailes, inclinées à la verticale, pour freiner, et braquaient leurs pattes palmées vers l'eau ; dès qu'ils touchaient la surface, ils repliaient leurs pattes et finissaient sur leur ventre bombé, dans un petit jet d'eau. Le soleil brillait à travers les pins et les branches nues des chênes ; aux carrefours des allées se dressaient sur des piédestaux de petits angelots ou des nymphes en pierre grise, superflus et dérisoires. Au Mohrenrondell, un cercle de bustes adossés à des buissons taillés sous des terrasses étagées de vignes et de serres, Una tira à elle sa jupe et s'assit sur un banc, lestement comme une adolescente. J'allumai une cigarette, elle me l'emprunta et en tira quelques bouffées avant de me la rendre. « Parle-moi de la Russie. » Je lui expliquai, en phrases courtes et sèches, en quoi consistait le travail de sécurité sur les arrières du front. Elle écouta sans rien dire. À la fin elle demanda : « Et toi, tu as tué des gens ? » — « Une fois, j'ai dû administrer des coups de grâce. La plupart du temps je m'occupais de renseignement, j'écrivais des rapports. » — « Et quand tu tirais sur ces gens, qu'est-ce que tu ressentais ? » Je répondis sans hésiter : « La même chose qu'en regardant d'autres tirer. Dès le moment où il faut le faire, peu importe qui le fait. Et puis, je considère que regarder engage autant ma responsabilité que faire. » — « Mais est-ce qu'il faut le faire ? » — « Si on veut gagner cette guerre, oui, sans doute. » Elle considéra cela puis dit : « Je suis heureuse de ne pas être un homme. » — « Et moi, j'ai souvent souhaité avoir ta chance. » Elle tendit le bras et me passa la main sur la joue, pensive : je crus que le bonheur m'étoufferait, que je me blottirais dans ses bras, comme un enfant. Mais elle se leva et je la suivis. Elle gravissait posément les terrasses en direction du petit château jaune. « Tu as eu des nouvelles de maman ? » demanda-t-elle par-dessus son épaule. — « Aucune. On ne s'écrit plus depuis des années. Qu'est-ce qu'elle devient ? » — « Elle est toujours à Antibes, avec Moreau. Il faisait des affaires avec l'armée allemande. Maintenant, ils sont sous contrôle italien : il paraît qu'ils se comportent très bien, mais Moreau est furieux parce qu'il est convaincu que Mussolini veut annexer la Côte d'Azur. » Nous étions arrivés à la dernière terrasse, une étendue de gravier donnant jusqu'à la façade du château. De là, on dominait le parc, les toits et les clochers de Potsdam se profilaient derrière les arbres. « Papa aimait beaucoup cet endroit », dit tranquillement Una. Le sang me monta au visage et je lui saisis le bras : « Comment sais-tu cela ? » Elle haussa les épaules : « Je le sais, c'est tout. » — « Tu n'as jamais... » Elle me regarda avec tristesse : « Max, il est mort. Tu dois te mettre ça dans la tête. » — « Toi aussi, tu dis ça », crachai-je haineusement. Mais elle resta calme : « Oui, moi aussi je dis ça. » Et elle récita ces vers en anglais :

> *Full fathom five thy father lies;*
> *Of his bones are coral made;*
> *Those are pearls that were his eyes :*
> *Nothing of him that doth fade,*
> *But doth suffer a sea-change*
> *Into something rich and strange.*

Dégoûté, je me détournai et m'éloignai. Elle me rattrapa et me prit le bras. « Viens. On va visiter le château. » Le gravier crissant sous nos pas, nous contournâmes le bâtiment et passâmes sous la rotonde. À l'intérieur, je contemplai d'un œil distrait les dorures, les petits meubles précieux, les tableaux voluptueux du xviiie siècle ; ma pensée fut seulement remuée dans la salle de musique, lorsque je regardai le piano-forte et me demandai si c'était celui même sur lequel le vieux Bach avait improvisé pour le roi la future *Offrande musicale*, le jour où il était venu là : n'était le garde, j'aurais tendu la main et frappé ces touches, qui avaient peut-être senti les doigts de Bach. Le fameux tableau de von Menzel, qui représente Frédéric II, éclairé par des cathédrales de bougies, jouant, tout comme le jour où il avait reçu Bach, de sa flûte traversière, avait été décroché, sans doute par peur des bombardements. Un peu plus loin, la visite passait par la chambre d'hôte dite *chambre de Voltaire*, avec un lit minuscule, où le grand homme aurait, dit-on, dormi durant les années où il enseignait à Frédéric les Lumières et la haine des Juifs ; en vérité il logeait, paraît-il, au château de la ville de Potsdam. Una étudiait avec amusement les décorations frivoles : « Pour un roi qui ne pouvait même plus enlever ses bottes, encore moins sa culotte, il appréciait les femmes nues. Le palais entier semble érotisé. » — « C'est pour se rappeler ce qu'il avait oublié. » À la sortie, elle désigna la colline où se découpaient des ruines artificielles dues à la lubie de ce prince un peu fantasque : « Tu veux monter là-haut ? » — « Non. Allons plutôt vers l'orangerie. » Nous déambulions paresseusement, sans trop regarder ce qui nous entourait. Nous nous assîmes un moment sur la terrasse de l'orangerie, puis descendîmes les marches qui encadrent les grands bassins et les parterres en une ordonnance régulière, classique, parfaitement symétrique. Après recommençait le parc et nous continuâmes au hasard, par une des longues allées. « Est-ce que tu es heureux ? » me demanda-t-elle. — « Heureux ? Moi ? Non. Mais j'ai connu le bonheur. Maintenant, ce qu'il y a, j'en suis satisfait, je ne me plains pas. Pourquoi me demandes-tu cela ? » — « Comme ça. Sans raison. » Un peu plus loin, elle reprit : « Tu peux me dire pourquoi on ne s'est pas parlé depuis plus de huit ans ? » — « Tu t'es mariée », ripostai-je en retenant une bouffée de rage. — « Oui, mais ça, c'était plus tard. Et puis, ce n'est pas une raison. » — « Pour moi c'en est une. Pourquoi l'as-tu épousé ? » Elle s'arrêta et me regarda attentivement : « Je n'ai pas de comptes à te rendre. Mais si tu veux savoir, je l'aime. » Je la regardai à mon tour : « Tu as changé. » — « Tout le monde change. Toi aussi tu as changé. » Nous reprîmes notre marche. « Et toi, tu n'as aimé personne ? » demanda-t-elle. — « Non. Je tiens mes promesses, moi. » — « Je ne t'en ai jamais fait. » — « C'est vrai », reconnus-je. — « De toute manière, continua-t-elle, l'attachement obstiné à des promesses anciennes n'est pas une vertu. Le monde change, il faut savoir changer avec. Toi, tu restes prisonnier du passé. » — « Je préfère parler de loyauté, de fidélité. » — « Le passé est fini, Max. » — « Le passé n'est jamais fini. »

Nous étions arrivés au pavillon chinois. Un mandarin, sous son parasol, trônait au sommet de la coupole, bordée d'un auvent bleu et or soutenu par des colonnes dorées en forme de palmier. Je jetai un coup d'œil à l'intérieur : une salle ronde, des peintures orientales. Dehors, au pied de chaque palmier, siégeaient des figures exotiques, elles aussi dorées. « Une vrai *folie*, commentai-je. Voilà à quoi rêvaient les grands, autrefois. C'est un peu ridicule. » — « Pas plus que les délires des puissants d'aujourd'hui, répondit-elle calmement. Moi, j'aime beaucoup ce siècle. C'est le seul dont on peut au moins dire que ce ne fut pas un siècle de foi. » — « De Watteau à Robespierre », rétorquai-je ironiquement. Elle fit une moue : « Robespierre, c'est déjà le XIXe. C'est presque un romantique allemand. Tu aimes toujours autant cette musique française, Rameau, Forqueray, Couperin ? » Je sentis mon visage s'assombrir : sa question m'avait brutalement rappelé Yakov, le petit pianiste juif de Jitomir. « Oui, répondis-je enfin. Mais je n'ai pas eu l'occasion de les écouter depuis un bon moment. » — « Berndt en joue de temps en temps. Surtout Rameau. Il dit que ce n'est pas mal, qu'il y a des choses qui valent presque Bach, au clavier. » — « C'est ce que je pense aussi. » J'avais eu presque la même conversation avec Yakov. Je ne dis plus rien. Nous nous trouvions à la limite du parc ; nous fîmes demi-tour puis, d'un commun accord, obliquâmes vers la Friedenskirche et la sortie. « Et toi ? demandai-je. Tu es heureuse, dans ton trou poméranien ? » — « Oui. Je suis heureuse. » — « Tu ne t'ennuies pas ? Tu dois te sentir un peu seule, parfois. » Elle me regarda de nouveau, longuement, avant de répondre : « Je n'ai besoin de rien. » Cette parole me glaça. Nous prîmes un omnibus jusqu'à la gare. En attendant le train, j'achetai le *Völkische Beobachter*; Una rit en me voyant revenir. « Pourquoi ris-tu ? » — « Je pensais à une blague de Berndt. Le *VB*, il l'appelle le *Verblödungsblatt*, la Feuille d'abrutissement. » Je me rembrunis : « Il devrait faire attention à ce qu'il dit. » — « Ne t'inquiète pas. Il n'est pas idiot, et ses amis sont des hommes intelligents. » — « Je ne m'inquiétais pas. Je te mettais en garde, c'est tout. » Je regardai la première page : les Anglais avaient encore bombardé Cologne, faisant de nombreuses victimes civiles. Je lui montrai l'article : « Ces *Luftmörder* n'ont vraiment aucune honte, fis-je. Ils disent qu'ils défendent la liberté et ils tuent des femmes et des enfants. » — « Nous aussi, nous tuons des femmes et des enfants », répliqua-t-elle avec douceur. Ses paroles me firent honte, mais immédiatement ma honte se mua en colère : « Nous tuons nos ennemis, pour défendre notre pays. » — « Eux aussi, ils défendent leur pays. » — « Ils tuent des civils innocents ! » Je devenais rouge, mais elle restait calme. « Les gens que vous exécutiez, vous ne les avez pas tous pris les armes à la main. Vous aussi, vous avez tué des enfants. » La rage m'étouffait, je ne savais pas lui expliquer ; la différence me semblait évidente, mais elle, elle faisait l'obstinée, elle prétendait ne pas la voir. « Tu me traites d'assassin ! » m'écriai-je. Elle me prit la main : « Mais non. Calme-toi. » Je me calmai et sortis fumer ; puis nous montâmes dans le train. Comme à l'aller, elle regardait passer le Grunewald, et en la regardant je basculai, avec lenteur d'abord, puis vertigineusement, dans le souvenir de notre dernière rencontre. C'était en 1934, juste après notre vingt et unième anniversaire. J'avais enfin pris ma liberté, j'avais annoncé à ma mère que je quittais la France ; en route pour l'Allemagne, je fis un détour par Zurich ; je louai une chambre dans un petit hôtel et allai trouver Una, qui suivait des études dans cette ville. Elle se montra étonnée de me voir : pourtant, elle était déjà au courant de la scène de Paris, avec Moreau et notre mère, et de ma décision. Je l'emmenai dîner dans un restaurant assez modeste mais tranquille. Elle était contente à Zurich, m'expliqua-t-elle, elle avait des amis, Jung était un homme magnifique. Ces dernières paroles me hérissèrent, ce devait être quelque chose dans le ton, mais je me tus. « Et toi ? » me demanda-t-elle. Je lui révélai alors mes espérances, mon inscription à Kiel, mon adhésion au NSDAP aussi (qui datait déjà de mon second voyage en Allemagne, en 1932). Elle m'écoutait en buvant du vin ; je buvais aussi, mais plus lentement. « Je ne suis pas certaine de partager ton enthousiasme pour ce Hitler, commenta-t-elle. Il me semble névrosé, bourrelé de complexes non résolus, de frustrations et de ressentiments dangereux. » — « Comment peux-tu dire cela ! » Je me lançai dans une longue tirade. Mais elle se renfrognait, se refermait sur elle-même. Je m'arrêtai tandis qu'elle se resservait un verre et lui pris la main sur la nappe à carreaux. « Una. C'est ce que je *veux* faire, c'est ce que je *dois* faire. Notre père était allemand. Mon avenir est en Allemagne, pas avec la bourgeoisie corrompue de France. » — « Tu as peut-être raison. Mais j'ai peur que tu perdes ton âme avec ces hommes. » Je rougis de colère et frappai la table. « Una ! » C'était la première fois que je haussais le ton avec elle. Sous le choc, son verre se renversa, roula, et s'écrasa à ses pieds, éclatant dans une flaque de vin rouge. Un garçon se précipita avec un balai et Una, qui jusque-là gardait les yeux baissés, les leva sur moi. Son regard était clair, presque transparent. « Tu sais, dis-je, j'ai enfin lu Proust. Tu te souviens de ce passage ? » Je récitai, la gorge serrée : « *Ce verre sera, comme dans le Temple, le symbole de notre union indestructible.* » Elle agita la main. « Non, non. Max, tu ne comprends rien, tu n'as jamais rien compris. » Elle était rouge, elle devait avoir beaucoup bu. « Tu as toujours pris les choses trop au sérieux. C'était des jeux, des jeux d'enfants. Nous étions des enfants. » Mes yeux, ma gorge se gonflaient. Je fis un effort pour maîtriser ma voix. « Tu te trompes, Una. C'est toi qui n'as rien compris. » Elle but encore. « Il faut grandir, Max. » Cela faisait alors sept ans que nous étions séparés. « Jamais, articulai-je, jamais. » Et cette promesse, je l'ai tenue, même si elle ne m'en a pas su gré.

Dans le train de Potsdam, je la regardais, dominé par le sentiment de la perte, comme si j'avais coulé et n'étais jamais remonté. Et elle, à quoi songeait-elle ? Son visage n'avait pas changé depuis cette nuit à Zurich, il s'était simplement un peu rempli ; mais il me restait fermé, inaccessible ; derrière, il y avait une autre vie. Nous passions entre les élégantes demeures de Charlottenburg ; puis ce furent le Zoo et le Tiergarten. « Tu sais, dis-je, depuis mon arrivée à Berlin je ne suis pas encore allé au Zoo. » — « Pourtant, tu aimais bien les zoos. » — « Oui. Il faudrait que j'aille m'y promener. » Nous descendîmes à la Lehrter Hauptbahnhof et je pris un taxi pour la raccompagner jusqu'à la Wilhelmplatz. « Veux-tu dîner avec moi ? » lui demandai-je devant l'entrée du *Kaiserhof.* — « Volontiers, répondit-elle, mais maintenant je dois aller voir Berndt. » Nous convînmes de nous retrouver deux heures plus tard et je rentrai à mon hôtel me baigner et me changer. Je me sentais épuisé. Ses paroles se confondaient avec mes souvenirs, mes souvenirs avec mes rêves, et mes rêves avec mes pensées les plus folles. Je me remémorai sa cruelle citation de Shakespeare : avait-elle donc, elle aussi, rejoint le camp de notre mère ? C'était sans doute l'influence de son mari, le baron balte. Je me dis avec rage : Elle aurait dû rester vierge, comme moi. L'inconséquence de cette pensée me fit éclater de rire, un long rire sauvage ; en même temps, je voulais pleurer. À l'heure dite, je me retrouvai au *Kaiserhof.* Una me rejoignit dans le hall, parmi de confortables fauteuils carrés et les petits palmiers en pots ; elle portait les mêmes vêtements que l'après-midi. « Berndt se repose », me dit-elle. Elle aussi se sentait fatiguée et nous décidâmes de rester manger à l'hôtel. Depuis que les restaurants rouvraient, une nouvelle directive de Goebbels enjoignait de proposer aux clients des *Feldküchengerichte,* de la cuisine de campagne, en solidarité avec les troupes au front ; le regard du maître d'hôtel, lorsqu'il nous expliqua cela, restait accroché à mes médailles, et mon expression le fit bafouiller ; le rire joyeux d'Una coupa court à son embarras : « Je crois que mon frère en a déjà suffisamment mangé. » — « Oui, bien sûr, s'empressa-t-il de dire. Nous avons aussi de la venaison de la Forêt-Noire. Avec une sauce aux prunes. C'est excellent. » — « Très bien, fis-je. Et du vin français. » — « Du bourgogne, avec la venaison ? » Pendant le repas nous discutâmes de choses et d'autres, tournant autour de ce qui nous concernait le plus. Je lui parlai de nouveau de la Russie, non pas des horreurs, mais de mes expériences plus humaines : la mort de Hanika, et de Voss surtout : « Tu l'aimais bien. » — « Oui. C'était un chic type. » Elle me parlait, elle, des matrones qui l'agaçaient depuis son arrivée à Berlin. Avec son mari, elle s'était rendue à une réception et dans quelques dîners mondains ; là, des femmes de hauts dignitaires du Parti décriaient *les déserteurs sur le front de la reproduction,* les femmes sans enfants coupables de *trahison contre la nature* pour leur *grève du ventre.* Elle rit : « Bien sûr, personne n'a eu le culot de m'attaquer directement, tout le monde peut voir dans quel état est Berndt. Heureusement d'ailleurs car je les aurais giflées. Mais elles mouraient de curiosité, elles venaient rôder autour de moi sans oser me demander franchement s'il peut *fonctionner.* » Elle rit encore et but un peu de vin. Je restais silencieux ; moi aussi, je m'étais posé la même question. « Il y en a même une, imagine-toi la scène, une grosse épouse de Gauleiter dégoulinant de diamants, avec une permanente un peu bleue, qui a eu le front de me suggérer — *si un jour cela s'avérait nécessaire* — d'aller trouver un beau SS pour me faire féconder. Un homme, comment est-ce qu'elle a dit ?, *décent, dolichocéphale, porteur d'une volonté* völkisch, *physiquement et psychique-*

ment sain. Elle m'a expliqué qu'il y avait un bureau SS qui se chargeait comme cela d'*assistance eugénique* et que je pouvais m'y adresser. C'est vrai, ça ? » — « On le dit. C'est un projet du Reichsführer qui s'appelle *Lebensborn.* Mais je ne sais pas comment ça fonctionne. » — « Ils sont vraiment devenus malades. Tu es sûr que ce n'est pas juste un bordel pour SS et femmes du monde ? » — « Non, non, c'est autre chose. » Elle secoua la tête. « Bref, tu vas adorer la chute : *Vous n'allez pas recevoir votre enfant du Saint-Esprit*, elle m'a dit. J'ai dû me retenir de lui répondre qu'en tout cas je ne connaissais aucun SS assez patriotique pour l'engrosser, elle. » Elle rit de nouveau et continua à boire. Elle avait à peine touché son plat mais avait déjà bu à elle seule presque une bouteille de vin ; toutefois son regard restait clair, elle n'était pas saoule. Au dessert, le maître d'hôtel nous proposa du pamplemousse : je n'en avais pas goûté depuis le début de la guerre. « Ils viennent d'Espagne », précisa-t-il. Una n'en voulait pas ; elle me regarda préparer le mien et le déguster ; je lui en fis goûter quelques morceaux, légèrement sucrés. Puis je la raccompagnai dans le hall d'entrée. Je la regardai avec dans la bouche toujours le goût suave du pamplemousse : « Tu partages sa chambre ? » — « Non, répondit-elle, ce serait trop compliqué. » Elle hésita, puis me toucha le dos de la main de ses ongles ovales : « Si tu veux, monte prendre un verre. Mais ne fais pas l'idiot. Après, tu dois partir. » Dans la chambre, je posai ma casquette sur un meuble et m'assis dans un fauteuil. Una se déchaussa et, traversant la moquette en bas de soie, me versa du cognac ; puis elle s'installa sur le lit, les pieds croisés, et alluma une cigarette. « Je ne savais pas que tu fumais. » — « De temps en temps, répondit-elle. Lorsque je bois. » Je la trouvais plus belle que tout au monde. Je lui parlai de mon projet de poste en France, et des difficultés que je rencontrais à l'obtenir. « Tu devrais demander à Berndt, dit-elle. Il a beaucoup d'amis haut placés dans la Wehrmacht, ses camarades de l'autre guerre. Peut-être qu'il pourra quelque chose pour toi. » Ces paroles achevèrent de déchaîner ma colère rentrée : « Berndt ! Tu ne parles que de lui. » — « Calme-toi, Max. C'est mon mari. » Je me levai et me mis à arpenter la chambre. « Je m'en fous ! C'est un intrus, il n'a rien à faire entre nous. » — « Max. » Elle continuait à parler doucement, ses yeux restaient sereins. « Il n'est pas entre nous. Le nous dont tu parles, ça n'existe pas, ça n'existe plus, ça s'est défait. Berndt, c'est ma vie de tous les jours, tu dois le comprendre. » Ma rage était à ce point mêlée à mon désir que je ne savais plus où commençait l'un et où finissait l'autre. Je m'approchai et lui pris les deux bras : « Embrasse-moi. » Elle secoua la tête ; pour la

première fois, je lui vis un regard dur. « Tu ne vas pas recommencer. »
Je me sentais mal, j'étouffais ; effondré, je tombai à côté du lit, ma tête
posée contre ses genoux comme sur un billot. « À Zurich, tu m'as
embrassé », sanglotais-je. — « À Zurich j'étais ivre. » Elle se déplaça et
posa la main sur la couverture. « Viens. Couche-toi auprès de moi. »
Toujours botté, je montai sur le lit et me couchai en boule contre ses
jambes. Je croyais sentir son odeur à travers les bas. Elle me caressa les
cheveux. « Mon pauvre petit frère », murmura-t-elle. Riant à travers
mes larmes, je parvins à dire : « Tu m'appelles comme ça parce que tu
es née un quart d'heure avant moi, parce que c'est à ton poignet qu'on a
attaché le fil rouge. » — « Oui, mais il y a une autre différence : maintenant, je suis une femme, et toi, tu restes un petit garçon. » À Zurich, les
choses s'étaient passées autrement. Elle avait beaucoup bu, moi aussi
j'avais bu. Après le repas nous étions sortis. Dehors, il faisait froid et
elle frissonna ; elle titubait un peu, je la pris sous le bras et elle s'accrocha à moi. « Viens avec moi, lui avais-je dis. À mon hôtel. » Elle pro-
testa d'une voix un peu épaisse : « Ne sois pas bête, Max. Nous ne
sommes plus des enfants. » — « Viens, insistai-je. Pour parler un peu. »
Mais nous étions en Suisse et même dans ce genre d'hôtel les concierges
faisaient des difficultés : « Je suis désolé, mein Herr. Seuls les hôtes de
l'établissement sont admis dans les chambres. Vous pouvez aller au bar,
si vous le souhaitez. » Una se tourna dans la direction qu'il indiquait
mais je la retins. « Non. Je ne veux pas voir des gens. Allons chez toi. »
Elle ne résista pas et me mena à sa chambre d'étudiante, petite,
encombrée de livres, glaciale. « Pourquoi tu ne chauffes pas plus ? »
demandai-je en raclant l'intérieur du fourneau pour préparer un feu.
Elle haussa les épaules et me montra une bouteille de vin blanc, du fen-
dant du Valais. « C'est tout ce que j'ai. Ça te va ? » — « Tout me va. »
J'ouvris la bouteille et remplis à ras bord deux gobelets qu'elle tenait en
riant. Elle but, puis s'assit sur le lit. Je me sentais tendu, crispé ; j'allai à
la table et détaillai le dos des livres empilés. La plupart des noms
m'étaient inconnus. J'en pris un au hasard. Una le vit et rit encore, un
rire aigu, qui me fit grincer les nerfs. « Ah, Rank ! Rank, c'est bien. »
— « C'est qui ? » — « Un ancien disciple de Freud, un ami de Ferenczi.
Il a écrit un beau livre sur l'inceste. » Je me tournai vers elle et la fixai.
Elle cessa de rire. « Pourquoi prononces-tu ce mot ? » dis-je enfin. Elle
haussa les épaules et tendit son verre. « Arrête avec tes bêtises, dit-elle.
Ressers-moi plutôt du vin. » Je posai le livre et pris la bouteille : « Ce ne
sont pas des bêtises. » Elle haussa de nouveau les épaules. Je versai du
vin dans son verre et elle but. Je m'approchai d'elle, la main tendue

pour lui toucher les cheveux, ses beaux cheveux noirs et épais. « Una... »
Elle écarta ma main. « Arrête, Max. » Elle oscillait légèrement et je passai ma main sous ses cheveux, lui caressai la joue, le cou. Elle se raidit
mais ne repoussa pas ma main, elle but encore. « Qu'est-ce que tu veux,
Max ? » — « Je veux que tout soit comme avant », fis-je doucement, le
cœur battant. — « C'est impossible. » Elle claquait un peu des dents et
but à nouveau. « Déjà avant ce n'était pas comme avant. Avant, ça n'a
jamais existé. » Elle divaguait, ses yeux se fermaient. « Sers-moi du
vin. » — « Non. » Je lui pris le verre et me penchai pour lui embrasser
les lèvres. Elle me repoussa durement mais le geste lui fit perdre l'équilibre et elle bascula en arrière sur le lit. Je posai son verre et me rapprochai d'elle. Elle ne bougeait plus, ses jambes gainées de bas pendaient
hors du lit, sa jupe avait remonté au-dessus de ses genoux. Le sang battait dans mes tempes, j'étais bouleversé, à ce moment-là je l'aimais plus
que jamais, plus même que je ne l'avais aimée dans le ventre de notre
mère, et elle, elle devait m'aimer aussi, ainsi et pour toujours. Je me
penchai sur elle, elle ne résista pas.

J'avais dû m'endormir ; lorsque je me réveillai, la chambre était
sombre. Je ne savais plus où j'étais, Zurich ou Berlin. Aucune lumière
ne filtrait par les rideaux noirs de la défense passive. Je distinguais
vaguement une forme à côté de moi : Una s'était glissée sous les draps
et dormait. Je passai un long moment à écouter sa respiration douce et
égale. Puis, avec une lenteur infinie, j'écartai une mèche de son oreille
et me penchai sur son visage. Je restai là sans la toucher, à humer sa
peau et son souffle encore teinté d'une odeur de cigarette. Enfin je me
levai et, marchant à petits pas sur le tapis, je sortis. Dans la rue je me
rendis compte que j'avais oublié ma casquette, mais je ne remontai pas,
je demandai au portier de me faire venir un taxi. Dans ma chambre, à
l'hôtel, les souvenirs continuaient d'affluer, de nourrir mon insomnie,
mais c'étaient maintenant des souvenirs brutaux, troubles, hideux.
Adultes, nous visitions une espèce de musée des Tortures ; il y avait là
toutes sortes de fouets, de pinces, une « vierge de Nuremberg », et une
guillotine, dans la salle du fond. À la vue de cet instrument ma sœur
s'empourpra : « Je veux me coucher là. » La salle était vide ; j'allai voir
le gardien et lui glissai un billet : « Voilà pour nous laisser seuls vingt
minutes. » — « Bien, monsieur », acquiesça-t-il avec un léger sourire. Je
fermai la porte et l'entendis tourner la clef. Una s'était allongée sur la
bascule ; j'ouvris la lunette, lui fis passer la tête, et la refermai sur son
long cou, après avoir soigneusement levé ses lourds cheveux. Elle haletait. Je lui liai les mains dans le dos avec ma ceinture, puis lui remontai

la jupe. Je ne pris même pas la peine de baisser sa culotte, je repoussai la dentelle de côté et lui écartai les fesses à pleines mains : dans la raie, niché dans les poils, son anus se contractait doucement. Je crachai dessus. « Non », protestait-elle. Je sortis ma verge, m'allongeai sur elle et m'enfonçai. Elle eut un long hurlement étouffé. Je l'écrasais de tout mon poids ; à cause de la position incommode — le pantalon entravait mes jambes — je ne pouvais bouger que par à-coups. Penché par-dessus la lunette, mon propre cou sous la lame, je lui murmurais : « Je vais tirer la manette, je vais lâcher le couperet. » Elle me suppliait : « Je t'en prie, baise ma chatte. » — « Non. » Je jouis d'un coup, une secousse qui me vida la tête comme une cuiller qui racle l'intérieur d'un œuf à la coque. Mais ce souvenir est douteux, depuis notre enfance nous ne nous étions vus qu'une seule fois, à Zurich justement, et à Zurich il n'y avait pas eu de guillotine, je ne sais pas, c'est sans doute un rêve, un vieux rêve peut-être dont, dans ma confusion, seul dans ma chambre obscure à l'hôtel *Eden*, je me suis souvenu, ou même un rêve rêvé cette nuit-là, pendant un bref moment de sommeil, presque inaperçu. J'étais fâché, car cette journée, malgré tout mon désarroi, était restée pour moi traversée de pureté, et maintenant ces images mauvaises venaient la souiller. Cela me répugnait mais en même temps me troublait, parce que je savais que, souvenir ou image ou fantaisie ou rêve, cela aussi vivait en moi, et que mon amour devait être fait de ça aussi.

Le matin, vers dix heures, un garçon d'étage vint frapper à ma porte : « Herr Sturmbannführer, un appel pour vous. » Je descendis à la réception et pris le combiné ; la voix joyeuse d'Una retentit à l'autre bout du fil : « Max ! Tu viens déjeuner avec nous ? Dis oui. Berndt voudrait te connaître. » — « D'accord. Où ça ? » — « Chez *Borchardt*. Tu connais ? Dans la Französischestrasse. À treize heures. Si tu arrives avant nous, donne notre nom, j'ai réservé une table. » Je remontai me raser et me doucher. Comme je n'avais plus ma casquette je m'habillai en civil, avec ma Croix de Fer sur la poche de mon veston. J'arrivai en avance et demandai le Freiherr von Üxküll : on me mena à une table un peu en retrait et je commandai un verre de vin. Pensif, encore attristé par les images de la nuit, je songeai à l'étrange mariage de ma sœur, à son étrange mari. Il avait eu lieu en 1938, alors que je finissais mes études. Ma sœur, depuis la nuit de Zurich, ne m'écrivait que rarement ; cette année-là, au printemps, j'avais reçu d'elle une longue lettre. Elle me racontait qu'à l'automne 1935, elle était tombée très malade. Elle avait suivi une analyse, mais sa dépression n'avait fait qu'empirer, et on l'avait envoyée dans un sanatorium près de Davos se reposer et reprendre des forces. Elle y était restée plusieurs mois et au début de 1936 y avait rencontré un homme, un compositeur. Ils s'étaient depuis régulièrement revus et allaient se marier. *J'espère que tu seras heureux pour moi*, écrivait-elle.

Cette lettre m'avait laissé prostré durant plusieurs jours. Je n'allais plus à l'Université, je ne quittais pas ma chambre, je restais sur le lit, face au mur. Voilà, me disais-je, voilà à quoi ça en vient. Elles vous parlent d'amour mais à la première occasion, la perspective d'un bon mariage bourgeois, hop, elles se roulent sur le dos et écartent les jambes. Oh, mon amertume était immense. Cela me semblait la fin inévitable d'une histoire ancienne, qui me poursuivait sans répit : mon histoire de famille, qui depuis toujours ou presque s'obstinait à détruire toute trace d'amour dans ma vie. Je ne m'étais jamais senti aussi seul. Lorsque je me remis un peu, je lui écrivis une lettre raide et conventionnelle, la félicitant et lui souhaitant le plus grand bonheur.

À cette époque-là, je commençais à me lier d'amitié avec Thomas, nous en étions déjà au *du*, et je lui demandai de se renseigner sur le fiancé, Karl Berndt Egon Wilhelm, Freiherr von Üxküll. Il était nettement plus âgé qu'elle ; et cet aristocrate, un Balte allemand, était paralytique. Je ne comprenais pas. Thomas me rapporta des détails : il s'était distingué durant la Grande Guerre, qu'il avait terminée Oberst avec la *Pour le Mérite* ; ensuite, il avait mené un régiment de la Landeswehr en Courlande contre les Lettons rouges. Là, dans ses terres, il avait reçu une balle dans la colonne vertébrale, et de son brancard, avant d'être forcé à se replier, il avait fait mettre le feu à sa demeure ancestrale, *pour que les bolcheviques ne la souillent pas de leurs débauches et de leur merde*. Son dossier S D était assez épais : sans être précisément considéré comme un opposant, il était vu d'un mauvais œil, semblait-il, par certaines autorités. Durant les années de Weimar, il avait acquis une notoriété européenne comme compositeur de musique moderne, on le savait ami et partisan de Schönberg, et il avait correspondu avec des musiciens et des écrivains en Union soviétique. Après la Prise du Pouvoir, en outre, il avait repoussé l'invitation de Strauss de s'inscrire à la *Reichsmusikkammer*, ce qui avait de fait mis fin à sa carrière publique, et il avait aussi refusé de devenir membre du Parti. Il vivait en reclus dans le domaine de la famille de sa mère, un manoir en Poméranie où il avait emménagé après la défaite de l'armée de Bermondt et l'évacuation de la Courlande. Il ne le quittait que pour suivre des cures en Suisse ; les rapports du Parti et du S D local disaient qu'il recevait peu et sortait encore moins, évitant de se mêler à la société du *Kreis*. « Un type bizarre, résuma Thomas. Un aristo aigri et coincé, un dinosaure. Et pourquoi est-ce que ta sœur épouse un estropié ? Elle a un complexe d'infirmière ? » En effet, pourquoi ? Lorsque je reçus une invitation pour le mariage qui allait être célébré en Poméranie, je répondis que mes études m'empêcheraient de venir. Nous avions alors vingt-cinq ans, et il me semblait que tout ce qui avait réellement été nôtre mourait.

Le restaurant se remplissait : un garçon poussait la chaise roulante de von Üxküll, et Una tenait ma casquette sous son bras. « Tiens ! dit-elle gaiement en m'embrassant sur la joue. Tu as oublié ça. » — « Oui, merci », dis-je en rougissant. Je serrai la main de von Üxküll tandis que le garçon ôtait une chaise, et je déclarai assez solennellement : « Freiherr, ravi de faire votre connaissance. » — « Moi de même, Sturmbannführer. Moi de même. » Una le poussa à sa place et je me rassis en face de lui ; Una vint s'asseoir entre nous. Von Üxküll avait un visage sévère, des lèvres très fines, les cheveux gris coupés en brosse : mais ses yeux bruns semblaient parfois curieusement rieurs, avec des pattes-d'oie. Il était vêtu simplement, d'un costume de laine grise avec une cravate tricotée, sans médailles, et son seul bijou était une chevalière en or, que je remarquai lorsqu'il posa la main sur celle d'Una : « Que veux-tu boire, ma chère ? » — « Du vin. » Una paraissait très gaie, heureuse ; je me demandais si elle se forçait. La raideur de von Üxküll, elle, lui était de toute évidence entièrement naturelle. On apporta du vin et von Üxküll me posa des questions sur ma blessure et ma convalescence. Il but en écoutant ma réponse, mais très lentement, à petites gorgées. Puis, comme je ne savais trop quoi dire, je lui demandai s'il avait été au concert depuis son arrivée à Berlin. « Il n'y a rien qui m'intéresse, répondit-il. Ce jeune Karajan ne me plaît pas beaucoup. Il est encore trop imbu de lui-même, trop arrogant. » — « Vous préférez Furtwängler, alors ? » — « On a rarement des surprises avec Furtwängler. Mais il est très solide. Malheureusement, on ne le laisse plus diriger les opéras de Mozart et c'est ce qu'il fait de mieux. Il semblerait que Lorenzo Da Ponte fût un demi-Juif, et *La flûte enchantée* un opéra maçonnique. » — « Vous ne le croyez pas ? » — « Peut-être, mais je vous défie de me présenter un spectateur allemand qui sache s'en rendre compte tout seul. Ma femme m'a dit que vous aimez la vieille musique française ? » — « Oui, surtout les œuvres instrumentales. » — « Vous avez bon goût. Rameau et le grand Couperin sont encore trop négligés. Il y a aussi tout un trésor de musique pour viole de gambe du XVIIe, encore inexploré mais dont j'ai pu consulter quelques manuscrits. C'est superbe. Mais le premier XVIIIe français, c'est vraiment un sommet. On ne sait plus écrire comme ça. Les romantiques ont tout gâché, on peine encore à en sortir. » — « Tu sais que justement Furtwängler dirigeait, cette semaine, intervint Una. À l'Admiralpalast. Il y avait cette Tiana Lemnitz, qui n'est pas mal du tout. Mais nous n'y sommes pas allés. C'était du Wagner, et Berndt n'aime pas Wagner. » — « C'est peu dire, reprit celui-ci. Je le déteste. Techniquement, il y a des trouvailles extraordinaires, des choses vraiment nouvelles, objectives, mais tout ça se perd dans l'emphase, le gigantisme et aussi la manipulation grossière des émotions, comme la plus grande partie de la musique allemande depuis 1815. C'est écrit pour des gens dont la référence musicale majeure reste, au fond, la fanfare militaire. Lire les partitions de Wagner me fascine, mais l'écouter, je ne pourrais pas. » — « Il n'y a aucun compositeur allemand qui trouve grâce à vos yeux ? » — « Après Mozart et Beethoven ? Quelques pièces de Schubert, des passages de Mahler. Et encore, je suis indulgent. Au fond, il n'y a presque que Bach... et maintenant, bien entendu, Schönberg. » — « Excusez-moi, *Freiherr*, mais il me semblerait qu'on peut difficilement qualifier la musique de Schönberg de musique allemande. » — « Jeune homme, rétorqua sèchement von Üxküll, n'essayez pas de me donner des leçons d'antisémitisme. J'étais antisémite avant que vous ne soyez né, même si je reste assez vieux jeu pour croire que le sacrement du baptême est assez puissant pour laver la tare du Judaïsme. Schönberg est un génie, le plus grand depuis Bach. Si les Allemands n'en veulent pas, c'est leur problème. » Una partit d'un éclat de rire cristallin : « Même le *VB* parle encore de Berndt comme d'un des meilleurs représentants de la culture allemande. Mais s'il était écrivain, il serait soit aux États-Unis avec Schönberg et les Mann, soit à Sachsenhausen. » — « C'est pour cela que vous n'avez rien donné depuis dix ans ? » demandai-je. Von Üxküll agita sa fourchette en répondant : « D'abord, comme je ne suis pas membre de la *Musikkammer*, je ne peux pas. Et je refuse de faire jouer ma musique à l'étranger si je ne peux pas la présenter dans mon propre pays. » — « Et pourquoi ne vous inscrivez-vous pas, alors ? » — « Par principe. À cause de Schönberg, justement. Quand ils l'ont viré de l'Académie et qu'il a dû quitter l'Allemagne, ils m'ont offert sa place : je les ai envoyés se faire foutre. Strauss est venu me voir en personne. Il venait de prendre la place de Bruno Walter, un grand chef d'orchestre. Je lui ai dit qu'il devrait avoir honte, que c'était un gouvernement de gangsters et de prolétaires aigris et qu'il ne durerait pas. D'ailleurs ils ont fait sauter Strauss deux ans plus tard, à cause de sa belle-fille juive. » Je me forçai à sourire : « Je ne vais pas entrer dans une discussion politique. Mais j'ai du mal, en écoutant vos opinions, à comprendre comment vous pouvez vous considérer comme un antisémite. » — « C'est pourtant simple, répondit von Üxküll avec hauteur. Je me suis battu contre les Juifs et les Rouges en Courlande et à Memel. J'ai milité pour l'exclusion des Juifs des universités allemandes, de la vie politique et économique allemande. J'ai bu à la santé des hommes qui ont tué Rathenau. Mais la musique, c'est autre chose. Il suffit de fermer les yeux et d'écouter pour tout de suite savoir si c'est bon ou pas. Ça n'a rien à voir avec le sang, et toutes les grandes musiques se valent, qu'elles soient allemandes, françaises, anglaises, italiennes, russes ou juives. Meyerbeer ne vaut rien, non pas parce qu'il était juif, mais parce qu'il ne vaut rien. Et Wagner, qui haïssait Meyerbeer parce qu'il était juif et qu'il l'avait aidé, ne vaut guère plus à mon goût. » — « Si Max répète ce que tu racontes à ses collègues, dit Una en riant, tu vas avoir des ennuis. » — « Tu m'as dit que c'était un homme intelligent, répliqua-t-il en la regardant. Je te fais l'honneur de te croire sur parole. » — « Je ne suis pas musicien, dis-je, et il est donc difficile pour moi de vous répondre. Ce que j'ai pu entendre de Schönberg, je l'ai trouvé inaudible. Mais une chose est sûre : vous n'êtes certainement pas au diapason de l'humeur de votre pays. » — « Jeune homme, rétorqua-t-il en haussant la tête, je ne cherche pas à l'être. Je ne me mêle plus de la chose publique depuis longtemps, et je compte bien que la chose publique ne se mêlera pas de moi. » On n'a pas toujours le choix, voulais-je répliquer ; mais je tins ma langue.

À la fin du repas, poussé par Una, j'avais parlé à von Üxküll de mon désir d'obtenir un poste en France. Una avait ajouté : « Tu ne peux pas l'aider ? » Von Üxküll avait réfléchi : « Je peux voir. Mais mes amis de la Wehrmacht ne portent pas la SS dans leur cœur. » Cela, je commençais à le comprendre ; et je me disais parfois qu'au fond c'était Blobel, perdant la tête à Kharkov, qui avait raison. Toutes mes pistes semblaient donner sur des culs-de-sac : Best m'avait bien envoyé son *Festgabe*, mais sans mentionner la France ; Thomas essayait de rester rassurant, mais n'arrivait à rien pour moi. Et moi, entièrement absorbé par la présence et la pensée de ma sœur, je ne tentais plus rien, je m'enlisais dans mon abattement, raide, pétrifié, une triste statue de sel sur les rives de la mer Morte. Ce soir-là, ma sœur et son mari étaient invités à une réception, et Una me proposa de venir ; je refusai : je ne voulais pas la voir comme ça, au milieu d'aristocrates légers, arrogants, ivres, buvant du champagne et plaisantant sur tout ce que je tenais pour sacré. Au milieu de ces gens, c'était certain, je me sentirais impuissant, honteux, un gamin abruti ; leurs sarcasmes me blesseraient, et mon angoisse m'empêcherait d'y répondre; leur monde restait fermé à des gens comme moi et ils savaient bien le faire comprendre. Je me cloîtrai dans ma chambre; je tentai de feuilleter le *Festgabe*, mais les mots n'avaient aucun sens pour moi. Alors je m'abandonnai au doux bercement des illusions folles : Una, prise de remords, quittait sa soirée, venait à mon hôtel, la porte s'ouvrait, elle me souriait, et le passé, à ce moment-là, était rédimé. Tout cela était parfaitement idiot et je le savais, mais plus le temps passait, plus je parvenais à me convaincre que cela allait arriver, là, maintenant. Je restais dans le noir, assis sur le divan, mon cœur bondissait à chaque bruit dans le couloir, chaque tintement de l'ascenseur, j'attendais. Mais c'était toujours une autre porte qui s'ouvrait et se refermait, et le désespoir montait comme une eau noire, comme cette eau froide et sans pitié qui enveloppe les noyés et leur vole le souffle, l'air si précieux de la vie. Le lendemain, Una et von Üxküll partaient pour la Suisse.

Elle me téléphona le matin, juste avant de prendre le train. Sa voix était douce, tendre, chaude. La conversation fut brève, je ne faisais pas réellement attention à ce qu'elle disait, j'écoutais cette voix, accroché au combiné, perdu dans ma détresse. « On peut se revoir, disait-elle. Tu peux venir chez nous. » — « On verra », répondit l'autre qui parlait par ma bouche. J'étais de nouveau pris de haut-le-cœur, je crus que j'allais vomir, j'avalai convulsivement ma salive en respirant par le nez et parvins à me retenir. Puis elle raccrocha et je fus de nouveau seul.

Thomas, en fin de compte, était parvenu à me ménager un entretien avec Schulz. « Vu que ça n'avance pas beaucoup, je pense que ça vaut la peine. Essaye de le prendre avec délicatesse. » Je n'eus pas trop à me forcer : Schulz, un petit homme malingre qui marmonnait dans sa moustache, la bouche barrée par une mauvaise cicatrice de duel, s'exprimait en périphrases parfois difficiles à suivre, et, tout en feuilletant obstinément mon dossier, ne me laissait pas beaucoup d'ouvertures pour parler. Je parvins à placer deux mots sur mon intérêt pour la politique étrangère du Reich, mais il ne sembla pas le relever. Il ressortit de cet entretien qu'*on s'intéressait à moi en haut lieu* et qu'*on verrait à la fin de ma convalescence*. C'était peu encourageant et Thomas confirma mon interprétation : « Il faut qu'on te demande là-bas, pour un poste précis. Sinon, si on t'envoie quelque part, ce sera en Bulgarie. C'est tranquille, d'accord, mais le vin n'est pas fameux. » Best m'avait

suggéré de contacter Knochen, mais les paroles de Thomas me donnèrent une meilleure idée : après tout, j'étais en congé, rien ne
m'obligeait à rester à Berlin.

Je pris l'express de nuit et arrivai à Paris peu après l'aube. Les
contrôles ne posèrent aucun problème. Devant la gare je contemplai
avec plaisir la pierre pâle et grise des immeubles, l'agitation des rues ; à
cause des restrictions, peu de véhicules circulaient, mais les chaussées
étaient encombrées de bicyclettes et de triporteurs, à travers lesquels les
autos allemandes se frayaient un chemin avec difficulté. Pris de gaieté,
j'entrai dans le premier café et bus une fine, debout au comptoir. J'étais
en civil, et personne n'avait de raison de me prendre pour autre chose
qu'un Français, j'y prenais un plaisir curieux. Je marchai tranquillement
jusqu'à Montmartre et m'installai dans un petit hôtel discret, sur le flanc
de la butte, au-dessus de Pigalle ; je connaissais cet endroit : les
chambres étaient simples et propres, et le patron dépourvu de curiosité,
ce qui me convenait. Pour ce premier jour, je ne voulais voir personne.
J'allai me promener. On était en avril, le printemps se devinait partout,
dans le bleu léger du ciel, les bourgeons et les fleurs pointant sur les
branches, une certaine allégresse ou du moins un allégement dans le pas
des gens. La vie, je le savais, était dure ici, le teint jaunâtre de nombreux
visages trahissait les difficultés du ravitaillement. Mais rien ne semblait
avoir changé depuis ma dernière visite, à part la circulation et les graffitis : sur les murs, on apercevait maintenant STALINGRAD ou 1918, le plus
souvent effacés et parfois remplacés par 1763, sans doute une brillante
initiative de nos services. Je descendis en flânant vers la Seine, puis allai
fouiller chez les bouquinistes le long des quais : à ma surprise, à côté de
Céline, Drieu, Mauriac, Bernanos ou Montherlant, on vendait ouvertement Kafka, Proust et même Thomas Mann ; le laxisme semblait de
règle. Presque tous les vendeurs avaient un exemplaire du livre de
Rebatet, *Les décombres*, paru l'année précédente : je le feuilletai avec
curiosité, mais en remis l'achat à plus tard. Je me décidai enfin pour un
recueil d'essais de Maurice Blanchot, un critique de la NRF dont j'avais
apprécié certains articles avant la guerre ; c'étaient des épreuves bro-
chées, sans doute revendues par un journaliste, et portant le titre *Faux
pas* ; le bouquiniste m'expliqua que la publication du livre avait été retar-
dée par le manque de papier, tout en m'assurant que c'était encore ce qui
s'était écrit de mieux récemment, à moins que je n'aime Sartre, mais lui
n'aimait pas Sartre (je n'avais alors jamais entendu parler de Sartre).
Place Saint-Michel, près de la fontaine, je m'installai à une terrasse et
commandai un sandwich et un verre de vin. Le précédent propriétaire

du livre n'en avait découpé que le premier cahier ; je me fis apporter un couteau et en attendant le sandwich coupai les pages restantes, un rituel lent, placide, que je savourais toujours. Le papier était de très mauvaise qualité ; je devais faire attention à ne pas déchirer les feuilles en travaillant trop vite. Après avoir mangé je montai vers le Luxembourg. J'avais toujours aimé ce parc froid, géométrique, lumineux, traversé d'une agitation tranquille. Autour du grand cercle du bassin central, le long des allées en faisceau, entre les arbres et les parterres encore nus, les gens marchaient, bourdonnaient, conversaient, lisaient, ou, les yeux clos, se doraient au soleil pâle, une longue et paisible rumeur. Je m'installai sur une chaise en métal, à la peinture verte écaillée, et lus quelques essais au hasard, celui sur Oreste d'abord, qui d'ailleurs traitait plutôt de Sartre ; ce dernier avait apparemment écrit une pièce où il se servait de la figure du malheureux parricide pour exposer des idées sur la liberté de l'homme dans le crime ; Blanchot le jugeait sévèrement, et je ne pouvais qu'approuver. Mais je fus surtout séduit par un article sur le *Moby Dick* de Melville, où Blanchot parlait de ce *livre impossible,* qui avait marqué un moment de ma jeunesse, de cet *équivalent écrit de l'univers*, mystérieusement, comme d'une œuvre qui *garde le caractère ironique d'une énigme et ne se révèle que par l'interrogation qu'elle propose.* À vrai dire, je ne comprenais pas grand-chose à ce qu'il écrivait là. Mais cela éveillait en moi la nostalgie d'une vie que j'aurais pu avoir : le plaisir du libre jeu de la pensée et du langage, plutôt que la rigueur pesante de la Loi ; et je me laissais porter avec bonheur par les méandres de cette pensée lourde et patiente, qui se creusait une voie dans les idées comme une rivière souterraine se fraye lentement un chemin à travers la pierre. Enfin je fermai le livre et repris ma marche, d'abord vers l'Odéon, où les inscriptions murales proliféraient, puis par le boulevard Saint-Germain, presque vide, vers l'Assemblée nationale. Chaque endroit éveillait en moi des souvenirs précis, de mes années de prépa et d'après, lorsque j'étais entré à l'ELSP ; je devais alors avoir été assez tourmenté, et je me souvenais de la montée rapide de ma haine pour la France, mais ces souvenirs, avec la distance, m'arrivaient comme apaisés, presque heureux, nimbés d'une lumière sereine, sans doute déformante. Je continuai vers l'esplanade des Invalides, où les passants s'attroupaient pour contempler les travailleurs qui, avec des chevaux de trait, retournaient le gazon afin de semer des légumes ; plus loin, près d'un char léger de fabrication tchèque, frappé de la croix gammée, des enfants indifférents jouaient au ballon. Puis je traversai le pont Alexandre-III. Au Grand Palais, les affiches annonçaient deux expositions : l'une intitulée *Pourquoi le Juif a-t-il voulu la guerre?*, l'autre une collection d'œuvres grecques et romaines. Je ne ressentais aucun besoin de parfaire mon éducation antisémite, mais l'Antiquité m'attirait, je payai mon billet et entrai. Il y avait là nombre de pièces superbes, la plupart sans doute empruntées au Louvre. J'admirai longtemps la beauté froide, calme, inhumaine d'un Apollon citharède de Pompéi, un grand bronze maintenant verdâtre. Il avait un corps gracile, pas tout à fait formé, avec un sexe d'enfant et des fesses étroites et rebondies. Je me promenais d'un bout à l'autre de l'exposition, mais je ne cessais de revenir devant lui : sa beauté me fascinait. C'aurait pu n'être qu'un adolescent exquis et banal, mais le vert-de-gris qui lui rongeait la peau par grandes plaques lui conférait une profondeur stupéfiante. Un détail me frappa : quel que fût l'angle sous lequel je regardais ses yeux, peints de manière réaliste à même le bronze, lui ne me regardait jamais dans les yeux ; impossible de capter son regard, noyé, perdu dans le vide de son éternité. La lèpre métallique lui boursouflait le visage, la poitrine, les fesses, lui dévorait presque la main gauche, celle qui devait tenir l'instrument disparu. Son visage semblait vain, presque fat. À le regarder, je me sentais pris de désir, de l'envie de le lécher ; et lui se décomposait devant moi avec une lenteur tranquille et infinie. Après cela, évitant les Champs-Élysées, je me promenai par les petites rues silencieuses du huitième arrondissement, puis remontai lentement vers Montmartre. Le soir tombait, l'air sentait bon. À l'hôtel, le patron m'indiqua un petit restaurant de marché noir où je pouvais manger sans tickets : « C'est plein de mécréants, mais la cuisine est bonne. » La clientèle paraissait en effet composée de collaborateurs et d'affairistes du marché noir ; on me servit de la bavette aux échalotes avec des haricots verts, et du bon bordeaux en carafe ; pour le dessert, une tarte Tatin avec de la crème fraîche, et, luxe suprême, du vrai café. Mais l'Apollon du Grand Palais avait réveillé d'autres envies. Je descendis vers Pigalle et retrouvai un petit bar que je connaissais bien : assis au comptoir, je commandai un cognac et attendis. Ce ne fut pas long, et je ramenai le garçon à mon hôtel. Sous sa casquette, il avait les cheveux bouclés, désordonnés ; un duvet léger lui couvrait le ventre et brunissait en boucles sur sa poitrine ; sa peau mate éveillait en moi une envie furieuse de bouche et de cul. Il était comme je les aimais, taciturne et disponible. Pour lui, mon cul s'ouvrit comme une fleur, et lorsque enfin il m'enfila, une boule de lumière blanche se mit à grandir à la base de mon épine dorsale, remonta lentement mon dos, et annula ma tête. Et ce soir-là, plus que jamais, il me semblait que je répondais ainsi directement à ma sœur, me l'incorporant, qu'elle l'acceptât ou non. Ce qui se passait dans mon corps, sous les mains et la verge de ce garçon inconnu, me bouleversait. Lorsque ce fut fini, je le renvoyai mais je ne m'endormis pas, je restai couché là sur les draps froissés, nu et étalé comme un gosse anéanti de bonheur.

Le lendemain, je passai à la rédaction de *Je Suis Partout*. Presque tous mes amis parisiens y travaillaient ou gravitaient autour. Cela remontait assez loin. Lorsque j'étais monté à Paris pour faire mes classes préparatoires, à dix-sept ans, je n'y connaissais personne. J'étais entré à Janson-de-Sailly comme interne ; Moreau m'avait alloué une petite somme mensuelle, à condition que j'aie de bonnes notes, et j'étais relativement libre ; après le cauchemar carcéral des trois années précédentes, il en aurait fallu moins pour me tourner la tête. Pourtant, je me tenais bien, je ne faisais pas de bêtises. Après les cours, je filais vers la Seine farfouiller chez les bouquinistes, ou je rejoignais mes camarades dans un petit troquet du quartier Latin, pour boire du gros rouge et refaire le monde. Mais ces camarades de classe, je les trouvais plutôt ternes. Presque tous appartenaient à la haute bourgeoisie et se préparaient à suivre aveuglément les traces de leurs pères. Ils avaient de l'argent, et on leur avait appris très tôt comment était fait le monde et quelle y serait leur place : la dominante. Envers les ouvriers, ils ne ressentaient que du mépris, ou de la peur ; les idées que j'avais ramenées de mon premier voyage en Allemagne, que les ouvriers faisaient autant partie de la Nation que la bourgeoisie, que l'ordre social devait être arrangé organiquement à l'avantage de tous et pas seulement de quelques nantis, que les travailleurs devaient se voir non pas réprimer mais bien plutôt offrir une vie digne et une place dans cet ordre afin de contrer les séductions du Bolchevisme, tout cela leur restait étranger. Leurs opinions politiques étaient aussi étroites que leur sentiment des bienséances bourgeoises, et il me paraissait encore plus inutile d'essayer de discuter avec eux du fascisme ou du national-socialisme allemand (qui venait juste, en septembre de cette année-là, de remporter une victoire électorale écrasante, devenant ainsi le second parti du pays et envoyant des ondes de choc à travers l'Europe des vainqueurs) que des idéaux des mouvements de jeunesse prêchés par Hans Blüher. Freud, pour eux (s'ils en avaient entendu parler), était un érotomane, Spengler un Prussien fou et ratiocinant, Jünger un belliciste flirtant dangereusement avec le Bolchevisme ; même Péguy leur était suspect. Seuls quelques boursiers de province semblaient un peu différents, et ce fut surtout autour d'eux que je gravitai. Un de ces garçons, Antoine F., avait un frère aîné à l'ENS, là où j'avais rêvé de faire mes études, et ce fut lui qui m'y mena pour la première fois, y boire du grog et discuter de Nietzsche et de Schopenhauer, que je découvrais, avec son frère et ses camarades de thurne. Ce Bertrand F. était un *carré*, c'est-à-dire un étudiant de seconde année ; les meilleures thurnes, avec divans, gravures au mur et poêle, étaient pour la plupart occupées par les *cubes*, les étudiants de troisième année. Un jour, passant devant une de celles-ci, je remarquai une inscription grecque peinte sur le linteau : « Dans cette thurne travaillent six beaux et bons (*hex kaloi kagathoi*) — et un certain autre (*kai tis allos*) ». La porte était ouverte, je la poussai et demandai en grec : « Et qui donc est cet autre ? » Un jeune homme au visage rond leva ses lunettes épaisses de son livre et répondit dans la même langue : « Un Hébreu, qui ne sait pas le grec. Et toi, qui es-tu ? » — « Un autre aussi, mais fait d'un meilleur métal que ton Hébreu : un Allemand. » — « Un Allemand qui sait le grec ? » — « Quelle meilleure langue pour parler avec un Français ? » Il éclata de rire et se présenta : c'était Robert Brasillach. Je lui expliquai que j'étais en fait à moitié français, et vivais en France depuis 1924 ; il me demanda si j'étais retourné en Allemagne depuis, et je lui parlai de mon voyage de l'été ; bientôt nous causions du national-socialisme. Il écouta attentivement mes descriptions et mes explications. « Repasse quand tu veux, dit-il à la fin. J'ai des amis qui seront heureux de te rencontrer. » Par lui, je découvris un autre monde, qui n'avait rien à voir avec celui des futurs commis de l'État. Ces jeunes gens-là cultivaient des visions de l'avenir de leur pays et de l'Europe dont ils disputaient âprement, tout en les nourrissant d'une riche étude du passé. Leurs idées et leurs intérêts fusaient dans toutes les directions. Brasillach, avec son futur beau-frère Maurice Bardèche, étudiait avec passion le cinéma et me le fit découvrir, pas seulement celui de Chaplin ou de René Clair, mais aussi Eisenstein, Lang, Pabst, Dreyer. Il m'introduisit dans les bureaux de *L'Action française*, à leur imprimerie, rue Montmartre, une belle maison étroite avec un escalier Renaissance, pleine du fracas des rotatives. Je vis quelques fois Maurras, il n'arrivait que tard, vers onze heures du soir, à moitié sourd, amer, mais toujours prêt à ouvrir son cœur et en déverser la bile contre les marxistes, les bourgeois, les républicains, les Juifs. Brasillach, à cette époque-là, était encore complètement sous sa coupe, mais la haine obstinée de Maurras pour l'Allemagne formait pour moi un obstacle incontournable, et Robert et moi nous querellions souvent à ce sujet. Si Hitler parvenait au pouvoir, affirmai-je, et unissait le travailleur allemand à la classe moyenne, contrant définitivement le péril rouge, et si la France faisait de même, et si les deux réunis parvenaient à éliminer l'influence pernicieuse des Juifs, alors le cœur de l'Europe, à la fois nationaliste et socialiste, formerait, avec l'Italie, un bloc d'intérêts communs invincible. Mais les Français pataugeaient encore dans leurs intérêts de petits courtiers et leur revanchisme attardé. Bien entendu, Hitler balayerait les clauses iniques de Versailles, c'était une pure nécessité historique ; mais si les forces saines de la France pouvaient de leur côté liquider la République corrompue et ses marionnettistes juifs, alors une alliance franco-allemande ne serait pas seulement une possibilité, mais deviendrait une réalité inévitable, une nouvelle Entente européenne qui rognerait les ailes des ploutocrates et des impérialistes britanniques, et qui serait bientôt prête à affronter les bolcheviques et à ramener la Russie au sein du concert des nations civilisées (comme on le voit, mon voyage d'Allemagne avait bien servi mon éducation intellectuelle ; Moreau aurait été épouvanté s'il avait su le parti que je tirais de son argent). Brasillach, en général, était d'accord avec moi : « Oui, disait-il, l'après-guerre est déjà finie. Nous devons faire vite si nous voulons éviter une autre guerre. Ce serait un désastre, la fin de la civilisation européenne, le triomphe des barbares. » La plupart des jeunes disciples de Maurras pensaient de même. L'un des plus brillants et corrosifs d'entre eux était Lucien Rebatet, qui tenait la critique littéraire et cinématographique de *L'Action française* sous le nom de François Vinneuil. Il avait dix ans de plus que moi, mais nous nous liâmes rapidement, rapprochés par son attirance pour l'Allemagne. Il y avait aussi Maxence, Blond, Jacques Talagrand qui devint Thierry Maulnier, Jules Supervielle, et beaucoup d'autres. Nous nous retrouvions à la brasserie *Lipp*, lorsque quelqu'un avait les poches pleines, sinon à un restaurant pour étudiants du quartier Latin. Nous discutions fiévreusement de littérature et cherchions à définir une littérature « fasciste » : Rebatet proposait Plutarque, Corneille, Stendhal. « Le fascisme, lança un jour Brasillach, est la poésie même du xxᵉ siècle », et je ne pouvais qu'être d'accord avec lui : *fasciste*, *fascio*, *fascination* (mais plus tard, devenu plus sage ou prudent, il décernerait le même titre au communisme).

Au printemps 1932, lorsque je réussis mon concours, la plupart de mes amis normaliens terminaient leurs études ; après l'été, ils se dispersèrent à travers la France, qui pour faire son service militaire, qui pour

prendre le poste d'enseignant qu'on lui avait attribué. Je passai de nouveau les vacances en Allemagne, alors en pleine effervescence : la production allemande était tombée à la moitié du niveau de 1929, et
Brüning gouvernait, avec le soutien de Hindenburg, à coups de décrets
d'urgence. Une telle situation ne pouvait perdurer. Ailleurs aussi,
l'ordre établi vacillait. En Espagne, la monarchie avait été renversée par
une cabale de francs-maçons, de révolutionnaires et de curés. L'Amérique était presque à genoux. En France, les effets directs de la crise se
faisaient moins sentir, mais la situation n'était pas rose, et les communistes menaient discrètement et obstinément leur travail de sape. Sans
le dire à personne, je posai ma candidature au NSDAP, section *Ausland* (pour les *Reichsdeutschen* vivant à l'étranger), et fus rapidement
accepté. Lorsque j'entrai à l'ELSP, à l'automne, je continuai à voir mes
amis de Normale et de l'Action française, qui montaient régulièrement
passer le week-end à Paris. Mes camarades de classe restaient à peu
près les mêmes qu'à Janson, mais à ma surprise je trouvais les cours
intéressants. C'est aussi vers cette époque, sans doute sous l'influence
de Rebatet et de son nouvel ami Louis Destouches, à peine célèbre (le
Voyage venait de sortir, mais l'enthousiasme n'avait pas dépassé le
cercle des initiés, et Céline se plaisait encore à fréquenter les jeunes
gens), que je me passionnai pour la musique française pour clavier,
qu'on commençait à redécouvrir et à jouer ; avec Céline, j'allai écouter
Marcelle Meyer ; et je regrettais plus amèrement que jamais ma paresse
et ma légèreté, elles qui m'avaient fait si vite abandonner le piano.
Après le Nouvel An, le président Hindenburg invita Hitler à former un
gouvernement. Mes camarades de classe tremblaient, mes amis attendaient de voir, j'exultais. Mais tandis que le Parti écrasait les Rouges,
balayait les ordures de la plouto-démocratie, et pour finir dissolvait les
partis bourgeois, je restais bloqué en France. Il s'agissait, devant nos
yeux et à notre époque, d'une véritable révolution nationale, et je ne
pouvais que la suivre de loin, par les journaux et les actualités au
cinéma. En France cela bouillonnait aussi. Beaucoup allèrent voir sur
place, tous écrivaient et rêvaient d'un pareil redressement pour leur
pays. On prenait contact avec les Allemands, des Allemands officiels
maintenant, qui appelaient de leurs vœux un rapprochement franco-
allemand ; Brasillach me présenta à Otto Abetz, l'homme de von Ribbentrop (à cette époque encore conseiller au Parti pour les Affaires
étrangères) : ses idées ne différaient pas de celles que j'exposais depuis
mon premier retour d'Allemagne. Mais, pour beaucoup, Maurras restait
un obstacle ; seuls les meilleurs reconnaissaient qu'il était temps de

dépasser ses vaticinations hypocondriaques, et même eux, son charisme, la fascination qu'il exerçait les tenaient, ils hésitaient. En même temps l'affaire Stavisky révélait au grand jour les dessous policiers de la corruption au pouvoir et redonnait à l'Action française une autorité morale qu'elle n'avait plus connue depuis 1918. Tout cela prit fin le 6 février 1934. En vérité ce fut une affaire confuse : j'étais aussi dans la rue, avec Antoine F. (entré en même temps que moi à l'ELSP), Blond, Brasillach, quelques autres. Des Champs-Élysées, nous entendîmes vaguement des coups de feu ; plus bas, au niveau de la Concorde, des gens couraient. Nous passâmes le reste de la nuit à marcher dans les rues, scandant des slogans quand nous croisions d'autres jeunes gens. Nous n'apprîmes que le lendemain qu'il y avait eu des morts. Maurras, vers qui tout le monde s'était instinctivement tourné, avait baissé les bras. Toute l'affaire n'avait été qu'un pétard mouillé. « Inaction française ! » écumait Rebatet, qui ne pardonna jamais à Maurras. Moi, ça m'était égal : ma décision était en train de prendre forme, et je ne me voyais plus d'avenir en France.

Ce fut justement sur Rebatet que je tombai à *Je Suis Partout*. « Tiens ! Un revenant. » — « Comme tu vois, rétorquai-je. Il paraît que tu es célèbre, maintenant. » Il écarta les bras et fit une moue : « Je n'y comprends rien. Pourtant je me suis creusé la tête pour être sûr de n'oublier personne dans mes invectives. Au début d'ailleurs ça marchait : Grasset m'a refusé le bouquin parce que *j'insultais trop d'amis de la maison*, comme il a dit, et Gallimard voulait y faire des coupes claires. Finalement c'est ce Belge qui me l'a pris, tu te souviens, celui qui imprimait Céline ? Résultat : il a fait fortune et moi aussi. À *Rive gauche*, quand je suis allé faire des dédicaces, on aurait cru que j'étais une star de cinéma. En fait, il n'y a que les Allemands qui n'ont pas aimé. » Il me jeta un regard soupçonneux : « Tu l'as lu ? » — « Pas encore, j'attends que tu me l'offres. Pourquoi ? Tu m'insultes aussi ? » Il rit : « Pas autant que tu le mérites, salope de Boche. De toute façon, tout le monde te croyait mort au champ d'honneur. On va boire un coup ? » Rebatet avait rendez-vous un peu plus tard, près de Saint-Germain, et m'amena au *Flore*. « Ça m'amuse toujours d'aller mater la sale gueule de nos *antifascistes* de service, surtout quand ils me voient. » Lorsqu'il entra, en effet, on lui darda des regards noirs ; mais plusieurs personnes aussi se levèrent pour le saluer. Lucien, visiblement, jouissait de son succès. Il portait un costume clair, de bonne coupe, et un nœud papillon à pois un peu de travers ; une crête de cheveux ébouriffés couronnait son visage étroit et mobile. Il choisit une table sur la droite, sous les vitres, un peu à l'écart, et je commandai du vin blanc. Lorsqu'il sortit de quoi se rouler une cigarette, je lui en offris une hollandaise, qu'il accepta avec plaisir. Mais même lorsqu'il souriait, ses yeux demeuraient soucieux. « Alors, raconte », lança-t-il. On ne s'était pas vus depuis 1939, il savait simplement que j'étais à la SS : je lui parlai rapidement de la campagne de Russie, sans entrer dans les détails. Il écarquilla les yeux : « T'étais à Stalingrad, alors ? Eh bien merde. » Il avait un regard étrange, un mélange de crainte et d'envie peut-être. « T'as été blessé ? Fais voir. » Je lui montrai le trou et il eut un long sifflement : « On peut dire que t'es verni, dis donc. » Je ne répondis rien. « Robert va en Russie, bientôt, continua-t-il. Avec Jeantet. Mais c'est pas la même chose. » — « Qu'est-ce qu'ils vont faire ? » — « C'est un voyage officiel. Ils accompagnent Doriot et Brinon, ils vont inspecter la Légion des volontaires français, du côté de Smolensk je crois. » — « Et comment va Robert ? » — « Justement, on est un peu fâchés, ces jours-ci. Il est devenu carrément pétainiste. S'il continue comme ça, on va le foutre hors de *JSP*. » — « C'est à ce point-là ? » Il commanda deux nouveaux verres et je lui donnai une autre cigarette. « Écoute, cracha-t-il avec hargne, ça fait un moment que tu n'es pas venu en France : crois-moi, ça a bien changé. Ils sont tous comme des chiens affamés, à se disputer les bouts du cadavre de la République. Pétain est sénile, Laval se comporte pire qu'un Juif, Déat veut faire du social-fascisme, Doriot du national-bolchevisme. Une chienne n'y retrouverait plus ses chiots. Ce qui nous a manqué, c'est un Hitler. Voilà le drame. » — « Et Maurras ? » Rebatet fit une moue de dégoût : « Maurras ? C'est l'Action marrane. Je l'ai bien arrangé, dans mon bouquin ; paraît qu'il en était vert. Et puis je vais te dire autre chose : depuis Stalingrad, c'est la débandade. Les rats se barrent. T'as vu les graffitis ? Pas un vichyste qui n'ait un résistant ou un Juif chez lui, comme assurance-vie. » — « On n'est pas finis, pourtant. » — « Oh, je le sais bien. Mais que veux-tu ? C'est un monde de lâches. Moi, j'ai fait mon choix, et je ne le renierai pas. Si le bateau coule, je coule avec. » — « À Stalingrad, j'ai interrogé un commissaire, qui m'a cité Mathilde de la Mole, tu te souviens, dans *Le rouge et le noir*, vers la fin ? » Je lui répétai la phrase et il partit d'un grand éclat de rire : « Ah, ça c'est raide. Il te l'a sorti en français ? » — « Non, en allemand. C'était un vieux bolchevique, un militant, un type très fort. Il t'aurait plu. » — « Qu'est-ce que vous en avez fait ? » Je haussai les épaules. « Excuse-moi, dit-il. Question idiote. Mais il avait raison. Moi, tu sais, j'admire les bolcheviques. Eux, c'est pas de la soupe aux cafards. C'est un système d'ordre. Tu te plies ou tu crèves. Staline, c'est un type extraordinaire. S'il n'y avait pas Hitler, je serais peut-être communiste, qui sait ? » Nous bûmes un peu et je regardai les gens qui entraient et sortaient. À une table vers le fond de la salle, plusieurs personnes fixaient Rebatet en chuchotant, mais je ne les connaissais pas. « Tu t'occupes toujours de cinéma ? » lui demandai-je. — « Plus trop, non. Je m'intéresse à la musique, maintenant. » — « Ah oui ? Tu connais Berndt von Üxküll ? » — « Bien sûr. Pourquoi ? » — « C'est mon beau-frère. Je l'ai rencontré l'autre jour, pour la première fois. » — « Sans blague ! T'as des relations. Qu'est-ce qu'il devient ? » — « Pas grand-chose, d'après ce que j'ai compris. Il boude chez lui, en Poméranie. » — « Dommage. C'était bien, ce qu'il faisait. » — « Je ne connais pas sa musique. On a eu une grande discussion sur Schönberg, qu'il défend. » — « Ça ne me surprend pas. Aucun compositeur sérieux ne pourrait penser autrement. » — « Ah, toi aussi tu t'y mets ? » Il haussa les épaules : « Schönberg ne s'est jamais mêlé de politique. Et puis ses plus grands disciples, comme Webern ou Üxküll, sont bien des Aryens, non ? Ce que Schönberg a trouvé, la série, c'est une potentialité des sons qui était toujours là, une rigueur cachée si tu veux par le flou des échelles tempérées, et après lui, n'importe qui peut s'en servir pour faire ce qu'il veut. C'est la première avancée sérieuse en musique depuis Wagner. » — « Justement, von Üxküll déteste Wagner. » — « C'est impossible ! s'écria-t-il sur un ton horrifié. Impossible ! » — « Pourtant, c'est vrai. » Et je lui citai les propos de von Üxküll. « C'est absurde, rétorqua Rebatet. Bach, bien sûr... il n'y a rien qui s'approche de Bach. Il est intouchable, immense. Ce qu'il a réalisé, c'est la synthèse défini-tive de l'horizontal et du vertical, de l'architecture harmonique avec la poussée mélodique. Avec ça, il met fin à tout ce qui le précède, et pose un cadre auquel tout ce qui le suit essaye d'une manière ou d'une autre d'échapper, jusqu'à ce qu'enfin Wagner le fasse exploser. Comment un Allemand, un compositeur allemand peut-il ne pas être à genoux devant Wagner ? » — « Et la musique française ? » Il fit une moue : « Ton Rameau ? C'est *amusant*. » — « Tu ne disais pas toujours ça. » — « On grandit, n'est-ce pas ? » Il acheva son verre, pensif. Je songeai un instant à lui parler de Yakov, puis me ravisai. « Et dans la musique moderne, à part Schönberg, qu'est-ce qui te plaît ? » demandai-je. « Beaucoup de choses. Depuis trente ans, là, la musique se réveille, ça devient folle-ment intéressant. Stravinsky, Debussy, c'est fabuleux. » — « Et Mil-haud, Satie ? » — « Ne sois pas idiot. » À ce moment-là, Brasillach entra. Rebatet l'appela à la cantonade : « Ohé, Robert ! Regarde qui est là ! » Brasillach nous examina à travers ses épaisses lunettes rondes, nous fit un petit signe de la main, et alla s'asseoir à une autre table. « Il devient vraiment insupportable, marmonna Rebatet. Il ne veut même plus être vu avec un Boche. Pourtant, t'es pas en uniforme, que je sache. » Mais ce n'était pas tout à fait ça et je le savais. « Je me suis disputé avec lui, la dernière fois que j'étais à Paris », dis-je pour apaiser Rebatet. Un soir, après une petite fête où il avait bu un peu plus que de coutume, Brasillach avait trouvé le courage de m'inviter chez lui, et je l'avais suivi. Mais c'était ce genre d'inverti honteux qui n'aime rien tant que de se branler mollement en contemplant son *eromenos* avec langueur ; moi, je trouvais ça ennuyeux et même légèrement répugnant, et j'avais assez sèchement coupé court à ses émois. Cela dit, je pensais que nous étions restés amis. Sans doute l'avais-je blessé sans m'en rendre compte, et à un de ses endroits les plus vulnérables : Robert n'avait jamais su faire face à la réalité sordide et amère du désir ; et il était resté, à sa manière, le grand boy-scout du fascisme. Pauvre Brasillach ! si lestement fusillé, une fois tout fini, afin que tant de bonnes gens, la conscience tranquille, puissent rentrer dans le rang. Je me suis souvent demandé, d'ailleurs, si ses penchants y avaient été pour quelque chose : la collaboration, après tout, restait une histoire de famille, alors que la pédérastie, c'était encore autre chose, pour de Gaulle comme pour les bons ouvriers du jury. Brasillach, quoi qu'il en soit, aurait certainement préféré mourir pour ses idées plutôt que pour ses goûts. Mais n'était-ce pas lui qui avait décrit la collaboration par cette phrase inoubliable : *Nous avons couché avec l'Allemagne, et le souvenir nous en restera doux* ? Rebatet, lui, nonobstant son admiration pour Julien Sorel, a été plus malin : il a eu sa condamnation, et sa grâce avec ; il ne s'est pas fait communiste ; et il a trouvé le temps après tout ça d'écrire une belle *Histoire de la musique*, et de se faire un peu oublier.

Il me quitta en proposant de me retrouver, le soir, avec Cousteau, du côté de Pigalle. En sortant, je passai serrer la main à Brasillach, qui était assis avec une femme que je ne connaissais pas ; il fit comme s'il ne m'avait pas reconnu et m'accueillit avec un sourire, mais ne me présenta pas à sa compagne. Je lui demandai des nouvelles de sa sœur et de son beau-frère ; il s'enquit poliment des conditions de vie en Allemagne ; nous convînmes vaguement de nous revoir, sans préciser de rendez-vous. Je rentrai à ma chambre d'hôtel, passai mon uniforme, rédigeai un mot à l'intention de Knochen, et allai le déposer avenue Foch. Puis je retournai me remettre en civil et sortis me promener jusqu'à l'heure convenue. Je retrouvai Rebatet et Cousteau au *Liberty*, une boîte à tantes, place Blanche. Cousteau, pourtant peu suspect de ce côté-là, connaissait le patron, Tonton, et visiblement au moins la moitié des folles, qu'il tutoyait; plusieurs d'entre elles, fières et saugrenues avec leurs perruques, leur fard et leurs bijoux en verre, échangeaient des quolibets avec lui et Rebatet tandis que nous buvions des martinis. « Celle-là, vois-tu, m'indiquait Cousteau, je l'ai baptisée la Pompe-Funèbre. Parce qu'elle suce à mort. » — « T'as pillé ça chez Maxime Du Camp, enflure », rétorquait Rebatet avec une moue, avant de plonger dans son vaste savoir littéraire pour essayer de le surpasser. « Et toi, chéri, qu'est-ce que tu fais? » me lança une des folles en braquant vers moi un fume-cigarette d'une longueur impressionnante. « C'est un gestapiste », ironisa Cousteau. La tante posa des doigts gantés de dentelle sur ses lèvres et laissa échapper un long « Ooooh... ». Mais Cousteau s'était déjà lancé dans une longue anecdote sur les gars de Doriot qui allaient tailler des pipes aux soldats allemands dans les *tasses* du Palais-Royal; les flics parisiens qui effectuaient régulièrement des descentes dans ces vespasiennes, ou celles du bas des Champs-Élysées, y avaient parfois de mauvaises surprises; mais si la Préfecture râlait, le *Majestic* semblait s'en moquer éperdument. Ces propos ambigus me mettaient mal à l'aise : à quoi jouaient-ils donc, ces deux-là ? D'autres camarades, je le savais, crânaient moins et pratiquaient plus. Mais aucun d'eux n'avait le moindre scrupule à publier des dénonciations anonymes dans les colonnes de *Je Suis Partout*; et si quelqu'un n'avait pas le malheur d'être juif, on pouvait tout aussi bien en faire un homosexuel; plus d'une carrière, voire d'une vie, s'était vue ainsi ruinée. Cousteau et Rebatet, songeai-je, cherchaient à démontrer que leur radicalisme révolutionnaire surmontait tous les préjugés (sauf ceux qui étaient *scientifiques et raciques*, comme devait l'être la pensée française); au fond, eux aussi cherchaient juste à *épater le bourgeois*, comme les surréalistes et André Gide, qu'ils exécraient tant. « Sais-tu, Max, me lança Rebatet, que le phallus bénéfique que les Romains promenaient pour les *Liberalia*, au printemps et aux vendanges, s'appelait un *fascinus*? Mussolini s'en est peut-être souvenu. » Je haussai les épaules : tout cela me semblait faux, un pauvre théâtre, une mise en scène, alors que partout les gens mouraient pour de vrai. Moi, j'avais réellement envie d'un garçon, mais pas pour la montre, juste pour la chaleur de sa peau, l'âcreté de sa sueur, la douceur de son sexe blotti entre ses jambes comme un petit animal. Rebatet, lui, avait peur de son ombre, des hommes comme des femmes, de la présence de sa propre chair, de tout sauf des idées abstraites qui ne pouvaient lui opposer aucune résistance. Plus que jamais, je voulais être tranquille, mais il semblait que ce fût impossible : je m'écorchais la peau sur le monde comme sur du verre brisé; je ne cessais d'avaler délibérément des hameçons, puis d'être étonné lorsque je m'arrachais les entrailles par la bouche.

Mon entretien avec Helmut Knochen, le lendemain, ne fit que renforcer ce sentiment. Il me reçut avec un curieux mélange de camaraderie ostentatoire et de hauteur condescendante. À l'époque où il travaillait au SD, je ne le fréquentais pas en dehors du bureau; bien entendu, il devait savoir que je voyais alors souvent Best (mais peut-être n'était-ce plus là une recommandation). Quoi qu'il en fût, je lui dis que j'avais vu Best à Berlin et il me demanda de ses nouvelles. Je mentionnai aussi que j'avais servi, comme lui, sous le commandement du Dr. Thomas; il me fit alors parler de mes expériences en Russie, tout en me faisant subtilement ressentir la distance entre nous : lui, le Standartenführer chargé d'un pays entier, moi, un convalescent à l'avenir incertain. Il m'avait reçu dans son bureau, autour d'une table basse décorée d'un vase de fleurs séchées; il s'était installé dans le canapé, croisant ses longues jambes gainées d'une culotte de cheval, me laissant tassé au fond d'un petit fauteuil trop bas : de là où j'étais, son genou me cachait presque son visage et le vague de ses yeux. Je ne savais pas comment aborder le sujet qui me préoccupait. Enfin, je lui racontai un peu au hasard que je préparais un livre sur l'avenir des relations internationales de l'Allemagne, brodant sur les idées que j'avais glanées au hasard dans le *Festgabe* de Best (et au fur et à mesure que je parlais, je m'emballais et en venais à me convaincre que j'avais réellement l'intention d'écrire un tel livre, qui frapperait les esprits et assurerait mon avenir). Knochen écoutait poliment en hochant la tête. Enfin je glissai que je pensais accepter un poste en France pour y recueillir des expériences concrètes, susceptibles de compléter celles de Russie. « On vous a proposé quelque chose ? fit-il avec une lueur de curiosité. Je ne suis pas au courant. » — « Pas encore, Herr Standartenführer, c'est en cours de discussion. Ça ne pose pas de problèmes de principe, mais il faudrait qu'un poste approprié se libère ou soit créé. » — « Chez moi, vous savez, il n'y a rien pour le moment. C'est dommage, le poste de spécialiste aux Affaires juives était vacant en décembre, mais il a été pourvu. » Je me forçai à sourire : « Ce n'est pas ce que je recherche. » — « Pourtant, vous avez acquis une bonne expérience en ce domaine, à ce qui me semble. Et la question juive, en France, touche de très près à nos relations diplomatiques avec Vichy. Mais il est vrai que votre grade est trop élevé : c'est au plus un poste pour Hauptsturmführer. Et chez Abetz ? Vous êtes allé voir ? Si je me souviens bien, vous aviez des contacts personnels chez les protofascistes parisiens. Ça devrait intéresser l'ambassadeur. »

Je me retrouvai sur le large trottoir presque désert de l'avenue Foch dans un état de découragement profond : j'avais la sensation d'être confronté à un mur, mais à un mur mou, insaisissable, flou, et néanmoins aussi infranchissable qu'une haute muraille de pierre de taille. En haut de l'avenue, l'arc de Triomphe cachait encore le soleil du matin et jetait de longues ombres sur le pavé. Aller chez Abetz ? Vrai, j'aurais pu sans doute me recommander de notre brève rencontre de 1933, ou me faire introduire par quelqu'un de l'entourage de *Je Suis Partout*. Mais je ne m'en sentais pas le courage. Je pensais à ma sœur, en Suisse : peutêtre une affectation en Suisse me conviendrait-elle ? Je pourrais la revoir de temps en temps, lorsqu'elle accompagnerait son mari au sanatorium. Mais il n'y avait quasiment pas de postes SD en Suisse, et on se les arrachait. Le Dr. Mandelbrod aurait sans doute pu lever tous les obstacles, pour la France comme pour la Suisse ; mais le Dr. Mandelbrod, je l'avais compris, nourrissait sa propre idée en ce qui me concernait.

Je rentrai me mettre en civil puis me rendis au Louvre : là, au moins, entouré de ces figures immobiles et sereines, je me sentais plus calme. Je m'assis longtemps devant le Christ couché de Philippe de Champaigne ; mais ce fut surtout un petit tableau de Watteau qui me retint, *L'indifférent* : un personnage paré pour une fête qui avance en dansant, presque avec un entrechat, les bras balancés comme attendant la première note d'une ouverture, féminin, mais visiblement bandant sous sa culotte de soie vert pistache, et avec un visage indéfinissablement triste, presque perdu, ayant déjà tout oublié et ne cherchant peut-être même plus à se souvenir pourquoi ou pour qui il posait ainsi. Cela me frappait comme un commentaire assez pertinent de ma situation, et il n'y avait pas jusqu'au titre qui n'y apportât son contrepoint : indifférent ? non, je n'étais pas indifférent, il me suffisait de passer devant un tableau de femme aux lourds cheveux noirs pour ressentir comme un coup de hache de l'imagination ; et même lorsque les visages ne ressemblaient en rien au sien, sous les riches oripeaux de la Renaissance ou de la Régence, sous ces tissus bariolés, chargés de couleurs et de pierreries, aussi épais que l'huile ruisselante des peintres, c'était son corps que je devinais, ses seins, son ventre, ses hanches, purs, coulés sur les os ou légèrement rebondis, renfermant la seule source de vie que je savais où trouver. Rageusement, je quittai le musée, mais cela ne suffisait plus, car chaque femme que je croisais ou voyais rire derrière une vitre me faisait le même effet. Je buvais coup sur coup au hasard des cafés mais plus je buvais, plus il me semblait devenir lucide, mes yeux s'ouvraient et le monde s'y engouffrait, rugissant, sanglant, vorace, m'éclaboussant l'intérieur de la tête d'humeurs et d'excréments. Mon œil pinéal, vagin béant au milieu de mon front, projetait sur ce monde une lumière crue, morne, implacable, et me permettait de lire chaque goutte de sueur, chaque bouton d'acné, chaque poil mal rasé des visages criards qui m'assaillaient comme une émotion, le cri d'angoisse infini de l'enfant à tout jamais prisonnier du corps atroce d'un adulte maladroit et incapable, même en tuant, de se venger du fait de vivre. Enfin, c'était déjà tard dans la nuit, un garçon m'aborda dans un bistro pour me demander une cigarette : là, peut-être, pourrais-je me noyer quelques instants. Il accepta de monter dans ma chambre. Encore un, me disais-je en grimpant les escaliers, encore un, mais ça ne suffira jamais. Chacun de nous se déshabilla d'un côté du lit ; grotesquement, il garda ses chaussettes et sa montre. Je lui demandai de me prendre debout, appuyé sur la commode, face à l'étroit miroir qui dominait la chambre. Lorsque le plaisir me saisit, je gardai les yeux ouverts, je scrutai mon visage empourpré et hideusement gonflé, cherchant à y voir, vrai visage emplissant mes traits par-derrière, les traits du visage de ma sœur. Mais alors il se passa ceci d'étonnant : entre ces deux visages et leur fusion parfaite vint se glisser, lisse, translucide comme une feuille de verre, un autre visage, le visage aigre et placide de notre mère, infiniment fin mais plus opaque, plus dense que le plus épais des murs. Saisi d'une rage immonde, je rugis et fracassai le miroir d'un coup de poing ; le garçon, pris de peur, bondit en arrière et s'affala sur le lit tandis qu'il jouissait à grands traits. Moi aussi je jouissais, mais par réflexe, sans le sentir, débandant déjà. Le sang dégouttait de mes doigts sur le plancher. J'allai à la salle de bains, rinçai ma main, en ôtai un morceau de verre, l'enveloppai dans une serviette. Lorsque je ressortis le garçon se rhabillait, visiblement inquiet. Je fouillai dans la poche de mon pantalon et lui jetai quelques billets sur le lit : « Casse-toi. » Il saisit l'argent et fila sans demander son reste. Je voulais me coucher mais tout d'abord je ramassai soigneusement les morceaux de verre brisé, les jetant dans la corbeille à papier et scrutant le plancher pour être sûr de ne pas en avoir oublié, puis je frottai les gouttes de sang et allai me laver. Enfin je pus m'allonger ; mais le lit était pour moi un crucifix, un chevalet de torture. Que venait-elle faire ici, la *chienne odieuse* ? N'avais-je donc pas assez souffert à cause d'elle ? Fallait-il que de nouveau elle me persécute ainsi ? Je m'assis en tailleur sur les draps et fumai cigarette sur cigarette en réfléchissant. La lueur d'un réverbère, blafarde, filtrait par les volets fermés. Ma pensée emballée, affolée, s'était muée en vieil assassin sournois; nouvelle Macbeth, elle égorgeait mon sommeil. Il me semblait être perpétuellement sur le point de comprendre quelque chose, mais cette compréhension restait au bout de mes doigts lacérés, se moquant de moi, reculant imperceptiblement, au fur et à mesure que j'avançais. Enfin, une pensée se laissa saisir : je la contemplai avec dégoût, mais comme aucune autre ne voulait venir prendre sa place, je dus bien lui accorder son dû. Je la posai sur la table de nuit telle une lourde et vieille pièce de monnaie : si je tapais dessus de l'ongle, elle sonnait juste, mais si je tirais à pile ou face, elle ne me présentait jamais que le même visage impassible.

Au matin, très tôt, je payai ma note et pris le premier train pour le Sud. Les Français devaient réserver leurs places des jours, voire des semaines à l'avance; mais les compartiments pour Allemands étaient toujours à moitié vides. Je descendis jusqu'à Marseille, à la limite de la zone allemande. Le train s'arrêtait fréquemment; dans les gares, tout comme en Russie, des paysannes se pressaient pour proposer aux passagers des aliments, œufs durs, cuisses de poulets, pommes de terre bouillies et salées; et lorsque j'avais faim, je prenais quelque chose au hasard, par la fenêtre. Je ne lisais pas, je regardais distraitement défiler le paysage et agaçais mes phalanges écorchées, ma pensée errait, détachée du passé comme du présent. À Marseille, je me rendis à la *Gestapostelle* pour me renseigner sur les conditions de passage en zone italienne. Un jeune Obersturmführer me reçut : « Les relations sont un peu délicates, en ce moment. Les Italiens manquent de compréhension en ce qui concerne nos efforts pour résoudre la question juive. Leur zone est devenue un véritable paradis pour Juifs. Quand on leur a demandé d'au moins les interner, ils les ont logés dans les meilleures stations de ski des Alpes. » Mais je n'avais cure des problèmes de cet Obersturmführer. Je lui expliquai ce que je voulais : il prit un air inquiet mais je l'assurai que je le déchargeais de toute responsabilité. Finalement, il accepta de me rédiger une lettre demandant aux autorités italiennes de *faciliter mes déplacements pour raisons personnelles*. Il se faisait tard et je pris une chambre pour la nuit, sur le Vieux Port. Le lendemain matin, je montai dans un autocar à destination de Toulon; à la ligne de démarcation, les *bersaglieri*, avec leurs grotesques chapeaux à plumes, nous firent passer sans contrôle. À Toulon, je changeai de car, puis de nouveau à Cannes ; enfin, dans l'après-midi, j'arrivai à Antibes. L'autocar me laissa sur la grande place ; mon sac sur l'épaule, je contournai le port Vauban, passai la masse trapue du fort Carré, et commençai à remonter la route du bord de mer. Une petite brise salée venait de la baie, des vaguelettes léchaient la bande de sable, le cri des mouettes résonnait par-dessus le ressac et le bruit des rares véhicules ; à part quelques soldats italiens, la plage était déserte. Avec mon costume civil, personne ne faisait attention à moi : un policier italien me héla, mais pour me demander du feu. La maison se trouvait à quelques kilomètres du centre. Je marchais posément, je ne me sentais pas pressé ; la vue et l'odeur de la Méditerranée me laissaient indifférent, mais je ne ressentais plus aucune angoisse, je restais calme. J'arrivai enfin au chemin de terre battue qui menait à la propriété. Le petit vent courait dans les branches des pins parasols, le long du chemin, et leur odeur se mêlait à celle de la mer. La grille, à la peinture écaillée, était entrouverte. Une longue allée coupait à travers un beau parc planté de pins noirs ; je ne la suivis pas, je me glissai le long de l'intérieur du mur vers le fond du parc ; là, je me déshabillai et passai mon uniforme. Il était un peu froissé d'être resté plié dans mon sac de voyage, je le lissai de la main, cela irait. Le sol sablonneux, entre les arbres espacés, était tapissé d'aiguilles de pin ; par-delà les longs troncs élancés, on apercevait le flanc ocre de la maison, avec la terrasse ; le soleil, derrière le mur d'enceinte, brillait à travers les crêtes ondulantes des arbres, confusément. Je revins vers la grille et remontai l'allée ; à la porte principale, je sonnai. Je perçus comme un rire étouffé sur ma droite, parmi les arbres : je regardai, mais ne vis rien. Puis une voix d'homme appela de l'autre côté de la maison : « Ohé ! Par ici. » Je reconnus tout de suite la voix de Moreau. Il attendait devant l'entrée du salon, sous la terrasse, une pipe éteinte à la main ; il portait un vieux gilet tricoté et un nœud papillon, et me parut lamentablement vieux. Il fronça les sourcils en voyant mon uniforme : « Que voulez-vous ? Qui cherchez-vous ? » J'avançai en ôtant ma casquette : « Vous ne me reconnaissez pas ? » Il écarquilla les yeux et sa bouche s'ouvrit ; puis il fit un pas en avant et me serra vigoureusement la main, en me tapant sur l'épaule. « Bien sûr, bien sûr ! » Il recula de nouveau et me contempla, gêné : « Mais qu'est-ce que c'est que cet uniforme ? » — « Celui sous lequel je sers. » Il se retourna et appela dans la maison : « Héloïse ! Viens voir qui est là ! » Le salon était plongé dans la pénombre ; je vis une forme s'avancer, légère, grise ; puis une vieille femme apparut derrière Moreau et me contempla en silence. C'était donc ça, ma mère ?

« Ta sœur nous a écrit que tu as été blessé, dit-elle enfin. Tu aurais pu nous écrire aussi. Tu aurais au moins dû nous prévenir que tu arrivais. » Sa voix, en comparaison de son visage jauni et de ses cheveux gris sévèrement tirés en arrière, semblait encore jeune ; mais pour moi, c'était comme si les temps les plus anciens se mettaient à parler, d'une voix immense qui me rapetissait, me réduisait presque à rien, malgré la protection de mon uniforme, talisman dérisoire. Moreau dut s'apercevoir de mon trouble : « Bien entendu, fit-il rapidement, nous sommes contents de te voir. Tu es toujours chez toi, ici. » Ma mère me fixait encore avec un air énigmatique. « Eh bien, avance, prononça-t-elle enfin. Viens embrasser ta mère. » Je posai mon sac, allai jusqu'à elle, et, me penchant, l'embrassai sur la joue. Puis je la pris dans mes bras et la serrai contre moi. Je la sentis se raidir ; elle était comme une branche dans mes bras, un oiseau que j'aurais facilement pu étouffer. Ses mains montèrent et se posèrent sur mon dos. « Tu dois être fatigué. Viens, on va t'installer. » Je la lâchai et me redressai. De nouveau, derrière moi, j'entendis un léger rire. Je me retournai et vis deux petits jumeaux identiques, habillés en culottes courtes et en vestes assorties, qui, debout l'un à côté de l'autre, me fixaient avec de grands yeux curieux et amusés. Ils devaient avoir sept ou huit ans. « Qui êtes-vous ? » leur demandai-je. — « Les enfants d'une amie, répondit ma mère. Nous les gardons pour le moment. » L'un d'eux leva la main et me désigna d'un doigt : « Et lui, c'est qui ? » — « C'est un Allemand, dit l'autre. Tu ne vois pas ? » — « C'est mon fils, déclara ma mère. Il s'appelle Max. Venez dire bonjour. » — « Votre fils est un soldat allemand, tante ? » demanda le premier. — « Oui. Serrez-lui la main. » Ils hésitèrent, puis avancèrent ensemble et me tendirent leurs petites mains. « Comment vous appelez-vous ? » demandai-je. Ils ne répondirent pas. « Je te présente Tristan et Orlando, dit ma mère. Mais je les confonds toujours. Eux, ils adorent se faire passer l'un pour l'autre. On n'est jamais très sûr. » — « C'est parce qu'il n'y a pas de différence entre nous, tante, dit l'un des petits. Un nom suffirait pour les deux. » — « Je vous préviens, dis-je, je suis policier. Pour nous, les identités sont très importantes. » Leurs yeux s'agrandirent : « Oh, chic », dit l'un. — « Vous êtes venu arrêter quelqu'un ? » demanda l'autre. — « Peut-être », dis-je. — « Arrête de raconter des bêtises », dit ma mère.

Elle m'installa dans ma vieille chambre : mais il n'y avait là plus rien qui pût m'aider à reconnaître ma chambre. Mes affiches, les quelques affaires laissées là avaient disparu ; on avait changé le lit, la commode, le papier peint. « Où sont mes affaires ? » demandai-je. — « Au grenier, répondit-elle. J'ai tout gardé. Tu pourras aller voir après. » Elle me regardait, les deux mains posées devant elle sur sa robe. « Et la chambre d'Una ? » continuai-je. — « Pour le moment, on y a installé les jumeaux. » Elle sortit et j'allai dans la grande salle de bains me rincer le visage et la nuque. Puis je revins dans la chambre et me changeai de nouveau, rangeant mon uniforme dans le placard. En sortant, j'hésitai un instant devant la porte d'Una, puis continuai mon chemin. Je passai sur la terrasse. Le soleil baissait derrière les grands pins, projetant de longues ombres à travers le parc, déposant une belle et riche teinte safranée sur les murs de pierre de la maison. Je vis passer les jumeaux : ils couraient sur le gazon, puis disparurent dans les arbres. Un jour, de cette terrasse, fâché pour une broutille, j'avais tiré une flèche (à pointe mouchetée, quand même) sur ma sœur, la visant au visage ; elle l'avait frappée juste au-dessus de l'œil, manquant de l'éborgner. À y réfléchir, il me semblait que j'avais ensuite été sévèrement puni par mon père : s'il se trouvait encore là, c'est que l'incident s'était passé à Kiel, et non ici. Mais à Kiel il n'y avait pas de terrasse à notre maison, et je croyais nettement me souvenir, en relation avec ce geste, des gros pots de fleurs en grès dispersés autour de l'aire en gravier où Moreau et ma mère venaient de m'accueillir. Je ne m'y retrouvais plus et, contrarié par cette incertitude, je fis demi-tour et rentrai dans la maison. Je me promenai dans les couloirs, humant l'odeur de cire des boiseries, ouvrant des portes au hasard. Peu de choses, à part ma chambre, paraissaient avoir changé. Je parvins au pied de l'escalier qui montait au grenier ; là aussi, j'hésitai, puis je fis demi-tour. Je descendis le grand escalier de l'entrée et sortis par la porte principale. Quittant rapidement l'allée, je pénétrai de nouveau sous les arbres, effleurant leurs troncs gris et rugueux, les coulées de sève durcie mais encore épaisse, collante, et décochant des coups de pied dans les pommes de pin tombées au sol. L'odeur aiguë, enivrante du pin embaumait l'air, je voulais fumer mais y renonçai pour continuer à sentir. Là, le sol était nu, sans herbe, sans buissons, sans fougères : pourtant, cela me ramenait puissamment à la mémoire la forêt, près de Kiel, où je jouais à mes curieux jeux d'enfant. Je cherchai à m'adosser à un arbre, mais le tronc était poisseux, et je restai là debout, les bras ballants, virevoltant follement dans mes pensées.

Le dîner se passa en paroles brèves, contraintes, presque perdues dans le cliquetis des couverts et des plats. Moreau se plaignait de ses affaires et des Italiens, et insistait pathétiquement sur ses bons rapports avec l'administration économique allemande, à Paris. Il essayait de mener une conversation, et moi, de mon côté, poliment, je le harcelais de petites pointes agressives. « Ton grade, là, sur ton uniforme, qu'est-ce que c'est ? » me demanda-t-il. — « SS-Sturmbannführer. C'est l'équivalent d'un major, dans votre armée. » — « Ah, major, ça c'est bien, tu as pris du grade, félicitations. » En retour, je lui demandai où il avait servi, avant juin 40 ; sans s'apercevoir du ridicule, il lança les bras au ciel : « Ah, mon garçon ! J'aurais bien voulu servir. Mais on ne m'a pas pris, on a dit que j'étais trop vieux. Bien sûr, s'empressa-t-il d'ajouter, les Allemands nous ont battus loyalement. Et j'approuve tout à fait la politique de collaboration du Maréchal. » Ma mère ne disait rien ; elle suivait ce petit jeu avec des yeux alertes. Les jumeaux mangeaient joyeusement ; mais de temps en temps ils changeaient entièrement d'expression, comme si un voile de gravité descendait sur eux. « Et vos amis juifs, là ? Comment s'appelaient-ils ? Les Benahum, je crois. Que sont-ils devenus ? » Moreau rougit. « Ils sont partis, répondit sèchement ma mère. En Suisse. » — « Ça a dû être gênant pour vos affaires, continuai-je à l'intention de Moreau. Vous étiez associés, non ? » — « J'ai racheté sa part », dit Moreau. — « Ah, très bien. À un prix juif, ou un prix aryen ? J'espère que vous ne vous êtes pas fait avoir. » — « Ça suffit, dit ma mère. Les affaires d'Aristide ne te concernent pas. Raconte-nous plutôt tes expériences. Tu étais en Russie, c'est ça ? » — « Oui, fis-je, subitement humilié. Je suis allé combattre le Bolchevisme. » — « Ah ! Ça c'est louable », commenta sentencieusement Moreau. — « Oui, mais les Rouges avancent, maintenant », dit ma mère. — « Oh, ne t'inquiète pas ! s'exclama Moreau. Ils n'arriveront pas jusqu'ici. » — « Nous avons eu des revers, dis-je. Mais c'est temporaire. Nous préparons de nouvelles armes. Et nous les écraserons. » — « Excellent, excellent, souffla Moreau en hochant la tête. J'espère que vous vous occuperez des Italiens, après. » — « Les Italiens sont nos frères de combat de la première heure, rétorquai-je. Lorsque la nouvelle Europe se fera, ils seront les premiers à avoir leur part. » Moreau prit cela très au sérieux et se fâcha : « Ce sont des lâches ! Ils nous ont déclaré la guerre alors qu'on était déjà battus, pour pouvoir nous piller. Mais je suis certain que Hitler respectera l'intégrité de la France. On dit qu'il admire le Maréchal. » Je haussai les épaules : « Le Führer traitera la France comme elle le mérite. » Moreau devint tout rouge. « Max, ça suffit, dit de nouveau ma mère. Prends du dessert. »

Après le dîner, ma mère me fit monter dans son boudoir. C'était une pièce contiguë à sa chambre, qu'elle avait décorée avec goût ; personne n'y entrait sans son autorisation. Elle n'y alla pas par quatre chemins. « Qu'est-ce que tu es venu faire ici ? Je te préviens, si c'est juste pour nous embêter, ce n'était pas la peine. » De nouveau, je me sentais rapetisser ; devant cette voix impérieuse, ces yeux froids, je perdais tous mes moyens, je redevenais un enfant craintif, plus petit que les jumeaux. Je tentai de me maîtriser, mais c'était peine perdue. « Non, parvins-je à articuler, je voulais vous voir, c'est tout. J'étais en France pour mon travail, et j'ai pensé à vous. Et puis, j'ai failli être tué, tu sais, maman. Je ne survivrai peut-être pas à cette guerre. Et nous avons tant de choses à réparer. » Elle s'adoucit un peu et me toucha le dos de la main, du même geste que ma sœur : doucement, j'ôtai ma main, mais elle ne sembla pas le remarquer. « Tu as raison. Tu aurais pu écrire, tu sais ; ça ne t'aurait rien coûté. Je sais que tu désapprouves mes choix. Mais disparaître comme ça, quand on est l'enfant de quelqu'un, ça ne se fait pas. C'est comme si on était mort. Tu peux le comprendre ? » Elle réfléchit, puis continua, en se hâtant, comme si le temps allait lui manquer. « Je sais que tu m'en veux à cause de la disparition de ton père. Mais c'est à lui que tu dois en vouloir, pas à moi. Il m'a abandonnée avec vous, il m'a laissée seule ; pendant plus d'un an, je n'ai pas dormi, ta sœur me réveillait toutes les nuits, elle pleurait dans ses cauchemars. Toi tu ne pleurais pas mais c'était presque pire. J'ai dû m'occuper de vous seule, vous nourrir, vous habiller, vous éduquer. Tu ne peux pas imaginer comme c'était dur. Alors, lorsque j'ai rencontré Aristide, pourquoi est-ce que j'aurais dit non ? C'est un homme bon, il m'a aidée. Qu'est-ce que je devais faire, selon toi ? Ton père, où était-il ? Même quand il était encore là il n'était jamais là. C'est moi qui devais tout faire, vous torcher, vous laver, vous nourrir. Ton père, il passait vous voir un quart d'heure par jour, il jouait un peu avec vous, puis il retournait à ses livres ou à son travail. Mais c'est moi que tu hais. » L'émotion me nouait la gorge : « Mais non, maman. Je ne te hais pas. » — « Si, tu me hais, je le sais, je le vois. Tu es venu dans cet uniforme pour me dire combien tu me hais. » — « Pourquoi mon père est-il parti ? » Elle inspira longuement : « Ça, personne ne le sait, sauf lui. Peut-être par ennui, tout simplement. » — « Je ne le crois pas ! Qu'est-ce que tu lui as fait ? » — « Je ne lui ai rien fait, Max. Je ne l'ai pas chassé. Il est parti, c'est tout. Peut-être que je le fatiguais. Peut-être que c'est vous qui le fatiguiez. » L'angoisse me gonflait le visage : « Non ! C'est impossible. Il nous aimait ! » — « Je ne sais pas s'il a jamais su ce qu'aimer veut dire, répondit-elle avec une grande douceur. S'il nous avait aimés, s'il vous avait aimés, il aurait au moins écrit. Ne serait-ce que pour dire qu'il ne reviendrait pas. Il ne nous aurait pas tous laissés dans le doute, dans l'angoisse. » — « Tu l'as fait déclarer mort. » — « Je l'ai fait en grande partie pour vous. Pour protéger vos intérêts. Il n'a jamais donné signe de vie, il n'a jamais touché à son compte en banque, il a laissé toutes ses affaires en plan, j'ai dû tout régler, les comptes étaient bloqués, j'ai eu beaucoup de mal. Et je ne voulais pas que vous soyez dépendants d'Aristide. L'argent avec lequel tu es parti en Allemagne, tu crois qu'il venait d'où ? C'était son argent, tu le sais bien, et tu l'as pris et tu t'en es servi. Sans doute est-il vraiment mort, quelque part. » — « C'est comme si tu l'avais tué. » Mes paroles la faisaient souffrir, je le voyais, mais elle restait calme. « Il s'est tué lui-même, Max. C'était son choix. Cela, tu dois le comprendre. »

Mais je ne voulais pas le comprendre. Cette nuit-là, je tombai dans le sommeil comme dans une eau sombre, épaisse, agitée, mais sans rêves. Le rire des jumeaux, montant du parc, me réveilla. Il faisait jour, le soleil brillait par les fentes des volets. En me lavant et m'habillant, je songeais aux paroles de ma mère. L'une d'elles m'avait péniblement frappé : mon départ de France, ma rupture avec ma mère, tout cela en effet avait été rendu possible par l'héritage de mon père, un petit capital qu'Una et moi-même devions nous partager à notre majorité. Or je n'avais jamais, à cette époque, fait le lien entre les démarches si odieuses de ma mère et cet argent qui m'avait permis de m'affranchir d'elle. J'avais longuement préparé ce départ. Dans les mois qui avaient suivi l'émeute de février 1934, j'avais pris contact avec le Dr. Mandelbrod pour lui demander assistance et soutien ; et, comme je l'ai dit, il me les avait fournis généreusement ; à mon anniversaire, tout était organisé. Ma mère et Moreau montèrent à Paris pour les formalités concernant mon héritage : au dîner, les papiers du notaire en poche, je leur annonçai ma décision de quitter l'ELSP pour l'Allemagne. Moreau avait ravalé sa colère et était resté silencieux tandis que ma mère tentait de me raisonner. Dans la rue, Moreau s'était tourné vers ma mère : « Tu ne vois pas que c'est devenu un petit fasciste, ton fils ? Qu'il aille défiler au pas de l'oie, si ça lui plaît. » J'étais trop heureux pour me fâcher, et je les quittai sur le boulevard Montparnasse. Il avait fallu neuf ans et une guerre pour que je les revoie.

En bas, je trouvai Moreau assis sur une chaise de jardin, dans un carré de soleil, devant la porte vitrée du salon. Il faisait assez frais. « Bonjour, me dit-il de son air rusé. Bien dormi ? » — « Oui, merci. Ma mère est levée ? » — « Elle est réveillée, mais elle se repose encore. Il y a du café et des tartines, sur la table. » — « Merci. » J'allai me servir puis revins près de lui, une tasse de café à la main. Je regardai le parc. Je n'entendais plus les jumeaux. « Où sont les petits ? » demandai-je à Moreau. — « À l'école. Ils reviennent dans l'après-midi. » Je bus un peu de café. « Tu sais, reprit-il, ta mère est contente que tu sois venu. » — « Oui, c'est possible », dis-je. Mais il continuait placidement sa pensée : « Tu devrais écrire plus souvent. Les temps vont être durs. Tout le monde va avoir besoin de la famille. La famille, c'est la seule chose sur laquelle on peut compter. » Je ne dis rien, je le regardais distraitement ; lui contemplait le jardin. « Tiens, le mois prochain, c'est la Fête des mères. Tu pourrais lui envoyer tes vœux. » — « Qu'est-ce que c'est que cette fête ? » Il me jeta un coup d'œil interloqué : « C'est le Maréchal qui l'a instituée, il y a deux ans. Pour honorer la Maternité. C'est en mai, cette année ça tombe le 30. » Il me regardait toujours : « Tu pourrais envoyer une carte. » — « Oui, j'essayerai. » Il se tut et se retourna vers le jardin. « Si tu as le temps, dit-il au bout d'un long moment, est-ce que tu pourrais aller couper du bois dans la remise, pour le fourneau ? Je me fais vieux. » Je le regardai de nouveau, tassé sur sa chaise : en effet, il avait vieilli. « Si vous voulez », répondis-je. Je retournai dans la maison, posai la tasse vide sur la table, grignotai une biscotte et montai à l'étage ; cette fois, j'allai droit au grenier. Je fermai la trappe derrière moi et marchai doucement entre les meubles et les caisses, faisant craquer les lattes du plancher sous mes pas. Mes souvenirs se dressaient autour de moi, devenus tactiles avec l'air, l'odeur, la lumière, la poussière : et je plongeai dans ces sensations comme j'avais plongé dans la Volga, avec un abandon total. Il me semblait apercevoir l'ombre de nos corps dans les recoins, l'éclat de nos peaux blanches. Puis je me secouai et trouvai les cartons contenant mes affaires. Je les traînai dans un grand espace vide, près d'un pilier, m'accroupis et commençai à fouiller. Il y avait là des voitures en fer-blanc, des carnets de notes et des cahiers de cours, des livres de jeunesse, des photographies dans des enveloppes épaisses, d'autres enveloppes encore, scellées, contenant des lettres de ma sœur, tout un passé, étranger et brutal. Je n'osais pas regarder les photos, ouvrir les enveloppes, je sentais croître en moi une terreur animale ; même les objets les plus anodins, les plus innocents, portaient l'empreinte du passé, de ce passé-là, et le fait même de ce passé me glaçait jusqu'à la moelle ; chaque objet nouveau, mais si familier, m'inspirait un mélange de répulsion et de fascination, comme si j'avais tenu entre mes mains une mine amorcée. Pour me calmer je détaillai les livres : c'était la bibliothèque de n'importe quel adolescent de mon époque, Jules Verne, Paul de Kock, Hugo, Eugène Sue, les Américains

E.R. Burroughs et Marc Twain, les aventures de Fantômas ou de Rouletabille, des récits de voyage, quelques biographies de grands hommes. L'envie me prit d'en relire quelques-uns et, après réflexion, je mis de côté les trois premiers volumes de la série martienne de Burroughs, ceux qui avaient excité mes fantaisies dans la salle de bains de l'étage, curieux de voir s'ils répondraient encore à l'intensité de mes souvenirs. Puis je revins aux enveloppes scellées. Je les soupesai, les retournai entre mes doigts. Au début, après le scandale et notre envoi au collège, ma sœur et moi avions encore le droit de nous écrire ; quand je recevais une de ses lettres, je devais l'ouvrir devant l'un des curés et la lui donner à lire avant de pouvoir le faire moi-même ; elle aussi, je m'imagine, devait faire de même de son côté. Ses lettres, curieusement rédigées à la machine à écrire, étaient longues, édifiantes et solennelles : *Mon cher frère : Tout va bien ici, on me traite avec douceur. Je m'éveille à un renouveau spirituel, etc.* Mais la nuit, je m'enfermais dans les W-C avec un morceau de bougie, tremblant d'angoisse et d'excitation, et je tenais la lettre au-dessus de la flamme jusqu'à ce qu'apparaisse un second message, griffonné entre les lignes avec du lait : AU SECOURS ! SORS-MOI D'ICI, JE T'EN SUPPLIE ! Nous avions eu cette idée en lisant, en cachette bien entendu, une vie de Lénine, trouvée chez un bouquiniste, près de la mairie. Ces messages désespérés me jetèrent dans la panique et je décidai de m'enfuir et de la sauver. Mais ma tentative était mal préparée, je fus vite repris. On me punit sévèrement, j'eus droit à la canne et à une semaine au pain sec, et les exactions des garçons plus âgés ne firent qu'empirer, mais tout ça m'était égal ; seulement, on m'avait interdit de recevoir des lettres, et cela me plongeait dans la rage et le désespoir. Je ne savais même plus si j'avais conservé ces dernières missives, si elles aussi se trouvaient dans ces enveloppes ; et je ne souhaitais pas les ouvrir pour vérifier. Je rangeai tout dans les cartons, pris les trois livres, et redescendis.

Poussé par une force muette, j'entrai dans l'ancienne chambre d'Una. Il y avait là maintenant un lit double, en bois peint en rouge et bleu, et des jouets bien alignés, parmi lesquels je reconnus avec colère certains des miens. Tous les vêtements étaient pliés et rangés dans des tiroirs et dans la penderie. Je fouillai rapidement à la recherche d'indices, de lettres, mais ne trouvai rien. Le nom de famille inscrit sur les carnets de notes m'était inconnu, et paraissait aryen. Ces carnets de notes remontaient à quelques années : ainsi, cela faisait un bon moment qu'ils vivaient là. J'entendis ma mère derrière moi : « Qu'est-ce que tu fais ? » — « Je regarde », dis-je sans me retourner. — « Tu ferais mieux de descendre et d'aller couper le bois comme Aristide te l'a demandé. Je vais préparer à manger. » Je me retournai : elle se tenait sur le pas de la porte, sévère, impassible. « Ces enfants, qui sont-ils ? » — « Je te l'ai dit : les enfants d'une amie proche. Nous les avons recueillis quand elle a été incapable de s'en occuper. Ils n'avaient pas de père. » — « Ils sont là depuis quand ? » — « Depuis un certain temps. Toi aussi, tu es parti depuis un certain temps, mon petit. » Je regardai autour de moi, puis la contemplai de nouveau : « Ce sont des petits Juifs, c'est ça ? Avoue-le. Ils sont juifs, hein ? » Elle ne se laissa pas démonter : « Cesse de déraisonner. Ce ne sont pas des Juifs. Si tu ne me crois pas, tu n'as qu'à aller les voir quand ils prennent leur bain. C'est comme ça que vous faites, non ? » — « Oui. Parfois c'est comme ça qu'on fait. » — « De toute façon, si c'était des Juifs, ça changerait quoi ? Que leur ferais-tu ? » — « Je ne leur ferais rien du tout. » — « Qu'en faites-vous, des Juifs ? continua-t-elle. On raconte toute sorte d'horreurs. Même les Italiens disent que ce n'est pas acceptable, ce que vous faites. » Je me sentis soudainement vieux, fatigué : « On les envoie travailler, à l'Est. Ils construisent des routes, des maisons, ils travaillent dans des usines. » Elle n'en démordait pas : « Les enfants aussi, vous les envoyez construire des routes ? Vous prenez aussi les enfants, non ? » — « Les enfants, ils vont dans des camps spéciaux. Ils restent avec les mères qui ne peuvent pas travailler. » — « Pourquoi faites-vous ça ? » Je haussai les épaules : « Il fallait bien que quelqu'un le fasse. Les Juifs sont des parasites, des exploiteurs : maintenant, ils servent ceux qu'ils ont exploités. Les Français, je te signale, nous aident bien : en France, c'est la police française qui les arrête et qui nous les remet. C'est la loi française qui en décide. Un jour, l'histoire jugera que nous avons eu raison. » — « Vous êtes complètement fous. Va couper le bois. » Elle fit demi-tour et se dirigea vers l'escalier de service. J'allai ranger les trois livres de Burroughs dans mon sac, puis je me rendis à la remise. J'ôtai ma veste, pris la hache, posai une bûche sur le billot, et la fendit. C'était assez difficile, je n'avais pas l'habitude de ce genre de travail, je dus m'y reprendre à plusieurs reprises. En levant la hache, je songeai aux paroles de ma mère ; ce n'était pas son manque de compréhension politique qui me travaillait, c'était le regard qu'elle portait sur moi : que voyait-elle, lorsqu'elle me regardait ? J'éprouvais à quel point je peinais sous le poids du passé, des blessures reçues ou imaginées, des fautes irréparables, de l'irrémédiabilité du temps. Se débattre ne servait à rien. Lorsque j'eus achevé quelques bûches j'empilai les morceaux sur mes bras et les portai à la cuisine. Ma mère pelait des pommes de terre. Je posai le bois sur le tas, près du fourneau, et ressortis sans un mot en fendre encore. Je fis ainsi plusieurs trajets. En travaillant, je pensais : au fond, le problème collectif des Allemands, c'était le même que le mien ; eux aussi, ils peinaient à s'extraire d'un passé douloureux, à en faire table rase pour pouvoir commencer des choses neuves. C'est ainsi qu'ils en étaient venus à la solution radicale entre toutes, le meurtre, l'horreur pénible du meurtre. Mais le meurtre était-il une solution ? Je pensais aux nombreuses conversations que j'avais eues à ce sujet : en Allemagne, je n'étais pas le seul à douter. Et si le meurtre n'était pas une solution définitive, et si au contraire ce nouveau fait, encore moins réparable que les précédents, ouvrait à son tour de nouveaux abîmes ? Alors, que restait-il comme issue ? Dans la cuisine, je m'aperçus que j'avais gardé la hache. La pièce était vide : ma mère devait se trouver au salon. Je regardai le tas de bois, il semblait y en avoir assez. J'étais en nage ; je posai la hache dans le coin, à côté du bois, et montai me laver et changer de chemise.

Le repas se déroula dans un silence morne. Les jumeaux déjeunaient à l'école, nous n'étions que trois. Moreau tentait de commenter les dernières nouvelles — les Anglo-Américains avançaient rapidement sur Tunis ; à Varsovie, des troubles avaient éclaté — mais je gardais obstinément le silence. Je le regardais, je me disais : C'est un homme rusé, il doit aussi garder le contact avec les terroristes, les aider un peu ; si les choses empirent, il dira qu'il a toujours été de leur côté, qu'il n'a travaillé avec les Allemands que comme couverture. Quoi qu'il se passe, il saura faire son nid, ce vieux lion lâche et édenté. Même si les jumeaux n'étaient pas juifs, j'étais certain qu'il avait caché des Juifs : trop belle occasion, à si peu de frais (avec les Italiens, il ne risquait rien), de se donner un alibi pour la suite. Mais, venait alors cette pensée rageuse, nous lui montrerons, à lui et à ses semblables, ce que l'Allemagne a dans le ventre ; nous ne sommes pas encore à terre. Ma mère aussi se taisait. Après le repas je déclarai que j'allais me promener. Je traversai le parc, passai la grille toujours entrebâillée et descendis jusqu'à la plage. Dans le chemin l'odeur de sel de la mer venait se mêler fortement à celle des pins, et de nouveau le passé se levait en moi, le passé heureux qui avait baigné dans ces odeurs, le passé malheureux aussi. À la plage, je pris à droite, vers le port et la ville. Au pied du fort Carré, sur une bande de terre surplombant la mer et entourée de pins parasols, s'étendait un terrain de sport où des enfants jouaient au ballon. Petit, j'étais un enfant chétif, je n'aimais pas le sport, je préférais lire ; mais Moreau, qui me trouvait malingre, avait conseillé à ma mère de m'inscrire à un club de football ; ainsi, j'avais moi aussi joué sur ce terrain. Ce ne fut pas un grand succès. Comme je n'aimais pas courir, on m'institua gardien de but ; un jour, un autre enfant m'envoya le ballon si fort dans la poitrine que je fus projeté au fond de la cage. Je me souviens d'être resté couché là, regardant à travers le filet de la cage les têtes des pins agités dans la brise, jusqu'à ce que le moniteur vienne enfin voir si j'avais été assommé. Un peu plus tard eut lieu notre premier match contre un autre club. Le capitaine de l'équipe ne voulait pas que je joue ; enfin, à la deuxième mi-temps, il me laissa sortir sur le terrain. Je me retrouvai, je ne sais trop comment, avec le ballon dans les pieds et me mis à courir vers le but. Devant moi, le terrain vide s'ouvrait grand, les spectateurs hurlaient, sifflaient, je ne voyais plus rien sauf ce but, le gardien impuissant qui s'efforçait de m'arrêter en agitant les bras, je triomphais de tout et je marquai, mais c'était le goal de ma propre équipe : dans les vestiaires, je fus roué de coups par les autres garçons, et je laissai là le football. Passé le fort s'incurve le port Vauban, une grande crique naturelle aménagée, où clapotaient des barques de pêche et des avisos de la marine italienne. Je m'assis sur un banc et allumai une cigarette, regardant les mouettes tournoyer autour des bateaux de pêche. Là aussi, j'étais souvent venu. Il y avait eu une promenade, en 1930, juste avant mon baccalauréat, durant les vacances de Pâques. Cela faisait près d'un an que j'évitais Antibes, depuis le mariage de ma mère avec Moreau, mais ces vacances-là, elle usa d'un tour adroit : elle m'écrivit, sans aucune allusion à ce qui s'était passé, ni à ma lettre d'injures, pour me dire qu'Una rentrait pour les fêtes et serait ravie de me revoir. Cela faisait trois ans que l'on nous gardait séparés : Les salauds, me dis-je, mais je ne pouvais pas refuser, et ils s'en doutaient bien. Nos retrouvailles furent embarrassées, nous parlions peu ; bien entendu ma mère et Moreau ne nous laissaient pratiquement jamais seuls. À mon arrivée, Moreau m'avait pris par le bras : « Pas de cochonneries, hein ? Je t'ai à l'œil. » Pour lui, bourgeois épais qu'il était, il semblait évident que je l'avais séduite. Je ne dis rien, mais lorsqu'elle fut enfin là, je sus que je l'aimais plus que jamais. Quand, au milieu du salon, elle me frôla en passant, le dos de sa main touchant la mienne pendant une fraction de seconde, ce fut comme si un choc électrique me rivait au plancher, je dus me mordre la lèvre pour ne pas crier. Et puis nous étions allés nous promener autour du port. Notre mère et Moreau marchaient devant nous, là, à quelques pas de l'endroit où je me tenais assis et me remémorais ce moment ; je parlai à ma sœur de mon école, des prêtres, de la corruption et des mœurs dépravées de mes camarades de classe. Je lui dis aussi que j'étais allé avec des garçons. Elle sourit doucement et me donna un rapide baiser sur la joue. Ses propres expériences n'avaient pas été trop dissemblables, même si la violence restait plus morale que physique. Les bonnes sœurs, me déclara-t-elle, étaient toutes *névrosées, inhibées et frigides.* Je ris et lui demandai où elle avait appris ces mots ; les petites filles en pension, me répondit-elle avec un léger rire de joie, soudoyaient les concierges pour qu'ils leur passent en cachette non plus des volumes de Voltaire et de Rousseau, mais plutôt Freud, Spengler et Proust, et si je ne les avais pas encore lus, il était grand temps de m'y mettre. Moreau s'arrêta pour nous acheter des cornets. Mais lorsqu'il eut rejoint notre mère, nous reprîmes la conversation : cette fois, je parlai de notre père. « Il n'est pas mort », chuchotai-je avec passion. — « Je sais, dit-elle. Et même s'il l'est, ce n'est pas à eux de l'enterrer. » — « Ce n'est pas une question d'enterrement. C'est comme s'ils l'avaient assassiné. Assassiné avec du papier. Quelle ignominie ! Pour leurs désirs honteux. » — « Tu sais, dit-elle alors, je crois qu'elle l'aime. » — « Je m'en fous ! sifflai-je. Elle a épousé notre père et elle est sa femme. La vérité, c'est ça. Un juge ne peut rien y changer. » Elle s'arrêta et me regarda : « Tu as sans doute raison. » Mais déjà notre mère nous appelait et nous avancions vers elle, léchant nos cornets de glace à la vanille.

En ville, je pris un verre de blanc à un comptoir, je pensais toujours à ces choses, et je me dis que j'avais vu ce que j'étais venu voir, même si je ne savais toujours pas ce que c'était ; déjà, je songeais à partir. Je passai au guichet, près de l'arrêt des cars, et achetai un billet pour le lendemain, à destination de Marseille ; à la gare, juste à côté, on me vendit le billet de train pour Paris, la correspondance était rapide, j'y serais avant le soir. Puis je rentrai chez ma mère. Le parc, autour de la maison, s'étendait tranquille et silencieux, parcouru par la douce rumeur des aiguilles caressées par la brise de mer. La porte vitrée du salon était restée ouverte : je m'approchai et appelai, mais personne ne répondit. Peut-être, me dis-je, font-ils la sieste. Moi aussi je me sentais fatigué, c'était sans doute le vin et le soleil ; je contournai la maison et montai par l'escalier principal, sans rencontrer personne. Ma chambre était sombre, fraîche. Je me couchai et m'endormis. Lorsque je me réveillai la lumière avait changé, il faisait très sombre : sur le pas de ma porte, je distinguai les deux jumeaux, debout côte à côte, qui me regardaient fixement de leurs grands yeux ronds. « Qu'est-ce que vous voulez ? » demandai-je. À ces mots, ils reculèrent d'un même pas et filèrent. J'entendais leurs petits pas résonner sur le plancher puis dévaler le grand escalier. La porte principale claqua et ce fut de nouveau le

silence. Je m'assis sur le rebord du lit et me rendis compte que j'étais
nu ; pourtant, je n'avais aucun souvenir de m'être relevé pour me déshabiller. Mes doigts blessés me faisaient mal et je les suçai distraitement.
Puis je tournai le commutateur de la lampe, et, clignant des yeux, cherchai l'heure : ma montre, sur la table de nuit, s'était arrêtée. Je regardai
autour de moi mais ne vis pas mes vêtements. Où donc avaient-ils bien
pu passer ? Je pris du linge frais dans mon sac et sortis mon uniforme du
placard. Ma barbe râpait un peu mais je décidai de me raser plus tard et
m'habillai. Je descendis par l'escalier de service. La cuisine était vide, le
fourneau froid. J'allai à l'entrée des fournisseurs : dehors, du côté de la
mer, l'aube commençait à poindre et rosissait à peine le bas du ciel.
Curieux que les jumeaux soient levés si tôt, me dis-je. Avais-je donc
dormi pendant le dîner ? Je devais être plus fatigué que je ne le pensais.
Mon car partait de bonne heure, il fallait que je me prépare. Je fis demi-
tour en fermant la porte, montai les trois marches qui menaient au salon
et y entrai, me dirigeant à tâtons vers la porte vitrée. Dans la pénombre
je butai sur quelque chose de mou, couché sur le tapis. Ce contact me
glaça. Je reculai jusqu'au commutateur du lustre, passai la main derrière
moi sans me retourner, et le tournai. La lumière jaillit de plusieurs
lampes, vive, crue, presque blafarde. Je regardai la forme que j'avais
heurtée : c'était un corps, comme je l'avais instinctivement senti, et
maintenant je vis que le tapis était imbibé de sang, que je marchais dans
une mare de sang qui débordait du tapis et s'étalait sur les dalles de
pierre, sous la table et jusqu'à la porte vitrée. L'horreur, l'effroi me
donnaient une envie panique de fuir, de me cacher dans un endroit obscur ; je fis un effort pour me maîtriser et dégainai mon arme de poing,
accrochée à mon ceinturon. Je cherchai du doigt à défaire le cran de
sûreté. Puis je m'approchai du corps. Je voulais éviter de marcher dans
le sang mais c'était impossible. Lorsque je fus plus près je constatai qu'il
s'agissait, mais cela je le savais déjà, de Moreau, la poitrine défoncée, le
cou à moitié tranché, les yeux encore ouverts. La hache que j'avais laissée à la cuisine gisait dans le sang à côté du corps ; ce sang presque noir
trempait ses vêtements, éclaboussait son visage un peu penché, sa moustache grisonnante. Je regardai autour mais ne vis rien. La porte vitrée
semblait fermée. Je retournai à la cuisine, ouvris le débarras, il n'y avait
personne. Mes bottes laissaient de grandes traînées de sang sur le carrelage : j'ouvris la porte de service, sortis, et les essuyai sur l'herbe, tout
en scrutant le fond du parc, sur le qui-vive. Mais il n'y avait rien. Le ciel
pâlissait, les étoiles commençaient à disparaître. Je contournai la maison, ouvris la porte principale et montai. Ma chambre était vide ; celle

des jumeaux aussi. Le pistolet toujours au poing, je me retrouvai devant la porte de la chambre de ma mère. Je tendis la main gauche vers le bouton de la porte : mes doigts tremblaient. Je m'en saisis et ouvris. Les volets étaient fermés, il faisait sombre ; sur le lit, je pouvais distinguer une forme grise. « Maman ? » murmurai-je. Cherchant à tâtons, mon arme braquée, je trouvai le bouton du commutateur et allumai. Ma mère, en chemise de nuit à col en dentelle, gisait en travers du lit ; ses pieds dépassaient un peu, l'un portait encore un chausson rose, l'autre, qui pendait, était nu. Pétrifié d'horreur, je n'oubliai pas de regarder derrière la porte et de me baisser rapidement pour vérifier sous le lit : à part le chausson tombé, il n'y avait rien. Tremblant, je m'approchai. Ses bras reposaient sur le couvre-lit, la chemise de nuit, proprement tirée jusqu'aux pieds, n'était pas froissée, elle ne paraissait pas s'être défendue. Je me penchai et plaçai mon oreille tout près de sa bouche ouverte : il n'y avait aucun souffle. Je n'osais pas la toucher. Elle avait les yeux exorbités et des marques rouges sur son cou décharné. Seigneur, me dis-je, on l'a étranglée, on a étranglé ma mère. J'examinai la chambre. Rien n'était bouleversé, les tiroirs des meubles étaient tous fermés, les placards aussi. Je passai dans le boudoir, il était vide, tout paraissait en place, je revins dans la chambre. Sur le couvre-lit, sur le tapis, sur sa chemise de nuit, je le vis alors, il y avait des taches de sang : l'assassin avait dû d'abord tuer Moreau, puis monter. L'angoisse m'étouffait, je ne savais pas quoi faire. Fouiller la maison ? Retrouver les jumeaux et les interroger ? Appeler la police ? Je n'avais pas le temps, je devais prendre mon car. Doucement, tout doucement, je pris le pied qui pendait et le replaçai sur le lit. J'aurais dû lui remettre le chausson tombé mais je n'avais pas le courage de toucher ma mère de nouveau. Je sortis de la chambre, presque à reculons. Dans ma chambre, j'enfournai mes quelques affaires dans mon sac, et je quittai la maison, en refermant la porte d'entrée. Mes bottes portaient encore des traces de sang, je les rinçai dans une bassine abandonnée avec un peu d'eau de pluie. Je ne voyais aucun signe des jumeaux : ils avaient dû s'enfuir. De toute façon ces enfants ne me concernaient pas.

Le voyage se déroula comme un film, je ne pensais pas, les moyens de transport se suivaient, je tendais mes billets lorsqu'on me les demandait, les autorités ne me faisaient aucun problème. En quittant la maison, sur le chemin de la ville, le soleil était maintenant pleinement levé sur la

mer qui grondait doucement, j'avais croisé une patrouille italienne qui
jeta un regard curieux sur mon uniforme, mais ne dit rien ; juste avant
de monter dans l'autocar, un policier français accompagné de deux *bersaglieri* m'accosta pour me demander mes papiers : lorsque je lui montrai et lui traduisis la lettre de l'Einsatzkommando de Marseille, il salua
et me laissa partir. Cela valait mieux, j'aurais été incapable de discuter,
j'étais pétrifié d'angoisse, mes pensées comme figées. Dans le car je me
rendis compte que j'avais oublié mon costume, tous mes vêtements de
la veille. À la gare de Marseille je dus patienter une heure, je commandai un café et le bus au comptoir, dans le brouhaha du grand hall. Il fallait que je raisonne un peu. Il avait dû y avoir des cris, du bruit ;
comment était-il possible que je ne me sois pas réveillé ? Je n'avais bu
qu'un verre de vin. Et puis l'homme n'avait pas tué les jumeaux, ils
avaient dû hurler. Pourquoi n'étaient-ils pas venus me chercher ? Que
faisaient-ils là, muets, lorsque je m'étais réveillé ? L'assassin n'avait pas
dû fouiller la maison, en tout cas il n'était pas entré dans ma chambre.
Et qui était-il ? Un bandit, un voleur ? Mais rien ne semblait avoir été
touché, déplacé, bouleversé. Peut-être les jumeaux l'avaient-ils surpris,
et il s'était enfui. Mais cela n'avait pas de sens, ils n'avaient pas crié, ils
n'étaient pas venus me chercher. Le tueur était-il seul ? Mon train partait, je montai, m'assis, je ratiocinais toujours. Si ce n'était pas un
voleur, ou des voleurs, alors quoi ? Un règlement de comptes ? Une
affaire de Moreau qui avait mal tourné ? Les terroristes du maquis,
venus faire un exemple ? Mais les terroristes ne massacraient pas les
gens à la hache, comme des sauvages, ils les emmenaient dans une forêt
pour un simulacre de procès, puis les fusillaient. Et, encore une fois, je
ne m'étais pas éveillé, moi qui ai le sommeil si léger, je ne comprenais
pas, l'angoisse me tordait le corps, je suçais mes doigts à demi cicatrisés,
mes pensées tournaillaient, dérapaient follement, prises dans le rythme
saccadé du train, je n'étais sûr de rien, rien ne faisait sens. À Paris,
j'attrapai sans problème l'express de minuit pour Berlin ; en arrivant, je
repris une chambre dans le même hôtel. Tout était tranquille, silencieux, quelques voitures passaient, les éléphants, que je n'étais toujours
pas allé voir, barrissaient dans la lumière du petit matin. J'avais dormi
quelques heures dans le train, un sommeil noir, sans rêves ; j'étais
encore épuisé, mais impossible de me recoucher. Ma sœur, me dis-je
enfin, il faut que j'avertisse Una. Je me rendis au *Kaiserhof* : le Freiherr
von Üxküll avait-il laissé une adresse ? « Nous ne pouvons pas communiquer les adresses de nos clients, Herr Sturmbannführer » fut la
réponse. Mais ils pouvaient au moins expédier un télégramme ? Il s'agis-

sait d'une urgence familiale. Cela oui, c'était possible. Je demandai un formulaire et le rédigeai sur le comptoir de la réception : MAMAN MORTE ASSASSINÉE STOP MOREAU AUSSI STOP SUIS À BERLIN TÉLÉPHONE-MOI STOP, suivi du numéro de l'hôtel *Eden*. Je le tendis au réceptionniste avec un billet de dix reichsmarks ; il le lut d'un air grave et me dit en inclinant légèrement la tête : « Mes condoléances, Herr Sturmbannführer. » — « Vous l'envoyez tout de suite ? » — « J'appelle la poste à l'instant, Herr Sturmbannführer. » Il me rendit la monnaie et je rentrai à l'*Eden*, laissant des instructions pour qu'on vienne me chercher immédiatement en cas d'appel, quelle que soit l'heure. Je dus attendre jusqu'au soir. Je pris l'appel dans une cabine à côté de la réception, heureusement isolée. Una avait une voix paniquée : « Que s'est-il passé ? » J'entendais qu'elle avait pleuré. Je commençai le plus calmement possible : « J'étais à Antibes, je suis allé leur rendre visite. Hier matin... » Ma voix trébucha. Je me raclai la gorge et repris : « Hier matin je me suis réveillé... » Ma voix se brisa et je ne pus continuer. J'entendais ma sœur appeler : « Qu'est-ce qu'il y a ? Qu'est-ce qui s'est passé ? » — « Attends », dis-je durement et je baissai le combiné au niveau de ma cuisse tandis que j'essayais de me reprendre. Cela ne m'était jamais arrivé, de perdre ainsi le contrôle de ma voix ; même dans les pires moments, j'avais toujours su rendre compte de manière réglée et précise. Je toussai, puis encore, puis ramenai le combiné au niveau de mon visage et lui expliquai en peu de mots ce qui s'était passé. Elle n'eut qu'une question, frénétique, affolée : « Et les jumeaux ? Où sont les jumeaux ? » Et là je devins comme fou, je ruai dans la cabine, frappant les parois du dos, du poing, du pied, hurlant dans le combiné : « Qui sont ces jumeaux ?! Ces putains de mômes, ils sont à qui ? » Un chasseur, alerté par le vacarme, s'était arrêté devant la cabine et me regardait à travers la vitre. Je me calmai avec un effort. Ma sœur, au bout du fil, restait muette. Je respirai et dis dans le combiné : « Ils sont vivants. Je ne sais pas où ils sont passés. » Elle ne disait rien, je croyais entendre sa respiration à travers le grésillement de la ligne internationale. « Tu es là ? » Aucune réponse. « Ils sont à qui ? » demandai-je encore, doucement. Elle ne parlait toujours pas. « Merde ! » hurlai-je, et je raccrochai d'un coup sec. Je sortis en trombe de la cabine et me plantai devant la réception. Je pris mon carnet d'adresses, trouvai un numéro, le griffonnai sur un morceau de papier et le tendis au concierge. Au bout de quelques instants le téléphone sonna dans la cabine. Je décrochai le combiné et entendis une voix de femme. « Bonsoir, dis-je. Je voudrais parler au Dr. Mandelbrod. C'est le Sturmbannführer Aue. » — « Je suis désolé,

Herr Sturmbannführer. Le Dr. Mandelbrod n'est pas disponible. Puis-je prendre un message ? » — « Je voudrais le voir. » Je laissai le numéro de l'hôtel et remontai dans ma chambre. Une heure plus tard un garçon d'étage vint m'apporter un mot : le Dr. Mandelbrod me recevrait le lendemain, à dix heures. Les mêmes femmes, ou d'autres semblables, m'introduisirent. Dans le grand bureau clair, parcouru de chats, Mandelbrod attendait devant la table basse ; Herr Leland, droit et maigre dans un costume croisé à rayures, était assis à côté de lui. Je leur serrai la main et m'assis à mon tour. Cette fois, on ne servit pas de thé. Mandelbrod prit la parole : « Je suis ravi de te voir. As-tu passé un bon congé ? » Il semblait sourire dans sa graisse. « As-tu eu le temps de réfléchir à ma proposition ? » — « Oui, Herr Doktor. Mais je souhaiterais autre chose. Je voudrais être versé dans la Waffen-SS et partir au front. » Mandelbrod eut un léger mouvement, comme s'il haussait les épaules. Leland me fixait d'un regard dur, froid, lucide. Je savais qu'il avait un œil de verre, mais n'avais jamais pu distinguer lequel. Ce fut lui qui répondit, d'une voix rocailleuse avec une infime trace d'accent : « C'est impossible. Nous avons vu tes états médicaux : ta blessure est considérée comme une invalidité sérieuse, et tu as été classé pour le travail de bureau. » Je le regardai et balbutiai : « Ils ont besoin d'hommes, enfin. On recrute partout. » — « Oui, dit Mandelbrod, mais on ne prend quand même pas n'importe qui. Les règles sont les règles. » — « On ne te reprendra jamais pour le service actif », martela Leland. — « Oui, continua Mandelbrod, et pour la France il y a peu d'espoir aussi. Non, tu devrais nous faire confiance. » Je me levai : « Meine Herren, merci de m'avoir reçu. Je suis désolé de vous avoir dérangés. » — « Mais il n'y a aucun problème, mon petit, susurra Mandelbrod. Prends ton temps, réfléchis encore. » — « Mais souviens-toi, ajouta sévèrement Leland : un soldat au front ne peut pas choisir sa place. Il doit faire son devoir, quel que soit son poste. »

De l'hôtel, j'envoyai un télégramme à Werner Best, au Danemark, lui disant que j'étais disposé à accepter une place dans son administration. Puis j'attendis. Ma sœur ne rappelait pas, je ne cherchai pas non plus à la contacter. Trois jours plus tard, on me porta un pli de l'*Auswärtiges Amt* ; c'était la réponse de Best : la situation au Danemark avait changé, et il n'avait rien à me proposer pour le moment. Je froissai le pli et le jetai. L'amertume, la peur montaient, il fallait que je fasse quelque chose, sous peine de sombrer. Je rappelai le bureau de Mandelbrod et laissai un message.

MENUET (EN RONDEAUX)

Ce fut Thomas, vous n'en serez pas surpris, qui m'apporta le pli. J'étais descendu écouter les nouvelles au bar de l'hôtel, en compagnie de quelques officiers de la Wehrmacht. Ce devait être vers le milieu de mai : à Tunis, nos troupes avaient effectué un *raccourcissement volontaire du front selon le plan préétabli* ; à Varsovie, la liquidation des bandes terroristes *se poursuivait sans obstacles*. Les officiers qui m'entouraient écoutaient d'un air morne, en silence ; seul un Hauptmann manchot ricana bruyamment aux termes *freiwillige Frontverkürzung* et *planmässig*, mais il s'interrompit en croisant mon regard angoissé ; comme lui et les autres aussi, j'en savais assez pour interpréter ces euphémismes : les Juifs soulevés du ghetto résistaient à nos meilleures troupes depuis plusieurs semaines, et la Tunisie était perdue. Je cherchai des yeux le garçon pour commander un autre cognac. Thomas entra. Il traversa la salle d'un pas martial, me lança cérémonieusement un salut allemand en claquant des talons, puis me prit par le bras et me tira vers une alcôve ; là, il se coula sur la banquette en jetant négligemment sa casquette sur la table et en brandissant une enveloppe qu'il tenait délicatement entre deux doigts gantés. « Sais-tu ce qu'il y a dedans ? » demanda-t-il en fronçant les sourcils. Je fis signe que non. L'enveloppe, je le voyais, portait l'en-tête du *Persönlicher Stab des Reichsführer-SS*. « Moi, je sais », continua-t-il sur le même ton. Son visage s'éclaircit : « Félicitations, cher ami. Tu caches bien ton jeu. J'ai toujours su que tu étais plus dégourdi que tu en avais l'air. » Il tenait toujours le pli. « Prends, prends. » Je le pris, le décachetai, et en tirai une feuille, un ordre de me présenter à la première occasion à l'Obersturmbannführer Dr. Rudolf Brandt, adjudant personnel du Reichsführer-SS. « C'est une convocation », dis-je assez stupidement. — « Oui, c'est une convocation. » — « Et qu'est-ce que ça veut dire ? » — « Ça veut dire que ton ami Mandelbrod a le bras long. Tu es affecté à l'état-major personnel du Reichsführer, mon vieux. On va fêter ça ? »

Faire la fête, je n'en avais pas grande envie, mais je me laissai entraîner. Thomas passa la nuit à me payer des whiskys américains et à disserter avec enthousiasme sur l'obstination des Juifs de Varsovie. « Tu te rends compte ? Des *Juifs* ! » Quant à ma nouvelle affectation, il semblait penser que j'avais réussi un coup de maître ; moi, je n'avais aucune idée de ce dont il s'agissait. Le lendemain matin, je me présentai à la SS-Haus, sise Prinz-Albrechtstrasse juste à côté de la *Staatspolizei*, dans un ancien grand hôtel converti en bureaux. L'Obersturmbannführer Brandt, un petit homme voûté, à l'aspect incolore et méticuleux, le visage caché derrière de grandes lunettes rondes cerclées d'écaille noire, me reçut tout de suite : il me semblait l'avoir vu à Hohenlychen, lorsque le Reichsführer m'avait décoré sur mon lit d'hôpital. Il me mit au courant, par quelques phrases lapidaires et précises, de ce qu'on attendait de moi. « Le passage du système des camps de concentration d'une finalité purement correctrice à une fonction de provision de force de travail, entamé voilà plus d'un an, ne s'accomplit pas sans heurts. » Ce problème concernait à la fois les rapports entre la SS et les intervenants extérieurs, et les rapports internes au sein de la SS elle-même. Le Reichsführer souhaitait pouvoir comprendre plus précisément la source des tensions afin de les réduire et ainsi maximiser la capacité productive de ce réservoir humain considérable. Il avait en conséquence décidé de nommer un officier déjà expérimenté comme son délégué personnel pour l'*Arbeitseinsatz* (« opération » ou « organisation du travail »). « Après étude des dossiers et sur réception de plusieurs recommandations, vous avez été désigné. Le Reichsführer fait pleinement confiance à votre capacité de mener à bien cette tâche qui exigera une grande force d'analyse, un sens de la diplomatie, et un esprit d'initiative SS tel que celui dont vous avez fait preuve en Russie. » Les bureaux SS concernés recevraient l'ordre de coopérer avec moi ; mais ce serait à moi de m'assurer que cette coopération se passerait pour le mieux. « Toutes vos questions ainsi que vos rapports, acheva Brandt, devront m'être adressés. Le Reichsführer ne vous verra que lorsqu'il estimera cela nécessaire. Il vous recevra aujourd'hui pour vous expliquer ce qu'il attend de vous. » J'avais écouté sans ciller ; je ne comprenais pas de quoi il parlait, mais jugeai plus politique de garder pour le moment mes questions pour moi. Brandt me demanda de patienter au rez-de-chaussée, dans un salon ; j'y trouvai des revues, avec du thé et des gâteaux. Je me lassai vite de feuilleter des vieux numéros du *Schwarzes Korps* dans la lumière tamisée de cette salle ; malheureusement, on ne pouvait pas fumer dans le bâtiment, le Reichsführer l'avait interdit à cause de l'odeur, et on ne pouvait pas non plus sortir fumer dans la rue, au cas où l'on serait convoqué. On vint me chercher vers la fin de l'après-midi. Dans l'antichambre, Brandt me donna ses dernières recommandations : « Ne faites pas de commentaires, ne posez pas de questions, ne parlez que si lui vous en pose. » Puis il m'introduisit. Heinrich Himmler était assis derrière son bureau ; j'avançai d'un pas militaire, suivi de Brandt qui me présenta ; je saluai et Brandt, après avoir tendu un dossier au Reichsführer, se retira. Himmler me fit signe de m'asseoir et consulta le dossier. Son visage paraissait étrangement vague, sans couleur, sa petite moustache et son pince-nez ne faisaient que souligner le caractère fuyant de ses traits. Il me regarda avec un petit sourire amical ; lorsqu'il levait la tête, la lumière, reflétée sur les verres de son pince-nez, les rendait opaques, cachant ses yeux derrière deux miroirs ronds : « Vous avez l'air en meilleure forme que la dernière fois que je vous ai vu, Sturmbannführer. » J'étais fort étonné qu'il s'en souvienne ; peut-être y avait-il une note dans le dossier. Il continua : « Vous êtes pleinement remis de votre blessure ? C'est bien. » Il feuilleta quelques pages. « Votre mère est française, je vois ? » Cela me semblait une question et je tentai une réponse : « Née en Allemagne, mon Reichsführer. En Alsace. » — « Oui, mais française quand même. » Il releva la tête et cette fois le pince-nez ne refléta pas la lumière, révélant des petits yeux trop rapprochés, au regard étonnamment doux. « Vous savez, je n'accepte en principe jamais d'hommes qui ont du sang étranger dans mon état-major. C'est comme la roulette russe : trop risqué. On ne sait jamais ce qui va se manifester, même chez de très bons officiers. Mais le Dr. Mandelbrod m'a convaincu de faire une exception. C'est un homme très sage, dont je respecte le jugement. » Il marqua une pause. « J'avais envisagé un autre candidat pour le poste. Le Sturmbannführer Gerlach. Malheureusement il a été tué il y a un mois. À Hambourg, lors d'un bombardement anglais. Il ne s'est pas mis à l'abri à temps et il a reçu un pot de fleurs sur la tête. Des bégonias, je crois. Ou des tulipes. Il est mort sur le coup. Ces Anglais sont des monstres. Bombarder des civils, comme cela, sans discrimination. Après la victoire nous devrons organiser des procès pour crimes de guerre. Les responsables de ces atrocités devront en répondre. » Il se tut et se replongea dans mon dossier. « Vous allez avoir trente ans et vous n'êtes pas marié,

dit-il en redressant la tête. Pourquoi ? » Son ton était sévère, professo-
ral. Je rougis : « Je n'en ai pas encore eu l'occasion, mon Reichsführer.
J'ai fini mes études juste avant la guerre. » — « Vous devriez sérieusement y songer, Sturmbannführer. Votre sang est valable. Si vous êtes
tué lors de cette guerre, il ne doit pas être perdu pour l'Allemagne. »
Mes paroles montèrent toutes seules à mes lèvres : « Mon Reichsführer,
je vous demande de m'excuser, mais mon approche spirituelle de mon
engagement national-socialiste et de mon service à la SS ne me permet
pas d'envisager le mariage tant que mon *Volk* n'a pas maîtrisé les périls
qui le menacent. L'affection pour une femme ne peut qu'affaiblir un
homme. Je dois me donner tout entier et ne pourrai partager ma dévo-
tion avant la victoire finale. » Himmler écoutait en scrutant mon visage ;
ses yeux s'étaient légèrement écarquillés. « Sturmbannführer, malgré
votre sang étranger, vos qualités germaniques et nationales-socialistes
sont impressionnantes. Je ne sais si je peux accepter votre raisonnement : je continue à penser que le devoir de tout SS-Mann est de continuer la race. Mais je vais réfléchir à vos paroles. » — « Merci, mon
Reichsführer. » — « L'Obersturmbannführer Brandt vous a-t-il expliqué votre travail ? » — « Dans les grandes lignes, mon Reichsführer. » —
« Je n'ai pas grand-chose à ajouter. Surtout, usez de délicatesse. Je ne
souhaite pas provoquer de conflits inutiles. » — « Oui, mon Reichsführer. » — « Vos rapports sont très bons. Vous avez un excellent esprit
de synthèse reposant sur une *Weltanschauung* éprouvée. C'est ce qui
m'a décidé à vous choisir. Mais attention ! Je veux des solutions pratiques, pas des jérémiades. » — « Oui, mon Reichsführer. » — « Le
Dr. Mandelbrod vous demandera certainement de lui faire parvenir des
doubles de vos rapports. Je ne m'y oppose pas. Bon courage, Sturmbannführer. Vous pouvez disposer. » Je me levai, saluai et me préparai
à sortir. Soudain Himmler m'interpella de sa petite voix sèche : « Sturmbannführer ! » — « Oui, mon Reichsführer ? » Il hésita : « Pas de fausse
sentimentalité, hein ? » Je restai rigide, au garde-à-vous : « Bien sûr que
non, mon Reichsführer. » Je saluai de nouveau et sortis. Brandt, dans
l'antichambre, me lança un regard inquisiteur : « Ça s'est bien
passé ? » — « Je crois que oui, Herr Obersturmbannführer. » — « Le
Reichsführer a lu avec grand intérêt votre rapport sur les problèmes de
nutrition de nos soldats à Stalingrad. » — « Je m'étonne que ce rapport
soit parvenu jusqu'à lui. » — « Le Reichsführer s'intéresse à beaucoup
de choses. Le Gruppenführer Ohlendorf et les autres Amtchefs lui
transmettent souvent des rapports intéressants. » Brandt me donna de
la part du Reichsführer un livre intitulé *Le meurtre rituel juif*, de Hel-

mut Schramm. « Le Reichsführer en a fait imprimer pour tous les officiers SS ayant au moins grade de Standartenführer. Mais il a aussi demandé qu'il soit distribué aux officiers subalternes concernés par la question juive. Vous verrez, c'est très intéressant. » Je le remerciai : un livre de plus à lire, moi qui ne lisais presque plus. Brandt me conseilla de prendre quelques jours pour m'installer : « Vous n'arriverez à rien de bon si vos affaires personnelles ne sont pas en ordre. Ensuite, revenez me voir. »

Il m'apparut vite que le plus délicat serait la question du logement : je ne pouvais pas rester indéfiniment à l'hôtel. L'Obersturmbannführer du *SS-Personal Hauptamt* me proposa deux options : un logement SS pour officiers célibataires, fort peu cher, avec repas compris ; ou une chambre chez l'habitant, pour laquelle je devrais payer un loyer. Thomas, lui, logeait dans un appartement de trois pièces, spacieux et très confortable, avec de hauts plafonds et des meubles anciens de prix. Vu la grave crise du logement à Berlin — les gens qui disposaient d'une pièce vide étaient en principe obligés de prendre un locataire —, c'était un appartement luxueux, surtout pour un Obersturmbannführer célibataire ; un Gruppenführer marié, avec des enfants, ne l'aurait pas refusé. Il m'expliqua en riant comment il l'avait obtenu : « Ce n'est pourtant pas compliqué. Si tu veux, je peux t'aider à en trouver un, peut-être pas aussi grand, mais avec deux pièces au moins. » Grâce à une connaissance travaillant à la *Generalbauinspektion* de Berlin, il s'était fait attribuer par mesure spéciale un appartement juif, libéré en vue de la reconstruction de la ville. « Le seul problème, c'est que c'était à condition que je paye la rénovation, environ 500 reichsmarks. Je ne les avais pas, mais j'ai réussi à me les faire allouer par Berger à titre de secours exceptionnel. » Renversé sur le canapé, il promena un regard satisfait autour de lui : « Pas mal, non ? » — « Et la voiture ? » demandai-je en riant. Thomas possédait aussi un petit cabriolet, dans lequel il adorait sortir et passait parfois me prendre le soir. « Ça, mon vieux, c'est une autre histoire que je te raconterai un autre jour. Je t'ai bien dit, à Stalingrad, que si on s'en sortait, ce serait la belle vie. Il n'y a pas de raison de se priver. » Je réfléchis à sa proposition, mais me décidai enfin pour un meublé chez l'habitant. Habiter dans un immeuble pour SS, je n'y tenais pas, je souhaitais pouvoir choisir qui je fréquentais en dehors du travail ; et l'idée de rester seul, de vivre en ma propre compagnie, me faisait à vrai dire un peu peur. Des logeurs, ce serait au moins une présence humaine, je ferais préparer mes repas, il y aurait du bruit dans le couloir. Je déposai donc une demande en précisant que je voulais deux pièces et qu'il devait y avoir une femme pour la cuisine et le ménage. On me proposa quelque chose à Mitte, chez une veuve, à six stations d'U-Bahn de la Prinz-Albrechtstrasse, sans changement, et à un prix raisonnable ; j'acceptai sans même le visiter et l'on me donna une lettre. Frau Gutknecht, une grosse femme rougeaude ayant dépassé la soixantaine, aux seins volumineux et aux cheveux teints, me détailla d'un long regard roublard en m'ouvrant : « Alors, c'est vous l'officier ? » me lança-t-elle avec un épais accent berlinois. Je franchis le seuil et lui serrai la main : elle empestait le parfum bon marché. Elle recula dans le long couloir et m'indiqua les portes : « Ici, c'est chez moi ; là, c'est à vous. Voici la clef. Bien sûr, j'en ai une aussi. » Elle ouvrit et me fit visiter : des meubles de fabrique remplis de bibelots, un papier peint jauni et gondolé, une odeur de renfermé. Après le salon se trouvait la chambre à coucher, isolée du reste de l'appartement. « La cuisine et les toilettes sont au fond. L'eau chaude est rationnée, alors pas de bains. » Au mur pendaient deux portraits encadrés de noir : un homme d'une trentaine d'années, avec une petite moustache de fonctionnaire, et un jeune gars blond, solide, en uniforme de la Wehrmacht. « C'est votre mari ? » demandai-je respectueusement. Une grimace déforma son visage : « Oui. Et mon fils Franz, mon petit Franzi. Il est tombé le premier jour de la campagne de France. Son Feldwebel m'a écrit qu'il est mort en héros, pour sauver un camarade, mais il a pas eu de médaille. Il voulait venger son papa, mon Bubi, là, qui est mort gazé à Verdun. » — « Toutes mes condoléances. » — « Oh, pour Bubi, je me suis habituée, vous savez. Mais mon petit Franzi me manque encore. » Elle me coula un regard calculateur. « Dommage que je n'aie pas de fille. Vous auriez pu l'épouser. Ça m'aurait plu, un gendre officier. Mon Bubi était Unterfeldwebel et mon Franzi encore Gefreiter. » — « En effet, répondis-je poliment, c'est dommage. » J'indiquai les bibelots : « Est-ce que je pourrais vous demander d'enlever tout ça ? J'aurais besoin de place, pour mes affaires. » Elle prit un air indigné : « Et où est-ce que vous voulez que je les mette ? Chez moi, il y a encore moins de place. Et puis c'est joli. Vous n'aurez qu'à les pousser un peu. Mais attention, hein ! Qui casse paye. » Elle indiqua les portraits : « Si vous voulez, je peux reprendre ça. Je ne voudrais pas vous affliger de mon deuil. » — « Ce n'est pas important », dis-je. — « Bon, alors je les laisse. C'était la pièce préférée de Bubi. » Nous nous mîmes d'accord pour les repas et je lui donnai une partie de mes tickets de rationnement.

Je m'installai le mieux possible ; de toute façon, je n'avais pas beaucoup d'effets. En tassant les bibelots et les mauvais romans d'avant
l'autre guerre, je parvins à dégager quelques étagères où je plaçai mes
propres livres, que je fis venir de la cave où je les avais entreposés
avant de partir pour la Russie. Cela me fit plaisir de les déballer et de
les feuilleter, même si nombre d'entre eux avaient été abîmés par
l'humidité. Je rangeai à leur côté l'édition de Nietzsche que m'avait
offerte Thomas et que je n'avais jamais ouverte, les trois Burroughs
rapportés de France et le Blanchot, dont j'avais abandonné la lecture ;
les Stendhal que j'avais emportés en Russie y étaient restés, tout
comme ses propres journaux de 1812 et un peu de la même manière,
au fond. Je regrettais de ne pas avoir songé à les remplacer lors de
mon passage à Paris, mais il y aurait toujours une occasion, si je vivais
encore. L'opuscule sur le meurtre rituel me mit dans l'embarras : alors
que je pouvais facilement classer le *Festgabe* avec mes livres d'économie et de science politique, ce livre-là avait un peu de mal à trouver sa
place. Je le glissai enfin avec les livres d'histoire, entre von Treitschke
et Gustav Kossinna. Ces livres et mes vêtements, voilà tout ce que je
possédais, hormis un gramophone et quelques disques ; le *kindjal* de
Naltchik, hélas, était aussi resté à Stalingrad. Lorsque j'eus tout rangé,
je mis des arias de Mozart, me renversai dans un fauteuil et allumai
une cigarette. Frau Gutknecht entra sans frapper et se fâcha tout de
suite : « Vous n'allez pas fumer ici ! Ça va faire puer les rideaux. » Je
me relevai et tirai les pans de ma tunique : « Frau Gutknecht. Je vous
prierai de bien vouloir frapper, et d'attendre ma réponse avant
d'entrer. » Elle vira au cramoisi : « Excusez-moi, Herr Offizier ! Mais
je suis chez moi, non ? Et puis, sauf votre respect, je pourrais être
votre mère. Qu'est-ce que ça vous fait, si j'entre ? Vous n'avez pas
l'intention de faire monter des filles, quand même ? C'est une maison
respectable, ici, une maison de bonne famille. » Je décidai qu'il était
urgent de mettre les choses au clair : « Frau Gutknecht, je loue vos
deux chambres ; donc ce n'est plus chez vous mais chez moi. Je n'ai
aucune intention de faire monter des filles, comme vous le dites, mais
je tiens à ma vie privée. Si cet arrangement ne vous convient pas, je
reprendrai mes affaires et mon loyer et partirai. Est-ce que vous
comprenez ? » Elle se calma : « Le prenez pas comme ça, Herr Offizier... J'ai pas l'habitude, c'est tout. Vous pouvez même fumer si vous
voulez. Seulement, vous pourriez ouvrir les fenêtres... » Elle regarda
mes livres : « Je vois que vous êtes cultivé... » Je l'interrompis : « Frau
Gutknecht. Si vous n'avez rien d'autre à me demander, je vous serais

reconnaissant de me laisser. » — « Oh oui, pardon, oui. » Elle ressortit et je fermai derrière elle, laissant la clef dans la serrure.

Je réglai mes papiers avec le service du personnel et retournai voir Brandt. Il m'avait fait libérer un des petits bureaux clairs aménagés dans les combles de l'ancien hôtel. J'avais à ma disposition une antichambre avec un téléphone et un cabinet de travail pourvu d'un divan ; une jeune secrétaire, Fräulein Praxa ; et les services d'un planton, qui desservait trois bureaux, et d'une équipe de dactylos disponibles pour tout l'étage. Mon chauffeur se nommait Piontek, un *Volksdeutscher* de Haute-Silésie qui me servirait aussi d'ordonnance durant mes déplacements ; le véhicule était à ma disposition, mais le Reichsführer insistait pour que tout déplacement d'ordre personnel soit comptabilisé à part, et le coût de l'essence prélevé sur mon salaire. Je trouvais tout cela presque extravagant. « Ce n'est rien. Il faut avoir les moyens de travailler correctement », me rassura Brandt avec un petit sourire. Je ne pus rencontrer le chef du *Persönlicher Stab*, l'Obergruppenführer Wolff ; il se remettait d'une grave maladie, et Brandt assumait de fait toutes ses fonctions depuis des mois. Il me donna quelques précisions supplémentaires sur ce que l'on attendait de moi : « D'abord, il importe que vous vous familiarisiez avec le système et ses problèmes. Tous les rapports adressés au Reichsführer à ce sujet sont archivés ici : faites-les-vous monter et parcourez-les. Voici une liste des officiers SS à la tête des différents départements concernés par votre mandat. Prenez rendez-vous et allez discuter avec eux, ils vous attendent et vous parleront franchement. Lorsque vous aurez obtenu une vue d'ensemble convenable, vous partirez faire une tournée d'inspection. » Je consultai la liste : il s'agissait surtout d'officiers du *Wirtschafts-Verwaltungshauptamt* (le bureau central SS pour l'Économie et l'Administration) et du RSHA. « L'Inspection des camps a été rattachée au WVHA, n'est-ce pas ? » demandai-je. — « Oui, répondit Brandt, il y a un peu plus d'un an. Voyez votre liste, c'est l'Amtsgruppe D, maintenant. On vous a mis le Brigadeführer Glücks, le chef de la direction, son adjoint l'Obersturmbannführer Liebehenschel qui entre nous vous sera sans doute plus utile que son supérieur, et quelques chefs de départements. Mais les camps ne sont qu'une facette du problème ; il y a aussi les entreprises SS. L'Obergruppenführer Pohl, qui dirige le WVHA, vous recevra pour vous en parler. Bien entendu, si vous voulez rencontrer d'autres officiers pour approfondir certains points, ne vous gênez pas : mais voyez ceux-là d'abord. Au RSHA, l'Obersturmbannführer Eichmann vous expliquera le système des transports spéciaux, et il vous présentera aussi l'état d'avancement de la résolution de la question juive et ses perspectives futures. » — « Je peux vous poser une question, Herr Obersturmbannführer ? » — « Je vous en prie. » — « Si je vous comprends bien, je peux avoir accès à tous les documents concernant la solution définitive de la question juive ? » — « En ce que la résolution du problème juif affecte directement la question du déploiement maximal de la main-d'œuvre, oui. Mais je tiens à préciser que ceci fera de vous, et à un degré de loin supérieur à vos fonctions en Russie, un *Geheimnisträger*, un porteur de secrets. Il vous est strictement interdit d'en discuter avec qui que ce soit hors du service, y compris les fonctionnaires des ministères et du Parti avec qui vous serez en contact. Le Reichsführer ne permet qu'une sentence pour toute violation de cette règle : la peine de mort. » Il désigna de nouveau la feuille qu'il m'avait donnée : « Vous pouvez parler librement avec tous les officiers de cette liste ; pour leurs subordonnés, renseignez-vous d'abord. » — « Bien. » — « Pour vos rapports, le Reichsführer a fait édicter des *Sprachregelungen*, des règles de langage. Prenez-en connaissance et conformez-vous-y strictement. Tout rapport non conforme vous sera renvoyé. » — « *Zu Befehl*, Herr Obersturmbannführer. »

Je me plongeai dans le travail comme dans un bain revigorant, une des sources sulfureuses de Piatigorsk. Des journées durant, assis sur le petit canapé de mon bureau, je dévorais rapports, correspondances, ordres, tables d'organisation, fumant de temps en temps une cigarette discrète à ma fenêtre. Fräulein Praxa, une Sudète un peu écervelée qui aurait visiblement préféré passer ses journées à papoter au téléphone, devait constamment monter et descendre des archives, et se plaignait que ses chevilles gonflaient. « Merci, lui disais-je sans la regarder lorsqu'elle entrait dans ma pièce avec une nouvelle liasse. Posez ça là, prenez ceux-là, j'ai fini, vous pouvez les remporter. » Elle soupirait et repartait en essayant de faire le plus de bruit possible. Frau Gutknecht s'était rapidement révélée une cuisinière exécrable, connaissant tout au plus trois plats, tous avec du chou, et qu'elle ratait souvent ; le soir, je pris ainsi l'habitude de renvoyer Fräulein Praxa, de descendre au mess avaler un morceau, et de travailler encore dans mon bureau, tard la nuit, ne rentrant que pour dormir. Pour ne pas retenir Piontek, je prenais l'U-Bahn ; à ces heures-là, la ligne C était presque vide, et j'avais du plaisir à observer les rares passagers, leurs visages fripés, fatigués, cela me sortait un peu de moi-même et de mon travail. Plusieurs fois, je me trouvai dans un wagon avec le même homme, un fonctionnaire qui comme moi devait travailler tard ; lui ne me remarquait jamais, car il était toujours plongé dans un livre. Or cet homme, autrement si peu remarquable, lisait d'une manière remarquable : tandis que ses yeux parcouraient les lignes, ses lèvres bougeaient comme s'il prononçait les mots, mais sans un son que je puisse entendre, pas même un chuchotement ; et je ressentais alors quelque chose de l'étonnement d'Augustin, lorsqu'il aperçut pour la première fois Ambroise de Milan en train de lire en silence, uniquement avec les yeux, lui le provincial qui ne savait pas qu'une telle chose était possible, qui ne savait que lire à voix haute, en s'écoutant.

Au cours de mes lectures, je tombai sur le rapport rendu fin mars au Reichsführer par le Dr. Korherr, ce statisticien maussade qui contestait nos chiffres : les siens, je dois l'avouer, m'épouvantèrent. Au terme d'un argumentaire statistique difficile à suivre pour un non-spécialiste, il concluait qu'en date du 31 décembre 1942 1 873 549 Juifs, hors Russie et Serbie, étaient morts, avaient été « transportés vers l'Est », ou s'étaient vu « éclusés à travers des camps » (*durchgeschleust*, terme curieux imposé, je m'imagine, par les *Sprachregelungen* du Reichsführer). En tout, estimait-il en conclusion, l'influence allemande, depuis la Prise du Pouvoir, avait réduit la population juive d'Europe de quatre millions, chiffre incluant, si je comprenais bien, l'émigration d'avant-guerre. Même après ce que j'avais pu voir en Russie, c'était impressionnant : on avait depuis longtemps dépassé le niveau artisanal des Einsatzgruppen. À travers toute une série d'ordres et d'instructions, je pus aussi me faire une idée de la difficile adaptation de l'Inspection des camps aux exigences de la guerre totale. Alors que la formation même du WVHA et son absorption de l'IKL, censées signaler et mettre en œuvre un passage à la production de guerre maximale, datait de mars 1942, des mesures sérieuses pour réduire la mortalité des détenus et améliorer leur rendement n'avaient été promulguées qu'en octobre ; en décembre encore, Glücks, le chef de l'IKL, ordonnait aux médecins des *Konzentrationslager* d'améliorer les conditions sanitaires, de faire baisser la mortalité, et d'augmenter la productivité, mais encore une fois sans préciser de mesures concrètes. D'après les statistiques du D II que je consultais, la mortalité, exprimée en pourcentages mensuels, avait fortement baissé : le taux global pour l'ensemble des KL était passé de 10 % de pertes en décembre à 2,8 % en avril. Mais cette baisse restait toute relative, car la population des camps ne cessait de croître ; les chiffres des pertes nettes, eux, n'évoluaient pas. Un rapport semi-annuel du D II indiquait que de juillet à décembre 1942 57 503 détenus sur 96 770, soit 60 % du total, étaient morts ; or, depuis janvier, les pertes continuaient à tourner autour de six ou sept mille par mois. Aucune des mesures entreprises ne semblait capable de les réduire. En outre, certains camps paraissaient nettement pires que d'autres ; le taux de mortalité en mars à Auschwitz, un KL de Haute-Silésie dont j'entendais alors parler pour la première fois, avait été de 15,4 %. Je commençais à voir où voulait en venir le Reichsführer.

Néanmoins je me sentais très peu sûr de moi. Était-ce la conséquence des événements récents, ou tout simplement mon manque inné d'instinct bureaucratique ? Toujours est-il que, ayant réussi à glaner dans les documents une idée d'ensemble du problème, je décidai, avant de monter à Oranienburg où siégeaient les gens de l'IKL, de consulter Thomas. J'aimais bien Thomas, mais jamais je ne lui aurais parlé de mes problèmes personnels ; toutefois pour mes doutes professionnels, il était le meilleur confident que je connusse. Il m'avait une fois exposé de manière lumineuse le principe de fonctionnement du système (ce devait être en 1939, ou peut-être même fin 1938, lors des conflits internes qui avaient secoué le mouvement après la *Kristallnacht*) : « Que les ordres restent toujours vagues, c'est normal, c'est même délibéré, et cela découle de la logique même du *Führerprinzip*. C'est au destinataire de reconnaître les intentions du distributeur et d'agir en conséquence. Ceux qui insistent pour avoir des ordres clairs ou qui veulent des mesures législatives n'ont pas compris que c'est la volonté du chef et non ses ordres qui comptent, et que c'est au receveur d'ordres de savoir déchiffrer et même anticiper cette volonté. Celui qui sait agir ainsi est un excellent national-socialiste, et on ne viendra jamais lui reprocher son excès de zèle, même s'il commet des erreurs ; les autres, ce sont ceux qui, comme dit le Führer, *ont peur de sauter par-dessus leur propre ombre.* » Cela, je l'avais compris ; mais je comprenais aussi que je manquais de talent pour pénétrer les façades, deviner les enjeux cachés ; or, ce talent-là, Thomas justement le possédait au plus haut point, et voilà pourquoi il roulait en cabriolet de sport tandis que je rentrais en U-Bahn. Je le retrouvai au *Neva Grill*, un des bons restaurants qu'il aimait fréquenter. Il me parla avec un amusement cynique du moral de la population, tel qu'il transparaissait dans les rapports confidentiels d'Ohlendorf, dont il recevait copie : « Il est remarquable à quel point les gens sont bien informés des prétendus secrets, le programme d'euthanasie, la destruction des Juifs, les camps de Pologne, le gaz, tout. Toi, en Russie, tu n'avais jamais entendu parler des KL de Lublin ou de Silésie, mais le moindre chauffeur de tramway de Berlin ou de Düsseldorf sait qu'on y brûle des détenus. Et malgré le matraquage de la propagande de Goebbels, les gens restent capables de se former des opinions. Les radios étrangères ne sont pas la seule explication, car beaucoup de gens, quand même, ont peur de les écouter. Non, toute l'Allemagne, aujourd'hui, est un vaste tissu de rumeurs, une toile d'araignée qui s'étend à tous les territoires sous notre contrôle, le front russe, les Balkans, la France. Les informations circulent à une vitesse folle. Et les plus malins sont capables de recouper ces informations pour parfois arriver à des conclusions étonnamment précises. Tu sais ce qu'on a fait, récemment ? On a lancé une rumeur à Berlin, une vraie fausse rumeur, basée sur des informations authentiques mais déformées, pour étudier en combien de temps et par quel moyen elle se transmettait. On l'a relevée à Munich, à Vienne, à Königsberg et à Hambourg en vingt-quatre heures, à Linz, Breslau, Lübeck et Iéna en quarante-huit. Je suis tenté d'essayer la même chose à partir de l'Ukraine, pour voir. Mais ce qui est encourageant, c'est que malgré tout les gens continuent à soutenir le Parti et les autorités, ils ont toujours foi en notre Führer et croient à l'*Endsieg*. Ce qui démontre quoi ? Qu'à peine dix ans après la Prise du Pouvoir, l'esprit national-socialiste est devenu *la* vérité de la vie quotidienne du *Volk*. Il a pénétré dans les moindres recoins. Et donc même si nous perdons la guerre, il survivra. » — « Parlons plutôt de la façon de gagner la guerre, veux-tu ? » Tout en mangeant, je lui exposai les instructions que j'avais reçues et l'état général de la situation tel que je le comprenais. Il m'écoutait en buvant du vin et en découpant son rumsteck, grillé à la perfection, le cœur de la viande rose et juteux. Il acheva son plat et se resservit du vin avant de répondre. « Tu as décroché un poste très intéressant, mais je ne te l'envie pas. J'ai l'impression qu'on t'a balancé dans un panier de crabes, et que si tu ne fais pas gaffe tu vas te faire bouffer les fesses. Qu'est-ce que tu sais de la situation politique ? Intérieure, je veux dire. » Je finissais aussi de manger : « Je ne sais pas grand-chose de la situation politique intérieure. » — « Eh bien tu devrais. Elle a radicalement évolué depuis le début de la guerre. Primo, le Reichsmarschall est *out*, définitivement à mon avis. Entre l'échec de la Luftwaffe contre les bombardements, sa corruption homérique, et son usage immodéré des stupéfiants, plus personne ne fait attention à lui : il fait de la figuration, on le sort du placard quand il faut quelqu'un pour parler à la place du Führer. Le cher Dr. Goebbels, malgré ses vaillants efforts après Stalingrad, est sur la touche. L'étoile montante, aujourd'hui, c'est Speer. Quand le Führer l'a nommé, tout le

monde lui donnait six mois ; depuis, il a triplé notre production d'armement, et le Führer lui accorde tout ce qu'il demande. De plus, ce petit
architecte dont on se moquait s'est révélé un politicien remarquable, et
il s'est ménagé de solides appuis : Milch, qui gère le ministère de l'Aviation pour Göring, et Fromm, le patron de l'*Ersatzheer*. Quel est l'intérêt
de Fromm ? Fromm doit fournir des hommes à la Wehrmacht ; donc,
chaque travailleur allemand remplacé par un travailleur étranger ou un
détenu est un soldat de plus pour Fromm. Speer, lui, ne réfléchit qu'aux
moyens d'augmenter la production, et Milch fait de même pour la Luftwaffe. Tous ne demandent qu'une chose : des hommes, des hommes,
des hommes. Et c'est là que le Reichsführer a un problème. Bien sûr,
personne ne peut critiquer le programme *Endlösung* en lui-même : c'est
un ordre direct du Führer, et donc les ministères peuvent juste chipoter
sur les marges, en jouant sur la diversion d'une partie des Juifs pour le
travail. Mais depuis que Thierack a accepté de vider ses prisons au profit des KL, ceux-ci en sont venus à représenter un vivier de main-
d'œuvre non négligeable. Ça n'est rien, bien sûr, à côté des travailleurs
étrangers, mais c'est quand même quelque chose. Or le Reichsführer est
très jaloux de l'autonomie de la SS, et justement, Speer empiète là-
dessus. Quand le Reichsführer a voulu que les industries viennent
s'implanter dans les KL, Speer est allé voir le Führer et presto ! ce sont
les détenus qui sont partis aux usines. Tu vois le problème : le Reichsführer sent qu'il est en position de faiblesse et doit donner des gages à
Speer, montrer qu'il fait preuve de bonne volonté. Bien sûr, s'il parvient
réellement à reverser plus de main-d'œuvre à l'industrie, tout le monde
est content. Mais c'est là, à mon avis, qu'intervient le problème interne :
la SS, tu vois, c'est comme le Reich en petit, ça tire un peu de tous les
côtés. Tu prends l'exemple du RSHA : Heydrich était un génie, une
force de la nature et un national-socialiste admirable ; mais je suis
convaincu que le Reichsführer a été secrètement soulagé de sa mort.
Déjà, l'envoyer à Prague, c'était brillant : Heydrich a pris ça comme une
promotion, mais il voyait bien qu'il était un peu obligé de lâcher prise
sur le RSHA, simplement parce qu'il n'était plus à Berlin. Sa tendance
à l'autonomisation était très forte, c'est pour ça que le Reichsführer n'a
pas voulu le remplacer. Et là, ce sont les Amtchefs qui ont commencé à
partir chacun de son côté. Alors le Reichsführer a nommé Kaltenbrunner pour les contrôler, en espérant que Kaltenbrunner, qui est une bête
achevée, resterait contrôlable, lui. Mais tu vas voir que ça va recommencer : c'est la fonction qui l'exige, plus que l'homme. Et c'est la même
chose pour tous les autres départements et divisions. L'IKL est parti-

culièrement riche en *alte Kämpfer* : là, même le Reichsführer doit prendre des pincettes. » — « Si je comprends bien, le Reichsführer veut faire avancer des réformes sans trop agiter l'IKL ? » — « Ou alors il se moque des réformes, mais veut s'en servir comme instrument pour serrer la vis aux récalcitrants. Et en même temps, il doit démontrer à Speer qu'il coopère avec lui, mais sans lui donner la possibilité de toucher à la SS ou de rogner sur ses privilèges. » — « Effectivement, c'est délicat. » — « Ah ! Brandt te l'a bien dit : analyse et diplomatie. » — « Il a dit initiative, aussi. » — « Certainement ! Si tu trouves des solutions, même à des problèmes qu'on ne t'a pas directement soumis, mais qui répondent aux intérêts vitaux du Reichsführer, ta carrière est faite. Mais si tu commences à faire du romantisme bureaucratique et à vouloir tout chambouler, tu vas très vite te retrouver substitut dans une *SD-Stelle* pouilleuse au fond de la Galicie. Alors gare : si tu me refais le même coup qu'en France, je m'en voudrai de t'avoir sorti de Stalingrad. Rester vivant, ça se mérite. »

Cet avertissement à la fois moqueur et redoutable fut péniblement souligné par une brève lettre que je reçus de ma sœur. Comme je m'en doutais, elle était partie pour Antibes dès notre conversation téléphonique :

> *Max, la police parlait d'un psychopathe ou d'un voleur ou même d'un règlement de comptes. En fait ils ne savent rien. Ils m'ont dit qu'ils enquêtaient sur les affaires d'Aristide. C'était odieux. Ils m'ont posé toutes sortes de questions sur la famille : je leur ai parlé de toi, mais je ne sais pas pourquoi, je me suis gardée de leur dire que tu étais là. Je ne sais pas à quoi je pensais mais j'avais peur de t'attirer des ennuis. Et puis à quoi bon ? Je suis partie tout de suite après l'enterrement. Je voulais que tu sois là et en même temps j'aurais eu horreur que tu sois là. C'était triste et pauvre et affreux. Ils ont été enterrés ensemble au cimetière municipal. À part moi et un policier venu voir qui assistait aux funérailles il n'y avait que quelques vieux amis d'Aristide et un curé. Je suis repartie tout de suite après. Je ne sais pas quoi t'écrire d'autre. Je suis affreusement triste. Prends garde à toi.*

Des jumeaux, elle ne soufflait mot : après sa réaction violente, au téléphone, je trouvais cela étonnant. Ce qui était encore plus étonnant, pour moi, était mon propre manque de réaction : cette lettre effrayée et endeuillée me faisait l'effet d'une feuille jaunie d'automne, détachée et morte avant même d'avoir touché le sol. Quelques minutes après l'avoir lue, je songeais de nouveau à des problèmes de travail. Les questions qui, une poignée de semaines auparavant encore, me rongeaient et me laissaient sans repos, se présentaient maintenant à moi comme une rangée de portes closes et muettes ; la pensée de ma sœur, une fournaise éteinte et sentant la cendre froide, et la pensée de ma mère, une tombe tranquille négligée depuis longtemps. Cette étrange apathie s'étendait à tous les autres aspects de ma vie : les tracasseries de ma logeuse me laissaient indifférent, le désir sexuel semblait un vieux souvenir abstrait, l'angoisse de l'avenir un luxe frivole et vain. C'est d'ailleurs un peu l'état dans lequel je me trouve aujourd'hui, et je m'y trouve bien. Le travail seul occupait mes pensées. Je méditais les conseils de Thomas : il me paraissait avoir encore plus raison que lui-même ne le savait. Vers la fin du mois, le Tiergarten fleurissait, les arbres couvraient la ville encore grise de leur verdure insolente, j'allai visiter les bureaux de l'Amtsgruppe D, l'ancien IKL, à Oranienburg près du KL Sachsenhausen : des longs bâtiments blancs et propres, des allées tirées au cordeau, des plates-bandes méticuleusement retournées et sarclées par des détenus bien nourris en uniforme propre, des officiers dynamiques, affairés, motivés. J'y fus reçu avec courtoisie par le Brigadeführer Glücks. Glücks parlait beaucoup et vite et ce flot de paroles floues présentait un contraste marquant avec l'aura d'efficacité qui caractérisait son royaume. Il manquait entièrement de vue d'ensemble, et s'attardait longuement et obstinément à des détails administratifs sans intérêt, me citant au hasard des statistiques, souvent fausses, que je notais par politesse. À chaque question un peu précise, il répondait invariablement : « Oh, vous feriez mieux de voir ça chez Liebehenschel. » Avec cela, cordial, me versant du cognac français et me servant des gâteaux secs. « Préparés par ma femme. Malgré les restrictions, elle sait se débrouiller, c'est une fée. » Il souhaitait clairement se débarrasser de moi le plus vite possible, sans prendre pour autant le risque d'offenser le Reichsführer, afin de retourner à sa torpeur et à ses petits gâteaux. Je décidai d'abréger ; dès que je marquai une pause, il appela son adjudant et me versa un dernier cognac : « À la santé de notre cher Reichsführer. » J'y trempai mes lèvres, posai le verre, le saluai, et suivis mon guide. « Vous verrez, me lança encore Glücks alors que je passais sa porte, Liebehenschel pourra répondre à toutes vos questions. » Il avait raison et son adjoint, un petit homme à la mine triste et fatiguée qui dirigeait aussi le

Bureau central de l'Amtsgruppe D, me fit un exposé concis, lucide et réaliste de la situation et de l'état d'avancement des réformes entreprises. Je savais déjà que la plupart des ordres émis sous la signature de Glücks se trouvaient en fait préparés par Liebehenschel : c'était peu surprenant. Pour Liebehenschel, une bonne partie des problèmes venaient des Kommandanten : « L'imagination leur fait défaut et ils ne savent pas comment appliquer nos ordres. Dès qu'on a un Kommandant un peu motivé, la situation change entièrement. Mais nous manquons cruellement de personnel et il n'y a aucune perspective pour remplacer ces cadres. » — « Et les structures médicales ne parviennent pas à pallier les déficiences ? » — « Vous verrez le Dr. Lolling après moi, vous comprendrez. » En effet, si l'heure que je passai avec le Standartenführer Dr. Lolling ne m'apprit pas grand-chose sur les problèmes des unités médicales des KL, elle me permit au moins, malgré mon agacement, de comprendre pourquoi ces unités ne pouvaient que se résoudre à fonctionner de manière autonome. Âgé, les yeux mouillés, l'esprit confus et embrouillé, Lolling, dont le département chapeautait toutes les structures sanitaires des camps, non seulement était alcoolique mais, d'après la rumeur ouverte, puisait quotidiennement dans ses stocks de morphine. Je ne comprenais pas comment un tel homme pouvait rester à la SS, encore moins y occuper un poste à responsabilité. Sans doute bénéficiait-il de protections dans le Parti. Je lui soutirai néanmoins une pile de rapports fort utiles : Lolling, à défaut de mieux et pour masquer son incompétence, passait son temps à commander des rapports à ses subordonnés ; ce n'étaient pas tous des hommes comme lui, il y avait là de la matière substantielle.

Restait Maurer, le créateur et le chef de l'*Arbeitseinsatz*, désignée dans la table d'organisation du WVHA comme département D II. À vrai dire, j'aurais pu me passer des autres visites, même de celle à Liebehenschel. Le Standartenführer Gerhard Maurer, un homme encore jeune, sans diplômes mais doté d'une solide expérience professionnelle en comptabilité et en gestion, avait été tiré de l'obscurité d'un bureau de l'ancienne administration SS par Oswald Pohl et s'était rapidement distingué par ses capacités administratives, son esprit d'initiative et sa compréhension aiguë des réalités bureaucratiques. Pohl, lorsqu'il avait repris l'IKL sous son aile, lui avait demandé de monter le D II afin de centraliser et de rationaliser l'exploitation de la main-d'œuvre des camps. Je devais le revoir plusieurs fois, par la suite, et correspondre avec lui régulièrement, toujours avec la même satisfaction. Il représentait un peu pour moi un certain idéal du national-socialiste qui, s'il doit être un homme à *Weltanschauung*, doit aussi être un homme à résultats. Or les résultats concrets et mesurables formaient la vie même de Maurer. S'il n'avait pas lui-même inventé toutes les mesures mises en place par l'*Arbeitseinsatz*, il avait créé de toutes pièces l'impressionnant système de collecte de données statistiques qui quadrillait maintenant l'ensemble des camps du WVHA. Ce système, il me l'expliqua avec patience, me détaillant les formulaires standardisés et préimprimés que chaque camp était tenu de remplir et de renvoyer, me signalant les chiffres les plus importants et la bonne manière de les interpréter : considérés ainsi, ces chiffres devenaient plus lisibles qu'un rapport narratif ; comparables entre eux et donc véhiculant énormément d'informations, ils permettaient à Maurer de suivre avec précision, sans quitter son bureau, le degré de mise en œuvre de ses ordres et leur succès. Ces données lui permettaient de me confirmer le diagnostic de Liebehenschel. Il me fit un discours sévère sur l'attitude réactionnaire du corps des Kommandanten, « formés à la méthode Eicke », compétents en ce qui concernait les anciennes fonctions répressives et policières, mais dans l'ensemble bornés et ineptes, incapables d'intégrer des techniques de gestion modernes, adaptées aux nouvelles exigences : « Ces hommes ne sont pas mauvais, mais ils sont dépassés par ce qu'on leur demande maintenant. » Maurer lui-même ne visait qu'un but : extraire le maximum de capacité de travail des KL. Il ne me servit pas de cognac mais lorsque je pris congé il me serra chaleureusement la main : « Je suis ravi que le Reichsführer se penche enfin de plus près sur ces problèmes. Mon bureau est à votre disposition, Sturmbannführer, vous pourrez toujours compter sur moi. »

Je retournai à Berlin et pris rendez-vous avec ma vieille connaissance Adolf Eichmann. Il vint m'accueillir en personne dans le vaste hall d'entrée de son département, dans la Kurfürstenstrasse, marchant à petits pas dans ses lourdes bottes de cavalier sur les dalles de marbre cirées, et me félicitant avec chaleur pour ma promotion. « Vous aussi, le félicitai-je à mon tour, vous avez été promu. À Kiev, vous étiez encore Sturmbannführer. » — « Oui, fit-il avec satisfaction, c'est vrai, mais vous, entre-temps, vous avez pris deux galons... Venez, venez. » Malgré son grade supérieur, je le trouvai curieusement empressé, affable ; peut-être le fait que je vienne de la part du Reichsführer l'impressionnait-il. Dans son bureau, il s'affala jambes croisées sur sa chaise, posa négligemment sa casquette sur une pile de dossiers, ôta ses grosses lunettes, et se mit à les nettoyer avec un mouchoir tout en appelant à la cantonade sa secrétaire : « Frau Werlmann ! Du café, s'il vous plaît. » J'observai ce manège avec amusement : Eichmann avait pris de l'assurance, depuis Kiev. Il leva ses lunettes vers la fenêtre, les inspecta méticuleusement, les frotta encore, les rechaussa. Il tira une boîte de sous un classeur et m'offrit une cigarette hollandaise. Briquet à la main, il gesticula vers ma poitrine : « Vous avez reçu beaucoup de décorations, je vous félicite encore. Ça, c'est l'avantage d'être au front. Ici, à l'arrière, nous n'avons aucune occasion de recevoir des décorations. Mon Amtchef m'a fait donner la Croix de Fer mais c'était vraiment pour que j'aie quelque chose. Je m'étais porté volontaire pour les Einsatzgruppen, vous le saviez ? Mais C. (c'était ainsi que Heydrich, voulant se donner une touche anglaise, se faisait appeler par ses fidèles) m'a ordonné de rester. *Vous m'êtes indispensable*, il m'a dit. *Zu Befehl*, j'ai dit, de toute façon je n'avais pas le choix. » — « Pourtant, vous avez une bonne position. Votre Referat est un des plus importants de la *Staatspolizei*. » — « Oui, mais pour l'avancement, je suis absolument bloqué. Un Referat doit être dirigé par un Regierungsrat ou un Oberregierungsrat ou un grade SS équivalent. Donc en principe, à ce poste, je ne peux pas aller au-delà d'Obersturmbannführer. Je me suis plaint à mon Amtchef : il m'a répondu que je méritais d'être promu, mais qu'il ne voulait pas créer de problèmes avec ses autres chefs de service. » Il eut une moue pincée qui déforma ses lèvres. Son front dégarni luisait sous la lumière du plafonnier, allumé malgré le jour. Une secrétaire d'un certain âge entra avec un plateau et deux tasses fumantes, qu'elle posa devant nous. « Lait ? Sucre ? » s'enquit Eichmann. Je fis signe que non et humai la tasse : c'était du vrai café. Tandis que je soufflais dessus Eichmann me demanda à brûle-pourpoint : « Vous avez été décoré pour l'*Einsatzaktion* ? » Ses jérémiades commençaient à m'agacer ; je voulais en venir au but de ma visite. « Non, répondis-je. J'ai été en poste à Stalingrad, après. » Le visage d'Eichmann s'assombrit et il ôta ses lunettes d'un geste sec. « *Ach so*, fit-il en se redressant. Vous étiez à Stalingrad. Mon frère Helmut a été tué là-bas. » — « J'en suis désolé. Toutes mes condoléances. C'était votre frère aîné ? » — « Non, le cadet. Il avait trente-trois ans. Notre mère ne s'en est toujours pas remise. Il est tombé en héros, en faisant son devoir pour l'Allemagne. Je regrette, ajouta-t-il cérémonieusement, de ne pas avoir eu cette chance moi-même. » Je saisis l'ouverture : « Oui, mais l'Allemagne vous demande d'autres sacrifices. » Il remit ses lunettes et but un peu de café. Puis il écrasa sa cigarette dans un cendrier : « Vous avez raison. Un soldat ne choisit pas son poste. Qu'est-ce que je puis faire pour vous, alors ? Si j'ai bien compris la lettre de l'Obersturmbannführer Brandt, vous êtes chargé d'étudier l'*Arbeitseinsatz*, c'est ça ? Je ne vois pas trop ce que ça a à voir avec mes services. » Je tirai quelques feuillets de ma serviette en simili-cuir. (J'éprouvais un sentiment désagréable chaque fois que je manipulais cette serviette, mais je n'avais rien pu trouver d'autre, à cause des restrictions. J'avais demandé conseil à Thomas, mais il m'avait ri au nez : « Moi, je voulais un ensemble de bureau en cuir, tu vois, avec un serre-documents et un porte-stylos. J'ai écrit à un ami, à Kiev, un type qui était au groupe et qui est resté chez le BdS, pour lui demander s'il pouvait me faire faire ça. Il m'a répondu que depuis qu'on avait éliminé tous les Juifs, on ne pouvait même plus faire ressemeler une paire de bottes, en Ukraine. ») Eichmann m'observait en fronçant les sourcils. « Les Juifs dont vous vous occupez sont aujourd'hui un des principaux viviers dans lequel l'*Arbeitseinsatz* peut puiser pour renouveler ses effectifs, expliquai-je. À part eux, il n'y a vraiment plus que des travailleurs étrangers condamnés pour petits délits et les déportés politiques des pays sous notre contrôle. Toutes les autres sources possibles, les prisonniers de guerre ou les criminels transférés par le ministère de la Justice, sont dans l'ensemble épuisées. Ce que je souhaiterais, c'est avoir une vue d'ensemble du fonctionnement de vos opérations et surtout de vos perspectives d'avenir. » Tandis qu'il m'écoutait, un tic curieux déformait le coin gauche de sa bouche ; j'avais l'impression qu'il mâchait sa langue. Il se renversa de nouveau sur sa chaise, ses longues mains veineuses réunies en triangle, les index tendus : « Bien, bien. Je vais vous expliquer. Comme vous le savez, dans chaque pays concerné par la *Endlösung*, il y a un représentant de mon Referat, subordonné soit au BdS si c'est un pays occupé, soit à l'attaché de police de l'ambassade si c'est un pays allié. Je vous précise tout de suite que l'URSS n'entre pas dans mon domaine ; quant à mon représentant dans le General-Gouvernement, il a un rôle tout à fait mineur. » — « Comment cela se fait-il ? » — « La question juive, dans le GG, est de la responsabilité du SSPF de Lublin, le Gruppenführer Globocnik, qui rend compte directement au Reichsführer. La *Staatspolizei* n'est donc pas concernée, dans l'ensemble. » Il pinça les lèvres : « Sauf quelques exceptions qui doivent encore être réglées, le Reich lui-même peut être considéré *judenrein*. Quant aux autres pays, tout dépend du degré de compréhension envers la résolution de la question juive qui est montré par les autorités nationales. À cause de cela, chaque pays pose en quelque sorte un cas particulier que je peux vous expliquer. » Dès qu'il commençait à parler de son travail, remarquai-je, son mélange déjà curieux d'accent autrichien et d'argot berlinois se compliquait d'une syntaxe bureaucratique particulièrement embrouillée. Il parlait posément et clairement, en cherchant ses mots, mais j'avais parfois du mal à suivre ses phrases. Lui-même semblait s'y perdre un peu. « Prenez le cas de la France, où nous avons si l'on peut dire pu commencer à travailler l'été dernier une fois que les autorités françaises eurent, guidées par notre spécialiste et aussi par les conseils et désirs de l'*Auswärtiges Amt*, euh, si vous voulez, accepté de coopérer et surtout quand la Reichsbahn a consenti à nous fournir le transport nécessaire. Nous avons ainsi pu commencer, et au début cela a même été un succès car les Français montraient beaucoup de compréhension, et puis grâce à l'assistance de la police française, sans laquelle nous n'aurions rien pu faire, bien sûr, car nous n'avons pas les ressources, et le *Militärbefehlshaber* n'allait certainement pas les fournir, donc l'aide de la police française était un élément vital car c'est eux qui arrêtaient les Juifs et nous les transféraient, et d'ailleurs même ils faisaient du zèle, car nous n'avions officiellement demandé que les Juifs de plus de seize ans — pour commencer bien entendu — mais eux ne voulaient pas garder les enfants sans leurs parents, ce qu'on peut comprendre, et donc ils nous les donnaient tous, même des orphelins — bref on a vite compris qu'en fait ils ne nous livraient que leurs Juifs étrangers, j'ai même dû annuler un transport de Bordeaux parce qu'on n'en trouvait pas assez pour le remplir, de ces Juifs étrangers, un vrai scandale, car en ce qui concernait leurs propres Juifs, ceux qui étaient donc citoyens français, je veux dire, depuis longue date, eh bien là, vous voyez, c'était non. Ils ne voulaient pas et il n'y avait rien à faire. D'après l'*Auswärtiges Amt* c'est le maréchal Pétain lui-même qui faisait obstacle, et on avait beau lui expliquer, ça ne servait à rien. Alors après novembre, bien sûr, la situation a complètement changé, parce que nous n'étions plus forcément liés par tous ces accords et par les lois françaises, mais même là, c'est ce que je vous ai dit, il y avait le problème de la police française, qui ne voulait plus coopérer, je ne veux pas me plaindre de Herr Bousquet, mais lui aussi il avait ses ordres, et quand même ce n'était pas possible d'envoyer la police allemande frapper aux portes, donc, de fait, en France, ça n'avance plus. En plus, beaucoup de Juifs sont passés en secteur italien, et ça c'est vraiment un problème, car les Italiens, eux, n'ont aucune compréhension, et on a le même problème partout, en Grèce et en Croatie, où ce sont eux qui sont responsables, là, ils protègent les Juifs, et pas seulement les leurs mais tous. Et c'est un vrai problème et qui dépasse complètement mes compétences et d'ailleurs je crois savoir qu'il a été discuté au plus haut niveau, le plus haut qui soit, et Mussolini aurait répondu qu'il s'en occuperait, mais visiblement ce n'est pas une priorité, n'est-ce pas, et aux étages inférieurs, ceux avec lesquels nous traitons, là, c'est carrément de l'obstruction bureaucratique, des manœuvres dilatoires et je m'y connais, ils ne disent jamais non mais c'est comme des sables mouvants et il ne se passe rien. Voilà où on en est avec les Italiens. » — « Et les autres pays ? » demandai-je. Eichmann se leva, mit sa casquette, et me fit signe de le suivre : « Venez. Je vais vous montrer. » Je le suivis jusqu'à un autre bureau. Ses jambes, je le remarquais pour la première fois, étaient arquées comme celles d'un cavalier. « Vous faites du cheval, Herr Obersturmbannführer ? » Il eut de nouveau une moue : « Dans ma jeunesse. Maintenant je n'ai plus trop l'occasion. » Il frappa à une porte et entra. Quelques officiers se levèrent et le saluèrent ; il leur rendit leur salut, traversa la pièce, frappa à une autre porte, et entra. Au fond de la pièce, derrière un bureau, se trouvait un Sturmbannführer ; il y avait aussi là une secrétaire et un officier subalterne. Tous se levèrent à notre entrée ; le Sturmbannführer, une belle bête blonde, grand et musclé, sanglé dans un uniforme coupé sur mesure, leva le bras en émettant un « Heil ! » martial. Nous lui rendîmes son salut avant de nous approcher. Eichmann me présenta puis se tourna vers moi : « Le Sturmbannführer Günther est mon substitut permanent. » Günther me contempla d'un air taciturne et demanda à Eichmann : « Que puis-je faire pour vous, Herr Obersturmbannführer ? » — « Je suis désolé de vous déranger, Günther. Je voulais lui montrer votre tableau. » Günther s'écarta de son bureau sans un mot. Derrière lui, au mur, s'affichait un large graphique en plusieurs couleurs. « Vous voyez, m'expliqua Eichmann, c'est organisé par pays et mis à jour chaque mois. À gauche, vous avez les objectifs, et ensuite les totaux cumulés de réalisation de l'objectif. Vous voyez d'un coup d'œil qu'on approche du but en Hollande, 50 % en Belgique, mais qu'en Hongrie, en Roumanie, ou en Bulgarie on reste proches de zéro. En Bulgarie, on en a eu quelques milliers, mais c'est trompeur : ils nous ont laissé évacuer ceux des territoires qu'ils ont occupés en 1941, en Thrace et en Macédoine, mais on ne peut pas toucher à ceux de la Vieille Bulgarie. On le leur a redemandé officiellement il y a quelques mois, en mars je crois, il y a eu une démarche du AA, mais ils ont encore refusé. Comme c'est une question de souveraineté chacun veut des garanties que son voisin fera la même chose, c'est-à-dire que les Bulgares veulent que ce soient les Roumains qui commencent, et les Roumains les Hongrois, et les Hongrois les Bulgares ou quelque chose comme ça. Remarquez, depuis Varsovie, on a au moins pu leur expliquer le danger que ça représente, d'avoir tant de

Juifs chez soi, c'est un foyer à partisans, et là, je crois que ça les a impressionnés. Mais nous ne sommes pas encore au bout de nos peines. En Grèce, on a commencé en mars, j'ai un Sonderkommando là-bas, à Thessalonique en ce moment, et vous voyez que ça va assez vite, c'est déjà quasiment fini. Après il nous restera la Crète et Rhodes, pas un problème, mais pour la zone italienne, Athènes et le reste, je vous ai déjà expliqué. Ensuite, bien entendu, il y a tous les problèmes techniques associés, ce ne sont pas que des problèmes diplomatiques, ce serait trop facile, non, et donc surtout le problème du transport, c'est-à-dire du matériel roulant et donc de l'affectation des wagons et aussi, comment dire, du temps sur les voies même si on a les wagons. Ça arrive par exemple, on négocie un accord avec un gouvernement, on a les Juifs en main, et hop, *Transportsperre*, tout bloqué parce qu'il y a une offensive à l'Est ou quelque chose et on ne peut plus rien passer en Pologne. Donc par contre quand c'est calme on met les bouchées doubles. En Hollande ou en France, on centralise tout sur des camps de transit, et on écoule petit à petit, quand il y a du transport et aussi selon la capacité de réception qui est aussi limitée. Pour Thessalonique, par contre, il a été décidé de tout faire d'un coup, un deux trois et quatre et voilà. En fait, depuis février, on a vraiment beaucoup de travail, le transport est disponible et j'ai reçu l'ordre d'accélérer les choses. Le Reichsführer veut que ce soit fini cette année et puis qu'on n'en parle plus. » — « Et c'est réalisable ? » — « Là où ça dépend de nous, oui. Je veux dire que le transport est toujours un problème, les finances aussi, parce que nous devons payer la Reichsbahn, vous savez, pour chaque passager, et moi je n'ai pas de budget pour ça, je dois me débrouiller. On met les Juifs à contribution, très bien, mais la Reichsbahn, elle, n'accepte le paiement qu'en reichsmarks ou à la rigueur en zlotys, si on les envoie dans le GG, mais à Thessalonique ils ont des drachmes et faire du change sur place c'est impossible. Donc on doit se débrouiller mais ça on sait faire. Après ça bien sûr il y a les questions diplomatiques, moi si les Hongrois disent non je ne peux rien faire, ça ne dépend pas de moi et c'est au Herr Minister von Ribbentrop de voir ça avec le Reichsführer, pas moi. » — « Je vois. » J'étudiai un moment le tableau : « Si je comprends bien, la différence entre les chiffres, là dans la colonne avril, et les chiffres de gauche représente le vivier potentiel, sujet aux diverses complications que vous m'avez expliquées. » — « Précisément. Mais notez bien que ce sont là des chiffres globaux, c'est-à-dire qu'une grande partie, de toute façon, n'intéresse pas l'*Arbeitseinsatz*, parce que voyez-vous ce sont des vieux ou des enfants ou je ne sais quoi, et donc sur ce chiffre-là vous pouvez en retenir une bonne partie. » — « Combien, à votre avis ? » — « Je ne sais pas. Vous devriez voir avec le WVHA, la réception et la sélection, c'est leur problème. Ma responsabilité s'arrête au départ du train, le reste, je ne peux pas en parler. Ce que je peux vous dire, c'est que de l'avis du RSHA, le nombre de Juifs temporairement gardés pour le travail devrait être aussi restreint que possible : créer de fortes concentrations de Juifs, voyez-vous, c'est inviter à une répétition de Varsovie, c'est dangereux. Je crois pouvoir vous dire que c'est là l'opinion du Gruppenführer Müller, mon Amtchef, et de l'Obergruppenführer Kaltenbrunner. » — « Je vois. Pourriez-vous me remettre une copie de ces chiffres ? » — « Bien sûr, bien sûr. Je vous enverrai ça demain. Mais pour l'URSS et le GG, je ne les ai pas, ça je vous l'ai dit. » Günther, qui n'avait pas dit un mot, nous lança un autre « Heil Hitler ! » retentissant tandis que nous nous apprêtions à sortir. Je retournai avec Eichmann dans son bureau pour qu'il m'explique encore quelques points. Lorsque je fus prêt à partir, il me raccompagna. Dans le hall d'entrée il me fit une courbette : « Sturmbannführer, je voudrais vous inviter chez moi un soir, cette semaine. Nous donnons parfois de la musique de chambre. Mon Hauptscharführer Boll joue le premier violon. » — « Ah. C'est très bien. Et vous, de quoi jouez-vous ? » — « Moi ? » Il tendit son cou et la tête, comme un oiseau. « Du violon aussi, le second violon. Je ne joue pas aussi bien que Boll, malheureusement, ainsi je lui ai cédé la place. C..., l'Obergruppenführer Heydrich je veux dire, pas l'Obergruppenführer Kaltenbrunner que je connais bien, on est pays et d'ailleurs c'est lui qui m'a fait entrer à la SS et il s'en souvient encore — non, *der Chef* jouait magnifiquement du violon. Oui, vraiment, très beau, il avait énormément de talent. C'était un homme très bien, que je respectais beaucoup. Très... attentionné, un homme qui souffrait dans son cœur. Je le regrette. » — « Je l'ai très peu connu. Et que jouez-vous ? » — « En ce moment ? Surtout du Brahms. Un peu de Beethoven. » — « Pas de Bach ? » Il pinça de nouveau les lèvres : « Bach ? Je n'aime pas beaucoup. Je trouve ça sec, trop... calculé. Stérile, si vous voulez, très beau, bien sûr, mais sans âme. Je préfère la musique romantique, cela me bouleverse parfois, oui, cela m'entraîne hors de moi-même. » — « Je ne suis pas certain de partager votre opinion sur Bach. Mais j'accepte volontiers votre invitation. » L'idée en fait m'ennuyait profondément, mais je ne voulais pas le blesser. « Bien, bien, dit-il en me serrant la main. Je vais voir avec ma femme et je vous appellerai. Et ne vous inquiétez pas pour vos documents. Vous les aurez demain, vous avez ma parole d'officier SS. »

Il me restait encore à voir Oswald Pohl, le grand marabout du WVHA. Il m'accueillit, dans ses bureaux de Unter den Eichen, avec une cordialité expansive et bavarda avec moi de Kiel où il avait passé de nombreuses années dans la Kriegsmarine. C'était là, au Casino, que le Reichsführer l'avait remarqué et recruté, à l'été 1933. Il avait commencé par centraliser l'administration et les finances de la SS, puis petit à petit avait bâti son réseau d'entreprises. « Comme n'importe quelle multinationale, nous sommes bien diversifiés. Nous sommes dans les matériaux de construction, le bois, la céramique, les meubles, l'édition, et même l'eau minérale. » — « L'eau minérale ? » — « Ah ! C'est très important. Ça nous permet de fournir nos Waffen-SS en eau potable à travers tous les territoires de l'Est. » Il se disait particulièrement fier d'une de ses dernières créations : l'Osti, les Industries de l'Est, une corporation montée dans le district de Lublin pour mettre au service de la SS le travail des Juifs restants. Mais, malgré sa bonhomie, il devenait rapidement vague dès que je voulais lui parler de l'*Arbeitseinsatz* en général ; selon lui, la plupart des mesures efficaces étaient en place, il fallait simplement leur laisser le temps de prendre effet. Je le questionnai sur les critères de sélection, mais il me renvoya aux responsables d'Oranienburg : « Ils connaissent mieux les détails. Mais je peux vous le garantir, depuis que la sélection a été médicalisée, c'est très bien. » Il m'assura que le Reichsführer était pleinement informé de tous ces problèmes. « Je n'en doute pas, Herr Obergruppenführer, répondis-je. Mais ce dont le Reichsführer m'a chargé, c'est de voir quels sont les points de blocage et quelles sont les améliorations possibles. Le fait d'avoir été intégré au WVHA, sous vos ordres, a entraîné des modifications considérables dans notre système de camps nationaux-socialistes, et les mesures que vous avez ordonnées ou suscitées, ainsi que vos choix de subordonnés, ont eu un impact massivement positif. Le Reichsführer, je pense, souhaite simplement maintenant obtenir une vue d'ensemble. Vos suggestions pour l'avenir compteront énormément, je n'en doute pas un instant. » Pohl se sentait-il menacé par ma mission ? Après ce petit discours lénifiant, il changea de sujet ; mais un peu plus tard, il redevint animé et sortit même avec moi me présenter quelques-uns de ses collaborateurs. Il m'invita à revenir le voir à mon retour d'inspection (je devais bientôt partir pour la Pologne et aussi visiter quelques camps du Reich) ; il me suivait dans le couloir, me tenant familièrement par l'épaule ; dehors, je me retournai, il agitait encore la main en souriant : « Bon voyage ! »

Eichmann avait tenu parole : en rentrant de Lichtenfelde, en fin d'après-midi, je trouvai à mon bureau une grande enveloppe scellée marquée GEHEIME REICHSSACHE! Elle contenait une liasse de documents accompagnée d'une lettre tapée à la machine; il y avait aussi un mot manuscrit d'Eichmann m'invitant chez lui pour le lendemain soir. Conduit par Piontek, je passai d'abord acheter des fleurs — un nombre impair, comme j'avais appris à le faire en Russie — et du chocolat. Puis je me fis déposer à la Kurfürstenstrasse. Eichmann avait son appartement dans une aile annexe de son bureau, aménagée aussi pour des officiers célibataires de passage. Il m'ouvrit lui-même, vêtu en civil : « *Ach!* Sturmbannführer Aue. J'aurais dû vous dire de ne pas venir en uniforme. C'est une soirée en toute simplicité. Enfin, ça ne fait rien. Entrez, entrez. » Il me présenta à sa femme, Vera, une petite Autrichienne à la personnalité effacée, mais qui rougit de plaisir et eut un sourire charmant lorsque je lui tendis les fleurs avec une courbette. Eichmann fit s'aligner deux de ses enfants, Dieter, qui devait avoir six ans, et Klaus. « Le petit Horst dort déjà », dit Frau Eichmann. — « C'est notre dernier, ajouta son mari. Il n'a pas encore un an. Venez, je vais vous présenter. » Il me mena au salon où se trouvaient déjà plusieurs hommes et femmes, debout ou assis sur des canapés. Il y avait là, si je me souviens bien, le Hauptsturmführer Novak, un Autrichien d'origine croate aux traits fermes et allongés, assez beau mais curieusement méprisant; Boll, le violoniste; et quelques autres dont j'ai malheureusement oublié le nom, tous collègues d'Eichmann, avec leurs épouses. « Günther va passer aussi, mais seulement pour un thé. Il se joint rarement à nous. » — « Je vois que vous cultivez l'esprit de camaraderie au sein de votre section. » — « Oui, oui. J'aime avoir des relations cordiales avec mes subordonnés. Que voulez-vous boire? Un petit schnaps? *Krieg ist Krieg...* » Je ris et il se joignit à moi : « Vous avez bonne mémoire, Herr Obersturmbannführer. » Je pris le verre et le levai : « Cette fois, je bois à la santé de votre charmante famille. » Il claqua des talons et inclina la tête : « Merci. » Nous discutâmes un peu, puis Eichmann me mena au buffet pour me montrer une photographie encadrée de noir, représentant un homme encore jeune en uniforme. « Votre frère? » demandai-je. — « Oui. » Il me regarda avec son curieux air d'oiseau, particulièrement accentué sous cette lumière par son nez busqué et ses oreilles décollées. « J'imagine que vous ne l'avez pas croisé, là-bas? » Il cita une division et je secouai la tête : « Non. Je suis arrivé assez tard, après l'encerclement. Et j'ai rencontré peu de monde. » — « Ah, je vois. Helmut est tombé pendant une des offensives de l'automne. Nous ne connaissons pas les circonstances exactes mais

nous avons reçu une notification officielle. » — « Tout cela a été un dur
sacrifice », dis-je. Il se frotta les lèvres : « Oui. Espérons que ça n'a pas
été en vain. Mais je crois au génie du Führer. »

Frau Eichmann servait des gâteaux et du thé ; Günther arriva, prit
une tasse, et se posta dans un coin pour la boire, sans parler avec qui
que ce soit. Je l'observais à la dérobée tandis que les autres discutaient.
C'était un homme visiblement très fier, jaloux de son maintien opaque
et fermé, qu'il dressait devant ses collègues plus bavards comme un
reproche muet. On le disait fils de Hans F. K. Günther, le doyen de
l'anthropologie raciale allemande, dont l'œuvre avait alors une
influence immense ; si c'était vrai, celui-ci pouvait être fier de son reje-
ton, passé de la théorie à la mise en œuvre. Il s'éclipsa en disant distraitement au revoir au bout d'une petite demi-heure. On passait à la
musique : « Toujours avant le dîner, me signifia Eichmann. Après, on
est trop occupé à digérer pour bien jouer. » Vera Eichmann se mit à
l'alto et un autre officier déballa un violoncelle. Ils jouèrent deux des
trois quatuors à cordes de Brahms, agréables, mais de peu d'intérêt
pour mon goût ; l'exécution était convenable, sans grandes surprises :
seul le violoncelliste avait un talent particulier. Eichmann jouait posément, méthodiquement, les yeux rivés à sa partition ; il ne faisait pas de
fautes, mais ne semblait pas comprendre que cela ne suffisait pas. Je me
rappelai alors son commentaire de l'avant-veille : « Boll joue mieux que
moi et Heydrich jouait mieux encore. » Peut-être qu'après tout il le
comprenait, et acceptait ses limites, tirant du plaisir du peu auquel il
parvenait.

J'applaudis vigoureusement ; Frau Eichmann en sembla particulièrement flattée. « Je vais coucher les enfants, dit-elle. Ensuite, nous passerons à table. » Nous reprîmes un verre en l'attendant : les femmes
parlaient du rationnement ou des rumeurs, les hommes des dernières
nouvelles, peu intéressantes, car le front restait stable et il ne s'était rien
passé depuis la chute de Tunis. L'ambiance était informelle, *gemütlich* à
l'autrichienne, un rien exagérée. Puis Eichmann nous invita à passer
dans la salle à manger. Il désigna lui-même les places, me mettant à sa
droite, à la tête de la table. Il déboucha quelques bouteilles de vin du
Rhin et Vera Eichmann apporta un rôti avec une sauce aux baies et des
haricots verts. Cela me changeait de la cuisine immangeable de Frau
Gutknecht et même de la cantine ordinaire de la SS-Haus. « Délicieux,
complimentai-je Frau Eichmann. Vous êtes une cuisinière hors pair. »
— « Oh, j'ai de la chance. Dolfi arrive souvent à trouver des denrées
rares. Les magasins sont presque vides. » Inspiré, je me laissai aller à un

portrait à charge de ma logeuse, commençant par sa cuisine puis dérivant sur d'autres traits. « Stalingrad ? faisais-je en imitant son patois et sa voix. Mais qu'est-ce que vous êtes bien allés foutre là-bas ? On n'est pas bien, ici ? Et puis c'est où, d'abord ? » Eichmann riait et s'étranglait avec son vin. Je continuais : « Un jour, le matin, je sors en même temps qu'elle. On voit passer un porteur d'étoile, sans doute un *Mischling* privilégié. Elle qui s'exclame : *Oh ! Regardez, Herr Offizier, un Juif ! Vous l'avez pas encore gazé, celui-là ?* » Tout le monde riait, Eichmann pleurait de rire et se cachait le visage dans sa serviette. Seule Frau Eichmann gardait son sérieux : lorsque je m'en rendis compte, je m'interrompis. Elle semblait vouloir poser une question, mais se retint. Pour me donner contenance, je versai du vin à Eichmann : « Buvez, allez. » Il riait encore. La conversation prenait un autre tour et je mangeai ; un des convives racontait une histoire drôle sur Göring. Eichmann prit un air grave et se tourna vers moi : « Sturmbannführer Aue, vous avez fait des études. Je voudrais vous poser une question, une question sérieuse. » Je lui fis signe avec ma fourchette de continuer. « Vous avez lu Kant, je suppose ? En ce moment, poursuivit-il en se frottant les lèvres, je lis la *Critique de la raison pratique*. Bien entendu, un homme comme moi, sans formation universitaire je veux dire, ne peut pas tout comprendre. Néanmoins on peut comprendre certaines choses. Et j'ai beaucoup réfléchi, surtout, à la question de l'Impératif kantien. Vous êtes, j'en suis sûr, d'accord avec moi pour dire que tout homme honnête doit vivre selon cet impératif. » Je bus une gorgée de vin et acquiesçai. Eichmann continuait : « L'Impératif, tel que je le comprends, dit : Le principe de ma volonté individuelle doit être tel qu'il puisse devenir le principe de la Loi morale. En agissant, l'homme légifère. » Je m'essuyai la bouche : « Je crois voir où vous voulez en venir. Vous vous demandez si notre travail s'accorde avec l'Impératif kantien. » — « Ce n'est pas tout à fait ça. Mais un de mes amis, qui lui aussi s'intéresse à ce genre de questions, affirme qu'en temps de guerre, en vertu si vous voulez de l'état d'exception causé par le danger, l'Impératif kantien est suspendu, car bien entendu, ce que l'on souhaite faire à l'ennemi, on ne souhaite pas que l'ennemi nous le fasse, et donc ce que l'on fait ne peut pas devenir la base d'une loi générale. C'est son avis, vous voyez bien. Or moi, je sens qu'il a tort, et qu'en fait par notre fidélité au devoir, en quelque sorte, par obéissance aux ordres supérieurs... que justement il faut mettre notre volonté à mieux remplir les ordres. À les vivre de manière positive. Mais je n'ai pas encore trouvé l'argument imparable pour lui prouver qu'il a tort. » — « Pourtant, c'est assez simple, je pense. Nous sommes tous d'accord que dans un État national-socialiste le fondement ultime de la loi positive est la volonté du Führer. C'est le principe bien connu *Führerworte haben Gesetzeskraft*. Bien entendu, nous reconnaissons qu'en pratique le Führer ne peut pas s'occuper de tout et que donc d'autres doivent aussi agir et légiférer en son nom. En principe, cette idée devrait être étendue au *Volk* entier. C'est ainsi que le Dr. Frank, dans son traité sur le droit constitutionnel, a étendu la définition du *Führerprinzip* de la manière suivante : *Agissez de manière que le Führer, s'il connaissait votre action, l'approuverait*. Il n'y a aucune contradiction entre ce principe et l'Impératif de Kant. » — « Je vois, je vois. *Frei sein ist Knecht*, Être libre, c'est être un vassal, comme dit le vieux proverbe allemand. » — « Précisément. Ce principe est applicable à tout membre de la *Volksgemeinschaft*. Il faut vivre son national-socialisme en vivant sa propre volonté comme celle du Führer et donc, pour reprendre les termes de Kant, comme fondement de la *Volksrecht*. Celui qui ne fait qu'obéir aux ordres comme une mécanique, sans les examiner de manière critique pour en pénétrer la nécessité intime, ne travaille pas en direction du Führer ; la plupart du temps, il s'en éloigne. Bien entendu, le principe même du droit constitutionnel *völkisch* est le *Volk* : il ne s'applique pas en dehors du *Volk*. L'erreur de votre ami, c'est de faire appel à un droit supranational entièrement mythique, une invention aberrante de la Révolution française. Tout droit doit reposer sur un fondement. Historiquement, celui-ci a toujours été une fiction ou une abstraction, Dieu, le Roi ou le Peuple. Notre grande avancée a été de fonder le concept juridique de la Nation sur quelque chose de concret et d'inaliénable : le *Volk*, dont la volonté collective s'exprime par le Führer qui le représente. Quand vous dites *Frei sein ist Knecht*, il faut comprendre que le premier vassal de tous, c'est précisément le Führer, car il n'est rien d'autre que pur service. Nous ne servons pas le Führer en tant que tel mais en tant que représentant du *Volk*, nous servons le *Volk* et devons le servir comme le sert le Führer, avec une abnégation totale. C'est pourquoi, confronté à des tâches douloureuses, il faut s'incliner, maîtriser ses sentiments, et les accomplir avec fermeté. » Eichmann écoutait de manière attentive, le cou tendu, les yeux fixes derrière ses grosses lunettes. « Oui, oui, dit-il avec chaleur, je vous comprends tout à fait. Notre devoir, notre accomplissement du devoir, c'est la plus haute expression de notre liberté humaine. » — « Absolument. Si notre volonté est de servir notre Führer et notre *Volk*, alors, par définition, nous sommes aussi porteurs du principe de la loi du *Volk*, telle qu'elle est exprimée par le Führer ou dérivée de sa volonté. »

— « Excusez-moi, intervint un des commensaux, mais Kant de toute façon n'était-il pas antisémite ? » — « Certes, répondis-je. Mais son antisémitisme restait purement religieux, tributaire de sa croyance en la vie future. Ce sont là des conceptions que nous avons largement dépassées. » Frau Eichmann, aidée d'une des invitées, débarrassait la table. Eichmann servait du schnaps et allumait une cigarette. Pendant quelques minutes, le bavardage reprit. Je bus mon schnaps et fumai aussi. Frau Eichmann servit du café. Eichmann me fit signe : « Venez avec moi. Je veux vous montrer quelque chose. » Je le suivis dans sa chambre à coucher. Il alluma la lumière, m'indiqua une chaise, tira une clef de sa poche, et, tandis que je m'asseyais, il ouvrit un tiroir de son bureau et en sortit un album assez épais relié en cuir noir granulé. Les yeux brillants, il me le tendit et s'assit sur le lit. Je le feuilletai : il s'agissait d'une série de rapports, certains sur papier bristol, d'autres sur papier ordinaire, et de photographies, le tout relié en un album comme celui que j'avais conçu à Kiev après la *Grosse Aktion*. La page de titre, calligraphiée en lettres gothiques, annonçait : LE QUARTIER JUIF DE VARSOVIE N'EXISTE PLUS ! « Qu'est-ce que c'est ? » demandai-je. — « Ce sont les rapports du Brigadeführer Stroop sur la répression du soulèvement juif. Il a offert cet album au Reichsführer, qui me l'a communiqué pour que je l'étudie. » Il en rayonnait de fierté. « Regardez, regardez, c'est étonnant. » J'examinai les clichés : il y en avait d'impressionnants. Des bunkers fortifiés, des immeubles incendiés, des Juifs sautant des toits pour échapper aux flammes ; puis les décombres du quartier après la bataille. La Waffen-SS et les forces auxiliaires avaient dû réduire les poches de résistance à l'artillerie, à bout portant. « Ça a duré presque un mois, chuchota Eichmann en se mordillant une cuticule. Un mois ! Avec plus de six bataillons. Regardez au début, la liste des pertes. » La première page dénombrait seize morts, dont un policier polonais. Suivait une longue liste de blessés. « Qu'est-ce qu'ils avaient comme armes ? » demandai-je. — « Pas grand-chose, heureusement. Quelques mitrailleuses, des grenades et des pistolets, des bouteilles incendiaires. » — « Comment est-ce qu'ils les ont obtenus ? » — « Sans doute auprès des partisans polonais. Ils se sont battus comme des loups, vous avez vu ? Des Juifs affamés depuis trois ans. Les Waffen-SS étaient choqués. » C'était presque la même réaction que Thomas, mais Eichmann semblait plus effrayé qu'admiratif. « Le Brigadeführer Stroop affirme que même les femmes cachaient des grenades sous leurs jupes pour se faire sauter avec un Allemand lorsqu'elles se rendaient. » — « C'est compréhensible, fis-je. Elles savaient ce qui les attendait. Le quartier a été entièrement vidé ? » — « Oui. Tous les Juifs pris vivants ont été dirigés sur Treblinka. C'est un des centres dirigés par le Gruppenführer Globocnik. » — « Sans sélection. » — « Bien sûr ! Beaucoup trop dangereux. Vous savez, encore une fois, c'est l'Obergruppenführer Heydrich qui avait raison. Il comparait cela à une maladie : c'est toujours le résidu final qui est le plus difficile à détruire. Les faibles, les vieux disparaissent tout de suite ; à la fin, il ne reste plus que les jeunes, les forts, les rusés. C'est très inquiétant, parce que c'est le produit de la sélection naturelle, le vivier biologique le plus fort : si ceux-là survivent, dans cinquante ans tout est à recommencer. Je vous ai déjà expliqué que ce soulèvement nous a beaucoup inquiétés. Si cela se reproduit, ce pourrait être une catastrophe. Il ne faut leur laisser aucune opportunité. Imaginez une pareille révolte dans un camp de concentration ! Impensable. » — « Pourtant, il nous faut des travailleurs, vous le savez bien. » — « Bien sûr, ce n'est pas moi qui décide. Je voulais simplement souligner les risques. La question du travail, je vous l'ai déjà dit, ce n'est pas du tout mon domaine, et chacun a ses idées. Mais bon : comme le dit souvent l'Amtchef, *on ne peut pas raboter une planche sans que les éclats volent*. C'est tout ce que je veux dire. » Je lui rendis l'album. « Merci de m'avoir montré cela, c'était très intéressant. » Nous rejoignîmes les autres ; déjà, les premiers invités prenaient congé. Eichmann me retint pour un dernier verre, puis je m'excusai en remerciant Frau Eichmann et en lui baisant la main. Dans le couloir d'entrée, Eichmann me donna une tape amicale dans le dos : « Permettez-moi, Sturmbannführer, vous êtes un type bien. Pas un de ces aristos en gants de daim du SD. Non, vous êtes réglo. » Il devait avoir un peu trop bu, ça le rendait sentimental. Je le remerciai et lui serrai la main, le laissant sur le pas de sa porte, les mains dans les poches, souriant d'un côté de la bouche.

Si j'ai décrit si longuement ces rencontres avec Eichmann, ce n'est pas que je m'en souvienne mieux que d'autres : mais ce petit Obersturmbannführer, entre-temps, est devenu en quelque sorte une célébrité, et je pensais que mes souvenirs, éclairant son personnage, pourraient intéresser le public. On a écrit beaucoup de bêtises sur lui : ce n'était certainement pas *l'ennemi du genre humain* qu'on a décrit à Nuremberg (comme il n'était pas là, c'était facile de tout lui mettre sur le dos, d'autant que les juges comprenaient peu de chose au fonctionnement de nos services) ; il n'était pas non plus une incarnation du *mal banal*, un robot sans âme et sans visage, comme on a voulu le présenter après son procès. C'était un bureaucrate de grand talent, extrêmement compétent dans ses fonctions, avec une envergure certaine et un sens de l'initiative personnelle considérable, mais uniquement dans le cadre de tâches délimitées : dans un poste à responsabilité, où il aurait dû prendre des décisions, à la place de son Amtchef Müller par exemple, il aurait été perdu ; mais comme cadre moyen il aurait fait la fierté de n'importe quelle entreprise européenne. Je n'ai jamais vu qu'il nourrissait une haine particulière envers les Juifs : simplement, il avait bâti sa carrière là-dessus, c'était devenu non seulement sa spécialité, mais en quelque sorte son fonds de commerce, et plus tard, lorsqu'on voulut le lui ôter, il l'a défendu jalousement, ce qui se comprend. Mais il aurait tout aussi bien pu faire autre chose, et lorsqu'il dit à ses juges qu'il pensait que l'extermination des Juifs était une erreur, on peut le croire ; beaucoup, au RSHA et surtout au SD, pensaient de même, je l'ai déjà montré ; mais une fois la décision prise, il fallait la mener à bien, de cela il était très conscient ; de plus, sa carrière en dépendait. Ce n'était certes pas le genre de personne que j'aimais fréquenter, sa capacité à penser par lui-même était des plus limitées, et en rentrant chez moi, ce soir-là, je me demandais pourquoi j'avais été si expansif, pourquoi j'étais rentré si facilement dans cette ambiance familiale et sentimentale qui d'habitude me répugne tant. Peut-être que moi aussi, j'avais un peu besoin de me sentir appartenir à quelque chose. Lui, son intérêt était clair, j'étais un allié potentiel dans une sphère élevée où il n'aurait normalement eu aucun accès. Mais malgré toute sa cordialité je savais que je restais pour lui un étranger à son département, et donc une menace potentielle pour ses compétences. Et je pressentais qu'il affronterait avec ruse et obstination tout obstacle à ce qu'il considérait être son objectif, qu'il n'était pas homme à se laisser facilement contrer. Je comprenais bien ses appréhensions, face au danger posé par des concentrations de Juifs : mais pour moi ce danger, s'il le fallait, pouvait être minimisé, il fallait simplement y réfléchir et prendre les mesures adéquates. Pour le moment, je gardais un esprit ouvert, je n'étais arrivé à aucune conclusion, je réservais mon jugement jusqu'à ce que mon analyse soit achevée.

Et l'Impératif kantien ? À vrai dire, je n'en savais trop rien, j'avais raconté un peu n'importe quoi à ce pauvre Eichmann. En Ukraine ou au Caucase, des questions de cet ordre me concernaient encore, je m'affligeais des difficultés et en discutais avec sérieux, avec le sentiment qu'il s'agissait là de problèmes vitaux. Mais ce sentiment semblait s'être

perdu. Où cela, à quel moment ? À Stalingrad ? Ou après ? J'avais cru
un moment sombrer, submergé par les histoires remontées du fond de
mon passé. Et puis, avec la mort stupide et incompréhensible de ma
mère, ces angoisses aussi avaient disparu : le sentiment qui me dominait
à présent était une vaste indifférence, non pas morne, mais légère et
précise. Mon travail seul m'engageait, je sentais qu'on m'avait proposé
là un défi stimulant qui ferait appel à toutes mes capacités, et je souhaitais réussir — non pas en vue d'un avancement, ou d'ambitions ulté-
rieures, je n'en avais aucune, mais simplement pour jouir de la
satisfaction de la chose bien faite. C'est dans cet état d'esprit que je suis
parti pour la Pologne, accompagné de Piontek, et laissant Fräulein
Praxa à Berlin s'occuper de mon courrier, de mon loyer et de ses ongles.
J'avais choisi pour débuter mon voyage un moment opportun : mon
ancien supérieur au Caucase, Walter Bierkamp, remplaçait l'Oberführer Schöngarth comme BdS du General-Gouvernement, et, l'ayant
appris par Brandt, je m'étais fait inviter à la présentation. Ceci se passait à la mi-juin 1943. La cérémonie se déroulait à Cracovie, dans la
cour intérieure du Wawel, un édifice magnifique, même avec ses hautes
et fines colonnades cachées sous les bannières. Hans Frank, le General-
Gouverneur, prononça un long discours du haut d'une estrade dressée
au fond de la cour, entouré de dignitaires et d'une garde d'honneur, un
peu ridicule dans son uniforme brun de la SA avec sa haute casquette
en tuyau de poêle dont la sangle lui sciait les bajoues. La franchise crue
du discours me surprit, je m'en souviens encore, car il y avait là un audi-
toire considérable, non seulement des représentants de la SP et du SD,
mais aussi des Waffen-SS, des fonctionnaires du GG, et des officiers de
la Wehrmacht. Frank félicitait Schöngarth, qui se tenait debout derrière
lui, raide et dépassant Bierkamp d'une tête, pour ses *réussites dans la
mise en œuvre d'aspects difficiles du national-socialisme.* Ce discours a
survécu dans les archives, en voici un extrait qui donne bien le ton :
*Dans un état de guerre, où la victoire est en jeu, où nous regardons l'éter-
nité dans les yeux, ceci est un problème extrêmement difficile. Comment,
demande-t-on souvent, le besoin de coopérer avec une culture étrangère
peut-il être réconcilié avec le but idéologique — disons — d'éliminer le*
Volkstum *polonais ? Comment le besoin de maintenir une production
industrielle est-il compatible avec le besoin, par exemple, de détruire les
Juifs ?* C'étaient de bonnes questions, mais je trouvais étonnant qu'elles
soient exposées aussi ouvertement. Un fonctionnaire du GG m'assura
plus tard que Frank parlait toujours ainsi, et que de toute façon en
Pologne l'extermination des Juifs n'était un secret pour personne.

Frank, qui avait dû être un bel homme avant que la graisse ne lui noie le visage, parlait d'une voix forte mais pipée, un peu hystérique ; il ne cessait de se dresser sur la pointe des pieds, tendant sa bedaine par-dessus le podium, et d'agiter la main. Schöngarth, un homme au front haut et carré, et qui parlait d'une voix posée et un peu pédantesque, prononça lui aussi un discours, suivi de Bierkamp, dont je ne pouvais m'empêcher de trouver les proclamations de foi nationales-socialistes un peu hypocrites (mais sans doute avais-je du mal à lui pardonner le mauvais tour qu'il m'avait joué). Lorsque je vins le féliciter, lors de la réception, il fit mine d'être ravi de me voir : « Sturmbannführer Aue ! J'ai entendu dire que vous vous êtes comporté héroïquement, à Stalingrad. Mes félicitations ! Je n'avais jamais douté de vous. » Son sourire, dans son petit visage de loutre, semblait une grimace ; mais il était tout à fait possible qu'il eût effectivement oublié ses dernières paroles, à Vorochilovsk, peu compatibles avec ma nouvelle situation. Il me posa quelques questions sur mes fonctions et m'assura de l'entière coopération de ses services, me promettant une lettre de recommandation pour ses subordonnés de Lublin, où je comptais commencer mon inspection ; il me raconta aussi, entre deux verres, comment il avait ramené le groupe D par la Biélorussie, où, rebaptisé *Kampfgruppe Bierkamp*, il avait été affecté à la lutte antipartisans, surtout au nord des marécages du Pripet, participant aux grandes opérations de ratissage, comme celle baptisée « Cottbus » qui venait de se conclure à l'époque de son transfert en Pologne. Quant à Korsemann, me chuchota-t-il sur un ton confidentiel, il avait mal agi et était sur le point de perdre son poste ; on parlait de le juger pour lâcheté devant l'ennemi, il serait pour le moins dégradé et envoyé se racheter au front. « Il aurait dû prendre exemple sur quelqu'un comme vous. Mais ses complaisances envers la Wehrmacht lui coûtent cher. » Ces paroles me firent sourire : pour un homme comme Bierkamp, visiblement, le succès était tout. Lui-même ne s'était pas si mal débrouillé ; BdS, c'était un poste important, surtout au General-Gouvernement. Moi non plus, je ne mentionnai pas le passé. Ce qui comptait, c'était le présent, et si Bierkamp pouvait m'aider, tant mieux.

Je passai quelques jours à Cracovie, pour assister à des réunions et aussi pour profiter un peu de cette si belle ville. Je visitai l'ancien quartier juif, le Kasimierz, maintenant occupé par des Polonais hâves, maladifs et galeux, déplacés par la germanisation des « territoires incorporés ». Les synagogues n'avaient pas été détruites : Frank, disait-on, tenait à ce que subsistent quelques traces matérielles du judaïsme polonais, pour l'édification des générations futures. Certaines servaient d'entrepôts, d'autres restaient fermées ; je me fis ouvrir les deux plus anciennes, autour de la longue place Szeroka. La synagogue dite « Vieille », qui datait du xvᵉ siècle, avec sa longue annexe à toit crénelé ajoutée pour les femmes au xvıᵉ ou au début du xvııᵉ siècle, servait à la Wehrmacht pour stocker des vivres et des pièces détachées ; la façade en brique, maintes fois remodelée, avec des fenêtres borgnes, des arches en calcaire blanc, et des pierres de grès serties un peu au hasard, avait un charme presque vénitien, et devait d'ailleurs beaucoup aux architectes italiens œuvrant en Pologne et en Galicie. La synagogue Remuh, à l'autre extrémité de la place, était une petite bâtisse exiguë et enfumée, sans intérêt architectural ; du grand cimetière juif qui l'entourait, et qui aurait certainement valu la peine d'être visité, il ne restait plus qu'un terrain vague et désolé, les anciennes pierres tombales ayant été emportées comme matériau de construction. Le jeune officier de la *Gestapostelle* qui m'accompagnait connaissait très bien l'histoire du judaïsme polonais, et il m'indiqua l'emplacement de la tombe du rabbin Moïse Isserles, un célèbre talmudiste. « Dès que le prince Mieszko a commencé, au xᵉ siècle, à imposer la foi catholique en Pologne, m'expliqua-t-il, les Juifs sont apparus pour faire le commerce du sel, du blé, des fourrures, du vin. Comme ils enrichissaient les rois, ils obtenaient franchise sur franchise. Le peuple, à cette époque, était encore païen, sain et frais, à part quelques orthodoxes à l'Est. Ainsi les Juifs ont aidé le catholicisme à s'implanter en terre polonaise, et en échange, le catholicisme protégeait les Juifs. Bien longtemps après la conversion du peuple, les Juifs ont gardé cette position d'agents des puissants, aidant les *pan* à saigner les paysans par tous les moyens, leur servant d'intendants, d'usuriers, tenant tout le commerce fermement entre leurs mains. D'où la persistance et la force de l'antisémitisme polonais : pour le peuple polonais, le Juif a toujours été un exploiteur, et même s'ils nous haïssent profondément, par ailleurs, ils approuvent notre solution au problème juif du fond du cœur. Cela est vrai aussi pour les partisans de l'*Armia Krajova*, qui sont tous catholiques et bigots, même si ça l'est un peu moins pour les partisans communistes, qui sont obligés, parfois à contrecœur, de suivre la ligne du Parti et de Moscou. » — « Pourtant, l'AK a vendu des armes aux Juifs de Varsovie. » — « Leurs plus mauvaises armes, en quantités ridicules, à des prix exorbitants. D'après nos informations, ils n'ont accepté de les vendre que sur ordre direct de Londres, où les Juifs manipulent leur soi-disant gouvernement en exil. » — « Et combien de Juifs reste-t-il, maintenant ? » — « Je ne connais pas le chiffre exact. Mais je peux vous assurer qu'avant la fin de l'année tous les ghettos seront liquidés. En dehors de nos camps et d'une poignée de partisans, il ne restera plus de Juifs en Pologne. Alors il sera enfin temps de s'occuper sérieusement de la question polonaise. Eux aussi devront se soumettre à une diminution démographique importante. » — « Totale ? » — « Totale, je ne sais pas. Les bureaux économiques sont en train d'y réfléchir et de faire des calculs. Mais elle sera conséquente, le surpeuplement est bien trop important. Sans cela, cette région ne pourra jamais prospérer et fleurir. »

La Pologne ne sera jamais un beau pays mais certains de ses paysages ont un charme mélancolique. Il fallait environ une demi-journée pour se rendre de Cracovie à Lublin. Le long de la route, de grands et mornes champs de patates, entrecoupés de canaux d'irrigation, alternaient avec des bois de pins sylvestres et de bouleaux, au sol nu, sans broussailles, sombres et muets et comme fermés à la belle lumière de juin. Piontek conduisait d'une main sûre, gardant une vitesse égale. Ce père de famille taciturne était un excellent compagnon de voyage : il ne parlait que lorsqu'on lui adressait la parole, et s'acquittait de ses tâches avec calme et méthode. Tous les matins, je trouvais mes bottes cirées et mon uniforme brossé et repassé ; lorsque je sortais, l'Opel attendait, lavée de la poussière ou de la boue de la veille. Aux repas, Piontek mangeait avec appétit et buvait peu, et entre eux, il ne demandait jamais rien. Je lui avais tout de suite confié notre enveloppe de voyage et il tenait méticuleusement à jour le cahier de comptes, notant chaque pfennig dépensé avec un bout de crayon humecté entre ses lèvres. Il parlait un allemand râpeux, avec un fort accent, mais correct, et se débrouillait aussi en polonais. Il était né près de Tarnowitz ; en 1919, après la partition, sa famille et lui s'étaient retrouvés citoyens polonais, mais avaient choisi de rester là, pour ne pas perdre leur lopin de terre ; puis son père avait été tué dans une émeute, lors des journées troubles qui avaient précédé la guerre : Piontek m'assurait qu'il s'était agi d'un accident, et ne blâmait pas ses anciens voisins polonais, pour la plupart expulsés ou arrêtés lors de la réincorporation de cette partie de la Haute-Silésie. Redevenu citoyen du Reich, il avait été mobilisé et avait échoué dans la police, et de là, il ne savait pas trop comment, il s'était vu affecter au service du *Persönlicher Stab* à Berlin. Sa femme, ses deux fillettes et sa vieille mère habitaient toujours leur ferme, et il ne les voyait pas souvent, mais leur envoyait la meilleure part de son salaire ; eux lui expédiaient en retour de quoi suppléer à l'ordinaire, un poulet, une demi-oie, assez pour régaler quelques camarades. Une fois, je lui avais demandé si sa famille ne lui manquait pas : Surtout les fillettes, m'avait-il répondu, il regrettait de ne pas les voir grandir ; mais il ne se plaignait pas ; il savait qu'il avait de la chance, et que ça valait bien mieux que de se geler le cul en Russie. « Sauf votre respect, Herr Sturmbannführer. »

À Lublin, comme à Cracovie, je m'installai à la *Deutsche Haus*. La salle du bar, à notre arrivée, était déjà animée ; j'avais fait prévenir, ma chambre était réservée ; Piontek, lui, dormait dans une chambrée pour hommes de troupe. Je montai mes affaires et demandai de l'eau chaude pour me laver. Une vingtaine de minutes plus tard on frappa à ma porte, et une jeune servante polonaise entra avec deux seaux fumants. Je lui indiquai la salle de bains et elle alla les poser. Comme elle ne ressortait pas, j'allai voir ce qu'elle faisait : je la trouvai à moitié nue, déshabillée jusqu'à la taille. Interloqué, je contemplai ses joues rouges, ses petits seins menus mais charmants ; les poings sur la taille, elle me fixait avec un sourire impudique. « Qu'est-ce que tu fais ? » demandai-je sévèrement. — « Moi... laver... toi », répondit-elle en un allemand haché. Je pris sa blouse sur le tabouret où elle l'avait posée et la lui tendis : « Rhabille-toi et sors. » Elle obéit avec le même naturel. C'était la première fois qu'une chose semblable m'arrivait : les *Deutsche Häuser* que je connaissais étaient strictement tenues ; or visiblement ce devait être ici une pratique courante, et je ne doutais pas un instant qu'il n'y avait aucune obligation de s'en tenir au bain. La fille sortie, je me déshabillai, me lavai, et, changé en uniforme de ville (pour les longs déplacements, à cause de la poussière, je passais un uniforme gris de campagne), je descendis. Une foule bruyante emplissait maintenant le bar et la salle du restaurant. Je sortis dans la cour arrière pour fumer et trouvai Piontek debout, cigarette au bec, en train de regarder deux adolescents laver notre véhicule. « Où est-ce que tu les a trouvés ? » demandai-je. — « C'est pas moi, Herr Sturmbannführer. C'est la *Haus*. Le garagiste s'en plaint, d'ailleurs, il disait qu'il pouvait avoir des Juifs gratuitement, mais que les officiers faisaient des scènes si un Juif touchait leur voiture. Alors il paye des Polonais comme ceux-là, un reichsmark par jour. » (Même en Pologne, c'était une somme ridicule. Une nuit à la *Deutsche Haus*, pourtant subventionnée, avec trois repas, me revenait à environ douze reichsmarks ; un moka à Cracovie coûtait un reichsmark cinquante.) Je regardai avec lui les jeunes Polonais laver la voiture. Puis je l'invitai à dîner. Il fallut nous frayer un chemin à travers la cohue pour trouver un coin de table libre. Les hommes buvaient, braillaient comme pour le plaisir d'entendre leur propre voix. Il y avait là des SS, des Orpo, des hommes de la Wehrmacht et de l'organisation Todt ; presque tout le monde était en uniforme, y compris plusieurs femmes, sans doute des dactylos ou des secrétaires. Des serveuses polonaises avançaient péniblement avec des plateaux chargés de bières et de victuailles. Le repas était copieux : du rôti en tranches, de la betterave, des pommes de terre assaisonnées. En mangeant j'observais la foule. Beaucoup ne faisaient que boire. Les serveuses peinaient : les hommes, déjà ivres, leur palpaient au passage les seins ou le derrière, et comme elles avaient les mains pleines, elles ne pouvaient pas se défendre. Près du long bar se tenait un groupe en uniforme de la « SS-Totenkopf », sans doute du personnel du camp de Lublin, avec parmi eux deux femmes, des *Aufseherinnen* j'imagine. L'une d'elles, qui buvait du cognac, avait un visage masculin et riait beaucoup ; elle tenait une cravache dont elle tapotait ses hautes bottes. À un moment, une des serveuses se trouva bloquée près d'eux : l'*Aufseherin* tendit sa cravache et lentement, sous les rires de ses camarades, lui remonta la jupe par-derrière, jusqu'aux fesses. « Ça te plaît, Erich ! s'exclama-t-elle. Pourtant elle a le cul crasseux, comme toutes les Polonaises. » Les autres riaient de plus belle : elle laissa retomber la jupe et cravacha le derrière de la fille, qui poussa un cri et dut faire un effort pour ne pas renverser ses bières. « Allez, avance, truie ! cria l'*Aufseherin*. Tu empestes. » L'autre femme gloussait et se frottait impudiquement contre un des sous-officiers. Au fond de la salle, sous une arche, des Orpo jouaient au billard en poussant de grands cris ; près d'eux, je remarquai la jeune servante qui m'avait apporté l'eau chaude, elle se tenait assise sur les genoux d'un ingénieur de l'OT qui lui avait passé la main sous la blouse et la tripotait tandis qu'elle riait et caressait son front dégarni. « Décidément, dis-je à Piontek, il y a de l'ambiance, à Lublin. » — « Ouais. C'est connu pour ça. » Après le repas, je pris un cognac et un petit cigare hollandais ; la *Haus* en avait un présentoir plein, au bar, on pouvait choisir parmi plusieurs marques de bonne qualité. Piontek était allé se coucher. On avait mis de la musique et des couples dansaient ; la seconde *Aufseherin*, visiblement ivre, tenait son cavalier par les fesses ; une secrétaire SS se laissait embrasser la gorge par un Leutnant de l'intendance. Cette atmosphère étouffante, grasse et lubrique, emplie de bruit, me tendait les nerfs, ruinait le plaisir que je prenais à être en voyage, le joyeux sentiment de liberté que j'avais éprouvé pendant la journée sur les grandes routes presque désertes. Et impossible d'échapper à cette ambiance grinçante, sordide, cela vous poursuivait jusqu'aux gogues. Pourtant la grande salle était remarquablement propre, carrelée de blanc jusqu'au plafond, avec des portes en gros chêne, des miroirs, de beaux éviers en porcelaine et des robinets en laiton pour l'eau courante ; les stalles aussi étaient blanches et propres, on devait régulièrement frotter les toilettes à la turque. Je défis mon pantalon et m'accroupis ; lorsque j'eus fini, je cherchai du papier, il ne semblait pas y en avoir ; alors je sentis quelque chose me toucher le derrière ; je fis un bond et me retournai, tremblant, cherchant déjà mon arme de service, la culotte ridiculement baissée : une main d'homme était tendue par un trou dans le mur et attendait, la paume en l'air. Un peu de merde fraîche tachait déjà le bout des doigts, là où ils m'avaient touché. « Va-t'en ! hurlai-je. Va-t'en ! » Lentement, la main se retira du trou. J'éclatai d'un rire nerveux : c'était immonde, ils étaient vraiment devenus fous, à Lublin. Heureusement je gardais toujours quelques carrés de papier journal dans ma tunique, une bonne précaution en voyage. Je me torchai rapidement et m'enfuis, sans tirer la chasse d'eau. En rentrant dans la salle j'avais l'impression que tout le monde allait me regarder, mais personne ne faisait attention, ils buvaient et criaillaient, avec des rires brutaux ou hystériques, crus, comme une cour médiévale. Ébranlé, je m'accoudai au bar et commandai un autre cognac ; en buvant, je regardai le gros Spiess du KL, avec l'*Aufseherin*, et, pensée répugnante, me le figurais accroupi, se faisant torcher le cul avec délice par une main polonaise. Je me demandai aussi si les W-C des femmes bénéficiaient d'un dispositif semblable : à les regarder, je me disais que oui. J'achevai mon cognac d'un trait et montai me coucher ; je dormis mal, à cause du bruit, mais néanmoins mieux que le pauvre Piontek : des Orpo avaient ramené des Polonaises dans la chambrée, et passèrent la nuit à forniquer dans les lits à côté du sien, sans gêne, s'échangeant les filles et le charriant parce qu'il n'en voulait pas. « Ils les payent en boîtes de conserves », m'expliqua-t-il laconiquement au petit déjeuner.

De Cracovie, j'avais déjà, par téléphone, fixé rendez-vous au Gruppenführer Globocnik, le SSPF du district de Lublin. Globocnik disposait en fait de deux bureaux : un pour son état-major de SSPF, et un autre, dans la rue Pieradzki, d'où était dirigé l'Einsatz Reinhard et où il m'avait invité à le rencontrer. Globocnik était un homme puissant, bien plus que ne l'indiquait son grade ; son supérieur hiérarchique, le HSSPF du General-Gouvernement (l'Obergruppenführer Krüger), n'avait quasiment aucun droit de regard sur l'Einsatz, qui couvrait tous les Juifs du GG et débordait ainsi largement de Lublin ; pour cela, Globocnik dépendait directement du Reichsführer. Il détenait aussi d'importantes fonctions au sein du commissariat du Reich pour le renforcement de la germanité. Le QG de l'Einsatz se trouvait installé dans une ancienne école de médecine, une bâtisse ocre jaune, trapue, au toit rouge biseauté, caractéristique de cette région où l'influence allemande avait toujours été forte, et où l'on entrait par une grande double porte sous une arche en demi-lune, encore surmontée de l'inscription COLLEGIUM ANATOMICUM. Une ordonnance m'accueillit et m'introduisit auprès de Globocnik. Le Gruppenführer, sanglé dans un uniforme si serré qu'il semblait trop petit d'une taille pour son imposante carrure, reçut mon salut distraitement et agita devant moi mon ordre de mission : « Alors, comme ça, le Reichsführer m'envoie un espion ! » Il partit d'un grand éclat de rire. Odilo Globocnik était un Carinthien, né à Trieste, et sans doute d'origine croate ; *Altkämpfer* du NSDAP autrichien, il avait été brièvement Gauleiter de Vienne, après l'Anschluss, avant de tomber pour une histoire de trafic de devises. Il avait fait de la prison sous Dollfuss pour le meurtre d'un bijoutier juif : officiellement, cela faisait de lui un martyr du *Kampfzeit*, mais les mauvaises langues avançaient volontiers que les diamants du Juif avaient joué un plus grand rôle dans l'affaire que l'idéologie. Il agitait toujours mon papier : « Avouez, Sturmbannführer ! Le Reichsführer ne me fait plus confiance, c'est ça ? » Toujours au garde-à-vous, j'essayai de me justifier : « Herr Gruppenführer, ma mission... » Il partit de nouveau d'un rire homérique : « Je plaisante, Sturmbannführer ! Je sais mieux que quiconque que j'ai la pleine confiance du Reichsführer. Est-ce qu'il ne m'appelle pas son *vieux Globus* ? Et ce n'est pas que le Reichsführer ! Le Führer en personne est venu me féliciter pour notre grande œuvre. Asseyez-vous. Ce sont ses propres mots, *une grande œuvre.* "Globocnik, m'a-t-il dit, vous êtes un des héros méprisés de l'Allemagne. Je voudrais que tous les journaux puissent publier votre nom et vos exploits ! Dans cent ans, quand nous pourrons parler de tout ça, vos hauts faits seront enseignés aux enfants dès l'école primaire ! Vous êtes un preux, et j'admire que vous ayez su rester si modeste, si discret, ayant accompli de telles choses." Et moi — le Reichsführer était là aussi — "Mon Führer, je n'ai fait que mon devoir." Asseyez-vous, asseyez-vous. » Je pris le fauteuil qu'il m'indiquait ; il s'affala à côté de moi en me tapant sur la cuisse, puis attrapa derrière lui une boîte de cigares, et m'en proposa un. Lorsque je refusai, il insista : « Dans ce cas, gardez-le pour plus tard. » Il en alluma un lui-même. Son visage lunaire rayonnait de satisfaction. Sur la main qui tenait le briquet, sa grosse bague SS en or semblait comme incrustée dans un doigt boudiné. Il exhala la fumée avec une grimace de plaisir. « Si je comprends bien la lettre du Reichsführer, vous êtes un de ces raseurs qui veulent sauver des Juifs sous prétexte qu'on a besoin de main-d'œuvre ? » — « Pas du tout, Herr Gruppenführer, répondis-je avec courtoisie. Le Reichsführer m'a donné l'ordre d'analyser les problèmes de l'*Arbeitseinsatz* dans leur ensemble, en vue des évolutions futures. » — « J'imagine que vous voulez voir nos installations ? » — « Si vous voulez parler des stations de gazage, Herr Gruppenführer, cela ne me concerne pas. C'est plutôt la question des sélections et de l'usage des *Arbeitjuden* qui me préoccupe. Je voudrais donc commencer par Osti et les DAW. » — « Osti ! Encore une idée grandiose de Pohl, ça ! On récolte des millions, ici, pour le Reich, des millions, et Pohl veut que je m'occupe de fripes, comme un Juif. Ostindustrie, je veux, oui ! Encore une belle saloperie qu'on m'a infligée là. » — « Peut-être bien, Herr Gruppenführer, mais... » — « Pas de mais ! De toute façon, les Juifs devront disparaître, tous, industrie ou pas industrie. Bien sûr, on peut en garder quelques-uns, le temps de former des Polonais pour les remplacer. Les Polonais sont des chiens, mais ils peuvent s'occuper de fripes, si ça peut être utile pour la *Heimat*. Du moment que ça rapporte, je ne suis pas contre. Enfin, vous verrez ça. Je vais vous confier à mon adjoint, le Sturmbannführer Höfle. Il vous expliquera comment ça marche et vous vous arrangerez avec lui. » Il se leva, le cigare calé entre deux doigts, et me serra la main. « Vous pouvez voir tout ce que vous voulez, bien sûr. Si le Reichsführer vous a envoyé, c'est que vous savez tenir votre langue. Ici, les bavards, moi, je les fusille. Ça arrive toutes les semaines. Mais pour vous, je ne m'inquiète pas. Si vous avez un problème, venez me voir. Adieu. »

Höfle, le suppléant de l'Einsatz Reinhard, était aussi un Autrichien, mais nettement plus posé que son patron. Il m'accueillit avec un air maussade, fatigué : « Pas trop secoué ? Ne vous en faites pas, il est comme ça avec tout le monde. » Il se mordilla la lèvre et poussa une feuille de papier vers moi : « Je dois vous demander de signer ceci. » Je parcourus le texte : c'était une déclaration de secret en plusieurs points. « Pourtant, dis-je, il me semble que je suis déjà astreint au secret par ma position même. » — « Je le sais bien. Mais c'est une règle imposée par le Gruppenführer. Tout le monde doit signer. » Je haussai les épaules : « Si ça lui fait plaisir. » Je signai. Höfle rangea la feuille dans une pochette et croisa les mains sur son bureau. « Par où voulez-vous commencer ? » — « Je ne sais pas. Expliquez-moi votre système. » — « C'est en fait assez simple. Nous disposons de trois structures, deux sur le Bug et une à la frontière de la Galicie, à Belzec, que nous sommes en train de fermer car la Galicie, à part les camps de travail, est en gros *judenrein*. Treblinka, qui desservait principalement Varsovie, va être fermé aussi. Mais le Reichsführer vient de donner l'ordre de transformer Sobibor en KL, ce qui sera fait vers la fin de l'année. » — « Et tous les Juifs passent par ces trois centres ? » — « Non. Pour des raisons d'ordre logistique, il n'était pas possible ou pratique d'évacuer toutes les petites villes de la région. Pour ça, le Gruppenführer a reçu quelques bataillons Orpo qui ont traité ces Juifs-là sur place, petit à petit. C'est moi qui dirige l'Einsatz au jour le jour, avec mon inspecteur pour les camps, le Sturmbannführer Wirth, qui est là depuis le début. Nous avons aussi un camp d'entraînement pour Hiwi, des Ukrainiens et des Lettons surtout, à Travniki. » — « Et à part eux, tout votre personnel est SS ? » — « Justement, non. Sur environ quatre cent cinquante hommes, sans compter les Hiwi, nous en avons presque cent qui nous ont été détachés par la chancellerie du Führer. Presque tous nos chefs de camp en sont. Tactiquement, ils sont sous le contrôle de l'Einsatz, mais administrativement, ils dépendent de la chancellerie. C'est eux qui supervisent tout ce qui concerne salaires, congés, promotions et ainsi de suite. Il paraît que c'est un accord spécial entre le Reichsführer et le Reichsleiter Bouhler. Certains de ces hommes ne sont même pas membres de l'*Allgemeine-SS* ou du Parti. Mais ce sont tous des vétérans des centres d'euthanasie du Reich ; lorsqu'on a fermé la plupart de ces centres, une partie du personnel, avec Wirth à leur tête, a été versée ici pour faire profiter l'Einsatz de leur expérience. » — « Je vois. Et Osti ? » — « Osti est une création récente, le résultat d'un partenariat entre le Gruppenführer et le WVHA. Dès le début de l'Einsatz, nous avons dû établir des centres pour traiter les biens confisqués ; petit à petit, ils ont essaimé en ateliers de diverses sortes, pour l'effort de guerre. Ostindustrie est une corporation à responsabilité limitée créée en novembre dernier pour regrouper et rationaliser tous ces ateliers. Le conseil d'administration en a confié la direction à un administrateur du WVHA, le Dr. Horn, ainsi qu'au Gruppenführer. Horn est un bureaucrate assez tatillon, mais j'imagine qu'il est compétent. » — « Et le KL ? » Höfle secoua la main : « Le KL n'a rien à voir avec nous. C'est un camp ordinaire du WVHA ; bien entendu, le Gruppenführer en a la responsabilité en tant que SS- und Polizeiführer, mais c'est complètement séparé de l'Einsatz. Ils gèrent aussi des entreprises, notamment un atelier du DAW, mais ça, c'est la responsabilité de l'économiste SS rattaché au SSPF. Bien entendu, nous coopérons de près ; une partie de nos Juifs leur ont été livrés, soit pour travailler, soit pour *Sonderbe-*

handlung; et depuis peu, comme on est débordés, ils ont mis en place leurs propres installations pour le "traitement spécial". Vous avez aussi toutes les entreprises d'armement de la Wehrmacht, qui utilisent aussi des Juifs que nous leur avons fournis; mais ça, c'est la responsabilité de l'Inspection des armements du GG, dirigée par le Generalleutnant Schindler, à Cracovie. Enfin, vous avez le réseau économique civil, sous le contrôle du nouveau Gouverneur du district, le Gruppenführer Wendler. Vous pourrez peut-être le voir, mais prenez garde, il ne s'entend pas du tout avec le Gruppenführer Globocnik. » — « L'économie locale ne m'intéresse pas; ce qui me concerne, ce sont les circuits d'affectation des détenus pour l'économie dans son ensemble. » — « Je crois comprendre. Allez voir Horn, alors. Il a un peu la tête dans les nuages, mais vous en tirerez sans doute quelque chose. »

Ce Horn, je le trouvai nerveux, agité, débordant de zèle, mais aussi de frustrations. C'était un comptable, formé à l'université polytechnique de Stuttgart; avec la guerre, il avait été appelé par la Waffen-SS, mais au lieu de l'envoyer au front, on l'avait affecté au WVHA. Pohl l'avait choisi pour venir monter Osti, une filiale des Entreprises économiques allemandes, le holding créé par le WVHA pour regrouper les compagnies SS. Il était très motivé, mais face à un homme comme Globocnik, il ne faisait pas le poids et il le savait. « Quand je suis arrivé, c'était le chaos... inimaginable, m'expliquait-il. Il y avait de tout : une fabrique de paniers et des ateliers de menuiserie à Radom, une usine de brosses, ici à Lublin, une fabrique de verre. Déjà, au départ, le Gruppenführer a insisté pour garder un camp de travail pour lui, pour s'auto-approvisionner comme il dit. Très bien, de toute façon il y avait de quoi faire. Tout cela était géré n'importe comment. Les comptes n'étaient pas à jour. Et la production avoisinait zéro. Ce qui est tout à fait compréhensible vu l'état de la main-d'œuvre. Alors je me suis mis au travail : mais ici, ils ont tout fait pour me compliquer l'existence. Je forme des spécialistes; on me les enlève et ils disparaissent Dieu sait où. Je demande une meilleure alimentation pour les travailleurs; on me répond qu'on n'a pas de nourriture supplémentaire pour les Juifs. Je demande qu'au moins on cesse de les battre à tout bout de champ; on me fait comprendre que je ne dois pas me mêler de ce qui ne me regarde pas. Comment voulez-vous travailler correctement dans des conditions pareilles? » Je comprenais que Höfle n'appréciât pas trop Horn : avec les plaintes, on arrivait rarement à grand-chose. Pourtant, Horn avait une bonne analyse des dilemmes : « Le problème aussi, c'est que le WVHA ne me soutient pas. J'envoie rapport sur rapport à l'Obergruppenführer Pohl. Je n'arrête pas de lui demander : Quel est le facteur qui doit primer ? Le facteur politico-policier ? Dans ce cas, oui, la concentration des Juifs est l'objectif principal, et les facteurs économiques passent au second plan. Ou le facteur économique ? Si c'est cela, il faut rationaliser la production, organiser les camps de manière flexible de façon à pouvoir traiter un éventail de commandes au fur et à mesure qu'elles sont placées, et surtout assurer un minimum vital de subsistance aux travailleurs. Et l'Obergruppenführer Pohl me répond : Les deux. C'est à s'arracher les cheveux. » — « Et vous pensez que si on vous en donnait les moyens, vous pourriez créer des entreprises modernes et profitables avec du travail forcé juif ? » — « Bien sûr. Les Juifs, cela va sans dire, sont des gens inférieurs, et leurs méthodes de travail sont complètement archaïques. J'ai étudié l'organisation du travail dans le ghetto de Litzmannstadt, c'est une catastrophe. Toute la supervision, de la réception des matières premières jusqu'à la livraison du produit fini, est assurée par des Juifs. Bien entendu il n'y a aucun contrôle de qualité. Mais avec des superviseurs aryens, bien formés, et une division et une organisation du travail rationnelle et moderne, on peut arriver à de très bonnes choses. Il faut qu'une décision soit prise en ce sens. Ici, je ne rencontre que des obstacles, et je sens bien que je n'ai aucun soutien. »

Visiblement, il en cherchait. Il me fit visiter plusieurs de ses entreprises, me montrant avec franchise l'état de sous-alimentation et de mauvaise hygiène des détenus placés sous sa responsabilité, mais aussi les améliorations qu'il avait pu introduire, la hausse de qualité des articles, qui servaient principalement à fournir la Wehrmacht, l'accroissement quantitatif aussi. Je dus reconnaître que sa présentation était tout à fait convaincante : il semblait bien y avoir là un moyen d'accorder les exigences de la guerre avec une productivité accrue. Horn, bien entendu, n'était pas informé de l'Einsatz, du moins pas de son ampleur, et je me gardai bien de lui en parler ; ainsi, il était difficile de lui expliquer les causes de l'obstruction de Globocnik ; celui-ci devait avoir du mal à concilier les demandes de Horn avec ce qu'il considérait comme sa mission principale. Pourtant, sur le fond, Horn avait raison : en sélectionnant les Juifs les plus forts ou les plus spécialisés, en les concentrant et en les surveillant de manière adéquate, on pouvait certainement fournir une contribution non négligeable à l'économie de guerre.

Je visitai le KL. Il s'étalait le long d'une colline ondulée, juste en dehors de la ville, à l'ouest de la route de Zamosc. C'était un établissement immense, avec alignées jusqu'au fond de longues sections de baraques en bois, dans des enclos de barbelés, entourées de miradors. La Kommandantur se trouvait hors du camp, près de la route, au pied de la colline. J'y fus reçu par Florstedt, le Kommandant, un Sturmbann-führer au visage anormalement étroit et allongé, qui éplucha mes ordres de mission avec une méfiance évidente : « Il n'est pas précisé ici que vous avez accès au camp. » — « Mes ordres me donnent accès à toutes les structures contrôlées par le WVHA. Si vous ne me croyez pas, contactez le Gruppenführer, il vous le confirmera. » Il continua à feuilleter les papiers. « Qu'est-ce que vous voulez voir ? » — « Tout », fis-je avec un sourire aimable. Finalement, il me confia à un Unterstürm-führer. C'était la première fois que je visitais un camp de concentration et je me fis tout montrer. Parmi les détenus ou *Häftlinge* se trouvaient toutes sortes de nationalités : des Russes, des Polonais, bien sûr, ainsi que des Juifs, mais aussi des politiques et des criminels allemands, des Français, des Hollandais, que sais-je encore. Les baraques, de longues étables de campagne de la Wehrmacht, modifiées par des architectes SS, étaient noires, puantes, bondées ; les détenus, pour la plupart en guenilles, s'y entassaient à trois ou quatre par châlit, sur plusieurs niveaux. Je discutai des problèmes sanitaires et hygiéniques avec le médecin-chef : ce fut lui, toujours avec l'Unterstürmführer à la traîne, qui me montra la baraque Bain et Désinfection, où l'on procédait d'un côté à la douche des nouveaux arrivants, et de l'autre au gazage des inaptes au travail. « Jusqu'au printemps, précisa l'Unterstürmführer, ce n'était que du *dépoussiérage*. Mais depuis que l'Einsatz nous a transféré une partie de sa charge nous sommes débordés. » Le camp ne savait plus quoi faire des cadavres et avait commandé un crématorium, équipé de cinq fours monomufles conçus par Kori, une firme spécialisée de Berlin. « Ils se disputent le marché avec Topf und Söhne, d'Erfurt, ajouta-t-il. À Auschwitz, ils ne travaillent qu'avec Topf, mais nous avons jugé les conditions de Kori plus compétitives. » Le gazage, curieusement, ne s'effectuait pas au monoxyde de carbone comme dans les fourgons que nous utilisions en Russie ou, d'après ce que j'avais lu, dans les installations fixes de l'Einsatz Reinhard ; ici, on se servait d'acide hydrocyanique, sous forme de pastilles qui relâchaient le gaz au contact de l'air. « C'est beaucoup plus efficace que le monoxyde de carbone, me certifia le médecin-chef. C'est rapide, les patients souffrent moins, il n'y a jamais de ratés. » — « D'où vient le produit ? » — « C'est en fait un désinfectant industriel, qu'on utilise pour les fumigations, contre les poux et autres vermines. Il paraît que c'est Auschwitz qui a eu l'idée de le tester pour le traitement spécial. Ça marche très bien. »

J'inspectai aussi la cuisine et les entrepôts d'approvisionnement; malgré les assurances des SS-Führer et même des fonctionnaires détenus qui distribuaient la soupe, les rations me paraissaient insuffisantes, impression qui me fut d'ailleurs confirmée à mots couverts par le médecin-chef. Je revins plusieurs jours de suite pour étudier les dossiers de l'*Arbeitseinsatz*; chaque *Häftling* avait sa fiche individuelle, classée à ce qu'on nommait l'*Arbeitstatistik*, et était affecté, s'il n'était pas malade, à un Kommando de travail, certains à l'intérieur du camp, pour la maintenance, d'autres à l'extérieur; les Kommandos les plus importants vivaient sur leur lieu de travail, comme celui de la DAW, les Entreprises d'armement allemandes, à Lipowa. Sur le papier, le système paraissait solide; mais les diminutions d'effectifs restaient considérables; et les critiques de Horn m'aidaient à voir que la plupart des détenus employés, mal nourris, sales, régulièrement battus, étaient incapables d'un travail consistant et productif.

Je passai plusieurs semaines à Lublin et visitai aussi la région. Je me rendis à Himmlerstadt, l'ancienne Zamosc, joyau excentrique de la Renaissance bâtie *ex nihilo*, à la fin du XVIᵉ siècle, par un chancelier polonais un peu mégalomane. La ville avait fleuri grâce à sa position avantageuse sur les routes commerciales entre Lublin et Lemberg et aussi Cracovie et Kiev. C'était maintenant le cœur du projet le plus ambitieux du RKF, l'organisme SS chargé, depuis 1939, d'assurer le rapatriement des *Volksdeutschen* de l'URSS et du Banat, puis d'œuvrer à la germanisation de l'Est : la création d'un glacis germanique sur les marches des régions slaves, devant la Galicie orientale et la Volhynie. J'en discutai les détails avec le délégué de Globocnik, un bureaucrate du RKF qui avait son officine à la mairie, une haute tour baroque sur le bord de la place carrée, avec une entrée à l'étage, desservie par un double escalier majestueux, en croissant de lune. De novembre à mars, m'expliqua-t-il, plus de cent mille personnes avaient été expulsées — les Polonais valides dirigés vers des usines allemandes par le truchement de l'Aktion Sauckel, les autres vers Auschwitz, et tous les Juifs sur Belzec. Le RKF visait à les remplacer par des *Volksdeutschen*; or malgré toutes les incitations et les richesses naturelles de la région, ils peinaient à attirer suffisamment de colons. Lorsque je lui demandai si nos revers à l'Est ne les décourageaient pas — cette conversation avait lieu début juillet, la grande bataille de Koursk venait de se déclencher — cet administrateur consciencieux me regarda avec étonnement et m'assura que même les *Volksdeutschen* n'étaient pas des défaitistes, et que, de toute façon, notre brillante offensive allait rapidement rétablir la situation et mettre Staline à genoux. Cet homme si optimiste se laissait toutefois aller à parler de l'économie locale avec découragement : en dépit des subsides, la région se trouvait encore loin de l'autosuffisance, et dépendait entièrement des perfusions financières et alimentaires du RKF ; la plupart des colons, même ceux qui avaient repris des fermes entières clef en main, ne parvenaient pas à nourrir leurs familles ; et quant à ceux qui ambitionnaient de monter des entreprises, ils mettraient des années à surnager. Après cette visite, je me fis conduire par Piontek au sud de Himmlerstadt : c'était en effet une belle région, faite de douces collines avec des prairies et des bosquets, semées d'arbres fruitiers, et d'un aspect déjà galicien plutôt que polonais, étalant des champs riches sous un ciel d'un bleu léger, monotone, à peine soulagé par des petites boules de nuages blancs. Par curiosité, je poussai jusqu'à Belzec, une des dernières villes avant la limite du district. Je m'arrêtai près de la gare, où régnait une certaine animation : des voitures et des chariots circulaient sur la rue principale, des officiers de diverses armes ainsi que des colons en costume élimé attendaient un train, des fermières d'aspect plus roumain qu'allemand, au bord de la route, vendaient des pommes sur des caisses retournées. Au-delà de la voie se dressaient des entrepôts en brique, une sorte de petite fabrique ; et juste derrière, quelques centaines de mètres plus loin, une épaisse fumée noire s'élevait d'un bois de bouleaux. Je montrai mes papiers à un sous-officier SS qui se tenait là et lui demandai où se trouvait le camp : il me désigna le bois. Je remontai en voiture et fis environ trois cents mètres sur la grand-route qui longeait la voie ferrée en direction de Rawa Ruska et de Lemberg ; le camp se dressait de l'autre côté des rails, entouré d'une futaie de sapins et de bouleaux. On avait placé des branches d'arbres dans la clôture barbelée, pour masquer l'intérieur ; mais une partie était déjà enlevée, et l'on apercevait par ces trouées des équipes de détenus, affairés comme des fourmis, qui démantelaient des baraques et par endroits la clôture elle-même ; la fumée provenait d'une zone cachée, un peu en hauteur au fond du camp ; malgré l'absence de vent, une odeur douceâtre et nauséabonde empestait l'air, qui se répandait même dans la voiture. Après tout ce que l'on m'avait dit et montré, j'avais cru les camps de l'Einsatz installés dans des endroits inhabités et difficilement accessibles ; or celui-ci se trouvait à proximité d'une petite ville grouillant de colons allemands avec leurs familles ; la voie ferrée principale reliant la Galicie au reste du GG, et sur laquelle circulaient quotidiennement civils et militaires, passait juste sous les barbelés, à travers l'odeur affreuse et la fumée : et tous ces gens, commerçant, voyageant, essaimant dans une direction ou dans l'autre, bavardaient, commentaient, écrivaient des lettres, répandaient des rumeurs ou des blagues.

Mais de toute manière, malgré les interdictions, les promesses de secret et les menaces de Globocnik, les hommes de l'Einsatz restaient bavards. Il suffisait de porter un uniforme SS et de fréquenter le bar de la *Deutsche Haus*, payant à l'occasion un coup à boire, pour être vite informé de tout. Le découragement perceptible causé par les nouvelles militaires, clairement déchiffrables à travers l'optimisme rayonnant des communiqués, contribuait à délier les langues. Lorsqu'on claironnait qu'en Sicile *nos courageux alliés italiens, appuyés par nos forces, tiennent bon*, tout le monde comprenait que l'ennemi n'avait pu être rejeté à la mer, et avait enfin ouvert un second front en Europe ; quant à Koursk, l'inquiétude croissait au fil des jours, car la Wehrmacht, passé les premiers triomphes, restait obstinément, inhabituellement muette : et lorsque enfin on commença à mentionner *la conduite planifiée de tactiques élastiques* autour d'Orel, même les plus bornés devaient avoir compris depuis un certain temps. Nombreux étaient ceux qui ruminaient ces développements ; et parmi les braillards qui se déchaînaient chaque soir, il n'était jamais difficile de trouver un homme buvant seul et en silence, et d'engager la conversation. C'est ainsi qu'un jour je me pris à discuter avec un homme en uniforme d'Untersturmführer, accoudé au bar devant une chope de bière. Döll, c'est ainsi qu'il se nommait, semblait flatté qu'un officier supérieur le traite aussi familièrement ; pourtant, il avait bien dix ans de plus que moi. Il désigna mon « ordre de la viande congelée » et me demanda où j'avais passé cet hiver-là ; lorsque je répondis Kharkov, il se détendit complètement. « Moi aussi, j'étais là, entre Kharkov et Koursk. Opérations spéciales. » — « Vous n'étiez pas avec l'Einsatzgruppe, pourtant ? » — « Non, il s'agissait d'autre chose. En fait, je ne suis pas à la SS. » C'était un de ces fameux fonctionnaires de la chancellerie du Führer. « Entre nous, on dit T-4. C'est comme ça que ça s'appelle. » — « Et qu'est-ce que vous faisiez du côté de Kharkov ? » — « Vous savez, j'étais à Sonnenstein, un des centres pour les malades, là... » Je fis un signe de tête pour indiquer que je savais de quoi il parlait et il continua. « À l'été 41, on a fermé. Et une partie d'entre nous, on était considérés comme des spécialistes, ils ont voulu nous garder, et ils nous ont envoyés en Russie. On était toute une délégation, c'était l'Oberdienstleiter Brack lui-même qui commandait, il y avait les médecins de l'hôpital, tout, et voilà, on menait des actions spéciales. Avec des camions à gaz. On avait chacun une notice spéciale dans notre livre de paie, un papier rouge signé par l'OKW, qui interdisait qu'on soit envoyés trop près du front : ils avaient peur qu'on tombe aux mains des Russes. » — « Je ne comprends pas très bien. Les mesures spéciales, dans cette région, toutes les mesures de SP, c'était la responsabilité de mon Kommando. Vous dites que vous aviez des camions à gaz, mais comment pouviez-vous être chargés des mêmes tâches que nous sans qu'on le sache ? » Son visage prit un aspect hargneux, presque cynique : « On n'était pas chargés des mêmes tâches. Les Juifs ou les bolcheviques, là-bas, on n'y touchait pas. » — « Alors ? » Il hésita et but encore, à longs traits, puis essuya, du dos des doigts, la mousse de sa lèvre. « Nous, on s'occupait des blessés. » — « Des blessés russes ? » — « Vous ne comprenez pas. De nos blessés. Ceux qui étaient trop amochés pour avoir une vie utile, on nous les envoyait. » Je compris et il sourit quand il le vit : il avait produit son effet. Je me tournai vers le bar et commandai une autre tournée. « Vous parlez de blessés allemands », fis-je enfin doucement. — « Comme je vous le dis. Une vraie saloperie. Des types comme vous et moi, qui avaient tout donné pour la *Heimat*, et crac ! Voilà comment on les remerciait. Je peux vous le dire, j'étais content quand on m'a envoyé ici. C'est pas très gai non plus, mais au moins c'est pas ça. » Nos verres arrivaient. Il me parla de sa jeunesse : il avait fait une école technique, il voulait être fermier, mais avec la crise il était entré dans la police : « Mes enfants avaient faim, c'était le seul moyen d'être sûr de pouvoir mettre une assiette sur la table tous les jours. » Fin 1939, il avait été affecté à Sonnenstein pour l'Einsatz Euthanasie. Il ne savait pas comment on l'avait choisi. « D'un côté, c'était pas très agréable. Mais de l'autre, ça m'évitait le front, puis la paie était correcte, ma femme était contente. Alors j'ai rien dit. » — « Et Sobibor ? » C'était là, il me l'avait déjà dit, qu'il travaillait actuellement. Il haussa les épaules : « Sobibor ? C'est comme tout, on s'y habitue. » Il eut un geste étrange, qui m'impressionna fortement : du bout de sa botte, il frotta le plancher, comme s'il écrasait quelque chose. « Des petits hommes et des petites femmes, c'est tout pareil. C'est comme marcher sur un cafard. »

On a beaucoup parlé, après la guerre, pour essayer d'expliquer ce qui s'était passé, de l'inhumain. Mais l'inhumain, excusez-moi, cela n'existe pas. Il n'y a que de l'humain et encore de l'humain : et ce Döll en est un bon exemple. Qu'est-ce que c'est d'autre, Döll, qu'un bon père de

famille qui voulait nourrir ses enfants, et qui obéissait à son gouvernement, même si en son for intérieur il n'était pas tout à fait d'accord ? S'il
était né en France ou en Amérique, on l'aurait appelé un pilier de sa
communauté et un patriote ; mais il est né en Allemagne, c'est donc un
criminel. La nécessité, les Grecs le savaient déjà, est une déesse non seulement aveugle, mais cruelle. Ce n'était pas que les criminels manquaient, à
cette époque. Tout Lublin, j'ai essayé de le montrer, baignait dans une
atmosphère louche de corruption et d'excès ; l'Einsatz, mais aussi la colonisation, l'exploitation de cette région isolée, faisaient perdre la tête à
plus d'un. J'ai réfléchi, depuis les remarques à ce sujet de mon ami Voss, à
la différence entre le colonialisme allemand, tel qu'il a été pratiqué à l'Est
durant ces années, et le colonialisme des Britanniques et des Français,
ostensiblement plus civilisé. Il y a, comme l'avait souligné Voss, des faits
objectifs : après la perte de ses colonies, en 1919, l'Allemagne a dû rappeler ses cadres et fermer ses bureaux d'administration coloniale ; les écoles
de formation sont restées ouvertes, par principe, mais n'attiraient personne, par manque de débouchés ; vingt ans plus tard, tout un savoir-faire
était perdu. Cela étant, le national-socialisme avait donné l'impulsion à
toute une génération, bourrée de nouvelles idées et avide de nouvelles
expériences, qui, en matière de colonisation, valaient peut-être les
anciennes. Quant aux excès — les débordements aberrants comme ceux
qu'on pouvait voir à la *Deutsche Haus*, ou, plus systématiquement,
l'impossibilité dans laquelle nos administrations semblaient se trouver de
traiter les peuples colonisés, dont certains auraient été prêts à nous servir
de bon cœur si l'on avait su leur donner quelques gages, autrement
qu'avec violence et mépris — il ne faut pas oublier non plus que notre
colonialisme, même africain, était un phénomène jeune, et que les autres,
à leurs débuts, n'ont guère fait mieux : que l'on songe aux copieuses exterminations belges au Congo, à leur politique de mutilation systématique,
ou bien à la politique américaine, précurseur et modèle de la nôtre, de la
création d'espace vital par le meurtre et les déplacements forcés — l'Amérique, on tend à l'oublier, n'était rien moins qu'un « espace vierge », mais
les Américains ont réussi là où nous avons échoué, ce qui fait toute la différence. Même les Anglais, si souvent cités en exemple, et qu'admirait
tant Voss, ont eu besoin du traumatisme de 1858 pour se mettre à développer des outils de contrôle un peu sophistiqués ; et si, petit à petit, ils ont
appris à jouer en virtuoses de l'alternance de la carotte et du bâton, il ne
faut pas oublier que le bâton, justement, était loin d'être négligé, comme
on a pu le voir avec le massacre d'Amritsar, le bombardement de Kaboul,
et d'autres cas encore, nombreux et oubliés.

Me voilà loin de mes premières réflexions. Ce que je souhaitais dire, c'est que si l'homme n'est certainement pas, comme l'ont voulu certains poètes et philosophes, naturellement bon, il n'en est pas plus naturellement mauvais : le bien et le mal sont des catégories qui peuvent servir à qualifier l'effet des actions d'un homme sur un autre ; mais elles sont à mon avis foncièrement inadaptées, voire inutilisables, pour juger ce qui se passe dans le cœur de cet homme. Döll tuait ou faisait tuer des gens, c'est donc le Mal ; mais en soi, c'était un homme bon envers ses proches, indifférent envers les autres, et qui plus est respectueux des lois. Que demande-t-on de plus au quidam de nos villes, civilisées et démocratiques ? Et combien de philanthropes, de par le monde, rendus célèbres par leur générosité extravagante, sont-ils au contraire des monstres d'égoïsme et de sécheresse, avides de gloire publique, bouffis de vanité, tyranniques envers leurs proches ? Tout homme désire satisfaire ses besoins et reste indifférent à ceux des autres. Et pour que les hommes puissent vivre ensemble, pour éviter l'état hobbesien du « Tous contre tous » et, au contraire, grâce à l'entraide et la production accrue qui en dérive, satisfaire une plus grande somme de leurs désirs, il faut des instances régulatrices, qui tracent des limites à ces désirs, et arbitrent les conflits : ce mécanisme, c'est la Loi. Mais il faut encore que les hommes, égoïstes et veules, acceptent la contrainte de la Loi, et celle-ci ainsi doit se référer à une instance extérieure à l'homme, doit être fondée sur une puissance que l'homme ressente comme supérieure à lui-même. Comme je l'avais suggéré à Eichmann, lors de notre dîner, cette référence suprême et imaginaire a longtemps été l'idée de Dieu ; de ce Dieu invisible et tout-puissant, elle a glissé vers la personne physique du roi, souverain de droit divin ; et quand ce roi a perdu la tête, la souveraineté est passée au Peuple ou à la Nation, et s'est fondée sur un « contrat » fictif, sans fondement historique ou biologique, et donc aussi abstrait que l'idée de Dieu. Le national-socialisme allemand a voulu l'ancrer dans le *Volk*, une réalité historique : le *Volk* est souverain, et le Führer exprime ou représente ou incarne cette souveraineté. De cette souveraineté dérive la Loi, et pour la plupart des hommes, de tous les pays, la morale n'est pas autre chose que la Loi : dans ce sens, la loi morale kantienne, dont se préoccupait tant Eichmann, dérivée de la raison et identique pour tous les hommes, est une fiction comme toutes les lois (mais peut-être une fiction utile). La Loi biblique dit : Tu ne tueras point, et ne prévoit aucune exception ; mais tout juif ou chrétien accepte qu'en temps de guerre cette loi-là est suspendue, qu'il est juste de tuer l'ennemi de son peuple, qu'il n'y a là aucun péché ; la guerre finie, les armes raccro-

chées, l'ancienne loi reprend son cours paisible, comme si l'interruption
n'avait jamais eu lieu. Ainsi, pour un Allemand, être un bon Allemand
signifie obéir aux lois et donc au Führer : de moralité, il ne peut y en
avoir d'autre, car rien ne saurait la fonder (et ce n'est pas un hasard si
les rares opposants au pouvoir furent en majorité des croyants : ils
conservaient une autre référence morale, ils pouvaient arbitrer le Bien
et le Mal selon un autre référent que le Führer, et Dieu leur servait de
point d'appui pour trahir leur chef et leur pays : sans Dieu, cela leur
aurait été impossible, car où puiser la justification ? Quel homme seul,
de sa propre volonté, peut trancher et dire, Ceci est bien, cela est mal ?
Quelle démesure ce serait, et quel chaos aussi, si chacun s'avisait d'en
faire de même : que chaque homme vive selon sa Loi privée, aussi kantienne soit-elle, et nous voici de nouveau chez Hobbes). Si donc on
souhaite juger les actions allemandes durant cette guerre comme
criminelles, c'est à toute l'Allemagne qu'il faut demander des comptes,
et pas seulement aux Döll. Si Döll s'est retrouvé à Sobibor et son voisin
non, c'est un hasard, et Döll n'est pas plus responsable de Sobibor que
son voisin plus chanceux ; en même temps, son voisin est aussi responsable que lui de Sobibor, car tous deux servent avec intégrité et dévo-
tion le même pays, ce pays qui a créé Sobibor. Un soldat, lorsqu'il est
envoyé au front, ne proteste pas ; non seulement il risque sa vie, mais on
l'oblige à tuer, même s'il ne veut pas tuer ; sa volonté abdique ; s'il reste
à son poste, c'est un homme vertueux, s'il fuit, c'est un déserteur, un
traître. L'homme envoyé dans un camp de concentration, comme celui
affecté à un Einsatzkommando ou à un bataillon de la police, la plupart
du temps ne raisonne pas autrement : il sait, lui, que sa volonté n'y est
pour rien, et que le hasard seul fait de lui un assassin plutôt qu'un héros,
ou un mort. Ou bien alors il faudrait considérer ces choses d'un point de
vue moral non plus judéo-chrétien (ou laïque et démocratique, ce qui
revient strictement au même), mais grec : les Grecs, eux, faisaient une
place au hasard dans les affaires des hommes (un hasard, il faut le dire,
souvent déguisé en intervention des dieux), mais ils ne considéraient en
aucune façon que ce hasard diminuait leur responsabilité. Le crime se
réfère à l'acte, non pas à la volonté. Œdipe, lorsqu'il tue son père, ne
sait pas qu'il commet un parricide ; tuer sur la route un étranger qui
vous a insulté, pour la conscience et la loi grecques, est une action légitime, il n'y a là aucune faute ; mais cet homme, c'était Laërte, et l'ignorance ne change rien au crime : et cela, Œdipe le reconnaît, et
lorsqu'enfin il apprend la vérité, il choisit lui-même sa punition, et se
l'inflige. Le lien entre volonté et crime est une notion chrétienne, qui

persiste dans le droit moderne ; la loi pénale, par exemple, considère l'homicide involontaire ou négligent comme un crime, mais moindre que l'homicide prémédité ; il en va de même pour les concepts juridiques qui atténuent la responsabilité en cas de folie ; et le XIXe siècle a achevé d'arrimer la notion de crime à celle de l'anormal. Pour les Grecs, peu importe si Héraclès abat ses enfants dans un accès de folie, ou si Œdipe tue son père par accident : cela ne change rien, c'est un crime, ils sont coupables ; on peut les plaindre, mais on ne peut les absoudre — et cela même si souvent leur punition revient aux dieux, et non pas aux hommes. Dans cette optique, le principe des procès de l'après-guerre, qui jugeaient les hommes pour leurs actions concrètes, sans prendre en compte le hasard, était juste ; mais on s'y est pris maladroitement ; jugés par des étrangers, dont ils niaient les valeurs (tout en leur reconnaissant les droits du vainqueur), les Allemands pouvaient se sentir déchargés de ce fardeau, et donc innocents : comme celui qui n'était pas jugé considérait celui qui l'était comme une victime de la malchance, il l'absolvait, et du même coup s'absolvait lui-même ; et celui qui croupissait dans une geôle anglaise, ou un goulag russe, faisait de même. Mais pouvait-il en être autrement ? Comment, pour un homme ordinaire, une chose peut-elle être juste un jour, et un crime le lendemain ? Les hommes ont besoin d'être guidés, ce n'est pas leur faute. Ce sont des questions complexes et il n'y a pas de réponses simples. La Loi, qui sait où elle se trouve ? Chacun doit la chercher, mais cela est difficile, et il est normal de se plier au consensus commun. Tout le monde ne peut pas être un législateur. C'est sans doute ma rencontre avec un juge qui m'a fait réfléchir à tout cela.

Pour qui ne goûtait pas les beuveries de la *Deutsche Haus*, les distractions, à Lublin, étaient rares. À mes heures perdues, j'avais visité la vieille ville et le château ; le soir, je me faisais servir mon repas dans ma chambre et je lisais. J'avais laissé le *Festgabe* de Best et le volume sur le meurtre rituel à Berlin, sur mon étagère ; mais j'avais emporté le recueil de Maurice Blanchot acheté à Paris, que j'avais repris au début, et après des journées de discussions ardues, je prenais un grand plaisir à me plonger dans ce monde autre, tout de lumière et de pensée. De menus incidents continuaient à éroder ma tranquillité ; dans cette *Deutsche Haus*, il ne semblait pas pouvoir en être autrement. Un soir, un peu agité, trop distrait pour lire, j'étais descendu au bar boire un schnaps et bavarder (je connaissais maintenant la plupart des habitués). En remontant, il faisait sombre, je me trompai de chambre ; la porte était ouverte et j'entrai : sur le lit, deux hommes copulaient simultanément avec une fille, l'un couché sur le dos, l'autre à genoux, la fille, agenouillée aussi, entre les deux. Je mis un instant à comprendre ce que je voyais et lorsqu'enfin, comme dans un rêve, les choses se remirent en place, je marmonnai une excuse et voulus sortir. Mais l'homme à genoux, nu à l'exception d'une paire de bottes, se retira et se leva. Tenant sa verge dressée d'une main et la frottant doucement, il m'indiqua, comme pour m'inviter à prendre sa place, les fesses de la fille, où l'anus, auréolé de rose, béait comme une bouche marine entre les deux globes blancs. De l'autre homme je ne voyais que les jambes velues, les testicules et la verge disparaissant dans le vagin poilu. La fille gémissait mollement. Sans un mot, en souriant, je secouai la tête, et ressortis en fermant doucement la porte. Après cela, je fus encore moins enclin à quitter ma chambre. Mais lorsque Höfle m'invita à une réception en plein air que donnait Globocnik pour l'anniversaire du commandant de la garnison du district, j'acceptai sans hésitation. La fête avait lieu à la Julius Schreck Kaserne, le QG de la SS : derrière la masse d'une vieille bâtisse s'étendait un assez beau parc, avec un gazon très vert, de grands arbres vers le bas et sur les côtés des parterres de fleurs ; au fond, on apercevait quelques maisons, puis la campagne. Des tables en bois avaient été dressées sur des tréteaux, et les convives buvaient en groupes sur l'herbe ; devant les arbres, au-dessus de fosses aménagées à cet effet, un cerf entier et deux cochons rôtissaient à la broche, surveillés par des hommes de la troupe. Le Spiess qui m'avait escorté depuis le portail me mena droit à Globocnik, qui se tenait avec son invité d'honneur, le Generalleutnant Moser, et quelques fonctionnaires civils. Il était à peine midi, Globocnik buvait déjà du cognac et fumait un gros cigare, son visage rouge suant par-dessus son col boutonné. Je claquai des talons devant le groupe, saluai, puis Globocnik me serra la main et me présenta aux autres ; je félicitai le général pour son anniversaire. « Alors, Sturmbannführer, me lança Globocnik, vos enquêtes avancent ? Qu'avez-vous trouvé ? » — « C'est encore un peu tôt pour tirer des conclusions, Herr Gruppenführer. Et puis il s'agit de problèmes assez techniques. Il est certain qu'en termes d'exploitation de la main-d'œuvre, on pourrait procéder à des améliorations. » — « On peut toujours tout améliorer ! De toute façon, un vrai national-socialiste ne connaît que le mouvement et le progrès. Vous devriez parler au Generalleutnant, ici : il se plaignait justement qu'on ait retiré quelques Juifs de fabriques de la Wehrmacht. Expliquez-lui qu'il n'a qu'à les remplacer par des Polonais. » Le général intervint : « Mon cher Gruppenführer, je ne me plaignais pas ; je comprends ces mesures autant qu'un autre. Je disais simplement que les intérêts de la Wehrmacht devraient entrer en ligne de compte. Beaucoup de Polonais ont été envoyés travailler dans le Reich, et ceux qui restent, il faut du temps pour les former ; en agissant unilatéralement, vous perturbez la production de guerre. » Globocnik eut un gros rire gras : « Ce que vous voulez dire, mon cher Generalleutnant, c'est que les Polacks sont trop cons pour apprendre à travailler correctement, et que la Wehrmacht préfère les Juifs. C'est vrai, les Juifs sont plus malins que les Polonais. C'est pour ça qu'ils sont plus dangereux aussi. » Il s'interrompit et se tourna vers moi : « Mais, Sturmbannführer, je ne voudrais pas vous retenir. Les boissons sont sur les tables, servez-vous, amusez-vous ! » — « Merci, Herr Gruppenführer. » Je saluai et me dirigeai vers une des tables, qui croulait sous les bouteilles de vin, de bière, de schnaps, de cognac. Je me servis un verre de bière et regardai autour de moi. De nouveaux convives affluaient, mais je ne reconnaissais pas grand-monde. Il y avait des femmes, quelques employées du SSPF en uniforme, mais surtout des épouses d'officiers, en civil. Florstedt discutait avec ses collègues du camp ; Höfle fumait seul sur un banc, les coudes sur la table, une bouteille de bière ouverte devant lui, l'air pensif, perdu dans le vide. Au printemps, je l'avais appris peu de temps auparavant, il avait perdu ses deux enfants, des jumeaux emportés par la diphtérie ; à la *Deutsche Haus*, on racontait qu'à l'enterrement il s'était effondré en hurlant, voyant dans son infortune une punition divine, et que depuis, ce n'était plus le même homme (il devait d'ailleurs se suicider vingt ans plus tard, à la maison d'arrêt de Vienne, sans même attendre le verdict de la justice autrichienne, certainement plus clément que celui de Dieu, pourtant). Je décidai de le laisser tranquille et me joignis au petit groupe entourant le KdS de Lublin, Johannes Müller. Je connaissais de vue le KdO Kintrup ; Müller me présenta son autre interlocuteur : « Voici le Sturmbannführer Dr. Morgen. Comme vous, il travaille directement sous les ordres du Reichsführer. » — « Excellent. À quel titre ? » — « Le Dr. Morgen est un juge SS, rattaché à la Kripo. » Morgen continua l'explication : « Pour le moment, je dirige une commission spéciale mandatée par le Reichsführer pour enquêter sur les camps de concentration. Et vous ? » Je lui expliquai ma mission en quelques mots. « Ah, vous êtes donc aussi concerné par les camps », commenta-t-il. Kintrup s'était éloigné. Müller me tapota l'épaule : « Meine Herren, si vous voulez causer boulot, je vous laisse. C'est dimanche. » Je le saluai et me retournai vers Morgen. Il me détaillait avec ses yeux vifs et intelligents, légèrement voilés derrière des lunettes à monture fine. « En quoi précisément consiste votre commission ? » lui demandai-je. — « C'est essentiellement une cour de la SS et de la police "à affectation spéciale". J'ai un pouvoir direct du Reichsführer pour enquêter sur la corruption dans les KL. » — « C'est très intéressant. Il y a beaucoup de problèmes ? » — « C'est peu dire. La corruption est massive. » Il fit un signe de tête vers quelqu'un derrière moi et sourit légèrement : « Si le Sturmbannführer Florstedt vous voit avec moi, votre propre travail n'en sera pas facilité. » — « Vous enquêtez sur Florstedt ? » — « Entre autres. » — « Et il le sait ? » — « Bien entendu. C'est une enquête officielle, je l'ai déjà fait comparaître plusieurs fois. » Il tenait à la main une coupe de vin blanc ; il but un peu, je bus aussi, vidant mon verre. « Ce dont vous parlez m'intéresse énormément », repris-je. Je lui expliquai mes impressions quant aux écarts entre les normes alimentaires officielles et ce que les détenus recevaient effectivement. Il écoutait en hochant la tête : « Oui, très certainement, la nourriture est pillée aussi. » — « Par qui ? » — « Par tout le monde. Du plus bas au plus haut. Les cuisiniers, les kapos, les SS-Führer, les chefs d'entrepôts, et le haut de la hiérarchie aussi. » — « Si c'est vrai, c'est un scandale. » — « Absolument. Le Reichsführer en est personnellement très affecté. Un homme de la SS doit être un idéaliste : il ne peut pas faire son travail et en même temps forniquer avec des détenues et s'en mettre plein les poches. Pourtant, cela arrive. » — « Et vos enquêtes aboutissent ? » — « C'est très difficile. Ces gens se serrent tous les coudes, et la résistance est énorme. » — « Pourtant, si vous avez le plein soutien du Reichsführer... » — « C'est tout récent. Cette cour spéciale a été constituée il y a à peine un mois. Mes enquêtes, elles, se poursuivent depuis deux ans et j'ai rencontré des obstacles considérables. Nous avons commencé — à cette époque j'étais membre de la cour de la SS et de la police XII, à Kassel — avec le KL Buchenwald, près de Weimar. Plus précisément avec le Kommandant de ce camp, un certain Koch. Les poursuites ont été bloquées : l'Obergruppenführer Pohl a alors écrit une lettre de félicitations à Koch, où il disait entre autres qu'il se ferait boucler *chaque fois qu'un juriste au chômage voudrait de nouveau tendre ses mains de bourreau vers le corps blanc de Koch*. Je le sais parce que Koch a fait largement circuler cette lettre. Mais je ne l'ai pas lâché. Koch a été transféré ici, pour commander le KL, et je l'ai suivi. J'ai découvert un réseau de corruption qui s'étendait entre les différents camps. Finalement, l'été dernier, Koch a été suspendu. Mais il avait fait assassiner la plupart des témoins, y compris un Hauptscharführer à Buchenwald, un de ses complices. Ici, il a fait tuer tous les témoins juifs ; nous avons ouvert une enquête sur cela aussi, mais alors tous les Juifs du KL ont été exécutés ; quand nous avons voulu réagir, on nous a allégué des *ordres supérieurs*. » — « Mais de tels ordres existent, vous devez le savoir. » — « Je l'ai appris à ce moment-là. Et il est clair qu'en ce cas, nous n'avons aucune compétence. Mais il y a quand même une distinction : si un membre de la SS fait tuer un Juif dans le cadre des ordres supérieurs, c'est une chose ; mais s'il fait tuer un Juif pour couvrir ses malversations, ou pour son plaisir perverti, comme cela arrive aussi, c'en est une autre, c'est un crime. Et cela même si le Juif devait mourir par ailleurs. » — « Je suis entièrement d'accord avec vous. Mais la distinction doit être malaisée à faire. » — « Juridiquement, certes : on peut avoir des doutes, mais pour inculper quelqu'un, il faut des preuves et, comme je vous l'ai dit, ces types-là s'aident entre eux, font disparaître les témoins. Parfois, bien entendu, il n'y a aucune ambiguïté : par exemple, j'enquête aussi sur la femme de Koch, une détraquée sexuelle qui faisait tuer des détenus tatoués pour prélever leur peau ; tannées, elles lui servaient à faire des abat-jour ou d'autres objets du genre. Une fois que toutes les preuves seront réunies, elle sera arrêtée, et je ne doute pas qu'elle soit condamnée à mort. » — « Et comment votre investigation sur ce Koch a-t-elle fini ? » — « Elle est toujours en cours ; lorsque j'aurai complété mon travail ici et que j'aurai toutes les preuves en main, je compte l'arrêter à nouveau. Lui aussi mérite la peine de mort. » — « Il a donc été relâché ? Je ne vous suis plus très bien. » — « Il a été acquitté en février. Mais je n'étais plus chargé du dossier. J'ai eu des problèmes avec un autre homme, pas un officier des camps mais de la Waffen-SS, un certain Dirlewanger. Un fou furieux, à la tête d'une unité de criminels et de braconniers graciés. En 1941, j'ai reçu l'information qu'il menait avec ses amis de prétendues expériences scientifiques, ici dans le GG : il assassinait des filles avec de la strychnine et les regardait mourir en fumant des cigarettes. Mais quand j'ai voulu le poursuivre, lui et son unité ont été mutés en Biélorussie. Je peux vous dire qu'il bénéficie de protections à un très haut niveau de la SS. Finalement, j'ai été cassé, relevé de mes fonctions, réduit au rang de SS-Sturmmann, et envoyé dans un bataillon de marche, puis à la SS-« Wiking », en Russie. C'est pendant ce temps que la procédure contre Koch s'est effondrée. Mais en mai le Reichsführer m'a fait rappeler, m'a nommé Sturmbannführer de la réserve, et m'a affecté à la Kripo. Après une nouvelle plainte des autorités du district de Lublin concernant des vols de biens appartenant aux détenus, il m'a ordonné de former cette commission. » Je hochais la tête, admirativement : « Vous n'avez pas peur de l'adversité. » Morgen rit sèchement : « Pas vraiment. Déjà, avant la guerre, alors que j'étais juge au *Landgericht* de Stettin, j'ai été cassé parce que j'étais en désaccord avec un jugement. C'est comme ça que j'ai fini au *SS-Gericht.* » — « Je peux vous demander où vous avez fait vos études ? » — « Oh, j'ai beaucoup bougé. J'ai fait mes études à Francfort, à Berlin et à Kiel, puis aussi à Rome et à La Haye. » — « Kiel ! À l'Institut pour l'économie mondiale ? J'ai aussi fait une partie de mes études là-bas. Avec le professeur Jessen. » — « Je le connais bien. Moi, j'étudiais le droit international avec le professeur Ritterbusch. » Nous bavardâmes un moment, échangeant des souvenirs sur Kiel ; Morgen, je le découvris, parlait un très bon français, et quatre autres langues en sus. Je revins au sujet initial : « Pourquoi avez-vous commencé par Lublin ? » — « D'abord pour coincer Koch. J'y suis presque. Et puis la plainte du district me donnait un bon prétexte. Mais il se passe toutes sortes de choses bizarres, ici. Avant de venir, j'ai reçu un rapport du KdS sur un mariage juif dans un camp de travail. Il y aurait eu plus de mille invités. » — « Je ne comprends pas. » — « Un Juif, un kapo important, s'est marié dans ce *Judenlager*. Il y avait des quantités astronomiques de nourriture et d'alcool. Des gardes SS y ont participé. Clairement, il y a dû y avoir là des infractions criminelles. » — « Où cela s'est-il passé ? » — « Je ne sais pas. Quand je suis arrivé à Lublin, je l'ai demandé à Müller ; il est resté très vague. Il m'a envoyé au camp du DAW, mais là-bas ils ne savaient rien. Puis on m'a conseillé d'aller voir Wirth, un Kriminalkommissar, vous voyez qui c'est ? Et Wirth m'a dit que c'était vrai, et que c'était sa méthode pour l'extermination des Juifs : il donnait des privilèges à certains, qui l'aidaient à tuer les autres ; ensuite, il tuait ceux-là aussi. J'ai voulu en savoir plus, mais le Gruppenführer m'a interdit d'aller dans les camps de l'Einsatz, et le Reichsführer a confirmé cette interdiction. » — « Vous n'avez donc aucune juridiction sur l'Einsatz ? » — « Pas sur la question de l'extermination, non. Mais personne ne m'a interdit de regarder ce qui se passe avec les biens saisis. L'Einsatz génère des sommes colossales, en or, devises et objets. Tout cela appartient au Reich. Je suis déjà allé voir leurs entrepôts, ici, rue Chopin, et je compte enquêter plus avant. » — « Tout ce que vous dites, fis-je avec chaleur, est prodigieusement intéressant pour moi. J'espère que nous pourrons en discuter plus en détail. En un certains sens, nos missions sont complémentaires. » — « Oui, je vois ce que vous voulez dire : le Reichs-führer veut mettre de l'ordre dans tout ça. Peut-être d'ailleurs, comme ils se méfieront moins de vous, pourrez-vous dénicher des choses qui me seront cachées. Nous nous reverrons. »

Globocnik, depuis quelques minutes, appelait les invités à passer à table. Je me retrouvai en face de Kurt Claasen, un collègue de Höfle, et à côté d'une secrétaire SS fort loquace. Elle voulut tout de suite m'entretenir de ses déboires, mais heureusement Globocnik entama un discours en l'honneur du général Moser qui la força à prendre patience. Il conclut rapidement et l'assistance tout entière se leva pour boire à la santé de Moser ; puis le général dit quelques mots de remerciement. On apporta les victuailles : les bêtes rôties avaient été savamment dépecées, les morceaux entassés sur des plateaux en bois répartis sur les tables, chacun pouvait se servir à sa guise. Il y avait aussi des salades et des légumes frais, c'était délicieux. La fille grignotait une carotte et chercha tout de suite à reprendre son histoire : je l'écoutai d'une oreille distraite, tout en mangeant. Elle parlait de son fiancé, un Hauptscharführer posté en Galicie, à Drohobycz. C'était une histoire tragique : elle-même avait rompu pour lui ses fiançailles avec un soldat viennois, et quant à lui, il était marié, mais à une femme qu'il n'aimait pas. « Il voulait divorcer, mais moi j'ai fait une bêtise, j'ai revu ce soldat avec qui j'avais rompu, c'est lui qui me l'a demandé mais moi j'ai dit oui, et Lexi » — c'était le fiancé — « l'a su, et ça l'a découragé car il n'était plus sûr de mon amour et il est retourné en Galicie. Mais heureusement il m'aime tou-jours. » — « Et que fait-il, à Drohobycz ? » — « Il est à la SP, il joue au général pour les Juifs de la Durchgangstrasse. » — « Je vois. Et vous vous voyez souvent ? » — « Quand on a des permissions. Il veut que je vienne habiter avec lui, mais je ne sais pas. Il paraît que c'est très sale, là-bas. Mais lui il dit que je n'aurai pas à voir ses Juifs, qu'il peut trouver une bonne maison. Mais si on n'est pas mariés, je ne sais pas, il faudrait qu'il divorce. Qu'est-ce que vous en pensez ? » J'avais la bouche pleine de cerf et je me contentai de hausser les épaules. Puis je discutai un peu avec Claasen. Vers la fin du repas un orchestre apparut, s'installa sur les marches qui menaient au jardin et entama une valse. Plusieurs couples se levèrent pour danser sur le gazon. La jeune secrétaire, sans doute déçue de mon manque d'intérêt pour ses malheurs sentimentaux, alla danser avec Claasen. À une autre table je remarquai Horn, qui était arrivé tard, et me levai pour aller échanger quelques paroles avec lui. Un jour, remarquant ma serviette en simili, il m'avait proposé, sous pré-texte de me montrer la qualité du travail de ses Juifs, de m'en faire faire une en cuir ; je venais de la recevoir, une belle pochette en maroquin avec une fermeture éclair en laiton. Je le remerciai chaudement, mais insistai aussi pour payer le cuir et la main-d'œuvre, afin d'éviter tout malentendu. « Pas de problème, consentit Horn. On vous fera une facture. » Morgen semblait avoir disparu. Je bus une autre bière, fumai, regardai les danseurs. Il faisait chaud, et avec les viandes lourdes et l'alcool je suais dans mon uniforme. Je regardai autour de moi : plusieurs personnes avaient dégrafé ou même déboutonné leurs tuniques ; j'ouvris le col de la mienne. Globocnik ne ratait pas une danse, invitant chaque fois une des femmes en civil ou une secrétaire ; ma voisine de table aussi se retrouva dans ses bras. Mais peu de gens avaient son entrain : après quelques tours de valse et d'autres danses, on fit changer de musique à l'orchestre, et un chœur d'officiers de la Wehrmacht et de la SS s'assembla pour chanter « *Drei Lilien, kommt ein Reiter, bringt die Lilien* » et autres. Claasen m'avait rejoint avec un verre de cognac ; il était en manches de chemise, le visage rouge et gonflé ; il riait méchamment et tandis que l'orchestre jouait « *Es geht alles vorüber* » il chantonnait une variante cynique :

> *Es geht alles vorüber*
> *Es geht alles vorbei*
> *Zwei Jahre in Russland*
> *Und nix ponimai.*

« Si le Gruppenführer t'entend, Kurt, tu vas finir Sturmmann à Orel et *nix ponimai* non plus. » Wippern, un autre chef de département de l'Einsatz, s'était approché et tançait Claasen. « Bon, on va nager, tu viens ? » Claasen me regarda : « Vous venez ? Il y a une piscine au fond du parc. » Je pris une autre bière dans un seau à glace et les suivis à travers les arbres : devant nous, j'entendais des rires, des éclaboussures. Sur la gauche, des barbelés couraient derrière les pins : « Qu'est-ce que c'est ? » demandai-je à Claasen. — « Un petit camp d'*Arbeitjuden*. Le Gruppenführer les garde là pour des travaux de maintenance, le jardin, les véhicules, des choses comme ça. » La piscine était séparée du camp par un léger repli de terrain ; plusieurs personnes, dont deux femmes en maillot de bain, nageaient ou bronzaient sur l'herbe. Claasen se déshabilla jusqu'au caleçon et plongea. « Vous venez ? » cria-t-il en remontant à la surface. Je bus encore un peu, puis, pliant mon uniforme à côté de mes bottes, me déshabillai et entrai dans l'eau. Elle était fraîche, un peu couleur de thé, je fis quelques longueurs, puis restai au milieu à flotter sur le dos et à contempler le ciel et les cimes tremblotantes des arbres. Derrière moi, j'entendais les deux filles bavarder, assises au bord de la piscine, battant les pieds dans l'eau. Une algarade éclata : des officiers avaient poussé Wippern, qui ne voulait pas se déshabiller, dans l'eau, il jurait et tempêtait en s'extrayant de la piscine dans son uniforme trempé. Tandis que je regardais les autres rire, maintenant ma position au milieu de la piscine à petits coups de mains, deux Orpo casqués apparurent derrière le repli de terrain, fusil à l'épaule, poussant devant eux deux hommes très maigres en tenue rayée. Claasen, debout au bord de la piscine, toujours en caleçon et ruisselant, appela : « Franz ! Qu'est-ce que vous foutez ? » Les deux Orpo saluèrent ; les détenus, qui marchaient les yeux au sol, calot à la main, s'arrêtèrent. « C'est des youpins qu'on a chopés à piquer des épluchures de patates, Herr Sturmbannführer, expliqua un des Orpo dans un patois épais de *Volksdeutschen*. Notre Scharführer nous a dit de les fusiller. » Claasen se rembrunit : « Eh bien, vous n'allez pas faire ça ici, j'espère. Le Gruppenführer a des invités. » — « Non, non, Herr Sturmbannführer, on va plus loin, à la tranchée là-bas. » Une angoisse insensée m'envahit sans aucune transition : les Orpo allaient fusiller les Juifs ici même et les jeter dans la piscine, et nous devrions nager dans le sang, entre les corps flottant sur le ventre. Je regardai les Juifs ; l'un d'eux, qui devait avoir la quarantaine, examinait les filles à la dérobée, l'autre, plus jeune, la peau jaunâtre, gardait les yeux rivés au sol. Loin d'être rassuré par les dernières paroles de l'Orpo, je ressentais une tension très forte, mon angoisse ne faisait que croître. Tandis que les Orpo se remettaient en branle je restai au milieu de la piscine, me forçant à respirer profondément et à flotter. Mais l'eau me semblait maintenant une chape pesante, étouffante. Cet état étrange dura jusqu'à ce que j'eusse entendu les deux coups de feu, un peu plus loin, à peine audibles, comme le *pop !* *pop !* de bouteilles de champagne qu'on débouche. Lentement, mon angoisse reflua pour disparaître tout à fait lorsque je vis revenir les Orpo, marchant toujours de leurs lourds pas posés. Ils nous saluèrent de nouveau au passage et continuèrent en direction du camp. Claasen discutait avec une des filles, Wippern essayait d'essorer son uniforme. Je me laissai aller sur le dos et flottai.

Je revis Morgen. Il était sur le point d'inculper Koch et sa femme, ainsi que plusieurs autres officiers et sous-officiers de Buchenwald et de Lublin ; sous le sceau du secret, il me révéla que Florstedt aussi serait inculpé. Il me montra en détail les astuces employées par ces hommes corrompus pour cacher leurs malversations, et la méthode dont il usait pour les prendre en défaut. Il comparait les écritures des *Abteilungen* du camp : même lorsque les coupables en falsifiaient un jeu, ils ne prenaient pas la peine de raccorder leurs faux avec les documents et les rapports des autres départements. Ainsi, à Buchenwald, il avait recueilli ses premières preuves sérieuses sur les meurtres commis par Koch lorsqu'il avait constaté que le même détenu se trouvait enregistré au même moment à deux endroits différents : à une date donnée, le registre de la prison de la *Politische Abteilung* portait à côté du nom du détenu la mention « Relâché, midi », tandis que le cahier d'enregistrement du Revier indiquait : « Patient décédé à 9 h 15. » Le détenu avait en fait été assassiné à la prison de la Gestapo, mais on avait voulu faire croire qu'il était mort de maladie. De même, Morgen m'expliqua comment on pouvait comparer différents livres de l'administration ou du Revier avec ceux des blocks pour essayer de trouver des preuves de détournement de nourriture, de médicaments ou de biens. Il était très intéressé par le fait que je comptais me rendre à Auschwitz : plusieurs des pistes qu'il suivait remontaient en effet à ce camp. « C'est sans doute le Lager le plus riche, parce que c'est là où vont maintenant la majorité des transports spéciaux du RSHA. Comme ici, avec l'Einsatz, ils ont des entrepôts immenses pour trier et conditionner tous les biens confisqués. Je soupçonne que cela doit donner lieu à des malversations et des vols colossaux. Nous avons été alertés par un paquet envoyé du KL par la poste militaire : à cause de son poids inhabituel, il a été ouvert ; dedans, on a trouvé trois morceaux d'or dentaire, gros comme des poings, envoyés par un infirmier du camp à sa femme. J'ai calculé qu'une telle quantité d'or représente plus de cent mille morts. » Je poussai une exclamation. « Et imaginez ! continuait-il. Ça, c'est ce qu'un seul homme a pu détourner. Quand nous en aurons fini ici, j'irai installer une commission à Auschwitz. »

Moi-même j'en avais à peu près fini avec Lublin. Je fis une brève tournée d'adieux. Je passai régler Horn, pour la serviette, et le trouvai toujours aussi déprimé et agité, se débattant avec ses difficultés de gestion, ses pertes financières, ses directives contradictoires. Globocnik me reçut bien plus calmement que la première fois : nous eûmes une discussion courte mais sérieuse sur les camps de travail, que Globocnik voulait développer plus avant : il s'agissait, m'expliqua-t-il, de liquider les derniers ghettos, afin qu'il ne reste plus un seul Juif dans le General-Gouvernement en dehors de camps sous contrôle SS ; c'était là, affirmait-il, la volonté inflexible du Reichsführer. Dans l'ensemble du GG il restait cent trente mille Juifs, principalement à Lublin, à Radom et en Galicie, Varsovie et Cracovie étant, les clandestins mis à part, entièrement *judenrein*. C'était encore beaucoup. Mais les problèmes seraient résolus avec détermination.

J'avais songé à me rendre en Galicie pour inspecter un camp de travail, tel celui de l'infortuné Lexi ; mais mon temps était compté, je devais faire des choix, et je savais qu'en dehors de différences mineures dues aux conditions locales ou aux personnalités, les problèmes seraient les mêmes. Je souhaitais maintenant me concentrer sur les camps de Haute-Silésie, la « Ruhr de l'Est » : le KL Auschwitz et ses nombreuses dépendances. De Lublin, le plus rapide était de passer par Kielce puis par la région industrielle de Kattowitz, un paysage plat, morne, semé de bosquets de pins ou de bouleaux, et défiguré par les hautes cheminées des usines et des hauts-fourneaux qui, dressées contre le ciel, vomissaient une fumée âcre et sinistre. Trente kilomètres avant Auschwitz, déjà, des postes de contrôle SS vérifiaient soigneusement nos papiers. Puis on arrivait à la Vistule, large et troublée. On apercevait au loin la ligne blanche des Beskides, pâle, tremblant dans la brume d'été, moins spectaculaire que le Caucase, mais nimbée d'une beauté douce. Là aussi des cheminées fumaient, dans la plaine, au pied des montagnes : il n'y avait pas de vent et la fumée montait droit avant de ployer sous son propre poids, troublant à peine le ciel. La chaussée aboutissait à la gare et à la *Haus der Waffen-SS*, où nous attendaient nos quartiers. La salle d'entrée était presque vide, on me montra une chambre simple et propre ; je posai mes affaires, me lavai et changeai d'uniforme, puis sortis pour me présenter à la Kommandantur. La route du camp longeait la Sola, un affluent de la Vistule ; à moitié cachée par des arbres touffus, plus verte que la grande rivière où elle allait se jeter, elle coulait en méandres paisibles, au pied d'une berge abrupte et herbeuse ; sur l'eau, de beaux canards à tête verte se laissaient porter par le courant, puis s'élançaient avec une tension de tout le corps, cou tendu, pattes repliées, les ailes projetant cette masse vers le haut, avant d'aller paresseusement retomber un peu plus loin, près de la rive. Un poste de contrôle barrait l'entrée de la Kasernestrasse ; au-delà, derrière un mirador en bois, se dressait le long mur de béton gris du camp, coiffé de barbelés, derrière lequel se profilaient les toits rouges des baraquements. La Kommandantur occupait le premier des trois bâtiments entre la rue et le mur, une construction trapue à façade en stuc, avec un haut perron flanqué de lampes en fer forgé. Je fus tout de suite introduit auprès du

Kommandant du camp, l'Obersturmbannführer Höss. Cet officier, après la guerre, a acquis une certaine notoriété, en raison du nombre colossal de gens mis à mort sous sa responsabilité et aussi des mémoires francs et lucides qu'il rédigea en prison, lors de son procès. Pourtant c'était un officier absolument typique de l'IKL, travailleur, obstiné et limité, sans fantaisie ni imagination, avec simplement, dans ses mouvements et son parler, un peu de cette saveur virile, déjà diluée par le temps, de ceux qui ont connu les bousculades des Freikorps et les charges de cavalerie. Il m'accueillit avec un salut allemand puis me serra la main ; il ne souriait pas, mais ne paraissait pas mécontent de me voir. Il portait une culotte de cheval en peau, qui, sur lui, ne semblait pas une affectation d'officier : il avait une écurie dans le camp et montait souvent, on le trouvait, disait-on à Oranienburg, bien plus souvent à dos de cheval que derrière son bureau. En parlant, il gardait fixés sur mon visage ses yeux étonnamment pâles et vagues, je trouvais cela déconcertant, comme s'il était en permanence sur le point de saisir quelque chose qui lui échappait tout juste. Il avait reçu du WVHA un télex me concernant : « Le camp est à votre disposition. » Les camps plutôt, car Höss gérait tout un réseau de KL : le *Stammlager*, le camp principal derrière la Kommandantur, mais aussi Auschwitz II, un camp pour prisonniers de guerre transformé en camp de concentration, et situé à quelques kilomètres après la gare, dans la plaine, près de l'ancien village polonais de Birkenau ; un grand camp de travail au-delà de la Sola et de la ville, créé pour desservir l'usine de caoutchouc synthétique d'IG Farben à Dwory ; et une dizaine environ de camps auxiliaires ou *Nebenlager* dispersés, établis pour des projets agricoles ou pour des entreprises minières ou métallurgiques. Höss, en parlant, me montrait tout cela sur une grande carte fixée au mur de son bureau : et il traçait du doigt la zone des intérêts du camp, qui couvrait toute la région comprise entre la Vistule et la Sola, à plus d'une dizaine de kilomètres au sud, à l'exception de terrains autour de la gare des voyageurs, contrôlés par la municipalité. « Là-dessus, m'expliquait-il, on a eu un désaccord, l'année dernière. La ville voulait y bâtir un nouveau quartier, pour loger des cheminots, alors que nous souhaitions acquérir une partie de ce terrain afin d'y réaliser un village pour nos SS mariés et leurs familles. Finalement, rien n'a été fait. Mais le camp est toujours en cours d'expansion. »

Höss, lorsqu'il prenait une voiture plutôt qu'un cheval, aimait conduire lui-même, et il passa me prendre, le lendemain matin, à la porte de la *Haus*. Piontek, voyant que je n'aurais pas besoin de lui,

m'avait demandé sa journée, il souhaitait prendre le train pour aller voir
sa famille à Tarnowitz ; je lui donnai sa nuit aussi. Höss me proposait de
commencer par Auschwitz II : un convoi R S H A arrivait de France, il
voulait me montrer le processus de la sélection. Elle avait lieu sur la
rampe de la gare de marchandises, à mi-chemin entre les deux camps,
sous la direction d'un médecin de la garnison, le Dr. Thilo. Celui-ci, à
notre arrivée, attendait à la tête du quai, avec des gardes Waffen-SS et
des chiens et des équipes de détenus en rayé qui arrachaient à notre vue
leurs calots de leurs crânes rasés. Il faisait encore plus beau que la
veille, les montagnes, au sud, brillaient au soleil : le train, après être
passé par le Protektorat et la Slovaquie, arrivait de cette direction. Tandis que nous attendions, Höss m'expliquait la procédure. Puis on amena
le train et on ouvrit les portes des fourgons à marchandises. Je m'attendais à une irruption chaotique : malgré les cris et les aboiements des
chiens, les choses se passèrent de manière relativement ordonnée. Les
arrivants, visiblement désorientés et épuisés, surgissaient des wagons au
milieu d'une abominable puanteur d'excréments ; les *Häftlinge* du Kommando de travail, hurlant en un sabir de polonais, de yiddish et d'allemand, leur faisaient abandonner leurs bagages et s'aligner en files, les
hommes d'un côté, les femmes et les enfants de l'autre ; et tandis que
ces files avançaient en piétinant vers Thilo, et que Thilo séparait les
aptes au travail des inaptes, envoyant les mères du même côté que leurs
enfants vers des camions qui attendaient un peu plus loin — « Je sais
qu'elles pourraient travailler, m'avait expliqué Höss, mais essayer de les
séparer de leurs gamins, ce serait s'exposer à toutes sortes de
désordres » —, je marchai lentement entre les rangées. La plupart des
gens parlaient, à voix basse, en français, d'autres, sans doute des Juifs
naturalisés ou étrangers, en diverses langues : j'écoutais les propos que
je comprenais, les questions, les commentaires ; ces personnes n'avaient
aucune idée de l'endroit où elles se trouvaient, ni de ce qui les attendait.
Les *Häftlinge* du Kommando, obéissant aux consignes, les rassuraient :
« Ne vous inquiétez pas, vous vous retrouverez après, on vous rendra
vos bagages, le thé et la soupe vous attendent après la douche ». Les
colonnes avançaient à petits pas. Une femme, me voyant, me demanda,
en mauvais allemand, en indiquant son enfant : « Herr Offizier ! Nous
pourrons rester ensemble ? » — « Ne vous inquiétez pas, madame,
répondis-je en français d'un ton poli, vous ne serez pas séparés. » Aussitôt les questions fusèrent de toutes parts : « On va travailler ? Les
familles pourront rester ensemble ? Que ferez-vous des vieux ? » Avant
que je puisse répondre un sous-officier s'était rué en avant et distribuait

des coups de schlague. « Ça suffit, Rottenführer ! » m'écriai-je. Il prit un air penaud : « C'est qu'il ne faut pas les laisser s'exciter, Herr Sturmbannführer. » Certaines personnes saignaient, des enfants pleuraient. L'odeur d'immondices qui émanait des wagons et même des vêtements des Juifs m'étouffait, je sentais remonter l'ancienne et familière nausée et respirai profondément par la bouche pour la maîtriser. Dans les wagons, des équipes de détenus jetaient à tour de bras les bagages abandonnés sur la rampe ; les cadavres des gens morts en route subissaient le même sort. Quelques enfants jouaient à cache-cache : les Waffen-SS les laissaient faire, mais hurlaient s'ils s'approchaient du train, de peur qu'ils ne filent sous les wagons. Derrière Thilo et Höss, les premiers camions démarraient déjà. Je remontai vers eux et observai Thilo à l'œuvre : pour certains, un coup d'œil suffisait, pour d'autres, il posait quelques questions, traduites par un *Dolmetscher*, examinait les dents, tâtait les bras, faisait déboutonner les chemises. « À Birkenau, vous verrez, commenta Höss, nous n'avons que deux stations d'épouillage ridicules. Les jours chargés, cela limite considérablement la capacité de réception. Mais pour un seul convoi, ça va encore. » — « Comment faites-vous s'il y en a plusieurs ? » — « Ça dépend. On peut en envoyer certains vers le centre de réception du *Stammlager*. Sinon, on est obligés de réduire le quota. Nous prévoyons de construire un nouveau sauna central pour remédier à ce problème. Les plans sont prêts, j'attends l'approbation de l'Amtsgruppe C pour le budget. Mais on a constamment des problèmes financiers. On veut que j'agrandisse le camp, que je reçoive plus de détenus, que j'en sélectionne plus, mais on rechigne quand il s'agit des moyens. Je suis souvent obligé d'improviser. » Je fronçai les sourcils : « Qu'est-ce que vous appelez improviser ? » Il me regarda de ses yeux noyés : « Toutes sortes de choses. Je passe des accords avec des firmes que nous fournissons en travailleurs : parfois, ils me payent en nature, avec des matériaux de construction ou autre chose. J'ai même eu des camions, comme ça. Une firme m'en a envoyé pour transporter ses travailleurs, mais ne m'a jamais demandé de les rendre. Il faut savoir se débrouiller. » La sélection tirait à sa fin : le tout avait duré moins d'une heure. Quand les derniers camions furent chargés, Thilo additionna rapidement les chiffres et nous les montra : sur mille arrivants, il avait gardé 369 hommes et 191 femmes. « 55 %, commenta-t-il. Avec les convois de l'Ouest, on obtient de bonnes moyennes. Par contre, les convois polonais, c'est une catastrophe. Ça ne dépasse jamais les 25 %, et parfois, à part 2 ou 3 %, il n'y a vraiment rien à garder. » — « À quoi attribuez-vous cela ? » — « Leur état à l'arrivée est déplorable. Les Juifs du GG vivent depuis des années dans des ghettos, ils sont mal nourris, ils portent toutes sortes de maladies. Même parmi ceux qu'on sélectionne, et on essaye de faire attention, il en meurt beaucoup en quarantaine. » Je me tournai vers Höss : « Vous recevez beaucoup de convois de l'Ouest ? » — « De France, celui-ci était le cinquante-septième. Nous en avons eu vingt de Belgique. De Hollande, je ne me souviens plus. Mais ces derniers mois, nous avons surtout eu des convois de Grèce. Ils ne sont pas très bons. Venez, je vais vous montrer le processus de réception. » Je saluai Thilo et remontai dans la voiture. Höss conduisait vite. En chemin, il continuait à m'expliquer ses difficultés : « Depuis que le Reichsführer a décidé d'affecter Auschwitz à la destruction des Juifs, nous n'avons que des problèmes. Toute l'année dernière, nous avons été obligés de travailler avec des installations improvisées. Du vrai bâclage. J'ai seulement pu commencer à construire des installations permanentes, avec une capacité de réception adéquate, en janvier de cette année. Mais tout n'est pas encore au point. Il y a eu des délais, notamment dans le transport des matériaux de construction. Et puis, à cause de la hâte, il y a eu des défauts de fabrication : le four du crématorium III a craqué deux semaines après sa mise en service, on l'avait trop chauffé. J'ai été obligé de le fermer pour le réparer. Mais on ne peut pas s'énerver, il faut rester patient. Nous avons été tellement débordés que nous avons été obligés de détourner un grand nombre de convois vers les camps du Gruppenführer Globocnik, où bien entendu aucune sélection n'est effectuée. Maintenant, c'est plus calme, mais ça va reprendre dans dix jours : le GG veut vider ses derniers ghettos. » Devant nous, au bas de la route, s'étendait un long bâtiment en brique rouge, percé à une extrémité par une arche, et coiffé d'une tour de garde pointue ; de ses flancs partaient les poteaux en béton des barbelés et une série de miradors, régulièrement espacés ; et derrière, à perte de vue, s'échelonnaient des rangées de baraques en bois, identiques. Le camp était immense. Des groupes de détenus en rayé circulaient dans les allées, minuscules, des insectes dans une colonie. Sous la tour, devant la grille de l'arche, Höss vira à droite. « Les camions continuent tout droit. Les Kremas et les stations d'épouillage sont au fond. Mais nous allons d'abord passer à la Kommandantur. » La voiture longeait les poteaux passés à la chaux et les miradors ; les baraques défilaient et leur alignement parfait déployait de longues perspectives brunes, des diagonales fuyantes qui s'ouvraient puis se confondaient avec la suivante. « Les fils sont électrifiés ? » — « Depuis peu. C'était encore un problème, mais on l'a résolu. » Au fond, Höss préparait un nouveau secteur. « Ce sera le *Häftlingskran-kenbau*, un énorme hôpital qui desservira tous les camps de la région. » Il venait de s'arrêter devant la Kommandantur et désignait de la main un vaste champ vide, entouré de barbelés. « Ça vous dérange de m'attendre cinq minutes ? Je dois dire deux mots au Lagerführer. » Je sortis de la voiture et fumai une cigarette. Le bâtiment dans lequel Höss venait d'entrer était, lui aussi, construit de briques rouges, avec un toit pentu et une tour de trois étages au centre ; de là, une longue route passait devant le nouveau secteur et disparaissait en direction d'un bois de bouleaux visible derrière les baraquements. Il y avait très peu de bruit, seulement, de temps à autre, un ordre bref ou un cri rauque. Un Waffen-SS à vélo sortit d'une des sections du secteur central et se dirigea vers moi ; arrivé à ma hauteur, il me salua sans s'arrêter et tourna vers l'entrée du camp, pédalant posément, sans se presser, le long des barbelés. Les miradors étaient vides : les gardes, le jour, prenaient position sur une « grande chaîne » autour des deux camps. Je regardai distraitement la voiture poussiéreuse de Höss : n'avait-il donc rien de mieux à faire que de promener un visiteur ? Un subalterne, comme au KL Lublin, aurait aussi bien pu faire l'affaire. Mais Höss savait que mon rapport irait au Reichsführer, peut-être tenait-il à bien me faire comprendre l'étendue de ses réalisations. Lorsqu'il réapparut, je jetai mon mégot et montai à côté de lui ; il prit la route vers les bouleaux, me désignant au fur et à mesure les « champs », ou sous-camps, du secteur central : « Nous sommes en train de tout réorganiser en vue d'un déploiement maximum pour le travail. Quand ça sera fini, tout ce camp ne servira qu'à alimenter en ouvriers les industries de la région et même de l'*Altreich*. Les seuls détenus permanents seront ceux qui pourvoiront à l'entretien et à la gestion du camp. Tous les détenus politiques, notamment les Polonais, resteront au *Stammlager*. Depuis février, j'ai aussi un camp familial pour les Tsiganes. » — « Un camp familial ? » — « Oui. C'est un ordre du Reichsführer. Lorsqu'il a décidé la déportation des Tsiganes du Reich, il a voulu qu'ils ne soient pas sélectionnés, qu'ils puissent rester ensemble, en famille, et qu'ils ne travaillent pas. Mais beaucoup meurent de maladie. Ils ne résistent pas. » Nous étions parvenus à une barrière. Derrière, une longue haie d'arbres et de buissons cachait une clôture barbelée, isolant deux longs bâtiments en dur, identiques, chacun pourvu de deux hautes cheminées. Höss se gara près du bâtiment de droite, au milieu d'une pinède clairsemée. Devant, sur une pelouse bien entretenue, des femmes et des enfants juifs achevaient de se déshabiller, surveillés par des gardes et des détenus en rayé. Les vêtements s'entassaient un peu partout, proprement séparés, avec sur chaque tas une pièce en bois frappée d'un numéro. Un des détenus criait : « Allez, vite, vite, à la douche ! » Les derniers Juifs entraient dans le bâtiment ; deux gamins, espiègles, s'amusaient à échanger les numéros des tas ; ils filèrent lorsqu'un Waffen-SS leva sa trique. « C'est comme à Treblinka ou à Sobibor, commenta Höss. Jusqu'à la dernière minute, on leur fait croire qu'ils vont à l'épouillage. La plupart du temps, ça se passe très calmement. » Il se mit à m'expliquer les arrangements : « Là-bas, nous avons deux autres crématoriums, mais beaucoup plus grands : les chambres à gaz sont souterraines et reçoivent jusqu'à deux mille personnes. Ici les chambres sont plus petites et il y en a deux par Krema : c'est beaucoup plus pratique pour les petits convois. » — « Quelle est la capacité maximum ? » — « En termes de gazage, pratiquement illimitée ; la contrainte majeure est la capacité des fours. Ils ont été conçus spécialement pour nous par la firme Topf. Ceux-ci ont officiellement une capacité de 768 corps par installation par période de vingt-quatre heures. Mais on peut pousser jusqu'à mille ou même mille cinq cents s'il le faut. » Une ambulance frappée d'une croix rouge arrivait et se garait auprès de la voiture de Höss ; un médecin SS, une blouse blanche passée par-dessus son uniforme, vint nous saluer. « Je vous présente le Hauptsturmführer Dr. Mengele, dit Höss. Il nous a rejoints il y a deux mois. C'est le médecin-chef du camp tsigane. » Je lui serrai la main. « C'est vous qui supervisez, aujourd'hui ? » lui demanda Höss. Mengele hocha la tête. Höss se tourna vers moi : « Vous voulez observer ? » — « Ça n'est pas la peine, fis-je. Je connais. » — « Pourtant, c'est beaucoup plus efficace que la méthode de Wirth. » — « Oui, je sais. On m'a expliqué ça au KL Lublin. Ils ont adopté votre méthode. » Comme Höss semblait se renfrogner, je demandai, pour être poli : « Ça prend combien de temps, en tout ? » Mengele répondit de sa voix mélodieuse et suave : « Le Sonderkommando ouvre les portes au bout d'une demi-heure. Mais on laisse passer du temps pour que le gaz se disperse. En principe, la mort intervient en moins de dix minutes. Quinze s'il fait humide. »

Nous étions déjà passés au « Canada », où les biens confisqués étaient triés et entreposés avant d'être distribués, lorsque les cheminées du crématorium que nous avions quitté se mirent à fumer, répandant cette même odeur douceâtre, hideuse, que j'avais connue à Belzec. Höss, remarquant mon désagrément, commenta : « Moi, j'ai l'habitude de cette odeur depuis que je suis tout petit. C'est l'odeur des mauvaises bougies d'église. Mon père était très croyant et m'amenait souvent à l'église. Il voulait que je sois prêtre. Comme l'argent manquait pour la cire, on faisait les bougies avec de la graisse animale, et elles dégageaient la même odeur. C'est à cause d'une composante chimique, mais j'ai oublié le nom ; c'est Wirths, notre médecin-chef, qui m'a expliqué ça. » Il insista encore pour me faire voir les deux autres crématoriums, des structures colossales, inactives à ce moment-là ; le *Frauenlager*, ou camp des femmes ; et la station de traitement des eaux usées, construite à la suite de plaintes répétées du district, qui alléguait que le camp contaminait la Vistule et la nappe aquifère environnante. Puis il me ramena au *Stammlager* qu'il me fit aussi visiter de fond en comble ; enfin, il me conduisit de l'autre côté de la ville pour me montrer rapidement le camp d'Auschwitz III, où vivaient les détenus travaillant pour IG Farben : il me présenta à Max Faust, un des ingénieurs de l'usine, avec qui je convins de revenir un autre jour. Je ne décrirai pas toutes ces installations : elles sont archiconnues et détaillées dans de nombreux livres, je n'ai rien à ajouter. De retour au camp, Höss voulut m'inviter à faire un peu d'équitation ; mais je tenais à peine debout et rêvais surtout d'un bain, et je parvins à le convaincre de me laisser à mes quartiers.

Höss m'avait attribué un bureau vide dans la Kommandantur du *Stammlager*. J'avais vue sur la Sola et sur une coquette maison carrée entouré d'arbres, de l'autre côté de la Kasernestrasse, qui n'était autre que la demeure du Kommandant et de sa famille. La *Haus* où je logeais se révéla bien plus tranquille que celle de Lublin : les hommes qui y dormaient étaient des professionnels sobres, de passage pour diverses raisons ; le soir, des officiers du camp venaient boire et jouer au billard, mais se tenaient toujours correctement. On y mangeait très bien, des portions copieuses arrosées de vin bulgare, avec de la schlivovitz croate comme digestif, et parfois même de la glace à la vanille. Mon interlocuteur principal, en dehors de Höss, était le médecin-chef de la garnison, le Sturmbannführer Dr. Eduard Wirths. Il avait ses bureaux dans l'hôpital SS du *Stammlager*, au bout de la Kasernestrasse, en face des locaux de la *Politische Abteilung* et d'un crématorium qui devait être mis hors service d'un jour à l'autre. Alerte, intelligent, les traits fins, des yeux pâles et les cheveux clairsemés, Wirths semblait épuisé par ses tâches, mais motivé pour surmonter toutes les difficultés. Son obsession était la lutte contre le typhus : le camp vivait déjà sa seconde épidémie de l'année, qui avait décimé le camp tsigane et aussi frappé, parfois mortellement, des gardes SS ou leurs familles. Je passai avec lui de longues heures en discussion. Il dépendait, à Oranienburg, du Dr. Lolling, et se plaignait du manque de soutien ; lorsque je lui laissai entendre que je partageais son opinion, il s'ouvrit à moi et me fit part de son incapacité à travailler de manière constructive avec cet homme incompétent et abruti par les stupéfiants. Lui-même n'était pas un professionnel de l'IKL. Il servait au front depuis 1939, à la Waffen-SS, et avait gagné la Croix de Fer, seconde classe ; mais on l'avait réformé à cause d'une sérieuse maladie et affecté au service des camps. Il avait trouvé Auschwitz dans un état catastrophique : depuis presque un an, le désir d'améliorer les choses le travaillait.

Wirths me montra les rapports qu'il adressait mensuellement à Lolling : la situation des différentes parties du camp, l'incompétence de certains médecins et officiers, la brutalité des subalternes et des kapos, les entraves quotidiennes opposées à son travail, tout y était décrit dans un langage cru et sans fard. Il promit de me faire taper des doubles des six derniers rapports. Il était particulièrement remonté contre l'emploi de criminels aux postes à responsabilité du camp : « J'en ai discuté des dizaines de fois avec l'Obersturmbannführer Höss. Ces "verts" sont des brutes, parfois des psychopathes, ils sont corrompus, ils règnent par la terreur sur les autres détenus, tout ça avec l'accord de la SS. C'est inadmissible, sans même parler du fait que les résultats sont lamentables. » — « Que préféreriez-vous ? Des détenus politiques, des communistes ? » — « Bien entendu ! » Il se mit à énumérer sur ses doigts : « Un : ce sont par définition des hommes qui ont une conscience sociale. Même s'ils se laissent corrompre, ils ne commettront jamais les atrocités des droits communs. Rendez-vous compte qu'au camp des femmes les *Blockältesten* sont des prostituées, des dégénérées ! Et les chefs de bloc mâles gardent pour la plupart ce qu'on appelle ici un *Pipel*, un jeune garçon qui leur sert d'esclave sexuel. Voilà sur quoi on s'appuie ! Alors que les "rouges", tous, refusent de fréquenter le bordel pour détenus fonctionnaires. Et pourtant certains sont en camp depuis dix ans. Ils gardent une discipline impressionnante. Deux : la priorité maintenant est à l'organisation du travail. Or, quel meilleur organisateur qu'un communiste ou un militant SD ? Les "verts" ne savent que taper et encore taper. Trois : on m'objecte que les "rouges" saboteront délibérément la production. Ce à quoi je réponds que d'abord elle ne pourrait pas être pire que la production actuelle, et qu'ensuite il y a des moyens de contrôle : les politiques ne sont pas idiots, ils comprendront très bien qu'au moindre problème ils seront cassés et que les droits communs reviendront. Il sera donc tout à fait dans leur intérêt, pour eux-mêmes et pour l'ensemble des *Häftlinge*, qu'ils garantissent une bonne production. Je peux même avancer un exemple, celui de Dachau où j'ai brièvement travaillé : là, les "rouges" contrôlent tout et je peux vous assurer que les conditions sont incomparablement meilleures qu'à Auschwitz. Ici même, dans mon propre service, je n'emploie que des politiques. Je n'ai pas à m'en plaindre. Mon secrétaire particulier est un communiste autrichien, un jeune homme sérieux, posé, efficace. Nous avons parfois des conversations très franches, et c'est très utile pour moi, car par les autres détenus il sait des choses qu'on me cache, et il me les rapporte. Je lui fais bien plus confiance qu'à certains de mes collègues SS. » Notre discussion porta aussi sur la sélection. « Je juge le principe odieux, m'avoua-t-il franchement. Mais s'il faut que ce soit fait, alors autant que ce soit par des médecins. Avant, c'était le Lagerführer et ses hommes qui s'en chargeaient. Ils faisaient ça n'importe comment, et avec une brutalité inimaginable. Au moins maintenant, ça se passe dans l'ordre, et selon des critères raisonnables. » Wirths avait ordonné que tous les médecins du camp prennent leur tour à la rampe. « Moi-même, j'y vais aussi, même si je trouve cela horrifiant. Je dois donner l'exemple. » Il avait un air perdu en disant cela. Ce n'était pas la première fois qu'on s'ouvrait ainsi à moi : depuis le début de ma mission, certains individus, soit parce qu'ils comprenaient instinctivement que je m'intéressais à leurs problèmes, soit parce qu'ils espéraient trouver en moi un canal pour faire remonter leurs doléances, se confiaient bien au-delà des exigences du service. Il est vrai que Wirths, ici, ne devait pas souvent trouver une oreille amie : Höss était un bon professionnel, mais dénué de toute sensibilité, et il devait en être de même pour la plupart de ses subordonnés.

J'inspectai en détail les différentes parties du camp. Je retournai à plusieurs reprises à Birkenau, et me fis montrer les systèmes d'inventaire des biens confisqués au « Canada ». C'était un désordre invraisemblable : on pouvait y voir des caisses de devises non comptées, et l'on foulait du pied des billets de banque, déchirés et mêlés à la gadoue des allées. En principe, on fouillait les détenus à la sortie de la zone ; mais j'imaginais qu'avec une montre ou quelques reichsmarks, il ne devait pas être difficile de soudoyer un garde. Le kapo « vert » qui tenait les écritures me le confirma d'ailleurs indirectement : après m'avoir fait visiter son capharnaüm — les montagnes mouvantes de vêtements usagés, dont des équipes décousaient les étoiles jaunes avant de les réparer, les trier, puis les réentasser ; les caisses de lunettes, de montres, de stylos en vrac ; les rangées bien ordonnées de poussettes et de landaus ; les bottes de cheveux de femmes, consignées par ballots entiers à des firmes allemandes qui les transformaient en chaussettes pour nos sous-mariniers, en rembourrage pour des matelas, et en matériaux isolants ; et les tas hétéroclites d'objets de culte, dont personne ne savait trop quoi faire — ce fonctionnaire détenu, sur le point de me laisser, me lança négligemment, dans son argot gouailleur de Hambourg : « Si v'z'avez besoin de quelque chose, faites savoir, je m'en occupe. » — « Que voulez-vous dire ? » — « Oh, c'est pas compliqué des fois. Pour rendre service, vous savez, nous autres on aime ça. » C'était là ce dont parlait Morgen : les SS du camp, avec la complicité des détenus, en venaient à considérer ce « Canada » comme leur réserve privée. Morgen m'avait conseillé d'aller visiter les chambrées des gardes : j'y trouvai les SS vautrés sur des canapés en tissu de choix, à moitié ivres, les yeux dans le vide ; quelques détenues juives, vêtues non pas du rayé réglementaire mais en robes légères, faisaient cuire des saucisses et des galettes de pommes de terre sur un grand poêle en fonte ; c'étaient toutes de vraies beautés, et elles avaient conservé leurs cheveux ; et lorsqu'elles servaient les gardes, leur apportant à manger ou leur versant de l'alcool contenu dans des carafons en cristal, elles s'adressaient à eux familièrement, les tutoyaient, les appelaient par des diminutifs. Pas un des gardes ne s'était levé pour me saluer. Je lançai un regard interloqué vers le Spiess qui m'accompagnait dans mes déplacements ; il haussa les épaules : « Ils sont fatigués, Herr Sturmbannführer. Ils ont eu une dure journée, vous savez. Deux transports déjà. » J'aurais voulu faire ouvrir leurs casiers, mais ma position ne m'y autorisait pas : je ne doutais pas que j'y aurais trouvé toutes sortes de valeurs et de devises. Cette corruption généralisée, d'ailleurs, me paraissait monter jusqu'au plus haut niveau, comme le suggéraient des remarques entendues au hasard. Au bar de la *Haus der Waffen-SS*, j'avais surpris une conversation entre un Oberscharführer du camp et un civil ; le sous-officier, en ricanant, expliquait qu'il avait fait livrer à Frau Höss « un panier plein de petites culottes, et de la meilleure qualité, en soie et en dentelle. Elle voulait remplacer ses culottes usées, vous voyez ». Il ne précisa pas la provenance, mais je le devinai assez aisément. Moi-même je recevais des propositions, on tentait de m'offrir des bouteilles de cognac ou des victuailles, *pour améliorer mon ordinaire*. Je refusais, mais poliment : je ne voulais pas que ces officiers se méfient de moi, cela aurait nui à mon travail.

Comme convenu, j'allai visiter la grande usine d'IG Farben, appelée Buna, du nom du caoutchouc synthétique qu'elle était censée produire un jour. La construction, apparemment, avançait péniblement. Faust étant occupé, il me délégua pour la visite un de ses assistants, l'ingénieur Schenke, un homme d'une trentaine d'années, en costume gris, avec l'insigne du Parti. Ce Schenke semblait fasciné par ma Croix de Fer; ses yeux, tandis qu'il me parlait, ne cessaient de glisser vers elle; enfin il me demanda, timidement, dans quelles circonstances je l'avais eue. « J'étais à Stalingrad. » — « Ah! Vous en avez eu, de la chance. » — « D'en être sorti? demandai-je en riant. Oui, je le pense aussi. » Schenke prit un air confus : « Non, ce n'est pas ce que je voulais dire. D'avoir été là-bas, d'avoir pu vous battre ainsi, pour la *Heimat*, contre les bolcheviques. » Je le regardai curieusement et il rougit. « J'ai une difformité d'enfance, à la jambe. Un os cassé et mal ressoudé. Cela m'a interdit d'aller au front. Mais j'aurais voulu moi aussi servir le Reich. » — « Vous le servez ici », fis-je remarquer. — « Bien sûr. Mais ça n'est pas pareil. Tous mes amis d'enfance sont au front. On se sent... exclu. » Schenke en effet boitait, mais ça ne l'empêchait pas de gambader d'un pas nerveux et rapide, à tel point que je devais me hâter pour le suivre. En marchant, il m'expliquait l'histoire de l'usine : la direction du Reich avait insisté pour que Farben construise une usine de buna — un produit vital pour l'armement — à l'Est, à cause des bombardements qui ravageaient déjà la Ruhr. Le site avait été choisi par un des directeurs de l'IG, le Dr. Ambros, en raison d'un grand nombre de critères favorables : la confluence de trois rivières fournissant les quantités d'eau considérables requises par la production du buna; l'existence d'un grand plateau, quasiment vide (à l'exception d'un village polonais qui avait été rasé), et géologiquement idéal car situé en hauteur; l'intersection de plusieurs réseaux ferroviaires; et la proximité de nombreuses mines de charbon. La présence du camp avait aussi été un facteur positif : la SS s'était déclarée ravie de soutenir le projet et avait promis de fournir des détenus. Mais la construction de l'usine traînait, en partie à cause des difficultés d'approvisionnement, en partie parce que le rendement des *Häftlinge* s'était révélé mauvais, et la direction était furieuse. L'usine avait beau régulièrement renvoyer au camp les détenus devenus incapables de travailler et exiger, comme le permettait le contrat, leur remplacement, les nouveaux arrivaient dans un état à peine meilleur. « Ceux que vous renvoyez, qu'est-ce qui leur arrive? » demandai-je d'un ton neutre. Schenke me regarda avec surprise : « Je n'en ai aucune idée. Ça n'est pas mon affaire. J'imagine qu'ils les retapent à l'hôpital. Vous ne le savez pas, vous? » Je contemplai pensivement ce jeune ingénieur si motivé : se pouvait-il vraiment qu'il ne le sache pas? Les cheminées de Birkenau fumaient, quotidiennement, à huit kilomètres de là, et je savais aussi bien que quiconque comment couraient les ragots. Mais après tout, s'il ne voulait pas savoir, il lui était possible de ne pas savoir. Les règles du secret et du camouflage servaient à cela, aussi.

Pourtant, à voir le traitement des détenus employés, il ne semblait pas que leur sort ultime fût une préoccupation majeure pour Schenke et ses collègues. Au milieu de l'immense chantier boueux qu'était l'usine, des colonnes de *Häftlinge* rachitiques, en haillons, portaient au pas de course, sous les cris et les coups de schlague des kapos, des poutres ou des sacs de ciment bien trop lourds pour eux. Si un travailleur, dans ses gros sabots en bois, trébuchait et laissait tomber sa charge ou s'effondrait lui-même, on redoublait les coups, et du sang frais, rouge, giclait sur la boue huileuse. Certains ne se relevaient plus. Le vacarme était infernal, tout le monde hurlait, les sous-officiers SS, les kapos ; les détenus battus criaient piteusement. Schenke me guidait à travers cette géhenne sans y prêter la moindre attention. Çà et là, il s'arrêtait et discutait avec d'autres ingénieurs en costume bien repassé, munis de mètres pliants jaunes et de petits carnets en similicuir où ils notaient des chiffres ; on commentait le progrès de la construction d'un mur, puis l'un d'eux murmurait quelques mots à un Rottenführer, qui se mettait à brailler et à frapper vicieusement le kapo à coups de botte ou de crosse ; le kapo, à son tour, plongeait dans la masse des détenus, distribuant des coups féroces à toute volée, en beuglant ; et les *Häftlinge* alors tentaient un sursaut d'activité, qui retombait de lui-même, car ils tenaient à peine debout. Ce système me paraissait hautement inefficace, et j'en fis la remarque à Schenke ; il haussa les épaules et regarda autour de lui comme s'il voyait cette scène pour la première fois : « De toute façon ils ne comprennent que les coups. Qu'est-ce que vous voulez faire d'autre avec une main-d'œuvre pareille ? » Je contemplai de nouveau les *Häftlinge* sous-alimentés, leurs hardes souillées par la boue, la graisse noire, la dysenterie. Un « rouge » polonais s'arrêta un instant devant moi et je vis une tache brune apparaître sur le fond de son pantalon et à l'arrière de sa jambe ; puis il reprit sa course frénétique avant qu'un kapo ne puisse s'approcher. Le désignant de la main, je dis à Schenke : « Vous ne pensez pas qu'il serait important de mieux surveiller leur hygiène ? Je ne parle pas seulement de l'odeur, mais c'est dangereux, c'est comme ça que les épidémies se déclarent. » Schenke répondit d'un air un peu hautain : « Tout cela, c'est la responsabilité de la SS. Nous, nous payons le camp pour avoir des détenus en état de travailler. Mais c'est au camp de les laver, de les nourrir et de les soigner. C'est compris dans le forfait. » Un autre ingénieur, un Souabe épais et suant dans son veston croisé, partit d'un gros éclat de rire : « De toute façon, les Juifs, c'est

comme la venaison, c'est meilleur quand c'est un peu faisandé. »
Schenke eut un sourire pincé ; je rétorquai sèchement : « Vos travailleurs ne sont pas tous juifs. » — « Oh ! Les autres ne valent guère
mieux. » Schenke commençait à se sentir agacé : « Sturmbannführer, si
vous jugez la condition des *Häftlinge* insatisfaisante, vous devriez vous
plaindre au camp, pas à nous. Le camp est responsable de leur entretien, je vous l'ai dit. Tout cela est précisé dans notre contrat. » — « Je le
comprends bien, croyez-le. » Schenke avait raison ; même les coups
étaient administrés par les gardes SS et leurs kapos. « Il me semble
pourtant qu'on pourrait obtenir de meilleurs rendements en les traitant
un peu mieux. Vous ne pensez pas ? » Schenke haussa les épaules :
« Dans l'idéal, peut-être. Et nous nous plaignons souvent au camp de
l'état des travailleurs. Mais nous avons d'autres priorités que de chipoter constamment. » Derrière lui, assommé par un coup de bâton, un
détenu agonisait ; sa tête ensanglantée s'enfonçait dans la boue épaisse ;
seul le tremblement mécanique de ses jambes montrait qu'il était
encore en vie. Schenke, en repartant, l'enjamba sans le regarder. Il pensait encore à mes paroles avec énervement : « On ne peut pas avoir une
attitude sentimentale, Sturmbannführer. Nous sommes en guerre. La
production compte avant tout. » — « Je ne dis pas le contraire. Mon
objectif est justement de suggérer des moyens d'augmenter la production. Cela devrait vous concerner. Après tout, cela fait quoi ? deux ans
que vous construisez, et vous n'avez toujours pas produit un kilo de
buna. » — « Oui. Mais je vous ferai remarquer que l'usine de méthanol
fonctionne depuis un mois. »

Malgré sa repartie, ma dernière remarque avait dû fâcher Schenke ;
pour le reste de la visite, il s'en tint à des commentaires secs et brefs. Je
me fis montrer le KL rattaché à l'usine, un rectangle entouré de barbelés, planté au sud du complexe dans des champs en friche, sur l'emplacement du village rasé. J'y jugeai les conditions de vie déplorables ; le
Lagerführer semblait trouver cela normal. « De toute façon, ceux que
l'IG nous refuse, on les rend à Birkenau qui nous en envoie des frais. »
En rentrant au *Stammlager*, je remarquai, sur un mur de la ville, cette
inscription surprenante : KATYN = AUSCHWITZ. Depuis mars, en effet, la
presse de Goebbels ne cessait de ressasser la découverte en Biélorussie
de cadavres polonais, des milliers d'officiers assassinés par les bolcheviques après 1939. Mais qui donc, ici, avait pu écrire cela ? Il n'y avait

plus de Polonais à Auschwitz, et plus un Juif depuis longtemps. La ville elle-même me parut grise, morne, cossue, comme toutes les vieilles villes allemandes de l'Est, avec sa place du marché carrée, son église dominicaine aux toits pentus, et, juste à l'entrée, dominant le pont sur la Sola, l'ancien château du duc de la région. Durant plusieurs années, le Reichsführer avait favorisé des plans pour agrandir la ville et en faire une communauté modèle de l'Est allemand ; depuis, avec l'intensification de la guerre, ces projets ambitieux avaient été mis de côté, et cela restait une bourgade triste et plate, presque oubliée entre le camp et l'usine, un appendice superflu.

La vie du camp, elle, se révélait riche de phénomènes singuliers. Piontek m'avait déposé devant la Kommandantur et reculait pour garer l'Opel ; j'allais monter quand mon attention fut attirée par du bruit dans le jardin de la maison des Höss. J'allumai une cigarette et m'approchai discrètement : par la grille, je vis des enfants qui jouaient aux *Häftlinge*. Le plus grand, qui me tournait le dos, portait un brassard marqué KAPO et criait d'une voix stridente des commandements standardisés : « *Ach... tung ! Mützen... auf ! Mützen... ab ! Zu fünf !* » Les quatre autres, trois fillettes, dont une toute petite, et un garçon, se tenaient en rang face à moi et s'efforçaient maladroitement d'obéir ; chacun, cousu sur la poitrine, portait un triangle d'une couleur différente : vert, rouge, noir, violet. La voix de Höss retentit derrière moi : « Bonjour, Sturmbannführer ! Que regardez-vous ? » Je me retournai : Höss avançait vers moi, la main tendue ; près de la barrière, une ordonnance tenait la longe de son cheval. Je le saluai, lui serrai la main, et sans un mot lui indiquai le jardin. Höss rougit brutalement, passa la grille et se précipita vers les enfants. Sans rien dire, sans les gifler, il leur arracha les triangles et le brassard et les envoya à la maison. Puis il revint vers moi, encore rouge, les morceaux de tissu à la main. Il me regarda, regarda les insignes, me regarda de nouveau, puis, toujours muet, passa à côté de moi et entra dans la Kommandantur, jetant les insignes dans une corbeille métallique placée près de la porte. Je ramassai ma cigarette, que j'avais jetée pour le saluer et qui fumait encore. Un détenu jardinier, en rayé propre et repassé, râteau à la main, sortit à côté de moi en ôtant son calot et alla chercher la corbeille pour la vider dans le panier qu'il portait ; puis il retourna dans le jardin.

Le jour, je me sentais frais, dispos ; à la *Haus* je mangeais bien, et le soir je pensais avec plaisir à mon lit, aux draps propres ; mais la nuit, depuis mon arrivée, les rêves venaient en rafales, parfois brefs et secs et vite oubliés, d'autres fois comme un long ver se déroulant dans ma tête.

Une séquence en particulier se répétait et s'amplifiait de nuit en nuit, un rêve obscur et difficile à décrire, sans aucun sens narratif, mais qui se déployait selon une logique spatiale. Dans ce rêve je parcourais, mais comme en l'air, à différentes hauteurs, et plutôt comme un pur regard ou même une caméra que comme un être vivant, une cité immense, sans fin visible, d'une topographie monotone et répétitive, divisée en secteurs géométriques, et animée d'une circulation intense. Des milliers d'êtres allaient et venaient, entraient et sortaient de bâtiments identiques, remontaient de longues allées rectilignes, descendaient sous terre par des bouches de métro pour ressortir à un autre endroit, incessamment et sans but apparent. Si je, ou plutôt ce regard que j'étais devenu, descendais dans les allées pour les détailler de près, je constatais que ces hommes et ces femmes ne se distinguaient les uns des autres par aucun trait particulier, tous avaient la peau blanche, les cheveux clairs, les yeux bleus, pâles, perdus, les yeux de Höss, les yeux de mon ancienne ordonnance Hanika, aussi, au moment de sa mort à Kharkov, des yeux couleur de ciel. Des rails sillonnaient la ville, des petits trains s'avançaient et marquaient des arrêts réguliers pour vomir un flot de passagers aussitôt remplacés, aussi loin que portait la vue. Au cours des nuits suivantes, je pénétrai dans quelques-uns des immeubles : des files de gens s'acheminaient entre de longues tables communes et des latrines, mangeant et déféquant en rang d'oignon ; sur des lits superposés, d'autres forniquaient, puis des enfants naissaient, jouaient entre les châlits, et, lorsqu'ils étaient devenus assez grands, sortaient prendre leur place dans les flots humains de cette ville du bonheur parfait. Petit à petit, à force de le contempler depuis différents points de vue, une tendance se dégageait de ce grouillement en apparence arbitraire : imperceptiblement, un certain nombre de gens finissaient toujours du même côté, et entraient enfin dans des bâtisses sans fenêtres où ils se couchaient pour mourir sans un mot. Des spécialistes venaient et prenaient d'eux ce qui pouvait encore contribuer à nourrir l'économie de la ville ; ensuite, leurs corps étaient brûlés dans des fours qui servaient simultanément à chauffer de l'eau distribuée à travers les secteurs par des canalisations ; les os étaient pilés ; la fumée, issue des cheminées, rejoignait, tels des affluents, la fumée des cheminées voisines pour former une longue rivière tranquille et solennelle. Et lorsque le point de vue du rêve reprenait de l'altitude, je pouvais distinguer un équilibre à tout cela : la quantité de naissances, dans les dortoirs, égalait le nombre de décès, et la société s'autoreproduisait en un équilibre parfait, toujours en mouvement, ne produisant aucun excédent et ne souffrant aucune diminution. Au réveil, il me semblait évident que ces rêves sereins, dépourvus de toute angoisse, figuraient le camp, mais alors un camp parfait, ayant atteint un point de stase impossible, sans violence, autorégulé, fonctionnant parfaitement et aussi parfaitement inutile puisque, malgré tout ce mouvement, ne produisant rien. Mais à y réfléchir plus avant, comme je tentais de le faire en buvant mon ersatz dans la salle de la *Haus der Waffen-SS*, n'était-ce pas une représentation de la vie sociale dans son ensemble ? Débarrassée de ses oripeaux et de sa vaine agitation, la vie humaine se réduisait à guère plus que cela ; une fois que l'on s'était reproduit, on avait atteint la finalité de l'espèce ; et quant à sa propre finalité, ce n'était qu'un leurre, une stimulation pour s'encourager à se lever le matin ; mais si l'on examinait la chose objectivement, comme je pensais pouvoir le faire, l'inutilité de tous ces efforts était patente, tout comme l'était la reproduction elle-même, puisqu'elle ne servait qu'à produire de nouvelles inutilités. Et ainsi je venais à penser : le camp lui-même, avec toute la rigidité de son organisation, sa violence absurde, sa hiérarchie méticuleuse, ne serait-il qu'une métaphore, une *reductio ad absurdum* de la vie de tous les jours ?

Mais je n'étais pas venu à Auschwitz pour philosopher. J'inspectai des *Nebenlager* : la station agricole expérimentale de Rajsko, si chère au Reichsführer, où le Dr. Caesar m'expliqua comment l'on tentait toujours de résoudre le problème de la culture à grande échelle de la plante kok-sagyz, découverte, vous vous en souvenez, près de Maïkop, et productrice de caoutchouc ; et encore la fabrique de ciment de Golleschau, l'aciérie de Eintrachthütte, les mines de Jawizowitz et de Neu-Dachs. Mis à part Rajsko, un cas un peu particulier, les conditions dans ces endroits apparaissaient si possible pis qu'à Buna : l'absence de toute mesure de sécurité entraînait des accidents innombrables, le manque d'hygiène assaillait en permanence les sens, la violence des kapos et des contremaîtres civils se déchaînait au moindre prétexte, sauvage et meurtrière. Je descendis au fond des puits des mines par des ascenseurs en cage grillagée brinquebalants ; à chaque niveau, les perspectives des galeries, faiblement illuminées par des lampes jaunâtres, trouaient l'obscurité ; le détenu qui descendait ici devait perdre tout espoir de jamais revoir la lumière du jour. Au fond, l'eau ruisselait des parois, des bruits métalliques et des cris résonnaient à travers les galeries basses et puantes. Des demi-fûts à pétrole avec une planche posée en travers servaient de latrines : certains *Häftlinge* étaient si faibles qu'ils tombaient dedans. D'autres, squelettiques, les jambes gonflées par les œdèmes, s'échinaient à pousser des wagonnets surchargés sur des rails mal ajustés, ou à creuser la paroi avec des pioches ou des marteaux-piqueurs qu'ils pouvaient à peine tenir. À la sortie, des files de travailleurs épuisés, soutenant des camarades à moitié évanouis et portant leurs morts sur des brancards improvisés, attendaient de remonter à la surface pour être renvoyés à Birkenau : eux, au moins, reverraient le ciel, fût-ce pour quelques heures. D'apprendre que presque partout les travaux progressaient moins vite que les prévisions des ingénieurs ne me surprenait pas : d'habitude, on blâmait *la mauvaise qualité de la marchandise fournie par le camp*. Un jeune ingénieur des Hermann-Göring Werke avait bien tenté, m'affirma-t-il d'un air résigné, d'obtenir une ration supplémentaire pour les détenus de Jawizowitz ; mais la direction avait refusé le surcoût. Quant à frapper moins, même cet homme aux idées progressistes reconnaissait tristement que c'était difficile : si on frappait, les détenus avançaient lentement, mais si on ne frappait pas, ils n'avançaient plus du tout.

Avec le Dr. Wirths j'eus une discussion intéressante au sujet, justement, de cette question de la violence physique, car elle évoquait pour moi des problèmes déjà rencontrés aux Einsatzgruppen. Wirths était d'accord avec moi pour dire que même les hommes qui, au début, frappaient uniquement par obligation, finissaient par y prendre goût. « Loin de corriger des criminels endurcis, affirmait-il avec passion, nous les confirmons dans leur perversité en leur donnant tous les droits sur les autres prisonniers. Et nous en créons même de nouveaux parmi nos SS. Ces camps, avec les méthodes actuelles, sont une pépinière de maladies mentales et de déviations sadiques ; après la guerre, quand ces hommes rejoindront la vie civile, nous nous retrouverons avec un problème considérable sur les bras. » Je lui expliquai que, d'après ce que l'on disait, la décision de transférer l'extermination vers des camps venait en partie des problèmes psychologiques qu'elle suscitait au sein des troupes affectées aux exécutions de masse. « Certes, répondit Wirths, mais on n'a fait que déplacer le problème, notamment en mêlant les fonctions d'extermination aux fonctions correctionnelles et économiques des camps ordinaires. La mentalité engendrée par l'extermination déborde et affecte tout le reste. Ici même, dans mes Reviere, j'ai découvert que des médecins assassinaient des patients, allant au-delà des instructions. J'ai eu beaucoup de mal à mettre fin à ces pratiques.

Quant aux dérives sadiques, elles sont très fréquentes, surtout chez les gardes, et souvent liées à des troubles sexuels. » — « Vous avez des exemples concrets ? » — « C'est rare qu'ils viennent me consulter. Mais cela arrive. Il y a un mois, j'ai vu un garde qui est ici depuis un an. Un homme de Breslau, trente-sept ans, marié, trois enfants. Il m'a avoué qu'il battait des détenus jusqu'à ce qu'il éjacule, sans même se toucher. Il n'avait plus aucun rapport sexuel normal ; quand il recevait une permission, il ne rentrait pas chez lui, tellement il avait honte. Mais avant de venir à Auschwitz, m'a-t-il affirmé, il était parfaitement normal. » — « Et qu'avez-vous fait pour lui ? » — « Dans ces conditions-ci, je ne peux pas grand-chose. Il lui faudrait un traitement psychiatrique soutenu. J'essaye de le faire muter, hors du système des camps, mais c'est difficile : je ne peux pas tout dire, sinon il sera arrêté. Or c'est un malade, il a besoin d'être soigné. » — « Et comment croyez-vous que ce sadisme se développe ? demandai-je. Je veux dire chez des hommes normaux, sans aucune prédisposition qui ne ferait que se révéler dans ces conditions ? » Wirths regardait par la fenêtre, pensif. Il mit un long moment avant de répondre : « C'est une question à laquelle j'ai beaucoup réfléchi, et il est malaisé d'y répondre. Une solution facile serait de blâmer notre propagande, telle par exemple qu'elle est enseignée ici aux troupes par l'Oberscharführer Knittel, qui dirige la *Kulturabteilung* : le *Häftling* est un sous-homme, il n'est même pas humain, il est donc tout à fait légitime de le frapper. Mais ce n'est pas tout à fait ça : après tout, les animaux ne sont pas humains non plus, mais aucun de nos gardes ne traiterait un animal comme il traite les *Häftlinge*. La propagande joue en effet un rôle, mais d'une manière plus complexe. J'en suis arrivé à la conclusion que le garde SS ne devient pas violent ou sadique parce qu'il pense que le détenu n'est pas un être humain ; au contraire, sa rage croît et tourne au sadisme lorsqu'il s'aperçoit que le détenu, loin d'être un sous-homme comme on le lui a appris, est justement, après tout, un homme, comme lui au fond, et c'est cette résistance, vous voyez, que le garde trouve insupportable, cette persistance muette de l'autre, et donc le garde le frappe pour essayer de faire disparaître leur humanité commune. Bien entendu, cela ne marche pas : plus le garde frappe, plus il est obligé de constater que le détenu refuse de se reconnaître comme un non-humain. À la fin, il ne lui reste plus comme solution qu'à le tuer, ce qui est un constat d'échec définitif. » Wirths se tut. Il regardait toujours par la fenêtre. Je rompis le silence : « Je peux vous poser une question personnelle, docteur ? » Wirths répondit sans me regarder ; ses longs doigts fins tapotaient la table : « Vous pouvez la poser. » — « Êtes-vous croyant ? » Il mit un moment à répondre. Il regardait encore dehors, vers la rue et le crématorium. « Je l'ai été, oui », dit-il enfin.

J'avais quitté Wirths et je remontais la Kasernestrasse vers la Kommandantur. Juste avant le poste de contrôle avec sa barrière rouge et blanc, je remarquai un des enfants de Höss, l'aîné, accroupi dans la rue devant le portail de leur maison. Je m'approchai et le saluai : « Bonjour ! » Le garçon leva vers moi des yeux francs et intelligents et se redressa : « Bonjour, Herr Sturmbannführer. » — « Comment t'appelles-tu ? » — « Klaus. » — « Qu'est-ce que tu regardes, Klaus ? » Klaus tendit un doigt vers le portail : « Voyez. » La terre battue devant le seuil était noire de fourmis, un grouillement d'une densité incroyable. Klaus s'accroupit à nouveau pour les observer et je me penchai près de lui. À première vue, ces milliers de fourmis semblaient courir dans le désordre le plus frénétique, absolu, sans but. Mais je regardai de plus près, tentai d'en suivre une, puis une autre. Je remarquai alors que l'aspect saccadé de ce fourmillement venait du fait que chaque insecte s'arrêtait à tout instant pour toucher de ses antennes celles de ceux qu'il croisait. Petit à petit je vis qu'une partie des fourmis partaient vers la gauche tandis que d'autres en arrivaient, portant des débris de nourriture : un labeur harassant, démesuré. Celles qui venaient devaient grâce au jeu des antennes informer les autres de l'origine de la nourriture. Le portail de la maison s'ouvrit et un *Häftling*, le jardinier que j'avais vu auparavant, en sortit. En me voyant, il se raidit et ôta son calot. C'était un homme un peu plus âgé que moi, un politique polonais, d'après son triangle. Il remarqua la fourmilière et dit : « Je vais détruire ça, Herr Offizier. » — « Absolument pas ! Surtout n'y touchez pas. » — « Oh oui, Stani, surenchérit Klaus, laisse-les. Elles ne t'ont rien fait. » Il se tourna vers moi : « Où vont-elles ? » — « Je ne sais pas. On n'a qu'à voir. » Les fourmis suivaient le mur du jardin, puis longeaient le bord de la rue, passant derrière les véhicules et les motos garés en face de la Kommandantur ; ensuite, elles continuaient tout droit, une longue ligne traversée de soubresauts, au-delà du bâtiment de l'administration du camp. Nous les suivions pas à pas, admirant leur détermination infatigable. Arrivé au niveau de la *Politische Abteilung*, Klaus me regarda nerveusement : « Herr Sturmbannführer, excusez, mon père ne veut pas que je vienne par ici. » — « Attends-moi, alors, je te dirai. » Derrière le baraquement du département politique se dressait la masse trapue du crématorium, un ancien bunker à munitions recouvert de terre et ressemblant vaguement, sauf pour la cheminée, à un kourgane aplati. Les fourmis continuaient vers sa masse sombre ; elles montaient sur le flanc incliné, se faufilaient dans l'herbe ; puis elles tournaient et redescendaient un pan de mur en béton, là où l'entrée du bunker forme un retrait entre les coteaux de terre. Je les suivis encore et vis qu'elles passaient par la porte entrebâillée et pénétraient à l'intérieur du crématorium. Je regardai tout autour : à l'exception d'un garde qui me fixait avec curiosité et d'une colonne de détenus poussant des brouettes un peu plus loin, du côté de l'extension du camp, il n'y avait personne. Je m'approchai de la porte encadrée par deux ouvertures semblables à des fenêtres ; à l'intérieur, tout était noir et silencieux. Les fourmis passaient sur l'angle du seuil. Je fis demi-tour et rejoignis Klaus. « Elles vont par là, fis-je vaguement. Elles ont trouvé à manger. » Suivi du petit, je retournai à la Kommandantur. Nous nous séparâmes devant l'entrée. « Vous venez ce soir, Herr Sturmbannführer ? » me demanda Klaus. Höss donnait une petite réception et m'avait invité. « Oui. » — « À ce soir, alors ! » Enjambant la fourmilière, il entra dans le jardin.

À la fin de la journée, après être passé à la *Haus der Waffen-SS* pour me laver et me changer, je retournai chez les Höss. Devant le portail, il ne restait plus que quelques douzaines de fourmis, qui sillonnaient rapidement la surface. Les milliers d'autres devaient être en sous-sol maintenant, creusant, déblayant, étayant, invisibles mais continuant sans relâche leur travail insensé. Höss m'accueillit sur le perron, un verre de cognac à la main. Il me présenta à son épouse, Hedwig, une femme blonde au sourire figé et aux yeux durs, vêtue d'une seyante robe de soirée avec un col et des manchettes en dentelle, et ses deux filles aînées, Kindi et Püppi, aussi joliment habillées. Klaus me serra la main amicalement ; il portait une veste en tweed, de coupe anglaise, avec des pièces de daim aux coudes et des gros boutons en corne. « C'est une belle veste, fis-je remarquer. Où est-ce que tu as trouvé ça ? » — « C'est mon papa qui me l'a rapportée du camp, répondit-il en rayonnant de plaisir. Les chaussures aussi. » C'étaient des bottines en cuir brun, cirées, avec des boutons sur le côté. « Très élégant », dis-je. Wirths se trouvait là et me présenta sa femme ; les autres convives étaient tous des officiers du camp, il y avait Hartjenstein, le commandant de la garnison, Grabner, le chef du département politique, le Lagerführer Aumeier, le Dr. Caesar, et quelques autres. L'ambiance était assez guindée, plus que chez Eichmann en tout cas, mais restait cordiale. L'épouse de Caesar, une femme encore jeune, riait beaucoup ; Wirths m'expliqua qu'il s'agissait d'une de ses assistantes, qu'il avait demandée en mariage peu de temps après que sa seconde femme fut morte du typhus. La conversation portait sur la chute récente et l'arrestation de Mussolini, qui avaient frappé les esprits ; les protestations de loyauté de Badoglio, le nouveau Premier ministre, inspiraient peu confiance. Puis l'on parla des projets de développement de l'Est allemand du Reichsführer. Les idées les plus contradictoires volaient entre les convives ; Grabner essaya de m'attirer dans une discussion sur le projet de colonisation de Himmlerstadt, mais je répondis évasivement. Une chose restait claire : quelles que soient les vues des uns et des autres sur l'avenir de la région, le camp en faisait partie intégrante. Höss pensait qu'il durerait au moins dix ou vingt ans. « L'extension du *Stammlager* est prévue dans cette optique, expliquait-il. Une fois qu'on en aura fini avec les Juifs et la guerre, Birkenau disparaîtra, on rendra la terre à l'agriculture. Mais l'industrie de Haute-Silésie, surtout avec les pertes allemandes à l'Est, ne pourra pas se passer de main-d'œuvre polonaise ; le camp restera vital pour le contrôle de ces populations, pendant longtemps. » Deux détenues, vêtues de robes simples mais propres et faites de bon tissu, circulaient parmi les invités avec des plateaux ; elles portaient le triangle violet des IBV, ceux qu'on appelle les « témoins de Jéhovah ». Les pièces étaient bien aménagées, avec des tapis, des canapés et des fauteuils en cuir, des meubles de bois riches, bien ouvragés, des vases avec des fleurs fraîches posés sur des ronds de dentelle. Les lampes donnaient une lumière jaune, discrète, presque tamisée. Des agrandissements dédicacés de photographies du Reichsführer visitant le camp avec Höss ou tenant ses enfants sur ses genoux décoraient les murs. Les cognacs et les vins étaient de grande qualité ; Höss offrait aussi à ses invités de bonnes cigarettes yougoslaves de marque Ibar. Je contemplai avec curiosité cet homme si rigide et consciencieux, qui habillait ses enfants avec les vêtements d'enfants juifs tués sous sa responsabilité. Y pensait-il en les regardant ? Sans doute l'idée ne lui venait même pas à l'esprit. Sa femme lui tenait le coude et poussait des éclats de rire cassants, aigus. Je la regardai et songeai à son con, sous sa robe, niché dans la culotte en dentelle d'une jeune et jolie Juive gazée par son mari. La Juivesse était depuis longtemps brûlée avec son con à elle et partie en fumée rejoindre les nuages ; sa culotte de prix, qu'elle avait peut-être spécialement mise pour sa déportation, ornait et protégeait maintenant le con de Hedwig Höss. Est-ce que Höss pensait à cette Juive, lorsqu'il retirait sa culotte pour honorer sa femme ? Mais peut-être ne s'intéressait-il plus beaucoup au con de

Frau Höss, aussi délicatement recouvert fût-il : le travail dans les camps, quand il ne faisait pas des hommes des détraqués, les rendait souvent impuissants. Peut-être gardait-il sa propre Juivesse quelque part dans le camp, propre, bien nourrie, une chanceuse, la pute du Kommandant? Non, pas lui : si Höss prenait une maîtresse parmi les détenues, ce serait une Allemande, pas une Juive.

Il n'est jamais bon d'avoir de telles pensées, je le sais bien. Cette nuit-là mon rêve récurrent connut une intensification finale. Je m'approchais de cette immense cité par une voie ferrée désaffectée; au loin, la ligne des cheminées fumait paisiblement; et je me sentais perdu, isolé, un chiot abandonné, et le besoin de la compagnie des hommes me tenaillait. Je me mêlai à la foule et j'errai longtemps, irrésistiblement attiré par les crématoriums qui vomissaient dans le ciel des volutes de fumée et des nuées d'étincelles, ... *like a dog, both attracted and repell'd / By the stench of his own kind / Burning.* Mais je ne pouvais y accéder et j'entrai dans un des vastes immeubles-baraques où j'occupai une couchette, repoussant une femme inconnue qui voulait se joindre à moi. Je m'endormis promptement. Lorsque je me réveillai, je remarquai un peu de sang sur mon coussin. Je regardai de plus près et vis qu'il y en avait aussi sur les draps. Je les soulevai; en dessous, ils étaient trempés de sang mêlé à du sperme, de grosses glaires de sperme trop épaisses pour s'écouler à travers le tissu. Je dormais dans une chambre de la maison des Höss, à l'étage, à côté de la chambre des enfants; et je n'avais aucune idée de la façon dont je pourrais amener ces draps souillés à la salle de bains, pour les laver, sans que Höss le remarque. Ce problème me causait une gêne affreuse, angoissante. Puis Höss entra dans ma chambre avec un autre officier. Ils se déculottèrent, s'assirent jambes croisées auprès de mon lit et entreprirent de se masturber vigoureusement, leurs glands empourprés disparaissant et réapparaissant sous la peau des prépuces, jusqu'à ce qu'ils aient envoyé de grands jets de sperme sur mon lit et sur le tapis. Ils souhaitaient que je les imite, je refusai; cette cérémonie avait apparemment une signification précise, mais j'ignore laquelle.

Ce rêve brutal et obscène marqua la fin de mon premier séjour au KL Auschwitz : j'avais achevé mon travail. Je rentrai à Berlin et de là allai visiter quelques camps de l'*Altreich*, les KL Sachsenhausen, Buchenwald, et Neuengamme, ainsi que plusieurs de leurs camps annexes. Je ne m'étendrai pas plus avant sur ces visites : tous ces camps ont été amplement décrits dans la littérature historique, et mieux que je ne pourrais le faire ; et puis, il est tout à fait exact que lorsqu'on a vu un camp on les a tous vus : tous les camps se ressemblent, c'est bien connu. Rien de ce que je voyais, malgré des variations locales, ne modifiait sensiblement mon opinion ou mes conclusions. Je revins pour de bon à Berlin vers la mi-août, à peu près entre la reprise d'Orel par les Soviétiques et la conquête finale de la Sicile par les Anglo-Américains. Je rédigeai mon rapport en peu de temps ; j'avais déjà synthétisé mes notes en cours de route, il ne me restait plus qu'à organiser les chapitres et taper le tout, l'affaire de quelques jours. Je soignai ma prose ainsi que la logique de mon argumentation : le rapport était adressé au Reichsführer, et Brandt m'avait prévenu que j'aurais sans doute à rendre compte verbalement. La version finale corrigée et dactylographiée, je l'envoyai et attendis.

J'avais retrouvé, sans grand plaisir je dois l'avouer, ma logeuse Frau Gutknecht. Celle-ci s'extasia, et voulut à tout prix me faire du thé ; mais elle ne comprenait pas comment, si je revenais de l'Est, *où on trouve tout à manger*, je n'avais pas songé à rapporter une paire d'oies, pour le ménage bien sûr. (À vrai dire, elle n'était pas la seule : Piontek était revenu de son séjour à Tarnowitz avec un coffre bourré de victuailles, et avait d'ailleurs offert de m'en revendre une partie sans coupons.) De plus, j'avais l'impression qu'elle avait profité de mon absence pour fouiller dans mes affaires. Mon indifférence à ses criailleries et ses enfantillages commençait, hélas, à s'user. Fräulein Praxa, elle, avait changé de coiffure, mais pas de couleur de vernis à ongles. Thomas fut content de me revoir : de grands changements se préparaient, affirmait-il, c'était bien que je sois à Berlin, je devais me tenir prêt.

Quelle sensation curieuse, de se retrouver tout à coup, après un tel voyage, sans rien à faire ! Le Blanchot, je l'avais achevé depuis longtemps ; j'ouvris le traité sur le meurtre rituel pour le refermer tout de suite, étonné que le Reichsführer puisse s'intéresser à ces bêtises ; je n'avais pas d'affaires privées ; tous mes dossiers étaient classés. La fenêtre de mon bureau ouverte sur le parc du Prinz-Albrecht-Palais, lumineux mais déjà un peu desséché par les chaleurs d'août, les pieds croisés sur mon canapé, ou bien penché à la croisée pour fumer une cigarette, je réfléchissais ; et lorsque l'immobilité commençait à me peser, je descendais me promener au jardin, je déambulais par les allées de gravier poussiéreuses, grandement tenté par les recoins de gazon ombragés. Je songeais à ce que j'avais vu en Pologne, mais pour une raison que je ne saurais expliquer, ma pensée glissait sur les images, venait s'accrocher sur les mots. Les mots me préoccupaient. Je m'étais déjà demandé dans quelle mesure les différences entre Allemands et Russes, en termes de réaction aux tueries de masse, et qui faisaient que nous avions finalement dû changer de méthode, pour atténuer la chose en quelque sorte, alors que les Russes semblaient, même après un quart de siècle, y rester imperméables, pouvaient tenir à des différences de vocabulaire : le mot *Tod*, après tout, a la raideur d'un cadavre déjà froid, propre, presque abstrait, la finalité en tout cas de l'après-mort, tandis que *smiert'*, le mot russe, est lourd et gras comme la chose elle-même. Et le français, dans ce cas ? Cette langue, pour moi, restait tributaire de la féminisation de la mort par le latin : quel écart finalement entre *la* Mort et toutes les images presque chaudes et tendres qu'elle suscite, et le terrible Thanatos des Grecs ! Les Allemands, eux, avaient au moins préservé le masculin (*smiert'*, soit dit en passant, est aussi un féminin). Là, dans la clarté de l'été, je songeais à cette décision que nous avions prise, cette idée extraordinaire de tuer tous les Juifs, quels qu'ils soient, jeunes ou vieux, bons ou mauvais, de détruire le Judaïsme en la personne de ses porteurs, décision qui avait reçu le nom, bien connu maintenant, d'*Endlösung* : la « solution finale ». Mais quel beau mot ! Pourtant, il n'avait pas toujours été synonyme d'extermination : depuis le début, on réclamait, pour les Juifs, une *Endlösung*, ou bien une *völlige Lösung* (solution complète) ou encore une *allgemeine Lösung* (solution générale), et selon les époques cela signifiait exclusion de la vie publique, exclusion de la vie économique, enfin émigration. Et peu à peu, la signification avait glissé vers l'abîme, mais sans que le signifiant, lui, change, et c'était presque comme si ce sens définitif avait toujours vécu au cœur du mot, et que la chose avait été attirée, happée par lui, par son poids, sa pesanteur démesurée, dans ce trou noir de l'esprit, jusqu'à la singularité : et alors on avait passé l'horizon des événements, à partir duquel il n'y a plus de retour. On croit encore aux idées, aux concepts, on croit que les mots désignent des idées, mais ce n'est pas forcément vrai, peut-être n'y a-t-il pas vraiment d'idées, peut-être n'y a-t-il réellement que des mots, et le poids propre aux mots. Et peut-être ainsi nous étions-nous laissé entraîner par un mot et son inévitabilité. En nous, donc, il n'y aurait eu aucune idée, aucune logique, aucune cohérence ? Il n'y aurait eu que des mots dans notre langue si particulière, que ce mot-là, *Endlösung*, sa beauté ruisselante ? Car en vérité comment résister à la séduction d'un tel mot ? C'eût été aussi inconcevable que de résister au mot *obéir*, au mot *servir*, au mot *loi*. Et c'était peut-être là, au fond, la raison d'être de nos *Sprachregelungen*, assez transparentes finalement en termes de camouflage (*Tarnjargon*), mais utiles pour tenir ceux qui se servaient de ces mots et de ces expressions — *Sonderbehandlung* (traitement spécial), *abtransportiert* (transporté plus loin), *entsprechend behandelt* (traité de manière appropriée), *Wohnsitzverlegung* (changement de domicile), ou *Executivmassnahmen* (mesures exécutives) — entre les pointes acérées de leur abstraction. Cette tendance s'étendait à tout notre langage bureaucratique, notre *bürokratisches Amtsdeutsch*, comme disait mon collègue Eichmann : dans les correspondances, dans les discours aussi, les tournures passives dominaient, « il a été décidé que... », « les Juifs ont été convoyés aux mesures spéciales », « cette tâche difficile a été accomplie », et ainsi les choses se faisaient toutes seules, personne ne faisait jamais rien, personne n'agissait, c'étaient des actes sans acteurs, ce qui est toujours rassurant, et d'une certaine façon ce n'étaient même pas des actes, car par l'usage particulier que notre langue nationale-socialiste faisait de certains noms, on parvenait, sinon à entièrement éliminer les verbes, du moins à les réduire à l'état d'appendices inutiles (mais néanmoins décoratifs), et ainsi, on se passait même de l'action, il y avait seulement des faits, des réalités brutes soit déjà présentes, soit attendant leur accomplissement inévitable, comme l'*Einsatz*, ou l'*Einbruch* (la percée), la *Verwertung* (l'utilisation), l'*Entpolonisierung* (la dépolonisation), l'*Ausrottung* (l'extermination), mais aussi, en sens contraire, la *Versteppung*, la « steppisation » de l'Europe par les hordes bolcheviques qui, à l'opposé d'Attila, rasaient la civilisation afin de laisser repousser l'herbe à chevaux. *Man lebt in seiner Sprache*, écrivait Hanns Johst, un de nos meilleurs poètes nationaux-socialistes : « L'homme vit dans sa langue. » Voss, j'en étais sûr, ne l'aurait pas nié.

J'attendais toujours ma convocation auprès du Reichsführer lorsque les Anglais reprirent, et avec une vigueur considérable, leurs frappes massives sur Berlin. C'était le 23 août, un lundi je me souviens, tard dans la nuit : j'étais chez moi, couché, mais sans doute je ne dormais pas encore, lorsque les sirènes se déclenchèrent. J'aurais été tenté de rester allongé, mais déjà Frau Gutknecht faisait trembler ma porte à coups de poing. Elle braillait si fort qu'on entendait à peine les sirènes : « Herr Offizier ! Herr Offizier !... Doktor Aue ! Levez-vous ! Les *Luftmörder* !!! Au secours ! » Je tirai un pantalon et déverrouillai la porte : « Eh bien oui, Frau Gutknecht. C'est la RAF. Que voulez-vous que j'y fasse ? » Ses bajoues tremblaient, elle verdissait sous les yeux et se signait convulsivement en marmonnant : « Jésus-Marie-Joseph, Jésus-

Marie-Joseph, qu'allons-nous faire ? » — « Nous allons descendre à l'abri, comme tout le monde. » Je repoussai la porte et m'habillai, puis je descendis calmement, fermant ma porte à clef à cause des pillards. On entendait tonner la Flak, surtout vers le sud et le Tiergarten. La cave de l'immeuble avait été aménagée en abri antiaérien : il n'aurait jamais survécu à un coup au but, mais c'était mieux que rien. Je me faufilai parmi les valises et les jambes et m'installai dans un coin, le plus loin possible de Frau Gutknecht, qui partageait ses terreurs avec quelques voisines. Des enfants pleuraient d'angoisse, d'autres couraient entre les gens habillés, qui en costume, qui encore en robe de chambre. Deux bougies seulement éclairaient la cave, de petites flammes vacillantes, tremblotantes, qui enregistraient les détonations proches comme des sismographes. L'alerte dura plusieurs heures ; malheureusement, il était interdit de fumer dans ces abris. Je dus somnoler, je crois qu'aucune bombe ne frappa notre quartier. Quand ce fut fini je montai me recoucher, sans même aller voir dans la rue. Le lendemain, au lieu de prendre le métro, je téléphonai à la SS-Haus et me fis envoyer Piontek. Il m'expliqua que les bombardiers venaient du sud, de Sicile sans doute, et que c'étaient surtout Steglitz, Lichterfelde, et Marienfelde qui avaient reçu, bien que des immeubles aient été détruits à Tempelhof et jusqu'au Zoo. « Les nôtres ont utilisé une nouvelle tactique, *Wilde Sau*, ils ont appelé ça à la radio, mais ils ont pas trop expliqué ce que c'était, Herr Sturmbannführer. Paraît que ça marche, et qu'on leur a abattu plus de soixante appareils, les salauds. Pauvre Herr Jeschonnek, il aurait dû attendre un peu. » Le général Jeschonnek, le chef d'état-major de la Luftwaffe, venait de se suicider, à cause des échecs répétés de son service à empêcher les raids anglo-américains. Et en effet, avant même de traverser la Spree, Piontek dut faire un détour pour éviter une rue obstruée de gravats, les décombres d'un immeuble frappé de plein fouet par un bombardier, un Lancaster je pense : sa queue se dressait au-dessus des ruines, désolée, comme la poupe d'un navire au moment du naufrage. Une fumée noire et épaisse cachait le soleil. J'ordonnai à Piontek de me conduire vers le sud de la ville : plus on avançait, plus nombreux étaient les immeubles qui brûlaient encore, les rues encombrées de débris. Des gens essayaient de tirer leurs meubles des demeures éventrées pour les entasser au milieu de rues inondées par les lances à incendie ; des cuisines mobiles de campagne servaient de la soupe à des files de survivants choqués, épuisés, couverts de suie ; près des camions de pompiers, des formes s'alignaient sur les trottoirs, parfois avec des pieds, nus ou portant encore un dérisoire soulier, dépassant d'un drap souillé. Certaines rues étaient barrées par des tramways couchés sur le flanc par le souffle des détonations ou noircis par le feu ; les lignes électriques traînaient sur le pavé, les arbres gisaient, fracassés, ou se dressaient encore mais nus, dépouillés de toutes leurs feuilles. Les quartiers les plus touchés devenaient infranchissables ; je fis faire demi-tour à Piontek et gagnai la SS-Haus. Le bâtiment n'avait pas été touché, mais des impacts proches avaient soufflé des fenêtres, et le verre brisé, sur le perron, crissa sous mes pas. À l'intérieur, je croisai Brandt dans le hall, l'air terriblement excité, animé d'une joie assez surprenante vu les circonstances. « Que se passe-t-il ? » Il s'arrêta un instant : « Ah, Sturmbannführer, vous ne savez pas encore la nouvelle. Une grande nouvelle ! Le Reichsführer a été nommé ministre de l'Intérieur. » C'était donc ça, les changements dont parlait Thomas, songeai-je tandis que Brandt s'engouffrait dans l'ascenseur. Je montai par l'escalier : Fräulein Praxa était à sa place, maquillée, fraîche comme une rose. « Bien dormi ? » — « Oh, vous savez, Herr Sturmbannführer, j'habite à Weissensee, je n'ai rien entendu. » — « Tant mieux pour vous. » La fenêtre de mon cabinet était intacte : j'avais pris l'habitude de la laisser ouverte, le soir. Je réfléchis à la portée de la nouvelle annoncée par Brandt, mais je manquais d'éléments pour l'analyser à fond. À priori, me semblait-il, cela ne changerait pas grand-chose pour nous : bien que Himmler, en tant que chef de la police allemande, fût techniquement subordonné au ministre de l'Intérieur, il était en réalité entièrement autonome, et ce depuis 1936 au moins ; ni Frick, le ministre sortant, ni son Staatssekretär Stuckart n'avaient jamais eu la moindre influence sur le RSHA ou même le Hauptamt Orpo. La seule chose sur laquelle ils avaient pu garder un contrôle était l'administration civile, le fonctionnariat ; maintenant, cela aussi reviendrait au Reichsführer ; mais je ne pouvais pas croire que ce soit un enjeu majeur. Évidemment, avoir rang de ministre ne pourrait que renforcer la main du Reichsführer par rapport à ses rivaux : mais je n'étais pas assez au fait des querelles au sommet de l'État pour apprécier cette donnée à sa juste mesure.

Je m'étais imaginé que cette nomination remettrait la présentation de mon rapport aux calendes grecques : c'était mal connaître le Reichsführer. Je fus convoqué à son bureau deux jours plus tard. La nuit précédente, les Anglais étaient revenus, moins en force que la première fois, mais j'avais néanmoins peu dormi. Je me frictionnai le visage à l'eau froide, avant de descendre, pour tenter de reprendre une teinte humaine. Brandt, me fixant avec son air de hibou, me fit à son habitude quelques commentaires préliminaires : « Le Reichsführer, comme vous pouvez vous l'imaginer, est extrêmement occupé en ce moment. Néanmoins, il a tenu à vous recevoir car il s'agit d'un dossier qu'il veut faire avancer. Votre rapport a été jugé excellent, un peu trop direct peut-être, mais concluant. Le Reichsführer vous demandera certainement de lui en rendre compte. Soyez concis. Il a peu de temps. » Le Reichsführer, cette fois-ci, m'accueillit avec une touche presque cordiale : « Mon cher Sturmbannführer Aue ! Excusez-moi de vous avoir fait patienter, ces derniers jours. » Il agita sa petite main molle et veineuse en direction d'un fauteuil : « Asseyez-vous. » Brandt, comme la première fois, lui avait remis un dossier qu'il compulsa. « Vous avez vu ce bon Globus, alors. Comment va-t-il ? » — « Le Gruppenführer Globocnik avait l'air en excellente forme, mon Reichsführer. Très enthousiaste. » — « Et que pensez-vous de sa gestion des produits de l'Einsatz ? Vous pouvez parler franchement. » Ses petits yeux froids brillaient derrière son pince-nez. Je me remémorai soudain les premières paroles de Globocnik ; certainement, il connaissait son Reichsführer mieux que moi. Je choisis mes mots avec soin : « Le Gruppenführer est un national-socialiste fervent, mon Reichsführer, il n'y a aucun doute à cela. Mais de telles richesses peuvent engendrer des tentations formidables dans son entourage. J'ai eu l'impression que le Gruppenführer aurait pu être plus strict à ce niveau, qu'il fait peut-être trop confiance à certains de ses subordonnés. » — « Vous parlez beaucoup de corruption dans votre rapport. Pensez-vous que ce soit un problème réel ? » — « J'en suis convaincu, mon Reichsführer. Au-delà de certaines proportions, cela affecte le travail des camps et aussi de l'*Arbeitseinsatz*. Un SS qui vole est un SS que le détenu peut acheter. » Himmler ôta son pince-nez, tira un mouchoir de sa poche, et se mit à polir les verres : « Résumez-moi vos conclusions. Soyez bref. » Je tirai une feuille de notes de ma serviette et me lançai. « Dans le système des KL tel qu'il fonctionne actuellement, mon Reichsführer, je vois trois obstacles à une utilisation maximale et rationnelle de la main-d'œuvre disponible. Premier obstacle, nous venons d'en discuter, la corruption parmi les SS des camps. Elle n'est pas seulement une question morale, elle pose des problèmes pratiques à de nombreux niveaux. Mais pour cela, le remède existe déjà, c'est la commission spéciale que vous avez mandatée, et qui devrait intensifier ses travaux. Deuxième obstacle, une incohérence bureaucratique persistante, que les efforts de l'Obergruppenführer Pohl n'ont pas encore résolue. Permettez-moi, mon Reichsführer, de vous donner un exemple, tiré de ceux cités dans mon rapport : l'ordre du Brigadeführer Glücks du 28 décembre 1942, adressé

à tous les médecins-chefs des KL, leur donnait entre autres la responsabilité, en vue d'une réduction de la mortalité, d'améliorer l'alimentation des *Häftlinge*. Or dans les camps, la cuisine dépend du
département administratif, qui est subordonné au département D IV
du WVHA ; les rations, elles, sont fixées centralement par le D IV 2
en accord avec la SS-Hauptamt. Ni les médecins sur place, ni le département D III n'ont un droit de regard sur ce processus. Cette partie de
l'ordre n'a donc tout simplement pas été suivie d'effet ; les rations
restent identiques à celles de l'année dernière. » Je marquai une
pause ; Himmler, qui me fixait aimablement, hocha la tête : « Pourtant,
la mortalité a baissé, il me semble. » — « Certes, mon Reichsführer,
mais pour d'autres raisons. Il y a eu des progrès dans le domaine des
soins et de l'hygiène, que les médecins contrôlent directement. Mais
elle pourrait baisser encore. Dans l'état actuel des choses, si vous me
permettez la remarque, mon Reichsführer, chaque *Häftling* mort pré-
maturément représente une perte nette pour la production de guerre
du Reich. » — « Je le sais mieux que vous, Sturmbannführer, siffla-t-il
sur un ton mécontent de maître d'école pédant. Continuez. » — « Bien,
mon Reichsführer. Troisième obstacle, la mentalité des officiers supérieurs vétérans de l'IKL. Ces remarques ne concernent en rien leurs
qualités considérables d'hommes, d'officiers SS, et de nationaux-
socialistes. Mais la plupart d'entre eux, c'est un fait, ont été formés à
une époque où la fonction des camps était entièrement différente,
selon les directives de feu l'Obergruppenführer Eicke. » — « Vous
avez connu Eicke ? » coupa Himmler. — « Non, mon Reichsführer. Je
n'ai pas eu cet honneur. » — « C'est dommage. C'était un grand
homme. Il nous manque beaucoup. Mais excusez-moi, je vous ai interrompu. Reprenez. » — « Merci, mon Reichsführer. Ce que je voulais
dire, c'est que ces officiers ont ainsi acquis une optique tournée vers la
fonction politique et policière des camps, telle qu'elle prédominait à
cette époque-là. Malgré toute leur expérience en ce domaine, beaucoup d'entre eux ont été incapables d'évoluer et de s'adapter aux nouvelles fonctions économiques des camps. C'est un problème à la fois
d'état d'esprit et de formation : peu d'entre eux ont la moindre expérience de gestion commerciale, et ils travaillent assez mal avec les
administrateurs d'entreprises du WVHA. Je souligne qu'il s'agit d'un
problème d'ensemble, un problème de génération, si l'on peut dire, et
non pas le fait de personnalités individuelles, même si j'en ai cité certains à titre d'exemple. » Himmler avait ramené ses mains en pointe
sous son menton fuyant. « Bien, Sturmbannführer. Votre rapport sera

diffusé au WVHA et je pense donnera des munitions à mon ami Pohl. Mais afin de n'offusquer personne, vous effectuerez d'abord certaines corrections. Brandt vous en communiquera la liste. Notamment, vous ne citerez personne nommément. Vous comprenez pourquoi. » — « Bien entendu, mon Reichsführer. » — « Par contre, je vous autorise, à titre confidentiel, à transmettre une copie non corrigée de votre rapport au Dr. Mandelbrod. » — « *Zu Befehl*, mon Reichsführer. » Himmler toussa, hésita, sortit un mouchoir et toussa de nouveau en se couvrant la bouche. « Excusez-moi, fit-il en rangeant le mouchoir. J'ai une nouvelle tâche pour vous, Sturmbannführer. La question de l'alimentation dans les camps, que vous mentionniez, est un problème qui revient souvent. Il me semble que c'est une question que vous commencez à connaître. » — « Mon Reichsführer... » Il fit un signe de la main : « Si, si. Je me souviens de votre rapport de Stalingrad. Voici ce que je veux : alors que le département D III couvre tous les problèmes médicaux et sanitaires, nous n'avons pas, comme vous l'avez souligné, d'instance centralisée pour l'alimentation des détenus. J'ai donc décidé de créer un groupe de travail interdépartemental pour résoudre ce problème. C'est vous qui le coordonnerez. Vous impliquerez tous les départements compétents de l'IKL ; Pohl vous déléguera aussi un représentant des entreprises SS qui donnera leur point de vue. Je souhaite en outre que le RSHA puisse avoir son mot à dire. Finalement, je voudrais que vous consultiez les autres ministères concernés, surtout celui de Speer qui ne cesse de nous abreuver de plaintes de la part des entreprises privées. Pohl mettra à votre disposition les experts nécessaires. Je veux une solution consensuelle, Sturmbannführer. Quand vous aurez préparé des propositions concrètes, vous me les soumettrez ; si elles sont valables et réalistes, elles seront adoptées. Brandt vous aidera pour les moyens nécessaires. Des questions ? » Je me redressai : « Mon Reichsführer, votre confiance m'honore et je vous remercie. Je voudrais m'assurer d'un point. » — « Lequel ? » — « Que l'augmentation de la production reste bien l'objectif principal. » Himmler s'était renversé sur son fauteuil, mains ballant sur les accoudoirs ; son visage avait repris son expression malicieuse : « En tant que cela ne lèse pas les autres intérêts de la SS, et n'interfère pas avec les programmes en cours, la réponse est oui. » Il marqua une pause. « Les desiderata des autres ministères sont importants, mais vous savez qu'il y a des contraintes qu'ils ne maîtrisent pas. Prenez cela aussi en compte. Si vous avez des doutes, voyez avec Pohl. Il sait ce que je veux. Bonne journée, Sturmbannführer. »

En sortant du bureau de Himmler, je dois le reconnaître, je me sentais flotter dans mes bottes. Enfin, on me confiait une responsabilité, une authentique responsabilité ! On avait donc reconnu ma juste valeur. Et c'était de plus une tâche positive, un moyen de faire avancer les choses dans la bonne direction, une façon de contribuer à l'effort de guerre et à la victoire de l'Allemagne, autrement que par le meurtre et la destruction. Avant même de discuter avec Rudolf Brandt je caressai comme un adolescent des chimères glorieuses et ridicules : convaincus par mon argumentaire sans faille, les départements se rangeaient derrière moi ; les ineptes et les criminels étaient renversés, renvoyés dans leur trou ; en quelques mois, des progrès considérables étaient accomplis, les détenus retrouvaient leur force, leur santé, nombre d'entre eux, emportés dans leur cœur par la force du national-socialisme désentravé, en venaient à travailler avec joie pour aider l'Allemagne dans son combat ; la production grimpait de mois en mois ; j'obtenais un poste plus important, une influence réelle me permettant d'améliorer les choses selon les principes de la vraie *Weltanschauung*, et le Reichsführer lui-même écoutait mes conseils, ceux d'un des meilleurs nationaux-socialistes. Grotesque, puéril, je le sais bien, mais grisant. Bien entendu, rien ne devait se passer tout à fait comme ça. Mais au début j'étais réellement gonflé d'enthousiasme. Même Thomas semblait impressionné : « Tu vois ce que ça donne, quand tu suis mes conseils au lieu de n'en faire qu'à ta tête », me lança-t-il avec son sourire sardonique. Mais à bien y réfléchir, je n'avais pas agi de manière si différente que lors de notre mission commune de 1939 : encore une fois, j'avais écrit la stricte vérité, sans trop réfléchir aux conséquences ; mais il se trouvait que j'avais eu plus de chance, et que la vérité, cette fois-ci, correspondait à ce que l'on voulait entendre.

Je me lançai dans ce travail avec acharnement. Comme il n'y avait pas suffisamment de place à la SS-Haus, Brandt me fit attribuer une suite de bureaux à la *Zentralabteilung* du ministère de l'Intérieur, sur la Königsplatz dans une courbe de la Spree, au dernier étage ; de mes fenêtres, je tournais le dos au Reichstag, mais j'apercevais d'un côté, derrière l'Opéra Kroll, toute l'étendue verte et sereine du Tiergarten, et de l'autre, au-delà de la rivière et du pont Moltke, la gare douanière de Lehrter, avec son vaste réseau de voies de garage, animées en permanence d'un trafic lent, cahotant, apaisant, un perpétuel plaisir d'enfant. Mieux encore, le Reichsführer ne venait jamais ici : je pouvais enfin fumer en paix dans mon cabinet. Fräulein Praxa, qui après tout ne me déplaisait pas trop, et qui savait au moins répondre au téléphone et prendre des messages, déménagea avec moi ; je réussis aussi à garder Piontek. Brandt m'attribua en outre un Hauptscharführer, Walser, pour s'occuper de l'archivage, deux dactylos, et m'autorisa à prendre un assistant administratif ayant le grade d'Untersturmführer ; je m'en fis recommander un par Thomas, Asbach, un jeune homme fraîchement entré à la *Staatspolizei* après des études de droit et un stage à la Junkerschule de Bad Tölz.

Les avions britanniques étaient revenus plusieurs nuits de suite, mais chaque fois moins nombreux : la *Wilde Sau*, qui permettait à notre chasse d'abattre les appareils ennemis d'en haut tout en restant eux-mêmes au-dessus du niveau de la Flak, faisait des ravages, et la Luftwaffe avait aussi commencé à se servir de fusées éclairantes pour illuminer leurs cibles comme en plein jour ; après le 3 septembre, les raids cessèrent tout à fait : nos nouvelles tactiques les avaient découragés. J'allai voir Pohl à son siège à Lichterfelde pour discuter de la composition du groupe de travail. Pohl avait l'air fort satisfait que l'on s'occupe enfin de manière systématique de ce problème ; il en avait marre, me déclara-t-il franchement, d'envoyer à ses Kommandanten des ordres qui n'étaient pas suivis d'effet. Nous convînmes que l'Amtsgruppe D détacherait trois représentants, un par département ; Pohl me proposa aussi un administrateur du siège de la DWB, les Entreprises économiques allemandes, pour nous conseiller sur les aspects économiques et les contraintes des firmes utilisant la main-d'œuvre détenue ; enfin, il me détacha son inspecteur pour la Nutrition, le professeur Weinrowski, un homme aux cheveux déjà blancs et aux yeux humides, avec un menton profondément creusé par une fossette, dans laquelle nichaient des poils rêches ayant échappé au rasoir. Weinrowski, depuis près d'un an déjà, s'efforçait d'améliorer l'alimentation des *Häftlinge*, sans aucun succès ; mais il avait une bonne expérience des obstacles et Pohl souhaitait qu'il participe à nos travaux. Après un échange de correspondance avec les départements concernés, je convoquai une première réunion pour faire le point sur la situation. À ma demande, le professeur Weinrowski nous avait préparé avec son assistant, le Hauptsturmführer Dr. Isenbeck, un petit mémoire qui fut distribué aux participants, et dont il nous fit une présentation orale. C'était une très belle journée de septembre, la fin de l'été indien ; le soleil brillait sur les arbres du Tiergarten et venait déposer de grands pans de lumière dans notre salle de conférence, illuminant comme un halo la chevelure du professeur. La situation nutritionnelle des *Häftlinge*, nous expliqua Weinrowski de sa voix hachée et didactique, était assez confuse. Les directives centrales fixaient des normes et des budgets, mais les camps s'approvisionnaient, bien entendu, localement, ce qui donnait lieu à des variations parfois considérables. Comme ration-type, il proposa l'exemple du KL Auschwitz, où un *Häftling* affecté à un travail lourd devait recevoir, par jour, 350 grammes de pain, un demi-litre d'ersatz, et un litre de soupe aux patates ou aux navets, avec en supplément, quatre fois par semaine, 20 grammes de viande dans la soupe. Les détenus affectés au travail léger ou à l'infirmerie recevaient évidemment moins ; il y avait encore toutes sortes de rations spéciales, comme celles des enfants du camp familial ou des détenus sélectionnés pour les expériences médicales. Si l'on pouvait résumer la situation, en gros, un détenu affecté au travail lourd recevait officiellement environ 2 150 kilocalories par jour et, au travail léger, 1 700. Or, sans même savoir si ces normes étaient appliquées, elles se révélaient déjà insuffisantes : un homme au repos a besoin, selon sa taille et son poids, et compte tenu de l'environnement, d'un minimum de 2 100 kilocalories par jour pour rester en bonne santé, et un homme qui travaille, de 3 000. Les détenus ne pouvaient donc que dépérir, d'autant que l'équilibre entre lipides, glucides et protides était loin d'être respecté : 6,4 % de la ration, au plus, consistait en protéines, alors qu'il en aurait fallu au moins 10 %, voire 15 %. Sa présentation achevée, Weinrowski se rassit d'un air satisfait et je lus des extraits de la série d'ordres du Reichsführer à Pohl pour l'amélioration de l'alimentation dans les camps, que j'avais fait analyser par mon nouvel assistant, Asbach. Le premier de ces ordres, qui remontait à mars 1942, restait assez vague : le Reichsführer demandait simplement à Pohl, quelques jours après l'incorporation de l'IKL dans le WVHA, de *développer graduellement un régime qui, comme celui des soldats romains ou des esclaves égyptiens, contiendrait toutes les vitamines et resterait simple et bon marché.* Les lettres suivantes se faisaient plus précises : *plus de vitamines, de grandes quantités de légumes crus et d'oignons, des carottes, du chourave, des navets*, et puis *de l'ail*, beaucoup d'ail, *surtout en hiver, pour améliorer l'état de santé.* « Je connais ces ordres, déclara le professeur Weinrowski lorsque j'eus fini. Mais à mon avis l'essentiel n'est pas là. » Pour un homme qui travaille, l'important ce sont les calories et les protéines ; les vitamines et les micronutriments restent somme toute secondaires. Le Hauptsturmführer Dr. Alicke, qui représentait le D III, approuvait ce point de vue ; le jeune Isenbeck, en revanche, avait des

doutes : la nutrition classique, semblait-il penser, sous-estime l'importance des vitamines, et il alléguait en faveur de cette opinion, comme si
cela tranchait tout, un article tiré d'un journal professionnel britannique
de 1938, référence qui parut peu impressionner Weinrowski. Le Hauptsturmführer Gorter, le représentant de l'*Arbeitseinsatz*, prit à son tour
la parole : En ce qui concernait les statistiques globales des détenus
enregistrés, la situation continuait à montrer une amélioration progres-
sive ; de 2,8 % en avril, le taux moyen de mortalité était passé à 2,23 %
en juillet, puis à 2,09 % en août. Même à Auschwitz, il tournait autour
de 3,6 %, une baisse remarquable depuis mars. « En ce moment, le système des KL compte environ 160 000 détenus : sur ce chiffre, seuls
35 000 sont classés par l'*Arbeitseinsatz* comme inaptes au travail, et
100 000, ce qui n'est pas rien, travaillent en extérieur, dans des usines ou
des entreprises. » Avec les programmes de construction de l'Amtsgruppe C, la surpopulation, source d'épidémies, diminuait ; si l'habil-
lement restait problématique, malgré l'usage des effets pris aux Juifs,
l'aspect médical avait fait de grands progrès ; bref, la situation semblait
se stabiliser. L'Obersturmführer Jedermann, de l'administration, se
déclara plutôt d'accord ; et puis, rappela-t-il, la maîtrise des coûts restait
un problème vital : les enveloppes budgétaires étaient contraignantes.
« C'est tout à fait vrai, intervint alors le Sturmbannführer Rizzi, le spécialiste économique choisi par Pohl, mais il y a quand même de nombreux facteurs à prendre en compte. » C'était un officier de mon âge,
aux cheveux clairsemés et avec un nez en trompette, presque slave ;
lorsqu'il parlait, ses lèvres fines et exsangues remuaient à peine, mais
ses propos étaient nets et précis. La productivité d'un détenu pouvait
généralement être exprimée en termes d'un pourcentage de celle d'un
travailleur allemand ou d'un travailleur étranger ; or, ces deux catégories entraînaient des coûts autrement plus considérables qu'un *Häftling*,
sans parler du fait que leur disponibilité devenait de plus en plus limitée. Certes, depuis que les grandes entreprises et le ministère de
l'Armement s'étaient plaints de la concurrence déloyale, la SS ne pouvait plus fournir à ses propres entreprises des détenus au coût réel, mais
devait se les facturer au même coût que pour les entreprises extérieures,
soit de 4 à 6 reichsmarks par jour, le coût d'entretien d'un détenu restant bien évidemment inférieur à cette somme. Or, une légère augmentation du coût réel d'entretien, bien gérée, pouvait entraîner une
augmentation considérable du ratio de productivité, auquel cas tout le
monde y gagnait. « Je m'explique : le WVHA dépense actuellement,
disons, 1,5 reichsmark par jour pour un détenu capable d'accomplir

10 % du travail quotidien d'un travailleur allemand. Il faut donc dix détenus, soit 15 reichsmarks par jour, pour remplacer un Allemand. Mais si, en dépensant 2 reichsmarks par jour pour un détenu, on pouvait lui redonner des forces, augmenter sa durée d'aptitude au travail et ainsi le former correctement ? Dans ce cas, il serait envisageable qu'un détenu puisse, au bout de quelques mois, fournir 50 % du travail de son homologue allemand : ainsi, il ne faudrait plus que deux détenus, soit 4 reichsmarks par jour, pour accomplir la tâche d'un Allemand. Vous me suivez ? Bien entendu, ces chiffres sont des approximations. Il faudrait faire une étude. » — « Vous pourriez vous en charger ? » demandai-je avec intérêt. — « Attendez, attendez, me coupa Jedermann. Si moi je dois subvenir pour cent mille détenus à 2 reichsmarks plutôt qu'à 1,5, cela me fait un surcoût de 50 000 reichsmarks net par jour. Le fait qu'ils produisent plus ou moins n'y change rien. Mon budget, lui, ne change pas. » — « C'est vrai, répondis-je. Mais je vois où veut en venir le Sturmbannführer Rizzi. Si son idée est valable, les profits globaux de la SS augmenteront, puisque les détenus produiront plus sans augmentation des coûts pour les entreprises qui les emploient. Il suffirait, si cela peut être démontré, de convaincre l'Obergruppenführer Pohl de reverser une partie de ces profits accrus au budget d'entretien de l'Amtsgruppe D. » — « Oui, ce n'est pas bête, opina Gorter, l'homme de Maurer. Et si les détenus s'épuisent moins vite, finalement, les effectifs, de fait, croissent plus vite. D'où l'importance de la réduction de la mortalité, en fin de compte. »

La réunion se conclut sur cette note et je proposai une répartition des tâches pour préparer la réunion suivante. Rizzi tenterait d'étudier la validité de son idée ; Jedermann nous exposerait en détail ses contraintes budgétaires ; quant à Isenbeck, je le chargeai, avec l'accord de Weinrowski (qui visiblement ne souhaitait pas trop se déplacer), d'inspecter rapidement quatre camps : les KL Ravensbrück, Sachsenhausen, Gross-Rosen et Auschwitz, avec pour objectif d'en rapporter tous les barèmes de rations, les menus effectivement préparés pour les catégories principales de détenus depuis un mois, et surtout des échantillons de rations que nous ferions analyser : je voulais pouvoir comparer les menus théoriques avec la nourriture effectivement servie.

À cette dernière remarque, Rizzi m'avait jeté un regard curieux ; après la levée de la conférence, je l'entraînai dans mon bureau. « Vous avez des raisons de croire que les *Häftlinge* ne reçoivent pas ce qu'ils devraient ? » me demanda-t-il de sa manière sèche et abrupte. Il me paraissait un homme intelligent, et sa proposition m'avait laissé penser que nos idées et nos objectifs devaient pouvoir se recouper : je décidai de m'en faire un allié ; de toute façon, je ne voyais pas de risques à m'ouvrir à lui. « Oui, j'en ai, déclarai-je. La corruption est un problème majeur dans les camps. Une bonne partie de la nourriture achetée par le D IV est détournée. C'est difficile à chiffrer, mais les *Häftlinge* en bout de chaîne — je ne parle pas des kapos et des *Prominenten* — doivent être lésés de 20 à 30 % de leur ration. Comme celle-ci déjà ne suffit pas, seuls les détenus qui parviennent à obtenir un supplément, légal ou illégal, ont une chance de rester en vie plus de quelques mois. » — « Je vois. » Il réfléchit, se frottant la base du nez en-dessous de ses lunettes. « Il faudrait pouvoir calculer précisément l'espérance de vie et la moduler en fonction du degré de spécialisation. » Il marqua encore une pause puis conclut : « Bon, je vais voir. »

Je compris assez rapidement, hélas, que mon enthousiasme initial allait être quelque peu déçu. Les réunions suivantes s'empêtrèrent dans une masse de détails techniques aussi volumineuse que contradictoire. Isenbeck avait mené une bonne analyse des menus, mais semblait incapable de démontrer quel rapport ils entretenaient avec les rations réellement distribuées ; Rizzi semblait se focaliser sur l'idée d'accentuer la division entre travailleurs spécialisés et non spécialisés, et de concentrer nos efforts sur les premiers ; Weinrowski ne parvenait pas à s'entendre avec Isenbeck et Alicke sur la question des vitamines. Pour tenter de stimuler les débats, j'invitai un représentant du ministère Speer ; Schmelter, qui dirigeait leur département pour l'allocation de la main-d'œuvre, me répondit qu'il était grand temps que la SS prenne en compte ce problème et me dépêcha un Oberregierungsrat avec une longue liste de doléances. Le ministère de Speer venait d'absorber une partie des compétences du ministère de l'Économie et d'être rebaptisé ministère de l'Armement et de la Production de Guerre, RMfRuK selon l'acronyme barbare, afin de refléter ses pouvoirs élargis en ce domaine ; et cette réorganisation semblait se refléter dans l'assurance sans faille du Dr. Kühne, l'envoyé de Schmelter. « Je ne parle pas seulement au nom du ministère, commença-t-il lorsque je le présentai à mes collègues, mais aussi au nom des entreprises qui utilisent la main-d'œuvre fournie par la SS, dont les plaintes répétées nous parviennent quotidiennement. » Cet Oberregierungsrat portait un costume marron, un nœud papillon et une moustache prussienne coupée en brosse ; ses rares cheveux filandreux étaient soigneusement peignés de côté, pour recouvrir le dôme oblong de son crâne. Mais la fermeté de son discours démentait son aspect un peu ridicule. Comme nous le savions sans doute, les détenus arrivaient généralement aux usines dans un état de grande faiblesse, et souvent, au bout de quelques semaines à peine, épuisés, ils devaient être renvoyés au camp. Or, leur formation demandait un minimum de plusieurs semaines ; les instructeurs manquaient, et l'on n'avait pas les moyens de former de nouveaux groupes tous les mois. En outre, pour le moindre travail exigeant un minimum de qualification, il fallait au moins six mois avant que le rendement atteigne un niveau satisfaisant : et peu de détenus duraient aussi longtemps. Le Reichsminister Speer était très déçu par cet état de choses et jugeait que la contribution de la SS à l'effort de guerre, à ce niveau-là, gagnerait à être améliorée. Il conclut en nous remettant un mémoire contenant des extraits de lettres des entreprises. Après son départ, tandis que je feuilletais le mémoire, Rizzi haussa les épaules et lécha ses lèvres fines : « C'est ce que je dis depuis le début. Les travailleurs qualifiés. » J'avais aussi demandé au bureau de Sauckel, le plénipotentiaire général pour l'*Arbeitseinsatz* ou GBA, d'envoyer quelqu'un exprimer leurs vues : un assistant de Sauckel m'avait répondu assez acerbement que, dès lors que la SP jugeait bon de trouver n'importe quel prétexte pour arrêter des travailleurs étrangers et les envoyer grossir les effectifs des camps, c'était à la SS de s'occuper de leur entretien, et le GBA, pour sa part, ne se sentait plus concerné. Brandt m'avait téléphoné pour me rappeler que le Reichsführer attachait beaucoup d'importance à l'avis du RSHA ; j'avais donc aussi écrit à Kaltenbrunner, qui m'avait renvoyé à Müller, qui m'avait à son tour répondu de prendre contact avec l'Obersturmbannführer Eichmann. J'avais eu beau protester que le problème dépassait largement celui des seuls Juifs, unique domaine de compétence d'Eichmann, Müller avait insisté ; je téléphonai donc à la Kurfürstenstrasse et demandai à Eichmann d'envoyer un collègue ; il me répondit qu'il préférait venir en personne. « Mon adjoint Günther est au Danemark, m'expliqua-t-il lorsque je l'accueillis. De toute façon, les questions de cette importance, je préfère les traiter moi-même. » À notre table commune, il se lança dans un réquisitoire impitoyable contre les détenus juifs, qui, selon lui, représentaient une menace de plus en plus accrue ; depuis Varsovie, les révoltes se multipliaient ; un soulèvement dans un camp spécial, à l'Est (il s'agissait de Treblinka, mais Eichmann ne le précisa pas), avait fait plusieurs morts parmi les SS, et des centaines de détenus s'étaient évadés ; tous n'avaient pas été repris. Le RSHA, comme le Reichsführer lui-même, craignait que de tels incidents se multiplient ; et cela, au vu de la situation tendue au front, on ne pouvait se le permettre. Il nous rappela en outre que les

Juifs amenés dans les camps en convois RSHA se trouvaient, tous, sous
sentence de mort : « Ça, on ne peut rien y changer, même si on le voulait. Tout au plus a-t-on le droit d'extraire d'eux, en quelque sorte, leur
capacité de travail pour le Reich avant qu'ils ne meurent. » En d'autres
termes, même si certains objectifs politiques étaient différés pour des
raisons économiques, ils n'en restaient pas moins en vigueur ; il ne
s'agissait donc pas de distinguer entre détenus spécialisés ou non — je
lui avais brièvement exposé l'état de nos discussions — mais entre les
différentes catégories politico-policières. Les travailleurs russes ou polonais arrêtés pour vol, par exemple, étaient envoyés dans un camp, mais
leur peine n'allait pas plus loin ; le WVHA pouvait donc en disposer à
son gré. Quant aux condamnés pour « souillure de race », c'était déjà
plus délicat. Mais pour les Juifs et les asociaux transférés par le ministère de la Justice, il fallait que tout le monde soit clair : ils n'étaient en
quelque sorte que prêtés au WVHA, car le RSHA gardait juridiction
sur eux jusqu'à leur mort ; pour eux, la politique du *Vernichtung durch
Arbeit*, la destruction par le travail, devait être strictement appliquée :
inutile donc de gaspiller de la nourriture à leur intention. Ces propos
firent une forte impression sur certains de mes collègues, et Eichmann
reparti, on se mit à proposer des rations différentes pour les détenus
juifs et pour les autres ; j'allai même jusqu'à revoir l'Oberregierungsrat
Kühne pour lui faire part de cette suggestion ; il me répondit par écrit
que, dans ce cas, les entreprises refuseraient certainement les détenus
juifs, ce qui était contraire à l'accord entre le Reichsminister Speer et le
Führer, ainsi qu'au décret de janvier 1943 sur la mobilisation de la
main-d'œuvre. Mes collègues néanmoins n'abandonnèrent pas tout à
fait l'idée. Rizzi demanda à Weinrowski s'il était techniquement possible de calculer des rations propres à faire mourir un homme en un
temps donné ; une ration, par exemple, qui donnerait trois mois à un
Juif non qualifié, une autre qui en donnerait neuf à un ouvrier spécialisé
asocial. Weinrowski dut lui expliquer que non, ce ne l'était pas ; sans
même parler des autres facteurs comme le froid et les maladies, tout
dépendait du poids et de la résistance du sujet ; avec une ration donnée,
un individu pouvait mourir en trois semaines, un autre durerait indéfiniment ; d'autant plus que le détenu dégourdi trouverait toujours du rab,
alors que celui déjà affaibli et apathique ne s'en laisserait aller que plus
rapidement. Ce raisonnement donna une brillante idée au Hauptsturmführer Dr. Alicke : « Ce que vous dites, fit-il comme en pensant à voix
haute, c'est que les détenus les plus forts se débrouilleront toujours
pour piquer une partie des rations des plus faibles, et donc pour durer.

Mais en quelque sorte, n'est-il pas de notre intérêt que les détenus les plus faibles ne reçoivent même pas leur ration complète ? Une fois qu'ils ont passé un certain niveau de faiblesse, automatiquement pour ainsi dire, ils se font voler leur ration, ils mangent moins et meurent plus vite, et donc nous économisons leur nourriture. Quant à ce qui leur est volé, ça renforce les détenus déjà plus valides qui n'en travaillent que mieux. C'est tout simplement le mécanisme naturel de la survie du plus fort ; de la même manière, un animal malade succombe rapidement devant les prédateurs. » C'était quand même aller un peu loin, et je réagis aigrement : « Hauptsturmführer, le Reichsführer n'a pas établi le système des camps de concentration pour conduire des expériences à huis clos sur les théories du darwinisme social. Votre raisonnement ne me semble donc pas très pertinent. » Je me tournai vers les autres : « Le vrai problème, c'est sur quoi nous voulons mettre la priorité. Sur les impératifs politiques ? ou sur les besoins économiques ? » — « Ce n'est certainement pas à notre niveau que cela peut se décider », fit calmement Weinrowski. — « D'accord, intervint Gorter, mais quand même, pour l'*Arbeitseinsatz*, les instructions sont claires : tout doit être mis en œuvre pour augmenter la productivité des *Häftlinge*. » — « Du point de vue de nos entreprises SS, confirma à son tour Rizzi, il en va de même. Mais nous ne pouvons pas ignorer pour autant certains impératifs idéologiques. » — « De toute façon, meine Herren, conclus-je, nous n'avons pas à résoudre cette question. Le Reichsführer m'a demandé d'émettre des recommandations qui satisfassent aux intérêts de vos différents départements. Nous pouvons dans le pire des cas préparer plusieurs options pour lui laisser le choix ; quoi qu'il en soit, c'est à lui que revient la décision finale. »

Je commençais à voir que ces discussions stériles pourraient continuer indéfiniment, et cette perspective m'effrayait ; je me décidai donc à changer de tactique : préparer une proposition concrète, et la faire avaliser par les autres, quitte à la modifier un peu, si nécessaire. Pour cela, je résolus de m'entendre d'abord avec les spécialistes, Weinrowski et Isenbeck. Weinrowski, lorsque je l'approchai, comprit rapidement mes intentions et me promit son soutien ; Isenbeck, quant à lui, ferait ce qu'on lui dirait de faire. Mais nous manquions encore de données concrètes. Weinrowski croyait savoir que l'IKL avait déjà mené des recherches à ce sujet ; je dépêchai Isenbeck à Oranienburg avec un ordre de mission ; triomphal, il me rapporta une pile de dossiers : à la fin des années 30, le département médical de l'IKL avait en effet mené une batterie d'expériences, au KL Buchenwald, sur l'alimentation de détenus soumis aux travaux forcés ; avec comme seule motivation la punition ou la menace de la punition, on avait testé un grand nombre de formules, en changeant fréquemment les rations et en pesant régulièrement les sujets ; on en avait dégagé toute une série de chiffres. Tandis qu'Isenbeck dépouillait ces rapports, je discutais avec Weinrowski de ce que nous appelions les « facteurs secondaires », comme l'hygiène, le froid, la maladie, les coups. Je me fis envoyer par le S D une copie de mon rapport de Stalingrad, qui traitait justement de ces sujets ; en le parcourant, Weinrowski s'exclama : « Ah, mais vous citez Hohenegg ! » À ces paroles le souvenir de cet homme, enfoui en moi comme une bulle de verre, se détacha du fond et remonta, prenant de la vitesse à chaque instant avant de venir éclater à la surface : comme c'est curieux, me dis-je, je n'ai pas songé à lui depuis longtemps. « Vous le connaissez ? » demandai-je à Weinrowski, saisi d'une agitation intense. — « Bien sûr ! C'est un de mes collègues de la faculté de médecine de Vienne. » — « Il est donc encore en vie ? » — « Oui, sans doute, pourquoi pas ? »

Je me mis aussitôt à sa recherche : il était bel et bien vivant, et je n'eus aucune peine à le trouver ; lui aussi travaillait à Berlin, au département médical de la Bendlerstrasse. Heureux, je le fis appeler au téléphone sans donner mon nom ; sa voix grasse et musicale paraissait un peu ennuyée en répondant : « Oui ? » — « Professeur Hohenegg ? » — « Lui-même. C'est à quel sujet ? » — « Je vous appelle de la SS. C'est au sujet d'une vieille dette. » Sa voix prit une teinte encore plus agacée. « De quoi parlez-vous ? Qui êtes-vous ? » — « Je vous parle d'une bouteille de cognac que vous m'avez promise voilà neuf mois. » Hohenegg partit d'un long éclat de rire : « Hélas, hélas, je dois vous avouer quelque chose : vous ayant cru mort, je l'ai bue à votre santé. » — « Homme de peu de foi. » — « Ainsi, vous êtes vivant. » — « Et promu : Sturmbannführer. » — « Bravo ! Eh bien, il ne me reste plus qu'à dénicher une autre bouteille. » — « Je vous donne vingt-quatre heures : nous la boirons demain soir. En échange, je vous offre le dîner. Chez *Borchardt*, à huit heures, cela vous convient ? » Hohenegg émit un long sifflement : « On a dû vous augmenter, aussi. Mais permettez-moi de vous signaler que ce n'est pas encore tout à fait la saison des huîtres. » — « Ce n'est pas grave ; nous mangerons du pâté de sanglier. À demain. »

Hohenegg, dès qu'il me revit, voulut à tout prix palper mes cicatrices ; je me laissai faire gracieusement, sous l'œil étonné du maître d'hôtel venu nous proposer la carte des vins. « Beau travail, faisait Hohenegg, beau travail. Si vous aviez eu ça avant Kislovodsk, je vous aurais cité dans mon séminaire. Finalement, j'ai bien fait d'insister. » — « Que voulez-vous dire ? » — « Le chirurgien, à Goumrak, avait renoncé à vous opérer, ce qui se comprend. Il vous avait tiré un drap sur le visage et avait suggéré aux infirmiers, comme on faisait alors, de vous placer dans la neige, pour en finir plus vite. Moi, je passais par là, j'ai remarqué ce drap qui remuait au niveau de la bouche, et bien sûr j'ai trouvé ça curieux, un mort qui respire comme un bœuf sous son linceul. Je l'ai retroussé : imaginez ma surprise. Alors je me suis dit que c'était la moindre des choses d'exiger de quelqu'un d'autre qu'il s'occupe de vous. Le chirurgien ne voulait pas, nous avons eu quelques mots, mais j'étais son supérieur hiérarchique et il a dû s'incliner. Il n'arrêtait pas de crier que c'était une perte de temps. J'étais un peu pressé, je l'ai laissé faire, j'imagine qu'il s'est contenté d'une hémostase. Mais je suis heureux que ça ait servi à quelque chose. » J'étais immobile, je restais rivé à ses mots ; en même temps je me sentais incommensurablement loin de tout cela, comme si ça concernait un autre homme, que j'aurais à peine connu. Le maître d'hôtel apportait le vin. Hohenegg l'interrompit avant qu'il ne le verse : « Un instant, je vous prie. Pourriez-vous nous apporter deux verres à cognac ? » — « Bien entendu, Herr Oberst. » Avec un sourire, Hohenegg tira une bouteille de Hennessy de sa serviette et la posa sur la table : « Voilà. Chose promise, chose due. » Le maître d'hôtel revint avec les verres, déboucha la bouteille, et nous versa à chacun une mesure. Hohenegg prit son verre et se leva ; je l'imitai. Il avait tout à coup un air sérieux et je remarquai qu'il avait sensiblement vieilli par rapport à mon souvenir : sa peau, jaune et molle, pendait sous ses yeux et sur ses joues rondes ; tout son corps, encore gras, semblait comme diminué sur sa charpente. « Je propose, dit-il, que nous buvions à tous nos camarades de malheur qui n'ont pas eu autant de chance que nous. Et surtout à ceux qui sont encore en vie, quelque part. » Nous bûmes et reprîmes nos places. Hohenegg resta silencieux encore quelques instants, jouant avec son couteau, puis reprit son air enjoué. Je lui racontai comment je m'en étais sorti, ce que Thomas m'en avait rapporté du moins, et lui demandai à son tour son histoire. « Moi, c'est plus simple. J'avais fini mon travail, rendu mon rapport au général Renoldi, qui préparait déjà ses valises pour la Sibérie et se moquait éperdument du reste, et je me suis rendu compte qu'on m'avait oublié. Heureusement, je connaissais un jeune homme obligeant à l'AOK ; grâce à lui, j'ai pu envoyer un signal à l'OKHG avec une copie pour ma faculté, disant simplement que j'étais prêt à remettre mon rapport. Alors ils se sont souvenus de moi et le lendemain j'ai reçu l'ordre de quitter le *Kes-*

sel. C'est d'ailleurs en attendant un avion à Goumrak que je suis tombé sur vous. J'aurais bien voulu vous prendre avec moi, mais dans cet état-là vous étiez intransportable, et je ne pouvais quand même pas attendre votre opération, les vols se faisaient rares. Je crois d'ailleurs que j'ai eu un des derniers au départ de Goumrak. L'avion juste avant le mien s'est écrasé sous mes yeux ; j'étais encore sonné par le bruit de l'explosion en arrivant à Novorossisk. On a décollé tout droit à travers la fumée et les flammes qui montaient de la carcasse, c'était très impressionnant. Après, j'ai eu un congé, et au lieu de me réaffecter à la nouvelle 6ᵉ armée ils m'ont donné un poste à l'OKW. Et vous, que devenez-vous ? » Tandis que nous mangions je lui décrivis les problèmes de mon groupe de travail. « En effet, commenta-t-il, cela me semble délicat. Je connais bien Weinrowski, c'est un honnête homme et un savant intègre ; mais il n'a aucun sens politique et fait souvent des faux pas. » Je restai songeur : « Vous ne pourriez pas le rencontrer avec moi ? Pour nous aider à nous orienter. » — « Mon cher Sturmbannführer, je vous rappelle que je suis un officier de la Wehrmacht. Je doute que vos supérieurs — et les miens — apprécient que vous me mêliez à cette sombre histoire. » — « Pas officiellement, bien sûr. Une simple discussion privée, avec votre vieil ami de la faculté ? » — « Je n'ai jamais dit que c'était mon ami. » Hohenegg se passa la main pensivement sur le dos de son crâne chauve ; son cou ridé saillait par-dessus son col boutonné. « Bien sûr, en tant qu'anatomo-pathologiste, je suis toujours ravi de pouvoir aider le genre humain ; après tout, je ne manque jamais de clients. Si vous voulez, nous n'aurons qu'à achever cette bouteille de cognac à trois. »

Weinrowski nous invita chez lui. Il vivait avec sa femme dans un appartement de trois pièces, à Kreuzberg. Sur le piano, il nous montra deux photos de jeunes hommes, l'une encadrée de noir avec un ruban : son aîné, Egon, tué à Demiansk ; le cadet, lui, servait en France et avait été tranquille jusque-là, mais sa division venait d'être envoyée d'urgence en Italie, pour renforcer le nouveau front. Tandis que Frau Weinrowski nous servait du thé et des gâteaux, nous commentions la situation italienne : comme à peu près tout le monde s'y attendait, Badoglio ne cherchait qu'une occasion pour retourner sa veste, et dès que les Anglo-Américains avaient posé le pied sur le sol italien, il l'avait saisie. « Heureusement, heureusement, le Führer a été plus malin que lui ! » s'exclama Weinrowski. — « Tu dis ça, marmonna tristement Frau Weinrowski en nous proposant du sucre, mais c'est ton Karl qui est là-bas, pas le Führer. » C'était une femme un peu lourde, aux traits bouffis et fatigués ; mais le dessin de sa bouche et surtout la lumière de ses yeux laissaient entrevoir une beauté passée. « Oh, tais-toi, grommela Weinrowski, le Führer sait ce qu'il fait. Regarde ce Skorzeny ! Si ça c'était pas un coup de maître. » Le raid sur le Gran Sasso, pour libérer Mussolini, faisait depuis des jours la une de la presse de Goebbels. Depuis, nos forces avaient occupé l'Italie du Nord, interné 650 000 soldats italiens, et installé une république fasciste à Salo ; et tout cela était présenté comme une victoire considérable, une anticipation brillante du Führer. Mais la reprise des raids sur Berlin en était aussi une conséquence directe, le nouveau front drainait nos divisions, et en août les Américains avaient réussi à bombarder Ploesti, notre dernière source de pétrole. L'Allemagne était bel et bien prise entre deux feux.

Hohenegg sortait son cognac et Weinrowski alla chercher des verres ; sa femme avait disparu dans la cuisine. L'appartement était sombre, avec cette odeur musquée et renfermée des appartements de vieux. Je m'étais toujours demandé d'où venait cette odeur. Est-ce que moi aussi, je sentirais ainsi, si jamais je vivais assez longtemps ? Curieuse idée. Aujourd'hui, en tout cas, je ne sens rien ; mais on ne sent jamais sa propre odeur, dit-on. Lorsque Weinrowski revint, Hohenegg versa trois mesures et nous bûmes à la mémoire du défunt fils. Weinrowski semblait un peu ému. Puis je sortis les documents que j'avais préparés et les montrai à Hohenegg, après avoir demandé à Weinrowski de donner un peu plus de lumière. Weinrowski s'était installé à côté de son ancien collègue et commentait les papiers et les tableaux au fur et à mesure que Hohenegg les examinait ; inconsciemment, ils étaient passés à un dialecte viennois que j'avais un peu de mal à suivre. Je me renfonçai dans mon fauteuil et bus le cognac de Hohenegg. Tous deux avaient une attitude plutôt curieuse : en effet, comme Hohenegg me l'avait expliqué, Weinrowski, à la faculté, avait plus d'ancienneté que lui ; mais en tant qu'Oberst il était supérieur en grade à Weinrowski, qui à la SS avait rang de Sturmbannführer de réserve, l'équivalent d'un Major. Ils ne semblaient pas savoir lequel des deux devait la préséance à l'autre, et en conséquence ils avaient adopté une attitude déférente, avec force « Je vous en prie », « Non, non, bien sûr, vous avez raison », « Votre expérience... », « Votre pratique... », ce qui devenait assez comique. Hohenegg leva la tête et me regarda : « Si je comprends bien, selon vous, les détenus ne reçoivent même pas les rations complètes décrites ici ? » — « À part quelques privilégiés, non. Ils en perdent au minimum 20 %. » Hohenegg se replongea dans sa conversation avec Weinrowski. « C'est mauvais, ça. » — « Certes. Ça leur fait entre 1 300 et 1 700 kilocalories par jour. » — « C'est toujours plus que nos hommes à Stalingrad. » Il me regarda à nouveau : « Qu'est-ce que vous visez, en fin de compte ? » — « L'idéal serait une ration minimale normale. » Hohenegg tapota les papiers : « Oui, mais ça, si j'ai bien compris, c'est impossible. Manque de ressources. » — « En quelque sorte, oui. Mais on pourrait proposer des améliorations. » Hohenegg réfléchissait : « En fait, votre vrai problème, c'est l'argumentation. Le détenu qui devrait recevoir 1 700 calories n'en reçoit que 1 300 ; pour qu'il en reçoive effectivement 1 700... » — « Ce qui est de toute façon insuffisant », interjecta Weinrowski — « ... il faudrait que la ration soit de 2 100. Mais si vous demandez 2 100, vous devez justifier 2 100. Vous ne pouvez pas dire que vous demandez 2 100 pour recevoir 1 700. » — « Docteur, comme toujours, c'est un plaisir de discuter avec vous, fis-je en souriant. À votre habitude, vous allez droit au fond du problème. » Hohenegg continuait sans se laisser interrompre : « Attendez. Pour demander 2 100, vous devriez démontrer que 1 700 ne suffisent pas, ce que vous ne pouvez pas faire, car ils ne reçoivent pas réellement 1 700. Et bien sûr, vous ne pouvez pas tenir compte du facteur détournement dans votre argumentation. » — « Pas vraiment. La direction sait que le problème existe, mais nous n'avons pas à nous en mêler. Il y a d'autres instances pour ça. » — « Je vois. » — « En fait, le problème serait d'obtenir une augmentation du budget global. Mais ceux qui gèrent ce budget estiment qu'il *devrait* suffire et c'est difficile de prouver le contraire. Même si on démontre que les détenus continuent à mourir trop vite, on nous répond que ce n'est pas en jetant de l'argent sur le problème qu'on va le résoudre. » — « Ce en quoi on n'a pas forcément tort. » Hohenegg se frottait le sommet du crâne ; Weinrowski se taisait et écoutait. « Est-ce qu'on ne pourrait pas modifier les répartitions ? » demanda enfin Hohenegg. — « C'est-à-dire ? » — « Eh bien, sans augmenter le budget global, favoriser un peu plus les détenus qui travaillent, et un peu moins ceux qui ne travaillent pas. » — « En principe, cher docteur, il n'y a pas de détenus qui ne travaillent pas. Il n'y a que les malades : mais si on les nourrit encore moins qu'on ne le fait, ils n'auront aucune chance de récupérer et de redevenir aptes. Dans ce cas, autant ne pas les nourrir du tout ; mais alors la mortalité augmentera de nouveau. » — « Oui, mais, ce que je veux dire, c'est que les femmes, les enfants, vous les gardez bien quelque part ? Donc ils doivent bien être nourris aussi ? » Je le fixais sans répondre. Weinrowski aussi restait muet. Enfin je dis : « Non, docteur. Les femmes et les vieux et les enfants, on ne les garde pas. » Hohenegg écarquilla les yeux et me regarda sans répondre, comme s'il voulait que je confirme que j'avais bien dit ce que j'avais dit. Je hochai la tête. Enfin il comprit. Il soupira longuement et se frotta le dos de la nuque : « Eh bien... » Weinrowski et moi gardions toujours le silence. « Ah oui... oui. Ah, c'est raide, ça. » Il respira fortement : « Bien. Je vois ce que c'est. J'imagine qu'après tout, surtout depuis Stalingrad, on n'a pas trop le choix. » — « Non, docteur, pas vraiment. » — « Quand même, c'est fort. Tous ? » — « Tous ceux qui ne peuvent pas travailler. » — « Eh bien... » Il se ressaisit : « Au fond, c'est normal. Il n'y a pas de raison qu'on traite nos ennemis mieux que nos propres soldats. Après ce que j'ai vu à Stalingrad... Même ces rations-là sont du luxe. Nos hommes tenaient avec bien moins. Et puis, ceux qui ont survécu, qu'est-ce qu'on leur donne à manger, maintenant ? Nos camarades, en Sibérie, qu'est-ce qu'ils reçoivent ? Non, non, vous avez raison. » Il me fixa d'un air pensif : « N'empêche, c'est une *Schweinerei*, une vraie saloperie. Mais quand même vous avez raison. »

J'avais eu raison, aussi, de lui demander son avis : Hohenegg avait tout de suite compris ce que Weinrowski ne pouvait pas voir, qu'il s'agissait d'un problème politique et non technique. L'aspect technique devait servir à justifier un choix politique, mais ne pouvait le dicter. Notre discussion, ce jour-là, ne parvint pas à une conclusion ; mais cela me fit réfléchir et, à la fin, je trouvai la solution. Comme Weinrowski me semblait incapable de suivre, je lui demandai pour l'occuper un autre compte-rendu, et me tournai vers Isenbeck pour le soutien technique nécessaire. J'avais sous-estimé ce garçon : il était très vif et se montra tout à fait capable de comprendre ma pensée, voire de l'anticiper. En une nuit de travail, seuls dans notre grand bureau au ministère de l'Intérieur, buvant du café que nous apportait une ordonnance somnolente, nous traçâmes ensemble les grandes lignes du projet. Je partis du concept de Rizzi en établissant une distinction entre ouvriers qualifiés et ouvriers non qualifiés : toutes les rations seraient augmentées, mais celles des ouvriers non qualifiés seulement un peu, tandis que les ouvriers qualifiés pourraient recevoir toute une série de nouveaux avantages. Le projet ne traitait pas des différentes catégories de détenus, mais permettait, si le RSHA insistait, d'assigner les catégories que l'on voulait défavoriser, comme les Juifs, à des travaux non qualifiés uniquement : de toute manière, les options restaient ouvertes. À partir de cette distinction centrale, Isenbeck m'aida à en décliner d'autres : travail lourd, travail léger, hospitalisation ; à la fin, cela formait une grille à laquelle il suffisait d'indexer des rations. Plutôt que de nous débattre avec des rations fixes, qui de toute façon, ne pourraient pas être respectées à cause des restrictions et des difficultés d'approvisionnement, je demandai à Isenbeck de calculer — en partant quand même de menus types — une enveloppe budgétaire quotidienne correspondant à chaque catégorie, puis, en annexe, de suggérer des variations de menus qui correspondraient à ces budgets. Isenbeck insistait pour que ces suggestions incluent aussi des options qualitatives, comme distribuer des oignons crus plutôt que cuits, en raison des vitamines ; je le laissai faire. À bien y regarder, ce projet n'avait rien de révolutionnaire : il reprenait des pratiques en cours et les modifiait légèrement pour essayer de faire passer une augmentation nette ; afin de la justifier, j'allai trouver Rizzi, lui exposai le concept, et lui demandai de me rédiger un argumentaire économique en termes de rendement ; il accepta tout de suite, d'autant que je lui attribuais volontiers la paternité des idées clefs. Moi-même, je me réservais la rédaction du projet, une fois que j'aurais en main tous les éléments techniques.

L'important, je le voyais bien, était que le RSHA n'ait pas trop d'objections ; si le projet leur était acceptable, le département D IV du WVHA ne pourrait pas s'y opposer. J'appelai donc Eichmann pour le sonder : « Ah, mon cher Sturmbannführer Aue ! Me rencontrer ? C'est que je suis absolument débordé, en ce moment. Oui, l'Italie, et autre chose aussi. Le soir alors ? Pour un verre. Il y a un petit café pas trop loin de mon bureau, à l'angle de la Potsdamerstrasse. Oui, à côté de l'entrée de l'U-Bahn. À ce soir alors. » Lorsqu'il arriva, il s'affala sur la banquette avec un soupir et jeta sa casquette sur la table en se massant la base du nez. J'avais déjà commandé deux schnaps et je lui offris une cigarette qu'il prit avec plaisir, se renversant sur la banquette les jambes croisées, un bras par-dessus le dossier. Entre deux bouffées il se mordillait la lèvre inférieure ; son haut front dégarni reflétait les lampes du café. « L'Italie, alors ? » demandai-je. — « Le problème, c'est pas tellement l'Italie — bon, là, bien sûr, on en trouvera huit ou dix mille — c'est surtout les zones qu'ils occupaient et qui à cause de leur politique imbécile sont devenues des paradis pour Juifs. Il y en a partout ! Le sud de la France, la côte dalmate, leurs zones en Grèce. J'ai tout de suite envoyé des équipes un peu partout, mais ça va être un gros boulot ; avec les problèmes de transport en plus, ça ne se fera pas en un jour. À Nice, avec l'effet de surprise, on a réussi à en arrêter quelques milliers ; mais la police française devient de moins en moins coopérative, et ça complique les choses. Nous manquons terriblement de ressources. Et puis le Danemark nous préoccupe beaucoup. » — « Le Danemark ? » — « Oui. Ça devait être tout simple et c'est devenu un vrai foutoir. Günther est furieux. Je vous ai dit que je l'avais envoyé là-bas ? » — « Oui. Que s'est-il passé ? » — « Je ne sais pas au juste. D'après Günther, c'est ce Dr. Best, l'ambassadeur, qui joue un jeu bizarre. Vous le connaissez, non ? » Eichmann vida son schnaps d'un trait et en commanda un autre. « C'était mon supérieur, répondis-je. Avant la guerre. » — « Oui, eh bien, je ne sais pas ce qu'il a dans la tête, maintenant. Pendant des mois et des mois, il a tout fait pour nous freiner, sous prétexte que ça va... » — il fit un geste de haut en bas, répété — « ... heurter sa politique de coopération. Et puis en août, après les émeutes, quand on a imposé l'état d'urgence, nous autres, on a dit, c'est bon, allez-y. Sur place, il y a un nouveau BdS, c'est le Dr. Mildner, mais il est déjà débordé ; de plus la Wehrmacht a tout de suite refusé de coopérer, c'est pour ça que j'ai envoyé Günther, pour activer les choses. Alors on a tout préparé, un bateau pour les quatre mille qui sont à Copenhague, des trains pour les autres, et alors Best n'arrête pas de faire des difficultés. Il a toujours une objection, les Danois, la Wehrmacht, *e tutti quanti*. En plus, ça devait rester un secret, pour pouvoir tous les rafler d'un coup, sans qu'ils s'y attendent, mais Günther dit qu'ils sont déjà au courant. Ça a l'air assez mal parti. » — « Et vous en êtes où ? » — « C'est prévu pour dans quelques jours. On va faire ça en une fois, de toute façon ils ne sont pas très nombreux. Moi, j'ai appelé Günther, je lui ai dit, Günther, mon ami, si c'est comme ça, dis à Mildner d'avancer la date, mais Best a refusé. Trop sensible, il devait encore discuter avec les Danois. Günther pense qu'il le fait exprès pour que ça foire. » — « Pourtant, je connais bien le Dr. Best : c'est tout sauf un ami des Juifs. Vous aurez du mal à trouver un meilleur national-socialiste que lui. » Eichmann fit une moue : « Ouais. Vous savez, la politique, ça change les gens. Enfin, on verra. Moi, je suis couvert, on a tout préparé, tout prévu, si ça plante, c'est pas sur moi que ça pourra retomber, je vous le dis. Et votre projet, alors, ça avance ? »

Je commandai une nouvelle tournée : j'avais déjà eu l'occasion de remarquer que la boisson avait tendance à détendre Eichmann, à susciter son côté sentimental et amical. Je ne cherchais pas à le flouer, loin de là, mais je voulais qu'il me fasse confiance et voie que mes idées n'étaient pas incompatibles avec sa vision des choses. Je lui exposai les grandes lignes du projet ; comme je l'avais prévu, il écouta à peine. Une seule chose l'intéressait : « Comment conciliez-vous tout ça avec le principe du *Vernichtung durch Arbeit* ? » — « C'est tout simple : les améliorations ne concernent que les travailleurs qualifiés. Il suffira de s'assurer que les Juifs et les asociaux soient assignés à des tâches lourdes mais non qualifiées. » Eichmann se gratta la joue. Bien entendu, je savais que, dans les faits, les décisions d'affectation des travailleurs individuels étaient prises par l'*Arbeitseinsatz* au niveau de chaque camp ; mais s'ils voulaient garder des Juifs qualifiés, ce serait leur problème. Eichmann, de toute façon, semblait avoir d'autres soucis. Après une minute de réflexion, il lâcha : « Bon, ça va », et se remit à parler du sud de la France. Je l'écoutais en buvant et en fumant. Au bout d'un temps, à un moment opportun, je lui dis poliment : « Pour revenir à mon projet, Herr Obersturmbannführer, il est presque prêt et je voudrais vous l'envoyer pour que vous l'étudiiez. » Eichmann balaya l'air de la main : « Si vous voulez. Je reçois déjà tellement de papier. » — « Je ne veux pas vous déranger. C'est simplement pour être sûr que vous n'avez pas d'objections. » — « Si c'est comme vous dites... » — « Écoutez, si vous avez le temps, regardez-le, et puis faites-moi une petite lettre. Comme ça je pourrai montrer que j'ai pris votre avis en compte. » Eichmann eut un petit rire ironique et agita un doigt vers moi : « Ah, vous êtes un malin, Sturmbannführer Aue. Vous aussi vous voulez vous couvrir. » Je gardai un visage impassible : « Le Reichsführer souhaite que les avis de tous les départements concernés soient pris en compte. L'Obergruppen-führer Kaltenbrunner m'a indiqué que pour le RSHA, je devais m'adresser à vous. Je trouve cela normal. » Eichmann se renfrogna : « Bien entendu, ce n'est pas moi qui décide : je devrai soumettre ça à mon Amtchef. Mais si je donne une recommandation positive, il n'y a pas de raison qu'il refuse de signer. En principe, bien sûr. » Je levai mon verre : « Au succès de votre Einsatz danoise, alors ? » Il sourit ; lorsqu'il souriait ainsi, ses oreilles paraissaient particulièrement décollées, il res-semblait plus que jamais à un oiseau ; en même temps, un tic nerveux déformait son sourire, en faisait presque une grimace. « Oui, merci, à l'Einsatz. À votre projet aussi. »

Je rédigeai le texte en deux jours ; Isenbeck avait méticuleusement préparé de beaux tableaux détaillés pour les annexes, et je repris sans trop les retoucher les arguments de Rizzi. Je n'avais pas tout à fait ter-miné lorsque Brandt me convoqua. Le Reichsführer allait se rendre dans le Warthegau pour y prononcer d'importants discours ; le 6 octobre s'y tenait une conférence de Reichsleiter et de Gauleiter, à laquelle le Dr. Mandelbrod serait présent ; et ce dernier avait demandé que je sois invité. Où en étais-je de mon projet ? Je l'assurai que j'avais presque fini. Je devais simplement, avant de l'envoyer pour accord aux bureaux concernés, le présenter à mes collègues. J'en avais déjà discuté avec Weinrowski, en lui présentant les échelles d'Isenbeck comme une simple élaboration technique de ses idées : il semblait trouver ça très bien. La réunion générale se passa sans heurts ; je laissai surtout parler Rizzi et me contentai de souligner que j'avais l'accord oral du RSHA. Gorter paraissait content, et se demandait seulement si nous étions allés assez loin ; Alicke se montrait dépassé par la discussion économique de Rizzi ; Jedermann grommela que ça allait quand même coûter cher, et où trouver l'argent ? Mais il se rassura lorsque je lui garantis que si le projet était approuvé, il serait financé grâce à des crédits supplémentaires. Je demandai à chacun une réponse écrite de son Amtchef pour le 10, comptant être de retour à Berlin d'ici là ; je fis aussi parvenir une copie à Eichmann. Brandt m'avait laissé entendre que je pourrais sans doute présenter le projet au Reichsführer en personne, une fois que les départements auraient donné leur accord.

Le jour du départ, en fin d'après-midi, je me rendis au Prinz-Albrecht-Palais. Brandt m'avait convié à assister à un discours de Speer avant de rejoindre le Dr. Mandelbrod dans le train spécial prévu pour les pontes. Dans le hall d'entrée, je fus accueilli par Ohlendorf, que je n'avais pas revu depuis son départ de Crimée. « Doktor Aue ! Quel plaisir de vous retrouver. Il paraît que vous êtes à Berlin depuis des mois. Pourquoi ne m'avez-vous pas appelé ? J'aurais été heureux de vous voir. » — « Excusez-moi, Herr Brigadeführer. J'ai été terriblement occupé. Vous aussi, j'imagine. » Il semblait rayonner d'intensité, une énergie noire, concentrée. « Brandt vous a envoyé pour notre conférence, c'est ça ? Si j'ai bien compris, vous vous occupez des questions de productivité. » — « Oui, mais uniquement pour ce qui concerne les détenus des camps de concentration. » — « Je vois. Ce soir, nous allons introduire un nouvel accord de coopération entre le SD et le ministère de l'Armement. Mais le sujet est beaucoup plus large ; cela couvrira aussi le traitement des travailleurs étrangers, entre autres. » — « Vous êtes maintenant au ministère de l'Économie, Herr Brigadeführer, n'est-ce pas ? » — « Eh oui. Mes casquettes se multiplient. C'est dommage que vous ne soyez pas économiste : avec ces accords, tout un nouveau domaine va s'ouvrir pour le SD, j'espère. Allez, montez, ça va bientôt commencer. »

La conférence se tenait dans une des grandes salles lambrissées du palais, où les décorations nationales-socialistes juraient quelque peu avec les boiseries et les candélabres dorés du XVIIIe siècle. Plus d'une centaine d'officiers SD étaient présents, parmi eux nombre de mes anciens collègues ou supérieurs : Siebert, avec qui j'avais servi en Crimée, le Regierungsrat Neifend, qui travaillait auparavant à l'Amt II mais était depuis passé Gruppenleiter à l'Amt III, d'autres encore. Ohlendorf avait sa place auprès de la tribune, à côté d'un homme en uniforme de SS-Obergruppenführer, au grand front dégagé et aux traits fermes et décidés : Karl Hanke, le Gauleiter de Basse-Silésie, qui représentait le Reichsführer à cette cérémonie. Le Reichsminister Speer arriva un peu en retard. Je lui trouvai un air étonnamment jeune, même si son front commençait à se dégarnir, élancé, vigoureux ; il portait un simple costume croisé, avec pour seul insigne le Badge d'or du Parti. Quelques civils l'accompagnaient, qui prirent place sur des chaises alignées derrière Ohlendorf et Hanke, tandis qu'il montait à la tribune et commençait son discours. Il parlait, au début, d'une voix presque douce, précise, polie, qui soulignait plutôt qu'elle ne masquait une autorité que Speer paraissait dégager bien plus de lui-même que de sa position. Ses yeux sombres et vifs restaient fixés sur nous et ne quittaient nos visages, de temps en temps, que pour regarder ses notes ; lorsqu'ils se baissaient, ils disparaissaient presque sous ses épais sourcils en bataille. Les notes devaient juste lui servir à orienter son discours, il les consultait à peine, et semblait tirer tous les chiffres qu'il égrenait directement de sa tête, au fur et à mesure du besoin qu'il en avait, comme s'ils restaient là déployés en permanence, prêts à l'usage. Ses propos étaient d'une franchise brutale et à mon sens rafraîchissante : si tout n'était pas rapidement mis en œuvre pour une production militaire totale, la guerre était perdue. Il ne s'agissait pas là d'avertissements à la Cassandre ; Speer comparait notre production actuelle aux estimations dont nous disposions de la production soviétique et surtout américaine ; à ce rythme, nous démontrait-il, nous ne tiendrions pas un an. Or nos ressources industrielles se trouvaient loin d'être exploitées au maximum ; et un des obstacles majeurs, à part les problèmes de main-d'œuvre, était l'obstruction, au niveau régional, par des intérêts particuliers : c'était surtout pour cela qu'il comptait sur le soutien du SD, et c'était l'un des principaux sujets des accords qu'il allait conclure avec la SS. Il venait de signer une convention importante avec le ministre de l'Économie français, Bichelonne, pour transférer la majeure partie de notre production de biens de consommation en France. Cela donnerait certes un avantage commercial considérable à la France d'après-guerre, mais nous n'avions pas le choix : si nous voulions la victoire, à nous de faire les sacrifices. Cette mesure permettrait de verser un million et demi de travailleurs supplémentaires dans l'armement. Mais l'on pouvait compter que de nombreux Gauleiter s'opposeraient aux nécessaires fermetures d'entreprises; c'était là un terrain privilégié où le SD pourrait intervenir. Après ce discours, Ohlendorf se leva, le remercia, et présenta rapidement la teneur de l'accord : le SD serait autorisé à examiner les conditions de recrutement et le traitement des travailleurs étrangers; de même, tout refus de la part des *Gaue* de suivre les instructions du ministre ferait l'objet d'une enquête SD. L'accord fut cérémonieusement paraphé sur une table disposée à cet effet, par Hanke, Ohlendorf, et Speer; puis tout le monde échangea un salut allemand, Speer leur serra la main, et fila. Je regardai ma montre : il me restait moins de trois quarts d'heure, mais j'avais pris mon sac de voyage. Dans le brouhaha, je me glissai auprès d'Ohlendorf qui parlait à Hanke : « Herr Brigade-führer, excusez-moi : je prends le même train que le Reichsminister, je dois y aller. » Ohlendorf, un peu étonné, haussa les sourcils : « Appelez-moi quand vous serez de retour », me lança-t-il.

Le train spécial partait non pas d'une des gares principales mais de la station S-Bahn de la Friedrichstrasse. Le quai, bouclé par des forces de police et de la Waffen-SS, grouillait de hauts fonctionnaires et de Gauleiter, en uniformes SA ou SS, qui se saluaient bruyamment. Tandis qu'un Leutnant de la Schupo vérifiait sa liste et mes ordres, j'examinai la foule : je ne voyais pas le Dr. Mandelbrod, que je devais retrouver là. Je demandai au Leutnant de m'indiquer son compartiment; il consulta sa liste : « Herr Doktor Mandelbrod, Mandelbrod... Voilà, c'est le wagon spécial, en queue de train. » Ce wagon était d'une construction particulière : au lieu d'une portière ordinaire, il y avait, à environ un tiers de sa longueur, une double portière, comme dans un fourgon à marchandises; et des rideaux d'acier fermaient toutes les fenêtres. Une des amazones de Mandelbrod se tenait devant la portière, en uniforme SS avec des galons d'Obersturmführer; elle portait non pas la jupe réglementaire mais une culotte de cheval masculine, et avait au moins quelques centimètres de plus que moi. Je me demandai où Mandelbrod pouvait bien recruter tous ses aides : il devait avoir un arrangement particulier avec le Reichsführer. La femme me salua : « Herr Sturmbann-führer, le Dr. Mandelbrod vous attend. » Elle semblait m'avoir reconnu; pourtant, je ne la reconnaissais pas; il est vrai qu'elles se ressemblaient toutes un peu. Elle prit mon sac et m'introduisit dans une antichambre tapissée, d'où partait sur la gauche un couloir. « Votre cabine sera la deuxième à droite, m'indiqua-t-elle. J'y déposerai vos affaires. Le Dr. Mandelbrod se trouve par ici. » Une double porte coulissante, à l'opposé du couloir, s'ouvrait automatiquement. J'entrai. Mandelbrod, baignant dans son affreuse odeur habituelle, était installé dans son énorme fauteuil-plate-forme, que la disposition des portières permettait de faire monter ; près de lui, dans un petit fauteuil rococo, les jambes négligemment croisées, se tenait le ministre Speer. « Ah, Max, te voilà ! s'exclama Mandelbrod de sa voix musicale. Viens, viens. » Un chat se coula entre mes bottes au moment où je voulus avancer et je faillis trébucher ; je me rattrapai et saluai Speer, puis Mandelbrod. Celui-ci tourna la tête vers le ministre : « Mon cher Speer, je vous présente un de mes jeunes protégés, le Dr. Aue. » Speer m'examina sous ses volumineux sourcils et se déplia hors de sa chaise ; à ma surprise, il s'avança pour me serrer la main : « Enchanté, Sturmbannführer. » — « Le Dr. Aue travaille pour le Reichsführer, précisa Mandelbrod. Il essaye d'améliorer la productivité de nos camps de concentration. » — « Ah, fit Speer, c'est très bien. Allez-vous y parvenir ? » — « Je ne m'occupe de cette question que depuis quelques mois, Herr Reichsminister, et mon rôle est mineur. Mais dans l'ensemble il y a déjà eu beaucoup d'efforts accomplis. Je pense que vous avez pu constater les résultats. » — « Oui, bien sûr. C'est un sujet dont j'ai récemment discuté avec le Reichsführer. Il était d'accord avec moi que ce pourrait être encore mieux. » — « Sans aucun doute, Herr Reichsminister. Nous y travaillons avec acharnement. » Il y eut une pause ; Speer cherchait visiblement quelque chose à dire. Ses yeux tombèrent sur mes médailles : « Vous avez été au front, Sturmbannführer ? » — « Oui, Herr Reichsminister. À Stalingrad. » Son regard s'obscurcit, il baissa les yeux ; un tressaillement parcourut sa mâchoire. Puis il me regarda de nouveau avec ses yeux précis et scrutateurs, cernés, je le remarquai pour la première fois, par de lourdes ombres de fatigue. « Mon frère Ernst a disparu à Stalingrad », dit-il d'une voix calme, légèrement tendue. J'inclinai la tête : « J'en suis désolé, Herr Reichsminister. Toutes mes condoléances. Savez-vous dans quelles circonstances il est tombé ? » — « Non. Je ne sais même pas s'il est mort. » Sa voix paraissait distante, comme détachée. « Nos parents ont reçu des lettres, il était malade, dans un des hôpitaux. Les conditions étaient... épouvantables. Dans son avant-dernière lettre, il disait qu'il ne le supportait plus et qu'il retournait rejoindre ses camarades à son poste d'artillerie. Pourtant, il était presque invalide. » — « Le Dr. Aue a été grièvement blessé à Stalingrad, intervint Mandelbrod. Mais il a eu de la chance, il a pu être évacué. » — « Oui... », fit Speer. Il avait un air rêveur maintenant, presque perdu. « Oui... vous avez eu de la chance. Lui, son unité entière a disparu durant l'offensive russe de janvier. Il est certainement mort. Sans aucun doute. Mes parents ont toujours du mal à s'en remettre. » Ses yeux replongèrent dans les miens. « C'était le fils préféré de mon père. » Gêné, je murmurai une autre formule de politesse. Derrière Speer, Mandelbrod disait : « Notre race souffre, mon cher ami. Nous devons en assurer l'avenir. » Speer hocha la tête et regarda sa montre. « Nous allons partir. Je vais rejoindre mon compartiment. » Il me tendit de nouveau la main : « Au revoir, Sturmbannführer. » Je claquai des talons et le saluai, mais déjà il serrait la main de Mandelbrod, qui le tirait à lui et lui disait doucement quelque chose que je n'entendis pas. Speer écouta attentivement, hocha la tête, et sortit. Mandelbrod m'indiqua le fauteuil qu'il avait quitté : « Assieds-toi, assieds-toi. Tu as dîné ? Tu as faim ? » Une seconde double porte, au fond du salon, s'ouvrit silencieusement, et une jeune femme en uniforme SS se présenta, qui ressemblait à s'y méprendre à la première, mais devait en être une autre — à moins que celle qui m'avait accueilli ait fait le tour du wagon par l'extérieur. « Vous souhaitez prendre quelque chose, Herr Sturmbannführer ? » demanda-t-elle. Le train s'était lentement ébranlé et quittait la gare. Des rideaux cachaient les fenêtres, le salon était éclairé par la lumière chaude et dorée de plusieurs petits lustres ; dans une courbe, un des rideaux bâilla, j'aperçus à travers la vitre la persienne métallique et songeai que tout le wagon devait être blindé. La jeune femme réapparut et déposa un plateau avec des sandwiches et de la bière sur une table pliante qu'elle déploya adroitement d'une main à côté de moi. Pendant que je mangeais, Mandelbrod m'interrogea sur mon travail ; il avait beaucoup apprécié mon rapport d'août, et il attendait avec plaisir le projet que je devais achever ; il paraissait déjà au courant de la plupart des détails. Herr Leland en particulier, ajouta-t-il, s'intéressait aux questions de rendement individuel. « Herr Leland voyage-t-il avec nous, Herr Doktor ? » demandai-je. — « Il nous rejoindra à Posen », répondit Mandelbrod. Il se trouvait déjà à l'Est, en Silésie, à des endroits que j'avais visités et où ils avaient tous deux des intérêts considérables. « C'est très bien que tu aies rencontré le Reichsminister Speer, dit-il presque distraitement. C'est un homme avec qui il est important de s'entendre. La SS et lui devraient se rapprocher davantage. » Nous discutâmes encore un peu, j'achevai de manger et bus ma bière ; Mandelbrod caressait un chat qui s'était glissé sur ses genoux. Puis il me permit de me retirer. Je repassai dans l'antichambre et trouvai ma cabine. Elle était spacieuse, avec une couchette confortable, déjà dressée, une tablette de travail, et un lavabo surmonté d'un miroir. J'écartai le rideau : là aussi, un volet en acier fermait la fenêtre, et il ne semblait y avoir aucun moyen de l'ouvrir. Je renonçai à fumer et ôtai ma tunique et ma chemise pour me laver. Je m'étais à peine savonné le visage, avec un joli petit savon parfumé posé près de l'évier — il y avait même de l'eau chaude —, lorsqu'on frappa à ma porte. « Un instant ! » Je m'essuyai, repassai ma chemise, remis ma tunique sans la boutonner, puis ouvris. Une des assistantes se tenait dans le couloir et me fixait de ses yeux clairs, avec l'ombre d'un sourire sur ses lèvres, délicat comme son parfum que je distinguais tout juste. « Bonsoir, Herr Sturmbannführer, fit-elle. Votre cabine est à votre satisfaction ? » — « Oui, tout à fait. » Elle me regardait en cillant à peine. « Si vous le désirez, continua-t-elle, je pourrais vous tenir compagnie pour la nuit. » Cette offre inattendue, prononcée sur le même ton indifférent avec lequel on m'avait demandé si je souhaitais manger, me prit, je dois l'avouer, un peu de court : je me sentis rougir et cherchai avec hésitation une réponse. « Je ne crois pas que le Dr. Mandelbrod approuverait », dis-je enfin. — « Au contraire, répondit-elle sur le même ton aimable et tranquille, le Dr. Mandelbrod en serait très content. Il est fermement convaincu que toutes les occasions de perpétuer notre race doivent être mises à profit. Bien entendu, si je venais à tomber enceinte, votre travail n'en souffrirait aucune distraction : la SS dispose d'institutions prévues à cet effet. » — « Oui, je sais », dis-je. Je me demandais ce qu'elle ferait si j'acceptais : j'avais l'impression qu'elle entrerait, se déshabillerait sans aucun commentaire, et attendrait, nue, sur le lit, que j'aie fini ma toilette. « C'est une proposition très tentante, fis-je enfin, et je suis vraiment au regret de devoir refuser. Mais je suis très fatigué et la journée de demain sera chargée. Une autre fois, avec un peu de chance. » Son expression ne marqua aucun changement ; à peine peut-être cligna-t-elle des yeux. « Comme vous le souhaitez, Herr Sturmbannführer, répondit-elle. Si vous avez besoin de quoi que ce soit, vous pouvez sonner. Je serai à côté. Bonne nuit. » — « Bonne nuit », dis-je en m'efforçant de sourire. Je refermai la porte. Ma toilette achevée, j'éteignis et me couchai. Le train filait dans la nuit invisible, tanguant légèrement au rythme des cahots. Je mis longtemps à m'endormir.

Du discours d'une heure et demie que prononça le Reichsführer le 6 octobre au soir devant les Reichsleiter et Gauleiter assemblés, j'ai peu à dire. Ce discours est moins connu que celui, presque deux fois plus long, qu'il lut le 4 octobre à ses Obergruppenführer et ses HSSPF; mais à part quelques différences dues à la nature des auditoires respectifs, et le ton moins informel, moins sardonique, moins lardé d'argot du second discours, le Reichsführer disait essentiellement la même chose. Par le hasard de la survie d'archives et de la justice des vainqueurs, ces discours sont devenus célèbres bien en dehors des cercles fermés auxquels ils étaient destinés; vous ne trouverez pas un ouvrage sur la SS, sur le Reichsführer, ou sur la destruction des Juifs où ils ne soient pas cités; si leur contenu vous intéresse, vous pouvez aisément les consulter, et en plusieurs langues; le discours du 4 octobre figure tout entier au protocole du grand procès de Nuremberg, sous la cote 1919-PS (c'est évidemment sous cette forme que j'ai enfin pu l'étudier en détail, après la guerre, bien que dans les grandes lignes j'en eusse pris connaissance à Posen même); il a d'ailleurs été enregistré, soit sur disque, soit sur une bande magnétique à l'oxyde rouge, les historiens ne sont pas d'accord et sur ce point je ne peux pas les éclairer, n'ayant pas été présent à ce discours-là, mais quoi qu'il en soit l'enregistrement a survécu et, si le cœur vous en dit, vous pouvez l'écouter, et ainsi entendre par vous-même la voix monotone, pédante, didactique et précise du Reichsführer, un peu plus pressée lorsqu'il ironise, avec même, mais rarement, des pointes de colère, surtout évidentes, avec le recul, quand il en arrive aux sujets sur lesquels il devait sentir qu'il avait peu de prise, la corruption généralisée par exemple, dont il a aussi parlé le 6 devant les dignitaires du régime, mais sur laquelle il a surtout insisté, cela, je l'ai su à l'époque par Brandt, lors de son discours aux Gruppenführer prononcé le 4. Or si ces discours sont entrés dans l'Histoire, ce n'est bien entendu pas à cause de cela, mais surtout parce que le Reichsführer, avec une franchise qu'il n'a jamais à ma connaissance égalée ni avant ni après, avec franchise donc et d'une manière qu'on pourrait même dire crue, y dressait le programme de la destruction des Juifs. Même moi, lorsque j'entendis cela le 6 octobre, je n'en crus tout d'abord pas mes oreilles, la salle était comble, la somptueuse salle Dorée du château de Posen, j'étais tout à fait au fond, derrière une cinquantaine de dirigeants du Parti et des *Gaue*, sans parler de quelques industriels, de deux chefs de service, et de trois (ou peut-être deux) ministres du Reich; et je trouvai cela, eu égard aux règles du secret auxquelles on nous avait astreints, véritablement choquant, indécent presque, et au début cela me mit très mal à l'aise, et je n'étais certainement pas le seul, je voyais des Gauleiter soupirer et essuyer leurs nuques ou leurs fronts, ce n'était pas qu'ils apprenaient là quelque chose de nouveau, personne, dans cette grande salle aux lumières feutrées, ne pouvait ne pas être au courant, même si certains, jusque-là, n'avaient sans doute pas cherché à penser la chose jusqu'au bout, à en discerner toute l'étendue, à songer, par exemple, aux femmes et aux enfants, et c'est probablement pourquoi le Reichsführer insista sur ce point, nettement plus, d'ailleurs, devant les Reichsleiter et les Gauleiter que devant ses Gruppenführer, qui eux en aucun cas ne pouvaient se faire d'illusions, sans doute pourquoi il insista que oui, nous tuions bien les femmes et les enfants aussi, pour ne laisser subsister aucune ambiguïté, et c'est justement cela qui était si inconfortable, cette absence totale, pour une fois, d'ambiguïté, et c'était comme s'il violait une règle non écrite, plus forte encore que ses propres règles édictées à l'intention de ses subordonnés, ses *Sprachregelungen* pourtant absolument strictes, la règle du tact peut-être, de ce tact dont il parla dans son premier discours, l'évoquant dans le contexte de l'exécution de Röhm et de ses camarades SA, *une sorte de tact naturel parmi nous, Dieu merci*, dit-il, *une conséquence de ce tact qui a fait que nous n'en avons jamais parlé entre nous*, mais peut-être s'agissait-il encore d'autre chose que de la question de ce tact et de ces règles, et c'est là que je commençai à comprendre, je crois, la raison profonde de ces déclarations, et aussi pourquoi les dignitaires soupiraient et suaient autant, car eux aussi, comme moi, commençaient à comprendre, à comprendre que ce n'était pas un hasard si le Reichsführer, ainsi, au début de la cinquième année de la guerre, évoquait ouvertement devant eux la destruction des Juifs, sans euphémismes, sans clins d'œil, avec des mots simples et brutaux comme *tuer — exterminer*, dit-il, *je veux dire tuer ou donner l'ordre de tuer —*, que, *pour une fois*, le Reichsführer *leur parlait ouvertement de cette question... pour vous dire comment sont les choses*, non, ce n'était certes pas un hasard, et s'il se permettait de le faire, alors le Führer était au courant, et pis, le Führer l'avait voulu, d'où leur angoisse, le Reichsführer parlait forcément ici au nom du Führer, et il disait cela, ces mots-là qu'on ne devait pas dire, et il les enregistrait, sur disque ou sur bande, peu importe, et il prenait soigneusement note des présents et des absents — parmi les chefs de la SS, seuls n'assistèrent pas au discours du 4 octobre Kaltenbrunner, qui souffrait de phlébite, Daluege, sérieusement malade du cœur et en congé pour un an ou deux, Wolff, tout juste nommé HSSPF pour l'Italie et plénipotentiaire auprès de Mussolini, et Globocnik, qui venait, je ne le savais pas encore et ne l'appris qu'après Posen, d'être subitement muté de son petit royaume de Lublin à sa ville natale de Trieste, comme SSPF pour l'Istrie et la Dalmatie, sous les ordres de Wolff justement, accompagné d'ailleurs, mais cela je le sus encore plus tard, de presque tout le personnel de l'Einsatz Reinhard, T-4 compris, on liquidait tout, Auschwitz suffirait dorénavant, et la belle côte adriatique ferait un beau dépotoir pour tous ces gens dont on n'avait plus l'usage, même Blobel viendrait les rejoindre un peu plus tard, qu'ils aillent se faire tuer par les partisans de Tito, cela nous épargnerait une partie du ménage ; et quant aux dignitaires du Parti, note fut prise aussi des têtes manquantes, mais je n'ai jamais vu la liste — tout cela, donc, le Reichsführer le faisait délibérément, sur instructions, et à cela il ne pouvait y avoir qu'une raison, d'où l'émoi perceptible des auditeurs, qui la saisissaient fort bien, cette raison : c'était afin qu'aucun d'entre eux ne puisse, plus tard, dire qu'il ne savait pas, ne puisse tenter de faire croire, en cas de défaite, qu'il était innocent du pire, ne puisse songer, un jour, à pouvoir tirer son épingle du jeu ; c'était pour les *mouiller*, et ils le comprenaient très bien, d'où leur désarroi. La Conférence de Moscou, à l'issue de laquelle les Alliés jurèrent de poursuivre les « criminels de guerre » *jusqu'au coin le plus reculé de la planète*, n'avait pas encore eu lieu, ce serait pour quelques semaines plus tard, avant la fin de ce mois d'octobre 1943, mais déjà la BBC, depuis l'été surtout, menait une propagande intensive sur ce thème, en donnant des noms, avec une certaine précision d'ailleurs, car elle citait parfois des officiers et même des sous-officiers de KL spécifiques, elle était très bien informée, la *Staatspolizei* se demandait bien comment d'ailleurs, et cela, il est tout à fait exact de le noter, provoquait une certaine nervosité chez les intéressés, d'autant que les nouvelles du front n'étaient pas bonnes, pour tenir l'Italie on avait dû dépouiller le front de l'Est, et il y avait peu de chances qu'on puisse rester sur le Donets, on avait déjà perdu Briansk, Smolensk, Poltava et Krementchoug, la Crimée était menacée, bref, n'importe qui pouvait voir que cela allait mal, et certainement nombreux devaient être ceux qui se posaient des questions sur l'avenir, celui de l'Allemagne en général bien entendu mais le leur en particulier aussi, d'où une certaine efficacité de cette propagande anglaise, qui non seulement démoralisait les uns, cités, mais aussi les autres, pas encore cités, en les encourageant à penser que la fin du Reich ne signifierait pas automatiquement leur propre fin, et rendant donc le spectre de la défaite un tout petit peu moins inenvisageable, d'où ainsi, on peut le concevoir, en ce qui concernait en tout cas les cadres du Parti, de la SS et de la Wehrmacht, la nécessité de leur faire comprendre qu'une éventuelle défaite les concernerait aussi, personnellement, histoire de les remotiver un peu, que les prétendus crimes des uns seraient aux yeux des Alliés les crimes de tous, au niveau de l'appareil en tout cas, que tous les bateaux, ou les ponts, comme on préfère, flambaient, qu'il n'y avait aucun retour en arrière possible, et que le seul salut était la victoire. Et en effet la victoire aurait tout réglé, car si nous avions gagné, imaginez-le un instant, si l'Allemagne avait écrasé les Rouges et détruit l'Union soviétique, il n'aurait plus jamais été question de crimes, ou plutôt si, mais de crimes bolcheviques, dûment documentés grâce aux archives saisies (les archives du NKVD de Smolensk, évacuées en Allemagne et récupérées à la fin de la guerre par les Américains, jouèrent précisément ce rôle, lorsque fut enfin venu le temps où il fallut presque du jour au lendemain expliquer aux bons électeurs démocratiques pourquoi les monstres infâmes de la veille devaient maintenant servir de rempart contre les héroïques alliés de la veille, aujourd'hui révélés comme monstres pires encore), voire peut-être, pour reprendre, par des procès en règle, pourquoi pas, le procès des meneurs bolcheviques, imaginez ça, pour faire sérieux comme ont voulu le faire les Anglo-Américains (Staline, on le sait, se moquait de ces procès, il les prenait pour ce qu'ils étaient, une hypocrisie, inutile de surcroît), et ensuite tout le monde, Anglais et Américains en tête, aurait composé avec nous, les diplomaties se seraient réalignées sur les nouvelles réalités, et malgré l'inévitable braillement des Juifs de New York, ceux d'Europe, qui de toute façon n'auraient manqué à personne, auraient été passés par pertes et profits, comme tous les autres morts d'ailleurs, tsiganes, polonais, que sais-je, l'herbe pousse dru sur les tombes des vaincus, et nul ne demande de comptes au vainqueur, je ne dis pas cela pour tenter de nous justifier, non, c'est la simple et effroyable vérité, regardez donc Roosevelt, cet homme de bien, avec son cher ami Uncle Joe, combien donc de millions Staline en avait-il déjà tué, en 1941, ou même avant 1939, bien plus que nous, c'est sûr, et même si l'on dresse un bilan définitif il risque fort de rester en tête, entre la collectivisation, la dékoulakisation, les grandes purges et les déportations des peuples en 1943 et 1944, et cela, on le savait bien, à l'époque, tout le monde savait plus ou moins, durant les années 30, ce qui se passait en Russie, Roosevelt le savait aussi, cet ami des hommes, mais ça ne l'a jamais empêché de louer la loyauté et l'humanité de Staline, en dépit d'ailleurs des avertissements répétés de Churchill, un peu moins naïf d'un certain point de vue, un peu moins réaliste, d'un autre, et si donc nous autres avions en effet gagné cette guerre, il en aurait certainement été de même, petit à petit, les obstinés qui n'auraient cessé de nous appeler les ennemis du genre humain se seraient tus un à un, faute de public, et les diplomates auraient arrondi les angles, car après tout, n'est-ce pas, *Krieg ist Krieg und Schnaps ist Schnaps*, et ainsi va le monde. Et peut-être même en fin de compte aurait-on applaudi nos efforts, comme l'a souvent prédit le Führer, ou peut-être pas, quoi qu'il en soit beaucoup auraient applaudi, qui entre-temps se sont tus, car nous avons perdu, dure réalité. Et même si une certaine tension avait persisté à ce sujet, dix ou quinze ans durant, elle se serait tôt ou tard dissipée, quand par exemple nos diplomates auraient fermement condamné, mais tout en se ménageant la possibilité de faire preuve d'un certain degré de compréhension, les dures mesures, susceptibles de nuire aux droits de l'homme, qu'auraient un jour ou l'autre dû appliquer la Grande-Bretagne ou la France afin de restaurer l'ordre dans leurs colonies rétives, ou, dans le cas des États-Unis, assurer la stabilité du commerce mondial et combattre les foyers de révolte communistes, comme ils ont tous d'ailleurs fini par le faire, avec les résultats que l'on sait. Car ce serait une erreur, grave à mon avis, de penser que le sens moral des puissances occidentales diffère si fondamentalement du nôtre : après tout, une puissance est une puissance, elle ne le devient pas par hasard, et ne le reste pas non plus. Les Monégasques, ou les Luxembourgeois, peuvent s'offrir le luxe d'une certaine droiture politique ; c'est un peu différent pour les Anglais. N'était-ce pas un administrateur britannique, éduqué à Oxford ou à Cambridge, qui dès 1922 préconisait des *massacres administratifs* pour assurer la sécurité des colonies, et regrettait amèrement que la situation politique *in the Home Islands* rendît impossibles ces mesures salutaires ? Ou, si l'on souhaite comme certains imputer toutes nos fautes au compte du seul antisémitisme — une erreur grotesque, à mon avis, mais séduisante pour beaucoup —, ne faudrait-il pas reconnaître que la France, à la veille de la Grande Guerre, faisait bien plus fort en ce domaine que nous (sans parler de la Russie des pogromes !) ? J'espère que vous ne serez pas trop surpris d'ailleurs que je dévalorise ainsi l'antisémitisme comme cause fondamentale du massacre des Juifs : ce serait oublier que nos politiques d'extermination allaient chercher bien plus loin. À la défaite — et loin de vouloir réécrire l'Histoire, je serais le premier à le reconnaître — nous avions déjà, outre les Juifs, achevé la destruction de tous les handicapés physiques et mentaux incurables allemands, de la majeure partie des Tsiganes, et de millions de Russes et de Polonais. Et les projets, on le sait, étaient encore plus ambitieux : pour les Russes, la *diminution naturelle* nécessaire devait atteindre selon les experts du Plan quadriennal et du RSHA trente millions, voire se situer entre quarante-six et cinquante et un millions selon l'avis dissident d'un Dezernent un peu zélé de l'*Ostministerium*. Si la guerre avait encore duré quelques années, nous aurions certainement entamé une réduction massive des Polonais. L'idée était déjà dans l'air du temps depuis un moment : voyez la volumineuse correspondance entre le Gauleiter Greiser du Warthegau et le Reichsführer, où Greiser demande, à partir de mai 1942, la permission de se servir des installations de gazage de Kulmhof pour détruire 35 000 Polonais tuberculeux qui constituaient, selon lui, une grave menace de santé pour son *Gau* ; le Reichsführer, au bout de sept mois, lui fit enfin comprendre que sa proposition était intéressante, mais prématurée. Vous devez trouver que je vous entretiens bien froidement de tout cela : c'est simplement afin de vous démontrer que la destruction par nos soins du peuple de Moïse ne procédait pas uniquement d'une haine irrationnelle pour les Juifs — je crois avoir déjà montré à quel point les antisémites du type émotionnel étaient mal vus au SD et à la SS en général — mais surtout d'une acceptation ferme et raisonnée du recours à la violence pour la résolution des problèmes sociaux les plus variés, ce en quoi, d'ailleurs, nous ne différions des bolcheviques que par nos appréciations respectives des catégories de problèmes à résoudre : leur approche étant fondée sur une grille de lecture sociale horizontale (les classes), la nôtre, verticale (les races), mais toutes deux également déterministes (je crois l'avoir déjà souligné) et parvenant à des conclusions similaires en termes de remède à employer. Et si l'on y réfléchit bien, on pourrait en déduire que cette volonté, ou du moins cette capacité à accepter la nécessité d'une approche bien plus radicale des problèmes affligeant toute société, ne peut être née que de nos défaites lors de la Grande Guerre. Tous les pays (sauf peut-être les États-Unis) ont souffert ; mais la victoire, et l'arrogance et le confort moral nés de la victoire, ont sans doute permis aux Anglais et aux Français et même aux Italiens d'oublier plus facilement leurs souffrances et leurs pertes, et de se rasseoir, parfois même de se vautrer dans leur autosatisfaction, et donc aussi de prendre peur plus facilement, de crainte de voir se désagréger ce si fragile compromis. Quant à nous, nous n'avions plus rien à perdre. Nous nous étions battus aussi honorablement que nos ennemis ; on nous a traités comme des criminels, on nous a humiliés et dépecés, et on a bafoué nos morts. Le sort des Russes, objectivement, n'a guère été meilleur. Quoi de plus logique, alors, que d'en venir à se dire : Eh bien, s'il en est ainsi, s'il est juste de sacrifier le meilleur de la Nation, d'envoyer à la mort les hommes les plus patriotes, les plus intelligents, les plus dévoués, les plus loyaux de notre race, et tout cela au nom du salut de la Nation — et que cela ne serve à rien — et que l'on crache sur leur sacrifice — alors, quel droit à la vie garderaient les pires éléments, les criminels, les fous, les débiles, les asociaux, les Juifs, sans parler de nos ennemis extérieurs ? Les bolcheviques, j'en suis convaincu, ont raisonné de la même manière. Puisque respecter les règles de la prétendue humanité ne nous a servi à rien, pourquoi s'entêter dans ce respect dont on ne nous a même pas su gré ? De là, inévitablement, une approche beaucoup plus raide, plus dure, plus radicale de nos problèmes. Dans toutes les sociétés, en tout temps, les problèmes sociaux ont connu un arbitrage entre les besoins de la collectivité et les droits de l'individu, et ont donc donné lieu à un nombre de réponses somme toute fort limité : schématiquement, la mort, la charité, ou l'exclusion (surtout, historiquement, sous la forme de l'exil extérieur). Les Grecs exposaient leurs enfants difformes ; les Arabes, reconnaissant qu'ils constituaient, économiquement parlant, une charge trop lourde pour leurs familles, mais ne souhaitant pas les tuer, les plaçaient à la charge de la communauté, par le mécanisme de la *zakat*, la charité religieuse obligatoire (un impôt pour les bonnes œuvres) ; de nos jours encore, chez nous, il existe des établissements spécialisés pour de tels cas, afin que leur malheur n'afflige pas la vue des bien-portants. Or, si l'on adopte une telle vision d'ensemble, on peut constater qu'en Europe du moins, à partir du XVIIIe siècle, toutes les solutions distinctes aux divers problèmes — le supplice pour les criminels, l'exil pour les malades contagieux (léproseries), la charité chrétienne pour les imbéciles — ont convergé, sous l'influence des Lumières, vers un type de solution unique, applicable à tous les cas et déclinable à volonté : l'enfermement institutionnalisé, financé par l'État, une forme d'exil intérieur si l'on veut, à prétention pédagogique parfois, mais surtout à finalité pratique : les criminels, en prison, **les** malades, à l'hôpital, les fous, à l'asile. Qui ne peut pas voir que ces solutions si humaines, elles aussi, résultaient de compromis, étaient rendues possibles par la richesse, et restaient, en fin de compte, contingentes ? Après la Grande Guerre beaucoup ont compris qu'elles n'étaient plus adaptées, qu'elles ne suffisaient plus pour faire face à la nouvelle ampleur des problèmes, du fait de la restriction des moyens économiques et aussi du niveau, autrefois impensable, des enjeux (les millions de morts de la guerre). Il fallait de nouvelles solutions, on les a trouvées, comme l'homme trouve toujours les solutions qu'il lui faut, comme aussi les pays dits démocratiques les auraient trouvées, s'ils en avaient eu besoin. Mais pourquoi alors, demanderait-on aujourd'hui, les

Juifs? Qu'est-ce que les Juifs ont à voir avec vos fous, vos criminels, vos contagieux? Pourtant, il n'est pas difficile de voir que, historiquement, les Juifs se sont eux-mêmes constitués comme « problème », en voulant à tout prix rester à part. Les premiers écrits contre les Juifs, ceux des Grecs d'Alexandrie, bien avant le Christ et l'antisémitisme théologique, ne les accusaient-ils pas d'être des asociaux, de violer les lois de l'hospitalité, fondement et principe politique majeur du monde antique, au nom de leurs interdits alimentaires, qui les empêchaient d'aller manger chez les autres ou de les recevoir, d'être des hôtes? Ensuite, bien entendu, il y a eu la question religieuse. Je ne cherche pas ici, comme on pourrait le croire, à rendre les Juifs responsables de leur catastrophe; je cherche simplement à dire qu'une certaine histoire de l'Europe, malheureuse selon les uns, inévitable selon les autres, a fait en sorte que même de nos jours, en temps de crise, il est naturel de se retourner contre les Juifs, et que si l'on s'engage dans une refonte de la société par la violence, tôt ou tard les Juifs en font les frais — tôt, dans notre cas, tard, dans celui des Soviétiques — et que ce n'est pas tout à fait un hasard. Certains Juifs aussi, la menace de l'antisémitisme éloignée, sombrent dans la démesure.

Ces réflexions, vous devez les juger fort intéressantes, je n'en doute pas un instant; mais je me suis un peu égaré, je n'ai toujours pas parlé de cette fameuse journée du 6 octobre, que je souhaitais décrire brièvement. Quelques coups secs à la porte de mon compartiment m'avaient tiré de mon sommeil; avec les volets baissés, impossible de savoir l'heure, j'étais sans doute plongé dans un rêve, je me souviens d'en avoir été entièrement désorienté. Puis j'entendis la voix de l'assistante de Mandelbrod, douce mais ferme: « Herr Sturmbannführer. Nous arrivons d'ici une demi-heure. » Je me lavai, m'habillai, et sortis me dégourdir les jambes dans l'antichambre. La jeune femme se tenait là: « Bonjour, Herr Sturmbannführer. Avez-vous bien dormi? » — « Oui, je vous remercie. Le Dr. Mandelbrod est-il réveillé? » — « Je ne sais pas, Herr Sturmbannführer. Voulez-vous du café? Un petit déjeuner complet sera servi à l'arrivée. » Elle revint avec un petit plateau. Je bus le café debout, les jambes légèrement écartées à cause du balancement du train; elle s'assit sur un petit fauteuil, les jambes discrètement croisées — elle portait maintenant, je le remarquai, une longue jupe à la place de la culotte noire de la veille. Ses cheveux étaient tirés en un chignon sévère. « Vous n'en prenez pas? » demandai-je. — « Non, je vous remercie. » Nous restâmes ainsi en silence jusqu'à ce que se fasse entendre le grincement des freins. Je lui rendis la tasse et pris mon sac de voyage. Le train ralentissait. « Bonne journée, me dit-elle. Le Dr. Mandelbrod vous retrouvera plus tard. » Sur le quai, c'était un peu la confusion ; les Gauleiter fatigués sortaient un à un du train en bâillant, accueillis par une escouade de fonctionnaires en civil ou en uniforme SA. L'un d'eux vit mon uniforme SS et fronça les sourcils. Je lui indiquai le wagon de Mandelbrod et son visage s'éclaira : « Excusez-moi », fit-il en s'avançant. Je lui donnai mon nom et il consulta une liste : « Oui, je vois. Vous êtes avec les membres de la Reichsführung, à l'hôtel *Posen*. Il y a une chambre pour vous. Je vais vous trouver une voiture. Voici le programme. » À l'hôtel, un immeuble cossu et un peu triste datant de la période prussienne, je me douchai, me rasai, me changeai, et avalai quelques tartines avec de la confiture. Vers huit heures je descendis dans le hall d'entrée. Des gens commençaient à aller et venir. Je trouvai enfin un assistant de Brandt, un Hauptsturmführer, et lui montrai le programme que l'on m'avait donné. « Écoutez, vous n'avez qu'à y aller maintenant. Le Reichsführer ne viendra que dans l'après-midi, mais il y aura quelques officiers. » La voiture prêtée par le *Gau* attendait toujours et je me fis conduire au Schloss Posen, admirant en route le beffroi bleu et la loggia à arcades de l'hôtel de ville, puis les façades multicolores des étroites maisons bourgeoises serrées sur la Vieille Place, reflets de plusieurs siècles d'architecture discrètement fantaisiste, jusqu'à ce que ce fugitif plaisir matinal vienne se heurter contre le château lui-même, un vaste amas de blocs adossé à une grande place vide, fruste et hérissé de toits pointus avec une haute tour à ogive calée tout contre, massif, digne, sévère, monotone, et devant lequel venaient s'aligner une à une les Mercedes à fanion des dignitaires. Le programme débutait par une série de conférences d'experts de l'entourage de Speer, dont Walter Rohland, le magnat de l'acier, qui exposèrent l'un après l'autre, avec une précision affligeante, l'état de la production de guerre. Au premier rang, écoutant gravement ces sombres nouvelles, se trouvait une bonne partie de l'élite de l'État : le Dr. Goebbels, le ministre Rosenberg, Axmann, le Führer de la Jeunesse du Reich, le grand amiral Dönitz, le Feldmarschall Milch de la Luftwaffe, et un homme gras, à cou de taureau, aux cheveux épais peignés en arrière, que je me fis identifier lors d'une des pauses : le Reichsleiter Bormann, secrétaire personnel du Führer et directeur de la chancellerie du NSDAP. Son nom m'était connu, bien sûr, mais je savais peu de choses de lui ; les journaux et les actualités au cinéma ne le mentionnaient jamais, et je ne me souvenais pas d'avoir vu sa photo. Après Rohland, ce fut au tour de Speer : sa présentation, qui dura moins d'une heure, reprenait les mêmes thèmes que ceux abordés la veille au Prinz-Albrecht-Palais, en un langage étonnamment direct, presque brusque. Je remarquai seulement alors Mandelbrod : une place spéciale avait été ménagée sur le côté pour son encombrante plate-forme, et il écoutait, les yeux plissés, une inattention bouddhique, flanqué de deux de ses assistantes — ainsi, elles étaient bien deux — et de la haute figure taillée à la hache de Herr Leland. Les dernières paroles de Speer provoquèrent un tumulte : revenant sur le thème de l'obstruction des *Gaue*, il mentionna son accord avec le Reichsführer, menaçant de sévir contre les récalcitrants. Dès qu'il fut descendu de l'estrade, plusieurs Gauleiter l'entourèrent en vociférant ; j'étais trop loin, au fond de la salle, pour entendre leurs propos, mais je pouvais les imaginer. Leland s'était penché et murmurait quelque chose à l'oreille de Mandelbrod. Ensuite, on nous invita à retourner en ville, à l'hôtel *Ostland*, où étaient logés les dignitaires, pour une réception avec buffet. Ses assistantes guidèrent Mandelbrod par une sortie secondaire, mais je le retrouvai dans la cour et allai le saluer, ainsi que Herr Leland. Je pus voir alors comment il voyageait : sa Mercedes spéciale, au salon immense, était équipée d'un dispositif grâce auquel son fauteuil, détaché de la plate-forme, coulissait dans la voiture ; un second véhicule transportait la plate-forme, ainsi que les deux assistantes. Mandelbrod me fit monter avec lui et je pris place sur un strapontin ; Leland s'assit à l'avant, à côté du chauffeur. Je regrettai de ne pas être monté avec les jeunes femmes : Mandelbrod ne semblait pas s'apercevoir des gaz puants qu'émettait son corps ; heureusement, le trajet était court. Mandelbrod ne parlait pas, il paraissait somnoler. Je me demandai s'il se levait jamais de son fauteuil, et si non, comment il s'habillait, comment il faisait ses besoins ? Ses assistantes, en tout cas, devaient être à l'épreuve de tout. Pendant la réception, je discutai avec deux officiers du *Persönlicher Stab*, Werner Grothmann, qui n'en revenait pas d'avoir été nommé à la place de Brandt (Brandt, promu Standartenführer, prenait celle de Wolff), et un adjudant chargé de la police. Ce furent eux, je crois, qui me parlèrent les premiers de la forte impression causée parmi les Gruppenführer, deux jours auparavant, par le discours du Reichsführer. Nous causâmes aussi du départ de Globocnik, une véritable surprise pour tout le monde ; mais nous ne nous connaissions pas assez bien pour spéculer sur les motifs de cette mutation. Une des deux amazones — décidément, j'avais du mal à les reconnaître, je ne pouvais même pas dire laquelle s'était offerte à moi, la veille — surgit à mes côtés. « Excusez-moi, meine Herren », dit-elle avec un sourire. Je m'excusai à mon tour et la suivis à travers la foule. Mandelbrod et Leland parlaient avec Speer et Rohland. Je les saluai et félicitai Speer pour son discours ; il prit un air mélancolique : « Visiblement, il n'était pas du goût de tout le monde. » — « Cela ne fait rien, rétorqua Leland. Si vous parvenez à vous entendre avec le Reichsführer, aucun de ces idiots avinés ne pourra vous tenir tête. » J'étais étonné : jamais je n'avais entendu Herr Leland parler avec tant de brutalité. Speer hochait la tête. « Essayez de rester en contact régulier avec le Reichsführer, susurra Mandelbrod. Ne laissez pas retomber ce nouvel élan. Pour des questions mineures, si vous ne voulez pas déranger le Reichsführer lui-même, vous n'avez qu'à contacter mon jeune ami ici présent. Je réponds de sa fiabilité. » Speer me contempla distraitement : « J'ai déjà un officier de liaison au ministère. » — « Certes, fit Mandelbrod. Mais le Sturmbannführer Aue aura sans doute un accès plus direct au Reichsführer. N'ayez pas peur de le déranger. » — « Bien, bien », fit Speer. Rohland s'était tourné vers Leland : « Nous sommes d'accord, alors, pour Mannheim... » D'une brève pression au coude, l'assistante de Mandelbrod me faisait comprendre que l'on n'avait plus besoin de moi. Je saluai et me retirai discrètement jusqu'au buffet. La jeune femme m'avait suivi et se fit verser du thé tandis que je grignotais un hors-d'œuvre. « Je crois que le Dr. Mandelbrod est très content de vous », dit-elle de sa belle voix sans relief. — « Je ne vois pas pourquoi, mais si vous le dites, je dois vous croire. Vous travaillez pour lui depuis longtemps ? » — « Depuis plusieurs années. » — « Et avant ? » — « Je terminais un doctorat en philologie latine et allemande, à Francfort. » Je haussai les sourcils : « Je ne l'aurais pas deviné. Ce n'est pas trop difficile, de travailler à plein temps pour le Dr. Mandelbrod ? Il me paraît assez exigeant. » — « Chacun sert là où il le doit, répondit-elle sans hésiter. Je suis extrêmement honorée par la confiance du Dr. Mandelbrod. C'est grâce à des hommes comme lui et Herr Leland que l'Allemagne sera sauvée. » Je scrutai son visage lisse, ovale, à peine maquillé. Elle devait être fort belle, mais aucun détail, aucune particularité, ne permettait de se raccrocher à cette beauté tout à fait abstraite. « Je peux vous poser une question ? » lui demandai-je. — « Bien entendu. » — « Le couloir du wagon n'était pas très bien éclairé. C'est vous qui êtes venue frapper à ma porte ? » Elle eut un petit rire perlé : « Le couloir n'est pas si mal éclairé que ça. Mais la réponse est non : c'était ma collègue Hilde. Pourquoi ? Vous auriez préféré que ce soit moi ? » — « Non, c'était juste comme ça », fis-je stupidement. — « Si l'occasion se représente, dit-elle en me regardant droit dans les yeux, ce sera avec plaisir. J'espère que vous serez moins fatigué. » Je rougis : « Comment vous appelez-vous, alors ? Pour que je le sache. » Elle me tendit sa petite main aux ongles nacrés ; sa paume était sèche et douce et sa poignée de main aussi ferme que celle d'un homme. « Hedwig. Bonne fin de journée, Herr Sturmbannführer. »

Le Reichsführer, entouré d'une nuée silencieuse d'officiers et flanqué de Rudolf Brandt, fit son apparition vers trois heures de l'après-midi, peu après notre retour au Schloss. Brandt me remarqua et me fit un petit signe de tête ; il portait déjà ses nouveaux galons, mais ne me laissa pas le temps de le féliciter lorsque je m'approchai : « Après le discours du Reichsführer, nous partons pour Cracovie. Vous viendrez avec nous. » — « Bien, Herr Standartenführer. » Himmler s'était assis au premier rang, à côté de Bormann. On nous servit d'abord un discours de Dönitz, qui justifia la cessation temporaire de la guerre sous-marine, tout en espérant qu'elle reprendrait bientôt ; de Milch, qui espérait que les nouvelles tactiques de la Luftwaffe mettraient bientôt fin aux raids terroristes sur nos villes ; et de Schepmann, le nouveau chef d'état-major de la SA, qui n'espérait rien que j'aie retenu. Vers cinq heures et demie, le Reichsführer monta à la tribune. Des drapeaux rouge sang et les casques noirs de la garde d'honneur encadraient, sur cette haute estrade, sa petite silhouette ; les hauts tubes des microphones cachaient presque son visage ; la lumière de la salle jouait sur ses lunettes. L'amplification donnait une tonalité fortement métallique à sa voix. Des réactions de l'assistance, j'ai déjà parlé ; je regrettais, me trouvant au fond de la salle, de devoir contempler les nuques plutôt que les visages. Malgré ma frayeur et ma surprise, je pourrais ajouter que certaines de ses paroles, personnellement, m'ont touché, notamment celles qui portaient sur l'effet de cette décision sur ceux chargés de l'exécuter, du danger qu'ils encouraient dans leur esprit *de devenir cruels et indifférents et de ne plus respecter la vie humaine, ou de s'amollir et de succomber à la faiblesse et aux dépressions nerveuses* — oui, cette *voie atrocement étroite entre Charybde et Scylla*, je la connaissais bien, ces paroles auraient pu m'être adressées, et dans une certaine mesure, en toute modestie, elles l'étaient, à moi et à ceux qui comme moi étaient affligés de cette épouvantable responsabilité, par notre Reichsführer qui comprenait bien ce que nous endurions. Non pas qu'il se laissât aller à la moindre sentimentalité ; comme il le dit si brutalement, vers la fin du discours : *Beaucoup vont pleurer, mais cela ne fait rien ; il y a beaucoup de pleurs déjà*, paroles, à mon oreille, d'un souffle shakespearien, mais peut-être était-ce dans l'autre discours, celui que j'ai lu plus tard, je ne suis pas sûr, peu importe. Après le discours, il devait être dix-neuf heures, le Reichsleiter Bormann nous convia à un buffet dans une salle voisine. Les dignitaires, surtout les Gauleiter les plus âgés, prirent le bar d'assaut ; comme je devais voyager avec le Reichsführer, je m'abstins de boire. Je le vis dans un coin, debout devant Mandelbrod, avec Bormann, Goebbels et Leland ; il tournait le dos à la salle et ne prêtait pas la moindre attention à l'effet qu'avaient produit ses paroles. Les Gauleiter buvaient coup sur coup et discutaient à voix basse ; de temps en temps l'un d'entre eux aboyait une platitude ; ses collègues hochaient solennellement la tête et buvaient encore. Je dois avouer que j'étais, pour ma part, malgré l'effet du discours, plus préoccupé par la petite scène de midi : je sentais clairement que Mandelbrod était en train de me placer, mais comment et par rapport à qui, je ne le voyais pas encore ; j'en savais trop peu sur ses relations avec le Reichsführer, ou avec Speer d'ailleurs, pour en juger, et cela m'inquiétait, je sentais que ces enjeux me dépassaient. Je me demandais si Hilde, ou Hedwig, aurait pu m'éclairer ; en même temps je savais très bien que, même au lit, elles ne m'auraient rien dit que Mandelbrod ne souhaitât pas que je sache. Et Speer ? Pendant longtemps, j'avais cru me souvenir, mais sans y réfléchir, que lui aussi discutait avec le Reichsführer lors de cette collation. Puis un jour, il y a quelque temps, dans un livre, j'ai appris que depuis des années il nie énergiquement avoir été là, qu'il affirme être parti à l'heure du déjeuner avec Rohland, et ne pas avoir assisté au discours du Reichsführer. Tout ce que je peux en dire, c'est que c'est possible : pour ma part, après notre échange à la réception de midi, je n'ai plus fait spécialement attention à lui, j'étais plutôt concentré sur le Dr. Mandelbrod et sur le Reichsführer, et puis, il y avait vraiment beaucoup de monde ; pourtant, je pensais l'avoir vu le soir, et lui-même a décrit la beuverie effrénée des Gauleiter, à la fin de laquelle, d'après son propre livre, plusieurs d'entre eux durent être portés au train spécial, à ce moment-là j'étais déjà parti avec le Reichsführer, cela je ne l'ai donc pas vu moi-même, mais lui le décrit comme s'il avait été là, c'est donc difficile à dire, et de toute façon c'est une argutie un peu vaine : qu'il eût ou non entendu ce jour-là les paroles du Reichsführer, le Reichsminister Speer savait, comme tout le monde ; à tout le moins, à cette époque-là, *il en savait assez pour savoir qu'il valait mieux ne pas en savoir plus*, pour citer un historien, et je puis affirmer qu'un peu plus tard, lorsque je l'ai mieux connu, il savait tout, y compris pour les femmes et les enfants qu'après tout on n'aurait pas pu stocker sans qu'il le sache, même s'il n'en parlait jamais, c'est vrai, et même s'il n'était pas au courant de tous les détails techniques, qui ne concernaient pas son domaine de compétence spécifique, après tout. Je ne nie pas qu'il aurait sans doute préféré ne pas savoir ; le Gauleiter von Schirach, que je vis ce soir-là affalé sur une chaise, la cravate défaite et le col ouvert, buvant cognac sur cognac, aurait certainement préféré ne pas savoir non plus, et beaucoup d'autres avec lui, soit que le courage de leurs convictions leur ait manqué, soit qu'ils aient craint déjà les représailles des Alliés, mais il faut ajouter que ces hommes-là, les Gauleiter, ont peu fait pour l'effort de guerre, et l'ont même gêné dans certains cas, alors que Speer, tous les spécialistes maintenant l'affirment, a donné au moins deux ans de plus à l'Allemagne nationale-socialiste, plus que quiconque il a contribué à prolonger l'affaire, et il l'aurait prolongée encore s'il l'avait pu, et certainement il voulait la victoire, il s'est démené comme un beau diable pour la victoire, la victoire de cette Allemagne nationale-socialiste qui détruisait les Juifs, femmes et enfants compris, et les Tsiganes aussi et beaucoup d'autres par ailleurs, et c'est pourquoi je me permets de trouver un tant soit peu indécents, malgré l'immense respect que j'ai pour ce qu'il a accompli en tant que ministre, ses regrets si publiquement affichés après la guerre, regrets qui lui ont sauvé la peau, certes, alors qu'il ne méritait ni plus ni moins la vie que d'autres, Sauckel par exemple, ou Jodl, et qui l'ont ensuite obligé, pour maintenir la pose, à des contorsions de plus en plus baroques, alors qu'il aurait été si simple, surtout après avoir purgé sa peine, de dire : Oui, je savais, et alors ? Comme l'a si bien énoncé mon camarade Eichmann, à Jérusalem, avec toute la simplicité directe des hommes simples : « Les regrets, c'est bon pour les enfants. »

Je quittai la réception vers vingt heures, sur ordre de Brandt, sans avoir pu saluer le Dr. Mandelbrod absorbé par ses discussions. Avec plusieurs autres officiers, on me conduisit à l'hôtel *Posen* pour que je prenne mes affaires, puis à la gare où nous attendait le train spécial du Reichsführer. De nouveau, je disposais d'une cabine privée, mais de dimensions bien plus modestes que dans le wagon du Dr. Mandelbrod, avec une couchette exiguë. Ce train, baptisé *Heinrich*, était extraordinairement bien conçu : à l'avant se trouvaient, outre les wagons blindés personnels du Reichsführer, des wagons aménagés en bureaux et en centre de communications mobile, le tout protégé par des platesformes équipées de pièces antiaériennes ; la Reichsführung-SS entière, si nécessaire, pouvait travailler en déplacement. Je ne vis pas monter le

Reichsführer; quelque temps après notre arrivée, le train s'ébranla; cette fois, il y avait une vitre à ma cabine, je pouvais éteindre la lumière et, assis dans le noir, contempler la nuit, une belle et claire nuit d'automne, illuminée par les étoiles et un croissant de lune qui versait une fine lueur métallique sur le pauvre paysage de Pologne. De Posen à Cracovie, il y a environ 400 kilomètres; avec les nombreux arrêts imposés par les alertes ou les encombrements, l'arrivée se fit bien après l'aube; déjà réveillé, assis sur ma couchette, je regardais doucement rosir les plaines grises et les champs de patates. À la gare de Cracovie, une garde d'honneur nous attendait, General-Gouverneur en tête, avec tapis rouge et fanfare; de loin, je vis Frank, entouré de jeunes Polonaises en costume national portant des paniers de fleurs de serre, lancer au Reichsführer un salut allemand qui fit presque craquer les coutures de son uniforme, puis échanger avec lui quelques paroles animées avant de s'engouffrer dans une énorme berline. On nous attribua des chambres dans un hôtel au pied du Wawel; je me baignai, me rasai soigneusement, et envoyai un de mes uniformes au lavage. Puis je me dirigeai, en flânant par les belles vieilles rues ensoleillées de Cracovie, vers les bureaux du HSSPF, d'où j'envoyai un télex à Berlin, pour prendre des nouvelles de l'état d'avancement de mon projet. À la mi-journée, je participai au déjeuner officiel en tant que membre de la délégation du Reichsführer; j'étais assis à une table avec plusieurs officiers de la SS et de la Wehrmacht, ainsi que des fonctionnaires mineurs du General-Gouvernement; à la table de tête, Bierkamp côtoyait le Reichsführer et le General-Gouverneur, mais je n'eus aucune occasion d'aller le saluer. La discussion porta surtout sur Lublin, les hommes de Frank nous confirmaient la rumeur qui, au GG, voulait que Globocnik ait sauté pour ses homériques malversations : selon une version, le Reichsführer aurait même souhaité le faire arrêter et juger, pour l'exemple, mais Globocnik avait prudemment accumulé un grand nombre de documents compromettants, et s'en était servi pour se négocier une retraite presque dorée sur sa côte natale. Après les agapes il y avait des discours, mais je n'attendis pas et retournai en ville faire mon rapport à Brandt, qui s'était installé chez le HSSPF. Il n'y avait pas grand-chose à dire : à part le D III, qui avait tout de suite dit oui, nous attendions toujours l'avis des autres départements ainsi que du RSHA. Brandt me chargea d'accélérer les choses dès mon retour : le Reichsführer voulait que le projet soit prêt pour le milieu du mois.

Pour la réception du soir, Frank n'avait pas lésiné sur les moyens. Une garde d'honneur, épées à la main, uniformes ruisselant de galons dorés, formait une haie en diagonale de la grande cour du *Wawel*; dans l'escalier, d'autres soldats présentaient les armes toutes les trois marches; à l'entrée de la salle de bal, Frank lui-même, en uniforme SA et flanqué de sa femme, une matrone aux chairs blanches débordant d'une monstrueuse confection en velours vert, accueillait ses invités. Le *Wawel* brillait de tous ses feux : depuis la ville on le voyait resplendir au sommet de sa falaise; des guirlandes d'ampoules électriques décoraient les hautes colonnades entourant la cour, des soldats, postés derrière la haie d'honneur, tenaient à la main des flambeaux; et si l'on sortait de la salle de bal pour se promener par les loggias, la cour paraissait comme cerclée d'anneaux flamboyants, un puits de lumière au fond duquel rugissaient doucement les rangées parallèles de torches; de l'autre côté du palais, depuis l'immense balcon accroché à son flanc, la ville, sous les pieds des invités, s'étalait noire et silencieuse. Sur une estrade, au fond de la salle principale, un orchestre jouait des valses viennoises; les hommes en poste au GG avaient amené leurs femmes, quelques couples dansaient, les autres buvaient, riaient, piochaient des hors-d'œuvre sur les tables surchargées, ou, comme moi, étudiaient la foule. À part quelques collègues de la délégation du Reichsführer, je connaissais peu de monde. Je détaillai le plafond à caissons, en bois précieux de toutes les couleurs, avec une tête sculptée et peinte sertie dans chaque compartiment, des soldats barbus, des bourgeois à chapeau, des courtisans emplumés, des femmes coquettes, toutes contemplant à la verticale, impassibles, ces étranges envahisseurs que nous étions. Par-delà l'escalier principal, Frank avait fait ouvrir d'autres salles, chacune avec un buffet, des fauteuils, des divans, pour ceux qui souhaitaient se reposer ou rester tranquilles. De grands et beaux tapis anciens rompaient les perspectives harmonieuses du dallage à losanges noir et blanc, assourdissant les pas qui, ailleurs, résonnaient sur le marbre. Deux gardes casqués, l'épée tirée et dressée devant leur nez comme des horse-guards anglais, flanquaient chaque porte menant d'une salle à l'autre. Un verre de vin à la main, j'errai à travers ces pièces, admirant les frises, les plafonds, les tableaux; les Polonais, hélas, avaient emporté au début de la guerre les fameuses tapisseries flamandes de Sigismond Auguste : on les disait en Angleterre, ou même au Canada, et Frank avait souvent dénoncé ce qu'il considérait comme un pillage du patrimoine culturel polonais. Lassé, je me joignis enfin à un groupe d'officiers SS qui bavardaient au sujet de la chute de Naples et des exploits de Skorzeny. Je les écoutais distraitement, car un bruit curieux était venu capturer mon attention, une sorte de frottement rythmique. Cela se rapprochait, je regardai autour de moi ; je sentis un choc contre ma botte et baissai les yeux : une automobile à pédales multicolore, conduite par un bel enfant blond, venait de me heurter. L'enfant me regardait avec un air sévère, sans rien dire, ses petites mains potelées agrippées au volant ; il devait avoir quatre ou cinq ans, et portait un joli petit costume pied-de-poule. Je souris, mais il ne disait toujours rien. Alors je compris et m'écartai avec une courbette ; toujours muet, il se remit à pédaler furieusement, filant vers une pièce voisine et disparaissant entre les gardes caryatides. Quelques minutes plus tard je l'entendis revenir : il fonçait tout droit, sans faire attention aux gens, qui devaient s'écarter sur son chemin. Arrivé à la hauteur du buffet, il s'arrêta et s'extirpa de son véhicule pour aller prendre un morceau de gâteau ; mais son petit bras était trop court, il avait beau se hisser sur la pointe des pieds, il ne pouvait rien atteindre. Je le rejoignis et lui demandai : « Lequel veux-tu ? » Toujours muet, il désigna du doigt une *Sacher Torte*. « Est-ce que tu parles allemand ? » lui demandai-je. Il prit un air indigné : « Bien sûr que je parle allemand ! » — « Alors on a dû t'apprendre à dire *bitte*. » Il secoua la tête : « Moi, je n'ai pas besoin de dire *bitte* ! » — « Et pourquoi cela ? » — « Parce que mon papa, c'est le roi de Pologne, et tout le monde ici doit lui obéir ! » Je hochai la tête : « Ça, c'est très bien. Mais tu dois apprendre à reconnaître les uniformes. Moi, je ne sers pas ton père, je sers le Reichsführer-SS. Donc, si tu veux du gâteau, tu dois me dire *bitte*. » L'enfant, les lèvres pincées, hésitait ; il ne devait pas avoir l'habitude d'une telle résistance. Finalement il céda : « Je peux avoir le gâteau, *bitte* ? » Je pris un morceau de *Torte* et le lui tendis. Tandis qu'il mangeait, se barbouillant de chocolat le pourtour de la bouche, il examinait mon uniforme. Puis il tendit un doigt vers ma Croix de Fer : « Vous êtes un héros ? » — « En quelque sorte, oui. » — « Vous avez fait la guerre ? » — « Oui. » — « Mon papa il commande, mais il ne fait pas la guerre. » — « Je sais. Tu habites ici tout le temps ? » Il fit signe que oui. « Et ça te plaît d'habiter dans un château ? » Il haussa les épaules : « Ça va. Mais il n'y a pas d'autres enfants. » — « Tu as des frères et des sœurs, quand même ? » Il hocha la tête : « Oui. Mais je ne joue pas avec eux. » — « Pourquoi ? » — « Sais pas. C'est comme ça. » Je voulais lui demander son nom, mais un grand remue-ménage se fit à l'entrée de la salle : une foule se dirigeait vers nous, Frank et le Reichsführer en tête. « Ah, te voilà ! s'exclama Frank à l'intention du petit. Viens, viens avec nous. Vous aussi, Sturmbannführer. » Frank prit son fils dans ses bras et m'indiqua la voiture : « Vous pourriez la porter ? » Je soulevai la voiture et les suivis. La foule traversa toutes les salles et se massa devant une porte que Frank se fit ouvrir. Puis il s'effaça pour laisser passer Himmler : « Après vous, mon cher Reichsführer. Entrez, entrez. » Il posa son fils et le poussa devant lui, hésita, me chercha des yeux, puis me chuchota : « Vous n'avez qu'à laisser ça dans un coin. Nous la reprendrons après. » Je les suivis dans la salle et allai déposer la voiture. Au centre de la pièce se trouvait une grande table avec quelque chose dessus, sous un drap noir. Frank, le Reichsführer à ses côtés, attendait les autres invités et les disposait autour de la table, qui mesurait au moins trois mètres sur quatre. Le petit, de nouveau, se tenait contre la table, dressé sur la pointe des pieds, mais il arrivait à peine à la hauteur du plateau. Frank regarda autour de lui, me vit un peu en retrait, et m'appela : « Excusez-moi, Sturmbannführer. Vous êtes déjà amis, je vois. Cela vous gênerait de le porter pour qu'il puisse voir ? » Je me baissai et pris l'enfant dans mes bras ; Frank me fit une place près de lui et, tandis que les derniers convives entraient, il se passait les bouts pointus de ses doigts dans les cheveux et tripotait une de ses médailles ; il semblait à peine se contenir d'impatience. Lorsque tout le monde fut là, Frank se tourna vers Himmler et déclara d'une voix solennelle : « Mon cher Reichsführer, ce que vous allez maintenant voir est une idée qui occupe mes heures perdues depuis un certain temps. C'est un projet qui, je l'espère, illustrera après la guerre la ville de Cracovie, capitale du General-Gouvernement de Pologne, et en fera une attraction pour toute l'Allemagne. Je compte, lorsqu'il sera réalisé, le dédier au Führer pour son anniversaire. Mais puisque vous nous faites le plaisir de nous rendre visite, je ne veux pas le garder secret plus longtemps. » Son visage bouffi, aux traits faibles et charnels, brillait de plaisir ; le Reichsführer, les mains croisées dans le dos, le contemplait à travers son pince-nez d'un air mi-sarcastique, mi-ennuyé. Moi, j'espérais surtout qu'il se dépêcherait : l'enfant commençait à me peser. Frank fit un signe et quelques soldats tirèrent le drap, révélant une large maquette architecturale, une sorte de parc, avec des arbres et des chemins en courbe, tracés entre des maisons de styles différents, entourées d'enclos. Tandis que Frank se rengorgeait, Himmler scrutait la maquette. « Qu'est-ce que c'est ? demanda-t-il enfin. On dirait un zoo. » — « Presque, mon cher Reichsführer, gloussa Frank, les pouces passés dans les poches de sa tunique. C'est, pour parler comme les Viennois, un *Menschengarten*, un jardin anthropologique que je souhaite établir ici, à Cracovie. » Il fit un geste large au-dessus de la maquette. « Vous vous souvenez, mon cher Reichsführer, dans notre jeunesse, avant la guerre, de ces *Völkerschauen* de Hagenbeck ? Avec des familles de Samoas, de Lapons, de Soudanais ? Il en était passé une à Munich, mon père m'y a emmené ; vous avez dû la voir aussi. Et puis il y en avait à Hambourg, à Francfort, à Bâle, cela avait un grand succès. » Le Reichsführer se frottait le menton : « Oui, oui, je me souviens. C'étaient des expositions ambulantes, n'est-ce pas ? » — « Oui. Mais celle-ci sera permanente, comme un zoo. Et ce ne sera pas un amusement public, mon cher Reichsführer, mais un outil pédagogique et scientifique. Nous réunirons des spécimens de tous les peuples disparus ou en voie de disparition en Europe, pour en préserver ainsi une trace vivante. Les écoliers allemands viendront en autocar s'instruire ici ! Regardez, regardez. » Il désigna une des maisons : elle était à moitié ouverte, en coupe ; à l'intérieur, on voyait de petites figurines assises autour d'une table, avec un chandelier à sept branches. « Pour le Juif, par exemple, j'ai choisi celui de Galicie comme le plus représentatif des *Ostjuden*. La maison est typique de leur habitat crasseux ; bien entendu, il faudra régulièrement désinfecter, et soumettre les spécimens au contrôle médical, pour éviter de contaminer les visiteurs. Pour ces Juifs, j'en veux des pieux, de très pieux, on leur donnera un Talmud et les visiteurs pourront les voir marmonner leurs prières, ou regarder la femme préparer des aliments casher. Ici, ce sont des paysans polonais de Mazurie ; là, des kolkhoziens bolchevisés ; là, des Ruthènes, et là-bas, des Ukrainiens, voyez, avec les chemises brodées. Ce grand bâtiment, là, abritera un institut de recherches anthropologiques ; je doterai moi-même une chaire ; des savants pourront venir y étudier, sur place, ces peuples autrefois si nombreux. Ce sera pour eux une occasion unique. » — « Fascinant, murmura le Reichsführer. Et les visiteurs ordinaires ? » — « Ils pourront se promener librement autour des enclos, regarder les spécimens travailler dans les jardins, battre les tapis, étendre le linge. Puis il y aura des visites guidées et commentées des maisons, ce qui leur permettra d'observer l'habitat et les coutumes. » — « Et comment maintiendrez-vous l'institution dans la durée ? Car vos spécimens vont vieillir, certains mourront. » — « C'est justement là, mon cher Reichsführer, que j'aurais besoin de votre appui. Pour chaque peuple, il nous faudrait en fait quelques dizaines de spécimens. Ils se marieront entre eux et se reproduiront. Une seule famille à la fois sera exposée ; les autres serviront à les remplacer s'ils tombent malades, à procréer, à enseigner aux enfants les coutumes, les prières et le reste. J'envisageais qu'ils soient gardés à proximité dans un camp, sous surveillance SS. » — « Si le Führer l'autorisait, ce serait possible. Mais nous devrons en discuter. Il n'est pas sûr qu'il soit souhaitable de préserver certaines races de l'extinction, même ainsi. Cela pourrait être dangereux. » — « Bien entendu, toutes les précautions seront prises. À mon avis, une telle institution se révélera précieuse et irremplaçable pour la science. Comment voulez-vous que les générations futures comprennent l'ampleur de notre œuvre, si elles ne peuvent avoir aucune idée des conditions qui régnaient avant ? » — « Vous avez certainement raison, mon cher Frank. C'est une très belle idée. Et comment songez-vous à financer ce... *Völkerschauplatz* ? » — « Sur une base commerciale. Seul l'institut de recherches bénéficiera de subsides. Pour le jardin lui-même, nous créerons une A G pour lever des capitaux par souscription. Une fois l'investissement initial amorti, les entrées couvriront les frais d'entretien. Je me suis documenté sur les expositions de Hagenbeck : elles dégageaient des bénéfices considérables. Le Jardin d'acclimatation, à Paris, perdait régulièrement de l'argent jusqu'à ce que son directeur, en 1877, organise des expositions ethnologiques de Nubiens et d'Esquimaux. La première année, ils ont eu un million d'entrées payantes. Ça a continué jusqu'à la Grande Guerre. » Le Reichsführer hochait la tête : « Belle idée. » Il examinait de près la maquette ; Frank lui signalait de temps en temps un détail. Le petit garçon s'était mis à gigoter et je l'avais posé à terre : il remonta dans son auto à pédales et fila par la porte. Les convives sortaient aussi. Dans une des salles, je retrouvai Bierkamp, toujours mielleux, avec qui je discutai un peu. Ensuite, je sortis fumer sous la colonnade, admirant la splendeur baroque des illuminations, et de cette garde martiale et barbare qui semblait inventée pour mettre en valeur les formes gracieuses du palais. « Bonsoir, fit une voix à mes côtés. C'est impressionnant, n'est-ce pas ? » Je me retournai et reconnus Osnabrugge, cet aimable ingénieur des Ponts et Chaussées que j'avais rencontré à Kiev. « Bonsoir ! Quelle bonne surprise. » — « Ah, il en a coulé, de l'eau, sous les ponts détruits du Dniepr. » Il tenait à la main un verre de vin rouge et nous trinquâmes à nos retrouvailles. « Alors, demanda-t-il, qu'est-ce qui vous amène au *Frank-Reich* ? » — « J'accompagne le Reichsführer. Et vous ? » Son bon visage ovale prit un air à la fois malicieux et affairé : « Secret d'État ! » Il plissa les yeux et sourit : « Mais à vous, je peux le dire : je suis en mission pour l'OKH. Je prépare des programmes de démolition des ponts des districts de Lublin et de la Galicie. » Je le regardai, interloqué : « Mais pour quelle diable de raison ? » — « En cas d'avancée soviétique, voyons. » — « Mais les bolcheviques sont sur le Dniepr ! » Il frotta son nez camus ; son crâne, je remarquai, s'était fortement dégarni. « Ils l'ont passé aujourd'hui, dit-il enfin. Ils ont aussi pris Nevel. » — « Quand même, c'est encore loin. On les arrêtera bien

avant. Vous ne trouvez pas que vos préparatifs ont un côté défaitiste ? »
— « Pas du tout : c'est de la prévoyance. Qualité encore prisée par les
militaires, je vous le signale. Moi, de toute façon, je fais ce qu'on me dit.
J'ai fait la même chose à Smolensk au printemps et en Biélorussie pendant l'été. » — « Et en quoi consiste un programme de démolition de
ponts, si vous pouvez me l'expliquer ? » Il prit un air attristé : « Oh, ce
n'est pas bien compliqué. Les ingénieurs locaux font une étude pour
chaque pont à démolir ; je les revois, les approuve, et après on calcule le
volume d'explosifs nécessaire pour l'ensemble du district, le nombre de
détonateurs, etc., puis on décide où et comment les stocker, sur place ;
enfin, on définit des phases qui ensuite permettront aux commandants
locaux de savoir précisément quand ils doivent poser les charges, quand
ils doivent installer les détonateurs, et à quelles conditions ils peuvent
appuyer sur le bouton. Un plan, quoi. Ça évite, en cas d'imprévu, de
devoir laisser des ponts à l'ennemi parce qu'on n'a pas sous la main
de quoi les faire sauter. » — « Et vous n'en avez toujours pas
construit ? » — « Hélas, non ! Ma mission en Ukraine a été ma perte :
mon rapport sur les démolitions soviétiques a tellement plu à l'ingénieur en chef de l'OKHG Sud qu'il l'a fait suivre à l'OKH. J'ai été
rappelé à Berlin et promu responsable au département des Démolitions
— pour les ponts uniquement, il y a d'autres sections qui s'occupent des
usines, des voies ferrées, des routes ; les aérodromes, c'est la Luftwaffe,
mais de temps en temps on fait des conférences communes. Bref,
depuis, je ne fais plus que ça. Tous les ponts du Manytch et du bas Don,
c'est moi. Le Donets, la Desna, l'Oka, c'est moi aussi. J'en ai déjà fait
sauter des centaines. C'est à pleurer. Ma femme est contente, parce que
je prends du grade » — il tapota ses épaulettes : effectivement, il avait
été promu plusieurs fois depuis Kiev — « mais à moi ça me fend le
cœur. Chaque fois, j'ai l'impression d'assassiner un enfant. » — « Vous
ne devriez pas le prendre comme ça, Herr Oberst. Après tout, ce sont
encore des ponts soviétiques. » — « Oui, mais si ça continue, un jour ce
seront des ponts allemands. » Je souris : « Ça, c'est réellement du défaitisme. » — « Excusez-moi. Parfois je suis envahi par le découragement.
Même quand j'étais petit, j'aimais construire, alors que tous mes camarades de classe ne voulaient que casser. » — « Il n'y a pas de justice.
Venez, allons remplir nos verres. » Dans la grande salle, l'orchestre
jouait du Liszt et quelques couples dansaient encore. Frank occupait un
coin de table avec Himmler et son Staatssekretär Bühler, ils discutaient
avec animation et buvaient du café et du cognac ; même le Reichsführer,
qui fumait un gros cigare, avait, contrairement à son habitude, un verre

plein devant lui. Frank se portait en avant, son regard humide déjà
embué par l'alcool; Himmler fronçait les sourcils avec un air pincé : il
devait désapprouver la musique. Je trinquai de nouveau avec Osnabrugge tandis que le morceau s'achevait. Lorsque l'orchestre s'arrêta,
Frank, son verre de cognac à la main, se leva. Regardant Himmler, il
déclara d'une voix forte mais trop aiguë : « Mon cher Reichsführer,
vous devez connaître ce vieux quatrain populaire : *Clarum regnum
Polonorum / Est cœlum Nobiliorum / Paradisum Judeorum / Et infer-
num Rusticorum.* Les nobles ont voilà longtemps disparu, et grâce à nos
efforts, les Juifs aussi ; la paysannerie, à l'avenir, ne fera que s'enrichir
et nous bénira ; et la Pologne sera le Ciel et le Paradis du peuple allemand, *Cœlum et Paradisum Germanorium.* » Son latin hésitant fit pouf-
fer une femme qui se tenait là ; Frau Frank, vautrée non loin de son
mari comme une idole hindoue, la fusilla du regard. Impassible, ses
yeux froids et inscrutables derrière son petit pince-nez, le Reichsführer
leva son verre et y trempa ses lèvres. Frank contourna la table, traversa
la salle, et sauta d'un pas presque leste sur l'estrade. Le pianiste se
redressa d'un bond et s'effaça ; Frank se glissa à sa place et, avec une
inspiration profonde, secoua ses longues mains blanches et potelées au-
dessus du clavier, puis se mit à jouer un *Nocturne* de Chopin. Le Reichsführer soupira ; il cillait rapidement et tira avec force sur son cigare qui
menaçait de s'éteindre. Osnabrugge se pencha vers moi : « À mon avis,
le General-Gouverneur fait exprès de taquiner votre Reichsführer.
Vous ne croyez pas ? » — « Ce serait un peu enfantin, non ? » — « Il est
vexé. On dit qu'il a encore essayé de démissionner le mois dernier, et
que le Führer a de nouveau refusé. » — « Si j'ai bien compris, il ne
contrôle pas grand-chose, ici. » — « D'après mes collègues de la Wehrmacht, rien du tout. La Pologne est un *Frankreich ohne Reich.* Ou *ohne
Frank* plutôt. » — « En somme, un petit prince plutôt qu'un roi. » Cela
dit, à part le choix du morceau — quitte à jouer Chopin, il y a quand
même mieux que les *Nocturnes* —, Frank jouait plutôt bien, mais sans
doute avec trop d'emphase. Je regardai sa femme, dont les épaules et la
poitrine, grasses et cramoisies, luisaient de sueur dans le décolleté de sa
robe : ses petits yeux, renfoncés dans son visage, brillaient de fierté. Le
garçon, lui, semblait avoir disparu, je n'entendais plus le roulement
obsédant de sa voiture à pédales depuis quelque temps. Il se faisait tard,
des invités prenaient congé ; Brandt s'était rapproché du Reichsführer
et, contemplant calmement la scène de son visage attentif d'oiseau, se
tenait à sa disposition. Je griffonnai sur un calepin mes numéros de téléphone, arrachai la feuille, et la donnai à Osnabrugge. « Tenez. Si vous

êtes à Berlin, appelez-moi, nous irons boire un verre. » — « Vous partez ? » J'indiquai Himmler du menton et Osnabrugge haussa les sourcils : « Ah. Bonsoir, alors. C'était un plaisir de vous revoir. » Sur la scène, Frank concluait son morceau en dodelinant de la tête. Je fis une moue : même pour Chopin, cela n'allait pas, le General-Gouverneur abusait vraiment du legato.

Le Reichsführer repartait le lendemain matin. Dans le Warthegau, une pluie d'automne avait détrempé les champs retournés, laissant des flaques de la taille de petits étangs, ternes et comme ayant absorbé toute lumière sous le ciel immuable. Les bois de pins, qui me semblaient toujours cacher des actes affreux et obscurs, noircissaient ce paysage boueux, fuyant ; seuls, çà et là, rares en ces contrées, des bouleaux couronnés de flammes dressaient encore une dernière protestation contre la venue de l'hiver. À Berlin, il pleuvait, les gens se hâtaient dans leurs vêtements mouillés ; sur les trottoirs crevés par les bombes, l'eau formait parfois des étendues infranchissables, les piétons devaient rebrousser chemin et prendre une autre rue. Dès le jour suivant je montai à Oranienburg pousser mon affaire. J'étais convaincu que ce serait le Sturmbannführer Burger, le nouvel Amtchef du D IV, qui me donnerait le plus de mal ; mais Burger, après m'avoir écouté quelques minutes, déclara simplement : « Si c'est financé, ça m'est égal », et ordonna à son adjudant de me rédiger une lettre de soutien. Maurer, en revanche, me fit beaucoup de difficultés. Loin d'être content du progrès que représentait mon projet pour l'*Arbeitseinsatz*, il estimait qu'il n'allait pas assez loin, et me déclara franchement qu'en l'approuvant il avait peur de fermer la porte à toute amélioration future. Pendant plus d'une heure j'usai sur lui tous mes arguments, lui expliquant que sans l'accord du RSHA on ne pourrait rien faire, et que le RSHA ne soutiendrait pas un projet trop généreux, de peur de favoriser les Juifs et les autres ennemis dangereux. Mais sur ce sujet il était particulièrement difficile de s'entendre avec lui : il s'embrouillait, il n'arrêtait pas de répéter que justement, pour les Juifs, à Auschwitz, les chiffres ne collaient pas, que d'après les statistiques à peine 10 % d'entre eux travaillaient, où passaient donc les autres ? Ce n'était quand même pas possible que tant d'entre eux soient inaptes au travail. Il envoyait à ce sujet lettre sur lettre à Höss, mais ce dernier répondait vaguement, ou pas du tout. Il cherchait visiblement une explication, mais je jugeai que ce n'était pas

mon rôle de lui en fournir; je me contentai de lui suggérer qu'une inspection sur place clarifierait peut-être les choses. Mais Maurer n'avait
pas le temps de mener des inspections. Je finis par lui arracher un
consentement limité : il ne s'opposerait pas à la classification, mais
demanderait de son côté que les échelles soient augmentées. De retour
à Berlin, je rendis compte à Brandt. Je lui indiquai que d'après mes
informations le RSHA devait approuver le projet, même si je n'en
avais pas encore confirmation écrite. Il m'ordonna de lui transmettre le
rapport, avec copie à Pohl; le Reichsführer prendrait une décision
finale ultérieurement, mais cela servirait entre-temps de base de travail.
Quant à moi, il me demanda de prendre connaissance des rapports SD
sur les travailleurs étrangers, et de commencer à réfléchir à cette question aussi.

C'était le jour de mon anniversaire : mon trentième. J'avais, comme à
Kiev, invité Thomas à dîner, je ne souhaitais voir personne d'autre. À
vrai dire, j'avais à Berlin beaucoup de connaissances, des anciens camarades d'université ou du SD, mais personne à part lui que je considérais
comme un ami. Depuis ma convalescence je m'étais résolument isolé;
plongé dans mon travail, je n'avais, à part des relations professionnelles,
presque aucune vie sociale, et aucune vie affective ou sexuelle. Je n'en
ressentais d'ailleurs aucun besoin; et lorsque je songeais à mes excès de
Paris, cela me mettait mal à l'aise, je ne souhaitais pas retomber dans
ces aventures troubles de sitôt. Je ne pensais pas à ma sœur, ni d'ailleurs
à ma défunte mère; du moins, je ne me souviens pas d'y avoir beaucoup
pensé. Peut-être qu'après l'affreux choc de ma blessure (bien qu'elle fût
pleinement guérie, elle me terrifiait chaque fois que j'y pensais, m'ôtait
tous mes moyens, comme si j'étais fait de verre, de cristal, et risquais de
voler en éclats au moindre heurt) et les ébranlements du printemps,
mon esprit aspirait à un calme monotone, et rejetait tout ce qui aurait
pu le troubler. Or ce soir-là — j'étais arrivé au rendez-vous en avance,
pour avoir le temps de réfléchir un peu, et je buvais un cognac au bar —
je songeais de nouveau à ma sœur : c'était après tout son trentième
anniversaire à elle aussi. Où pouvait-elle bien le fêter : en Suisse, dans
un sanatorium plein d'étrangers? dans son obscure demeure de Poméranie? Cela faisait bien longtemps que nous n'avions pas célébré notre
anniversaire ensemble. J'essayai de me remémorer la dernière fois : ce
devait être dans notre enfance, à Antibes, mais à mon grand désarroi,
j'avais beau me concentrer, j'étais incapable de m'en souvenir, de revoir
la scène. Je pouvais calculer la date : logiquement, c'était en 1926,
puisqu'en 1927 nous étions déjà au collège; nous avions donc treize ans,

j'aurais dû pouvoir m'en souvenir, mais impossible, je ne voyais rien. Peut-être y avait-il des photographies de cette fête dans les cartons ou les boîtes du grenier à Antibes ? Je regrettais de ne pas les avoir mieux fouillés. Plus je réfléchissais à ce détail somme toute idiot, plus les carences de ma mémoire me désolaient. Heureusement, Thomas arriva pour me tirer de mon spleen. Je l'ai sans doute dit, mais je peux le répéter : ce que j'aimais chez Thomas, c'était son optimisme spontané, sa vitalité, son intelligence, son cynisme tranquille ; ses commérages, son bavardage piqué de sous-entendus me réjouissaient toujours, car il me semblait avec lui pénétrer les dessous de la vie, cachés aux regards profanes qui ne voient que les actions évidentes des hommes, mais comme retournés au soleil par sa connaissance des connections dissimulées, des liaisons secrètes, des discussions à portes closes. Il pouvait déduire un réalignement des forces politiques du simple fait d'une rencontre, même s'il ne savait pas ce qui s'était dit ; et s'il se trompait parfois, son avidité à recueillir de nouvelles informations lui permettait de corriger continuellement les constructions hasardeuses qu'il échafaudait de la sorte. En même temps il n'avait aucune fantaisie, et j'avais toujours pensé, malgré sa capacité à brosser un tableau complexe en quelques lignes, qu'il aurait fait un piètre romancier : dans ses raisonnements et ses intuitions, son pôle Nord restait toujours l'intérêt personnel ; et si, en s'y tenant, il se trompait rarement, il était incapable d'envisager une autre motivation aux actes et aux paroles des hommes. Sa passion — en cela le contraire de Voss (et je me rappelais mon anniversaire précédent, et regrettais cette amitié si brève) — sa passion n'était pas une passion de la connaissance pure, de la connaissance pour elle-même, mais uniquement de la connaissance pratique, pourvoyeuse d'outils pour l'action. Ce soir-là, il me parla beaucoup de Schellenberg, mais d'une manière curieusement allusive, comme si je devais comprendre par moi-même : Schellenberg avait des doutes, Schellenberg réfléchissait à des alternatives, mais sur quoi portaient ces doutes, en quoi consistaient ces alternatives, il ne voulait pas le dire. Je connaissais un peu Schellenberg, mais je ne peux pas dire que je l'appréciais. Au RSHA, il avait une position un peu à part, grâce surtout, je pense, à sa relation privilégiée avec le Reichsführer. Pour moi, je ne le considérais pas comme un véritable national-socialiste, mais plutôt comme un technicien du pouvoir, séduit par le pouvoir en soi et non par son objet. En me relisant je me rends compte que, d'après mes propos, vous pouvez penser la même chose de Thomas ; mais Thomas, c'était différent ; même s'il avait une sainte horreur des discussions théoriques et idéologiques — ce qui expliquait, par exemple, son aversion pour Ohlendorf — et même s'il prenait toujours grand soin de veiller à son avenir personnel, ses moindres actions étaient comme guidées par un national-socialisme instinctif. Schellenberg, lui, était une girouette, et je n'avais aucun mal à l'imaginer travaillant pour le *Secret Service* britannique ou l'OSS, ce qui dans le cas de Thomas était impensable. Schellenberg avait l'habitude de traiter les gens qu'il n'aimait pas de *putes*, et ce terme lui convenait bien, et, à y réfléchir, c'est vrai que les insultes que les gens préfèrent, qui leur viennent le plus spontanément aux lèvres, révèlent en fin de compte souvent leurs propres défauts cachés, car ils haïssent naturellement ce à quoi ils ressemblent le plus. Cette idée ne me quitta pas de la soirée et de retour chez moi, tard dans la nuit, un peu gris peut-être, je pris sur une étagère une anthologie des discours du Führer qui appartenait à Frau Gutknecht et me mis à feuilleter, cherchant les passages les plus virulents, surtout sur les Juifs, et en les lisant je me demandais si, en vociférant : *Les Juifs manquent de capacités et de créativité dans tous les domaines de la vie sauf un : mentir et tricher*, ou bien *Le bâtiment entier du Juif s'effondrera si on refuse de le suivre*, ou encore *Ce sont des menteurs, des faussaires, des fourbes. Ils ne sont arrivés là où ils sont que grâce à la naïveté de ceux qui les entourent*, ou encore *Nous pouvons vivre sans le Juif. Mais lui-même ne peut vivre sans nous*, le Führer, sans le savoir, ne se décrivait pas lui-même. Or cet homme ne parlait jamais en son propre nom, les accidents de sa personnalité comptaient peu : son rôle était presque celui d'une lentille, il captait et concentrait la volonté du *Volk* pour la diriger sur un foyer optique, toujours au point le plus juste. Ainsi, s'il parlait là de lui-même, ne parlait-il pas de nous tous ? Mais cela, c'est seulement maintenant que je peux le dire.

Au cours du dîner, Thomas m'avait encore une fois reproché mon insociabilité et mes horaires impossibles : « Je sais bien que chacun doit donner son maximum, mais tu vas te ruiner la santé, à force. Et puis l'Allemagne, veux-tu que je te dise, ne perdra pas la guerre si tu prends tes soirées et tes dimanches. On en a encore pour un moment, trouve ton rythme, sinon tu vas t'effondrer. D'ailleurs regarde, tu prends même du ventre. » C'était vrai : je ne grossissais pas, mais mes abdominaux se relâchaient. « Viens au moins faire du sport, insistait Thomas. Deux fois par semaine, je fais de l'escrime, et le dimanche je vais à la piscine. Tu verras, ça te fera du bien. » Comme toujours, il avait raison. Je repris vite goût à l'escrime, que j'avais un peu pratiquée à l'université ; je me mis au sabre, j'aimais bien le côté vif et nerveux de cette arme. Ce qui me plaisait, dans ce sport, c'était que, malgré son agressivité, ce n'est pas un sport de brute : tout autant que les réflexes et la souplesse qu'exige le maniement de l'arme comptent le travail mental avant la passe, l'anticipation intuitive des mouvements de l'autre, le calcul rapide des réponses possibles, jeu d'échecs physique où l'on doit prévoir plusieurs coups, car, une fois la partie engagée, on n'a plus le temps de réfléchir, et l'on peut souvent dire que la passe est gagnée ou perdue avant même de débuter, selon que l'on a vu juste ou non, les bottes elles-mêmes ne venant que confirmer ou démentir le calcul. Nous tirions dans la salle d'armes du RSHA, au Prinz-Albrecht-Palais ; mais pour la natation nous fréquentions une piscine publique, à Kreuzberg, plutôt que celle de la Gestapo : d'abord, point capital pour Thomas, il y avait là des femmes (autres que les sempiternelles secrétaires) ; ensuite, elle était plus grande et, après avoir nagé, on pouvait aller s'asseoir, en peignoir, à des tables en bois sur un large balcon, à l'étage, et boire de la bière fraîche en contemplant les nageurs dont les cris de joie et les éclaboussements résonnaient à travers la vaste salle. La première fois que j'y allai, j'eus un choc violent qui me jeta, pour le reste de la journée, dans une angoisse pénible. Nous nous déshabillions au vestiaire : je regardai Thomas et constatai qu'une large cicatrice fourchue lui barrait le ventre. « Où est-ce que tu as eu ça ? » m'exclamai-je. Thomas me regarda, interloqué : « Eh bien, à Stalingrad. Tu ne te souviens pas ? Tu étais là. » Un souvenir, oui, j'en avais un, et je l'ai écrit avec les autres, mais je l'avais rangé au fond de ma tête, au grenier des hallucinations et des rêves ; maintenant, cette cicatrice venait tout bouleverser, j'avais subitement l'impression de ne plus pouvoir être sûr de rien. Je fixais toujours le ventre de Thomas ; il se frappa les abdominaux du plat de la main, en souriant à pleines dents : « Ça va, ne t'en fais pas, ça s'est bien remis. Et puis les filles, ça les rend folles, ça doit les exciter. » Il ferma un œil et pointa un doigt vers ma tête, le pouce relevé, comme un enfant qui joue au cow-boy : « Pan ! » Je sentis presque le coup sur mon front, mon angoisse grandissait comme une chose grise et flasque et sans limites, un corps monstrueux qui occupait l'espace restreint des vestiaires et m'empêchait de bouger, Gulliver terrifié coincé dans une maison de Lilliputiens. « Ne fais pas cette tête-là, s'écriait joyeusement Thomas, viens nager ! » L'eau, chauffée mais néanmoins un peu fraîche, me fit du bien ; fatigué après quelques longueurs — je m'étais décidément laissé aller —, je m'allongeai sur une chaise longue tandis que

Thomas s'ébattait, se laissant en beuglant enfoncer la tête sous l'eau par des jeunes femmes pleines d'entrain. Je regardais ces gens qui se dépensaient, s'amusaient, prenaient plaisir à leurs propres forces; je m'en sentais bien loin. Les corps, même les plus beaux, ne me paniquaient plus, comme quelques mois auparavant ceux des danseurs du ballet; ils me laissaient indifférent, tant ceux des garçons que des filles. Je pouvais admirer avec détachement le jeu des muscles sous les peaux blanches, la courbe d'une hanche, le ruissellement de l'eau sur une nuque : l'Apollon en bronze rongé de Paris m'avait bien plus excité que toute cette jeune musculature insolente, qui se déployait avec insouciance, comme en se moquant des chairs flasques et jaunies des quelques vieillards qui fréquentaient ce lieu. Mon attention fut attirée par une jeune femme qui tranchait sur les autres par son calme; alors que ses amies couraient ou s'ébrouaient autour de Thomas, elle restait immobile, les deux bras repliés sur le rebord de la piscine, le corps flottant dans l'eau, et la tête, ovale sous un élégant bonnet de caoutchouc noir, appuyée sur les avant-bras, ses grands yeux sombres tranquillement dirigés sur moi. Je ne pouvais juger si elle me regardait vraiment; sans bouger, elle paraissait contempler avec plaisir tout ce qui se trouvait dans son champ de vision; au bout d'un long moment, elle leva les bras et se laissa lentement couler. J'attendis qu'elle remonte, mais les secondes passaient; enfin, elle réapparut à l'autre extrémité de la piscine, qu'elle avait traversée sous l'eau, aussi calmement que j'avais autrefois traversé la Volga. Je me laissai aller dans la chaise longue et fermai les yeux, me concentrant sur la sensation de l'eau chlorée qui s'évaporait lentement sur ma peau. Mon angoisse, ce jour-là, fut lente à relâcher son étreinte asphyxiante. Le dimanche suivant, je retournai néanmoins avec Thomas à la piscine.

Entre-temps, j'avais de nouveau été convoqué par le Reichsführer. Il me demanda de lui expliquer comment nous étions arrivés à nos résultats; je me lançai dans une explication détaillée, car il y avait là des points techniques peu aisés à synthétiser; il me laissa parler, l'air froid et peu avenant, et quand j'eus fini il me demanda sèchement : « Et le *Reichssicherheitshauptamt*? » — « Leur spécialiste est en principe d'accord, mon Reichsführer. Il attend toujours la confirmation du Gruppenführer Müller. » — « Il faut faire attention, Sturmbannführer, très attention », martela-t-il de sa voix la plus doctorale. Une nouvelle révolte juive, je le savais, venait d'avoir lieu dans le GG, à Sobibor cette fois; de nouveau, des SS avaient été tués, et malgré une immense battue une partie des évadés n'avaient pu être repris; or, il s'agissait de

Geheimnisträger, témoins des opérations d'extermination : s'ils parvenaient à rejoindre les partisans du Pripet, il y avait de bonnes chances qu'ils soient ensuite récupérés par les bolcheviques. Je comprenais l'inquiétude du Reichsführer, mais il fallait qu'il se décide. « Vous avez je crois rencontré le Reichsminister Speer ? » dit-il subitement. — « Oui, mon Reichsführer. J'ai été présenté par le Dr. Mandelbrod. » — « Vous lui avez parlé de votre projet ? » — « Je ne suis pas entré dans les détails, mon Reichsführer. Mais il sait que nous travaillons pour améliorer l'état de santé des *Häftlinge*. » — « Et qu'en dit-il ? » — « Il en paraissait satisfait, mon Reichsführer. » Il feuilleta quelques papiers sur son bureau : « Le Dr. Mandelbrod m'a écrit une lettre. Il me dit que le Reichsminister Speer a paru vous apprécier. Est-ce que c'est vrai ? » — « Je ne sais pas, mon Reichsführer. » — « Le Dr. Mandelbrod et Herr Leland veulent à tout prix que je me rapproche de Speer. En principe, ce n'est pas une mauvaise idée, car nous avons des intérêts en commun. Tout le monde pense toujours que Speer et moi sommes en conflit. Mais ce n'est pas ça du tout. Déjà, en 1937, j'ai créé la Dest et établi des camps spécialement pour lui, pour lui fournir les matériaux de construction, les briques et le granite pour la nouvelle capitale qu'il allait bâtir pour le Führer. À cette époque-là, l'Allemagne entière ne pouvait lui fournir que 4 % de ses besoins en granite. Il était très satisfait de mon aide et ravi de coopérer. Mais, bien entendu, il faut se méfier de lui. Ce n'est pas un idéaliste et il ne comprend pas la SS. J'ai voulu en faire un de mes Gruppenführer et il a refusé. L'année dernière, il s'est permis de critiquer notre organisation du travail auprès du Führer : il voulait obtenir la juridiction sur nos camps. Aujourd'hui encore, il rêve d'un droit de regard sur notre fonctionnement interne. Néanmoins, il reste important de coopérer avec lui. Vous avez consulté son ministère, pour la préparation de votre projet ? » — « Oui, mon Reichsführer. Un de leurs fonctionnaires est venu nous faire une présentation. » Le Reichsführer hocha lentement la tête : « Bien, bien... » Puis il sembla se décider : « Nous n'avons pas trop de temps à perdre. Je dirai à Pohl que j'approuve le projet. Vous, envoyez-en un double au Reichsminister Speer, directement, avec une note personnelle signée par vous lui rappelant votre rencontre et lui signalant que le projet sera appliqué. Et envoyez bien entendu une copie au Dr. Mandelbrod. » — « *Zu Befehl*, mon Reichsführer. Et pour les travailleurs étrangers, que voulez-vous que je fasse ? » — « Pour le moment, rien. Étudiez la question, sous l'angle de la nutrition et de la productivité, mais tenez-vous-en là. Nous verrons comment les choses évoluent. Et si Speer ou un de ses associés reprennent contact avec vous, informez Brandt et réagissez favorablement. »

Je suivis à la lettre les instructions du Reichsführer. Je ne sais pas ce que Pohl fit de notre projet, que j'avais pourtant si amoureusement conçu : quelques jours plus tard, vers la fin du mois, il envoyait un nouvel ordre à tous les KL, leur enjoignant de diminuer la mortalité et la morbidité de 10 %, mais sans la moindre instruction concrète ; à ma connaissance, les rations d'Isenbeck ne furent jamais appliquées. Je reçus néanmoins une lettre très flatteuse de Speer, qui se félicitait de l'adoption du projet, *preuve concrète de notre nouvelle coopération récemment inaugurée*. Il finissait ainsi : *J'espère avoir l'occasion de vous revoir bientôt pour discuter de ces problèmes. Vôtre, Speer*. Je fis suivre cette lettre à Brandt. Début novembre, j'en reçus une seconde : le Gauleiter du Westmark avait écrit à Speer pour exiger que cinq cents travailleurs juifs livrés par la SS à une usine d'armement en Lorraine soient retirés sur-le-champ : *Par mes soins, la Lorraine est Judenfrei et le restera*, écrivait le Gauleiter. Speer me demandait de transmettre cette lettre à l'instance compétente pour régler le problème. Je consultai Brandt ; quelques jours plus tard, il m'envoyait une note interne, me demandant de répondre moi-même au Gauleiter au nom du Reichsführer, et négativement. *Ton : sec*, écrivait Brandt. Je m'en donnai à cœur joie :

> *Cher camarade du parti Bürckel !*
>
> *Votre demande est inopportune et ne peut être acceptée. En cette heure difficile pour l'Allemagne, le Reichsführer est conscient du besoin d'utiliser au maximum la force de travail des ennemis de notre Nation. Les décisions d'affectation des travailleurs sont prises en consultation avec le RMfRuK, seule instance compétente aujourd'hui pour traiter cette question. L'interdiction actuellement en vigueur d'employer des travailleurs détenus juifs ne concernant que l'Altreich et l'Autriche, je ne peux me défaire de l'impression que votre requête découle surtout de votre désir d'assurer que vous soyez consulté dans le cadre du règlement global de la question juive. Heil Hitler ! Vôtre, etc.*

J'en envoyai une copie à Speer, qui me fit remercier. Petit à petit, cela se répéta : Speer me faisait transmettre des demandes et des requêtes irritantes, et j'y répondais au nom du Reichsführer ; pour des cas plus compliqués, j'en référais au SD, en passant par des connaissances plutôt que par la voie officielle, pour accélérer les choses. Je revis ainsi Ohlendorf, qui m'invita à dîner, et m'infligea une longue tirade contre le système d'autogestion de l'industrie mis en place par Speer, qu'il considérait comme une simple usurpation des pouvoirs de l'État par des capitalistes sans la moindre responsabilité envers la communauté. Si le Reichsführer l'approuvait, selon lui, c'était qu'il ne comprenait rien à l'économie, et qu'en outre il était influencé par Pohl, lui-même un pur capitaliste obsédé par l'expansion de son empire industriel SS. À vrai dire, moi non plus je ne comprenais pas grand-chose à l'économie, ni d'ailleurs aux raisonnements féroces d'Ohlendorf en ce domaine. Mais c'était toujours un plaisir que de l'écouter : sa franchise et son honnêteté intellectuelle rafraîchissaient comme un verre d'eau froide, et il avait raison de souligner que la guerre avait causé ou accentué de nombreuses dérives ; après, il faudrait réformer les structures de l'État en profondeur.

Je commençais à reprendre goût à la vie en dehors du travail : peut-être les effets bénéfiques du sport, peut-être autre chose, je ne sais pas. Un jour, je me rendis compte que Frau Gutknecht m'était depuis long-temps insupportable ; le lendemain, je me mis à la recherche d'un autre appartement. Ce fut un peu compliqué, mais enfin Thomas m'aida à trouver quelque chose : un petit meublé pour célibataire, au dernier étage d'un immeuble de construction récente. Il appartenait à un Hauptsturmführer qui venait de se marier et partait en poste en Nor-vège. Je m'entendis vite avec lui sur un loyer raisonnable, et en un après-midi, avec l'aide de Piontek, et sous le feu des piailleries et des implorations de Frau Gutknecht, j'y transportai mes quelques affaires. Cet appartement n'était pas bien grand : deux pièces carrées séparées par une double porte, une petite cuisine et une salle de bains ; mais il y avait un balcon, et comme le salon faisait l'angle de l'immeuble, les fenêtres s'ouvraient sur deux côtés ; le balcon donnait sur un petit parc, je pouvais regarder les enfants jouer, et puis c'était tranquille, je n'étais pas dérangé par les bruits de voiture ; de mes fenêtres, j'avais une belle vue sur un paysage de toits, un enchevêtrement de formes réconfortant, constamment changeant avec le temps et la lumière. Les jours où il fai-sait beau, l'appartement était illuminé du matin au soir : le dimanche, je voyais le soleil se lever de ma chambre, et se coucher du salon. Pour l'éclaircir encore plus, je fis avec la permission du propriétaire arracher les vieux papiers peints fanés et peindre les murs en blanc ; à Berlin, c'était peu habituel, mais j'avais connu de tels appartements à Paris, et cela me plaisait, avec le parquet c'était presque ascétique, cela corres-pondait à mon état d'esprit : fumant tranquillement dans mon divan, je me demandais bien pourquoi je n'avais pas songé à déménager plus tôt. Le matin, je me levais de bonne heure, avant le lever du soleil, en cette saison, je mangeais quelques tartines et buvais du vrai café noir ; Thomas s'en faisait envoyer de Hollande par une connaissance, et il m'en revendait une partie. Pour aller au travail je prenais le tramway. J'aimais voir défiler les rues, contempler les visages de mes voisins à la lumière du jour, tristes, fermés, indifférents, fatigués, mais aussi parfois étonnamment heureux, et si vous y faites attention, vous savez qu'il est rare de voir un visage heureux dans la rue ou dans un tramway, mais lorsque cela arrivait, j'en étais heureux aussi, je sentais que je rejoignais la communauté des hommes, ces gens pour lesquels je travaillais mais dont j'avais été tant séparé. Plusieurs jours de suite, dans le tramway, je remarquai une belle femme blonde qui prenait la même ligne que moi. Elle avait un visage tranquille et grave, dont je notai d'abord la bouche, surtout la lèvre supérieure, deux ailes musclées et agressives. Sentant mon regard, elle m'avait regardé : sous des sourcils en arche haute et fine, elle avait les yeux foncés, presque noirs, asymétriques et assyriens (mais sans doute cette dernière comparaison m'est-elle simplement venue à l'esprit par assonance). Debout, elle se tenait à une courroie, et me fixait avec un regard calme, sérieux. J'avais l'impression de l'avoir déjà aperçue quelque part, à tout le moins son regard, mais je ne pouvais me rappeler où. Le lendemain, elle m'adressa la parole : « Bonjour. Vous ne vous souvenez pas de moi, ajouta-t-elle, mais nous nous sommes déjà vus. À la piscine. » Il s'agissait de la jeune femme appuyée sur le rebord du bassin. Je ne la voyais pas tous les jours ; lorsque je la voyais, je la saluais aimablement, et elle souriait, doucement. Le soir, je sortais plus souvent : j'allais dîner avec Hohenegg, que je présentai à Thomas, je revoyais d'anciens camarades d'université, je me laissais inviter à des soupers et des petites fêtes où je buvais et bavardais avec plaisir, sans horreur, sans angoisse. C'était la vie normale, la vie de tous les jours, et après tout, cela aussi valait la peine d'être vécu.

Peu de temps après mon souper avec Ohlendorf, j'avais reçu une invitation du Dr. Mandelbrod à venir passer le week-end dans une propriété de campagne appartenant à l'un des directeurs de l'IG Farben, au nord du Brandebourg. La lettre précisait qu'il s'agissait d'une partie de chasse et d'un dîner informel. Massacrer des volatiles, cela ne me tentait guère, mais je n'étais pas obligé de tirer, je pourrais simplement marcher dans les bois. Le temps était pluvieux : Berlin s'enfonçait dans l'automne, les belles journées d'octobre avaient pris fin, les arbres achevaient de se dénuder ; parfois, néanmoins, le temps s'éclaircissait, on pouvait sortir, profiter de l'air déjà frais. Le 18 novembre, à l'heure du dîner, les sirènes se déchaînèrent et la Flak se mit à tonner, pour la première fois depuis la fin août. J'étais au restaurant avec des amis, dont Thomas, nous venions de sortir de notre séance d'escrime, il fallut descendre à la cave, sans même avoir mangé ; l'alerte dura deux heures, mais on nous fit servir du vin, et le temps se passa en plaisanteries. Le raid causa des dommages sérieux au centre-ville ; les Anglais avaient envoyé plus de quatre cents appareils : ils s'étaient décidés à braver nos nouvelles tactiques. Cela se passait le jeudi soir ; le samedi matin, je me fis conduire par Piontek en direction de Prenzlau, jusqu'au village indiqué par Mandelbrod. La maison se situait à quelques kilomètres de là, au fond d'une longue allée bordée de chênes anciens mais dont une bonne partie manquait, décimés par les maladies ou les orages ; c'était un ancien manoir, racheté par ce directeur, accoté à une forêt mixte dominée par des pins mélangés de hêtres et d'érables, et entouré d'un beau parc dégagé puis, plus loin, de grands champs vides et boueux. Il avait pleuvassé durant le trajet, mais le ciel, fouetté par un petit vent pinçant du nord, s'était éclairci. Sur le gravier, devant le perron, plusieurs berlines étaient garées côte à côte, et un chauffeur en uniforme lavait la boue des pare-chocs. Je fus accueilli sur les marches par Herr Leland ; il avait ce jour-là un air très militaire malgré son veston de tricot en laine brune : le propriétaire était absent, m'expliqua-t-il, mais on leur avait prêté la maison ; Mandelbrod n'arriverait que le soir, après la partie de chasse. Sur son conseil, je renvoyai Piontek à Berlin : les invités rentreraient ensemble, il y aurait certainement de la place dans une des voitures. Une servante en uniforme noir, avec un tablier en dentelle, me montra ma chambre. Un feu ronronnait dans la cheminée ; dehors, il avait doucement recommencé à pleuvoir. Comme l'avait suggéré l'invitation, je ne portais pas mon uniforme mais une tenue de campagne, une culotte en laine avec des bottes et une veste autrichienne sans col, aux boutons en os, faite pour résister à la pluie ; pour la soirée, j'avais apporté un costume d'intérieur que je dépliai, brossai, et rangeai dans la penderie avant de descendre. Au salon, plusieurs invités buvaient du thé ou discutaient avec Leland ; Speer, assis devant une croisée, me reconnut tout de suite et se leva avec un sourire amical pour venir me serrer la main. « Sturmbannführer, quel plaisir de vous revoir. Herr Leland m'avait dit que vous viendriez. Venez, je vais vous présenter ma femme. » Margret Speer était assise près de la cheminée avec une autre femme, une certaine Frau von Wrede, l'épouse d'un général qui allait nous rejoindre ; arrivé devant elles, je claquai des talons et lançai un salut allemand que Frau von Wrede me rendit ; Frau Speer, elle, ne fit que me tendre une petite main gantée, élégante : « Enchantée, Sturmbannführer. J'ai entendu parler de vous : mon mari me dit que vous lui êtes d'un grand secours, à la SS. » — « Je fais mon possible, meine Dame. » C'était une femme mince, blonde, d'une beauté très nordique, avec une forte mâchoire carrée et des yeux d'un bleu très clair sous des sourcils blonds ; mais elle paraissait fatiguée et cela donnait une teinte un peu jaune à sa peau. On me servit du thé et je bavardai un peu avec elle tandis que son mari rejoignait Leland. « Vos enfants ne sont pas venus ? » demandai-je poliment. — « Oh ! Si je les avais amenés, ce ne serait pas un congé. Ils sont restés à Berlin. J'ai déjà tellement de mal à arracher Albert à son ministère, pour une fois qu'il accepte, je ne veux pas qu'il soit dérangé. Il a tant besoin de repos. » La conversation tourna sur Stalingrad, car Frau Speer savait que j'en étais revenu ; Frau von Wrede, elle, y avait laissé un cousin, un Generalmajor qui commandait une division et se trouvait sans doute aux mains des Russes : « Ça devait être terrible ! » Oui, confirmai-je, cela avait été terrible ; je n'ajoutai pas, par courtoise, que néanmoins cela l'avait sans doute moins été pour un général de division que pour un homme de troupe comme le frère de Speer, qui, si par miracle il vivait encore, ne devait pas bénéficier du traitement préférentiel que les bolcheviques, fort peu égalitaires en cela, accordaient d'après nos renseignements aux officiers supérieurs. « Albert a été très affecté par la perte de son frère, dit rêveusement Margret Speer. Il ne le montre pas, mais je le sais. Il a donné son nom à notre dernier-né. »

Petit à petit, on me présenta aux autres convives : des industriels, des officiers supérieurs de la Wehrmacht ou de la Luftwaffe, un collègue de Speer, d'autres hauts fonctionnaires. J'étais le seul membre de la SS et aussi le plus subalterne de l'assemblée ; mais personne ne semblait y faire attention, et Herr Leland me présentait comme le « Dr. Aue », ajoutant parfois que je remplissais « des fonctions importantes auprès du Reichsführer-SS » ; ainsi, l'on me traitait tout à fait cordialement, et ma nervosité, assez forte au début, diminuait peu à peu. Vers midi, on nous servit des sandwiches, du pâté de foie et de la bière. « Une collation légère, déclara Leland, pour ne pas vous fatiguer. » La chasse commençait après ; on nous versa du café, puis chacun reçut une gibecière, du chocolat suisse et une flasque de brandy. Il avait cessé de pleuvoir, une faible lueur semblait vouloir percer la grisaille ; d'après un général qui disait s'y connaître, c'était un temps parfait. Nous allions chasser le grand tétras, privilège apparemment fort rare en Allemagne.

« Cette maison a été rachetée après la guerre par un Juif, expliquait Leland à ses hôtes. Il voulait se donner des airs de grand seigneur et il a fait venir des tétras de Suède. Le bois convenait très bien et le propriétaire actuel limite sévèrement les chasses. » Je n'y connaissais rien, et n'avais aucune intention de m'initier; par politesse, je m'étais toutefois décidé à accompagner les chasseurs plutôt que de partir seul de mon côté. Leland nous réunit sur le perron et des serviteurs nous distribuèrent fusils, munitions, et chiens. Le grand tétras se chassant seul ou à deux, nous serions répartis en petits groupes; pour éviter les accidents, chacun se verrait assigner un secteur de la forêt, et ne devait pas en dévier; en outre, les départs seraient échelonnés. Le général amateur partit en premier, seul avec un chien, puis après lui quelques paires d'hommes. Margret Speer, à ma surprise, s'était jointe au groupe et avait aussi pris un fusil; elle se mit en chemin avec le collègue de son mari, Hettlage. Leland se tourna vers moi : « Max, si tu accompagnais le Reichsminister ? Prenez par là. Moi, j'irai avec Herr Ströhlein. » J'écartai les mains : « Comme vous le souhaitez. » Speer, son fusil déjà sous le bras, me sourit : « Bonne idée ! Venez. » Nous prîmes par le parc en direction du bois. Speer portait une veste bavaroise en cuir, à revers arrondis, et un chapeau; j'avais aussi emprunté de quoi me couvrir. À l'orée du bois, Speer chargea son arme, un fusil à double canon. Je gardai le mien à l'épaule, déchargé. Le chien qu'on nous avait confié frétillait, posté à la lisière du bois, la langue pendante, braqué. « Vous avez déjà chassé le grand tétras ? » me demanda Speer — « Jamais, Herr Reichsminister. En fait, je ne chasse pas. Si cela ne vous dérange pas, je ne ferai que vous accompagner. » Il eut un air étonné : « Comme vous le souhaitez. » Il indiqua la forêt : « Si j'ai bien compris, nous devons marcher un kilomètre jusqu'à un ruisseau et le traverser. Tout ce qui se trouve au-delà, jusqu'au bord de la forêt, est à nous. Herr Leland restera de ce côté-ci. » Il s'engagea dans le sous-bois. C'était assez touffu, il fallait contourner des buissons, impossible de marcher droit; les gouttes d'eau coulaient des feuilles et venaient s'écraser sur nos chapeaux ou nos mains; au sol, les feuilles mortes, trempées, exhalaient une forte odeur de terre et d'humus, très belle, riche et vivifiante, mais qui me rappelait des souvenirs malheureux. Une bouffée d'amertume m'envahit : Voilà ce qu'ils ont fait de moi, me disais-je, un homme qui ne peut voir une forêt sans songer à une fosse commune. Une branche morte se brisa sous ma botte. « C'est surprenant que vous n'aimiez pas la chasse », commenta Speer. Tout à mes pensées, je répondis sans réfléchir : « Je n'aime pas tuer, Herr Reichsminister. » Il me jeta un regard curieux et je précisai : « Il est parfois nécessaire de tuer par devoir, Herr Reichsminister. Tuer pour le plaisir, c'est un choix. » Il sourit : « Moi, grâce à Dieu, je n'ai jamais tué que pour le plaisir. Je n'ai pas connu la guerre. » Nous marchâmes encore un peu en silence, parmi les craquements de branches et les bruits d'eau, doux et discrets. « Que faisiez-vous en Russie, Sturmbannführer ? demanda Speer. Vous serviez dans la Waffen-SS ? » — « Non, Herr Reichsminister. J'étais avec le SD. Pour les fonctions de sécurité. » — « Je vois. » Il hésita. Puis il dit d'une voix posée, détachée : « On entend beaucoup de rumeurs sur le sort des Juifs, à l'Est. Vous devez en savoir quelque chose ? » — « Je connais les rumeurs, Herr Reichsminister. Le SD les recueille et j'ai lu des rapports. Elles ont toutes sortes de provenances. » — « Vous devez bien avoir une idée de la vérité, avec votre position. » Curieusement, il ne faisait aucune allusion au discours de Posen du Reichsführer (j'étais alors convaincu qu'il y avait assisté, mais peut-être était-il en effet parti avant). Je répondis avec courtoisie : « Herr Reichsminister, pour toute une partie de mes fonctions, je suis astreint au secret. Je pense que vous pouvez le comprendre. Si vous souhaitez vraiment des précisions, puis-je vous suggérer de vous adresser au Reichsführer ou au Standartenführer Brandt ? Je suis certain qu'ils seront heureux de vous faire parvenir un rapport détaillé. » Nous étions arrivés au ruisseau : le chien, heureux, gambadait dans l'eau peu profonde. « C'est ici », dit Speer. Il désigna une zone, un peu plus loin : « Vous voyez, là, dans le creux, la forêt change. Il y a des résineux et moins d'aulnes, et des arbrisseaux à baies. C'est le meilleur endroit pour débusquer des tétras. Si vous ne tirez pas, restez derrière moi. » Nous traversâmes le ruisseau à grandes enjambées ; au-dessus du creux, Speer referma son fusil, qu'il portait ouvert sous le bras, et l'épaula. Puis il se mit à avancer, aux aguets. Le chien restait près de lui, la queue dressée. Après quelques minutes j'entendis un grand bruit et vis une large forme brune filer entre les arbres ; au même moment, Speer tira, mais il dut rater son coup car à travers l'écho j'entendais encore le bruit des ailes. Une épaisse fumée et l'odeur âcre de la cordite emplirent le sous-bois. Speer n'avait pas baissé son fusil ; mais tout était silencieux maintenant. De nouveau, il y eut ce grand bruit d'ailes parmi les branches humides, mais Speer ne tira pas ; je n'avais rien vu non plus. Le troisième oiseau décolla juste sous notre nez, je l'aperçus très clairement, il avait les ailes assez épaisses, un cou avec des plumes bouffantes, et virait entre les arbres avec une agilité étonnante pour sa masse, accélérant en tournant ; Speer tira, mais l'oiseau était trop rapide, il n'avait pas eu le temps de traverser et le coup se perdit. Il ouvrit son fusil, éjecta les douilles, souffla pour chasser la fumée, et tira deux cartouches de la poche de sa veste. « Le tétras est très difficile à chasser, commenta-t-il. C'est bien pour ça que c'est intéressant. Il faut bien choisir son arme. Celle-ci est équilibrée, mais un peu trop longue à mon goût. » Il me regarda en souriant : « Au printemps, c'est très beau, durant la saison des amours. Les coqs claquent du bec, ils se rassemblent dans des clairières pour parader et chanter, ils étalent leurs couleurs. Les femelles sont très ternes, comme c'est souvent le cas. » Il acheva de charger son fusil puis épaula avant de repartir. Dans les endroits touffus, il se frayait un chemin entre les branches avec le canon du fusil, sans jamais le baisser. Lorsqu'il délogea un autre oiseau, il tira tout de suite, un peu devant lui ; j'entendis l'oiseau s'abattre et en même temps le chien bondir et disparaître dans les broussailles. Il réapparut quelques instants après, l'oiseau dans la gueule, tête pendante. Il le déposa aux pieds de Speer qui le rangea dans sa gibecière. Un peu plus loin, nous débouchâmes sur une ouverture dans le bois, couverte de touffes d'herbe jaunissantes et qui donnait sur les champs. Speer sortit sa tablette de chocolat : « Vous en voulez ? » — « Non, merci. Cela vous dérange si je prends le temps de fumer une cigarette ? » — « Pas du tout. C'est un bon endroit pour se reposer. » Il ouvrit son fusil, le posa, et s'assit au pied d'un arbre, grignotant son chocolat. Je bus une lampée de brandy, lui tendis la flasque, et allumai une cigarette. L'herbe, sous mes fesses, mouillait mon pantalon, mais cela m'était égal : chapeau sur les genoux, je reposai ma tête contre l'écorce rugueuse du pin auquel j'étais adossé et contemplai la tranquille étendue d'herbe et les bois silencieux. « Vous savez, dit Speer, je comprends tout à fait les impératifs de la sécurité. Mais, de plus en plus, ils se trouvent en conflit avec les besoins de l'industrie de guerre. Trop de travailleurs potentiels ne sont pas déployés. » J'exhalai la fumée avant de répondre : « C'est possible, Herr Reichsminister. Mais dans cette situation, avec nos difficultés, je pense que les conflits de priorité sont inévitables. » — « Il faut pourtant bien les résoudre. » — « Certes. Mais en définitive, Herr Reichsminister, c'est au Führer de trancher, n'est-ce pas ? Le Reichsführer ne fait qu'obéir à ses directives. » Il croqua encore dans sa barre de chocolat : « Vous ne pensez pas que la priorité, pour le Führer comme pour nous, est de gagner la guerre ? » — « Certainement, Herr Reichsminister. » — « Alors pourquoi nous priver de ressources précieuses ? Toutes les semaines, la Wehrmacht vient se plaindre à moi qu'on leur ôte des travailleurs juifs. Et ils ne sont pas redéployés ailleurs, sinon je le saurais. C'est grotesque ! En Allemagne, la question juive est résolue, et ailleurs, quelle importance pour le moment ? Gagnons d'abord la guerre ; après, il sera toujours temps de résoudre les autres problèmes. » Je choisis mes mots avec soin : « Peut-être, Herr Reichsminister, que certains se disent que si la guerre tarde tant à être gagnée, certains problèmes doivent être résolus tout de suite... » Il tourna la tête vers moi et me fixa de ses yeux aigus : « Vous croyez ? » — « Je ne sais pas. C'est une possibilité. Puis-je vous demander ce qu'en dit le Führer lorsque vous lui en parlez ? » Il mâchonna sa langue d'un air pensif : « Le Führer ne parle jamais de ces choses-là. Avec moi du moins. » Il se releva et brossa son pantalon. « On continue ? » Je jetai ma cigarette, pris encore un peu de brandy et rangeai la flasque : « Par où ? » — « C'est une bonne question. J'ai peur, si on passe de l'autre côté, de tomber sur un de nos amis. » Il regarda vers le fond de l'ouverture, à droite : « Si on prend par là, on devrait retomber sur le ruisseau. Ensuite on pourra retourner en arrière. » Nous nous remîmes en marche, longeant la lisière du bois ; le chien nous suivait à quelques coudées d'écart, dans l'herbe mouillée du pré. « Au fait, dit Speer, je ne vous ai pas encore remercié pour vos interventions. Je les apprécie beaucoup. » — « C'est un plaisir, Herr Reichsminister. J'espère que c'est utile. Est-ce que vous êtes satisfait de votre nouvelle coopération avec le Reichsführer ? » — « À vrai dire, Sturmbannführer, je m'attendais à plus de sa part. Je lui ai déjà envoyé plusieurs rapports sur des Gauleiter qui refusent de fermer des entreprises inutiles en faveur de la production de guerre. Mais d'après ce que je vois, le Reichsführer se contente de faire suivre ces rapports au Reichsleiter Bormann. Et Bormann bien sûr donne toujours raison aux Gauleiter. Le Reichsführer semble accepter cela assez passivement. » Nous étions arrivés au fond de la clairière et entrions dans le bois. Il se remit à pleuvoir, une pluie fine, légère, qui imbibait nos vêtements. Speer s'était tu et marchait fusil levé, concentré sur les broussailles devant lui. Nous avançâmes ainsi pendant une demi-heure, jusqu'au ruisseau, puis rebroussâmes chemin en diagonale, avant de retourner encore vers le ruisseau. De temps à autre, plus loin, j'entendais un coup de feu isolé, un son mat dans la pluie. Speer tira encore quatre fois et abattit un tétras noir qui avait un très beau collier de plumes aux reflets métalliques. Trempés jusqu'aux os, nous repassâmes le ruisseau en direction de la maison. Un peu avant le parc, Speer s'adressa de nouveau à moi : « Sturmbannführer, j'ai une requête. Le Brigadeführer Kammler est en train de faire construire une installation souterraine, dans le Harz, pour la production de fusées. Je voudrais visiter ces installations, voir où en sont les travaux. Pourriez-vous m'arranger ça ? » Pris de court, je répondis : « Je ne sais pas, Herr Reichsminister. Je n'en ai pas entendu parler. Mais je ferai la demande. » Il rit : « Il y a quelques mois, l'Obergruppenführer Pohl m'a envoyé une lettre pour se plaindre que je n'avais visité qu'un seul camp de concentration et que j'avais formé mon opinion sur l'exploitation du travail des détenus avec trop peu d'informations. Je vous en enverrai une copie. Si on vous fait des difficultés, vous n'aurez qu'à montrer ça. »

J'étais fatigué, mais de cette longue fatigue heureuse après l'exercice. Nous avions marché assez longtemps. À l'entrée du manoir, je rendis fusil et gibecière, raclai la boue de mes bottes et montai à ma chambre. Quelqu'un avait remis des bûches sur le feu, il faisait bon ; j'ôtai mes habits mouillés et allai inspecter la salle de bains contiguë : non seulement il y avait l'eau courante, mais elle était chaude ; cela me semblait un miracle, à Berlin l'eau chaude était une rareté ; le propriétaire avait dû faire installer une chaudière. Je me fis couler un bain presque brûlant et me glissai dedans : je dus serrer les dents, mais une fois habitué, couché de tout mon long, c'était doux et bon comme le liquide amniotique. J'y restai aussi longtemps que possible ; en sortant, j'ouvris en grand les fenêtres et me tins nu devant elles, comme on fait en Russie, jusqu'à ce que ma peau soit marbrée de rouge et de blanc ; puis je bus un verre d'eau froide et m'étendis à plat ventre sur le lit.

Au début de la soirée, j'enfilai mon costume, sans cravate, et descendis. Il y avait peu de monde au salon mais le Dr. Mandelbrod se trouvait dans son grand fauteuil devant la cheminée, de biais, comme s'il voulait chauffer un côté mais pas l'autre. Il avait les yeux fermés et je ne le dérangeai pas. Une de ses assistantes, en tenue campagnarde sévère, vint me serrer la main : « Bonsoir, Doktor Aue. C'est un plaisir de vous revoir. » Je scrutai son visage : rien à faire, elles se ressemblaient vraiment toutes. « Excusez-moi : vous êtes Hilde ou Hedwig ? » Elle eut un petit rire cristallin : « Ni l'une, ni l'autre ! Vous êtes vraiment un piètre physionomiste. Je m'appelle Heide. Nous nous sommes vus aux bureaux du Dr. Mandelbrod. » Je m'inclinai avec un sourire et présentai mes excuses. « Vous n'étiez pas là pour la chasse ? » — « Non. Nous sommes arrivés il y a peu. » — « C'est dommage. Je vous imagine tout à fait avec un fusil sous le bras. Une Artémis allemande. » Elle me toisa avec un petit sourire : « J'espère que vous n'allez pas pousser la comparaison trop loin, Doktor Aue. » Je me sentis rougir : décidément, Mandelbrod recrutait de bien curieuses assistantes. À n'en pas douter, celle-ci aussi allait me demander de l'engrosser. Heureusement, Speer arrivait avec sa femme. « Ha ! Sturmbannführer, s'exclama-t-il joyeusement. Nous sommes de bien piètres chasseurs. Margret a rapporté cinq oiseaux, Hettlage trois. » Frau Speer rit légèrement : « Oh ! Tu devais être occupé à parler travail. » Speer alla se verser du thé à une grande bouilloire ouvragée, semblable à un samovar russe ; je pris un verre de cognac. Le Dr. Mandelbrod ouvrit les yeux et appela Speer, qui alla le saluer. Leland entra et les rejoignit. Je retournai discuter avec Heide ; elle avait, elle, une solide formation de philosophie et m'entretint de manière presque claire des théories de Heidegger, que je connaissais encore très mal. Les autres invités arrivaient un par un. Un peu plus tard, Leland nous invita tous à passer dans une autre salle où les oiseaux abattus avaient été disposés sur une longue table, en groupes, comme une nature morte flamande. Frau Speer détenait le record ; le général amateur de chasse, lui, n'en avait tué qu'un, et se plaignait avec mauvaise grâce du secteur de bois qu'on lui avait assigné. Je pensais qu'au moins nous allions manger les victimes de cette hécatombe, mais non : on devait laisser les bêtes se faisander, et Leland s'engagea à les faire livrer aux uns et aux autres lorsqu'elles seraient prêtes. Le dîner fut néanmoins varié et succulent, de la venaison avec des sauces aux baies, des pommes de terre rôties à la graisse d'oie, des asperges et des courgettes, le tout arrosé de vin de Bourgogne d'un excellent millésime. Je m'étais retrouvé en face de Speer, près de Leland ; Mandelbrod tenait le haut de la table. Herr Leland, pour la première fois depuis que je le connaissais, se montrait fort loquace : tout en buvant verre sur verre, il parlait de son passé d'administrateur colonial en Afrique du Sud-Ouest. Il avait connu Rhodes, pour qui il professait une admiration sans bornes, mais restait vague sur son passage aux colonies allemandes. « Rhodes, une fois, a dit : *Le colonisateur ne peut rien faire de mal, ce qu'il fait devient juste. C'est son devoir de faire ce qu'il veut.* C'est ce principe, strictement appliqué, qui a valu à l'Europe ses colonies, la domination des peuples inférieurs. Ce n'est que lorsque les démocraties corrompues y ont voulu mêler, pour se donner bonne conscience, des principes de morale hypocrites, que la décadence a commencé. Vous le verrez : quelle que soit l'issue de la guerre, la France et la Grande-Bretagne perdront leurs colonies. Leurs doigts se sont desserrés, ils ne sauront plus refermer le poing. C'est l'Allemagne, maintenant, qui a repris le flambeau. En 1907 j'ai travaillé avec le général von Trotha. Les Hereros et les Namas s'étaient soulevés, mais von Trotha était un homme qui avait compris l'idée de Rhodes dans toute sa force. Il le disait franchement : *J'écrase les tribus rebelles avec des rivières de sang et des rivières d'argent. Ce n'est qu'après un tel nettoyage que quelque chose*

de neuf pourra émerger. Mais déjà à cette époque l'Allemagne s'affaiblissait, et von Trotha a été rappelé. J'ai toujours pensé que c'était un signe annonciateur de 1918. Heureusement, le cours des choses s'est inversé. Aujourd'hui, l'Allemagne domine le monde d'une tête. Notre jeunesse n'a peur de rien. Notre expansion est un processus irrésistible. »
— « Pourtant, intervint le général von Wrede, qui était arrivé un peu avant Mandelbrod, les Russes... » Leland tapota sur la table du bout du doigt : « Précisément, les Russes. C'est le seul peuple aujourd'hui qui nous vaille. C'est pour cela que notre guerre avec eux est si terrible, si impitoyable. Seul l'un des deux survivra. Les autres ne comptent pas. Pouvez-vous imaginer les Yankees, avec leur corned-beef et leur chewing-gum, supportant un dixième des pertes russes ? Un centième ? Ils plieraient bagages et rentreraient chez eux, et que l'Europe aille se faire foutre. Non, ce qu'il faut, c'est montrer aux Occidentaux qu'une victoire bolchevique n'est pas dans leur intérêt, que Staline prendra la moitié de l'Europe en guise de butin, si ce n'est pas le tout. Si les Anglo-Saxons nous aidaient à en finir avec les Russes, nous pourrions leur laisser des miettes, ou bien, lorsque nous aurions repris des forces, les écraser à leur tour, tranquillement. Regardez ce que notre *Parteigenosse* Speer a accompli en moins de deux ans ! Et ce n'est qu'un début. Imaginez si nos mains étaient désentravées, si toutes les ressources de l'Est étaient à notre disposition. Le monde alors pourrait être refait comme il devrait. »

Après le dîner je jouai aux échecs avec Hettlage, le collaborateur de Speer. Heide nous regardait jouer, en silence ; Hettlage gagna facilement. Je pris un dernier cognac et bavardai un peu avec Heide. Les invités montaient se coucher. Enfin elle se leva, et, aussi directement que ses collègues, me dit : « Je dois aller aider le Dr. Mandelbrod, maintenant. Si vous ne souhaitez pas rester seul, ma chambre se trouve à deux portes à gauche de la vôtre. Vous pouvez venir prendre un verre, un peu plus tard. » — « Merci, répondis-je. Je verrai. » Je montai dans ma chambre, pensif, me déshabillai et me couchai. Les restes du feu braisoyaient dans la cheminée. Allongé là, dans l'obscurité, je me disais : Après tout, pourquoi pas ? C'était une belle femme, elle avait un corps superbe, qu'est-ce qui m'empêchait d'en profiter ? Il n'était pas question de relations suivies, c'était une proposition simple et nette. Et même si je n'en avais qu'une pratique limitée, le corps des femmes ne me déplaisait pas, cela devait être agréable, aussi, doux et moelleux, on devait pouvoir s'y oublier comme dans un oreiller. Mais il y avait cette promesse, et si je n'étais rien d'autre, j'étais un homme qui tenait ses promesses. Tout n'était pas encore réglé.

Le dimanche fut une journée tranquille. Je dormis tard, jusqu'à environ neuf heures — je me levais d'habitude à cinq heures et demie — et descendis déjeuner. Je m'assis devant l'une des grandes croisées et feuilletai une vieille édition de Pascal, en français, que j'avais trouvée dans la bibliothèque. À la fin de la matinée, j'accompagnai Frau Speer et Frau von Wrede faire une promenade dans le parc; le mari de cette dernière, lui, jouait aux cartes avec un industriel connu pour avoir bâti son empire à coups d'habiles aryanisations, le général chasseur, et Hettlage. L'herbe, encore mouillée, luisait, des flaques ponctuaient les allées de gravier et de terre battue; l'air humide était frais, vivifiant, et nos haleines formaient de petits nuages devant nos visages. Le ciel restait uniformément gris. À midi, je pris un café avec Speer, qui venait de faire son apparition. Il me parla en détail de la question des travailleurs étrangers et de ses problèmes avec le Gauleiter Sauckel; puis la conversation vira sur le cas d'Ohlendorf, que Speer semblait considérer comme un romantique. Mes notions d'économie étaient trop lacunaires pour que je puisse plaider les thèses d'Ohlendorf; Speer, lui, défendait avec vigueur son principe d'autoresponsabilité de l'industrie. « En fin de compte, il n'y a qu'un argument : ça marche. Après la guerre, le Dr. Ohlendorf pourra réformer comme il l'entend, si on veut bien l'écouter; mais en attendant, comme je vous l'ai dit hier, gagnons la guerre. »

Leland ou Mandelbrod, quand je me trouvais près d'eux, discutaient avec moi de choses et d'autres, mais ni l'un ni l'autre ne semblait avoir quelque chose de particulier à me dire. Je commençais à me demander pourquoi ils m'avaient fait venir : ce n'était certainement pas pour me faire profiter des charmes de Fräulein Heide. Mais lorsque je réfléchis de nouveau à la question, à la fin de l'après-midi, dans la voiture des von Wrede qui me ramenaient à Berlin, la réponse me parut évidente : c'était pour me mettre en rapport avec Speer, pour me rapprocher de lui. Et cela semblait avoir eu son effet, Speer, au moment du départ, m'avait salué très cordialement, et m'avait promis que nous nous reverrions. Mais une question me troublait : à qui cela devait-il servir? Dans l'intérêt de qui Herr Leland et le Dr. Mandelbrod me faisaient-ils ainsi *monter*? Car il n'y avait aucun doute qu'il s'agissait d'une ascension programmée : les ministres, d'habitude, ne passent pas leur temps à bavarder ainsi avec de simples majors. Cela m'inquiétait, car je ne disposais pas des éléments pour juger des relations précises entre Speer, le Reichsführer, et mes deux protecteurs; ceux-ci, visiblement, manœuvraient, mais dans quelle direction, et au profit de qui? Je voulais bien jouer le jeu; mais lequel? Si ce n'était pas celui de la SS, ce serait très dangereux. Je devais rester discret, faire très attention; je faisais sans doute partie d'un plan; si celui-ci échouait, il faudrait un fusible.

Je connaissais assez bien Thomas pour savoir sans le lui demander ce qu'il m'aurait conseillé : Couvre-toi. Le lundi matin, je demandai un entretien à Brandt, il me l'accorda dans la journée. Je lui décrivis mon week-end et lui rapportai mes conversations avec Speer, dont j'avais déjà noté l'essentiel dans un aide-mémoire que je lui remis. Brandt ne paraissait pas désapprouver. « Il vous a demandé de lui faire visiter Dora, alors? » C'était le nom de code de l'installation dont Speer m'avait parlé, officiellement désignée *Mittelbau*, « constructions centrales ». « Son ministère a déposé une requête. Nous n'avons pas encore répondu. » — « Et qu'en pensez-vous, Herr Standartenführer? » — « Je ne sais pas. C'est au Reichsführer de décider. Cela dit, vous avez bien fait de m'en rendre compte. » Il discuta aussi un peu de mon travail et je lui exposai les premières synthèses qui se dégageaient des documents que j'avais étudiés. Lorsque je me levai pour partir, il me dit : « Je pense que le Reichsführer est satisfait du cours des choses. Continuez ainsi. »

Après cet entretien je retournai travailler à mes bureaux. Il pleuvait à verse, j'apercevais à peine les arbres du Tiergarten à travers les trombes d'eau qui fouettaient les branches effeuillées. Vers dix-sept heures, je laissai partir Fräulein Praxa; Walser et l'Obersturmführer Elias, un autre spécialiste envoyé par Brandt, partirent vers dix-huit heures avec Isenbeck. Une heure plus tard, j'allai trouver Asbach, qui travaillait toujours : « Vous venez, Untersturmführer? Je vous invite à prendre un verre. » Il regarda sa montre : « Vous ne pensez pas qu'ils vont revenir? Ça va bientôt être leur heure. » Je regardai par la fenêtre : il faisait noir et il pleuvait encore un peu. « Pensez-vous. Avec ce temps? » Mais dans le hall d'entrée le portier nous arrêta : « *Luftgefahr* 15, meine Herren », un raid sérieux en prévision. On avait dû détecter les avions en route. Je me tournai vers Asbach et lui dis joyeusement : « Vous aviez raison, après tout. Qu'est-ce qu'on fait? On se risque dehors, ou on attend ici? » Asbach avait l'air un peu inquiet : « C'est que j'ai ma femme... » » — « À mon avis, vous n'avez pas le temps de rentrer. Je vous aurais donné Piontek, mais il est déjà parti. » Je réfléchis. « On ferait mieux d'attendre ici que ça passe, vous pourrez rentrer après. Votre femme se mettra à l'abri, ça ira. » Il hésita : « Écoutez, Herr Sturmbannführer, je vais lui téléphoner. Elle est enceinte, j'ai peur qu'elle ne s'inquiète. » — « Très bien. Je vous attends. » Je sortis sur le perron et allumai une cigarette. Les sirènes se mirent à hurler et les passants sur la Königs-platz pressèrent le pas, filant à la recherche d'un abri. Je n'étais pas

inquiet : cette annexe du ministère disposait d'un excellent bunker.
J'achevai ma cigarette alors que la Flak se déchaînait et rentrai dans le
hall. Asbach dévalait les escaliers : « C'est bon, elle va chez sa mère.
C'est à côté. » — « Vous avez ouvert les fenêtres ? » lui demandai-je.
Nous descendîmes dans l'abri, un bloc de béton solide et bien éclairé,
avec des chaises, des lits pliants, et de grands fûts pleins d'eau. Il n'y
avait pas grand monde : la plupart des fonctionnaires rentraient tôt, à
cause des queues devant les magasins et des raids. Au loin, cela
commençait à tonner. Puis j'entendis des détonations espacées, massives : elles se rapprochaient une par une, comme des pas monumentaux
de géant. À chaque coup la pression de l'air augmentait, appuyait douloureusement sur les oreilles. Il y eut un fracas immense, tout proche, je
sentais les murs du bunker trembler. Les lumières vacillèrent, puis
s'éteignirent d'un coup, plongeant l'abri dans le noir. Une fille glapit de
terreur. Quelqu'un actionna une lampe-torche, plusieurs autres grat-
tèrent des allumettes. « Il n'y a pas de générateur de secours ? »
commença une autre voix, mais il fut interrompu par une détonation
assourdissante, des gravats pleuvaient du plafond, plusieurs personnes
criaient. Je sentais de la fumée, l'odeur de la poudre me mordait le nez :
le bâtiment avait dû être frappé. Les explosions s'éloignaient ; à travers
le tintement de mes oreilles, j'entendais faiblement le vrombissement
des escadrilles. Une femme pleurait ; une voix d'homme grognait des
injures ; j'allumai mon briquet et me dirigeai vers la porte blindée. Avec
le portier, j'essayai de l'ouvrir : elle était bloquée, l'escalier devait être
obstrué par des débris. À trois, nous nous ruâmes dessus à coups
d'épaule et parvînmes à la dégager, suffisamment pour nous glisser
dehors. Des briques s'entassaient dans l'escalier ; je les escaladai
jusqu'au rez-de-chaussée, suivi d'un fonctionnaire : la grande porte de
l'entrée avait été soufflée de ses gonds et projetée dans le hall ; des
flammes léchaient les lambris et la loge du portier. Je montai l'escalier
en courant, pris un couloir encombré de portes arrachées et de cadres
de fenêtres, puis montai un autre étage vers mes bureaux : je voulais
essayer de récupérer les dossiers les plus importants. La balustrade en
fer des escaliers était pliée : la poche de ma tunique s'accrocha à un
morceau de métal tordu et se déchira. En haut, les bureaux brûlaient et
je dus rebrousser chemin. Dans le couloir, un fonctionnaire portait une
pile de dossiers ; un autre nous rejoignit, son visage pâle sous les traces
noires de fumée ou de poussière : « Laissez ça ! L'aile ouest est en train
de flamber. Une mine est passée par le toit. » J'avais cru l'attaque finie,
mais de nouveau les escadrons grondaient dans le ciel ; une série de

détonations se rapprochait à une vitesse effrayante, nous courûmes à la cave, une explosion massive me souleva et me projeta dans l'escalier. Je dus rester un moment sonné ; je revins à moi aveuglé par une lumière blanche, crue, qui se révéla en fait celle d'une petite lampe de poche ; j'entendais Asbach crier : « Sturmbannführer ! Sturmbannführer ! » — « Ça va », maugréai-je en me relevant. À la lueur de l'incendie de l'entrée, j'examinai ma tunique : la pointe de métal avait coupé le tissu, elle était fichue. « Le ministère brûle, fit une autre voix. Il faut sortir. » Avec plusieurs hommes, je déblayai tant bien que mal l'entrée du bunker pour permettre à tout le monde de monter. Les sirènes gémissaient encore mais la Flak s'était tue, les derniers avions s'éloignaient. Il était vingt heures trente, le raid avait duré une heure. Quelqu'un nous indiqua des seaux et nous entreprîmes de former une chaîne pour lutter contre l'incendie : c'était dérisoire, en vingt minutes nous avions épuisé l'eau stockée dans la cave. Les robinets ne fonctionnaient pas, les bombes avaient dû crever les canalisations ; le portier essaya d'appeler les pompiers, mais le téléphone était coupé. Je récupérai mon pardessus dans l'abri et sortis sur la place examiner les dégâts. L'aile est paraissait intacte, à part les fenêtres béantes, mais une partie de l'aile ouest s'était effondrée, et les fenêtres voisines vomissaient une épaisse fumée noire. Nos bureaux devaient brûler aussi. Asbach me rejoignit, le visage couvert de sang. « Qu'avez-vous ? » demandai-je. — « Ce n'est rien. Une brique. » J'étais encore assourdi, mes oreilles rugissaient douloureusement. Je regardai vers le Tiergarten : les arbres, illuminés par plusieurs foyers d'incendie, avaient été fracassés, brisés, renversés, cela ressemblait à un bois des Flandres après un assaut, dans les livres que je lisais, enfant. « Je vais rentrer », dit Asbach. L'angoisse déformait son visage ensanglanté. « Je veux retrouver ma femme. » — « Allez-y. Faites attention aux chutes de murs. » Deux camions de pompiers arrivaient et se mettaient en position, mais il semblait y avoir un problème d'eau. Les employés du ministère sortaient ; beaucoup portaient des dossiers qu'ils allaient déposer à l'écart, sur les trottoirs : pendant une demi-heure, je les aidai à porter des classeurs et des papiers ; mes propres bureaux étaient de toute façon inaccessibles. Un vent puissant s'était levé et au nord, à l'est, et plus loin au sud, au-delà du Tiergarten, le ciel nocturne rougeoyait. Un officier passa nous dire que les feux s'étendaient, mais le ministère et les bâtiments avoisinants me semblaient protégés, par la courbe de la Spree d'un côté, le Tiergarten et la Königsplatz de l'autre. Le Reichstag, sombre et fermé, n'apparaissait pas endommagé.

J'hésitai. J'avais faim, mais trouver de quoi manger, il ne fallait pas y compter. Chez moi, j'avais de quoi grignoter, mais je ne savais pas si mon appartement existait encore. Je décidai enfin de me rendre à la SS-Haus et de me mettre à disposition. Je descendis la Friedensallee au pas de course : devant moi, la porte de Brandebourg se dressait sous ses filets de camouflage, intacte. Mais derrière elle, presque tout Unter den Linden semblait la proie des flammes. L'air était dense de fumée et de poussière, épais et chaud, je commençais à avoir du mal à respirer. Des nuées d'étincelles jaillissaient en crépitant des bâtiments en feu. Le vent soufflait, de plus en plus fort. De l'autre côté de la Pariser Platz, le ministère de l'Armement brûlait, partiellement écrasé sous les impacts. Des secrétaires portant des casques en fer de la défense civile s'activaient dans les décombres pour, là aussi, évacuer les dossiers. Une Mercedes à fanion était garée sur le côté ; parmi la foule des employés, je reconnus Speer, décoiffé, le visage noir de suie. J'allai le saluer et lui proposer mon aide ; lorsqu'il me vit, il me cria quelque chose que je ne compris pas. « Vous brûlez ! » répéta-t-il. — « Quoi ? » Il vint vers moi, me prit par le bras, me retourna et me battit le dos du plat de la main. Des étincelles avaient dû mettre le feu à mon pardessus, je n'avais rien senti. Confus, je le remerciai et lui demandai ce que je pouvais faire. « Rien, vraiment. Je crois qu'on a sorti ce qu'on a pu. Mon bureau personnel a pris un coup direct. Il n'y a plus rien. » Je regardai autour de moi : l'ambassade de France, l'ancienne Ambassade de Grande-Bretagne, l'hôtel *Bristol*, les bureaux d'IG Farben, tout était lourdement endommagé ou brûlait. Les élégantes façades des maisons de maître de Schinkel, à côté de la Porte, se découpaient sur un fond d'incendie. « Quel malheur », murmurai-je. — « C'est terrible à dire, fit pensivement Speer, mais il vaut mieux qu'ils se concentrent sur les villes. » — « Que voulez-vous dire, Herr Reichsminister ? » — « Durant l'été, quand ils s'en sont pris à la Ruhr, j'ai tremblé. En août, ils ont attaqué Schweinfurt, où toute notre production de roulements à billes est concentrée. Puis de nouveau en octobre. On est descendu à 67 % de notre production. Vous ne vous en doutez peut-être pas, Sturmbannführer, mais pas de roulements à billes, pas de guerre. S'ils se concentrent sur Schweinfurt, nous capitulons dans deux mois, trois au plus. Ici » — il agita la main vers les incendies — « ils tuent des gens, gaspillent leurs ressources sur nos monuments culturels. » Il eut un rire sec et dur : « De toute façon, on allait tout reconstruire. Ha ! » Je le saluai : « Si vous n'avez pas besoin de moi, Herr Reichsminister, je vais continuer. Mais je voulais vous dire que votre requête est à l'étude. Je vous contacterai prochainement pour vous informer de ce qu'il en est. » Il me serra la main : « Bien, bien. Bonne soirée, Sturmbannführer. »

J'avais trempé mon mouchoir dans un seau et le tenais sur ma bouche pour avancer ; je m'étais aussi fait asperger les épaules et ma casquette. Dans la Wilhelmstrasse, le vent rugissait entre les ministères et fouettait les flammes qui léchaient les fenêtres vides. Des soldats et des pompiers couraient de part et d'autre, avec peu de résultats. L'*Auswärtiges Amt* semblait sévèrement touché, mais la chancellerie, un peu plus loin, s'en était mieux tirée. Je marchais sur un tapis de verre brisé : dans toute la rue il n'y avait plus une vitre intacte. Sur la Wilhelmplatz quelques corps avaient été allongés près d'un camion renversé de la Luftwaffe ; des civils effarés sortaient encore de la station d'U-Bahn et regardaient autour d'eux, l'air épouvanté, perdu ; de temps à autre on entendait une détonation, une bombe à retardement, ou bien le mugissement sourd d'un bâtiment qui s'effondrait. Je regardais les corps : un homme sans pantalon, les fesses sanglantes grotesquement exposées ; une femme aux bas intacts, mais sans tête. Je trouvai particulièrement obscène qu'on les laisse là comme ça, mais personne ne semblait s'en soucier. Un peu plus loin, on avait posté des gardes devant le ministère de l'Aviation : des passants leur criaient des insultes ou lançaient des sarcasmes sur Göring, mais sans s'arrêter, il n'y avait pas d'attroupement ; je montrai ma carte du SD et passai le cordon. J'arrivai enfin à l'angle de la Prinz-Albrechtstrasse : la SS-Haus n'avait plus une vitre, mais ne paraissait pas autrement endommagée. Dans le hall, des hommes de troupe balayaient les débris ; des officiers posaient des planches ou des matelas devant les fenêtres béantes. Je trouvai Brandt qui donnait des instructions d'une voix calme et mate dans un couloir : il se préoccupait surtout de faire rétablir le téléphone. Je le saluai et rendis compte de la destruction de mes bureaux. Il hocha la tête : « Bon. On verra ça demain. » Comme il ne semblait pas y avoir grand-chose à faire, je passai à côté, à la *Staatspolizei* ; là, on reclouait tant bien que mal des portes arrachées ; quelques bombes avaient frappé assez près, un énorme cratère défigurait la rue, un peu plus loin, laissant échapper l'eau d'une canalisation crevée. Je trouvai Thomas dans son bureau, buvant du schnaps avec trois autres officiers, débraillé, noir de crasse, hilare. « Tiens ! s'exclama-t-il. Tu as fière allure, toi. Bois. Tu étais où ? » Je lui narrai brièvement mes expériences au ministère. « Ha ! Moi, j'étais déjà chez moi, je suis descendu à la cave avec les voisins. Une mine est passée par le toit et l'immeuble a pris feu. On a dû casser les murs des caves voisines, plusieurs de suite, pour sortir au bout de la rue. Toute la rue a brûlé et la moitié de mon immeuble, mon appartement compris, s'est effondré. Pour comble, j'ai retrouvé mon pauvre cabriolet sous un autobus. Bref, je suis sur la paille. » Il me versa un autre verre. « Puisque le malheur nous accable, buvons, comme disait ma grand-mère Ivona. »

Pour finir je passai la nuit à la *Staatspolizei*. Thomas se fit livrer des sandwiches, du thé et de la soupe. Il me prêta un de ses uniformes de rechange, un peu trop grand pour moi, mais plus présentable que mes loques ; une dactylo souriante se chargea de l'échange des galons et des insignes. On avait installé des lits pliants dans le gymnase pour environ une quinzaine d'officiers sinistrés ; je retrouvai là Eduard Holste, que j'avais brièvement connu comme Leiter IV/V du groupe D, à la fin 1942 ; il avait tout perdu et pleurait presque d'amertume. Malheureusement les douches ne fonctionnaient toujours pas et je pus juste me laver les mains et le visage. Ma gorge me faisait mal, je toussais, mais le schnaps de Thomas avait un peu coupé le goût de cendres. Dehors, on entendait toujours des détonations. Le vent mugissait, déchaîné et obsédant.

Très tôt le matin, sans attendre Piontek, je pris la voiture au garage et me rendis chez moi. Les rues, obstruées de tramways calcinés ou renversés, d'arbres abattus, de décombres, étaient difficilement praticables. Un nuage de fumée noir et âcre voilait le ciel et de nombreux passants tenaient encore des serviettes ou des mouchoirs mouillés sur leur bouche. Il pleuvotait toujours. Je dépassai des files de gens poussant des landaus ou de petits chariots pleins d'affaires, ou bien portant ou tirant péniblement des valises. Partout, l'eau fuyait des canalisations, je devais passer par des flaques où des débris risquaient à chaque moment de lacérer mes pneus. Néanmoins, beaucoup de voitures circulaient, la plupart sans vitres et certaines même sans portes, mais bondées : ceux qui avaient de la place prenaient des sinistrés et je fis de même pour une mère épuisée, avec deux jeunes enfants, qui voulait aller voir ses parents. Je coupai par le Tiergarten dévasté ; la colonne de la Victoire, encore debout comme par défiance, se dressait au milieu d'un grand lac formé par l'eau des canalisations crevées, et je dus faire un détour considérable pour le contourner. Je laissai la femme dans les décombres de la Händelallee et continuai vers mon appartement. Partout, des équipes s'affairaient pour réparer les dégâts ; devant les immeubles détruits, des sapeurs injectaient de l'air dans les caves effondrées et creusaient pour dégager des survivants, assistés de prisonniers italiens avec les lettres KGF peintes en rouge sur leur dos, ceux qu'on n'appelait plus que les « Badoglios ». La station du S-Bahn dans la Brückenallee gisait en ruine; j'habitais un peu plus loin dans la Flensburgerstrasse; mon immeuble paraissait miraculeusement intact : cent cinquante mètres plus loin, ce n'étaient que gravats et façades béantes. L'ascenseur, bien entendu, ne fonctionnait pas, je montai les huit étages à pied, mes voisins balayaient la cage d'escalier ou reclouaient tant bien que mal leurs portes. Je trouvai la mienne arrachée à ses gonds et posée de travers; à l'intérieur, une épaisse couche de verre brisé et de plâtre recouvrait tout; il y avait des traces de pas et mon gramophone avait disparu, mais on semblait n'avoir rien pris d'autre. Un vent froid et coupant soufflait par les fenêtres. Je remplis rapidement une valise, puis descendis m'entendre avec la voisine qui venait de temps en temps faire le ménage pour qu'elle monte nettoyer; je lui donnai de l'argent pour faire réparer la porte le jour même, et les fenêtres dès que ce serait possible; elle promit de me contacter à la SS-Haus quand ce serait à peu près habitable. Je sortis à la recherche d'un hôtel : je rêvais par-dessus tout d'un bain. Le plus proche était encore l'hôtel *Eden*, où j'avais déjà logé quelque temps. J'avais de la chance, toute la Budapesterstrasse paraissait rasée, mais l'*Eden* gardait ses portes ouvertes. La réception était prise d'assaut, des riches sinistrés et des officiers se disputaient les chambres. Lorsque j'eus invoqué mon grade, mes médailles, mon invalidité, et menti en exagérant l'état de mon appartement, le gérant, qui m'avait reconnu, accepta de me donner un lit, à condition que je partage la chambre. Je tendis un billet au garçon d'étage pour qu'il me fasse monter de l'eau chaude : enfin, vers dix heures, je pus me couler dans un bain plutôt tiède mais délicieux. L'eau devint tout de suite noire, mais je m'en moquais. Je trempais encore quand on fit entrer mon voisin de chambre. Il s'excusa fort poliment à travers la porte fermée de la salle de bains, et me dit qu'il attendrait en bas que je sois prêt. Dès que je me fus habillé je descendis le chercher : c'était un aristocrate géorgien, très élégant, qui avait fui son hôtel en feu avec ses affaires et avait échoué ici.

Mes collègues avaient tous eu l'idée de se donner rendez-vous à la SS-Haus. J'y retrouvai Piontek, imperturbable; Fräulein Praxa, coquettement mise, bien que sa garde-robe eût flambé; tout gaillard parce que son quartier avait à peine été touché, Walser; et, un peu secoué, Isenbeck, dont la vieille voisine était morte d'une crise cardiaque à côté de lui, pendant l'alerte, sans qu'il s'en aperçoive, dans le noir. Weinrowski était retourné depuis quelque temps à Oranienburg. Quant à Asbach, il avait envoyé un mot : sa femme était blessée, il viendrait dès qu'il le pourrait. Je dépêchai Piontek lui dire de prendre quelques jours s'il en avait besoin : de toute façon, il y avait peu de chances qu'on puisse reprendre le travail tout de suite. Je renvoyai Fräulein Praxa chez elle et en compagnie de Walser et d'Isenbeck me rendis au ministère voir ce qui pouvait encore être sauvé. L'incendie était maîtrisé, mais l'aile ouest demeurait fermée ; un pompier nous escorta à travers les décombres. La plus grande partie du dernier étage avait brûlé, ainsi que les combles : de nos bureaux, il ne restait qu'une pièce avec une armoire à documents, qui avait survécu à l'incendie, mais avait été inondée par les lances à eau des sapeurs-pompiers. Par un pan de mur effondré, on apercevait une partie du Tiergarten ravagé ; en me penchant, je constatai que la Lehrter Bahnhof avait aussi souffert, mais l'épaisse fumée qui pesait sur la ville empêchait de voir plus loin ; au fond, toutefois, les lignes des avenues incendiées se distinguaient encore. J'entrepris avec mes collègues de déménager les dossiers rescapés, ainsi qu'une machine à écrire et un téléphone. C'était une tâche délicate car l'incendie avait par endroits troué le plancher, et les couloirs étaient obstrués de décombres qu'il fallait dégager. Lorsque Piontek nous rejoignit, nous remplîmes la voiture et je l'envoyai porter le tout à la SS-Haus. Là, on m'attribua un placard de rangement temporaire, mais rien de plus ; Brandt était toujours trop débordé pour s'occuper de moi. Comme je n'avais plus rien à faire, je renvoyai Walser et Isenbeck et me fis déposer par Piontek à l'hôtel *Eden*, après être convenu avec lui qu'il passerait me reprendre le lendemain matin : sans famille, il pouvait aussi bien dormir au garage. Je descendis au bar et commandai un cognac. Mon voisin de chambre, le Géorgien, affublé d'un feutre et d'une écharpe blanche, jouait du Mozart au piano, avec un toucher remarquablement acéré. Lorsqu'il s'arrêta, je lui offris un verre et bavardai un peu avec lui. Il était vaguement affilié à l'un de ces groupes d'émigrés qui s'agitaient en vain dans les officines de l'*Auswärtiges Amt* et de la SS ; le nom de Micha Kedia, qu'il prononça, me disait confusément quelque chose. Lorsqu'il apprit que j'avais été dans le Caucase, il bondit d'enthousiasme, commanda une autre tournée, porta (bien que je n'eusse jamais mis les pieds de son côté des montagnes) un toast solennel et interminable, m'obligea à vider le verre d'une traite, et m'invita sur-le-champ, lorsque nos forces l'auraient libérée, à venir séjourner, à Tiflis, dans sa demeure ancestrale. Petit à petit le bar s'emplissait. Vers sept heures, les conversations s'effilochèrent, les gens commençaient à lorgner l'horloge au-dessus du bar : dix minutes plus tard, les sirènes se déclenchaient, puis la Flak, violente et proche. Le gérant était venu nous assurer que le bar servait aussi d'abri, tous les clients de l'hôtel descendaient, il n'y eut bientôt plus de place. L'ambiance devint assez gaie et animée : tandis que les premières bombes se rapprochaient, le Géorgien se remit au piano et attaqua un jazz ; des femmes en tenue de soirée se levèrent pour danser, les murs et les lustres tremblaient, des verres tombaient du bar et se fracassaient, on entendait à peine la musique sous les détonations, la pression de l'air devenait insoutenable, je buvais, des femmes, hystériques, riaient, une autre tenta de m'embrasser, puis éclata en sanglots. Quand ce fut fini, le gérant offrit une tournée générale. Je sortis : le Zoo avait été frappé, des pavillons brûlaient, on voyait de nouveau des incendies un peu partout ; je fumai une cigarette, regrettant de ne pas être allé voir les animaux alors qu'il était encore temps. Un pan de mur s'était renversé ; je m'approchai, des hommes couraient en tous sens, certains portaient des fusils, on parlait de lions et de tigres en liberté. Plusieurs bombes incendiaires étaient tombées et au-delà de l'avalanche de briques, je voyais flamber les galeries ; le grand temple indien était éventré ; dedans, m'expliqua un type qui passait près de moi, on avait trouvé des cadavres d'éléphants déchiquetés par les bombes, ainsi qu'un rhinocéros en apparence intact mais également mort, de peur peut-être. Derrière moi, une bonne partie des immeubles de la Budapesterstrasse brûlaient aussi. J'allai prêter main-forte aux pompiers ; des heures durant, j'aidai à déblayer les décombres ; toutes les cinq minutes, sur un coup de sifflet, les travaux cessaient pour que les sauveteurs puissent écouter les coups sourds des gens pris au piège, et on en sortait un certain nombre vivants, blessés et même indemnes. Vers minuit, je retournai à l'*Eden* ; la façade était abîmée, mais la structure avait échappé à une frappe directe ; au bar, la fête continuait. Mon nouvel ami géorgien me força à boire plusieurs verres d'affilée ; l'uniforme que m'avait prêté Thomas était couvert de crasse et de suie, mais cela n'empêchait pas des femmes du meilleur monde de flirter avec moi ; peu d'entre elles, de toute évidence, souhaitaient passer la nuit seules. Le Géorgien fit tant et si bien que je devins parfaitement ivre : le lendemain matin, je me réveillai sur mon lit, sans aucun souvenir d'être monté dans ma chambre, la tunique et la chemise ôtées, mais pas les bottes. Le Géorgien ronflait dans le lit voisin. Je me décrassai tant bien que mal, enfilai un de mes propres uniformes et donnai celui de Thomas à laver ; laissant là mon voisin endormi, j'avalai un mauvais café, me fis donner un cachet pour mon mal de tête, et retournai à la Prinz-Albrechtstrasse.

Les officiers de la Reichsführung avaient tous l'air un peu hagards : nombre d'entre eux n'avaient pas dormi de la nuit ; beaucoup se retrouvaient sinistrés, et plusieurs avaient perdu quelqu'un de leur famille. Dans le hall d'entrée et dans les escaliers, des détenus en rayé, gardés par des « SS-Totenkopf », balayaient le sol, clouaient des planches, repeignaient les murs. Brandt me demanda d'aider quelques officiers à établir pour le Reichsführer, en contactant les autorités municipales, un bilan provisoire des dégâts. Le travail était assez simple : chacun de nous choisissait un secteur — victimes, bâtiments d'habitation, bâtiments gouvernementaux, infrastructure, industrie — et contactait les autorités compétentes pour prendre note de leurs chiffres. On me casa dans un bureau avec un téléphone et un annuaire ; quelques lignes marchaient encore, et j'y installai Fräulein Praxa — qui avait déniché quelque part une nouvelle tenue — pour qu'elle appelle les hôpitaux. Je décidai, pour ne pas l'avoir dans les pattes, d'envoyer Isenbeck rejoindre son patron Weinrowski à Oranienburg, avec les dossiers récupérés, et demandai à Piontek de l'y conduire. Walser n'était pas venu. Lorsque Fräulein Praxa arrivait à joindre un hôpital, je demandais le nombre de morts et de blessés qu'ils avaient reçus ; quand elle avait accumulé une liste de trois ou quatre institutions injoignables, j'envoyais un chauffeur et une ordonnance recueillir les données. Asbach arriva vers midi, les traits tirés, faisant un effort visible sur lui-même pour se donner bonne contenance. Je l'emmenai au mess prendre des sandwiches et du thé. Lentement, entre deux bouchées, il me raconta ce qui s'était passé : le premier soir, l'immeuble où sa femme avait rejoint sa mère avait reçu un impact direct et s'était effondré sur l'abri, qui n'avait tenu qu'en partie. La belle-mère d'Asbach avait apparemment été tuée sur le coup ou du moins était morte assez rapidement ; sa femme avait été enterrée vivante et on n'avait pu la dégager que le lendemain matin, indemne à part un bras cassé, mais incohérente ; elle avait fait une fausse couche durant la nuit, et n'avait toujours pas retrouvé ses esprits, elle passait d'un babillage enfantin à des pleurs hystériques. « Je vais être obligé d'enterrer sa mère sans elle, dit tristement Asbach en buvant son thé à petites gorgées. J'aurais voulu attendre un peu, qu'elle se remette, mais les morgues sont pleines à craquer et les autorités médicales ont peur des épidémies. Il paraît que tous les corps non réclamés sous vingt-quatre heures seront enterrés dans des fosses communes. C'est affreux. » J'essayai de le consoler de mon mieux, mais, je dois le reconnaître, je n'ai pas un grand talent pour ce genre de chose : j'avais beau évoquer son futur bonheur conjugal, ça devait sonner assez creux. Néanmoins cela sembla le réconforter. Je le renvoyai chez lui avec un chauffeur de la Reichsführung, lui promettant de trouver une camionnette pour les funérailles du lendemain.

Le raid de mardi, même s'il n'avait impliqué que la moitié du nombre d'appareils de celui de lundi, promettait de se révéler encore plus désastreux. Les quartiers ouvriers, notamment Wedding, avaient été durement touchés. À la fin de l'après-midi, nous avions rassemblé assez d'informations pour établir un bref rapport : on comptait quelque 2 000 morts, en plus des centaines encore sous les décombres ; 3 000 immeubles incendiés ou détruits ; et 175 000 sinistrés, dont 100 000 avaient déjà pu quitter la ville, pour gagner soit des villages des alentours, soit d'autres villes d'Allemagne. Vers six heures on renvoya tous ceux qui n'effectuaient pas un travail essentiel ; je restai un peu plus longtemps, et me trouvais encore en route, avec un chauffeur du garage, lorsque les sirènes se remirent à gémir. Je décidai de ne pas continuer jusqu'à l'*Eden* : le bar-abri m'inspirait peu confiance, et je préférais éviter une répétition de la beuverie de la nuit précédente. J'ordonnai au chauffeur de contourner le Zoo pour rejoindre le grand bunker. Une foule se pressait aux portes, trop étroites et trop peu nombreuses ; des voitures venaient se garer au pied de la façade de béton ; devant elles, sur une aire réservée, des dizaines de poussettes se déployaient en faisceaux concentriques. À l'intérieur, des soldats et des policiers aboyaient des ordres pour faire monter les gens ; à chaque étage se formait un attroupement, personne ne voulait monter plus haut, des femmes criaient, tandis que leurs enfants couraient parmi la foule en jouant à la guerre. On nous dirigea vers le second étage, mais les bancs, alignés comme à l'église, étaient déjà bondés, et j'allai m'adosser au mur en béton. Mon chauffeur avait disparu dans la foule. Peu après les pièces de 88, sur le toit, ouvrirent le feu : l'immense structure vibrait tout entière, tanguait comme un navire en haute mer. Les gens, projetés contre leurs voisins, criaient ou geignaient. Les lumières se mirent en veilleuse mais ne s'éteignirent pas. Dans les recoins et dans l'obscurité des escaliers en spirale qui passaient entre les étages, des couples d'adolescents se collaient les uns aux autres, enlacés ; certains semblaient même faire l'amour, on entendait à travers les détonations des gémissements d'une autre tonalité que ceux des ménagères affolées, des vieillards protestaient avec indignation, les Schupo braillaient, obligeaient les gens à rester assis. Je voulais fumer mais c'était interdit. Je regardai la femme assise sur le banc devant moi : elle gardait la tête baissée, je ne voyais que ses cheveux blonds, exceptionnellement épais, coupés au niveau des épaules. Une bombe explosa tout près, faisant trembler le bunker et projetant une nuée de poussière de béton. La jeune femme leva la tête et je la reconnus tout de suite : c'était elle que je croisais parfois, le matin, dans le tramway. Elle aussi me reconnut et un doux sourire éclaira son visage tandis qu'elle me tendait sa main blanche : « Bonsoir ! Je m'inquiétais pour vous. » — « Pourquoi cela ? » Avec les tirs de la Flak et les déflagrations, on s'entendait à peine, je m'accroupis et me penchai vers elle. « Vous n'étiez pas à la piscine, dimanche, me dit-elle à l'oreille. J'ai eu peur qu'il vous soit arrivé malheur. » Dimanche, c'était déjà une autre vie, me semblait-il ; pourtant, cela ne faisait que trois jours. « J'étais à la campagne. La piscine existe toujours ? » Elle sourit de nouveau : « Je ne sais pas. » Une autre détonation, puissante, secoua la structure et elle me saisit la main et la serra fortement ; quand ce fut passé elle la relâcha en s'excusant. Malgré la lumière jaunâtre et la poussière, j'avais l'impression qu'elle rougissait légèrement. « Pardonnez-moi, lui demandai-je, comment vous appelez-vous ? » — « Hélène, répondit-elle. Hélène Anders. » Je me présentai à mon tour. Elle travaillait au service de presse de l'*Auswärtiges Amt* ; son bureau, comme la plus grande partie du ministère, avait été détruit le lundi soir, mais la maison de ses parents, à Alt Moabit où elle habitait, était encore debout. « Avant ce raid-ci, en tout cas. Et vous ? » Je ris : « J'avais des bureaux au ministère de l'Intérieur, mais ils ont brûlé. Pour le moment, je suis à la SS-Haus. » Nous continuâmes ainsi à bavarder jusqu'à la fin de l'alerte. Elle était venue à pied à Charlottenburg pour réconforter une amie sinistrée ; les sirènes l'avaient surprise sur le chemin du retour, et elle s'était réfugiée là, au bunker. « Je ne pensais pas qu'ils reviendraient une troisième nuit de suite », dit-elle doucement. — « À vrai dire, moi non plus, répliquai-je, mais je suis content que cela nous ait donné l'occasion de nous revoir. » Je disais cela pour être poli ; mais je me rendais compte que ce n'était pas seulement pour être poli. Cette fois-ci, elle rougit visiblement ; son ton resta toutefois franc et clair : « Moi aussi. Notre tramway risque d'être hors service pendant un certain temps. » Lorsque les lumières revinrent, elle se leva et brossa son manteau. « Si vous voulez bien, dis-je, je peux vous raccompagner. Si j'ai encore une voiture, ajoutai-je en riant. Ne refusez pas. Ce n'est pas très loin. »

Je retrouvai mon chauffeur l'air fort vexé près de son véhicule : celui-ci n'avait plus de vitres, et tout le côté avait été écrasé par la voiture voisine, projetée par le souffle d'une explosion. Des poussettes il ne restait que des débris éparpillés sur la place. Le Zoo brûlait de nouveau, on entendait des sons atroces, mugissements, barrissements, beuglements d'animaux agonisants. « Les pauvres bêtes, murmura Hélène, elles ne savent pas ce qui leur arrive. » Le chauffeur, lui, ne songeait qu'à sa voiture. J'allai chercher quelques Schupo pour qu'ils nous aident à la dégager. La portière du passager était coincée ; je fis monter Hélène à l'arrière, puis me glissai par-dessus le siège du chauffeur. Le trajet s'avéra un peu compliqué, il fallut faire un détour par le Tiergarten, à cause des rues bloquées, mais j'eus le plaisir de voir, en passant par la Flensburgerstrasse, que mon immeuble avait survécu. Alt Moabit, à part quelques bombes égarées, avait été plus ou moins épargné, et je laissai Hélène devant son petit immeuble. « Maintenant, lui dis-je en la quittant, je sais où vous habitez. Si vous le permettez, je viendrai vous rendre visite lorsque les choses se seront un peu calmées. » — « J'en serai ravie », répondit-elle avec de nouveau ce très beau sourire calme qu'elle avait. Puis je retournai à l'hôtel *Eden*, où je ne trouvai qu'une carcasse éventrée, en proie aux flammes. Trois mines étaient passées par le toit et il ne restait plus rien. Heureusement le bar avait tenu, les résidents de l'hôtel avaient eu la vie sauve et avaient pu être évacués. Mon voisin géorgien buvait du cognac à même le goulot avec quelques autres sinistrés ; dès qu'il me vit, il m'obligea à avaler une rasade. « J'ai tout perdu ! Tout ! Ce que je regrette le plus, ce sont les chaussures. Quatre paires neuves ! » — « Vous avez où aller ? » Il haussa les épaules : « J'ai des amis pas trop loin. Dans la Rauchstrasse. » — « Venez, je vais vous y conduire. » La maison que le Géorgien m'indiqua n'avait plus de fenêtres mais semblait encore habitée. J'attendis quelques minutes tandis qu'il allait aux renseignements. Il revint avec un air enjoué : « C'est parfait ! Ils vont à Marienbad, je vais partir avec eux. Vous venez prendre un verre ? » Je refusai poliment, mais il insistait : « Allez ! Pour le *possochok*. » Je me sentais vidé, épuisé. Je lui souhaitai bonne chance et partis sans demander mon reste. À la *Staatspolizei*, un Untersturmführer m'expliqua que Thomas avait trouvé refuge chez Schellenberg. Je mangeai un morceau, me fis dresser un lit dans le dortoir improvisé, et m'endormis.

Le lendemain, jeudi, je continuai à recueillir des statistiques pour Brandt. Walser n'avait toujours pas réapparu mais je ne m'inquiétais pas trop. Pour pallier le manque de lignes téléphoniques, nous disposions maintenant d'une escouade de Hitlerjugend prêtés par Goebbels. Nous les envoyions dans tous les sens, à vélo ou à pied, transmettre ou récupérer des messages et du courrier. En ville, le travail acharné des services municipaux donnait déjà des résultats : dans certains quartiers, l'eau revenait, l'électricité aussi, on remettait en service des tronçons de lignes de tramway, et l'U-Bahn et le S-Bahn là où c'était possible. Nous savions aussi que Goebbels réfléchissait à une évacuation partielle de la ville. Partout, sur les ruines, fleurissaient des inscriptions à la craie, les gens essayaient de retrouver leurs parents, leurs amis, leurs voisins. Vers midi, je réquisitionnai une fourgonnette de la police et allai aider Asbach à enterrer sa belle-mère au cimetière de Plötzensee, aux côtés de son mari mort quatre ans auparavant d'un cancer. Asbach semblait aller un peu mieux : sa femme recouvrait ses sens, elle l'avait reconnu ; mais il ne lui avait encore rien dit, ni pour sa mère, ni pour le bébé. Fräulein Praxa nous accompagna et se débrouilla même pour trouver des fleurs ; Asbach en fut visiblement touché. À part nous il n'y avait que trois de ses amis, dont un couple, et un pasteur. Le cercueil était fait de planches grossières, mal rabotées ; Asbach répétait que dès que possible il demanderait un permis d'exhumer pour donner à sa belle-mère des funérailles convenables : ils ne s'étaient jamais bien entendus, ajouta-t-il, elle ne cachait pas son mépris pour son uniforme SS, mais quand même, c'était la mère de son épouse, et Asbach aimait son épouse. Je n'enviais pas sa situation : être seul au monde est parfois un grand avantage, surtout en temps de guerre. Je le déposai à l'hôpital militaire où se trouvait sa femme et retournai à la SS-Haus. Ce soir-là, il n'y eut pas de raid ; une alerte se déclencha au début de la soirée, provoquant un mouvement de panique, mais ce n'étaient que des avions de reconnaissance, venus photographier les dégâts. Après l'alerte, que je passai dans le bunker de la *Staatspolizei*, Thomas me mena à un petit restaurant qui avait déjà rouvert ses portes. Il était d'humeur enjouée : Schellenberg s'était arrangé pour lui faire prêter une maisonnette à Dahlem, dans un quartier chic près du Grunewald, et il allait racheter un petit cabriolet Mercedes à la veuve d'un Hauptsturmführer tué lors du premier raid et qui avait besoin d'argent. « Heureusement, ma banque est intacte. C'est ce qui compte. » Je fis la moue : « Il y a quand même autre chose qui compte. » — « Quoi par exemple ? » — « Nos sacrifices. La souffrance des gens, ici, autour de nous, sur le front. » En Russie, cela allait très mal : après avoir perdu Kiev, nous avions réussi à reprendre Jitomir, mais seulement pour perdre Tcherkassy le jour où je chassais le tétras avec Speer ; à Rovno, les insurgés ukrainiens de l'UPA, aussi antiallemands qu'antibolcheviques, tiraient nos isolés comme des lapins. « Je te l'ai toujours dit, Max, reprenait Thomas, tu prends les choses trop au sérieux. » — « C'est une question de *Weltanschauung* », fis-je en levant mon verre. Thomas eut un bref rire moqueur. « *Weltanschauung par-ci, Weltanschauung par-là*, disait

Schnitzler. Tout le monde a une *Weltanschauung* ces jours-ci, le moindre boulanger ou plombier a sa *Weltanschauung*, mon garagiste me surfacture mes réparations de 30 % mais lui aussi il a sa *Weltan-schauung*. Moi aussi j'en ai une... » Il se tut et but ; je bus aussi. C'était un vin bulgare, un peu râpeux, mais vu les circonstances il n'y avait pas de quoi se plaindre. « Je vais te dire ce qui compte, reprit rageusement Thomas. Servir ton pays, mourir s'il le faut, mais profiter de la vie le plus possible en attendant. Ta *Ritterkreuz* à titre posthume consolera peut-être ta vieille mère, mais pour toi, ce sera un froid réconfort. » — « Ma mère est morte », fis-je doucement. — « Je sais. Excuse-moi. » Un soir, après plusieurs verres, je lui avais parlé de la mort de ma mère, sans donner trop de détails ; depuis, nous n'en avions pas reparlé. Thomas but encore, puis éclata de nouveau : « Sais-tu pourquoi on hait les Juifs ? Je vais te le dire. On hait les Juifs parce que c'est un peuple économe et prudent, avare, non seulement d'argent et de sécurité mais de ses traditions, de son savoir et de ses livres, incapable de don et de dépense, un peuple qui ne connaît pas la guerre. Un peuple qui ne sait qu'accumuler, jamais gaspiller. À Kiev tu disais que le meurtre des Juifs était un gaspillage. Eh bien justement, en gaspillant leurs vies comme on jette du riz à un mariage, on leur a enseigné la dépense, on leur a appris la guerre. Et la preuve que ça marche, que les Juifs commencent à comprendre la leçon, c'est Varsovie, c'est Treblinka, Sobibor, Bialystok, c'est les Juifs qui redeviennent des guerriers, qui deviennent cruels, qui deviennent eux aussi des tueurs. Je trouve ça très beau. On en a refait un ennemi digne de nous. La *Pour le Sémite* » — il se frappa la poitrine à l'endroit du cœur, là où l'on coud l'étoile — « reprend de la valeur. Et si les Allemands ne se secouent pas comme les Juifs, au lieu de se lamenter, ils n'auront que ce qu'ils méritent. *Væ victis.* » Il vida son verre d'un coup, le regard lointain. Je me rendis compte qu'il était ivre. « Je vais rentrer », dit-il. J'offris de le reconduire, mais il refusa : il avait pris une voiture au garage. Dans la rue seulement à moitié déblayée, il me serra distraitement la main, claqua la porte, et démarra sur les chapeaux de roues. Je retournai me coucher à la *Staatspolizei* ; c'était chauffé et les douches, au moins, avaient été remises en état.

Le soir suivant, il y eut un nouveau raid, le cinquième et dernier de cette série. Les dommages étaient effroyables : le centre de la ville gisait en ruine ainsi qu'une bonne partie de Wedding, on dénombrait plus de 4 000 morts et 400 000 sinistrés, de nombreuses usines et plusieurs ministères avaient été détruits, les communications et les transports publics mettraient des semaines à être restaurés. Les gens vivaient dans des appartements sans fenêtres ni chauffage : une part considérable des réserves de charbon, stockées dans les jardins pour l'hiver, avait brûlé. Trouver du pain était devenu impossible, les magasins restaient vides, et la NSV avait installé des cuisines de campagne dans les rues ravagées pour servir de la soupe au chou. Dans le complexe de la Reichsführung et du RSHA, on s'en sortait moins mal : il y avait de quoi manger et dormir, on fournissait des vêtements et des uniformes à ceux qui avaient tout perdu. Lorsque Brandt me reçut, je lui proposai de transférer une partie de mon équipe à Oranienburg, dans les locaux de l'IKL, et de garder un petit bureau à Berlin pour les fonctions de liaison. L'idée lui semblait bonne mais il voulait consulter le Reichsführer. Ce dernier, m'informa-t-il, avait accepté que Speer visite *Mittelbau* : je devais me charger de tout organiser. « Faites en sorte que le Reichsminister soit... satisfait », précisa-t-il. Il avait une autre surprise pour moi : j'étais promu Obersturmbannführer. J'étais content, mais étonné : « Pourquoi donc ? » — « Le Reichsführer en a décidé ainsi. Vos fonctions ont déjà pris une certaine importance et continueront à en prendre. À ce propos, que pensez-vous de la réorganisation d'Auschwitz ? » Au début du mois, l'Obersturmbannführer Liebehenschel, l'adjoint de Glücks à l'IKL, avait troqué sa place avec Höss ; depuis, Auschwitz avait été divisé en trois camps distincts : le *Stammlager*, le complexe de Birkenau, et Monowitz avec tous les *Nebenlager*. Liebehenschel restait Kommandant du I et aussi *Standortälteste* pour les trois, ce qui lui donnait un droit de regard sur le travail des deux autres nouveaux Kommandanten, Hartjenstein et le Hauptsturmführer Schwarz, jusque-là Arbeitskommandoführer puis Lagerführer sous Höss. « Herr Standartenführer, je pense que le réaménagement administratif est une initiative excellente : le camp était beaucoup trop grand et devenait ingérable. Quant à l'Obersturmbannführer Liebehenschel, d'après ce que j'ai pu en voir, c'est un bon choix, il a tout à fait compris les nouvelles priorités. Mais je dois vous avouer que j'ai du mal, lorsque je considère la nomination de l'Obersturmbannführer Höss à l'IKL, à saisir la politique du personnel de cette organisation. J'ai le plus grand respect pour l'Obersturmbannführer Höss ; je le considère comme un excellent soldat ; mais si vous voulez mon avis, il devrait être à la tête d'un régiment de Waffen-SS au front. Ce n'est pas un gestionnaire. Liebehenschel traitait la majeure partie des affaires courantes de l'IKL. Ce n'est certainement pas Höss qui s'intéressera à ces détails administratifs. » Brandt me scrutait à travers ses lunettes de hibou. « Je vous remercie pour la franchise de votre opinion. Mais je ne pense pas que le Reichsführer soit d'accord avec vous. Et de toute façon, même si l'Obersturmbannführer Höss a d'autres talents que Liebehenschel, il reste toujours le Standartenführer Maurer.» Je hochai la tête; Brandt partageait l'opinion commune sur Glücks. Isenbeck, lorsque je le revis la semaine suivante, me rapporta ce qui se disait à Oranienburg : tout le monde comprenait bien que Höss avait fait son temps à Auschwitz, sauf Höss lui-même; apparemment, le Reichsführer en personne l'avait informé de son transfert, lors d'une visite au camp, prétextant — c'est ce que Höss racontait à Oranienburg — les émissions de la B B C sur les exterminations; sa promotion à la tête du D I rendait cela plausible. Mais pourquoi le traitait-on avec tant de délicatesse ? Pour Thomas, à qui je posai la question, il n'y avait qu'une explication : Höss avait fait de la prison avec Bormann, dans les années 20, pour un meurtre vehmique; ils avaient dû rester liés et Bormann protégeait Höss.

Dès que le Reichsführer eut approuvé ma proposition, je procédai à la réorganisation de mon bureau. Toute l'unité chargée des recherches, avec Asbach à sa tête, fut transférée à Oranienburg. Asbach paraissait soulagé de quitter Berlin. Avec Fräulein Praxa et deux autres assistants je me réinstallai dans mes anciens locaux de la S S-Haus. Walser n'était jamais revenu : Piontek, que j'envoyai enfin aux renseignements, me rapporta que l'abri de son immeuble avait été frappé, le soir du mardi. On estimait à cent vingt-trois le nombre de morts, la population entière de l'immeuble, il n'y avait aucun survivant, mais la majorité des cadavres déterrés étaient méconnaissables. Par acquit de conscience, je le fis porter disparu : ainsi, la police le rechercherait dans les hôpitaux; mais j'avais peu d'espoir de le retrouver vivant. Piontek en semblait fort affligé. Thomas, son mouvement de spleen passé, débordait d'énergie; maintenant que nous étions de nouveau voisins de bureau, je le voyais plus souvent. Plutôt que de l'informer de ma promotion, j'attendis, pour lui en faire la surprise, d'avoir reçu ma notification officielle et d'avoir fait coudre mes nouveaux galons et les pattes de col. Lorsque je me présentai à son bureau, il éclata de rire, fouilla sur son bureau, tira une feuille, l'agita en l'air, et s'écria : « Ah! misérable. Tu croyais me rattraper! » Il fit un avion du document et le lança vers moi; le nez vint frapper ma Croix de Fer et je le dépliai pour lire que Müller proposait Thomas comme Standartenführer. « Et tu peux être certain que ça ne sera pas refusé. Mais, ajouta-t-il avec bonne grâce, avant que ça ne soit officiel, c'est moi qui paye les dîners. »

Ma promotion fit tout aussi peu d'effet sur l'imperturbable Fräulein Praxa, mais elle ne put cacher son étonnement lorsqu'elle reçut un

appel direct de Speer : « Le Reichsminister voudrait vous parler »,
m'informa-t-elle d'une voix émue en me tendant le combiné. Après le
dernier raid, je lui avais envoyé un message pour l'informer de mes nouvelles coordonnées. « Sturmbannführer ? énonça sa voix ferme et
agréable. Comment allez-vous ? Pas trop de casse ? » — « Mon archi-
viste a sans doute été tué, Herr Reichsminister. Sinon, ça va. Et
vous ? » — « J'ai emménagé dans des bureaux temporaires et envoyé
ma famille à la campagne. Alors ? » — « Votre visite à *Mittelbau* vient
d'être approuvée, Herr Reichsminister. On m'a chargé de l'organiser.
Dès que possible, je contacterai votre secrétaire pour fixer une date. »
Pour les questions importantes, Speer m'avait demandé d'appeler sa
secrétaire personnelle, plutôt qu'un assistant. « Très bien, fit-il. À bientôt. » J'avais déjà écrit à *Mittelbau* pour les prévenir de préparer la
visite. Je téléphonai à l'Obersturmbannführer Förschner, le Kommandant de Dora, pour confirmer les arrangements. « Écoutez, maugréa sa
voix fatiguée au bout du fil, on fera de notre mieux. » — « Je ne vous
demande pas de faire de votre mieux, Obersturmbannführer. Je
demande que les installations soient présentables pour la visite du
Reichsminister. Le Reichsführer a personnellement insisté là-dessus.
Vous m'avez compris ? » — « Bien, bien. Je donnerai encore des
ordres. »

Mon appartement avait été plus ou moins retapé. J'avais finalement
réussi à trouver du verre pour deux fenêtres ; les autres restaient obstruées d'une toile de bâche cirée. Ma voisine avait non seulement fait
réparer la porte mais m'avait déniché des lampes à huile en attendant
que le courant soit rétabli. Je m'étais fait livrer du charbon et, une fois
le gros poêle en céramique lancé, il ne faisait plus froid du tout. Je me
disais que prendre un appartement au dernier étage n'avait pas été très
astucieux : j'avais eu une chance inouïe d'échapper aux raids de la
semaine, mais s'ils revenaient, et ils n'y manqueraient pas, cela ne pourrait durer. Au fond, je refusais de m'inquiéter : mon logement ne
m'appartenait pas, et j'avais peu d'affaires personnelles ; il fallait garder
l'attitude sereine de Thomas envers ces choses. Je m'achetai seulement
un nouveau gramophone, avec des disques des *Partitas* de Bach au
piano, ainsi que des airs d'opéra de Monteverdi. Le soir, dans la douce
et archaïque lumière d'une lampe à huile, un verre de cognac et des
cigarettes à portée de main, je me renversais sur mon divan pour les
écouter et oublier tout le reste.

Une pensée nouvelle, toutefois, venait de plus en plus souvent
occuper mon esprit. Le dimanche suivant les bombardements, vers midi,

j'avais pris la voiture au garage et m'étais rendu chez Hélène Anders. Il faisait un temps froid, humide, le ciel restait couvert, mais il ne pleuvait pas. En chemin, j'avais réussi à trouver un bouquet de fleurs, vendues dans la rue par une vieille, près d'une station de S-Bahn. Arrivé à son immeuble, je me rendis compte que je ne savais pas quel appartement elle habitait. Son nom ne figurait pas sur les boîtes à lettres. Une femme assez forte, qui sortait à ce moment-là, s'arrêta et me toisa de la tête aux pieds avant de me lancer, dans un fort jargon berlinois : « Vous cherchez qui ? » — « Fräulein Anders. » — « Anders ? Il n'y a pas d'Anders ici. » Je la décrivis. « Vous voulez dire la fille des Winnefeld. Mais ce n'est pas une *Fräulein*. » Elle m'indiqua l'appartement et je montai sonner. Une dame à cheveux blancs ouvrit, fronça les sourcils. « Frau Winnefeld ? » — « Oui. » Je claquai des talons et inclinai la tête. « Mes hommages, meine Dame. Je suis venu voir votre fille. » Je lui tendis les fleurs et me présentai. Hélène apparut dans le couloir, un chandail sur les épaules, et son visage se colora légèrement : « Oh ! sourit-elle. C'est vous. » — « Je suis venu vous demander si vous comptiez nager, aujourd'hui. » — « La piscine fonctionne encore ? » fit-elle. — « Hélas, non. » J'y étais passé avant de venir : une bombe incendiaire avait frappé la voûte de plein fouet, et le concierge qui veillait sur les ruines m'avait assuré que, vu les priorités, elle ne serait certainement pas réouverte avant la fin de la guerre. « Mais j'en connais une autre. » — « Alors ce sera avec plaisir. Je vais prendre mes affaires. » En bas, je la fis monter dans l'auto et démarrai. « Je ne savais pas que vous étiez une *Frau* », dis-je au bout de quelques instants. Elle me regarda avec un air pensif : « Je suis veuve. Mon mari a été tué en Yougoslavie l'année dernière, par des partisans. Nous étions mariés depuis moins d'un an. » — « Je suis désolé. » Elle regardait par la vitre. « Moi aussi », dit-elle. Elle se tourna vers moi : « Mais il faut vivre, n'est-ce pas ? » Je ne dis rien. « Hans, mon mari, reprit-elle, aimait beaucoup la côte dalmate. Dans ses lettres, il parlait de s'y installer après la guerre. Vous connaissez la Dalmatie ? » — « Non. J'ai servi en Ukraine et en Russie. Mais je ne voudrais pas m'y installer. » — « Vous voudriez habiter où ? » — « Je ne sais pas, à vrai dire. Pas à Berlin, je pense. Je ne sais pas. » Je lui parlai brièvement de mon enfance en France. Elle-même était berlinoise de vieille souche : ses grands-parents déjà habitaient Moabit. Nous arrivâmes dans la Prinz-Albrechtstrasse et je me garai devant le numéro 8. « Mais c'est la Gestapo ! » s'écria-t-elle d'un air effrayé. Je ris : « Mais oui. Ils ont une petite piscine chauffée au sous-sol. » Elle me dévisagea : « Vous êtes policier ? » — « Pas du tout. » Par la vitre, je désignai l'ancien hôtel *Prinz-Albrecht* à côté : « Je travaille là, dans les bureaux du Reichsführer. Je suis juriste, je m'occupe de questions économiques. » Cela eut l'air de la rassurer. « Ne vous inquiétez pas. La piscine sert bien plus aux dactylos et aux secrétaires qu'aux policiers, qui ont autre chose à faire. » En fait, la piscine était si petite qu'il fallait s'inscrire à l'avance. Nous y retrouvâmes Thomas, déjà en maillot. « Ah, je vous connais ! s'exclama-t-il en baisant galamment la main blanche d'Hélène. Vous êtes l'amie de Liselotte et de Mina Wehde. » Je lui indiquai les vestiaires des femmes et allai me changer, tandis que Thomas me souriait d'un air narquois. Lorsque je ressortis, Thomas, dans l'eau, parlait avec une fille, mais Hélène n'avait pas encore réapparu. Je plongeai et fis quelques longueurs. Hélène sortit des vestiaires. Son maillot de coupe moderne moulait des formes à la fois pleines et élancées ; sous les courbes, les muscles se laissaient clairement deviner. Son visage, dont le bonnet de bain n'altérait pas la beauté, était joyeux : « Des douches chaudes ! Quel luxe ! » Elle plongea à son tour, traversa la moitié de la piscine sous l'eau, et se mit à faire des longueurs. J'étais déjà fatigué ; je sortis, enfilai un peignoir, et m'assis sur une des chaises disposées autour du bassin, pour fumer et la regarder nager. Thomas, dégoulinant, vint s'asseoir à côté de moi : « Il était temps que tu te secoues. » — « Elle te plaît ? » Le clapotis de l'eau résonnait sur la voûte de la salle. Hélène fit quarante longueurs sans s'arrêter, un kilomètre. Puis elle vint s'appuyer sur le rebord, comme la première fois que je l'avais aperçue, et me sourit : « Vous ne nagez pas beaucoup. » — « C'est les cigarettes. Je n'ai plus de souffle. » — « C'est dommage. » De nouveau, elle leva les bras et se laissa couler ; mais cette fois elle remonta au même endroit et se hissa hors de la piscine d'un mouvement souple. Elle prit une serviette, s'essuya le visage et vint s'asseoir à côté de nous en ôtant son bonnet et secouant sa chevelure humide. « Et vous, lança-t-elle à Thomas, vous vous occupez aussi de questions économiques ? » — « Non, répondit-il. Je laisse ça à Max. Il est bien plus intelligent que moi. » — « Il est policier », ajoutai-je. Thomas fit une moue : « Disons que je suis dans la sécurité. » — « Brrr..., fit Hélène. Ça doit être sinistre. » — « Oh, pas tant que ça. » J'achevai ma cigarette et retournai nager un peu. Hélène fit encore vingt longueurs ; Thomas flirtait avec une des dactylos. Après, je me rinçai sous la douche et me changeai ; laissant là Thomas, je proposai à Hélène d'aller prendre un thé. « Où ça ? » — « Bonne question. Sur Unter den Linden il n'y a plus rien. Mais on trouvera. » Finalement je l'amenai à l'hôtel *Esplanade*, dans la Bellevuestrasse : il était un peu abîmé, mais avait survécu au pire ; à l'intérieur du salon de thé, à part les planches aux fenêtres, masquées par des rideaux en brocart, on aurait pu se croire avant la guerre. « C'est un bel endroit, murmura Hélène. Je ne suis jamais venue. » — « Les gâteaux sont excellents, paraît-il. Et ils ne servent pas d'ersatz. » Je commandai un café et elle un thé ; nous prîmes aussi un petit assortiment de gâteaux. Ils étaient en effet fameux. Lorsque j'allumai une cigarette, elle m'en demanda une. « Vous fumez ? » — « Parfois. » Plus tard, elle dit pensivement : « C'est dommage qu'il y ait cette guerre. Les choses auraient pu être si bien. » — « Peut-être. Je dois vous avouer que je n'y pense pas. » Elle me regarda : « Dites-le-moi franchement : nous allons perdre, n'est-ce pas ? » — « Non ! dis-je, choqué. Bien sûr que non. » De nouveau, elle regardait dans le vide et tirait une dernière bouffée de sa cigarette. « Nous allons perdre », dit-elle. Je la raccompagnai chez elle. Devant l'entrée, elle me serra la main avec un air sérieux. « Merci, dit-elle. Cela m'a fait grand plaisir. » — « J'espère que ce ne sera pas la dernière fois. » — « Moi aussi. À bientôt. » Je la regardai franchir le trottoir et disparaître dans l'immeuble. Puis je rentrai chez moi écouter Monteverdi.

Je ne comprenais pas ce que je cherchais avec cette jeune femme ; mais je ne cherchais pas à le comprendre. Ce qui me plaisait, chez elle, c'était sa douceur, une douceur telle que je croyais qu'il n'en existait que dans les tableaux de Vermeer de Delft, à travers laquelle se laissait clairement sentir la force souple d'une lame d'acier. J'avais pris beaucoup de plaisir à cet après-midi, et pour le moment je ne cherchais pas plus loin, je ne voulais pas penser. Penser, je le pressentais, aurait tout de suite entraîné des questions et des exigences douloureuses : pour une fois, je n'en ressentais pas le besoin, j'étais content de me laisser porter par le cours des choses, comme par la musique à la fois souverainement lucide et émotive de Monteverdi, et puis l'on verrait bien. Au cours de la semaine qui suivit, dans les moments creux du travail, ou le soir, chez moi, la pensée de son visage grave ou de la tranquillité de son sourire me revenait, presque chaleureuse, une pensée amie, affectueuse, qui ne m'effrayait pas.

Mais le passé est une chose qui, lorsqu'il a planté ses dents dans votre chair, ne vous lâche plus. Vers le milieu de la semaine qui suivit les bombardements, Fräulein Praxa vint frapper à la porte de mon cabinet. « Herr Obersturmbannführer ? Il y a là deux messieurs de la Kripo qui souhaiteraient vous voir. » J'étais plongé dans un dossier particulièrement touffu ; agacé, je répondis : « Eh bien, qu'ils fassent comme tout le monde, qu'ils prennent rendez-vous. » — « Très bien, Herr Obersturmbannführer. » Elle referma la porte. Une minute plus tard elle frappa de nouveau : « Excusez-moi, Herr Obersturmbannführer. Ils insistent. Ils disent de vous dire que c'est pour une affaire personnelle. Ils disent que cela concerne votre mère. » J'inspirai profondément et refermai mon dossier : « Faites-les entrer, alors. »

Les deux hommes qui se poussèrent dans mon bureau étaient de vrais policiers, pas des policiers honoraires comme Thomas. Ils portaient de longs manteaux gris, en laine raide et grossière, sans doute tissée avec de la pulpe de bois, et tenaient leurs chapeaux à la main. Ils hésitèrent puis levèrent le bras en disant : « Heil Hitler ! » Je leur rendis leur salut et les invitai à s'asseoir sur le divan. Ils se présentèrent : Kriminalkommissar Clemens et Kriminalkommissar Weser, du Referat V B 1, « Einsatz/Crimes capitaux ». « En fait, dit l'un d'eux, peut-être Clemens, en guise d'introduction, on travaille sur requête du V A 1, qui s'occupe de la coopération internationale. Ils ont reçu une demande d'assistance judiciaire de la police française... » — « Excusez-moi, interrompis-je sèchement, puis-je voir vos papiers ? » Ils me tendirent leurs cartes d'identité ainsi qu'un ordre de mission signé par un Regierungsrat Galzow, leur assignant comme tâche de répondre aux questions transmises à la justice allemande par le préfet des Alpes-Maritimes dans le cadre de l'enquête sur les meurtres de Moreau Aristide et de son épouse Moreau Héloïse, veuve Aue, née C. « Donc, vous enquêtez sur la mort de ma mère, dis-je en leur rendant leurs documents. En quoi est-ce que ça concerne la police allemande ? Ils ont été tués en France. » — « Tout à fait, tout à fait », dit le second, sans doute Weser. Le premier tira un calepin de sa poche et le feuilleta. « C'était un meurtre très violent, apparemment, dit-il. Un fou, peut-être, un sadique. Vous avez dû être bouleversé. » Ma voix resta sèche et dure : « Kriminalkommissar, je suis au courant de ce qui s'est passé. Mes réactions personnelles me concernent. Pourquoi venez-vous me voir ? » — « On voudrait vous poser quelques questions », dit Weser. — « Comme témoin potentiel », ajouta Clemens. — « Témoin de quoi ? » demandai-je. Il me regarda droit dans les yeux : « Vous les avez vus à cette époque-là, n'est-ce pas ? » Je continuai moi aussi à le fixer : « C'est exact. Vous êtes bien renseignés. Je suis allé leur rendre visite. Je ne sais pas exactement quand ils ont été tués, mais ç'a été peu de temps après. » Clemens examina son calepin, puis le montra à Weser. Weser reprit : « D'après la

Gestapo de Marseille, on vous a délivré un laissez-passer pour la zone italienne le 26 avril. Combien de temps êtes-vous resté chez votre mère ? » — « Un jour seulement. » — « Vous êtes sûr ? » demanda Clemens. — « Je le pense. Pourquoi ? » Weser consulta de nouveau le carnet de Clemens : « D'après la police française, un gendarme a vu un officier SS quitter Antibes en autocar le matin du 29. Il n'y avait pas beaucoup d'officiers SS dans le secteur, et ils ne se promenaient certainement pas en car. » — « Il est possible que je sois resté deux nuits. J'ai beaucoup voyagé, à ce moment-là. C'est important ? » — « Peut-être. Les corps ont été découverts le 1er mai, par un laitier. Ils n'étaient déjà plus très frais. Le médecin légiste a estimé que la mort remontait à soixante ou quatre-vingt-quatre heures, soit entre le 28 au soir et le 29 au soir. » — « Pour ma part, je peux vous dire que lorsque je les ai quittés ils étaient bien vivants. » — « Donc, dit Clemens, si vous êtes parti le 29 au matin, ils auraient été tués dans la journée. » — « C'est possible. Je ne me suis pas posé la question. » — « Comment avez-vous appris leur mort ? » — « J'ai été informé par ma sœur. » — « En effet, dit Weser en se penchant toujours pour voir le carnet de Clemens, elle est arrivée presque tout de suite. Le 2 mai, pour être précis. Savez-vous comment elle a appris la nouvelle ? » — « Non. » — « Vous l'avez revue, depuis ? » demanda Clemens. — « Non. » — « Où se trouve-t-elle, maintenant ? » demanda Weser. — « Elle habite avec son mari en Poméranie. Je peux vous donner l'adresse, mais je ne sais pas s'ils y sont. Ils vont souvent en Suisse. » Weser prit le carnet des mains de Clemens et nota quelque chose. Clemens me demanda : « Vous n'êtes pas en relation avec elle ? » — « Pas très souvent », répondis-je. — « Et votre mère, vous la voyiez souvent ? » demanda Weser. Ils semblaient systématiquement parler à tour de rôle et ce petit jeu m'énervait au plus haut point. « Pas trop, non plus », répondis-je le plus sèchement possible. — « Bref, fit Clemens, vous n'êtes pas très proche de votre famille. » — « Meine Herren, je vous l'ai déjà dit, je n'ai pas à vous parler de mes sentiments intimes. Je ne vois pas en quoi mes relations avec ma famille peuvent vous concerner. » — « Lorsqu'il y a meurtre, Herr Obersturmbannführer, dit sentencieusement Weser, tout peut concerner la police. » Ils ressemblaient vraiment à une paire de flics de films américains. Mais sans doute le faisaient-ils exprès. « Ce Herr Moreau était votre beau-père par alliance, n'est-ce pas ? » reprit Weser. — « Oui. Il a épousé ma mère en... 1929, je crois. Ou peut-être 28. » — « 1929, c'est exact », dit Weser en étudiant son calepin. — « Êtes-vous au courant de ses dispositions testamentaires ? » demanda abruptement Clemens. Je secouai la tête : « Pas du tout. Pourquoi ? » — « Herr Moreau n'était pas pauvre, dit Weser. Vous héritez peut-être d'une somme coquette. » — « Ça m'étonnerait. Mon beau-père et moi ne nous entendions pas du tout. » — « C'est possible, reprit Clemens, mais il n'avait pas d'enfant, ni de frères ou de sœurs. S'il est mort intestat, c'est vous et votre sœur qui vous partagerez tout. » — « Je n'y avais même pas songé, dis-je sincèrement. Mais, au lieu de spéculer dans le vide, dites-moi : a-t-on trouvé un testament ? » Weser feuilletait le calepin : « À vrai dire, nous ne le savons pas encore. » — « Moi, en tout cas, déclarai-je, personne ne m'a contacté à ce sujet. » Weser griffonna une note sur le calepin. « Une autre question, Herr Obersturmbannführer : il y avait deux enfants chez Herr Moreau. Des jumeaux. Vivants. » — « J'ai vu ces enfants. Ma mère m'a dit que c'était ceux d'une amie. Vous savez qui ils sont ? » — « Non, grogna Clemens. Apparemment les Français ne le savent pas non plus. » — « Ils ont été témoins du meurtre ? » — « Ils n'ont jamais desserré les dents », dit Weser. — « C'est possible qu'ils aient vu quelque chose », ajouta Clemens. — « Mais ils ne voulaient pas parler », répéta Weser. — « Ils étaient peut-être choqués », expliqua Clemens. — « Et que sont-ils devenus ? » demandai-je. — « Justement, répondit Weser, c'est ça qui est curieux. Votre sœur les a pris avec elle. » — « On ne comprend pas très bien pourquoi, dit Clemens. Ni comment. » — « De surcroît, ça semble hautement irrégulier », commenta Weser. — « Hautement, répéta Clemens. Mais à l'époque c'étaient les Italiens. Avec eux tout est possible. » — « Oui, vraiment tout, surenchérit Weser. Sauf une enquête dans les règles. » — « C'est la même chose avec les Français, d'ailleurs », reprit Clemens. — « Oui, eux, c'est pareil, confirma Weser. Ça n'est pas un plaisir de travailler avec eux. » — « Meine Herren, finis-je par les interrompre. Tout cela est très bien, mais en quoi est-ce que cela me concerne ? » Clemens et Weser se regardèrent. « Voyez-vous, je suis très occupé en ce moment. À moins que vous n'ayez d'autres questions précises, je pense que nous pouvons en rester là ? » Clemens hocha la tête ; Weser feuilleta le calepin et le lui rendit. Puis il se leva : « Excusez-nous, Herr Obersturmbannführer. » — « Oui, dit Clemens en se levant à son tour. Excusez-nous. Pour le moment, c'est tout. » — « Oui, reprit Weser, c'est tout. Merci pour votre coopération. » Je leur tendis la main : « Je vous en prie. Si vous avez d'autres questions, n'hésitez pas à me recontacter. » Je pris des cartes de visite dans mon présentoir et leur en tendis une à chacun. « Merci », dit Weser en l'empochant. Clemens examina la sienne : « *Représentant spécial du Reichsführer-SS pour l'Arbeitseinsatz,* lut-il. Qu'est-ce que c'est ? » — « C'est un secret d'État, Kriminalkommissar », répondis-je. — « Oh. Mes excuses. » Les deux me saluèrent et se dirigèrent vers la porte. Clemens, qui avait une bonne tête de plus que Weser, l'ouvrit et sortit ; Weser s'arrêta sur le pas de la porte et se retourna : « Excusez-moi, Herr Obersturmbannführer. J'ai oublié un détail. » Il se retourna : « Clemens ! Le carnet. » Il feuilleta de nouveau le calepin. « Ah oui, voilà : lorsque vous êtes allé rendre visite à votre mère, vous étiez en uniforme ou en civil ? » — « Je ne me souviens plus. Pourquoi ? C'est important ? » — « Sans doute pas. L'Obersturmführer de Marseille qui vous a fait délivrer le laissez-passer pensait que vous étiez en civil. » — « C'est possible. J'étais en congé. » Il hocha la tête : « Merci. S'il y a autre chose, on vous appellera. Pardonnez-nous d'être venus comme ça. La prochaine fois, on prendra rendez-vous. »

Cette visite me laissa comme un mauvais goût dans la bouche. Que me voulaient donc ces deux caricatures ? Je les avais trouvés très agressifs, insinuants. Bien sûr, je leur avais menti : mais si je leur avais dit que j'avais vu les corps, cela aurait créé toutes sortes de complications. Je n'avais pas l'impression qu'ils me soupçonnaient sur ce point-là ; leur suspicion paraissait systématique, un travers professionnel sans doute. J'avais jugé fort déplaisantes leurs questions sur l'héritage de Moreau : ils semblaient suggérer que j'aurais pu avoir un mobile, un intérêt pécuniaire, c'était grotesque. Était-il possible qu'ils me soupçonnent du meurtre ? J'essayai de me remémorer la conversation et je dus reconnaître que c'était possible. Je trouvais cela effarant, mais l'esprit d'un policier de carrière devait être ainsi fait. Une autre question me préoccupait encore plus : pourquoi ma sœur avait-elle emmené les jumeaux ? Quel rapport y avait-il entre eux et elle ? Tout cela, je dois le dire, me troublait profondément. Je trouvais cela presque injuste : juste au moment où ma vie paraissait enfin tendre vers une forme d'équilibre, un sentiment de normalité, presque comme celle de tous les autres, ces flics imbéciles venaient réveiller des questions, susciter des inquiétudes, des interrogations sans réponses. Le plus logique, à vrai dire, aurait été d'appeler ou d'écrire à ma sœur, pour lui demander ce qu'il en était de ces fichus jumeaux, et aussi pour être sûr, si jamais ces policiers venaient à l'interroger, que son récit ne contredise pas le mien, sur le point où j'avais jugé nécessaire de dissimuler une partie de la vérité. Mais, je ne sais pas trop pourquoi, je ne le fis pas tout de suite ; ce n'est pas que quelque chose me retenait, mais plutôt que je n'avais pas envie de me presser. Téléphoner n'était pas une chose difficile, je pouvais le faire quand je le voulais, nul besoin de se hâter.

En outre j'étais fort occupé. Mon équipe d'Oranienburg, qui, sous la direction d'Asbach, continuait à grandir, m'envoyait régulièrement des synthèses de ses études sur les travailleurs étrangers, ce qu'on appelait l'*Ausländereinsatz*. Ces travailleurs étaient répartis en de nombreuses catégories, sur des critères raciaux, avec des niveaux de traitement différents ; ils comptaient aussi des prisonniers de guerre des pays occidentaux (mais pas les KGF soviétiques, une catégorie à part, entièrement sous le contrôle de l'OKW). Le lendemain de la visite des deux inspecteurs, je fus convoqué chez le Reichsführer, qui s'intéressait au sujet. Je fis une présentation assez longue, car le problème était complexe, mais complète : le Reichsführer écoutait presque sans rien dire, insondable derrière ses petites lunettes cerclées d'acier. En même temps, je devais préparer la visite de Speer à *Mittelbau*, et je me rendis à Lichterfelde — depuis les raids les mauvaises langues berlinoises appelaient le quartier Trichterfelde, le « pré aux cratères » — me faire expliquer le projet par le Brigadeführer Kammler, le chef de l'Amtsgruppe C (« Constructions ») du WVHA. Kammler, un homme sec, nerveux, précis, dont le débit et les gestes rapides masquaient une volonté inflexible, me parla, et c'était la première fois que j'entendais à ce sujet autre chose que des rumeurs, de la fusée A-4, arme miraculeuse qui d'après lui changerait irréversiblement le cours de la guerre dès qu'elle pourrait être produite en série. Les Anglais avaient eu vent de son existence et, en août, avaient bombardé les installations secrètes où elle se trouvait en cours d'élaboration, au nord de l'île d'Usedom où s'était passée ma convalescence. Trois semaines plus tard, le Reichsführer proposait au Führer et à Speer de transférer les installations en sous-sol et d'en garantir le secret en employant à la construction uniquement des détenus de camps de concentration. Kammler lui-même avait choisi le site, des galeries souterraines du Harz utilisées par la Wehrmacht pour stocker des réserves de fuel. Une société avait été créée pour gérer le projet, la Mittelwerke GmbH, sous le contrôle du ministère de Speer ; la SS, toutefois, gardait l'entière responsabilité de l'aménagement du site ainsi que de la sécurité sur place. « L'assemblage des fusées a déjà commencé, même si les installations ne sont pas achevées ; le Reichsminister devrait être satisfait. » — « J'espère simplement que les conditions de travail des détenus sont adéquates, Herr Brigadeführer, répliquai-je. Je sais que c'est un souci constant du Reichsminister. » — « Les conditions sont ce qu'elles sont, Obersturmbannführer. C'est la guerre, après tout. Mais je peux vous assurer que le Reichsminister n'aura pas à se plaindre du niveau de productivité. L'usine est sous mon contrôle personnel, j'ai moi-même choisi le Kommandant, un homme efficace. Le RSHA ne vient pas me poser de problèmes, non plus : j'ai placé un homme à moi, le Dr. Bischoff, pour veiller à la sécurité de la production et prévenir le sabotage. Jusqu'à maintenant, il n'y a pas eu d'ennuis. De toute façon, ajouta-t-il, j'ai inspecté plusieurs KL avec des subordonnés du Reichsminister Speer, en avril et en mai ; ils n'ont pas eu trop de plaintes, et *Mittelbau* vaut bien Auschwitz. »

La visite eut lieu un vendredi de décembre. Il faisait un froid coupant. Speer était accompagné de spécialistes de son ministère. Son avion spécial, un Heinkel, nous transporta jusqu'à Nordhausen ; là, une délégation du camp menée par le Kommandant Förschner nous accueillit et nous convoya jusqu'au site. La route, barrée de nombreux postes de contrôle SS, longeait le versant sud du Harz ; Förschner nous expliquait que le massif tout entier était déclaré zone interdite, on avait lancé d'autres projets souterrains un peu plus au nord, dans des camps auxiliaires de *Mittelbau* ; à Dora même, la partie nord des deux tunnels avait été affectée à la construction de moteurs d'avion Junker. Speer écoutait ses explications sans rien dire. La route débouchait sur une grande place de terre battue ; sur un côté s'alignaient les baraquements des gardes SS et de la Kommandantur ; en face, encombrée de piles de matériaux de construction et recouverte de filets de camouflage, renfoncée sous une crête plantée de sapins, béait l'entrée du premier tunnel. Nous y entrâmes à la suite de Förschner et de plusieurs ingénieurs de Mittelwerke. La poussière de gypse et la fumée âcre des explosifs industriels me prirent à la gorge ; mêlées à elles venaient d'autres odeurs indéfinissables, douces et nauséabondes, qui me rappelaient mes premières visites de camp. À mesure que nous avancions, les *Häftlinge*, alertés par le Spiess qui précédait la délégation, se rangeaient au garde-à-vous et arrachaient leurs calots. La plupart étaient d'une maigreur épouvantable ; leurs têtes, posées en un équilibre précaire sur des cous décharnés, ressemblaient à des boules hideuses décorées d'énormes nez et d'oreilles découpés dans du carton, et dans lesquelles on aurait enfoncé une paire d'yeux immenses, vides et qui refusaient de se fixer sur vous. Près d'eux, les odeurs que j'avais remarquées en entrant devenaient une puanteur immonde qui émanait de leurs vêtements souillés, de leurs plaies, de leurs corps mêmes. Plusieurs des hommes de Speer, verts, tenaient des mouchoirs sur leur visage ; Speer gardait les mains dans le dos et examinait tout avec un air fermé et tendu. Reliant les deux tunnels principaux, le A et le B, des galeries transversales s'échelonnaient tous les vingt-cinq mètres : la première d'entre elles nous découvrit des

rangées de châlits en bois grossier, superposés sur quatre niveaux, desquels, sous les coups de trique d'un sous-officier SS, dévalait pour venir
se mettre au garde-à-vous une horde grouillante de détenus dépenaillés,
la plupart nus ou presque, certains avec les jambes tachées de merde.
Les voûtes de béton nu suintaient d'humidité. Devant les couchettes, à
l'intersection du tunnel principal, de grands fûts métalliques, coupés en
deux dans le sens de la longueur et posés sur le côté, servaient de
latrines ; ils débordaient presque d'un liquide gluant, jaune, vert, brun,
puant. Un des assistants de Speer s'exclama : « Mais c'est l'enfer de
Dante ! » ; un autre, un peu en retrait, vomissait contre le mur. Je sentais
aussi revenir la vieille nausée, mais je me retenais et respirais en sifflant,
entre les dents, longuement. Speer se tourna vers Förschner : « Les
détenus vivent ici ? » — « Oui, Herr Reichsminister. » — « Ils ne sortent
jamais ? » — « Non, Herr Reichsminister. » Tandis que nous continuions à avancer, Förschner expliquait à Speer qu'il manquait de tout et
qu'il était incapable d'assurer les conditions sanitaires requises ; les épidémies décimaient les détenus. Il nous montra même quelques cadavres
entassés à l'entrée de galeries perpendiculaires, nus ou sous une vague
bâche, des squelettes humains à la peau ravagée. Dans l'une des gale-
ries-dortoirs, on servait la soupe : Speer demanda à la goûter. Il avala sa
cuillerée, puis me fit goûter à mon tour ; je dus me forcer à ne pas recracher ; c'était un brouet amer, infect ; on aurait dit qu'on avait fait bouillir des herbes sauvages ; même au fond du pot, il n'y avait presque
aucune matière solide. Nous visitâmes ainsi la longueur du tunnel,
jusqu'à l'usine Junker, pataugeant dans la gadoue et les immondices,
respirant avec difficulté, au milieu de milliers de *Häftlinge* qui se découvraient mécaniquement les uns après les autres, le visage dénué de la
moindre expression. Je détaillai leurs insignes : outre les Allemands,
surtout des « verts », il y avait là des « rouges » de tous les pays
d'Europe, des Français, des Belges, des Italiens, des Hollandais, des
Tchèques, des Polonais, des Russes et même des Espagnols, des républicains internés en France après leur défaite (mais bien sûr il n'y avait
pas de Juifs : à cette époque-là, les travailleurs juifs étaient encore interdits en Allemagne). Dans les galeries transversales, après les dortoirs,
des détenus encadrés par des ingénieurs civils travaillaient sur les
composantes et le montage des fusées ; plus loin, dans un vacarme
assourdissant et au milieu d'une poussière opaque, une véritable armée
de fourmis creusait de nouvelles galeries et évacuait les pierres dans des
bennes poussées par d'autres détenus sur des rails hâtivement posés. En
ressortant, Speer voulut voir le Revier ; c'était une installation des plus

sommaires, avec de la place pour une quarantaine d'hommes tout au plus. Le médecin-chef lui montra les statistiques de mortalité et de morbidité : la dysenterie, le typhus et la tuberculose surtout faisaient des ravages. Dehors, devant toute la délégation, Speer explosa d'une rage contenue mais virulente : « Obersturmbannführer Förschner! Cette usine est un véritable scandale! Je n'ai jamais rien vu de pareil. Comment pouvez-vous espérer travailler correctement avec des hommes dans cet état-là? » Förschner, sous l'invective, s'était instinctivement mis au garde-à-vous. « Herr Reichsminister, répliqua-t-il, je suis prêt à améliorer les conditions, mais on ne m'en fournit pas les moyens. Je ne peux pas être tenu pour responsable. » Speer était blanc comme un linge. « Très bien, aboya-t-il. Je vous ordonne de faire construire immédiatement un camp, ici, à l'extérieur, avec douches et sanitaires. Faites-moi tout de suite préparer les papiers d'attribution de matériaux et je les signerai avant de partir. » Förschner nous mena aux baraques de la Kommandantur et donna les ordres nécessaires. Tandis que Speer discutait avec ses aides et les ingénieurs, furieux, je pris Förschner à partie : « Je vous avais expressément demandé au nom du Reichsführer de faire en sorte que le camp soit présentable. Ça, c'est une *Schweinerei.* » Förschner ne se laissa pas démonter : « Obersturmbannführer, vous savez aussi bien que moi qu'un ordre sans les moyens de l'exécuter ne vaut pas grand-chose. Excusez-moi, mais je n'ai pas de baguette magique. J'ai fait laver les galeries ce matin, mais je ne pouvais rien faire de plus. Si le Reichsminister nous fournit des matériaux de construction, tant mieux. » Speer nous avait rejoints : « Je ferai en sorte que le camp reçoive des rations supplémentaires. » Il se tourna vers un ingénieur civil qui se tenait près de lui : « Sawatsky, il va sans dire que les détenus sous vos ordres auront la priorité. On ne peut pas demander un travail de montage complexe à des malades et des mourants. » Le civil hocha la tête : « Bien entendu, Herr Reichsminister. C'est surtout la rotation qui devient ingérable. On doit les remplacer si souvent qu'il est impossible de les former correctement. » Speer se retourna vers Förschner : « Cela ne veut pas dire que vous devez négliger ceux qui sont affectés à la construction des galeries. Vous augmenterez aussi leurs rations, dans la mesure du possible. J'en parlerai au Brigadeführer Kammler. » — « *Zu Befehl*, Herr Reichsminister », dit Förschner. Son expression restait opaque, fermée; Sawatsky, lui, avait l'air heureux. Dehors, quelques-uns des hommes de Speer nous attendaient, griffonnant dans des calepins et aspirant avidement l'air froid. Je frissonnai : l'hiver s'installait.

À Berlin, je me trouvai de nouveau débordé par les demandes du Reichsführer. Je lui avais rendu compte de la visite avec Speer et il ne fit qu'un commentaire : « Le Reichsminister Speer devrait savoir ce qu'il veut. » Je le voyais maintenant régulièrement pour discuter des questions de main-d'œuvre : il voulait à tout prix augmenter la quantité de travailleurs disponibles dans les camps pour fournir les industries SS, les entreprises privées, et surtout les nouveaux projets de construction souterraine que voulait développer Kammler. La Gestapo multipliait les arrestations, mais de l'autre côté, avec l'avènement de l'automne puis de l'hiver, la mortalité, nettement en baisse durant l'été, augmentait de nouveau, et le Reichsführer était mécontent. Toutefois quand je lui proposais des séries de mesures à mon sens réalistes, que je planifiais avec mon équipe, il ne réagissait pas, et les mesures concrètes appliquées par Pohl et l'IKL semblaient comme accidentelles et imprévisibles, ne correspondant à aucun plan. Une fois, je saisis l'occasion d'une remarque du Reichsführer pour critiquer ce que je considérais comme des initiatives arbitraires et sans lien entre elles : « Pohl sait ce qu'il fait », rétorqua-t-il sèchement. Peu de temps après, Brandt me convoqua et me passa un savon sur un ton courtois mais ferme : « Écoutez, Obersturmbannführer, vous faites du très bon travail, mais je vais vous dire ce que j'ai déjà dit cent fois au Brigadeführer Ohlendorf : au lieu d'ennuyer le Reichsführer avec des critiques négatives et stériles et des questions compliquées que de toute façon il ne comprend pas, vous feriez mieux de cultiver vos relations avec lui. Apportez-lui, je ne sais pas, moi, un traité médiéval sur la médecine des plantes, bien relié, et discutez-en un peu avec lui. Il en sera ravi, et ça vous permettra d'entrer en contact avec lui, de vous faire mieux comprendre. Cela vous facilitera beaucoup les choses. Et puis, excusez-moi, quand vous présentez vos rapports, vous êtes tellement froid et hautain, ça ne fait que l'énerver davantage. Ce n'est pas comme ça que vous allez arranger les choses. » Il continua un peu dans cette veine ; je ne disais rien, je réfléchissais : sans doute avait-il raison. « Encore un conseil : vous feriez bien de vous marier. Votre attitude à ce sujet agace profondément le Reichsführer. » Je me raidis : « Herr Standartenführer, j'ai déjà exposé mes raisons au Reichsführer. S'il ne les approuve pas, il devrait me le signifier lui-même. » Une pensée incongrue me fit réprimer un sourire. Brandt, lui, ne souriait pas et me fixait comme une chouette à travers ses grandes lunettes rondes. Leurs verres me renvoyaient ma propre image dédoublée, le reflet m'empêchait de distinguer son regard. « Vous avez tort, Obersturmbannführer, vous avez tort. Enfin, c'est votre choix. »

L'attitude de Brandt me donnait du ressentiment, elle était à mon avis tout à fait injustifiée : il n'avait pas à se mêler ainsi de ma vie privée. Celle-ci, justement, prenait un tour agréable ; et cela faisait bien longtemps que je ne m'étais pas autant distrait. Le dimanche, j'allais à la piscine avec Hélène, parfois aussi avec Thomas et l'une ou l'autre de ses petites amies ; ensuite, nous sortions prendre un thé ou un chocolat chaud, puis j'emmenais Hélène au cinéma, s'il y avait quelque chose qui en valait la peine, ou bien au concert voir Karajan ou Furtwängler, puis nous dînions, avant que je la raccompagne chez elle. Je la voyais aussi de temps à autre en semaine : quelques jours après ma visite à *Mittelbau*, je l'avais invitée dans notre salle d'escrime, au Prinz-Albrecht-Palais, où elle nous regarda tirer en applaudissant aux bottes, puis, en compagnie de son amie Liselotte et de Thomas, qui flirtait outrageusement avec cette dernière, dans un restaurant italien. Le 19 décembre, nous étions ensemble pendant la grande attaque anglaise ; dans l'abri public où nous nous étions réfugiés, elle resta assise à côté de moi sans rien dire, son épaule contre la mienne, tressaillant légèrement aux détonations les plus proches. Après le raid, je l'emmenai à l'*Esplanade*, le seul restaurant que je trouvai ouvert : assise en face de moi, ses longues mains blanches posées sur la table, elle me fixait en silence de ses beaux yeux sombres et profonds, un regard scrutateur, curieux, serein. Dans de pareils moments, je me disais que si les choses avaient été différentes, j'aurais pu épouser cette femme, avoir des enfants avec elle comme je l'ai fait bien plus tard avec une autre femme qui ne la valait pas. Ce n'aurait certainement pas été pour plaire à Brandt ou au Reichsführer, pour remplir un devoir, satisfaire aux conventions : cela aurait été une partie de la vie de tous les jours et de tous les hommes, simple et naturelle. Mais ma vie avait pris un autre chemin, et il était trop tard. Elle aussi, lorsqu'elle me regardait, devait avoir des pensées semblables, ou plutôt des pensées de femme, différentes de celles des hommes, dans leur tonalité et leur couleur sans doute plus que dans leur contenu, difficiles à imaginer pour un homme, même moi. Je me les représentais ainsi : Cet homme, se pourrait-il que j'entre dans son lit, que je me donne à lui ? Se donner, formule curieuse dans notre langue ; mais que l'homme qui n'en saisit pas la pleine portée tente à son tour de se laisser pénétrer, cela lui ouvrira les yeux. Ces pensées, en général, ne me causaient pas de regrets, plutôt un sentiment d'amertume, presque doux. Mais parfois, dans la rue, sans réfléchir, d'un geste naturel, elle me prenait le bras, et alors, oui, je me surprenais à regretter cette autre vie qui aurait pu être, si quelque chose n'avait pas été brisé si tôt. Ce n'était pas seulement la question de ma sœur ; c'était plus vaste que ça, c'était le cours entier des événements, la misère du corps et du désir, les décisions qu'on prend et sur lesquelles on ne peut revenir, le sens même qu'on choisit de donner à cette chose qu'on appelle, à tort peut-être, sa vie.

Il avait commencé à neiger, une neige tiède, qui ne tenait pas. Lorsque enfin elle tenait une nuit ou deux, elle donnait une brève et étrange beauté aux ruines de la ville, puis elle fondait et venait épaissir la gadoue qui défigurait les rues bouleversées. Avec mes grosses bottes de cavalier, je passais à travers sans faire attention, une ordonnance me les nettoierait le lendemain ; mais Hélène portait de simples souliers, et lorsque nous arrivions à une étendue grise et épaisse de neige fondue, je cherchais une planche que je jetais en travers, puis tenais sa main délicate pour qu'elle traverse ; et si même cela était impossible, je la portais, légère dans mes bras. La veille de Noël, Thomas organisa une petite fête dans sa nouvelle maison de Dahlem, une petite villa cossue : comme toujours, il avait su se débrouiller. Schellenberg était là avec sa femme, ainsi que plusieurs autres officiers ; j'avais invité Hohenegg, mais n'avais pu localiser Osnabrugge, qui devait encore se trouver en Pologne. Thomas semblait être parvenu à ses fins avec Liselotte, l'amie d'Hélène : en arrivant, elle l'embrassait avec fougue. Hélène, elle, avait mis une nouvelle robe — Dieu sait où elle avait trouvé le tissu, les restrictions se faisaient de plus en plus sévères —, elle avait un sourire charmant, elle paraissait heureuse. Tous les hommes, pour une fois, étaient en civil. Nous venions à peine d'arriver lorsque les sirènes se mirent à hurler. Thomas nous rassura en nous expliquant que les avions venant d'Italie ne lâchaient presque jamais leurs premières bombes avant Schöneberg et Tempelhof, et ceux d'Angleterre passaient au nord de Dahlem. Néanmoins on baissa les lumières ; d'épais rideaux noirs masquaient les fenêtres. La Flak commença à tonner, Thomas mit un disque, un jazz américain furieux, et entraîna Liselotte dans une danse. Hélène buvait du vin blanc et les regardait danser ; après, Thomas mit une musique lente, et elle m'invita à danser avec elle. Au-dessus, on entendait gronder les escadrilles ; la Flak aboyait sans discontinuer, les vitres tremblaient, on entendait à peine le disque ; mais Hélène dansait comme si nous étions seuls dans une salle de bal, légèrement appuyée à moi, sa main ferme dans la mienne. Ensuite elle dansa avec Thomas tandis que j'échangeais un toast avec Hohenegg. Thomas avait raison : au nord, on devinait plus qu'on ne l'entendait une immense vibration sourde, mais autour de nous il ne tombait rien. Je regardai Schellenberg ; il avait pris du poids, ses succès ne l'inclinaient pas à la modération. Il discourait plaisamment avec ses spécialistes sur nos revers en Italie. Schellenberg, j'avais fini par le comprendre aux quelques remarques que Thomas laissait parfois échapper, pensait détenir la clef de l'avenir de l'Allemagne ; il était convaincu que si on l'écoutait, lui et ses analyses irrécusables, il serait encore temps de sauver les meubles. Le seul fait qu'il parlât de *sauver les meubles* suffisait à me hérisser : mais il avait, semblait-il, l'oreille du Reichsführer, et je me demandais où il pouvait en être de ses intrigues. L'alerte finie, Thomas tenta de téléphoner au RSHA, mais les lignes étaient coupées. « Ces salopards l'ont fait exprès pour gâcher notre Noël, me dit-il. Mais on ne va pas les laisser faire. » Je regardai Hélène : elle était assise auprès de Liselotte et discutait avec animation. « Elle est très bien, cette fille, déclara Thomas qui avait suivi mon regard. Pourquoi tu ne l'épouses pas ? » Je souris : « Thomas, mêle-toi de ce qui te regarde. » Il haussa les épaules : « Au moins, fais courir le bruit que tu es fiancé. Comme ça Brandt arrêtera de te casser les pieds. » Je lui avais rapporté les commentaires de Brandt. « Et toi ? rétorquai-je. Tu as un an de plus que moi. On ne t'embête pas, toi ? » Il rit : « Moi ? Ce n'est pas pareil. D'abord, mon incapacité congénitale à rester plus d'un mois avec la même fille est largement connue. Mais surtout » — il baissa la voix — « tu gardes ça pour toi, j'en ai envoyé deux au *Lebensborn*. Il paraît que le Reichsführer était ravi. » Il alla remettre un disque de jazz ; je me dis qu'il devait se servir dans les stocks de disques confisqués de la Gestapo. Je le suivis et invitai de nouveau Hélène à danser. À minuit, Thomas éteignit toutes les lumières. J'entendis un cri joyeux de fille, un rire assourdi. Hélène se trouvait près de moi : durant un bref instant, je sentis son haleine douce et chaude sur mon visage, et ses lèvres effleurèrent les miennes. Mon cœur battait à se rompre. Lorsque la lumière revint, elle me dit avec un air profond et tranquille : « Je dois rentrer. Je n'ai pas prévenu mes parents, avec l'alerte ils vont s'inquiéter. » J'avais pris la voiture de Piontek. Nous remontâmes vers le centre par le Kurfürstendamm ; sur notre droite, les incendies allumés par le bombardement rougeoyaient. Il avait commencé à neiger. Quelques bombes étaient tombées sur le Tiergarten et sur Moabit, mais les dégâts semblaient mineurs en comparaison des grands raids du mois précédent. Devant son immeuble, elle me prit la main et m'embrassa fugitivement sur la joue : « Joyeux Noël ! À bientôt. » Je retournai m'enivrer à Dahlem, et achevai la nuit sur la moquette, ayant cédé le canapé à une secrétaire affligée d'avoir été évincée de la chambre du maître de maison par Liselotte.

Clemens et Weser revinrent me voir quelques jours plus tard, ayant cette fois dûment pris rendez-vous auprès de Fräulein Praxa, qui les introduisit dans mon bureau en roulant des yeux. « On a essayé de contacter votre sœur, dit Clemens, le grand, en guise d'introduction. Mais elle n'est pas chez elle. » — « C'est tout à fait possible, dis-je. Son mari est invalide. Elle l'accompagne souvent en Suisse pour ses cures. » — « On a demandé à l'ambassade à Berne d'essayer de la retrouver, fit méchamment Weser, en faisant rouler ses épaules étroites. On voudrait bien lui parler. » — « C'est si important que ça ? » demandai-je. — « C'est encore cette foutue histoire des petits jumeaux », éructa Clemens avec sa grosse voix de Berlinois. — « On ne comprend pas très bien », ajouta Weser avec un air de fouine. Clemens sortit son carnet et lut : « La police française a enquêté. » — « Un peu tard », interrompit Weser. — « Oui, mais mieux vaut tard que jamais. Apparemment, ces jumeaux habitaient chez votre mère depuis au moins 1938, lorsqu'ils ont commencé à aller à l'école. Votre mère les présentait comme des petits-neveux orphelins. Et certains de ses voisins semblent penser qu'ils sont peut-être arrivés plus tôt, bébés, en 1936 ou 1937. » — « C'est quand même curieux, dit aigrement Weser. Vous ne les aviez jamais vus avant ? » — « Non, fis-je sèchement. Mais cela n'a rien de curieux. Je n'allais jamais chez ma mère. » — « Jamais ? » grogna Clemens. Jamais ? » — « Jamais. » — « Sauf précisément à ce moment, siffla Weser. Quelques heures avant sa mort violente. Vous voyez que c'est curieux. » — « Meine Herren, rétorquai-je, vos insinuations sont parfaitement déplacées. Je ne sais pas où vous avez appris votre métier, mais je trouve votre attitude grotesque. De plus, vous n'avez aucune autorité pour enquêter sur moi sans un ordre de la *SS-Gericht*. » — « C'est vrai, reconnut Clemens, mais on n'enquête pas sur vous. Pour le moment, on vous entend comme témoin. » — « Oui, répéta Weser, comme témoin, c'est tout. » — « C'est juste de dire, reprit Clemens, qu'il y a beaucoup de choses qu'on ne comprend pas et qu'on voudrait comprendre. » — « Par exemple, cette histoire avec les jumeaux, ajouta Weser. Admettons que ce soient effectivement des petits-neveux de votre mère... » — « On n'a pas trouvé trace de frères ou de sœurs, mais admettons », coupa Clemens. — « Tiens, au fait, vous ne savez pas, vous ? » demanda Weser. — « Quoi ? » — « Si votre mère avait un frère ou une sœur ? » — « J'ai entendu parler d'un frère, mais je ne l'ai jamais vu. Nous avons quitté l'Alsace en 1918, et après ça, à ma connaissance, ma mère n'a plus eu de contact avec sa famille restée en France. » — « Admettons donc, reprit Weser, que ce soient en effet des petits-neveux. On n'a trouvé aucun papier qui le prouve, pas d'actes de naissance, rien. » — « Et votre sœur, martela Clemens, n'a présenté aucun papier quand elle les a pris avec elle. » — Weser souriait avec un air finaud : « Pour nous, ce sont des témoins potentiels, très importants, qui disparaissent. » — « On ne sait pas où, bougonna Clemens. C'est inadmissible que la police française les ait laissés filer comme ça. » — « Oui, dit Weser en le regardant, mais ce qui est fait est fait. Pas la peine de revenir dessus. » — Clemens continuait sans s'interrompre : « Quand même, après, c'est nous qui nous retrouvons avec tous les ennuis. » — « Bref, lança Weser à mon intention, si vous lui parlez, demandez-lui de nous contacter. Votre sœur, je veux dire. » Je hochai la tête. Ils semblaient n'avoir plus rien à dire et je mis fin à l'entretien. Je n'avais toujours pas cherché à joindre ma sœur ; cela commençait à devenir important, car s'ils la trouvaient et que son récit contredisait le mien, leurs soupçons en seraient exacerbés ; ils seraient même, songeai-je avec horreur, capables de m'accuser. Mais où la trouver ? Thomas, me dis-je, doit avoir des contacts en Suisse, il pourrait demander à Schellenberg. Il fallait faire quelque chose, cette situation devenait ridicule. Et la question des jumeaux était préoccupante.

Trois jours avant le Nouvel An il neigea assez fort, et cette fois la neige tint. Inspiré par le succès de sa fête de Noël, Thomas décida de réinviter tout le monde : « Autant profiter de cette baraque avant qu'elle ne crame aussi. » Je demandai à Hélène de prévenir ses parents qu'elle rentrerait tard, et ce fut une bien joyeuse fête. Un peu avant minuit, la compagnie entière s'arma de vin de champagne et de paniers d'huîtres de la Baltique et partit à pied pour le Grunewald. Sous les arbres, la neige reposait vierge et pure ; le ciel était dégagé, illuminé par une lune presque pleine, qui versait une lueur bleuâtre sur les étendues blanches. Dans une clairière, Thomas sabra le champagne — il s'était muni d'un vrai sabre de cavalerie, décroché du mur de notre salle d'armes — et les moins maladroits s'escrimèrent à ouvrir les huîtres, art délicat et dangereux pour qui n'a pas le coup de main. À minuit, à la place de feux d'artifice, les artilleurs de la Luftwaffe allumèrent leurs projecteurs, lancèrent des fusées éclairantes, et tirèrent quelques salves de 88. Cette fois-ci, Hélène m'embrassa franchement, pas longuement, mais un baiser fort et gai qui m'envoya comme une décharge de peur et de plaisir dans les membres. Étonnant, me dis-je en buvant pour cacher mon trouble, moi qui pensais qu'aucune sensation ne m'était étrangère, voici que le baiser d'une femme me bouleverse. Les autres riaient, se lançaient des boules de neige et avalaient des huîtres à même la coquille. Hohenegg, qui gardait une chapka mitée plantée sur sa tête ovale et chauve, s'était révélé le plus adroit des écaillers : « Ça ou un thorax, c'est un peu la même chose », riait-il. Schellenberg, lui, s'était ouvert toute la base du pouce, et saignait tranquillement sur la neige en buvant du champagne sans que personne songe à le bander. Pris de gaieté, je me mis aussi à courir et jeter des boules de neige ; à mesure que nous buvions, le jeu devenait plus endiablé, nous nous plaquions les uns les autres par les jambes, comme au rugby, nous enfoncions des poignées de neige dans le cou, nos manteaux étaient trempés, mais nous ne sentions pas le froid. Je poussai Hélène dans la poudreuse, trébuchai, et m'affalai à côté d'elle ; couchée sur le dos, les bras en croix dans la neige, elle riait ; en tombant sa longue jupe avait remonté et sans réfléchir je portai ma main sur son genou découvert, protégé seulement par un bas. Elle tourna la tête vers moi et me regarda sans s'arrêter de rire. Puis j'ôtai ma main et l'aidai à se relever. Nous ne rentrâmes qu'après avoir vidé la dernière bouteille, il avait fallu retenir Schellenberg, qui voulait se mettre à tirer sur les vides ; en marchant dans la neige, Hélène me tenait le bras. À la maison, Thomas céda galamment sa chambre ainsi que la chambre d'invités aux filles fatiguées, qui s'endormirent tout habillées à trois par lit. J'achevai la nuit en jouant aux échecs et en discutant de *La Trinité* d'Augustin avec Hohenegg, qui s'était passé la tête sous l'eau froide et buvait du thé. Ainsi débuta l'année 1944.

Speer ne m'avait pas recontacté depuis la visite à *Mittelbau* ; début janvier, il m'appela pour me souhaiter la bonne année et me demander un service. Son ministère avait déposé une requête auprès du RSHA pour épargner la déportation à quelques Juifs d'Amsterdam, spécialisés en achats de métaux, ayant des contacts précieux dans les pays neutres ; le RSHA avait refusé la demande, alléguant la détérioration de la situation en Hollande et le besoin de s'y montrer *spécialement sévère*. « C'est ridicule, me dit Speer d'une voix lourde de fatigue. Quel risque peuvent poser à l'Allemagne trois Juifs trafiquants de métaux ? Leurs services nous sont précieux en ce moment. » Je lui demandai de m'envoyer une copie de la correspondance en promettant de faire de mon mieux. La lettre de refus du RSHA était signée Müller mais portait la marque de dictée du IV B 4a. Je téléphonai à Eichmann et commençai par lui souhaiter une bonne année. « Merci, Obersturmbannführer, fit-il avec son curieux mélange d'accents autrichien et berlinois. Félicitations pour votre promotion, au fait. » Puis je lui exposai le cas de Speer. « Je ne l'ai pas traité moi-même, dit Eichmann. Ç'a dû être le Hauptsturmführer Moes, il s'occupe des cas individuels. Mais bien sûr il a raison. Vous savez combien de demandes on reçoit dans ce genre ? Si on disait oui chaque fois, on n'aurait plus qu'à fermer boutique, on ne pourrait plus toucher à un seul Juif. » — « Je comprends très bien, Obersturmbannführer. Mais là, c'est une requête du ministre de l'Armement et de la Production de Guerre en personne. » — « Ouais. Ça doit être leur type en Hollande qui fait du zèle, et puis petit à petit c'est monté au ministre. Mais ça, c'est juste des histoires de rivalité interdépartementale. Non, vous savez, on ne peut pas accepter. De plus, la situation en Hollande est pourrie. Il y a toutes sortes de groupes qui se baladent en liberté, ça ne va pas du tout. » J'insistai encore mais Eichmann s'obstinait. « Non. Si on accepte, vous savez, on dira à nouveau qu'à l'exception du Führer il n'existe plus parmi les Allemands d'antisémite convaincu. C'est impossible. »

Que pouvait-il bien entendre par là ? De toute façon Eichmann ne pouvait pas décider par lui-même et le savait. « Écoutez, envoyez-nous ça par écrit », finit-il par dire à contrecœur. Je décidai d'écrire directement à Müller, mais Müller me répondit la même chose, on ne pouvait pas faire d'exceptions. J'hésitais à demander au Reichsführer ; je me résolus à recontacter Speer, pour voir jusqu'à quel point il tenait à ces Juifs. Mais au ministère on m'informa qu'il était en congé de maladie. Je me renseignai : il avait été hospitalisé à Hohenlychen, l'hôpital SS où j'avais été soigné après Stalingrad. Je trouvai un bouquet de fleurs et allai le voir. Il avait réquisitionné toute une suite dans l'aile privée et s'y était installé avec sa secrétaire personnelle et quelques assistants. La secrétaire m'expliqua qu'une vieille inflammation du genou s'était réveillée après un voyage de Noël en Laponie ; son état empirait, le Dr. Gebhardt, le fameux spécialiste du genou, pensait qu'il s'agissait d'une inflammation rhumatoïde. Je trouvai Speer d'une humeur exécrable : « Obersturmbannführer, c'est vous. Bonne année. Alors ? » Je lui expliquai que le RSHA maintenait sa position ; peut-être, suggérai-je, s'il voyait le Reichsführer, il pourrait lui en toucher un mot. « Je pense que le Reichsführer a d'autres chats à fouetter, répondit-il brutalement. Moi aussi. Je dois gérer mon ministère d'ici, voyez-vous. Si vous ne pouvez pas résoudre l'affaire vous-même, laissez tomber. » Je restai encore quelques minutes, puis me retirai : je sentais que j'étais de trop.

Son état d'ailleurs se dégradait rapidement ; lorsque je rappelai quelques jours plus tard pour avoir de ses nouvelles, sa secrétaire m'informa qu'il ne prenait pas d'appels. Je passai quelques coups de fil : on le disait dans le coma, à deux doigts de la mort. Je trouvais étrange qu'une inflammation du genou, même rhumatoïde, en arrive à ce point-là. Hohenegg, à qui j'en parlai, n'avait pas d'opinion. « Mais s'il rend l'âme, ajouta-t-il, et qu'on me laisse l'autopsier, je vous dirai ce qu'il avait. » Moi aussi, j'avais d'autres chats à fouetter. Le soir du 30 janvier, les Anglais nous infligèrent leur pire raid depuis ceux de novembre ; je perdis de nouveau mes vitres, et une partie de mon balcon s'effondra. Le lendemain, Brandt me convoquait et m'informait, aimablement, que la *SS-Gericht* avait demandé au Reichsführer la permission d'enquêter sur moi à propos du meurtre de ma mère. Je rougis et bondis hors de mon siège : « Herr Standartenführer ! Cette histoire est une infamie née dans le cerveau malade de policiers carriéristes. Je suis prêt à accepter une enquête pour laver mon nom de tout soupçon. Mais dans ce cas, je demande à être mis en congé jusqu'à ce que je sois innocenté. Il serait inacceptable que le Reichsführer garde dans son état-major personnel un homme soupçonné d'une telle horreur. » — « Calmez-vous, Obersturmbannführer. Aucune décision n'a encore été prise. Racontez-moi plutôt ce qui s'est passé. » Je me rassis et lui narrai les événements, m'en tenant à la version que j'avais donnée aux policiers. « C'est ma visite à Antibes qui les a rendus fous. Il est vrai que ma mère et moi avons longtemps été en froid. Mais vous savez quelle blessure j'ai reçue à Stalingrad. D'être aussi près de la mort, ça fait réfléchir : je me suis dit qu'il fallait régler nos histoires une fois pour toutes. Hélas, c'est elle qui est morte, d'une manière atroce, inouïe. » — « Et comment pensez-vous que ce soit arrivé ? » — « Je n'en ai aucune idée, Herr Standartenführer. J'ai commencé à travailler pour le Reichsführer peu de temps après, et je ne suis pas retourné là-bas. Ma sœur, qui s'est rendue à l'enterrement, m'a parlé de terroristes, d'un règlement de comptes ; mon beau-père fournissait de nombreux articles à la Wehrmacht. » — « C'est malheureusement tout à fait possible. Ce genre de choses arrive de plus en plus souvent, en France. » Il pinça les lèvres et pencha la tête, faisant jouer la lumière sur ses lunettes. « Écoutez, je pense que le Reichsführer souhaitera vous parler avant de prendre une décision. En attendant, permettez-moi de vous suggérer de rendre visite au juge qui a formulé la demande. Il s'agit du juge Baumann, de la cour de la SS et de la police de Berlin. C'est un homme tout à fait honorable : si vraiment vous êtes la victime d'une malveillance particulière, peut-être pourrez-vous l'en convaincre vous-même. »

Je pris tout de suite rendez-vous avec ce juge Baumann. Il me reçut dans son cabinet de travail à la cour : c'était un juriste d'un certain âge, en uniforme de Standartenführer, avec un visage carré et un nez de travers, un air de lutteur. J'avais mis mon meilleur uniforme et toutes mes médailles. Après que je l'eus salué, il m'invita à m'asseoir. « Merci de m'avoir reçu, Herr Richter », dis-je en me servant de l'adresse d'usage plutôt que de son grade SS. — « Je vous en prie, Obersturmbannführer C'est la moindre des choses. » Il ouvrit une chemise sur son bureau. « J'ai demandé votre dossier personnel. J'espère que vous ne m'en tiendrez pas rigueur. » — « Pas du tout, Herr Richter. Permettez-moi de vous dire ce que je compte dire au Reichsführer : je considère ces accusations, qui me touchent dans une question si personnelle, comme odieuses. Je suis prêt à coopérer avec vous par tous les moyens possibles pour qu'elles soient entièrement réfutées. » Baumann toussota : « Vous comprenez bien que je n'ai pas encore ordonné une enquête. Je ne puis le faire sans l'accord du Reichsführer. Le dossier dont je dispose est bien mince. J'ai fait la demande sur la base d'une requête de la Kripo, qui affirme disposer d'éléments probants que ses enquêteurs souhaiteraient approfondir. » — « Herr Richter, j'ai parlé deux fois à ces enquêteurs. Tout ce qu'ils m'ont fourni en matière d'éléments étaient des insinuations sans preuves et sans fondements, une construction — excusez-moi — délirante de leur esprit. » — « C'est en effet possible, dit-il plaisamment. Je vois ici que vous avez fait d'excellentes études. Si vous aviez continué le droit, nous aurions pu finir collègues. Je connais très bien le Dr. Jessen, votre ancien professeur. Un très bon juriste. » Il continua à feuilleter le dossier. « Pardonnez-moi, mais votre père ne se serait-il pas battu avec le Freikorps Rossbach, en Courlande ? Je me souviens d'un officier nommé Aue. » Il dit le prénom. Mon cœur se mit à battre violemment. « C'est effectivement le nom de mon père, Herr Richter. Mais je ne sais rien de ce que vous me demandez. Mon père a disparu en 1921, et je n'ai eu aucune nouvelle depuis. Il est possible que ce soit le même homme. Savez-vous ce qu'il est devenu ? » — « Malheureusement, non. Je l'ai perdu de vue pendant la retraite, en décembre 19. Il était encore vivant, à ce moment-là. J'ai aussi entendu dire qu'il avait participé au putsch de Kapp. Beaucoup de *Baltikumer* en étaient. » Il réfléchit. « Vous pourriez faire des recherches. Il existe toujours des associations de vétérans des Frei-

korps. » — « Oui, Herr Richter. C'est une excellente idée. » Il toussota
de nouveau et se carra dans son fauteuil. « Bon. Revenons si vous le
voulez bien à votre affaire. Que pouvez-vous me dire à ce sujet ? » Je lui
fis le même récit qu'à Brandt. « C'est une histoire épouvantable, fit-il
finalement. Vous avez dû être bouleversé. » — « Bien entendu, Herr
Richter. Et je l'ai été encore plus par les accusations de ces deux défenseurs de l'ordre public qui n'ont jamais, j'en suis sûr, passé un jour au
front et qui se permettent de diffamer un officier SS. » Baumann se
gratta le menton : « Je peux comprendre à quel point tout cela est bles-
sant pour vous, Obersturmbannführer. Mais peut-être la meilleure solution serait-elle de faire la pleine lumière sur cette affaire. » — « Je n'ai
rien à craindre, Herr Richter. Je m'en remettrai à la décision du Reichsführer. » — « Vous avez raison. » Il se leva et me raccompagna jusqu'à
la porte. « J'ai encore quelques vieilles photos de Courlande. Si vous
voulez, je peux regarder, voir s'il n'y en a pas une de cet Aue. » —
« Herr Richter, j'en serais ravi. » Dans le couloir il me serra la main.
« Ne vous en faites pas, Obersturmbannführer. Heil Hitler ! » Mon
entretien avec le Reichsführer eut lieu dès le lendemain et fut bref et
concluant. « Qu'est-ce que c'est que cette histoire ridicule, Obersturmbannführer ? » — « On m'accuse d'être un assassin, mon Reichsführer.
Ce serait comique si ce n'était aussi tragique. » Je lui détaillai brièye-
ment les circonstances. Himmler se décida très vite : « Obersturmbannführer, je commence à vous connaître. Vous avez vos défauts : vous
êtes, excusez-moi de vous le dire, obstiné et parfois pédant. Mais je ne
vois pas en vous la moindre trace d'une tare morale. Racialement, vous
êtes un spécimen nordique parfait, avec peut-être seulement une touche
de sang alpin. Il n'y a que des nations racialement dégénérées, des Polonais, des Tsiganes, pour commettre un matricide. Ou alors un Italien au
sang bouillant, lors d'une querelle, pas de sang-froid. Non, c'est ridicule.
La Kripo manque tout à fait de discernement. Il faudra que je donne
des instructions au Gruppenführer Nebe pour qu'il forme ses hommes à
l'analyse raciale, ils perdraient beaucoup moins de temps. Bien entendu,
je n'autoriserai pas leur enquête. Il ne manquerait plus que ça. »
    Baumann me téléphona quelques jours plus tard. Ce devait être vers
la mi-février, car je me souviens que c'était juste après le bombardement massif au cours duquel l'hôtel *Bristol* fut frappé durant un banquet officiel : une soixantaine de personnes moururent écrasées sous les
décombres, dont une brochette de généraux connus. Baumann semblait
de bonne humeur et me félicita vivement. « Personnellement, fit sa voix
au bout du fil, je trouvais toute cette affaire grotesque. Je suis content

pour vous que le Reichsführer ait tranché. Ça évitera des histoires. »
Quant aux photographies, il en avait trouvé une où cet Aue était représenté, mais flou et peu visible ; il n'était même pas sûr que ce soit bien
lui, mais il me promit d'en faire tirer une copie et de me l'envoyer.

Les seuls mécontents de la décision du Reichsführer furent Clemens
et Weser. Je les retrouvai un soir dans la rue devant la SS-Haus, les
mains dans les poches de leurs longs manteaux, leurs épaules et leurs
chapeaux couverts d'une fine neige. « Tiens, fis-je, moqueur, Laurel et
Hardy. Qu'est-ce qui vous amène ? » Cette fois-ci, ils ne me saluèrent
pas. Weser répondit : « On voulait vous dire bonsoir, Obersturmbannführer. Mais votre secrétaire a pas voulu nous donner rendez-vous. » Je
ne relevai pas l'omission du *Herr*. « Elle a eu tout à fait raison, dis-je
avec hauteur. Je pense que nous n'avons plus rien à nous dire. »
— « Bien, voyez-vous, Obersturmbannführer, bougonna Clemens, nous
on pense justement que si. » — « Dans ce cas, meine Herren, je vous
suggère d'aller demander une autorisation au juge Baumann. » Weser
secoua la tête : « On a bien compris, Obersturmbannführer, que le juge
Baumann dira non. On a bien compris que vous êtes, pour ainsi dire, un
intouchable. » — « Mais quand même, reprit Clemens, la vapeur de son
haleine masquant sa grosse face camuse, c'est pas normal, Obersturmbannführer, vous le voyez bien. Il doit y avoir une justice, quand
même. » — « Je suis parfaitement d'accord avec vous. Mais vos calomnies insensées n'ont rien à voir avec la justice. » — « Calomnies, Obersturmbannführer ? lança Weser en haussant les sourcils. Calomnies ?
Vous en êtes si sûr que ça ? À mon avis, si le juge Baumann avait vraiment lu le dossier, il en serait moins certain que vous. » — « Ouais, fit
Clemens. Par exemple, il aurait pu se poser des questions sur les vêtements. » — « Les vêtements ? De quels vêtements parlez-vous ? » —
Weser répondit à sa place : « Des vêtements que la police française a
retrouvés dans la baignoire de la salle de bains, au premier étage. Des
vêtements civils... » Il se tourna vers Clemens : « Carnet. » Clemens tira
le calepin d'une poche intérieure et le lui tendit. Weser le feuilleta :
« Ah oui, voilà : *des vêtements maculés de sang.* Maculés. C'est ça le mot
que je cherchais. » — « Ça veut dire trempés », précisa Clemens. —
« L'Obersturmbannführer sait ce que ça veut dire, Clemens, grinça
Weser. L'Obersturmbannführer a fait des études. Il a un bon vocabulaire. » Il se replongea dans le carnet. « Des vêtements civils, donc,
maculés, jetés dans la baignoire. Il y avait aussi du sang sur le carrelage,
sur les murs, dans l'évier, sur les serviettes. Et en bas, dans le salon et
dans l'entrée, il y avait des traces de pas un peu partout, à cause du

sang. Il y avait des traces de chaussures, ça on a trouvé les chaussures avec les vêtements, mais il y avait aussi des traces de bottes. Des grosses bottes. » — « Eh bien, fis-je en haussant les épaules, l'assassin se sera changé avant de repartir, pour éviter d'attirer l'attention. » — « Tu vois, Clemens, quand je te dis que l'Obersturmbannführer est un homme intelligent. Tu devrais m'écouter. » Il se retourna vers moi et me regarda par-dessous son chapeau. « Ces vêtements étaient tous de marque allemande, Obersturmbannführer. » Il feuilleta de nouveau le carnet : « *Un complet deux pièces brun, en laine, bonne qualité, étiquette de tailleur allemand. Une chemise blanche, fabrication allemande. Une cravate en soie, fabrication allemande, une paire de chaussettes en coton, fabrication allemande, un slip, fabrication allemande. Une paire de souliers de ville en cuir brun, pointure 42, fabrication allemande.* » Il releva les yeux vers moi : « Vous chaussez du combien, Obersturmbannführer ? Si vous me permettez la question. Quelle est votre taille de costume ? » Je souris : « Meine Herren, je ne sais pas de quel trou vous êtes sortis, mais je vous conseille d'y retourner dare-dare. La vermine, en Allemagne, n'a plus droit de séjour. » Clemens fronça les sourcils : « Dis donc, Weser, il nous insulte, là, non ? » — « Oui. Il nous insulte. Il nous menace aussi. Finalement, tu as peut-être raison. Il est peut-être moins intelligent qu'il en a l'air, l'Obersturmbannführer. » Weser mit un doigt à son chapeau : « Bonsoir, Obersturmbannführer. À bientôt, peut-être. »

Je les regardai s'éloigner sous la neige vers la Zimmerstrasse. Thomas, avec qui j'avais rendez-vous, m'avait rejoint. « Qui c'est ? » fit-il avec un signe de tête en direction des deux silhouettes. — « Des emmerdeurs. Des fous. Tu ne peux pas les faire mettre dans un camp de concentration, pour les calmer ? » Il haussa les épaules : « Si tu as une raison valable, ça peut se faire. On va manger ? » Thomas, en fait, s'intéressait fort peu à mes problèmes ; mais il s'intéressait beaucoup à ceux de Speer. « Ça grouille, là-bas, me dit-il au restaurant. À l'OT aussi. C'est très difficile à suivre. Mais visiblement il y en a qui voient son hospitalisation comme une opportunité. » — « Une opportunité ? » — « Pour le remplacer. Speer s'est fait beaucoup d'ennemis. Bormann est contre lui, Sauckel aussi, tous les Gauleiter, sauf Kaufmann et peut-être Hanke. » — « Et le Reichsführer ? » — « Le Reichsführer l'a plus ou moins soutenu jusqu'à maintenant. Mais ça pourrait changer. » — « Je dois t'avouer que je ne comprends pas très bien à quoi riment ces intrigues, dis-je lentement. Il n'y a qu'à regarder les chiffres : sans Speer, on aurait sans doute déjà perdu la guerre. Maintenant, la situation est franchement critique. Toute l'Allemagne devrait être unie devant ce péril. » Thomas sourit : « Tu restes vraiment un idéaliste. C'est bien ! Mais la plupart des Gauleiter ne voient pas plus loin que leurs intérêts personnels, ou ceux de leur *Gau.* » — « Eh bien, au lieu de s'opposer aux efforts de Speer pour accroître la production, ils feraient mieux de se souvenir que si on perd, ils finiront tous, eux aussi, au bout d'une corde. J'appellerais ça leur intérêt personnel, non ? » — « Certainement. Mais tu dois voir que dans tout ça il y a autre chose. Il y a aussi une question de vision politique. Le diagnostic de Schellenberg n'est pas accepté par tout le monde, ni les solutions qu'il préconise. » Nous voilà arrivés au point crucial, me dis-je. J'allumai une cigarette. « Et quel est le diagnostic de ton ami Schellenberg ? Et ses solutions ? » Thomas regarda autour de lui. Pour la première fois dans mon souvenir, il avait un air vaguement inquiet. « Schellenberg pense que si on continue comme ça, la guerre est perdue, quelles que soient les prouesses industrielles de Speer. Il pense que la seule solution viable est une paix séparée avec les Occidentaux. » — « Et toi ? Qu'est-ce que tu en penses ? » Il réfléchit : « Il n'a pas tort. Je commence d'ailleurs à être assez mal vu, à la *Staatspolizei*, dans certains cercles, à cause de cette histoire. Schellenberg a l'oreille du Reichsführer, mais il ne l'a pas encore convaincu. Et beaucoup d'autres ne sont pas du tout d'accord, comme Müller et Kaltenbrunner. Kaltenbrunner cherche à se rapprocher de Bormann. S'il y parvient, il pourra poser des problèmes au Reichsführer. À ce niveau-là, Speer est un problème secondaire. » — « Je ne dis pas que Schellenberg a raison. Mais les autres, que voient-ils, comme solution ? Vu le potentiel industriel des Américains, quoi que fasse Speer, le temps joue contre nous. » — « Je ne sais pas, dit rêveusement Thomas. J'imagine qu'ils croient aux armes miracles. Tu les as vues, toi. Qu'en penses-tu ? » Je haussai les épaules : « Je ne sais pas. Je ne sais pas ce qu'elles valent. » Les plats arrivaient, la conversation roula sur autre chose. Au dessert, Thomas revint sur Bormann avec un sourire malicieux. « Tu sais, Kaltenbrunner monte un dossier sur Bormann. Je m'en occupe un peu pour lui. » — « Sur Bormann ? Tu viens de me dire qu'il voulait s'en rapprocher. » — « Ça n'est pas une raison. Bormann, lui, il a des dossiers sur tout le monde, sur le Reichsführer, sur Speer, sur Kaltenbrunner, sur toi si ça se trouve. » Il avait placé un cure-dents dans sa bouche et s'amusait à le faire tourner sur sa langue. « Alors, ce que je voulais te raconter... Entre nous, hein ? pour de vrai... Kaltenbrunner, donc, il a intercepté pas mal de lettres de Bormann et de sa femme. Et là, on a trouvé des bijoux. Des morceaux d'anthologie. » Il se pencha en avant, l'air gouailleur. « Bormann, il poursuivait une petite actrice. Tu sais que c'est un homme à tempérament, le premier étalon à secrétaires du Reich. Schellenberg l'appelle *le Fouteur de dactylos*. Bref, il l'a eue. Mais ce qui est superbe, c'est qu'il l'a écrit à sa femme, qui est la fille de Buch, tu vois, le chef de la cour du Parti ? Elle lui a déjà fait neuf ou dix gosses, je ne sais plus. Et là elle répond, en gros : C'est très bien, je ne suis pas en colère, je ne suis pas jalouse. Et elle lui propose de faire venir la fille à la maison. Et puis elle écrit : *Vu la baisse terrible de la production d'enfants à cause de cette guerre, nous mettrons en place un système de maternité par rotation, pour que tu aies toujours une femme en état de servir.* » Thomas marqua la pause avec un sourire tandis que j'éclatais de rire : « Sans blague ! Elle a vraiment écrit ça ? » — « Je te le jure. *Une femme en état de servir.* Tu imagines ? » Il riait aussi. « Et Bormann, tu connais sa réponse ? » demandai-je. — « Oh, il l'a félicitée, bien sûr. Puis il lui a débité des platitudes idéologiques. Je crois qu'il l'a traitée d'*enfant pure du national-socialisme*. Mais c'est évident qu'il disait ça pour lui faire plaisir. Bormann, lui, il ne croit en rien. À part l'élimination définitive de tout ce qui pourrait venir s'intercaler entre le Führer et lui. » Je le regardais, narquois : « Et toi, en quoi tu crois ? » Je ne fus pas déçu par la réponse. Se redressant sur sa banquette, il déclara : « Pour citer un écrit de jeunesse de notre illustre ministre de la Propagande : *L'important n'est pas tellement ce qu'on croit; l'important c'est de croire.* » Je souris; Thomas, parfois, m'impressionnait. D'ailleurs je le lui dis : « Thomas, tu m'impressionnes. » — « Que veux-tu ? Je ne suis pas satisfait de croupir dans les officines, moi. Je suis un véritable national-socialiste, moi. Et Bormann aussi, à sa manière. Ton Speer, je n'en suis pas sûr. Il a du talent, mais je ne pense pas qu'il soit très regardant sur le régime qu'il sert. » Je souris de nouveau en songeant à Schellenberg. Thomas continuait : « Plus les choses deviendront difficiles, plus on devra compter sur les seuls vrais nationaux-socialistes. Les rats, eux, vont tous commencer à fuir le navire. Tu vas voir. »

En effet, dans les cales du Reich, les rats s'agitaient, piaillaient, grouillaient, hérissés par une formidable inquiétude. Depuis la défection italienne, les tensions avec nos autres alliés laissaient apparaître des réseaux de fines lézardes à la surface de nos relations. Chacun, à sa manière, commençait à se chercher des portes de sortie, et ces portes n'étaient pas allemandes. Schellenberg, d'après Thomas, pensait que les Roumains négociaient avec les Soviétiques à Stockholm. Mais on parlait surtout des Hongrois. Les forces russes avaient pris Lutsk et Rovno; si la Galicie tombait entre leurs mains, ils se trouveraient aux portes de la Hongrie. Le Premier ministre Kállay, depuis plus d'un an, se forgeait consciencieusement dans les cercles diplomatiques une réputation de piètre ami de l'Allemagne. L'attitude hongroise sur la question juive posait aussi des problèmes : non seulement ils ne souhaitaient pas aller au-delà d'une législation discriminatrice particulièrement inadéquate, vu les circonstances — les Juifs de Hongrie gardaient des positions importantes dans l'industrie et des demi-Juifs, ou des hommes mariés à des Juives, dans le gouvernement — mais, possédant encore un vivier de travail juif considérable et en bonne partie spécialisé, ils refusaient toutes les requêtes allemandes de mettre à disposition une part de cette force pour l'effort de guerre. Début février déjà, au cours de conférences impliquant des experts de nombreux départements, on commençait à discuter de ces questions : j'y assistais parfois moi-même ou y envoyais un de mes spécialistes. Le RSHA préconisait un changement de gouvernement; ma participation se limitait à des études sur l'emploi possible de travailleurs juifs hongrois au cas où la situation évoluerait favorablement. Dans ce cadre, j'eus une série de consultations avec des collaborateurs de Speer. Mais leurs positions étaient souvent étrangement contradictoires, et difficiles à réconcilier. Speer lui-même restait inaccessible; on le disait au plus mal. C'était assez déroutant : j'avais l'impression de faire de la planification dans le vide, d'accumuler des études qui ne valaient guère mieux que des fictions. Pourtant, mon bureau s'étoffait, je disposais maintenant de trois officiers spécialistes et Brandt m'en avait promis un quatrième; mais l'inconfort de ma position se faisait sentir; pour faire avancer mes propositions, j'avais peu de soutien, ni, malgré mes attaches au SD, du côté du RSHA, ni au WVHA, à part Maurer parfois lorsque ça l'arrangeait.

Début mars, les choses commencèrent à s'accélérer mais non à se clarifier. Speer, je l'avais appris pas un coup de fil de Thomas fin février, était tiré d'affaire et, même s'il restait pour le moment à Hohenlychen, reprenait lentement en main les rênes de son ministère. Avec le Feldmarschall Milch, il avait décidé d'établir un *Jägerstab*, un état-major spécial pour coordonner la production des avions de chasse; d'un certain point de vue, c'était un grand pas pour unifier le dernier secteur de la production de guerre qui échappait encore à son ministère; d'un

autre côté, les intrigues redoublaient, on disait que Göring s'était
opposé à la création du *Jägerstab*, que Saur, l'adjoint de Speer nommé à
sa tête, n'était pas celui qu'il aurait choisi, et autres choses encore. En
outre, les hommes du ministère de Speer discutaient maintenant ouvertement d'une idée fabuleuse, démesurée : enterrer toute la production
d'avions pour la mettre à l'abri des bombardiers anglo-américains. Cela
impliquerait la construction de centaines de milliers de mètres carrés de
galeries souterraines. Kammler, disait-on, soutenait passionnément ce
projet, et ses bureaux avaient déjà presque achevé les études nécessaires : il était clair pour tout le monde que dans l'état actuel des choses,
seule la SS pouvait mener à bien une conception aussi folle. Mais cela
dépassait largement les capacités de la main-d'œuvre disponible : il
fallait trouver de nouvelles sources, et dans la situation présente
— d'autant que l'accord entre Speer et le ministre Bichelonne interdisait de nouvelles ponctions sur la main-d'œuvre française — il n'y
avait plus que la Hongrie. La résolution du problème hongrois en prenait donc une urgence nouvelle. Les ingénieurs de Speer et de Kammler, insensiblement, intégraient déjà les Juifs hongrois dans leurs calculs
et leurs prévisions, alors qu'aucun accord n'avait été trouvé avec le gouvernement Kállay. Au RSHA, on étudiait maintenant des solutions de
rechange : je n'avais que peu de détails, mais Thomas m'informait parfois de l'évolution de la planification, afin que je puisse ajuster la
mienne. Schellenberg était intimement mêlé à ces projets. En février,
une sombre histoire de trafic de devises avec la Suisse avait entraîné la
chute de l'amiral Canaris ; l'Abwehr tout entier s'était alors vu incorpo-
rer au RSHA, fusionnant avec l'Amt VI pour former un Amt Mil sous
le contrôle de Schellenberg, qui se retrouvait ainsi à la tête de tous les
services de renseignements extérieurs du Reich. Il avait peu de temps
pour exploiter cette position : les officiers de carrière de l'Abwehr ne
portaient pas la SS dans leur cœur, et le contrôle qu'il exerçait sur eux
était loin d'être assuré. La Hongrie, dans cette optique, devait lui permettre de tester les limites de son nouvel outil. Quant à la main-
d'œuvre, un changement de politique ouvrirait des perspectives considérables : les optimistes parlaient de quatre cent mille travailleurs
disponibles et rapidement mobilisables, dont la meilleure partie serait
des ouvriers déjà qualifiés ou des spécialistes. Vu nos besoins cela
représenterait un apport considérable. Mais leur affectation, je le voyais
déjà, ferait l'objet de controverses acharnées : contre Kammler et Saur,
j'entendais nombre d'experts, des hommes sobres et posés, me déclarer
que le concept d'usines souterraines, aussi séduisant soit-il, était illu-

soire, car elles ne seraient jamais prêtes assez tôt pour changer le cours des événements; et entre-temps, cela représenterait un gaspillage inadmissible de main-d'œuvre, des travailleurs qui seraient bien plus utiles, formés en brigades, pour réparer les usines frappées, construire des logements pour nos ouvriers ou les sinistrés, ou aider à décentraliser certaines industries vitales. Speer, d'après ces hommes, était aussi de cet avis; moi, je n'avais pour le moment plus aucun accès à Speer. Pour ma part, ces arguments me paraissaient sensés, mais à vrai dire cela ne me concernait pas.

Au fond, plus je parvenais à voir clair dans le maelström d'intrigues des hautes sphères de l'État, moins cela m'intéressait d'y participer. Avant d'arriver à ma position actuelle, j'avais, naïvement sans doute, pensé que les grandes décisions se prenaient sur la base de la justesse idéologique et de la rationalité. Je voyais maintenant que, même si cela restait partiellement vrai, beaucoup d'autres facteurs intervenaient, les conflits de préséance bureaucratique, l'ambition personnelle de certains, les intérêts particuliers. Le Führer, bien entendu, ne pouvait trancher lui-même toutes les questions; et hors son intervention, une bonne partie des mécanismes pour arriver à un consensus semblait faussée, voire viciée. Thomas, dans ces situations, était comme un poisson dans l'eau; moi, cela me mettait mal à l'aise, et pas seulement parce que je manquais de talent pour l'intrigue. Il m'avait toujours semblé que devaient se vérifier ces vers de Coventry Patmore : *The truth is great, and shall prevail, / When none cares whether it prevail or not*; et que le national-socialisme, ce ne pouvait être rien d'autre que la recherche en commun, de bonne foi, de cette vérité. C'était pour moi d'autant plus nécessaire que les circonstances de ma vie troublée, divisée entre deux pays, me plaçaient à l'écart des autres hommes : moi aussi, je voulais apporter ma pierre à l'édifice commun, moi aussi, je voulais pouvoir me sentir une partie du tout. Hélas, dans notre État national-socialiste, et surtout en dehors des cercles du SD, peu de gens pensaient comme moi. En ce sens, je pouvais admirer la franchise brutale d'un Eichmann : lui, il avait son idée, sur le national-socialisme, sur sa propre place, et sur ce qu'il y avait à faire, et cette idée, il n'en démordait pas, il mettait à son service tout son talent et son obstination, et tant que ses supérieurs le confirmaient dans cette idée, c'était la bonne, et Eichmann restait un homme heureux, sûr de lui, menant son service d'une main ferme. C'était loin d'être mon cas. Mon malheur, peut-être, venait de ce que l'on m'avait confié des tâches qui ne correspondaient pas à mon inclination naturelle. Depuis la Russie, déjà, je me sentais comme décalé, capable de faire ce que l'on me demandait, mais comme restreint en moi-même en termes d'initiative, car ces tâches, policières puis économiques, je les avais certes étudiées et maîtrisées, mais je n'avais pas encore réussi à me convaincre de leur justesse, je ne parvenais pas à saisir à pleines mains la nécessité profonde qui les guidait, et donc à trouver mon chemin *avec la précision et la sûreté d'un noctambule*, comme le Führer et comme tant de mes collègues et camarades plus doués que moi. Y aurait-il eu un autre domaine d'activité qui m'aurait mieux correspondu, où je me serais senti chez moi ? C'est possible, mais c'est difficile à dire, car cela n'a pas eu lieu, et au final, seul compte ce qui a été et non pas ce qui aurait pu être. C'est dès le départ que les choses n'ont pas été comme je les aurais voulues : à cela, je m'étais fait une raison depuis longtemps (et en même temps, il me semble, je n'ai jamais accepté que les choses soient comme elles sont, si fausses et mauvaises, tout au plus ai-je enfin reconnu mon impuissance à les modifier). Il est vrai aussi que j'ai changé. Jeune, je me sentais transparent de lucidité, j'avais des idées précises sur le monde, sur ce qu'il devait être et ce qu'il était réellement, et sur ma propre place dans ce monde ; et avec toute la folie et l'arrogance de cette jeunesse, j'avais pensé qu'il en serait toujours ainsi ; que l'attitude induite par mon analyse ne changerait jamais ; mais j'avais oublié, ou plutôt je ne connaissais pas encore la force du temps, du temps et de la fatigue. Et plus encore que mon indécision, mon trouble idéologique, mon incapacité à prendre une position claire sur les questions que je traitais et à m'y tenir, c'était cela qui me minait, qui me dérobait le sol sous les pieds. Une telle fatigue n'a pas de fin, seule la mort peut y mettre un terme, elle dure encore aujourd'hui et pour moi elle durera toujours.

Je ne parlais jamais de tout ça avec Hélène. Lorsque je la voyais, le soir ou le dimanche, nous causions des actualités, des difficultés de la vie, des bombardements, ou bien d'art, de littérature, de cinéma. À certains moments, je lui parlais de mon enfance, de ma vie ; mais je ne parlais pas de tout, j'évitais les faits pénibles et difficiles. Parfois, la tentation me venait de lui parler de manière plus franche : mais quelque chose m'arrêtait. Pourquoi cela ? Je ne sais pas. On pourrait dire : j'avais peur de la choquer, de l'offusquer. Mais ce n'était pas ça. Je connaissais encore assez peu cette femme, au fond, mais suffisamment pour comprendre qu'elle devait savoir écouter, écouter sans juger (en écrivant cela, je songe aux travers personnels de ma vie ; ce qu'aurait pu être sa réaction en apprenant toute l'étendue et les implications de mon travail, je n'avais à cette époque-là aucun moyen de le prédire, mais de cela, de toute façon, il était exclu de parler, à cause de la règle du secret tout d'abord, mais en outre par accord tacite entre nous, je pense, une sorte de « tact » aussi). Alors, qu'est-ce qui bloquait les mots dans ma gorge quand, le soir après dîner, dans une bouffée de fatigue et de tristesse, ils venaient à monter ? La peur, non pas de sa réaction, mais simplement de me mettre à nu ? Ou bien tout simplement la peur de la laisser se rapprocher de moi encore plus qu'elle ne l'avait déjà fait et que je l'avais laissée faire, sans même que je l'aie voulu ? Car il devenait clair que si notre relation restait celle de bons mais nouveaux amis, en elle, lentement, il se passait quelque chose, la pensée du lit et peut-être d'autre chose encore. Parfois, cela m'attristait, mon impuissance à lui offrir quoi que ce soit ou même à accepter ce qu'elle avait à offrir me débordait : elle me regardait avec ce regard long et patient qui m'impressionnait tellement, et moi, je me disais, avec une violence qui s'emballait à chaque pensée, La nuit, quand tu te couches, tu penses à moi, peut-être te touches-tu le corps, les seins, en pensant à moi, te mets-tu la main entre les jambes en pensant à moi, peut-être sombres-tu dans la pensée de moi, et moi, je n'aime qu'une personne, celle entre toutes que je ne peux avoir, celle dont la pensée ne me lâche jamais et ne quitte ma tête que pour s'immiscer dans mes os, celle qui sera toujours là entre le monde et moi et donc entre toi et moi, celle dont les baisers se moqueront toujours des tiens, celle dont le mariage même fait que jamais je ne pourrai t'épouser que pour tenter de ressentir ce qu'elle ressent dans le mariage, celle dont la simple existence fait que pour moi tu ne pourras jamais complètement exister, et pour le reste, car le reste existe aussi, je préfère encore me faire vriller le cul par des garçons inconnus, payés s'il le faut, cela me rapproche encore d'elle, à ma façon, et j'aime encore mieux la peur et le vide et la stérilité de ma pensée que de faiblir.

La planification pour la Hongrie se précisait ; début mars, le Reichs-führer me convoqua. La veille, les Américains avaient lancé sur Berlin leur premier raid de jour ; ce fut un tout petit raid, il n'y avait qu'une trentaine de bombardiers, et la presse de Goebbels s'était gaussée du peu de dégâts, mais ces bombardiers, pour la première fois, venaient accompagnés de chasseurs à longue portée, une arme nouvelle et terrifiante dans ses implications, car nos propres chasseurs avaient été repoussés avec des pertes, et il fallait être idiot pour ne pas comprendre que ce raid n'était qu'un test, un test réussi, et que dorénavant il n'y aurait plus de répit, ni le jour, ni les nuits de pleine lune, et que le front se trouvait maintenant partout, et tout le temps. L'échec de notre Luftwaffe, incapable de monter une riposte efficace, était consommé. Cette analyse me fut confirmée par les propos secs et précis du Reichsführer : « La situation en Hongrie, m'informa-t-il sans plus de détails, va bientôt rapidement évoluer. Le Führer est décidé à intervenir, si nécessaire. De nouvelles occasions vont apparaître, qu'il faudra saisir vigoureusement. L'une de ces occasions concerne la question juive. Au moment voulu, l'Obergruppenführer Kaltenbrunner enverra ses hommes. Ils sauront ce qu'ils ont à faire et vous n'aurez pas à vous mêler de ça. Mais je veux que vous alliez avec eux faire valoir les intérêts de l'*Arbeitseinsatz*. Le Gruppenführer Kammler (Kammler venait d'être promu fin janvier) va avoir besoin d'hommes, d'énormément d'hommes. Les Anglo-Américains innovent » — du doigt, il désigna le ciel — « et nous devons réagir vite. Le RSHA doit le prendre en compte. J'ai donné des instructions en ce sens à l'Obergruppenführer Kaltenbrunner, mais je veux que vous veilliez à ce qu'elles soient rigoureusement appliquées par ses spécialistes. Plus que jamais, les Juifs nous doivent leur force de travail. Est-ce que c'est clair ? » Oui, ça l'était. Brandt, à la suite de cette réunion, me précisa les détails : le groupe d'intervention spécial serait dirigé par Eichmann, qui aurait plus ou moins carte blanche en ce qui concernait le règlement de cette question ; dès que les Hongrois en auraient accepté le principe et que leur collaboration serait assurée, les Juifs seraient dirigés sur Auschwitz, qui servirait de centre de tri ; de là, tous ceux qui étaient aptes au travail seraient affectés en fonction des besoins. À chaque étape, il fallait maximiser le nombre de travailleurs potentiels.

Une nouvelle tournée de conférences de préparation eut lieu au RSHA, beaucoup plus précises que celles du mois précédent ; bientôt, il ne manquait plus que la date. L'excitation devenait palpable ; pour la première fois depuis longtemps, les officiels concernés avaient le clair sentiment de reprendre l'initiative. Je revis Eichmann plusieurs fois, à ces conférences et en privé. Il m'assura que les instructions du Reichsführer avaient été parfaitement comprises. « Je suis content que ce soit vous qui vous occupiez de cet aspect de la question, me dit-il en mâchonnant l'intérieur de sa joue gauche. Avec vous, on peut travailler, si vous me permettez de vous le dire. Ce qui n'est pas le cas avec tout le monde. » La question de la guerre aérienne dominait toutes les pensées. Deux jours après leur premier raid, les Américains avaient envoyé plus de 800 bombardiers, protégés par environ 650 de leurs nouveaux chasseurs, pour frapper Berlin à l'heure du déjeuner. Grâce au mauvais temps, le bombardement manqua de précision et les dégâts restèrent limités ; en outre, nos chasseurs et la Flak abattirent 80 appareils ennemis, un record ; mais ces chasseurs étaient lourds et peu adaptés contre les nouveaux Mustang, et nos propres pertes s'élevèrent à 66 appareils, une catastrophe, les pilotes morts étant encore plus difficilement remplaçables que les avions. Nullement découragés, les Américains revinrent plusieurs jours de suite ; chaque fois, la population passait des heures aux abris, tout travail était interrompu ; la nuit, les Anglais envoyaient des Mosquito, qui faisaient peu de dégâts mais de nouveau forçaient les gens à se rendre aux abris, ruinaient leur repos, épuisaient leurs forces. Les pertes humaines restèrent heureusement bien moindres que celles de novembre : Goebbels s'était décidé à évacuer une bonne partie du centre, et la plupart des employés des bureaux, maintenant, venaient chaque jour au travail depuis les faubourgs ; mais cela entraînait des heures de déplacements harassants. La qualité du travail s'en ressentait : dans la correspondance, nos spécialistes de Berlin, devenus insomniaques, accumulaient les bévues, je devais faire refaire les lettres trois fois, cinq fois avant de pouvoir les envoyer.

Un soir, je fus invité chez le Gruppenführer Müller. L'invitation me fut transmise après une alerte par Eichmann, dans les bureaux duquel se déroulait ce jour-là une importante conférence de planification. « Tous les jeudis, vint-il me dire, l'Amtchef aime réunir chez lui quelques-uns de ses spécialistes, pour discuter. Il serait ravi si vous pouviez être des nôtres. » Cela m'obligeait à annuler ma séance d'escrime, mais j'acceptai : je connaissais à peine Müller, il serait intéressant de le voir de près. Müller habitait un appartement de fonction un peu excentré, épargné par les bombes. Une femme assez effacée, avec un chignon et des yeux plutôt rapprochés, m'ouvrit la porte ; je crus qu'il s'agissait d'une domestique, mais c'était Frau Müller. Elle était la seule femme. Müller lui-même était en civil ; et plutôt que de me rendre mon salut, il me serra la main de sa poigne massive, aux gros doigts carrés ; à part cette démonstration de familiarité, l'ambiance était nettement moins *gemütlich* que chez Eichmann. Eichmann aussi s'était mis en civil, mais la plupart des officiers étaient, comme moi, en uniforme. Müller, un homme assez court sur pattes, trapu, avec le crâne carré du paysan, mais néanmoins bien mis, presque avec recherche, portait un cardigan au crochet sur une chemise en soie au col ouvert. Il me versa du cognac et me présenta aux autres convives, presque tous des Gruppenleiter ou des

Referenten de l'Amt IV : je me souviens de deux hommes du IV D, qui s'occupaient des services de la Gestapo dans les pays occupés, et d'un certain Regierungsrat Berndorff qui dirigeait le *Schutzhaftreferat*. Il y avait aussi un officier de la Kripo et Litzenberg, un collègue de Thomas. Thomas lui-même, arborant avec aisance ses nouveaux galons de Standartenführer, arriva un peu plus tard et fut cordialement accueilli par Müller. La conversation tournait surtout autour du problème hongrois : le RSHA avait déjà identifié des personnalités magyares disposées à coopérer avec l'Allemagne ; la grande question demeurait de savoir comment le Führer s'y prendrait pour faire tomber Kállay. Müller, quand il ne participait pas à la conversation, surveillait ses invités de ses petits yeux remuants, mobiles, pénétrants. Puis il intervenait en phrases courtes et froides, mais étirées par son gros accent bavarois en un semblant de cordialité qui masquait mal sa froideur innée. De temps à autre, toutefois, il lâchait la bonde. Avec Thomas et le Dr. Frey, un ancien du SD passé comme Thomas à la *Staatspolizei*, j'avais commencé à discuter des origines intellectuelles du national-socialisme. Frey faisait remarquer qu'il trouvait le nom même mal choisi, car le terme « national » pour lui se référait à la tradition de 1789, que le national-socialisme rejetait. « Que proposeriez-vous à la place ? » lui demandai-je. — « À mon avis, cela aurait dû être le *Völkisch*-socialisme. C'est beaucoup plus précis. » L'homme de la Kripo nous avait rejoints : « Si on suit Möller van der Bruck, déclara-t-il, cela pourrait être impérial-socialisme. » — « Oui, enfin, cela se rapproche plutôt de la déviation de Strasser, non ? » rétorqua Frey d'un air pincé. C'est alors que je remarquai Müller : il se tenait derrière nous, un verre serré dans sa grosse patte, et nous écoutait en clignant des yeux. « On devrait vraiment pousser tous les intellectuels dans une mine de charbon et la faire sauter... », éructa-t-il d'une voix grinçante et rude. — « Le Gruppenführer a absolument raison, fit Thomas. Meine Herren, vous êtes encore pires que des Juifs. Prenez exemple : de l'action, pas des paroles. » Ses yeux pétillaient de rire. Müller hochait la tête, Frey semblait confus : « Il est clair que chez nous le sens de l'initiative a toujours pris le pas sur l'élaboration théorique... », bredouilla l'homme de la Kripo. Je m'éloignai et allai au buffet me remplir une assiette de salade et de charcuterie. Müller me suivit. « Et comment va le Reichsminister Speer ? » me demanda-t-il. — « À vrai dire, Herr Gruppenführer, je ne sais pas. Je n'ai pas eu de contacts avec lui depuis le début de sa maladie. On dit qu'il va mieux. » — « Il paraît qu'il va bientôt sortir. » — « C'est possible. Ce serait une bonne chose. Si nous réussissons à obtenir de la main-d'œuvre en Hongrie, cela ouvrira très rapidement de nouvelles possibilités à nos industries d'armement. » — « Peut-être, grogna Müller. Mais ce sera surtout des Juifs, et les Juifs sont interdits sur le territoire de l'Altreich. » J'avalai une petite saucisse et dis : « Alors il faudra que cette règle change. Nous sommes actuellement au maximum de notre capacité. Sans ces Juifs, nous ne pourrons pas aller plus loin. » Eichmann s'était rapproché et avait écouté mes dernières paroles en buvant son cognac. Il intervint sans même laisser à Müller le loisir de répondre : « Est-ce que vous croyez sincèrement qu'entre la victoire et la défaite, la balance tienne au travail de quelques milliers de Juifs ? Et si c'était le cas, est-ce que vous voudriez que la victoire de l'Allemagne soit due aux Juifs ? » Eichmann avait bu, son visage était rouge, ses yeux luisaient ; il était fier de prononcer de telles paroles devant son supérieur. Je l'écoutai en piquant des rondelles de saucisson dans mon assiette, que je tenais à la main. Je restais calme, mais ses inepties m'énervaient. « Vous savez, Obersturmbannführer, répondis-je d'un ton égal, en 1941, nous avions l'armée la plus moderne du monde. Maintenant, nous sommes revenus presque un demi-siècle en arrière. Tous nos transports, au front, s'effectuent avec des chevaux. Les Russes, eux, avancent en Studebaker américains. Et aux États-Unis, des millions d'hommes et de femmes construisent ces camions jour et nuit. Et ils construisent aussi les vaisseaux pour les transporter. Nos experts affirment qu'ils produisent un navire cargo par jour. C'est bien plus que nos sous-marins ne pouvaient en couler, quand nos sous-marins osaient encore sortir. Maintenant, nous sommes dans une guerre d'attrition. Mais nos ennemis ne souffrent pas d'attrition. Tout ce que nous détruisons est remplacé, tout de suite, la centaine d'appareils que nous avons abattus cette semaine est déjà en cours de remplacement. Alors que nous, nos pertes en matériel ne sont pas comblées, sauf peut-être les tanks, et encore. » Eichmann se rengorgea : « Vous êtes d'humeur bien défaitiste, ce soir ! » Müller nous observait en silence, sans sourire ; ses yeux mobiles voletaient entre nous. « Je ne suis pas défaitiste, rétorquai-je. Je suis réaliste. Il faut voir où sont nos intérêts. » Mais Eichmann, un peu ivre, refusait d'être logique : « Vous raisonnez comme un capitaliste, un matérialiste... Cette guerre n'est pas une question d'intérêts. Si c'était juste une question d'intérêts, on n'aurait jamais attaqué la Russie. » Je ne le suivais plus, il semblait complètement dériver, mais il ne s'arrêtait pas, il poursuivait les bonds de sa pensée. « On ne fait pas la guerre pour que chaque Allemand ait un réfrigérateur et une radio. On fait la guerre pour purifier l'Allemagne, pour créer une Allemagne dans laquelle on voudrait vivre. Vous croyez que mon frère Helmut a été tué pour un réfrigérateur? Vous, vous vous êtes battu à Stalingrad pour un réfrigérateur?» Je haussai les épaules en souriant : dans cet état, ce n'était plus la peine de discuter avec lui. Müller lui mit la main sur l'épaule : «Eichmann, mon ami, vous avez raison.» Il se tourna vers moi : «Voilà pourquoi notre cher Eichmann est si doué pour son travail : il ne voit que l'essentiel. C'est ça qui fait de lui un si bon spécialiste. Et c'est pour ça que je l'envoie en Hongrie : pour les affaires juives, c'est notre *Meister*.» Eichmann, devant ces compliments, rougissait de plaisir; pour ma part, je le jugeais plutôt borné, à ce moment-là. Mais cela n'empêchait pas Müller d'avoir raison : il était réellement très efficace, et en fin de compte, ce sont souvent les bornés qui sont efficaces. Müller continuait : «La seule chose, Eichmann, c'est que vous ne devez pas songer qu'aux Juifs. Les Juifs sont parmi nos grands ennemis, c'est vrai. Mais la question juive est déjà presque réglée en Europe. Après la Hongrie, il n'en restera plus beaucoup. Il faut penser à l'avenir. Et nous avons beaucoup d'ennemis.» Il parlait doucement, sa voix monotone, bercée par son accent rustique, semblait couler à travers ses lèvres fines et nerveuses. «Il faut penser à ce que nous allons faire des Polonais. Éliminer les Juifs mais laisser les Polonais, ça n'a aucun sens. Et ici aussi, en Allemagne. Nous avons déjà commencé, mais il faut aller jusqu'au bout. Il faudra aussi une *Endlösung der Sozialfrage*, une solution finale à la question sociale. Il y a encore beaucoup trop de criminels, d'asociaux, de vagabonds, de Tsiganes, d'alcooliques, de prostituées, d'homosexuels. Il faut songer aux tuberculeux, qui contaminent les gens sains. Aux cardiaques, qui propagent un sang altéré et qui coûtent des fortunes en soins médicaux : eux, il faut au moins les stériliser. Tout ça, il faudra s'en occuper, catégorie par catégorie. Tous nos bons Allemands s'y opposent, ils ont toujours de bonnes raisons. C'est là que Staline est si fort : lui, il sait se faire obéir, et il sait aller jusqu'au bout des choses.» Il me regarda : «Je connais très bien les bolcheviques. Depuis les exécutions d'otages à Munich, pendant la Révolution. Après ça, je les ai combattus pendant quatorze ans, jusqu'à la Prise du Pouvoir, et je les combats encore. Mais savez-vous, je les respecte. Ce sont des gens qui ont un sens inné de l'organisation, de la discipline, et qui ne reculent devant rien. On pourrait prendre des leçons chez eux. Vous ne pensez pas?» Müller n'attendait pas de réponse à sa question. Il prit Eichmann par le bras et l'entraîna vers une table basse où il disposa un jeu d'échecs. Je les regardai jouer de loin en achevant mon assiette. Eichmann jouait bien, mais il ne faisait pas le poids devant Müller :

Müller, je me disais, joue comme il travaille, méthodiquement, avec obstination et une brutalité froide et réfléchie. Ils firent plusieurs parties, j'eus le loisir de les observer. Eichmann tentait des combinaisons sournoises et calculées, mais Müller ne se laissait jamais prendre au piège, et ses défenses restaient toujours aussi fortes que ses attaques, systématiquement montées, se révélaient irrésistibles. Et Müller gagnait toujours.

La semaine suivante, j'assemblai une petite équipe en vue de l'Einsatz en Hongrie. Je désignai un spécialiste, l'Obersturmführer Elias; quelques commis, ordonnances, et assistants administratifs; et bien entendu Piontek. Je laissai mon bureau sous la responsabilité d'Asbach, avec des instructions précises. Sur ordre de Brandt, je me dirigeai le 17 mars vers le KL Mauthausen, où s'assemblait un Sondereinsatzgruppe de la SP et du SD, sous le commandement de l'Oberführer Dr. Achamer-Pifrader, auparavant BdS de l'Ostland. Eichmann se trouvait déjà là, à la tête de son propre Sondereinsatzkommando. Je me présentai à l'Oberführer Dr. Geschke, l'officier responsable, qui me fit installer avec mon équipe dans un baraquement. Je savais déjà en quittant Berlin que le dirigeant hongrois, Horthy, rencontrait le Führer au palais de Klessheim près de Salzbourg. Depuis la guerre, les événements de Klessheim sont connus : confronté à Hitler et von Ribbentrop, qui lui donnèrent crûment le choix entre la formation d'un nouveau gouvernement proallemand ou l'invasion de son pays, Horthy — *amiral dans un pays sans marine, régent d'un royaume sans roi* — se résolut, après une brève crise cardiaque, à éviter le pire. À l'époque toutefois nous ne savions rien de cela : Geschke et Achamer-Pifrader se contentèrent de convoquer les officiers supérieurs le soir du 18, pour nous informer que nous partions le lendemain pour Budapest. Les rumeurs, bien entendu, fusaient bon train; beaucoup s'attendaient à une résistance hongroise à la frontière, on nous fit mettre en uniforme de campagne et on distribua des pistolets-mitrailleurs. L'ambiance était effervescente : pour beaucoup de ces fonctionnaires de la *Staatspolizei* ou du SD, c'était la première expérience de terrain; et même moi, après presque un an à Berlin, et la grisaille de la routine bureaucratique, la tension permanente des intrigues sournoises, la fatigue des bombardements que l'on devait subir sans réagir, je me laissai prendre à l'excitation générale. Le soir, j'allai boire quelques verres avec Eichmann, que je retrouvai entouré de ses officiers, rayonnant et se pavanant dans un nouvel uniforme feldgrau, taillé aussi élégamment qu'un uniforme de parade. Je ne connaissais qu'une partie de ses collègues ; il m'expliqua que pour cette opération il avait fait venir ses meilleurs spécialistes de toute l'Europe, d'Italie, de Croatie, de Litzmannstadt, de Theresienstadt. Il me présenta à son ami le Hauptsturmführer Wisliceny, le parrain de son fils Dieter, un homme affreusement gras, placide, serein, qui arrivait, lui, de Slovaquie. L'humeur était joyeuse, on buvait peu, mais tout le monde piaffait d'impatience. Je retournai à ma baraque afin de dormir un peu, car nous partions vers minuit, mais j'eus du mal à trouver le sommeil. Je songeais à Hélène : je l'avais quittée l'avant-veille, en lui indiquant que je ne savais pas quand je reviendrais à Berlin ; j'avais été assez sec, je donnai peu d'explications et ne fis aucune promesse ; elle l'avait accepté doucement, gravement, sans inquiétude apparente, et pourtant, c'était clair je crois pour nous deux, un lien s'était formé, ténu peut-être, mais solide, et qui ne se dissoudrait pas tout seul ; c'était là déjà une histoire.

Je dus m'assoupir un peu : Piontek me secoua vers minuit. Je m'étais couché habillé, mon paquetage était prêt ; je sortis prendre l'air tandis qu'on vérifiait les véhicules, je mangeai un sandwich et bus le café qu'une ordonnance, Fischer, m'avait préparé. Il faisait un froid mordant de fin d'hiver et je respirai avec allégresse l'air pur de la montagne. Un peu plus loin, j'entendais des bruits de moteurs : le Vorkommando, mené par un adjoint d'Eichmann, se mettait en route. J'avais décidé de me joindre au convoi du Sondereinsatzkommando, qui comptait, outre Eichmann et ses officiers, plus de cent cinquante hommes, pour la plupart des Orpo et des représentants du SD et de la SP, ainsi que quelques Waffen-SS. Le convoi de Geschke et d'Achamer-Pifrader fermerait la marche. Lorsque nos deux voitures furent prêtes, je les envoyai rejoindre la zone de départ et allai à pied trouver Eichmann. Celui-ci portait des lunettes de tankiste sur sa casquette et tenait un PM Steyr sous le bras : avec sa culotte de cheval, cela lui donnait un air presque ridicule, un peu comme s'il était déguisé. « Obersturmbannführer, s'écria-t-il en me voyant. Vos hommes sont-ils prêts ? » Je fis signe que oui et allai les rejoindre. À la zone d'assemblage, c'était toujours cette confusion de dernière minute, ces cris et ces commandements avant qu'une masse de véhicules puisse s'ébranler en bon ordre. Eichmann se présenta enfin, entouré de plusieurs de ses officiers, dont le Regierungsrat Hunsche que je connaissais de Berlin, et après avoir encore donné quelques ordres contradictoires, il monta dans son

Schwimwagen, sorte de tout-terrain amphibie, conduit par un Waffen-SS : je me demandai avec amusement s'il craignait que les ponts soient dynamités, s'il prévoyait de traverser le Danube dans son rafiot, avec son Steyr et son chauffeur, pour balayer seul les hordes magyares. Piontek, au volant de ma voiture, respirait, lui, la sobriété et le sérieux. Enfin, sous la lumière crue des projecteurs du camp, dans un tonnerre de moteurs et un nuage de poussière, la colonne se mit en branle. J'avais placé Elias et Fischer à l'arrière avec les armes qu'on nous avait distribuées ; je montai devant, à côté de Piontek, tandis qu'il démarrait. Le ciel était dégagé, les étoiles brillaient, mais il n'y avait pas de lune ; en descendant la route en lacet vers le Danube, je voyais clairement, à mes pieds, l'étendue luisante du fleuve. Le convoi passa sur la rive droite et se dirigea vers Vienne. Nous roulions en file, phares baissés à cause des chasseurs ennemis. Je ne tardai pas à m'endormir. De temps à autre une alerte me réveillait, forçait les véhicules à s'arrêter et à éteindre les phares, mais personne ne sortait de sa voiture, on attendait dans le noir. Il n'y eut pas d'attaque. Dans mon demi-sommeil interrompu je faisais des rêves étranges, vifs et évanescents, qui disparaissaient comme une bulle de savon dès qu'un cahot ou une sirène m'éveillait. Vers trois heures, alors que nous contournions Vienne par le sud, je me secouai tout à fait et bus du café dans une thermos préparée par Fischer. La lune s'était levée, un croissant fluet qui faisait briller les eaux larges du Danube lorsqu'on les apercevait à main gauche. Les alertes nous obligeaient encore à faire halte, une longue ligne de véhicules disparates qu'on pouvait maintenant distinguer dans la lumière lunaire. À l'est, le ciel rosissait, découpant, sur les hauteurs, les crêtes des Petites Carpates. Un de ces arrêts nous trouva au-dessus du Neusiedler See, quelques kilomètres seulement avant la frontière hongroise. Le gros Wisliceny passa à côté de ma voiture et frappa à ma vitre : « Prenez votre rhum et venez. » On nous avait délivré quelques mesures de rhum pour la marche, mais je n'y avais pas touché. Je suivis Wisliceny qui de voiture en voiture faisait sortir d'autres officiers. Devant nous, la boule rouge du soleil pesait sur les sommets, le ciel était pâle, un bleu lumineux teinté de jaune, sans un nuage. Lorsque notre groupe arriva au niveau du *Schwimmwagen* d'Eichmann, vers la tête de la colonne, nous l'entourâmes et Wisliceny le fit sortir. Il y avait là les officiers du IV B 4, ainsi que les commandants des compagnies détachées. Wisliceny leva sa flasque, félicita Eichmann, et but à sa santé : Eichmann fêtait ce jour-là son trente-huitième anniversaire. Il hoquetait de plaisir : « Meine Herren, je suis touché, très touché. C'est aujourd'hui mon septième anniversaire en tant qu'officier SS. Je ne peux imaginer de meilleur cadeau que votre compagnie. » Il rayonnait, tout rouge, il souriait à tout le monde, buvant à petites gorgées sous les vivats.

Le passage de la frontière s'effectua sans incident : au bord de la route, des douaniers ou des soldats de la Honvéd nous regardaient passer, maussades ou indifférents, sans rien manifester. La matinée s'annonçait lumineuse. La colonne fit halte dans un village pour déjeuner de café, de rhum, de pain blanc et de vin hongrois acheté sur place. Puis elle repartit. Nous roulions maintenant beaucoup plus lentement, la route était encombrée de véhicules allemands, camions de troupes et blindés, qu'il fallait suivre au pas sur des kilomètres avant de pouvoir les dépasser. Mais cela ne ressemblait pas à une invasion, tout se passait dans le calme et dans l'ordre, les civils, au bord des routes, s'alignaient pour nous regarder passer, certains nous faisaient même des gestes amicaux.

Nous arrivâmes à Budapest vers le milieu de l'après-midi et prîmes des quartiers sur la rive droite, derrière le château, sur le Schwabenberg où la SS avait réquisitionné les grands hôtels. Je me retrouvai provisoirement dans une suite à l'*Astoria*, avec deux lits et trois canapés pour huit hommes. Le lendemain matin, j'allai aux informations. La ville grouillait de personnel allemand, officiers de la Wehrmacht et de la Waffen-SS, diplomates de l'*Auswärtiges Amt*, fonctionnaires de la police, ingénieurs de l'OT, économistes du WVHA, agents de l'Abwehr aux noms souvent changeants. Avec toute cette confusion je ne savais même pas à qui j'étais subordonné, et j'allai voir Geschke, qui m'informa qu'il avait été désigné comme BdS, mais que le Reichsführer avait aussi nommé un HSSPF, l'Obergruppenführer Winkelmann, et que Winkelmann m'expliquerait tout. Or Winkelmann, un policier de carrière un peu gras, aux cheveux coupés en brosse et à la mâchoire saillante, n'avait même pas été informé de mon existence. Il m'expliqua que, malgré les apparences, nous n'avions pas occupé la Hongrie, mais étions venus à l'invitation de Horthy pour conseiller et soutenir les services hongrois : nonobstant la présence d'un HSSPF, d'un BdS, d'un BdO, et de toutes les structures attenantes, nous n'avions aucune fonction exécutive, et les autorités hongroises gardaient toutes les prérogatives de leur souveraineté. Tout différend sérieux devait être soumis au nouvel ambassadeur, le Dr. Veesenmayer, un SS-Brigadeführer honoraire, ou à ses collègues de l'*Auswärtiges Amt*. Kaltenbrunner, d'après Winkelmann, se trouvait aussi à Budapest ; il était venu dans le wagon spécial de Veesenmayer, raccroché au train de Horthy à son retour de

Klessheim, et il négociait avec le lieutenant-général Döme Sztójay, l'ancien ambassadeur de Hongrie à Berlin, au sujet de la formation d'un nouveau gouvernement (Kállay, le ministre déchu, s'était réfugié à la légation de Turquie). Je n'avais aucune raison d'aller voir Kaltenbrunner, et je passai plutôt me présenter à la légation allemande : Veesenmayer était occupé, et je fus reçu par son chargé d'affaires, le Legationsrat Feine, qui prit note de ma mission, me suggéra d'attendre que la situation se clarifie, et me recommanda de rester en contact avec eux. C'était une belle pagaille.

À l'*Astoria*, je vis l'Obersturmbannführer Krumey, l'adjoint d'Eichmann. Il avait déjà tenu une réunion avec les dirigeants de la communauté juive et en était sorti très satisfait. « Ils sont venus avec des valises, m'expliqua-t-il avec un bon gros rire. Mais je les ai rassurés et je leur ai dit que personne n'allait être arrêté. Ils étaient terrifiés par *l'hystérie d'extrême droite*. On leur a promis que s'ils coopéraient il ne se passerait rien, ça les a calmés. » Il rit encore. « Ils doivent penser qu'on va les protéger des Hongrois. » Les Juifs devaient former un conseil ; pour ne pas les effrayer — le terme *Judenrat*, répandu en Pologne, était assez connu ici pour provoquer une certaine angoisse — il serait désigné *Zentralrat*. Dans les jours suivants, alors que les membres du nouveau conseil apportaient au Sondereinsatzkommando des matelas et des couvertures — j'en réquisitionnai plusieurs pour notre suite —, puis, au fil des demandes, des machines à écrire, des miroirs, de l'eau de Cologne, de la lingerie féminine, et quelques très jolis petits tableaux de Watteau ou à tout le moins de son école, j'eus avec eux, notamment avec le président de la Communauté juive, le Dr. Samuel Stern, une série de consultations afin de me faire une idée des ressources disponibles. Il y avait des Juifs, hommes et femmes, employés dans les usines d'armement hongroises, et Stern put me fournir des chiffres approximatifs. Mais un problème majeur apparut immédiatement : tous les hommes juifs valides, sans emploi essentiel et en âge de travailler, étaient mobilisés depuis plusieurs années dans la Honvéd pour servir dans des bataillons de travail, à l'arrière. Et c'était vrai, je m'en souvenais, lorsque nous étions entrés à Jitomir encore tenue par les Hongrois, j'avais entendu parler de ces bataillons juifs, cela mettait hors d'eux mes collègues du Sk 4a. « Ces bataillons ne dépendent en aucune façon de nous, m'expliquait Stern. Voyez ça avec le gouvernement. »

Quelques jours après la formation du gouvernement de Sztójay, le nouveau cabinet, en une seule session législative de onze heures, promulguait une série de lois antijuives que la police hongroise commençait à appliquer sur-le-champ. Je voyais peu Eichmann : il était toujours fourré avec des officiels, ou bien il rendait visite aux Juifs, s'intéressait, d'après Krumey, à leur culture, se faisait montrer leur bibliothèque, leur musée, leurs synagogues. À la fin du mois il parla au Zentralrat lui-même. Tout son SEk venait de déménager à l'hôtel *Majestic*, j'étais resté à l'*Astoria*, où j'avais pu obtenir deux chambres de plus pour installer des bureaux. Je ne fus pas invité à la réunion mais je le vis après : il avait l'air très content de lui, et m'assura que les Juifs allaient coopérer et se soumettre aux exigences allemandes. Nous discutâmes de la question des travailleurs ; les nouvelles lois allaient permettre aux Hongrois d'augmenter les bataillons de travail civils — tous les fonctionnaires, journalistes, notaires, avocats, comptables juifs qui allaient perdre leurs emplois pourraient être mobilisés, et cela faisait ricaner Eichmann : « Imaginez, mon cher Obersturmbannführer, des avocats juifs creusant des fossés antichars ! » — mais nous n'avions aucune idée de ce qu'ils accepteraient de nous donner ; Eichmann, comme moi, craignait qu'ils ne cherchent à garder pour eux le meilleur. Mais Eichmann s'était trouvé un allié, un fonctionnaire du comté de Budapest, le Dr. Lászlo Endre, un antisémite forcené qu'il espérait faire nommer au ministère de l'Intérieur. « Il faut éviter de répéter l'erreur du Danemark, voyez-vous, m'expliquait-il, la tête appuyée sur sa grande main veineuse, en mordillant son petit doigt. Il faut que les Hongrois fassent tout eux-mêmes, qu'ils nous offrent leurs Juifs sur un plateau. » Déjà, le SEk, avec la police hongroise et les forces du BdS, arrêtait des Juifs qui violaient les nouvelles règles ; un camp de transit, gardé par la gendarmerie hongroise, avait été mis en place à Kistarcsa, près de la ville, on y avait déjà interné plus de trois mille Juifs. De mon côté, je ne restais pas inactif : par l'intermédiaire de la légation, j'avais pris contact avec les ministères de l'Industrie et de l'Agriculture pour sonder leurs vues ; et j'étudiais les nouvelles législations en compagnie de Herr von Adamovic, l'expert de la légation, un homme affable, intelligent, mais presque paralysé par la sciatique et l'arthrite. Entre-temps, je restais en contact avec mon bureau de Berlin. Speer, qui par coïncidence fêtait son anniversaire le même jour que Eichmann, avait quitté Hohenlychen pour passer sa convalescence à Merano, en Italie ; je lui avais fait envoyer un télégramme de félicitations et des fleurs, mais n'avais reçu aucune réponse. J'avais aussi été invité à assister à une conférence en Silésie sur la question juive, dirigée par le Dr. Franz Six, mon tout premier chef de département au SD. Il travaillait maintenant à l'*Auswärtiges Amt*, mais de temps en temps prêtait encore main-forte au

RSHA. Thomas aussi avait été invité, ainsi qu'Eichmann et quelques-uns de ses spécialistes. Je m'arrangeai pour voyager avec eux. Notre groupe partit en train, passant par Pressbourg, puis changeant à Breslau pour Hirschberg; la conférence se tenait à Krummhübel, une station de ski connue des Sudètes silésiennes, maintenant en grande partie occupée par des bureaux du AA, dont celui de Six, évacués de Berlin à cause des bombardements. On nous casa dans une *Gasthaus* bondée; les nouvelles baraques construites par l'AA n'étaient pas encore prêtes. Je retrouvai avec plaisir Thomas, arrivé un peu avant nous, qui profitait de l'occasion pour skier en compagnie de jeunes et belles secrétaires ou assistantes, dont une d'origine russe qu'il me présenta, et qui toutes paraissaient avoir bien peu de travail. Eichmann, lui, retrouvait des collègues de toute l'Europe et se pavanait. La conférence débuta le lendemain de notre arrivée. Six ouvrait les débats avec un discours sur « Les tâches et les buts des opérations antijuives à l'étranger ». Il nous parla de la structure politique du Judaïsme mondial, affirmant que *la Juiverie en Europe a fini de jouer son rôle politique et biologique*. Il fit aussi une digression intéressante sur le sionisme, encore mal connu à cette époque dans nos cercles; pour Six, la question du retour des Juifs restants en Palestine devait être subordonnée à la question arabe, qui prendrait de l'importance après la guerre, surtout si les Britanniques se retiraient d'une partie de leur Empire. Son intervention fut suivie par celle du spécialiste de l'*Auswärtiges Amt*, un certain von Thadden, qui exposa le point de vue de son ministère sur « La situation politique des Juifs en Europe et la situation par rapport aux mesures exécutives antijuives ». Thomas parla des problèmes de sécurité soulevés par les révoltes juives de l'année précédente. D'autres spécialistes ou conseillers exposèrent la situation actuelle dans les pays où ils étaient en poste. Mais le clou de la journée fut le discours d'Eichmann. L'Einsatz hongroise semblait l'avoir inspiré et il nous peignit presque un tableau de l'ensemble des opérations antijuives telles qu'elles s'étaient déroulées depuis le début. Il passa rapidement en revue l'échec de la ghettoïsation et critiqua l'inefficacité et la confusion des opérations mobiles : « Quels que soient les succès enregistrés, elles restent sporadiques, elles permettent à trop de Juifs de s'enfuir, de gagner les bois pour venir grossir les rangs des partisans, et elles sapent le moral des hommes. » Le succès, dans les pays étrangers, dépendait de deux facteurs : la mobilisation des autorités locales et la coopération, voire la collaboration des dirigeants communautaires juifs. « Pour ce qui se passe lorsque nous essayons d'arrêter les Juifs nous-mêmes, dans des pays où nous disposons de ressources insuffisantes, il suffit de regarder l'exemple du Danemark, un échec total, du sud de la France, où nous avons obtenu des résultats très mitigés, même après notre occupation de l'ancienne zone italienne, et de l'Italie, où la population et l'Église cachent des milliers de Juifs que nous ne pouvons trouver... Quant aux *Judenräte*, ils permettent une économie considérable de personnel, et ils attellent les Juifs eux-mêmes à la tâche de leur destruction. Bien sûr, ces Juifs ont leurs propres buts, leurs propres rêves. Mais les rêves des Juifs nous servent aussi. Ils rêvent de corruption grandiose, ils nous offrent leur argent, leurs biens. Nous prenons cet argent et ces biens et nous poursuivons notre tâche. Ils rêvent des besoins économiques de la Wehrmacht, de la protection fournie par les certificats de travail, et nous, nous utilisons ces rêves pour pourvoir nos usines d'armement, pour qu'on nous offre la main-d'œuvre nécessaire à la construction de nos complexes souterrains, et pour nous faire livrer aussi les faibles et les vieux, les bouches inutiles. Mais comprenez aussi ceci : l'élimination des cent mille premiers Juifs est bien plus facile que celle des cinq mille derniers. Regardez ce qui s'est passé à Varsovie, ou lors des autres révoltes dont nous a entretenus le Standartenführer Hauser. Lorsque le Reichsführer m'a envoyé le rapport sur les combats de Varsovie, il a noté qu'il ne parvenait pas à croire que des Juifs dans un ghetto puissent se battre ainsi. Pourtant, notre regretté *Chef*, l'Obergruppenführer Heydrich, l'avait compris bien longtemps auparavant. Il savait que les Juifs les plus forts, les plus costauds, les plus rusés, les plus malins échapperaient à toutes les sélections et seraient les plus difficiles à détruire. Or, ce sont précisément eux qui forment le réservoir vital à partir duquel le Judaïsme pourrait se reconstituer, *la cellule bactérielle de la régénération juive*, comme disait feu l'Obergruppenführer. Notre combat prolonge celui de Koch et de Pasteur, il faut aller jusqu'au bout... » Un tonnerre d'applaudissements accueillit ces paroles. Eichmann y croyait-il réellement ? C'était la première fois que je l'entendais parler ainsi, et j'avais l'impression qu'il s'était emballé, laissé emporter par son nouveau rôle, que le jeu lui plaisait tellement qu'il finissait par se confondre avec lui. Pourtant, ses commentaires pratiques étaient loin d'être idiots, on voyait bien qu'il avait attentivement analysé toutes les expériences passées pour en tirer les leçons essentielles. Au dîner — Six, par politesse et en souvenir du passé, m'avait invité avec Thomas à un petit souper privé — je commentai favorablement son discours. Mais Six, que ne quittait jamais son air maussade et déprimé, le jugeait bien plus négativement : « Aucun intérêt intellectuel. C'est un homme relativement simple, sans dons particuliers. Bien sûr, il a de l'allure, et des capacités dans les limites de sa spécialisation. » — « Justement, dis-je, c'est un bon officier, motivé et talentueux à sa manière. À mon avis, il pourra encore aller loin. » — « Ça m'étonnerait, intervint sèchement Thomas. Il est trop têtu. C'est un bouledogue, un exécutant doué. Mais il n'a aucune imagination. Il est incapable de réagir aux événements extérieurs à son champ, d'évoluer. Il a construit sa carrière sur les Juifs, sur la destruction des Juifs, et pour ça il est très fort. Mais une fois qu'on en aura fini avec les Juifs — ou bien si le vent tourne, si la destruction des Juifs se révèle ne plus être à l'ordre du jour — alors il ne saura pas s'adapter, il sera perdu. »

Le lendemain, la conférence continuait avec des intervenants mineurs. Eichmann ne resta pas, il avait à faire : « Je dois aller inspecter Auschwitz puis retourner à Budapest. Ça bouge, là-bas. » Je partis à mon tour le 5 avril. En Hongrie, j'appris que le Führer venait de donner son accord pour l'utilisation des ouvriers juifs sur le territoire du Reich : l'ambiguïté levée, les hommes de Speer et du *Jägerstab* venaient me voir à tout moment pour demander quand on pourrait leur envoyer les premiers lots. Je leur disais de prendre patience, l'opération n'était pas encore au point. Eichmann rentra furieux d'Auschwitz, fulminant contre les Kommandanten : « Des abrutis, des incapables. Rien n'est prêt pour la réception. » Le 9 avril... ah, mais à quoi bon narrer jour par jour tous ces détails ? Cela m'épuise, et puis cela m'ennuie, et vous aussi sans doute. Combien de pages ai-je déjà alignées sur ces péripéties bureaucratiques sans intérêt ? Continuer comme cela, non, je ne le peux plus : la plume m'en tombe des doigts, le stylo plutôt. Je pourrais peut-être y revenir un autre jour ; mais à quoi bon reprendre cette sordide histoire de Hongrie ? Elle est amplement documentée dans les livres, par des historiens qui ont une vue d'ensemble bien plus cohérente que la mienne. Je n'y ai joué, après tout, qu'un rôle mineur. Si j'ai pu croiser certains des participants, je n'ai pas grand-chose à ajouter à leurs propres souvenirs. Les grandes intrigues qui ont suivi, et surtout ces négociations entre Eichmann, Becher, et les Juifs, toutes les histoires de rachat de Juifs en échange d'argent, de camions, tout ça, oui, j'étais plus ou moins au courant, j'en discutais, j'ai même rencontré certains des Juifs impliqués, et Becher aussi, un homme troublant, venu en Hongrie acheter des chevaux pour la Waffen-SS et qui avait rapidement récupéré, pour le compte du Reichsführer, la plus grosse usine d'armement du pays, les Manfred-Weiss Werke, sans prévenir personne, ni Veesenmayer, ni Winkelmann, ni moi, et à qui le Reichsführer avait ensuite confié des tâches qui soit doublaient, soit contredisaient les miennes et celles d'Eichmann aussi, ce qui, je finis bien par le comprendre, était une méthode typique du Reichsführer, mais sur le terrain ne servait qu'à semer la zizanie et la confusion, personne ne coordonnait rien, Winkelmann n'avait aucune influence sur Eichmann ni sur Becher, qui ne l'informaient de rien, et je dois avouer que je ne me comportais guère mieux qu'eux, je négociais avec les Hongrois sans que Winkelmann le sache, avec le ministère de la Défense surtout, où j'avais pris des contacts par le General Greiffenberg, l'attaché militaire de Veesenmayer, pour voir si la Honvéd ne pouvait pas aussi nous détacher ses bataillons de travail juifs, même avec des garanties particulières d'un régime spécial, ce que bien sûr la Honvéd refusa catégoriquement, ne nous laissant plus, comme ouvriers potentiels, que les civils embrigadés au début du mois, ceux qu'on pourrait retirer des usines, et leurs familles, bref, un potentiel humain de peu de valeur, ce qui est une des causes du fait que je dus finir par considérer cette mission comme un four total, mais pas la seule cause, j'en parlerai encore, et je parlerai même peut-être un peu des négociations avec les Juifs, car cela aussi en fin de compte toucha plus ou moins à mes attributions, ou, pour être plus précis, je me servis, non, tentai de me servir de ces négociations pour faire avancer mes propres objectifs, avec peu de succès je le reconnais volontiers, pour tout un ensemble de raisons, pas juste celle déjà mentionnée, il y avait aussi l'attitude d'Eichmann, qui devenait de plus en plus difficile, Becher aussi, le WVHA, la gendarmerie hongroise, tout le monde s'y mettait, voyez-vous — quoi qu'il en soit ce que je voudrais dire plus exactement, c'est que si l'on souhaite analyser les raisons pour lesquelles l'opération hongroise donna de si piètres résultats pour l'*Arbeitseinsatz*, mon souci primordial après tout, il faut prendre en compte tous ces gens et toutes ces institutions, qui jouaient chacun son rôle, mais aussi se rejetaient entre eux le blâme, et l'on me blâmait moi aussi, ça, personne ne s'en privait, vous pouvez le croire, bref, c'était un foutoir, une véritable pagaille, qui a fait qu'en fin de compte la plupart des Juifs déportés sont morts, tout de suite je veux dire, gazés avant même d'avoir pu être mis au travail, car très peu de ceux qui arrivaient à Auschwitz étaient aptes, des pertes considérables, 70 % peut-être, personne n'en est trop sûr, et à cause desquelles on a cru après la guerre, et c'est compréhensible, que c'était le but même de l'opération, tuer tous ces Juifs, ces femmes, ces vieillards, ces enfants poupins et en bonne santé, et ainsi l'on ne comprenait pas pourquoi les Allemands, alors qu'ils perdaient la guerre (mais le spectre de la défaite n'était peut-être pas aussi net, à l'époque, du point de vue allemand du moins), s'obstinaient encore à massacrer des Juifs, à mobiliser des ressources considérables, en hommes et en trains, surtout, pour exterminer des femmes et des enfants, et donc comme on ne comprenait pas, on a attribué ça à la folie antisémite des Allemands, à un délire de meurtre bien éloigné de la pensée de la plupart des participants, car en fait, pour moi comme pour tant d'autres fonctionnaires et spécialistes, les enjeux étaient fondamentaux, cruciaux, trouver de la main-d'œuvre pour nos usines, quelques centaines de milliers de travailleurs qui nous permettraient peut-être de renverser le cours des choses, on voulait des Juifs non pas morts mais bien vivants, valides, mâles de préférence, or les Hongrois voulaient garder les mâles ou au moins une bonne part d'entre eux, et donc c'était déjà mal parti, et ensuite il y avait les conditions de transport, déplorables, et Dieu sait combien je me suis disputé avec Eichmann à ce sujet, qui me répondait chaque fois la même chose, « Ça n'est pas ma responsabilité, c'est la gendarmerie hongroise qui charge et approvisionne les trains, pas nous », et puis il y avait aussi l'entêtement de Höss, à Auschwitz, parce qu'entre-temps, peut-être suite au rapport d'Eichmann, Höss était revenu comme *Standortälteste* à la place de Liebehenschel qu'on avait envoyé au placard à Lublin, il y avait donc cette incapacité obstinée de Höss à changer de méthode, mais cela j'en parlerai peut-être plus loin et plus en détail, bref, peu d'entre nous souhaitions délibérément ce qui est arrivé, et pourtant, direz-vous, c'est arrivé, c'est vrai, et c'est vrai aussi qu'on envoyait tous ces Juifs à Auschwitz, pas seulement ceux qui pouvaient travailler, mais tous, en sachant donc pertinemment que les vieux et les enfants seraient gazés, donc on en revient à la question initiale, pourquoi cette obstination à vider la Hongrie de ses Juifs, vu les conditions de la guerre et tout ça, et là, bien sûr, je ne peux avancer que des hypothèses, car ce n'était pas mon objectif personnel, ou plutôt, je manque de précision ici, je sais pourquoi on voulait déporter (à l'époque on disait *évacuer*) tous les Juifs de Hongrie et tuer les inaptes au travail tout de suite, ça c'était parce que nos autorités, le Führer, le Reichsführer, avaient décidé de tuer tous les Juifs d'Europe, cela est clair, on le savait, comme on savait que même ceux qui seraient mis au travail devaient mourir tôt ou tard, et le pourquoi de tout ça, c'est une question dont j'ai déjà beaucoup parlé et à laquelle je n'ai toujours pas de réponse, les gens, à cette époque, croyaient toutes sortes de choses sur les Juifs, théorie des bacilles comme le Reichsführer et Heydrich, théorie citée à la conférence de Krummhübel par Eichmann mais pour qui à mon avis ce devait être une vue de l'esprit, thèse des soulèvements juifs, espionnage et cinquième colonne au profit des ennemis qui se rapprochaient, thèse qui hantait une bonne partie du RSHA et préoccupait même mon ami Thomas, peur aussi de l'omnipotence juive, à laquelle certains croyaient encore dur comme fer, ce qui donnait d'ailleurs lieu à des quiproquos comiques, comme au début d'avril à Budapest, lorsqu'il fallut faire déménager de nombreux Juifs pour vider leurs appartements, et que la SP demandait la création d'un ghetto, ce que les Hongrois refusèrent car ils avaient peur que les Alliés bombardent autour de ce ghetto et l'épargnent (les Américains avaient déjà frappé Budapest tandis que je me trouvais à Krummhübel), et alors les Hongrois dispersèrent les Juifs près des cibles stratégiques, militaires et industrielles, ce qui inquiéta fort certains de nos responsables, car alors si les Américains bombardaient néanmoins ces cibles, cela prouverait que le Judaïsme mondial n'était pas si puissant qu'on le pensait, et je dois ajouter, pour être juste, que les Américains ont effectivement bombardé ces cibles, tuant au passage beaucoup de civils juifs, mais moi cela faisait longtemps que je ne croyais plus en l'omnipotence du Judaïsme mondial, sinon pourquoi tous les pays auraient-ils refusé de prendre les Juifs, en 1937, 38, 39, lorsqu'on ne voulait qu'une chose, qu'ils quittent l'Allemagne, seule solution raisonnable au fond ? Ce que je veux dire, revenant à la question que je posais, car je m'en suis un peu éloigné, c'est que même si, objectivement, le but final ne fait pas de doute, ce n'est pas en vue de ce but que travaillaient la plupart des intervenants, ce n'est pas cela qui les motivait et donc les poussait à travailler avec tant d'énergie et d'acharnement, c'était toute une gamme de motivations, et même Eichmann, j'en suis convaincu, il avait une attitude très dure mais au fond ça lui était égal qu'on tue les Juifs ou non, tout ce qui comptait, pour lui, c'était de montrer ce qu'il pouvait faire, de se mettre en valeur, et aussi d'utiliser les capacités qu'il avait développées, le reste, il s'en foutait, autant de l'industrie que des chambres à gaz d'ailleurs, la seule chose dont il ne se foutait pas, c'était qu'on se foute de lui, et c'est pour cela qu'il rechignait tant aux négociations avec les Juifs, mais j'y reviendrai, c'est intéressant quand même, et pour les autres c'est pareil, chacun avait ses raisons, l'appareil hongrois qui nous aidait voulait voir les Juifs quitter la Hongrie mais se foutait de ce qui leur arriverait, et Speer et Kammler et le *Jägerstab* voulaient des travailleurs et poussaient avec acharnement la SS à leur en livrer, mais se foutaient de ce qui arrivait à ceux qui ne pouvaient pas travailler, et puis il y avait encore toutes sortes de motivations pratiques, par exemple, moi, je me concentrais uniquement sur l'*Arbeitseinsatz*, mais c'était loin d'être le seul enjeu économique, comme je l'appris en rencontrant un expert de notre ministère de l'Alimentation et de l'Agriculture, un jeune homme très intelligent, passionné par son travail, qui m'expliqua un soir, dans un vieux café de Budapest, l'aspect alimentaire de la question, qui était qu'avec la perte de l'Ukraine l'Allemagne devait faire face à un grave déficit en approvisionnement, surtout en blé, et s'était donc tournée vers la Hongrie, grand producteur, c'était d'ailleurs d'après lui la cause principale de notre pseudo-invasion, sécuriser cette source de blé, et donc en 1944 nous demandions aux Hongrois 450 000 tonnes de blé, 360 000 tonnes de plus qu'en 1942, soit une augmentation de 80 %, or, il fallait bien que les Hongrois prennent ce blé quelque part, ils devaient après tout nourrir leur propre population, mais justement, ces 360 000 tonnes correspondaient aux rations d'environ un million de personnes, un peu plus que le nombre total de Juifs hongrois, et donc les spécialistes du ministère de l'Alimentation, eux, voyaient l'évacuation des Juifs par le RSHA comme une mesure qui permettrait à la Hongrie de dégager un excédent de blé à destination de l'Allemagne, correspondant à nos besoins, et quant au sort des Juifs évacués, qu'il faudrait en principe nourrir ailleurs si on ne les tuait pas, cela ne concernait pas ce jeune et somme toute sympathique expert, un peu obnubilé par ses chiffres néanmoins, car il y avait d'autres départements du ministère de l'Alimentation pour s'occuper de ça, l'alimentation des détenus et autres travailleurs étrangers en Allemagne, ce n'était pas son affaire, et pour lui l'évacuation des Juifs était la solution à son problème, même si par ailleurs cela devenait le problème de quelqu'un d'autre. Et il n'était pas le seul, cet homme, tout le monde était comme lui, moi aussi j'étais comme lui, et vous aussi, à sa place, vous auriez été comme lui.

Mais peut-être qu'au fond vous vous moquez de tout ceci. Peut-être préféreriez-vous, à mes réflexions malsaines et absconses, des anecdotes, des historiettes piquantes. Moi je ne sais plus très bien. Des histoires, je veux bien en raconter : mais alors, en piochant un peu au hasard de mes souvenirs et de mes notes ; je vous l'ai dit, je fatigue, il faut commencer à en finir. Et puis si je devais encore raconter le reste de l'année 1944 dans le détail, un peu comme je l'ai fait jusqu'ici, je n'en finirais jamais. Vous voyez, je pense à vous aussi, pas seulement à moi, un petit peu en tout cas, il y a bien sûr des limites, si je m'inflige autant de peines, ça n'est pas pour vous faire plaisir, je le reconnais, c'est avant tout pour ma propre hygiène mentale, comme lorsqu'on a trop mangé, à un moment ou à un autre il faut évacuer les déchets, et que cela sente bon ou non, on n'a pas toujours le choix ; et puis, vous disposez d'un pouvoir sans appel, celui de fermer ce livre et de le jeter à la poubelle, ultime recours contre lequel je ne peux rien, ainsi, je ne vois pas pourquoi je prendrais des gants. Et c'est pourquoi, je le reconnais, si je change un peu de méthode, c'est surtout pour moi, que ça vous plaise ou non, encore une marque de mon égoïsme sans bornes, fruit certainement de ma mauvaise éducation. J'aurais peut-être dû faire autre chose, me direz-vous, c'est vrai, j'aurais peut-être dû faire autre chose, j'aurais été ravi de faire de la musique, si j'avais su aligner deux notes et reconnaître une clef de *sol*, mais bon, j'ai déjà expliqué mes limites en la matière, ou bien de la peinture, pourquoi pas, ça m'a tout l'air d'une occupation agréable, la peinture, une occupation tranquille, se perdre ainsi dans les formes et les couleurs, mais que voulez-vous, dans une autre vie peut-être, car dans celle-ci je n'ai jamais eu le choix, un peu, bien sûr, une certaine marge de manœuvre, mais restreinte, à cause de fatalités pesantes, ce qui fait que voilà, nous nous retrouvons au point de départ. Mais revenons plutôt à la Hongrie.

Des officiers qui entouraient Eichmann, il n'y a pas grand-chose à dire. C'étaient, pour la plupart, des hommes pacifiques, de bons citoyens faisant leur devoir, fiers et heureux porteurs de l'uniforme SS, mais timorés, peu capables d'initiative, se demandant toujours « Oui... mais », et admirant leur chef comme un génie grandiose. Le seul qui se détachait un peu du lot était Wisliceny, un Prussien de mon âge, qui parlait très bien l'anglais et avait d'excellentes connaissances historiques, et avec qui j'aimais passer mes soirées à discuter de la guerre de Trente Ans, du tournant de 1848, ou bien de la faillite morale de l'ère wilhelminienne. Ses vues n'étaient pas toujours originales, mais elles restaient solidement documentées et il savait les insérer dans un récit cohérent, ce qui est la première qualité de l'imaginaire historique. Il avait autrefois été le supérieur d'Eichmann, en 1936 je crois, à l'époque en tout cas du SD-Hauptamt, lorsque la section des Affaires juives était encore désignée Abteilung II 112 ; mais sa paresse et son indolence l'avaient rapidement fait surpasser par son disciple, à qui d'ailleurs il n'en tenait pas rigueur, ils étaient restés bons amis, Wisliceny était un intime de la famille, ils se tutoyaient même en public (ils devaient se brouiller un peu plus tard, pour des raisons que j'ignore. Wisliceny, témoin à Nuremberg, a peint un portrait à charge de son ancien camarade qui a longtemps contribué à brouiller l'image qu'historiens et écrivains se faisaient d'Eichmann, certains allant même jusqu'à soutenir de bonne foi que ce pauvre Obersturmbannführer donnait des ordres à Adolf Hitler. On ne peut pas blâmer Wisliceny : il jouait sa peau, et Eichmann, lui, avait disparu, en ce temps-là il était d'usage de charger les absents, ce qui ne lui a d'ailleurs pas réussi, à ce pauvre Wisliceny ; il a fini au bout d'une corde à Presbourg, la Bratislava des Slovaques, et solide elle dut être, cette corde, pour supporter sa corpulence). Une autre raison qui me faisait apprécier Wisliceny, c'était qu'il ne perdait pas la tête, à la différence de certains autres, notamment les bureaucrates de Berlin, qui, envoyés sur le terrain pour la première fois de leur vie, et se voyant soudain si puissants par rapport à ces dignitaires juifs, des hommes instruits, ayant parfois le double de leur âge, en oubliaient tout sens de la mesure. Certains insultaient les Juifs de la manière la plus grossière et la plus malséante ; d'autres résistaient mal à la tentation d'abuser de leur position ; tous se montraient d'une arrogance insoutenable et à mes yeux entièrement déplacée. Je me souviens de Hunsche, par exemple, un Regierungsrat, c'est-à-dire un fonctionnaire de carrière, juriste avec une mentalité de notaire, le petit homme gris qu'on ne remarque jamais derrière les bureaux d'une banque où il gratte patiemment du papier en attendant de pouvoir toucher sa retraite et aller en gilet de laine tricoté par sa femme cultiver des tulipes hollandaises, ou bien peindre des soldats en plomb de l'époque napoléonienne, qu'il disposera amoureusement, en rangs impeccables, souvenir de l'ordre perdu de sa jeunesse, devant une maquette en plâtre de la porte du Brandebourg, que sais-je des rêves qui obsèdent ce genre d'hommes ; et là, à Budapest, grotesque dans un uniforme avec culotte d'équitation ultrabouffante, il fumait des cigarettes de luxe, recevait les notables juifs avec ses bottes sales posées sur un fauteuil en velours, et se passait sans vergogne la moindre de ses fantaisies. Dans les tout premiers jours après notre arrivée, il avait demandé aux Juifs de lui fournir un piano, leur lançant négligemment : « J'ai toujours rêvé d'avoir un piano » ; les Juifs, effrayés, lui en apportèrent huit ; et Hunsche, devant moi, campé sur ses bottes à tiges longues, les réprimandait d'une voix qui se voulait ironique : « Mais meine Herren ! Je ne veux pas ouvrir un magasin, je veux juste jouer du piano. » Un piano ! L'Allemagne gémit sous les bombes, nos soldats, au front, se battent avec des membres gelés et des doigts en moins, mais le Hauptsturmführer Regierungsrat Dr. Hunsche, qui n'a jamais quitté son bureau de Berlin, a besoin d'un piano, sans doute pour calmer ses nerfs éprouvés. Lorsque je le regardais préparer des ordres pour les hommes aux camps de transit — les évacuations avaient commencé — je me demandais si, au moment d'apposer sa signature, il ne bandait pas sous la table. C'était, je suis le premier à le reconnaître, un bien piètre spécimen du *Herrenvolk* : et si l'on doit juger l'Allemagne sur ce genre d'hommes, hélas trop commun, alors oui, je ne peux pas le nier, nous avons mérité notre sort, le jugement de l'histoire, notre *dikè*.

Et que dire alors de l'Obersturmbannführer Eichmann ? Depuis que je le connaissais, il ne s'était jamais autant pris à son propre rôle. Lorsqu'il recevait les Juifs, c'était l'*Übermensch* de la tête aux pieds, il enlevait ses lunettes, leur parlait d'une voix cassante, hachée, mais polie, il les faisait s'asseoir et s'adressait à eux avec un « Meine Herren », il appelait le Dr. Stern « Herr Hofrat », et puis il explosait en grossièretés, délibérément, pour les choquer, avant de revenir à cette politesse glaciale qui semblait les hypnotiser. Il était aussi extrêmement doué avec les autorités hongroises, à la fois amical et poli, il les impressionnait et d'ailleurs avait noué de solides amitiés avec certains d'entre eux, notamment Lászlo Endre, qui lui fit découvrir à Budapest une vie sociale jusqu'alors inconnue de lui et qui acheva de l'éblouir, l'invitant dans des châteaux, le présentant à des comtesses. Tout ceci, le fait que tout le monde se laissait prendre au jeu avec plaisir, Juifs et Hongrois, peut expliquer pourquoi Eichmann lui aussi versait dans la démesure (mais jamais avec la bêtise d'un Hunsche) et finissait par croire qu'il était réellement *der Meister*, le Maître. Il se prenait en fait pour un condottiere, un von dem Bach-Zelewski, il en oubliait sa nature profonde, celle d'un bureaucrate de talent, voire de grand talent dans son domaine restreint. Pourtant, dès qu'on le voyait seul à seul, dans son bureau, ou le soir, s'il avait un peu bu, il redevenait l'ancien Eichmann, celui qui courait les bureaux de la *Staatspolizei*, respectueux, affairé, impressionné par le moindre galon supérieur au sien et en même temps dévoré d'envie et d'ambition, l'Eichmann qui se faisait couvrir par écrit pour chaque action et chaque décision par Müller ou Heydrich ou Kaltenbrunner, et qui gardait tous ces ordres au coffre, soigneusement classés, l'Eichmann qui aurait été aussi heureux — et non moins efficace — d'acheter et de transporter des chevaux ou des camions, si telle avait été sa tâche, que de concentrer et d'évacuer des dizaines de milliers d'êtres humains promis à la mort. Lorsque je venais discuter avec lui de l'*Arbeitseinsatz*, en privé, il m'écoutait, assis derrière son beau bureau, dans sa chambre luxueuse de l'hôtel *Majestic*, avec un air ennuyé, crispé, en jouant avec ses lunettes ou avec un stylo à mine qu'il actionnait en faisant *clic-clac*, *clic-clac*, compulsivement, et avant de répondre,

il réarrangeait ses documents couverts de notes et de petits gribouil-
lages, il soufflait la poussière sur son bureau, puis, grattant son crâne
déjà un peu dégarni, il se lançait dans une de ses longues réponses, si
emberlificotée qu'il s'y perdait vite lui-même. Au début, quand l'Einsatz fut enfin vraiment engagée, après que les Hongrois, vers la fin avril,
eurent donné leur accord pour les évacuations, il était presque euphorique, bouillant d'énergie ; en même temps, et plus encore lorsque les
difficultés s'accumulèrent, il devenait de plus en plus difficile, intransi-
geant, même avec moi qu'il appréciait pourtant, il commençait à voir
des ennemis partout. Winkelmann, qui n'était son supérieur que sur le
papier, ne l'aimait pas du tout, mais c'est encore, à mon avis, ce policier
sévère et bourru, avec son bon sens inné de campagnard autrichien, qui
le jugeait le mieux. L'allure hautaine et à la limite de l'impertinence
d'Eichmann le mettait hors de lui, mais il le perçait à jour : « Il a une
mentalité de subalterne », m'expliqua-t-il lorsqu'une fois je vins le voir,
pour demander s'il pouvait intervenir ou au moins faire pression pour
améliorer les très mauvaises conditions de transport des Juifs. « Il
emploie son autorité sans réserve, il ne connaît aucune retenue morale
ou mentale dans son exercice du pouvoir. Il n'a pas non plus le moindre
scrupule à excéder les limites de son autorité, s'il croit qu'il agit dans
l'esprit de celui qui lui donne ses ordres et le couvre, comme le font le
Gruppenführer Müller et l'Obergruppenführer Kaltenbrunner. » C'est
sans doute tout à fait juste, d'autant que Winkelmann ne niait pas les
capacités d'Eichmann. Celui-ci, à cette époque, n'habitait plus à l'hôtel,
mais occupait la belle villa d'un Juif dans la rue Apostol, sur le Rosenberg, une maison à deux étages avec une tour, surplombant le Danube,
et entourée d'un superbe verger malheureusement défiguré par les tranchées de l'abri creusé en cas de raid aérien. Il menait grand train et passait la plupart de son temps avec ses nouveaux amis hongrois. Les
évacuations avaient déjà largement commencé, zone par zone selon un
plan très serré, et les plaintes affluaient de partout, du *Jägerstab*, des
bureaux de Speer, de Saur lui-même, cela fusait dans tous les sens, vers
Himmler, Pohl, Kaltenbrunner, mais à la fin tout revenait vers moi, et
en effet, c'était une catastrophe, un véritable scandale, les chantiers ne
recevaient que des jeunes filles fluettes ou des hommes déjà à moitié
morts, eux qui espéraient un afflux de gaillards sains, solides, rompus
aux travaux, ils étaient outrés, personne ne comprenait ce qui se passait.
Une partie de la faute, je l'ai déjà expliqué, revenait à la Honvéd qui
malgré toutes les représentations gardait jalousement ses bataillons de
travail. Mais parmi ceux qui restaient il y avait quand même des

hommes, qui peu de temps auparavant vivaient une vie normale, mangeaient à leur faim, ils devaient être en bonne santé. Or il s'avérait que les conditions des points de concentration, où les Juifs devaient parfois attendre des jours ou des semaines, à peine nourris, avant d'être transportés, entassés dans des wagons à bestiaux surchargés, sans eau, sans nourriture, avec un seau hygiénique par wagon, ces conditions étaient épuisantes pour leurs forces, les maladies se disséminaient, de nombreuses personnes mouraient en route, et celles qui arrivaient avaient piètre figure, peu passaient la sélection, et même ceux-là se voyaient refusés ou étaient rapidement renvoyés par les entreprises et les chantiers, surtout ceux du *Jägerstab* qui hurlaient qu'on leur envoyait des fillettes incapables de soulever une pioche. Lorsque je transmettais ces plaintes à Eichmann, je l'ai dit, il les rejetait sèchement, affirmait que ce n'était pas de sa responsabilité, que seuls les Hongrois pouvaient changer quelque chose à ces conditions. J'allai donc voir le major Baky, le secrétaire d'État chargé de la Gendarmerie; Baky balaya mes plaintes d'une phrase, « Vous n'avez qu'à les prendre plus vite », et me renvoya au lieutenant-colonel Ferenczy, l'officier chargé de la gestion technique des évacuations, un homme amer, difficilement accessible, qui me parla pendant plus d'une heure pour m'expliquer qu'il serait ravi de mieux nourrir les Juifs, si on lui fournissait la nourriture, et de moins charger les wagons, si on lui envoyait plus de trains, mais que sa mission principale consistait à les évacuer, pas à les dorloter. Avec Wisliceny, je me rendis à un de ces « points de regroupement », je ne sais plus trop où, dans la région de Kaschau peut-être : c'était un spectacle pénible, les Juifs étaient parqués par familles entières dans une briqueterie à ciel ouvert, sous la pluie de printemps, les enfants en culottes courtes jouaient dans les flaques d'eau, les adultes, apathiques, restaient assis sur leurs valises ou faisaient les cent pas. Je fus frappé par le contraste entre ces Juifs et ceux, les seuls que je connusse vraiment jusque-là, de Galicie et d'Ukraine; ceux-ci étaient des gens bien éduqués, des bourgeois souvent, et même les artisans et les fermiers, assez nombreux, arboraient un aspect propre et digne, les enfants étaient lavés, peignés, bien mis malgré les conditions, vêtus parfois de costumes nationaux verts, avec des brandebourgs noirs et de petits calots. Tout cela rendait la scène encore plus oppressante, malgré leurs étoiles jaunes ç'auraient pu être des villageois allemands ou au moins tchèques, et cela me donnait des pensées sinistres, j'imaginais ces garçons proprets ou ces jeunes filles au charme discret sous les gaz, pensées qui me soulevaient le cœur, mais il n'y avait rien à faire, je regardais les femmes enceintes et les imaginais dans les chambres à gaz, leurs mains sur leurs ventres arrondis, je me demandais avec horreur ce qui arrivait au fœtus d'une femme gazée, s'il mourait tout de suite avec sa mère ou bien lui survivait un peu, emprisonné dans sa gangue morte, son paradis étouffant, et de là affluaient les souvenirs de l'Ukraine, et pour la première fois depuis longtemps j'avais envie de vomir, vomir mon impuissance, ma tristesse, et ma vie inutile. Je croisai là, par hasard, le Dr. Grell, un Legationsrat chargé par Feine d'identifier les Juifs étrangers arrêtés par erreur par la police hongroise, surtout ceux des pays alliés ou neutres, et de les retirer des centres de transit pour éventuellement les renvoyer chez eux. Ce pauvre Grell, une « gueule cassée », défiguré par une blessure à la tête et d'affreuses brûlures, qui terrifiait les enfants et les faisait s'enfuir en hurlant, pataugeait dans la boue d'un groupe à l'autre, son chapeau dégoulinant d'eau, demandait poliment s'il y avait des détenteurs de passeports étrangers, examinait leurs papiers, ordonnait aux gendarmes hongrois d'en mettre certains de côté. Eichmann et ses collègues le détestaient, l'accusaient d'indulgence, de manque de discernement, et il était vrai, aussi, que beaucoup de Juifs hongrois, pour quelques milliers de pengö, achetaient un passeport étranger, surtout roumain, le plus facile à avoir, mais Grell ne faisait que son travail, ce n'était pas à lui de juger si ces passeports avaient été obtenus légalement ou non, et après tout, si les attachés roumains étaient corrompus, c'était le problème des autorités de Bucarest, pas le nôtre, s'ils voulaient accepter ou tolérer tous ces Juifs, tant pis pour eux. Je connaissais un peu Grell car à Budapest j'allais de temps en temps boire un verre ou dîner avec lui ; parmi les officiels allemands, presque tout le monde l'évitait ou le fuyait, même ses propres collègues, sans doute à cause de son apparence atroce, mais aussi à cause de ses accès de dépression sévères et fort déconcertants ; quant à moi, cela me dérangeait moins, peut-être parce que sa blessure était au fond assez semblable à la mienne, lui aussi avait reçu une balle dans la tête, mais avec de bien pires conséquences que moi, nous ne parlions pas, par accord tacite, des circonstances, mais quand il avait un peu bu il disait que j'avais de la chance, et il avait raison, j'avais une chance folle, d'avoir un visage intact et une tête à peu près aussi, alors que lui, s'il buvait trop, et il buvait souvent trop, explosait en des crises de rage inouïes, à la limite de l'attaque d'épilepsie, il changeait de couleur, se mettait à hurler, une fois, avec un garçon de café, j'avais même dû le retenir de force pour l'empêcher de casser toute la vaisselle, il était venu s'excuser le lendemain, contrit, déprimé, et j'essayai de le rassurer, je le comprenais bien. Là, dans ce centre de transit, il vint me voir, regarda Wisliceny qu'il connaissait aussi, et me dit simplement : « Sale affaire, hein ? » Il avait raison, mais il y avait pis. Pour essayer de comprendre ce qui se passait lors des sélections, je me rendis à Auschwitz. J'arrivai de nuit, par le Vienne-Cracovie ; bien avant la gare, sur la gauche du train, on voyait une ligne de points de lumière blanche, les projecteurs des barbelés de Birkenau perchés sur les poteaux passés à la chaux, avec derrière cette ligne encore du noir, un gouffre exhalant cette abominable odeur de chair brûlée, qui passait par bouffées à travers le wagon. Les passagers, surtout des militaires ou des fonctionnaires retournant à leurs postes, se pressaient aux vitres, souvent avec leurs femmes. Les commentaires fusaient : « Ça brûle joliment », fit un civil à son épouse. À la gare, je fus accueilli par un Untersturmführer qui me fit octroyer une chambre à la *Haus der Waffen-SS*. Le lendemain matin je revoyais Höss. Début mai, après l'inspection d'Eichmann, comme je l'ai dit, le WVHA avait de nouveau bouleversé l'organisation du complexe d'Auschwitz. Liebehenschel, certainement le meilleur Kommandant que le camp ait connu, s'était vu remplacer par une nullité, le Sturmbannführer Bär, un ancien pâtissier qui avait été un temps adjudant de Pohl ; Hartjenstein, à Birkenau, avait troqué sa place avec le Kommandant de Natzweiler, le Hauptsturmführer Kramer ; et Höss, enfin, pour la durée de l'Einsatz hongroise, supervisait les autres. Il me parut évident, en lui parlant, qu'il considérait que sa nomination concernait uniquement l'extermination : alors que les Juifs arrivaient au rythme de parfois quatre trains de trois mille unités chacun par jour, il n'avait fait construire aucune nouvelle baraque pour les réceptionner, mais avait au contraire mis toute sa considérable énergie à remettre en état les crématoires et à amener une voie ferrée en plein milieu de Birkenau, ce dont il était particulièrement fier, pour pouvoir décharger les wagons au pied des chambres à gaz. Dès le premier convoi de la journée, il m'amena voir la sélection et le reste des opérations. La nouvelle rampe passait sous la tour de garde du bâtiment d'entrée de Birkenau et continuait, avec trois branches, jusqu'aux crématoriums au fond. Une foule nombreuse grouillait sur le quai de terre battue, bruyante, plus pauvre et haute en couleur que celle que j'avais vue dans le centre de transit, ces Juifs-là devaient venir de Transylvanie, les femmes et les filles portaient des foulards bariolés, les hommes, encore en manteaux, arboraient de grosses moustaches bien fournies et des joues mal rasées. Il n'y avait pas trop de désordre, j'observai longuement les médecins qui effectuaient la sélection (Wirths n'était pas là), ils accordaient une seconde ou trois à chaque cas, au moindre doute c'était *non*, ils semblaient aussi refuser beaucoup de femmes qui me paraissaient à moi parfaitement valides ; Höss, lorsque je lui en fis la remarque, me signifia que c'était ses instructions, les baraques étaient bondées, il n'avait plus de place où mettre les gens, les entreprises rechignaient, ne prenaient pas ces Juifs assez vite, et ils s'entassaient, les épidémies recommençaient, et comme la Hongrie continuait à en envoyer tous les jours, il était bien obligé de faire de la place, il avait déjà effectué plusieurs sélections parmi les détenus, il avait aussi essayé de liquider le camp tsigane, mais là il avait eu des problèmes et ç'avait été remis à plus tard, il avait demandé la permission de vider le « camp de famille » de Theresienstadt et ne l'avait pas encore reçue, donc en attendant il ne pouvait vraiment sélectionner que les meilleurs, de toute façon s'il en prenait plus ils mouraient rapidement de maladie. Il m'expliquait tout cela calmement, ses yeux bleus et vides dirigés vers la foule et la rampe, absents. J'étais au désespoir, il était encore plus difficile de faire entendre raison à cet homme qu'à Eichmann. Il insista pour me montrer les installations de destruction et tout m'expliquer : il avait fait passer les Sonderkommandos de 220 à 860 hommes, mais on avait surestimé la capacité des Kremas ; ce n'était pas tellement le gazage qui posait problème, mais les fours étaient surchargés, et pour y remédier il avait fait creuser des tranchées d'incinération, en poussant les Sonderkommandos ça faisait l'affaire, il arrivait à une moyenne de six mille unités par jour, ce qui voulait dire que certains devaient parfois attendre le lendemain, si on était particulièrement débordé. C'était effroyable, la fumée et les flammes des tranchées, alimentées au pétrole et avec la graisse des corps, devaient se voir à des kilomètres à la ronde, je lui demandai s'il ne pensait pas que cela pourrait devenir gênant : « Oh, les autorités du Kreiss s'inquiètent, mais ce n'est pas mon problème. » À l'en croire, rien de ce qui aurait dû l'être n'était son problème. Excédé, je demandai à voir les baraquements. Le nouveau secteur, prévu depuis un certain temps comme camp de transit pour les Juifs hongrois, était resté inachevé ; des milliers de femmes, déjà hâves et maigres alors qu'elles n'étaient là que depuis peu, s'entassaient dans ces longues étables puantes ; beaucoup n'avaient pas de place et dormaient dehors, dans la boue ; alors qu'on n'avait pas assez d'uniformes rayés pour les vêtir, on ne leur laissait pas leurs propres habits, mais on les affublait de loques prises au « Canada » ; et je voyais des femmes entièrement nues, ou vêtues uniquement d'une chemise de laquelle dépassaient deux jambes jaunes et flasques, parfois souillées d'excréments. Peu étonnant que le *Jägerstab* se plaigne ! Höss rejetait vaguement le blâme sur les autres camps, qui selon lui refusaient les transports, par manque de place. Toute la journée, j'arpentai le camp, section par section, baraque après baraque ; les hommes n'étaient guère en meilleur état que les femmes. J'inspectai les registres : personne, bien sûr, n'avait songé à respecter la règle élémentaire de tout entreposage, *premier entré, premier sorti* ; alors que certains arrivants ne passaient même pas vingt-quatre heures dans le camp avant d'être réexpédiés, d'autres y croupissaient trois semaines, se défaisaient et puis souvent mouraient, ce qui augmentait encore les pertes. Mais à chaque problème que je lui signalais, Höss, inlassable, trouvait quelqu'un d'autre à blâmer. Sa mentalité, formée par les années d'avant-guerre, était entièrement inadaptée à la tâche, cela crevait les yeux ; mais il n'était pas le seul à blâmer, c'était aussi la faute de ceux qui l'avaient envoyé remplacer Liebehenschel, lequel, pour le peu que je le connaissais, s'y serait pris d'une tout autre manière. Je courus ainsi jusqu'au soir. Il plut plusieurs fois durant la journée, de brèves et rafraîchissantes pluies de printemps, qui faisaient retomber la poussière mais aussi accroissaient la misère des détenus restés à l'air libre, même si la plupart songeaient avant tout à recueillir quelques gouttes pour boire. Tout le fond du camp était dominé par le feu et la fumée, au-delà même de l'étendue tranquille du Birkenwald. Le soir, des colonnes interminables de femmes, d'enfants et de vieillards remontaient encore de la rampe par un long couloir barbelé, vers les Kremas III et IV où ils attendraient leur tour patiemment sous les bouleaux, et la belle lumière du soleil tombant rasait les cimes du Birkenwald, étirait à l'infini les ombres des rangées de baraques, faisait luire d'un jaune opalescent de peinture hollandaise le gris sombre des fumées, jetait des reflets doux sur les flaques et les bassins d'eau, venait teinter d'un orange vif et joyeux les briques de la Kommandantur, et j'en eus subitement assez et je plaquai là Höss et rentrai à la *Haus* où je passai la nuit à rédiger un rapport virulent sur les déficiences du camp. Dans la foulée, j'en fis un autre sur la partie hongroise de l'opération et, dans ma colère, n'hésitai pas à qualifier l'attitude d'Eichmann d'*obstructionnisme*. (Les négociations avec les Juifs hongrois étaient déjà en cours depuis deux mois, l'offre pour les camions devait alors remonter à un mois, car ma visite à Auschwitz se situait quelques jours avant le débarquement en Normandie ; Becher se plaignait depuis longtemps de l'attitude peu coopérative d'Eichmann, qui nous semblait à tous deux ne mener les négociations que pour la forme.) *Eichmann est obnubilé par sa mentalité de logisticien*, écrivai-je. *Il est incapable de comprendre et d'intégrer dans sa démarche des finali-*

tés complexes. Et je sais de source sûre qu'après ces rapports, que j'envoyai à Brandt pour le Reichsführer et directement à Pohl, Pohl convoqua Eichmann au WVHA et lui fit des remontrances en des termes directs et brutaux sur l'état des arrivages et le nombre inacceptable de morts et de malades ; mais Eichmann, dans son entêtement, se contenta de répondre que c'était la juridiction des Hongrois. Contre une telle inertie, il n'y avait rien à faire. Je sombrais dans la dépression et d'ailleurs mon organisme s'en ressentait : je dormais mal, d'un sommeil troublé de rêves désagréables et interrompu trois ou quatre fois la nuit par la soif, ou bien une envie d'uriner qui se transformait en insomnie ; le matin, je me réveillais avec des migraines noires, qui ruinaient pour la journée ma concentration, m'obligeant parfois à interrompre le travail et à m'allonger sur un divan pendant une heure avec une compresse froide sur le front. Mais aussi fatigué fussé-je, je redoutais le retour de la nuit : des insomnies durant lesquelles je ressassais vainement mes problèmes, ou des rêves de plus en plus angoissants, je ne sais pas ce qui me tourmentait le plus. Voici un de ces rêves, qui m'a particulièrement frappé : le rabbin de Brême avait émigré en Palestine. Mais lorsqu'il entendit dire que les Allemands tuaient les Juifs, il se refusa à le croire. Il se rendit au consulat allemand et demanda un visa pour le Reich, pour voir par lui-même si les rumeurs étaient fondées. Bien entendu, il finissait mal. Entre-temps, la scène changeait : je me retrouvais, spécialiste des Affaires juives, en train d'attendre une audience auprès du Reichsführer qui désire apprendre certaines choses de moi. Je suis assez nerveux, car il est patent que s'il n'est pas satisfait de mes réponses, je suis un homme mort. Cette scène-ci se passe dans un grand château sombre. Je rencontre Himmler dans une pièce ; il me serre la main, petit homme calme et peu remarquable, vêtu d'un long manteau, avec son éternel pince-nez aux verres ronds. Puis je le mène par un long corridor dont les murs sont recouverts de livres. Ces livres doivent m'appartenir, car le Reichsführer semble très impressionné par la bibliothèque et me félicite. Puis nous nous retrouvons dans une autre pièce en train de discuter de choses qu'il veut savoir. Plus tard, il me semble que nous sommes dehors, au milieu d'une ville en flammes. Ma peur de Heinrich Himmler est passée, je me sens tout à fait en sécurité avec lui, mais maintenant j'ai peur des bombes, du feu. Nous devons passer en sprintant à travers la cour incendiée d'un immeuble. Le Reichsführer me prend la main : « Faites-moi confiance. Quoi qu'il se passe, je ne vous lâcherai pas. Nous traverserons ensemble ou nous échouerons ensemble. » Je ne comprends pas pourquoi il veut protéger le *Judelein*, le petit Juif que je suis, mais je lui fais confiance, je sais qu'il est sincère, je pourrais même ressentir de l'amour pour cet homme étrange.

Mais il faudrait quand même que je vous parle de ces fameuses négociations. Je n'y ai pas participé directement : une fois, j'ai rencontré Kastner avec Becher, lorsque Becher négociait un de ces accords privés qui mettaient Eichmann hors de lui. Mais j'y prenais un vif intérêt car une des propositions consistait à mettre un certain nombre de Juifs « au frigo », c'est-à-dire à les envoyer travailler sans passer par Auschwitz, ce qui m'aurait fort arrangé. Becher, c'était le fils d'un homme d'affaires de la meilleure société de Hambourg, un cavalier qui avait fini officier à la *Reiter-SS* et s'était distingué à plusieurs reprises à l'Est, notamment au début de 1943 sur le front du Don, où il avait obtenu la Croix allemande en or ; depuis, il occupait des fonctions logistiques importantes au *SS-Führungshauptamt*, le FHA qui supervisait toute la Waffen-SS. Après qu'il eut fait main basse sur les Manfred-Weiss Werke — il ne m'en a jamais parlé, et je sais comment ça c'est passé uniquement par les livres, mais il semble que ça ait commencé tout à fait par hasard — le Reichsführer lui ordonna de continuer les négociations avec les Juifs, tout en donnant des instructions semblables à Eichmann, sans doute exprès, pour qu'ils soient en rivalité. Et Becher pouvait promettre beaucoup, il avait l'oreille du Reichsführer, mais n'était en principe pas responsable des Affaires juives et n'avait aucune autorité directe en la matière, encore moins que moi. Toutes sortes d'autres personnes étaient mêlées à cette histoire : une équipe de gaillards de Schellenberg, bruyants, indisciplinés, certains de l'ancien Amt VI, comme Höttl qui se faisait appeler Klages et a plus tard publié un livre sous encore un autre nom, d'autres de l'Abwehr de Canaris, Gefrorener (*alias* Dr. Schmidt), Durst (*alias* Winniger), Laufer (*alias* Schröder), mais peut-être que je confonds les noms et les pseudonymes, il y avait encore cet odieux Paul Carl Schmidt, le futur Paul Carrell que j'ai déjà mentionné, et que je pense ne pas confondre avec Gefrorener *alias* Dr. Schmidt, mais ce n'est pas sûr. Et les Juifs donnaient de l'argent et des bijoux à tous ces gens, et tous en prenaient, au nom de leurs services respectifs ou bien pour eux-mêmes, impossible de savoir ; Gefrorener et ses collègues, qui en mars avaient placé Joel Brandt en état d'arrestation pour le « protéger » d'Eichmann, lui avaient demandé plusieurs milliers de dollars pour le présenter à Wisliceny, et ensuite Wisliceny, Krumey et Hunsche ont reçu beaucoup d'argent de lui, avant qu'on en vienne à parler des camions. Mais Brandt, je ne l'ai jamais rencontré, c'est Eichmann qui traitait avec lui, puis il est parti assez rapidement pour Istanbul et il n'est jamais revenu. J'ai vu sa femme, une fois, au *Majestic*, avec Kastner, une fille au type juif prononcé, pas vraiment belle, mais avec beaucoup de caractère, c'est Kastner qui me l'a présentée comme la femme de Brandt. L'idée des camions, on ne sait pas trop qui l'a eue, Becher a dit que c'était lui, mais je suis convaincu que c'est Schellenberg qui a soufflé l'idée au Reichsführer, ou alors si vraiment c'était une idée de Becher Schellenberg l'a développée, toujours est-il que début avril, le Reichsführer a convoqué Becher et Eichmann à Berlin (c'est Becher qui me l'a raconté, pas Eichmann) et a donné à Eichmann l'ordre de motoriser les 8ᵉ et 22ᵉ divisions de cavalerie SS, avec des camions, dix mille environ, qu'il devait obtenir des Juifs. Et c'est donc là cette fameuse histoire de la proposition qu'on a baptisée « Du sang contre des biens », dix mille camions équipés pour l'hiver contre un million de Juifs, et qui a fait couler beaucoup d'encre et en fera couler encore. Je n'ai pas grand-chose à ajouter à ce qui a déjà été dit : les principaux participants, Becher, Eichmann, le couple Brandt et Kastner, ont tous survécu à la guerre et ont témoigné sur cette affaire (mais le malheureux Kastner a été assassiné trois ans avant l'arrestation d'Eichmann, en 1957, par des extrémistes juifs à Tel-Aviv — pour sa « collaboration » avec nous, ce qui est tristement ironique). Une des clauses de la proposition faite aux Juifs précisait que les camions seraient employés uniquement sur le front de l'Est, contre les Soviétiques, mais pas contre les puissances occidentales ; et ces camions, bien entendu, n'auraient pu provenir que des Juifs américains. Eichmann, j'en suis convaincu, a pris cette proposition à la lettre, d'autant que le commandant de la 22ᵉ division, le SS-Brigadeführer August Zehender, était un de ses bons amis : il s'est vraiment imaginé que motoriser ces divisions était l'objectif, et même s'il rechignait à « lâcher » tant de Juifs, il voulait aider son ami Zehender. Comme si quelques camions avaient pu changer le cours de la guerre. Combien de camions ou de chars ou d'avions un million de Juifs auraient-ils pu construire, si jamais on avait eu un million de Juifs dans les camps ? Les sionistes, je le soupçonne, et Kastner en tête, ont dû comprendre tout de suite que c'était un leurre, mais un leurre qui pouvait aussi servir leurs intérêts, leur faire gagner du temps. C'étaient des hommes lucides, réalistes, ils devaient savoir aussi bien que le Reichsführer que non seulement aucun pays ennemi n'accepterait de livrer dix mille camions à l'Allemagne, mais que de plus aucun pays, même à ce moment-là, n'était prêt à accueillir un million de Juifs. Pour ma part, c'est dans la précision selon laquelle les camions ne seraient pas utilisés à l'Ouest que je vois la main de Schellenberg. Pour lui, comme Thomas me l'avait laissé entendre, il n'y avait plus qu'une solution, rompre l'alliance contre nature entre les démocraties capitalistes et les staliniens, et jouer à fond la carte du *rempart de l'Europe contre le Bolchevisme*. L'histoire de l'après-guerre a d'ailleurs prouvé qu'il avait pleinement raison, et qu'il n'était qu'en avance sur son temps. La proposition des camions pouvait avoir plusieurs sens. Bien sûr, on ne savait jamais, un miracle pouvait arriver, les Juifs et les Alliés pouvaient accepter le marché, et alors il aurait été facile de se servir de ces camions pour créer des dissensions entre Russes et Anglo-Américains, voire les pousser à la rupture. Himmler en rêvait peut-être ; mais Schellenberg était bien trop réaliste pour placer ses espoirs dans ce scénario. Pour lui, l'affaire devait être bien plus simple, il s'agissait d'envoyer un signal diplomatique, via les Juifs qui gardaient encore une certaine influence, que l'Allemagne était prête à discuter de tout, d'une paix séparée, d'une cessation du programme d'extermination, puis de voir comment réagiraient les Anglais et les Américains pour poursuivre d'autres démarches : un ballon d'essai, en somme. Et les Anglo-Américains l'ont d'ailleurs tout de suite interprété comme ça, comme le prouve leur réaction : l'information sur la proposition fut publiée dans leurs journaux et dénoncée. Il est aussi possible que Himmler ait pensé que si les Alliés refusaient l'offre, cela démontrerait qu'ils se moquaient de la vie des Juifs, ou même qu'ils approuvaient secrètement nos mesures ; à tout le moins, cela rejetterait une partie de la responsabilité sur eux, les *mouillerait* comme Himmler avait déjà mouillé les Gauleiter et les autres dignitaires du régime. Quoi qu'il en soit, Schellenberg et Himmler n'abandonnèrent pas la partie, et des négociations continuèrent jusqu'à la fin de la guerre, comme on le sait, toujours avec les Juifs pour enjeu ; Becher réussit même, grâce à l'entremise des Juifs, à rencontrer en Suisse McClellan, l'homme de Roosevelt, une violation par les Américains des accords de Téhéran, qui ne mena à rien pour nous. Moi, je n'avais plus rien à voir avec ça depuis longtemps : de temps en temps, des rumeurs me parvenaient, par Thomas ou par Eichmann, mais c'était tout. Même en Hongrie, comme je l'ai expliqué, mon rôle restait périphérique. Je me suis surtout intéressé à ces négociations après ma visite à Auschwitz, à l'époque du débarquement anglo-américain, vers le début de juin. Le maire de Vienne, le SS-Brigadeführer (honoraire) Blaschke, avait demandé à Kaltenbrunner de lui envoyer des *Arbeitjuden* pour ses usines qui manquaient désespérément de travailleurs ; et je vis là une occasion pour à la fois faire avancer les négociations d'Eichmann — on pouvait considérer que ces Juifs, livrés à Vienne, auraient été mis « au frigo » — et obtenir de la main-d'œuvre. Je m'employai donc à orienter les négociations dans ce sens. C'est à ce moment-là que Becher me présenta à Kastner, un type impressionnant, toujours d'une élégance parfaite, qui traitait avec nous comme avec des égaux, au mépris total de sa propre vie, ce qui lui donnait d'ailleurs une certaine force face à nous : on ne pouvait pas lui faire peur (il y eut des tentatives, il fut arrêté plusieurs fois, par la SP ou par les Hongrois). Il s'assit sans que Becher l'y ait invité, tira une cigarette aromatisée d'un étui en argent et l'alluma sans nous en demander la permission, sans nous en offrir non plus. Eichmann se disait très impressionné par sa froideur et sa rigueur idéologique et estimait que si Kastner avait été allemand, il aurait fait un très bon officier de la *Staatspolizei*, ce qui était sans doute pour lui le plus haut compliment possible. « Il pense comme nous, Kastner, me dit-il un jour. Il ne songe qu'au potentiel biologique de sa race, il est prêt à sacrifier tous les vieux pour sauver les jeunes, les forts, les femmes fertiles. Il pense à l'avenir de sa race. Je lui ai dit : "Moi, si j'avais été juif, j'aurais été sioniste, un sioniste fanatique, comme vous". » L'offre viennoise intéressait Kastner : il était prêt à verser de l'argent, si la sécurité des Juifs envoyés pouvait être garantie. Je transmis cette offre à Eichmann, qui se rongeait les sangs parce que Joel Brandt avait disparu et qu'il n'y avait aucune réponse pour les camions. Becher, pendant ce temps, négociait ses propres arrangements, il évacuait des Juifs par petits groupes, surtout par la Roumanie, pour de l'argent bien sûr, de l'or, des marchandises, Eichmann était fou de rage, il donna même l'ordre à Kastner de ne plus parler à Becher ; Kastner, bien entendu, n'y prêta aucune attention, et Becher fit d'ailleurs sortir sa famille. Eichmann, au comble de l'indignation, me dit que Becher lui avait montré un collier en or qu'il comptait offrir au Reichsführer pour sa maîtresse, une secrétaire à qui il avait fait un enfant : « Becher tient le Reichsführer, je ne sais plus quoi faire », gémissait-il. À la fin, mes manœuvres eurent quelque succès : Eichmann reçut 65 000 reichsmarks et du café un peu rance, ce qu'il considérait comme un acompte sur les cinq millions de francs suisses qu'il avait demandés, et dix-huit mille jeunes Juifs partirent travailler à Vienne. J'en rendis fièrement compte au Reichsführer, mais ne reçus aucune réponse. De toute façon, l'Einsatz touchait déjà à sa fin, même si on ne le savait pas encore. Horthy, apparemment terrifié par des émissions de la BBC et des câbles diplomatiques américains interceptés par ses services, avait convoqué Winkelmann pour lui demander ce qui arrivait aux Juifs évacués, lesquels restaient après tout des citoyens hongrois ; Winkelmann, ne sachant pas quoi répondre, avait à son tour convoqué Eichmann. Eichmann nous narra cet épisode, qu'il trouvait hilarant, un soir au bar du *Majestic* ; il y avait là Wisliceny et Krumey, ainsi que Trenker, le KdS de Budapest, un Autrichien affable, ami de Höttl. « Je lui ai répondu : nous les emmenons travailler, racontait Eichmann en riant. Il ne m'a rien demandé d'autre. » Horthy ne se satisfit pas de cette réponse un peu dilatoire : le 30 juin, il ajourna l'évacuation de Budapest, qui devait débuter le lendemain ; quelques jours plus tard, il l'interdit tout à fait. Eichmann réussit encore, malgré l'interdiction, à vider Kistarcsa et Szarva : mais c'était un geste *pour l'honneur*. Les évacuations étaient finies. Il y eut encore des péripéties : Horthy limogea Endre et Baky, mais fut obligé sous la pression allemande de les reprendre ; plus tard encore, fin août, il déposait Sztójay et le remplaçait par Lakatos, un général conservateur. Mais je n'étais plus là depuis longtemps : malade, épuisé, j'étais rentré à Berlin où j'achevai de m'effondrer. Eichmann et ses collègues avaient réussi à évacuer quatre cent mille Juifs ; sur ceux-là, à peine cinquante mille avaient pu être retenus pour l'industrie (plus les dix-huit mille de Vienne). J'étais catastrophé, épouvanté par tant d'incompétence, d'obstruction, de mauvaise volonté. Eichmann, d'ailleurs, n'allait guère mieux que moi. Je le vis une dernière fois à son bureau, début juillet avant de partir : il était à la fois exalté et rongé de doutes. « La Hongrie, Obersturmbannführer, c'est mon chef-d'œuvre. Même si on doit s'arrêter là. Vous savez combien de pays j'ai déjà vidés de leurs Juifs ? La France, la Hollande, la Belgique, la Grèce, une partie de l'Italie, de la Croatie. L'Allemagne aussi bien sûr, mais ça c'était facile, c'était simplement une question technique de transport. Mon seul échec, c'est le Danemark. Mais là, j'ai donné plus de Juifs à Kastner que je n'en ai laissé filer au Danemark. Qu'est-ce que c'est, mille Juifs ? De la poussière. Maintenant, j'en suis sûr, les Juifs ne s'en remettront jamais. Ici, ç'a été magnifique, les Hongrois nous les ont offerts comme de la bière aigre, on n'a pas pu travailler assez vite. Dommage qu'il ait fallu s'arrêter, peut-être qu'on pourra reprendre. » Je l'écoutais sans rien dire. Les tics agitaient son visage plus encore que d'habitude, il se frottait le nez, se tordait le cou. Malgré ces paroles orgueilleuses, il semblait très abattu. Brusquement, il me demanda : « Et moi, dans tout ça ? Qu'est-ce que je vais devenir ? Qu'est-ce que ma famille va devenir ? » Quelques jours auparavant, le RSHA avait intercepté une émission radio de New York qui donnait les chiffres des Juifs tués à Auschwitz, des chiffres assez proches de la vérité. Eichmann devait être au courant, comme il devait savoir que son nom figurait sur toutes les listes de nos ennemis. « Vous voulez mon opinion sincère ? » dis-je doucement. — « Oui, répondit Eichmann. Vous savez bien, malgré nos différends, que j'ai toujours respecté votre opinion. » — « Eh bien, si nous perdons la guerre, vous êtes foutu. » Il redressa la tête : « Ça, je le sais. Je ne compte pas survivre. Si nous sommes vaincus, je me tirerai une balle dans la tête, fier d'avoir fait mon devoir de SS. Mais si nous ne perdons pas ? » — « Si nous ne perdons pas, dis-je encore plus doucement, vous devrez évoluer. Vous ne pourrez pas toujours continuer comme ça. L'Allemagne de l'après-guerre sera différente, beaucoup de choses changeront, il y aura de nouvelles tâches. Vous devrez vous y adapter. » Eichmann resta silencieux et je pris congé pour retourner à l'*Astoria*. En plus des insomnies et des migraines, je commençais à ressentir de fortes bouffées de fièvre, qui disparaissaient comme elles étaient venues. Ce qui acheva de me déprimer entièrement, ce fut la visite des deux bouledogues, Clemens et Weser, qui se présentèrent sans préavis à mon hôtel. « Mais que faites-vous ici ? » m'exclamai-je. — « Eh bien, Obersturmbannführer, dit Weser, ou peut-être Clemens, je ne me souviens plus, on est venus vous parler. » — « Mais de quoi voulez-vous que nous parlions ? fis-je, exaspéré. L'affaire est close. » — « Ah, mais justement, non », dit Clemens, je crois. Tous deux avaient ôté leurs chapeaux et s'étaient assis sans demander la permission, Clemens sur une chaise rococo trop petite pour sa masse, Weser perché sur un long divan. « Vous n'êtes pas mis en cause, soit. Cela, nous l'acceptons tout à fait. Mais l'enquête sur ces meurtres continue. Nous cherchons toujours votre sœur et ces jumeaux, par exemple. » — « Figurez-vous, Obersturmbannführer, que les Français nous ont envoyé la marque des vêtements qu'ils ont trouvés, vous vous souvenez ? Dans la salle de bains. Grâce à ça, nous sommes remontés jusqu'à un tailleur connu, un certain Pfab. Vous avez déjà commandé des costumes à Herr Pfab, Obersturmbannführer ? » Je souris : « Bien entendu. C'est un des meilleurs tailleurs de Berlin. Mais je vous préviens : si vous continuez à enquêter sur moi, je demanderai au Reichsführer de vous faire démettre pour insubordination. » — « Oh ! s'exclama Weser. Pas la peine de nous menacer, Obersturmbannführer. On n'en a pas après vous. On veut juste continuer à vous entendre comme témoin. » — « Précisément, lâcha Clemens de sa grosse voix. Comme témoin. » Il passa son calepin à Weser qui le feuilleta, puis le lui rendit en lui indiquant une page. Clemens lut, puis repassa le carnet à Weser. « La police française, susurra ce dernier, a retrouvé le testament de feu Herr Moreau. Je vous rassure tout de suite, vous n'êtes pas nommé. Votre sœur non plus. Herr Moreau laisse tout, sa fortune, ses entreprises, sa maison, aux deux jumeaux. » — « Nous, grogna Clemens, on trouve ça bizarre. » — « Tout à fait, continua Weser. Après tout, d'après ce que nous avons compris, ce sont des enfants recueillis, peut-être de la famille de votre mère, peut-être pas, en tout cas pas de la sienne. » Je haussai les épaules : « Je vous ai déjà dit que Moreau et moi ne nous entendions pas. Je ne suis pas surpris qu'il ne m'ait rien laissé. Mais il n'avait pas d'enfants, pas de famille. Il devait avoir fini par se sentir proche de ces jumeaux. » — « Admettons, fit Clemens. Admettons. Mais bon : ils ont peut-être été témoins du crime, ils héritent, et ils disparaissent, grâce à votre sœur qui n'est apparemment pas rentrée en Allemagne. Et vous, vous ne pourriez pas nous éclairer un peu là-dessus ? Même si vous n'avez rien à voir avec tout ça. » — « Meine Herren, répondis-je en me raclant la gorge, je vous ai déjà dit tout ce que je sais. Si vous êtes venus à Budapest pour me demander ça, vous avez perdu votre temps. » — « Oh, vous savez, fit fielleusement Weser, on ne perd jamais tout à fait son temps. On y trouve toujours de l'utile. Et puis, on aime bien vous parler. » — « Ouais, éructa Clemens. C'est très agréable. D'ailleurs, on va continuer. » — « Parce que, voyez-vous, dit Weser, une fois qu'on commence quelque chose, il faut aller jusqu'au bout. » — « Oui, approuva Clemens, sinon ça n'aurait pas de sens. » Je ne disais rien, je les regardais froidement, et en même temps j'étais plein d'effroi, car, je le voyais, ces olibrius s'étaient convaincus que j'étais coupable, ils n'allaient pas cesser de me persécuter, il fallait faire quelque chose. Mais quoi ? J'étais trop déprimé pour réagir. Ils me posèrent encore quelques questions sur ma sœur et son mari, auxquelles je répondis distraitement. Puis ils se levèrent pour partir. « Obersturmbannführer, fit Clemens, son chapeau déjà sur la tête, c'est un vrai plaisir de causer avec vous. Vous êtes un homme raisonnable. » — « On espère bien que ce ne sera pas la dernière fois, dit Weser. Vous comptez bientôt revenir à Berlin ? Vous allez avoir un choc : la ville n'est plus ce qu'elle était. »

Weser n'avait pas tort. Je rentrai à Berlin dans la deuxième semaine de juillet pour rendre compte de mes activités et attendre de nouvelles instructions. J'y trouvai les bureaux du Reichsführer et du RSHA durement éprouvés par les bombardements de mars et d'avril. Le Prinz-

Albrecht-Palais avait été entièrement détruit par des bombes à explosifs concentrés ; la SS-Haus tenait encore debout, mais en partie seulement, et mon bureau avait de nouveau dû déménager dans une autre annexe du ministère de l'Intérieur. Toute une aile du siège de la *Staatspolizei* avait brûlé, de grandes lézardes zébraient les murs, des planches bouchaient les croisées vides ; la plupart des départements et des sections s'étaient décentralisés dans des faubourgs ou même des villages éloignés. Des *Häftlinge* travaillaient encore à repeindre les couloirs et les escaliers et à déblayer les gravats des bureaux détruits ; plusieurs d'entre eux avaient d'ailleurs été tués lors d'un raid, début mai. En ville, pour les gens qui restaient, la vie était dure. Il n'y avait presque plus d'eau courante, des soldats en livraient deux seaux par jour aux familles démunies, plus d'électricité, plus de gaz. Les fonctionnaires qui venaient encore péniblement au travail s'entouraient le visage d'écharpes pour se protéger de la fumée perpétuelle des incendies. Obéissant à la propagande patriotique de Goebbels, les femmes ne portaient plus de chapeaux, ni de vêtements trop élégants ; celles qui s'aventuraient maquillées dans la rue se faisaient houspiller. Les gros raids de plusieurs centaines d'appareils avaient cessé depuis quelque temps ; mais les petites attaques continuaient avec des Mosquito, imprévisibles, harassantes. Nous avions enfin lancé nos premières fusées sur Londres, pas celles de Speer et de Kammler, mais les petites de la Luftwaffe que Goebbels avait baptisées V-1 pour *Vergeltungswaffen*, « armes de rétribution » ; elles n'avaient que peu d'effets sur le moral anglais, encore moins sur celui de nos propres civils, bien trop abattus par les bombardements en Allemagne centrale et les nouvelles désastreuses du front, le débarquement réussi en Normandie, la reddition de Cherbourg, la perte de Monte Cassino, et la débâcle de Sébastopol, fin mai. La Wehrmacht taisait encore la terrible percée soviétique en Biélorussie, peu de gens le savaient, même si déjà les rumeurs fusaient, encore en deçà de la vérité, mais moi je savais tout, notamment qu'en trois semaines les Russes avaient atteint la mer, que le groupe d'armées Nord était isolé sur la Baltique et que le groupe d'armées Centre n'existait plus du tout. Dans cette ambiance maussade, Grothmann, l'adjoint de Brandt, me réserva un accueil froid, presque méprisant, il paraissait vouloir me blâmer personnellement pour les piètres résultats de l'Einsatz hongroise, et je le laissai parler, j'étais trop démoralisé pour protester. Brandt lui-même se trouvait à Rastenburg avec le Reichsführer. Mes collègues semblaient dans le désarroi, personne ne savait trop où il devait aller ou ce qu'il devait faire. Speer, depuis sa maladie, n'avait jamais tenté de me recontacter, mais je recevais encore des copies de ses lettres furieuses au Reichsführer : depuis le début de l'année, la Gestapo avait arrêté pour infractions diverses plus de trois cent mille personnes, dont deux cent mille travailleurs étrangers, qui allaient grossir les effectifs des camps ; Speer accusait Himmler de braconner sa main-d'œuvre et menaçait d'en référer au Führer. Nos autres interlocuteurs accumulaient plaintes et critiques, surtout le *Jägerstab* qui s'estimait délibérément lésé. Nos propres lettres ou demandes ne recevaient que des réponses indifférentes. Mais cela m'était égal, je parcourais cette correspondance sans en comprendre la moitié. Parmi la pile de courrier qui m'attendait, je trouvai une lettre du juge Baumann : je déchirai l'enveloppe à la hâte, en tirai un petit mot anodin et une photographie. C'était la reproduction d'un vieux cliché, granuleux, un peu flou, aux tons très contrastés ; on y voyait des hommes à cheval dans la neige, avec des uniformes hétéroclites, des casques de fer, des casquettes de marine, des bonnets en astrakan ; Baumann avait tracé une croix à l'encre au-dessus d'un de ces hommes, qui portait un long manteau avec des galons d'officier ; son visage ovale et minuscule était entièrement indistinct, méconnaissable. Au dos, Baumann avait porté la mention COURLANDE, SOUS WOLMAR, 1919. Son mot poli ne m'apprenait rien de plus.

J'avais eu de la chance : mon appartement avait survécu. De nouveau il ne restait plus une vitre, ma voisine avait bouché les croisées tant bien que mal avec des planches et de la toile de bâche ; dans le salon, les vitrines du buffet avaient sauté, le plafond s'était lézardé et le lustre était tombé ; il régnait dans ma chambre une entêtante odeur de brûlé, car l'appartement voisin avait pris feu lorsqu'une bombe incendiaire était passée par la fenêtre ; mais c'était habitable et même propre : ma voisine, Frau Zempke, avait tout nettoyé et fait reblanchir les murs pour masquer les traces de fumée, les lampes à huile, refourbies et astiquées, reposaient en rang sur le buffet, un fût et plusieurs bidons d'eau encombraient la salle de bains. J'ouvris la porte-fenêtre et toutes les croisées dont le cadre n'avait pas été cloué, pour profiter de la lumière de fin de journée, puis descendis remercier Frau Zempke, à qui je donnai de l'argent pour sa peine — elle aurait sans doute préféré de la charcuterie hongroise, mais encore une fois je n'y avais même pas songé — et aussi des coupons pour qu'elle puisse me préparer à manger : ceux-ci, m'expliqua-t-elle, ne me serviraient pas à grand-chose, le magasin où la plupart étaient enregistrés n'existait plus, mais si je lui donnais encore un peu d'argent, elle se débrouillerait. Je remontai. Je tirai un fauteuil

devant le balcon ouvert, c'était une calme et belle soirée d'été, il ne restait plus, de la moitié des immeubles environnants, que des façades
vides et muettes ou des amas de décombres, et je contemplai longuement ce paysage de fin du monde, le parc, au pied de l'immeuble,
demeurait silencieux, tous les enfants avaient dû être envoyés à la campagne. Je ne mis même pas de musique, afin de profiter un peu de cette
douceur et de cette tranquillité. Frau Zempke m'apporta de la saucisse,
du pain, et un peu de soupe, en s'excusant de ne pouvoir faire mieux,
mais cela me convenait très bien, j'avais pris de la bière au comptoir de
la *Staatspolizei* et je mangeai et bus avec plaisir, pris dans la curieuse
illusion de flotter sur un îlot, un havre paisible au milieu du désastre.
Après avoir rangé les couverts, je me versai un grand verre de mauvais
schnaps, allumai une cigarette, et me rassis en tâtant ma poche pour y
sentir l'enveloppe de Baumann. Mais je ne la sortis pas tout de suite, je
regardais les jeux de la lumière du soir sur les ruines, cette longue
lumière oblique qui jaunissait le calcaire des façades et passait par les
fenêtres béantes pour aller éclairer le chaos de poutres calcinées et de
cloisons effondrées. Dans certains appartements, on apercevait des
traces de la vie qui s'y était déroulée : un cadre avec une photographie
ou une reproduction encore accroché au mur, du papier peint lacéré,
une table à moitié suspendue dans le vide avec sa nappe à carreaux
rouge et blanc, une colonne de poêles en céramique toujours encastrés
dans le mur à chaque étage, alors que tous les planchers avaient disparu.
Çà et là, des gens continuaient à vivre : on voyait du linge suspendu à
une fenêtre ou un balcon, des pots de fleurs, la fumée d'un tuyau de
poêle. Le soleil tombait rapidement derrière les immeubles déchiquetés,
projetant de grandes ombres monstrueusement déformées. Voilà, me
disais-je, à quoi est réduite la capitale de notre Reich millénaire ; quoi
qu'il advienne, nous n'aurons pas assez du reste de notre vie pour
reconstruire. Puis j'installai quelques lampes à huile près de moi et tirai
enfin la photographie de ma poche. Cette image, je dois l'avouer,
m'effrayait : j'avais beau la détailler, je ne reconnaissais pas cet homme
dont le visage, sous sa casquette, se réduisait à une tache blanche, pas
tout à fait informe, on pouvait deviner un nez, une bouche, deux yeux,
mais sans traits, sans rien de distinctif, cela aurait pu être le visage de
n'importe qui, et je ne comprenais pas, en buvant mon schnaps, comment cela pouvait être possible, comment, en regardant cette mauvaise
photo mal reproduite, je ne pouvais pas me dire instantanément, sans
hésiter : Oui, c'est mon père, ou bien : Non, ce n'est pas mon père, un
tel doute me semblait insupportable, j'avais achevé mon verre et m'en

étais versé un autre, j'examinais toujours la photo, fouillais dans mon souvenir pour rassembler des bribes sur mon père, sur son apparence, mais c'était comme si les détails se fuyaient les uns les autres et m'échappaient, la tache blanche sur la photographie les repoussait comme deux bouts d'aimant de même polarité, les dispersait, les corrodait. Je n'avais pas de portrait de mon père : quelque temps après son départ, ma mère les avait tous détruits. Et maintenant cette photo ambiguë et insaisissable ruinait ce qui me restait de souvenirs, remplaçait sa présence vivante par un visage flou et un uniforme. Pris de rage, je déchirai la photographie en plusieurs morceaux et les jetai par le balcon. Puis je vidai mon verre et m'en versai aussitôt un autre. Je transpirais, j'avais envie de bondir hors de ma peau, trop étroite pour ma colère et mon angoisse. Je me déshabillai et me rassis nu devant le balcon ouvert, sans même prendre la peine de souffler les lampes. Tenant mon sexe et mes bourses dans une main, comme un petit moineau blessé qu'on ramasse dans un champ, je vidai verre sur verre et fumai rageusement ; la bouteille une fois vide, je la pris par le col et l'envoyai au loin, vers le parc, sans me soucier des éventuels promeneurs. Je voulais continuer à jeter des choses, vider l'appartement, balancer les meubles. J'allai me passer un peu d'eau sur la figure et, levant une lampe à huile, je me regardai dans le miroir : mes traits étaient blafards, défaits, j'avais l'impression que mon visage fondait comme une cire déformée par la chaleur de ma laideur et de ma haine, mes yeux luisaient comme deux cailloux noirs plantés au milieu de ces formes hideuses et insensées, plus rien ne tenait ensemble. Je rejetai mon bras en arrière et projetai la lampe contre le miroir qui se volatilisa, un peu d'huile chaude fusa, me brûlant l'épaule et le cou. Je retournai au salon et me couchai en boule sur le divan. Je tremblais, je claquais des dents. Je ne sais pas où je trouvai la force de passer dans mon lit, c'était certainement parce que je mourais de froid, je m'enroulai dans les couvertures mais cela n'y changeait pas grand-chose. Ma peau fourmillait, des frissons secouaient mon échine, des crampes striaient ma nuque et me faisaient gémir d'inconfort, et toutes ces sensations montaient par grandes vagues, m'emportaient dans une eau glauque et trouble, et à chaque moment je pensais que ça ne pouvait pas être pire, puis j'étais emporté de nouveau et me retrouvais à un endroit d'où les douleurs et les sensations antérieures me paraissaient presque plaisantes, une exagération d'enfant. Ma bouche était desséchée, je ne pouvais décoller ma langue de la gangue pâteuse qui l'entourait, mais me lever pour aller chercher de l'eau, j'en aurais été bien incapable. J'errai longtemps ainsi dans les bois touffus de la fièvre, mon corps hanté par de vieilles obsessions : avec les frissons et les crampes, une sorte de fureur érotique traversait mon corps paralysé, mon anus me picotait, je bandais douloureusement, mais je ne pouvais faire le moindre geste pour me soulager, c'était comme si je me branlais la main pleine de verre pilé, je me laissais porter par cela comme par le reste. À certains moments, ces courants violents et contradictoires me faisaient glisser dans le sommeil, car des images angoissantes m'envahissaient l'esprit, j'étais un petit enfant nu qui chiait accroupi dans la neige, et je levais la tête pour me voir entouré de cavaliers aux visages de pierre, en manteaux de la Grande Guerre mais portant de longues lances plutôt que des fusils, et me jugeant silencieusement pour mon comportement inadmissible, je voulais fuir, mais c'était impossible, ils formaient un cercle autour de moi, et dans ma terreur je pataugeais dans ma merde, me souillais tandis qu'un des cavaliers aux traits flous se détachait du groupe et avançait vers moi. Mais cette image-là disparaissait, je devais entrer et sortir du sommeil et de ces rêves oppressants comme un nageur, à la surface de la mer, passe dans un sens et dans l'autre la limite entre l'eau et l'air, je retrouvais parfois mon corps inutile, dont j'aurais bien voulu me dépouiller comme on se défait d'un manteau mouillé, puis je repartais dans un autre récit embrouillé et confus, où une police étrangère me poursuivait, m'embarquait dans un fourgon qui passait par une falaise, je ne sais pas trop, il y avait un village, des maisons en pierre étagées sur une pente et autour des pins et du maquis, un village peut-être de l'arrière-pays provençal, et je désirais cela, une maison dans ce village et la paix qu'elle pouvait m'apporter, et au terme de longues péripéties ma situation trouvait sa résolution, les policiers menaçants disparaissaient, j'avais acheté la maison la plus basse du village, avec un jardin et une terrasse puis la forêt de pins autour, oh douce image d'Épinal, et alors c'était la nuit, il y avait une pluie d'étoiles filantes dans le ciel, des météorites qui brûlaient d'une lueur rose ou rouge et tombaient lentement, à la verticale, comme les étincelles mourantes d'un feu d'artifice, un grand rideau chatoyant, et je regardais cela, et les premiers de ces projectiles cosmiques touchaient la terre et à cet endroit d'étranges plantes commençaient à croître, des organismes bariolés, rouge, blanc, avec des taches, épais et gras comme certaines algues, elles s'élargissaient et montaient vers le ciel à une vitesse folle, à des hauteurs de plusieurs centaines de mètres, projetant des nuées de graines qui à leur tour donnaient naissance à des plantes semblables qui prenaient du champ, poussaient à la verticale mais en écrasant tout autour d'elles par la force de leur poussée irrésistible, arbres, maisons, véhicules, et je regardais cela, terrifié, un mur gigantesque de ces plantes emplissait maintenant l'horizon de ma vue et s'étendait dans toutes les directions, et je comprenais que cet événement qui m'avait semblé si anodin était en fait la catastrophe finale, ces organismes, venus du cosmos, avaient trouvé avec notre terre et notre atmosphère un environnement qui leur était infiniment favorable et ils se démultipliaient à une vitesse folle, occupaient tout l'espace libre et broyaient tout sous eux, aveuglément, sans animosité, simplement par la force de leur pulsion de vie et de croissance, rien ne pourrait les freiner, et en quelques jours la terre allait disparaître sous eux, tout ce qui avait fait notre vie et notre histoire et notre civilisation allait être rayé par ces végétaux avides, c'était idiot, un accident malheureux, mais on n'aurait jamais le temps de trouver une parade, l'humanité allait être effacée. Les météorites continuaient à tomber en scintillant, les plantes, mues par une vie folle, déchaînée, montaient vers le ciel, cherchaient à emplir toute cette atmosphère, si enivrante pour elles. Et je compris alors, mais peut-être fut-ce plus tard, en sortant de ce rêve, que cela était juste, que c'est la loi de tout vivant, chaque organisme ne cherche qu'à vivre et à se reproduire, sans malice, les bacilles de Koch qui avaient rongé les poumons de Pergolèse et de Purcell, de Kafka et de Tchekhov ne nourrissaient aucune animosité envers eux, ils ne voulaient pas de mal à leurs hôtes, mais c'était la loi de leur survie et de leur développement, tout comme nous combattons ces bacilles avec des médicaments qu'on invente tous les jours, sans haine, pour notre propre survie, et notre vie entière est ainsi bâtie sur le meurtre d'autres créatures qui voudraient aussi vivre, les animaux que nous mangeons, les plantes aussi, les insectes que nous exterminons, qu'ils soient réellement dangereux, comme les scorpions ou les poux, ou simplement gênants, comme les mouches, cette plaie de l'homme, qui n'a pas tué une mouche dont le bourdonnement irritant dérangeait sa lecture, ce n'est pas cruauté, c'est la loi de notre vie, nous sommes plus forts que les autres vivants et disposons à notre guise de leur vie et de leur mort, les vaches, les poulets, les épis de blé sont sur terre pour nous servir, et il est normal qu'entre nous nous agissions de même, que chaque groupe humain veuille exterminer ceux qui lui contestent la terre, l'eau, l'air, pourquoi, en effet, mieux traiter un Juif qu'une vache ou un bacille de Koch, si nous le pouvions, et si le Juif le pouvait il ferait de même avec nous, ou avec d'autres, pour garantir sa propre vie, c'est la loi de toutes choses, la guerre permanente de tous contre tous, et je sais que cette pensée n'a rien d'original, que c'est presque un lieu commun du darwinisme biologique ou social, mais cette nuit-là dans ma fièvre sa force de vérité me frappa comme jamais auparavant ou après, stimulée par ce rêve où l'humanité succombait à un autre organisme dont la puissance de vie était plus grande que la sienne, et je comprenais bien entendu que cette règle valait pour tous, que si d'autres se révélaient plus forts que nous ils nous feraient à leur tour ce que nous avions fait à d'autres, et que devant ces poussées les frêles barrières qu'érigent les hommes pour tenter de réguler la vie commune, lois, justice, morale, éthique, comptent peu, que la moindre peur ou la moindre pulsion un peu forte les font sauter comme une barrière de paille, mais qu'alors aussi ceux qui ont fait le premier pas ne doivent pas compter que les autres, leur tour venu, respecteront la justice et les lois, et j'avais peur, car nous perdions la guerre.

J'avais laissé mes fenêtres ouvertes et l'aube se déversa peu à peu dans l'appartement. Lentement, les oscillations de la fièvre me ramenaient vers la conscience de mon corps, des draps trempés qui l'enserraient. Un besoin violent acheva de me réveiller. Je ne sais pas trop comment, je réussis à me traîner jusqu'à la salle de bains, à me poser sur la cuvette pour me vider, une longue diarrhée qui semblait ne plus finir. Lorsqu'elle cessa enfin je m'essuyai tant bien que mal, pris le verre un peu sale où je gardais ma brosse à dents, et puisai à même le seau pour boire avec avidité cette mauvaise eau qui me paraissait celle de la source la plus pure ; mais verser le reste du seau dans la cuvette pleine d'immondices (la chasse d'eau ne marchait plus depuis longtemps), je n'en eus pas la force. Je retournai m'enrouler dans les couvertures et grelottai violemment, longuement, accablé par l'effort. Plus tard j'entendis frapper à la porte : ce devait être Piontek, que d'habitude je retrouvais dans la rue, mais je n'avais plus la force de me lever. La fièvre allait et venait, tantôt sèche et presque douce, tantôt une fournaise déchaînée dans mon corps. Le téléphone sonna plusieurs fois, chaque sonnerie me vrillait le tympan comme un coup de couteau, mais je ne pouvais rien faire, ni répondre, ni le couper. La soif était revenue tout de suite et absorbait la majeure partie de mon attention, laquelle, maintenant presque détachée de tout, étudiait mes symptômes sans passion, comme de l'extérieur. Je savais que si je ne faisais rien, si personne ne venait, j'allais mourir ici, sur ce lit, au milieu de flaques d'excréments et d'urine, car, incapable de me relever, j'allais bientôt faire sous moi. Mais cette idée ne m'affligeait pas, ne m'inspirait aucune pitié ou peur, je n'éprouvais que du mépris envers ce que j'étais devenu et ne souhaitais ni que cela cesse, ni que cela continue. Au milieu des divagations de

mon esprit malade, le jour éclairait maintenant l'appartement, la porte
s'ouvrit et Piontek entra. Je le pris pour une nouvelle hallucination et
ne fis que sourire niaisement lorsqu'il m'adressa la parole. Il s'approcha
de mon lit, me toucha le front, prononça distinctement le mot
« Merde », et appela Frau Zempke, qui avait dû lui ouvrir. « Allez chercher à boire », lui dit-il. Puis je l'entendis téléphoner. Il revint me voir :
« Vous m'entendez, Herr Obersturmbannführer ? » Je fis signe que oui.
« J'ai appelé le bureau. Un médecin va venir. À moins que vous ne pré-
fériez que je vous transporte à l'hôpital ? » Je fis signe que non. Frau
Zempke revint avec un pichet d'eau ; Piontek en versa dans un verre,
me souleva la tête, et me fit boire un peu. La moitié du verre coula sur
ma poitrine et les draps. « Encore », fis-je. Je bus ainsi plusieurs verres,
cela me ramenait à la vie. « Merci », dis-je. Frau Zempke fermait les
fenêtres. « Laissez-les ouvertes », ordonnai-je. — « Vous voulez manger
quelque chose ? » demanda Piontek. — « Non », répondis-je et me laissai aller sur mon coussin trempé. Piontek ouvrit l'armoire, en tira des
draps propres, et entreprit de refaire le lit. Les draps secs étaient frais,
mais trop rugueux pour ma peau devenue hypersensible, je ne pouvais
trouver de position reposante. Un peu plus tard, un médecin SS arriva,
un Hauptsturmführer que je ne connaissais pas. Il m'examina de la tête
aux pieds, me palpa, m'ausculta — le métal froid du stéthoscope brûlait
ma peau —, prit ma température, tapota ma poitrine. « Vous devriez
être à l'hôpital », déclara-t-il enfin. — « Je ne veux pas », dis-je. Il fit la
moue : « Vous avez quelqu'un qui peut s'occuper de vous ? Je vais vous
faire une piqûre, mais vous devrez prendre des cachets, boire du jus de
fruits, du bouillon. » Piontek alla discuter avec Frau Zempke, qui était
redescendue, puis revint dire qu'elle pourrait s'occuper de ça. Le médecin m'expliqua ce que j'avais mais, soit que je ne comprisse rien à ses
paroles, soit que j'oubliasse de suite, je ne retins rien de son diagnostic.
Il me fit une piqûre, abominablement douloureuse. « Je reviendrai
demain, dit-il. Si la fièvre n'a pas baissé, je vous ferai hospitaliser. » —
« Je ne veux pas être hospitalisé », marmonnai-je. — « Je vous assure
que ça m'est égal », me dit-il sévèrement. Puis il me quitta. Piontek
avait l'air gêné. « Bon, Herr Obersturmbannführer, je vais aller voir si
je peux trouver des choses pour Frau Zempke. » Je hochai la tête et il
partit à son tour. Un peu plus tard, Frau Zempke apparut avec un bol
de bouillon dont elle m'obligea à avaler quelques cuillerées. Le jus tiède
débordait de ma bouche, coulait sur mon menton envahi par une barbe
rêche, Frau Zempke m'essuyait patiemment et recommençait. Puis elle
me fit boire de l'eau. Le médecin m'avait aidé à uriner, mais mes

coliques me reprenaient; après mon séjour à Hohenlychen, j'avais perdu toute timidité à cet égard, je demandai en m'excusant à Frau Zempke de m'aider, et cette femme déjà âgée le fit sans dégoût, comme s'il se fût agi d'un petit enfant. Enfin elle me laissa et je flottai sur mon lit. Je me sentais léger maintenant, calme, la piqûre avait dû me soulager un peu, mais j'étais vide de toute énergie, vaincre le poids du drap pour lever mon bras aurait été au-delà de mes forces. Cela m'était indifférent, je me laissai aller, je sombrai tranquillement dans ma fièvre et la douce lumière d'été, le ciel bleu qui emplissait le cadre des fenêtres ouvertes, vide et serein. En pensée, je tirais autour de moi non seulement mes draps et mes couvertures mais l'appartement entier, je m'en enveloppai le corps, c'était chaud et rassurant, comme un utérus dont je n'aurais jamais voulu sortir, paradis sombre, muet, élastique, agité seulement par le rythme des battements de cœur et du sang qui coule, une immense symphonie organique, ce n'était pas Frau Zempke qu'il me fallait, mais un placenta, je baignais dans ma sueur comme dans un liquide amniotique, et j'aurais voulu que la naissance n'existe pas. L'épée de feu qui me chassa de cet éden, ce fut la voix de Thomas : « Eh bien! Tu n'as pas l'air en forme. » Lui aussi me redressa, me fit boire un peu. « Tu devrais être à l'hôpital », dit-il comme les autres. — « Je ne veux pas aller à l'hôpital », répétai-je stupidement, obstinément. Il regarda autour de lui, sortit sur le balcon, revint. « Qu'est-ce que tu vas faire en cas d'alerte? Tu ne pourras jamais descendre à la cave. » — « Je m'en fous. » — « Viens au moins chez moi, alors. Je suis à Wannsee, maintenant, tu seras tranquille. Ma gouvernante s'occupera de toi. » — « Non. » Il haussa les épaules : « Comme tu veux. » Je souhaitais de nouveau pisser, je profitai de sa présence pour le mettre à contribution. Il voulait encore me parler, mais je ne répondais pas. Enfin il partit. Un peu plus tard, Frau Zempke revint s'affairer autour de moi : je me laissai faire avec une morne indifférence. Le soir, Hélène apparut dans ma chambre. Elle portait une petite valise qu'elle posa près de la porte; puis, lentement, elle tira l'épingle de son chapeau et secoua ses épais cheveux blonds, légèrement ondulés, sans me quitter des yeux. « Qu'est-ce que vous foutez ici? » demandai-je grossièrement. — « Thomas m'a prévenue. Je suis venue m'occuper de vous. » — « Je ne veux pas qu'on s'occupe de moi, dis-je avec hargne. Frau Zempke me suffit. » — « Frau Zempke a une famille et ne peut pas être ici tout le temps. Je vais rester avec vous jusqu'à ce que vous alliez mieux. » Je la fixai d'un air mauvais : « Allez-vous-en! » Elle vint s'asseoir auprès du lit et me prit la main; je voulais la retirer, mais n'en avais pas la force. « Vous êtes brûlant. » Elle se releva, ôta sa veste, l'accrocha au dos d'une chaise, puis elle alla mouiller une serviette et revint me la poser sur le front. Je la laissai faire en silence. « De toute façon, dit-elle, je n'ai plus grand-chose à faire au travail. Je peux prendre le temps. Il faut que quelqu'un reste avec vous. » Je ne disais rien. Le jour baissait. Elle me fit boire, essaya de me donner un peu de bouillon froid, puis elle s'assit près de la fenêtre et ouvrit un livre. Le ciel d'été pâlissait, c'était le soir. Je la regardai : elle était comme une étrangère. Depuis mon départ pour la Hongrie, plus de trois mois auparavant, je n'avais eu aucun contact avec elle, je ne lui avais pas écrit une lettre, et il me semblait l'avoir presque oubliée. J'examinai son profil doux et sérieux et me dis qu'il était beau ; mais cette beauté n'avait pour moi ni sens, ni utilité. Je tournai les yeux au plafond et me laissai aller quelque temps, j'étais bien fatigué. Enfin, une heure plus tard peut-être, je dis sans la regarder : « Allez me chercher Frau Zempke. » — « Pour quoi faire ? » demanda-t-elle en refermant son livre. — « J'ai besoin de quelque chose », dis-je. — « De quoi ? Je suis là pour vous aider. » Je la regardai : la tranquillité de ses yeux bruns m'énervait comme une offense. « J'ai besoin de chier », dis-je brutalement. Mais la provoquer semblait impossible : « Expliquez-moi ce qu'il faut faire, dit-elle calmement. Je vous aiderai. » Je le lui expliquai, sans mots grossiers mais sans euphémismes, et elle fit ce qu'il fallait faire. Je me dis amèrement que c'était la première fois qu'elle me voyait nu, je n'avais pas de pyjama, et qu'elle n'avait jamais dû imaginer qu'elle me verrait nu dans ces conditions. Je n'en avais pas honte, mais j'étais dégoûté de moi-même et ce dégoût s'étendait à elle, à sa patience et à sa douceur. Je voulais l'offenser, me masturber devant elle, lui demander des faveurs obscènes, mais c'était seulement une idée, j'aurais été incapable de bander, incapable de faire un geste demandant un peu de force. De toute façon la fièvre montait de nouveau, je recommençais à trembler, à suer. « Vous avez froid, dit-elle lorsqu'elle eut fini de me nettoyer. Attendez. » Elle quitta l'appartement et revint au bout de quelques minutes avec une couverture qu'elle étendit sur moi. Je m'étais roulé en boule, je claquais des dents, j'avais l'impression que mes os s'entrechoquaient comme une poignée d'osselets. La nuit ne venait toujours pas, l'interminable journée d'été se prolongeait, cela m'affolait, mais en même temps je savais que la nuit ne m'apporterait aucun répit, aucun apaisement. De nouveau, avec une grande douceur, elle m'obligea à boire. Mais cette douceur me mettait hors de moi : que me voulait donc cette fille ? À quoi songeait-elle, avec sa gentillesse et sa bonté ? Espérait-elle ainsi me convaincre de quelque chose? Elle me traitait comme si j'étais son frère, son amant ou son mari. Mais elle n'était ni ma sœur, ni ma femme. Je tremblais, les vagues de la fièvre me secouaient, et elle, elle m'essuyait le front. Quand sa main approchait de ma bouche, je ne savais si je devais la mordre ou l'embrasser. Puis tout se brouilla pour de bon. Des images me venaient, je ne saurais dire si c'étaient des rêves ou des pensées, c'étaient les mêmes que celles qui m'avaient tant préoccupé les premiers mois de l'année, je me voyais vivant avec cette femme, réglant ainsi ma vie, je quittais la SS et toutes les horreurs qui m'environnaient depuis tant d'années, mes propres travers tombaient de moi comme la peau d'un serpent lors de la mue, mes hantises se dissolvaient comme un nuage d'été, je rejoignais le fleuve commun. Mais ces pensées, loin de m'apaiser, me révoltaient : Eh quoi! égorger mes rêves pour enfoncer ma verge dans son vagin blond, embrasser son ventre qui gonflerait en portant de beaux enfants sains? Je revoyais les jeunes femmes enceintes, assises sur leurs valises dans la gadoue de Kachau ou de Munkacs, je songeais à leurs sexes discrètement nichés entre leurs jambes, sous leurs ventres arrondis, ces sexes et ces ventres de femmes qu'elles porteraient au gaz comme une médaille d'honneur. C'est toujours dans le ventre des femmes qu'il y a les enfants, c'est ça qui est si terrible. Pourquoi cet atroce privilège? Pourquoi les relations entre les hommes et les femmes doivent-elles toujours se résumer, en fin de compte, à l'imprégnation? Un sac à semence, une couveuse, une vache à lait, la voilà, la femme dans le sacrement du mariage. Si peu attrayantes que fussent mes mœurs, elles restaient au moins pures d'une telle corruption. Paradoxe peut-être, je le vois maintenant en l'écrivant, mais qui à ce moment-là, dans les vastes spirales que décrivait mon esprit surchauffé, me semblait parfaitement logique et cohérent. J'avais envie de me lever, de secouer Hélène pour lui expliquer tout cela, mais peut-être ai-je aussi rêvé cette envie, car j'aurais été bien incapable d'esquisser un geste. Avec le matin, la fièvre baissait un peu. Je ne sais pas où dormait Hélène, sans doute sur le divan, mais je sais qu'elle venait me voir toutes les heures, m'essuyer le visage et me faire boire un peu. Avec le mal toute énergie s'était retirée de mon corps, je gisais *les membres brisés et sans force*, oh beau souvenir d'école. Mes pensées affolées s'étaient enfin dissipées, ne laissant derrière elles qu'une amertume profonde, une âcre envie de mourir vite pour y mettre fin. Au début de la matinée, Piontek arriva avec une pleine corbeille d'oranges, trésor inouï dans l'Allemagne de cette époque. « C'est Herr Mandelbrod qui les a envoyées au bureau », expliqua-t-il. Hélène en prit deux

et descendit chez Frau Zempke pour les presser ; puis, aidée par Piontek, elle me redressa sur des coussins et me fit boire à petites gorgées ;
cela laissait un goût étrange, presque métallique dans ma bouche. Piontek eut avec elle un bref conciliabule que je n'entendis pas, puis il partit.
Frau Zempke monta, elle avait lavé et fait sécher mes draps de la veille,
elle aida Hélène à changer mon lit, de nouveau trempé par les suées de
la nuit. « C'est très bien que vous suiez, dit-elle, ça chasse la fièvre. » Ça
m'était égal, je voulais seulement me reposer, mais je n'avais pas un
moment de paix, le Hauptsturmführer de la veille revenait et m'examinait avec un air maussade : « Vous ne voulez toujours pas aller à l'hôpital ? » — « Non, non, non. » Il passa au salon pour discuter avec Hélène,
puis se montra de nouveau : « Votre fièvre a un peu baissé, me dit-il.
J'ai dit à votre amie de prendre régulièrement votre température : si
vous redépassez 41°, il faudra vous envoyer à l'hôpital. C'est
compris ? » Il me fit une piqûre dans la fesse, aussi pénible que celle de
la veille. « J'en laisse une autre ici, votre amie vous la fera ce soir, ça
réduira la fièvre durant la nuit. Essayez de manger un peu. » Après son
départ, Hélène m'amena du bouillon : elle prit un morceau de pain,
l'émietta, le trempa dans le liquide, essaya de me le faire avaler, mais je
secouai la tête, c'était impossible. Je réussis néanmoins à boire un peu
de bouillon. Comme après la première piqûre, j'avais la tête plus claire,
mais j'étais drainé, vidé. Je ne résistai même pas quand Hélène me lava
patiemment le corps avec une éponge et de l'eau tiède, puis m'habilla
d'un pyjama emprunté à Herr Zempke. Ce n'est que lorsqu'elle me
borda et voulut s'asseoir pour lire que j'explosai. « Pourquoi faites-vous
tout ça ? lui lançai-je méchamment. Que me voulez-vous ? » Elle
referma son livre et fixa sur moi ses grands yeux calmes : « Je ne veux
rien de vous. Je veux juste vous aider. » — « Pourquoi ? Qu'espérez-
vous ? » — « Mais rien du tout. » Elle haussa légèrement les épaules.
« Je suis venue vous aider par amitié, c'est tout. » Elle tournait le dos à
la fenêtre, son visage était dans l'ombre, je l'examinai avidement, mais
ne pouvais rien y lire. « Par amitié ? aboyai-je. Quelle amitié ? Que
savez-vous de moi ? Nous sommes sortis ensemble quelquefois, c'est
tout, et maintenant vous venez vous installer chez moi comme si vous y
habitiez. » Elle sourit : « Ne vous excitez pas comme ça. Vous allez vous
fatiguer. » Ce sourire me mit hors de moi : « Mais qu'est-ce que tu sais
de la fatigue ? Hein ! Qu'est-ce que tu en sais ? » Je m'étais redressé, je
retombai en arrière, épuisé, la tête contre le mur. « Tu n'as aucune idée,
tu ne sais rien de la fatigue, tu vis ta gentille vie de fille allemande, les
yeux fermés, tu ne vois rien, tu vas au boulot, tu cherches un nouveau

mari, tu ne vois rien de ce qui se passe autour de toi. » Son visage restait calme, elle ne relevait pas la brutalité du tutoiement, je continuais, postillonnant à travers mes cris : « Tu ne sais rien de moi, rien de ce que je fais, rien de ma fatigue, depuis trois ans qu'on tue les gens, oui, voilà ce qu'on fait, on tue, on tue les Juifs, on tue les Tsiganes, les Russes, les Ukrainiens, les Polonais, les malades, les vieux, les femmes, les jeunes femmes comme toi, les enfants ! » Elle serrait les dents, maintenant, ne disait toujours rien, mais j'étais lancé : « Et ceux qu'on ne tue pas, on les envoie travailler dans nos usines, comme des esclaves, c'est ça, tu vois, les questions économiques. Ne fais pas l'innocente ! Tes vêtements, d'où crois-tu qu'ils viennent ? Et les obus de la Flak qui te protège des avions ennemis, d'où viennent-ils ? Les tanks qui retiennent les bolcheviques, à l'Est ? Combien d'esclaves sont morts pour les fabriquer ? Tu ne t'es jamais posé ce genre de question ? » Elle ne réagissait toujours pas, et plus elle restait calme et silencieuse, plus je me montais la tête : « Ou bien tu ne savais pas ? C'est ça ? Comme tous les autres bons Allemands. Personne ne sait rien, sauf ceux qui font le sale boulot. Où sont-ils passés, tes voisins juifs de Moabit ? Tu ne te l'es jamais demandé ? À l'Est ? On les a envoyés travailler à l'Est ? Où ça ? S'il y avait six ou sept millions de Juifs qui travaillaient à l'Est, on aurait construit des villes entières ! Tu n'écoutes pas la B B C ? Ils savent, eux ! Tout le monde sait, sauf les bons Allemands qui ne veulent rien savoir. » Je rageais, je devais être blême, elle paraissait écouter attentivement, elle ne bougeait pas. « Et ton mari, en Yougoslavie, que faisait-il, à ton avis ? Dans la Waffen-SS ? La guerre aux partisans ? Tu sais ce que c'est, la lutte contre les partisans ? Les partisans, on les voit rarement, alors on détruit l'environnement dans lequel ils survivent. Tu comprends ce que ça veut dire ? Tu conçois ton Hans en train de tuer des femmes, de tuer leurs enfants devant elles, de brûler leurs maisons avec leurs cadavres dedans ? » Pour la première fois, elle réagit : « Taisez-vous ! Vous n'avez pas le droit ! » — « Et pourquoi n'aurais-je pas le droit ? ricanai-je. Tu crois peut-être que je suis meilleur ? Tu viens me soigner, tu crois que je suis un homme aimable, un docteur en droit, un parfait gentleman, un bon parti ? On tue des gens, tu comprends, c'est ce qu'on fait, tous, ton mari était un assassin, je suis un assassin, et toi, tu es la complice d'assassins, tu portes et tu manges le fruit de notre labeur. » Elle était livide, mais son visage ne reflétait qu'une infinie tristesse : « Vous êtes un malheureux. » — « Et pourquoi donc ? Ça me plaît, moi, ce que je suis. Je prends du grade. Bien sûr, ça ne va pas durer. On a beau tuer tout le monde, ils sont trop nombreux, on va perdre la guerre. Au lieu de gaspiller ton temps à jouer à l'infirmière et au gentil malade, tu ferais mieux de songer à te tirer. Et si j'étais toi, j'irais vers l'ouest. Les Yankees auront la queue moins leste que les Ivan. Au moins ils mettront des capotes : ces braves garçons ont peur des maladies. À moins que tu ne préfères le Mongol puant ? C'est peut-être à ça que tu rêves la nuit ? » Elle était toujours blanche, mais elle sourit à ces paroles : « Vous divaguez. C'est la fièvre, vous devriez vous entendre. » — « Je m'entends très bien. » Je haletais, l'effort m'avait épuisé. Elle alla mouiller une compresse et revint m'essuyer le front. « Si je te demandais de te mettre nue, tu le ferais ? Pour moi ? De te branler devant moi ? De me sucer la queue ? Tu le ferais ? » — « Calmez-vous, dit-elle. Vous allez faire remonter la fièvre. » Il n'y avait rien à faire, cette fille était trop obstinée. Je fermai les yeux et m'abandonnai à la sensation de l'eau froide sur mon front. Elle rajusta les coussins, tira la couverture. Je respirais en sifflant, je voulais de nouveau la battre, lui donner des coups de pied dans le ventre, pour son obscène, son inadmissible bonté.

Le soir, elle vint me faire une piqûre. Je me retournai péniblement sur le ventre ; lorsque je me déculottai, le souvenir de certains adolescents vigoureux me passa brièvement par la tête, puis s'émietta, j'étais trop fatigué. Elle hésita, elle n'avait jamais fait de piqûre, mais lorsqu'elle planta l'aiguille, ce fut d'une main ferme et sûre. Elle avait un petit coton imbibé d'alcool et elle essuya ma fesse après l'injection, je trouvais cela touchant, elle avait dû se souvenir que les infirmières faisaient comme ça. Couché sur le flanc, je m'enfonçai moi-même le thermomètre dans l'anus pour prendre ma température, sans faire attention à elle mais sans chercher spécialement à la provoquer non plus. Je devais avoir un peu plus de 40 °. Puis la nuit recommença, la troisième de cette éternité de pierre, je divaguais de nouveau parmi les broussailles et les falaises éboulées de ma pensée. Au milieu de la nuit, je me mis à suer abondamment, le pyjama mouillé collait à ma peau, j'en étais à peine conscient, je me souviens de la main d'Hélène sur mon front et sur ma joue, repoussant mes cheveux trempés, frôlant ma barbe, elle me dit plus tard que je m'étais mis à parler à haute voix, c'était ce qui l'avait tirée de son sommeil et amenée à mes côtés, des bribes de phrases, plutôt incohérentes, m'affirma-t-elle, mais elle ne voulut jamais me dire ce qu'elle avait compris. Je n'insistai pas, je pressentais que cela valait mieux. Le lendemain matin, la fièvre était retombée en dessous de 39 °. Lorsque Piontek passa prendre de mes nouvelles, je le renvoyai au bureau chercher du vrai café que je gardais en réserve, pour Hélène. Le médecin, lorsqu'il vint m'examiner, me félicita : « Vous avez passé le cap, je crois. Mais ce n'est pas encore fini et vous devez reprendre des forces. » Je me sentais comme un naufragé qui, après une lutte acharnée et épuisante contre la mer, se laisse enfin rouler sur le sable d'une plage : je n'allais peut-être pas mourir, après tout. Mais cette comparaison est mauvaise car le naufragé nage, se débat pour survivre, et moi je n'avais rien fait, je m'étais laissé porter et c'était seulement la mort qui n'avait pas voulu de moi. Je bus avidement le jus d'orange que m'apporta Hélène. Vers midi, je me redressai un peu : Hélène se tenait dans l'ouverture des portes entre ma chambre et le salon, appuyée au chambranle, un chandail d'été sur les épaules, elle me regardait distraitement, une tasse de café fumant à la main. « Je vous envie de pouvoir boire du café », dis-je. — « Oh ! Attendez, je vais vous aider. » — « Ça n'est pas la peine. » J'étais plus ou moins assis, j'avais réussi à tirer un coussin dans mon dos. « Je vous demande de me pardonner mes propos d'hier. J'ai été odieux. » Elle fit un petit signe de la tête, but du café, et détourna le visage en direction de la porte-fenêtre du balcon. Au bout d'un moment, elle me regarda de nouveau : « Ce que vous disiez... sur les morts. C'était vrai ? » — « Vous voulez vraiment le savoir ? » — « Oui. » Ses beaux yeux me scrutaient, il me semblait y percevoir une lueur inquiète, mais elle restait calme, maîtresse d'elle-même. « Tout ce que j'ai dit est vrai. » — « Les femmes, les enfants aussi ? » — « Oui. » Elle détourna la tête, elle se mordait la lèvre supérieure ; lorsqu'elle me regarda de nouveau, ses yeux étaient emplis de larmes : « C'est triste », dit-elle. — « Oui. C'est affreusement triste. » Elle réfléchit avant de parler : « Vous savez que nous allons payer pour cela. » — « Oui. Si nous perdons la guerre, la vengeance de nos ennemis sera impitoyable. » — « Je ne parlais pas de ça. Même si nous ne perdons pas la guerre, nous allons payer. Il faudra payer. » Elle hésita encore. « Je vous plains », conclut-elle. Elle n'en parla plus, elle continua ses soins, même les plus humiliants. Mais ses gestes semblaient avoir une autre qualité, plus froids, plus fonctionnels. Dès que je pus marcher je lui demandai de rentrer chez elle. Elle se fit un peu prier mais j'insistai : « Vous devez être épuisée. Allez vous reposer. Frau Zempke pourra s'occuper de ce dont j'ai besoin. » Enfin elle accepta et rangea ses affaires dans sa petite valise. J'appelai Piontek pour qu'il la ramène chez elle. « Je vous téléphonerai », lui dis-je. Lorsque Piontek arriva je la raccompagnai jusqu'à la porte de l'appartement. « Merci pour vos soins », dis-je en lui serrant la main. Elle hocha la tête mais ne dit rien. « À bientôt », ajoutai-je froidement.

Je passai les jours suivants à dormir. J'avais encore de la fièvre, autour de 38 °, parfois 39 °; mais je buvais du jus d'orange et du bouillon de viande, je mangeais du pain, un peu de poulet. La nuit, il y avait souvent des alertes et je n'y prêtais pas attention (il se peut qu'il y en ait eu durant mes trois nuits de délire, aussi, mais je ne sais pas). C'était des petits raids, une poignée de Mosquito qui larguaient quelques bombes au hasard, surtout sur le centre administratif. Mais un soir Frau Zempke et son mari m'obligèrent à descendre à la cave, après m'avoir passé ma robe de chambre; l'effort m'épuisa tellement qu'il fallut me porter pour me remonter. Quelques jours après le départ d'Hélène, Frau Zempke fit irruption en début de soirée, rouge, en bigoudis et en peignoir : « Herr Obersturmbannführer! Herr Obersturmbannführer! » Elle m'avait réveillé et j'étais agacé : « Qu'y a-t-il, Frau Zempke? » — « On a essayé de tuer le Führer! » Elle m'expliqua avec des mots hachés ce qu'elle avait entendu à la radio : il y avait eu un attentat, au QG du Führer, en Prusse orientale, il était indemne, avait reçu Mussolini dans l'après-midi, et était déjà retourné au travail. « Et puis? » demandai-je. — « Eh bien, mais c'est affreux! » — « Certes, rétorquai-je sèchement. Mais le Führer est en vie, vous dites, c'est l'essentiel. Merci. » Je me recouchai; elle attendit un moment, un peu désemparée, puis battit en retraite. Je dois l'avouer, je ne pensai même pas à cette nouvelle : je ne pensais plus à rien. Quelques jours plus tard, Thomas passa me voir. « Tu as l'air d'aller mieux. » — « Un peu », répondis-je. Je m'étais enfin rasé, je devais vaguement reprendre une apparence humaine; mais j'avais du mal à formuler des pensées suivies, elles se fragmentaient sous l'effort, il ne m'en restait que des bribes, sans lien entre elles, Hélène, le Führer, mon travail, Mandelbrod, Clemens et Weser, un fouillis inextricable. « Tu as entendu la nouvelle », dit Thomas qui s'était assis près de la fenêtre et fumait. — « Oui. Comment va le Führer? » — « Le Führer va bien. Mais c'était plus qu'une tentative d'assassinat. La Wehrmacht, une partie en tout cas, a voulu faire un coup d'État. » Je grognai de surprise et Thomas me donna les détails de l'affaire. « Au début, on pensait que ça se limitait à une cabale d'officiers. En fait ça rayonnait dans tous les sens : il y avait des cliques dans l'Abwehr, à l'*Auswärtiges Amt*, chez les vieux aristocrates. Même Nebe, semble-t-il, était dans le coup. Il a disparu hier après avoir essayé de se couvrir en arrêtant des conspirateurs. Comme Fromm. Bref, c'est un peu la pagaille. Le Reichsführer a été nommé à la tête de l'*Ersatzheer* à la place de Fromm. Il est clair que maintenant la SS va avoir un rôle crucial à jouer. » Sa voix était tendue, mais sûre et déterminée. « Que s'est-il passé à l'*Auswärtiges Amt*? » demandai-je. — « Tu penses à ton amie ? On a déjà arrêté pas mal de monde, y compris quelques-uns de ses supérieurs ; on devrait arrêter von Trott zu Solz d'un jour à l'autre. Mais je ne pense pas que tu doives te faire du souci pour elle. » — « Je ne me faisais pas de souci. Je demandais, c'est tout. Tu t'occupes de tout ça ? » Thomas fit signe que oui. « Kaltenbrunner a créé une commission spéciale pour enquêter sur les ramifications de l'affaire. C'est Huppen-kothen qui s'en occupe, je vais être son adjoint. Panzinger va sans doute remplacer Nebe à la Kripo. De toute façon, on avait déjà commencé à tout réorganiser, à la *Staatspolizei*, ça ne fera qu'accélérer les choses. » — « Et que visaient-ils, tes conspirateurs ? » — « Ce ne sont pas mes conspirateurs, siffla-t-il. Et ça varie. La plupart pensaient apparemment que sans le Führer et le Reichsführer, les Occidentaux accepteraient une paix séparée. Ils voulaient démanteler la SS. Ils ne semblaient pas se rendre compte que c'était juste un nouveau *Dolchstoss*, un coup de couteau dans le dos comme en 18. Comme si l'Allemagne les aurait sui-vis, les traîtres. J'ai l'impression que beaucoup d'entre eux étaient un peu dans la lune : certains croyaient même qu'on leur laisserait garder l'Alsace et la Lorraine, une fois qu'ils se seraient déculottés. Et les Ter-ritoires incorporés, bien sûr. Des rêveurs, quoi. Mais on verra bien tout ça : ils étaient tellement idiots, les civils surtout, qu'ils mettaient presque tout par écrit. On a trouvé des masses de projets, des listes de ministres pour leur nouveau gouvernement. Ils avaient même placé ton ami Speer sur une des listes : je peux te dire qu'il a un peu chaud aux fesses, en ce moment. » — « Et qui devait prendre la tête ? » — « Beck. Mais il est mort. Il s'est suicidé. Fromm a aussi tout de suite fait fusiller pas mal de types, pour essayer de se couvrir. » Il m'expliqua les détails de l'attentat et du putsch raté. « Ça s'est joué à peu de choses. On n'est jamais passé aussi près. Il faut que tu te remettes : on va avoir du boulot. »

Mais moi, je n'avais pas envie de me remettre tout de suite, j'étais content de végéter un peu. Je recommençais à écouter de la musique. Lentement, je reprenais des forces, réapprenais des gestes. Le médecin SS m'avait accordé un mois de congé pour ma convalescence et j'enten-dais en profiter pleinement, quoi qu'il arrive. Début août, Hélène revint me voir. J'étais encore faible, mais je pouvais marcher, je la reçus en pyjama et en robe de chambre et lui fis du thé. Il faisait extra-ordinairement chaud, pas un souffle d'air ne circulait par les croisées grandes ouvertes. Hélène était très pâle et avait un air désemparé que je ne lui avais jamais vu. Elle demanda des nouvelles de ma santé ; je vis alors qu'elle pleurait : « C'est horrible, faisait-elle, horrible. » J'étais gêné, je ne savais pas quoi dire. On avait arrêté plusieurs de ses collègues, des gens avec qui elle travaillait depuis des années. « Ça n'est pas possible, on a dû faire une erreur... J'ai entendu dire que votre ami Thomas s'occupait des enquêtes, vous ne pourriez pas lui parler ? » — « Ça ne servirait à rien, dis-je doucement. Thomas fait son devoir. Mais ne vous inquiétez pas trop pour vos amis. On veut peut-être seulement leur poser des questions. S'ils sont innocents, ils seront relâchés. » Elle ne pleurait plus, elle s'était essuyé les yeux, mais son visage restait tendu. « Excusez-moi, dit-elle. Mais quand même, reprit-elle, il faut essayer de les aider, vous ne pensez pas ? » Malgré ma fatigue, je restais patient : « Hélène, vous devez comprendre le climat qui règne. On a tenté de tuer le Führer, ces hommes voulaient trahir l'Allemagne. Si vous essayez d'intervenir, vous ne ferez qu'attirer des soupçons sur vous. Il n'y a rien que vous puissiez faire. C'est entre les mains de Dieu. » — « De la Gestapo, vous voulez dire », répliqua-t-elle avec un mouvement de colère. Elle se ressaisit : « Excusez-moi, je suis... je suis... » Je lui touchai la main : « Ça va aller. » Elle but du thé, je la contemplais. « Et vous ? demanda-t-elle. Vous allez reprendre votre... travail ? » Je regardais par la fenêtre, les ruines muettes, le ciel bleu pâle, brouillé par la fumée omniprésente. « Pas tout de suite. Il faut que je reprenne des forces. » Elle tenait sa tasse levée, à deux mains. « Que va-t-il se passer ? » Je haussai les épaules : « En général ? On va continuer à se battre, les gens vont continuer à mourir, et puis un jour ça finira, et ceux qui sont encore vivants essayeront d'oublier tout ça. » Elle baissait la tête : « Je regrette les jours où nous allions nager à la piscine », murmura-t-elle. — « Si vous voulez, proposai-je, lorsque j'irai mieux, nous y retournerons. » Elle regarda à son tour par la fenêtre : « Il n'y a plus de piscine à Berlin », dit-elle calmement.

En partant, elle s'était arrêtée sur le pas de la porte et m'avait encore une fois regardé. J'allais parler, mais elle posa un doigt sur mes lèvres : « Ne dites rien. » Ce doigt, elle le laissa un instant de trop. Puis elle tourna les talons et descendit les escaliers à pas rapides. Je ne comprenais pas ce qu'elle voulait, elle semblait tourner autour de quelque chose sans oser ni s'en approcher, ni s'en éloigner. Cette ambiguïté me déplaisait, j'aurais voulu qu'elle se déclare franchement ; alors, j'aurais pu choisir, dire non ou dire oui, et cela aurait été réglé. Mais elle-même ne devait pas le savoir. Et ce dont je lui avais parlé dans ma crise ne devait pas lui faciliter les choses ; aucun bain, aucune piscine ne suffirait à laver de telles paroles.

Je m'étais aussi remis à lire. Mais lire des livres sérieux, de la littérature, j'en aurais été bien incapable, je reprenais dix fois la même phrase avant de me rendre compte que je ne l'avais pas comprise. C'est comme cela que je retrouvai sur mes étagères les aventures martiennes d'E.R. Burroughs, que j'avais rapportées du grenier de la maison de Moreau et soigneusement rangées sans jamais les ouvrir. Je lus ces trois livres d'une traite; mais à mon regret je n'y retrouvai rien de l'émotion qui m'empoignait lors de mes lectures d'adolescent, lorsque, enfermé dans les cabinets ou enfoui dans mon lit, j'oubliais durant des heures le monde extérieur pour me perdre avec volupté dans les méandres de cet univers barbare, d'un érotisme trouble, peuplé de guerriers et de princesses vêtus seulement d'armes et de bijoux, de tout un fatras baroque de monstres et de machines. J'y fis par contre des découvertes surprenantes, insoupçonnées du garçon ébloui que j'avais été : certains passages de ces romans de science-fiction, en effet, me révélèrent ce prosateur américain comme l'un des précurseurs inconnus de la pensée *völkisch*. Ses idées, dans mon désœuvrement, m'en dictèrent d'autres; me rappelant alors les conseils de Brandt, que j'avais été jusque-là bien trop occupé pour suivre, je fis venir une machine à écrire et rédigeai un bref mémoire pour le Reichsführer, citant Burroughs comme un modèle pour *des réformes sociales en profondeur que la SS se devra d'envisager après la guerre*. Ainsi, pour augmenter la natalité d'après-guerre et obliger les hommes à se marier jeunes, je prenais pour exemple les Martiens rouges, qui recrutaient leurs travailleurs forcés non seulement parmi les criminels et les prisonniers de guerre, mais aussi parmi *les célibataires confirmés trop pauvres pour payer la forte taxe de célibat imposée par tout gouvernement martien-rouge*; et je consacrai tout un développement à cette *taxe de célibat* qui, si jamais elle était imposée, grèverait lourdement mes propres finances. Mais je réservais des propositions encore plus radicales à l'élite de la SS, qui devait prendre exemple sur les Martiens verts, ces monstres de trois mètres de haut pourvus de quatre bras et de défenses : *Toute la propriété parmi les Martiens verts est possédée en commun par la communauté, sauf les armes personnelles, les ornements et les soies et fourrures de lit des individus... Les femmes et les enfants de la suite d'un homme peuvent être comparés à une unité militaire dont il est responsable en matière de formation, de discipline, d'approvisionnement... Ses femmes ne sont d'aucune façon des épouses... Leur accouplement est uniquement une question d'intérêt communautaire, et est dirigé sans référence à la sélection naturelle. Le conseil des chefs de chaque communauté contrôle cette affaire aussi sûrement que le propriétaire d'un étalon de course du Kentucky dirige l'élevage scienti-fique de sa progéniture pour l'amélioration de la race entière.* Je m'inspi-rai de ceci pour suggérer des réformes progressives du *Lebensborn*. C'était en vérité creuser ma propre tombe, et une partie de moi riait presque de l'écrire, mais cela me semblait aussi logiquement découler de notre *Weltanschauung*; en outre je savais que cela plairait au Reichs-führer; les passages de Burroughs me rappelaient obscurément l'utopie prophétique qu'il nous avait exposée à Kiev, en 1941. En effet, dix jours après avoir envoyé mon mémoire, je recevais une réponse signée de sa main (ses instructions, la plupart du temps, étaient signées par Brandt ou même Grothmann) :

> *Très cher Doktor Aue!*
> *J'ai lu avec un vif intérêt votre exposé. Je suis heureux de savoir que vous allez mieux et que vous consacrez votre convalescence à des recherches utiles; je ne savais pas que vous vous intéressiez à ces questions si vitales pour l'avenir de notre race. Je me demande si l'Allemagne, même après la guerre, sera prête à accepter des idées aussi profondes et nécessaires. Il faudra certainement encore un long travail sur les mentalités. Quoi qu'il en soit, lorsque vous serez guéri, je serai heureux de discuter avec vous plus en détail de ces projets et de cet auteur visionnaire.*
>
> *Heil Hitler!*
> *Vôtre,*
> *Heinrich Himmler*

Flatté, j'attendis que Thomas me rende visite pour lui montrer cette lettre ainsi que mon mémoire; mais à ma surprise, il prit la chose avec colère : « Tu crois vraiment que c'est le moment, pour ces gamineries ? » Il semblait avoir perdu tout sens de l'humour; lorsqu'il se mit à me détailler les dernières arrestations, je commençai à comprendre pour-quoi. Même dans mon propre entourage des hommes étaient impliqués : deux de mes camarades d'université et mon ancien professeur de Kiel, Jessen, qui ces dernières années s'était apparemment rapproché de Goerdeler. « On a aussi trouvé des preuves contre Nebe, mais il a dis-paru. Évanoui dans la nature. Tu me diras, si quelqu'un sait y faire, c'est bien lui. Il devait être un peu tordu : chez lui, il y avait le film d'un gazage, à l'Est, tu l'imagines se passant ça le soir ? » J'avais rarement vu Thomas aussi nerveux. Je le fis boire, lui offris des cigarettes, mais il ne lâcha pas grand-chose; je crus juste comprendre que Schellenberg avait eu des contacts avec certains cercles d'opposition, avant l'attentat. En même temps, Thomas vitupérait avec rage les conspirateurs : « Tuer le Führer ! Comment ont-ils même pu songer que ce serait une solution ? Qu'il se soit défait du commandement de la Wehrmacht, d'accord, de toute façon il est malade. On aurait même pu envisager, je ne sais pas, de le pousser à la retraite, si vraiment il le fallait, le laisser président mais remettre le pouvoir au Reichsführer... Les Anglais, d'après Schellenberg, accepteraient de négocier avec le Reichsführer. Mais tuer le Führer ? Insensé, ils ne se rendaient pas compte... Ils lui ont prêté serment et ils essayent de le tuer. » Cela semblait vraiment le travailler ; pour moi, même l'idée que Schellenberg ou le Reichsführer eussent songé à mettre le Führer à l'écart me choquait. Ça ou le tuer, je n'y voyais pas une grande différence, mais je ne le dis pas à Thomas, il était déjà trop déprimé.

Ohlendorf, que je vis vers la fin du mois lorsque je recommençai enfin à sortir, semblait penser comme moi. Je le trouvai, lui déjà si maussade, plus abattu encore que Thomas. Il m'avoua que la nuit précédant l'exécution de Jessen, avec qui il était resté lié malgré tout, il n'avait pu fermer l'œil. « Je n'arrêtais pas de penser à sa femme et ses enfants. J'essayerai de les aider, je compte leur verser une partie de mon salaire. » Il estimait néanmoins que Jessen méritait la peine de mort. Depuis des années, m'expliqua-t-il, notre professeur avait rompu ses attaches avec le national-socialisme. Ils avaient continué à se voir, à discuter, et Jessen avait même tenté de recruter son ancien élève. Ohlendorf était d'accord avec lui sur beaucoup de points : « C'est clair, la corruption généralisée dans le Parti, l'érosion du droit formel, l'anarchie pluraliste qui a remplacé le *Führerstaat*, tout ça est inacceptable. Et les mesures contre les Juifs, cette *Endlösung* a été une erreur. Mais renverser le Führer et le NSDAP, c'est impensable. Il faut purger le Parti, faire monter les vétérans du front, qui ont une vision réaliste des choses, les cadres de la Hitlerjugend, peut-être les seuls idéalistes qu'il nous reste. Ce sont ces jeunes qui devront donner l'impulsion au Parti après la guerre. Mais on ne peut pas songer à revenir en arrière, au conservatisme bourgeois des militaires de carrière et des aristocrates prussiens. Ce geste les déconsidère à tout jamais. D'ailleurs, le peuple l'a bien compris. » C'était vrai : tous les rapports SD montraient que les gens et les soldats ordinaires, malgré leurs soucis, leur fatigue, leurs angoisses, leur démoralisation, voire leur défaitisme, étaient scandalisés par la trahison des comploteurs. L'effort de guerre et la campagne d'austérité trouvaient là un surcroît d'énergie ; Goebbels, enfin autorisé à déclarer la « guerre totale » qui lui tenait tant à cœur, se démenait pour l'exciter, sans que ce fût vraiment nécessaire. La situation ne faisait pourtant qu'empirer : les Russes avaient repris la Galicie et dépassé leur frontière de 1939, Lublin tombait, et la vague était enfin venue mourir dans les faubourgs de Varsovie, où le commandement bolchevique attendait visiblement que nous écrasions pour eux l'insurrection polonaise lancée au début du mois. « Nous faisons là le jeu de Staline, commentait Ohlendorf. Il vaudrait mieux expliquer à l'AK que les bolcheviques représentent un danger encore plus grand que nous. Si les Polonais se battaient à nos côtés, on pourrait encore freiner les Russes. Mais le Führer ne veut pas en entendre parler. Et les Balkans vont tomber comme un château de cartes. » En Bessarabie, en effet, la 6ᵉ armée reconstituée sous Fretter-Pico était en train de se faire tailler en pièces à son tour : les portes de la Roumanie bâillaient, grandes ouvertes. La France était de toute évidence perdue ; après avoir ouvert un autre front en Provence et pris Paris, les Anglo-Américains s'apprêtaient à nettoyer le reste du pays tandis que nos troupes meurtries refluaient vers le Rhin. Ohlendorf était très pessimiste : « Les nouvelles fusées sont presque prêtes, selon Kammler. Il est convaincu que cela changera le cours de la guerre. Mais je ne vois pas comment. Une fusée transporte moins d'explosifs qu'un B-17 américain, et ne sert qu'une fois. » À la différence de Schellenberg, dont il refusait de parler, il n'avait pas de plans, pas de solutions concrètes : il ne pouvait parler que d'un « dernier élan national-socialiste, un gigantesque soubresaut », ce qui pour moi ressemblait un peu trop à la rhétorique de Goebbels. J'avais l'impression qu'il se résignait secrètement à la défaite. Mais je ne pense pas qu'il se l'était encore avoué.

Les événements du 20 juillet eurent une autre conséquence, mineure, mais fâcheuse pour moi : mi-août, la Gestapo arrêtait le juge Baumann, de la cour SS de Berlin. Je l'appris assez rapidement par Thomas, mais n'en mesurai pas tout de suite les conséquences. Début septembre, je fus convoqué par Brandt, qui accompagnait le Reichsführer en inspection dans le Schleswig-Holstein. Je rejoignis le train spécial près de Lübeck. Brandt commença par m'annoncer que le Reichsführer voulait accorder la 1ʳᵉ classe à ma Croix du Service de guerre : « Quoi que vous en pensiez, votre action en Hongrie a été très positive. Le Reichsführer en est content. Il a aussi été favorablement impressionné par votre dernière initiative. » Puis il m'informa que la Kripo avait demandé au remplaçant de Baumann de réexaminer le dossier qui me mettait en cause ; celui-ci avait écrit au Reichsführer : à son avis, les accusations méritaient enquête. « Le Reichsführer n'a pas changé d'avis, et vous gardez toute sa confiance. Mais il pense que ce serait vous desservir que d'empêcher de nouveau l'enquête. Des bruits commencent à courir, vous devriez le savoir. Le mieux serait que vous vous défendiez et prouviez votre innocence : ainsi, on pourra clore l'affaire une bonne fois pour toutes. » Cette idée ne me plaisait guère, je commençais à trop bien connaître l'obstination maniaque de Clemens et Weser, mais je n'avais pas le choix. De retour à Berlin, je me présentai de moi-même à la cour devant le juge von Rabingen, un national-socialiste fanatique, et lui exposai ma version des faits. Il me rétorqua que le dossier monté par la Kripo contenait des éléments troublants, il revenait surtout sur ces vêtements allemands, ensanglantés, à ma taille, il était aussi intrigué par l'histoire des jumeaux, qu'il voulait absolument éclaircir. La Kripo avait enfin interrogé ma sœur, rentrée en Poméranie : elle avait confié les jumeaux à une institution privée, en Suisse ; elle affirmait qu'il s'agissait de nos petits-cousins orphelins, nés en France, mais dont les actes de naissance avaient disparu dans la débâcle française de 1940. « C'est peut-être vrai, déclara sourcilleusement von Rabingen. Mais c'est invérifiable pour le moment. »

Cette suspicion permanente me hantait. Plusieurs jours durant, je faillis succomber à une rechute de ma maladie, je restais enfermé chez moi dans une prostration noire, allant même jusqu'à refuser ma porte à Hélène, venue me rendre visite. La nuit, Clemens et Weser, marionnettes animées, mal taillées et mal peintes, sautaient à pieds joints sur mon sommeil, grinçaient à travers mes rêves, bourdonnaient autour de moi comme de sales petites bestioles moqueuses. Ma mère elle-même parfois se joignait à ce chœur, et dans mon angoisse j'en venais à croire que ces deux clowns avaient raison, que j'étais devenu fou et l'avais en effet assassinée. Mais je n'étais pas fou, je le sentais, et toute l'affaire se résumait à un malentendu monstrueux. Lorsque je me ressaisis un peu, j'eus l'idée de contacter Morgen, ce juge intègre que j'avais connu à Lublin. Il travaillait à Oranienburg : il m'invita tout de suite à venir le voir et me reçut avec affabilité. Il me parla d'abord de ses activités : après Lublin, il avait installé une commission à Auschwitz, et inculpé Grabner, le chef de la *Politische Abteilung*, pour deux mille meurtres illégaux ; Kaltenbrunner avait fait relâcher Grabner ; Morgen l'avait réarrêté et l'instruction suivait son cours, ainsi que celle de nombreux complices et autres subalternes corrompus ; mais en janvier un incendie d'origine criminelle avait détruit la baraque où la commission entreposait toutes les preuves à charge et une partie des dossiers, ce qui compliquait bien les choses. Maintenant, m'avoua-t-il en confidence, il visait Höss lui-même : « Je suis convaincu qu'il s'est rendu coupable de détournement de biens de l'État et de meurtres ; mais j'aurai du mal à le prouver ; Höss bénéficie de hautes protections. Et vous ? J'ai entendu dire que vous aviez des problèmes. » Je lui expliquai mon cas. « Il ne suffit pas qu'ils accusent, dit-il pensivement, ils doivent prouver. Personnellement, je fais confiance à votre sincérité : je ne connais que trop les pires éléments de la SS, et je sais que vous n'êtes pas comme eux. Quoi qu'il en soit, pour vous inculper, ils doivent prouver des choses concrètes, que vous vous trouviez là au moment du meurtre, que ces fameux vêtements étaient à vous. Où sont-ils, ces vêtements ? S'ils sont restés en France, il me semble que l'accusation ne tient plus à grand-chose. Et puis, les autorités françaises qui ont émis la demande d'entraide judiciaire sont maintenant sous le contrôle de la puissance ennemie : vous devriez demander à un expert en droit international d'étudier cet aspect des choses. » Je sortis de cet entretien un peu réconforté : l'entêtement maladif des deux enquêteurs me rendait paranoïaque, je n'arrivais plus à voir où était le vrai, où était le faux, mais le bon sens juridique de Morgen m'aidait à retrouver la terre ferme.

En fin de compte, et comme toujours avec la justice, cette histoire dura encore des mois. Je n'en narrerai pas les péripéties en détail. J'eus plusieurs confrontations avec von Rabingen et les deux enquêteurs ; ma sœur, en Poméranie, dut faire des dépositions : elle s'était méfiée, elle ne révéla jamais que je l'avais informée du meurtre, elle affirma avoir reçu un télégramme d'Antibes, d'un associé de Moreau. Clemens et Weser furent forcés de reconnaître qu'ils n'avaient jamais vu les fameux vêtements : toutes leurs informations provenaient de lettres de la police judiciaire française, qui avaient peu de valeur juridique, surtout maintenant. En outre, comme le meurtre avait été commis en France, une inculpation n'aurait servi qu'à m'extrader, ce qui était évidemment devenu impossible — bien qu'un avocat, point du tout désagréablement d'ailleurs, me suggérât que devant une cour SS je pouvais encourir la peine de mort pour infraction à l'honneur, sans référence au code criminel civil.

Ces considérations ne semblaient pas entamer la faveur que le

Reichsführer me manifestait. Lors d'un de ses passages éclairs à Berlin, il me fit venir à bord de son train et, après une cérémonie où je reçus ma nouvelle décoration en compagnie d'une dizaine d'autres officiers, la plupart de la Waffen-SS, il m'invita dans son cabinet privé pour m'entretenir de mon mémoire, dont les idées, selon lui, étaient saines mais demandaient un approfondissement. « Par exemple, il y a l'Église catholique. Si nous imposons une taxe sur le célibat, ils vont certainement exiger une exemption pour le clergé. Et si nous la leur accordons, ce sera une nouvelle victoire pour eux, une nouvelle démonstration de leur force. Ainsi, je pense qu'une précondition à toute évolution positive, après la guerre, sera de régler la *Kirchenfrage*, la question des deux églises. De manière radicale s'il le faut : ces *Pfaffen*, ces moinillons, sont presque pires que des Juifs. Vous ne pensez pas ? Je suis entièrement en accord avec le Führer à ce sujet : la religion chrétienne est une religion juive, fondée par un rabbin juif, Saul, comme véhicule pour porter le Judaïsme à un autre niveau, le plus dangereux avec le Bolchevisme. Éliminer les Juifs et garder les Chrétiens, ce serait s'arrêter à mi-chemin. » J'écoutais tout cela gravement, en prenant des notes. À la fin de l'entretien seulement, le Reichsführer évoqua mon affaire : « Ils n'ont produit aucune preuve, je crois ? » — « Non, mon Reichsführer. Il n'y en a aucune. » — « C'est très bien. J'ai tout de suite vu que c'était une sottise. Enfin, il vaut mieux qu'ils s'en convainquent eux-mêmes, n'est-ce pas ? » Il me raccompagna jusqu'à la porte et me serra la main après que je l'eus salué : « Je suis très content de votre travail, Obersturmbannführer. Vous êtes un officier plein d'avenir. »

Plein d'avenir ? L'avenir me semblait plutôt se rétrécir chaque jour, le mien comme celui de l'Allemagne. Lorsque je me retournais, je contemplais avec effroi le long couloir obscur, le tunnel qui menait du fond du passé jusqu'au moment présent. Qu'étaient devenues les plaines infinies qui s'ouvraient devant nous quand, sortis de l'enfance, nous abordions l'avenir avec énergie et confiance ? Toute cette force semblait n'avoir servi qu'à nous bâtir une prison, voire un gibet. Depuis ma maladie, je ne voyais personne, le sport, je l'avais abandonné aux autres. La plupart du temps je mangeais seul chez moi, la porte-fenêtre grande ouverte, profitant de l'air doux de la fin de l'été, des dernières feuilles vertes qui, lentement, au milieu des ruines de la ville, préparaient leur ultime flambée de couleur. De temps en temps, je sortais avec Hélène, mais une gêne douloureuse planait sur ces rencontres; tous deux, nous devions rechercher la douceur, l'intense suavité des premiers mois, mais elle avait disparu et nous ne savions plus la retrouver, or en même temps nous tentions de faire semblant que rien n'avait changé, c'était étrange. Je ne comprenais pas pourquoi elle s'entêtait à rester à Berlin : ses parents étaient partis chez un cousin dans la région de Bade, mais quand — avec sincérité et non avec ma cruauté inexplicable de malade — je la pressais de les rejoindre, elle m'opposait des prétextes dérisoires, son travail, la garde de leur appartement. Dans mes moments de lucidité je me disais qu'elle restait à cause de moi, et je me demandais si, justement, l'horreur que mes paroles avaient dû lui inspirer ne l'encourageait pas, si elle n'espérait pas, peut-être, me *sauver* de moi-même, idée ridicule s'il en est, mais qui sait ce qui se passe dans la tête d'une femme ? Il devait y avoir autre chose encore, et je m'en apercevais parfois. Un jour, nous marchions dans la rue, une voiture roula dans une flaque près de nous : le jet d'eau bondit sous la jupe d'Hélène, l'éclaboussant jusqu'à la cuisse. Elle partit d'un fou rire incongru, presque cassant. « Qu'avez-vous à rire ainsi, qu'est-ce qui est si drôle ? » — « Vous, c'est vous, me lança-t-elle à travers son rire. Jamais vous ne m'avez touchée si haut. » Je ne répondis rien, qu'aurais-je pu dire ? J'aurais pu lui faire lire, pour la remettre à sa place, le mémoire que j'avais adressé au Reichsführer ; mais je sentais bien que ni cela, ni même une franche explication sur mes mœurs ne l'auraient découragée, elle était comme ça, têtue, elle avait fait son choix presque au hasard et maintenant elle s'y tenait avec obstination, comme si le choix lui-même comptait plus que celui qui en avait fait l'objet. Pourquoi ne l'envoyais-je pas promener ? Je ne sais pas. Je n'avais plus grand monde à qui parler. Thomas travaillait quatorze, seize heures par jour, je le voyais à peine. La plupart de mes collègues avaient été *délocalisés*. Hohenegg, je l'appris en téléphonant à l'OKW, avait été envoyé au front en juillet, et se trouvait toujours à Königsberg avec une partie de l'OKHG Centre. Professionnellement, et malgré les encouragements du Reichsführer, j'avais atteint un point mort : Speer avait fait une croix sur moi, je n'avais plus de contacts qu'avec des subalternes, et mon bureau, auquel on ne demandait plus rien, servait presque uniquement de boîte postale pour les plaintes de multiples entreprises, organismes ou ministères. De temps en temps Asbach et les autres membres de l'équipe pondaient une étude que j'envoyais à droite et à gauche ; on me répondait poliment, ou pas du tout. Mais je ne compris pleinement à quel point j'avais fait fausse route que le jour où Herr Leland m'invita à prendre le thé. C'était au bar de l'*Adlon*, l'un des seuls bons restaurants encore ouverts, une véritable tour de Babel, on y parlait une dizaine de langues, tous les membres du corps diplomatique étranger semblaient s'y être donné rendez-vous. Je trouvai Herr Leland à une table, un peu à l'écart. Un maître d'hôtel vint me servir du thé avec des gestes précis et Leland attendit qu'il se soit éloigné pour m'adresser la parole. « Comment va ta santé ? » s'enquit-il. — « Bien, mein Herr. Je suis tout à fait remis. » — « Et ton travail ? » — « Cela va bien, mein Herr. Le Reichsführer semble satisfait. J'ai été récemment décoré. » Il ne disait rien, il buvait un peu de thé. « Mais cela fait plusieurs mois que je n'ai pas revu le Reichsminister Speer », continuai-je. Il fit un signe abrupt de la main : « Cela n'a plus d'importance. Speer nous a beaucoup déçus. Il faut passer à autre chose, maintenant. » — « Quoi, mein Herr ? » — « C'est en cours d'élaboration », dit-il lentement, avec sa touche d'accent assez particulier. « Et comment va le Dr. Mandelbrod, mein Herr ? » Il me fixa de son regard froid, sévère. Comme toujours j'étais incapable de distinguer son œil de verre de l'autre. « Mandelbrod se porte bien. Mais je dois te dire que tu l'as un peu déçu. » Je ne dis rien. Leland but encore un peu de thé avant de continuer : « Je dois dire que tu n'as pas satisfait toutes nos attentes. Tu n'as pas fait preuve de beaucoup d'initiative, ces derniers temps. Ta performance en Hongrie a été décevante. » — « Mein Herr... J'ai fait de mon mieux. Et le Reichsführer m'a félicité pour mon travail. Mais il y a tellement de rivalité entre les départements, tout le monde fait de l'obstruction... » Leland ne semblait prêter aucune attention à mes paroles. « Nous avons l'impression, dit-il enfin, que tu n'as pas compris ce que nous attendons de toi. » — « Qu'attendez-vous de moi, mein Herr ? » — « Plus d'énergie. Plus de créativité. Tu dois produire des solutions, pas créer des obstacles. Et puis, permets-moi de te le dire, tu te dissipes. Le Reichsführer nous a fait suivre ton dernier mémoire : au lieu de perdre ton temps avec des enfantillages, tu devrais songer au salut de l'Allemagne. » Je sentais mes joues brûler et fis un effort pour maîtriser ma voix. « Je ne songe à rien d'autre, mein Herr. Mais, comme vous le savez, j'ai été très malade. J'ai aussi... d'autres problèmes. » Deux jours avant j'avais eu un entretien pénible avec von Rabingen. Leland ne disait rien, il fit un signe et le maître d'hôtel réapparut pour le servir. Au bar, un jeune homme aux cheveux ondulés, en costume à carreaux avec un nœud papillon, riait trop fort. Un bref regard me suffit pour le jauger : cela faisait longtemps que je n'avais pas pensé à ça. Leland reprenait la parole : « Nous sommes au courant de tes problèmes. Il est inadmissible que les choses soient allées aussi loin. Si tu avais besoin de tuer cette femme, soit, mais tu aurais dû faire cela proprement. » Le sang s'était retiré de mon visage : « Mein Herr..., parvins-je à articuler d'une voix blanche. Je ne l'ai pas tuée. Ce n'est pas moi. » Il me contempla calmement : « Soit, dit-il. Sache que cela nous est complètement égal. Si tu l'as fait, c'était ton droit, ton droit souverain. En tant qu'anciens amis de ton père, nous le comprenons tout à fait. Mais ce que tu n'avais pas le droit de faire, c'était de te compromettre. Cela réduit singulièrement ton utilité pour nous. » J'allais protester de nouveau mais il me coupa la parole d'un geste. « Attendons de voir comment les choses se développent. Nous espérons que tu te ressaisiras. » Je ne dis rien et il leva un doigt. Le maître d'hôtel ressurgit ; Leland chuchota quelques mots et se leva. Je me levai aussi. « À bientôt, fit-il de sa voix monocorde. Si tu as besoin de quelque chose, prends contact avec nous. » Il partit sans me serrer la main, suivi du maître d'hôtel. Je n'avais pas touché à mon thé. Je me rendis au bar et commandai un cognac, que je vidai d'une traite. Une voix agréable, traînante, fortement accentuée, se fit entendre près de moi : « C'est un peu tôt dans la journée pour boire comme ça. Vous en voulez un autre ? » C'était le jeune homme au nœud papillon. J'acceptai ; il en commanda deux et se présenta : Mihaï I., troisième secrétaire à la légation de Roumanie. « Comment vont les choses, à la SS ? » demanda-t-il après avoir trinqué. — « À la SS ? Ça va. Et le corps diplomatique ? » Il haussa les épaules : « Maussade. Il n'y a plus » — il fit un geste large en direction de la salle — « que les derniers des Mohicans. On ne peut pas vraiment organiser de cocktails, à cause des restrictions, alors on se retrouve ici au moins une fois par jour. De toute façon je n'ai même plus de gouvernement à représenter. » La Roumanie, après avoir déclaré la guerre à l'Allemagne, fin août, venait de capituler devant les Soviétiques. « C'est vrai. Que représente votre légation, alors ? » — « En principe, Horia Sima. Mais c'est une fiction, Herr Sima se représente très bien tout seul. Quoi qu'il en soit » — il indiqua de nouveau plusieurs personnes — « on est tous à peu près dans le même cas. Mes collègues français et bulgares, surtout. Les Finlandais sont presque tous partis. Il n'y a plus que les Suisses et les Suédois comme vrais diplomates. » Il me regarda en souriant : « Venez dîner avec nous, je vous présenterai à d'autres fantômes de mes amis. »

Dans mes relations, je l'ai peut-être dit, j'avais toujours pris soin d'éviter les intellectuels ou les hommes de ma classe sociale : ils voulaient toujours parler, et avaient une fâcheuse tendance à tomber amoureux. Avec Mihaï, je fis une exception, mais il n'y avait pas trop de risques, c'était un cynique, frivole et amoral. Il avait une maisonnette à l'ouest de Charlottenburg, je le laissai m'y inviter le premier soir, après le dîner, sous prétexte de prendre un dernier verre, et j'y passai la nuit.

Sous ses airs excentriques, il avait le corps dur et noueux d'un athlète, héritage sans doute de ses origines paysannes, des poils bruns, bouclés, luxuriants, une rêche odeur de mâle. Cela l'amusait beaucoup d'avoir séduit un SS : « La Wehrmacht ou l'*Auswärtiges Amt*, c'est trop facile. » Je le revis de temps en temps. Parfois j'allais le voir après avoir dîné avec Hélène, je me servais de lui brutalement, comme pour laver de ma tête les désirs muets de mon amie, ou ma propre ambiguïté.

En octobre, juste après mon anniversaire, je fus renvoyé en Hongrie. Horthy avait été renversé par un coup de main de von dem Bach et de Skorzeny, et les Croix-Fléchées de Szálasi étaient au pouvoir. Kammler réclamait à cor et à cri de la main-d'œuvre pour ses usines souterraines et ses V-2, dont les premiers modèles venaient d'être lancés en septembre. Les troupes soviétiques pénétraient déjà en Hongrie, par le sud, ainsi que sur le territoire même du Reich, en Prusse orientale. À Budapest, le SEk avait été dissous en septembre, mais Wisliceny se trouvait toujours là et Eichmann refit rapidement son apparition. Encore une fois, ce fut un désastre. Les Hongrois acceptèrent de nous donner cinquante mille Juifs de Budapest (en novembre, Szálasi insistait déjà sur le fait qu'ils n'étaient que « prêtés »), mais il fallait les convoyer à Vienne, pour Kammler et pour la construction d'un *Ostwall*, et il n'y avait plus de transport disponible : Eichmann, sans doute avec l'accord de Veesenmayer, décida de les y envoyer à pied. L'histoire est connue : beaucoup moururent en route, et l'officier chargé de la réception, l'Obersturmbannführer Höse, refusa la plupart de ceux qui arrivèrent, car il ne pouvait pas, encore une fois, employer de femmes pour des travaux de terrassement. Je ne pus strictement rien faire, personne n'écoutait mes suggestions, ni Eichmann, ni Winkelmann, ni Veesenmayer, ni les Hongrois. Lorsque l'Obergruppenführer Jüttner, le patron de la SS-FHA, arriva à Budapest avec Becher, je tentai d'intervenir auprès de lui ; Jüttner avait croisé les marcheurs, qui tombaient comme des mouches dans la boue, la pluie, la neige ; ce spectacle l'avait scandalisé et il alla effectivement protester auprès de Winkelmann ; mais Winkelmann le renvoya à Eichmann, sur qui il n'avait aucun contrôle, et Eichmann refusa carrément de voir Jüttner, il lui dépêcha un de ses subordonnés qui balaya les plaintes avec morgue. Eichmann, c'était visible, ne se sentait plus, il n'écoutait plus personne, sauf peut-être Müller et Kaltenbrunner, et Kaltenbrunner ne semblait même plus écouter le Reichsführer. J'en parlai avec Becher, qui devait voir Himmler, je lui demandai d'intervenir, il promit de faire son possible. Szálasi, lui, prit rapidement peur : les Russes avançaient ; mi-novembre il mit fin aux marches, on n'en avait même pas envoyé trente mille, encore un gâchis insensé, un de plus. Plus personne ne semblait savoir ce qu'il faisait, ou plutôt chacun faisait strictement ce qu'il voulait, seul, de son côté, il devenait impossible de travailler dans de telles conditions. Je fis une dernière démarche auprès de Speer, qui en octobre avait pris le contrôle complet de l'*Arbeitseinsatz*, y compris de l'utilisation des détenus du WVHA ; il accepta enfin de me recevoir, mais il expédia l'entretien, auquel il ne voyait aucun intérêt. Il est vrai que je n'avais pas grand-chose de concret à lui offrir. Quant au Reichsführer, je ne comprenais plus du tout sa position. Fin octobre, il donna à Auschwitz l'ordre de cesser de gazer les Juifs, et fin novembre, déclarant la question juive résolue, il ordonna la destruction des installations d'extermination du camp ; en même temps, au RSHA et au *Persönlicher Stab*, on discutait activement de la création d'un nouveau camp d'extermination à Alteist-Hartel, près de Mauthausen. On disait aussi que le Reichsführer menait des négociations avec les Juifs, en Suisse et en Suède ; Becher semblait au courant, mais éludait mes questions lorsque je lui demandais des éclaircissements. Je sus aussi qu'il obtint enfin que le Reichsführer convoque Eichmann (c'était plus tard, en décembre) ; mais je n'appris ce qui s'était dit à cette occasion que dix-sept ans plus tard, lors du procès à Jérusalem de ce brave Obersturmbannführer : Becher, devenu homme d'affaires et millionnaire à Brême, expliqua dans sa déposition que la rencontre avait eu lieu dans le train spécial du Reichsführer, dans la Forêt-Noire, près de Trimberg, et que le Reichsführer avait parlé à Eichmann avec *à la fois bonté et colère*. On cite souvent depuis dans les livres une phrase que le Reichsführer aurait alors, selon Becher, lancé à son subordonné entêté : « Si jusqu'à maintenant vous avez exterminé les Juifs, dorénavant, si je vous en donne l'ordre, comme je le fais, vous serez une bonne d'enfant pour les Juifs. Je vous rappelle qu'en 1933 c'est moi qui ai créé le RSHA, et non pas le Gruppenführer Müller ou vous-même. Si vous ne pouvez pas m'obéir, dites-le-moi ! » Il est possible que ce soit vrai. Mais le témoignage de Becher est éminemment sujet à caution ; il s'attribue par exemple, grâce à son influence sur Himmler, la cessation des marches forcées de Budapest — alors que l'ordre venait des Hongrois paniqués — et aussi, prétention encore plus outrée, l'initiative de l'ordre d'interruption de la *Endlösung* : or si quelqu'un a pu souffler cela au Reichsführer, ce ne fut certainement pas cet affairiste rusé (Schellenberg, peut-être).

Mon affaire juridique continuait son chemin ; régulièrement, le juge von Rabingen me convoquait pour éclaircir un point ou un autre. Je voyais de temps en temps Mihaï ; quant à Hélène, elle semblait devenir de plus en plus transparente, non pas de peur, mais d'émotion contenue. Lorsque, à mon retour de Hongrie, je lui parlai des atrocités de Nyíregyháza (le III⁰ corps blindé avait repris la ville aux Russes, fin octobre, et avait trouvé des femmes de tout âge violées, des parents cloués vivants aux portes devant leurs enfants mutilés ; et il s'agissait là de Hongrois, pas d'Allemands), elle me regarda longuement, puis dit avec douceur : « Et en Russie, c'était très différent ? » Je ne dis rien. Je regardais ses poignets, extraordinairement fins, qui dépassaient de sa manche ; je me disais que j'aurais facilement pu les entourer du pouce et de l'index. « Je sais que leur vengeance sera terrible, dit-elle alors. Mais nous l'aurons méritée. » Début novembre, mon appartement jusque-là miraculé disparut dans un bombardement : une mine passa par le toit et emporta les deux étages supérieurs ; le pauvre Herr Zempke succomba à une crise cardiaque en sortant de la cave à moitié écroulée. Heureusement, j'avais pris l'habitude de garder une partie de mes vêtements et de mon linge au bureau. Mihaï me proposa d'emménager chez lui ; je préférai m'installer à Wannsee chez Thomas, qui s'était retrouvé là après l'incendie, en mai, de sa maison de Dahlem. Il y menait un train de vie endiablé, il y avait toujours là quelques énergumènes de l'Amt VI, un ou deux collègues de Thomas, Schellenberg, des filles bien sûr. Schellenberg discutait souvent en privé avec Thomas mais se méfiait visiblement de moi. Un jour, je rentrai un peu tôt, j'entendis une discussion animée dans le salon, des éclats de voix, l'intonation gouailleuse et insistante de Schellenberg : « Si ce Bernadotte accepte... » Il s'interrompit dès qu'il me vit sur le pas de la porte et me salua sur un ton plaisant : « Aue, heureux de vous voir. » Mais il ne reprit pas sa conversation avec Thomas. Lorsque je me lassais des sauteries de mon ami, je me laissais parfois entraîner par Mihaï. Il fréquentait les fêtes d'adieu quotidiennes du Dr. Kosak, l'ambassadeur croate, qui avaient lieu soit à la légation, soit dans sa villa de Dahlem ; le gratin du corps diplomatique et de l'*Auswärtiges Amt* venait s'y empiffrer, s'y enivrer, et y fréquenter les plus jolies starlettes de la U F A, Maria Milde, Ilse Werner, Marikka Rökk. Un chœur chantait, vers minuit, des chants populaires dalmates ; après le raid habituel des Mosquito, les artilleurs de la batterie de Flak croate stationnée à côté venaient boire et jouer du jazz jusqu'à l'aube ; parmi eux se trouvait un officier rescapé de Stalingrad, mais je me gardai bien de lui dire que j'en étais aussi, il ne m'aurait plus lâché. Ces bacchanales dégénéraient parfois en orgies, des couples s'enlaçaient dans les alcôves de la légation et des olibrius frustrés sortaient vider leurs pistolets dans le jardin : un soir, ivre, je fis l'amour avec Mihaï dans la chambre de l'ambassadeur, qui ronflait en bas sur un divan ; ensuite, survolté, Mihaï remonta avec une petite actrice et la prit devant moi tandis que j'achevais une bouteille de slivovitz et méditais sur les servitudes de la chair. Cette gaieté vaine et frénétique ne pouvait durer. Fin décembre, alors que les Russes assiégeaient Budapest et que notre dernière offensive s'enlisait dans les Ardennes, le Reichsführer m'envoya inspecter l'évacuation d'Auschwitz.

À l'été, l'évacuation précipitée et tardive du KL Lublin nous avait causé bien des soucis : les Soviétiques avaient pris les installations intactes, avec les entrepôts pleins, de l'eau au moulin de leur propagande d'atrocités. Depuis la fin août, leurs forces campaient sur la Vistule, mais il était bien évident qu'ils n'en resteraient pas là. Des mesures devaient être prises. L'évacuation des camps et des sous-camps du complexe d'Auschwitz, le cas échéant, tombait sous la responsabilité de l'Obergruppenführer Ernst Schmauser, le HSSPF du district militaire VIII qui comprenait la Haute-Silésie ; les opérations, m'expliqua Brandt, seraient menées par le personnel du camp. Mon rôle consistait à garantir le caractère prioritaire de l'évacuation de la main-d'œuvre utilisable, en bon état, destinée à être réexploitée à l'intérieur du Reich. Après mes déboires hongrois je me méfiais : « Quels seront mes pouvoirs ? demandai-je à Brandt. Est-ce que je pourrai donner les ordres nécessaires ? » Il éluda la question : « L'Obergruppenführer Schmauser a la pleine autorité. Si vous voyez que le personnel du camp ne coopère pas dans l'esprit voulu, référez-en à lui et il donnera les ordres nécessaires. » — « Et si j'ai des problèmes avec l'Obergruppenführer ? » — « Vous n'aurez pas de problèmes avec l'Obergruppenführer. C'est un excellent national-socialiste. De toute façon vous serez en contact avec le Reichsführer ou moi-même. » Je savais par expérience que c'était là une garantie bien légère. Mais je n'avais pas le choix.

La possibilité d'une avancée ennemie menaçant un camp de concentration avait été évoquée par le Reichsführer, le 17 juin 1944, dans une instruction intitulée *Fall-A*, le « cas A », qui donnait au HSSPF de la région, en cas de crise, des pouvoirs étendus sur le personnel du camp. Aussi, si Schmauser comprenait l'importance de sauvegarder le maximum de main-d'œuvre, les choses pourraient peut-être se passer correctement. J'allai le voir à son QG de Breslau. C'était un homme de la vieille génération, il devait avoir cinquante ou cinquante-cinq ans, sévère, raide, mais professionnel. Le plan d'évacuation des camps, m'expliqua-t-il, entrait dans le cadre général de la stratégie de retrait *Auflockerung-Raümung-Lähmung-Zerstörung* (« Démontage-Évacuation-Immobilisation-Destruction ») formulée fin 1943 « et appliquée avec tant de succès en Ukraine et en Biélorussie, où les bolcheviques non seulement n'ont pas trouvé à se loger et à se nourrir, mais n'ont même pas, dans certains districts comme Novgorod, pu récupérer un seul être humain potentiellement utile ». Le district VIII avait promulgué l'ordre de réalisation de ARLZ le 19 septembre. Dans ce cadre, 65 000 *Häftlinge* avaient déjà été évacués vers l'*Altreich*, y compris l'ensemble des détenus polonais et russes, susceptibles de présenter un danger pour les arrières en cas d'approche ennemie. Restaient 67 000 détenus, dont 35 000 travaillaient encore dans les usines de Haute-Silésie et des régions voisines. Schmauser avait confié dès octobre à son officier de liaison, le Major der Polizei Boesenberg, la planification de l'évacuation finale ainsi que des deux dernières phases de ARLZ ; pour les détails, je verrais avec lui, sachant que seul le Gauleiter Bracht, en sa capacité de Reichskommissar pour la défense du *Gau*, pouvait prendre les décisions de mise en œuvre. « Vous comprenez, me déclara Schmauser pour conclure, nous savons tous à quel point la préservation du potentiel de travail est importante. Mais pour nous, et pour le Reichsführer aussi, les questions de sécurité restent primordiales. Une telle masse humaine ennemie, à l'intérieur de nos lignes, représente un risque formidable, même s'ils ne sont pas armés. Soixante-sept mille détenus, c'est presque sept divisions : imaginez sept divisions ennemies en liberté derrière nos troupes durant une offensive ! En octobre, vous le savez peut-être, nous avons eu un soulèvement à Birkenau, parmi les Juifs du Sonderkommando. Il a heureusement été maîtrisé, mais nous avons perdu des hommes et un des crématoires a été dynamité. Imaginez : s'ils avaient pu faire leur jonction avec les partisans polonais qui rôdent en permanence autour du camp, ils auraient pu causer des dommages incalculables, permettre à des milliers de détenus de s'échapper ! Et depuis août, les Américains viennent bombarder l'usine d'IG Farben, des détenus en profitent chaque fois pour tenter de fuir. Pour l'évacuation finale, si elle a lieu, nous devons tout faire pour empêcher qu'une telle situation se reproduise. Il faudra veiller au grain. » Ce point de vue, je le comprenais très bien, mais j'avais peur des conséquences pratiques qui pouvaient en découler. L'exposé de Boesenberg ne fit pas grand-chose pour me rassurer. Sur papier, son plan avait été méticuleusement préparé, avec des cartes précises pour toutes les routes d'évacuation ; mais Boesenberg critiquait vivement le Sturmbannführer Bär, lequel avait refusé toute consultation commune pour l'élaboration de ce plan (une dernière réorganisation administrative, fin novembre, avait laissé cet ancien pâtissier Kommandant des camps I et II amalgamés, ainsi que *Standortältester* des trois camps et de tous les *Nebenlager*) ; Bär prétextait que le HSSPF n'avait aucune autorité sur le camp, ce qui était techniquement exact jusqu'à ce que le *Fall-A* soit déclaré, et il n'acceptait de s'en référer qu'à l'Amtsgruppe D. Une coopération étroite et fluide des instances responsables, lors d'une évacuation, se présentait mal. En outre — et cela m'inquiétait encore plus après mes expériences d'octobre et de novembre — le plan de Boesenberg prévoyait une évacuation des camps à pied, les détenus devant marcher entre 55 et 63 kilomètres avant d'être placés dans des trains à Gleiwitz et à Loslau. Ce plan était logique : la situation de guerre anticipée par le plan ne permettrait pas une pleine utilisation des voies ferrées sur les avants ; de toute façon le matériel roulant manquait désespérément (dans toute l'Allemagne, il ne restait plus que quelque deux cent mille wagons, une perte de plus de 70 % du parc ferroviaire en deux mois). Il fallait aussi considérer l'évacuation des civils allemands, prioritaires, des travailleurs étrangers et des prisonniers de guerre. Le 21 décembre, le gauleiter Bracht avait promulgué un *U-Plan/Treckplan* complet pour la province en y incorporant le plan de Boesenberg, selon lequel les détenus des KL auraient, pour des raisons de sécurité, la priorité pour le passage de l'Oder, goulot d'étranglement principal sur les routes d'évacuation. Encore une fois, sur le papier, cela se tenait, mais je savais ce qui pouvait résulter d'une marche forcée en plein hiver, sans préparation ; et encore, les Juifs de Budapest étaient partis en bonne santé, alors qu'ici il s'agirait de *Häftlinge* fatigués, affaiblis, mal nourris et mal vêtus, dans une situation de panique qui, même planifiée, pouvait facilement dégénérer en déroute. J'interrogeai longuement Boesenberg sur les points clefs : il m'assura qu'avant le départ des vêtements chauds et des couvertures supplémentaires seraient distribués, et que des stocks de provisions seraient prépositionnés sur les routes. On ne pouvait, affirmait-il, faire mieux. Je devais reconnaître qu'il avait sans doute raison.

À Auschwitz, je rencontrai à la Kommandantur le Sturmbannführer Kraus, un officier de liaison dépêché par Schmauser avec un Sonderkommando du SD, et installé dans le camp à la tête d'un « bureau de liaison et de transition ». Ce Kraus, un jeune officier affable et compétent, dont le cou et l'oreille gauche portaient des traces de brûlure sévère, m'expliqua qu'il était principalement responsable des phases « Immobilisation » et « Destruction » : il devait notamment s'assurer que les installations d'extermination et les entrepôts ne tombent pas intacts aux mains des Russes. La responsabilité de la mise en œuvre de l'ordre d'évacuation, lorsque celui-ci serait donné, incombait quant à elle à Bär. Ce dernier me reçut assez désagréablement, j'étais visiblement à ses yeux encore un bureaucrate du dehors qui venait l'importuner dans son travail. Il me frappa par ses yeux perçants et inquiets, un nez plutôt empâté, une bouche fine mais curieusement sensuelle ; ses cheveux épais et ondulés étaient soigneusement peignés avec de la brillantine, comme ceux d'un dandy de Berlin. Je le jugeai étonnamment terne et borné, encore plus que Höss qui gardait au moins le flair de l'ancien franc-tireur. Profitant de mon grade, je le réprimandai vertement pour son manque de franche coopération avec les services du HSSPF. Il me rétorqua avec une arrogance non dissimulée que Pohl soutenait pleinement sa position. « Lorsque le *Fall-A* sera déclaré, je me rangerai sous les ordres de l'Obergruppenführer Schmauser. Jusque-là, je ne dépends que d'Oranienburg. Vous n'avez pas d'ordres à me donner. » — « Lorsque le *Fall-A* sera déclaré, répliquai-je rageusement, il sera trop tard pour remédier à votre incompétence. Je vous préviens que dans mon rapport au Reichsführer je vous tiendrai personnellement responsable de toute perte excessive. » Mes menaces paraissaient n'avoir aucun effet sur lui, il m'écoutait en silence, avec un mépris à peine voilé.

Bär m'attribua un bureau dans la Kommandantur de Birkenau et je fis venir d'Oranienburg l'Obersturmführer Elias et un de mes nouveaux subordonnés, l'Untersturmführer Darius. Je pris mes quartiers à la *Haus der Waffen-SS* ; on me donna la même chambre que lors de ma première visite, un an et demi auparavant. Il faisait un temps épouvantable, froid, humide, changeant. Toute la région reposait sous la neige, une couche épaisse, souvent saupoudrée de la suie des mines et des cheminées d'usines, une sale dentelle grise. Dans le camp elle était presque noire, tassée par les pas de milliers de détenus, et mêlée à une boue figée par le gel. Des bourrasques violentes descendaient sans prévenir des Beskides envelopper le camp, l'étouffant une vingtaine de minutes sous un voile blanc et agité, avant de s'évanouir avec la même rapidité, laissant tout immaculé, pendant quelques moments. À Birkenau, seule une cheminée fumait encore, par à-coups, le Krema IV qu'on gardait en activité pour éliminer les détenus morts dans le camp ; le Krema III était en ruine depuis l'insurrection d'octobre et les deux autres, suivant les instructions de Himmler, étaient partiellement démantelés. On avait abandonné la nouvelle zone de construction et retiré la majeure partie des baraques, de sorte que le vaste terrain vide était livré à la neige ; les problèmes de surpopulation avaient été résolus par les évacuations préliminaires. Lorsque les nuages se levaient, à l'occasion, la ligne bleutée des Beskides apparaissait derrière les rangées géométriques des baraquements : et le camp, sous la neige, semblait comme apaisé et tranquille. Je me rendais presque tous les jours en inspection dans les différents camps auxiliaires, Günthergrube, Fürstergrube, Tschechowitz, Neu Dachs, les petits camps de Gleiwitz, pour vérifier l'état des préparatifs. Les longues routes plates étaient presque désertes, à peine perturbées par les camions de la Wehrmacht ; je revenais le soir sous un ciel sombre, une masse pesante et grise avec, au fond, de la neige qui tombait parfois comme un drap sur les villages lointains, et derrière encore un ciel délicat, bleu et jaune pâle, avec seulement quelques nuages d'un violet muet, ourlés par la lumière du soleil couchant, bleuissant la neige et la glace des marécages qui détrempent la terre polonaise. Le soir du 31 décembre, on organisa une célébration discrète dans la *Haus* pour les officiers de passage et quelques officiers du camp : on chanta des cantiques mélancoliques, les hommes buvaient lentement et parlaient à voix basse ; tout le monde comprenait que c'était le dernier Nouvel An de la guerre, et qu'il y avait peu de chances que le Reich survive jusqu'au prochain. Je retrouvai là le Dr. Wirths, profondément déprimé, qui avait renvoyé sa famille en Allemagne, et rencontrai l'Untersturmführer Schurz, le nouveau chef de la *Politische Abteilung*, qui me traita avec beaucoup plus de déférence que son Kommandant. Je discutai longuement avec Kraus ; il avait servi plusieurs années en Russie, jusqu'à ce qu'il soit grièvement blessé, à Koursk, où il avait réussi de justesse à s'extirper de son panzer en flammes ; après sa convalescence, il s'était vu assigner au district SS Sud-Est, à Breslau, et il avait fini à l'état-major de Schmauser. Cet officier, qui portait les mêmes prénoms, Franz Xaver, qu'un autre Kraus, théologien catholique connu du siècle précédent, me fit l'impression d'être un homme sérieux, ouvert aux opinions des autres, mais fanatiquement déterminé à mener à bien sa mission ; s'il affirmait bien comprendre mes objectifs, il maintenait qu'aucun détenu ne devait, naturellement, tomber vivant aux mains des Russes, et estimait que ces deux contraintes n'étaient pas incompatibles. Il avait sans doute raison en principe, mais pour ma part je m'inquiétais — avec raison, comme on le verra — de ce que des ordres trop sévères excitent la brutalité des gardes du camp, constitués en cette sixième année de guerre de la lie de la SS, des hommes trop vieux ou trop malades pour servir au front, *Volksdeutschen* parlant à peine l'allemand, vétérans souffrant de troubles psychiatriques mais jugés aptes au service, alcooliques, drogués, et dégénérés assez adroits pour avoir évité le bataillon de marche ou le peloton. Beaucoup d'officiers ne valaient guère mieux que leurs hommes : avec l'expansion démesurée, en cette dernière année, du système des KL, le WVHA s'était vu obligé de recruter n'importe qui, de promouvoir des subalternes notoirement incompétents, de reprendre des officiers cassés pour faute grave, ou ceux dont personne d'autre ne voulait. Le Hauptsturmführer Drescher, un officier que je rencontrai aussi ce soir-là, me confirma dans mon point de vue pessimiste. Drescher dirigeait la branche de la commission Morgen encore installée dans le camp, et m'avait aperçu une fois avec son supérieur à Lublin ; ce soir-là, dans une alcôve un peu en retrait de la salle du restaurant, il s'ouvrit à moi assez franchement sur les investigations en cours. L'enquête contre Höss, sur le point d'aboutir en octobre, s'était subitement effondrée en novembre, malgré le témoignage d'une détenue, une prostituée autrichienne que Höss avait séduite puis tenté de tuer en l'enfermant dans une cellule disciplinaire de la PA. Après sa mutation à Oranienburg fin 1943, Höss avait laissé sa famille dans la maison du Kommandant, obligeant ses remplaçants successifs à prendre leurs quartiers ailleurs ; il ne les avait fait déménager qu'un mois auparavant, sans doute à cause de la menace russe, et il était de notoriété publique, dans le camp, que Frau Höss avait requis quatre camions entiers pour emporter leurs biens. Drescher en était malade, mais Morgen s'était heurté aux protections de Höss. Les enquêtes continuaient, mais ne concernaient que le menu fretin. Wirths s'était joint à nous, et Drescher continuait à parler sans se formaliser de la présence du médecin ; visiblement, il ne lui apprenait rien. Wirths s'inquiétait pour l'évacuation : malgré le plan de Boesenberg, aucune mesure n'avait été prise dans le *Stammlager* ni à Birkenau pour préparer rations de voyage ou vêtements chauds. Moi aussi, je m'inquiétais.

Pourtant, les Russes ne bougeaient toujours pas. À l'Ouest, nos forces s'acharnaient pour percer (les Américains s'étaient accrochés à Bastogne), et nous étions aussi passés à l'offensive à Budapest, ce qui nous redonnait un peu d'espoir. Mais les fameuses fusées V-2, pour ceux qui savaient lire entre les lignes, se révélaient inefficaces, notre offensive secondaire en Alsace du Nord avait tout de suite été contenue, et l'on voyait bien que ce n'était plus qu'une question de temps. Début janvier, je donnai un jour de congé à Piontek pour qu'il évacue sa famille de Tarnowitz, au moins jusqu'à Breslau ; je ne voulais pas que, le moment venu, il se ronge les sangs pour eux. La neige tombait régulièrement et, quand le ciel s'éclaircissait, la lourde fumée sale des fonderies dominait le paysage silésien, témoin d'une production de chars, de canons, de munitions qui continuerait jusqu'au dernier moment. Une dizaine de jours s'écoulèrent ainsi dans une tranquillité inquiète, ponctuée de querelles bureaucratiques. Je parvins enfin à persuader Bär de préparer des rations spéciales, afin de les distribuer aux détenus au moment du départ ; pour les vêtements chauds, il me dit qu'on les prendrait au « Canada », dont les entrepôts, faute de transport, restaient bondés. Une bonne nouvelle vint brièvement alléger cette tension. Un soir, à la *Haus*, Drescher se présenta à ma table avec deux verres de cognac, souriant dans sa barbichette : « Félicitations, Herr Obersturmbannführer », déclara-t-il en me tendant un verre et levant l'autre. — « Je veux bien, mais pour quoi ? » — « J'ai parlé aujourd'hui au Sturmbannführer Morgen. Il m'a demandé de vous dire que votre affaire est close. » Que Drescher soit au courant me troubla à peine, tellement la nouvelle me soulageait. Drescher continuait : « En l'absence de toute preuve matérielle, le juge von Rabingen a décidé d'abandonner les poursuites engagées contre vous. Von Rabingen a dit au Sturmbannführer qu'il n'avait jamais vu un cas aussi mal ficelé et qui tenait à si peu de choses, et que la Kripo avait fait un travail détestable. Il n'était pas loin de penser que tout venait d'une cabale contre vous. » J'inspirai : « C'est ce que j'ai toujours affirmé. Heureusement, le Reichsführer m'a gardé toute sa confiance. Si ce que vous dites est vrai, alors mon honneur est lavé. » — « En effet, opina Drescher en hochant la tête. Le Sturmbannführer Morgen m'a même confié que le juge von Rabingen songeait à prendre des mesures disciplinaires contre les inspecteurs qui s'acharnaient contre vous. » — « Il m'en verrait ravi. » La nouvelle me fut confirmée trois jours plus tard par un courrier de Brandt, qui comportait en annexe une lettre au Reichsführer où von Rabingen affirmait qu'il s'était *pleinement convaincu de mon innocence*.

Aucune des deux lettres ne mentionnait Clemens et Weser, mais cela me suffisait.

Enfin, après ce bref répit, les Soviétiques lancèrent à partir de leurs têtes de pont sur la Vistule leur offensive tant redoutée. Nos maigres forces de couverture furent balayées. Les Russes, durant leur pause, avaient accumulé une puissance de feu inouïe ; leurs T-34 se ruèrent en colonnes à travers les plaines polonaises, disloquant nos divisions, imitant avec brio nos tactiques de 1941 ; à de nombreux endroits, nos troupes furent surprises par les chars ennemis alors qu'elles croyaient les lignes à plus de 100 kilomètres. Le 17 janvier, le General-Gouverneur Frank et son administration évacuaient Cracovie, et nos dernières unités se retiraient des ruines de Varsovie. Les premiers blindés soviétiques pénétraient déjà en Silésie lorsque Schmauser déclencha le *Fall-A*. Pour ma part, j'avais fait tout ce que j'estimais possible : stocké des bidons d'essence, des sandwiches et du rhum dans nos deux véhicules, et détruit les copies de mes rapports. Le soir du 17, je fus convié par Bär avec tous les autres officiers ; il nous annonça que selon les instructions de Schmauser tous les détenus valides seraient évacués, à pied, à partir du lendemain matin : l'appel en cours, ce soir-là, serait le dernier. L'évacuation aurait lieu selon le plan. Chaque commandant de colonne devait veiller à ce qu'aucun détenu ne puisse s'échapper ou rester en arrière sur la route, toute tentative devait être impitoyablement sanctionnée ; Bär recommandait, toutefois, d'éviter de fusiller des détenus au passage des villages, afin de ne pas choquer la population. Un des commandants de colonne, un Obersturmführer, prit la parole : « Herr Sturmbannführer, cet ordre n'est-il pas trop rigoureux ? Si un *Häftling* tente de s'échapper, il est normal de le fusiller. Mais s'il est simplement trop faible pour marcher ? » — « Tous les *Häftlinge* qui partent sont classés comme aptes au travail et doivent pouvoir faire 50 kilomètres sans problèmes, rétorqua Bär. Les malades et les inaptes resteront dans les camps. S'il y a des malades dans les colonnes, ils doivent être éliminés. Ces ordres doivent être appliqués. »

Cette nuit-là, les SS du camp dormirent peu. De la *Haus*, près de la gare, je regardais passer les longues colonnes de civils allemands fuyant les Russes : après avoir traversé la ville et le pont sur la Sola, ils prenaient d'assaut la gare, ou encore continuaient péniblement à pied vers l'ouest. Des SS gardaient un train spécial réservé aux familles du personnel du camp ; il était déjà bondé, les maris cherchaient à entasser des ballots auprès de leurs femmes et de leurs enfants. Après le dîner, j'allai inspecter le *Stammlager* et Birkenau. Je visitai quelques baraquements :

les détenus tentaient de dormir, les kapos m'affirmaient qu'on n'avait distribué aucun vêtement supplémentaire, mais j'espérais encore que cela se ferait le lendemain, avant le départ. Dans les allées, des piles de documents flambaient : les incinérateurs étaient débordés. À Birkenau, je remarquai un grand remue-ménage du côté du « Canada » : à la lueur des projecteurs, des détenus chargeaient toutes sortes de marchandises sur des camions ; un Untersturmführer qui supervisait l'opération m'assura qu'ils allaient être dirigés vers le KL Gross-Rosen. Mais je voyais bien que les gardes SS se servaient aussi, parfois ouvertement. Tout le monde criait, se dépensait avec frénésie, inutilement, et je sentais que la panique prenait ces hommes, que le sens de la mesure et de la discipline leur échappait. Comme toujours, on avait attendu la dernière minute pour tout faire, car agir plus tôt, ç'aurait été faire preuve de défaitisme ; maintenant, les Russes étaient sur nous, les gardes d'Auschwitz se souvenaient du sort des SS capturés au camp de Lublin, ils en perdaient toute notion des priorités et ne cherchaient plus qu'une chose, fuir. Déprimé, j'allai voir Drescher dans son bureau au *Stammlager*. Lui aussi brûlait ses documents. « Vous avez vu comme ils pillent ? » me dit-il en riant dans sa barbichette. D'un tiroir, il sortit une bouteille d'armagnac de prix : « Qu'en dites-vous ? Un Untersturmführer que je poursuis depuis quatre mois mais que je n'ai pas réussi à coincer me l'a offerte en cadeau d'adieu, le salaud. Il l'a volée, bien entendu. Vous boirez un coup avec moi ? » Il versa deux mesures dans des verres à eau : « Désolé, je n'ai rien de mieux. » Il leva son verre et je l'imitai. « Allez, dit-il, proposez un toast. » Mais rien ne me venait à l'esprit. Il haussa les épaules : « Moi non plus. Buvons, alors. » L'armagnac était exquis, une légère brûlure parfumée. « Où allez-vous ? » lui demandai-je. — « À Oranienburg, faire mon rapport. J'ai avec moi de quoi en inculper encore onze. Après, ils m'enverront où ils voudront. » Alors que je m'apprêtais à partir, il me tendit la bouteille : « Tenez, gardez-la. Vous en aurez plus besoin que moi. » Je la fourrai dans la poche de mon manteau, lui serrai la main, et sortis. Je passai au HKB où Wirths supervisait l'évacuation du matériel médical. Je lui parlai du problème des vêtements chauds. « Les entrepôts sont pleins, m'assura-t-il. Ce ne devrait pas être trop difficile de faire distribuer des couvertures, des bottes, des manteaux. » Mais Bär, que je retrouvai vers deux heures du matin à la Kommandantur de Birkenau en train de planifier l'ordre de départ des colonnes, ne semblait pas de cet avis. « Les biens entreposés sont la propriété du Reich. Je n'ai aucun ordre pour les distribuer aux détenus. Ils seront évacués par camion ou par rail, quand on le pourra. » Dehors, il devait faire − 10 °, les allées étaient gelées, glissantes. « Vêtus comme ça, vos détenus ne survivront pas. Beaucoup sont presque pieds nus. » — « Ceux qui sont aptes survivront, affirmat-il. Les autres, on n'en a pas besoin. » De plus en plus furieux, je descendis au centre de communication et me fis mettre en liaison avec Breslau ; mais Schmauser n'était pas joignable, Boesenberg non plus. Un opérateur me montra une dépêche de la Wehrmacht : Tschentochau venait de tomber, les troupes russes se trouvaient aux portes de Cracovie. « Ça chauffe », lâcha-t-il laconiquement. Je songeai à envoyer un télex au Reichsführer, mais cela ne servirait à rien ; mieux valait trouver Schmauser, le lendemain, en espérant qu'il aurait plus de sens commun que cet âne de Bär. Subitement fatigué, je rentrai à la *Haus* me coucher. Les colonnes de civils, mêlés à des soldats de la Wehrmacht, affluaient toujours, des paysans épuisés, emmitouflés, leurs affaires entassées sur un chariot avec leurs enfants, poussant leur bétail devant eux.

Piontek ne me réveilla pas et je dormis jusqu'à huit heures. La cuisine fonctionnait toujours et je me fis servir une omelette avec de la saucisse. Puis je sortis. Au *Stammlager* et à Birkenau, les colonnes s'écoulaient hors du camp. Les *Häftlinge*, leurs pieds enveloppés dans tout ce qu'ils avaient pu trouver, marchaient lentement, à pas traînants, encadrés de gardes SS et menés par des kapos bien nourris et chaudement vêtus. Tous ceux qui en possédaient une avaient pris leur couverture, qu'ils portaient généralement drapée sur la tête, un peu comme des bédouins ; mais c'était tout. Lorsque je demandai on m'expliqua qu'on leur avait distribué du pain et un morceau de saucisse pour trois jours ; personne n'avait reçu d'ordres pour les vêtements.

Le premier jour, néanmoins, malgré la glace et une neige mouillée, cela semblait encore aller. J'étudiais les colonnes qui quittaient le camp, conférais avec Kraus, remontais les routes pour aller voir un peu plus loin. Partout, je remarquais des abus : les gardes faisaient pousser des charrettes avec leurs biens par des détenus, ou les obligeaient à porter leurs valises. Au bord de la route, je remarquai çà et là un cadavre couché dans la neige, la tête souvent ensanglantée ; les gardes appliquaient les ordres sévères de Bär. Mais les colonnes avançaient sans cafouillage et sans tentative de révolte. À la mi-journée je réussis à entrer en relation avec Schmauser pour discuter du problème des vêtements. Il m'écouta brièvement puis balaya mes objections : « On ne peut pas donner des habits civils, ils risqueraient de s'échapper. » — « Alors au moins des chaussures. » Il hésita. « Arrangez-vous avec Bär », fit-il enfin. Il devait avoir d'autres préoccupations, je le sentais bien, mais j'aurais quand même préféré un ordre clair. J'allai trouver Bär au *Stammlager* : « L'Obergruppenführer Schmauser a donné l'ordre de faire distribuer des chaussures aux détenus qui n'en ont pas. » Bär haussa les épaules : « Ici, je n'en ai plus, tout a déjà été chargé pour l'expédition. Vous n'avez qu'à voir à Birkenau avec Schwarzhuber. » Je mis deux heures à trouver cet officier, le Lagerführer de Birkenau, qui était parti inspecter une des colonnes. « Très bien, je m'en occuperai », me promit-il lorsque je lui transmis l'ordre. Vers le soir, je retrouvai Elias et Darius, que j'avais envoyé inspecter l'évacuation de Monowitz et de plusieurs *Nebenlager*. Tout se passait à peu près dans l'ordre, mais déjà, en fin d'après-midi, de plus en plus de détenus, épuisés, cessaient d'avancer et se laissaient fusiller par les gardes. Je repartis avec Piontek inspecter les stations de halte pour la nuit. Malgré des ordres formels de Schmauser — on craignait que des détenus profitent de l'obscurité pour s'enfuir —, certaines colonnes avançaient encore. Je critiquai les officiers, mais ils me répondaient qu'ils n'avaient pas encore atteint leur point d'arrêt désigné, et qu'ils ne pouvaient quand même pas faire coucher leurs colonnes dehors, dans la neige ou sur la glace. Les points que je visitai se révélaient de toute façon insuffisants : une grange ou une école, pour deux mille détenus, parfois ; beaucoup dormaient dehors, serrés les uns contre les autres. Je demandai qu'on allume des feux, mais il n'y avait pas de bois, les arbres étaient trop humides et on manquait d'outils pour les couper ; là où l'on put trouver des planches ou de vieilles caisses, on fit de petits feux de camp, mais ils ne dureraient pas jusqu'à l'aube. Aucune soupe n'avait été prévue, les détenus devaient vivre sur ce qui leur avait été distribué au camp ; plus loin, m'assurat-on, il y aurait des rations. La plupart des colonnes n'avaient pas fait cinq kilomètres ; beaucoup se trouvaient encore dans la zone d'intérêt presque déserte du camp ; à ce rythme, les marches dureraient dix à douze jours.

Je rentrai à la *Haus* boueux, mouillé, fatigué. Kraus était là, il prenait un verre avec quelques-uns de ses collègues du SD. Il vint s'asseoir avec moi : « Comment vont les choses ? » demanda-t-il. — « Pas très bien. Il va y avoir des pertes inutiles. Bär aurait pu faire beaucoup plus. » — « Bär s'en fout. Vous savez qu'il a été nommé Kommandant à *Mittelbau* ? » Je haussai les sourcils : « Non, je ne le savais pas. Qui supervisera la fermeture du camp ? » — « Moi. J'ai déjà reçu l'ordre d'établir un bureau, après l'évacuation, pour gérer la dissolution administrative. » — « Félicitations », dis-je. — « Oh, répliqua-t-il, ne croyez pas que ça m'amuse. Franchement, j'aurais préféré faire autre chose. » —

« Et vos tâches immédiates ? » — « On attend que les camps soient vidés. Après, on commencera. » — « Que ferez-vous des détenus qui restent ? » Il haussa les épaules et eut un petit sourire ironique : « À votre avis ? L'Obergruppenführer a donné l'ordre de les liquider. Personne ne doit tomber vivant aux mains des bolcheviques. » — « Je vois. » J'achevai mon verre. « Eh bien, courage. Je ne vous envie pas. »

Les choses se dégradèrent imperceptiblement. Le lendemain matin, les colonnes continuaient à sortir des camps par les portails principaux, les gardes occupaient encore la ligne des miradors, l'ordre régnait ; mais quelques kilomètres plus loin, les colonnes commençaient à s'allonger, à s'effilocher, à mesure que les détenus les plus faibles ralentissaient. On voyait de plus en plus de cadavres. Il neigeait dru, mais il ne faisait pas trop froid, pour moi en tout cas, j'avais vu infiniment pire en Russie, mais aussi j'étais chaudement vêtu, je circulais dans une voiture chauffée, et les gardes qui devaient marcher avaient des pullovers, de bons manteaux et des bottes ; les *Häftlinge*, eux, devaient se sentir transpercés jusqu'aux os. Les gardes avaient de plus en plus peur, ils criaient sur les détenus, les battaient. Je vis un garde abattre un détenu qui s'était arrêté pour déféquer ; je le réprimandai, puis demandai à l'Untersturmführer qui commandait la colonne de le mettre aux arrêts ; il me répondit qu'il n'avait pas assez d'hommes pour se le permettre. Dans les villages, les paysans polonais, qui attendaient les Russes, regardaient passer les détenus en silence, ou leur criaient quelque chose dans leur langue ; les gardes rudoyaient ceux qui tentaient de distribuer du pain ou des aliments ; ils étaient très nerveux, les villages, on le savait, grouillaient de partisans, on craignait un coup de main. Mais le soir, aux points d'arrêt que je visitais, il n'y avait toujours pas de soupe ni de pain, et beaucoup de détenus avaient déjà mangé leur ration. Je me dis qu'à ce rythme la moitié, les deux tiers des colonnes allaient fondre avant d'arriver à destination. J'ordonnai à Piontek de me conduire à Breslau. À cause du mauvais temps et des colonnes de réfugiés, je n'arrivai qu'après minuit. Schmauser dormait déjà et Boesenberg, me dit-on au QG, était monté à Kattowitz, près du front. Un officier mal rasé me montra une carte des opérations : les positions russes, m'expliqua-t-il, étaient plutôt théoriques, car ils avançaient si rapidement qu'on ne pouvait mettre à jour le tracé ; quant à nos divisions encore portées sur la carte, certaines n'existaient plus du tout, d'autres, d'après des informations fragmentaires, devaient se déplacer en *kessel* mobile derrière les lignes russes, tentant de refaire une jonction avec nos forces repliées. Tarnowitz et Cracovie étaient tombés dans l'après-midi. Les

Soviétiques entraient aussi en force en Prusse orientale et l'on parlait d'atrocités pires qu'en Hongrie. C'était une catastrophe. Mais Schmauser, lorsqu'il me reçut au milieu de la matinée, paraissait calme et sûr de soi. Je lui décrivis la situation et fis état de mes exigences : des rations et du bois de chauffage aux haltes, et des charrettes pour transporter les détenus trop épuisés, qu'on pourrait ainsi soigner et remettre au travail plutôt que de les liquider : « Je ne parle pas de malades du typhus ou de la tuberculose, Herr Obergruppenführer, mais seulement de ceux qui résistent mal au froid et à la faim. » — « Nos soldats aussi ont froid et faim, rétorqua-t-il vertement. Les civils aussi ont froid et faim. Vous ne semblez pas vous rendre compte de la situation, Obersturmbannführer. Nous avons un million et demi de réfugiés sur les routes. C'est autrement plus important que vos détenus. » — « Herr Obergruppenführer, ces détenus, en tant que force de travail, sont une ressource vitale pour le Reich. Nous ne pouvons pas nous permettre, dans la situation actuelle, d'en perdre vingt ou trente mille. » — « Je n'ai aucun moyens à vous allouer. » — « Alors donnez-moi au moins un ordre pour que je puisse me faire obéir des chefs de colonne. » Je fis taper un ordre, en plusieurs exemplaires pour Elias et Darius, et Schmauser le signa dans l'après-midi ; je repartis tout de suite. Les routes étaient effroyablement encombrées, des colonnes sans fin de réfugiés à pied ou en chariots, de camions isolés de la Wehrmacht, de soldats égarés. Dans les villages, des cantines mobiles du NSV distribuaient de la soupe. J'arrivai tard à Auschwitz ; mes collègues étaient rentrés, et dormaient déjà. Bär, m'informa-t-on, avait quitté le camp, sans doute définitivement. J'allai voir Kraus et le trouvai avec Schurz, le chef de la PA. J'avais pris l'armagnac de Drescher et nous en bûmes ensemble. Kraus m'expliqua qu'il avait fait dynamiter, dans la matinée, les bâtiments des Kremas I et II, laissant le IV pour la dernière minute ; il avait aussi commencé les liquidations ordonnées, fusillant deux cents Juivesses restées au *Frauenlager* de Birkenau ; mais Springorum, le président de la province de Kattowitz, lui avait retiré son Sonderkommando pour des tâches urgentes et il n'avait plus assez d'hommes pour continuer. Tous les détenus valides avaient quitté les camps, mais il restait, selon lui, sur l'ensemble du complexe, plus de huit mille détenus malades ou trop faibles pour marcher. Massacrer ces gens me paraissait, dans l'état actuel des choses, parfaitement idiot et inutile, mais Kraus avait ses ordres, et cela ne ressortissait pas à mon domaine de compétence ; et j'avais assez de problèmes comme ça avec les colonnes d'évacués.

Je passai les quatre jours suivants à courir après ces colonnes. J'avais l'impression de me débattre avec un torrent de boue : je mettais des heures à avancer, et lorsque enfin je trouvais un officier responsable et lui montrais mes ordres, il mettait la plus mauvaise volonté à suivre mes instructions. Je parvins çà et là à organiser des distributions de rations (ailleurs, aussi, on en distribuait sans intervention de ma part) ; je fis ramasser les couvertures des morts pour les donner aux vivants ; je pus faire confisquer des charrettes aux paysans polonais et y entasser des détenus épuisés. Mais le lendemain, lorsque je retrouvais ces mêmes colonnes, les officiers avaient fait fusiller tous ceux qui ne pouvaient pas se relever, et les charrettes étaient presque vides. Je regardais à peine les *Häftlinge*, ce n'était pas leur sort individuel qui me préoccupait, mais leur sort collectif, et de toute façon ils se ressemblaient tous, c'était une masse grise, sale, puante malgré le froid, indifférenciée, on ne pouvait en saisir que des détails isolés, les écussons, une tête ou des pieds nus, une veste différente des autres ; on ne distinguait qu'avec difficulté les hommes des femmes. Parfois j'apercevais leurs yeux, sous les replis de la couverture, mais ils ne renvoyaient aucun regard, ils étaient vides, entièrement mangés par le besoin de marcher et d'avancer encore. Plus on s'éloignait de la Vistule, plus il faisait froid, plus on en perdait. Parfois, pour faire place à la Wehrmacht, des colonnes devaient attendre des heures au bord de la route, ou bien couper par des champs gelés, se débattre pour passer les innombrables canaux et remblais avant de retrouver la route. Dès qu'une colonne faisait halte les détenus, assoiffés, tombaient à genoux pour lécher la neige. Chaque colonne, même celles où j'avais fait mettre des charrettes, était suivie d'une équipe de gardes qui, d'une balle ou d'un coup de crosse, achevaient les détenus tombés ou simplement arrêtés ; les officiers laissaient aux municipalités le soin d'enterrer les corps. Comme toujours dans ce genre de situation, la brutalité naturelle de certains s'excitait, et leur zèle meurtrier en venait à dépasser les consignes ; leurs jeunes officiers, aussi effrayés qu'eux, les contrôlaient avec difficulté. Il n'y avait pas que les hommes de troupe qui perdaient tout sens des limites. Le troisième ou quatrième jour, j'allai retrouver sur les routes Elias et Darius ; ils inspectaient une colonne de Laurahütte, dont l'itinéraire avait été dévié à cause de la rapidité de l'avancée des Russes, lesquels arrivaient non seulement de l'est mais aussi du nord, atteignant presque, d'après mes informations, Gross Strehlitz, un peu avant Blechhammer. Elias se tenait avec le commandant de la colonne, un jeune Oberscharführer très nerveux et agité ; lorsque je lui demandai où se trouvait Darius, il me dit qu'il était passé à l'arrière et s'occupait des malades. Je le rejoignis pour voir ce

qu'il faisait et le trouvai en train d'achever des détenus à coups de pistolet. « Mais qu'est-ce que vous foutez ? » Il me salua et me répondit sans
se démonter : « Je suis vos ordres, Herr Obersturmbannführer. J'ai
attentivement trié les *Häftlinge* malades ou affaiblis et j'ai fait charger
sur des charrettes ceux qui peuvent encore se remettre. Nous n'avons
liquidé que ceux qui sont définitivement inaptes. » — « Untersturmführer, crachai-je d'une voix glaciale, les liquidations ne sont pas de
votre ressort. Vos ordres sont de les limiter au maximum, et certainement pas d'y participer. Compris ? » J'allai aussi passer un savon à
Elias ; Darius, après tout, était placé sous sa responsabilité.

Parfois, je trouvais des chefs de colonne plus compréhensifs, qui
acceptaient la logique et la nécessité de ce que je leur expliquais. Mais
les moyens qu'on leur accordait étaient limités, et ils commandaient des
hommes bornés et apeurés, endurcis par des années dans les camps,
incapables de modifier leurs méthodes, et, avec le relâchement de la discipline consécutif au chaos de l'évacuation, retrouvant tous leurs vieux
travers, leurs anciens réflexes. Chacun, imaginais-je, avait ses raisons de
se comporter violemment ; ainsi, Darius avait sans doute voulu démontrer sa fermeté et sa résolution devant ces hommes parfois bien plus
âgés que lui. Mais j'avais autre chose à faire que d'analyser ces motivations, j'essayais seulement, avec la plus grande difficulté, de faire imposer mes ordres. La plupart des chefs de colonne se montraient tout
simplement indifférents, ils n'avaient qu'une idée en tête, s'éloigner le
plus rapidement possible des Russes avec le bétail qu'on leur avait
confié, sans se compliquer la vie.

Durant ces quatre jours, je dormis où je pouvais, dans des auberges,
chez des maires de village, chez l'habitant. Le 25 janvier, un petit vent
avait dégagé les nuages, le ciel était net et pur, brillant, je retournai à
Auschwitz voir ce qui s'y passait. À la gare, je trouvai une unité de batterie antiaérienne, la plupart des Hitlerjugend versés dans la Luftwaffe,
des enfants, qui se préparaient à évacuer ; leur Feldwebel, qui roulait
des yeux, m'informa d'une voix blanche que les Russes se trouvaient de
l'autre côté de la Vistule et qu'on se battait dans l'usine d'IG Farben.
Je pris la route qui menait à Birkenau et tombai sur une longue colonne
de détenus qui montaient la côte, entourés de SS qui leur tiraient dessus un peu au hasard ; derrière eux, jusqu'au camp, la route était jonchée de corps. Je m'arrêtai et hélai leur chef, un des hommes de Kraus.
« Qu'est-ce que vous faites ? » — « Le Sturmbannführer nous a ordonné
de vider les secteurs IIe et IIf et de transférer les détenus au *Stammlager.* » — « Et pourquoi leur tirez-vous dessus comme ça ? » Il fit une

moue : « Sinon ils n'avancent pas. » — « Où est le Sturmbannführer Kraus ? » — « Au *Stammlager*. » Je réfléchis : « Vous feriez mieux de laisser tomber. Les Russes seront là dans quelques heures. » Il hésita, puis se décida ; il fit signe à ses hommes et le groupe partit au trot vers Auschwitz I, laissant là les *Häftlinge*. Je les regardai : ils ne bougeaient pas, certains me regardaient aussi, d'autres s'asseyaient. Je contemplai Birkenau, dont j'embrassai toute l'étendue du haut de cette côte : le secteur du « Canada », au fond, flambait, envoyant vers le ciel une épaisse colonne de fumée noire, auprès de laquelle le petit filet qui sortait de la cheminée du Krema IV, encore en opération, se remarquait à peine. La neige sur les toits des baraques étincelait au soleil ; le camp paraissait désert, je ne distinguais pas une forme humaine, à part des taches éparpillées dans les allées et qui devaient être des corps, les miradors se dressaient, vides, rien ne bougeait. Je remontai dans ma voiture et fis demi-tour, abandonnant les détenus à leur sort. Au *Stammlager*, où j'arrivai avant le Kommando que j'avais rencontré, d'autres membres du SD ou de la Gestapo de Kattowitz couraient dans tous les sens, agités et angoissés. Les allées du camp étaient pleines de cadavres déjà recouverts de neige, de détritus, de piles de vêtements souillés ; de loin en loin, j'apercevais un *Häftling* fouillant des corps ou se glissant furtivement d'un bâtiment à un autre, et qui en me voyant détalait sans demander son reste. Je trouvai Kraus à la Kommandantur, dont les couloirs vides étaient jonchés de papiers et de dossiers ; il achevait une bouteille de schnaps en fumant une cigarette. Je m'assis et l'imitai. « Vous entendez ? » dit-il d'une voix tranquille. Au nord, à l'est, les détonations creuses et monotones de l'artillerie russe résonnaient sourdement. « Vos hommes ne savent plus ce qu'ils font », lui déclarai-je en me versant du schnaps. — « Ça ne fait rien, dit-il. Je pars tout à l'heure. Et vous ? » — « Moi aussi, sans doute. La *Haus* est toujours ouverte ? » — « Non. Ils sont partis hier. » — « Et vos hommes ? » — « J'en laisserai quelques-uns achever le dynamitage ce soir ou demain. Nos troupes tiendront bien jusque-là. J'emmène les autres à Kattowitz. Vous savez que le Reichsführer a été nommé commandant d'un groupe d'armées ? » — « Non, fis-je, surpris, je ne le savais pas. » — « Hier. On l'a baptisé groupe d'armées Vistule, bien que le front soit déjà presque sur l'Oder, voire au-delà. Les Rouges ont aussi atteint la Baltique. La Prusse-Orientale est coupée du Reich. » — « Oui, dis-je, ce ne sont pas de bonnes nouvelles. Peut-être que le Reichsführer pourra faire quelque chose. » — « Ça m'étonnerait. À mon avis, on est foutus. Enfin, on se battra jusqu'au bout. » Il vida le fond de la bouteille dans son verre.

« Je suis désolé, dis-je, j'ai fini l'armagnac. » — « Ce n'est pas grave. » Il but un peu puis me regarda : « Pourquoi vous acharnez-vous ? Pour vos travailleurs, je veux dire. Croyez-vous vraiment que quelques *Häftlinge* vont changer quelque chose à notre situation ? » Je haussai les épaules et achevai mon verre. « J'ai des ordres, dis-je. Et vous ? Pourquoi vous acharnez-vous à liquider ces gens ? » — « Moi aussi j'ai mes ordres. Ce sont des ennemis du Reich, il n'y a pas de raison qu'ils s'en sortent alors que notre peuple est en train de périr. Cela dit, je laisse tomber. On n'a plus le temps. » — « De toute façon, commentai-je en regardant mon verre vide, la plupart ne tiendront que quelques jours. Vous avez vu dans quel état ils sont. » Il vida son verre à son tour et se leva : « Allons-y. » Dehors, il donna encore quelques ordres à ses hommes, puis il se tourna vers moi et me salua : « Adieu, Herr Obersturmbann-führer. Bonne chance. » — « À vous aussi. » Je montai dans ma voiture et ordonnai à Piontek de me conduire à Gleiwitz.

Des trains quittaient Gleiwitz tous les jours depuis le 19 janvier, emmenant les détenus au fur et à mesure de leur arrivée des camps les plus proches. Les premiers trains, je le savais, avaient été dirigés vers Gross-Rosen, où Bär était allé préparer la réception, mais Gross-Rosen, rapidement débordé, avait refusé d'en prendre plus ; les convois passaient maintenant par le Protektorat, puis étaient aiguillés soit vers Vienne (pour le KL Mauthausen), soit vers Prague pour être ensuite dispersés parmi les KL de l'*Altreich*. On chargeait encore un train lorsque j'arrivai à la gare de Gleiwitz. À ma grande horreur, tous les wagons étaient ouverts, déjà pleins de neige et de glace avant qu'on y pousse à coups de crosse les détenus épuisés ; à l'intérieur, pas d'eau, pas de provisions, pas de seau sanitaire. J'interrogeai les détenus : ils venaient de Neu Dachs et n'avaient rien reçu depuis leur départ du camp ; certains n'avaient pas mangé depuis quatre jours. Effaré, je regardais ces fantômes squelettiques, enveloppés dans des couvertures trempées et gelées, debout, serrés les uns contre les autres dans le wagon empli de neige. J'apostrophai un des gardes : « Qui commande, ici ? » Il haussa les épaules avec colère : « Je ne sais pas, Herr Ober-sturmbannführer. Nous, on nous a juste dit de les faire monter. » J'entrai dans le bâtiment principal et demandai le chef de gare, un grand homme maigre avec une moustache en brosse et des lunettes rondes de professeur : « Qui est responsable de ces trains ? » Il indiqua mes galons de son drapeau rouge, qu'il tenait roulé dans une main : « Ce n'est pas vous, Herr Offizier ? En tout cas je crois que c'est la SS » — « Qui, pré-cisément ? Qui forme les convois ? Qui alloue les wagons ? » — « En principe, répondit-il en glissant son drapeau sous le bras, pour les wagons, c'est la *Reichsbahndirektion* de Kattowitz. Mais pour ces *Sonderzüge*-là, ils ont envoyé un Amtsrat ici. » Il m'entraîna hors de la gare et désigna une baraque un peu plus bas, le long de la voie. « Il s'est installé là. » Je m'y rendis et entrai sans frapper. Un homme en civil, gras, mal rasé, était affalé derrière un bureau couvert de papiers. Deux cheminots se chauffaient près d'un poêle. « C'est vous, l'Amtsrat de Kattowitz ? » aboyai-je. Il leva la tête : « C'est moi, l'Amtsrat de Kattowitz. Kehrling, pour vous servir. » Une insupportable odeur de schnaps émanait de sa bouche. J'indiquai les voies : « C'est vous qui êtes responsable de cette *Schweinerei* ? » — « De quelle *Schweinerei* voulez-vous parler, au juste ? Parce qu'en ce moment il y en a beaucoup. » Je me contins : « Les trains, les wagons ouverts pour les *Häftlinge* des KL. » — « Ah, cette *Schweinerei*-là. Non, ça, c'est vos collègues. Moi, je coordonne l'assemblage des rames, c'est tout. » — « Donc c'est vous qui allouez ces wagons. » Il fouilla parmi ses papiers. « Je vais vous expliquer. Asseyez-vous, mon vieux. Voilà. Ces *Sonderzüge*, ils sont alloués par la *Generalbetriebsleitung Ost*, à Berlin. Les wagons, on doit les trouver sur place, parmi le matériel roulant disponible. Or, vous avez peut-être remarqué » — il agita sa main vers l'extérieur — « c'est un peu le bordel, ces jours-ci. Les wagons ouverts, c'est les seuls qui restent. Le Gauleiter a réquisitionné tous les wagons fermés pour les évacuations de civils ou pour la Wehrmacht. Si vous n'êtes pas content, vous n'avez qu'à les faire bâcher. » J'étais resté debout pendant son explication : « Et où voulez-vous que je trouve des bâches ? » — « Pas mon problème. » — « Vous pourriez au moins faire nettoyer les wagons ! » Il soupira : « Écoutez, mon vieux, en ce moment, je dois former vingt, vingt-cinq trains spéciaux par jour. Mes hommes ont à peine le temps d'atteler les wagons. » — « Et l'approvisionnement ? » — « Pas mon domaine. Mais si ça vous intéresse, il y a un Obersturmführer quelque part qui est censé s'occuper de tout ça. » Je sortis en claquant la porte. Près des trains, je trouvai un Oberwachtmeister de la Schupo : « Ah, oui, j'ai vu un Obersturmführer qui donnait des ordres. Il est sans doute à la SP. » Dans les bureaux, on m'informa qu'il y avait en effet un Obersturmführer d'Auschwitz qui coordonnait l'évacuation des détenus, mais qu'il était allé manger. Je l'envoyai chercher. Lorsqu'il arriva, renfrogné, je lui montrai les ordres de Schmauser et me mis à l'accabler de réprimandes sur l'état des convois. Il m'écouta au garde-à-vous, rouge comme une pivoine ; quand j'eus fini, il me répondit en bredouillant : « Herr Obersturmbannführer, Herr Obersturmbannführer, ce n'est pas ma faute. Je n'ai rien, aucun moyen. La *Reichsbahn* refuse de me donner des wagons fermés, il n'y a pas de provisions, rien. On n'arrête pas de me téléphoner pour me demander pourquoi les trains ne partent pas plus vite. Je fais ce que je peux. » — « Quoi, dans tout Gleiwitz il n'y a pas un stock de nourriture que vous pouvez réquisitionner ? Des bâches ? Des pelles pour nettoyer les wagons ? Ces *Häftlinge* sont une ressource du Reich, Obersturmführer ! On n'apprend plus aux officiers SS à montrer de l'initiative ? » — « Herr Obersturmbannführer, je ne sais pas. Je peux me renseigner. » Je haussai les sourcils : « Alors, allez vous renseigner. Je veux des convois convenables pour demain. Compris ? » — « *Zu Befehl*, Herr Obersturmbannführer. » Il me salua et sortit. Je m'assis et me fis apporter du thé par un planton. Alors que je soufflais dessus, un Spiess vint me trouver : « Excusez-moi, Herr Obersturmbannführer. Vous êtes de l'état-major du Reichsführer ? » — « Oui. » — « Il y a deux messieurs de la Kripo qui cherchent un Obersturmbannführer du *Persönlicher Stab*. Ça doit être vous ? » Je le suivis et il m'introduisit dans un bureau : Clemens s'appuyait des deux coudes sur une table ; Weser était perché sur une chaise, mains dans les poches, renversé contre le mur. Je souris et m'accoudai au chambranle, ma tasse de thé fumant toujours à la main. « Tiens, dis-je, de vieux amis. Quel bon vent vous amène ? » Clemens braqua vers moi un doigt épais : « Vous, Aue. On vous cherche. » Toujours souriant, je tapotai mes épaulettes : « Vous oubliez que j'ai un grade, Kriminalkommissar ? » — « On s'en fout, de votre grade, marmonna Clemens. Vous ne le méritez pas. » Weser prit la parole pour la première fois : « Vous avez dû vous dire, en recevant l'avis du juge von Rabingen : Ça y est, c'est fini, n'est-ce pas ? » — « Effectivement, je l'avais compris comme ça. Si je ne me trompe pas, on a jugé votre dossier fort critiquable. » Clemens haussa les épaules : « Les juges, on ne sait plus ce qu'ils veulent. Mais ça veut pas dire qu'ils ont raison. » — « Hélas pour vous, fis-je plaisamment, vous êtes au service de la justice. » — « Justement, grogna Clemens, la justice, nous, on la sert. On est bien les seuls. » — « Et c'est pour me dire ça que vous avez fait le voyage de Silésie ? Je suis flatté. » — « Pas tout à fait, dit Weser en rabattant sa chaise au sol. Vous voyez, on a eu une idée. » — « Ça, c'est original », dis-je en portant la tasse de thé à mes lèvres. — « Je vais vous raconter ça, Aue. Votre sœur nous a dit qu'elle était passée à Berlin, peu de temps avant le meurtre, et qu'elle vous avait vu. Qu'elle était descendue au *Kaiserhof*. Alors on est allés au *Kaiserhof*. Ils connaissent très bien le Freiherr von Üxküll, au *Kaiserhof*, c'est un vieux client qui a ses habitudes. À la réception, un des employés s'est souvenu que quelques jours après son départ, un officier SS était passé pour envoyer un télégramme à Frau von Üxküll. Et voyez-vous, quand on envoie un télégramme depuis un hôtel, c'est noté dans un registre. Il y a un numéro pour chaque télégramme. Et à la poste, ils gardent une copie des télégrammes. Trois ans, c'est la loi. » Il tira une feuille de la poche intérieure de son manteau et la déplia. « Vous reconnaissez ça, Aue ? » Je souriais toujours. « L'enquête est close, meine Herren. » — « Vous nous avez menti, Aue ! » tonna Clemens. — « Oui, ça n'est pas bien de mentir à la police », approuva Weser. J'achevai calmement mon thé, leur fis un signe poli de la tête, leur souhaitai une bonne fin de journée, et refermai la porte sur eux.

Dehors, il neigeait de nouveau, de plus en plus furieusement. Je retournai à la gare. Une masse de détenus attendaient dans un terrain vague, assis sous les rafales dans la neige et la boue. Je cherchai à les faire entrer dans la gare, mais les salles d'attente étaient occupées par des soldats de la Wehrmacht. Je dormis avec Piontek dans la voiture, écroulé de fatigue. Le lendemain matin, le terrain vague était désert, à part quelques dizaines de cadavres enneigés. Je tentai de retrouver l'Obersturmführer de la veille, pour voir s'il suivait mes instructions, mais l'immense inutilité de tout cela m'oppressait et paralysait mes démarches. À midi, ma décision était prise. J'ordonnai à Piontek de chercher de l'essence, puis, par la SP, contactai Elias et Darius. Au début de l'après-midi, je prenais la route pour Berlin.

Les combats nous forcèrent à un détour considérable, par Ostrau puis Prague et Dresde. Piontek et moi conduisions à tour de rôle, cela nous prit deux jours. Des dizaines de kilomètres avant Berlin, il fallait se frayer un passage parmi les flots de réfugiés de l'Est, que Goebbels obligeait à contourner la ville. Au centre, il ne restait plus de l'annexe du ministère de l'Intérieur où se situait mon bureau qu'une carcasse évidée. Il pleuvait, une pluie froide et mauvaise qui détrempait les pans de neige encore figés sur les décombres. Les rues étaient sales et boueuses. Je trouvai enfin Grothmann qui m'apprit que Brandt était à Deutsch Krone, en Poméranie, avec le Reichsführer. Je me rendis alors à Oranienburg où mon bureau fonctionnait toujours, comme détaché du monde. Asbach m'expliqua que Fräulein Praxa avait été blessée lors d'un bombardement, des brûlures au bras et au sein, et qu'il l'avait fait évacuer vers un hôpital en Franconie. Elias et Darius étaient repliés sur Breslau lors de la chute de Kattowitz et attendaient des instructions : je leur ordonnai de rentrer. Je me mis à dépouiller mon courrier, auquel personne n'avait touché depuis l'accident de Fräulein Praxa. Parmi les lettres officielles se trouvait un courrier privé : je reconnus l'écriture d'Hélène. *Cher Max*, m'écrivait-elle, *ma maison a été bombardée et je dois quitter Berlin. Je suis au désespoir, je ne sais pas où vous êtes, vos collègues ne veulent rien me dire. Je pars rejoindre mes parents à Bade. Écrivez-moi. Si vous le voulez, je reviendrai à Berlin. Tout n'est pas perdu. Vôtre, Hélène.* C'était presque une déclaration, mais je ne comprenais pas ce qu'elle voulait dire par *Tout n'est pas perdu.* Je lui écrivis rapidement à l'adresse indiquée pour lui dire que j'étais rentré, mais qu'il valait mieux pour le moment qu'elle reste à Bade.

Je consacrai deux jours à rédiger un rapport très critique sur l'évacuation. J'en parlai aussi en personne à Pohl, qui balaya mes arguments : « De toute façon, déclara-t-il, on n'a plus de place où les mettre, tous les camps sont pleins. » À Berlin, j'avais croisé Thomas ; Schellenberg était parti, il ne donnait plus de fêtes et paraissait d'humeur maussade. D'après lui, la performance du Reichsführer en tant que commandant d'un groupe d'armées se révélait assez lamentable ; il n'était pas loin de penser que sa nomination était une manœuvre de Bormann pour le discréditer. Mais ces jeux imbéciles de la treizième heure ne m'intéressaient plus. Je me sentais de nouveau mal, mes vomissements avaient repris, j'avais des nausées devant ma machine à écrire. Apprenant que Morgen se trouvait aussi à Oranienburg, j'allai le voir et lui racontai l'acharnement incompréhensible des deux agents de la Kripo. « En effet, dit-il d'un air songeur, c'est curieux. Ils semblent en avoir après vous personnellement. Pourtant, j'ai vu le dossier, il n'y a rien de substantiel. Ç'aurait été un de ces déclassés, un homme sans éducation, on pourrait tout imaginer, mais enfin, je vous connais, cela me semble grotesque. » — « C'est peut-être un ressentiment de classe, suggérai-je. Ils veulent à tout prix m'abaisser, dirait-on. » — « Oui, c'est possible. Vous êtes un homme cultivé, il y a beaucoup de préjugés contre les intellectuels parmi la lie du Parti. Écoutez, j'en parlerai à von Rabingen. Je lui demanderai de leur envoyer un blâme officiel. Ils n'ont pas à poursuivre une enquête contre la décision d'un juge. »

Vers midi, on passa à la radio à l'occasion du douzième (et, comme il s'avéra, dernier) anniversaire de la Prise du Pouvoir un discours du Führer. Je l'écoutai sans grande attention dans la salle du mess à Oranienburg, je ne me souviens même plus de ce qu'il disait, il devait encore parler de *la marée du Bolchevisme asiatique* ou quelque chose de ce genre ; ce qui me frappa surtout, ce fut la réaction des officiers SS présents : seuls une partie se levèrent pour tendre le bras lorsqu'on diffusa à la fin l'hymne national, désinvolture qui, quelques mois auparavant, aurait été jugée inadmissible, impardonnable. Le même jour, un sous-marin soviétique torpillait au large de Danzig le *Wilhelm-Gustloff*, fleuron de la flottille « Kraft durch Freude » de Ley, qui transportait plus de huit mille évacués, pour la moitié des enfants. Il n'y eut presque aucun survivant. Le temps que je retourne à Berlin, le lendemain, les Russes atteignaient l'Oder et le franchissaient presque distraitement pour occuper une large tête de pont entre Küstrin et Francfort. Je vomissais presque tous mes repas, j'avais peur que la fièvre me reprenne.

Début février, les Américains réapparurent en plein jour au-dessus de Berlin. Malgré les interdictions, la ville était gorgée de réfugiés maussades et agressifs, qui s'installaient dans les ruines et pillaient entrepôts et magasins sans que la police intervienne. J'étais de passage à la *Staatspolizei*, il devait être un peu avant onze heures ; avec les rares officiers qui travaillaient encore là, je fus dirigé vers l'abri antiaérien bâti dans le jardin, à la limite du parc dévasté du Prinz-Albrecht-Palais, lui-même une coquille vide, sans toit. Cet abri, même pas souterrain, était en somme un long couloir en béton, cela me paraissait peu rassurant, mais je n'avais pas le choix. En plus des officiers de la Gestapo, on fit entrer quelques prisonniers, des hommes mal rasés, les chaînes aux pieds, qu'on avait dû tirer des cellules voisines : j'en reconnus quelques-uns, des conspirateurs de juillet, dont j'avais vu la photographie dans les journaux ou aux actualités. Le raid fut d'une violence inouïe ; le bunker trapu, dont les murs faisaient plus d'un mètre d'épaisseur, se balançait d'un côté à l'autre comme un tilleul dans le vent. J'avais l'impression de me trouver au cœur d'un ouragan, une tempête non d'éléments mais de bruit pur, sauvage, tout le bruit du monde déchaîné. La pression des explosions appuyait douloureusement sur les tympans, je n'entendais plus rien, j'avais peur qu'ils ne se rompent, tellement ils me faisaient souffrir. Je voulais être balayé, écrasé, je ne pouvais plus supporter cela. Les prisonniers, auxquels on avait interdit de s'asseoir, étaient couchés par terre, la plupart en boule. Puis je fus comme soulevé de mon siège par une main gigantesque et projeté. Lorsque j'ouvris les yeux, plusieurs visages flottaient au-dessus de moi. Ils semblaient crier, je ne comprenais pas ce qu'ils voulaient. Je secouai la tête mais sentis que des mains me la saisissaient et me forçaient à la reposer. Après l'alerte, on me fit sortir. Thomas me soutenait. Le ciel, en plein midi, était noir de fumée, des flammes léchaient les fenêtres de l'immeuble de la *Staatspolizei*, dans le parc, des arbres brûlaient comme des torches, tout un pan de la façade arrière du palais s'était effondré. Thomas me fit asseoir sur les restes d'un banc pulvérisé. Je touchai mon visage : le sang coulait sur ma joue. Mes oreilles bourdonnaient, mais je distinguais des sons. Thomas revint vers moi : « Tu m'entends ? » Je fis signe que oui ; malgré l'affreuse douleur dans mes oreilles, je comprenais ce qu'il disait. « Ne bouge pas. Tu t'es pris un mauvais coup. » Un peu plus tard on m'installa dans une Opel. Sur l'Askanischer Platz, des voitures et des camions tordus flambaient, l'Anhalter Bahnhof semblait s'être repliée sur elle-même et dégorgeait une fumée noire et âcre, l'Europa Haus et les immeubles autour brûlaient aussi. Des soldats et des auxiliaires au visage noir de fumée luttaient vainement contre les incendies. On me conduisit dans la Kurfürstenstrasse, aux bureaux d'Eichmann qui tenaient encore debout. Là, on m'allongea sur une table, parmi d'autres blessés. Un Hauptsturmführer arriva, le médecin que je connaissais, mais dont j'avais de nouveau oublié le nom : « Encore vous », me dit-il aimablement. Thomas lui expliqua que ma tête avait heurté le mur du bunker et que j'avais perdu connaissance durant une vingtaine de minutes. Le médecin me fit tirer la langue puis dirigea une lumière éblouissante dans mes yeux. « Vous avez une commotion cérébrale », me dit-il. Il se tourna vers Thomas : « Faites-lui faire une radio du crâne. S'il n'a pas de fracture, trois semaines de repos. » Il griffonna un mot sur une feuille, la donna à Thomas et disparut. Thomas me dit : « Je vais te trouver un hôpital pour la radio. S'ils ne te gardent pas, rentre chez moi te reposer. Je m'occuperai de Grothmann. » Je ris : « Et s'il n'y a plus de chez toi ? » Il haussa les épaules : « Reviens ici. »

Je n'avais pas de fracture du crâne, Thomas avait toujours un chez lui. Il rentra vers le soir et me tendit une feuille signée et tamponnée : « Ton congé. Tu ferais mieux de quitter Berlin. » Ma tête me faisait mal, je sirotais du cognac coupé d'eau minérale. « Pour aller où ? » — « Je ne sais pas, moi. Si tu allais voir ta petite amie, à Bade ? » — « Les Américains risquent d'y arriver avant moi. » — « Justement. Emmène-la en Bavière, ou en Autriche. Trouve-toi un petit hôtel, ça te fera des vacances romantiques. Si j'étais toi, j'en profiterais. Tu risques de ne plus en avoir pendant un moment. » Il me fit le bilan du raid : les bureaux de la *Staatspolizei* étaient inutilisables, l'ancienne chancellerie était détruite, la nouvelle, celle de Speer, avait été sévèrement endommagée, même les appartements privés du Führer avaient brûlé. Une bombe avait frappé la Cour du Peuple en plein procès, on jugeait le General von Schlabrendorff, un des conspirateurs de l'OKHG Centre ; après le raid, on avait trouvé le juge Freisler raide mort, le dossier de Schlabrendorff à la main, la tête écrasée, disait-on, par le buste en bronze du Führer qui trônait derrière lui lors de ses réquisitoires passionnés.

Partir, cela me semblait une bonne idée, mais pour aller où ? Bade, les vacances romantiques, c'était hors de question. Thomas voulait faire évacuer ses parents des faubourgs de Vienne, et me proposa d'y aller à sa place pour les conduire à la ferme d'un cousin. « Tu as des parents, toi ? » Il me jeta un regard interloqué : « Bien sûr. Tout le monde en a. Pourquoi ? » Mais l'option viennoise me paraissait affreusement compliquée pour une convalescence, et Thomas en convint volontiers. « Ne t'inquiète pas. Je vais m'arranger autrement, ce n'est pas un problème. Va te reposer quelque part. » Je n'avais toujours aucune idée ; néanmoins je fis demander à Piontek de venir le lendemain matin, avec plusieurs bidons d'essence. Cette nuit-là, je dormis peu, je souffrais de la tête et des oreilles, les élancements me réveillaient, je vomis deux fois, mais il y avait autre chose encore. Lorsque Piontek se présenta, je pris ma lettre de congé — essentielle pour passer les postes de contrôle —, la bouteille de cognac et quatre paquets de cigarettes que Thomas m'avait offerts, mon sac avec quelques affaires et des vêtements de rechange, et sans même lui proposer un café lui donnai l'ordre de démarrer. « Où va-t-on, Herr Obersturmbannführer ? » — « Prends la route de Stettin. »

Je l'avais dit sans réfléchir, j'en suis sûr ; mais lorsque j'eus parlé, il me sembla évident qu'il n'aurait pu en être autrement. Il fallut des détours compliqués pour rejoindre l'autostrade ; Piontek, qui avait passé la nuit au garage, m'expliqua que Moabit et Wedding avaient été rasés et que des hordes de Berlinois étaient venues gonfler les rangs des réfugiés de l'Est. Sur l'autostrade, la file des chariots, la plupart surmontés de tentes blanches que les gens avaient improvisées pour se protéger de la neige et du froid cinglant, s'étirait sans fin, le nez de chaque cheval sur le cul du chariot de devant, maintenue sur la droite par des Schupo et des Feldgendarmes, pour laisser passer les convois militaires qui montaient au front. De temps à autre, un Sturmovik russe faisait son apparition et alors c'était la panique, les gens sautaient des chariots et fuyaient dans les champs enneigés tandis que le chasseur remontait la colonne en lâchant des rafales d'obus qui fauchaient les retardataires, crevaient les têtes et les panses des chevaux paniqués, incendiaient les matelas et les chariots. Lors d'une de ces attaques, ma voiture reçut plusieurs impacts, je la retrouvai avec les portières trouées et la vitre arrière fracassée ; le moteur, heureusement, était indemne, le cognac aussi. Je tendis la bouteille à Piontek puis bus moi-même une rasade au goulot tandis que nous redémarrions au milieu des cris des blessés et des hurlements de civils terrifiés. À Stettin, nous passâmes l'Oder, dont le dégel précoce avait été accéléré par la Kriegsmarine avec de la dynamite et des brise-glace ; puis, contournant le Manü-See par le nord, nous traversâmes Stargard occupé par des Waffen-SS à écusson noir or rouge, des hommes de Degrelle. Nous continuions sur la grande route de l'Est, je guidais Piontek avec une carte, car je n'avais jamais été en ces régions. Le long de la chaussée encombrée s'étendaient des champs vallonnés, recouverts d'une neige propre et douce, cristalline, et puis des bois de bouleaux ou de pins lugubres et sombres. Çà et là, on voyait une ferme isolée, de longues bâtisses trapues, blotties sous leurs toits de chaume couverts de neige. Les petits villages de brique rouge, aux toitures grises et pentues et aux austères églises luthériennes, paraissaient étonnamment calmes, les habitants vaquaient à leurs affaires. Après Wangerin, la route dominait de grands lacs froids, gris, dont seuls les bords avaient gelé. Nous traversâmes Dramburg et Falkenburg ; à Tempelburg, une petite ville sur la rive sud du Dratzig-See, je dis à Piontek de quitter l'autostrade et de prendre vers le nord, par la route de Bad Polzin. Après une longue ligne droite à travers de larges champs étalés entre les bois de sapins qui cachaient le lac, la route longeait un isthme abrupt, couronné d'arbres, qui sépare comme une lame de couteau le Dratzig-See du Sareben-See, plus petit. En bas, formant une longue courbe entre les deux lacs, s'étendait un petit village, Alt Draheim, étagé autour d'un bloc de pierre carré et massif, les ruines d'un vieux château. Au-delà du village, une forêt de pins couvrait la rive nord du Sareben-See. Je m'arrêtai et demandai mon chemin à un paysan qui nous l'indiqua presque sans un geste : il fallait faire encore deux kilomètres, puis tourner à droite. « Vous ne pouvez pas manquer le tournant, me dit-il. Il y a une grande allée de bouleaux. » Pourtant Piontek faillit passer devant sans la voir. L'allée traversait un petit bois puis coupait droit par une belle campagne dégagée, une longue ligne ouverte entre deux hauts rideaux de bouleaux nus et pâles, sereine au milieu de l'étendue blanche, vierge. La maison était au fond.

AIR

La maison était fermée. J'avais fait arrêter Piontek à l'entrée de la cour et je m'approchai à pied à travers la neige vierge et compacte. Le temps était étrangement doux. Le long de la façade, tous les volets étaient clos. Je contournai la maison, l'arrière donnait sur une grande terrasse avec une balustrade et un escalier en courbe menant à un jardin enneigé, d'abord plat puis en pente. Au-delà s'élevait la forêt, des pins élancés au milieu desquels on distinguait quelques hêtres. Ici aussi tout était fermé, muet. Je revins vers Piontek et me fis ramener au village, où l'on m'indiqua la maison d'une certaine Käthe, qui travaillait au domaine comme cuisinière et s'occupait des lieux en l'absence des propriétaires. Impressionnée par mon uniforme, cette Käthe, une forte paysanne d'une cinquantaine d'années, encore très blonde et pâle, ne fit aucune difficulté pour me remettre les clefs ; ma sœur et son mari, m'expliqua-t-elle, étaient partis avant la Noël, et depuis n'avaient donné aucune nouvelle. Je retournai à la maison avec Piontek. La demeure de von Üxküll était un beau petit manoir du xviiie siècle, avec une façade couleur rouille et ocre, très vive au milieu de toute cette neige, d'un style baroque curieusement léger, subtilement asymétrique, presque fantaisiste, inhabituel dans ces régions froides et sévères. Des grotesques, tous différents les uns des autres, ornaient la porte d'entrée et les linteaux des croisées du rez-de-chaussée ; de face, les personnages semblaient sourire de toutes leurs dents, mais si on les regardait de côté, on voyait qu'ils tiraient leurs bouches ouvertes à pleines mains. Au-dessus de la lourde porte en bois, un cartouche orné de fleurs, de mousquets, et d'instruments de musique portait une date : 1713. Von Üxküll, à Berlin, m'avait narré l'origine de cette maison presque française, qui avait appartenu à sa mère, une von Recknagel. L'ancêtre qui l'avait fait construire était un huguenot passé en Allemagne après la révocation de l'édit de Nantes. C'était un homme riche et il avait réussi à préserver une bonne part de sa fortune. Dans sa vieillesse, il épousa la fille orpheline d'un nobliau prussien, qui avait hérité de ces terres. Mais la maison de sa femme ne lui plaisait pas et il la fit démolir pour bâtir celle-là. Or l'épouse était dévote et trouvait scandaleux un tel luxe : elle fit élever une chapelle, ainsi qu'une annexe derrière la maison où elle acheva ses jours, et que son mari fit promptement raser à sa mort. La chapelle, elle, se trouvait toujours là, un peu à l'écart sous de vieux chênes, raide, austère, avec une façade nue de brique rouge et un toit en ardoise grise fortement incliné. J'en fis lentement le tour, mais ne cherchai pas à l'ouvrir. Piontek se tenait toujours près de la voiture, il attendait sans rien dire. Je revins vers lui, ouvris la portière arrière, pris mon sac, et dis : « Je vais rester quelques jours. Toi, retourne à Berlin. J'appellerai ou j'enverrai un télégramme pour que tu viennes me chercher. Tu sauras retrouver cet endroit ? Si on te demande, tu dis que tu ne sais pas où je suis. » Il manœuvra pour faire demi-tour et se réengagea en cahotant dans la longue allée de bouleaux. J'allai poser mon sac devant la porte. Je contemplai la cour enneigée, la voiture de Piontek remontant l'allée. À part celles que les pneus venaient de laisser, il n'y avait aucune trace dans la neige, personne ne venait ici. J'attendis qu'il atteigne l'extrémité de l'allée et s'engage sur la route de Tempelburg, puis j'ouvris la porte.

La clef en fer que Käthe m'avait donnée était grosse et lourde, mais la serrure, bien huilée, s'ouvrit aisément. On devait aussi huiler les gonds car la porte ne grinçait pas. Je repoussai quelques volets pour éclairer le hall d'entrée, puis j'examinai le bel escalier en bois ouvragé, les longues bibliothèques, le parquet poli par le temps, les petites sculptures et les moulures où l'on pouvait encore distinguer des traces de feuille d'or écaillée. Je tournai le commutateur : un lustre, au centre de la pièce, s'alluma. Je l'éteignis et montai, sans prendre la peine de fermer la porte ni d'ôter ma casquette, mon manteau, mes gants. À l'étage, un long couloir bordé de fenêtres traversait la maison. J'ouvris une à une les croisées, rejetai les volets, et refermai les vitres. Puis j'ouvris les portes : près de l'escalier, il y avait une remise, une chambre de bonne, un autre couloir qui donnait sur un escalier de service ; en face des fenêtres, un cabinet de toilette et deux petites chambres froides. Au bout du couloir, une porte tapissée s'ouvrait sur une vaste chambre de maître qui occupait tout le fond de l'étage. J'allumai. Il y avait un grand lit à baldaquin en torsade, sans rideaux ni ciel, un divan en vieux cuir craquelé et poli, une armoire, un secrétaire, une coiffeuse avec un haut miroir, un autre miroir en pied, face au lit. À côté de l'armoire une autre porte devait donner sur une salle de bains. C'était de toute évidence la chambre de ma sœur, froide et sans odeur. Je la contemplai encore puis ressortis et refermai la porte, sans ouvrir les volets. En bas, le hall menait à un vaste salon, avec une longue table à manger en bois ancien et un piano ; puis venaient les communs et la cuisine. Là j'ouvris tout, sortant un instant pour contempler la terrasse, les bois. Il faisait presque tiède, le ciel était gris, la neige fondait et dégouttelait du toit avec un petit bruit agréable sur les dalles de la terrasse, et plus loin encore, creusant de petits puits dans la couche neigeuse au pied des murs. Dans quelques jours, songeai-je, si le temps ne se refroidit pas, ce sera de la boue, ça ralentira les Russes. Un corbeau s'arracha pesamment d'entre les pins, en croassant, puis alla se poser un peu plus loin. Je refermai la porte vitrée et retournai dans le hall. La porte d'entrée était restée ouverte : je rentrai mon sac et fermai. Derrière l'escalier se trouvait encore une double porte, en bois verni, avec des ornements ronds. Ce devaient être les appartements de von Üxküll. J'hésitai, puis repassai au salon où je regardai les meubles, les rares bibelots choisis avec soin, la grande cheminée en pierre, le piano à queue. Un portrait en pied était accroché derrière le piano, dans un coin : von Üxküll, jeune encore, un peu de profil mais le regard tourné vers le spectateur, la tête nue, en uniforme de la Grande Guerre. Je le détaillai, notant les médailles, la chevalière, les gants de daim négligemment tenus à la main. Ce portrait m'effrayait un peu, je sentais mon ventre se serrer, mais je devais reconnaître que ç'avait été un bel homme, autrefois. Je me rapprochai du grand piano et soulevai le couvercle. Mon regard passait du tableau à la longue rangée de touches d'ivoire, puis revenait au tableau. D'un doigt toujours ganté, je tapotai une touche. Je ne savais même pas quelle était cette note, je ne savais rien, et devant le beau portrait de von Üxküll j'étais de nouveau envahi par l'ancien regret. Je me disais : J'aurais tant voulu savoir jouer du piano, je voudrais tant entendre encore une fois du Bach, avant de mourir. Mais de tels regrets étaient vains, je rabattis le couvercle et quittai le salon par la terrasse. Dans une remise située sur le côté de la maison, je trouvai la réserve de bois, et je portai en plusieurs voyages des gros billots à la cheminée, ainsi que du petit bois déjà coupé que j'empilai dans un serre-bûches en cuir épais. Je montai aussi du bois à l'étage et lançai le poêle dans l'une des petites chambres d'amis, attisant le feu avec de vieux numéros du *VB* entassés dans les cabinets. Dans le hall d'entrée, je me déshabillai enfin, troquant mes bottes contre de grosses pantoufles que je trouvai là ; puis je remontai avec mon sac, que je défis sur l'étroit lit en laiton, rangeant mon linge dans la penderie. La chambre était simple, avec des meubles fonctionnels, un broc et un évier, un papier peint discret. Le poêle en céramique chauffait vite. Je redescendis avec la bouteille de cognac et entrepris de faire du feu dans la cheminée. J'eus plus de mal que pour le poêle mais cela prit enfin. Je me servis un verre de cognac, trouvai un cendrier, et m'installai dans un confortable fauteuil près de l'âtre, ma tunique dégrafée. Le jour, dehors, déclinait doucement, et je ne pensais à rien.

De ce qui se passa dans cette belle maison vide, je ne sais pas si je peux dire grand-chose. J'ai déjà écrit une relation de ces événements, et, lorsque je l'écrivais, elle me paraissait véridique, en adéquation avec la réalité, mais il semblerait qu'en fait elle ne corresponde pas à la vérité. Pourquoi en est-il ainsi ? Difficile à dire. Ce n'est pas que mes souvenirs soient confus, au contraire, j'en garde de nombreux et de très précis, mais beaucoup d'entre eux se chevauchent et même se contredisent, et leur statut est incertain. J'ai longtemps pensé que ma sœur devait se trouver là quand je suis arrivé, qu'elle m'attendait près de l'entrée de la maison dans une robe sombre, ses longs cheveux noirs et lourds se confondant avec les mailles d'un épais châle noir entourant ses épaules. Nous avions parlé, debout dans la neige, je voulais qu'elle parte avec moi, mais elle ne voulait pas, même lorsque je lui expliquais que les Rouges arrivaient, que c'était une question de semaines, voire de jours, elle refusait, son mari travaillait, disait-elle, il écrivait de la musique, c'était la première fois depuis longtemps et ils ne pouvaient pas partir maintenant, alors je décidais de rester et renvoyais Piontek. L'après-midi, nous avions pris le thé et discuté, je lui avais parlé de mon travail et encore d'Hélène ; elle m'avait demandé si j'avais couché avec elle, si je l'aimais, et je n'avais pas su répondre ; elle m'avait demandé pourquoi je ne l'épousais pas et je n'avais toujours pas su répondre, enfin elle m'avait demandé : « C'est à cause de moi que tu n'as pas couché avec elle, que tu ne l'épouses pas ? » ; et moi, honteux, j'avais gardé les yeux baissés, perdus dans les dessins géométriques du tapis. Voilà ce dont je me souvenais, or il semble que les choses ne se soient pas passées ainsi, et je dois maintenant reconnaître que ma sœur et son mari n'étaient sans doute pas là, et c'est pourquoi je reprends ce récit depuis le début, en essayant de me tenir au plus près de ce qui peut être affirmé. Käthe arriva vers le soir avec des provisions dans une petite charrette tirée par un baudet, et me prépara à manger. Pendant qu'elle cuisinait, je descendis chercher du vin dans la longue cave voûtée, poussiéreuse, emplie d'une agréable odeur de terre humide. Il y avait là des centaines de bouteilles, parfois très vieilles, je devais souffler la poussière pour lire les étiquettes, dont certaines étaient entièrement moisies. Je choisis les meilleures bouteilles sans la moindre gêne, ce n'était pas la peine de laisser de tels trésors à Ivan, de toute façon il n'appréciait que la vodka, je trouvai un château-margaux 1900 et je pris aussi un ausone de la même année ainsi que, un peu au hasard, un graves, un haut-brion de 1923. Bien plus tard, j'ai compris que c'était une erreur, 1923 ne fut pas vraiment une grande année, j'aurais mieux fait de choisir le 1921, nettement meilleur. J'ouvris le margaux tandis que Käthe servait le repas, et convins avec elle, avant qu'elle ne prenne congé, qu'elle passerait chaque jour me faire à dîner, mais me laisserait seul le reste du temps. Les plats étaient simples et copieux, de la soupe, de la viande, des patates rôties à la graisse, je n'en savourai que mieux le vin. Je m'étais installé au bout de la longue table, pas à la place du maître mais sur le côté, dos à la cheminée où le feu crépitait, avec près de moi un grand candélabre, j'avais coupé l'éclairage électrique et mangeais à la lumière dorée des bougies, dévorant méthodiquement la viande saignante et les pommes de terre et buvant à longues gorgées le vin, et c'était comme si ma sœur s'était trouvée en face de moi, mangeant aussi tranquillement avec son beau sourire flottant, nous étions assis l'un en face de l'autre et son mari se tenait entre nous à la tête de la table, dans sa chaise roulante, et nous bavardions amicalement, ma sœur parlait d'une voix douce et claire, von Üxküll de manière cordiale, avec cette raideur et cette sévérité dont il ne semblait jamais se départir, mais en gardant toute la prévenance de l'aristocrate de souche, sans jamais me mettre mal à l'aise, et dans cette lumière chaude et vacillante je voyais et entendais parfaitement notre conversation qui occupait mon esprit tandis que je mangeais et achevais la bouteille de ce bordeaux onctueux, opulent, fabuleux. Je décrivais pour von Üxküll la destruction de Berlin. « Ça n'a pas l'air de vous choquer », faisais-je enfin remarquer. — « C'est une catastrophe, rétorquait-il, mais pas une surprise. Nos ennemis imitent nos propres méthodes, quoi de plus normal ? L'Allemagne boira le calice jusqu'à la lie avant que tout ne soit fini. » De là, la conversation en venait au 20 juillet. Je savais par Thomas que plusieurs amis de von Üxküll y étaient directement impliqués. « Une bonne partie de l'aristocratie poméranienne a été décimée par votre Gestapo, depuis, commenta-t-il froidement. Je connaissais très bien le père de von Tresckow, un homme d'une grande rigueur morale, comme son fils. Et bien sûr von Stauffenberg, une relation de ma famille. » — « Comment cela ? » — « Sa mère est une von Üxküll-Gyllenband, Karoline, ma cousine au second degré. » Una écoutait en silence. « Vous semblez approuver leur geste », dis-je. Sa réponse venait d'elle-même à mon esprit : « J'ai beaucoup de respect personnel pour certains d'entre eux, mais je désapprouve leur tentative pour deux raisons. Premièrement, c'est beaucoup trop tard. Ils auraient dû le faire en 1938, au moment de la crise des Sudètes. Ils y pensaient, et Beck le voulait, mais lorsque les Anglais et les Français se sont déculottés devant ce caporal ridicule, ça leur a ôté le vent des voiles. Et puis les succès de Hitler les ont démoralisés et enfin entraînés, même Halder, qui est pourtant un homme très intelligent, mais trop cérébral. Beck, lui, avait l'intelligence de l'honneur, il devait comprendre que maintenant c'était trop tard, mais il n'a pas reculé, pour soutenir les autres. La vraie raison, toutefois, c'est que l'Allemagne a choisi de suivre cet homme. Lui, il veut à tout prix son _Götterdämmerung_, et maintenant il faut que l'Allemagne le suive jusqu'au bout. Le tuer, maintenant, pour sauver les meubles, ce serait tricher, truquer le jeu. Je vous l'ai dit, il faut boire le calice jusqu'à la lie. C'est le seul moyen pour que quelque chose de nouveau puisse commencer. » — « Jünger pense la même chose, disait Una. Il a écrit à Berndt. » — « Oui, c'est ce qu'il m'a fait comprendre à mots couverts. Il a aussi un essai à ce sujet qui circule. » — « J'ai vu Jünger au Caucase, dis-je, mais je n'ai pas eu l'occasion de discuter avec lui. De toute façon, vouloir tuer le Führer est un crime insensé. Il n'y a peut-être pas d'issue, mais je trouve la trahison inacceptable, aujourd'hui comme en 1938. C'est le réflexe de votre classe, condamnée à disparaître. Elle ne survivra pas mieux sous les bolcheviques. » — « Sans doute, fit calmement von Üxküll. Je vous l'ai dit : tout le monde a suivi Hitler, même les junkers. Halder croyait qu'on pouvait battre les Russes. Il n'y a que Ludendorff qui ait compris, mais trop tard, et il a maudit Hindenburg d'avoir donné le pouvoir à Hitler. Moi, j'ai toujours détesté cet homme, mais je ne prends pas ça comme une caution pour m'exempter du destin de l'Allemagne. » — « Vous et vos semblables, excusez-moi de vous le dire, avez fait votre temps. » — « Et vous aurez bientôt fait le vôtre. Il aura été bien plus court. » Il me contemplait fixement, comme on contemple un cafard ou une araignée, non pas avec dégoût, mais avec la froide passion de l'entomologiste. Je me le figurais très clairement. J'avais terminé le margaux, j'étais légèrement gris, je débouchai le saint-émilion, changeai nos verres, et fis goûter le vin à von Üxküll. Il regardait l'étiquette. « Je me souviens de cette bouteille. C'est un cardinal romain qui me l'a envoyée. Nous avions eu une longue discussion sur le rôle des Juifs. Il soutenait la très catholique proposition qu'il faut opprimer les Juifs, mais les garder comme témoins de la vérité du Christ, position que j'ai toujours trouvée absurde. Je crois d'ailleurs qu'il la défendait plutôt pour le plaisir de la dispute, c'était un jésuite. » Il souriait et me posa une question, sans doute pour m'agacer : « Il paraît que l'Église vous a créé des ennuis lorsque vous avez voulu évacuer les Juifs de Rome ? » — « Il paraît. Je n'étais pas là. » — « Il n'y a pas que l'Église, disait Una. Tu te souviens, ton ami Karl-Friedrich nous disait que les Italiens ne comprenaient rien à la question juive ? » — « Oui, c'est vrai, répondit von Üxküll. Il disait que les Italiens n'appliquaient même pas leurs propres lois raciales, qu'ils protégeaient les Juifs étrangers contre l'Allemagne. » — « C'est vrai, dis-je, mal à l'aise. Nous avons eu des difficultés avec eux à ce sujet. » Et voilà ce que répondait ma sœur : « C'est bien la preuve que ce sont des gens sains. Ils apprécient la vie à sa juste valeur. Je les comprends : ils ont un beau pays, du soleil, ils mangent bien et leurs femmes sont belles. » — « Ce n'est pas comme l'Allemagne », lâchait laconiquement von Üxküll. Je goûtai enfin le vin : il sentait la girofle rôtie et un peu le café, je le trouvai plus ample que le margaux, doux et rond et exquis. Von Üxküll me regardait : « Est-ce que vous savez pourquoi vous tuez les Juifs ? Le savez-vous ? » Dans cette étrange conversation il ne cessait de me provoquer, je ne répondais pas, je savourais le vin. « Pourquoi les Allemands ont-ils mis tant d'acharnement à tuer les Juifs ? » — « Vous vous trompez si vous croyez qu'il ne s'agit que des Juifs, disais-je calmement. Les Juifs ne sont qu'une catégorie d'ennemis. Nous détruisons tous nos ennemis, qui et où qu'ils soient. » — « Oui, mais avouez que, pour les Juifs, vous y avez mis une obstination particulière. » — « Je ne le pense pas. Le Führer, en effet, a peut-être des raisons personnelles de haïr les Juifs. Mais au SD, nous ne haïssons personne, nous poursuivons objectivement des ennemis. Les choix que nous faisons sont rationnels. » — « Pas si rationnels que ça. Pourquoi deviez-vous éliminer les malades mentaux, les handicapés des hôpitaux ? Quel danger posaient-ils, ces malheureux ? » — « Bouches inutiles. Savez-vous combien de millions de reichsmarks nous avons ainsi économisés ? Sans parler des lits d'hôpitaux libérés pour les blessés du front. » — « Moi, énonça alors dans cette chaude lumière dorée Una, qui nous avait écoutés en silence, je sais pourquoi nous avons tué les Juifs. » Elle parlait d'une voix claire et ferme, je l'entendais avec précision et l'écoutais en buvant, mon repas achevé. « En tuant les Juifs, disait-elle, nous avons voulu nous tuer nous-mêmes, tuer le Juif en nous, tuer ce qui en nous ressemblait à l'idée que nous nous faisons du Juif. Tuer en nous le bourgeois pansu qui compte ses sous, qui court après les honneurs et rêve de pouvoir, mais un pouvoir qu'il conçoit sous les traits d'un Napoléon III ou d'un banquier, tuer la moralité étriquée et rassurante de la bourgeoisie, tuer l'économie, tuer l'obéissance, tuer la servitude du *Knecht*, tuer toutes ces belles vertus allemandes. Car nous n'avons jamais compris que ces qualités que nous attribuions aux Juifs en les nommant bassesse, veulerie, avarice, avidité, soif de domination et méchanceté facile sont des qualités foncièrement allemandes, et que si les Juifs font preuve de ces qualités, c'est parce qu'ils ont rêvé de ressembler aux Allemands, d'*être* allemands, c'est parce qu'ils nous imitent servilement comme l'image même de tout ce qui est beau et bon en Haute-Bourgeoisie, le Veau d'Or de ceux qui fuient l'âpreté du désert et de la Loi. Ou alors peut-être qu'ils faisaient semblant, peut-être ont-ils fini par adopter ces qualités presque par courtoisie, par une forme de sympathie, pour ne pas se montrer aussi distants. Et nous, au contraire, notre rêve d'Allemands, c'était d'être juifs, purs, indestructibles, fidèles à une Loi, différents de tous et sous la main de Dieu. Or en fait ils se trompent tous, les Allemands comme les Juifs. Car si Juif, de nos jours, veut encore dire quelque chose, cela veut dire Autre, un Autre et un Autrement peut-être impossibles, mais nécessaires. » Elle vida son verre d'un trait. « Les amis de Berndt non plus n'ont rien compris à tout ça. Eux, ils disaient qu'en fin de compte le massacre des Juifs n'avait pas grande importance, et qu'en tuant Hitler ils pourraient rejeter ce crime sur lui, sur Himmler, sur la SS, sur quelques assassins malades, sur toi. Mais eux, ils en sont aussi responsables que toi, car eux aussi sont des Allemands et eux aussi ont fait la guerre pour la victoire de cette Allemagne-ci, et pas une autre. Et le pire, c'est que si les Juifs s'en sortent, si l'Allemagne sombre et les Juifs survivent, ils oublieront ce que veut dire le nom Juif, ils voudront être plus que jamais allemands. » Je continuais à boire tandis qu'elle parlait de sa voix claire et rapide, le vin me montait à la tête. Et tout à coup me revint en mémoire ma vision du Zeughaus, le Führer en juif avec le châle de prière des rabbins et les objets rituels en cuir, devant un vaste public où personne ne le remarquait, *sauf moi*, et tout cela disparut abruptement, Una et son mari et notre conversation, et je restai seul avec les reliefs de mon repas et les vins extraordinaires, ivre, repu, un peu amer, un hôte que personne n'avait invité.

Cette nuit-là, je dormis mal dans mon petit lit. J'avais trop bu, la tête me tournait, je souffrais encore des séquelles du choc de la veille. Je n'avais pas fermé les volets et la lueur de la lune tombait doucement dans la pièce, je me l'imaginais pénétrant de même dans la chambre du fond du couloir, glissant sur le corps endormi de ma sœur, nue sous le drap, et j'aurais voulu être cette lumière, cette douceur intangible, mais en même temps mon esprit rageait, mes ratiocinations grinçantes du dîner résonnaient dans ma tête comme le tintement affolé des cloches orthodoxes à Pâques, et ruinaient le calme dans lequel j'aurais voulu baigner. Enfin je sombrai dans le sommeil, mais le malaise se prolongeait, teintait mes rêves de couleurs affreuses. Dans une chambre sombre, je voyais une grande et belle femme en longue robe blanche, peut-être une robe de mariée, je ne pouvais distinguer ses traits mais c'était de toute évidence ma sœur, elle était prostrée au sol, sur la moquette, en proie à des convulsions et des diarrhées incontrôlables. De la merde noire suintait à travers sa robe, l'intérieur devait en être rempli. Von Üxküll, l'ayant trouvée ainsi, ressortait dans le couloir (il marchait) pour appeler un liftier ou un garçon d'étage sur un ton péremptoire (il s'agissait donc d'un hôtel, je me disais que ce devait être leur nuit de noces). Revenant dans la chambre, von Üxküll ordonnait au garçon de la soulever par les bras tandis qu'il lui prenait les pieds afin de la porter dans la salle de bains pour la déshabiller et la laver. Il faisait cela froidement, efficacement, il paraissait indifférent aux odeurs immondes qui émanaient d'elle et me prenaient à la gorge, je devais me forcer pour contrôler mon dégoût, la nausée qui montait (mais où donc étais-je, dans ce rêve, moi ?).

Je me levai tôt et traversai la maison vide et silencieuse. Dans la cuisine je trouvai du pain, du beurre, du miel, du café et je mangeai. Ensuite, je passai dans le salon et examinai les livres de la bibliothèque. Il y avait beaucoup de volumes en allemand mais aussi en anglais, en italien, en russe; je finis par me décider, avec une flambée de plaisir, pour *L'éducation sentimentale*, que je trouvai en français. Je m'installai près d'une fenêtre et lus durant quelques heures, levant de temps en temps la tête pour regarder les bois et le ciel gris. Vers midi, je me préparai une omelette au lard, et mangeai à la vieille table en bois qui occupait le coin de la cuisine, me versant de la bière que je bus à grands traits. Je me fis du café et fumai une cigarette, puis me décidai pour une promenade. J'enfilai mon manteau d'officier sans le boutonner : il faisait encore doux, la neige ne fondait pas mais durcissait et se racornissait sur elle-même. Je traversai le jardin et entrai dans la forêt. Les pins étaient bien espacés, très hauts, ils montaient et tout en haut se refermaient comme une vaste voûte, posée sur des colonnes. Çà et là il y avait encore des plaques de neige, le sol nu était dur, rouge, tapissé d'aiguilles sèches qui crissaient sous mes pas. Je débouchai sur une laie sablonneuse, une ligne droite entre les pins. Des traces de roues de chariots restaient imprimées dans le sol ; au bord de la piste, de loin en loin, des troncs d'arbres débités s'entassaient proprement. La piste aboutissait à une rivière grise, large d'une dizaine de mètres ; à l'autre rive montait un champ labouré dont les sillons, noirs, striaient la neige, butant contre un bois de hêtres. Je tournai à droite et entrai dans la forêt, suivant le cours de la rivière qui bruissait doucement. En marchant, je m'imaginais Una marchant avec moi. Elle était vêtue d'une jupe en laine avec des bottes, d'une veste d'homme en cuir et de son grand châle tricoté. Je la voyais avancer devant moi, d'un pas sûr et tranquille, je la regardais, me pénétrant du jeu des muscles de ses cuisses, de ses fesses, de son dos fier et droit. Je ne pouvais rien imaginer de plus noble et de plus beau, de plus vrai. Plus loin, des chênes et des hêtres se mêlaient aux pins, le sol devenait marécageux, couvert de feuilles mortes gorgées d'eau à travers lesquelles le pied s'enfonçait dans une boue encore durcie par le froid. Mais un peu plus loin le sol se haussait légèrement et redevenait sec et agréable au pas. Il n'y avait ici presque que des pins, minces et droits comme des flèches, du bois jeune replanté après une coupe. Puis la forêt enfin s'ouvrait sur un pré dru, froid, presque sans neige, surplombant les eaux immobiles du lac. Sur la droite j'apercevais quelques petites maisons, la route, la crête de l'isthme couronnée de sapins et de bouleaux. Je savais que la rivière s'appelait la Drage, et qu'elle passait de ce lac au Dratzig-See puis continuait plus loin vers le Krössin-See, où se trouvait une école SS, près de Falkenburg. Je regardais l'étendue grise du lac : autour c'était le même paysage ordonné de terre noire et de bois. Je suivis la berge jusqu'au village. Un paysan, dans son jardin, me héla, et j'échangeai quelques mots avec lui ; il était inquiet, il avait peur des Russes, je ne pouvais lui donner de nouvelles précises mais je savais qu'il avait raison d'avoir peur. Sur la route, je pris vers la gauche et gravis lentement la longue côte, entre les deux lacs. Les talus étaient élevés et me cachaient les eaux. Au sommet de l'isthme, j'escaladai le tertre et passai entre les arbres, en repoussant les branches, jusqu'à un endroit d'où l'on domine d'assez haut toute une baie qui plus loin s'ouvre en grands plans irréguliers. L'immobilité des eaux, des forêts noires sur l'autre berge, conférait à ce paysage un aspect solennel, mystérieux, comme à un royaume au-delà de la vie, mais néanmoins encore en deçà de la mort, une terre d'entre les deux. J'allumai une cigarette et regardai le lac. Une conversation d'enfance ou plutôt d'adolescence me revenait en mémoire, ma sœur m'avait raconté, un jour, un vieux mythe poméranien, le légende de Vineta, une belle et arrogante ville engloutie dans la Baltique, dont les pêcheurs entendaient encore les cloches sonner sur les eaux à midi, et qu'on situait parfois près de Kolberg. Cette grande ville très riche, m'avait-elle expliqué avec un sérieux enfantin, fut perdue à cause du désir sans limites d'une femme, la fille du roi. Beaucoup de marins et de chevaliers venaient y boire et s'y amuser, des hommes beaux et forts, pleins de vie. Chaque soir, la fille du roi sortait déguisée dans la ville, elle descendait dans les auberges, les bouges les plus sordides, et elle choisissait un homme. Elle le ramenait dans son palais et lui faisait l'amour toute la nuit; au matin, l'homme était mort d'épuisement. Pas un, si fort fût-il, ne résistait à son désir insatiable. Elle faisait jeter son cadavre à la mer, dans une baie battue par les tempêtes. Mais ne pouvoir l'assouvir ne faisait qu'exciter l'immensité de son désir. On la voyait se promener sur la plage, chantant pour l'Océan à qui elle voulait faire l'amour. Seul l'Océan, chantait-elle, serait assez vaste, assez puissant pour combler son désir. Une nuit enfin, n'y tenant plus, elle sortit nue de son palais, laissant dans son lit le cadavre de son dernier amant. C'était une nuit de tempête, l'Océan fouettait les digues qui protégeaient la ville. Elle alla sur la jetée et ouvrit la grande porte de bronze placée là par son père. L'Océan entra dans la ville, prit la princesse et en fit sa femme, et garda la ville noyée comme montant de sa dot. Lorsque Una eut achevé son histoire, je lui avais fait remarquer que c'était la même légende que celle, française, de la ville d'Ys. « Certes, m'avait-elle rétorqué sur un ton hautain, mais celle-ci est plus belle. » — « Si je la comprends bien, elle explique que l'ordre de la cité est incompatible avec le plaisir insatiable des femmes. » — « Je dirais plutôt le plaisir démesuré des femmes. Mais ce que tu proposes là, c'est une moralité d'homme. Moi je pense que toutes ces idées, la mesure, la moralité, ont été inventées par les hommes pour compenser la limitation de leur plaisir. Car les hommes savent depuis longtemps que leur plaisir ne pourra jamais être comparé au plaisir que nous endurons, que ce plaisir-là est d'un autre ordre. »

Sur le chemin du retour, je me sentais une coquille vide, un automate. Je songeais au rêve affreux de la nuit, j'essayais de m'imaginer ma sœur les jambes couvertes d'une diarrhée liquide, collante, à la puanteur abominablement douce. Les évacuées décharnées d'Auschwitz, blotties sous leurs couvertures, avaient elles aussi les jambes couvertes de merde, leurs jambes semblables à des bâtons; celles qui s'arrêtaient pour déféquer étaient exécutées, elles étaient obligées de chier en marchant, comme les chevaux. Una couverte de merde aurait été encore plus belle, solaire et pure sous cette fange qui ne l'aurait pas touchée, qui aurait été incapable de la souiller. Entre ses jambes maculées, je me serais blotti comme un nourrisson affamé de lait et d'amour, désemparé. Ces pensées me ravageaient la tête, impossible de les en chasser, je peinais à respirer et ne comprenais pas ce qui m'envahissait si brutalement. À la maison, j'errai sans but par les couloirs et les pièces, ouvrant et refermant les portes au hasard. Je voulus ouvrir celles des chambres de von Üxküll, mais m'arrêtai au dernier instant, la main sur la poignée, retenu par une gêne indicible, comme lorsque tout enfant je pénétrais en son absence dans le bureau de mon père pour caresser ses livres et jouer avec ses papillons. Je remontai à l'étage et entrai dans la chambre d'Una. J'ouvris rapidement les volets, les rejetant dans un grand fracas de bois. Des fenêtres, on dominait la cour d'un côté, et de l'autre la terrasse, le jardin et la forêt, au-delà de laquelle on apercevait un coin du lac. Je vins m'asseoir sur le coffre au pied du lit, face au grand miroir. Je contemplai l'homme devant moi dans la glace, un type avachi, fatigué, maussade, au visage gonflé de ressentiment. Je ne le reconnaissais pas, cela ne pouvait pas être moi, mais pourtant si. Je me redressai, levai la tête, ça ne changeait pas grand-chose. J'imaginai Una debout devant ce miroir, nue ou en robe, elle devait se trouver fabuleusement belle, et quelle chance elle avait de pouvoir se regarder ainsi, de pouvoir détailler son beau corps, mais peut-être que non, peut-être n'en voyait-elle pas la beauté, invisible à ses propres yeux, peut-être n'en percevait-elle pas l'étrangeté affolante, le scandale de ces seins et de ce sexe, cette chose entre les jambes qui ne peut être vue mais qui cache jalousement toute sa splendeur, peut-être n'en ressentait-elle que la lourdeur et le lent vieillissement, avec une légère tristesse ou tout au plus un doux sentiment de complicité familière, jamais l'âcreté du désir paniqué : Regarde, il n'y a là *rien* à voir. Respirant avec difficulté, je me levai, allai regarder par la fenêtre, vers la forêt. La chaleur engendrée par la longue marche s'était dissipée, la chambre me paraissait glaciale, j'avais froid. Je me tournai vers le secrétaire dressé contre le mur entre les deux croisées donnant sur le jardin, et j'essayai distraitement de l'ouvrir. Il était fermé à clef. Je descendis, allai trouver un gros couteau dans la cuisine, empilai du petit bois dans le serre-bûches, pris aussi la bouteille de cognac et un gobelet, et remontai. Dans la chambre, je me versai une mesure d'alcool, bus un peu, et entrepris de faire du feu dans le gros poêle cimenté à l'angle. Lorsqu'il eut bien pris, je me redressai et fis sauter la serrure du secrétaire avec le couteau. Elle céda facilement. Je m'assis, le verre de cognac près de moi, et fouillai les tiroirs. Il y avait là toute sorte d'objets et de papiers, des bijoux, quelques coquillages exotiques, des fossiles, de la correspondance d'affaires, que je parcourus distraitement, des lettres adressées à Una depuis la Suisse et traitant surtout de questions de psychologie mêlées à des potins anodins, d'autres choses encore. Dans un tiroir, serrée dans un petit portefeuille en cuir, je trouvai une liasse de feuillets rédigés de sa main : des brouillons de lettres qui m'étaient adressées, mais qu'elle n'avait jamais envoyées. Le cœur battant, je dégageai le bureau en enfournant le reste des objets dans les tiroirs et étalai les lettres comme un éventail de cartes à jouer. Je laissai courir mes doigts dessus et en choisis une, au hasard pensais-je, mais ce n'était sans doute pas entièrement le hasard, cette lettre était datée du 28 avril 1944 et commençait ainsi : *Cher Max, ça fait un an aujourd'hui que Maman est morte. Tu ne m'as jamais écrit, tu ne m'as jamais rien dit de ce qui s'est passé, tu ne m'as jamais rien expliqué...* La lettre s'interrompait là, j'en parcourus rapidement quelques autres, elle paraissaient toutes inachevées. Alors je bus un peu de cognac et me mis à tout raconter à ma sœur, exactement comme je l'ai écrit ici, sans rien omettre. Cela prit un certain temps ; lorsque j'achevai la chambre s'obscurcissait. Je pris une autre lettre et me levai pour l'approcher de la fenêtre. Celle-ci parlait de notre père et je la lus d'une traite, la bouche sèche, crispé par l'angoisse. Una écrivait que mon ressentiment envers notre mère, pour le compte de notre père, avait été injuste, que notre mère avait eu une vie difficile à cause de lui, de sa froideur, de ses absences, de son départ final, inexpliqué. Elle me demandait si je me souvenais même de lui. En fait je me souvenais de peu de choses, je me rappelais son odeur, sa sueur, comment nous nous ruions sur lui pour l'attaquer, lorsqu'il lisait sur le divan, et comment il nous prenait alors dans ses bras en riant à gorge déployée. Une fois, je toussais, il m'avait fait avaler un médicament que j'avais tout de suite vomi sur le tapis ; je mourais de honte, j'avais peur qu'il ne se fâche, mais il avait été très gentil, il m'avait consolé puis avait nettoyé le tapis. La lettre continuait, Una m'expliquait que son mari avait connu notre père en Courlande, que notre père, comme me l'avait indiqué le juge Baumann, commandait un Freikorps. Von Üxküll commandait une autre unité, mais il le connaissait bien. *Berndt dit que c'était un animal déchaîné*, écrivait-elle. *Un homme sans foi, sans limites. Il faisait crucifier des femmes violées aux arbres, il jetait lui-même des enfants vivants dans les granges incendiées, il livrait les ennemis capturés à ses hommes, des bêtes affolées, et riait et buvait en regardant les supplices. Dans le commandement, il était obstiné, borné, il n'écoutait personne. Toute l'aile qu'il était censé défendre à Mitau s'est effondrée à cause de son arrogance, précipitant la retraite de l'armée. Je sais que tu ne vas pas me croire,* ajoutait-elle, *mais c'est la vérité, penses-en ce que tu veux.* Épouvanté, saisi de rage, je froissai la lettre, je fis le geste de la déchirer, mais je me retins. Je la jetai sur le secrétaire et esquissai quelques mouvements à travers la pièce, je voulus sortir, je revins, j'hésitais, bloqué par une cascade d'impulsions divergentes, enfin je bus du cognac, cela me calma un peu, je pris la bouteille et descendis boire encore au salon.

Käthe était arrivée et préparait le repas, elle entrait et sortait de la cuisine, je ne voulais pas me retrouver en sa présence. Je retournai dans le hall d'entrée et ouvris la porte des appartements de von Üxküll. Il y avait là deux belles pièces, un cabinet de travail et une chambre à coucher, meublées avec goût, du mobilier ancien et lourd en bois sombre, des tapis orientaux, de simples objets en métal, une salle de bains munie d'un équipement particulier, sans doute adapté à sa paralysie. À regarder tout cela, je ressentais de nouveau un vif sentiment de gêne, en même temps je n'en avais cure. Je me promenai dans la pièce de travail : aucun objet n'encombrait le grand bureau massif et sans chaise ; sur les étagères, il n'y avait que des partitions, de compositeurs en tous genres, rangées par pays et par périodes avec, à part, une petite pile de partitions reliées, ses propres œuvres. J'en ouvris une et contemplai les séries de notes, une abstraction pour moi, que je ne savais pas lire. À Berlin, von Üxküll m'avait parlé d'une œuvre qu'il projetait, une fugue ou, comme il avait dit, une suite de variations sérielles en forme de fugue. « Je ne sais pas encore si ce que j'envisage est vraiment possible », avait-il dit. Lorsque je lui avais demandé quel en serait le thème, il avait eu une moue : « Ce n'est pas de la musique romantique. Il n'y a pas de thème. C'est juste une étude. » — « À quoi la destinez-vous ? » avais-je alors demandé. — « À rien. Vous savez bien qu'on ne joue pas mes œuvres en Allemagne. Je ne l'entendrai sans doute jamais jouer. » — « Pourquoi l'écrivez-vous, alors ? » Et il avait souri, un grand sourire de plaisir : « Pour l'avoir fait avant de mourir. »

Parmi les partitions se trouvaient bien entendu du Rameau, du Couperin, du Forqueray, du Balbastre. J'en tirai quelques-unes de l'étagère et les feuilletai, regardant les titres que je connaissais bien. Il y avait la *Gavotte à six doubles* de Rameau, et en regardant la page la musique vint tout de suite se dérouler dans ma tête, claire, allègre, cristalline, comme le galop d'un cheval de race lancé sur la plaine russe, en hiver, si léger que ses sabots ne font qu'effleurer la neige, ne laissant que la plus infime des traces. Mais j'avais beau fixer la page je ne pouvais relier ces trilles ensorcelants aux signes tracés là. Von Üxküll, à la fin du repas à Berlin, avait reparlé de Rameau. « Vous avez raison d'aimer cette musique, avait-il dit. C'est une musique lucide, souveraine. Elle ne se départ jamais de son élégance mais reste truffée de surprises et même de pièges, elle est ludique, joyeuse d'un gai savoir qui ne néglige ni les mathématiques, ni la vie. » Il avait aussi défendu Mozart en des termes curieux : « Je l'ai longtemps mésestimé. Dans ma jeunesse, il me semblait un hédoniste doué, sans profondeur. Mais c'était peut-être le jugement de mon propre puritanisme. En vieillissant, je commence à croire qu'il avait peut-être un sentiment de la vie aussi fort que celui de Nietzsche, et que sa musique ne paraît simple que parce que la vie, somme toute, est assez simple. Mais je n'en ai pas tout à fait décidé, je dois écouter encore. »

Käthe partait et j'allai manger, vidant encore avec cérémonie une des merveilleuses bouteilles de von Üxküll. La maison commençait à me sembler familière et chaleureuse, Käthe avait refait du feu dans la cheminée, la salle était agréablement tiède, je me sentais apaisé, en amitié avec tout cela, ce feu et ce bon vin et même le portrait du mari de ma sœur, accroché au-dessus de ce piano dont je ne savais pas jouer. Mais ce sentiment ne dura pas. Après le repas, j'avais débarrassé la table et m'étais servi une mesure de cognac, je m'installai devant la cheminée et essayai de lire Flaubert, mais je n'y parvenais pas. Trop de choses sourdes me travaillaient. Je bandais, l'idée me venait de me mettre nu, d'aller explorer nu cette grande maison sombre et froide et silencieuse, un espace vaste et libre mais aussi privé et plein de secrets, tout comme la maison de Moreau, lorsque nous étions enfants. Et cette pensée en amenait derrière elle une autre, son double obscur, celle de l'espace quadrillé et surveillé des camps : la promiscuité des baraquements, le grouillement des latrines collectives, aucun endroit possible pour avoir, seul ou à deux, un moment humain. J'en avais discuté une fois avec Höss, qui m'avait affirmé qu'en dépit de toutes les interdictions et les précautions les détenus continuaient à avoir une activité sexuelle, pas seulement les kapos avec leurs *Pipel* ou des lesbiennes entre elles, mais des hommes et des femmes, les hommes soudoyaient les gardes pour qu'ils leur amènent leur maîtresse, ou se glissaient dans le *Frauenlager* avec un Kommando de travail, et risquaient la mort pour une rapide secousse, un frottement de deux bassins décharnés, un bref contact de corps rasés et pouilleux. J'avais été fortement impressionné par cet érotisme impossible, voué à finir écrasé sous les bottes ferrées des gardes, le contraire même dans sa désespérance de l'érotisme libre, solaire, transgressif des riches, mais peut-être aussi sa vérité cachée, indiquant sournoisement et obstinément que tout amour vrai est inéluctablement tourné vers la mort, et ne tient pas compte, dans son désir, de la misère des corps. Car l'homme a pris les faits bruts et sans prolongements donnés à toute créature sexuée et en a bâti un imaginaire sans limites, trouble et profond, l'érotisme qui, plus que toute autre chose, le distingue des bêtes, et il en a fait de même avec l'idée de la mort, mais cet imaginaire-là n'a pas de nom, curieusement (on pourrait l'appeler *thanatisme*, peut-être) : et ce sont ces imaginaires, ces jeux de hantises ressassés, et non pas la chose en elle-même, qui sont les moteurs effrénés de notre soif de vie, de savoir, d'écartèlement de soi. Je tenais toujours entre mes mains *L'éducation sentimentale*, posée sur mes jambes presque au contact de mon sexe, oubliée, je laissais ces pensées d'idiot affolé me labourer la tête, l'oreille emplie du battement angoissé de mon cœur.

Le matin, j'étais plus calme. Dans le salon, j'essayai de nouveau de lire après avoir pris du pain avec du café, et puis ma pensée dérivait encore, se détachait des tourments de Frédéric et de Madame Arnoux, et partait. Je me demandais : Qu'est-ce que tu es venu faire ici ? Que veux-tu, au juste ? Attendre qu'Una revienne ? Attendre qu'un Russe vienne t'égorger ? Te suicider ? Je songeais à Hélène. Elle et ma sœur, me dis-je, étaient les deux seules femmes, à part quelques infirmières, à avoir vu mon corps nu. Qu'avait-elle vu, qu'avait-elle pensé en voyant cela ? Que voyait-elle en moi que je ne voyais pas, et que ma sœur, depuis longtemps déjà, ne voulait plus voir ? Je pensais au corps d'Hélène, je l'avais souvent vue en maillot, ses formes étaient plus fines et nerveuses que celles de ma sœur, ses seins étaient plus menus. Toutes deux avaient également la peau blanche, mais cette blancheur faisait éclater le poil noir et dru de ma sœur, alors que chez Hélène, elle se continuait dans la blondeur douce de ses cheveux. Son sexe aussi devait être blond et doux, mais cela, je ne voulais pas y penser. Un dégoût subit me prit à la gorge. Je me disais : L'amour est mort, le seul amour est mort. Je n'aurais pas dû venir, il faut partir, retourner à Berlin. Mais je ne voulais pas rentrer à Berlin, je voulais rester. Un peu plus tard je me levai et sortis. Je partis de nouveau par la forêt, je trouvai un vieux pont en bois sur la Drage et passai au-delà. Les fourrés devenaient plus touffus, sombres, on ne pouvait plus avancer que par les chemins des forestiers et des bûcherons, à travers lesquels se tendaient des branches qui griffaient mes vêtements. Plus loin se dressait une petite montagne isolée, d'où l'on pouvait sans doute voir toute la région, mais je ne poussai pas jusque-là, je marchai sans but, en cercle peut-être, enfin je retrouvai la rivière et revins à la maison. Käthe m'attendait et sortit de la cuisine à ma rencontre : « Herr Busse est là, avec Herr Gast et quelques autres. Ils vous attendent dans la cour. Je leur ai donné du schnaps. » Busse était le fermier de von Üxküll. « Qu'est-ce qu'ils me veulent ? » demandai-je. — « Ils souhaitent vous parler. » Je traversai la maison et sortis dans la cour. Les paysans étaient assis sur un char à banc, tiré par un cheval de trait plutôt étique qui broutait les brins d'herbe dépassant de la neige. À ma vue ils se découvrirent et sautèrent à terre. L'un d'eux, un homme rougeaud, aux cheveux gris mais à la moustache encore noire, s'avança et s'inclina légèrement devant moi. « Bonjour, Herr Obersturmbannführer. Käthe nous a dit que vous êtes le frère de Madame ? » Son ton était poli, mais il hésitait, cherchait ses mots. « C'est exact », dis-je. — « Savez-vous où sont le Freiherr et Madame ? Savez-vous ce qu'ils prévoient ? » — « Non. Je pensais les trouver ici. Je ne sais pas où ils sont. En Suisse, sans doute. » — « C'est qu'il va bientôt falloir partir, Herr Obersturmbannführer. Il ne faut plus attendre longtemps. Les Rouges attaquent Stargard, ils ont encerclé Arnswalde. Les gens s'inquiètent. Le Kreisleiter dit qu'ils n'arriveront jamais jusqu'ici, mais on ne le croit pas. » Il était gêné, il faisait tourner son chapeau dans ses mains. « Herr Busse, dis-je, je comprends votre souci. Vous devez songer à vos familles. Si vous pensez devoir partir, partez. Personne ne vous retient. » Son visage s'éclaira un peu. « Merci, Herr Obersturmbannführer. C'est qu'on se faisait du souci, vu que la maison était vide. » Il hésita. « Si vous voulez, je peux vous donner un chariot et un cheval. On vous aidera, si vous voulez charger des meubles. On prendra ça avec nous, on le mettra en sûreté. » — « Merci, Herr Busse. J'y songerai. J'enverrai Käthe vous chercher, si je décide quelque chose. »

Les hommes remontèrent et le chariot s'éloigna lentement par l'allée de bouleaux. Les paroles de Busse ne faisaient aucun effet sur moi, je n'arrivais pas à penser à l'arrivée des Russes comme à une chose concrète, proche. Je restais là, je m'étais appuyé au chambranle de la grande porte et je fumais une cigarette en regardant le chariot disparaître au fond de la drève. Plus tard dans l'après-midi, deux autres hommes se présentèrent. Ils portaient des vestes bleues de toile grossière, de grosses bottes cloutées, et tenaient à la main des casquettes ; je compris tout de suite qu'il s'agissait des deux Français du STO dont m'avait parlé Käthe, qui effectuaient des travaux agricoles ou d'entretien pour von Üxküll. Avec Käthe, c'était le seul personnel qui restait encore : tous les hommes avaient été appelés, le jardinier était à la *Volkssturm*, la femme de chambre était partie rejoindre ses parents, évacués au Mecklembourg. Je ne savais pas où logeaient ces deux-là, peut-être chez Busse. Je m'adressai à eux directement en français. L'aîné, Henri, était un paysan trapu mais râblé d'une quarantaine d'années, originaire du Lubéron, il connaissait Antibes ; l'autre venait sans doute d'une ville de province, et paraissait encore jeune. Eux aussi s'inquiétaient, ils étaient venus dire qu'ils voulaient partir, si tout le monde partait. « Vous comprenez, monsieur l'officier, les bolcheviques, on les aime pas plus que vous. C'est des sauvages, on sait pas ce qu'on peut attendre d'eux. » — « Si Herr Busse part, dis-je, vous pourrez partir avec lui. Je ne vous retiens pas. » Leur soulagement était palpable. « Merci, monsieur l'officier. Nos respects à monsieur le baron et à Madame, quand vous les verrez. »

Quand je les verrai ? Cette idée me semblait presque comique ; en même temps, j'étais tout à fait incapable d'accepter la pensée que peut-être je ne verrais plus jamais ma sœur : c'était proprement *impensable*. Le soir, j'avais renvoyé Käthe de bonne heure et fait moi-même le service, je dînais pour la troisième fois seul dans cette grande salle éclairée aux chandelles, avec solennité, et en mangeant et en buvant je fus envahi par une fantasmagorie saisissante, la vision démente d'une parfaite autarcie coprophagique. Je me figurais enfermé seul dans ce manoir avec Una, isolé du monde, à tout jamais. Chaque soir, nous mettions nos meilleurs habits, costume et chemise en soie pour moi, belle robe moulante et fendue dans le dos pour elle, rehaussée de lourds bijoux d'argent presque barbares, et nous nous asseyions pour un dîner élégant, à cette table couverte d'une nappe en dentelle et dressée avec des gobelets en cristal, de l'argenterie frappée à nos armes, des assiettes en porcelaine de Sèvres, des chandeliers en argent massif, hérissés de longs cierges blancs ; dans les verres, nos propres urines, sur les assiettes de beaux étrons pâles et fermes, que nous mangions tranquillement avec une petite cuiller en argent. Nous nous essuyions les lèvres avec des serviettes monogrammées en batiste, nous buvions, et, lorsque nous avions fini, nous allions nous-mêmes à la cuisine laver les couverts. Ainsi, nous nous suffisions à nous-mêmes, sans pertes et sans traces, proprement. Cette vision aberrante m'emplit pour le reste du repas d'une angoisse sordide. Après je montai dans la chambre d'Una boire du cognac et fumer. La bouteille était presque vide. Je regardais le secrétaire, de nouveau fermé, mon sentiment mauvais ne me quittait pas, je ne savais pas quoi faire mais je ne voulais surtout pas ouvrir le secrétaire. J'ouvris l'armoire et inspectai les robes de ma sœur, inspirant profondément pour m'imprégner de l'odeur qu'elles dégageaient. J'en choisis une, une belle robe de soirée en tissu fin, noir et gris avec des fils d'argent ; planté devant le haut miroir, je tins la robe drapée sur mon corps, et esquissai avec un grand sérieux quelques gestes féminins. Mais je pris tout de suite peur et rangeai la robe, plein de dégoût et de honte : à quoi donc est-ce que je jouais là ? Mon corps n'était pas le sien et ne le serait jamais. En même temps, je ne pouvais pas me retenir, il m'aurait fallu tout de suite quitter la maison, mais je ne pouvais pas quitter la maison. Alors je me rassis sur le divan et achevai la bouteille de cognac, me forçant à penser aux bribes de lettres que j'avais lues, à ces énigmes sans fin et sans solution, le départ de mon père, la mort de ma mère. Je me levai, allai chercher les lettres, et me réinstallai pour en lire encore quelques-unes. Ma sœur essayait de me poser des questions, elle me demandait comment j'avais pu dormir pendant que l'on tuait notre mère, ce que j'avais éprouvé en voyant son corps, de quoi nous avions discuté la veille. Je ne pouvais répondre à presque aucune de ces questions. Dans une lettre, elle me parlait de la visite de Clemens et Weser : intuitivement, elle leur avait menti, elle n'avait pas dit que j'avais vu les corps, mais elle voulait savoir pourquoi j'avais menti, moi, et de quoi je me souvenais au juste. De quoi je me souvenais ? Je ne savais même plus ce qu'était un souvenir. Enfant, un jour, j'ai escaladé, et aujourd'hui encore, alors que j'écris, je me vois très nettement escaladant les marches grises d'un grand mausolée ou d'un monument perdu dans une forêt. Les feuilles étaient rouges, ce devait être la fin de l'automne, je ne voyais pas le ciel à travers les arbres. Une épaisse couche de feuilles mortes, rouges, orange, brunes, or, recouvrait les marches, je m'y enfonçais jusqu'aux cuisses, et les marches étaient si hautes que j'étais obligé de me servir de mes mains pour me hisser à la suivante. Dans mon souvenir, toute cette scène est empreinte d'un sentiment accablant, les couleurs brûlées des feuilles me pesaient, et je me frayais un chemin sur ces gradins pour géants à travers cette masse sèche et friable, j'avais peur, je pensais que j'allais m'y enfoncer et disparaître. Pendant des années, j'ai cru que cette image était le souvenir d'un rêve, une image de rêve d'enfance qui m'était restée. Mais un jour, à Kiel, lorsque j'y retournai pour mes études, je suis tombé par hasard sur cette ziggourat, un petit monument aux morts en granite, je l'ai contourné, les marches n'étaient pas plus hautes que d'autres, c'était cet endroit-là, cet endroit existait. Bien entendu, je devais être tout petit lorsque j'y étais allé, c'est pour ça que les marches me semblaient si hautes, mais ce n'est pas cela qui m'a bouleversé, c'était de voir ainsi, après tant d'années, se présenter dans la réalité, comme une chose concrète et matérielle, quelque chose que j'avais toujours situé dans le monde du rêve. Et pour tout ce dont avait essayé de me parler Una, dans ces lettres inachevées qu'elle ne m'avait jamais envoyées, il en était de même. Ces pensées sans fin étaient hérissées d'angles, je m'y lacérais sauvagement, les couloirs de cette maison froide et oppressante ruisselaient de la charpie sanglante de mes sentiments, il aurait fallu qu'une jeune et saine femme de chambre vienne tout rincer à grande eau, mais il n'y avait plus de femme de chambre. Je rangeai les lettres dans le secrétaire et, laissant là la bouteille et le verre vides, passai dans la chambre voisine pour me coucher. Mais dès que je m'allongeai des pensées obscènes, perverses, recommencèrent à affluer. Je me relevai et à la lumière tremblotante d'une bougie contemplai mon corps nu dans la glace de l'armoire. Je touchai mon ventre plat, ma verge raidie, mes fesses. Du bout des doigts je caressai les poils de ma nuque. Puis je soufflai la bougie et m'étendis à nouveau. Mais ces pensées refusaient de partir, elles sortaient des angles de la chambre comme des chiens furieux et se ruaient sur moi pour me mordre et m'enflammer le corps, Una et moi échangions nos vêtements, nu, à part des bas, j'enfilais sa longue robe tandis qu'elle se sanglait dans mon uniforme et remontait ses cheveux qu'elle fixait sous ma casquette, puis elle m'asseyait devant sa coiffeuse et me maquillait soigneusement, peignant mes cheveux en arrière, appliquant du rouge à lèvres sur ma bouche, du rimmel sur mes cils, de la poudre sur mes joues, elle me déposait des gouttes de parfum sur le cou et me laquait les ongles, et quand c'était fini nous échangions aussi brutalement nos rôles, elle se munissait d'un phallus en ébène sculpté et me prenait comme un homme, devant son grand miroir qui reflétait impassiblement nos corps entrelacés comme des serpents, elle avait enduit le phallus de cold-cream et l'odeur âcre me mordait au nez tandis qu'elle se servait de moi comme d'une femme, jusqu'à ce que toute distinction s'efface et que je lui dise : « Je suis ta sœur et tu es mon frère », et elle : « Tu es ma sœur et je suis ton frère. »

Ces images affolantes, des jours durant, continuaient à me mordiller comme des chiots surexcités. J'étais en relation avec ces pensées comme le sont deux aimants dont une force mystérieuse inverserait constamment les polarités : si nous nous attirions, elles changeaient pour que nous nous repoussions ; mais à peine ce mouvement esquissé cela changeait de nouveau, nous nous attirions encore une fois, et tout cela très rapidement, ce qui faisait que nous oscillions l'un par rapport à l'autre, ces pensées et moi, à une distance presque constante, aussi incapables de nous rapprocher que de nous éloigner. Dehors, la neige fondait, les sols devenaient boueux. Käthe vint un jour me dire qu'elle partait; officiellement, l'évacuation restait interdite, mais elle avait une cousine en Basse-Saxe, elle allait habiter chez elle. Busse revint aussi renouveler son offre : il venait d'être incorporé à la *Volkssturm*, mais voulait envoyer sa famille ailleurs, avant qu'il ne soit trop tard. Il me demanda de revoir ses comptes avec lui, au nom de von Üxküll, mais je refusai et le congédiai, lui demandant d'emmener les deux Français avec sa famille. Lorsque j'allais marcher du côté de la route, je voyais très peu de circulation; mais dans Alt Draheim, les gens prudents se préparaient discrètement au départ; ils vidaient leurs réserves, et me vendirent à bon marché des stocks de provisions. La campagne était calme, à peine entendait-on de temps à autre un avion, haut dans le ciel. Or un jour, alors que je me trouvais à l'étage, une voiture s'engagea dans l'allée. Je la regardai venir par une fenêtre, caché derrière un rideau; lorsqu'elle se fut rapprochée, je reconnus une plaque de la Kripo. Je courus à ma chambre, tirai mon arme de service de l'étui rangé dans mon sac, et sans plus réfléchir filai par l'escalier de service et la porte de la cuisine me réfugier dans les bois au-delà de la terrasse. Mon pistolet serré nerveusement dans mon poing, je contournai un peu le jardin, bien en retrait derrière la ligne des arbres, puis me rapprochai à l'abri d'un fourré pour observer la façade de la maison. Je vis ainsi une silhouette sortir par la porte vitrée du salon et traverser la terrasse pour se poster à la balustrade et observer le jardin, les mains dans les poches de son manteau. « Aue ! », il appela par deux fois, « Aue ! ». C'était Weser, je le reconnaissais bien. La haute silhouette de Clemens se dessinait dans l'embrasure de la porte. Weser aboya mon nom une troisième fois, d'un ton sans appel, puis fit demi-tour et entra dans la maison, précédé de Clemens. J'attendis. Au bout d'un long moment, je vis leurs ombres s'affairer derrière les croisées de la chambre de ma sœur. Une rage démente s'empara de moi et m'empourpra le visage tandis que j'armais le pistolet, sur le point de courir dans la maison abattre sans pitié ces deux dogues malfaisants. Je me contins avec difficulté et restai là, les doigts blancs à force de se crisper sur la crosse du pistolet, tremblant. Enfin j'entendis un bruit de moteur. J'attendis encore un peu puis rentrai, demeurant aux aguets pour le cas où ils m'auraient tendu un piège. La voiture était partie, la maison était vide. Dans ma chambre, rien ne paraissait avoir été touché ; dans la chambre d'Una, le secrétaire était encore fermé, mais à l'intérieur, les brouillons des lettres avaient disparu. Accablé, je m'assis sur une chaise, le pistolet posé sur mon genou, oublié. Que cherchaient donc ces bêtes enragées, obstinées, sourdes à toute raison ? J'essayai de penser à ce que contenaient les lettres, mais je n'arrivais pas à mettre de l'ordre dans mes pensées. Je savais qu'elles fournissaient une preuve de ma présence à Antibes au moment du meurtre. Mais cela n'avait plus aucune importance. Et les jumeaux ? Est-ce que ces lettres parlaient des jumeaux ? Je fis un effort pour me le rappeler, il me semblait que non, qu'elles ne disaient rien des jumeaux, alors que de toute évidence c'était la seule chose qui importait à ma sœur, bien plus que le sort de notre mère. Qu'étaient-ils pour elle, ces deux mômes ? Je me levai, posai le pistolet sur la tablette, et me mis en devoir de fouiller de nouveau le secrétaire, lentement et méthodiquement cette fois, comme avaient dû le faire Clemens et Weser. Et alors je trouvai, dans un petit tiroir que je n'avais pas encore remarqué, une photographie des deux petits les montrant nus et souriants, le dos à la mer, sans doute près d'Antibes. Oui, me dis-je en détaillant cette image, en effet c'est possible, ce doivent être les siens. Mais qui alors était le père ? Certainement pas von Üxküll. J'essayai de concevoir ma sœur enceinte, tenant son ventre gonflé à deux mains, ma sœur accouchant, écartelée, hurlant, c'était impossible. Non, si c'était bien ça on avait dû l'ouvrir, les sortir par le ventre, ce n'était pas possible autrement. Je pensai à sa peur devant cette chose qui enflait en elle. « J'ai toujours eu peur », m'avait-elle dit un jour, il y a bien long-temps. Où était-ce ? Je ne sais plus. Elle m'avait parlé de la peur per-manente des femmes, cette vieille amie qui vit avec elles, tout le temps. La peur quand on saigne tous les mois, la peur de recevoir quelque chose à l'intérieur de soi, d'être pénétrée par les parties des hommes qui sont souvent égoïstes et brutaux, la peur de la gravité qui tire la chair, les seins vers le bas. Il devait en être de même pour la peur d'être enceinte. Ça pousse, ça pousse dans le ventre, un corps étranger à l'inté-rieur de soi, qui s'agite et pompe toutes les forces du corps, et l'on sait que ça doit sortir, même si ça vous tue ça doit sortir, quelle horreur. Même avec tous les hommes que j'avais connus je ne pouvais pas m'approcher de cela, je ne pouvais rien comprendre à cette peur insen-sée des femmes. Et une fois les enfants nés, ce devait être pire encore, parce qu'alors commence la peur constante, la terreur qui vous hante jour et nuit, et qui ne finit qu'avec soi, ou avec eux. Je voyais l'image de ces mères qui serraient leurs enfants tandis qu'on les fusillait, je voyais ces Juives hongroises assises sur leurs valises, des femmes enceintes et des filles qui attendaient le train et le gaz au bout du voyage, ce devait être cela que j'avais vu chez elles, cela dont je n'avais jamais pu me défaire et que je n'avais jamais su exprimer, cette peur, non pas leur peur ouverte et explicite des gendarmes et des Allemands, de nous, mais la peur muette qui vivait en elles, dans la fragilité de leurs corps et de leurs sexes blottis entre leurs jambes, cette fragilité que nous allions détruire sans jamais la voir.

Il faisait presque doux. J'avais sorti une chaise sur la terrasse, je restais là des heures, à lire ou à écouter la neige fondre dans le jardin en pente, à regarder les buissons taillés réapparaître, imposer de nouveau leur présence. Je lisais Flaubert et aussi, lorsque je me lassais momentanément du *grand trottoir roulant* de sa prose, des vers traduits de l'ancien français qui parfois me faisaient rire tout haut de surprise : *J'ai une amie, ne sais qui c'est, / Jamais ne la vis, par ma foi.* J'avais le joyeux sentiment de me trouver sur une île déserte, coupée du monde ; si, comme dans les contes de fées, j'avais pu entourer le domaine d'une barrière d'invisibilité, je serais resté là toujours à attendre le retour de ma sœur, presque heureux, tandis que trolls et bolcheviques submergeaient les terres à l'entour. Car comme les princes-poètes du bas Moyen Âge, la pensée de l'amour d'une femme cloîtrée dans un lointain château (ou un sanatorium helvète) me contentait pleinement. Avec une gaieté sereine, je me la représentais assise comme moi à une terrasse, face à de hautes montagnes plutôt qu'à une forêt, seule aussi (que son mari suive sa cure), et lisant des livres semblables à ceux que je lisais, raflés dans sa bibliothèque. L'air frais des hauteurs devait lui mordre la bouche, peut-être s'était-elle enveloppée, pour lire, dans une couverture, mais en dessous son corps demeurait, avec sa lourdeur et sa présence. Enfants, nos corps grêles se ruaient l'un sur l'autre, s'entrechoquaient avec fureur, mais c'étaient comme deux cages de peau et d'os, qui empêchaient nos sentiments de se toucher à nu. Nous n'avions pas encore saisi à quel point l'amour vit dans les corps, se niche dans leurs replis les plus secrets, dans leurs fatigues et leur pesanteur aussi. Je me figurais avec précision le corps d'Una lisant, s'ajustant à la chaise, je devinais la courbure de sa colonne vertébrale, de sa nuque, le poids de sa jambe croisée sur l'autre, le son presque inaudible de sa respiration, et l'idée même de sa sueur sous ses aisselles me ravissait, me soulevait dans un transport qui abolissait ma propre chair et faisait de moi cette pure perception, tendue à se rompre. Mais de tels moments ne pouvaient durer : l'eau dégouttait lentement des arbres et là-bas, en Suisse, elle se levait en repoussant sa couverture et regagnait les salles communes, me laissant avec mes chimères, mes sombres chimères qui, tandis qu'à mon tour je rentrais dans sa maison, en épousaient l'architecture, se déployaient selon la disposition des pièces que j'habitais, évitais, ou, tout comme sa chambre, désirais éviter mais sans y parvenir. J'avais enfin poussé la porte de sa salle de bains. C'était une grande pièce de femme, avec une longue baignoire en porcelaine, un bidet, une cuvette au fond. Je tripotai les flacons de parfum, me contemplai amèrement dans la glace au-dessus du lavabo. Comme dans sa chambre, il ne régnait dans cette salle de bains presque aucune odeur, j'avais beau inspirer profondément, c'était en vain, elle était partie depuis trop longtemps, et Käthe avait bien fait le ménage. Si je posais le nez sur les savons parfumés, ou bien ouvrais les flacons d'eau de toilette, alors je sentais des odeurs magnifiques, profondément féminines, mais ce n'étaient pas les siennes, même ses draps n'avaient aucune odeur, j'étais sorti de la salle de bains et j'avais retourné le lit pour le flairer en vain, Käthe avait mis des draps propres, blancs, rêches, frais, même ses culottes ne sentaient rien, les quelques culottes en dentelle noire qui traînaient dans ses tiroirs, soigneusement lavées, et c'est uniquement la tête enfouie dans les robes du placard que je percevais quelque chose, une odeur lointaine, indéfinissable, mais qui me faisait gonfler les tempes et battre sourdement le sang aux oreilles. Le soir, à la lumière d'un bougeoir (l'électricité était coupée depuis quelques jours), je fis chauffer deux grands seaux d'eau sur le fourneau et montai les déverser dans la baignoire de ma sœur. L'eau bouillonnait, je dus prendre des gants pour tenir les poignées brûlantes ; j'ajoutai quelques baquets d'eau froide, trempant ma main pour vérifier la température, et y versai des flocons de mousse odorante. Je buvais maintenant une eau-de-vie de prune locale, dont j'avais trouvé une grosse dame-jeanne à la cuisine, et j'en avais aussi monté un flacon, avec un verre et un cendrier, que je disposai sur un petit plateau en argent en travers du bidet. Avant de pénétrer dans l'eau je baissai les yeux sur mon corps, ma peau blême qui prenait une teinte doucement dorée à la lumière des bougies fichées dans un candélabre au pied du bain. Ce corps ne me plaisait pas beaucoup, et pourtant, comment pouvais-je ne pas l'adorer ? J'entrai dans l'eau en songeant à l'aspect crémeux de la peau de ma sœur, seule et nue dans une salle de bains carrelée de Suisse, aux grosses veines bleues qui serpentaient sous cette peau. Je n'avais pas vu son corps nu depuis l'enfance, à Zurich, pris de peur, j'avais éteint, mais je pouvais me le représenter dans ses moindres détails, les seins lourds, mûrs, fermes, les hanches solides, le beau ventre rond qui se perdait dans un triangle noir et dense de boucles, barré peut-être par une grosse cicatrice verticale, du nombril au pubis. Je bus un peu d'eau-de-vie et me laissai aller à l'étreinte de l'eau chaude, ma tête posée sur la tablette près du bougeoir, mon menton dépassant à peine de l'épaisse couche de mousse, comme devait y flotter le visage serein de ma sœur, ses longs cheveux remontés en un lourd chignon traversé par une aiguille en argent. La pensée de ce corps étendu dans l'eau, les jambes légèrement écartées, me rappelait la conception de Rhésos. Sa mère, une des Muses, je ne me souviens plus laquelle, Calliope peut-être, était encore vierge et elle se rendait à une joute musicale pour répondre au défi de Thamyris ; pour y arriver, elle dut passer le Strymon qui glissa ses remous frais en elle, entre ses cuisses, et c'est ainsi qu'elle conçut. Ma sœur, me disais-je avec aigreur, a-t-elle de même conçu ses jumeaux, dans l'eau mousseuse de son bain ? Elle avait dû connaître des hommes, après moi, beaucoup d'hommes ; puisqu'elle m'avait ainsi trahi, j'espérais que c'était avec beaucoup d'hommes, une armée, et qu'elle trompait chaque jour son mari impuissant avec tout ce qui passait. Je l'imaginais faisant monter un homme dans cette salle de bains, un garçon de ferme, le jardinier, un laitier, un des Français du STO. Tout le monde dans le coin devait être au courant, mais personne ne disait rien, par respect pour von Üxküll. Et von Üxküll, lui, s'en moquait, il restait tapi comme une araignée dans ses appartements, à rêver de sa musique abstraite, qui l'emportait loin de son corps brisé. Et ma sœur aussi se moquait de ce que pensaient et disaient ses voisins, du moment qu'ils continuaient à monter. Elle leur demandait de porter l'eau, de l'aider à défaire sa robe ; et eux, ils étaient maladroits, ils devenaient tout rouges, leurs gros doigts durcis par le travail s'embrouillaient, elle devait les aider. La plupart bandaient déjà en entrant, ça se voyait à travers leur pantalon ; ils ne savaient pas quoi faire, elle devait tout leur dire. Ils lui frottaient le dos, les seins, et après, elle les baisait dans sa chambre. Ils sentaient la terre, la crasse, la sueur, le tabac bon marché, elle devait aimer ça, follement. Leurs queues, quand elle les décalottait pour les sucer, puaient l'urine. Et quand c'était fini elle les renvoyait, aimablement mais sans sourire. Elle ne se lavait pas, elle dormait dans leur odeur, comme une enfant. Ainsi sa vie, lorsque je n'étais pas là, valait la mienne, tous deux, l'un sans l'autre, ne savions que nous vautrer dans nos corps, leurs possibilités infinies mais en même temps si restreintes. Le bain refroidissait lentement, mais je ne sortais pas, je me réchauffais au feu mauvais de ces pensées, je trouvais un confort insensé à ces rêveries, même les plus sordides, je cherchais un refuge dans mes rêves comme un gamin sous sa couverture, car si cruels et corrompus fussent-ils, c'était toujours mieux que l'insupportable amertume du dehors. Enfin je sortis du bain. Sans même me sécher j'avalai un verre d'eau-de-vie, puis je m'enroulai dans une des grandes serviettes-éponges rangées là. J'allumai une cigarette et, sans prendre la peine de m'habiller, allai fumer à une des fenêtres donnant sur la cour : tout à fait au fond, une ligne pâle bordait le ciel, virant lentement du rose au blanc au gris puis à un bleu sombre qui se fondait dans le ciel nocturne. La cigarette achevée, j'allai boire encore un verre puis me couchai dans le grand lit à baldaquin, ramenant sur moi les draps amidonnés et les lourdes couvertures. J'étendis mes membres, me retournai sur le ventre, la tête enfoncée dans le coussin moelleux, couché comme elle s'était couchée là, après son bain, tant d'années durant. Je le voyais bien, toutes ces choses agitées et contradictoires montaient en moi comme une eau noire, ou comme un bruit strident qui menaçait de recouvrir tous les autres sons, la raison, la prudence, le désir réfléchi même. Je me passai la main entre les cuisses, et je me dis : Si je lui passais la main ainsi, à elle, elle n'y tiendrait plus, mais en même temps cette pensée me révoltait, je ne voulais pas qu'elle me prenne comme elle aurait pris un garçon de ferme, pour s'assouvir, je voulais qu'elle me désire, librement comme je la désirais, je voulais qu'elle m'aime comme je l'aimais. Enfin je coulai dans le sommeil et des rêves féroces, disloqués, dont il ne me reste rien que la trace sombre de cette phrase, prononcée par la voix sereine d'Una : « Tu es un homme très lourd à porter pour les femmes. »

J'arrivais insensiblement à la limite de mes capacités à contenir les flux déroutants, les poussées incompatibles qui m'envahissaient. Je rôdais sans but dans la maison, je venais une heure durant caresser du bout des doigts les ornements en bois poli qui décoraient les portes des appartements de von Üxküll, je descendais à la cave avec une bougie pour m'allonger à même le sol de terre battue, moite et froid, je humais avec délice les odeurs obscures, renfermées, archaïques, de ce souterrain, j'allais inspecter avec une minutie presque policière les deux chambres ascétiques du personnel de maison et leurs cabinets, des toilettes à la turque aux marchepieds crénelés soigneusement polis, bien espacés pour laisser toute la place au déversement des entrailles de ces femmes que j'imaginais fortes, blanches et bien charpentées, comme Käthe. Je ne pensais plus du tout au passé, je n'étais plus du tout maintenant tenté de me retourner pour regarder Eurydice, je gardais les yeux fixement devant moi sur ce présent inacceptable qui se dilatait sans fin, sur les innombrables objets qui le meublaient, et je savais, avec une confiance sans faille, qu'elle, elle me suivait pas à pas, comme mon ombre. Et quand j'ouvrais ses tiroirs pour fouiller son linge, ses mains passaient délicatement sous les miennes, dépliaient, caressaient ces sous-vêtements somptueux, en dentelle noire très fine, et je n'avais pas besoin de me retourner pour la voir assise sur le divan dérouler un bas en soie, orné à mi-cuisse d'une large bande de dentelle, sur cette étendue lisse et charnue de peau blanche légèrement creusée entre les tendons, ou bien retourner ses mains dans son dos pour accrocher le fermoir de son soutien-gorge, dans lequel elle ajustait d'un geste rapide ses seins, un par un. Elle aurait accompli devant moi ces gestes, les gestes de tous les jours, sans pudeur, sans fausse honte, sans exhibitionnisme, précisément comme elle devait les accomplir seule, non pas machinalement mais avec attention, en y prenant un large plaisir, et si elle portait des sous-vêtements en dentelle, ce n'était pas pour son mari, ni pour ses amants d'un soir, ni pour moi, mais pour elle-même, pour son propre plaisir, celui de sentir cette dentelle et cette soie sur sa peau, de contempler sa beauté ainsi parée dans son grand miroir, de se regarder exactement comme je me regarde, ou voulais pouvoir me regarder : non pas avec un regard narcissique, ni avec un regard critique, qui fouille les défauts, mais avec un regard qui cherche désespérément à saisir l'insaisissable réalité de ce qu'il voit — un regard de peintre, si vous voulez, mais je ne suis pas peintre, pas plus que musicien. Et si, en réalité, elle s'était tenue ainsi devant moi, presque nue, je l'aurais regardée avec un regard semblable, dont le désir n'aurait fait qu'aiguiser la lucidité, j'aurais regardé le grain de sa peau, la trame des pores, les petits points bruns des grains de beauté semés au hasard, constellations encore à baptiser, les épaisses coulées des veines qui lui entouraient le coude, remontaient en longues branches l'avant-bras, puis passaient gonfler le dos du poignet et de la main avant de finir, canalisées entre les articulations, par disparaître dans les doigts, exactement comme dans mes propres bras d'homme. Nos corps sont identiques, je voulais lui expliquer : les hommes ne sont-ils pas des vestiges de femme ? Car tout fœtus débute femelle avant de se différencier, et les corps des hommes en gardent à jamais la trace, les pointes inutiles de seins qui n'ont pas poussé, la ligne qui divise le scrotum et remonte le périnée jusqu'à l'anus en traçant l'endroit où la vulve s'est refermée pour contenir des ovaires qui, descendus, se sont mués en testicules, tandis que le clitoris poussait démesurément. Il ne me manquait en réalité qu'une chose pour être une femme comme elle, une vraie femme, le *e* muet en français des terminaisons féminines, la possibilité inouïe de dire et d'écrire : « Je suis nu*e*, je suis aimé*e*, je suis désiré*e*. » C'est ce *e* qui rend les femmes si terriblement femelles, et je souffrais démesurément d'en être dépossédé, c'était pour moi une perte sèche, encore moins compensable que celle du vagin que j'avais laissé aux portes de l'existence.

De temps à autre, lorsque ces tempêtes intérieures se calmaient un peu, je reprenais mon livre, je me laissais emporter avec tranquillité par les pages de Flaubert, face à la forêt et au ciel bas et gris. Mais, inévitablement, j'en venais à oublier le livre sur mes genoux, tandis que le sang rosissait mon visage. Alors pour gagner du temps je reprenais un des vieux poètes français, dont la condition ne devait pas tant différer de la mienne : *Ne sais quand je suis endormi / Ni quand veille, si l'on ne me le dit.* Ma sœur possédait une vieille édition du *Tristan* de Thomas, que je feuilletai aussi jusqu'au moment où je vis avec une terreur presque aussi aiguë que celle du cauchemar qu'elle avait marqué au crayon les vers suivants :

> *Quand fait que faire ne désire*
> *Pur sun buen qu'il ne peut aveir*
> *Encontre desir fait voleir.*

Et c'était encore une fois comme si sa longue main fantomatique était venue se glisser sous mon bras, depuis son exil helvète ou bien juste derrière moi, pour poser doucement devant mes yeux un doigt sous ces mots, cette sentence sans appel que je ne pouvais accepter, que je refusais avec tout le misérable acharnement dont j'étais encore capable.

Lentement ainsi je basculai en un long *stretto* sans fin, où chaque réponse venait avant que la question ne soit achevée, mais en *cancrizan*, à l'écrevisse. Des derniers jours passés dans cette maison, il ne me reste que des bribes d'images sans suite ni sens, confuses mais animées aussi de la logique implacable du rêve, la parole même ou plutôt le coassement maladroit du désir. Je dormais maintenant chaque nuit dans son lit sans odeur, m'étendant sur le ventre de tous mes membres, ou alors me roulant en boule, sur le flanc, la tête vide de toute pensée. Il ne restait plus rien dans ce lit qui la rappelât, même pas un cheveu, j'avais défait les draps pour examiner le matelas, espérant trouver au moins une tache de sang, mais le matelas était aussi propre que les draps. Alors j'entreprenais de le souiller moi-même, accroupi et les jambes bien

écartées, le corps fantomatique de ma sœur ouvert sous moi, la tête tournée légèrement de côté et les cheveux rabattus pour révéler sa petite
oreille ronde et fine que j'aimais tant, puis je m'affalais dans mes glaires
et m'endormais subitement ainsi, le ventre encore poisseux. Je voulais
posséder ce lit, mais c'était lui qui me possédait, ne me lâchait plus.
Toutes sortes de chimères venaient se lover dans mon sommeil,
j'essayais de les en chasser, car je ne voulais y voir que ma sœur, mais
elles étaient têtues, elles revenaient par là où je m'y attendais le moins,
comme les petites sauvageonnes impudiques de Stalingrad, j'ouvrais les
yeux et l'une d'entre elles s'était glissée tout contre moi, elle me tournait
le dos et poussait ses fesses contre mon ventre, ma verge entrait par ce
côté-là et elle restait ainsi, remuant très lentement, et puis après elle me
gardait dans son cul, on s'endormait ainsi, imbriqués l'un dans l'autre. Et
lorsqu'on se réveillait elle glissait sa main entre ses cuisses et me raclait
les bourses, presque douloureusement, et de nouveau je durcissais en
elle, une main sur l'os de sa hanche tendue, et je la renversais sur le
ventre et recommençais, tandis qu'elle crispait ses petits poings dans les
draps et remuait sans un son. Elle ne me laissait jamais libre. Mais alors
venait en moi un autre sentiment, inattendu, un sentiment comme de
douceur et de désarroi. Oui, c'est ça, ça me revient maintenant, elle était
blonde, pleine de douceur et de désarroi. Je ne sais pas jusqu'où les
choses sont allées entre nous. L'autre image, celle de la fille qui dort
avec la pine de son amant dans le cul, ne la concerne pas. Ce n'était pas
Hélène, cela est certain, car j'ai cette pensée confuse que son père était
un policier, un haut responsable qui n'approuvait pas le choix de sa fille
et me considérait avec hostilité, et puis aussi avec Hélène ma main
n'était jamais allée plus loin que son genou, ce qui n'était peut-être pas
le cas ici. Cette fille blonde aussi prenait de la place dans le grand lit, une
place qui ne lui revenait pas. Cela me causait bien du souci. Mais enfin je
parvenais à les repousser toutes, de vive force, au moins contre les montants torsadés du baldaquin, et à ramener par la main ma sœur et à la
coucher au centre du lit, je m'étalais sur elle de tout mon poids, mon
ventre nu tout contre la cicatrice qui barrait le sien, je me frappais contre
elle, en vain et avec une rage croissante, et enfin il y avait une grande
ouverture, comme si mon corps à son tour était fendu par la lame d'un
chirurgien, mes boyaux se déversaient sur elle, la porte des enfants
s'ouvrait d'elle-même sous moi et tout rentrait par là, j'étais couché sur
elle comme on se couche dans la neige, mais j'étais encore vêtu, j'ôtais
ma peau, abandonnais mes os nus à l'étreinte de cette neige blanche et
froide qu'était son corps, et il se refermait sur moi.

Un éclat de lumière du soleil couchant passait sous les nuages et venait frapper le mur de la chambre, le secrétaire, le flanc de l'armoire, le pied du lit. Je me levai et allai pisser, puis descendis à la cuisine. Tout était silencieux. Je coupai des morceaux d'un bon pain de campagne gris, les beurrai, y posai de grosses tranches de jambon. Je trouvai aussi des cornichons, une terrine de pâté, des œufs durs et disposai le tout sur un plateau avec des couverts, deux verres, et une bouteille de bon vin de Bourgogne, un vosne-romanée, je crois me souvenir. Je retournai dans la chambre et posai le plateau sur le lit. Je m'assis en tailleur et contemplai l'espace vide des draps devant moi, de l'autre côté du plateau. Lentement ma sœur y prenait corps, avec une solidité surprenante. Elle dormait sur le flanc, repliée sur elle-même; la pesanteur tirait ses seins et même un peu son ventre de côté, vers le bas, sa peau était tendue sur sa hanche dressée, angulaire. Ce n'était pas son corps qui dormait mais elle qui, apaisée, dormait blottie dans son corps. Un peu de sang rouge vif filtrait entre ses jambes, sans tacher le lit, et toute cette lourde humanité était comme un pieu fiché dans mes yeux, mais qui ne m'aveuglait pas, qui au contraire ouvrait mon troisième œil, cet œil pinéal greffé dans ma tête par un sniper russe. Je débouchai la bouteille, humai profondément l'odeur capiteuse, puis versai deux verres. Je bus et me mis à manger. J'avais une faim immense, je dévorai tout ce qu'il y avait là et vidai la bouteille de vin. Dehors, le jour achevait de tomber, la chambre s'obscurcissait. Je débarrassai le plateau, allumai des bougies, et apportai des cigarettes que je fumai allongé sur le dos, le cendrier posé sur mon ventre. Au-dessus de moi, j'entendais un bourdonnement frénétique. Je cherchai des yeux, sans bouger, et vis une mouche au plafond. Une araignée la quittait et filait dans une fente de la moulure. La mouche était piégée dans la toile de l'araignée, elle se débattait avec ce bourdonnement pour se dégager, en vain. À ce moment-là un souffle passa sur ma verge, un doigt fantôme, la pointe d'une langue; tout de suite, elle commença à gonfler, à se déplier. J'écartai le cendrier et imaginai son corps se glissant sur moi, se cabrant pour m'enfoncer en elle tandis que ses seins me pesaient dans les mains, ses lourds cheveux noirs formant un rideau autour de ma tête, encadrant un visage illuminé par un sourire immense, radieux, qui me disait : « Tu as été mis dans ce monde pour une seule chose, pour me baiser. » La mouche continuait à bourdonner, mais à intervalles de plus en plus espacés, cela venait d'un coup puis s'arrêtait. Je sentais entre mes mains comme la base de sa colonne, juste au-dessus des reins, sa bouche, au-dessus de moi, murmurait : « Ah, Dieu, ah, Dieu. » Après, je regardai encore la mouche. Elle restait muette et immobile, le poison l'avait enfin terrassée. J'attendais que l'araignée ressorte. Puis je dus m'endormir. Une furieuse poussée de bourdonnements me réveilla, j'ouvris les yeux et regardai. L'araignée se tenait près de la mouche qui se débattait. L'araignée hésitait, elle avançait et reculait, enfin elle retourna à sa fente. La mouche de nouveau cessa de s'agiter. J'essayai d'imaginer sa terreur silencieuse, sa peur fracturée dans ses yeux à facettes. De temps en temps, l'araignée ressortait, testait sa proie d'une patte, ajoutait quelques tours au cocon, s'en retournait ; et moi, j'observais cette agonie interminable, jusqu'au moment où l'araignée, des heures plus tard, traîna enfin la mouche morte ou terrassée dans la moulure pour la consommer, paisiblement.

Le jour venu, toujours nu, je chaussai des souliers pour ne pas me salir les pieds et allai explorer cette grande maison froide et obscure. Elle se déployait autour de mon corps électrisé, à la peau blanche et hérissée par le froid, aussi sensible sur toute sa surface que ma verge raidie ou mon anus qui picotait. C'était une invitation aux pires débordements, aux jeux les plus insanes et les plus transgressifs, et puisque le corps tendre et chaud que je désirais se refusait à moi, alors je me servais de sa maison comme je me serais servi de lui, je faisais l'amour à sa maison. J'entrais partout, je me couchais dans les lits, m'étendais sur les tables ou les tapis, je me frottais le derrière contre le coin des meubles, me branlais dans les fauteuils ou dans les armoires closes, au milieu de vêtements sentant la poussière et la naphtaline. J'entrai même ainsi chez von Üxküll, avec un sentiment de triomphe enfantin d'abord, puis d'humiliation. Et l'humiliation d'une manière ou d'une autre ne me lâchait pas, le sentiment de la folle vanité de mes gestes, mais cette humiliation et cette vanité aussi se mettaient à mon service, et j'en profitais avec une joie mauvaise, sans bornes.

Ces pensées disloquées, cet épuisement frénétique des possibilités avaient pris la place du temps. Les levers, les couchers de soleil ne faisaient que marquer le rythme, comme la faim ou la soif ou les besoins naturels, comme le sommeil qui surgissait à n'importe quel moment pour m'engloutir, réparer mes forces, et me rendre à la misère de mon corps. Parfois je m'habillais un peu et sortais marcher. Il faisait presque chaud, les champs abandonnés au-delà de la Drage étaient devenus lourds, gras, leur terre meuble me collait aux pieds et me forçait à les contourner. Durant ces marches je ne voyais personne. Dans la forêt, un souffle de vent suffisait à me bouleverser, je baissais mon pantalon et retroussais ma chemise et me couchais à même la terre dure et froide et couverte d'aiguilles de pin qui me piquaient le derrière. Dans les bois touffus après le pont sur la Drage, je me mis entièrement nu, sauf les chaussures, que je conservai, et commençai à courir, comme quand j'étais gamin, à travers les branchages qui me griffaient la peau. Enfin je m'arrêtai contre un arbre et me retournai, les deux mains derrière moi enserrant le tronc, pour frotter lentement mon anus contre l'écorce. Mais cela ne me satisfaisait pas. Un jour, je trouvai un arbre couché de travers, renversé par une tempête, avec une branche cassée sur le haut du tronc, et avec un canif je raccourcis encore cette branche, en ôtai l'écorce et en polis le bois, arrondissant soigneusement le bout. Puis, la trempant copieusement de salive, je me plaçai à califourchon sur le tronc et, m'appuyant sur mes mains, enfonçai lentement cette branche en moi, jusqu'au bout. Cela me donnait un plaisir immense, et tout ce temps, les yeux clos, ma verge oubliée, j'imaginais ma sœur faisant la même chose, faisant devant moi comme une dryade lubrique l'amour avec les arbres de sa forêt, se servant de son vagin comme de son anus pour prendre un plaisir infiniment plus affolant que le mien. Je jouis avec de grands spasmes désordonnés, m'arrachant à la branche tachée, retombant de côté et en arrière sur une branche morte qui m'entailla profondément le dos, une douleur crue et adorable sur laquelle je restai plusieurs instants appuyé par le poids de mon corps presque évanoui. Enfin je roulai de côté, le sang coulant librement de ma plaie, des feuilles mortes et des aiguilles collées à mes doigts, je me relevai, les jambes tremblant de plaisir, je me mis à courir entre les arbres. Plus loin les bois devenaient humides, une boue fine humectait la terre, des plaques de mousse revêtaient les endroits plus secs, je glissai dans la boue et m'abattis sur le flanc, pantelant. Le cri d'une buse résonnait à travers le sous-bois. Je me relevai et descendis jusqu'à la Drage, j'ôtai mes chaussures et me plongeai dans l'eau glacée qui me bloqua les poumons pour rincer la boue et le sang qui coulait toujours, mêlé lorsque je ressortis à l'eau froide qui ruisselait sur mon dos. Une fois sec je me sentis vivifié, l'air sur ma peau était chaud et doux. J'aurais voulu couper des branches, construire une hutte que j'aurais tapissée de mousse, et y passer la nuit, nu ; mais il faisait quand même trop froid, et puis il n'y avait pas d'Yseut pour la partager avec moi, pas de Marc non plus pour nous chasser du château. Alors je cherchai à me perdre dans les bois, d'abord avec une joie enfantine, puis presque avec désespoir, car c'était impossible, je tombais toujours sur un chemin ou bien un champ, toutes les voies me menaient à des repères connus, quelle que soit la direction que je choisissais.

Du monde extérieur, je n'avais plus la moindre idée, je ne savais pas ce qui s'y passait. Il n'y avait pas de radio, personne ne venait. Distraitement, je comprenais qu'au sud, tandis que je me perdais dans la folle âcreté de mes impuissances, la vie de beaucoup de gens prenait fin, comme avaient déjà pris fin tant d'autres vies, mais cela m'était égal. Je n'aurais su dire si les Russes se trouvaient à vingt kilomètres ou à cent et je m'en moquais, plus encore, je n'y songeais même pas, cela se déroulait pour moi dans un tout autre temps que le mien, sans parler d'espace, et si ce temps venait à la rencontre de mon temps, eh bien, on verrait lequel céderait. Mais malgré mon abandon, une angoisse nue sourdait de mon corps, s'écoulait de lui, comme des gouttelettes de neige fondue viennent d'une branche frapper les branches, les aiguilles du dessous. Cette angoisse me corrodait, muettement. Comme une bête qui fouille dans ses poils pour trouver la source d'une douleur, comme un enfant, obstiné et furieux contre ses jouets rétifs, je cherchais à mettre un nom sur ma peine. Je buvais, je vidais plusieurs bouteilles de vin ou bien des verres d'eau-de-vie puis j'abandonnais mon corps au lit, ouvert à tous les vents. Un air froid et humide y circulait. Je me regardais tristement dans le miroir, contemplant mon sexe rouge et fatigué pendant au milieu des poils, je me disais qu'il avait bien changé, et que même si elle avait été là ce ne serait plus comme avant. À onze ou douze ans, nos sexes étaient minuscules, c'étaient presque nos squelettes qui se heurtaient dans la lumière du crépuscule ; maintenant, il y avait toute cette épaisseur de chair, et aussi les terribles blessures qu'elle avait subies, l'éventration sans aucun doute pour elle, et pour moi le long trou à travers mon crâne, cicatrice enroulée sur elle-même, tunnel de chairs mortes. Un vagin, un rectum est aussi un trou dans le corps, mais au-dedans les chairs sont vivantes, elles forment une surface, pour elles il n'y a pas de trou. Qu'est-ce donc qu'un trou, un vide ? C'est ce qu'il y a dans la tête quand la pensée ose chercher à se fuir, à se détacher du corps, à faire comme si le corps n'existait pas, comme si on pouvait penser sans corps, comme si la pensée la plus abstraite, celle de la loi morale au-dessus de sa tête comme un ciel étoilé, par exemple, n'épousait pas le rythme du souffle, la pulsation du sang dans les veines, le grincement des cartilages. Et c'est vrai, lorsque je jouais avec Una, dans notre enfance, et plus tard, quand j'appris à me servir à des fins précises des corps des garçons qui me voulaient, j'étais jeune, je n'avais pas encore compris la lourdeur spécifique des corps, et ce à quoi le commerce amoureux engage, voue et condamne. L'âge ne voulait rien dire pour moi, même à Zurich. Maintenant, j'avais commencé les travaux d'approche, je pressentais ce que pouvait signifier vivre dans un corps, et même un corps de femme, aux seins pesants, forcé de s'asseoir sur la cuvette ou de s'accroupir pour uriner, dont il faut ouvrir le ventre au couteau pour en retirer les enfants. J'aurais aimé disposer ce corps-là devant moi, sur le divan, les cuisses ouvertes comme les feuillets d'un livre, une étroite bande de dentelle blanche cachant la boursouflure du sexe, la naissance de l'épaisse cicatrice en haut et, sur les côtés, celle des crêtes des tendons, des creux où je convoitais de poser mes lèvres, et le fixer alors que deux doigts venaient lentement repousser le tissu : « Regarde, regarde comme c'est blanc. Songe, songe comme c'est noir dessous. » Je désirais follement voir ce sexe couché entre ces deux combes de chair blanche, gonflé, comme offert sur le plateau de ses cuisses, et passer ma langue dans la fente presque sèche, de bas en haut, délicatement, une seule fois. Je voulais aussi regarder ce beau corps pisser, penché en avant sur la cuvette, les coudes appuyés sur les genoux, et entendre l'urine fuser dans l'eau ; et je voulais encore que sa bouche se penche tandis qu'il achevait, prenne ma verge toujours molle entre les lèvres, que son nez flaire mes poils, le creux entre mes bourses et ma cuisse, la ligne de mes reins, s'enivre de mon odeur rêche et sure, cette odeur d'homme que je connais si bien. Je brûlais de coucher alors ce corps sur le lit et de lui écarter les jambes, d'enfouir mon nez dans cette vulve humide comme une truie fouillant du museau un nid de truffes noires, puis de le retourner sur le ventre, de lui écarter les fesses à deux mains pour contempler la rosace violacée de l'anus clignant doucement comme un œil, poser mon nez dessus et inhaler. Et je rêvais en dormant de pousser mon visage dans les poils frisés de son aisselle et de laisser son sein peser sur ma joue, mes deux jambes enroulées autour d'une des siennes, ma main reposant légèrement sur son épaule. Et lorsque au réveil ce corps sous moi m'aurait entièrement absorbé, elle m'aurait regardé avec un sourire flottant, aurait écarté encore les jambes et m'aurait bercé en elle sur un rythme lent et souterrain comme une vieille messe de Josquin, et nous nous serions lentement éloignés du rivage, portés par nos corps comme par une mer tiède et étale et riche en sel, et sa voix serait venue chuchoter près de mon oreille, avec clarté et distinctement : « Le Dieu m'a faite pour l'amour. »

Il recommençait à faire froid, il neigea un peu, la terrasse, la cour, le jardin étaient saupoudrés de neige. Il ne restait plus grand-chose à manger, j'avais fini le pain, je tentai d'en faire moi-même avec la farine de Käthe, je ne savais pas trop comment m'y prendre, mais dans un livre de cuisine je trouvai une recette et je fis ainsi plusieurs pains, dont j'arrachais des morceaux que j'avalais chauds dès qu'ils sortaient du four, croquant en même temps des oignons crus qui me donnaient une haleine impossible. Il n'y avait plus d'œufs ni de jambon, mais dans la cave je trouvai des caisses de petites pommes vertes de l'été précédent, un peu farineuses mais sucrées, que je croquais à longueur de journée en buvant des gorgées d'eau-de-vie. La cave à vins, elle, était inépuisable. Il restait aussi des pâtés, et je dînais de pâté, de lard grillé à la poêle avec des oignons, et des meilleurs vins de France. La nuit, il neigea de nouveau, par fortes bourrasques, le vent, venu du nord, frappait lugubrement la maison, envoyait cogner les volets mal fixés tandis que la neige battait les croisées. Mais le bois ne manquait pas, le poêle de la chambre ronflait, il faisait bon dans cette chambre où je m'étalais nu dans l'obscurité illuminée par la neige, comme si la tempête me fouettait la peau. Le lendemain il neigeait encore, le vent était tombé et la neige descendait épaisse et drue, recouvrant les arbres et la terre. Une forme dans le jardin me fit songer aux corps couchés dans la neige à Stalingrad, je les voyais nettement, leurs lèvres bleues, leur peau couleur de bronze piquée de barbe, surpris, ébahis, pantois dans la mort mais calmes, presque apaisés, le contraire même du corps de Moreau baignant dans son sang sur le tapis, du corps à la nuque tordue de ma mère, étalée sur son lit, atroces, insoutenables images, je ne pouvais m'y tenir malgré tous mes efforts, et pour les chasser je montai en pensée les marches menant au grenier de la maison de Moreau, je m'y réfugiai et me blottis dans un coin, pour attendre que ma sœur vienne m'y retrouver et me consoler, moi son triste chevalier à la tête cassée.

Ce soir-là, je pris un long bain chaud. Je posai un pied puis l'autre sur la tablette et, rinçant le rasoir à même l'eau de la baignoire, je me rasai les deux jambes, soigneusement. Puis je me rasai les aisselles. La lame glissait sur les poils épais, enduits de crème, qui tombaient par paquets bouclés dans l'eau mousseuse du bain. Je me relevai, changeai la lame, plaçai un pied sur le rebord de la baignoire et me rasai le sexe. Je procédai attentivement, surtout pour les parties difficiles à atteindre, entre les jambes et les fesses, mais je fis un faux mouvement et me coupai juste derrière les bourses, là où la peau est le plus sensible. Trois gouttes de sang tombèrent l'une après l'autre dans la mousse blanche du bain. Je me passai de l'eau de Cologne, cela brûlait un peu, mais soulageait aussi la peau. Partout des poils et de la mousse à raser flottaient sur l'eau, je pris un seau d'eau froide pour me rincer, ma peau se hérissait, mes bourses se contractaient. Sorti du bain, je me regardai dans le miroir, et ce corps affreusement nu me paraissait étranger, il ressemblait plus à celui de l'Apollon citharède de Paris qu'au mien. Je m'appuyai contre le miroir, de tout mon corps, je fermai les yeux et me représentai à moi-même rasant le sexe de ma sœur, lentement, délicatement, tirant les replis de la chair entre deux doigts pour ne pas la blesser, puis la retournant et la faisant se pencher en avant afin de raser les poils frisant autour de son anus. Après, elle venait frotter sa joue contre ma peau nue et flétrie par le froid, elle chatouillait mes testicules rétrécis de petit garçon et léchait la pointe de ma verge circoncise, à brefs coups de langue agaçants : « Je l'aimais presque mieux quand elle était grande comme *ça* », faisait-elle en riant et en écartant son pouce et son index de quelques centimètres, et moi, je la redressais et regardais son sexe nu qui saillait entre ses jambes, proéminent, la longue cicatrice que je me figurais toujours là ne le rejoignant pas tout à fait mais tendant vers lui, c'était le sexe de ma petite sœur jumelle et je fondais en larmes devant lui.

Je me couchai sur le lit, je touchai mes parties d'enfant si étranges sous mes doigts, je me retournai sur le ventre, caressai mes fesses, touchai doucement mon anus. Je mettais tous mes efforts à imaginer que ces fesses étaient celles de ma sœur, je les pétrissais, leur administrais des claques. Elle riait. Je continuais à la fesser, du plat de la main, ce derrière élastique claquait sous mes paumes, et elle, les seins, le visage couchés comme les miens sur le drap, était prise d'un fou rire incontrôlable. Lorsque je m'arrêtai, les fesses étaient rouges, je ne sais pas si les miennes l'étaient en vérité, car dans cette position je ne pouvais frapper fort, mais sur cette espèce de scène invisible dans ma tête elles l'étaient, je voyais la vulve rasée déborder entre elles, encore blanche et rose, et je lui tournais le corps, les fesses vers le grand miroir en pied et je lui disais : « Regarde », et elle, toujours riant, tournait la tête pour voir, et ce qu'elle voyait lui coupait le rire et la respiration, comme ça me les coupait à moi. Suspendu à ma pensée, flottant dans cet espace sombre et vide seulement habité par nos corps, je tendais lentement la main vers elle, l'index pointé, et je lui passais le doigt dans la fente qui s'entrouvrait comme une blessure mal cicatrisée. Alors je me glissais derrière elle et, plutôt que de rester à genoux, m'accroupissais de manière à voir entre mes jambes et qu'elle puisse voir aussi. Appuyé d'une main sur sa nuque dégagée — elle avait la tête posée sur le lit et regardait entre ses jambes — je prenais ma verge de l'autre main et la poussais entre les lèvres de son sexe ; dans le miroir, en tournant la tête, je pouvais clairement voir ma verge entrer dans sa vulve enfantine, et, par-dessous, son visage renversé, gorgé de sang et hideux. « Arrête, arrête, gémissait-elle, ce n'est pas comme ça qu'il faut faire », et alors je la poussais en avant afin que son corps soit de nouveau à plat sur le lit, écrasé par le mien, et je la prenais ainsi, mes deux mains sur sa longue nuque, elle haletait tandis que ma jouissance partait avec un râle. Puis je m'arrachais à elle et roulais sur le lit, et elle, elle pleurait comme une petite fille : « Ce n'est pas comme ça qu'il faut faire », alors je me mettais aussi à pleurer et je lui touchais la joue : « Comment faut-il faire ? », et elle se coulait sur moi, m'embrassait le visage, les yeux, les cheveux, « Ne pleure pas, ne pleure pas, je vais te montrer », elle se calmait, je me calmais aussi, elle était à cheval sur moi, son ventre et sa vulve lisse frottaient mon ventre, elle se redressait, s'accroupissait de manière à se retrouver assise sur mes reins, les genoux relevés et le sexe gonflé, comme une chose étrangère et décorative attachée à son corps, posé sur mon abdomen, elle se mettait à le frotter et il s'entrouvrait, il en coulait du sperme mêlé à ses propres sécrétions dont elle barbouillait mon ventre, face à moi, m'embrassant le ventre avec sa vulve comme avec une bouche, je me redressais, la prenais par la nuque et appuyé contre elle l'embrassais dans la bouche, ses fesses poussaient maintenant contre ma verge qui durcissait, elle me repoussait sur le dos et, une main appuyée sur ma poitrine, toujours accroupie, elle guidait ma verge de l'autre main et s'empalait dessus. « Comme ça, répétait-elle, comme ça. » Elle bougeait d'avant en arrière, par saccades, les yeux fermés, moi, je regardais son corps, je cherchais son petit corps plat d'autrefois sous les seins et les rondeurs de ses hanches, hébété, comme assommé. L'orgasme sec et nerveux, presque sans sperme, me déchira comme un couteau à poisson, elle continuait à plonger sur moi, sa vulve comme une coquille ouverte, prolongée par la longue cicatrice droite qui lui découpait le ventre, et tout cela maintenant formait une seule longue fente, que mon sexe ouvrait jusqu'au nombril.

Il neigeait dans la nuit, mais moi, j'errais toujours dans cet espace sans bornes où ma pensée régnait en maître, faisant et défaisant les formes avec une absolue liberté qui néanmoins ne cessait de venir se heurter aux limites des corps, le mien réel, matériel, et le sien figuré et donc inépuisable, en un va-et-vient erratique qui me laissait chaque fois plus vide, plus fébrile, plus désespéré. Assis nu sur le lit, exténué, je buvais de l'eau-de-vie et fumais et mon regard passait du dehors, de mes genoux rougis, mes longues mains veinées, mon sexe recroquevillé au bas de mon ventre si légèrement bombé, à l'intérieur, où il se promenait sur son corps endormi, étalé sur le ventre, la tête tournée vers moi, les jambes allongées, comme une petite fille. J'écartais doucement ses cheveux et dégageais sa nuque, sa belle nuque puissante, et alors ma pensée revenait, comme dans l'après-midi, au cou étranglé de notre mère, celle qui nous avait portés ensemble dans son ventre, je caressais la nuque de ma sœur et tentais avec sérieux et application de m'imaginer tordant le cou de ma mère, mais c'était impossible, l'image ne venait pas, il n'y avait en moi aucune trace d'une telle image, elle refusait obstinément de se former dans le miroir que je contemplais au sein de moi-même, cette glace ne réfléchissait rien, restait vide, même lorsque je posais mes deux mains sous les cheveux de ma sœur et me disais : Oh mes mains sur la nuque de ma sœur. Oh mes mains sur le cou de ma mère. Non, rien, il n'y avait rien. Secoué de frissons, je me couchai en chien de fusil au bout du lit. Après un long moment j'ouvris les yeux. Elle reposait de tout son long, une main sur le ventre, les jambes écartées. Sa vulve se trouvait face à mon visage. Les petites lèvres dépassaient légèrement des chairs pâles et bombées. Ce sexe me regardait, m'épiait, comme une tête de Gorgone, comme un cyclope immobile dont l'œil unique ne cligne jamais. Petit à petit ce regard muet me pénétra jusqu'à la moelle. Mon souffle s'accéléra et je tendis la main pour le cacher : je ne le voyais plus, mais lui, il me voyait toujours et me dénudait (alors que j'étais déjà nu). Si seulement je pouvais encore bander, songeai-je, je pourrais me servir de ma pine comme d'un pieu durci au feu, et aveugler ce Polyphème qui me faisait Personne. Mais ma verge restait inerte, j'étais comme médusé. J'allongeai mon bras et enfonçai mon majeur tendu dans cet œil démesuré. Les hanches remuèrent légèrement, mais ce fut tout. Loin de l'avoir crevé, je l'avais au contraire écarquillé, libérant le regard de l'œil qui se cachait encore derrière. Alors j'eus une idée : je retirai mon doigt et, me tirant par les avant-bras, poussai mon front contre cette vulve, appuyant ma cicatrice contre le trou. Maintenant, c'était moi qui regardais à l'intérieur, fouillait les profondeurs de ce corps de mon troisième œil rayonnant, tandis que son œil unique à elle rayonnait sur moi et que nous nous aveuglions ainsi mutuellement : sans bouger, je jouis dans un immense éclaboussement de lumière blanche, tandis qu'elle criait : « Qu'est-ce que tu fais, qu'est-ce que tu fais ? », et je riais à gorge déployée, le sperme jaillissait toujours à grands jets de ma verge, jubilant, je mordais sa vulve à pleines dents pour la gober, et mes yeux s'ouvraient enfin, s'éclairaient, et voyaient tout.

Au matin, un épais brouillard était venu tout recouvrir : de la chambre, je ne voyais ni l'allée de bouleaux, ni la forêt, ni même le bord de la terrasse. J'ouvris la fenêtre, j'entendais de nouveau les gouttes couler du toit, le miaulement d'une buse, loin dans la forêt. Pieds nus, je descendis au rez-de-chaussée et sortis sur la terrasse. La neige sur les dalles était froide sous mes pieds, l'air frais hérissait ma peau, j'allai m'appuyer contre la rambarde de pierre. En me retournant, je ne voyais même plus la façade de la maison, le prolongement de la rambarde disparaissait dans la brume, j'avais l'impression de flotter, isolé de tout. Une forme dans la neige du jardin, peut-être celle que j'avais entraperçue la veille, attira mon attention. Je me penchai pour mieux la distinguer, le brouillard la voilait à moitié, cela me faisait de nouveau penser à un corps, mais plutôt à celui de la jeune pendue de Kharkov, couché dans la neige du jardin des Syndicats, le sein rongé par les chiens. Je frissonnais, la peau me picotait, le froid rendait mon épiderme extraordinairement sensible, mon sexe nu et rasé, l'air frais, le brouillard qui m'enveloppaient me donnaient un fabuleux sentiment de nudité, une nudité absolue, presque crue. La forme avait disparu, maintenant, ce devait être un repli de terrain, je l'oubliai et appuyai mon corps contre la rambarde, laissant mes doigts se promener sur ma peau. Lorsque ma main se mit à masser ma verge je m'en aperçus à peine, tellement cela altérait peu les sensations qui lentement me pelaient la chair, puis m'effeuillaient les muscles, puis m'ôtaient les os eux-mêmes pour laisser seulement quelque chose d'innommable qui, se réfléchissant, se donnait du plaisir comme à une chose identique mais légèrement décalée, non pas opposée mais confondue en ses oppositions. La jouissance me projeta en arrière comme une décharge et m'envoya sur les dalles couvertes de neige de la terrasse où je restai dans l'hébétude, tremblant de tous mes membres. Je croyais apercevoir une forme rôder dans le brouillard près de moi, une forme féminine, j'entendais des hurlements, ils me semblaient lointains mais ce devaient être les miens, et en même temps je savais que tout cela se passait en silence, et que pas un son ne venait de ma bouche troubler ce matin si gris. La forme se détacha du brouillard et vint se coucher sur moi. Le froid de la neige me mordait les os. « C'est nous, glissai-je en murmurant dans le labyrinthe de sa petite oreille ronde. C'est nous. » Mais la forme restait muette et je savais que c'était toujours moi, seulement moi. Je me relevai et rentrai dans la maison, je grelottais, je me roulai sur les tapis pour me sécher, respirant lourdement. Puis je descendis à la cave. Je tirai des bouteilles au hasard et soufflai dessus pour lire les étiquettes, les grands nuages de poussière me faisaient éternuer. L'odeur froide et humide de cette cave pénétrait mes narines, la plante de mes pieds jouissait du sentiment froid, humide, presque glissant, du sol de terre battue. Je m'arrêtai à une bouteille et l'ouvris avec un tire-bouchon suspendu à une ficelle, je bus au goulot, le vin coulait de mes lèvres sur mon menton et ma poitrine, je bandais de nouveau, la forme se tenait maintenant derrière les étagères et oscillait doucement, je lui offris du vin mais elle ne bougea pas, alors je me couchai sur la terre battue et elle vint s'accroupir sur moi, je continuai à boire à la bouteille tandis qu'elle se servait de moi, je lui crachai un jet de vin mais elle n'y prit garde, elle continuait son va-et-vient saccadé. Chaque fois, maintenant, ma jouissance se faisait plus âcre, plus rêche, plus acidulée, les poils minuscules qui réapparaissaient irritaient mes chairs et ma verge, et lorsque tout de suite après elle détumesçait, elle laissait saillir les grosses veines vertes sous la peau rouge et fripée, le réseau des veinules violettes. Et pourtant je n'avais plus de cesse, je courais pesamment à travers la grande maison, dans les chambres, les salles de bains, m'excitant par tous les moyens mais sans jouir, car je ne le pouvais plus. Je jouais à me cacher, sachant qu'il n'y avait personne pour me trouver, je ne savais plus trop ce que je faisais, je suivais les impulsions de mon corps abasourdi, mon esprit restait clair et transparent mais mon corps, lui, se réfugiait dans son opacité et sa faiblesse, plus je le travaillais, moins il me servait de passage et plus il se muait en obstacle, je le maudissais et aussi rusais avec cet épaississement, l'agaçant et l'excitant jusqu'à la démence, mais d'une excitation froide, presque désexualisée. Je commettais toutes sortes d'obscénités infantiles : dans une chambre de bonne, je me mettais à genoux sur le lit étroit et me fichais une bougie dans l'anus, je l'allumais tant bien que mal et la manœuvrais, faisant tomber de grosses gouttes de cire chaude sur mes fesses et l'arrière de mes testicules, je braillais, la tête écrasée contre le châlit en fer ; après, je chiais accroupi sur les toilettes turques dans l'obscur réduit des domestiques ; je ne m'essuyais pas, mais me branlais debout dans l'escalier de service, frottant contre la rambarde mes fesses merdeuses dont l'odeur m'assaillait le nez et me démontait la tête ; et en jouissant je manquais basculer dans les escaliers, je me rattrapai de justesse en riant et regardai les traces de merde sur le bois, que j'essuyai soigneusement avec une petite nappe en dentelle prise dans la chambre d'amis. Je grinçais des dents, je pouvais à peine supporter de me toucher, je riais comme un fou, enfin je m'endormis étendu sur le plancher du couloir. Au réveil j'étais affamé, je dévorai tout ce que je pus trouver et bus une autre bouteille de vin. Dehors le brouillard voilait tout, il devait encore faire jour mais il était impossible de deviner l'heure. J'ouvris le grenier : il était sombre, poussiéreux, empli d'une odeur musquée, mes pieds laissaient de grandes traces dans la poussière. J'avais pris des ceintures en cuir que je passai sur une poutre, et j'entrepris de montrer à la forme, qui m'avait discrètement suivi, comment je me pendais dans la forêt quand j'étais petit. La pression sur mon cou me faisait de nouveau bander, cela m'affolait, pour éviter d'étouffer je devais me dresser sur la pointe des pieds. Je me branlai ainsi très rapidement, en ne frottant que le gland enduit de salive, jusqu'à ce que le sperme jaillisse à travers le grenier, quelques gouttes seulement mais projetées avec une force inouïe, je me laissai aller de tout mon poids à la jouissance, si la forme ne m'avait pas soutenu je me serais pendu pour de bon. Enfin je me décrochai et m'affalai dans la poussière. La forme, à quatre pattes, flairait mon membre flasque comme un petit animal avide, levait la jambe pour m'exposer sa vulve, mais évitait mes mains lorsque je les approchais. Je ne bandais pas assez rapidement pour elle et elle m'étrangla avec une des ceintures ; lorsque ma verge fut enfin dressée, elle me libéra le cou, me lia les pieds et se ficha sur moi. « À toi, dit-elle. Serre-moi le cou. » Je pris son cou dans mes mains et appuyai des deux pouces tandis qu'elle relevait ses jambes et, les pieds posés au sol, allait et venait sur ma verge endolorie. Sa respiration fusait entre ses lèvres en un sifflement aigu, j'appuyai encore, son visage gonflait, prenait une teinte cramoisie, affreuse à voir, son corps restait blanc mais son visage était rouge comme de la viande crue, sa langue dépassait entre ses dents, elle ne pouvait même pas râler, et quand elle jouit, m'enfonçant les ongles dans les poignets, elle se vida sous elle, et je me mis à hurler, à beugler et à frapper ma tête contre le plancher, j'étais au-delà de toute retenue, je frappais ma tête et sanglotais, non par horreur, parce que cette forme femelle qui ne voulait jamais rester celle de ma sœur avait pissé sur moi, ce n'était pas ça, en la voyant jouir et pisser étranglée je voyais les pendues de Kharkov qui en étouffant se vidaient au-dessus des passants, j'avais vu cette fille que nous avions pendue un jour d'hiver dans le parc derrière la statue de Chevtchenko, une fille jeune et saine et resplendissante de vie, avait-elle joui lorsque nous l'avions pendue et qu'elle faisait dans sa culotte, lorsqu'elle se débattait et gigotait, étranglée, jouissait-elle, avait-elle même jamais joui, elle était très jeune, avait-elle connu cela avant que nous la pendions, de quel droit l'avions-nous pendue, comment pouvait-on pendre cette fille, et je sanglotais sans fin, ravagé par son souvenir, ma Notre-Dame-des-Neiges, ce n'était pas des remords, je n'avais pas de remords, je ne me sentais pas coupable, je ne pensais pas que les choses auraient pu ou dû être autrement, seulement je comprenais ce que cela voulait dire de pendre une fille, nous l'avions pendue comme un boucher égorge un bœuf, sans passion, parce qu'il fallait le faire, parce qu'elle avait fait une bêtise et devait le payer de sa vie, c'était la règle du jeu, de notre jeu, mais celle que nous avions pendue n'était pas un porc ou un bœuf qu'on tue sans y penser parce qu'on veut manger sa chair, c'était une jeune fille qui avait été une petite fille peut-être heureuse et qui entrait alors dans la vie, une vie pleine d'assassins qu'elle n'avait pas su éviter, une fille comme ma sœur en quelque sorte, la sœur de quelqu'un, peut-être, comme moi aussi j'étais le frère de quelqu'un, et une telle cruauté n'avait pas de nom, quelle que soit sa nécessité objective elle ruinait tout, si l'on pouvait faire ça, pendre une jeune fille comme ça, alors on pouvait tout faire, il n'y avait plus aucune assurance, ma sœur pouvait un jour pisser gaiement dans un W-C et le lendemain se vider en étouffant au bout d'une corde, cela ne rimait absolument à rien, et voilà pourquoi je pleurais, je ne comprenais plus rien et je voulais être seul pour ne plus rien comprendre.

Je me réveillai dans le lit d'Una. J'étais toujours nu mais mon corps était propre et mes jambes libres. Comment étais-je arrivé là ? Je n'en avais aucun souvenir. Le poêle s'était éteint et j'avais froid. Je prononçai doucement, idiotement, le nom de ma sœur : « Una, Una. » Le silence me glaça et me fit trembler, mais peut-être était-ce le froid. Je me levai : dehors, il faisait jour, le ciel était nuageux mais il y avait une belle lumière, le brouillard s'était dissipé et je regardai la forêt, les arbres aux branches encore chargées de neige. Quelques vers absurdes me vinrent à l'esprit, une vieille chanson de Guillaume IX, ce duc un peu follet d'Aquitaine :

> *Ferai un vers de rien du tout :*
> *Ni de moi, ni des autres gens,*
> *Ni de l'amour ni la jeunesse,*
> *Ni de rien autre.*

Je me redressai et me dirigeai vers le coin où quelques-uns de mes vêtements traînaient en tas pour enfiler un pantalon, tirant les bretelles sur mes épaules nues. En passant devant le miroir de la chambre je me regardai : une grande marque rouge barrait ma gorge. Je descendis ; à la cuisine, je croquai une pomme, bus un peu de vin à une bouteille ouverte. Il n'y avait plus de pain. Je sortis sur la terrasse : le temps restait frais, je me frottai les bras. Ma verge irritée me faisait mal, le pantalon en laine l'exaspérait. Je regardai mes doigts, mes avant-bras, je jouai à vider de la pointe de l'ongle les grosses veines bleues de mon poignet. Mes ongles étaient sales, celui du pouce gauche était cassé. De l'autre côté de la maison, dans la cour, des oiseaux croassaient. L'air était vif, mordant, la neige au sol avait un peu fondu puis avait durci en surface, les traces laissées par mes pas et mon corps sur la terrasse restaient bien visibles. J'allai jusqu'à la rambarde et me penchai. Un corps de femme était couché dans la neige du jardin, à demi nu dans sa robe de chambre entrebâillée, immobile, la tête penchée, les yeux ouverts vers le ciel. Le bout de sa langue reposait délicatement sur le coin de ses lèvres bleuies ; entre ses jambes, une ombre de poils renaissait sur son sexe, ils devaient encore continuer à pousser, obstinément. Je ne pouvais pas respirer : ce corps dans la neige était le miroir de celui de la fille de Kharkov. Et je sus alors que le corps de cette fille, que sa nuque tordue, son menton proéminent, ses seins glacés et rongés étaient eux le reflet aveugle non pas, comme je l'avais alors cru, d'une image mais de deux, confondues et séparées, l'une debout sur la terrasse et l'autre en bas, couchée dans la neige. Vous devez penser : Ah, cette histoire est enfin finie. Mais non, elle continue encore.

GIGUE

Thomas me trouva assis sur une chaise, au bord de la terrasse. Je regardais les bois, le ciel, je buvais de l'eau-de-vie au goulot, à petits coups. La balustrade surélevée me cachait le jardin, mais la pensée de ce que j'y avais vu me minait doucement l'esprit. Un ou deux jours devaient s'être écoulés, ne me demandez pas comment je les ai passés. Thomas avait contourné la maison par le flanc : je n'avais rien entendu, ni bruit de moteur, ni appel. Je lui tendis la bouteille : « Salut et fraternité. Bois. » J'étais sans doute un peu ivre. Thomas regarda autour de lui, but un peu, mais ne me rendit pas la bouteille. « Qu'est-ce que tu fous ? » demanda-t-il enfin. Je lui souris niaisement. Il contempla la façade de la maison. « Tu es seul ? » — « Je pense, oui. » Il s'approcha de moi, me regarda, répéta : « Qu'est-ce que tu fous ? Ton congé a expiré voilà une semaine. Grothmann est furieux, il parle de te faire passer en conseil de guerre pour désertion. Ces jours-ci, les conseils de guerre durent cinq minutes. » Je haussai les épaules et fis un geste vers la bouteille qu'il tenait toujours à la main. Il l'éloigna. « Et toi ? demandai-je. Qu'est-ce que tu fais ici ? » — « Piontek m'a dit où tu étais. C'est lui qui m'a amené. Je suis venu te chercher. » — « Il faut partir, alors ? » fis-je tristement. — « Oui. Va t'habiller. » Je me levai, montai à l'étage. Dans la chambre d'Una, au lieu de me vêtir, je m'assis sur son divan en cuir et allumai une cigarette. Je pensais à elle, avec difficulté, des pensées étrangement vides et creuses. La voix de Thomas, dans l'escalier, me tira de ma rêverie : « Dépêche-toi ! Merde ! » Je m'habillai, enfilant mes vêtements un peu au hasard, mais avec un certain bon sens, car il faisait froid, des sous-vêtements longs, des chaussettes en laine, un pull-over à col roulé sous mon uniforme de bureau. *L'éducation sentimentale* traînait sur le secrétaire : je glissai le volume dans la poche de ma tunique. Puis je commençai à ouvrir les fenêtres pour tirer les volets. Thomas apparut dans l'encadrement de la porte : « Mais qu'est-ce que tu fais ? » — « Eh bien, je ferme. On ne va quand même pas laisser la maison grande ouverte. » Sa mauvaise humeur éclata alors : « Tu ne sembles pas te rendre compte de ce qui se passe. Les Russes attaquent tout le long du front depuis une semaine. Ils peuvent arriver d'une minute à l'autre. » Il me prit sans ménagement par le bras : « Allez, viens. » Dans le grand hall, je me dégageai vivement de sa poigne et allai chercher la grosse clef de la porte d'entrée. J'enfilai mon manteau et mis ma casquette. En sortant je verrouillai soigneusement la porte. Dans la cour devant la maison, Piontek frottait le phare d'une Opel. Il se redressa pour me saluer et nous montâmes dans le véhicule, Thomas à côté de Piontek, moi à l'arrière. Dans la longue allée, entre les cahots, Thomas demandait à Piontek : « Tu crois qu'on peut repasser par Tempelburg ? » — « Je ne sais pas, Herr Standartenführer. Ça avait l'air tranquille, on peut essayer. » Sur la route principale Piontek vira à gauche. Dans Alt Draheim, quelques familles chargeaient encore des chariots attelés à de petits chevaux poméraniens. La voiture contourna le vieux fort et commença à monter la longue côte de l'isthme. Un char apparut au sommet, bas et trapu. « Merde ! s'exclama Thomas. Un T-34 ! » Mais Piontek avait déjà pilé et engagé une marche arrière. Le char abaissa son canon et tira vers nous, mais il ne pouvait pointer aussi bas et l'obus nous passa au-dessus et explosa à côté de la route, à l'entrée du village. Le char s'avança dans un ferraillement de chenilles pour tirer plus bas ; Piontek reculait rapidement la voiture en travers de la route et repartait à toute allure en direction du village ; le second coup frappa assez près, faisant éclater une vitre, à gauche, puis nous avions contourné le fort et étions à l'abri. Au village les gens avaient entendu les détonations et couraient dans tous les sens. Nous traversâmes sans nous arrêter et reprîmes vers le nord. « Ils n'ont quand même pas pu prendre Tempelburg ! rageait Thomas. On est passés il y a deux heures ! » — « Ils ont peut-être contourné par les champs », suggéra Piontek. Thomas examinait une carte : « Bon, va jusqu'à Bad Polzin. On se renseignera là. Même si Stargard est tombé on peut faire Schivelbein-Naugard puis rejoindre Stettin. » Je ne prêtais pas trop attention à ses propos, je regardais le paysage par la vitre fracassée dont j'avais déblayé les derniers débris. De hauts peupliers espacés bordaient la longue route droite et au-delà s'étendaient des champs enneigés et silencieux, le ciel gris où voletaient quelques oiseaux, des fermes isolées, closes, muettes. À Klaushagen, un petit village propre, triste et digne, quelques kilomètres plus bas, un barrage de *Volkssturm* en costumes civils avec des brassards fermait la route, entre un petit lac et un bois. Anxieusement, ces paysans nous demandèrent des nouvelles : Thomas leur conseilla de partir avec leurs familles vers Polzin, mais ils hésitaient, tortillaient leurs moustaches et tripotaient leurs vieilles pétoires et les deux *Panzerfäuste* qu'on leur avait attribués. Certains avaient accroché à leurs vestes leurs médailles de la Grande Guerre. Les Schupo en uniforme vert bouteille qui les encadraient ne semblaient pas plus à l'aise qu'eux, les hommes palabraient avec ce parler lent des conseils municipaux, presque solennels d'angoisse.

À l'entrée de Bad Polzin, les défenses paraissaient plus solidement organisées. Des Waffen-SS gardaient la route et une pièce de PAK, positionnée sur une hauteur, couvrait l'approche. Thomas sortit de la voiture pour conférer avec l'Untersturmführer qui commandait la section, mais celui-ci ne savait rien et nous renvoya à son supérieur, en ville, au PC installé dans le vieux château. Les véhicules et les chariots encombraient les rues, l'atmosphère était tendue, des mères criaient après leurs enfants, des hommes tiraient brutalement les longes des chevaux, houspillaient les travailleurs agricoles français qui chargeaient les matelas et les sacs de provisions. Je suivis Thomas dans le PC et restai derrière lui à écouter. L'Obersturmführer ne savait pas grand-chose, non plus ; son unité était rattachée au Xe corps SS, on l'avait envoyé ici à la tête d'une compagnie pour tenir les axes ; et il pensait que les Russes viendraient du sud ou de l'est — la 2e armée, autour de Danzig et Gotenhafen, était déjà coupée du Reich, les Russes avaient percé jusqu'à la Baltique sur l'axe Neustettin-Köslin, cela il en était à peu près sûr — mais il supposait les voies vers l'ouest encore libres. Nous prîmes la route de Schivelbein. C'était une chaussée en dur, les longs chariots de réfugiés en occupaient tout un côté, un déversement continu, le même triste spectacle qu'un mois auparavant sur l'autostrade de Stettin à Berlin. Lentement, au pas des chevaux, l'Est allemand se vidait. Il y avait peu de trafic militaire, mais beaucoup de soldats, armés ou non, marchaient seuls parmi les civils, des *Rückkämpfer* qui cherchaient à rejoindre leurs unités ou à en retrouver une autre. Il faisait froid, un vent fort soufflait par la vitre brisée de la voiture, charriait une neige mouillée. Piontek doublait les chariots en klaxonnant, des hommes à pied, des chevaux, du bétail congestionnaient la route, s'écartaient avec lenteur. Nous longions des champs, puis de nouveau la route passait par une forêt de sapins. Devant nous les chariots s'arrêtaient, il y avait de l'agitation, j'entendis un bruit énorme, incompréhensible, les gens criaient et couraient vers la forêt. « Les Russes ! » braillait Piontek. — « Dehors, dehors ! » ordonna Thomas. Je sortis sur la gauche avec Piontek : à deux cents mètres devant nous, un char avançait rapidement dans notre direction, écrasant sur son passage chariots, chevaux, fuyards retardataires. Épouvanté, je courus à toutes jambes avec Piontek et des civils me cacher dans la forêt ; Thomas avait traversé la colonne pour filer de l'autre côté. Les charrettes, sous les chenilles du char, éclataient comme des allumettes ; les chevaux mouraient dans des hennissements terribles coupés net par le grondement métallique. Notre voiture fut harponnée de front, repoussée, balayée, et, dans un vacarme de tôle broyée, projetée en bas du fossé, sur le flanc. Je distinguais le soldat perché sur le char, juste devant moi, un Asiatique au visage camus noir d'huile de moteur ; sous son casque de tankiste en cuir, il portait de petites lunettes hexagonales de femme aux verres teintés en rose, et tenait dans une main une grosse mitrailleuse à chargeur rond, de l'autre, perchée sur son épaule, une ombrelle d'été, bordée de guipure ; jambes écartées, appuyé contre la tourelle, il chevauchait le canon comme une monture, absorbant les impacts du char avec l'aisance d'un cavalier scythe dirigeant des talons un petit cheval nerveux. Deux autres chars avec des matelas ou des sommiers fixés à leurs flancs suivaient le premier, achevant sous leurs chenilles les mutilés qui gigotaient parmi les débris. Leur passage dura une dizaine de secondes, tout au plus, ils continuaient vers Bad Polzin, avec dans leur sillage une large bande d'éclats de bois mêlés de sang et de bouillie de chair dans des flaques d'entrailles de chevaux. De longues traînées laissées par les blessés qui avaient tenté de ramper à l'abri rougissaient la neige des deux côtés de la route ; çà et là, un homme se tordait, sans jambes, en beuglant, sur la route c'étaient des torses sans tête, des bras dépassant d'une pâtée rouge et immonde. Je tremblais de tous mes membres, Piontek dut m'aider à regagner la route. Autour de moi les gens hurlaient, gesticulaient, d'autres restaient immobiles et en état de choc, et les enfants poussaient des cris stridents, sans fin. Thomas me rejoignit tout de suite et fouilla dans les débris de la voiture pour en retirer la carte et un petit sac. « Il va falloir continuer à pied », dit-il. J'esquissai un geste hébété : « Et les gens... ? » — « Il faudra qu'ils se débrouillent, coupa-t-il. On ne peut rien faire. Viens. » Il me fit retraverser la route, suivi de Piontek. Je veillais à ne pas mettre les pieds dans des restes humains, mais il était impossible d'éviter le sang, mes bottes laissèrent de grandes traces rouges dans la neige. Sous les arbres, Thomas déplia la carte. « Piontek, ordonna-t-il, va fouiller les chariots, trouve-nous de quoi manger. » Puis il étudia la carte. Lorsque Piontek revint avec quelques provisions serrées dans une taie d'oreiller, Thomas nous la montra. C'était une carte à grande échelle de la Poméranie, elle indiquait les routes et les villages, mais guère plus. « Si les Russes sont venus de là, c'est qu'ils ont pris Schivelbein. Ils doivent aussi être en train de monter vers Kolberg. On va aller au nord, essayer de rejoindre Belgarde. Si les nôtres y sont encore, c'est bon, sinon on avisera. En évitant les routes on devrait être tranquilles : s'ils sont allés si vite, c'est que l'infanterie est encore loin derrière. » Il m'indiqua un village sur la carte, Gross Rambin : « Là, c'est la voie ferrée. Si les Russes n'y sont pas encore, on y trouvera peut-être quelque chose. »

Nous traversâmes rapidement la forêt et prîmes par les champs. La neige fondait sur la terre labourée, on s'y enfonçait jusqu'aux mollets ; entre chaque lopin couraient des rigoles remplies d'eau et longées de clôtures en fil de fer barbelé, basses mais pénibles à franchir. Puis nous passions sur de petits chemins en terre battue, boueux eux aussi, mais plus faciles, que nous quittions toutefois aux abords des villages. C'était fatigant mais l'air était vif et la campagne déserte et tranquille ; sur les routes, nous marchions d'un bon pas, un peu ridicules, Thomas et moi, dans nos uniformes noirs de fonction aux jambes maculées de boue. Piontek portait les provisions ; nos seules armes étaient nos deux pistolets de service, des Lüger parabellum. Vers la fin de l'après-midi, nous arrivâmes à la hauteur de Rambin : une petite rivière filait à notre droite, nous fîmes halte dans un bois étroit de hêtres et de frênes. Il neigeait de nouveau, une neige humide et collante que le vent nous envoyait au visage. Sur la gauche, un peu plus loin, on distinguait la voie ferrée et les premières maisons. « On va attendre la nuit », dit Thomas. Je m'adossai à un arbre, tirant les pans de mon manteau sous moi, et Piontek nous distribua des œufs durs et de la saucisse. « J'ai pas trouvé de pain », dit-il tristement. Thomas tira de son sac la petite bouteille d'eau-de-vie qu'il m'avait prise et offrit une rasade à chacun. Le ciel s'assombrissait, les bourrasques recommençaient. J'étais fatigué et je m'endormis contre l'arbre. Lorsque Thomas me réveilla mon manteau était saupoudré de neige et j'étais raidi par le froid. Il n'y avait pas de lune, aucune lumière ne venait du village. Nous suivîmes le bord du bois jusqu'à la voie ferrée, puis marchâmes dans le noir, l'un derrière l'autre le long du talus. Thomas avait sorti son pistolet et je l'imitai, sans trop savoir ce que j'en ferais si nous étions surpris. Nos pas crissaient sur le gravier enneigé du ballast. Les premières maisons apparurent à droite de la voie, près d'un grand étang, sombres, silencieuses ; la petite gare, à l'entrée du village, était fermée à clef ; nous restâmes sur la voie pour traverser le bourg. Enfin nous pûmes ranger nos pistolets et marcher plus à l'aise. Le ballast glissait, roulait sous nos pas, mais l'espacement des traverses ne permettait pas non plus de prendre une allure normale sur la voie ; enfin nous redescendîmes un par un du talus pour marcher dans la neige vierge. Un peu plus loin, la voie ferrée passait de nouveau par une grande forêt de pins. Je me sentais fatigué, cela faisait des heures que nous marchions, je ne pensais à rien, ma tête restait vide de toute idée et de toute image, tous mes efforts allaient à mes pas. Je respirais lourdement et avec le crissement de nos bottes sur la neige mouillée c'était un des seuls sons que j'entendais, un bruit obsédant. Quelques heures plus tard, la lune se leva derrière les pins, pas tout à fait pleine, elle jetait des morceaux de lumière blanche sur la neige à travers les arbres. Plus tard encore, nous atteignîmes la lisière de la forêt. Au-delà d'une grande plaine, à quelques kilomètres devant nous, une lumière jaune dansait dans le ciel et l'on devinait des crépitements, des détonations creuses et sourdes. La lune illuminait la neige sur la plaine et je distinguais le trait noir de la voie ferrée, les buissons, les petits bois éparpillés. « Ils doivent se battre autour de Belgarde, dit Thomas. Dormons un peu. Si on approche maintenant, on se fera tirer par les nôtres. » Dormir dans la neige, cela ne me disait guère ; avec Piontek, je rassemblai quelques branches mortes pour me composer une litière, je m'y roulai en boule et m'endormis.

Un coup rude sur ma botte me réveilla. Il faisait encore sombre. Plusieurs formes se tenaient autour de nous, je voyais luire l'acier des mitrailleuses. Une voix chuchotait brusquement : « *Deutsche ? Deutsche ?* » Je me redressai sur mon séant et la forme recula : « Pardon, Herr Offizier », fit une voix avec un fort accent. Je me mis debout, Thomas s'était déjà redressé. « Vous êtes des soldats allemands ? » demanda-t-il, à voix basse aussi. — « *Jawohl*, Herr Offizier. » Mes yeux s'habituaient à l'obscurité : je distinguais sur les manteaux de ces hommes des insignes SS et des écussons bleu blanc rouge. « Je suis SS-Obersturmbannführer », dis-je en français. Une voix s'exclama : « T'as vu, Roger, il parle français ! » Le premier soldat me répondit : « Nos excuses, Herr Obersturmbannführer. On vous avait mal vus dans le noir. On vous prenait pour des déserteurs. » — « Nous sommes du SD, dit Thomas, en français aussi, avec son accent autrichien. Nous avons été coupés par les Russes et essayons de rejoindre nos lignes. Et vous ? » — « Oberschütze Lanquenoy, 3e compagnie, 1re section, *zu Befehl*, Herr

Standartenführer. On est avec la division "Charlemagne". On a été séparés de notre régiment. » Ils étaient une dizaine. Lanquenoy, qui semblait les mener, nous expliqua la situation en quelques mots : on leur avait donné l'ordre de quitter leur position plusieurs heures auparavant et de se replier vers le sud. Le gros du régiment, qu'ils essayaient de rejoindre, devait se trouver un peu plus à l'est, vers la Persante. « C'est l'Oberführer Puaud qui commande. Il y a encore des types de la Wehrmacht à Belgarde, mais ça chauffe sec là-bas. » — « Pourquoi ne vous dirigez-vous pas vers le nord ? demanda sèchement Thomas. Vers Kolberg ? » — « On sait pas, Herr Standartenführer, dit Lanquenoy. On sait rien. Y'a des Russkofs partout. » — « La route doit être coupée », fit une autre voix. — « Nos troupes tiennent toujours Körlin ? » demanda Thomas. — « On sait pas », fit Lanquenoy. — « Nous tenons toujours Kolberg ? » — « On sait pas, Herr Standartenführer. On sait rien. » Thomas demanda une lampe de poche et se fit montrer le terrain sur la carte par Lanquenoy et un autre soldat. « Nous allons tenter de passer par le nord et de rejoindre Körlin ou, à défaut, Kolberg, déclara enfin Thomas. Vous voulez venir avec nous ? En petit groupe, nous pourrons passer les lignes russes, s'il le faut. Ils ne doivent tenir que les routes, peut-être quelques villages. » — « C'est pas qu'on voudrait pas, Herr Standartenführer. Nous on voudrait bien, je crois. Mais on doit rejoindre les copains. » — « Comme vous voulez. » Thomas se fit donner une arme et des munitions, qu'il confia à Piontek. Le ciel pâlissait peu à peu, une épaisse couche de brouillard emplissait les creux de la plaine, vers la rivière. Les soldats français nous saluèrent et s'éloignèrent dans la forêt. Thomas me dit : « On va profiter du brouillard pour contourner Belgarde, vite. De l'autre côté de la Persante, entre la boucle de la rivière et la route, il y a une forêt. On passera par là jusqu'à Körlin. Après, on verra. » Je ne dis rien, je ne me sentais pas la moindre volonté. Nous retournâmes le long de la voie ferrée. Les explosions, devant nous et sur notre droite, résonnaient dans le brouillard, accompagnant notre avance. Lorsque le chemin de fer croisait une route, nous nous cachions, attendions quelques minutes, puis traversions en courant. Parfois aussi on entendait le bruit métallique de harnais, de cantines, de gourdes qui cliquetaient : des hommes en armes nous croisaient dans le brouillard ; et nous restions tapis, aux aguets, attendant qu'ils s'éloignent, sans jamais savoir s'il s'agissait des nôtres. Au sud, dans notre dos, des canonnades commençaient aussi à se faire entendre ; devant nous, les bruits se précisaient, mais c'étaient des coups de feu et des rafales isolées, quelques détonations seulement, les combats devaient prendre fin. Le temps d'atteindre la Persante, un vent se levait et commençait à dissiper le brouillard. Nous nous éloignâmes de la voie ferrée et nous cachâmes dans les roseaux pour observer. Le pont métallique du chemin de fer avait été dynamité et gisait, tordu, dans les eaux grises et épaisses de la rivière. Nous restâmes environ un quart d'heure à l'observer, le brouillard s'était presque levé maintenant, un soleil froid luisait dans le ciel gris ; derrière, sur la droite, Belgarde brûlait. Le pont ruiné ne semblait pas gardé. « En faisant attention, on peut passer sur les poutres », murmura Thomas. Il se leva et Piontek le suivit, le pistolet-mitrailleur des Français braqué. De la rive, le passage paraissait facile mais une fois sur le pont les poutrelles se montrèrent traîtres, humides et glissantes. Il fallait s'accrocher à l'extérieur du tablier, juste au-dessus de l'eau. Thomas et Piontek passèrent sans encombre. À quelques mètres de la rive, mon reflet attira mon regard ; il était brouillé, déformé par les mouvements de la surface ; je me penchai pour mieux le distinguer, mon pied dérapa et je tombai à sa rencontre. Empêtré dans mon lourd manteau, je sombrai un instant dans l'eau froide. Ma main rencontra une barre métallique, je me rattrapai, me hissai à la surface ; Piontek, revenu, me tira par la main sur la berge où je restai couché, dégoulinant, toussant, furieux. Thomas riait et ce rire ajoutait à ma colère. Ma casquette, que j'avais glissée dans mon ceinturon avant de traverser, était sauve ; je dus enlever mes bottes pour en vider l'eau, et Piontek m'aida à essorer tant bien que mal mon manteau. « Dépêchez-vous, chuchotait Thomas, toujours hilare. Il ne faut pas rester ici. » Je tâtai mes poches, ma main rencontra le livre que j'avais emporté puis oublié. La vue des pages trempées et gondolées me souleva le cœur. Mais il n'y avait rien à faire, Thomas me pressait, je le remis dans ma poche, jetai mon manteau mouillé sur mes épaules et repris la marche.

Le froid traversait mes vêtements trempés et je frissonnais, mais nous marchions vite et cela me réchauffa un peu. Derrière nous, les incendies de la ville crépitaient, une épaisse fumée noircissait la grisaille du ciel et voilait le soleil. Pendant quelque temps, une dizaine de chiens affamés et affolés nous harcelèrent, ils fonçaient sur nos talons en aboyant furieusement, Piontek dut couper un bâton et leur infliger une volée pour les faire reculer. Près de la rivière, le sol était marécageux, la neige avait déjà fondu, quelques plaques, seules, indiquaient les endroits secs. Nos bottes s'enfonçaient jusqu'aux chevilles. Une longue digue herbeuse et saupoudrée de neige se formait, longeant la Persante ; à notre droite, au pied du talus, les marécages s'épaississaient, puis commençaient des bois, marécageux eux aussi ; et bientôt nous étions bloqués sur cette digue, mais ne voyions personne, ni Allemands, ni Russes. D'autres toutefois étaient passés avant nous : çà et là, affaissé dans le bois, le pied ou un bras pris dans les branchages, ou alors couché la tête en bas sur le flanc de la digue, on apercevait un cadavre, un soldat ou bien un civil qui s'était traîné là pour mourir. Le ciel s'éclaircissait, le soleil pâle de fin d'hiver dispersait peu à peu la grisaille. Marcher sur la digue était facile, nous avancions vite, Belgarde avait déjà disparu. Sur les eaux brunes de la Persante flottaient des canards, certains à tête verte, d'autres noirs et blancs, ils s'arrachaient brusquement à notre approche en poussant des sons de trompette plaintifs et s'envolaient un peu plus loin. En face, au-delà de la rive, s'étirait une grande forêt de pins, très hauts et sombres ; sur notre droite, après le petit cours d'eau qui isolait la digue, on voyait surtout des bouleaux, avec quelques chênes. J'entendis un bourdonnement lointain : au-dessus de nous, très haut dans le ciel vert clair, un avion solitaire tournoyait. La vue de cet appareil inquiéta Thomas et il nous attira vers le petit canal ; un tronc abattu nous permit de le franchir et d'arriver sous les arbres ; mais là, la terre ferme disparaissait sous l'eau. Nous traversâmes un petit pré couvert d'une longue herbe épaisse, détrempée et couchée ; au-delà, s'étendaient encore des plans d'eau ; il y avait une petite cabane de chasseur cadenassée, elle aussi plantée dans l'eau. La neige avait entièrement disparu. Se coller aux arbres ne servait à rien, nos bottes s'enfonçaient dans l'eau et la boue, le sol trempé était couvert de feuilles pourries qui cachaient des fondrières. Çà et là un îlot de terre ferme nous redonnait courage. Mais, plus loin, cela redevenait tout à fait impossible, les arbres poussaient sur des mottes isolées ou dans l'eau même, les langues de terre entre les pièces d'eau étaient elles aussi inondées, nous pataugions lamentablement, il fallut renoncer et regagner la digue. Enfin elle s'ouvrit sur des champs, humides et couverts de neige mouillée, mais où l'on pouvait avancer. Puis l'on repassait dans un bois de pins de coupe, fins et droits et hauts avec des troncs rouges. Le soleil filtrait entre les arbres, éparpillant des taches de lumière sur le sol noir, presque nu et parsemé de plaques de neige ou de mousse verte et froide. Des troncs abattus et abandonnés et des branches cassées encombraient le passage entre les arbres ; mais il était encore plus difficile de marcher dans la boue noire, retournée par les roues des chariots, des chemins de bûcheron qui serpentaient par la pinède. Je m'essoufflais, j'avais faim aussi, Thomas accepta enfin de faire halte. Grâce à la chaleur dégagée par la marche, mes sous-vêtements étaient presque secs ; j'ôtai ma tunique, mes bottes et mon pantalon, et les étendis avec mon manteau au soleil, sur un stère de billots de pin, empilés en carré et proprement calés au bord du chemin. J'y déposai aussi le Flaubert, ouvert, pour faire sécher les pages gondolées. Puis je me perchai sur un stère voisin, grotesque dans mes sous-vêtements longs ; au bout de quelques minutes j'avais de nouveau froid et Thomas me passa en riant son manteau. Piontek distribua quelques provisions et je mangeai. J'étais recru de fatigue, je voulais me coucher sur mon manteau à la faible lueur du soleil et m'endormir. Mais Thomas exigeait que nous arrivions à Körlin, il espérait toujours rejoindre Kolberg le jour même. Je repassai mes vêtements humides, empochai le Flaubert et le suivis. Peu après le bois apparut un petit hameau niché dans la courbe de la rivière. Nous l'observâmes quelque temps, il aurait fallu faire un long détour pour le contourner ; j'entendais aboyer des chiens, hennir des chevaux, mugir des vaches, avec ce long son douloureux qu'elles ont quand elles ne sont pas traites et que les pis gonflent. Mais c'était tout. Thomas se décida à avancer. C'étaient de grandes vieilles bâtisses de ferme en brique, croulantes, aux larges toits couvrant des greniers généreux ; les portes étaient défoncées, le chemin jonché de carrioles renversées, de meubles brisés, de draps déchirés ; de loin en loin, on enjambait un cadavre de fermier ou une vieille femme, criblés à bout portant ; une étrange petite tempête de neige soufflait par les ruelles, des bourrasques de duvet soulevées des édredons et des matelas crevés et emportées par le vent. Thomas envoya Piontek chercher à manger dans les maisons et en l'attendant me traduisit un écriteau hâtivement badigeonné en russe, passé au cou d'un paysan ligoté à un chêne, en hauteur, les boyaux dégoulinant de son ventre fendu, à moitié arrachés par les chiens : *Tu avais une maison, des vaches, des boîtes de conserve. Qu'est-ce que tu es venu foutre chez nous, pridourak ?* L'odeur des tripes me donnait la nausée, j'avais soif et je bus à la pompe d'un puits qui fonctionnait encore. Piontek nous rejoignit : il avait trouvé du lard, des oignons, des pommes, quelques conserves que nous répartîmes dans nos poches ; mais il était blême et sa mâchoire tremblait, il ne voulait pas nous dire ce qu'il avait vu dans la maison, et son regard passait avec angoisse de l'éventré aux chiens qui se rapprochaient en grognant, à travers les volutes de duvet. Nous quittâmes ce hameau le plus vite possible. Au-delà s'étalaient de grands champs ondulés, jaune pâle et beiges sous la neige encore sèche. Le chemin contournait un petit affluent, montait une crête, passait sous une ferme désertée, cossue et adossée à un bois. Puis il redescendait vers la Persante. Nous suivions la berge, assez haute ; de l'autre côté de l'eau c'était encore des bois. Un affluent nous barra le chemin, il fallut ôter nos bottes et nos chaussettes et traverser à gué, l'eau était glaciale, j'en bus et m'en aspergeai le cou avant de continuer. Ensuite s'étendaient encore des champs enneigés, avec, loin sur la droite, en hauteur, la lisière d'une forêt ; juste au milieu, vide, se dressait une tour en bois gris, pour chasser le canard ou peut-être tirer les corneilles à l'époque des récoltes. Thomas voulut couper par ces champs, devant nous la forêt descendait rejoindre la rivière, mais s'éloigner des chemins n'était pas facile, le sol devenait traître, il fallait passer des clôtures de barbelés, et nous nous repliâmes vers la rivière que nous retrouvâmes un peu plus loin. Deux cygnes dérivaient sur l'eau, nullement effarouchés par notre présence ; ils s'arrêtèrent près d'un îlot, relevèrent et étirèrent en un long geste suave leurs cous démesurés, puis entreprirent leur toilette. Ensuite recommençaient les bois. Ici c'était surtout des pins, des arbres jeunes, une forêt qui avait été soigneusement gérée pour la coupe, ouverte et aérée. Les chemins rendaient la marche plus facile. À deux reprises, le bruit de nos pas fit s'enfuir de petits daims, on les apercevait bondissant entre les arbres. Thomas nous égarait le long de divers sentiers sous la haute voûte calme et régulièrement retrouvait la Persante, notre fil conducteur. Un chemin coupait par un petit bois de chênes, pas très hauts, un entrelacs touffu et gris de pousses et de branches nues. Le sol sous la neige était tapissé de feuilles mortes, sèches, brunes. Lorsque la soif me reprenait, je descendais à la Persante, mais souvent, au bord, l'eau stagnait. Nous nous approchions de Körlin, mes jambes étaient lourdes, j'avais mal au dos, mais là encore les chemins restaient faciles.

À Körlin, les combats faisaient rage. Tapis à l'orée du bois, nous regardions des chars russes dispersés sur une route un peu surélevée canonner sans discontinuer des positions allemandes. Des fantassins couraient autour des chars, se couchaient dans les fossés. Il y avait beaucoup de cadavres, des taches brunes éparpillées sur la neige ou le sol noirâtre. Nous reculâmes dans la forêt, prudemment. Un peu plus haut nous avions repéré un petit pont de pierre sur la Persante, intact ; nous y retournâmes pour le traverser puis, cachés dans une hêtraie, nous nous glissâmes vers la grande route de Plathe. Dans ces bois, aussi, il y avait des corps partout, russes et allemands mêlés, on avait dû s'y battre furieusement ; la plupart des soldats allemands portaient l'écusson français ; maintenant, tout était calme. En fouillant leurs poches nous trouvâmes quelques objets utiles, des canifs, un compas, du poisson séché dans la musette d'un Russe. Sur la route, au-dessus, des blindés soviétiques roulaient à toute allure vers Körlin. Thomas avait décidé que nous attendrions la nuit, puis que nous tenterions de traverser pour voir plus loin qui, des Russes ou des nôtres, tenait la chaussée de Kolberg. Je m'assis derrière un buisson, le dos à la route, et croquai un oignon que je fis passer avec de l'eau-de-vie, puis je tirai de ma poche *L'éducation sentimentale*, dont la reliure en cuir était toute gonflée et déformée, décollai délicatement quelques pages, et me mis à lire. Le long flot étale de la prose m'emporta rapidement, je n'entendais plus le cliquètement des chenilles ni le grondement des moteurs, les cris saugrenus en russe, « *Davaï ! Davaï !* », ni les explosions, un peu plus loin ; seules les pages gondolées et collantes gênaient ma lecture. La tombée du jour m'obligea à refermer le livre et à le ranger. Je dormis un peu. Piontek dormait aussi, Thomas restait assis, il regardait les bois. Lorsque je me réveillai, j'étais couvert d'une grosse neige poudreuse ; elle tombait dru, en flocons épais qui tournoyaient entre les arbres avant de se poser. Sur la route un char passait de temps en temps, les phares allumés, la lumière trouant les volutes de neige ; tout le reste était silencieux. Nous nous rapprochâmes de la route et attendîmes. Du côté de Körlin, cela tirait toujours. Deux chars arrivèrent, suivis d'un camion, un Studebaker frappé de l'étoile rouge : dès qu'ils furent passés, nous traversâmes la chaussée au pas de course pour débouler de l'autre côté dans un bois. Quelques kilomètres plus loin, il fallut répéter l'opération pour traverser la petite route menant à Gross-Jestin, un village voisin ; là aussi les chars et les véhicules encombraient la route. La neige épaisse nous cachait lorsque nous traversions les champs, il n'y avait pas de vent et elle tombait presque à la verticale, assourdissant les sons, détonations, moteurs, cris. De temps en temps, nous entendions des bruits métalliques ou des éclats de voix russes, nous nous cachions rapidement, à plat ventre dans un fossé ou derrière un buisson ; une patrouille nous passa sous le nez sans nous apercevoir. De nouveau la Persante nous barrait le chemin. La route de Kolberg se trouvait de l'autre côté ; nous suivions la berge vers le nord et Thomas dénicha enfin une barque, cachée dans des roseaux. Il n'y avait pas de rames, Piontek coupa de longues branches pour la manœuvrer et la traversée se fit assez facilement. Sur la chaussée régnait une circulation intense, dans les deux sens : les blindés russes et les camions roulaient tous feux allumés, comme sur une autostrade. Une longue colonne de chars filait en direction de Kolberg, spectacle féerique, chaque engin drapé de dentelle, de grandes pièces blanches fixées aux canons et aux tourelles et dansant sur les flancs, et dans les tourbillons de neige illuminés par leurs phares ces machines sombres et tonitruantes prenaient un aspect léger, presque aérien, elles paraissaient flotter sur la route, à travers la neige qui se confondait avec ces voilures. Nous reculâmes lentement pour nous enfoncer dans les bois. « On va repasser la Persante, chuchota la voix tendue de Thomas, désincarnée dans le noir et la neige. Pour Kolberg, c'est foutu. Il faudra aller jusqu'à l'Oder, sans doute. » Mais la barque avait disparu et nous dûmes marcher un moment avant de trouver un passage guéable, indiqué par des piquets et une sorte de passerelle tendue sous l'eau, à laquelle tenait accroché par un pied, flottant sur le ventre, le cadavre d'un Waffen-SS français. L'eau froide nous monta jusqu'aux cuisses, je tenais mon livre à la main pour lui épargner un nouveau bain ; de gros flocons tombaient sur l'eau pour y disparaître instantanément. Nous avions ôté nos bottes mais nos pantalons restèrent mouillés et froids toute la nuit et puis encore la matinée, lorsque nous nous endormîmes, tous les trois, sans monter la garde, dans une petite cabane de forestier au fond d'un bois. Cela faisait presque trente-six heures que nous marchions, nous étions épuisés ; maintenant, il faudrait marcher davantage.

Nous avancions la nuit ; le jour, nous nous cachions dans les bois ; alors je dormais ou lisais Flaubert, je parlais peu à mes compagnons. Une colère impuissante sourdait en moi, je ne comprenais pas pourquoi j'avais quitté la maison près d'Alt Draheim, je m'en voulais de m'être laissé entraîner pour errer comme un sauvage dans les bois, plutôt que d'être resté tranquille. La barbe rongeait nos visages, la boue séchée raidissait nos uniformes et sous le tissu rêche les crampes tenaillaient nos jambes. Nous mangions mal, il n'y avait que ce qu'on pouvait trouver dans les fermes abandonnées ou les débris de convois de réfugiés ; je ne me plaignais pas, mais je trouvais le lard cru immonde, le gras restait longtemps collé à l'intérieur de la bouche, il n'y avait jamais de pain pour le faire passer. Nous avions toujours froid et ne faisions pas de feu. Néanmoins, j'aimais bien cette campagne grave et tranquille, le silence amical des bois de bouleaux ou des futaies, le ciel gris à peine agité par le vent, le crissement feutré des dernières neiges de l'année. Mais c'était une campagne morte, déserte : vides les champs et vides les fermes. Partout les désastres de la guerre imposaient leurs traces. Tous les bourgs de quelque dimension, que nous contournions de loin, la nuit, étaient occupés par les Russes ; depuis les abords, dans le noir, on entendait les soldats ivres chanter et tirer des rafales en l'air. Il restait parfois des

Allemands, dans ces villages, on discernait leurs voix apeurées mais patientes entre les exclamations et les jurons russes, les cris n'étaient pas rares non plus, surtout des cris de femme. Mais cela valait encore mieux que les villages incendiés où la faim nous poussait : le bétail crevé empuantissait les rues, les maisons exhalaient, mêlée à celle du brûlé, une odeur de charogne, et comme il fallait y entrer pour trouver à se nourrir, nous ne pouvions éviter de voir les cadavres distordus de femmes, souvent dénudées, même des vieilles ou des gamines de dix ans, avec du sang entre les jambes. Mais rester dans les bois n'aidait pas à fuir les morts : aux carrefours, les branches immenses des chênes centenaires portaient des grappes de pendus, le plus souvent des *Volks-sturm*, mornes ballots victimes de Feldgendarmes zélés ; les corps parsemaient les clairières, comme ce jeune homme nu, couché dans la neige avec une jambe repliée, aussi serein que le pendu de la XIIᵉ carte du Tarot, effrayant d'étrangeté ; et plus loin encore, dans les forêts, les cadavres polluaient les étangs pâles que nous longions en retenant notre soif. Dans ces bois et ces forêts, on trouvait aussi des vivants, des civils terrorisés, incapables de nous fournir la moindre information, des soldats isolés ou en petits groupes qui tentaient comme nous de se faufiler à travers les lignes russes. Waffen-SS ou Wehrmacht, jamais ils ne voulaient rester avec nous ; ils devaient avoir peur, en cas de capture, de se retrouver avec de hauts gradés SS. Cela fit réfléchir Thomas et il m'obligea comme lui à détruire mon livre de paie et mes papiers et à arracher mes insignes, au cas où nous tomberions aux mains des Russes ; mais par peur des Feldgendarmes, il décida, assez irrationnellement, que nous garderions nos beaux uniformes noirs, un peu incongrus pour cette partie de campagne. Toutes ces décisions, c'était lui qui les prenait ; j'acceptais sans réfléchir et je suivais, fermé à tout sauf à ce qui me tombait sous les yeux, dans le lent déploiement de la marche.

Lorsque quelque chose suscitait en moi une réaction, c'était pire encore. La deuxième nuit après Körlin, vers l'aube, nous entrâmes dans un hameau, quelques fermes entourant un manoir. Un peu sur le côté se dressait une église en brique, adossée à un clocher pointu et coiffée d'un toit en ardoise grise ; la porte était ouverte, et il en sortait de la musique d'orgue ; Piontek était déjà parti fouiller les cuisines ; suivi de Thomas, j'entrai dans l'église. Un vieillard, près de l'autel, jouait *L'art de la fugue*, le troisième contrepoint, je pense, avec ce beau roulement de la basse qu'à l'orgue on rend à la pédale. Je m'approchai, m'assis sur un banc et écoutai. Le vieil homme acheva le morceau et se tourna vers moi : il portait un monocle et une petite moustache blanche bien taillée, et un uniforme d'Oberstleutnant de l'autre guerre, avec une croix au cou. « Ils peuvent tout détruire, me dit-il tranquillement, mais pas ça. C'est impossible, ça restera toujours : ça continuera même quand je m'arrêterai de jouer. » Je ne dis rien et il attaqua le contrepoint suivant. Thomas se tenait toujours debout. Je me relevai aussi. J'écoutais. La musique était magnifique, l'orgue n'avait pas une grande puissance mais il résonnait dans cette petite église de famille, les lignes du contrepoint se croisaient, jouaient, dansaient l'une avec l'autre. Or au lieu de m'apaiser cette musique ne faisait qu'attiser ma rage, je trouvais cela insoutenable. Je ne pensais à rien, ma tête était vide de tout sauf de cette musique et de la pression noire de ma rage. Je voulais lui crier d'arrêter, mais je laissai passer la fin du morceau et le vieil homme entama tout de suite le suivant, le cinquième. Ses longs doigts aristocratiques voletaient sur les touches du clavier, tiraient ou repoussaient les registres. Lorsqu'il les referma d'un coup sec, à la fin de la fugue, je sortis mon pistolet et lui tirai une balle dans la tête. Il s'effondra en avant sur les touches, ouvrant la moitié des tuyaux dans un mugissement désolé et discordant. Je rangeai mon pistolet, m'approchai et le tirai en arrière par le col ; le son cessa pour ne laisser que celui du sang gouttant de sa tête sur les dalles. « Tu es devenu complètement fou ! siffla Thomas. Qu'est-ce qui te prend !? » Je le regardai froidement, j'étais blême mais ma voix, saccadée, ne tremblait pas : « C'est à cause des ces junkers corrompus que l'Allemagne perd la guerre. Le national-socialisme s'effondre et eux jouent du Bach. Ça devrait être interdit. » Thomas me dévisageait, il ne savait pas quoi dire. Puis il haussa les épaules : « Après tout, tu as peut-être raison. Mais ne recommence pas. Allons-y. » Piontek, dans la grande cour, s'inquiétait du coup de feu et braquait son pistolet-mitrailleur. Je proposai de dormir dans le manoir, dans un vrai lit, avec des draps ; mais Thomas, je crois, m'en voulait, il décida que nous dormirions encore dans les bois, pour me vexer je pense. Mais je ne voulais plus me mettre en colère, et puis, c'était mon ami ; j'obéis, je le suivis sans protester.

Le temps était changeant, il s'adoucissait subitement ; dès que le froid disparaissait, il faisait tout de suite chaud, et je suais copieusement dans mon manteau, la terre grasse des champs me collait aux pieds. Nous restions au nord de la route de Plathe ; insensiblement, pour éviter les espaces trop ouverts, pour rester collés aux forêts, nous nous trouvions déportés plus encore au nord. Alors que nous pensions traverser la Rega dans la région de Greifenberg, nous l'atteignîmes près de Treptow, à moins de dix kilomètres de la mer. Entre Treptow et l'embouchure, d'après la carte de Thomas, toute la rive gauche était marécageuse; mais au bord de la mer s'étendait une grande forêt, où nous pourrions marcher en sûreté jusqu'à Horst ou Rewahl; si ces stations balnéaires se trouvaient encore en des mains allemandes, nous pourrions passer les lignes ; sinon, nous retournerions vers l'intérieur des terres. Cette nuit-là, nous passâmes la voie ferrée qui relie Treptow à Kolberg, puis la route de Deep, attendant pendant une heure le passage d'une colonne soviétique. Après la route, nous étions quasiment à découvert, mais il n'y avait là aucun village, nous suivions de petits chemins isolés dans la boucle de la Rega, nous rapprochant de la rivière. La forêt, en face, devenait visible dans l'obscurité, un grand mur noir devant la muraille claire de la nuit. Nous pouvions déjà sentir l'odeur de la mer. Mais nous ne voyions aucun moyen de passer la rivière qui allait s'élargissant vers l'embouchure. Plutôt que de rebrousser chemin, nous continuâmes vers Deep. Contournant la ville où dormaient, buvaient, chantaient les Russes, nous descendîmes vers la plage et les installations balnéaires. Un garde soviétique dormait sur une chaise longue et Thomas l'assomma avec le manche métallique d'un parasol; le bruit du ressac étouffait tous les sons. Piontek fit sauter la chaîne qui retenait les pédalos. Un vent glacial soufflait sur la Baltique, d'ouest en est, le long de la côte, les eaux noires étaient fortement agitées; nous tirâmes le pédalo sur le sable jusqu'à l'embouchure de la rivière; là, c'était plus calme, et je me lançai sur les flots avec une bouffée de joie; en pédalant, je me remémorais les étés sur les plages d'Antibes ou de Juan-les-Pins, où ma sœur et moi-même suppliions Moreau de nous louer un pédalo puis partions seuls sur la mer, aussi loin que nos petites jambes pouvaient nous pousser, avant de dériver avec bonheur au soleil. Nous traversâmes assez rapidement, Thomas et moi pédalant de toutes nos forces, Piontek, couché entre nous, surveillant la rive avec son arme; sur l'autre berge, j'abandonnai notre engin presque à regret. La forêt commençait aussitôt, de petits arbres trapus de toutes sortes, tordus par le vent qui balaie sans cesse cette longue côte morne. Marcher dans ces bois n'est pas facile : il y a peu de chemins, de jeunes pousses, de bouleaux surtout, envahissent le sol entre les arbres, il faut se frayer un passage parmi elles. La forêt avançait jusqu'au sable de la plage et surplombait la mer, tout contre les grandes dunes qui, s'affaissant sous le vent, venaient verser entre les arbres et les enterrer jusqu'à mi-tronc.

Derrière cette barrière tonnait sans fin le ressac de la mer invisible. Nous marchâmes jusqu'à l'aube ; plus loin, c'était surtout des pins ; on avançait plus vite. Lorsque le ciel s'éclaira, Thomas rampa sur une dune pour regarder la plage. Je le suivis. Une ligne ininterrompue de débris et de cadavres jonchait le sable froid et pâle, des épaves de véhicules, des pièces d'artillerie abandonnées, des charrettes renversées et fracassées. Les corps gisaient là où ils étaient tombés, sur le sable ou la tête dans l'eau, à moitié recouverts par l'écume blanche, d'autres encore flottaient plus loin, bousculés par les vagues. Les eaux de la mer semblaient lourdes, presque sales sur cette plage beige et claire, d'un gris-vert de plomb, dur et triste. De grosses mouettes volaient à ras de sable ou planaient au-dessus de la houle grondante, face au vent, comme suspendues, avant de filer plus loin d'un coup d'aile précis. Nous dévalâmes la dune pour fouiller hâtivement quelques carcasses à la recherche de provisions. Parmi les morts, il y avait de tout, des soldats, des femmes, de petits enfants. Mais nous ne trouvâmes pas grand-chose de comestible et regagnâmes vite la forêt. Dès que je m'éloignai de la plage, le calme des bois me recouvrit, laissant résonner au fond de ma tête le fracas du ressac et du vent. Je voulais dormir sur le dos de la dune, le sable froid et dur m'attirait, mais Thomas craignait les patrouilles, il m'entraîna plus loin dans la forêt. Je dormis quelques heures sur des aiguilles de pin et ensuite lus mon livre tout déformé jusqu'au soir, trompant ma faim grâce à la description somptueuse des banquets de la monarchie bourgeoise. Puis Thomas donna le signal du départ. En deux heures de marche, nous atteignîmes la lisière de la forêt, une courbe surplombant un petit lac séparé de la Baltique par une digue de sable gris, surmontée de jolies villas côtières abandonnées, et qui descendait vers la mer en une longue et douce plage parsemée de débris. Nous nous faufilâmes de maison en maison, épiant les chemins et la plage. Horst se trouvait un peu plus loin : une ancienne station balnéaire, fréquentée en son temps, mais vouée depuis quelques années aux invalides et aux convalescents. Sur la plage, l'entassement d'épaves et de corps s'épaississait, une grande bataille avait eu lieu ici. Plus loin, on apercevait des lumières, on entendait des bruits de moteurs, ce devait être les Russes. Nous avions déjà dépassé le petit lac ; d'après la carte, nous n'étions plus qu'à vingt, vingt-deux kilomètres de l'île de Wollin. Dans une des maisons nous trouvâmes un blessé, un soldat allemand frappé au ventre par un éclat de shrapnel. Il s'était tapi sous un escalier mais nous appela lorsqu'il nous entendit chuchoter. Thomas et Piontek le portèrent sur un canapé éventré en lui tenant la bouche pour qu'il ne crie pas ; il voulait boire, Thomas mouilla un tissu et le lui serra entre les lèvres à quelques reprises. Il gisait là depuis des jours, et ses paroles, entre les halètements, étaient à peine perceptibles. Les restes de plusieurs divisions, encadrant des dizaines de milliers de civils, avaient formé une poche à Horst, Rewahl, Hoff ; il était arrivé là avec les débris de son régiment, depuis Dramburg. Puis ils avaient tenté une percée en force vers Wollin. Les Russes tenaient les falaises au-dessus de la plage et tiraient méthodiquement sur la masse désespérée qui passait sous eux. « C'était du tir au pigeon. » Il avait été blessé presque tout de suite et ses camarades l'avaient abandonné. Dans la journée, la plage grouillait de Russes qui venaient dépouiller les morts. Il savait qu'ils tenaient Kammin et contrôlaient sans doute toute la rive du Haff. « La région doit fourmiller de patrouilles, commenta Thomas. Les Rouges vont chercher les survivants de la percée. » L'homme continuait à marmonner en gémissant, il suait ; il réclamait de l'eau, mais nous ne lui en donnions pas, cela l'aurait fait hurler ; et nous n'avions pas de cigarettes à lui offrir non plus. Avant de nous laisser repartir, il nous demanda un pistolet ; je lui abandonnai le mien, avec le fond de la bouteille d'eau-de-vie. Il promit d'attendre que nous soyons loin pour tirer. Alors nous reprîmes vers le sud : après Gross Justin, Zitzmar, il y avait des bois. Sur les routes, la circulation était incessante, des jeeps ou des Studebaker américains à étoile rouge, des motos, encore des blindés ; sur les chemins, c'étaient maintenant des patrouilles à pied de cinq ou six hommes, et il fallait toute son attention pour les éviter. À dix kilomètres de la côte, on retrouvait de la neige dans les champs et dans les bois. Nous nous dirigions vers Gülzow, à l'ouest de Greifenberg ; ensuite, expliquait Thomas, nous continuerions et tenterions de passer l'Oder du côté de Gollnow. Avant l'aube, nous trouvâmes une forêt, une cabane, mais il y avait des traces de pas et nous quittâmes le chemin pour aller dormir plus loin, dans les pins près d'une clairière, enroulés dans nos manteaux, sur la neige.

Je me réveillai entouré d'enfants. Ils formaient un grand cercle autour de nous, il y en avait des dizaines et ils nous regardaient en silence. Ils étaient en haillons, sales, les cheveux ébouriffés ; beaucoup d'entre eux portaient des morceaux d'uniforme allemand, une vareuse, un casque, un manteau grossièrement découpé ; certains serraient entre leurs mains des outils agricoles, houes, râteaux, pelles ; d'autres, des fusils et des pistolets-mitrailleurs faits de fil de fer ou taillés dans du bois ou du carton. Leurs regards étaient fermés et menaçants. La plupart paraissaient avoir entre dix et treize ans ; certains n'en avaient pas six; et derrière eux se tenaient des filles. Nous nous mîmes debout et Thomas leur dit poliment bonjour. Le plus grand d'entre eux, un garçon blond et efflanqué qui portait un manteau d'officier d'état-major aux revers de velours rouge par-dessus une veste noire de tankiste, s'avança d'un pas et aboya : « Qui êtes-vous ? » Il parlait allemand avec un épais accent de *Volksdeutscher*, de Ruthénie ou peut-être même du Banat. « Nous sommes des officiers allemands, répondit posément Thomas. Et vous ? » — « Kampfgruppe Adam. C'est moi Adam, Generalmajor Adam, c'est mon commandement. » Piontek pouffa de rire. « Nous sommes de la SS », dit Thomas. — « Où sont vos insignes ? cracha le garçon. Vous êtes des déserteurs ! » Piontek ne riait plus. Thomas ne se laissa pas démonter, il gardait les mains dans le dos et dit : « Nous ne sommes pas des déserteurs. Nous avons été obligés de retirer nos insignes de peur de tomber aux mains des bolcheviques. » — « Herr Standartenführer ! cria Piontek, pourquoi vous discutez avec ces morveux ? Vous voyez pas qu'ils sont toqués ? Il faut leur foutre une raclée ! » — « Tais-toi, Piontek », dit Thomas. Je ne disais rien, l'épouvante me gagnait devant le regard fixe et insane de ces enfants. « Non mais je vais leur montrer, moi ! » brailla Piontek en cherchant le pistolet-mitrailleur dans son dos. Le garçon en manteau d'officier fit un signe et une demi-douzaine d'enfants se ruèrent sur Piontek, le frappant avec leurs outils et le traînant au sol. Un garçon leva une houe et la lui ficha dans la joue, lui écrasant les dents et projetant un œil hors de l'orbite. Piontek hurlait encore ; un coup de gourdin lui défonça le front et il se tut. Les enfants continuèrent à frapper jusqu'à ce que sa tête ne soit plus qu'une bouillie rouge dans la neige. J'étais pétrifié, saisi d'une terreur incontrôlable. Thomas non plus ne bougeait pas un muscle. Lorsque les enfants abandonnèrent le cadavre, le plus grand cria encore une fois : « Vous êtes des déserteurs et nous allons vous pendre comme des traîtres ! » — « Nous ne sommes pas des déserteurs, répéta froidement Thomas. Nous sommes en mission spéciale pour le Führer derrière les lignes russes et vous venez de tuer notre chauffeur. » — « Où sont vos papiers pour le prouver ? » insistait le garçon. — « Nous les avons détruits. Si les Rouges nous capturaient, s'ils devinaient qui nous sommes, ils nous tortureraient et nous feraient parler. » — « Prouvez-lemoi ! » — « Escortez-nous jusqu'aux lignes allemandes et vous verrez bien. » — « Nous avons autre chose à faire qu'escorter des déserteurs, siffla l'enfant. Je vais appeler mes supérieurs. » — « Comme vous voulez », dit calmement Thomas. Un petit garçon d'environ huit ans traversa le groupe, une boîte sur l'épaule. C'était une caisse à munitions en bois, avec des marquages russes, sur le fond de laquelle étaient fixées plusieurs vis et cloués des cercles de carton coloriés. Une boîte de conserve, reliée à la caisse par un fil de fer, pendait accrochée sur le côté ; des attaches maintenaient en l'air une longue tige métallique ; autour du cou, le garçon portait un vrai casque de radiophoniste. Il ajusta les écouteurs sur ses oreilles, prit la caisse sur ses genoux, fit tourner les cercles de carton, joua avec les vis, approcha la boîte de conserve de sa bouche et appela : « Kampfgruppe Adam pour le QG ! Kampf-gruppe Adam pour le QG ! Répondez ! » Il répéta cela plusieurs fois puis libéra une oreille des écouteurs, bien trop gros pour lui. « Je les ai en ligne, Herr Generalmajor, dit-il au grand garçon blond. Qu'est-ce que je dois dire ? » Celui-ci se tourna vers Thomas : « Votre nom et votre grade ! » — « SS-Standartenführer Hauser, rattaché à la *Sicher-heitspolizei*. » Le garçon se retourna vers le petit à la radio : « Demande-leur s'ils confirment la mission du Standartenführer Hauser de la Sipo. » Le petit répéta le message dans sa boîte de conserve et attendit. Puis il déclara : « Ils ne savent rien, Herr Generalmajor. » — « Ce n'est pas surprenant, dit Thomas avec son calme hallucinant. « Nous rendons compte directement au Führer. Laissez-moi appeler Berlin et il vous le confirmera en personne. » — « En personne ? » demanda le garçon qui commandait, une lueur étrange dans les yeux. — « En personne », répéta Thomas. Je restais pétrifié ; l'audace de Thomas me glaçait. Le garçon blond fit un signe et le petit ôta le casque et le passa avec la boîte de conserve à Thomas. « Parlez. Dites : "À vous" à chaque fin de phrase. » Thomas approcha les écouteurs d'une oreille et prit la boîte. Puis il appela dans la boîte : « Berlin, Berlin. Hauser pour Berlin, répondez. » Il répéta cela plusieurs fois, puis dit : « Standarten-führer Hauser, en mission commandée, au rapport. Je dois parler au Führer. À vous... Oui, j'attendrai. À vous. » Les enfants qui nous entouraient gardaient leurs yeux rivés sur lui ; la mâchoire de celui qui se faisait appeler Adam tressaillait légèrement. Puis Thomas se raidit, claqua les talons, et cria dans la boîte de conserve : « Heil Hitler ! Standarten-führer Hauser de la *Geheime Staatspolizei*, au rapport, mein Führer ! À vous. » Il fit une pause et continua. « L'Obersturmbannführer Aue et moi-même rentrons de notre mission spéciale, mein Führer ! Nous avons rencontré le Kampfgruppe Adam et demandons confirmation de notre mission et de notre identité. À vous. » Il fit une autre pause puis dit : « *Jawohl*, mein Führer. Sieg Heil ! » Il tendit les écouteurs et la boîte au garçon en manteau d'officier. « Il veut vous parler, Herr Gene-ralmajor. » — « C'est le Führer ? » fit celui-ci d'une voix sourde. —

« Oui. N'ayez pas peur. C'est un homme bon. » Le garçon prit lentement les écouteurs, les colla à ses oreilles, se raidit, lança un bras en l'air
et cria dans la boîte : « Heil Hitler ! Generalmajor Adam, *zu Befehl*,
mein Führer ! À vous ! » Puis ce fut : « *Jawohl*, mein Führer ! *Jawohl !
Jawohl !* Sieg Heil ! » Lorsqu'il ôta les écouteurs pour les rendre au
petit, ses yeux étaient humides. « C'était le Führer, dit-il solennellement. Il confirme votre identité et votre mission. Je suis désolé pour
votre chauffeur, mais il a eu un geste malheureux et on ne pouvait pas
savoir. Mon Kampfgruppe est à votre disposition. De quoi avez-vous
besoin ? » — « Nous devons rejoindre nos lignes sains et saufs pour
transmettre des informations secrètes d'une importance vitale pour le
Reich. Pouvez-vous nous aider ? » Le garçon se retira avec plusieurs
autres et conféra avec eux. Puis il revint : « Nous sommes venus par ici
pour détruire une concentration de forces bolcheviques. Mais on peut
vous raccompagner jusqu'à l'Oder. Au sud, il y a une forêt, on passera
sous le nez de ces brutes. Nous vous aiderons. »

Ainsi nous nous mîmes en marche avec cette horde d'enfants en guenilles, laissant là le corps du pauvre Piontek. Thomas prit son pistolet-
mitrailleur et je me chargeai du sac de provisions. Le groupe comptait
en tout presque soixante-dix gamins, dont une dizaine de fillettes. La
plupart, comme nous le comprîmes peu à peu, étaient des *Volksdeutschen* orphelins, certains venaient de la région de Zamosc et même de la
Galicie ou des marches d'Odessa, cela faisait des mois qu'ils erraient
ainsi derrière les lignes russes, vivant de ce qu'ils pouvaient trouver,
recueillant d'autres enfants, tuant impitoyablement Russes et Allemands isolés, qu'ils considéraient tous comme des déserteurs. Comme
nous, ils marchaient de nuit et se reposaient le jour, cachés dans les
forêts. En route ils avançaient en ordre militaire, avec des éclaireurs
devant, puis le gros de la troupe, les filles au milieu. Par deux fois, nous
les vîmes massacrer de petits groupes de Russes endormis : la première
fois, ce fut facile, les soldats, ivres, cuvaient leur vodka dans une ferme
et furent égorgés ou déchiquetés dans leur sommeil ; la seconde fois, un
gamin fracassa le crâne d'un garde avec une pierre, puis les autres se
ruèrent sur ceux qui ronflaient autour d'un feu, près de leur camion en
panne. Curieusement, ils ne leur prenaient jamais leurs armes : « Nos
propres armes allemandes sont mieux », nous expliqua le garçon qui les
commandait et qui disait se nommer Adam. Nous les vîmes aussi attaquer une patrouille avec une ruse et une sauvagerie inouïes. La petite
unité avait été repérée par les éclaireurs ; le gros du groupe se retira
dans les bois, et une vingtaine de garçons s'avancèrent sur le chemin

vers les Russes, clamant : « *Russki ! Davaï ! Khleb, khleb !* » Les Russes ne se méfièrent pas et les laissèrent approcher, certains riaient même et sortaient du pain de leur besace. Lorsque les enfants les eurent entourés, ils les attaquèrent avec leurs outils et leurs couteaux, ce fut une boucherie insensée, je vis un petit de sept ans grimper sur le dos d'un soldat et lui planter un gros clou dans l'œil. Deux des soldats parvinrent néanmoins à lâcher des rafales avant de succomber : trois enfants furent tués sur le coup, et cinq blessés. Après le combat, les survivants, couverts de sang, ramenèrent les blessés qui pleuraient, hurlaient de douleur. Adam les salua et acheva lui-même au couteau ceux qui étaient atteints aux jambes ou au ventre ; les deux autres furent confiés aux filles, et Thomas et moi tentâmes tant bien que mal de nettoyer leurs blessures et de les panser avec des lambeaux de chemises. Entre eux ils se comportaient presque aussi brutalement qu'avec les adultes. À l'arrêt, nous avions le loisir de les observer : Adam se faisait servir par une des filles les plus âgées, puis l'entraînait dans les bois ; les autres se battaient pour des morceaux de pain ou de saucisse, les plus petits devaient courir piquer dans les sacs tandis que les grands leur distribuaient des taloches ou même des coups de pelle ; ensuite, deux ou trois des garçons prenaient une fillette par les cheveux, la jetaient à terre et la violaient devant les autres en lui mordant la nuque comme des chats ; des garçons se branlaient ouvertement en les regardant ; d'autres frappaient celui qui était sur la petite fille, le jetaient de côté pour prendre sa place, la petite essayait de fuir, on la rattrapait et la renversait d'un coup de pied au ventre, le tout au milieu des cris, de hurlements stridents ; plusieurs de ces fillettes à peine pubères paraissaient d'ailleurs enceintes. Ces scènes ébranlaient profondément mes nerfs, je supportais très mal cette compagnie démente. Certains des enfants, surtout les plus grands, parlaient à peine allemand ; alors que, jusqu'à l'année précédente au moins, tous avaient dû être scolarisés, il ne semblait rester aucune trace de leur éducation, à part la conviction inébranlable d'appartenir à une race supérieure, ils vivaient comme une tribu primitive ou une meute, coopérant habilement pour tuer ou trouver à manger, puis se disputant vicieusement le butin. L'autorité d'Adam, qui était physiquement le plus grand, paraissait incontestée ; je le vis frapper contre un arbre, jusqu'au sang, la tête d'un garçon qui avait tardé à lui obéir. Peut-être, me disais-je, fait-il tuer tous les adultes qu'il rencontre pour rester l'aîné.

Cette marche avec les enfants dura plusieurs nuits. Je me sentais par paliers perdre le contrôle de moi-même, je devais fournir un immense effort intérieur pour ne pas les frapper à mon tour. Thomas restait d'un calme olympien, il suivait notre progression à la carte et à la boussole, conférait avec Adam sur la direction à prendre. Avant Gollnow, il fallut traverser la voie ferrée de Kammin, puis, en plusieurs groupes compacts, la route. Au-delà il n'y avait plus qu'une immense forêt épaisse, désertée, mais dangereuse à cause des patrouilles qui, heureusement, s'en tenaient aux chemins. Nous commencions aussi à rencontrer de nouveau des soldats allemands, seuls ou en groupes, qui comme nous se dirigeaient vers l'Oder. Thomas empêchait Adam de tuer les isolés ; deux d'entre eux se joignirent à nous, dont un SS belge, les autres partaient de leur côté, préférant tenter leur chance seuls. Après une autre route, la forêt se mua en marécage, nous n'étions plus très loin de l'Oder ; au sud, d'après la carte, ces marais donnaient sur un affluent, l'Ihna. Le passage devenait difficile, on s'enfonçait jusqu'aux genoux, parfois la taille, des enfants manquaient de se noyer dans les fondrières. Il faisait maintenant tout à fait doux, même dans la forêt la neige avait disparu, je quittai enfin mon manteau, toujours trempé et pesant. Adam décida de nous escorter jusqu'à l'Oder avec une troupe réduite et laissa une partie de son groupe, les filles et les plus petits sous la garde des deux blessés, sur une langue de terre sèche. Franchir ces marécages désolés prit la majeure partie de la nuit ; il fallait parfois faire des détours considérables, mais la boussole de Thomas servait à nous guider. Enfin ce fut l'Oder, noire et luisante sous la lune. Une ligne de longs îlots semblait s'étendre entre nous et la rive allemande. Nous ne pûmes trouver de barque. « Tant pis, décréta Thomas, on traversera à la nage. » — « Je ne sais pas nager », fit le Belge. C'était un Wallon, il avait bien connu Lippert dans le Caucase et m'avait raconté sa mort à Novo Buda. « Je t'aiderai », lui dis-je. Thomas se retourna vers Adam : « Vous ne voulez pas traverser avec nous ? Rejoindre l'Allemagne ? » — « Non, fit le garçon. Nous avons notre propre mission. » Nous ôtâmes nos bottes pour les passer dans nos ceinturons et je serrai ma casquette sous ma tunique ; Thomas et le soldat allemand, qui se prénommait Fritz, gardèrent leurs pistolets-mitrailleurs au cas où l'île ne serait pas déserte. À cet endroit la rivière devait avoir trois cents mètres de large, mais avec le printemps elle avait grossi et le courant était vif ; le Belge, que je tenais par le menton en nageant sur le dos, me ralentissait, je fus vite emporté et faillis dépasser l'île ; dès que je parvins à prendre pied, je lâchai le soldat et le tirai par le col, jusqu'à ce qu'il puisse marcher seul dans l'eau. Sur la berge, j'eus un coup de fatigue et dus m'asseoir un moment. En face, les marécages bruissaient à peine, les enfants avaient déjà disparu ; l'îlot sur lequel nous nous trouvions était boisé, et je n'entendais rien ici non plus, sauf le murmure de l'eau. Le Belge alla retrouver Thomas et le soldat allemand, qui avaient abordé plus haut, puis revint me dire que l'île paraissait déserte. Lorsque je pus me lever je traversai le bois avec lui. De l'autre côté, la rive était aussi muette et noire. Mais sur la plage, un poteau peint en rouge et blanc indiquait l'emplacement d'un téléphone de campagne, protégé sous une bâche, dont le fil disparaissait dans l'eau. Thomas prit le combiné et sonna. « Bonsoir, fit-il. Oui, nous sommes des militaires allemands. » Il énonça nos noms et nos grades. Puis : « Très bien. » Il raccrocha, se redressa, me regarda avec un grand sourire. « Ils nous disent de nous placer en rang et d'écarter nos bras. » Nous eûmes à peine le temps de nous disposer : un puissant projecteur s'alluma sur la rive allemande et se braqua sur nous. Nous restâmes ainsi plusieurs minutes. « Bien imaginé, leur système », commenta Thomas. Un bruit de moteur monta dans la nuit. Un canot en caoutchouc s'approchait et accosta près de nous ; trois soldats nous examinaient en silence, armes au poing jusqu'à ce qu'ils se fussent assurés que nous étions bien allemands ; toujours sans un mot, ils nous firent embarquer, le canot fila en tanguant à travers les eaux noires.

Sur la berge, dans l'obscurité, des Feldgendarmes attendaient. Leurs grandes plaques métalliques brillaient à la lueur de la lune. On nous mena dans un bunker devant un Hauptmann de la police qui nous réclama nos papiers ; aucun de nous n'en avait. « Dans ce cas, fit l'officier, je dois vous envoyer sous escorte à Stettin. Je suis désolé, mais toutes sortes de personnes essayent de s'infiltrer. » Pendant que nous attendions, il nous distribua des cigarettes et Thomas discuta plaisamment avec lui : « Vous avez beaucoup de passage ? » — « Dix à quinze par nuit. Sur tout notre secteur, des douzaines. L'autre jour, plus de deux cents hommes sont arrivés d'un coup, encore armés. La plupart finissent ici à cause des marais, où les Russes patrouillent peu, comme vous avez pu le constater. » — « L'idée du téléphone est ingénieuse. » — « Merci. L'eau a monté et plusieurs hommes se sont noyés en essayant de traverser à la nage. Le téléphone nous épargne les mauvaises surprises... on l'espère, du moins, ajouta-t-il en souriant. Il paraît que les Russes ont des traîtres, avec eux. » Vers l'aube, on nous fit monter dans un camion avec trois autres *Rückkämpfer* et une escorte armée de Feldgendarmes. Nous avions traversé la rivière juste au-dessus de Pölitz ; mais la ville était sous le feu de l'artillerie russe et notre camion fit un assez long détour avant de parvenir à Stettin. Là aussi, des obus tombaient, des immeubles flambaient gaiement; dans les rues, par la ridelle du camion, je ne voyais presque que des soldats. On nous mena à un PC de la Wehrmacht où nous fûmes tout de suite séparés des soldats, puis un Major sévère nous interrogea, rapidement rejoint par un représentant de la Gestapo en civil. Je laissai parler Thomas, il raconta notre histoire en détail; je ne parlais que lorsqu'on m'interrogeait directement. Sur la suggestion de Thomas, l'homme de la Gestapo accepta enfin de téléphoner à Berlin. Huppenkothen, le supérieur de Thomas, n'était pas là, mais nous pûmes joindre un de ses adjoints qui nous identifia tout de suite. L'attitude du Major et de l'homme de la Gestapo changea immédiatement, ils se mirent à nous appeler par nos grades et à nous offrir du schnaps. Le fonctionnaire de la Gestapo sortit en promettant de nous trouver un moyen de transport pour Berlin; en l'attendant, le Major nous donna des cigarettes et nous installa sur un banc, dans le couloir. Nous fumions sans parler : depuis le début de la marche, nous n'avions presque pas fumé et cela nous grisait. Un calendrier sur le bureau du Major portait la date du 21 mars, notre équipée avait duré dix-sept jours et cela d'ailleurs se voyait à notre apparence : nous puions, nos visages étaient envahis par la barbe, la boue crottait nos uniformes déchirés. Mais nous n'étions pas les premiers à arriver dans cet état et cela ne semblait choquer personne. Thomas se tenait droit, une jambe passée par-dessus l'autre, il paraissait très heureux de notre équipée; j'étais plutôt affaissé, les jambes écartées droit devant moi dans une pose fort peu militaire; un Oberst affairé qui passait devant nous, une serviette sous le bras, me jeta un regard de dédain. Je le reconnus tout de suite, je me levai d'un bond et le saluai chaleureusement : c'était Osnabrugge, le démolisseur de ponts. Il mit quelques instants à me reconnaître puis ses yeux s'écarquillèrent : « Obersturmbannführer! Dans quel état vous êtes. » Je lui racontai brièvement notre aventure. « Et vous? Vous dynamitez des ponts allemands, maintenant? » Son visage s'allongea : « Hélas, oui. J'ai fait sauter celui de Stettin il y a deux jours, lorsque nous avons évacué Altdamm et Finkenwalde. C'était horrible, le pont était couvert de pendus, des fuyards rattrapés par la Feldgendarmerie. Trois sont restés accrochés après l'explosion, juste à l'entrée du pont, tout verts. Mais, reprit-il en se ressaisissant, nous n'avons pas tout cassé. L'Oder devant Stettin a cinq branches et nous avons décidé de ne démolir que le dernier pont. Cela laisse toutes ses chances à la reconstruction. » — « C'est bien, commentai-je, vous songez à l'avenir, vous gardez le moral. » Nous nous séparâmes sur ces paroles : quelques têtes de pont, plus au sud, ne s'étaient pas encore repliées, Osnabrugge devait aller inspecter les préparatifs de démolition. Peu après, l'homme de la Gestapo locale revint et nous fit monter dans une voiture avec un officier SS qui devait aussi se rendre à Berlin et ne semblait pas le moins du monde gêné par notre odeur. Sur l'autostrade, le spectacle était encore plus épouvantable qu'en février : un flot continu de réfugiés hagards et de soldats épuisés et meurtris, des camions chargés de blessés, les débris de la débâcle. Je m'endormis presque aussitôt, on dut me réveiller pour une attaque de Sturmovik, je me rendormis dès que je pus remonter dans le véhicule.

À Berlin, nous eûmes un peu de mal à nous justifier, mais moins que je ne m'y attendais : les simples soldats, eux, on les pendait ou les fusillait sur un soupçon, sans ménagements. Avant même de se raser ou de se laver, Thomas alla se présenter à Kaltenbrunner, qui siégeait maintenant à la Kurfürstenstrasse, dans les anciens locaux d'Eichmann, un des derniers bâtiments du RSHA à peu près debout. Comme je ne savais pas où me rendre au rapport — même Grothmann avait quitté Berlin — j'y allai avec lui. Nous étions convenus d'un récit à peu près plausible : je profitais de mon congé pour tenter d'évacuer ma sœur et son mari, et l'offensive russe m'avait pris de court avec Thomas, venu m'aider ; Thomas, d'ailleurs, avait eu la prévoyance de se munir d'un ordre de mission de Huppenkothen avant de partir. Kaltenbrunner nous écouta en silence puis nous renvoya sans commentaires, m'indiquant que le Reichsführer, qui s'était démis la veille de son commandement du groupe d'armées Vistule, se trouvait à Hohenlychen. J'eus vite fait de rendre compte de la mort de Piontek, mais dus remplir de nombreux formulaires pour justifier la perte du véhicule. Le soir venu, nous nous rendîmes chez Thomas, à Wannsee : la maison était intacte, mais il n'y avait ni électricité, ni eau courante, et nous ne pûmes faire qu'une toilette sommaire à l'eau froide, et nous raser péniblement avant de nous coucher. Le lendemain matin, vêtu d'un uniforme propre, je gagnai Hohenlychen et montai me présenter à Brandt. Dès qu'il me vit, il m'ordonna de me doucher, de me faire couper les cheveux, et de revenir lorsque j'aurais une apparence convenable. L'hôpital disposait de douches chaudes, j'y passai presque une heure sous le jet, voluptueusement ; puis je me rendis chez le coiffeur et j'en profitai pour me faire raser à l'eau chaude et asperger d'eau de Cologne. Presque dispos, je retournai voir Brandt. Il écouta sévèrement mon récit, me tança sèchement pour avoir coûté au Reich, par mon imprudence, plusieurs semaines de mon travail, puis m'informa qu'entre-temps on m'avait fait porter disparu ; mon bureau était dissous, mes collègues réaffectés, et mes dossiers archivés. Pour le moment, le Reichsführer n'avait plus besoin de mes services ; et Brandt m'ordonna de retourner à Berlin me mettre à la disposition de Kaltenbrunner. Son secrétaire, après l'entretien, me fit passer dans son bureau et me remit mon courrier personnel, transmis par Asbach lors de la fermeture du bureau d'Oranienburg : il y avait surtout là des factures, un petit mot d'Ohlendorf au sujet de ma blessure de février, et une lettre d'Hélène, que j'empochai sans l'ouvrir. Puis je rentrai à Berlin. À la Kurfürstenstrasse régnait une ambiance chaotique : le bâtiment abritait maintenant l'état-major du RSHA et de la *Staatspolizei*, ainsi que de nombreux représentants du SD ; tout le monde manquait de place, peu de gens savaient ce qu'ils avaient à faire, ils erraient dans les couloirs sans but, cherchant à se donner une contenance. Comme Kaltenbrunner ne pouvait me recevoir avant le soir, je m'installai dans un coin sur une chaise et repris ma lecture de *L'éducation sentimentale*, qui avait encore souffert du passage de l'Oder, mais que je tenais à finir. Kaltenbrunner me fit appeler juste avant que Frédéric ne rencontre Madame Arnoux pour la dernière fois ; c'était frustrant. Il aurait pu attendre un peu, d'autant qu'il n'avait aucune idée de ce qu'il pourrait faire de moi. Il finit, presque au hasard, par me nommer officier de liaison avec l'OKW. Mon travail consistait en ceci : trois fois par jour, je devais me rendre à la Bendlerstrasse et en rapporter des dépêches sur la situation au front ; le reste du temps, je pouvais tranquillement rêvasser. Le Flaubert fut vite achevé, mais je trouvai d'autres livres. J'aurais aussi pu me promener mais ce n'était pas recommandé. La ville était en mauvais état. Partout, les fenêtres béaient ; régulièrement, on entendait s'écrouler un pan d'immeuble dans un immense fracas. Dans les rues, des équipes déblayaient inlassablement les décombres et les empilaient en tas espacés pour que les rares voitures puissent circuler, en zigzaguant, mais souvent ces piles s'effondraient à leur tour, et il fallait recommencer. L'air du printemps était âcre, chargé de fumée noire et de poussière de brique qui crissait entre les dents. Le dernier raid majeur remontait à trois jours avant notre retour : à cette occasion, la Luftwaffe avait sorti sa nouvelle arme, des appareils à réaction étonnamment rapides, et qui avaient infligé quelques pertes à l'ennemi ; depuis, ce n'était plus que des attaques de harcèlement de Mosquito. Le dimanche suivant notre arrivée fut le premier beau jour de printemps de l'année 1945 : dans le Tiergarten, les arbres bourgeonnaient, de l'herbe apparaissait sur les amas de débris et verdissait les jardins. Mais nous avions peu d'occasions de profiter du beau temps. Les rations alimentaires, depuis la perte des territoires de l'Est, se réduisaient au strict minimum ; même les bons restaurants n'avaient plus grand-chose. On vidait le personnel des ministères pour remplumer la Wehrmacht, mais avec la destruction de la plupart des fichiers de cartes et la désorganisation des postes, la majorité des hommes ainsi libérés attendaient des semaines qu'on les appelle. À la Kurfürstenstrasse, on avait installé un bureau qui délivrait de faux papiers de la Wehrmacht ou d'autres organismes aux responsables du RSHA considérés comme *compromis*. Thomas s'en fit faire plusieurs jeux, tous différents, et me les montra en riant : ingénieur de Krupp, Hauptmann de la Wehrmacht, fonctionnaire du ministère de l'Agriculture. Il voulait que je fasse la même chose mais je ne cessais de remettre la décision ; à la place, je me fis refaire un livre de paie et une carte du SD, pour remplacer ceux que j'avais détruits en Poméranie. De temps en temps, je voyais Eichmann qui traînait toujours là, très abattu. Il était très nerveux, il savait que si nos ennemis lui mettaient la main dessus, il était fini, il se demandait ce qu'il allait devenir. Il avait envoyé sa famille à l'abri et voulait les rejoindre ; je le vis un jour dans un couloir se disputer avec acrimonie, sans doute à ce sujet, avec Blobel, qui lui aussi errait sans savoir quoi faire, presque constamment ivre, hargneux, rageur. Quelques jours auparavant, Eichmann avait rencontré le Reichsführer à Hohenlychen, il était revenu de cet entretien fortement déprimé ; il m'invita dans son bureau à boire du schnaps et à l'écouter parler, il semblait garder une certaine considération pour moi et me traitait presque comme son confident, sans que je puisse comprendre d'où cela venait. Je buvais en silence et le laissai s'épancher. « Je ne comprends pas, disait-il plaintivement, en repoussant ses lunettes sur son nez. Le Reichsführer m'a dit : "Eichmann, si je devais recommencer, j'organiserais les camps de concentration comme le font les Britanniques." Voilà ce qu'il m'a dit. Il a ajouté : "J'ai fait une erreur, là." Qu'est-ce qu'il a bien pu vouloir dire ? Je ne comprends pas. Vous comprenez, vous ? Peut-être qu'il a voulu dire que les camps auraient dû être, je ne sais pas, moi, plus élégants, plus esthétiques, plus polis. » Moi non plus je ne comprenais pas ce que le Reichsführer avait voulu dire, mais cela m'était en vérité égal. Je savais par Thomas, qui s'était tout de suite replongé dans ses intrigues, que Himmler, aiguillé par Schellenberg et son masseur finlandais Kersten, continuait à faire des gestes — plutôt incohérents à vrai dire — en direction des Anglo-

Américains : « Schellenberg a réussi à lui faire dire : "Je protège le trône. Ça ne veut pas forcément dire celui qui est assis dessus." C'est un grand progrès », m'expliquait Thomas. — « Certes. Dis-moi, Thomas, pourquoi restes-tu à Berlin ? » Les Russes s'étaient arrêtés sur l'Oder, mais tout le monde savait que ce n'était qu'une question de temps. Thomas sourit : « Schellenberg m'a demandé de rester. Pour garder un œil sur Kaltenbrunner et surtout Müller. Ils font un peu n'importe quoi. » Tout le monde, en fait, faisait un peu n'importe quoi, Himmler le premier, Schellenberg, Kammler qui avait maintenant son propre accès direct au Führer et n'écoutait plus le Reichsführer ; Speer, disait-on, courait la Ruhr et tentait, face à l'avancée américaine, de contrer les ordres de destruction du Führer. La population, elle, perdait tout espoir, et la propagande de Goebbels n'arrangeait pas les choses : en guise de consolation, elle promettait que le Führer, *dans sa grande sagesse*, préparait en cas de défaite une mort facile, par le gaz, au peuple allemand. C'était là bien encourageant et, comme disaient les mauvaises langues : « Qu'est-ce que c'est qu'un lâche ? C'est un type qui est à Berlin et qui s'engage sur le front. » La seconde semaine d'avril, l'orchestre philharmonique donna un dernier concert. Le programme, exécrable, était tout à fait dans le goût de cette période — le dernier aria de Brünnhilde, le *Götterdämmerung* bien entendu, et pour finir la *Symphonie romantique* de Bruckner — mais j'y allai quand même. La salle, glaciale, était intacte, les lustres brillaient de tous leurs feux, j'aperçus Speer, de loin, avec l'amiral Dönitz dans la loge d'honneur ; à la sortie, des Hitlerjugend en uniforme munis de paniers offraient aux spectateurs des capsules de cyanure : cela me tenta presque d'en avaler une sur place, par dépit. Flaubert, j'en étais sûr, se serait étouffé devant un tel étalage de bêtise. Ces démonstrations ostentatoires de pessimisme alternaient avec des effusions extatiques de joie optimiste : le jour même de ce fameux concert, Roosevelt mourait, et Goebbels, confondant Truman avec Pierre III, lançait dès le lendemain le mot d'ordre *La tsarine est morte*. Des soldats affirmaient avoir aperçu le visage de « l'oncle Fritz » dans les nuages, et on promettait une contre-offensive décisive et la victoire pour l'anniversaire de notre Führer, le 20 avril. Thomas, au moins, même s'il ne renonçait pas à ses manœuvres, ne perdait pas le nord ; il avait réussi à faire passer ses parents au Tyrol, du côté d'Innsbruck, dans une zone qui serait certainement occupée par les Américains : « C'est Kaltenbrunner qui s'en est chargé. Par la Gestapo de Vienne. » Et, lorsque je montrai un peu de surprise : « C'est un homme compréhensif, Kaltenbrunner. Il a une famille aussi, il

sait ce que c'est. » Thomas avait tout de suite repris sa vie sociale effrénée et me traînait de fête en fête, où je buvais à m'abasourdir tandis
qu'il narrait avec outrance notre vagabondage poméranien à des demoiselles émoustillées. Des fêtes, il y en avait tous les soirs, un peu partout,
on ne faisait presque plus attention aux raids de Mosquito ni aux
consignes de la propagande. Sous la Wilhelmplatz, un bunker avait été
transformé en boîte de nuit, très gaie, où l'on servait du vin, des alcools,
des cigares de marque, des hors-d'œuvre de luxe; l'endroit était fréquenté par des gradés de l'OKW, de la SS ou du RSHA, des civils
huppés et des aristocrates, ainsi que des actrices et des jeunes filles
coquettes, superbement parées. Nous passions presque tous les soirs à
l'*Adlon*, où le maître d'hôtel, solennel et impassible, nous accueillait en
queue-de-pie pour nous introduire dans le restaurant illuminé et nous
faire servir, par des garçons en frac, des tranches violettes de chou-rave
dans des assiettes en argent. Le bar de la cave était toujours bondé, on y
retrouvait les derniers diplomates, italiens, japonais, hongrois ou français. J'y croisai un soir Mihaï, vêtu de blanc, avec une chemise en soie
jaune serin. « Toujours à Berlin? me lança-t-il avec un sourire. Ça fait
longtemps que je ne t'ai pas vu. » Il se mit à me draguer ostensiblement,
devant plusieurs personnes. Je le pris par le bras, et, serrant très fort, le
tirai de côté : « Arrête », grinçai-je. — « Arrête quoi? » fit-il en souriant. Ce sourire fat et calculateur me mit hors de moi. « Viens », dis-je,
et je le poussai discrètement vers les W-C. C'était une grande salle
blanche, carrelée, avec des éviers et des urinoirs massifs, brillamment
éclairée. Je vérifiai les cabines : elles étaient vides. Puis je fermai le
loquet de la porte. Mihaï me regardait en souriant, une main dans la
poche de son veston blanc, près des lavabos aux gros robinets en laiton.
Il s'avança vers moi, toujours avec son sourire gourmand; lorsqu'il leva
la tête pour m'embrasser, j'ôtai ma casquette et le frappai très fort au
visage avec mon front. Son nez, sous la violence du coup, éclata, du sang
jaillit, il hurla et tomba au sol. Je l'enjambai, la casquette toujours à la
main, et allai me regarder dans le miroir : j'avais du sang sur le front,
mais mon col et mon uniforme n'étaient pas tachés. Je me rinçai soigneusement le visage et remis ma casquette. Par terre, Mihaï se tordait
de douleur en se tenant le nez, et gémissait pitoyablement : « Pourquoi
tu as fait ça? » Sa main trouva le bas de mon pantalon; j'écartai mon
pied et regardai la pièce. Un balai-serpillière était appuyé dans un coin,
dans un seau en métal galvanisé. Je pris ce balai, posai le manche en travers du cou de Mihaï, et montai dessus; un pied de chaque côté de son
cou, j'imprimai au manche un léger balancement. Le visage de Mihaï,

sous moi, devint rouge, écarlate, puis violacé ; sa mâchoire tressaillait convulsivement, ses yeux exorbités me fixaient avec terreur, ses ongles griffaient mes bottes ; derrière moi, ses pieds battaient le carrelage. Il voulait parler mais aucun son ne sortait de sa bouche d'où dépassait une langue gonflée et obscène. Il se vida avec un bruit mou et l'odeur de la merde emplit la pièce ; ses jambes frappèrent le sol une dernière fois, puis retombèrent. Je descendis du balai, le reposai, tapotai la joue de Mihaï de la pointe de ma botte. Sa tête inerte roula, retrouva sa place. Je le pris par les aisselles, le tirai dans une des cabines, et l'assis sur la cuvette, plaçant les pieds bien droit. Ces cabines avaient des loquets qui pivotaient sur une vis : en tenant la patte relevée de la pointe de mon canif, je pus tirer la porte et faire retomber le loquet de manière à fermer la cabine de l'intérieur. Un peu de sang avait coulé sur le carrelage ; je me servis de la serpillière pour le nettoyer, puis la rinçai, frottai le manche avec mon mouchoir, et la rangeai dans le seau où je l'avais trouvée. Enfin je sortis. J'allai au bar prendre un verre ; des gens entraient et sortaient des W-C, personne ne semblait rien remarquer. Une connaissance vint me demander : « Tu as vu Mihaï ? » Je regardai autour de moi : « Non, il doit être par là. » J'achevai mon verre et allai bavarder avec Thomas. Vers une heure du matin, il y eut une perturbation : on avait trouvé le corps. Des diplomates poussaient des exclamations horrifiées, la police vint, on nous interrogea, comme tous les autres je dis que je n'avais rien vu. Je n'entendis plus parler de cette histoire. L'offensive russe démarrait enfin : le 16 avril, dans la nuit, ils attaquèrent les hauteurs de Seelow, le verrou de la ville. Le temps était couvert, il pleuvotait ; je passai la journée puis une partie de la nuit à porter des dépêches de la Bendlerstrasse à la Kurfürstenstrasse, un court trajet compliqué par les raids de Sturmovik. Vers minuit, je retrouvai Osnabrugge à la Bendlerstrasse : il avait l'air désemparé, anéanti. « Ils veulent faire sauter tous les ponts de la ville. » Il en pleurait presque. « Eh bien, fis-je, si l'ennemi avance, c'est normal, non ? » — « Vous ne vous rendez pas compte de ce que cela veut dire ! Il y a neuf cent cinquante ponts à Berlin. Si on les fait sauter, la ville meurt ! Pour toujours. Plus de ravitaillement, plus d'industrie. Pire encore, tous les câbles d'électricité, toutes les conduites d'eau passent dans ces ponts. Vous vous imaginez ? Les épidémies, les gens mourant de faim dans les ruines ? » Je haussai les épaules : « On ne peut pas simplement livrer la ville aux Russes. » — « Mais ce n'est pas une raison pour tout démolir ! On peut choisir, détruire seulement les ponts des axes principaux. » Il s'essuyait le front. « Moi, en tout cas, je vous dis ceci, faites-moi fusiller si vous le voulez, mais c'est la dernière fois. Quand toute cette folie sera finie, je me fous de savoir pour qui je travaille, je vais construire. Il faudra bien qu'ils reconstruisent, non ? » — « Sans doute. Vous sauriez encore construire un pont ? » — « Sans doute, sans doute », fit-il en s'éloignant, dodelinant de la tête. Plus tard, cette même nuit, je retrouvai Thomas à la maison de Wannsee. Il ne dormait pas, il était assis seul dans le salon, en chemise, il buvait. « Alors ? » me demanda-t-il. — « On tient toujours la redoute de Seelow. Mais au sud, leurs chars passent la Neisse. » Il fit une grimace : « Oui. De toute façon c'est *kaputt.* » J'ôtai ma casquette et mon manteau mouillés et me versai un verre. « C'est vraiment fini, alors ? » — « C'est fini », confirma Thomas. — « La défaite, de nouveau ? » — « Oui, de nouveau, la défaite. » — « Et après ? » — « Après ? On verra. L'Allemagne ne sera pas effacée de la carte, n'en déplaise à Herr Morgenthau. L'alliance contre-nature de nos ennemis tiendra jusqu'à leur victoire, mais pas beaucoup plus. Les puissances occidentales auront besoin d'un bastion contre le Bolchevisme. Je leur donne trois ans, au plus. » Je buvais, j'écoutais. « Je ne parlais pas de ça », dis-je enfin. — « Ah. Nous, tu veux dire ? » — « Oui, nous. Il y aura des comptes à rendre. » — « Pourquoi tu ne t'es pas fait faire des papiers ? » — « Je ne sais pas. Je n'y crois pas trop. Qu'est-ce qu'on en ferait, de ces papiers ? Tôt ou tard, ils nous trouveront. Alors ça sera la corde ou la Sibérie. » Thomas fit tournoyer le liquide dans son verre : « C'est clair qu'il faudra partir un certain temps. Aller se mettre au vert, le temps que les esprits se calment. Après, on pourra revenir. La nouvelle Allemagne, quelle qu'elle soit, aura besoin de talents. » — « Partir ? Où ? Et comment ? » Il me regarda en souriant : « Tu crois qu'on n'y a pas songé ? Il y a des filières, en Hollande, en Suisse, des gens prêts à nous aider, par conviction ou par intérêt. Les meilleures filières sont en Italie. À Rome. L'Église n'abandonnera pas ses agneaux dans la détresse. » Il leva son verre comme pour trinquer et but. « Schellenberg, Wolfie aussi, ont reçu de bonnes garanties. Bien sûr, ça ne sera pas facile. Les fins de partie sont toujours délicates. » — « Et après ? » — « On verra. L'Amérique du Sud, le soleil, la pampa, ça ne te dit pas ? Ou, si tu préfères, les pyramides. Les Anglais vont partir, ils auront besoin de spécialistes, là-bas. » Je me resservis et bus encore : « Et si Berlin est encerclé ? Comment comptes-tu sortir ? Tu restes ? » — « Oui, je reste. Kaltenbrunner et Müller nous donnent toujours des soucis. Ils ne sont vraiment pas raisonnables. Mais j'y ai pensé. Viens voir. » Il me mena à sa chambre, ouvrit son armoire, en tira des habits qu'il étendit sur le lit : « Regarde. » C'étaient des vêtements de travail grossiers, en toile bleue, souillés d'huile et de graisse. « Regarde les étiquettes. » Je regardai : c'étaient des vêtements français. « J'ai aussi les chaussures, le béret, le brassard, tout. Et les papiers. Tiens. » Il me montra les papiers : c'étaient ceux d'un travailleur français du STO. « Bien sûr, en France, j'aurai du mal à passer, mais ça suffira pour les Russes. Même si je tombe sur un officier qui parle français, il y a peu de chances qu'il tique sur mon accent. Je pourrai toujours dire que je suis alsacien. » — « Ce n'est pas idiot, fis-je. Où est-ce que tu as trouvé tout ça ? » Il tapota du doigt le rebord de son verre et sourit : « Tu crois qu'on compte les travailleurs étrangers, aujourd'hui, à Berlin ? Un de plus, un de moins... » Il but. « Tu devrais y penser. Avec ton français, tu pourrais passer jusqu'à Paris. » Nous redescendîmes au salon. Il me servit encore un verre et trinqua avec moi. « Ça ne sera pas sans risques, dit-il en riant. Mais qu'est-ce qui l'est ? On s'est bien sortis de Stalingrad. Il faut être malin, c'est tout. Tu sais qu'il y a des types de la Gestapo qui cherchent à se procurer des étoiles et des papiers juifs ? » Il rit encore. « Ils ont du mal. Il n'y en a plus beaucoup sur le marché. »

Je dormis peu et retournai de bonne heure à la Bendlerstrasse. Le ciel s'était dégagé et il y avait des Sturmovik partout. Le jour suivant, il fit encore plus beau, les jardins, dans les ruines, fleurissaient. Je ne vis pas Thomas, il s'était empêtré dans une histoire entre Wolff et Kaltenbrunner, je ne sais pas trop, Wolff était venu d'Italie discuter des possibilités de reddition, Kaltenbrunner s'était fâché et voulait l'arrêter ou le faire pendre, comme d'habitude cela finit devant le Führer qui laissa repartir Wolff. Lorsque je retrouvai enfin Thomas, le jour de la chute des hauteurs de Seelow, il était furieux, il enrageait contre Kaltenbrunner, sa bêtise, son étroitesse d'esprit. Moi-même je ne comprenais pas du tout à quoi jouait Kaltenbrunner, à quoi cela pouvait lui servir de se retourner contre le Reichsführer, d'intriguer avec Bormann, de manœuvrer pour devenir le nouveau favori du Führer. Kaltenbrunner n'était pas idiot, il devait savoir, mieux que quiconque, que le jeu prenait fin ; mais au lieu de se positionner pour l'après, il se dépensait en querelles stériles et futiles, un simulacre de jusqu'au-boutisme qu'il n'aurait jamais, c'était évident pour qui le connaissait, le courage de pousser à sa conclusion logique. Kaltenbrunner était loin d'être le seul à perdre le sens de la mesure. Partout, dans Berlin, surgissaient des *Sperr-kommandos*, des unités de blocage issues du SD et de la police, des Feldgendarmes, des organisations du Parti, qui administraient une justice plus que sommaire à ceux qui, plus raisonnables qu'eux, ne voulaient que vivre, parfois même à certains qui n'avaient rien à voir avec tout ça mais avaient juste eu le malheur de se trouver là. Les petits fanatiques de la « Leibstandarte » sortaient les soldats blessés des caves pour les exécuter. Partout, des vétérans fatigués de la Wehrmacht, des civils récemment appelés, des gamins de seize ans décoraient, le visage violacé, lampadaires, arbres, ponts, voies aériennes du S-Bahn, tout endroit où l'on peut accrocher un homme, et avec toujours l'invariable panneau au cou : JE SUIS ICI POUR AVOIR QUITTÉ MON POSTE SANS ORDRES. Les Berlinois avaient une attitude résignée : « Plutôt que de me faire pendre, je préfère croire à la victoire. » Moi-même j'avais des problèmes avec ces enragés, car je circulais beaucoup, mes papiers se faisaient constamment éplucher, je songeais à prendre une escorte armée pour me défendre. En même temps, j'avais presque pitié de ces hommes ivres de fureur et d'amertume, dévorés par une haine impuissante qu'ils retournaient, ne pouvant plus la diriger contre l'ennemi, contre les leurs, des loups frappés de rage qui s'entredévorent. À la Kurfürstenstrasse, un jeune Obersturmführer de la *Staatspolizei*, Gersbach, ne s'était pas présenté un matin ; il n'avait plus de travail, soit, mais cela s'était remarqué ; des policiers l'avaient trouvé chez lui ivre mort ; Müller avait attendu qu'il ait dessoûlé, puis l'avait fait abattre d'une balle dans la nuque devant les officiers réunis dans la cour de l'immeuble. Après, on avait jeté son cadavre sur l'asphalte, et une jeune recrue SS, presque hystérique, avait vidé le chargeur de son pistolet-mitrailleur dans le corps de cet infortuné.

Les nouvelles que je convoyais plusieurs fois dans la journée étaient rarement bonnes. Jour après jour, les Soviétiques avançaient, entraient dans Lichtenberg et Pankow, prenaient Weissensee. Les réfugiés traversaient la ville en grandes colonnes, on en pendait beaucoup, au hasard, comme déserteurs. Les bombardements de l'artillerie russe faisaient encore des victimes : depuis le jour de l'anniversaire du Führer, ils étaient à portée de canon de la ville. Ç'avait été une très belle journée, un vendredi tiède, ensoleillé, l'odeur des lilas embaumait les jardins abandonnés. Çà et là on avait accroché des drapeaux à croix gammée sur les ruines, ou de grandes pancartes d'une ironie que j'espérais inconsciente, comme celle qui dominait les décombres de la Lützowplatz : NOUS REMERCIONS NOTRE FÜHRER POUR TOUT. DR. GOEBBELS. Le cœur, à vrai dire, n'y était pas. Au milieu de la matinée, les Anglo-Américains avaient lancé un de leurs raids massifs, plus de mille appareils en deux heures, suivis de Mosquito ; après leur départ, l'artillerie russe avait pris la relève. Ce fut certainement un beau feu d'artifice mais peu l'apprécièrent, de notre côté du moins. Goebbels tenta bien de faire distribuer des rations supplémentaires en l'honneur du Führer, mais même cela tourna court : l'artillerie causa de nombreuses victimes parmi les civils qui faisaient la queue ; le lendemain, malgré la forte pluie, ce fut pire encore, un obus frappa une file d'attente devant le grand magasin Karstadt, la Hermannplatz était pleine de cadavres ensanglantés, de morceaux de membres éparpillés, d'enfants secouant en hurlant le corps inerte de leur mère, je le vis moi-même. Le dimanche, il fit un soleil splendide, printanier, puis venaient des averses, puis de nouveau le soleil qui brillait sur les décombres et les ruines détrempées. Des oiseaux chantaient ; partout fleurissaient des tulipes et des lilas, les pommiers, les pruniers et les cerisiers, et dans le Tiergarten des rhododendrons. Mais ces bonnes odeurs de fleur ne pouvaient masquer l'odeur de pourriture et de brique recuite qui planait sur les rues. Une lourde fumée stagnante voilait le ciel ; lorsqu'il pleuvait, cette fumée s'épaississait encore, prenait les gens à la gorge. Dans les rues, malgré les frappes d'artillerie, il y avait de l'animation : aux barricades antichars, des enfants avec des casques en papier, perchés sur les obstacles, agitaient des épées en bois ; je croisais des vieilles dames qui poussaient des landaus remplis de briques, puis, en traversant le Tiergarten vers le bunker du Zoo, des soldats chassant devant eux un troupeau de vaches beuglantes. Le soir, il pleuvait de nouveau ; et les Rouges, à leur tour, fêtaient l'anniversaire de Lénine dans une débauche brutale d'artillerie.

Les services publics fermaient un à un, leur personnel évacuait. Le général Reynmann, le Kommandant de la ville, avait distribué à des responsables du NSDAP, un jour avant d'être limogé, deux mille laissez-passer pour quitter Berlin. Ceux qui n'avaient pas eu la chance d'en recevoir pouvaient toujours acheter leur porte de sortie : à la Kurfürstenstrasse, un officier de la Gestapo m'expliqua qu'un jeu complet de papiers en règle allait chercher dans les 80 000 reichsmarks. Le U-Bahn fonctionna jusqu'au 23 avril, le S-Bahn jusqu'au 25, le téléphone interurbain jusqu'au 26 (on raconte qu'un Russe réussit à joindre Goebbels à son bureau depuis Siemensstadt). Kaltenbrunner était parti pour l'Autriche tout de suite après l'anniversaire du Führer, mais Müller était resté, et je continuais mes liaisons pour lui. Je passais le plus souvent par le Tiergarten, parce que les rues au sud de la Bendlerstrasse, du côté du Landwehrkanal, étaient obstruées ; dans la Neue Siegesallee, les explosions répétées avaient fracassé les statues des souverains de la Prusse et du Brandebourg, têtes et membres de Hohenzollern jonchaient la rue ; la nuit, les fragments de marbre blanc brillaient à la lumière de la lune. À l'OKW, où s'était maintenant installé le Kommandant de la ville (un certain Käther avait remplacé Reynmann, puis deux jours plus tard Käther avait été démis à son tour pour faire place à Weidling), on me faisait souvent attendre des heures avant de me livrer une information tout à fait incomplète. Pour éviter d'être trop gênant, je patientais avec mon chauffeur dans ma voiture, sous un auvent en béton dans la cour, je regardais courir devant moi des officiers surexcités et hagards, des soldats épuisés qui traînaient pour ne pas retourner trop vite au feu, des Hitlerjugend avides de gloire venus mendier des *Panzerfäuste*, des *Volkssturm* désemparés qui attendaient des ordres. Un soir, je fouillais mes poches à la recherche d'une cigarette, je tombai sur la lettre d'Hélène, rangée là à Hohenlychen et oubliée depuis. Je déchirai l'enveloppe et lus la lettre en fumant. C'était une déclaration, brève et directe : elle ne comprenait pas mon attitude, écrivait-elle, elle ne cherchait pas à la comprendre, elle voulait savoir si je souhaitais la rejoindre, elle demandait si je comptais l'épouser. L'honnêteté et la franchise de cette lettre me bouleversèrent ; mais il était bien trop tard, et je jetai la feuille froissée dans une flaque, par la vitre baissée de la voiture.

L'étau se resserrait. L'*Adlon* avait fermé ses portes ; ma seule distraction était de boire du schnaps à la Kurfürstenstrasse, ou à Wannsee avec Thomas qui, en rigolant, me narrait les dernières péripéties. Müller, maintenant, cherchait une taupe : un agent ennemi, apparemment dans l'entourage d'un haut dignitaire SS. Schellenberg y voyait un complot pour déstabiliser Himmler, et Thomas devait donc suivre les développements de l'affaire. La situation dégénérait en vaudeville : Speer, qui avait perdu la confiance du Führer, était revenu, se faufilant entre les Sturmovik pour venir poser son coucou sur l'axe Est-Ouest, retrouver la *grâce* ; Göring, pour avoir anticipé un peu hâtivement la mort de son seigneur et maître, avait été déchu de toutes ses fonctions et placé aux arrêts en Bavière ; les plus sobres, von Ribbentrop et les militaires, se tenaient cois ou évacuaient en direction des Américains ; les innombrables candidats au suicide peaufinaient leur scène finale. Nos militaires continuaient à se faire tuer consciencieusement, un bataillon de Français de la « Charlemagne » trouva le moyen d'entrer dans Berlin le 24 pour venir renforcer la division « Nordland », et le centre administratif du Reich n'était presque plus défendu que par des Finlandais, des Estoniens, des Hollandais, et des petites frappes parisiennes. Ailleurs, on gardait la tête froide : une puissante armée était, disait-on, en route pour sauver Berlin et rejeter les Russes au-delà de l'Oder, mais à la

Bendlerstrasse mes interlocuteurs restaient parfaitement vagues quant à la position et à la progression des divisions, et l'offensive annoncée de Wenck tardait autant à se matérialiser que celle des Waffen-SS de Steiner, quelques jours auparavant. Quant à moi, à vrai dire, le *Götterdämmerung* me tentait peu, et j'aurais bien voulu être ailleurs, pour réfléchir calmement à ma situation. Ce n'est pas tant que je craignais de mourir, vous pouvez me croire, j'avais peu de raisons de rester en vie, après tout, mais l'idée de me faire tuer ainsi, un peu au hasard des événements, par un obus ou une balle perdue, me déplaisait fortement, j'aurais souhaité m'asseoir et contempler les choses plutôt que de me laisser emporter ainsi par ce noir courant. Mais un tel choix ne m'était pas offert, je devais servir, comme tout le monde, et puisqu'il le fallait je le faisais loyalement, je recueillais et transmettais ces informations si inutiles qui ne semblaient servir qu'un but, me garder à Berlin. Nos ennemis, eux, ignoraient souverainement tout ce remue-ménage et avançaient.

Bientôt il fallut aussi évacuer la Kurfürstenstrasse. Les officiers qui restaient furent dispersés ; Müller se replia sur son QG d'urgence, dans la crypte de la Dreifaltigkeitskirche dans la Mauerstrasse. La Bendlerstrasse se trouvait pratiquement sur la ligne de front, les liaisons devenaient très compliquées : pour rejoindre le bâtiment, je devais filer entre les décombres jusqu'au bord du Tiergarten, puis continuer à pied, guidé à travers caves et ruines par des *Kellerkinder*, de petits orphelins crasseux qui en connaissaient chaque recoin. Le fracas des bombardements était comme une chose vivante, un assaut multiforme et infatigable sur l'ouïe ; mais c'était pis lorsque descendait l'immense silence des pauses. Des pans entiers de la ville brûlaient, des gigantesques incendies de phosphore qui aspiraient l'air et provoquaient des tempêtes violentes qui, à leur tour, venaient nourrir les flammes. Les grosses pluies violentes et brèves éteignaient parfois quelques foyers, mais contribuaient surtout à accroître l'odeur du roussi. Quelques avions tentaient encore d'atterrir sur l'axe Est-Ouest ; douze Ju-52 transportant des cadets SS furent abattus sur l'approche, l'un après l'autre. L'armée de Wenck, d'après les informations qu'on voulait bien me transmettre, semblait s'être évanouie dans la nature quelque part au sud de Potsdam. Le 27 avril, il faisait très froid, et après un violent assaut soviétique sur la Potsdamer Platz, repoussé par la « Leibstan-

darte AH », il y eut plusieurs heures de calme. Lorsque je retournai à
l'église dans la Mauerstrasse rendre compte à Müller, on m'informa
qu'il se trouvait dans une des annexes du ministère de l'Intérieur, et que
je devais l'y rejoindre. Je l'y retrouvai dans une grande salle presque
sans meubles, aux murs tachés d'humidité, en compagnie de Thomas et
d'une trentaine d'officiers du SD et de la *Staatspolizei*. Müller nous fit
attendre une demi-heure mais seuls cinq hommes de plus arrivèrent (il
en avait fait convoquer cinquante en tout). Alors on nous mit en rangs,
au repos, le temps d'un bref discours : la veille, après une discussion par
téléphone avec l'Obergruppenführer Kaltenbrunner, le Führer avait
décidé d'honorer le RSHA pour ses services et sa loyauté indéfectible.
Il avait demandé à décorer de la Croix allemande en or dix officiers restant à Berlin qui s'étaient particulièrement distingués durant la guerre.
La liste avait été établie par Kaltenbrunner ; ceux qui ne se verraient
pas nommés ne devaient pas être déçus, l'honneur retombait sur eux
aussi. Puis Müller lut la liste, en tête de laquelle il se trouvait lui-même ;
je ne fus pas surpris d'y voir figurer Thomas ; mais à mon grand étonnement, Müller me nomma aussi, à l'avant-dernière place. Qu'avais-je
donc bien pu faire pour être ainsi remarqué ? Je n'étais pourtant pas en
odeur de sainteté avec Kaltenbrunner, loin de là. Thomas, à travers la
salle, me lança un rapide clin d'œil ; déjà nous nous regroupions pour
nous rendre à la chancellerie. Dans la voiture, Thomas m'expliqua
l'affaire : parmi ceux qu'on avait encore pu trouver à Berlin, j'étais un
des rares, avec lui, à avoir servi au front, c'est cela qui avait compté. Le
passage jusqu'à la chancellerie, le long de la Wilhelmstrasse, devenait
difficile, des canalisations avaient crevé, la rue était inondée, des
cadavres flottaient dans l'eau et remuaient doucement au passage de
nos voitures ; il fallut finir à pied, mouillés jusqu'au genou. Müller nous
fit pénétrer dans les décombres de l'*Auswärtiges Amt* : de là, un tunnel
souterrain menait au bunker du Führer. Dans ce tunnel aussi l'eau coulait, nous en avions jusqu'aux chevilles. Des Waffen-SS de la « Leib-
standarte » gardaient l'entrée du bunker : ils nous laissèrent passer,
mais prirent nos armes de service. On nous mena à travers un premier
bunker puis, par un escalier à vis ruisselant d'eau, à un second, encore
plus profond. Nous pataugions dans le courant venu de l'AA, en bas
des marches il venait tremper les tapis rouges du large couloir où l'on
nous fit asseoir, le long d'un mur, sur des chaises d'écolier en bois. Un
général de la Wehrmacht, devant nous, criait à un autre qui portait des
épaulettes de Generaloberst : « Mais on va tous se noyer, ici ! » Le
Generaloberst, lui, tentait de le calmer et l'assurait qu'on faisait venir

une pompe. Une abominable odeur d'urine empestait le bunker, mêlée à des effluves moites de renfermé, de sueur, et de laine mouillée, qu'on avait en vain tenté de masquer avec du désinfectant. On nous fit attendre un certain temps; des officiers allaient et venaient, traversant avec de grands *floc* les tapis imbibés d'eau pour disparaître dans une autre salle, au fond, ou remonter l'escalier en colimaçon; la salle résonnait du vrombissement continu d'un générateur Diesel. Deux officiers jeunes et élégants passèrent en discutant avec animation; derrière eux déboucha mon vieil ami, le docteur Hohenegg. Je me levai d'un bond et lui saisis le bras, exalté de le revoir là. Il me prit par la main et me mena dans une pièce où plusieurs Waffen-SS jouaient aux cartes ou dormaient sur des lits superposés. « J'ai été envoyé ici comme médecin auxiliaire du Führer », m'expliqua-t-il d'un ton lugubre. Son crâne chauve et suant luisait sous l'ampoule jaunâtre. « Et comment va-t-il? » — « Oh, pas très bien. Mais je ne m'occupe pas de lui, on m'a confié les enfants de notre cher ministre de la Propagande. Ils sont dans le premier bunker », ajouta-t-il en désignant le plafond du doigt. Il regarda autour de lui et reprit à voix basse : « C'est un peu une perte de temps : dès que je retrouve leur mère seule, elle me jure ses grands dieux qu'elle va tous les empoisonner avant de se suicider elle-même. Les pauvres petits ne se doutent de rien, ils sont charmants, ça me brise le cœur, je peux vous le dire. Mais notre Méphistophélès boiteux est fermement résolu à former une garde d'honneur pour accompagner son maître en enfer. Tant mieux pour lui. » — « On en est donc là? » — « Certainement. Le gros Bormann, à qui cette idée ne plaît guère, a bien tenté de *le* faire partir, mais il a refusé. À mon humble avis, il n'y en a plus pour longtemps. » — « Et vous, cher docteur? » demandai-je en souriant. J'étais vraiment très heureux de le revoir. « Moi? *Carpe diem*, comme disent les *public school boys* anglais. Nous organisons une fête, ce soir. En haut, dans la chancellerie, pour ne pas *le* déranger. Venez, si vous pouvez. Ce sera plein de jeunes vierges fougueuses qui préfèrent offrir leur pucelage à un Allemand, quelle que soit son apparence, plutôt qu'à un Kalmouk hirsute et puant. » Il frappa plusieurs fois de la main son ventre rebondi : « À mon âge, des offres pareilles, ça ne se refuse pas. Après, » — ses sourcils se haussèrent comiquement sur son crâne en forme d'œuf — « après on verra bien. » — « Docteur, dis-je d'un ton solennel, vous êtes plus sage que moi. » — « Je n'en ai jamais douté un instant, Obersturmbannführer. Mais je n'ai pas votre chance insensée. » — « En tout cas, croyez-moi, je suis ravi de vous revoir. » — « Moi aussi, moi aussi! » Déjà nous nous retrouvions dans le couloir.

« Venez, si vous pouvez ! » me lança-t-il avant de filer sur ses pattes trapues.

Peu après, on nous fit passer dans la salle du fond. Nous repoussâmes
nous-mêmes les tables couvertes de cartes et l'on nous aligna contre un
mur, les pieds dans la moquette humide. Les deux généraux qui tout à
l'heure criaient au sujet de l'eau allèrent se poster devant une porte en
face de nous ; sur une des tables, un adjudant préparait les boîtes avec
les médailles. Puis la porte s'ouvrit et le Führer apparut. Tous, simultanément, nous nous raidîmes, lançâmes nos bras en l'air et beuglâmes
notre salut. Les deux généraux se tenaient aussi au garde-à-vous. Le
Führer tenta de lever son bras en réponse mais celui-ci tremblait trop.
Puis il s'avança d'un pas hésitant, saccadé, instable. Bormann, sanglé
dans un uniforme brun, sortait de la pièce derrière lui. Jamais je n'avais
vu le Führer d'aussi près. Il portait un simple uniforme gris et une casquette ; son visage paraissait jaune, hagard, gonflé, les yeux restaient
fixes, inertes, puis se mettaient à ciller violemment ; une goutte de bave
perlait au coin de sa bouche. Lorsqu'il chancelait Bormann tendait sa
patte velue et le soutenait par le coude. Il s'appuya sur le coin d'une
table et prononça un bref discours assez décousu où il était question de
Frédéric le Grand, de gloire éternelle, et des Juifs. Ensuite il vint vers
Müller. Bormann le suivait comme une ombre ; l'adjudant tenait ouvert
auprès de lui un coffret avec une médaille. Le Führer la prit lentement
entre ses doigts, la plaça sans l'épingler sur la poche droite de Müller,
lui serra la main en l'appelant « Mon bon Müller, mon fidèle Müller » et
lui tapota le bras. Je gardais la tête droite mais observais du coin de
l'œil. La cérémonie se répéta pour le suivant : Müller aboya son nom,
son grade et son service, puis le Führer le décora. Thomas fut décoré à
son tour. Au fur et à mesure que le Führer se rapprochait de moi
— j'étais presque en bout de ligne — mon attention se fixait sur son
nez. Je n'avais jamais remarqué à quel point ce nez était large et mal
proportionné. De profil, la petite moustache distrayait moins l'attention
et cela se voyait plus clairement : il avait une base épaisse et des ailes
plates, une petite cassure de l'arête en relevait le bout ; c'était clairement un nez slave ou bohémien, presque mongolo-ostique. Je ne sais
pas pourquoi ce détail me fascinait, je trouvais cela presque scandaleux.
Le Führer se rapprochait et je continuais à l'observer. Puis il fut devant
moi. Je constatai avec étonnement que sa casquette m'arrivait à peine
au niveau des yeux ; et pourtant je ne suis pas grand. Il marmottait son
compliment et cherchait la médaille à tâtons. Son haleine âcre, fétide,
acheva de me vexer : c'était vraiment trop à supporter. Avec un petit

sourire sévère je tendis la main et lui pinçai le nez entre deux doigts repliés, lui secouant doucement la tête, comme on fait à un enfant qui s'est mal conduit. Aujourd'hui encore je serais incapable de vous dire pourquoi j'ai fait cela : je n'ai simplement pas pu me retenir. Le Führer poussa un cri strident et bondit en arrière dans les bras de Bormann. Il y eut un moment où personne ne bougea. Puis plusieurs hommes me tombèrent dessus à bras raccourcis. Je fus frappé, projeté au sol ; roulé en boule sur le tapis trempé, je tentais de me protéger le mieux possible des coups de botte. On criait, le Führer braillait. Enfin on me remit sur mes pieds. Ma casquette était tombée, je voulais au moins ajuster ma cravate, mais on me tenait fermement les bras. Bormann poussait le Führer vers sa chambre et hurlait : « Fusillez-le ! » Thomas, derrière la foule, m'observait en silence, l'air à la fois déçu et railleur. On m'entraîna vers une porte au fond de la salle. Puis Müller intervint de sa grosse voix dure : « Attendez ! Je veux l'interroger d'abord. Emmenez-le à la crypte. »

Trevor-Roper, je le sais bien, n'a pas soufflé mot de cet épisode, Bullock non plus, ni aucun autre des historiens qui se sont penchés sur les derniers jours du Führer. Pourtant, je vous l'assure, cela a eu lieu. Le silence des chroniqueurs sur ce point est d'ailleurs compréhensible. Müller a disparu, tué ou passé aux Russes quelques jours plus tard ; Bormann est certainement mort en essayant de fuir Berlin ; les deux généraux devaient être Krebs et Burgdorf, qui se sont suicidés ; l'adjudant doit être mort aussi. Quant aux officiers du RSHA témoins de l'incident, je ne sais pas ce qu'ils sont devenus ; mais on peut facilement concevoir, vu leurs états de service, que ceux qui ont survécu à la guerre n'ont pas dû se vanter d'avoir été décorés par le Führer en personne à trois jours de sa mort. Ainsi il est tout à fait possible que cet incident mineur ait échappé à l'attention des enquêteurs (mais peut-être en reste-t-il une trace dans les archives soviétiques ?). Je fus traîné à la surface par un long escalier qui débouchait sur les jardins de la chancellerie. Le magnifique bâtiment gisait en ruine, écrasé par les bombes, mais une belle odeur de jasmin et de jacinthes embaumait l'air frais. Je fus brutalement poussé dans une voiture et conduit à l'église toute proche ; là, on me fit descendre dans le bunker et l'on me jeta sans ménagements dans une pièce en béton, nue et humide. Des flaques constellaient le sol ; les murs suintaient ; et la fermeture de la lourde porte métallique me plongea dans un noir absolu, utérin : j'avais beau écarquiller les yeux, pas le moindre rayon ne filtrait. Je restai plusieurs heures ainsi, j'étais mouillé, j'avais froid. Puis l'on vint me chercher. On m'attacha à une chaise, je cillais, la lumière me faisait mal ; Müller en personne m'interrogeait ; on me frappait avec des matraques, sur les côtes, les épaules et les bras, Müller aussi venait m'administrer des coups de ses gros poings de paysan. J'essayai d'expliquer que mon geste inconsidéré ne signifiait rien, que je ne l'avais pas prémédité, qu'il s'était agi d'un moment d'absence, mais Müller ne me croyait pas, il y voyait un complot longuement mûri, il voulait que je nomme mes complices. J'avais beau protester, il n'en démordait pas : Müller, lorsqu'il s'y mettait, savait être têtu. Enfin on me rejeta dans ma cellule où je restai couché dans les flaques à attendre que la douleur des coups veuille bien s'apaiser. Je dus m'endormir ainsi, la tête à moitié dans l'eau. Je me réveillai transi et pris de crampes ; la porte s'ouvrait, on poussait vers moi un autre homme avec des bourrades. J'eus juste le temps d'apercevoir un uniforme d'officier SS, sans médailles ni insignes. Dans le noir, je l'entendais jurer dans un dialecte bavarois : « Y'a pas un endroit de sec, ici ? » — « Essayez près des murs », murmurai-je poliment. — « T'es qui, toi ? » fusa vulgairement sa voix, au ton pourtant cultivé. — « Moi ? Moi je suis l'Obersturmbannführer Dr. Aue, du SD. Et vous ? » Sa voix se calma : « Mes excuses, Obersturmbannführer. Moi, je suis le Gruppenführer Fegelein. L'ex-Gruppenführer Fegelein », ajouta-t-il avec une ironie assez appuyée. Je le connaissais de nom : il avait remplacé Wolff comme officier de liaison du Reichsführer auprès du Führer ; avant, il commandait une division de cavalerie SS en Russie, il pourchassait les partisans et les Juifs dans les marécages du Pripet. À la Reichsführung, on le disait ambitieux, joueur, hâbleur, beau gosse. Je me redressai sur mes coudes : « Et qu'est-ce qui vous amène ici, Herr ex-Gruppenführer ? » — « Oh, c'est un malentendu. J'avais un peu bu et j'étais chez moi, avec une fille ; les excités du bunker ont cru que je voulais déserter. Encore un coup de Bormann, je parie. Ils sont tous devenus fous, là-bas ; leurs histoires de Walhalla, très peu pour moi, merci. Mais ça devrait se régler, ma belle-sœur va arranger ça. » Je ne savais pas de qui il voulait parler, mais je ne dis rien. Ce ne fut qu'en lisant Trevor-Roper, des années plus tard, que je compris : Fegelein avait épousé la sœur d'Eva Braun, dont à cette époque, comme à peu près tout le monde, j'ignorais l'existence. Ce mariage fort diplomatique, hélas, ne lui fut pas d'un grand secours : Fegelein, malgré ses alliances, son charme, et sa langue facile, fut exécuté le lendemain soir dans les jardins de la chancellerie (cela aussi, je ne l'appris que bien plus tard). « Et vous, Obersturmbannführer ? » demandait Fegelein. Alors je lui contai ma mésaventure. « Ah ! s'exclama-t-il. C'est malin. Voilà pour-

quoi ils sont tous de si mauvaise humeur. J'ai cru que ce Müller allait
m'arracher la tête, la brute. » — « Ah, il vous a frappé aussi ? » — « Oui.
Il s'est mis dans le crâne que la fille avec qui j'étais est une espionne
anglaise. Je ne sais pas ce qui lui prend, tout à coup. » — « C'est vrai »,
dis-je en me souvenant des paroles de Thomas : « Le Gruppenführer
Müller cherche un espion, une taupe. » — « C'est possible, marmonna-
t-il. Mais moi, je n'ai rien à voir avec tout ça. » — « Excusez-moi, l'interrompis-je, savez-vous l'heure ? » — « Pas précisément. Il doit être
minuit, une heure ? » — « Alors, nous ferions mieux de dormir », suggérai-je plaisamment. — « J'aurais préféré mon lit », grogna Fegelein.
— « Je vous comprends bien. » Je me traînai sur le sol contre le mur et
m'assoupis ; j'avais encore les hanches dans l'eau, mais cela valait mieux
que la tête. Le sommeil était doux et je fis des rêves agréables ; j'en sortis à regret, mais on me décochait des coups de pied dans les côtes.
« Debout ! » criait une voix. Je me levai péniblement. Fegelein se tenait
assis près de la porte, les bras autour des genoux ; lorsque je sortis, il me
sourit timidement avec un petit signe de la main. On me mena dans
l'église : deux hommes en civil m'attendaient, des policiers, l'un d'eux
tenait un revolver à la main ; avec eux se trouvaient aussi des SS en uniforme. Le policier au revolver me prit par le bras, me tira dans la rue et
m'enfourna dans une Opel ; les autres montèrent aussi. « Où va-t-on ? »
demandai-je au policier qui me poussait le canon de son revolver contre
les côtes. « Ta gueule ! » aboya-t-il. La voiture démarra, entra dans la
Mauerstrasse, fit environ cent mètres ; j'entendis un vrillement aigu ;
une énorme explosion souleva le véhicule et le projeta sur le flanc. Le
policier, sous moi, tira, je crois : je me souviens d'avoir eu l'impression
que son coup tuait un des hommes à l'avant. L'autre policier, tout
ensanglanté, était retombé inerte sur moi. À grands coups de pieds et de
coudes, je m'extirpai du véhicule retourné par la vitre arrière, me coupant un peu au passage. D'autres obus tombaient tout près et proje-
taient de grandes gerbes de briques et de terre. J'étais assourdi, mes
oreilles résonnaient. Je m'affalai sur le trottoir et restai là un instant,
sonné. Le policier dégringolait derrière moi et roula lourdement sur
mes jambes. De la main je trouvai une brique et le frappai à la tête.
Nous roulions ensemble dans les débris, couverts de poussière rouge de
brique et de boue ; je le frappais de toutes mes forces, mais il n'est pas
facile d'assommer un homme à coups de brique, surtout si cette brique
a déjà brûlé. Au troisième ou quatrième coup, elle vola en poussière
dans ma main. Je me mis à en chercher une autre, ou une pierre, mais
l'homme me renversa et entreprit de m'étrangler. Il roulait des yeux de

fou au-dessus de moi, le sang qui coulait de son front traçait des sillons boueux dans la poussière rouge qui recouvrait son visage. Ma main trouva enfin un pavé et je frappai vers le haut, en arc de cercle. Il s'effondra sur moi. Je me dégageai et lui cognai la tête avec le pavé jusqu'à ce que la boîte crânienne éclatât, répandant de la cervelle mélangée à de la poussière et des cheveux. Puis je me redressai, encore étourdi. Je cherchai des yeux son revolver mais il avait dû rester dans la voiture, dont une roue tournait encore en l'air. Les trois autres, à l'intérieur, paraissaient morts. Pour le moment les obus ne tombaient plus. Je me mis péniblement à courir dans la Mauerstrasse.

Il fallait que je me cache. Autour de moi, il n'y avait que des ministères ou des bâtiments officiels, presque tous en ruine. Je tournai dans la Leipzigerstrasse et entrai dans le hall d'un immeuble d'habitation. Des pieds nus ou en chaussettes flottaient devant moi, tournoyant lentement. Je levai la tête : plusieurs personnes, dont des enfants et des femmes, pendaient à la balustrade de l'escalier, les bras ballants. Je trouvai l'entrée de la cave et l'ouvrit : une bouffée de putréfaction, de merde et de vomi m'assaillit, la cave était remplie d'eau et de cadavres gonflés. Je refermai la porte et tentai de monter à l'étage : après le premier palier, l'escalier s'ouvrait sur le vide. Je redescendis en contournant les pendus et ressortis. Il s'était mis à pleuvoir légèrement, des détonations éclataient de tous côtés. Devant moi s'ouvrait une bouche de métro, la station Stadtmitte, sur la ligne C. Je courus et dévalai les marches. Je passai les portiques et continuai à descendre dans l'obscurité, me guidant de la main sur le mur. Le carrelage était humide, l'eau sourdait du plafond et coulait le long de la voûte. Des bruits de voix sourds montaient du quai. Il était encombré de corps, je ne pouvais pas voir s'ils étaient morts, endormis ou simplement couchés, je trébuchais dessus, des gens clamaient, des enfants pleuraient ou geignaient. Un wagon de métro aux vitres cassées, illuminé par des bougies vacillantes, stationnait sur le quai : à l'intérieur, des Waffen-SS avec des écussons français se tenaient rangés au garde-à-vous, et un grand Brigadeführer en manteau de cuir noir, qui me tournait le dos, leur distribuait solennellement des décorations. Je ne voulus pas les déranger, je passai doucement auprès d'eux puis sautai sur la voie, atterrissant dans une eau froide qui m'arrivait aux mollets. Je voulais me diriger vers le nord, mais j'étais désorienté ; j'essayai de me remémorer la direction des rames, à l'époque où je prenais ce métro, mais je ne savais même pas sur quel quai j'avais atterri, tout se brouillait. D'un côté, dans le tunnel, il y avait un peu de lumière : je pris par là, avançant péniblement

dans l'eau qui cachait les rails, trébuchant sur des obstacles invisibles. Au bout se trouvaient alignées plusieurs rames de métro, elles aussi éclairées à la bougie, un hôpital de fortune, bondé de blessés qui criaient, juraient, gémissaient. Je longeai ces wagons sans que l'on fasse attention à moi et continuai à tâtons, me guidant grâce au mur. L'eau montait, m'arrivait à mi-mollet. Je m'arrêtai et y plongeai la main : elle paraissait lentement couler vers moi. Je continuai. Un corps flottant vint buter contre mes jambes. Je sentais à peine mes pieds engourdis par le froid. Devant, il me semblait percevoir une lueur, entendre d'autres bruits que le clapotement de l'eau. Enfin j'arrivai à une station éclairée par une unique bougie. L'eau maintenant m'arrivait aux genoux. Là aussi il y avait du monde. J'appelai : « Quelle est cette station, s'il vous plaît ? »
— « Kochstrasse », me répondit-on assez aimablement. Je m'étais trompé de direction, je me dirigeais vers les lignes russes. Je rebroussai chemin et m'enfonçai de nouveau dans le tunnel vers Stadtmitte. Devant moi je pouvais discerner les lueurs du métro-hôpital. Sur la voie, à côté du dernier wagon, se dressaient deux figures humaines, l'une assez grande, l'autre plus petite. Une lampe de poche s'alluma et m'aveugla ; tandis que je me cachais les yeux, une voix familière grogna : « Salut, Aue. Comment ça va ? » — « Tu tombes bien, fit une seconde voix plus fluette. Justement, on te cherchait. » C'étaient Clemens et Weser. Une seconde lampe de poche s'alluma et ils s'avancèrent ; je reculai en pataugeant. « On voulait te parler, dit Clemens. De ta maman. » — « Ah, meine Herren ! m'exclamai-je. Pensez-vous que ce soit le moment ? » — « C'est toujours le moment de parler de choses importantes », fit la voix un peu rêche et aiguë de Weser. Je reculai encore, mais me retrouvai appuyé à la paroi ; une eau froide filtrait du béton et venait me glacer les épaules. « Qu'est-ce que vous me voulez encore ? glapis-je. Mon dossier est clos depuis longtemps ! » — « Par des juges corrompus, malhonnêtes », lança Clemens. — « Tu t'en es sorti jusqu'ici par des intrigues, dit Weser. Maintenant, c'est fini, ça. » — « Vous ne pensez pas que c'est au Reichsführer, ou à l'Obergruppenführer Breithaupt d'en juger ? » Ce dernier était le chef de la *SS-Gericht*. — « Breithaupt s'est tué il y a quelques jours dans un accident de voiture, dit flegmatiquement Clemens. Quant au Reichsführer, il est loin. »
— « Non, ajouta Weser, maintenant, c'est vraiment toi et nous. » — « Mais qu'est-ce que vous voulez donc ? » — « On veut la justice », dit froidement Clemens. Ils s'étaient rapprochés et m'encadraient, braquant leurs lampes de poche sur mon visage ; j'avais déjà constaté qu'ils tenaient des automatiques au poing.

« Écoutez, bafouillai-je, tout ceci est une vaste méprise. Je suis innocent. » — « Innocent ? me coupa sèchement Weser. On va voir ça. » — « On va te raconter comment ça s'est passé », commença Clemens. La lumière puissante des lampes-torches m'éblouissait, sa grosse voix semblait émaner de cette lumière crue. « Tu as pris le train de nuit de Paris à Marseille. À Marseille, le 26 avril, tu t'es fait délivrer un laissez-passer pour la zone italienne. Le lendemain, tu t'es rendu à Antibes. Là, tu t'es présenté à la maison et on t'a accueilli comme un fils, comme le vrai fils que tu es. Le soir, vous avez dîné en famille et après, toi, tu as dormi dans une des chambres du haut, à côté de celle des jumeaux, en face de la chambre de Herr Moreau et de ta mère. Ensuite c'était le 28. » — « Tiens, interrompit Weser. Justement, on est le 28 avril, aujourd'hui. Quelle coïncidence. » — « Meine Herren, lançai-je en crânant un peu, vous délirez. » — « Ta gueule, barrit Clemens. Je continue. La journée, on ne sait pas trop ce que tu as fait. On sait que tu as coupé du bois, que tu as laissé la hache dans la cuisine au lieu de la remettre dans la réserve. Puis tu t'es promené en ville et tu as acheté ton billet de retour. Tu étais habillé en civil, on ne t'a pas remarqué. Ensuite tu es revenu. » Weser prit à son tour la parole : « Après, il y a des choses dont on n'est pas sûrs. Peut-être tu discutais avec Herr Moreau, avec ta mère. Peut-être vous avez eu des mots. On n'est pas sûrs. On n'est pas sûrs de l'heure non plus. Mais on sait que tu t'es retrouvé seul avec Herr Moreau. Alors tu as pris la hache dans la cuisine, là où tu l'avais laissée, et tu es retourné dans le salon et tu l'as tué. » — « On veut même bien croire que tu n'y pensais pas quand tu as laissé la hache, reprit Clemens, que tu as laissé la hache par hasard, que tu n'avais rien prémédité, que ça c'est passé comme ça. Mais une fois que tu as commencé, tu n'y es pas allé de main morte. » Weser continua : « Ça c'est sûr. Il a dû être assez surpris quand tu lui as envoyé la hache en travers de la poitrine. Elle est entrée avec un bruit de bois écrasé et il est tombé en gargouillant, la bouche pleine de sang, entraînant la hache avec lui. Tu as posé ton pied sur son épaule pour prendre appui et tu as arraché la hache et tu as frappé de nouveau, mais tu avais mal calculé l'angle et la hache a rebondi, lui cassant seulement quelques côtes. Alors tu as reculé, tu as visé plus soigneusement, et tu as abattu la hache sur sa gorge. Elle est passée par la pomme d'Adam et tu as entendu le craquement quand elle lui a brisé la colonne vertébrale. Il a eu un dernier grand sursaut et il a vomi un flot de sang noir, partout sur toi, ça jaillissait de son cou aussi et tu en étais couvert, et puis devant toi ses yeux se sont voilés et il s'est vidé de son sang par son cou à moitié tranché, tu regardais ses yeux s'éteindre comme ceux d'un mouton auquel on a coupé la gorge sur l'herbe. » — « Meine Herren, dis-je avec force, vous êtes complètement déments. » Clemens reprit la parole : « On ne sait pas si les jumeaux ont vu ça. En tout cas, ils t'ont vu monter. Tu as laissé le corps et la hache et tu es monté à l'étage, couvert de sang. » — « On ne sait pas pourquoi tu ne les as pas tués, eux, dit Weser. Tu aurais pu, et facilement. Mais tu ne l'as pas fait. Peut-être tu n'as pas voulu, peut-être tu as voulu, mais trop tard, et ils se sont enfuis. Peut-être tu as voulu puis tu as changé d'avis. Peut-être tu savais déjà que c'étaient les enfants de ta sœur. » — « On est repassés chez elle, en Poméranie, grogna Clemens. On a trouvé des lettres, des documents. Il y avait des choses très intéressantes, entre autres les papiers des petits. Mais on savait déjà qui c'était. » J'eus un petit rire hystérique : « J'étais là, vous savez. J'étais dans les bois, je vous ai vus. » — « À vrai dire, reprit imperturbablement Weser, on s'en est doutés. Mais on n'a pas voulu insister. On s'est dit qu'on te retrouverait bien un jour. Et tu vois, on t'a retrouvé, en effet. » — « Continuons l'histoire, dit Clemens. Tu es monté, couvert de sang. Ta mère t'attendait debout, soit au sommet des escaliers, soit devant la porte de sa chambre. Elle portait une chemise de nuit, ta vieille mère. Elle t'a parlé en te regardant dans les yeux. Ce qu'elle a dit, on ne le sait pas. Les jumeaux ont tout écouté, mais ils ne l'ont pas raconté. Elle a dû te rappeler comment elle t'avait porté dans son ventre, puis nourri au sein, comment elle t'avait torché et lavé alors que ton père courait la gueuse Dieu sait où. Peut-être qu'elle t'a montré son sein. » — « Peu probable, crachai-je avec un ricanement amer. J'étais allergique à son lait, je n'ai jamais tété. » — « Dommage pour toi, reprit Clemens sans sourciller. Peut-être alors elle t'a caressé le menton, la joue, elle t'a appelé son enfant. Mais toi, ça ne t'a pas ému : tu lui devais ton amour, mais tu ne songeais qu'à ta haine. Tu as fermé les yeux pour ne plus voir les siens et tu as pris son cou dans tes mains et tu as serré. » — « Vous êtes fous ! hurlai-je. Vous racontez n'importe quoi ! » — « Pas tant que ça, fit sournoisement Weser. Bien sûr, c'est une reconstitution. Mais ça colle avec les faits. » — « Après, continua Clemens de sa calme voix de basse, tu es allé dans la salle de bains et tu t'es déshabillé. Tu as jeté tes vêtements dans la baignoire, tu t'es lavé, tu as nettoyé tout le sang, tu es retourné dans ta chambre, tout nu. » — « Là, on peut pas dire, commenta Weser. Peut-être tu t'es livré à des actes pervers, peut-être tu as juste dormi. À l'aube, tu t'es levé, tu as mis ton uniforme, tu es parti. Tu as pris le bus, puis le train, tu es rentré à Paris puis à Berlin. Le 30 avril, tu as envoyé un télégramme à ta sœur. Elle est allée à Antibes, a enterré votre mère et son mari, puis elle est repartie au plus vite, avec les petits. Peut-être avait-elle déjà deviné. » — « Écoutez, balbutiai-je, vous avez perdu l'esprit. Les juges ont dit que vous n'aviez aucune preuve. Pourquoi aurais-je fait cela ? Quel serait le mobile ? Il faut toujours un mobile. » — « On ne sait pas, dit calmement Weser. Mais en vérité ça nous est égal. Peut-être tu voulais le fric de Moreau. Peut-être tu es un détraqué sexuel. Peut-être c'est ta blessure qui t'a bousillé la tête. Peut-être que c'était juste une vieille haine de famille, comme on en voit tant, et que tu as voulu profiter de la guerre pour régler tes comptes en douce, en pensant que ça se remarquerait à peine parmi tant d'autres morts. Peut-être tu es tout simplement devenu fou. » — « Mais qu'est-ce que vous cherchez, à la fin ? » hurlai-je encore une fois. — « On te l'a dit, murmura Clemens : on veut la justice. » — « La ville est en feu ! m'écriai-je. Il n'y a plus de tribunal ! Tous les juges sont morts ou partis. Comment voulez-vous me juger ? » — « On t'a déjà jugé, fit Weser d'une voix si basse que j'entendais couler l'eau. On t'a jugé coupable. » — « Vous ? ricanai-je. Vous êtes des flics. Vous n'avez pas le droit de juger. » — « Vu les circonstances, roula la grosse voix de Clemens, on l'a pris, le droit. — « Alors, dis-je tristement, même si vous avez raison, vous ne valez pas mieux que moi. »

À ce moment, j'entendis un vacarme du côté de la Kochstrasse. Des gens hurlaient, couraient dans des clapotements effrénés. Un homme passa en criant : « Les Russes ! Les Russes sont dans le tunnel ! » — « Merde », éructa Clemens. Lui et Weser braquèrent leurs torches en direction de la station ; des soldats allemands refluaient en tirant au hasard ; au fond, on apercevait les flammes des bouches des mitrailleuses, des balles sifflaient, crépitaient contre les parois ou frappaient l'eau avec des petits *flac* mous. Des hommes criaient, tombaient dans l'eau. Clemens et Weser, éclairés par leurs torches, levèrent posément leurs pistolets et se mirent à tirer coup après coup vers l'ennemi. Tout le tunnel résonnait de cris, de coups de feu, de bruits d'eau. En face, des mitrailleuses ripostaient par rafales. Clemens et Weser voulurent éteindre leurs lampes ; juste à ce moment, dans un éclat fugitif de lumière, je vis Weser recevoir une balle sous le menton, se soulever, retomber en arrière de tout son long dans un grand éclaboussement. Clemens brailla : « Weser ! Merde ! » Mais sa torche s'était éteinte et, retenant ma respiration, je plongeai sous l'eau. Me guidant par les rails plus que je ne nageais, je me dirigeai vers les wagons du métro-hôpital. Lorsque je ressortis la tête de l'eau les balles sifflaient autour de moi, les patients de l'hôpital beuglaient de panique, j'entendais des voix françaises, des ordres brefs. « Tirez pas, les gars ! » hurlai-je en français. Une main me saisit par le col, me traîna, ruisselant, vers le quai. « T'es du pays, toi ? » me lança une voix gouailleuse. Je respirais avec difficulté, je toussais, j'avais avalé de l'eau. « Non, non, Allemand », fis-je. Le type tira une rafale à côté de ma tête, m'assourdissant juste alors que retentissait la voix de Clemens : « Aue ! Salopard ! Je t'aurai ! » Je me hissai sur le quai, et, frappant des mains et des coudes les réfugiés pris de panique pour me frayer un chemin, filai vers les escaliers que je montai quatre à quatre.

La rue était déserte, sauf trois SS étrangers qui galopaient en direction de la Zimmerstrasse avec une mitrailleuse lourde et des *Panzerfäuste*, sans faire attention à moi ni aux autres civils qui fuyaient la bouche de l'U-Bahn. Je partis au pas de course dans la direction opposée, remontant la Friedrichstrasse vers le nord, entre les immeubles en flammes, les cadavres, les véhicules détruits. J'arrivai à Unter den Linden. Une grande fontaine d'eau jaillissait d'une canalisation défoncée et venait arroser les corps et les décombres. Juste au coin marchaient deux vieillards mal rasés qui semblaient ne prêter aucune attention au fracas des obus de mortier et de l'artillerie lourde. L'un d'eux portait le brassard des aveugles, l'autre le guidait. « Où allez-vous ? » demandai-je en pantelant. — « Nous ne savons pas », répondit l'aveugle. — « D'où venez-vous ? » demandai-je encore. — « Nous ne le savons pas non plus. » Ils s'assirent sur une caisse parmi les ruines et les tas de gravats. L'aveugle s'appuya sur sa canne. L'autre regardait autour de lui avec des yeux déments, tiraillant la manche de son ami. Je leur tournai le dos et continuai. L'avenue, aussi loin que je pusse voir, paraissait entièrement déserte. En face se dressait l'immeuble qui abritait les bureaux du Dr. Mandelbrod et de Herr Leland. Il avait reçu des coups mais ne semblait pas détruit. Une des portes d'entrée pendait sur un gond, je la repoussai d'un coup d'épaule et pénétrai dans le hall, encombré de plaques de marbre et de moulures tombées des murs. Des soldats avaient dû camper ici : je remarquai des traces de feu de camp, des boîtes de conserve vides, des étrons presque secs. Mais le hall était désert. Je poussai la porte des escaliers de secours et montai en courant. Au dernier étage, l'escalier s'ouvrait sur un couloir qui donnait sur la belle salle de réception précédant le bureau de Mandelbrod. Deux des amazones se tenaient assises là, l'une sur le divan, l'autre dans un fauteuil, leurs têtes penchées de côté ou en arrière, les yeux grands ouverts, un mince filet de sang coulant de leurs tempes et des commissures de leurs lèvres ; à la main, chacune tenait un petit pistolet automatique à poignée nacrée. Une troisième fille gisait en travers de la double porte capitonnée. Glacé d'horreur, j'allai les regarder de près, j'approchai mon visage des leurs, sans les toucher. Elles étaient parfaitement mises, les cheveux tirés en arrière, du gloss transparent faisait briller leurs lèvres pleines, le mascara dessinait encore une couronne de longs cils noirs autour de leurs yeux vides, leurs ongles, sur la crosse des pistolets, étaient soigneusement taillés et laqués. Aucun souffle ne soulevait leurs poitrines sous les tailleurs repassés. J'avais beau scruter leurs jolis visages, j'étais incapable de les distinguer l'une de l'autre, de reconnaître Hilde de Helga ou de Hedwig ; pourtant, ce n'étaient pas des jumelles. J'enjambai celle qui était couchée en travers de la porte et entrai dans le bureau. Trois autres filles reposaient mortes sur le canapé et la moquette ; Mandelbrod et Leland se tenaient tout au fond, devant la grande baie vitrée fracassée, auprès d'une montagne de valises et de malles en cuir. Dehors, derrière eux, un incendie rugissait, ils ne prêtaient aucune attention aux volutes de fumée qui envahissaient la pièce. J'allai jusqu'à eux, regardai les bagages, et demandai : « Vous comptez partir en voyage ? » Mandelbrod, qui tenait un chat sur ses genoux et le caressait, sourit légèrement dans les flots de graisse qui noyaient ses traits. « Précisément, dit-il de sa si belle voix. Voudrais-tu venir avec nous ? » Je comptai les malles et les valises à haute voix : « Dix-neuf, fis-je, pas mal. Vous allez loin ? » — « Pour commencer, Moscou, dit Mandelbrod. Après, nous verrons. » Leland, vêtu d'un long imperméable bleu marine, était assis sur une petite chaise aux côtés de Mandelbrod ; il fumait une cigarette, avec un cendrier en verre posé sur les genoux ; il me regardait sans rien dire. « Je vois, fis-je. Et vous pensez vraiment que vous pourrez emporter tout ça ? » — « Oh, bien sûr, sourit Mandelbrod. C'est déjà arrangé. Nous attendons seulement qu'ils viennent nous chercher. » — « Les Russes ? Les nôtres tiennent encore le quartier, je vous signale. » — « Nous le savons, dit Leland en rejetant une longue bouffée de fumée. Les Soviétiques nous ont dit qu'ils seraient là demain, sans doute. » — « Un colonel très cultivé, ajouta Mandelbrod. Il nous a dit de ne pas nous en faire, qu'il prendrait personnellement soin de nous. C'est que, vois-tu, nous avons encore beaucoup de travail. » — « Et les filles ? » demandai-je en agitant la main vers les corps. — « Ah, les pauvrettes n'ont pas voulu venir avec nous. Leur attachement à la mère patrie était trop fort. Elles n'ont pas voulu comprendre qu'il y a des valeurs encore plus importantes. » — « Le Führer a échoué, prononça froidement Leland. Mais la guerre ontologique qu'il a commencée n'est pas terminée. Qui d'autre que Staline pourrait achever le travail ? » — « Lorsque nous leur avons proposé nos services, susurra Mandelbrod en caressant son chat, ils ont tout de suite été très intéressés. Ils savent qu'ils auront besoin d'hommes comme nous, après cette guerre, qu'ils ne pourront pas se permettre de laisser les puissances occidentales rafler la crème. Si tu viens avec nous, je peux te garantir un bon poste, avec tous les avantages. » — « Tu continueras à faire ce que tu sais si bien faire », dit Leland. — « Vous êtes fous ! m'exclamai-je. Vous êtes tous fous ! Tout le monde est devenu fou dans cette ville. » Déjà je reculais vers la porte, passais les corps gracieusement affaissés des filles. « Sauf moi ! » criai-je avant de m'enfuir. Les dernières paroles de Leland m'atteignirent à la porte : « Si tu changes d'avis, reviens nous voir ! »

Unter den Linden était toujours vide ; çà et là, un obus frappait une façade, un tas de décombres. Mes oreilles résonnaient encore de la rafale du Français. Je me mis à courir vers la porte de Brandebourg. Il fallait à tout prix que je sorte de la ville, elle était devenue un piège monstrueux. Mes informations étaient déjà vieilles d'un jour, mais je savais que la seule issue était de passer par le Tiergarten puis par l'axe Est-Ouest jusqu'à la Adolf Hitler Platz ; ensuite, on aviserait. La veille, ce côté de la ville n'était toujours pas fermé, des Hitlerjugend tenaient encore le pont sur le Havel, Wannsee demeurait entre nos mains. Si je parviens chez Thomas, me dis-je, je suis sauvé. La Pariser Platz, devant la Porte encore relativement intacte, était jonchée de véhicules renversés, déchiquetés, carbonisés ; dans les ambulances, les cadavres calcinés portaient encore aux extrémités des bracelets blancs de plâtre de Paris, qui ne brûle pas. J'entendis un puissant grondement : un blindé russe passait derrière moi, balayant les carcasses devant lui ; plusieurs Waffen-SS se tenaient perchés dessus, ils avaient dû le capturer. Il s'arrêta juste à côté de moi, tira, puis repartit dans un fracas de chenilles ; un des Waffen-SS me regardait avec un air indifférent. Il tourna à droite dans la Wilhelmstrasse et disparut. Un peu plus loin, sur Unter den Linden, entre les lampadaires et les moignons d'arbrisseaux en rang, j'aperçus à travers la fumée une forme humaine, un homme en civil avec un chapeau. Je repris ma course et, louvoyant entre les obstacles, franchis la Porte noire de fumée, criblée de balles et d'éclats.

Au-delà, c'était le Tiergarten. Je quittai la chaussée et m'enfonçai entre les arbres. À part le vrombissement des obus de mortier en vol et les détonations lointaines, le parc était étrangement silencieux. Les *Nebelkrähe*, ces corbeaux dont le cri rauque résonne toujours à travers le Tiergarten, étaient tous partis, fuyant le bombardement constant pour un lieu plus sûr : pas de *Sperrkommando* dans le ciel, pas de cour martiale volante pour les oiseaux. Quelle chance ils ont, et ils ne le savent même pas. Des cadavres gisaient, affalés entre les arbres; et le long des allées, sinistres, se balançaient les pendus. Il se remit à pleuvoir, une pluie légère à travers laquelle perçait encore le soleil. Les buissons des parterres avaient fleuri, l'odeur des rosiers se mêlait à celle des cadavres. De temps en temps je me retournais : entre les arbres, il me semblait entrapercevoir la silhouette qui me suivait. Un soldat mort tenait encore son Schmeisser; je le pris, le braquai vers cette silhouette, appuyai sur la détente; mais l'arme était enrayée et je la jetai rageusement dans un buisson. J'avais pensé ne pas trop m'éloigner de la chaussée centrale, mais de ce côté-là je vis du mouvement, des véhicules, et je m'engageai plus avant dans le parc. À ma droite, la colonne de la Victoire dépassait des arbres, cachée par des caissons de protection et toujours obstinément debout. Devant moi plusieurs plans d'eau bloquaient le chemin : plutôt que de me rapprocher de la chaussée, je choisis de les contourner en direction du canal, là où j'allais autrefois, il y avait bien longtemps, rôder la nuit en quête de plaisir. De là, me disais-je, je couperai par le Zoo et irai me perdre dans Charlottenburg. Je passai le canal par le pont où j'avais eu cette curieuse altercation avec Hans P., un soir. Au-delà, le mur du Zoo s'était effondré en plusieurs endroits et je me hissai sur les gravats. Des tirs nourris venaient du côté du grand bunker, des coups de canon léger et des rafales de mitrailleuses.

Cette partie du Zoo se trouvait entièrement inondée : les bombardements avaient éventré la Maison de la Mer et les aquariums crevés s'étaient répandus tout autour, déversant des tonnes d'eau, éparpillant par les allées des poissons morts, des langoustes, des crocodiles, des méduses, un dauphin pantelant qui, couché sur le flanc, me contemplait d'un œil inquiet. Je progressais en pataugeant, je contournai l'île aux Babouins où des petits agrippaient de leurs mains minuscules les ventres de leurs mères affolées, je louvoyais entre des perroquets, des singes morts, une girafe dont le long cou pendait par-dessus une grille, des ours ensanglantés. J'entrai dans un bâtiment à moitié détruit : dans une grande cage, un immense gorille noir se tenait assis, mort, une baïonnette fichée dans la poitrine. Une rivière de sang noir coulait entre les barreaux et se mêlait aux flaques d'eau. Ce gorille avait un air surpris, étonné; son visage ridé, ses yeux ouverts, ses énormes mains me parurent effroyablement humains, comme s'il était sur le point de me parler. Au-delà de ce bâtiment s'étendait un large étang fermé : un hippopotame flottait dans l'eau, mort, le stabilisateur d'un obus de mortier planté dans le dos ; un second gisait sur une plate-forme, criblé d'éclats, et agonisait dans un grand souffle lourd. L'eau qui débordait de l'étang venait imbiber les vêtements de deux Waffen-SS couchés là ; un troisième reposait, adossé à une cage, l'œil terne, sa mitrailleuse posée en travers des jambes. Je voulus continuer mais j'entendis des éclats de voix russes, mêlés au barrissement d'un éléphant affolé. Je me cachai derrière un buisson puis rebroussai chemin pour contourner les cages par une sorte de petit pont. Clemens me barrait le chemin, les pieds dans une flaque à l'extrémité de la passerelle, son chapeau mou dégoulinant encore d'eau de pluie, son automatique au poing. Je levai les mains, comme au cinéma. « Tu m'as fait courir, haletait Clemens. Weser est mort. Mais je t'ai eu. » — « Kriminalkommissar Clemens, sifflai-je, essoufflé par la course, ne soyez pas ridicule. Les Russes sont à cent mètres. Ils vont entendre votre coup de feu. » — « Je devrais te noyer dans le bassin, ordure, éructa-t-il, te coudre dans un sac et te noyer. Mais je n'ai pas le temps. » — « Vous n'êtes même pas rasé, Kriminalkommissar Clemens, braillai-je, et vous voulez me faire justice ! » Il eut un gros rire sec. Un coup de feu claqua, son chapeau lui passa sur le visage, et il tomba comme un bloc en travers du pont, la tête dans une flaque d'eau. Thomas apparut derrière une cage, une carabine entre les mains, un grand sourire ravi aux lèvres. « Comme d'habitude, j'arrive à temps », me lança-t-il avec joie. Il jeta un coup d'œil au corps massif de Clemens. « Qu'est-ce qu'il te voulait, celui-là ? » — « C'était un de ces deux flics. Il voulait me tuer. » — « Tenace, le bougre. Toujours pour cette histoire ? » — « Oui. Je ne sais pas, ils sont devenus fous. » — « Toi non plus, tu n'as pas été très malin, me dit-il sévèrement. On te cherche partout. Müller est furieux. » Je haussai les épaules et regardai autour de moi. Il ne pleuvait plus, le soleil brillait à travers les nuages et faisait scintiller les feuilles détrempées des arbres, les nappes d'eau sur les allées. Je saisis encore quelques bribes de voix russes : ils devaient se trouver un peu plus loin, derrière l'enclos des singes. L'éléphant barrissait de nouveau. Thomas, sa carabine posée contre la balustrade du petit pont, s'était accroupi auprès du corps de Clemens, empochait son automatique, lui fouillait les poches. Je passai derrière lui et regardai de ce côté-là, mais il n'y avait personne. Thomas s'était retourné vers moi et agitait une épaisse liasse de reichsmarks : « Regarde ça, fit-il en riant. Riche trouvaille, ton flic. » Il mit les billets dans sa poche et continua à fouiller. Près de lui, je remarquai un gros barreau de fer, arraché à une cage toute proche par une explosion. Je le soulevai, le soupesai, puis l'abattis à toute force sur la nuque de Thomas. J'entendis craquer ses vertèbres et il bascula en avant, foudroyé, en travers du corps de Clemens. Je laissai tomber le barreau et contemplai les corps. Puis je retournai Thomas dont les yeux étaient encore ouverts et déboutonnai sa tunique. Je dégrafai la mienne et fis rapidement l'échange avant de le retourner de nouveau sur le ventre. J'inspectai les poches : en plus de l'automatique et des billets de banque de Clemens, il y avait les papiers de Thomas, ceux du Français du STO, et des cigarettes. Je trouvai les clefs de sa maison dans la poche de son pantalon ; mes propres papiers étaient restés dans ma veste.

Les Russes étaient partis plus loin. Dans l'allée arrivaient en trottant vers moi un petit éléphant, suivi de trois chimpanzés et d'un ocelot. Ils contournèrent les corps et passèrent le pont sans ralentir l'allure, me laissant seul. J'étais fébrile, mon esprit se morcelait. Mais je me souviens encore parfaitement des deux corps couchés l'un sur l'autre dans les flaques, sur la passerelle, des animaux qui s'éloignaient. J'étais triste, mais sans trop savoir pourquoi. Je ressentais d'un coup tout le poids du passé, de la douleur de la vie et de la mémoire inaltérable, je restais seul avec l'hippopotame agonisant, quelques autruches et les cadavres, seul avec le temps et la tristesse et la peine du souvenir, la cruauté de mon existence et de ma mort encore à venir. Les Bienveillantes avaient retrouvé ma trace.

APPENDICES

GLOSSAIRE

AA (*Auswärtiges Amt*, « département de l'extérieur ») : le ministère des Affaires étrangères, dirigé par Joachim von Ribbentrop.

ABWEHR : le service de renseignements militaires. Son nom complet était *Amt Ausland / Abwehr im Oberkommando der Wehrmacht*, « bureau extérieur / défense du haut commandement de la Wehrmacht ».

AMT : bureau.

ARBEITSEINSATZ (« opération du travail ») : le département chargé d'organiser le travail forcé des détenus dans les camps de concentration.

AOK (*Armeeoberkommando*) : l'état-major d'une armée, qui contrôlait un certain nombres de divisions. À tous les niveaux (armée, division, régiment, etc.), l'organisation des états-majors militaires comportait, entre autres, un chef d'état-major, un Ia (prononcé « Un-a », *Eins-a* en allemand), l'officier général chargé des opérations, un Ib (*Eins-b*) ou vaguemestre chargé de l'intendance, et un Ic/AO (*Eins-c/AO*), l'officier de renseignements militaires ou *Abwehroffizier*.

BERÜCK : commandant de la zone arrière d'un groupe d'armées.

EINSATZ : terme militaire signifiant « action » ou « opération ».

EINSATZGRUPPE (« groupe d'action » de la SP et du SD) : déployés pour la première fois en 1938, pour l'Anschluss et l'occupation de la Tchécoslovaquie, ces groupes SS étaient chargés de résoudre les tâches de sécurité les plus urgentes en attendant l'établissement de *Stelle* (« bureaux ») de police permanents. Le système fut formalisé pour la Pologne en septembre 1939. Pour l'invasion de l'URSS, suite à un accord formel entre le Bureau central pour la sécurité du Reich (RSHA) et la Wehrmacht, un Einsatzgruppe fut affecté à chaque groupe d'armées (avec un quatrième, l'Einsatzgruppe D, rattaché directement à la 11ᵉ armée pour la Crimée et la zone d'occupation roumaine). Chaque Einsatzgruppe était composé d'un *Gruppenstab* ou état-major et de plusieurs *Einsatzkommandos* (Ek) ou *Sonderkommandos* (Sk). Chaque Kommando se subdivisait à son tour en un état-major (le *Kommandostab*), avec du personnel de soutien (chauffeurs, traducteurs, etc.), et plusieurs *Teilkommandos*. Les états-major des groupes comme des Kommandos reproduisaient l'organisation du RSHA : on y trouvait ainsi un Leiter I ou *Verwaltungsführer* (personnel et administration), un Leiter II (approvisionnement), un Leiter III (SD), IV (Gestapo), et V (Kripo). L'un d'entre eux, généralement le Leiter III ou IV, servait aussi de chef d'état-major.

GAULEITER : l'Allemagne nazie était divisée en régions administratives appelées *Gaue*. Chaque *Gau* était dirigé par un gauleiter, issu du Parti national-socialiste (NSDAP) et nommé par Hitler, à qui il rendait compte.

GESTAPO (*Geheime Staatspolizei*) : « police d'État secrète », dirigée par le SS-Gruppenführer Heinrich Müller, de 1939 à la fin de la guerre. Voir RSHA.

GOLDFASANEN (« faisans dorés ») : terme de mépris pour désigner les fonctionnaires de l'*Ostministerium*, à cause de leurs uniformes d'un brun jaunâtre, ainsi que d'autres fonctionnaires nazis.

GFP (*Geheime Feldpolizei*, « police militaire secrète ») : branche de la Wehrmacht chargée de la sécurité militaire sur le théâtre des opérations, en particulier dans le cadre de la lutte contre les partisans. La plupart des officiers de la GFP avaient été recrutés au sein de la police allemande et appartenaient donc à la police de sécurité (SP), si ce n'était à la SS ; néanmoins, ce service de sécurité militaire est resté distinct des services du RSHA.

HÄFTLING (pluriel *Häftlinge*) : détenu.

HIWI (*Hilfswillige*, « auxiliaires volontaires ») : auxiliaires locaux de la Wehrmacht, la plupart du temps recrutés dans les camps de prisonniers, et employés en seconde ligne pour le transport, l'intendance, les travaux de force, etc.

HONVÉD : nom de l'armée hongroise.

HSSPF (*Höhere SS- und Polizeiführer*, « chef suprême de la SS et de la police ») : pour assurer la coordination de tous les bureaux ou officines SS au niveau régional, Himmler institua en 1937 les HSSPF qui, en principe, avaient sous leurs ordres toutes les formations SS de leur zone. En Allemagne, le Reichsführer-SS en nomma un par *Wehrkreis* (« régions de défense » définies par la Wehrmacht) ; et, plus tard, un par pays occupé, avec parfois sous lui, comme en Pologne occupée (le « General-Gouvernement »), plusieurs SSPF. En Russie soviétique, lors de l'invasion en 1941, Himmler nomma un HSSPF pour chacun des trois groupes d'armées, Nord, Centre et Sud.

IKL (*Inspektion der Konzentrationslager*, « Inspection des camps de concentration ») : le premier camp de concentration, celui de Dachau, fut créé dès le

20 mars 1933, suivi de plusieurs autres. En juin 1934, suite au « putsch de Röhm » et à l'élimination des dirigeants de la SA, les camps furent placés sous le contrôle direct de la SS, qui créa alors l'IKL, basée à Oranienburg, sous le commandement du SS-Obergruppenführer Theodor Eicke, le commandant de Dachau, auquel Himmler confia la mission de réorganiser tous les camps. Le « système Eicke », qui se mit en place à partir de 1934 et qui dura jusqu'aux premières années de la guerre, visait à la destruction psychologique, et parfois physique, des opposants au régime ; le travail forcé, à cette époque, relevait uniquement de la torture. Mais début 1942, alors que l'Allemagne intensifiait son effort de guerre suite à l'enlisement de l'offensive en URSS, Himmler décida que ce système n'était pas adapté à la nouvelle situation, qui exigeait une utilisation maximale de la force de travail des détenus ; en mars 1942, l'IKL fut subordonnée au Bureau central pour l'économie et l'administration (WVHA) en tant que Amtsgruppe D, avec quatre départements : D I) Bureau central ; D II) l'*Arbeitseinsatz*, chargé du travail forcé ; D III) département sanitaire et médical ; et D IV) département chargé de l'administration et des finances. Ce remaniement eut un succès mitigé : Pohl, le chef du WVHA, ne réussit jamais à pleinement réformer l'IKL ni à changer ses cadres, et la tension entre la fonction politico-policière et la fonction économique des camps, aggravée par la fonction d'extermination confiée à deux camps sous le contrôle du WVHA (le KL Auschwitz et le KL Lublin, plus connu sous le nom de Maïdanek), subsista jusqu'à l'effondrement du régime nazi.

KGF (*Kriegsgefangener*) : « prisonnier de guerre ».

KL (*Konzentrationslager*, « camp de concentration », souvent incorrectement désigné KZ par les détenus) : la gestion quotidienne d'un KL relevait d'un des départements contrôlés par le Kommandant du camp, l'Abteilung III, dirigé par un *Schutzhaftlagerführer* ou *Lagerführer* (« chef du camp de détention préventive ») et son adjoint. Le bureau chargé de l'organisation du travail des détenus, l'*Arbeitseinsatz*, était rattaché à ce département sous l'appellation IIIa. Les autres départements étaient respectivement : I) Kommandantur ; II) *Politische Abteilung* (« département politique », autrement dit les représentants dans le camp de la SP) ; IV) Administration ; V) Médical et sanitaire (pour les SS du camp ainsi que pour les détenus) ; VI) Formation et entretien des troupes ; et VII) Troupe de garde SS. Tous ces bureaux étaient administrés par des officiers ou des sous-officiers SS, mais le gros du travail était effectué par des détenus-fonctionnaires, souvent appelés les « privilégiés ».

KRIPO : police criminelle, dirigée par le SS-Gruppenführer Arthur Nebe de 1937 à juillet 1944. Voir aussi RSHA.

LEBENSBORN : association de la SS, formée en 1936 et rattachée directement à l'état-major personnel du Reichsführer-SS, chargée de gérer des orphelinats ainsi que des maternités pour membres ou compagnes de membres de la SS.

Le *Lebensborn*, afin d'encourager la natalité parmi les SS, garantissait le secret des accouchements, y compris pour les femmes non mariées.

LEITER : chef de service.

MISCHLINGE : métis, sang-mêlé, de race mélangée. Ce terme faisait partie du vocabulaire juridique des lois raciales nationales-socialistes, qui définissaient ce statut en fonction du nombre d'ascendants non aryens.

NKVD (*Narodnyi Komissariat Vnutrennikh Del*, « commissariat du peuple aux Affaires intérieures ») : la principale structure de sécurité soviétique à l'époque de la Seconde Guerre mondiale, organisme successeur de la Tcheka et de l'OGPU et ancêtre du KGB.

NSV (*Nationalsozialistische Volkswohlfahrt*) : l'organisme de bienfaisance national-socialiste.

OKH (*Oberkommando des Heeres*, « haut commandement de l'armée de terre ») : alors que l'OKH était en principe subordonné au haut commandement des forces armées (OKW), en pratique il commandait l'ensemble des opérations sur le front de l'Est tandis que l'OKW contrôlait les opérations sur tous les autres fronts. Hitler prit le commandement direct de l'OKH en décembre 1941, après avoir limogé le Generalfeldmarschall Walter von Brauchitsch.

OKHG (*Oberkommando der Heeresgruppe*) : l'état-major d'un groupe d'armées, qui contrôlait plusieurs armées.

OKW (*Oberkommando der Wehrmacht*) : le « haut commandement des forces armées » créé en février 1938 par Hitler pour remplacer le ministère de la Guerre et placé directement sous son commandement. En principe, l'OKW contrôlait l'OKH (l'armée), la *Luftwaffe* (l'aviation, commandée par le Reichsmarschall Hermann Göring), et la *Kriegsmarine* (la marine, commandée par le Grossadmiral Karl Dönitz). Son chef d'état-major était le Generalfeldmarschall Wilhelm Keitel.

ORPO (*Hauptamt Ordnungspolizei*, « Bureau central de la police d'ordre ») : structure intégrée à la SS en juin 1936 sous le commandement du SS-Oberstgruppenführer Kurt Daluege et regroupant la gendarmerie et les différentes forces de police en uniforme (*Gemeindepolizei, Schutzpolizei* ou Schupo, etc.). Des bataillons de police de l'Orpo furent déployés à de nombreuses reprises pour commettre des massacres de masse dans le cadre de la « solution finale ».

OSTMINISTERIUM : abréviation courante de *Reichsministerium für die besetzten Ostgebiete*, « ministère pour les territoires occupés de l'Est », dirigé par l'idéologue nazi Alfred Rosenberg, l'auteur du *Mythe du xxᵉ siècle*.

OUN (*Organizatsiya Ukrainskikh Natsionalistiv*) : « Organisation des nationalistes ukrainiens ».

PERSÖNLICHER STAB DES REICHSFÜHRER-SS : l'état-major personnel du Reichsführer-SS, Heinrich Himmler.

REVIER : hôpital ou infirmerie. Dans certains camps de concentration, il était désigné HKB, *Häftlingskrankenbau* ou « hôpital pour détenus ».

RKF (*Reichskommissariat für die Festigung deutschen Volkstums*, « commissariat du Reich pour le renforcement de la germanité ») : les tâches de destruction confiées aux *Einsatzgruppen*, en Pologne fin 1939, et surtout à partir de l'invasion de l'URSS, étaient organiquement liées à un ensemble de tâches « positives » également confiées au Reichsführer-SS : le rapatriement des *Volksdeutschen* (Allemands ethniques de l'URSS et du Banat) et la germanisation de l'Est. Pour mener à bien ces tâches, Himmler créa au sein de la SS le RKF, dont il fut nommé Reichskommissar. Les deux secteurs d'activités, la destruction des Juifs et la germanisation, étaient étroitement liés à la fois conceptuellement et sur le plan organisationnel : ainsi, lorsque la région de Zamosc fut choisie comme objectif prioritaire pour la germanisation, Himmler confia cette tâche au chef de la SS et de la police (SSPF) du district de Lublin, le SS-Gruppenführer Odilo Globocnik, qui commandait également l'« Einsatz Reinhard », une structure montée pour gérer les trois camps d'extermination de Treblinka, Sobibor et Belzec, et des bataillons Orpo déployés pour commettre des massacres de masse dans la région.

ROLLBAHN : unités de la Wehrmacht chargées du transport et de l'approvisionnement des troupes (le terme désignait aussi les grandes routes d'approvisionnement militaires à l'Est).

RSHA (*Reichssicherheitshauptamt*, « Bureau central pour la sécurité du Reich ») : dès la prise du pouvoir, le 30 janvier 1933, la SS chercha à étendre ses prérogatives en termes de fonctions de sécurité. Après une longue lutte interne, principalement contre Göring, Himmler parvint, en juin 1936, à prendre le contrôle de toutes les polices allemandes, les nouvelles polices politiques tout comme la police criminelle ou les polices ordinaires regroupées dans l'Orpo. Ces polices restaient toutefois des institutions de l'État, financées par le budget du Reich et dont les employés demeuraient des fonctionnaires, soumis aux règles de recrutement et de promotion de la bureaucratie d'État. Pour légitimer cet état de fait bureaucratiquement incohérent, le Reichsführer fut nommé chef de la police allemande au sein du ministère de l'Intérieur. La Kripo (police criminelle) fut adjointe à la Gestapo pour former une police de sécurité (SP) qui restait une structure étatique ; le Service de sécurité (SD), lui, continuait à fonctionner au sein de la SS. La SP et le SD furent ainsi réunis par le biais de « l'union personnelle » : le SS-Obergruppenführer Reinhard Heydrich devenait officiellement *Chef der Sicherheitspolizei und des SD*, une position, comme celle de son chef Heinrich Himmler, à cheval entre le Parti et l'État.

En 1939, juste après l'invasion de la Pologne, on tenta d'officialiser cette curieuse situation en créant une structure bâtarde : le RSHA, qui devait regrouper la SP et le SD en une organisation unique. Cette réorganisation fut effectivement menée à bien : tous les services administratifs des différentes structures fusionnèrent en un Amt I (pour les services du personnel) et un Amt II (budget, administration, organisation); le SD fut partagé entre un Amt III (*SD-Inland* ou « Intérieur ») et un Amt VI (*SD-Ausland* ou « Extérieur »); la Gestapo fut rebaptisée Amt IV avec la pompeuse désignation de *Gegnererforschung und -bekämpfung* (« Investigation et combat contre les adversaires »); et la Kripo devint l'Amt V sous le nom de *Verbrechensbekämpfung* (« Combat contre les criminels »). On créa en outre un Amt VII pour la « Recherche et évaluation idéologique », *Weltanschauliche Forschung und Auswertung*. Mais rien de tout cela ne fut jamais légalisé : la bureaucratie ministérielle s'opposait à l'amalgame des administrations d'État et des formations du Parti; hors de question d'inscrire le SD au budget du Reich. Ainsi, même si le RSHA existait dans les faits, il n'avait pas de papier à en-tête, et il était interdit d'utiliser le terme dans la correspondance; Heydrich restait officiellement le « chef de la SP et du SD ».

La structure du RSHA était reproduite à tous les niveaux régionaux, *Oberabschnitt*, *Abschnitt*, etc. : dans chaque circonscription se retrouvait un Amt III, un Amt IV, et un Amt V, le tout sous la responsabilité d'un *Inspekteur der SP und des SD* (IdS). Après le début de la guerre, on établit les mêmes structures dans les territoires occupés, où l'*Inspekteur* devenait cependant un *Befehlshaber* (« commandant suprême ») *der SP und des SD* (BdS) qui avait parfois sous ses ordres plusieurs *Kommandeur der SP und des SD* (KdS). L'Orpo suivait le même schéma, avec des IdO, BdO, et KdO.

SA (*Sturmabteilung*, « détachement de choc ») : unités paramilitaires du Parti national-socialiste (NSDAP) qui jouèrent un rôle considérable lors de la montée en puissance du Parti et juste après la prise du pouvoir en janvier 1933. En juin 1934, avec le soutien de la SS et de la Wehrmacht, Hitler liquida les dirigeants du SA, dont son chef Ernst Röhm. Le SA continua à exister jusqu'à la chute du régime, mais ne joua plus aucun rôle politique.

SD (*Hauptamt Sicherheitsdienst*, « Bureau central du service de sécurité ») : structure de la SS créée en automne 1931 sous le commandement de Reinhard Heydrich. Voir aussi RSHA.

SP (*Hauptamt Sicherheitspolizei*, « Bureau central de la police de sécurité »). Parfois appelé Sipo. Voir aussi RSHA.

SPIESS : terme familier désignant le sous-officier chargé d'une compagnie, la plupart du temps un *Hauptfeldwebel*.

SS (*Schutzstaffel*, « échelons de protection ») : les premières unités de la SS furent formées au sein du Parti national-socialiste à l'été 1925, initialement en tant que gardes du corps du Führer, Adolf Hitler, qui cherchait déjà à créer un contrepoids au SA. Heinrich Himmler fut nommé *Reichsführer-SS*, « chef suprême de la SS », le 6 janvier 1929. La SS devint entièrement indépendante du SA en automne 1930 et joua un rôle majeur dans l'élimination de ses dirigeants en juin 1934.

VOLKSDEUTSCHEN : par opposition à *Reichsdeutschen*, Allemands implantés depuis plusieurs générations à l'étranger, la plupart en communautés homogènes.

WVHA (*Wirtschafts-Verwaltungshauptamt*, « Bureau central pour l'économie et l'administration ») : cette structure de la SS fut créée début 1942 pour regrouper la branche administrativo-économique de la SS, les branches chargées des questions de construction et d'approvisionnement, les entreprises économiques de la SS, et l'Inspection des camps de concentration (IKL). Dirigé par le SS-Obergruppenführer Oswald Pohl, l'éminence grise économique de Himmler, le WVHA comportait cinq *Amtsgruppe* ou « groupes de bureaux » : l'Amtsgruppe A, *Truppenverwaltung* (« administration des troupes »), et l'Amtsgruppe B, *Truppenwirtschaft* (« économie des troupes »), géraient toutes les questions d'administration et d'approvisionnement des Waffen-SS (les unités combattantes de la SS) ainsi que des gardes des camps de concentration ; l'Amtsgruppe C, *Bauweisen* (« construction »), regroupait tous les services techniques de la SS liés au bâtiment ; l'Amtsgruppe D était l'IKL rebaptisé ; quant à l'Amtsgruppe W, *Wirtschaftliche Unternehmungen* (« entreprises économiques »), il couvrait l'immense empire économique SS, qui comprenait des firmes dans des secteurs aussi divers que le bâtiment, l'armement, l'eau minérale, le textile, et l'édition.

TABLE D'ÉQUIVALENCE DES GRADES

SS	Wehrmacht	Police	Armée française
Reichsführer-SS	Aucun	Aucun	Aucun
Aucun	Generalfeldmarschall	Aucun	Maréchal
SS-Oberstgruppenführer	Generaloberst	Generaloberst der Polizei	Général de corps d'armée
SS-Obergruppenführer	General der...	General d.P.	Général de division
SS-Gruppenführer	Generalleutnant	Generalleutnant d.P.	
SS-Brigadeführer	Generalmajor	Generalmajor d.P.	Général de brigade
SS-Oberführer			
SS-Standartenführer	Oberst	Oberst d.P.	Colonel
SS-Obersturmbannführer	Oberstleutnant	Oberstleutnant d.P.	Lieutenant-colonel
SS-Sturmbannführer	Major	Major d.P.	Commandant
SS-Hauptsturmführer	Hauptmann	Hauptmann d.P.	Capitaine
SS-Obersturmführer	Oberleutnant	Oberleutnant d.P.	Lieutenant
SS-Untersturmführer	Leutnant	Leutnant d.P.	Sous-lieutenant
SS-Sturmscharführer	Hauptfeldwebel	Meister	Adjudant-chef
SS-Stabsscharführer	Stabsfeldwebel		
SS-Hauptscharführer	Oberfeldwebel		
SS-Obersharführer	Feldwebel		Adjudant
SS-Scharführer	Unterfeldwebel	Hauptwachtmeister	
SS-Unterscharführer	Unteroffizier	Rev. O.Wachtmeister	Caporal-chef
SS-Rottenführer	Stabsgefreiter	Oberwachtmeister	Caporal
	Obergefreiter		
	Gefreiter	Wachtmeister	
SS-Sturmmann	Oberschütze	Rottwachtmeister	
SS-Oberschütze	Schütze	Unterwachtmeister	Simple soldat,
SS-Schütze	Gemeiner, Landser	Anwärter	tirailleur

Composition par Firmin-Didot
Impression Brodard et Taupin
à La Flèche (Sarthe),
Dépôt légal : mai 2007.
Numéro d'éditeur : 48713
Numéro d'imprimeur : 41763